MW01177985

FOLIO POLICIER

René Reouven

Histoires secrètes de Sherlock Holmes

Celles que Watson a évoquées
sans les raconter

Celles que Watson n'a jamais
osé évoquer

Préface de Jacques Baudou

Denoël

René Reouven, né en 1925 à Alger, est entré dans l'armée après son baccalauréat puis a été démobilisé en 1945 avant de devenir commissaire au service des enquêtes économiques. Deux ans plus tard, il part en Israël travailler dans un kibboutz où il sera successivement docker, garde-frontière, cheminot et ouvrier. Revenu en France en 1951, affecté au service académique de l'Éducation nationale à Alger puis à Paris, René Reouven publie son premier roman, *La route des voleurs*, en 1959. Suivront de nombreux ouvrages dont *L'assassin maladroit*, Grand Prix de littérature policière 1971, et c'est en 1982, avec *Élémentaire, mon cher Holmes*, prix Mystère de la critique 1983, qu'il entame un cycle consacré à Sherlock Holmes qu'il pastiche à merveille.

Préface

Le présent volume témoigne d'une singulière aventure littéraire : la confrontation d'un des meilleurs écrivains français de suspense (il fit ses premières armes au sein du célébrissime Crime Club qui rassembla sous sa bannière Boileau-Narcejac, Louis C. Thomas, Sébastien Japrisot, Hubert Monteilhet, Jean-François Coatmeur... excusez du peu !) avec un personnage qui est devenu au fil du temps un véritable mythe et sans doute même le plus mythique de tous les héros de roman : Sherlock Holmes.

Tout a commencé par la parution en 1982 dans la collection Sueurs froides, des Éditions Denoël, d'un ouvrage au titre délibérément provocateur : *Élémentaire, mon cher Holmes*. Provocateur parce qu'en détournant la réplique célèbre — mais néanmoins apocryphe — Élémentaire, mon cher Watson, il semblait placer Sherlock Holmes, le roi incontesté des détectives, dans une position où ses intenses facultés d'observation et de déduction auraient été mises en défaut. Il suggérait de manière allusive mais limpide que l'hôte du 221b Baker Street avait trouvé son maître, rencontré un esprit plus agile que le sien.

Mais en même temps, il paraissait annoncer la couleur. Avec une telle enseigne, l'ouvrage ne pouvait qu'appartenir à cette vague de suites et d'apocryphes holmesiens qui, depuis 1966 et le *A Study in Terror* d'Ellery Queen[1], s'était considérablement développée dans les pays anglo-saxons. Le principe en était simple et prenait appui sur le postulat fondamental d'une science hautement spéculative, l'holmesologie, qui disposait déjà de ses principaux traités : Sherlock Holmes avait réellement existé — ou du moins il convenait de feindre de le croire. Il s'agissait donc d'imaginer de nouvelles aventures de Sherlock Holmes qui, tout en respectant les données du Canon[2], lui fassent rencontrer d'autres personnages historiques. Le mouvement prit d'abord appui sur le cinéma avec des novélisations où Holmes résolvait l'énigme du criminel le plus célèbre de son époque : Jack l'Éventreur *(A Study in Terror, Murder by Decree*[3]*)* ou élucidait l'affaire du monstre du loch Ness *(The Private Life of Sherlock Holmes*[4]*)*.

Puis il trouva son autonomie et des cheminements

---

1. *A Study in Terror* a été traduit en France sous le titre *Sherlock Holmes contre Jack l'Éventreur*. Il s'agit de la novélisation du script du film de James Hill *A Study in Terror* (1965).
2. Les holmesologues désignent par ce terme l'ensemble des romans et nouvelles mettant en scène Sherlock Holmes écrits par Conan Doyle.
3. *Murder by Decree*, de Robert Weverka, est la novélisation du script du film homonyme de Bob Clark (1978) intitulé en France *Meurtre par décret*.
4. *The Private Life of Sherlock Holmes* de Michael et Mollie Hardwick est la novélisation du script du film homonyme de Billy Wilder (1970). Tous deux sont sortis en France sous le titre *La vie privée de Sherlock Holmes*.

divers : certains auteurs préférant faire rencontrer à Sherlock Holmes quelques notables personnages romanesques de son époque, certains s'intéressant plus précisément à d'autres personnages de la saga holmesienne tels que Moriarty, le Napoléon du crime[1]. C'est ainsi que Holmes fit soigner sa cocaïnomanie à Vienne par le Dr Sigmund Freud *(La solution à 7 %*, de Nicholas Meyer, 1975), lutta avec Bertrand Russell contre les agissements d'Aleister Crowley *(The Case of the Philosopher's Ring*, de Randall Collins, 1978), affronta Dracula *(Sherlock Holmes versus Dracula*, de Loren D. Estleman, 1978, *The Holmes-Dracula File*, de Fred Saberhagen, 1978) ou le Dr Jekyll *(Dr Jekyll and Mister Holmes* de Loren D. Estleman, 1979), échangea des lettres meurtrières avec George Bernard Shaw *(L'horreur du West End*, de Nicholas Meyer, 1976) ou participa à la guerre des mondes *(Sherlock Holme's War of the Worlds*, de Manly W. Wellman et Wade Wellman, 1975).

Le succès en France du roman de Nicholas Meyer, *La solution à 7 %*, et du film qu'Herbert Ross en tira sous le titre *Sherlock Holmes attaque l'Orient-Express* fit-il des émules, suscita-t-il des vocations ? Toujours est-il qu'en 1981 Alexis Lecaye faisait paraître dans la collection Fayard Noir un fort intéressant *Marx et Sherlock Holmes* qui voyait notre détective encore néophyte accepter, à la demande de Karl Marx, une mission sur le continent, et tomber amoureux, en pleine Commune de Paris, d'une fausse Laura Lafar-

---

1. *The Return of Moriarty* et *The Revenge of Moriarty*, de John Gardner. Le premier de ces romans a été traduit en France sous le titre *Le retour de Moriarty*.

gue, la fille de Karl qui avait épousé l'auteur du *Droit à la paresse*[1].

En fait *Élémentaire, mon cher Holmes* n'appartenait pas à cette vague et ne suivait pas la voie tracée par Alexis Lecaye. « Prenant garde d'ajouter un chapitre supplémentaire à l'interminable saga du détective de Baker Street, l'auteur a délaissé la méthode éprouvée qui consiste à faire se rencontrer Holmes et un des grands de son temps. Il a préféré procéder par allusions et faire graviter des astres plus obscurs autour d'un soleil holmesien qui, ici, brille par son absence même », écrivait Paul Gayot dans sa pertinente critique du roman[2]. Mais si Holmes était tout à fait absent de l'ouvrage, sinon en mince filigrane, et le Dr Watson itou, Arthur Conan Doyle, leur créateur, y figurait ainsi que ceux qui lui avaient servi de modèles pour la composition de ses deux personnages : le Dr Joseph Bell, son maître à la faculté de médecine, qui inspira Holmes, et Alfred Wood, son secrétaire, qui inspira le bon docteur.

À cette inversion spectaculaire — ce sont les modèles historiques qui deviennent ici héros de roman en lieu et place de leurs « illustres hypostases » — *Élémentaire, mon cher Holmes* ajoutait une construction très inhabituelle : il était en effet constitué par trois récits reliés en kyrielle par la circulation d'un livre maudit dont les propriétés s'apparentaient à celles du fameux *Nécronomicon* de l'Arabe dément Abdul al-Hazred... Chacun de ses récits s'orchestrait autour de la personnalité d'un criminel célèbre. Le premier est le Dr

---

1. Il convient de noter qu'existait en France une certaine tradition du pastiche holmesien qui avait tenté quelques plumes de qualité : Paul Reboux, Jean Giraudoux, Thomas Narcejac...
2. *La troisième tache*, n° 1, janvier 1984.

Cream dont le *Dictionnaire des assassins* nous apprend qu'il fréquenta assidûment les prostituées londoniennes et les soigna à l'aide de pilules empoisonnées qui firent quelques victimes. Le second est Monk Eastman, ce gangster juif new-yorkais que Jorge Luis Borges fit figurer dans son *Histoire de l'infamie*. Le troisième est Georges Chapman, alias Séverin Klosowski, empoisonneur, qui fut soupçonné un temps d'avoir été le trop fameux Jack the Ripper, ce tueur en série qui assassina dans des conditions atroces plusieurs prostituées de Whitechapel. L'identité de ce dernier n'a jamais été percée et a fait, au fil des années, l'objet de nombreuses hypothèses. *Élémentaire, mon cher Holmes* en avance une nouvelle, qui a, de surcroît, le mérite de donner une réponse satisfaisante et bien étayée à l'une des grandes énigmes de l'holmesologie ; pourquoi Sherlock Holmes n'a-t-il pas enquêté sur la plus étonnante affaire criminelle de son temps ?

Pour expliquer le silence du détective, certains holmesiens, arguant du fait que Jack l'Éventreur possédait incontestablement des notions de chirurgie, avaient avancé l'idée que le Dr Watson n'était peut-être pas étranger à l'hécatombe d'hétaïres... La solution avancée par Albert Davidson était infiniment plus séduisante et vraisemblable.

Le succès critique de cette spéculation littéraire et criminelle fut considérable : *Élémentaire, mon cher Holmes*, distingué pour l'originalité profonde de son intrigue et l'élégance de son style, obtint l'un des prix « Mystère de la critique » les plus mérités.

Restaient deux énigmes.

Celle de son titre d'abord. Elle se dissipe, la lecture du roman achevée. Cet « Élémentaire, mon cher Holmes » est une adresse de l'auteur au détective dont il a utilisé les méthodes pour créer sa propre fiction. Tout comme Holmes trace la biographie de ses visiteurs du 221b Baker Street à partir de quelques détails finement observés et judicieusement interprétés, Albert Davidson a su puiser dans la biographie de deux écrivains (Stevenson, Conan Doyle) et dans celles de quelques assassins les anecdotes qui lui ont permis de fonder l'architecture irrésistible et imparable de son roman. Il a su rassembler un faisceau d'événements aussi disparates et dissemblables que les indices d'une affaire criminelle sous une lumière qui les explique, les connecte et les justifie. Il était donc juste qu'il paraphrase le Maître avec malice...

La seconde était celle de l'identité de l'auteur qui s'avançait masqué sous le pseudonyme d'Albert Davidson. René Reouven s'en est expliqué dans un entretien.

« Le pseudonyme, c'est une idée de la directrice de la collection Sueurs froides à l'époque, Noëlle Loriot, qui a pensé que le livre se vendrait mieux s'il était signé d'un pseudonyme anglo-saxon. Mon deuxième prénom est Albert qui peut être anglais ; mon père s'appelait David : je me suis donc appelé Albert Davidson. »

La rumeur se répandit bien vite de l'identité de ce Davidson inconnu au bataillon. Mais avant déjà, certains avaient percé le mystère. Je me souviens de Claude Aveline me disant, au cours de l'une de mes visites dans son appartement parisien de la rue Renaudot : « Il y a du Reouven là-dessous », en me désignant la tache rouge *d'Élémentaire, mon cher Holmes* sur sa table de chevet. Et bien sûr, il avait raison...

Je ne sais sur quels indices il appuyait son intime conviction. Mais à la réflexion, un solide faisceau de présomptions désignait René Reouven comme l'auteur le plus susceptible d'avoir signé ce très virtuose exercice de style. Outre la clarté et la qualité de son style, et le fait qu'il était « de la maison », il avait publié en 1974 un *Dictionnaire des assassins* dans lequel il avait consacré des notices circonstanciées à Georges Chapman, Monk Eastman et Jack l'Éventreur (Thomas Neil Cream n'y figure pas, mais comme on le trouve dans la deuxième édition du dictionnaire (1986), il y a gros à parier que René Reouven avait déjà enquêté à son sujet). Il connaissait donc suffisamment bien leurs biographies pour se livrer aux extrapolations *d'Élémentaire, mon cher Holmes.* Mieux encore, il avait déjà commis le même genre de délit dans un ouvrage trop méconnu publié en 1977 : *Les confessions d'un enfant du crime.* S'appuyant d'un côté sur l'étrange personnalité d'un criminel du Second Empire, Charles Jud, qui aurait inspiré le Fantômas de Marcel Allain et Pierre Souvestre[1] et sur l'arrière-plan d'espionnage que dévoile sa fort intrigante biographie, et de l'autre sur l'anecdote controversée du suicide de Gérard de Nerval, René Reouven s'était déjà livré à une très brillante spéculation[2]. « Le génie de Reouven est d'avoir ajouté à la biographie reconstituée de Charles Jud un épisode dont le lecteur finira par douter qu'il ne soit qu'imaginaire et d'avoir trouvé aux

1. Lire à ce sujet « Le premier crime de Fantômas » de René Sussan, *Historia*, n° 367 *bis*, repris dans *Enigmatika*, n° 40.
2. On retrouve ce goût de la spéculation dans une nouvelle du recueil *L'anneau de fumée*, « Le grand sacrilège », qui aborde magistralement un des faits divers les plus fascinants de l'histoire du peuple de France : la bête du Gévaudan.

agissements de Jud l'insaisissable une explication de nature conjecturelle qui mêle habilement détails historiques et inventions littéraires », écrivais-je dans *Enigmatika* à la publication de ce roman dans lequel un manuscrit perdu joue, comme la première mouture détruite du *Dr Jekyll and Mister Hyde* dans *Élémentaire, mon cher Holmes*, un rôle essentiel.

Une histoire — véridique — de vol de manuscrit est, elle aussi, au principe du second roman de la suite holmesienne : *L'assassin du boulevard*. Ce titre a un double sens. Il fait très clairement allusion à l'une des enquêtes effectuées par Holmes et que Watson ne consigna point. Dans la nouvelle « Le pince-nez en or », il indique simplement que Sherlock Holmes mena à bien l'arrestation à Paris d'Huret, l'assassin du boulevard ; ce qui lui valut une lettre autographe du président de la République française et la croix de chevalier de la Légion d'honneur.

René Reouven n'a pas pris l'expression « l'assassin du boulevard » au pied de la lettre ; il l'a interprétée en accordant au mot « boulevard » le sens qu'on lui donne lorsqu'il est question de théâtre. Et c'est ainsi qu'il a organisé une rencontre assez inattendue entre Sherlock Holmes et Georges Courteline ! S'il n'avait approché le mythe sherlockien que de façon biaisée dans *Élémentaire, mon cher Holmes*, il s'inscrivait avec *L'assassin du boulevard* dans le grand courant des suites et apocryphes holmesiens.

« *L'assassin du boulevard* est une idée que j'avais eue bien avant mais que je n'avais pas pu réaliser avant que Sherlock Holmes ne tombe dans le domaine public. C'était de récrire *Messieurs les ronds-de-cuir* en introduisant dans la peau du conservateur qui mène une véritable enquête au service des cultes le personnage de Sherlock Holmes », a révélé René Reouven dans un entretien[1]. Mais il ne s'était pas lancé à la légère dans cette aventure. Il ne l'avait pas située n'importe où dans la minutieuse chronologie des enquêtes de Sherlock Holmes. Il avait choisi de donner sa version d'une autre des grandes énigmes de la sherlockologie qui avait fait — et continue de faire — l'objet de débats passionnés dans les principales revues holmesiennes, le *Baker Street Journal* américain ou le *Sherlock Holmes Journal* anglais : l'énigme du Grand Hiatus (mai 1891-avril 1894).

On sait que dans la nouvelle « Le dernier problème », Sherlock Holmes affrontait son ennemi mortel, le Pr Moriarty, disparaissait avec lui dans les chutes de Reichenbach en Suisse et passait pour mort. Trois ans après, il était de retour à Londres pour combattre et défaire le colonel Moran, le sinistre second de Moriarty. Ce que rapporta Watson dans la nouvelle « La maison vide ». Qu'avait donc fait Holmes pendant ces trois années ? Il prétendit avoir voyagé pendant deux ans au Tibet sous l'identité d'un explorateur norvégien nommé Sigerson et y avoir rencontré le Grand Lama avant de traverser la Perse, de visiter La Mecque et de se rendre au Soudan, où il eut un entretien avec le calife de Khartoum. De retour en Europe, il séjourna quelques mois dans le midi de la France, à Montpellier notamment, où il fit des recherches chimiques sur les dérivés du goudron de houille. La lecture dans la presse du compte rendu d'une affaire criminelle à laquelle était mêlé Moran le convainquit finalement de rentrer à Londres et de reprendre son ancienne fonction de détective conseil.

1. Entretien avec René Reouven, *Enigmatika*, n° 40, juin 1992.

Si ces explications convainquirent Watson, elles partagèrent les holmesiens en deux camps : d'un côté, ceux qui acceptèrent cette version des événements et tentèrent de minimiser les invraisemblances et les erreurs qui la ponctuent ; de l'autre, ceux qui, intrigués par ces dernières, en déduisirent qu'elle n'était qu'un paravent conçu de manière assez désinvolte et destiné à occulter les véritables agissements de Sherlock Holmes durant cette période. René Reouven se situe résolument dans cette seconde catégorie.

Sa version a le mérite de montrer Sherlock Holmes conduisant bataille contre la bande de Moriarty et ses menées sur le continent. Comment peut-on imaginer qu'il ait pu abandonner la lutte contre le gang du Napoléon du crime alors qu'il venait de remporter une victoire décisive ? Elle a le mérite également de rappeler avec vigueur les origines françaises de Sherlock Holmes — « Ma grand-mère était la sœur de Vernet, le peintre français », déclare-t-il dans « L'interprète grec ». Elle a le mérite, enfin, de nous faire faire la connaissance d'Oscar Meunier, ce sculpteur grenoblois dont l'œuvre — un buste en cire représentant Sherlock — servira à piéger le colonel Moran dans « La maison vide ».

Avec *L'assassin du boulevard*, René Reouven faisait preuve d'une connaissance érudite du Canon et d'une solide vertu d'holmesologue : cette connaissance profonde des Textes sacrés[1] ne paralyse pas son imagination, elle la stimule bien plutôt ! Et son approche n'est ni exagérément dévote, ni imprudemment iconoclaste : judicieusement audacieuse.

---

1. Cette expression est synonyme du mot Canon.

L'étape suivante de sa quête holmesienne devait le conduire à la forme de prédilection des aventures de Sherlock Holmes, celle qui lui a permis de connaître la gloire : la nouvelle. Elle devait l'amener aussi à passer la Manche et à se confronter au terrain de chasse habituel du détective : l'Angleterre de l'époque victorienne ; donc à franchir un nouveau degré dans l'art du pastiche, armé, il est vrai, d'une maxime de Pierre Mac Orlan dont il démontre le bien-fondé : « On ne décrit bien que ce qu'on n'a jamais vu. »

Enfin et surtout, il abordait un territoire qui n'a jamais cessé de fasciner les holmesologues de tout poil : celui des *untold stories*. On désigne sous ce vocable toutes les affaires auxquelles Sherlock Holmes a été mêlé et que Watson a mentionnées au passage mais sans avoir cru bon de les relater en détail. Il s'est contenté en général de les citer brièvement à l'aide d'une formule ramassée qui possède souvent la vertu d'exciter les imaginations... Qui n'a rêvé de lire un jour l'affaire du rat géant de Sumatra — cette histoire pour laquelle le monde n'est pas encore préparé — ou le récit de la disparition de M. James Phillimore qui, rentré chez lui pour prendre un parapluie, n'a plus jamais reparu ?

Adrian Conan Doyle, le propre fils d'Arthur, et John Dickson Carr avaient donné l'exemple en puisant dans le répertoire ouvert des *untold stories* de quoi générer les douze nouvelles des *Exploits de Sherlock Holmes*. René Reouven a fait de même pour *Le bestiaire de Sherlock Holmes*. « J'ai écrit ces textes en référence à des allusions de Watson parce que j'avais toujours été frustré par le fait que Watson ne faisait que citer ces affaires dont le simple énoncé me paraissait riche de promesses. C'est la raison pour laquelle j'ai entrepris d'en écrire quelques-unes à sa place. »

Pour donner une unité à ce premier recueil de nouvelles, René Reouven a choisi de poursuivre la voie déjà tracée par Conan Doyle avec un roman comme *Le chien des Baskerville* ou des nouvelles comme « Flamme d'argent » ou « La crinière du lion ». Il a composé un bestiaire, mais un bestiaire en grande partie fantastique comme l'y invitait Watson avec ses allusions au ver inconnu de la science ou à la répugnante sangsue rouge. Seule la première histoire ne relève pas d'un bestiaire tératologique puisque ce récit d'espionnage met en scène un cormoran tout ce qu'il y a de normal... Il met également en scène Mycroft, le frère de Sherlock Holmes dont Reouven, à l'instar de nombreux autres holmesiens, fait un responsable des services secrets britanniques. Pour les trois autres, il s'est laissé aller à son goût pour la science-fiction. Mais composer des *untold stories* en suivant au plus près les indications du Dr Watson ne lui suffisait point. Il lui fallait aller encore plus loin dans le jeu de la fiction en jonglant avec dextérité entre Canon, réalité historique et spéculations. C'est pourquoi ces nouvelles ont des « guest-stars » prestigieuses : un officier de marine d'origine polonaise qui se fera connaître sous le nom de Joseph Conrad ; le Pr Challenger, cet autre héros conan-doylien qui ramena un ptérodactyle de son expédition vers *Le monde perdu*, et le Dr Herman Holmes que Robert Bloch a surnommé pertinemment « Le boucher de Chicago ». Cela non plus n'était pas suffisant, il lui fallait mettre la barre encore plus haut, accroître le caractère syncrétique du mythe holmesien. Ce fut chose faite grâce à un court mais époustouflant épilogue où se télescopent Fiction et Histoire...

Dans cet épilogue, Sherlock Holmes fait allusion à un ouvrage paru en 1896 dans lequel il est aisé de reconnaître *L'île du docteur Moreau* d'Herbert George Wells, autre insolite et cauchemardesque bestiaire...

C'est à Wells aussi que René Reouven emprunta la machine à explorer le temps qui lui a permis d'imaginer la double confrontation sur laquelle repose son ouvrage suivant : *Le détective volé*. Sherlock Holmes y enquête à Paris d'abord sur l'identité du chevalier Dupin qui fut, selon Conan Doyle lui-même, l'une des sources d'inspiration de son personnage ; à Philadelphie ensuite, sur la mort curieuse d'Edgar Allan Poe, le père du conte policier.

Dans ce pèlerinage aux sources du genre, René Reouven s'est appuyé sur deux des textes fondateurs, « La lettre volée » et « Le mystère de Marie Roget », pour bâtir d'audacieuses conjectures qui puisent leurs étais dans l'histoire criminelle, l'histoire littéraire et l'histoire tout court, selon un système déjà bien rodé précédemment. Mais il obtient dans la seconde partie du *Détective volé* un vertigineux effet de mise en abîme, en utilisant le vrai mystère de Mary Rogers — l'affaire criminelle véridique dont Edgar Allan Poe s'était emparé pour en donner sa version fictivement transplantée dans le Paris de Dupin — afin d'éclairer et d'expliquer la fin tragique du poète de *The Raven*. Et René Reouven conclut malicieusement son roman par un paradoxe temporel qui le rend cyclique...

De temps, il est aussi question dans le dernier recueil de l'opus holmesien qui s'intitule justement *Les passe-temps de Sherlock Holmes*. Mais point n'est besoin pour Holmes d'emprunter ici la machine de

Wells pour remonter le cours de l'histoire. Dans cette seconde volée d'« untold stories » enfin révélées au monde (la tragédie des Addleton qui inspira à Poul Anderson une nouvelle de *La patrouille du temps*, la mort subite du cardinal Tosca, la persécution spéciale dont était victime John Vincent Harden, le millionnaire du tabac), René Reouven n'a pas non plus limité son ambition au seul challenge holmesien de dire ces histoires. Chacun des trois récits traite d'une énigme historique à forte connotation littéraire que l'auteur a placée sous le patronage tutélaire de trois écrivains : Joséphine Tey, le remarquable auteur de « La fille du temps » — et cette dédicace, comme les deux autres, est loin d'être innocente —, John Dickson Carr, le spécialiste funambulesque de la chambre close, et Thomas de Quincey, l'aimable essayiste de *L'assassinat considéré comme un des beaux-arts*. Autant d'indices laissés par l'auteur pour aiguillonner le lecteur dans le savant dédale de ses fictions où il croisera de forts pittoresques personnages comme Thomas Watson, poète et agent secret, l'énigmatique pape Gerbert ou Karl Wilhelm Jerusalem, le vrai Werther... À lire ces trois nouvelles qui constituent certainement le chef-d'œuvre holmesien de René Reouven, on ne sait qu'admirer le plus : la verve et la conformité du pastiche, l'ingéniosité des intrigues policières, l'érudition vertigineuse au service de spéculations si fermement étayées qu'on ne sait plus où commence la fiction, l'alacrité du style...

La conjonction de ces vertus rend en tout cas leur lecture intensément jubilatoire.

En revenant dans « La persécution spéciale » sur la mort de Gérard de Nerval, René Reouven bouclait son grand voyage au pays des mythologies littéraires et achevait son exploration de l'univers holmesien. « C'est le dernier livre que j'écrirai sur Holmes. Il est temps que je passe à autre chose », annonçait-il avant la parution des *Passe-temps*. Exception faite de quelques nouvelles, il a tenu parole, mais son escapade du côté de Baker Street n'est pas sans avoir laissé sa trace dans les œuvres qu'il a produites ultérieurement. *Les grandes profondeurs*, qui ouvrait la collection Présences chez Denoël, lui a permis de renouer avec l'Angleterre victorienne et quelques figures de son *Élémentaire, mon cher Holmes* : Robert Louis Stevenson et Jack l'Éventreur. Quant à son roman historique, *Les renégats de l'an mil*, il a pris source dans l'un des textes des *Passe-temps*... On ne fréquente pas impunément quelqu'un comme Holmes !

Avec ces cinq titres — romans et recueils — et les quelques nouvelles annexes parues en anthologie ou en revue, René Reouven est sans conteste l'auteur qui s'est confronté avec le plus d'opiniâtreté, mais aussi avec le plus d'originalité et d'invention, à la grande saga détective créée par Conan Doyle et déclinée depuis par de très nombreux écrivains. Aucun holmesien anglo-saxon n'est en mesure d'afficher un tel palmarès... et il y a quelque paradoxe à ce que ce soit un auteur français né à Alger en 1925 qui se soit révélé l'adepte le plus fidèle — le plus doué aussi — de l'homme au macfarlane. Qu'est-ce qui a pu fasciner à ce point René Reouven dans les aventures de Sherlock Holmes ?

« Ce qui est passionnant, dans les Sherlock Holmes, c'est surtout, à mon avis, l'atmosphère qui baigne chacune de ses enquêtes. Il y a toujours un appel, quelqu'un qui appelle au secours, parfois des femmes qui sont des créatures plus vulnérables, des jeunes filles dont une bonne moitié se prénomme Violet, ce qui était d'ailleurs le prénom de la mère de Conan Doyle. Puis il y a le départ, et très souvent la veillée : Sherlock Holmes et Watson sont à l'affût ; c'est presque un roman initiatique de chasse, une aventure de Sherlock Holmes. Il y a l'appel, la veillée, il y a la capture ou la poursuite. Dans l'atmosphère du Londres de la fin du siècle dernier, c'est tout à fait passionnant ! Par ailleurs, Sherlock Holmes est accompagné d'un contexte qui me fascine : c'est-à-dire le brouillard, la pluie et une sorte de romantisme purement britannique qui me passionne[1]. »

À vous maintenant de partir à l'aventure dans le fog des rues londoniennes. Soyez sans crainte. Votre guide les connaît comme sa poche. Et il connaît aussi des histoires si belles que Watson a renoncé à les conter[2].

JACQUES BAUDOU

1. Entretien avec René Reouven, *La troisième tache*, n° 2, mars 1985.
2. *Cf.* l'article cab du « Répertoire » d'André Hardellet, dans *Les chasseurs deux*.

PREMIÈRE PARTIE

*Celles que Watson a évoquées
sans les raconter*

L'assassin du boulevard

Prologue

Le journal intime d'Irène Quibolle
(Extraits)

« … Mes ancêtres étaient de petits propriétaires terriens qui ont mené une existence conforme à leur classe sociale. Toutefois, j'ai choisi un genre de vie bien différent, peut-être parce que ma grand-mère était la sœur de Vernet, le peintre français. L'art dans le sang peut s'épanouir des façons les plus diverses. »

SIR ARTHUR CONAN DOYLE, *L'interprète grec*

Grenoble, le 5 janvier 1893

Décidément, Arvers était une cruche. Comment croire sérieusement que la fille d'un Nodier n'ait pas entendu le « murmure d'amour élevé sur ses pas » ? Les femmes sentent ces choses-là, elles les devinent alors que l'intéressé en est encore à interroger son cœur. Et ce pauvre Félix qui osait se plaindre, n'ayant rien demandé, de n'avoir rien reçu ! Il fallait demander et il aurait reçu, ce niais !

Oscar, lui non plus, ne m'a rien demandé, mais au moins peut-il arguer de circonstances atténuantes. D'abord, il était le meilleur ami de mon mari — raison de plus ! ricanerait feu Édouard Gondinet — ce qui n'était pas le cas entre Mennessier et Arvers. Ensuite, Grégoire-Victor décédé, le souvenir des morts suscite chez les êtres délicats un respect encore plus grand que celui qu'ils inspiraient de leur vivant. Enfin, Oscar connaît de graves problèmes familiaux. On en aurait à moins : son jeune frère, Théodule — enfin, jeune, si l'on veut, trente-trois ans aux prunes ! — a emprunté une mauvaise voie : il s'est entiché des théories fumeuses de l'Anarchie, il a rejoint ces fous qui croient qu'à casser les vitres, ils vont réformer l'humanité ! En attendant, ils font trembler Paris. Ravachol arrêté, c'est le restaurant Véry, sur le boulevard Magenta, qui saute la veille de son procès : deux morts. Et, en novembre dernier, au tour du commissariat de la rue des Bons-Enfants : six morts ! Chaque titre des journaux est un coup au cœur pour Oscar. Si j'ose dire, il voit, sous tous ces forfaits, la main de son frère !

15 janvier 1893

Pourquoi ai-je repris ce journal de jeune fille ? Je l'avais interrompu lors de mon mariage avec Grégoire-Victor. Mariage de raison, incontestablement, mais le meilleur des mariages de raison. Grégoire-Victor était sensible, pétri d'attentions et de courtoisie. On eût dit qu'il cherchait à faire pardonner son âge. Il m'était alors apparu comme une trahison feutrée que de confier à ce cahier anonyme les états d'âme que je lui dissimulais.

Mais voilà maintenant deux ans qu'il s'est éteint, et je me sens déliée de tels scrupules. Et puis, j'ai toujours eu un fort faible pour la chose littéraire. Mon côté bas-bleu trouve à ces épanchements secrets un exutoire et un encouragement.

31 janvier 1893

Trois anarchistes ont été arrêtés hier, les nommés Bricou et Francis, plus la femme Delange, qui porte mal son nom. La presse est discrète sur l'enquête. Le bruit court qu'ils seraient responsables de l'attentat du boulevard Magenta. Comme en chacune de ces occurrences, Oscar est bouleversé. C'est qu'il n'a plus de nouvelles de Théodule depuis maintenant un an, et il succombe à toutes les imaginations. Dire qu'il a tout fait pour éloigner son frère des milieux anarchistes de Grenoble ! C'est lui qui l'a décidé à partir pour Paris, dont il espérait que les tentations de grande métropole le distrairaient de ses chimères. C'est lui, aussi, qui a obtenu d'un de leurs cousins, M. de la Hourmerie, qu'il l'accueille et l'héberge, en attendant de lui procurer un emploi au ministère des Cultes, où il est chef de service... Illusions, fumées ! Personnellement, d'ailleurs, je ne fais guère confiance à ce de la Hourmerie, un homme à l'esprit aussi maigre que le corps, qui croit compenser sa tristesse fondamentale par l'abus de bons mots pénibles et de calembours douteux. N'appelle-t-il pas Vincent d'Indy le « sou du Franck » ?

Oscar nous l'avait présenté, il y a deux ou trois ans, lors d'une visite que ce fonctionnaire avait rendue à sa vieille mère, demeurée à Grenoble. À cette époque, Grégoire-Victor, déjà malade, se préoccupait de léguer au musée de Vanne-en-Bresse, un bourg de l'Ain dont il est originaire, quelques reliques auxquelles il voyait de la valeur : une paire d'anciennes jumelles marines et deux chandeliers Louis XIII... Nous avons tous nos petites faiblesses. Or, il se trouve justement que de la Hourmerie travaille au service des Dons et Legs. Il a donc fourni à Grégoire-Victor toutes les indications légales nécessaires pour procéder à cette donation, à prendre effet après sa mort. Mais deux ans après que le testament a été lu, les chandeliers Louis XIII et les jumelles marines attendent toujours au grenier, et le dossier est encore à l'instruction ! Ce sont là les beautés de l'administration...

2 février 1893

Oscar est furieux. De la Hourmerie n'a daigné répondre à aucune de ses lettres lui demandant des nouvelles de Théodule. Il envisage sérieusement de prendre le train pour Paris.

5 février 1893

Pauvre cher Oscar ! Rien, décidément, ne lui aura été épargné ! La police s'est présentée hier à son domicile pour une perquisition. Bien entendu, ils n'ont rien trouvé, mais à ses questions fiévreuses ils n'ont pu donner aucune réponse : ils exécutaient des ordres. Comment douter désormais que Théodule soit recherché, peut-être à la suite des aveux de ceux qu'on appelle maintenant « les assassins du boulevard » ?

Oscar est parti ce matin pour Paris.

8 février 1893

Je ne crois pas que l'expression « faire la cour » ait jamais pu s'appliquer aux discrètes attentions dont Oscar m'entourait du vivant de Grégoire-Victor. J'étais sans doute pour lui la femme idéale, il m'avait placée sur un piédestal, et je dois dire que cette position, si flatteuse fût-elle, finissait par devenir agaçante. Et maintenant que Grégoire-Victor nous a quittés, voilà Oscar engoncé dans sa conscience, et encore plus emprunté qu'avant ! Ah ! le siècle est bien ingrat pour nous autres, femmes, à qui il ne reconnaît pas le droit à l'initiative.

Car Oscar a le revers de ses médailles, les défauts de ses qualités. C'est une nature trop sensible, un sculpteur talentueux dont Grenoble d'abord, et bientôt toute la France vont prendre la mesure. Je suis d'autant plus à même d'apprécier ses œuvres que je descends moi-même d'une grande famille de peintres. Je possède encore, dans un coin secret de mon grenier, une esquisse demeurée ignorée des connaisseurs, *Le passage de la mer Rouge par les Hébreux*, dont mon trisaïeul, Joseph Vernet, peintre de marines, aurait animé le mouvement des vagues, tandis que mon bisaïeul, Carle, eût donné aux personnages et aux chevaux la vie dont il s'était fait une spécialité ; peinture malheureusement interrompue par la mort de Joseph Vernet, et exemple à peu près unique d'une collaboration entre un artiste et son fils également illustres. Quant à ma grand-mère, Camille, sœur d'Horace Vernet, elle avait épousé cet autre peintre renommé qu'était Hippolyte Lecomte. C'est dire si mon ascendance me pousse à reconnaître et à apprécier toutes les formes de l'Art...

En attendant, j'avais pris l'habitude de ces entretiens quotidiens avec Oscar, et son absence me cause un irritant sentiment de frustration.

15 février 1893

Faute d'Oscar, j'ai reçu une autre visite, très singulière. Cet après-midi, vers trois heures, voilà ma bonne Marthe qui m'annonce qu'un « Monsieur pas trop poli, et qui refuse de dire son nom » m'attend au salon. En d'autres temps, j'eusse éconduit le malap-

pris. Mais je m'ennuyais si fort que la moindre dis-
traction était la bienvenue. Je me suis donc rendue au
salon. Posté devant la cheminée, se tenait un homme
en houppelande, dont la haute taille m'a aussitôt frappée. Je n'ai d'abord vu de lui qu'un profil aigu, éclairé
par les flammes du foyer, et puis il s'est tourné vers
moi. Le choc de ce regard !... profond, brûlant, à la
fois arrogant et tendre. Sans autre préambule, il avait
tendu le bras vers le violon accroché au-dessus de
l'âtre.

— C'est un amati, n'est-ce pas ? a-t-il demandé
avec fièvre.

Je me suis entendue lui répondre, d'un ton fragile :

— Oui, je crois, mais...

— Il ne faut pas le laisser là ! a-t-il coupé, presque
férocement. C'est un crime, il est bien trop près du
feu, son acoustique risque de se détériorer irrémédiablement !

Et puis il a semblé prendre conscience de son inconvenance, s'est incliné pour un demi-salut.

— C'est bien à Mme Veuve Quibolle que j'ai l'honneur de parler ?

— En effet, ai-je répliqué, un peu sèchement. Et
moi, à qui ai-je l'honneur ?

Hésitation imperceptible. Il a déclaré finalement,
presque à contrecœur :

— Je suis votre cousin, le fils de Julienne.

Il m'a fallu un moment pour rassembler mes esprits. Julienne ! Mais oui, Julienne, la sœur aînée de
ma mère, cette tante inconnue qui s'était entichée
voilà un demi-siècle d'un gentleman-farmer, épousé
et suivi en Irlande contre l'avis de toute la famille !
Nous avions peu à peu perdu tout contact avec elle, et
un jour, nous avons appris sa mort... Apparemment,

elle avait donc obéi aux lois de la nature et de la tradition, elle avait eu des enfants, ce que la Providence m'a refusé. Et cet échalas lugubre était son fils, donc mon cousin germain.

Je l'ai regardé avec des yeux nouveaux. Physiquement, il n'avait rien gardé des Vernet, mais je devais reconnaître qu'il parlait un français très pur, sans aucun accent : tante Julienne avait sûrement fait le nécessaire pour cela. J'ai surtout remarqué ses mains — je regarde toujours les mains des hommes, qui sont très révélatrices. C'étaient des mains d'artiste, longues, vivantes, séduisantes, encore que le bout de leurs doigts parût rongé par ce qui devait être quelque acide… Je lui ai souri.

— Asseyez-vous donc, mon cousin, je suis heureuse de vous recevoir. Prendrez-vous du thé ?

— Ma qualité d'Anglais m'y incite, ma chère cousine.

Il s'est installé dans un fauteuil, dépliant ses longues jambes dans un mouvement qui suggérait une force redoutable, volontairement maintenue en sommeil. Et m'a examinée sans discrétion excessive. Pour me donner une contenance, j'ai sonné Marthe, lui ai donné mes instructions. Puis j'ai demandé :

— Comment vous appellerai-je, cousin ?

Il a marqué une hésitation, avant de déclarer, d'un ton trop léger :

— Parmi les prénoms que j'ai reçus à ma naissance, il y a celui de Sherrinford. Vous convient-il ?

— Très bien, ai-je répondu, un peu surprise. Moi, je me nomme Irène.

Dans la seconde, j'ai vu son visage s'assombrir. Il a murmuré, d'une voix un peu sourde :

— Joli nom mais, si vous le permettez, je vous appellerai ma cousine. C'est un privilège dont j'ai été privé trop longtemps.

J'ai eu la sensation immédiate, irrépressible, qu'une Irène avait beaucoup compté dans la vie de cet homme, pour une histoire dont l'issue n'avait pas été heureuse. Mais déjà, le tour qu'avait pris l'entretien l'amenait à reprendre, hâtivement :

— Je suis un vieux célibataire vagabond, ma cousine, et j'avais placé, sur mon itinéraire, une halte sereine au pied de mon arbre généalogique. Je voulais mieux connaître ma famille française. Je compte donc me reposer un mois ou deux dans cette paisible ville de Grenoble. Je souhaiterais que vous m'aidiez à y trouver un havre.

— Dans un hôtel ?

— Que non ! J'ai pris provisoirement une chambre au *Lion d'or*, mais je suis un maniaque de la solitude, et je désirerais louer une petite maison, où je puisse me livrer sans inconvénients à mes passe-temps favoris tels que le violon...

— Je pourrais vous procurer cela, ai-je dit sur le mode prudent. Il faudra cependant que vous m'indiquiez l'ordre de vos disponibilités financières pour guider mes recherches.

Il a eu un geste large de la paume.

— Je ne suis pas limité de ce côté-là, ma cousine. J'exerce un excellent métier qui me permet de faire face sans compter à ce genre d'échéances...

Il a légèrement hésité avant de poursuivre :

— Oui, je jouis d'une certaine réputation en qualité de conseiller juridique et pénal.

— Vraiment ? ai-je dit, regardant le bout de ses doigts.

J'ai craint, sur le moment, de m'être montrée indiscrète, mais sa réaction a été très surprenante — son visage s'est illuminé, tandis qu'il s'écriait, chaleureusement :

— Élémentaire, en effet, ma chère cousine ! Je vois que le sens de l'observation ne vous fait pas défaut. J'avoue qu'avec le violon et la boxe, la chimie constitue mon passe-temps favori. C'est d'ailleurs l'une des raisons pour lesquelles je souhaite occuper une maison isolée. Les odeurs et les bruits de mes expériences ne seraient pas appréciés du voisinage...

Il a ajouté, très bas :

— Et puis, je suis un peu misanthrope.

Je n'ai pas été convaincue qu'il me disait toute la vérité. Mon éducation a tout de même fait que je l'ai invité à dîner pour ce soir : il n'était pas libre, mais a promis de venir demain soir.

Lorsqu'il est parti, j'ai regagné ma chambre, très pensive. Singulier cousin, vraiment ! Demeurait en moi l'impression obstinée qu'il cherchait ici un refuge, pour échapper aux problèmes de son passé... sinon à ceux de son présent. Une brusque impulsion m'a fait monter au grenier, où, dans son coffret à fleurs, Maman avait peut-être gardé une partie de la correspondance échangée avec sa sœur aux premiers mois du mariage de Julienne. Las, l'usure du temps et des sentiments avait fait son œuvre. Je n'ai retrouvé qu'une vieille enveloppe portant le cachet des postes anglaises. Elle était timbrée de Sherlockstown, dans le comté de Kildare, en Irlande.

17 février 1893

J'espérais d'Oscar, sinon une lettre, au moins un câble me tenant informée de l'état de ses recherches, mais non, le silence. Je n'en augure rien de bon.

Hier soir, le cousin Sherrinford est venu dîner, apportant un bouquet composé, ma foi, avec le meilleur goût : cet Anglais doit avoir gardé quelque chose de français dans le sang. Il s'est tenu à table de façon très civile, n'a manifesté aucun étonnement à voir qu'on ne lui servait pas de grenouilles, et m'a laissé la nette impression que s'il se montrait parfois abrupt dans le dialogue ou le comportement, c'était plus par dédain des formes et souci d'efficacité qu'à cause d'une éducation négligée. Et il y a, chez lui, une science des attitudes quotidiennes qui m'a laissé à penser, de façon irrésistible, que cet homme-là avait fréquenté les plus grands.

Après dîner, nous avons parlé musique. Il m'a donné des conseils judicieux sur la façon de mieux entretenir mon amati, et, à ma prière, a consenti à en jouer. J'ai eu droit à un magnifique lied de Mendelssohn qui m'a mis les larmes aux yeux. Un peu plus tard, à l'heure des alcools, il m'a demandé la permission de fumer la pipe. Grégoire-Victor la fumait, Oscar la fume également, et l'odeur du tabac ne m'est pas du tout désagréable.

Tandis qu'il tirait de longues bouffées, son profil mince et puissant découpé par les lueurs du foyer, je le considérais à la dérobée, en même temps que je redécouvrais, du coin de l'œil, les portraits accrochés aux murs du salon, tableaux que j'avais regardés tous les jours sans les voir. Les dates des modèles y étaient portées : Joseph Vernet était mort en 1789, Carle en 1835. Notre grand-mère commune, Camille, était née en 1795, ma mère Françoise en 1825. Quant à Julienne, qui était son aînée, elle était venue au monde en 1820, et avait épousé son Anglais assez tard, alors qu'on désespérait de la marier... en 1850, si ma mémoire est bonne. L'âge de mon invité — qui est sans âge — devait donc se situer aux alentours de...

— Trente-neuf ans, ma chère cousine.

J'en suis demeurée sidérée. Ce diable d'homme lisait-il donc dans les pensées ?

— Je ne suis que le cadet, expliquait-il, ses doigts joints dans une attitude méditative. J'ai un frère, de quatre ans plus âgé que moi.

Un épais silence a pesé entre nous, puis il a ajouté, d'un ton léger :

— Je déteste l'affectation théâtrale des illusionnistes, ma cousine. Aussi, vous donnerai-je quelques explications. Tandis que vous m'observiez, j'en faisais autant. C'est ainsi que votre regard a fait plusieurs fois le trajet entre ces tableaux de famille et ma modeste personne. En même temps, vos phalanges s'agitaient imperceptiblement, réminiscence inconsciente de l'époque où, à l'école, on vous apprenait à compter sur vos doigts. Vous calculiez, et de ces peintures, ce qui servait de base à des calculs ne pouvait être que leurs chiffres. Ajoutez que l'âge revêt, pour l'esprit féminin, une importance telle que l'éducation défend qu'on en aborde le sujet...

Dois-je l'avouer ? Je me suis sentie vexée, et c'est d'un ton presque acerbe que j'ai reparti :

— Est-ce votre profession, mon cousin, qui vous a exercé à cette brillante gymnastique de l'esprit ?

Il a souri, du coin des lèvres, avec une étrange timidité.

— Ne le prenez pas mal, ma cousine. Ce n'était qu'un divertissement, guère brillant, peut-être seulement habile, et dû à une longue pratique de l'observation quotidienne. Quant à mon métier...

Il a tapoté sa pipe contre le tablier de l'âtre.

— ... Mon métier est très particulier, voyez-vous. Je suis un homme qui rend des services, qui résout des problèmes, qui retrouve — parfois — des choses perdues. À ce titre, j'ai été sollicité par des individus, des familles... ou des gouvernements. Cela finit par donner une bonne connaissance de l'âme humaine.

J'ai brusquement repensé à Oscar, à Théodule, dont la disparition empoisonnait sa vie. Et, de façon absurde, je me suis demandé s'il n'entrait pas dans les activités de mon cousin Sherrinford de traiter ce genre de situations. Naturellement, je n'en ai rien dit, mais je n'ai pu retenir une question :

— Dites-moi, mon cousin : le sujet à la mode. Que pensez-vous des attentats anarchistes ?

Il n'a pas répondu tout de suite. J'ai cru comprendre, à certains plis de son front, que mes paroles avaient touché un point sensible, quelque part au fond de lui-même, derrière le masque d'impassibilité qu'il affichait. Il a déclaré, d'une voix soigneusement neutre :

— Je pense que ce genre d'affaires a pour effet principal de distraire la police de sa véritable vocation, qui est la recherche des malfaiteurs.

Oscar est revenu aujourd'hui. Sa première visite a été pour moi. Il est très sombre. Les nouvelles sont mauvaises, mais au moins en a-t-il : de commissariat en préfecture, en passant par le ministère des Cultes, il avait pu reconstituer l'odyssée de son frère. Dès son arrivée dans la capitale, Théodule avait été accueilli et hébergé par de la Hourmerie. Celui-ci l'avait même présenté à son directeur, M. Nègre, un homme cultivé, libéral, ouvert aux idées de progrès, qui l'avait fort bien reçu et, peu après, lui avait procuré une place d'auxiliaire au service des Dons et Legs. Las, Théodule n'y était pas resté longtemps. Arguant de sa mauvaise écriture et de son manque de goût pour le travail de bureau — il n'a reçu qu'un apprentissage de menuisier — il avait quitté la place. Encore l'avait-il fait dans des formes correctes...

Pour le reste, Oscar avait pu obtenir une audience du préfet de police qui lui avait fait part de sa compréhension, donnant à entendre combien les familles de ces égarés étaient finalement plus à plaindre qu'à blâmer. Il l'avait alors adressé au commissaire Ernest Raynaud, policier et poète, avec lequel leur commun état d'artiste l'avait amené à sympathiser. Il en avait ainsi obtenu des informations qui, en d'autres circonstances, lui eussent été refusées : dès son arrivée à Paris, Théodule avait effectivement fréquenté les milieux anarchistes de la capitale, notamment Bricou, Francis et la femme Delange. De ces trois derniers, arrêtés après l'attentat contre le restaurant Véry, Bricou et la femme Delange, sa maîtresse, avaient aussitôt accusé Théodule d'avoir posé la bombe. Seul,

Francis s'était montré plus réservé. Il avait reconnu que son groupe s'était servi de Théodule, encore inconnu des services de la Préfecture, pour monter l'attentat, mais que celui-ci avait toujours cru participer à un geste symbolique, une démonstration spectaculaire qui n'eût pas fait couler le sang. Quoi qu'il en fût, les investigations policières étaient alors demeurées infructueuses, Théodule étant recherché partout sauf là où il se trouvait : à la prison de la Santé, où l'avait conduit son tempérament irascible ; il y purgeait une peine de prison pour coups et blessures. Libéré, il avait aussitôt disparu. Ernest Raynaud le soupçonnait d'être parti pour la Belgique, et de là pour l'Angleterre.

— Et qu'en est-il de la Hourmerie ? ai-je demandé.

Là, les choses se compliquaient. Après une première entrevue très froide avec son cousin, Oscar était retourné le voir afin de récupérer les affaires de Théodule. L'entretien avait été orageux, de la Hourmerie ayant, cette fois, vidé son cœur. Ses rapports, déjà difficiles avec Théodule, avaient encore été envenimés par un incident tout à fait bénin, auquel un facteur psychologique mystérieux avait donné un relief démesuré. Après la disparition de son locataire, de la Hourmerie avait réoccupé la chambre qu'il avait mise à sa disposition, faisant un paquet de ses affaires, qu'il avait rangées dans un placard en attendant qu'Oscar vînt les reprendre. Or, parmi les livres de Théodule, presque tous doctrinaires, il s'en était trouvé un, édité à Londres, dont le titre avait retenu l'attention de la Hourmerie. Celui-ci, qui lisait l'anglais, s'était cru autorisé à l'emprunter. Il l'avait emporté au ministère, et là, il ne savait trop comment, l'avait égaré. Le fait eût pu n'avoir aucune conséquence, mais voilà que certaine nuit, un Théodule furtif, hagard, agressif, s'était présenté au domicile de la Hourmerie : il venait spécialement reprendre ce livre !

— Mais n'était-il pas déjà recherché par la police ? ai-je demandé à ce point de la relation d'Oscar.

— Si. Il avait pris tout de même le risque de se faire voir.

Incrédule, j'ai secoué la tête.

— Pour un livre ! Mais enfin, c'était quoi, un ouvrage rare sur l'anarchie, sur ses idées, sur quelque chose de politique ?

Oscar a eu un grand geste découragé.

— Eh non, justement ! Il ne s'agit que d'une sorte de récit d'aventures ! Cela s'appelle *Trois mois dans la jungle*.

— Mais Théodule ne lit pas l'anglais !

— Il avait commencé à l'étudier, comme il a étudié l'italien lors d'un voyage fait à Milan, il y a deux ans. Il rêve d'une confrérie internationale de l'Anarchie, et pour cela, il faut communiquer.

— Comment l'affaire s'est-elle terminée avec de la Hourmerie ?

— Pas bien du tout. Théodule a fort mal pris la chose, et il semble que seule la crainte d'attirer l'attention l'ait empêché de se montrer violent. Mais ce que de la Hourmerie a le plus mal accepté, c'est que Théodule se soit alors permis de prendre contact à ce sujet avec son propre directeur, M. Nègre ; car si étrange que cela paraisse, lui et Théodule avaient beaucoup sympathisé, lors du bref séjour de mon frère au service des Dons et Legs. M. Nègre a donc invité très comminatoirement de la Hourmerie à restituer ce livre à son propriétaire, tout proscrit fût-il, et jusqu'à ces derniers mois, il ne s'est passé de semaine qu'il ne revienne à la charge. Bien évidemment, les relations entre de la Hourmerie et son directeur s'en sont trouvées empoisonnées. Quant à moi, vous imaginez ma position dans cet imbroglio !

Il a conclu par un geste vague du menton.

— J'ai rapporté toutes les affaires de Théodule.

— Que comptez-vous faire, maintenant, Oscar ?

Il a secoué la tête, les yeux humides.

— Que puis-je faire, Irène ? Théodule est en Belgique, peut-être en Angleterre. Je n'ose même plus souhaiter qu'il revienne à Grenoble où, sans doute, mon domicile est surveillé… et puis, je suis si mal préparé à cette sorte d'enquête !

C'est alors que je lui ai parlé de Sherrinford.

21 février 1893

Oscar est réticent. La pudeur, je pense. Il répugne à déballer ses problèmes familiaux devant quelqu'un qui reste pour lui un étranger. Et puis, on dirait qu'il y a de la jalousie chez lui ; peut-être lui ai-je dépeint Sherrinford avec un peu trop de chaleur ? Il m'a prié de ne rien dire à mon cousin, mais a accepté de le rencontrer à dîner demain soir. De mon côté, grâce à mes relations, j'ai pu trouver à Sherrinford une maison isolée qui conviendra parfaitement à ses humeurs solitaires. Le loyer en est raisonnable, et cet après-midi, lors d'une brève visite qu'il m'a rendue, je lui ai donné les indications nécessaires pour qu'il puisse visiter sa nouvelle demeure.

22 février 1893

J'écris ceci avant d'aller me coucher. Le dîner a été froid. Les deux hommes ont peu sympathisé. Il faut reconnaître que leurs caractères se situent aux antipodes l'un de l'autre. Sherrinford m'a remerciée pour la maison que je lui avais procurée, et moi, un peu perfidement, j'ai amené la conversation sur les attentats anarchistes. Oscar, aussitôt rembruni, s'est réfugié dans le mutisme. De son côté, Sherrinford a prononcé une phrase énigmatique, un dicton de son pays : les arbres cachent la forêt. Je vois mal en quoi cette formule peut s'appliquer à la situation politique actuelle. Un peu plus tard, une question, très banale, posée par Oscar (Comment dois-je vous appeler, monsieur... ?) a paru légèrement embarrasser Sherrinford. Il a répondu, d'un ton égal :

— Je me suis inscrit à l'hôtel sous le nom d'Altamont, dont la consonance française me semble propre à ne pas éveiller la curiosité.

— Mais ce n'est pas votre vrai nom ?

Oscar a parfois l'insolence des natures trop vulnérables. Et c'est vrai qu'il m'a paru fragile, ce soir-là, malgré ses airs léonins et sa forte carrure, à côté de Sherrinford, long, sec, dur comme une lame d'acier ! Et qui ripostait placidement :

— Ma cousine a dû vous le dire, monsieur Meunier : j'exerce un métier très particulier, qui n'est pas sans m'attirer de nombreuses inimitiés. Je suis parfois obligé d'adopter des identités fictives.

Il a pris congé le premier. J'ai alors demandé à Oscar, non sans un soupçon de coquetterie honteuse, ce qu'il pensait de lui.

— Il possède un crâne tout à fait sculptural, a-t-il répondu.

Il semblait le penser vraiment. Les hommes sont bizarres. Et les artistes, qui en sont la condition extrême, encore plus.

23 février 1893

Sherrinford est passé cet après-midi pour m'annoncer qu'il avait retenu la maison. Il a renouvelé ses remerciements. Et moi, j'ai un peu trahi Oscar. Je lui ai demandé, dans la forme la plus feutrée possible, s'il envisagerait, le cas échéant, d'utiliser ses compétences à une recherche dont le résultat serait d'une grande importance pour un ami cher. Il m'a répondu, sans beaucoup d'ambages, qu'il aspirait pour le moment à la paresse, étant venu chercher à Grenoble une oasis d'oubli. Mais il a aussitôt corrigé ce que son propos pouvait avoir d'abrupt en indiquant qu'il n'avait jamais refusé sa collaboration à des affaires où la vie et l'honneur de quelqu'un étaient en jeu. Il avait visiblement compris que ma question, formulée sur le mode général, répondait à un cas plus particulier, qui me tenait à cœur.

Pendant un instant, s'est alors établi entre nous un dialogue étrange, où sans que chacun révisât ses positions, il s'efforçait de ménager l'amour-propre de l'autre. J'ai finalement renoncé à aller plus avant, sans pouvoir résister à une dernière question :

— Dites-moi, mon cousin, vous qui êtes anglais, avez-vous entendu parler d'un livre édité à Londres, qui s'intitulerait : *Trois mois dans la jungle* ?

L'effet de mes paroles a été remarquable. Il a tourné vers moi un visage transformé, comme figé par l'intensité de l'émotion ressentie. Il a répété, d'une voix sourde :

— *Trois mois dans la jungle* ?

— Mais oui.

— Qui vous a parlé de ce livre ?

Là, j'ai un peu balancé, pour ne lui livrer finalement qu'une bribe de ma vérité :

— Un parent d'Oscar est très affecté parce qu'une de ses relations, à qui il l'avait prêté, l'a égaré. C'est donc un ouvrage si précieux, ou si rare ?

Il a tourné la tête vers le foyer, évitant mon regard.

— Non, non, a-t-il murmuré, ni rare ni précieux. Il a été publié il y a huit ou neuf ans, mais on peut encore se le procurer, au moins chez les libraires d'occasion, et sûrement chez l'éditeur.

— Qui en est l'auteur ?

Brève hésitation.

— Son nom ne vous dirait rien, ma cousine, ce n'est pas un écrivain notoire. Mais le récit est intéressant, car cet homme a effectivement vécu dans la jungle asiatique…

Là-dessus, il a ajouté tout bas, comme pour lui-même :

— Il en a d'ailleurs gardé certaines habitudes.

26 février 1893

Oscar est de huit ans l'aîné de Théodule. Ses parents morts très tôt, c'est lui qui l'a élevé, tant bien que mal. Il n'est pas seulement son jeune frère, c'est aussi un peu son fils, et mon cœur se serre à le voir ainsi se ronger de souci. La moindre lueur, la plus petite nouvelle, et le voilà qui revit, comme Antée reprenant contact avec la terre, mais c'est pour retomber aussitôt dans les affres du plus noir pessimisme...

Hier, par exemple, il m'a envoyé l'un des apprentis de son atelier, pour me demander de le rejoindre aussitôt chez lui. Bien entendu, je me suis hâtée. Il avait une visite, un étrange jeune homme aux cheveux blonds, aux oreilles décollées de part et d'autre d'un long visage de pierrot blême. Avec cela, un accent italien à couper au couteau... Venu m'accueillir dans l'antichambre, Oscar m'a soufflé :

— C'est l'un de ceux que Théodule a connus à Milan, il y a deux ans... Il ne croit pas que Théodule soit capable de ce genre d'attentats. Il a tenu à venir me le dire, avant de gagner Lugano, où il se rend. Je veux que vous l'entendiez aussi, Irène.

Ce pauvre Oscar en est venu à ne plus faire confiance à ses propres sens, il se cherche des témoins aux moindres raisons qu'il a d'espérer... Bref, il m'a présenté cet Italien. Tout jeune, vingt ans peut-être, et il en aurait donc eu dix-huit quand Théodule l'a rencontré à Milan — « ... mais ces idéalistes acquièrent vite une grande maturité d'esprit » — et j'ai écouté le visiteur répéter, dans un français difficile, ce qu'il avait déjà affirmé à Oscar.

Car le bruit s'était répandu dans les cercles anarchistes européens que Théodule était recherché pour l'affaire du boulevard Magenta, les deux morts du restaurant Véry. Et sur ce point, l'Italien était formel. Théodule, comme lui-même, était rigoureusement opposé aux attentats aveugles. Il allait de soi que leur groupe d'idées n'excluait pas le tyrannicide, mais ils soutenaient tous que la noblesse d'une cause se mesure aux sacrifices qu'on lui consent. Ainsi, celui qui avait l'honneur de frapper, ne devait, en aucun cas, se tromper de cible, payât-il ce principe de sa propre vie. Exemple : le noble Grinieivetsky, se faisant sauter avec sa bombe pour être sûr de ne pas manquer le tsar Alexandre. Non, non et non, le véritable anarchiste n'était jamais ce lâche qui dépose un explosif anonyme et court se mettre à l'abri ! Au besoin, l'arme blanche était prônée !

Il y avait, dans les propos de ce presque adolescent, une arrogante timidité, une sorte d'innocence diabolique qui m'a, à la fois, séduite et terrorisée. Je n'ai pu m'empêcher de lui demander :

— Ainsi, vous pourriez sans remords supprimer une vie humaine ?

Il m'a répondu, d'une voix douce :

— Et de combien de morts sont responsables ceux qui gouvernent le monde, madame ? Morts dans les guerres, morts dans les bagnes, morts dans les mines, morts de misère...

— Et vous-même... ?

— Moi-même, a-t-il dit tranquillement, j'envisage de tuer un jour le pape et le roi d'Italie.

Je me suis écriée, suffoquée :

— Quoi, tous les deux ?

— Pas à la fois, a-t-il précisé. Ils ne sortent jamais ensemble.

Quand il a été parti, j'ai regardé Oscar : il m'a fait pitié. Se raccrocher à de telles ombres ! J'ai murmuré :

— Je crois qu'il est fou, Oscar.

— Peut-être, a-t-il riposté sur un ton hargneux, mais au moins, il est sincère, et m'a renforcé dans ma conviction que Théodule n'a pu commettre un acte aussi odieux !

J'ai insisté, douloureusement :

— Cela ne vous avance guère. Croyez-vous que si, un jour, Théodule passe aux assises, un jury puisse retenir comme valable le témoignage de ce..., de ce...

— Caserio, a dit Oscar, entre ses dents, il s'appelle Caserio...

2 mars 1893

Oscar s'assombrit de jour en jour. Je crains de le voir sombrer dans la neurasthénie. Au fond, comme tous les hommes et comme tous les adultes, il est resté un enfant, sans réactions raisonnables sous les coups du sort.

J'ai donc pris mon courage à deux mains et, cet après-midi, je me suis fait conduire à la nouvelle demeure de mon cousin Sherrinford, dans les faubourgs ouest de la ville. Il m'a reçue très aimablement, encore que son salon fût abominablement enfumé, et imprégné d'odeurs diverses dont celle du tabac n'était pas la plus forte. Il m'a offert un peu de porto, puis s'est installé en face de moi, très attentif. Ensuite, comme je ne trouvais pas d'entrée en matière, il a murmuré, doucement :

— Je détesterais jouer au devin avec vous, ma cousine. Aussi dois-je d'ores et déjà vous apprendre que je possède des informations que vous ignorez.

— À quel propos ? ai-je demandé d'un ton fragile.

— Théodule Meunier.

La stupéfaction m'a clouée au fond de mon fauteuil. Il a alors esquissé un geste étrange : il semblait comme agacé par l'effet que produisait sa propre science sur ses auditeurs.

— Je ne vous ferai pas languir, rassurez-vous. Vos questions sur les attentats anarchistes, l'attitude préoccupée de votre ami Meunier, l'intérêt fiévreux qu'il porte aux nouvelles de Paris, tout cela n'a pas été sans éveiller mon attention... Maintenant, sachez que mon frère occupe un poste des plus importants, quoique tout à fait occulte, au Foreign Office. Je lui ai câblé de me tenir au courant de tout ce qui pouvait concerner les mouvements anarchistes en Europe...

Il s'est ménagé un silence, avant de poursuivre, le front plissé dans un effort de réflexion :

— Selon les indications de Scotland Yard, un certain nombre de ces exaltés ont trouvé refuge à Londres, récemment. Parmi eux, un nommé Théodule Meunier, originaire de Grenoble. J'imagine que c'est un parent de votre ami Meunier..., son frère, son cousin ?

— Son frère.

Il a bourré sa pipe, méticuleusement, évitant mon regard comme sous l'effet d'une curieuse pudeur professionnelle.

— Si vous me disiez tout ?

Là, instinctivement, je me suis refermée à la façon d'une huître. Je lui ai fait observer, d'un ton un peu sec :

— Je n'envisagerais de le faire que si cela présentait quelque utilité. Il y a peu, vous ne sembliez guère intéressé par le problème.

— Depuis, je suis entré en possession d'informations qui ont modifié mon point de vue.

Je me suis écriée, impulsivement :

— Serait-ce à cause de ce livre, *Trois mois dans la jungle* ?

Il a eu une mimique comique, sorte d'hommage réticent rendu par l'intelligence à l'instinct.

— Décidément, ma cousine, vous en remontreriez à plus d'un homme de métier ! Cependant, permettez-moi de ne pas dévoiler mes motivations personnelles.

Je me suis réfugiée dans la maussaderie, lui dans le silence, et il m'est vite apparu que c'était une atmosphère dont il s'accommodait mieux que moi. Il a pourtant repris, sur le mode prudent :

— Je n'aimerais pas que vous compreniez mal ce que je vais vous dire, ma cousine, mais il faut que vous preniez en compte certaines nuances de l'amour-propre masculin.

— Le vôtre ? ai-je raillé.

— Non, celui d'Oscar Meunier. J'ai cru comprendre qu'il vous était très attaché (je n'ai pu m'empêcher de rougir violemment) et que, par conséquent, l'image qu'il vous donne de lui-même revêt à ses yeux une grande importance. Accepter mon secours en cette affaire, m'accorder un droit de regard sur sa vie privée, bref, se reconnaître, au moins dans un domaine particulier, mon obligé, mon débiteur, un peu mon inférieur, voilà qui ne manquerait pas de le gêner en votre présence...

— Donc ?

— Donc, je suggère que vous me donniez son adresse. J'irai le voir, seul. Je lui dirai que ma profession m'a mis à même de connaître certaines informations qui pourraient l'intéresser. Ainsi aurait-il l'air d'accepter mon aide plutôt que de la solliciter...

Spontanément, je me suis penchée, je lui ai pris les deux mains, et je me suis écriée, sans réserve excessive :

— Ah ! mon cousin, je soupçonnais que vous étiez quelqu'un de très efficace, je vois que vous êtes aussi une âme délicate !

Alors, Dieu me pardonne, je crois bien qu'il a rougi à son tour !

9 mars 1893

J'avais craint que la démarche de Sherrinford ne se soldât par un échec, je me disais que les caractères de ces deux hommes étaient visiblement trop opposés pour qu'ils en arrivent à un accord, mais non... En fait, ils sont à présent sans cesse l'un chez l'autre. Oscar m'a même confié, d'un air détaché, qu'il commençait un moulage du crâne de Sherrinford, pour une sculpture ultérieure. Mon cousin me prête un certain instinct. Est-ce cet instinct qui me fait soupçonner qu'Oscar a bénéficié de confidences touchant l'identité exacte et les véritables activités de Sherrinford ?

Moi qui prêtais à Oscar de la jalousie vis-à-vis de Sherrinford, je me demande maintenant si ce n'est pas moi qui suis un peu jalouse. Jalouse de l'amitié nouvelle portée par Oscar à mon cousin ; jalouse de la confiance que celui-ci lui fait et que, peut-être, il me refuse. Tout cela est décidément absurde ! Quel droit aurais-je à l'exclusivité des sentiments de Sherrinford ?

Cet après-midi, cependant, ils ont daigné me faire participer à l'un de leurs conciliabules. Sherrinford m'avait fait appeler, attendant probablement de moi des lumières que j'étais seule à pouvoir lui apporter. Et sans doute afin de ménager ma susceptibilité, a-t-il cru bon de me tenir au fait de certaines des conclusions auxquelles il était parvenu. Toute son attention semblait s'être portée sur ce livre mystérieux que de la Hourmerie avait emprunté à Théodule et égaré dans les méandres de son ministère. Pourquoi Théodule, au prix de risques considérables, avait-il tout tenté pour le récupérer ? Pourquoi avait-il même prié le directeur du service des Dons et Legs d'intervenir auprès de la Hourmerie ?...

J'ai opiné, timidement :

— Mais enfin, mon cousin, vous m'avez dit vous-même qu'on peut encore se le procurer chez les libraires ou chez l'éditeur !

Il a hoché la tête, le visage impénétrable.

— Ce point constitue un indice de plus, ma cousine. Il ne s'agit pas de l'ouvrage en tant que tel, mais bien de l'exemplaire possédé par Théodule, lequel doit présenter une valeur intrinsèque.

— Laquelle ?

— Eh ! si nous le savions, la moitié du problème serait résolue !

Sherrinford bourrait sa pipe. Avec le magnifique dédain des conventions qu'il affichait, il nous avait reçus en robe de chambre, et pendant qu'il tassait son tabac dans le fourneau, sa manche a glissé, découvrant un avant-bras sec et noueux. J'ai alors remarqué, à la saignée du coude, de petits points bleus qui évoquaient irrésistiblement les traces laissées par l'aiguille d'une seringue. J'en ai ressenti un malaise indéfinissable. Et Sherrinford a parlé, très lentement, comme craignant que ses paroles ne nous infligeassent une trop grande surprise :

— Je pense que la vérité ne peut se trouver qu'au ministère des Cultes, plus spécialement au service des Dons et Legs, où cet exemplaire a disparu, peut-être pas seulement sous l'effet du hasard...

Une pause, puis :

— Je compte y effectuer une petite enquête.

Oscar et moi, nous nous sommes regardés, effarés. Oscar a dit enfin, d'une voix contrainte :

— C'est très... c'est vraiment généreux de votre part, mais comment vous recevra-t-on là-bas ? À quel titre pourrez-vous y solliciter des collaborations ?

Pour la première fois, Sherrinford a eu un sourire joyeux.

— Oh ! quant à cela, ne vous faites aucun souci ! Et c'est là, ma cousine, que votre aide va m'être précieuse... Meunier vous a présenté de la Hourmerie, n'est-ce pas ?

— Oui, cela fait deux ou trois ans, peu avant la mort de mon mari.

— À propos d'un legs que celui-ci voulait faire au musée de Vanne-en-Bresse, sa ville natale ?

— Oui.

— De la Hourmerie connaît-il le conservateur de ce musée ?

— Pas du tout ! me suis-je exclamée. De la Hourmerie n'est jamais allé à Vanne-en-Bresse ! Il faut que vous sachiez comment les choses se passent, mon cousin. Quelqu'un fait un legs à un musée ou à un organisme d'État quelconque. Ce legs n'est pas automatiquement reçu. Il doit d'abord être homologué et accepté par le service compétent, rattaché au ministère des Beaux-Arts, de l'Instruction publique ou des Cultes, selon la doctrine du moment. Cela prend un temps considérable. En fait, notre dossier se trouve toujours à l'étude depuis deux ans.

— En attendant, que devient l'objet du legs ?

— Tant qu'une décision n'est pas prise, il reste chez le donateur. Tout est encore entreposé dans mon grenier.

— Et cela consiste en quoi ?

— Deux chandeliers Louis XIII et une paire de jumelles marines d'époque…, le tout sans grande valeur
marchande.

Sherrinford s'est frotté les mains, tout doucement.
Une jubilation secrète gommait furtivement les rides,
tout autour de sa bouche mince.

— Sans valeur, sans valeur…, c'est vous qui le dites,
ma cousine. Vous verrez que cela en a plus que vous
ne le pensez !

16 mars 1893

Nous sommes allés accompagner mon cousin à la
gare. Les adieux ont été très réservés, empreints
d'une pudeur un peu guindée. J'ai eu l'impression
confuse que notre gratitude gênait Sherrinford aux
entournures de sa conscience, un peu comme si cette
enquête, qu'il était censé entreprendre pour notre
compte, répondait en réalité à des préoccupations
tout à fait personnelles. Il ne m'a pas dit : « Au revoir,
ma cousine » mais « Au revoir, Irène ». C'était la première fois.

Pourquoi en ai-je été si stupidement troublée ?

17 mars 1893

Oscar et moi avons parlé de Sherrinford à cœur
ouvert. Nous sommes tombés d'accord sur le fait
qu'une grande partie de sa personnalité nous demeurait obscure, mystérieuse, voire inquiétante. J'ai demandé à Oscar s'il avait remarqué ces traces de
piqûres, sur son avant-bras. Il a un peu hésité avant
de répondre, et puis il a haussé les épaules.

— Après tout, Irène, il n'a exigé de moi aucun secret, et je ne vois pas pourquoi je vous dissimulerais ce que lui-même ne cache guère... mais j'aimerais autant que vous gardiez cela pour vous : il se drogue.

J'en suis restée abasourdie.

— Comment cela, il se drogue ?

— Cocaïne, a précisé laconiquement Oscar. Cocaïne diluée dans une proportion qu'il n'a pas daigné me révéler. Il prétend que cela stimule ses facultés intellectuelles.

— Mais c'est dangereux ! me suis-je écriée, tout à fait banalement. Il faut qu'il se débarrasse de cette habitude ! A-t-il consulté un médecin ?

— Il en a un, à Londres, le Dr Watson, mais figurez-vous, ma chère, que ce praticien le croit mort, et que votre cousin tient absolument à le maintenir dans cette erreur. Grotesque, non ?

I. L'aventure du dossier perdu

« ... Je vous dois beaucoup d'excuses, mon cher Watson, mais il était trop important qu'on me crût mort... »

SIR ARTHUR CONAN DOYLE, *La maison vide*

1

Il en est de Watson comme de ces bons chiens dont l'inaltérable fidélité finit par agacer, mais chez qui, paradoxalement, les manifestations d'indépendance prennent des airs d'ingratitude. Lors d'une discussion que nous avions eue sur la manière dont il relatait mes enquêtes, il m'avait lancé, un peu sèchement :

— Essayez donc, Holmes, vous verrez si c'est facile !

Pari tenu. C'est ainsi que je rendis compte de l'aventure dite du « soldat blanchi » et de celle de « la crinière du lion ».

Brave Watson ! Après mon odyssée aux chutes de Reichenbach, il avait transcrit mes propos sans les mettre en doute, en bon hagiographe qu'il est. Bien entendu, je n'ai pas exploré l'Himalaya, je n'ai pas visité La Mecque et je n'ai jamais rencontré le calife de Khartoum. J'avais passé en France les trois années qui avaient suivi mon duel avec Moriarty, et si, effectivement, j'étudiai à Montpellier les dérivés du goudron de houille, il fallut la crédulité foncière de mon ami pour croire que j'y avais mis six mois alors que le tour de la question avait été bouclé en moins d'une semaine. La vérité, c'est que je m'étais offert un retour aux sources.

Watson l'a rapporté dans *L'interprète grec*, la branche maternelle de mon arbre généalogique est française. Et comment mon frère Mycroft et moi pourrions-nous ne pas avoir « l'art dans le sang » alors que nous comptons parmi nos ascendants des peintres tels que les trois Vernet ou Hippolyte Lecomte et un graveur aussi renommé que Moreau le Jeune ? Toutefois, ce que je n'avais pas prévu, c'est que ce pèlerinage sentimental allait déboucher sur la plus dangereuse de mes aventures. Je me souviens avoir un jour débattu avec Watson du sens exact à attacher au mot « grotesque ». Je lui avais alors soutenu que ce terme pouvait impliquer la notion de tragique ou de terrible, ce qui l'avait beaucoup surpris. Or, jamais l'une de mes affaires n'a mieux illustré cette idée. Je crus d'abord entreprendre une enquête où dominerait l'élément dramatique, puis je tombai dans une situation grotesque, dont les événements, par le fait même de l'enchaînement absurde qui leur était propre, me ramenèrent finalement à toute l'horreur du crime.

À ma prière, Watson n'a jamais relaté par le détail ce qu'il a appelé l'affaire de « l'assassin du boulevard ». Il en eût été bien en peine, dans l'ignorance où je l'avais tenu de plusieurs données du problème, et aussi à cause de certaines nuances de la langue française, où telle formule peut acquérir un sens différent de celui qu'on lui voit d'abord. Pourtant, dois-je l'avouer ? Si je me suis montré si discret, c'est qu'ayant démasqué l'assassin je considère tout de même ce cas comme un échec personnel.

2

Je ne suis ni le plus sage ni le meilleur des hommes, ainsi que l'a prétendu Watson. Je ne suis pas, non plus, une sèche machine à raisonner, et cet après-midi-là, j'appréciai, comme tout un chacun, la caresse d'un soleil parisien tout frais sorti de l'hiver. Bien évidemment, j'avais revêtu une autre apparence que la mienne, celle que je prêtais à un vieux conservateur de province : poil gris, barbe clairsemée, et surtout un bon pied de moins : j'ai de grandes facilités à réduire ma taille. Je précise, pour l'anecdote, que je devais reprendre ce même déguisement un an plus tard, lorsqu'il s'agit d'approcher Watson sans éveiller son attention, dans l'affaire de « la maison vide ».

Ce fut donc sous cet aspect rassurant et légèrement cacochyme que j'avais loué une chambre dans un hôtel discret de la rue de Bellechasse, au cœur de ce qu'on appelle à Paris le quartier des ministères. Je me présentai à la direction des Dons et Legs vers les trois heures. Sinistre bâtiment, en vérité, façade grise et sans relief surmontée d'un drapeau dépenaillé insensible à la brise du premier printemps. Sous la voûte parcourue de courants d'air qui ouvrait rue Vaneau, je m'adressai à un gnome solennel, coiffé d'une monumentale casquette galonnée. Il me prodigua des explications extrêmement confuses, dont je me promis d'arguer éventuellement pour justifier mes errances et mes indiscrétions. Il fallait, en tout cas, monter un escalier...

Je me trouvai bientôt perdu dans un labyrinthe obscur aux relents de catacombe, qu'éclairaient d'étroites fenêtres ou, de loin en loin, des quinquets agonisant d'un gaz trop mesuré ; pénombre blafarde résonnant de bruits furtifs, accablée de silences soudain rompus par des voix aussitôt assourdies et comme effrayées par leurs propres éclats. Je pensai irrésistiblement à certaines ruelles crépusculaires de Spitalfield ou de Limehouse, dont des assassins obstinés, hantés par l'esprit du crime, ont fait leur terre d'élection. Mais qui, dans cette paisible retraite administrative, pouvait avoir l'idée de tuer ?

— On ne sait vraiment si tout cela est plus grotesque que lugubre ou plus lugubre que grotesque !

Le mot grotesque m'a toujours fasciné, je l'ai dit plus haut. Mais ce jour-là, associé au mot lugubre, il me figea littéralement sur place. Ces paroles, étouffées sans doute par quelque porte capitonnée, avaient cependant été prononcées assez fort pour que l'écho du couloir leur donnât une dimension redoutable. Au son, je me guidai vers l'endroit où l'on criait.

D'autres exclamations me parvinrent bientôt, lancées sur le ton d'une indignation dont le motif n'apparaissait pas clairement :

— Quel massacre, non mais quel massacre ! Vous êtes le Desrues de notre siècle, monsieur Lahrier, une Brinvilliers en pantalons ! Il y a huit jours, vous avez perdu votre beau-frère, le mois dernier votre tante ! Vous avez enterré votre père à Pâques, votre mère à la Trinité, sans oublier tous les cousins et cousines que vous trucidez, à raison d'un par semaine, depuis des mois ! Décidément, vous maniez en artiste la poudre de succession !

En un éclair, me revinrent en mémoire les noms de nos grands empoisonneurs nationaux, Palmer, Cross, Pritchard, Wainwright, Cream..., les Français allaient-ils nous supplanter dans ce domaine ? Je ressentis le petit frisson des grandes affaires. Mais alors que je débouchais sur la dernière portion de corridor d'où arrivaient ces rumeurs sinistres, je fus surpris par un spectacle insolite : un individu étriqué, en uniforme de garçon de bureau, écoutait à l'une des portes. Mon apparition inopinée le fit sursauter. Il s'éloigna précipitamment, le dos rond, l'œil mauvais, le pas traînant sur les dalles sonores.

Je m'approchai. La chance me favorisait : une plaque de cuivre indiquait que le bureau en question était celui de M. de la Hourmerie, le cousin d'Oscar Meunier. Je cognai, assez nettement pour que je pusse soutenir l'avoir fait, mais avec suffisamment de discrétion pour que le bruit en fût couvert par la violente diatribe qui éclatait à l'intérieur... Deux secondes d'attente, puis j'entrai. L'endroit, vaste comme une halle, aussi haut qu'une nef, baignait dans une glauque lumière d'aquarium. La faute en revenait sans doute aux classeurs en carton qui tapissaient les murs jusqu'au plafond, et dont le vert émoussé absorbait le jour faible venant des trois fenêtres qui ouvraient sur une cour encaissée. Atmosphère douillette, feutrée, où mes pas, sur un tapis de mousse rase, ne s'entendaient guère...

Derrière un grand bureau, trônait un petit monsieur presque chauve, au visage économe, aux yeux d'une extrême mobilité. C'était lui qui criait. En face, debout dans une attitude de contrition narquoise, se tenait un homme beaucoup plus jeune, dont les traits révélaient un caractère enjoué et légèrement cynique.

Je dus admettre que la morphologie typique du criminel, telle que la définit Cesare Lombroso, n'y apparaissait pas à l'évidence. Il m'aperçut le premier alors
que son interlocuteur poursuivait sur sa lancée :

— Je suis fatigué des ruptures d'anévrismes, des
embolies pulmonaires, des accidents de fiacre ! Sur les
trois employés affectés à l'expédition, M. Soupe est
gâteux, M. Letondu donne des signes de démence caractérisée, et vous-même appliquez de façon littérale
le terme « expédition » à tous les membres de votre
famille, laquelle est fort nombreuse. Je vous le dis,
monsieur Lahrier, l'administration française ne vous
alloue pas deux mille quatre cents francs pour que
vous vous livriez à cette hécatombe hebdo…

Sa voix s'étouffa. Il m'avait vu à son tour. Il parut
excessivement contrarié, me lança d'un ton sec :

— Qui êtes-vous et que voulez-vous ?

— J'ai cogné à la porte, lui répondis-je, prenant un
air de modestie effacée, et j'ai cru qu'on me disait
d'entrer. Je suis le conservateur du musée de Vanne-
en-Bresse…

La densité du silence qui tomba aussitôt me saisit.

J'eus la sensation immédiate, irrépressible, d'avoir
soulevé un problème brûlant. Les secondes s'écoulèrent, puis M. de la Hourmerie murmura, faiblement :

— Prenez donc une chaise, monsieur…

Puis, à celui qu'il appelait Lahrier :

— Qui a traité le legs Quibolle ?

J'enregistrai instinctivement que le nom de Vanne-
en-Bresse avait aussitôt évoqué pour lui le legs Quibolle mais, somme toute, cela s'expliquait, puisque
c'était lui qui avait renseigné ma cousine Irène sur les
formalités à accomplir pour cette démarche…

Lahrier répondait déjà, avec un empressement suspect :

— M. Chavarax, monsieur...

Cette fois, c'était net, une complicité existait entre les deux hommes. Leur querelle mise en sommeil, ils s'appliquaient maintenant à juguler ma curiosité : le dossier Quibolle avait été soumis pour décision au Conseil d'État, oui monsieur, et si bien soumis que Lahrier lui-même l'y avait envoyé. Quant à la réponse, elle arriverait incessamment. C'était une question de jours, que dis-je de jours ! d'heures...

Je m'inclinai.

— J'aurai donc l'honneur de vous revoir, messieurs. J'ai pris pension à Paris pour deux semaines.

Je repartis, les laissant fort embarrassés. J'étais moi-même des plus perplexes : le legs Quibolle, que j'avais choisi comme prétexte pour m'introduire dans la place, constituerait-il un mystère en soi ?

3

J'avais un nom, Chavarax, qui allait me servir de fil d'Ariane dans les méandres du bâtiment. Durant l'heure qui suivit, j'ouvris de nombreuses portes, parfois sur une pénombre anonyme et silencieuse, parfois sur des locaux animés où certains employés se livraient à des activités dont le rapport avec les tâches administratives m'échappait complètement.

Des plaques ambitieuses, apposées sur le bois, m'indiquaient les noms des titulaires de ces bureaux. C'est ainsi que je rencontrai d'abord un M. Van der Hogen, dont je n'aperçus que les pieds, tout en haut d'une échelle, le reste du corps disparaissant dans

l'obscurité d'un placard haut placé ; puis, un M. Gourgochon, qui travaillait dur à repasser des chapeaux,
devant une cheminée rougeoyante où s'alignait une
rangée d'énormes fers.

— Un coup à votre melon ? me proposa-t-il obli-
geamment.

Je déclinai l'invitation. Je tombai enfin sur un
M. Guitare, commis d'ordre, ce qui, si je m'en souviens bien, signifiait dans le jargon du lieu qu'il traitait du matériel et de la comptabilité. Ce Guitare,
tranquillement occupé à rafistoler sa chaussure avec
un morceau de ficelle, me parut si disponible que je
m'autorisai à lui demander où je pourrais trouver
M. Chavarax.

— Au-dessus, dit-il, le doigt levé.

Il n'avait pas fini de parler qu'un choc effroyable
ébranlait le plafond, d'où une fine poussière de céruse
chut en pluie sur ses cheveux. À surprendre mon regard effaré, il m'expliqua, sur le ton du plus grand naturel :

— C'est M. Letondu, un expéditionnaire partisan
de la régénération de l'âme par la gymnastique...
mais à laisser ainsi retomber ses haltères, il finira par
démolir le plancher.

— Et M. Chavarax ? questionnai-je faiblement.

— Son bureau est voisin... Surtout, ne vous trompez pas ! ajouta-t-il cordialement au moment où je
sortais, Letondu est fou !

Je regrimpai un étage. Tandis que je gravissais les
marches, le bâtiment résonnait de coups sourds et ré-
pétés, comme sous une canonnade administrative.

— Letondu lance le poids, dit, sur mon passage, un
garçon de bureau à l'un de ses collègues. Un jour, il
tuera quelqu'un.

Arrivé devant la plaque marquée *Monsieur Chava-rax*, une curiosité malsaine m'incita à aller pousser la porte voisine. J'y vis un surprenant spectacle. Un homme dans la force de l'âge, trapu, cheveux en brosse, torse nu, soulevait de la main gauche un lourd tabouret de bois, qu'il jetait à la volée contre le mur opposé.

— Courants d'air ! hurla-t-il, entrez ou sortez, nom de Dieu !

Je sortis. Au même moment, la porte du bureau voisin pivota, pour livrer passage au personnage curieux que j'avais surpris espionnant la conversation entre de la Hourmerie et Lahrier. Il faisait sauter dans sa paume une pièce de monnaie que venait sans doute de lui glisser l'occupant du local, dont j'aperçus une seconde la silhouette replète, le temps que le battant se refermât. L'homme me lança un regard malveillant, du style « encore vous ! », puis me demanda, avec une insolence à peine contenue :

— Vous cherchez quelqu'un, monsieur ?

— Précisément M. Chavarax, de chez qui vous sortez, lui répliquai-je d'un ton sec.

Tandis qu'il s'éloignait, je cognai discrètement. On me dit d'entrer et j'obéis. Je me trouvai en face d'un individu sans épaules, dont les yeux pâles vacillaient dans un visage mou, encadré d'un rare duvet blond.

— Monsieur Chavarax ?

— C'est moi.

— Je viens de chez M. de la Hourmerie, qui m'a appris que vous aviez traité le dossier Quibolle. Je suis le conservateur du musée de Vanne-en-Bresse, à qui le legs est destiné.

Il haussa des sourcils un peu surpris, avant de sourire, avec un geste large de la paume :

— Mais asseyez-vous donc, mon cher monsieur !

Tant d'urbanité me surprit, en même temps que je lui soupçonnais un relent d'affectation. Assis derrière son bureau, Chavarax poursuivait, d'une voix dont il polissait à plaisir la suavité :

— J'ai effectivement eu à connaître de cette affaire, mon cher monsieur. Dossier compliqué s'il en fut. Malheureusement, il... il m'a été en quelque sorte retiré.

— Il aurait été envoyé au Conseil d'État.

Il haussa encore les sourcils, dans une mimique faussement distinguée qui devait lui être familière.

— On vous a raconté cela ?

— On me l'a dit : M. de la Hourmerie lui-même. D'ailleurs, un M. Lahrier, qui se trouvait là, m'a confirmé la chose.

— Vous ont-ils donné des détails ? questionna-t-il, sur un ton dont l'ostensible ironie mit en alerte ma vigilance.

— Non... non. Je dois dire que j'avais interrompu une discussion fort animée, à laquelle je n'ai pas compris grand-chose. M. de la Hourmerie semblait reprocher à M. Lahrier une série de deuils intervenus dans sa famille, comme s'il en avait été responsable...

Cette fois, Chavarax s'esclaffa bruyamment.

— Façon de parler, cher monsieur, mais là, M. de la Hourmerie noircit odieusement son collaborateur. Lahrier ne se borne pas à la nécrologie, il a aussi des activités plus roses : il marie, il baptise, il participe à des communions solennelles... Que voulez-vous, il s'est inventé une famille où ascendants et collatéraux sont si nombreux que les occasions de s'absenter pour satisfaire à ses obligations ne le sont pas moins.

Je surprenais là un nouvel aspect du personnage. Avec une parfaite bonne conscience, il habillait d'indulgence amusée une perfidie tout à fait naturelle. J'en eus l'immédiate confirmation lorsqu'il reprit, d'un ton qu'il voulait désinvolte :

— Charmant garçon, ce Lahrier, d'ailleurs ! Adoré des femmes qu'il fait venir jusqu'ici et culbute à l'occasion sur le buvard de son bureau, intelligent, spirituel, bref, doué de toutes les qualités de l'esprit et du cœur... si doué même que tout le monde se demande ce qu'il fait dans un ministère. Savez-vous qu'il écrit ?

J'avouai mon ignorance d'un événement si considérable.

— Mais oui, mais oui ! Il donne chaque quinzaine à *L'Écho de Paris* une chronique humoristique sur la vie de bureau. On peut comprendre qu'il ait besoin de temps pour rédiger ses articles, n'est-ce pas ?

Devant mon silence, il précisa, d'une voix ampoulée, aux redondances inexplicablement obscènes :

— Cela peut paraître aberrant, mais croyez-le ou non, mon cher monsieur, l'Administration est la proie des artistes. Pensez-vous que Lahrier pourrait en prendre tant à son aise, malgré l'hostilité d'un la Hourmerie, s'il n'était soutenu par notre propre directeur, M. Nègre ? Pourquoi ? Eh ! parbleu, parce que, lui aussi, il écrit ! Sous le nom de sa mère — car il faut tout de même préserver le prestige de sa fonction — il collabore à des vaudevilles, à des pièces de boulevard. Tenez, on joue de lui en ce moment, aux Folies, l'opérette *Le Roi-Mignon*, dont l'air le plus connu est : *Si j'avais un caniche à poil ras*. Vous devez sûrement l'avoir entendu.

— J'avoue que non, dis-je humblement.

— Voulez-vous que je vous le fredonne ?

— Je ne pense pas que ce soit indispensable.

Il reprenait déjà, impavide :

— Je vous le dis, mon cher monsieur, les écrivains forment une société secrète à la façon des carbonari et se soutiennent honteusement entre eux, pendant que d'autres assurent la grandeur et la pérennité de l'Administration française ! Tenez, moi qui vous parle, savez-vous que j'ai refusé un mariage fabuleux avec, à la clé, un million de dot et la direction d'un grand journal réactionnaire ?

— Vraiment ?

— Eh oui ! C'eût été une gifle infligée à mes sentiments républicains. Et puis, que voulez-vous, j'ai la tripe administrative, moi ! On ne se refait pas...

Il parlait, il parlait, tandis que je feignais la plus grande attention. En même temps, je réfléchissais. Il me fallait cultiver la connaissance de cet homme, quelle que fût l'antipathie qu'il m'inspirait : indiscret, perfide, envieux, il était le mieux placé pour m'apporter les informations que je recherchais. D'ailleurs, ne graissait-il pas la patte du garçon de bureau afin que celui-ci lui rapportât ce qu'il écoutait aux portes ?

Un peu plus tard, ayant pris congé de lui, je me retrouvai dans le dédale des couloirs obscurs. Le bruit de canonnade avait cessé. Letondu devait se reposer de ses efforts athlétiques. Il en résultait un silence lourd de toutes les menaces et de tous les dangers. Sur le chemin de la sortie, je passai devant un bureau dont la plaque annonçait : *MM. Lahrier et Soupe, expéditionnaires.* J'en poussai doucement la porte...

C'est alors qu'un monstre horrible surgit devant moi, me glaçant le sang dans les veines : visage blafard, crayeux, nez écarlate et, sous des cheveux tombant en mèches folles, des yeux blancs qui roulaient

entre des paupières sanguinolentes. J'avais poussé
une exclamation sourde, tout en reculant d'un pas,
mais la seconde d'après la situation changeait de tournure : mon vampire redressait ses cheveux, remettait
ses paupières à l'endroit et, tout confus, se confondait
en excuses. C'était Lahrier, qui avait préparé cette
farce à l'intention de son collègue Soupe, pour le
punir de ses trivialités et de ses humeurs obtuses.

— Vraiment, cher monsieur, je suis tout à fait désolé, j'ai dû vous causer une frayeur considérable !
C'est de la craie que je me suis passée sur le visage, et
ce rouge, sur mon nez, ce ne sont que des pains à ca-
cheter. Quant à mon regard blanc et à mes paupières
retournées, il s'agit d'un vieux truc de collégiens...

Je louai aussitôt le bon goût de la plaisanterie, et
dis à Lahrier combien moi-même appréciais qu'un esprit primesautier contribuât à enrichir l'ambiance déjà
si enjouée de l'Administration française : j'avais intérêt à ménager le personnage. Nous nous séparâmes
dans les meilleurs termes du monde.

Tout de même, je trouvais bien curieuses les mœurs
des fonctionnaires français, et je reconnaissais avoir
éprouvé là l'une des plus grandes peurs de ma vie, exception faite de celle ressentie quatre ans plus tôt,
pendant l'aventure du *Chien des Baskerville*, dont on
a peut-être entendu parler...

4

J'avais formé un projet audacieux : me laisser enfermer un soir à la direction des Dons et Legs, afin de
pouvoir, tout à loisir, opérer une petite exploration
des lieux ; non que je comptasse y découvrir aussitôt

quelque chose, mais enfin ce livre, égaré par de la Hourmerie, devait bien avoir été oublié sur place, peut-être dans un coin ignoré de son propre bureau. Restait à savoir si j'y trouverais le moindre indice tendant à établir l'innocence — au moins morale — de Théodule Meunier dans l'affaire du restaurant Véry.

Car les choses commençaient à prendre un caractère d'urgence. Les journaux annonçaient pour le 11 avril, soit d'ici peu, l'ouverture du procès des assassins du boulevard Magenta, Bricou, Francis et la femme Delange. Quant à Théodule Meunier, il demeurait introuvable, sans doute réfugié à l'étranger, peut-être à Anvers, peut-être à Londres. Je pariais sur Londres, pour des raisons qui m'étaient personnelles.

Ce matin-là, pourtant, mon humeur ne me portait guère au travail. Dès ma sortie dans la rue, le printemps m'avait assailli, dans une symphonie de lumières, un bouquet d'odeurs, et la tiédeur un peu friponne de l'air me promena à travers les rues pour une quête confuse, nourrie d'allègres nostalgies comme de soifs imprécises. Sous les arbres qui éclataient en bourgeons, je m'arrêtai un instant, à voir défiler une compagnie de cuirassiers. Je ne suis pas aussi porté que Watson sur la chose militaire, mais je l'avoue, je trouvai alors ce spectacle chamarré des plus agréables.

Je décidai de consacrer ma journée à mieux connaître Paris, que je sillonnai en fiacre, puis en tramway. J'empruntai même, pour un plaisir de touriste, le tramway à vapeur, système Harding, qui allait de la gare Montparnasse à la gare d'Orléans. Vers le soir, je me retrouvai aux environs de la place de la République. Une lointaine rumeur y parvenait, comme un bruit d'émeute ou la respiration géante d'une foule. J'arrivai ainsi boulevard du Temple.

Je fus aussitôt plongé dans l'atmosphère de foire, le vacarme gigantesque de cette artère des plaisirs, où dans un perpétuel brouhaha se donnaient rendez-vous toutes les joies et toutes les licences de la capitale. Les restaurants et les cafés regorgeaient d'un monde bruyant, qui se jetait frénétiquement dans la fête, sur un fond d'appels, de sonnailles, de musiques antagonistes moulues par les orgues de Barbarie. À voir se succéder les façades des théâtres, je me souvins qu'on y représentait de si somptueux mélodrames que le boulevard du Temple avait mérité de s'appeler le boulevard du Crime. C'était un peu notre Mart Street, mais une Mart Street encanaillée, car de loin en loin se dressaient des baraques où se donnaient des spectacles sordides, souvent interlopes, sans compter artistes, baladins et saltimbanques de tout poil qui s'exhibaient sur le trottoir. J'y vis des équilibristes, des danseurs sur échasses, des magiciens, des avaleurs de sabres, la femme la plus grosse du monde, plus Hautier le Breton, hercule attitré du lieu...

À travers la foule pressée, joyeuse, vociférante, je revins vers les théâtres, le Cirque, la Gaîté, les Funambules, le Petit-Lazary et enfin les Folies-Dramatiques, où une affiche multicolore annonçait une prochaine soirée de gala à l'occasion de la centième de l'opérette *Le Roi-Mignon*... Le Roi-Mignon, cela me rappelait quelque chose... Parbleu, l'espèce de vaudeville dont Chavarax m'avait parlé, et auquel son directeur, M. Nègre, avait collaboré anonymement ! En moi s'éveillait une idée confuse, que je ne me formulais pas encore clairement... Mais voici qu'on me tirait par la manche : un bourgeois rubicond, un peu gêné, qui disait :

— Monsieur, monsieur, vous ne voudriez pas entrer avec moi là-dedans ?

— Pardon ? fis-je, très choqué.

Il me montrait une grande baraque en bois, dont l'enseigne annonçait : *Ici, pour trois sous, on montre ce que Dieu lui-même ne pourrait voir !* Je questionnai le bourgeois, qui fleurait d'une lieue sa lointaine province :

— Et pourquoi faudrait-il que je vous accompagne dans cette baraque, monsieur ?

— Eh bien, parce que le patron ne veut laisser entrer les clients que deux par deux.

Tout cela me sembla très curieux. Et puis, trois sous ce n'était pas le Diable. Je suivis donc l'homme à l'intérieur d'une petite salle aux murs nus. D'un guichet, monta alors une voix désincarnée, à travers, j'imagine, un système de diaphragmes :

— Messieurs, regardez-vous bien l'un l'autre !

Ce que nous fîmes. Et je dois dire que mon vis-à-vis m'apparut alors d'une indécente insignifiance. La voix reprit :

— Eh bien, vous venez de voir ce que Dieu lui-même, malgré son omnipotence, ne verra jamais : votre semblable. Car Dieu, qui est unique, ne verra jamais le sien.

Je sortis de là tout à fait furieux : ce devait être une des manifestations de ce qu'on appelle l'esprit français.

5

Vers trois heures de l'après-midi, le lendemain, je me présentai à la direction des Dons et Legs, portant une discrète petite sacoche. L'espèce de chimpanzé solennel qui, sous sa casquette-parasol, présidait aux entrées de la rue Vaneau, m'indiqua, dans une haleine alcoolisée, le chemin à prendre pour parvenir chez M. Chavarax : à droite, puis à gauche, puis à droite ; là, monter un escalier... mais je descendis le premier qui m'offrit ses marches.

Mon plan était de choisir un refuge où me dissimuler en attendant que le bâtiment fût désert et livré à la nuit. Je me trouvai bientôt dans les caves, interminable perspective éclairée par des quinquets muraux, succession de longues zones d'ombre ponctuées de petites oasis lumineuses. Un escalier en colimaçon m'amena vers un second niveau souterrain, en une descente abrupte, où la spirale de la rampe prenait des allures reptiliennes. Il régnait en bas une atmosphère confinée, hantée par de mystérieux courants d'air...

J'arrivai enfin en un endroit où un écriteau annonçait : *Archives condamnées*, avec une petite inscription complémentaire : *Les archives en cours sont dans les mansardes*. Pouvait-il y avoir des archives en cours ? J'essayai d'ouvrir la porte, sans succès, et je pris conscience que j'aurais peut-être des difficultés à effectuer ma perquisition : les employés fermaient-ils leurs bureaux à clé avant de partir ? Certes, je disposais d'un petit crochet auquel ne résistaient pas les mécanismes simples, mais viendrait-il à bout de serrures perfectionnées ? Finalement, me laisser enfermer dans les caves ne constituait peut-être pas la solution idéale.

Je dépassai une lourde maçonnerie de briques, d'où naissait une gerbe de tuyaux rayonnant dans toutes les directions : le calorifère. Là, un bruit insolite suspendit mes gestes : froissement de fers violemment heurtés, sur fond d'exclamations sourdes. Je m'aventurai un peu plus loin pour tomber sur un surprenant spectacle : au milieu d'une grande salle nue, à l'exception d'un coffre ouvert dans un coin, deux messieurs s'adonnaient aux joies de l'escrime. En plastron matelassé, le visage couvert des masques réglementaires, ils se livraient des assauts furieux, soulignés d'appels du pied et de cris de défi.

Mon apparition les figea littéralement sur place. Et au bout d'un âpre silence, leur hostilité se manifesta. D'une voix assourdie par les mailles d'acier, ils m'apostrophèrent : qui étais-je et que venais-je faire ici ? Je m'aperçus alors que je leur avais causé une peur bleue : il devait s'agir de deux employés du ministère prenant leurs loisirs sur leur temps de travail et qui craignaient d'avoir été surpris par l'un de leurs supérieurs. Mes timides explications ne firent qu'accroître leur hargne... Le bureau de M. Chavarax ? Il n'était pas coutume que les rédacteurs accordassent des audiences dans les caves, que diable ! Quand on ne savait pas, on se renseignait ! À quoi servaient donc les garçons de bureau ?...

Je me fis humble, désolé, je rapetissai encore ma taille, partis à reculons, butant sur un tas de coke. L'un d'eux me cria, tout de même, dans un reste de compassion :

— Prenez donc l'escalier A, derrière le porche, il conduit aux services !

Je suivis ses instructions. J'avais finalement décidé de me choisir un affût à l'étage même où je devais opérer. Je ne risquais plus ainsi de me trouver prisonnier de quelque serrure obstinée. Je me souvenais que, lors de ma première visite, j'avais remarqué nombre de cagibis déserts. L'un d'eux ferait l'affaire.

Quelques minutes après, je frappai à la porte de Chavarax. L'homme m'accueillit à bras ouverts, l'amabilité spontanée constituant l'un des éléments de ses calculs quotidiens. Cette urbanité s'accrut quand je lui eus exposé l'objet de ma visite : j'étais passé boulevard du Temple, où les Folies-Dramatiques allaient donner la centième représentation de l'opérette bouffe *Le Roi-Mignon*, dont il m'avait parlé. Curieux d'assister à l'un de ces vaudevilles qui font la réputation de la capitale, je m'étais permis de retenir deux places d'orchestre, car provincial ignorant des us et coutumes parisiens et peu soucieux d'attirer l'attention, je sollicitais maintenant de sa bienveillance qu'il acceptât d'être mon mentor en cette occasion. Après la représentation, je me ferais un plaisir de le convier à souper dans l'un des restaurants du boulevard... s'il était libre ce soir-là, naturellement...

Il l'était, et comme prévu accepta tout aussitôt mon invitation. Je l'avais bien jugé : mythomane, envieux, s'inventant de hautes destinées mais soucieux des petits avantages quotidiens, il était de ceux qui ne laissent rien perdre. D'ailleurs, son esprit mesquin le poussait déjà à ne pas paraître me devoir, et j'imagine qu'il crut payer son écot en me confiant, sur le mode chuchoté :

— Au fait, mon cher, votre affaire... le dossier Quibolle.

— Oui ?

— Ces messieurs vous ont mené en bateau : il n'est pas du tout parti au Conseil d'État, il est perdu !

Je sursautai.

— Comment cela, perdu ?

Il m'expliqua, d'un air avantageux :

— Je puis vous en parler. De la Hourmerie, qui s'y intéressait personnellement, me l'avait confié, et je m'apprêtais à le traiter quand Van der Hogen est passé... Connaissez-vous M. Van der Hogen ?

— Je crois avoir aperçu ses pieds, l'autre jour.

— La meilleure partie de son individu, commenta Chavarax, sans charité : un individu au demeurant bardé de diplômes, lisant le latin, le grec et l'anglais avec plus de facilité que vous et moi ne lirions *Le Petit Journal*, et avec cela, aussi bête que trente-six cochons mariés en secondes noces ! Sa marotte ? Rafler le travail des collègues, pour leur prouver, prouver à ses supérieurs, prouver au ministre et à l'Univers entier que lui, Van der Hogen, est capable seul d'apporter la meilleure et la plus rapide des solutions aux problèmes les plus épineux qui se posent à notre ministère... Bref, passant un jour devant ma porte entrouverte en mon absence, il a avisé le dossier Quibolle, auquel ses multiples avatars avaient fini par conférer la taille d'une cage à serins, et, en moins de temps qu'il n'en faut pour l'imaginer, il s'en est emparé !

— Pourquoi ?

— Pour lui faire subir le sort de nombre de ses semblables, mon pauvre monsieur ! C'est-à-dire le disperser aux quatre coins du pays, le répandre sous forme d'ampliations, d'extraits, de demandes d'information avec pièces jointes, partout et surtout où il n'a rien à faire !

— Mais n'est-il plus possible de le récupérer ?

Chavarax ricana ostensiblement.

— Mon cher, apprenez que Van der Hogen est l'Attila des ministères ! Partout où il passe, les dossiers ne repoussent plus !...

Un bruit terrible, suivi d'un fracas de verre brisé dans le couloir, l'interrompit net.

— Letondu ! s'écria-t-il, se levant d'un bond.

Je le suivis hors du bureau, d'autres visages perplexes se montrant aussitôt par les entrebâillements tout au long du corridor. C'était bien Letondu. Lançant le disque — en l'occurrence une roue de wagonnet — il avait fendu la porte de son bureau, faisant voler en éclats la vitre dépolie qui formait la partie supérieure du battant. Par l'ouverture, apparaissait maintenant une figure de cire, où seuls mettaient des taches de couleur la faïence bleue de petits yeux étincelants et le roux d'une moustache hérissée. La voix du discobole roula comme un tonnerre :

— Vous tous qui m'écoutez, sachez-le ! J'irai à la Chambre des députés, portant le fer sous le feuillage, et j'y révélerai les monstrueuses turpitudes qui déshonorent cette maison ! Un complot s'ourdit, un crime se prépare, le sang va couler, qu'on se le dise !

Sa porte pivota, et comme en écho instantané toutes les portes du couloir se refermèrent. Chavarax, très effrayé, me tira à l'intérieur de son bureau.

— Il ne faut pas le contrarier, chuchota-t-il, il est armé !

— Quoi, une arme à feu ?

— Non, un fleuret démoucheté. Il l'a volé dans le coffre du calorifère où Gripothe et Douzéphyre rangent leurs affaires, pour une escrime qu'ils sont seuls

à croire secrète. Si vous en aviez eu le temps, vous
auriez pu voir ses murs lacérés...

Je feignis une grande inquiétude, ce qui me permit
de prendre congé rapidement. Chavarax me regarda
partir vers l'escalier, mais dès qu'il eut refermé sa
porte, j'en ouvris d'autres. Je finis par découvrir un
petit réduit à l'atmosphère fétide, où le nombre des
toiles d'araignée et l'épaisseur de la poussière prou-
vaient à l'évidence qu'on n'y pénétrait jamais. Je m'y
accroupis dans le coin le plus sombre, et selon l'habitude que j'avais quand je ne pouvais agir je m'efforçai
de dormir, la tête sur ma sacoche, afin d'économiser
mes forces. Mais la sérénité n'y était pas. Je luttais
contre une angoisse sourde, dont je devais bien
m'avouer qu'elle venait des anathèmes proférés par le
fou. Il avait parlé de crime, de sang, et Watson prétend que je possède une sorte de sixième sens pour
ces choses-là...

6

Je le dis tout de suite, cette première expédition fut
un échec. Je m'éveillai quelques heures plus tard, et à
la lueur d'un briquet consultai ma montre : dix heures
passées. J'ouvris doucement la porte, risquai un œil
dans le couloir : l'obscurité y était complète. On avait
éteint tous les quinquets et sans doute fermé l'arrivée
du gaz. De ma sacoche, je sortis une lanterne sourde
que j'allumai, tout en en laissant le volet presque
fermé.

Guidé par un mince rai de lumière jaune, je m'aventurai au-dehors. Il régnait en ces lieux un silence dont
les échos lointains de la rue soulignaient encore la

menaçante densité. Pourtant, à tendre l'oreille, on entendait vivre la nuit : plaintes sourdes des planchers, craquements des papiers trop pliés, menus trottinements des rongeurs, et la respiration de toutes les choses indicibles qui s'éveillent aux ténèbres, impalpable haleine de fantômes, souffles sans air venus d'ailleurs...

Assourdissant le bruit de mes pas, j'entrai d'abord dans le bureau de M. de la Hourmerie, dont la serrure céda sans grandes difficultés à mon crochet. Tout de suite, j'y fus saisi par le découragement. Tous ces cartons ! Un entassement à l'équilibre précaire grimpait jusqu'au plafond sur deux des murs, les deux autres étant occupés par les fenêtres, la porte et la cheminée. Encore avait-on utilisé sans pudeur les moindres espaces libres pour amonceler encore et encore de ces classeurs d'un vert éteint, parfois si bourrés qu'on n'avait pu les fermer complètement. Jamais l'image de l'aiguille dans la botte de foin n'avait été si justifiée.

J'avais projeté de visiter ensuite le bureau de Van der Hogen mais un simple coup d'œil sur le désordre cyclopéen qui y régnait m'en dissuada. Il eût fallu plusieurs hommes, plusieurs jours, et un éclairage *a giorno* pour venir à bout d'une telle investigation. Alors que je revenais sur mes pas, je notai qu'une faible lueur filtrait du bureau de Letondu.

Je m'en approchai prudemment. Par l'orifice béant de la vitre brisée, je vis un spectacle qui m'emplit d'un singulier malaise : Letondu était là. Comme moi, il s'était laissé enfermer — je devais apprendre par la suite que c'était chez lui une habitude quotidienne — et, debout sur la tablette de la cheminée, la jambe droite à demi repliée, la main gauche brandissant une bougie allumée qu'un cornet de papier protégeait des courants d'air, il mimait la Liberté accueillant les navires en rade de New York. Je me dis vaguement que Letondu prenait des aises avec Bartholdi, dont la statue était droitière, mais, la seconde d'après, je battis précipitamment en retraite : le regard du fou s'était tourné vers la porte où, peut-être, il avait senti ma présence...

Courant en silence, j'arrivai à l'escalier que je dévalai avec le maximum de discrétion. Encore des couloirs avant de m'engouffrer sous la longue voûte qui menait rue Vaneau. Courbé en deux pour éviter de passer devant le guichet du concierge, je m'accroupis contre la porte, la sondai. Las, la serrure était à la mesure des gigantesques battants : mon crochet, trop court, n'en atteignait pas le mécanisme profond. Il eût fallu réveiller le concierge, réclamer le cordon, mais aussi, et c'était évident, donner des explications qu'on eût peut-être acceptées mais dont la discrétion que je voulais observer aurait eu beaucoup à souffrir. J'attendis encore quelques minutes, perplexe, dans une ombre totale. Absurdement, je songeai que c'était aujourd'hui une manière d'anniversaire : il y avait exactement dix ans, jour pour jour, qu'avec Watson nous avions tenu un affût un peu semblable dans une mystérieuse demeure du Surrey, Stoke Moran. Il s'agissait alors de déjouer le piège infernal tendu par le Dr Roylott contre sa belle-fille, piège concrétisé par une vipère des marais, véhicule d'une menace silencieuse et mortelle...

Je sursautai violemment, tandis que le calme de la nuit, autour de moi, se déchirait sous une clameur lugubre, une succession de sons rauques, presque animaux, que les murs se renvoyèrent jusqu'à la plainte :

un clairon sonnait, éveillant toutes les résonances de la vieille bâtisse, violant la sérénité de l'endroit et de l'heure.

— Letondu ! pensai-je en un éclair.

Le clairon se tut, tirant après son cri un silence presque intolérable. Puis un bruit de course naquit dans les profondeurs du bâtiment, enfla, se rapprocha. En même temps, une voix scandait, à la limite de l'aigu :

— Une, deux ! Une, deux !...

Le fou passa devant moi au pas de gymnastique, coudes au corps, hurlant devant le guichet, d'un ton strident :

— Cordon, s'il vous plaît !

J'entendis le fonctionnement de la poire à air, la porte s'entrouvrit, et Letondu, rué dehors, la fit aussitôt claquer derrière lui... J'étais resté figé sur place, sidéré, paralysé, maudissant mon absence de réflexes... mais pouvais-je me faire voir par Letondu ?

Je dois expliquer maintenant comment je parvins enfin à sortir de ce ministère hanté, et j'avoue que je ressens encore la honte du subterfuge employé. Pourtant, je n'avais pas le choix.

Je pris donc mon élan du fond de la voûte, me mis à courir en faisant sonner mes talons sur le dallage, tout en criant, à mon tour, d'une voix sonore :

— Une, deux ! Une, deux !

... et puis, parvenu au guichet :

— Cordon, s'il vous plaît !

Cette fois, la poire à air ne fonctionna pas tout de suite. Je vis une face effarée se coller à la vitre, tandis que je m'appliquais à demeurer dans l'obscurité. Enfin, le déclic résonna. Avant de sortir, j'entendis le concierge chevroter, derrière son guichet :

— J'ai vu le fou passer deux fois de suite, Germaine... Je ne boirai plus, je te le jure, je n'irai plus jamais au bistrot de la rue Chanaleilles...

Déjà, j'étais dehors. Grotesque, ai-je écrit plus haut... J'ai toujours professé que, du grotesque au tragique, il n'y a qu'un pas.

7

La centième représentation du *Roi-Mignon* était fixée au 15 avril. Le 11 et les jours suivants, j'assistai, parmi une foule nombreuse, au début du procès des « assassins du boulevard Magenta ». Bricou et la femme Delange réitérèrent leurs accusations contre Théodule Meunier, dont, seul, Francis soutint qu'il avait été joué. On évoqua des comparses absents ou en fuite, un certain Georges et un nommé Jacob[1] dont les identités ne purent être établies... Mon impression fut que les choses prenaient mauvaise tournure pour le frère d'Oscar.

8

La salle des Folies-Dramatiques était comble. Non seulement les fauteuils d'orchestre et les balcons étaient occupés, mais aux galeries supérieures et sur les promenoirs les amateurs de vaudeville s'entassaient à étouffer. Sous la lumière de plusieurs lustres

---

1. À ne pas confondre avec Alexandre Marius Jacob, le plus distingué de mes adversaires, cambrioleur anarchiste aux mains propres et à l'indéniable panache, dont l'écrivain français Maurice Leblanc s'est inspiré pour son personnage d'Arsène Lupin.

dont les pendeloques de cristal multipliaient les éclats, les toilettes claires rivalisaient d'élégance, sur le contrepoint noir et chaud des fourrures. Dans les baignoires, mondaines, demi-mondaines et quart-de-mondaines, accompagnées de leurs chevaliers servants[1], s'examinaient sans discrétion excessive à travers faces-à-main ou jumelles de théâtre. Mais l'animation régnait surtout au « paradis » où, dans un vacarme d'appels, de rires et de sifflets, s'était installé le menu peuple. La fièvre du spectacle habitait cette foule, dont le brouhaha montait jusqu'aux voûtes décorées...

Chavarax et moi nous trouvions au troisième rang d'orchestre, que le prix des places affectait à la haute bourgeoisie. De là, avec une grande complaisance et un petit air supérieur, mon compagnon me désignait les célébrités de la vie parisienne que la circonstance avait réunies. Je vis ainsi, dans une baignoire, M. Nègre, le directeur des Dons et Legs, un homme dans la force de la quarantaine, fort bien conservé, ma foi, de qui les cheveux grisonnants soulignaient l'étonnante juvénilité du visage. Il était en discussion animée avec le fameux journaliste Jules Huret, dont Chavarax me confia, au passage, qu'il était non seulement l'ami de M. Nègre, mais aussi son cousin germain par sa mère. Un autre des occupants de la baignoire était Valentin Simond, directeur de *L'Écho de Paris*, mais ce fut surtout un quatrième personnage qui retint mon attention, grand, aux traits nobles encadrés par une longue chevelure, et dont les manières traduisaient une élégance un peu affectée.

1. En français dans le texte.

— Laurent Tailhade, m'apprit Chavarax, un poète très couru. Pamphlétaire aussi — il est l'auteur d'*Au pays du mufle* —, sympathisant avoué des théories libertaires, avec Zévaco, Mirbeau et tant d'autres... mais aujourd'hui, cela fait partie de la panoplie intellectuelle de l'élite...

Il ajouta, comme à regret :

— ... Encore que Laurent Tailhade, lui, n'hésite pas à payer de sa personne en défendant ses idées sur le pré.

Je ne pus m'empêcher de remarquer :

— Il semble que le noble art de l'escrime soit toujours à l'honneur en Fr..., je rectifiai instinctivement :... à Paris.

— Une autre mode, railla Chavarax. Chez nous, Gripothe et Douzéphyre tirent dans les caves, et Letondu joue à d'Artagnan contre les murs de son bureau, mais c'est surtout répandu chez les beaux esprits... Tailhade et M. Nègre, par exemple, se sont connus à la salle d'armes...

Le vacarme s'accrut, au-dessus de nous. Les talons frappaient le plancher en cadence, tandis qu'un chœur goguenard scandait : « Le rideau, le rideau ! » Je levai la tête.

— C'est ce qu'on appelle le « paradis », n'est-ce pas ?

— Suranné, lâcha Chavarax, méprisant. Maintenant, on dit le poulailler.

— Pourquoi ?

— À cause des cris d'oiseaux.

Derrière la scène, une série de coups sonores furent frappés, aussitôt suivis de trois coups espacés. Toute la salle exhala un énorme « Ah ! » pendant que le rideau se levait.

Que dirai-je de la pièce ? Mon esprit britannique était sans doute mal préparé à certaines formes de plaisanteries, car, à plusieurs reprises, les spectateurs manifestèrent leur joie sans que je visse à l'intrigue le moindre motif d'hilarité. Mon jugement était en outre troublé par les rires sonores dont les gens du poulailler saluaient les instants — rares — qui prétendaient à l'émotion ou au drame, sans préjudice des quolibets, des cris, et des cosses d'arachide jetées sur les occupants de l'orchestre. Chaque refrain était repris en chœur, et je surpris même Chavarax, si soucieux de son quant-à-soi, fredonnant allégrement l'air de *Si j'avais un caniche à poil ras*.

L'entracte fut le prétexte à un gigantesque brouhaha. Les spectateurs se levaient en s'interpellant et se dirigeaient vers la sortie parmi les bousculades. Je me retrouvai avec Chavarax dans le hall central, où conversations et commentaires allaient bon train. Il me montra la galerie supérieure ; les locataires des baignoires tenaient, accoudés à la rampe d'acajou, de petits conciliabules mondains. À M. Nègre, Jules Huret, Laurent Tailhade et Valentin Simond, s'était joint un cinquième personnage, dont la vue fit ricaner Chavarax.

— Tiens, c'est M. Lahrier ! m'écriai-je, d'un air ostensiblement étonné. Je ne l'ai pas vu dans la baignoire, et il ne semble pas qu'il ait été aux orchestres.

— Il a dû louer au balcon, fit Chavarax, la lippe dédaigneuse mais, bien entendu, il ne pouvait manquer cette occasion de venir faire sa cour, aussi bien à M. Nègre qu'à Valentin Simond, à qui il donne ses chroniques.

— M. Nègre semble fort bien l'accueillir..., pas fier pour un directeur de ministère, n'est-ce pas ? Car je

crois que Lahrier n'est même pas rédacteur comme
vous ?

— Expéditionnaire, dit Chavarax, du bout des lèvres. Cependant, ne prenez pas pour argent comptant
la simplicité de M. Nègre : il y trouve son compte...
Sa politique, voyez-vous, c'est : pas d'histoires, pas de
bruit, de la bonne humeur, de la paix. Alors, il ferme
les yeux sur tout ce qui pourrait troubler sa quiétude.
Par exemple, de la Hourmerie lui a demandé de mettre Letondu à la retraite anticipée — et il faut reconnaître que, sur ce point, il n'a pas tort —, Nègre lui a
demandé ironiquement s'il avait peur de se faire égorger. De la Hourmerie lui a aussi rapporté que Lahrier, déjà absent la plupart du temps, faisait venir
des cocottes dans son bureau — il lui a carrément ri
au nez, mais là, comment s'en étonner ? Cette éternelle complicité entre gens de lettres, mon cher...

Je ne m'étais décidément pas trompé : Chavarax
était l'informateur idéal, en ce sens qu'il n'était pas
motivé par l'intérêt mais par le seul plaisir du ragot et
de la malveillance. Pendant qu'il parlait, nous avions
regagné nos fauteuils, aux orchestres, une cloche indiquant que l'entracte allait bientôt prendre fin.

— ... À ce propos, reprit-il cordialement, sachez,
mon cher, combien j'apprécie que vous ayez eu la discrétion de ne pas soulever le sujet qui vous tient à
cœur. Ce sont là manières délicates qui se perdent.
Aussi est-ce un plaisir pour moi de vous apprendre
que votre affaire revient à la surface par le plus étonnant des détours.

— Ah bon ! fis-je brièvement.

— Mais oui, et justement grâce à cette connivence
littéraire que j'évoquais. Lahrier, qui prépare un
roman à partir de ses chroniques sur la vie de bureau,

a imaginé, pour servir de fil conducteur entre les différents tableaux, l'argument qui lui a paru le plus propre à susciter l'amusement du lecteur. Et il n'a pas trouvé mieux que le legs Quibolle, archétype de ces affaires fantômes qui errent de bureau en bureau sans jamais trouver de solution !

— Pratiquement, cela revient à quoi ?

— Eh bien, il a obtenu de M. Nègre la mission de reconstituer l'odyssée du dossier perdu. Depuis, il fouille, il questionne, il enquête… et cela, par-dessus la tête de son chef immédiat, de la Hourmerie, dont il faut bien convenir que l'incompétence justifie toutes les avanies qu'on peut lui faire subir !

Au poulailler, on menait à nouveau grand tapage pour réclamer le rideau sur l'air des lampions, les talons frappant les planches en cadence. Je me dépêchai d'enchaîner avant que les trois coups du deuxième acte eussent retenti :

— Effectivement, ce monsieur ne m'a guère causé bonne impression.

— Un être nul, mon cher ! trancha royalement Chavarax, l'un de ces exemples navrants de l'impéritie administrative qui conduit à donner des grades de responsabilité aux incapables alors que moi, je ne suis même pas sous-chef ! Il n'est bon qu'à faire de mauvais calembours et à inventer des sobriquets laborieux dont il pense qu'ils témoignent d'un esprit brillant : il appelle Lahrier le croque-mort de service, le père Soupe Fleur d'orteil, à cause de l'odeur de ses pieds, Letondu devient inévitablement Lefondu, et Ovide, notre garçon d'étage, a droit à « l'horreur de la nature » !

— Pardon ?

— Eh oui, la nature a horreur d'Ovide ! Mais en tout ce qui concerne le service, quelle catastrophe ! Aucune organisation, aucune mémoire, aucune initiative, il perd tout, embrouille tout, mélange tout ! Tenez, justement, pour notre affaire, le legs Quibolle : il y portait un intérêt personnel et a donc gardé le dossier quelques jours sur son bureau. Il me l'a ensuite confié pour le traiter... Eh bien, croyez-vous qu'il soit distrait au point d'avoir oublié dedans, parmi les pièces administratives, un livre personnel qui n'avait rien à voir avec cette affaire ? Je dois dire qu'ignorant qu'il lui appartenait, j'ai cru, sur le moment, qu'il faisait partie du legs, et que le donateur l'avait joint à sa demande initiale à titre de symbole !

Le silence tomba entre nous. Je questionnai, d'une voix dont je m'efforçai de contrôler le timbre :

— Et qu'est devenu ce livre ?

Chavarax esquissa un grand geste d'impuissance.

— Seuls Dieu et Van der Hogen pourraient le dire ! Van der Hogen l'a emporté avec le dossier et il a dû subir le sort des autres documents : enterré au fond des archives ou bien expédié pour suite à donner vers une quelconque sous-préfecture.

— Mais vous, comment saviez-vous qu'il appartenait à de la Hourmerie ?

— Eh ! parce que, quelques jours plus tard, il est passé dans tous les bureaux à sa recherche... Très embêté, le monsieur, et on comprend qu'il y ait tenu : l'ouvrage était dédicacé par l'auteur.

— À lui-même ?

— Non, non, car cela m'aurait éclairé et je le lui aurais rendu aussitôt, vous pensez bien ! À une autre personne qui, probablement, le lui aura prêté. C'est sans doute pour cette raison qu'il semblait si ennuyé !

Je réfléchis rapidement : ainsi, de la Hourmerie avait caché ce dernier détail à Oscar, certainement pour atténuer à ses yeux sa propre responsabilité. J'insistai :

— Ce n'était donc pas dédicacé au nom de Quibolle ?

Chavarax se montra agacé par ma lenteur d'esprit.

— Non, non, je viens de vous le dire, rien à voir ! De la Hourmerie l'avait simplement mêlé par mégarde aux pièces du dossier. Et d'ailleurs, Quibolle, je m'en souviendrais ! Non, il s'agissait d'un nom plus commun, voyez-vous, beaucoup plus courant... Martin, Dupont, ou Boucher...

— Meunier ? suggérai-je d'un air détaché.

Il repartit sans hésitation :

— Non, pas Meunier, j'aurais eu toutes les raisons de me le rappeler. Suivez-vous la politique ?

— D'assez loin, répondis-je prudemment.

— Eh bien, mon cher, en ce moment, on juge les anarchistes qui ont fait sauter le restaurant Véry, boulevard Magenta. Or, savez-vous qui était l'instigateur du forfait ? Un certain Théodule Meunier que nous avions employé au ministère, l'année dernière ! Expéditionnaire auxiliaire au septième bureau ! Parfaitement. Je l'ai connu, je lui ai parlé..., enfin, parlé, c'est façon de dire. L'individu était odieusement taciturne, même pas poli, à peine bonjour, quoi... Il est d'ailleurs reparti très vite.

Je revins à ce qui me préoccupait :

— Mais cette dédicace, la dédicace sur le livre. Elle disait quoi ?

— Je ne m'en souviens pas dans le détail. Elle était rédigée en anglais et parlait de la jungle malaise, éta-

blissant un parallèle assez douteux avec la jungle urbaine...

Il ajouta, la paume munificente :

— ... Oui, j'ai quelques solides notions d'anglais.
J'ai dû l'étudier quand on m'a offert au Caire une situation de quarante mille francs... à laquelle, finalement, j'ai renoncé. On n'emporte pas la patrie à la
semelle de ses souliers, n'est-ce pas ?

— Vous rappelez-vous le titre du livre ?

— Bien sûr : *Trois mois dans la jungle.*

— Et le nom de l'auteur ?

— Oui, il était facile à retenir, contrairement à
beaucoup de noms britanniques : c'est le colonel Sébastian Moran.

Mais là, Chavarax ne m'apprenait rien.

9

Je dormis mal, cette nuit-là, la tête pleine du brouhaha de la soirée. Mes somnolences s'animaient de
brusques tumultes, où résonnaient les rumeurs du
« poulailler », dont le chœur goguenard scandait « Dé-
crochez les wagons ! », chaque fois que le héros et
l'héroïne feignaient un enlacement. Et puis, il y avait
Chavarax, Chavarax que j'avais traité somptueusement après le spectacle, que j'avais fait boire pour le
faire parler, et dont mon plus gros problème avait été
ensuite d'arrêter le discours. L'ambiance, l'alcool, ce
que la presse française appelle, généralement sans
ironie, « la chaleur communicative des banquets »,
m'avaient montré un Chavarax tout nu, livré à ses démons et ne celant plus rien des obsessions qui le ron-
geaient...

Ainsi s'était-il mis en tête que le poste de la Hourmerie lui revenait. Alors, tout simplement, il imaginait de la Hourmerie disparu. Et il disposait du
traitement qui lui était alloué, soit huit mille francs.
Sur sa lancée, il procédait ensuite à un nettoyage général, réorganisant de fond en comble le service des
Dons et Legs. Bourdon, chef du matériel, incapable
notoire, était congédié. *Idem* du père Soupe, gâteux.
Idem de Gourgochon, l'obsédé des chapeaux, qu'on
renvoyait à ses fers. *Idem* de Letondu, fou, mis à la
retraite d'office. Douzéphyre, Gripothe, Guitare et
les autres ayant bénéficié du dernier mouvement, pas
de promotion pour eux. Rien non plus pour Lahrier,
un amateur ! Ni pour Van der Hogen, à qui on attri-
buerait, à la rigueur, la Légion d'honneur. Saint-
homme, dont la famille crevait de faim, mais qui
préférait le prestige à l'argent, se contenterait des pal-
mes académiques. Autant d'économies réalisées pour
le plus grand bien de l'Administration française et sa
promotion à lui, Chavarax, au grade de sous-chef, assorti d'un traitement de quatre mille francs... pour
commencer.

Aux quatre vents des haines qu'il nourrissait, des
envies qu'il couvait ou des ambitions qu'il caressait,
Chavarax, saisi de délire, avait jeté des noms, lancé
des chiffres, dont les échos venaient à présent creuser
mon repos comme on viole une tombe.

Avec le matin, vint l'oubli, et la miraculeuse thérapeutique de l'inconscient. Il se produisit dans mon esprit une manière de lessive qui laissa intacts les seuls
éléments nécessaires à mon enquête. Ainsi savais-je
maintenant que Chavarax n'avait pas hésité à desser-
vir M. de la Hourmerie pour mieux le supplanter :
lorsque M. Nègre, comme le commandaient ses res-

ponsabilités de directeur, s'était intéressé à la disparition de l'affaire Quibolle, mon distingué convive n'avait pas manqué d'évoquer pour lui le livre oublié à l'intérieur du dossier par de la Hourmerie : et, interrogé à ce sujet par M. Nègre, très intrigué, il lui avait même rapporté que ledit livre était dédicacé par l'auteur à une personne dont le nom ne lui revenait plus, mais qui ne pouvait qu'être une relation personnelle de la Hourmerie.

En ce qui concernait mes recherches, trois points apparaissaient désormais clairement : d'abord, il n'y avait eu de mystère Quibolle qu'autant que le livre de Théodule Meunier avait été oublié dans le dossier. Ensuite, je possédais assez d'arguments pour questionner sans faiblesse M. de la Hourmerie, lequel devait tout connaître de cette dédicace et de la personne à qui elle était adressée. Arguant du mensonge qu'il m'avait fait à propos du Conseil d'État, je le menacerais au besoin de porter la question devant M. Nègre, voire devant le ministre… Enfin, j'étais sûr que le nom de la mystérieuse personne à qui Sébastian Moran avait dédicacé ses *Trois mois dans la jungle* constituerait un maillon essentiel dans la chaîne de mon enquête.

Et ce nom, seul de la Hourmerie pourrait me le livrer.

10

J'étais d'humeur presque allègre en sortant de l'*Hôtel des Trois-Boules*, ma sacoche à la main. J'arrivai rue Vaneau, saluai Boudin, le concierge, et, au premier étage, m'arrêtai devant le petit bureau où

trônait l'appariteur. Le malingre Ovide, à la bouche
de caïman et aux humeurs sournoises, ne m'aimait
guère, depuis que je l'avais surpris écoutant aux portes. Lorsque je lui demandai à voir M. de la Hourmerie, il me répondit péremptoirement que celui-ci était
occupé, ne pouvant recevoir personne.

Je tournai les talons, redescendis quelques marches,
trouvai, à mi-palier, un petit réduit dans lequel je
m'engouffrai. Changer d'apparence ne me prit qu'une
minute. Mes postiches et mon melon rangés dans la
sacoche, ma taille redressée, mes épaules affermies,
mon manteau plié sur le bras côté doublure, j'étais redevenu Altamont, et au fond cela valait mieux. D'une
part j'éviterais une éventuelle rencontre avec l'intarissable Chavarax. D'autre part, si je me présentais à de
la Hourmerie comme envoyé par son cousin Oscar
Meunier pour obtenir des précisions quant au livre
égaré, il ne pourrait décemment me les refuser, alors
qu'il eût eu toutes les raisons de les taire au conservateur du musée de Vanne-en-Bresse, que ce point ne
concernait en rien.

J'interpellai Ovide sur le ton de l'arrogance :

— Je suis M. Altamont, conseiller d'État, et j'ai une
communication urgente pour M. de la Hourmerie. In-
diquez-moi son bureau, s'il vous plaît.

Ovide tendit un index mou, mais j'étais déjà parti
sans écouter ses explications. Je tombai sur ma première épreuve au détour du couloir, heurtant presque
un Chavarax affairé. Nous nous saluâmes, et bien
qu'à l'évidence il ne m'eût pas reconnu, il afficha aussitôt cette amabilité calculée dont il composait son
personnage :

— Vous cherchez quelqu'un, monsieur ?

— M. de la Hourmerie.

— Justement, je me rendais chez lui, déclara-t-il
cordialement. Permettez-moi de vous y conduire…
C'est là, tout de suite.

La porte était entrouverte, ce qui surprit Chavarax,
dont les sourcils se froncèrent.

— Je vous en prie…

Il s'effaçait : je passai. Dans la seconde qui suivit, je
ressentis, comme un coup au niveau du plexus, un
violent décalage de sensations. Était-ce la prémonition naturelle au crime que me prêtait Watson ou
simplement l'odeur de la mort qui m'était familière ?

— Ah ! Nom de Dieu ! souffla Chavarax, derrière
moi.

De la Hourmerie gisait par terre, dans une mare de
sang, le manche d'un couteau dressé sur le plastron
maculé de sa chemise. Et, dans un coin de fenêtre,
Letondu, guilleret, s'essuyait les mains à la mousseline des rideaux en chantonnant un petit air.

— Ça y est, chantonna Chavarax, d'une voix rauque, cette fois, ça y est, bon Dieu !

Je me tournai vers lui :

— Il faut…

J'étais seul. Chavarax avait disparu, courant vers le
bureau de M. Nègre, une feuille couverte de chiffres
brandie à bout de bras… J'hésitai une seconde avant
de me pencher sur de la Hourmerie. Il respirait à
peine et, déjà, son regard devenait vitreux. Je vis ses
lèvres s'arrondir pour laisser échapper un souffle. Je
me courbai encore, l'oreille contre sa bouche.

— L'assassin…

Il s'interrompit, une écume sanglante aux commissures, puis rassemblant ses dernières forces :

— L'assassin du boulevard…

C'était fini. Sa tête bascula sur le côté. J'étais glacé. L'assassin du boulevard... Il ne pouvait s'agir de Théodule Meunier, puisque Letondu était là, que tout accusait. J'examinai la blessure. Le coup avait été porté sur le côté gauche de la gorge, avec une extrême violence. Aucun doute, c'était un droitier qui avait frappé. Et Letondu, je l'avais constaté à deux reprises, était gaucher. Je me relevai.

Je ne devais pas m'attarder ici. Surtout, surtout, il ne fallait pas que Chavarax et Ovide m'identifiassent comme le mystérieux visiteur de la Hourmerie, ce qui n'eût pas laissé d'être embarrassant. En un tournemain, sous l'œil complice et amusé de Letondu, qui chantonnait toujours, je repris l'apparence falote du conservateur de Vanne-en-Bresse. Une minute après, empruntant l'escalier, je saluai le garçon de bureau, stupéfait de voir sortir quelqu'un qui n'était pas entré : Ovide n'avait rien compris à ces métamorphoses.

II. L'aventure du manuscrit retrouvé

« ... Le procès de la bande de Moriarty laissa en liberté deux de ses membres les plus dangereux... »

SIR ARTHUR CONAN DOYLE, La maison vide

1

Je reçus, deux jours après, la réponse au câble immédiatement envoyé à Oscar Meunier :

Théodule droitier. Pourquoi ? L'avez-vous vu ? Vous conjure donner nouvelles.

J'en donnai, dans une lettre que je fis aussi neutre que possible pour expliquer ma question sans accroître ses alarmes. Et comme, entre-temps, il avait dû lire la presse, je mentionnai, de façon accessoire, l'assassinat de la Hourmerie par un fou nommé Letondu, emmené à Bicêtre en camisole dans les instants qui avaient suivi le crime. Je me gardai, bien entendu, de lui rapporter les dernières paroles de l'agonisant, que j'étais seul à avoir surprises. Au demeurant, je dois le dire, j'étais perplexe. Les mots « l'assassin du boulevard » semblaient clairement désigner Théodule Meunier, et l'on pouvait imaginer que celui-ci venu réclamer à de la Hourmerie ce livre auquel il attachait une valeur inexplicable, une querelle avait éclaté entre les deux hommes, au terme de laquelle le tem-

pérament excessif de Théodule l'avait conduit au meurtre. Mais comment eût-il pu s'introduire auprès de sa
victime sans avoir été remarqué par Ovide dont la
malfaisante curiosité ne relâchait jamais sa vigilance ?
Non, non, si Letondu n'était pas le meurtrier — et je
croyais fermement qu'il ne l'était pas, qu'on l'avait
utilisé comme une manière de paratonnerre pour attirer les soupçons — ce ne pouvait être qu'un des employés actuels des Dons et Legs. Seulement, ils
étaient une trentaine dont je ne connaissais que quelques-uns.

Chavarax restait évidemment le suspect idéal. Voilà
un homme qui, briguant le poste de la Hourmerie,
avait par avance procédé à un travail considérable de
réorganisation et de redistribution du budget, exactement comme s'il avait prévu à court terme la disparition de son rival. Voilà un homme qui se promenait
avec, dans sa poche, la liste des affectations et des
promotions à mettre aussitôt en effet, et qui, dès le
crime découvert, s'était précipité sans pudeur chez
M. Nègre pour lui soumettre son plan. Voilà un
homme, enfin, qui avait préparé les esprits à la culpabilité de Letondu en répandant la réflexion faite par
M. Nègre à de la Hourmerie à propos de celui-ci :
« Avez-vous peur d'être égorgé ? »…

N'importe quel enquêteur, amateur ou professionnel, n'eût pas manqué de relier ces éléments pour en
arriver à soupçonner Chavarax. Ce n'était pourtant
pas mon avis. J'avais acquis la conviction qu'en cette
affaire, la logique n'avait pas sa place. Tous ces gens
étaient fous, et dans son genre Chavarax l'était encore
plus que Letondu. Restait que, de la Hourmerie mort,
ma piste s'arrêtait. Il eût été le seul à pouvoir me
fournir le nom du mystérieux personnage à qui

Moran avait dédicacé son livre, puisque Chavarax ne s'en souvenait plus... C'est alors qu'un détail revint brusquement à mon esprit : selon ce même Chavarax, Van der Hogen s'était approprié le dossier Quibolle, et le livre avec. Peut-être aurait-il gardé, lui, un souvenir plus vivace de cette dédicace ?

Comme chaque fois, la perspective de voir mon enquête repartir sur de nouvelles bases me mit d'excellente humeur. Pourtant, les nouvelles, sur un autre plan, n'étaient pas bonnes : le verdict était tombé, dans l'affaire du restaurant Véry. Si la femme Delange avait été acquittée, ainsi que Francis, Bricou avait eu droit à vingt ans de travaux forcés. Théodule Meunier, en fuite, n'avait pas été jugé. Je m'étais fait monter tous les journaux par le gérant de l'*Hôtel des Trois-Boules*, et ce fut au moment de les jeter dans la corbeille qu'en dernière page de l'un d'eux, l'entrevue d'un nom figea mes gestes. C'était, dans la rubrique des faits divers, un entrefilet tout simple :

GRAVE ACCIDENT HIER, RUE DE SOLFÉRINO

Hier matin, au croisement de la rue de Solférino et du boulevard Saint-Germain, un passant a été renversé par un fiacre allant à très vive allure, et dont le conducteur a pris la fuite. La victime, M. Théodore Van der Hogen, sous-chef de bureau au ministère des Cultes, a été hospitalisé à la Charité dans un état alarmant. Une enquête est ouverte.

2

Une seule piste me restait : Lahrier, dont Chavarax m'avait confié qu'il tentait de reconstituer l'odyssée du dossier Quibolle, avec la bénédiction de M. Nègre. Toutefois, je n'envisageai pas d'aller le trouver aux Dons et Legs ; une rencontre mise sur le compte du hasard me placerait en main de meilleurs atouts, d'autant que je lui soupçonnais assez de délicatesse pour se sentir en position de débiteur après la peur bleue qu'il m'avait faite.

La semaine qui suivit, je le pistai donc sous l'apparence d'Altamont. C'était un jeune homme fort dissipé, fréquentant non seulement les cabarets littéraires à la mode, mais aussi les lieux de plaisir les plus débridés. Halte à peu près quotidienne dans cette fièvre, il se rendait régulièrement, avant dîner, dans une auberge de Montmartre, *Le Clou*, où l'attendaient trois amis avec lesquels il entamait une partie de cartes en buvant l'apéritif.

Peut-être s'étonnèrent-ils qu'un quidam s'installât trois soirs de suite à la table voisine de la leur pour lire son journal en sirotant une absinthe solitaire, mais ils ne lui prêtèrent qu'une modeste attention. Moi-même, en revanche, j'avais l'oreille tendue. J'appris ainsi qui étaient les compagnons de Lahrier. Le plus grand, le plus taciturne, qui avait un front immense et des mains de boucher, se nommait Jules Jouy. Un autre, Alphonse Allais, dont l'air anglais me séduisit, se signalait à l'attention de la salle quand venait de la rue l'appel de trompe émis par la voiture du mont-de-piété, en criant, d'une voix déchirante, la main à son gousset vide :

— Ma montre ! Ma montre !

Le troisième, plus jeune, amicalement surnommé Saint-Bobard — et je connais assez les finesses de l'argot français pour apprécier une si belle formule —, était le type même du bohème désinvolte et un peu parasite, sans plus de talent que de scrupules, mais de qui jeunesse et joie de vivre rayonnaient une irrésistible sympathie.

De leurs conversations, je ne rapporterai que ce qui avait trait à mon enquête. Bien entendu, les événements survenus aux Dons et Legs étaient évoqués, notamment l'accident de Van der Hogen, qu'on trouvait fort curieux, et surtout l'assassinat de la Hourmerie, dont les obsèques s'étaient terminées, sur l'initiative de Lahrier, par une gigantesque virée de tout le service à *La Crécelle*, le cabaret plus ou moins interlope du chansonnier Derouet... Et Lahrier de rapporter à ses interlocuteurs l'ultime sobriquet, laborieux, inventé par la victime à l'intention de son cher confrère Hernecourt, connu pour ses tendances éthyliques : « Le saoul-chef de bureau. »

Enfin, dernier rebondissement : on avait appris que la police s'était présentée à l'asile de Bicêtre afin d'interroger Letondu, qu'elle avait finalement emmené en fourgon.

Ce dernier point me laissa rêveur. Peut-être, effectivement, aurais-je dû questionner Letondu. Si fou fût-il, il eût pu me révéler qui l'avait amené auprès du cadavre pour mieux lui faire endosser la responsabilité du crime. À ce propos, Lahrier déclara qu'il avait terminé son roman et qu'avant de le porter chez Flammarion, il l'avait soumis à M. Nègre, par correction et sympathie personnelle. J'en déduisis qu'il avait réussi à reconstituer l'itinéraire du dossier et que je pouvais entamer les manœuvres d'approche. Et *Le Clou*, bistrot anonyme, me paraissant peu propre à rendre crédible une rencontre avec un conservateur de province, je décidai de me rendre, sous cette apparence, au cabaret où, à ce que j'avais cru comprendre, se produisaient Jules Jouy et Alphonse Allais, qui se voulaient poètes. Cet établissement, dont le pittoresque bien parisien était plus susceptible de m'avoir attiré, se trouvait rue de Laval[1], dans le dix-huitième arrondissement. Il s'appelait *Le Chat-Noir*.

3

Le cabaret avait été aménagé dans un ancien hôtel particulier dont on s'était attaché à respecter les beaux restes : auvents recouverts de feuillage, vitraux, tapisseries, lanternes de fer forgé, et monumentale cheminée romane garnie de trophées d'armes.

Passant sous le chat noir en potence qui se balançait au-dessus de la porte, j'entendis annoncer mon arrivée par le suisse chamarré qui frappa trois coups sur le plancher avec sa hallebarde. Je me trouvai dans la grande salle des gardes, aux murs garnis de panneaux signés Willette ou Steinlein, au milieu d'une foule bruyante, bigarrée, et surtout extrêmement mélangée : altesses plus ou moins occultes, bourgeois, journalistes, écrivains, étudiants, femmes du grand et du demi-monde. Tous ces gens montaient au second étage pour regarder le « Théâtre d'ombres » d'Henri Rivière, ou se pressaient autour du « Perron des Suisses » sur lequel se produisaient les artistes, en grande

1. ... actuellement rue Victor-Massé.

redingote romantique, culotte large, cheveux longs sous le feutre. Dominant la mêlée de sa majestueuse stature, Rodolphe Salis, peintre raté mais amphitryon heureux, accueillait le chaland par des sarcasmes d'un goût pas toujours très sûr.

Ainsi eus-je droit à des commentaires salaces sur l'ignorance où j'avais tenu Mme la Pharmacienne (avais-je l'air d'un pharmacien marié ?) de ma présence en ce lieu de perdition. Je voyais déjà compromise la discrétion dont je souhaitais entourer mes investigations quand, par chance, un amiral entra derrière moi. Salis feignit de le prendre pour un cuisinier, ce qui provoqua un incident assez violent pour que l'attention se détournât de ma personne.

J'avisai bientôt Lahrier, dans un coin de la salle, à une petite table où il était en la seule compagnie de Saint-Bobard. Il se leva dès que je l'eus salué, portant sur le visage les signes de la plus grande amabilité. Sans doute tenait-il à se faire pardonner sa douteuse exhibition de la semaine précédente. Louant le hasard qui me remettait en sa présence, il me fit aussitôt asseoir à sa table, et me présenta son ami sous son véritable nom : Émile Saint-Bonnard.

— Mais on l'appelle Saint-Bobard, ajouta-t-il avec bonne humeur. Surtout, ne croyez jamais ce qu'il vous raconte. Pour lui, le mensonge n'est pas un péché, c'est une nécessité essentielle, la plus haute expression d'un art méconnu, le nec plus ultra de la création romanesque... Il est menteur comme d'autres sont peintres ou poètes. Ainsi, venu par la rue Bleue, il dira avoir pris par la rue Montholon, et sous une pluie diluvienne, prétendra avoir attrapé une insolation...

M'étant dûment extasié sur une forme d'esprit si particulière, je lui appris que je comptais me rendre le lendemain aux Dons et Legs, et pendant qu'un lugubre échalas nommé Mac Nab récitait un monologue humoristique intitulé *Fœtus*, je lui servis la fable que j'avais préparée : je n'étais pas sûr que mon jeune collaborateur du musée de Vanne-en-Bresse eût correctement rempli l'imprimé concernant l'inventaire du legs Quibolle, et j'eusse désiré jeter un coup d'œil sur son ampliation. Très embarrassé, Lahrier m'avoua alors qu'une grande partie du dossier avait été égarée, jusques et y compris un livre que M. de la Hourmerie lui-même avait oublié à l'intérieur du carton. Cela avait fait assez de bruit dans la maison !

Je pris l'air amusé pour questionner :

— Vraiment ? Quel livre ?

— Je l'ignore. Personnellement, ce livre, je ne l'ai pas vu, et il a disparu... Bref, j'ai réussi à retrouver quelques pièces de l'affaire dans le bureau de M. Van der Hogen, qui traitait le cas, mais qui a eu un accident...

Sur son piédestal, Mac Nab continuait à débiter ses couplets d'une voix nasillarde :

> *Mais que leur bouche ait un rictus*
> *Que leurs bras soient droits ou tordus*
> *Comme ils sont mignons, ces fœtus,*
> *Quand leur frêle corps se balance*
> *Dans une douce somnolence*
> *Avec un petit air Régence...*

Je demandai à Lahrier s'il consentirait à me recevoir à son bureau afin que je visse si les documents ainsi recueillis pourraient m'éclairer. Il accepta volontiers, me confiant qu'il s'était promis de compléter ses recherches en effectuant une fouille aux archives. Je pourrais l'y accompagner si je le désirais…

Sur la scène, Mac Nab concluait, sépulcral :

> *Quand on porte un toast amical*
> *Chacun frappe sur son bocal*
> *Et ça fait un bruit musical !*

Au milieu des applaudissements, nous prîmes rendez-vous pour le lendemain, à quinze heures. Après quoi, Lahrier s'excusa un moment pour aller voir Jules Jouy et Alphonse Allais, qui fourbissaient leurs textes au bar du Captain-Cap, au premier étage. Resté seul avec Saint-Bonnard, je crus politique de l'inviter à commander une consommation de son choix afin de célébrer notre rencontre : ses grands besoins et les petits moyens qu'il avait de les satisfaire, pourraient en faire un auxiliaire précieux à plus ou moins longue échéance. Je m'efforçai donc de susciter sa sympathie, tandis qu'en haut du perron intérieur Rodolphe Salis claironnait :

— Vous allez maintenant entendre notre camarade Maurice Donnay, qui s'excuse de se présenter ce soir en tenue négligée : en effet, il est en habit, car il doit aller boire un bock chez la princesse X… juste après la représentation !

4

J'avais manifesté à Lahrier ma crainte de voir Ovide m'empêcher d'arriver jusqu'à lui, et il m'avait alors conseillé un itinéraire détourné : je devais entrer par le *7 bis* de la rue Vaneau, prendre le premier escalier à gauche sous le porche jusqu'au quatrième palier. Je parviendrais ainsi à son bureau, le numéro 12, sans rien demander à personne. J'avais enregistré ces renseignements dans une relative euphorie, vite ternie par une morosité dont, sur le moment, je discernai mal la cause. Et puis, revenu à l'*Hôtel des Trois-Boules*, la lumière se fit en moi : s'il m'était possible de déboucher à l'intérieur du service des Dons et Legs sans passer par Ovide, un autre avait pu le faire, qui, ayant déjà travaillé dans ces locaux, devait en connaître toutes les issues. Les raisons que je m'étais cherchées d'innocenter Théodule Meunier disparaissaient, et les derniers mots de la Hourmerie « l'assassin du boulevard... » reprenaient désormais tout leur sens.

5

Le lendemain matin, je notai dans la presse un entrefilet concernant l'accident de Théodore Van der Hogen, lequel se trouvait toujours dans le coma à l'hôpital. Le fiacre meurtrier, retrouvé abandonné près d'une des barrières de Paris, appartenait à une honorable compagnie de transports urbains. Il avait été volé à son conducteur pendant que celui-ci déjeunait dans une gargote de l'avenue Trudaine.

Peu à peu, le puzzle se mettait donc en place. Il me fallait maintenant hâter les choses. Je décidai de me rendre dès quatorze heures aux Dons et Legs. Lahrier, renommé pour son interprétation fantaisiste des horaires administratifs, n'y serait sûrement pas arrivé et je pourrais jeter un coup d'œil sur ses papiers sans avoir besoin de donner d'explications. Mais le sort jouait contre moi. Et cet après-midi, quand je poussai la porte du bureau numéro 12, je tombai sur un spectacle très embarrassant. Non seulement Lahrier était là, mais il n'y était pas seul. Une jeune et blonde personne, adossée aux classeurs, remettait de l'ordre dans son corsage et rabaissait une voilette vaporeuse sur des joues restées enfantines, que le rouge de la confusion fardait très joliment. Lahrier, lui, bredouillait :

— Je... je vous présente Gabrielle... C'est ma sœur.

— Ah ! fort bien ! dis-je.

Il reprit, sans excessive aménité :

— Nous avions dit quinze heures, non ?

Je donnai aussitôt les apparences de la plus extrême contrition.

— Oh ! comment m'excuser, cher monsieur ! Je croyais que c'était quatorze !... Mais j'ai une mémoire de lièvre, qui me vaut chaque fois de regrettables malentendus !

La jeune personne partit d'un rire perlé, tout à fait délicieux, tout en déclarant :

— Mais il ne faut pas vous faire de bile pour ça, monsieur ! De toute façon, je devais partir, c'est le jour des coupons au Bon-Marché, pas vrai, Toto ?

Toto acquiesça dans la maussaderie. Je m'inclinai, lui baisai la main, affichant toute la galanterie dont j'étais capable.

— Croyez bien, chère madame, que je suis désolé d'avoir interrompu votre entretien. La prochaine fois...

La porte s'ouvrit à nouveau derrière moi, nous faisant tous sursauter. Finalement, j'avais rendu service à Lahrier, en lui permettant de se composer une contenance, car cette fois il ne s'agissait de rien de moins que de son propre directeur, M. Nègre. Je le reconnus

aussitôt, avec ses tempes argentées, son air de maturité juvénile et l'exquise distinction de ses gestes.

— Oh ! Lahrier, je vous prie de m'excuser, dit-il
d'un ton léger, je vous croyais seul, j'ignorais que
vous eussiez du monde...

Lahrier s'empressa de procéder aux présentations.

— Gabrielle... ma sœur. Monsieur le Directeur...

Gabrielle pouffa discrètement derrière sa voilette.

— ... et voici M. Lecomte, conservateur du musée
de Vanne-en-Bresse.

M. Nègre s'immobilisa une seconde, le regard très
attentif, puis il s'inclina devant Gabrielle, à qui il
baisa galamment la main, ce qui lui laissa le temps de
préparer sa réponse.

— Votre affaire est à l'instruction, mon cher monsieur, me dit-il cordialement. Vous recevrez notifica-
tion de la décision dès que celle-ci aura été arrêtée...

— ... par le Conseil d'État, complétai-je d'une voix
glacée. M. Lahrier, ici présent, ainsi que le regretté
M. de la Hourmerie m'en ont déjà avisé la semaine
dernière.

Je décochai un coup d'œil complice à Lahrier stupéfait, tandis que Nègre, très à l'aise, se tournait vers
son subordonné.

— Ô, homme de toutes les ironies et de toutes les
insolences ! enchaîna-t-il, je me suis plongé dans votre
manuscrit et je m'y suis fort diverti. C'est égal, vous
ne nous épargnez guère, mais tout cela est raconté
avec tant de drôlerie !... Je vous le rendrai demain,
demain sans faute, il ne faut pas faire attendre la
France, à qui les sujets d'amusement sont aujourd'hui
si mesurés !

Il se tourna vers moi.

— Car M. Lahrier écrit, savez-vous ?

— Vraiment ? dis-je, l'air très intéressé.

— Croyez-vous que nous ayons au ministère des collaborateurs distingués !... puis, à Lahrier :... Pauvre M. de la Hourmerie, l'ai-je assez brocardé ! Étonnante, à propos, cette bacchanale à *La Crécelle*. Je regrette bien de ne pas y avoir participé. Mais savez-vous que vous pourriez ajouter un chapitre à votre ouvrage ?

Devant la mimique interrogative de Lahrier, il précisa :

— J'ai eu ce matin la visite de ces messieurs de la Préfecture : ils venaient voir si Letondu ne s'était pas présenté ici.

Il y eut un silence perplexe.

— Mais, monsieur le Directeur, fit timidement observer Lahrier, je croyais qu'il était interné ?

— Eh ! moi aussi ! s'écria M. Nègre, folâtre. Il ne l'est plus, car figurez-vous que les farceurs venus le chercher à l'asile n'étaient pas de vrais policiers ! Ils ont procédé à une manière d'enlèvement en arborant des costumes de carnaval et en exhibant de faux papiers ! Pourquoi, comment ? Mystère ! D'autant que ce malheureux Letondu n'avait plus aucune famille qu'on puisse incriminer. Qui pourrait vouloir s'encombrer d'un fou, je vous le demande ?

Jovial, il se tourna vers moi.

— Extravagantes, nos mœurs parisiennes, n'est-ce pas, mon cher monsieur ? Vous devez avoir hâte de retrouver la sérénité de votre province.

— C'est pourtant très intéressant, répondis-je sans avoir aucun besoin de feindre.

À l'intérieur de moi-même, j'étais glacé. Nègre s'inclinait devant Gabrielle, lui rebaisait la main en lui donnant du « chère madâââme » dont l'onctuosité la fit visiblement fondre. Après quoi, il disparut, dans la plus exquise des désinvoltures.

— Oh ! dis donc, Toto ! s'écria la jeune femme de sa voix flûtée, ce qu'il est chic, ton patron ! Et pas fier, avec ça ! Tu en as de la chance de travailler avec un homme aussi bien !

— Oui, oui, murmura Lahrier, préoccupé, il faut aussi le fréquenter tous les jours…, surtout qu'en ce moment, il est sur les dents, il prépare un ballet-pantomime pour l'inauguration du Nouvel Alhambra…

Il me regarda.

— Bizarre, cette affaire, non ?

— Bizarre, acquiesçai-je.

Mon opinion était faite : Letondu avait vu l'assassin de la Hourmerie, et j'étais prêt à parier que le malheureux fou se trouvait déjà à six pieds sous terre, où l'on n'avait plus à redouter ses délires. Je n'exprimai pas cet avis à Lahrier, qui paraissait maintenant pressé de voir partir son amie : les coupons du Bon-Marché ne l'attendraient guère… Gabrielle me fit donc une révérence ironique, et Lahrier et moi l'accompagnâmes au-dehors par un escalier discret.

— C'est en bas, me dit Lahrier, alors que nous rebroussions chemin. Inutile de remonter au bureau.

Je connaissais les lieux, mais me gardai d'en faire état. Je revis les longs couloirs obscurs où nos pas éveillèrent d'inquiétantes résonances, puis l'abrupt escalier en colimaçon qui menait au second sous-sol.

— Je ne vous garantis pas que vous trouverez votre bonheur, me fit observer Lahrier, tandis que nous longions les tuyaux du calorifère. Moi-même, je n'ai pu récupérer que des documents fragmentaires, mais enfin, Van der Hogen s'était approprié tout un rayonnage d'archives, et je n'ai pas encore eu le temps d'y fouiller…

Il s'était procuré la clé de la petite porte, qu'il ouvrit difficilement sur l'haleine moisie des ténèbres. Il sortit un briquet de sa poche, allumant un quinquet placé à droite de l'entrée. Une faible lumière, où dansait la poussière, nous découvrit un panorama étriqué de cartons entassés à la diable.

— Voilà, c'est là, au fond, je vais vous montrer.

Il me montra. Rude travail, que j'eusse aimé entreprendre en solitaire, car ce que je recherchais, le livre dédicacé par Moran, j'entendais bien l'emporter. Aussi suggérai-je à Lahrier :

— Peut-être est-il inutile que vous respiriez cette poussière ? Pourquoi ne pas me confier la clé ? Je vous la rapporterai à votre bureau quand j'aurai fini.

Il hésita une seconde, murmura :

— Écoutez, voyez tout de suite, d'après les dates, si cela peut correspondre au legs Quibolle… Il y a quand même un semblant de classement… Pendant ce temps, je vais faire quelques pas. Ensuite, ma foi, nous aviserons.

J'acquiesçai. Il s'éloigna en flânant, tandis que je me plongeais dans les dossiers. Très vite, je me convainquis que je ne découvrirais là rien d'intéressant, tout cela était trop ancien. Je m'apprêtais à en aviser Lahrier quand sa voix me parvint, déformée par la résonance des caves :

— Tiens, Gripothe, vous êtes seul ?

Tomba ensuite un silence d'une qualité si particulière que je me hâtai de sortir du réduit. Au bout de la longue pénombre des couloirs, je distinguai deux silhouettes immobiles, celle de Lahrier, qui me tournait le dos, et, à quelques mètres de lui, un homme en tenue d'escrimeur, plastron et masque, qui tenait un fleuret à la main. Je pressai le pas, dont l'écho sur le dallage fit tourner les deux têtes dans ma direction. J'arrivai à la salle nue où j'avais vu s'affronter les deux duellistes, la semaine précédente. Le coffre contre le mur était ouvert, preuve que l'inconnu y avait pris ses accessoires...

— Allons, Gripothe, bas le masque ! s'écriait Lahrier avec bonne humeur, je vous ai reconnu à votre taille, vous n'êtes pas Douzéphyre. Vous n'allez pas me faire croire que vous vous battez tout seul, contre les murs, à la façon de Letondu ?

Son interlocuteur ne répondit pas. Dans la seconde qui suivit, je pressentis son geste, esquissant l'attaque en ligne haute, et comme je possède une vue excellente, je vis que la lame était démouchetée. Le reste de la scène se déroula en un éclair.

— À terre, Watson ! criai-je d'une voix de tonnerre, freinant le foudroyant coup droit décoché par l'escrimeur.

Déjà, j'étais au coffre. J'en sortis le second fleuret, auquel, d'un revers de la main gauche, j'ôtai son bouton. Je fondis sur l'individu au moment où il allait porter une nouvelle pointe à Lahrier, assis dans la poussière, abasourdi, affolé. Il se retourna pour me faire face, et les fers se froissèrent violemment. Il y eut un échange fulgurant, dans le frénétique tintement des lames.

L'homme tirait bien, mais je suis moi-même un escrimeur plus que passable, et mes parades de quarte, suivies de ripostes sixtes droit le déconcertèrent. Me gardant de viser le visage, dissimulé sous le masque grillagé, ou la poitrine, protégée par le plastron, je m'efforçai de l'atteindre au bras. Lorsqu'il s'en rendit compte, il rompit précipitamment, multipliant les fouettés, avant de tourner les talons. Sa fuite souleva des échos vite affaiblis par le dédale des couloirs. Je n'avais aucune chance de le rattraper dans ces lieux obscurs, que je ne connaissais pas. Aussi revins-je à Lahrier, qui s'époussetait, blême, les yeux encore écarquillés de frayeur.

— Vous avez vu ? me dit-il d'une voix altérée, c'est Letondu, n'est-ce pas ? C'est Letondu qui est revenu pour me tuer ! Mais pourquoi ? Le fleuret était démoucheté, vous avez remarqué ?

Je me gardai de rectifier son jugement : l'homme n'était pas gaucher. Prenant brusquement de la situation une nouvelle conscience, il me regardait attentivement.

— Au fait, je vous dois une fière chandelle, et je me félicite de votre science des armes. Ma parole, pendant que vous vous battiez, il m'a semblé que vous aviez grandi ! Moi, je ne suis pas bretteur pour un sou.

— Ne soyez pas surpris, répondis-je modestement, je suis officier de réserve, et j'ai beaucoup pratiqué dans ma jeunesse...

J'eus un geste du menton vers le réduit aux archives.

— Je n'ai rien trouvé... Remontons, voulez-vous ?

Le retour s'effectua dans le silence. Je notai que Lahrier m'examinait à la dérobée. Il digérait sa peur... et sa surprise. Au moment où nous débouchions à l'air libre, sous le porche, il questionna :

— Vous m'avez appelé Watson, tout à l'heure. Pourquoi ?

— Et alors ? répondis-je avec quelque hauteur, nous avons tous nos habitudes... Toto !

6

De la Hourmerie et Van der Hogen avaient lu la dédicace de Moran. Chavarax aussi, mais il ne se rappelait plus le nom du destinataire. Or, si Chavarax était indemne, de la Hourmerie avait trépassé, et Van der Hogen ne valait guère mieux. Mais pourquoi avait-on voulu tuer Lahrier, qui n'avait jamais vu le livre de Moran ? Je finis par me dire que la question n'était plus là : tel que je connaissais Moran, il n'abandonnerait pas la partie, et le destin du pauvre Lahrier me paraissait mal engagé. À moi, maintenant, de jouer les anges gardiens.

Le lendemain, je repris l'apparence d'Altamont pour me poster en face du ministère. Lorsqu'il en sortit, vers les cinq heures de l'après-midi, Lahrier, qui portait une serviette en cuir, monta en tramway. Je grimpai dans le même wagon, tout en me tenant à distance respectueuse. Cela me permit de remarquer que je n'étais pas seul sur la piste. Un homme jeune — dont je notai qu'il était borgne de l'œil droit — très bien vêtu, et muni d'une canne à pommeau, filait également celui qu'au fond de moi-même je commençais à appeler mon client.

Lahrier descendit à la Bastille, l'homme également et moi de même. Mais là, je fus un peu déconcerté, car Lahrier ayant pris le train à la gare, je fus seul à l'y suivre : l'individu rebroussait chemin. Notre destination était Saint-Mandé. Lahrier m'y entraîna jusqu'à un pavillon cossu où, à ce que je crus comprendre d'après les effusions qui l'accueillirent, résidaient ses parents. Pendant deux heures, je battis la semelle à l'ombre de ces agapes familiales. Enfin, le soir tombant, nous reprîmes le train pour la gare de la Bastille.

Dès sorti de la salle des pas perdus, Lahrier, planté au bord du trottoir, chercha une voiture des yeux. Un fiacre apparaissant à l'horizon de la place, je pris le parti de me rapprocher. C'est alors que se produisit un incident curieux. Un autre fiacre déboucha soudain d'une ruelle voisine et vint se ranger le long du trottoir. Son cocher cria à Lahrier :

— Je vous emmène, monsieur ?

— Avec plaisir, répondit Lahrier, épanoui.

Il grimpa dans le véhicule. J'avais entrevu le profil du cocher : c'était mon homme de l'après-midi. Il me fallait prendre une décision immédiate. J'hésitai un instant, furieux, désemparé. Heureusement, le premier fiacre arrivait à mon niveau. Je le hélai :

— Êtes-vous libre ?

— Je l'espère bien, monsieur ! cria le cocher, hilare. Et d'ailleurs, vive la liberté !

— En ce cas, suivez ce fiacre !

Le conducteur acquiesça, montrant la plus grande jubilation. L'une derrière l'autre, les deux voitures traversèrent Paris, où s'allumaient les premiers réverbères. Mon humeur s'assombrissait avec le ciel, tandis que je me remémorais l'article du journal lu la veille : Van der Hogen renversé par un fiacre volé, j'étais prêt à parier que celui qui roulait devant moi avait subi un sort identique. Désormais, ma vigilance ne devait plus se relâcher une seconde.

Alors que nous arrivions en vue du *Clou*, je priai mon cocher de ralentir son allure. L'autre véhicule arrêté devant l'auberge, Lahrier en descendait, sa serviette à la main, pour pénétrer dans l'établissement. Presque dans le même temps, son cocher avait quitté son siège. Je tendis de l'argent au mien, avant de sauter à terre en voltige.

— Allez m'attendre au coin de la rue. Si je ne suis pas revenu dans cinq minutes, vous pourrez partir.

— D'accord, mon prince !

Le véhicule s'ébranla, dépassa le premier fiacre à l'arrêt. Quand l'homme, devant moi, poussa la porte vitrée de l'auberge, je n'étais qu'à quelques pas. L'établissement s'ouvrait sur un vestibule exigu, dont l'accès était commandé par la caisse. Lahrier y avait déjà déposé sa serviette, entre flacons de rhum et pains de sucre, à la garde distraite de « Papa » Tomaschet, le tenancier, dont la silhouette ventrue glissait lourdement entre les tables, un peu plus loin. Au fond de la salle, je distinguai Lahrier, Jouy, Allais et Saint-Bonnard, engagés dans leur partie quotidienne de manille parlée…

Tout se passa très vite : le borgne avait allongé le bras, saisi la serviette. J'eus juste le temps de me fondre dans l'obscurité de la ruelle. Déjà, il ressortait, pour, d'un pas rapide, se diriger vers l'extrémité de la rue. Il semblait avoir pris la décision d'abandonner son fiacre, sans doute volé pour les besoins de la cause et devenu sans utilité. Je réfléchis rapidement. La tentation était forte de suivre mon gibier jusqu'au bout de sa course, mais je pouvais perdre la piste, et avec elle, cette serviette, qui contenait peut-être quelque indice essentiel, dont Lahrier lui-même ne soupçonnait pas la nature.

Nous pénétrâmes bientôt dans un quartier plus sordide, plus désert aussi. Des ombres rôdaient aux lisières d'une nuit épaisse, que ponctuaient les halos blêmes jetés par les becs de gaz sur un bitume luisant de crasse. De très loin, parvenait la plainte d'un accordéon solitaire...

J'assaillis l'homme en un lieu particulièrement obscur, alors que nous approchions de la Courtille, patrie de Cartouche. Je croyais en venir rapidement à bout, mais je me trouvai face à un adversaire déterminé. Mon direct à la mâchoire le fit tomber en arrière sans le mettre knock-out. Déjà, il se relevait, brandissait sa canne, que j'entendis siffler à mon oreille, tandis que j'esquivais le coup. Nous entrâmes en corps à corps. Ce fut un affrontement féroce, silencieux, qui me restitua en un éclair le souvenir de ma lutte ultime avec Moriarty, au-dessus des chutes de Reichenbach. L'homme, handicapé par sa volonté farouche de ne pas lâcher la serviette, me soufflait en plein visage une haleine puant la peur et la rage. Je réussis à lui arracher sa canne, que du pied je projetai au loin, mais profitant d'un « break » inattendu, il avait sorti un couteau de sa poche.

Le souffle court, nous nous mîmes à tourner l'un autour de l'autre. Une feinte au corps, une détente des jarrets, et je reçus au creux de l'estomac un choc qui arrêta ma respiration : le bougre savait se servir de sa tête. La lame s'abattit dans un éclair blafard. Je bloquai son poignet sur mon avant-bras gauche, tandis que du poing droit je lui décochai le plus violent uppercut de toute mon existence. J'entendis craquer l'os, l'homme s'affaissant doucement sur le côté.

Hagard, à bout de forces, couvert de sueur, je restai quelques secondes immobile, debout, le regard aux aguets. Notre bagarre n'avait éveillé dans cette ruelle encaissée que des échos stériles, aussitôt étouffés par le silence environnant. Posant la serviette à terre, je fouillai les poches du voleur. J'y laissai sa montre de gousset ainsi qu'une somme d'argent relativement importante, mais je m'appropriai un livret de travail, dont la lueur chiche du réverbère le plus voisin m'apprit qu'il était établi au nom de Eugène-Victor Renard, né en 1870 à Paris, et demeurant 11, rue d'Orchampt, dans le dix-huitième arrondissement. Profession : courtier...

Je l'avais bien pressenti, que mon adversaire n'était pas un vulgaire voyou. Un point, en tout cas, restait acquis : quand je l'avais assailli, il ne se rendait pas à son domicile, que nous avions dépassé lors de notre commune pérégrination, mais ailleurs, à quelque mystérieux rendez-vous. Un furtif regret me vint de ne pas l'y avoir suivi ; finalement, les risques de le perdre eussent été trop grands... la proie pour l'ombre, comme disent les Français.

L'abandonnant inanimé sur le trottoir, je partis d'un pas rapide, la serviette de Lahrier à la main. Je ne l'ouvris qu'une fois rentré à l'*Hôtel des Trois-Boules*. Comme prévu, elle contenait le manuscrit de Lahrier, qui s'était plu à en mouler le titre sur la première page, de sa belle anglaise d'expéditionnaire confirmé :

Messieurs les Ronds-de-cuir

7

Je me plongeai aussitôt dans la lecture de ce récit, dont, dès les premières lignes, il était évident qu'il relatait les aventures quotidiennes des fonctionnaires de la rue Vaneau. Lahrier, cependant, avait pris la précaution de modifier les états civils des protagonistes, y compris le sien. Ce sont d'ailleurs ces mêmes pseudonymes que j'ai cru devoir reprendre moi-même dans la relation que je fais de cette affaire.

Une surprise m'attendait : non seulement l'odyssée du dossier Quibolle constituait le fil conducteur entre les différents tableaux mais Lahrier m'avait en quelque sorte attribué ici mon propre rôle, celui de l'enquêteur candide égaré dans le dédale des couloirs, des ambitions et des démences. Et s'arrangeant pour ne jamais mentionner mon nom — je lui avais donné celui de ma mère, Lecomte — il n'avait pas eu besoin de m'inventer un pseudonyme.

Je poursuivis ma lecture jusque tard dans la nuit, et je finis par tomber sur un passage qui mit mon attention en éveil. Lahrier y racontait comment Van der Hogen, ayant récupéré sur la table de Chavarax le dossier Quibolle, avait entrepris de lui faire un sort.

« Entre les mains secouées de zèle du terrible Van der Hogen, une à une, les pièces du dossier s'en étaient allées, Dieu sait où, voir si le printemps s'avançait : celles-ci lâchées sur la province à fin de complément d'instruction, celles-là emmêlées par erreur à des pièces d'autres dossiers. D'où un micmac de paperasses à défier un cochon d'y retrouver ses petits, et l'immobilisation définitive d'une affaire devenue insoluble.

« Point d'orgue à cette frénésie de chaos, apothéose dans cette orgie de gabegie, l'affaire du livre de M. de la Hourmerie. Un fatal instant d'inattention, une importune pensée, une visite inopinée, et voilà un chef de service renommé pour son amour de l'ordre autant que pour ses mauvais calembours, qui oublie un objet personnel dans un dossier administratif. Et dès lors, le sort en avait été jeté ! Le malheureux avait eu beau renifler la trace de son bien de bureau en bureau, tel ce même cochon évoqué plus haut en quête de truffes, son livre avait disparu, il s'était envolé, volatilisé, évanoui dans les limbes d'un autre univers, situé hors du siècle et de la capitale. En outre, ce volume, intitulé sans originalité *Trois mois dans la jungle*, avait été dédicacé par l'auteur à un certain Georges Renard, qui devait être une relation personnelle de M. de la Hourmerie. C'est dire s'il y tenait !... »

À cet endroit du manuscrit, je réfléchis intensément. Étrange coïncidence, en vérité : l'homme que j'avais agressé s'appelait aussi Renard, mais les prénoms ne concordaient pas. Alors, un parent ? Je repris ma lecture :

« Et ce n'était pas tout. Persuadé, dans son incommensurable stupidité, que ce livre faisait partie du legs Quibolle, Van der Hogen avait établi un projet de circulaire à adresser à toutes les préfectures et sous-préfectures de France, les chargeant de recenser les milliers de Georges Renard que comptait la nation, afin de s'assurer qu'aucune contestation émanant d'ascendants, de descendants, voire de collatéraux de l'intéressé, n'était susceptible de surgir. Fort heureusement, le projet avait dû être arrêté au visa directorial car aucune suite ne lui avait été donnée au niveau des expéditionnaires. Il ne restait de ce document, parfaite illustration d'aliénation administrative, monument d'incurie professionnelle, qu'un double oublié, classé dans le recueil chronologique personnel de Van der Hogen. Et les archéologues de l'avenir, frappés d'étonnement dans leurs fouilles, y verraient le symbole d'une civilisation disparue, où les écuries d'Augias eussent passé pour un modèle d'organisation et un exemple de sagesse... »

Le manuscrit terminé, ma conviction était faite. Ce qu'on désirait cacher à tout prix, c'était que le colonel Moran eût dédicacé son livre à ce Georges Renard.

Tous ceux qui avaient lu la dédicace et surtout se souvenaient du nom de son destinataire, avaient été tués ou se trouvaient menacés de l'être, c'est-à-dire de la Hourmerie, Van der Hogen, Lahrier... et j'aurais mis une main à couper que le double du projet de circulaire concernant les Renard avait été arraché du recueil de correspondance de Van der Hogen, en même temps qu'on tentait de supprimer Lahrier, coupable de l'avoir lu...

Le petit matin me vit dans la rue, sous l'apparence d'Altamont. Je me rendis au commissariat de la rue Saint-Martin. Oscar Meunier m'avait dit y avoir rencontré le commissaire Ernest Raynaud, que sa position, au milieu d'un quartier réputé travaillé par les menées révolutionnaires, avait mis à même d'en bien connaître les dessous. En fait, Meunier, dans son désarroi, s'était un peu abusé. Raynaud n'était pas encore commissaire (il devait le devenir plus tard) mais seulement officier de police, adjoint au commissaire Dresch, responsable en titre du commissariat.

Justement, Dresch, ce matin-là, était absent, ce qui servait mes plans. Je fus donc reçu par Ernest Raynaud lui-même, un homme encore jeune (il n'avait pas trente ans) mais dont je vis bientôt qu'il avait l'esprit assez éclairé pour que je pusse m'ouvrir à lui de mes préoccupations : ses *Cornes de faune* avaient fait grand bruit dans le petit monde littéraire. D'ailleurs, m'étant fait annoncer comme Altamont, je jugeai vite plus politique de lui révéler ma véritable identité, ce qui le plongea dans un abîme de respectueuse stupéfaction.

— Le bruit avait couru que vous étiez mort!
s'écria-t-il tout aussitôt.

— Il ne faut pas croire tout ce qu'on raconte, répondis-je, souriant du coin des lèvres. Je vous demande néanmoins de garder le secret sur ma visite, et
je vous confirme au passage que Moriarty, lui, a bel et
bien trépassé.

Partant de là, je lui exposai sans fard la situation:
Moriarty avait deux lieutenants, mais je n'en connaissais qu'un, le colonel Moran. J'ignorais l'identité de
l'autre, dont je supposais qu'il devait être français ou
établi en France, et j'en voyais pour preuve le réseau
de communications établi afin de permettre aux anarchistes traqués de gagner Londres.

— Quoi! fit Raynaud, stupéfait, Moriarty aurait
donc été l'un des chefs du mouvement?

— Objectivement parlant, on peut envisager les choses sous cet angle. En fait, Moriarty se moquait bien
des utopies sociales. Il partait simplement du principe
que plus les anarchistes multiplieraient leurs activités,
moins les polices nationales pourraient se consacrer à
pourchasser les vrais malfaiteurs, dont il était le chef
occulte et tout-puissant.

Raynaud parut frappé par mes paroles.

— Il est de fait, dit-il sombrement, qu'on a constaté
de curieuses choses, lors des enquêtes que nous avons
effectuées. Tenez, j'ai par exemple interrogé Francis,
l'un de ceux qu'on a appelés «les assassins du boulevard»…

Je tressaillis, mais me gardai de l'interrompre.

— … À ce qu'il m'a affirmé, lui-même et Meunier
croyaient ne faire éclater au restaurant Véry qu'un
pétard symbolique, destiné à causer plus de bruit que
de mal… Seulement, la bombe leur avait été confiée

par des comparses disparus depuis. Résultat : deux morts ! Et il aurait pu y en avoir beaucoup plus.

Je déclarai, d'un ton léger :

— J'ai moi-même recueilli un certain nombre de renseignements sur les membres de cette mystérieuse organisation d'évasion, et c'est d'ailleurs l'objet principal de ma visite. Peut-être mes informations pourraient-elles recouper les vôtres ? Ainsi, avez-vous entendu parler d'un nommé Eugène-Victor Renard ?

Ses yeux s'arrondirent.

— Vous dites ? questionna-t-il d'une voix sourde.

— J'ai dit : Eugène-Victor Renard.

— Pourquoi me parlez-vous de Renard ?

— Et pourquoi pas ? repartis-je.

Il répondit, le front perplexe :

— Ce Renard a été mêlé de très près à l'affaire du boulevard Magenta. Selon Francis, c'est lui et l'un de ses amis appelé Jacob qui auraient fabriqué et apporté la bombe à Théodule Meunier...

J'objectai, les sourcils froncés :

— Pourtant, d'après les comptes rendus du procès, avec ce Jacob, c'est un certain Georges dont le nom a été cité...

Alors même que je prononçais ces paroles, la vérité éclata dans mon esprit : Georges ! Georges Renard !... Comment n'avais-je pas établi la relation ! Et Raynaud de confirmer, comme s'il avait suivi le fil de ma pensée :

— Eugène-Victor Renard se fait appeler Georges pour des raisons qui lui sont personnelles. C'est sous ce nom que nos indicateurs le connaissent. Et ce que vous m'apprenez maintenant éclaire ce personnage d'une lumière bien singulière. Savez-vous que les anarchistes..., je parle des véritables militants, se méfient de lui ? Ils le soupçonnent d'être un mouchard rémunéré par nos services !

— Et c'est faux ?

— Bien sûr que c'est faux ! s'écria Raynaud. Seulement, il y a, dans ses façons d'agir, plusieurs indices qui laissent croire que ses mobiles ne sont pas aussi inspirés par l'idéal libertaire qu'il le prétend. Les anarchistes l'accusent de travailler pour nous, mais maintenant...

— Maintenant, nous savons que son chef est ailleurs qu'à la préfecture, conclus-je avec une secrète jubilation.

8

Ainsi, la dernière pièce du puzzle s'emboîtait. Très certainement, Moran, entretenant avec Renard les liens étroits qui sont ceux de l'infamie, lui avait offert un exemplaire dédicacé de son livre. Et Renard avait alors, à son tour, prêté le livre à Meunier, auquel, sans doute, pour mieux le recruter, il avait joué la comédie de l'amitié.

Ce livre, il me le fallait. C'était, noir sur blanc, la preuve aveuglante que Renard était un homme de Moriarty, et que celui-ci tirait les ficelles de beaucoup des actions anarchistes qui ensanglantaient les capitales européennes. Le porter au jour, c'était ôter aux successeurs de l'empereur du Crime leur meilleure arme, les réduire à ce qu'ils étaient réellement, une association de malfaiteurs sans morale, ni autre idéal que celui du profit, c'était aussi les empêcher d'exploiter à l'avenir la crédulité de ces malheureux exaltés. Cependant, j'avais à mener à bien une tâche plus urgente : sauver la vie de Lahrier. Je ne voyais qu'un moyen, et pour cela je devais avoir recours au petit Saint-Bonnard, le seul qui me parût susceptible d'accepter un jeu tel que celui que je comptais abattre.

9

Lors de la conversation que j'avais eue avec Saint-Bonnard au *Chat-Noir* sous l'aspect du conservateur de Vanne-en-Bresse, je m'étais arrangé pour connaître son adresse. Il habitait Montmartre, évidemment, et une mansarde, bien sûr, dans la saine tradition de ces bohèmes que Murger, avant d'autres, a chantés.

Ce même jour, peu après avoir quitté Raynaud, je l'abordai, avec cette fois l'apparence d'Altamont. Il sortait de son immeuble pittoresquement délabré, et me regarda d'un œil encore embrumé par un sommeil tenace, tandis que je réitérais ma demande.

— C'est à moi que vous voulez parler, monsieur ? me dit-il enfin. Pourquoi ? Nous connaissons-nous ?

— Nous pourrions faire connaissance, répondis-je placidement. Je vous promets que vous ne le regretterez pas. Et comme nous approchons de l'heure de midi, je serais très honoré si vous acceptiez une invitation à déjeuner dans le restaurant de votre choix.

Cette fois, son œil s'alluma. J'avais touché le point sensible : le pauvre diable ne devait pas manger tous les jours à sa faim. Toutefois, il n'abusa pas de ma générosité, m'entraînant dans un établissement confortable, mais modeste, du quartier. Là, le menu commandé, il m'examina d'un regard acéré.

— Au fait, je vous ai déjà vu quelque part... N'étiez-vous pas à l'auberge du *Clou*, ces soirs-ci ?

— Il m'arrive en effet de fréquenter ce café.

Il se rembrunit légèrement.

— Dites que vous nous y avez espionnés !... Très bien, j'ai promis de vous écouter, mais je vous avertis, je ne suis pas un mouchard.

— Allons, lui fis-je observer, bonhomme, vous en connaissez, vous, des cognes qui paient à déjeuner ?

— C'est vrai, admit-il. Alors ?

— Alors voici : un de vos amis n'a-t-il pas perdu hier quelque chose de précieux ?

Il sursauta.

— Ah ! nom de Dieu ! s'écria-t-il, frappant de la paume sur la table, Lahrier ! Il ne retrouve plus sa serviette. Il y avait dedans le manuscrit de son roman, dont il n'a pas de double. Un an de travail perdu, monsieur ! Et une préface promise par Marcel Schwob !...

Il questionna avidement :

— Pourquoi, vous en avez des nouvelles ?

Je posai la serviette sur la table, ce qui le fit applaudir comme un enfant.

— Vous l'avez retrouvée, bravo ! Ce qu'il va être content ! Il ne se souvenait plus s'il l'avait oubliée dans le fiacre ou si quelqu'un la lui avait fauchée au *Clou*.

Mais son allégresse se troubla vite. Il demanda :

— Était-il nécessaire pour cela de me payer un repas ? Que désirez-vous, au juste ?

J'hésitai un instant avant de déclarer :

— Voyez-vous, je suis une sorte de bon Samaritain qui entend garder le secret sur ses actions. Aussi, vous prierais-je de ne pas poser de questions. Il s'agit de la vie de votre ami.

— La vie ! railla-t-il, ostensiblement sceptique.

— La vie. Ne vous a-t-il pas fait part d'un événement singulier qui lui est arrivé avant-hier dans les caves du ministère ?

— Oui, oui, reconnut-il très intrigué. Un fou, qui travaillait dans son service, s'est échappé de l'asile et a tenté de le tuer... Mais vous, comment le savez-vous ?

— Je sais beaucoup de choses, répliquai-je. Notamment qu'on a essayé de faire disparaître ce manuscrit... parce que figurez-vous, mon cher monsieur, que si je n'étais pas intervenu, on détruisait ce précieux document dont il n'existe aucun double. Dites-moi, Lahrier est-il un homme d'honneur ?

— Je m'en porte garant ! s'écria-t-il assez comiquement, la main posée sur son cœur.

— Alors, j'entends que vous vous fassiez mon mandataire pour un engagement que je demande à sa parole.

Ce disant, j'avais sorti le manuscrit de la serviette, et je l'avais ouvert à l'endroit où, le matin même, j'en avais arraché une page. Cette page, que j'avais glissée pliée dans ma poche, je la montrai à Saint-Bonnard.

— Voici un passage qui ne semble en rien indispensable à la marche de l'intrigue. Le supprimer ôtera peut-être un peu de couleur au personnage de Van der Hogen, mais il faudra bien expliquer à Lahrier que ce n'est pas payer trop cher pour préserver sa vie.

— J'aimerais comprendre, dit-il d'un air obstiné.

Je ripostai sèchement :

— Pas question. Ce sont là des choses qui vous dépassent, mon cher monsieur... et, d'une certaine façon, qui me dépassent moi-même. Je vous fais confiance, je fais confiance à Lahrier, je lui rends cette feuille afin qu'il puisse imaginer une transition de son choix, mais dites-lui bien ceci, qui est essentiel : la moindre allusion, dans son manuscrit, au livre dédicacé perdu par de la Hourmerie, la plus petite référence au nom de Georges Renard, et c'est la foudre qu'il attire sur sa tête ! Il s'en est déjà rendu compte dans les caves de la rue Vaneau. La prochaine fois, il ne s'en sortira peut-être pas aussi bien.

— C'est tout ?

— Pas encore. Il a intérêt à ce que son manuscrit soit publié le plus rapidement possible sous la forme corrigée que je lui suggère, c'est le meilleur moyen d'écarter la menace…, mais en attendant, qu'il conserve le silence le plus absolu à ce sujet. Et qu'il se méfie, à tout moment, n'importe où, et qu'il se garde !

— De qui ?

— D'ennemis puissants pour lesquels il représente, sans le savoir, un redoutable danger. Je compte donc sur votre amitié pour le préserver de leurs actions…

Pendant tout le temps que nous parlions, nous avions commencé à manger et à — bien — boire, de sorte que Saint-Bonnard se sentit peu à peu porté aux cimes de l'euphorie.

— Et moi, que devrai-je raconter au brave Lahrier pour lui faire avaler tout ça ?

— Inventez, lui répondis-je d'une voix glacée. Pour vous, le mensonge est un art qui n'a plus de secrets, et voilà l'occasion rêvée de donner libre cours à votre fantaisie imaginative. Ce n'est pas pour rien qu'on vous surnomme Saint-Bobard.

— Tiens, vous savez ça ? murmura-t-il faiblement.

— Et beaucoup d'autres choses, je vous l'ai déjà dit. J'aimerais que vous me promettiez maintenant de nous revoir demain ici, à la même heure, pour me rendre compte de la façon dont vous aurez rempli votre mission. D'accord ?

— À la même heure ? répéta-t-il, la lèvre gourmande.

— À midi, mon cher. Ce qui me permettra, bien entendu, de renouveler mon invitation.

— Topez là ! s'écria-t-il, la paume cordiale, et tenez, il me vient une idée : je dirai à Lahrier que j'ai vu en rêve Antoine de Padoue, dont vous êtes sans doute un avatar fugace autant que bénéfique.

— Qui est-ce ? demandai-je distraitement.

— Le saint chargé par Dieu de retrouver les objets perdus. J'ai toute une théorie là-dessus.

— Eh bien, soumettez-la à Lahrier, ricanai-je, je suis sûr qu'il y découvrira un sel particulier.

10

Je ne sais quelle impulsion subite me porta, le lendemain matin, vers la Charité. Je savais fort bien que ce n'était pas encore l'heure des visites, mais ce que Watson appelle mon sixième sens du drame me poussait à m'enquérir de la santé de Van der Hogen. Ainsi que je le craignais, le pire était arrivé. M'étant présenté comme un cousin éloigné — a-t-on remarqué combien ce lien de parenté, à la fois vague et précis, offre de commodités pour couvrir tous les incognitos ? — je fus reçus par une bonne sœur qui affichait la mine apitoyée de rigueur.

— ... Et nous qui espérions le sauver, ce pauvre monsieur ! Il allait mieux, vous savez ? Il avait repris conscience et buvait un peu de bouillon...

— Qu'est-il arrivé ?

— Le cœur, sans doute.

Elle se pencha, me souffla, sur le ton de la confidence :

— Les joies peuvent être meurtrières, mon fils ! À mon avis, il n'a pas supporté celle que lui a causée la visite d'un cousin dont il se croyait oublié, il en a trépassé dans la nuit. Ce que c'est que de nous, tout de même !

J'avais sursauté.

— Quoi, un cousin ? un autre ? Vous a-t-il dit son nom ?

— Nous n'avons pas l'habitude de demander leur identité aux visiteurs, répondit-elle d'un air offusqué, mais sœur Marie-Marguerite, qui l'a reçu, pourrait vous en parler.

Elle appela sœur Marie-Marguerite, une nonnette aux joues encore rouges de sa campagne natale...

— Oui, oui, c'était un jeune homme très poli, très attentionné, qui lui a apporté un petit paquet de friandises...

Je ressentis au fond de moi-même un sourd frémissement. Je connaissais les méthodes de Moran, dont les poisons de jungle, réputés pour ne laisser aucune trace à l'analyse, avaient déjà fait de nombreuses victimes. J'insistai :

— Un jeune homme ? Pouvez-vous me le décrire ? Il s'agit sans doute de l'un de nos parents communs.

— Oui, oui..., à peu près vingt-quatre, vingt-cinq ans, avec une figure sérieuse, mais...

Elle hésita visiblement avant d'achever :

— ... il était borgne.

Elle ne m'avait donné ce détail qu'à contrecœur, un peu comme si, à son sens, une telle révélation relevait de la médisance.

11

J'avais deux heures à tuer avant de revoir Saint-Bonnard. Je décidai de me rendre à nouveau au commissariat de la rue Saint-Martin, où, peut-être, j'obtiendrais un peu plus de détails sur Georges Renard. J'espérais, cette fois, rencontrer le supérieur d'Ernest Raynaud, M. Dresch, ce modeste commissaire de quartier, qu'on disait féru d'arts et de lettres, mais qui avait, de ses mains, arrêté au restaurant Véry le terrible Ravachol, damant le pion au chef de la Sûreté parisienne.

Je jouais de chance. Sur mon seul nom, je fus reçu de la plus aimable manière, et je vis aussitôt que les rapports entre Dresch et Raynaud se situaient sur le plan d'une estime amicale beaucoup plus que sur celui de la hiérarchie policière. D'ailleurs, si Dresch me promit sans difficultés de garder le secret sur ma présence à Paris, il accepta en revanche de me confier tout ce qu'il savait sur l'état des activités anarchistes.

— Il existe deux écoles rivales, déclara-t-il plaisamment, celle pour qui l'attentat aveugle frappe mieux l'imagination des foules et secoue la société en profondeur, et celle qui prône au contraire le meurtre de personnalités en vue, afin de bien marquer le caractère populaire du mouvement.

— Comment le savez-vous ?

— Par nos indicateurs, répondit-il d'un ton blasé, nos mouches, comme ils disent. On ne fait pas un travail pareil en gardant les mains propres, vous vous en doutez bien.

— Et que disent les indicateurs ?

— Eh bien cela : ce que je viens de vous apprendre. Mais aussi, ils nous apportent des précisions techniques précieuses : par exemple que les anarchistes partisans de la première doctrine comptent parmi eux de redoutables chimistes. Ceux-ci auraient mis au point, pour leurs marmites dites à renversement, un procédé d'explosion retardée utilisant une variété de créosote particulièrement raffinée.

Je dressai l'oreille : j'ai toujours été passionné par la chimie. Je questionnai avidement :

— Avez-vous pu localiser le laboratoire où l'on effectue cette transformation ?

— Bien sûr que non, grommela M. Dresch. Nous connaissons seulement le chemin emprunté par ce produit, et peut-être aussi son origine : il serait fabriqué dans la région de Montpellier.

— Ce n'est pourtant pas une région charbonnière ?

— Vous savez, intervint Raynaud en souriant, Carmaux n'est pas si loin, et ce genre d'expériences ne nécessite peut-être pas de grandes quantités de matière première : il doit suffire de quelques kilos de goudron de houille…

— Et ces gens-là, ceux qui sont susceptibles de poser des bombes, les connaissez-vous ?

— Nous en connaissons quelques-uns, que nous surveillons, mais on ne saurait prévoir le moindre de leurs gestes. Et d'ailleurs, pour un Henry, pour un Pauwels, combien nous restent ignorés ? Voyez-vous, mon cher monsieur, la difficulté principale de notre tâche vient du fait que nous n'avons pas affaire à des malfaiteurs obsédés par le profit. Notre propre ardeur est ainsi freinée par la foi dont nous devons bien créditer nos adversaires, et l'explosif le plus dangereux manié par les libertaires, c'est encore cette forme pathologique de la bonne conscience qu'on appelle le fanatisme.

Sa dernière phrase me procura la transition que je cherchais pour amener ma question :

— Dans cette hiérarchie morale, j'imagine que vous placez en tête, tout de même, les militants qui réprouvent l'attentat aveugle ?

— ... Ceux que j'appelle les sélectifs, enchaîna M. Dresch. C'est vrai que je ne puis m'empêcher d'éprouver pour ces derniers une manière d'estime. Certes, ce sont des fous, des dangers publics, mais au moins paient-ils de leur personne, ne s'abritent-ils pas lâchement une fois la bombe posée.

— Et là, vous savez des noms ? demandai-je, d'un ton que je fis aussi neutre que possible.

Il répondit en haussant les épaules :

— Bien entendu. Matha, Delesalle, Ortiz, et aussi un Italien appelé Caserio, qui voyage beaucoup...

Je réprimai un tressaillement : Oscar Meunier m'avait raconté son entrevue avec ce jeune Caserio, venu lui parler de son frère. Dresch poursuivait, fiévreusement :

— ... et Francis, tenez !... celui-là même qui vient d'être acquitté dans l'affaire du restaurant Véry...

— C'est bien un nommé Théodule Meunier qui a été reconnu comme responsable de l'attentat, non ?

— Exact. Encore que Francis affirme que Meunier a lui-même été abusé. Il aurait cru ne déposer qu'un pétard symbolique destiné à désigner à l'opprobre des foules le garçon Lhérot qui, vous le savez, m'a signalé la présence de Ravachol dans l'établissement. De toute façon, Meunier s'est réfugié à Londres...

Je hochai la tête d'un air entendu, tandis que M. Dresch reprenait :

— À ce propos, Raynaud m'a dit que vous soupçonniez les lieutenants de Moriarty d'avoir organisé une filière d'évasion. Il m'a parlé de ce Georges Renard, qui est effectivement fiché chez nous.

— Parmi les nobles ou les moins nobles ? raillai-je.

— Parmi les inconnus, repartit rudement M. Dresch. En fait, ses activités présentent de si curieux aspects qu'elles commencent à susciter la méfiance des milieux libertaires. On le soupçonne même d'appartenir à nos services, ce qui est bien un comble !

— Que savez-vous de lui ?

— Né à Paris, il y a vingt-quatre ans. Tout jeune, il a perdu l'œil droit lors d'une bagarre contre les guesdistes, ce qui lui a valu d'être réformé. En principe, son domicile se situe rue d'Orchampt, mais on l'y voit très peu. Il a effectué plusieurs voyages à Anvers et à Londres.

— Exerce-t-il un métier ?

— Il se déclare courtier, mais peut-être n'est-ce qu'un masque ?

Un silence tomba entre nous, pendant lequel M. Dresch me considéra très attentivement. Il questionna d'un ton abrupt :

— Pensez-vous qu'il soit ce deuxième lieutenant de Moriarty dont vous avez parlé à Raynaud ?

Je secouai la tête

— Exclu. C'est sûrement un maillon important de cette chaîne criminelle, mais il reste un homme de main. Non, celui que je recherche occupe sans doute dans la société française une situation élevée qui lui permet de rendre des services à la mesure de ses pouvoirs... peut-être même quelqu'un de votre maison, messieurs...

Je croyais susciter chez eux une vertueuse indignation, mais ils semblèrent accepter mon hypothèse très sereinement. Sans doute y avaient-ils pensé avant moi ?

12

La perspective d'un excellent repas me rendit un Saint-Bonnard à l'œil clair et au jarret péremptoire. Il me salua d'un air parfaitement goguenard :

— Mes respects, ô grand saint Antoine !

J'acceptai sans broncher cet hommage. Nous nous rendîmes au même restaurant que la veille, où, pendant le repas, il me conta de quelle façon il avait présenté les choses à un Lahrier ahuri. Dans son innocent cynisme, il ne me cacha guère, au passage, comment il avait profité de la circonstance pour proposer à son ami un pari dont les dés étaient pipés. Bénéfice : cinquante francs, prétendument destinés aux pauvres de saint Antoine de Padoue. Homme d'honneur, Lahrier s'était acquitté sans rechigner de cette dette métaphysique.

— Croyez-moi, mon cher ! s'écria-t-il, maniant avec dextérité fourchette et couteau, vous avez trouvé le collaborateur idéal. Car le menteur est l'égal de Dieu : il crée, lui aussi, un univers, dont il manipule les créatures au gré de ses calculs, et mieux : de ses fantaisies. Wilde ne l'a-t-il pas dit ? L'Art invente et la Nature copie !

Je le regardai très attentivement.

— Lahrier n'a pas posé de questions indiscrètes ?

— Que si ! déclara-t-il, contemplant par transparence le rubis du vin dans son verre. J'ai su y répon-

dre avec ce qu'il fallait doser de mystère et de science
exacte pour qu'il n'insiste pas... Voulez-vous que je
vous narre ?

— J'aimerais assez, dis-je, très curieux.

— Eh bien, j'ai d'abord affirmé à Lahrier que saint
Antoine de Padoue m'était apparu en songe, mais
qu'il posait, comme condition *sine qua non* à son aide,
la suppression du passage que vous avez indiqué.

— Il ne l'a pas cru, tout de même !

— Il a bien dû, quand je lui ai exhibé le manuscrit !
Et puis, nous autres artistes sommes superstitieux,
portés à accepter comme argent comptant les choses
du rêve.

— Ensuite ?

— Ensuite, je lui ai dit que j'avais longuement étudié son affaire. Ainsi, avais-je écarté l'hypothèse d'un
vol de la serviette sur la caisse de Papa Tomaschet, au
profit de celle supposant un oubli à l'intérieur du fiacre...

— Hypothèse erronée, pourtant.

— Mais combien plus vraisemblable ! Partant de là,
moi — ai-je expliqué à Lahrier — j'avais procédé à
une série de déductions...

— J'aimerais les connaître.

— Voici. Ayant préalablement prétendu avoir vu
passer son fiacre par les fenêtres de l'auberge et noté
que le cocher ne portait pas l'uniforme blanc de l'Urbaine, je lui dis en avoir inféré qu'il appartenait à
l'une de ces petites compagnies dont les garages se situent dans l'avenue Trudaine. Je lui ai alors fait observer qu'à l'heure où il avait libéré son cocher, le
malheureux devait crever de faim. Or, à cette heure
et dans ce quartier, une seule gargote — spécialisée

dans le gigot aux haricots, je le sais pour la fréquenter parfois — est encore ouverte.

— ... Et vous vous y êtes rendu, conclus-je en souriant.

— J'y ai naturellement retrouvé sous l'une des tables la serviette ramassée par le cocher, puis abandonnée là parce qu'il ne lui voyait aucune valeur marchande[1].

— Lahrier vous a cru ?

— J'espère bien ! s'écria Saint-Bonnard sur le ton de la dignité offensée. Je rapportais le manuscrit et mes déductions étaient tout à fait valables ! Je dirais même élémentaires, mon cher...

La dernière syllabe tira après elle un silence épais, pendant lequel nos regards se croisèrent comme des fers. Non seulement l'animal inspirait la sympathie, mais encore il était intelligent. Ou alors il avait beaucoup lu.

---

1. Cette anecdote n'a été livrée au public qu'en 1926, dans l'édition Bernouard de *Messieurs les ronds-de-cuir* et reprise dans l'avant-propos de l'édition de 1966, chez Garnier-Flammarion.

III. L'aventure de la chèvre,
du tigre et du chasseur

« ... J'ai passé quelques mois à faire des recherches sur les dérivés du goudron de houille dans un laboratoire de Montpellier... »

SIR ARTHUR CONAN DOYLE, *La maison vide*

1

La semaine suivante, j'étais à Montpellier. Je ne consacrerai qu'un bref chapitre à la très longue enquête que j'entrepris alors dans le midi de la France. J'étais en effet persuadé que les véritables anarchistes, par la nature même de leurs convictions, n'étaient pas portés aux techniques élaborées. À mon sens, cet aspect de leurs activités était à mettre au compte des successeurs de Moriarty, dont l'équipe comptait quelques chimistes de valeur.

Je pris donc l'identité d'un ingénieur du Nord, chargé par un laboratoire fictif d'effectuer des essais à partir des houilles voisines de Carmaux, dont les goudrons eussent présenté des propriétés particulières. Mais mon investigation était compliquée par le fait que, recherchant des hommes, je devais feindre de ne m'intéresser qu'aux procédés, et qu'au camouflage physique il fallait ajouter un camouflage psychologique. Heureusement, mes connaissances en chimie sont telles que je pouvais sans crainte m'aventurer dans les milieux scientifiques où me conduisait ma piste. Longue piste, en vérité, traque minutieuse pendant laquelle, souvent, je perdis courage. Mais mon obstination porta ses fruits. Vers la fin de l'année 93, j'avais à peu près reconstitué l'itinéraire de cette créosote spéciale dont on se servait pour améliorer le fonctionnement des « marmites à renversement ». J'avais désormais des noms, des faits, des formules. Je rédigeai un rapport à l'intention du commissaire Dresch, moins pour réprimer des activités politiques dont le caractère m'importait peu qu'afin de réduire à néant les malfaisants calculs de l'organisation criminelle montée par Moriarty et reprise en main par ses lieutenants.

Il était temps : à Paris, les attentats se multipliaient, au point que la presse de la capitale tenait une rubrique quotidienne spirituellement intitulée : « Le coin de la dynamite ». Et si, au *Bouillon Duval*, le cordonnier Léauthier frappait de son tranchet le ministre de Serbie, le 9 décembre, c'était une bombe qu'Auguste Vaillant lançait au milieu de la Chambre des députés, une bombe qui eût pu causer un véritable massacre. Il ressortit des déclarations de cet anarchiste que l'explosif lui avait été apporté par un certain Jacob, lui-même envoyé par un dénommé Georges. Je retrouvais ici mon vieil ami Renard, mais je découvris une singulière saveur au fait que Vaillant avait, à sa façon, déjoué les calculs des hommes de Moriarty : plus soucieux de démontrer que de tuer, s'il avait bien utilisé l'explosif fourni, il avait, dans le corps de la bombe, remplacé les balles par des clous[1].

---

1. Ce qui ne l'empêcha pas d'être guillotiné.

Son geste, spectaculaire plus que meurtrier, causa tout de même une grande émotion, la presse rapportant les paroles définitives prononcées par le poète libertaire Laurent Tailhade, lors du dîner traditionnel du journal *La Plume*. Devant ses pairs, entre autres, Mallarmé, Verlaine et Zola, il avait déclaré, avec un joli mouvement du menton :

— Qu'importent les victimes si le geste est beau ? Qu'importe la mort de vagues humanités si, par elle, s'affirme l'individu ?

Je me rappelais avoir aperçu Laurent Tailhade à la centième du *Roi-Mignon*. Chavarax m'y avait montré ce poète que ses inclinations prolétariennes n'empêchaient pas de fréquenter les milieux les plus conservateurs et les lieux de plaisir les plus mondains. Il se trouvait alors en compagnie de Jules Huret, le cousin de M. Nègre, ce même journaliste qui, quelques jours plus tard, lui donnait la parole dans *Le Temps* pour tenter de nuancer le caractère provocateur de ses propos.

2

Avant de partir, j'avais passé un accord avec Saint-Bonnard. Il s'engageait à me tenir au courant de tout ce qui arriverait d'intéressant au service des Dons et Legs en général, et à René Lahrier en particulier : en effet, tant que son livre n'était pas paru, je n'étais pas sûr que l'auteur fût tiré d'affaire. Et j'avais laissé à mon collaborateur une somme coquette pour ses frais de poste, formule dont l'hypocrisie avait fort amusé nos cynismes respectifs. Ce jeune homme, d'ailleurs, avait pris coutume de m'appeler saint Antoine mais avec un air entendu qui, à la longue, devenait irritant.

Durant les premiers mois de mon absence, il s'acquitta consciencieusement de sa mission. Ainsi appris-je par lui qu'on avait repêché près de l'île Seguin le corps d'un homme noyé, identifié comme étant le fou criminel du ministère des Cultes. Saint-Bonnard joignait à sa lettre des coupures de presse qui, toutes, rapportaient le crime de Letondu, suivi de son évasion de Bicêtre dans des circonstances dont le mystère n'était pas près d'être levé.

La suivante de ses missives m'apprit que Flammarion avait enfin publié le roman de Lahrier. Il m'en expédiait un exemplaire dans lequel je me plongeai aussitôt. Lahrier avait scrupuleusement suivi les instructions de saint Antoine de Padoue : plus rien ne subsistait dans son ouvrage à propos du livre de Moran, ni de la dédicace faite à Georges Renard. Et quoique fort peu expert en littérature, je ne pus m'empêcher de penser que les transitions élaborées manquaient parfois de souplesse. Ainsi, après avoir longuement décrit l'itinéraire farfelu du dossier Quibolle, réputé perdu corps et biens, écrivait-il abruptement vers les derniers tableaux : « ... le legs Quibolle, dont on était parvenu tant bien que mal à reconstituer le dossier... » sans donner plus de détails.

Je devais d'ailleurs retrouver dans la presse dont, les jours suivants, je consultai les rubriques littéraires, un écho à mes propres réflexions. Tout en louant la vérité des peintures et la drôlerie du style, quelques critiques soulignaient un certain déséquilibre de l'œuvre, où Lahrier, d'abord perçu comme meneur de jeu, voire prête-nom de l'auteur, voyait brusquement son personnage s'effacer pour perdre tout relief dans la deuxième partie du roman. Et à propos de la miraculeuse reconstitution du dossier Quibolle, l'un d'eux n'hésitait pas à employer le terme « expédient littéraire ».

Ce fut le dernier envoi que je reçus de Saint-Bonnard. Ce jeune homme, que son petit caractère et son grand appétit devaient avoir conduit à vite dilapider mon pécule, jugeait sans doute que ses obligations avaient pris fin en même temps que sa provision, car je n'en eus plus aucune nouvelle. Pendant ce temps, je poursuivais obstinément ma quête, dont les résultats commençaient à apparaître. Au fil de mes recherches, au fur et à mesure de mes interrogations, j'avais fini par cerner, de façon idéale, le personnage qui semblait constituer la clé de voûte de l'organisation, au moins sur le plan scientifique. C'était — disait-on — un tout jeune homme, guère plus de vingt ans, mais dont l'intelligence et l'envergure d'esprit étaient remarquables. On appelait « le compagnon Émile » ce Saint-Just de l'Anarchie, qu'on décrivait comme fluet, pâle, avec une physionomie fine, presque douce, sous des cheveux châtains coupés en brosse, et dont le menton était garni d'une légère barbe blonde. Dans les milieux où je m'étais introduit, son histoire prenait déjà des proportions de légende. N'avait-il pas été bachelier à seize ans, reçu au concours d'entrée à l'École polytechnique, et ne possédait-il pas un diplôme d'ingénieur chimiste ?

Je n'eus bientôt plus aucun doute, au moins sur ses capacités : s'il utilisait la créosote pour certaines de ses propriétés d'isolation, il avait également mis au point une formule dérivée de l'acide picrique dans laquelle nitre et phénol étaient dosés dans des proportions tout à fait originales. D'officine en cave, de

garni en laboratoire clandestin, de Cette à Nîmes, de
Toulouse à Montpellier, de Villeval en Guy, puis en
Delessalle, je suivis sa piste jusque vers la fin novembre 1893, où j'acquis la conviction qu'il avait regagné
Londres. J'écris « regagné » car ses voyages dans la
capitale britannique étaient, semblait-il, plus que fré-
quents...

J'hésitais sur la conduite à tenir quand un carton
venu de Grenoble trancha dans mes incertitudes :
Oscar Meunier et ma cousine Irène Quibolle s'étaient
enfin décidés, et ils me conviaient à leur mariage, fixé
pour la fin janvier.

3

Pourquoi les noces me rendent-elles si triste ?
Pourquoi suis-je tenté de voir, sous leurs rites et leurs
fastes, une dérision suprême, à l'image de ces amours
que le temps et l'usage érodent plus vite que les dunes
du désert ? Pourquoi, surtout, cette singulière disposition de l'esprit me rend-elle gauche et farouche, figé
dans une maladresse d'attitude qui, au lieu de me procurer l'anonymat souhaité, draine vers moi tous les
regards ?

Avec cet instinct subtil que j'avais tant admiré chez
elle, Irène fit les efforts nécessaires pour me mettre à
l'aise. Elle était belle, ma cousine, dans l'éclat accepté
d'une proche quarantaine, avec son long visage ciselé
aux yeux tendres. Et bien touchant aussi, le bonheur
qu'Oscar Meunier s'attachait à contenir dans les limites de sa pudeur d'homme, et dont l'intensité semblait
avoir gommé toutes ses rides autour de la bouche.

La cérémonie avait été célébrée dans une relative intimité : Irène était veuve et Oscar — mais nous étions peu à le savoir — gardait au fond du cœur une plaie toujours ouverte, comme dit la chanson. Ce que je lui avais appris, un peu après la noce, ne l'avait guère rassuré. D'un seul coup, sa fragile sérénité s'était craquelée, à la façon de la première glace sur un étang gelé, l'angoisse reprenant possession de ce masque léonin aux puissants méplats. D'ailleurs, curieusement, c'est lui qui était en mesure de me donner des nouvelles fraîches de son frère : celui-ci était pris en charge à Londres par une mystérieuse organisation dont on ne savait trop qui la dirigeait. Et Théodule avait demandé à l'un de ses amis, qui rentrait en France, d'aller voir son frère Oscar.

— Cet homme est venu ? demandai-je, très préoccupé.

— Il est venu, puis est aussitôt reparti pour Paris... Oscar hésita imperceptiblement avant d'ajouter :

— Il m'a laissé une adresse postale où le joindre et je me suis permis de le prévenir que vous prendriez peut-être contact avec lui.

— Vous avez bien fait, dis-je d'une voix brève.

Nouvelle réticence, puis :

— Il s'appelle Armand Matha. C'est un... un exalté comme Théodule, mais il m'a paru plus ouvert, et surtout, depuis son séjour à Londres, il semble avoir acquis vis-à-vis de ceux qui se veulent ses chefs une sorte de distance, sinon de réserve...

Matha... Il me semblait me souvenir que Dresch m'avait cité ce nom, lors de notre entrevue. Je fis observer à Oscar :

— Mais les anarchistes ne se reconnaissent aucun chef ! Et moi, comment joindrai-je cet homme ?

— Il faudra lui écrire à la poste restante du sixième arrondissement. Vous avez bien retenu son nom ? Matha.

Il l'épela.

— Je le verrai, promis-je.

Pendant les deux jours que je passai à Grenoble, ma cousine se montra adorable à mon égard, mais j'eus l'impression confuse que mon départ lui causait un soulagement inavoué, un peu comme s'il tranchait quelque nœud gordien psychologique dont elle eût hésité à dénouer les fils. J'emportai le buste qu'Oscar Meunier avait commencé à modeler de moi l'année précédente, et auquel, depuis, il avait mis la dernière main. Il avait absolument tenu à me l'offrir.

4

Ayant reloué une chambre dans un hôtel de Paris, cette fois sous l'apparence d'Altamont, j'écrivis aussitôt à Armand Matha, à la poste restante du sixième arrondissement. Je lui demandai de me répondre également poste restante afin que nous prissions contact.

Ensuite, je me retrouvai à Montmartre. Je ne cultive guère la rancune, mais je n'aime pas qu'on se moque de moi, et je tenais à dire au petit Saint-Bonnard ce que je pensais de sa désinvolture. Je m'enquis de lui auprès de son concierge. À la seconde même où son visage se figea, je ressentis au fond de moi-même ce sourd traumatisme familier. Je m'entendis questionner, d'une voix altérée :

— Mais enfin, c'est invraisemblable ! Il n'avait pas vingt-cinq ans !

Le pipelet répondit sur le ton de l'évidence populaire :

— On est peu de chose, mon pauvre monsieur, qu'est-ce que vous voulez ! Et puis, c'était un jeune homme qui menait une vie de bâton de chaise. Toujours à courir, à fréquenter les cafés, des jours sans manger, d'autres à faire des raouts ! Ça vous fout un bonhomme par terre, ça !

— Et c'est arrivé subitement ?

— D'un seul coup : le cœur a lâché ! Il faut dire qu'il venait de faire une noce à tout casser. Il avait un nouvel ami, plein d'argent, qui l'avait invité à fêter je ne sais pas quoi...

Glacé, je questionnai d'une voix que je contrôlai soigneusement :

— Attendez... je le connais peut-être, cet ami... un jeune homme de son âge, bien habillé, d'allure correcte, portant sans doute une canne à pommeau... et borgne.

— C'est ça ! s'exclama le concierge. Borgne ! On ne l'a plus revu, d'ailleurs, même pas à l'enterrement. Peut-être qu'il se sentait responsable, mais ces choses-là, on ne peut pas les prévoir, n'est-ce pas ?

— On ne peut jamais tout prévoir, répondis-je sombrement.

5

Lahrier habitait rue Lepic. Le lendemain matin, il tomba par hasard sur le vieux conservateur de Vanne-en-Bresse qui visitait cette rue au marché si pittoresque et bien parisien. Les premières politesses échangées, M. Lecomte le félicita du succès de son livre

qu'il s'était empressé de lire, et à propos duquel il
avait relevé dans la presse les échos les plus flatteurs :
son directeur, M. Nègre, avait décidément eu bien raison de penser que ce serait là pour la France une
bonne occasion de s'amuser !...

Après quoi, il enchaîna sur leurs relations communes et lui demanda des nouvelles de ce jeune homme
si sympathique rencontré au *Chat-Noir*.

— Ce pauvre Saint-Bobard ! s'écria tristement Lahrier. Bien sûr, vous ne l'avez pas su, mais il nous a
quittés, il y a quelques mois !

— Comment cela, quittés ?

— Il est mort, monsieur ! À tout juste vingt-cinq
ans. Ah ! c'était une figure de Montmartre et tout le
monde le regrette bien, vous pouvez me croire !

Je m'acquittai des platitudes d'usage, après quoi,
l'affliction dans la voix, j'insistai :

— Mais enfin, mort de quoi, si jeune ? Un accident ?

Lahrier s'enflamma subitement.

— Du mensonge, monsieur Lecomte ! En réalité, il
est mort des mensonges qu'il faisait à longueur de
journée ! Il en était arrivé à être frappé d'un coup au
cœur chaque fois qu'il croisait l'une de ses connaissances au coin de la rue, tant il craignait de se voir
confronté avec une vérité contraire, à propos des innombrables blagues qu'il délivrait à tous vents, et qui
n'étaient pas toutes du goût de tout le monde !

— Allons donc !

— Mais vous ne savez pas ce qu'il finissait par inventer ! C'était devenu chez lui du délire, de la folie !
Tenez... les derniers temps, il prétendait avoir collaboré avec Sherlock Holmes, le grand détective, et
même lui apporter une aide précieuse dans ses enquê-

tes ! Bien sûr, personne ne le croyait, mais d'autre part...

Je quittai Lahrier, possédé d'une rage froide, blême. Au-delà de mon enquête, par-dessus mes obsessions professionnelles, je m'étais mis en tête que je vengerais Saint-Bonnard. Ainsi, personne ne le croyait ? Quelqu'un, au moins, l'avait cru, et il en était mort.

6

Matha ne perdit pas de temps à me répondre : deux jours après, je retirai de la poste restante un petit mot où il était écrit succinctement :

Le 12 février, à vingt heures, montez dans le deuxième wagon du tramway Montrouge - Gare de l'Est, à la station du Luxembourg. Restez debout sur la plate-forme arrière. Je prendrai contact avec vous. Pas de police, surtout !

7

Il faisait nuit, nuit épaisse, venteuse, où s'agitaient bruyamment les frondaisons voisines du Luxembourg. Le long de la rue de Médicis, les halos blafards des réverbères tremblaient sous les rafales. J'attendis un bon quart d'heure avant de voir apparaître les lanternes du tramway hippomobile, dans le claquement des sabots, le bruit de sonnailles, et le grincement des jantes métalliques sur les rails. Je suivis les instructions données, debout sur la plate-forme arrière malgré l'inclémence de la température.

Boulevard Saint-Michel, au niveau du boulevard Saint-Germain, un homme grimpa en voltige, pour venir s'accouder à la balustrade, près de moi, et il acquitta le prix de la course au receveur aussitôt accouru. Je le détaillai en vision marginale : c'était bien le personnage que m'avait décrit Meunier, la trentaine accusée, court, râblé, très chevelu, avec une barbe qui paraissait avoir été roulée au petit fer, et qui lui avait valu chez les siens le surnom de « Compagnon Belle-Barbe ». De mon côté, j'avais parfaitement conscience qu'il me jaugeait à la dérobée.

Alors que nous traversions la rue de Rivoli, il chuchota brusquement :

— On descend à la prochaine. Suivez-moi sans m'accoster.

Ce que nous fîmes. L'un derrière l'autre, nous arpentâmes les arcades. Ensuite, nous empruntâmes l'avenue de l'Opéra, encore très animée. Dois-je dire que je fus extrêmement surpris lorsque, après avoir traversé la place de l'Opéra vers le boulevard des Capucines, Matha entra au *Café de la Paix* ? Cet établissement, surtout fréquenté par la haute bourgeoisie et l'élite financière de la capitale, me paraissait peu propre à accueillir les « compagnons » dont se réclamait Matha ! Je l'y suivis tout de même jusqu'au fond de la salle, où, d'un geste, il me fit signe de m'asseoir près de lui.

— Excusez ces précautions, me dit-il, avec l'accent rocailleux des gens du Sud-Ouest. La police me tient à l'œil, mais elle ne me cherchera sûrement pas ici.

Il commanda un muscat, tandis que je me faisais servir un whisky. La première gorgée lampée, il me considéra attentivement, entre ses paupières micloses.

— Quel est votre métier ? demanda-t-il, sans nuances.

Je répondis sur le même ton :

— Je ne suis pas un cogne, si c'est ce qui vous tracasse. J'effectue des enquêtes à titre privé pour des particuliers, mais il se trouve que ma cousine est la femme d'Oscar Meunier, et que par la force des choses, je m'intéresse au sort de Théodule.

— Vous connaissez ses idées ?

— Je connais ses idées, qui sont aussi les vôtres. Il ne m'appartient pas de les juger, d'autant que je suis citoyen britannique. Mais si vous m'aidez à tirer Théodule de ce guêpier, je pourrais, moi, vous donner des informations très intéressantes sur les gens qui utilisent vos convictions.

Il sursauta.

— Que voulez-vous dire ? gronda-t-il violemment. Qu'est-ce qui vous autorise à porter ce genre d'accusations ?

— Allons, allons, fis-je en souriant, votre colère même prouve que j'ai touché juste. Je vous le répète, vos idées, qui ne sont d'ailleurs pas les miennes, ne me concernent pas. Mais ce qui me concerne, et qui vous concerne aussi, c'est que des gens dont l'idéal se situe au niveau du portefeuille n'hésitent pas à arroser leurs profits du sang des innocents, et de celui des vôtres, à commencer par ce malheureux Vaillant, guillotiné la semaine dernière.

Il poussa un grognement indistinct, les paupières toujours baissées, la pomme d'Adam agitée par l'intensité de ses passions contenues. J'insistai cruellement :

— Osez soutenir que vous n'en aviez pas eu l'idée !

Il secoua la tête, moins pour exprimer une dénégation que pour contenir son désarroi. Je poursuivis, d'une voix glacée :

— Vous connaissez Georges Renard. Pourriez-vous jurer qu'il est blanc comme neige, ne fût-ce que dans votre seule optique personnelle ? On le soupçonne chez vous d'être une « casserole », n'est-ce pas ? On ne se trompe qu'à moitié. C'est bien un provocateur, mais il n'est pas à la solde de la police.

Matha releva vivement la tête.

— Et de qui, alors ?

— De ceux qui se servent de vous comme de paratonnerres. Vous attirez sur vos têtes les foudres policières, tandis qu'ils se livrent tranquillement à des commerces qui, pour n'être pas bourgeois, n'en ont pas plus de valeur morale que ceux que vous condamnez au nom de votre doctrine !

Il lampa son verre d'un seul coup. Ses joues rosirent jusque sous les poils de sa barbe assyrienne, et il déclara, presque timidement :

— J'ai toujours été contre les attentats aveugles.

— Parce qu'en réalité ils font beaucoup plus de tort à votre cause que toutes les calomnies de la presse conservatrice, enchaînai-je, placide… Encore faudrait-il y mettre bon ordre.

— En avertissant la Préfecture ? ricana-t-il, le regard trouble.

— Que non ! répliquai-je brutalement. En faisant votre propre police, en balayant devant votre porte ! Vous revenez de Londres, n'est-ce pas ? Ne trouvez-vous pas suspecte cette attention dont vous êtes l'objet de la part de gens dont l'anonymat est si soigneusement gardé ? Ils vous abritent, vous arment, vous financent, puis vous réexpédient sur le continent pour que vous puissiez continuer à y préparer leur lit ! Je suis sûr que nous reverrons bientôt Meunier, comme nous avons revu, comme nous voyons beaucoup, également, votre jeune ami, le « compagnon Émile ».

Il me regarda, murmura faiblement :

— Ah bon ! vous le connaissez...

— Très bien, mentis-je. Et je ne puis que déplorer qu'un homme si jeune et si brillant serve si mal une cause pour laquelle il est sincèrement prêt à sacrifier sa vie.

Un silence pesant tomba entre nous. Derrière les verres cathédrale de l'arrière-salle, les ombres des garçons passaient comme autant de fantômes. Matha dit enfin, à contrecœur :

— Il est rentré le 20 décembre dernier, Henry... Il est passé par l'Allemagne et la Belgique, je ne sais pas pourquoi.

En un éclair, j'effectuai le rapprochement : Henry devait être le nom du « compagnon Émile ». Mais déjà, Matha poursuivait, la tête obstinément baissée :

— ... Et je dois l'avouer, maintenant, il me fait peur. Il a toujours rêvé de frapper un grand coup, et avec ce qu'il connaît, il est capable de le faire.

— Mais vous êtes tous capables de le faire, lui fis-je perfidement observer.

Il secoua la tête.

— Non, lui, ce n'est pas la même chose. Il n'est pas... il n'est pas tout à fait normal, c'est un suicidaire. La typhoïde, un chagrin d'amour, et par là-dessus, malgré son instruction, la lecture mal digérée de Tchernychewski et de Bakounine... D'ailleurs, même à Londres, on semblait commencer à redouter chez lui un acte inconsidéré...

Le son de sa voix baissa d'un seul coup. Je vis ses traits se tendre et, instinctivement, je me retournai. Je distinguai une silhouette mince, juvénile, en pardessus noir, qui s'effaçait derrière la porte à tambour. J'avais eu le temps d'enregistrer l'image de son visage fin, blond, à l'expression hagarde. Matha jeta des pièces sur la table, se leva, si brusquement que sa chaise bascula en arrière.

— C'est lui ! proféra-t-il d'une voix rauque, il a une tête à faire des bêtises... Il faut le rattraper !

Nous sortîmes précipitamment, sous les yeux éberlués des consommateurs. Dans la rue, il n'y avait déjà plus trace d'Émile Henry. Matha demeura indécis sur le bord du trottoir, tournant convulsivement de droite à gauche son profil si caractéristique. Puis il se mit à courir vers la Madeleine. Je m'efforçai de me maintenir à son niveau, ce qui me fut facile.

— Où allez-vous ?

Il répondit, déjà sur le ton de l'essoufflement :

— Eh ! est-ce que je sais ! Il disait toujours qu'on ne peut pas être bourgeois et innocent... que les employés à trois cents francs par mois haïssent autant le peuple que les richards...

— Alors ?

— Alors voulez-vous que je vous dise ? Il hait la vie, il hait la joie, il veut punir les gens qui osent s'amuser pendant que les autres crèvent, et à sa façon d'agir, tout à l'heure, j'ai bien cru qu'il allait lancer une bombe... mais il m'a vu.

— En somme, haletai-je, je vous dois la vie !

Un coup d'œil au restaurant Bignon, puis au *Café américain*, mais Matha ne s'y arrêta pas.

— Non, je connais ses idées fixes, il n'y a pas assez de monde, il veut frapper la foule, lâche et bête.

— Image commode, murmurai-je, elle autorise justement toutes les bêtises et toutes les lâchetés.

Nous reprîmes notre course. Au moment où nous traversions le boulevard Haussmann, entre les attelages que l'heure tardive lançait à grand trot sur le bitume, la nuit fut secouée par une sourde explosion, suivie d'une cascade de bris de verre. Matha s'immobilisa, le front couvert de sueur.

— Ça y est, dit-il, d'une voix blanche, c'est trop tard.

La rue du Havre nous apportait maintenant l'écho d'une foule en colère, dont le grondement se ponctuait de cris frénétiques. Et alors que nous arrivions en vue de la gare Saint-Lazare, nous assistâmes, sous la pâle lueur des réverbères, à une scène dramatique, que je n'oublierai jamais.

Un homme courait, un jeune homme en pardessus noir, traqué par une multitude déchaînée. Au niveau de la rue de l'Isly, l'un de ses poursuivants le rejoignit, l'agrippa à l'épaule en hurlant :

— Ah ! canaille, je te tiens !

— Pas encore ! cria l'autre, lui tirant un coup de revolver en pleine poitrine.

L'homme tomba à la renverse, mais quelques mètres plus loin l'anarchiste fut à nouveau ceinturé. Deux coups de feu, et l'assaillant s'écroula sur le trottoir. Un gardien de la paix arrivait à son tour, sabre brandi. Henry déchargea sur lui les trois balles qui lui restaient, mais ne put freiner son élan et les deux hommes roulèrent à terre. Déjà, d'autres gardiens de la paix accouraient, dans un concert de clameurs, au milieu d'une houle de visages convulsés par la haine.

— Ils vont le tuer ! gronda Matha, esquissant un geste pour s'élancer à la rescousse de son compagnon, disparu sous un envol de pèlerines noires.

Je me retournai brusquement et lui décochai un violent crochet au menton. Il s'affala entre mes bras. Je profitai de l'extrême confusion qui régnait dans la rue pour le tirer derrière une porte cochère, où je l'assis, le dos au mur. Par la large fente du chambranle j'assistai à la dernière phase de la curée. Émile Henry avait été englouti dans une mêlée tourbillonnante, où les uniformes tentaient de le soustraire aux fureurs de la foule. Un fourgon de police arrivait, au grand galop, à coups de trompe impératifs, tandis que les façades des immeubles se renvoyaient l'écho des vociférations.

— À mort !

— Tuons-le !

— À la lanterne !

Je distinguai enfin Émile Henry, à demi inconscient, tiré, poussé, hissé dans le fourgon par les gardiens de la paix, dont certains devaient faire face à la fureur des assistants. Le fouet claqua, la trompe résonna encore une fois, pendant que des coups de sifflet stridents se propageaient le long de la rue. Le véhicule s'ébranla, les chevaux se cabrant devant des groupes d'enragés qui s'efforçaient de les saisir aux brides...

Derrière moi, Matha ouvrit les yeux. Presque aussitôt, son regard recouvra sa lucidité. Un flot de sang lui monta au visage, alors qu'il se relevait vivement.

— Pourquoi m'avez-vous frappé ?

Je répondis, en haussant les épaules :

— Vous m'avez indirectement sauvé la vie, il y a un instant. Disons que j'ai voulu vous rendre la pareille. Tous ces gens sont fous, vous ne le voyez pas ?

— Mais Émile, bon Dieu !...

Il m'écarta brutalement pour aller regarder au-dehors. Je lui fis observer, sans bouger d'un pouce :

— Vous savez bien que vous n'auriez rien pu tenter pour lui. Au mieux vous vous seriez fait embarquer dans ce fourgon comme complice. Je vous rassure, d'ailleurs, les gardiens de la paix l'ont soustrait aux forcenés et il semble à peu près sauf...

Je fus interrompu par l'infernal tintamarre des appels de trompe. Deux voitures d'ambulance, l'une suivant l'autre, s'arrêtaient en face, les sabots de leurs chevaux arrachant des étincelles aux bordures des trottoirs. Des infirmiers en déboulèrent pour aller ramasser les corps étendus sur la chaussée. Visiblement, le gardien de la paix était mort. L'un des deux civils ne paraissait guère en meilleur état. Quant à l'autre, le premier qui avait voulu appréhender Émile Henry, il avait réussi à se remettre debout, titubant, ahuri, ivre de chance, et montrant à qui voulait le voir un bouton de sa veste, déchiqueté par la balle, qui s'y était écrasée sans aller plus loin.

De là où nous étions, nous pouvions voir d'autres voitures d'ambulance passer au galop rue Saint-Lazare, devant la gare. Sans nous concerter, d'un commun accord, nous nous mîmes à courir dans cette direction. Une foule énorme s'amassait en face du café *Terminus*, d'où par la verrière brisée s'élevaient encore des lambeaux d'une fumée âcre. Le vent qui descendait la rue de Rome, nous envoya une violente odeur de cordite.

Nous nous efforçâmes de nous frayer un passage, tout en tendant l'oreille aux bribes de conversation. L'anarchiste avait jeté sa bombe vers l'orchestre, mais l'engin avait heurté un lustre avant d'exploser et, tom-

bant sur le plancher, y avait creusé un énorme cra-
tère. À travers le mouvement des têtes pressées, nous
aperçûmes une quinzaine de corps, allongés parmi les
débris de tables et de chaises au milieu d'innombrables éclats de verre. Il y avait du sang partout, et des
gémissements déchirants s'élevaient de ce carnage.

Matha me regarda, la lèvre tremblante. Peut-être
attendait-il de moi quelque réflexion sentencieuse, du
genre : « Voilà le travail de vos amis », mais je me
contentai de lui dire :

— Allons-nous-en, cela ne sert à rien de rester là.

Un peu plus loin, ce fut moi qui l'entraînai dans un
café encore ouvert et bruissant de conversations pour
lui faire boire un cognac. Nous repartîmes. Je sentais
chez Matha un désir forcené de me quitter, mais en
même temps une crainte primaire de se retrouver
seul. Finalement, alors que nous arpentions vers l'est
les quais de la Seine, il déclara brusquement :

— Maintenant, il faut que nous nous séparions.

Je le fixai.

— Vous avez la figure de quelqu'un qui va faire
une bêtise.

Il eut un vague mouvement des épaules, prononça,
très difficilement :

— Si empêcher qu'une chose pareille se reproduise
est une bêtise, alors oui, j'en ai l'intention.

— Puis-je vous aider ?

Il fit « non » de la tête, d'un air buté, mais il y avait
dans ce refus plus de pudeur que de conviction. Je lui
demandai :

— Connaissez-vous bien Théodule Meunier ?

— Encore assez, dit-il…, mais surtout depuis Londres.

— Compte-t-il rentrer ?

— Avec les cognes aux fesses ? ricana-t-il.

— Vous l'avez bien fait, vous ; et aussi Georges Renard.

Il répondit placidement :

— Moi, je suis fiché, mais je ne suis l'objet d'aucune inculpation. Renard non plus.

Je poursuivis :

— Je vais vous poser une question à laquelle vous ne répondrez que si vous le voulez bien, mais je vous donne ma parole que je n'ai en vue que l'intérêt de Théodule Meunier : se trouvait-il à Paris en avril de l'année dernière ?

Il répondit aussitôt, de façon très spontanée :

— Pas du tout. Il n'a jamais quitté Londres depuis 92.

Je murmurai, un peu pour moi-même :

— L'assassin du boulevard, ce n'est donc pas lui.

Matha crut devoir m'expliquer, non sans quelque réticence :

— C'est le surnom qu'on lui a donné après l'attentat au restaurant Véry, boulevard Magenta, mais il me l'a affirmé, et je le crois, il pensait que sa bombe était surtout symbolique. Il a été trompé sur la nature et sur la force réelle de l'explosif.

— Trompé par qui ? repartis-je d'un ton rude.

Il garda le silence. Je repris, cruellement :

— Qui a préparé la marmite, sinon Émile Henry ? Qui la lui a fournie, sinon Georges Renard ?... Vous avez beau jeu, messieurs les libertaires, de dénoncer les capitalistes qui, dans leurs guerres, ne marchandent pas la chair à canon ! Croyez-vous que vous êtes autre chose, vous-mêmes, pour ceux qui vous utilisent ?

— Henry est sincère, fit-il, maussade.

— Eh ! je le sais, qu'il est sincère ! m'écriai-je, mais c'est bien là le drame ! S'il est sincère, vous l'avez reconnu vous-même, il est fou. Et des gens exploitent ses indignations, dont je ne conteste pas la noblesse..., des gens comme Renard et ses maîtres.

— Mais qui, enfin ? éclata-t-il, qui sont-ils, ces mystérieux tireurs de ficelles ? Existent-ils seulement ailleurs qu'à la tour Pointue ou dans votre imagination ?

Pendant la demi-heure qui suivit, je le lui prouvai. Et à dix heures du soir, nous étions en route pour le domicile d'Émile Henry, dans le vingtième arrondissement. Car c'était cela, l'idée secrète de Matha : enlever les explosifs entreposés dans ce logement pour les immerger et faire enfin cesser les attentats aveugles.

8

Peu à peu, je reconnaissais le chemin parcouru, grâce à certains détails restés dans ma mémoire : j'y avais suivi Renard, l'année précédente, alors qu'il venait de voler la serviette de Lahrier. C'était donc chez Henry qu'il se rendait, ce soir-là. La Courtille, Belleville... Nous descendîmes la rue Piat, tournâmes à gauche, rue des Envierges, puis encore à gauche, dans ce qu'on appelait pompeusement la villa Faucheur...

L'endroit était sinistre : une étendue de terrains vagues, en bordure desquels s'alignaient de petites maisons basses, comme écrasées de laideur. Même la nuit ne leur accordait pas la miséricorde de ses ombres, et les becs de gaz éclairaient chichement ce paysage de misère menaçante. Alors que, utilisant les zones d'obscurité, nous nous dirigions vers le numéro 48, les ténèbres s'animèrent, un peu plus loin, d'un air lancinant, obstiné. Nous nous arrêtâmes.

— Qu'est-ce que c'est ? grogna Matha, le visage tendu.

— De la guimbarde, répondis-je sourdement.

— À cette heure-ci ?

— C'est bien ce qui m'intrigue.

Autre chose m'inquiétait, dont, sur le moment, je ne fis pas part à Matha : j'avais reconnu le refrain de *D'ye ken John Peel*, et je voyais mal comment ce vieux chant de vénerie anglais pouvait retentir dans la nuit solitaire de Belleville. La guimbarde se tut, mais au moment où nous approchions du but elle relança sa musique, ses notes à la mélancolie métallique prenant, sur l'épais silence nocturne, une résonance lugubre. J'étais sur mes gardes, tous les nerfs tendus : je ne connaissais qu'une seule personne capable de jouer de la guimbarde de cette façon.

Nous arrivâmes enfin devant une petite porte délabrée, dont un carton sale annonçait qu'elle ouvrait sur le logement de M. Louis Dubois.

— C'est là.

— Dubois ?

— Vous pensez bien qu'il n'habite pas ici sous son vrai nom. Maintenant, il va falloir forcer la porte.

— Laissez-moi faire, dis-je, j'ai ce qu'il faut.

Interloqué, Matha me regarda exhiber une série de petits instruments nickelés.

— De quel côté de la barricade êtes-vous donc ? souffla-t-il.

Je répondis, tout doucement :

— D'aucun. Je suis, comme vous, un individualiste forcené.

Là-dessus, j'eus un geste de dérision ironique, remettant mon attirail dans mes poches.

— De toute façon, c'est ouvert.

Matha fronça les sourcils, mais ne dit pas un mot. Nous poussâmes le battant, qui exhala un léger grincement. À la faible lueur qui émanait de la fenêtre, je vis une chambre presque nue, meublée d'un lit de camp, d'une table et de deux chaises. À terre, dans un coin, des boîtes étaient rangées les unes sur les autres, et un étui à violon couronnait très curieusement cet entassement. J'eus le sentiment aigu, irrépressible, que tout cela venait d'être préparé en vue d'un enlèvement imminent.

— Il y a un quinquet, juste à droite, murmura Matha.

Je sortis un briquet de ma poche, tâtonnai pour situer le bec de la lampe, mais retirai aussitôt mes doigts.

— C'est encore tout chaud, chuchotai-je, on vient de l'éteindre...

Je n'eus pas le temps de finir ma phrase. Deux hommes surgirent d'un petit cagibi, derrière nous, et ce fut l'affrontement. Bataille sans merci, animée de ahanements et de sourds jurons, dans une obscurité presque complète où l'éclat des lames brandies jetait ses pâleurs tragiques ; lutte férocement silencieuse, nos agresseurs tout comme nous-mêmes ne tenant pas à attirer l'attention...

Je dominais mon adversaire, qui n'avait pas une grande science de la boxe, et dont j'avais tout de suite fait voler le couteau d'une prise de haritsu. Matha, lui, avait saisi le bras armé du sien dans ses deux mains robustes, et les deux hommes dansaient une sorte de ballet mortel, scandé de piétinements frénétiques. La porte battit soudain et un troisième combattant se lança dans la mêlée. Cette fois, ma position devint difficile, mais alors que le tourbillon de la lutte nous entraînait près de la fenêtre, je distinguai mieux le visage du nouveau venu.

— Parker ! J'en étais sûr !

— *God...*, fit-il seulement d'une voix rauque, reculant comme devant un fantôme.

Mon premier adversaire profita de ma surprise pour reprendre le dessus, et de son côté Parker utilisa le répit qui lui était donné : il rafla l'étui à violon, avant de se ruer vers la porte. D'un effort désespéré, je réussis à le faire trébucher. L'étui s'ouvrit. Il en tomba une sorte de tube brillant, qui fit un bruit sonore sur le plancher, en même temps que roulaient à terre, dans toutes les directions, de nombreux petits objets métalliques. Sans perdre une seconde, Parker ramassa le tube, quelques-uns des petits objets, et, l'étui refermé, se précipita au-dehors. D'un uppercut sans merci, je foudroyai enfin celui qui me ceinturait, mais c'était déjà trop tard : j'eus beau scruter la nuit, Parker s'était volatilisé.

Je revins à l'intérieur de la chambre, où mon coup de genou fit sauter le couteau de la main de notre dernier antagoniste. Nous étions alors devant la fenêtre et deux exclamations fusèrent en même temps :

— Matha !

— Ortiz !

La lutte cessa immédiatement, les deux hommes, bras ballants, se considérant d'un air consterné. J'allumai le quinquet, qui illumina la chambre d'une lueur jaune.

— Baissez la mèche ! protesta Ortiz, il peut y avoir des cognes dans le coin... Nous croyions d'ailleurs que vous en étiez.

— Eh non, dit Matha. Tu vois, nous venions déménager les explosifs.

— Nous aussi...

Il eut un geste du menton vers le corps étendu.

— C'est Millet, aide-moi.

Ils s'efforcèrent de ranimer l'individu, dont les paupières se mirent à battre faiblement.

— N'ayez crainte, leur dis-je, c'est un simple knock-out.

Ortiz me regarda.

— Qui est-ce ? demanda-t-il à Matha, sans prendre la peine de dissimuler son hostilité.

— Un ami, répondit brièvement Matha, un ami de Théodule Meunier. Il n'est pas des nôtres, mais consent à nous aider.

— Ça, ça m'étonnerait, ricana l'autre.

Je pris la parole :

— Pourquoi Georges Renard n'est-il pas avec vous ?

Il sursauta.

— Quoi, vous connaissez Renard ?

Je ripostai âprement :

— Je connais Renard comme quelqu'un qui se prétend des vôtres, mais qui agit pour le compte d'une organisation criminelle dont les motivations sont tout à fait étrangères à vos préoccupations sociales. J'ignore si c'est lui qui vous a envoyés ici ce soir, mais votre compagnon qui faisait le guet et qui vous a alertés en jouant de sa guimbarde, savez-vous qui il est ?

Ortiz avoua, un peu confus :

— Non. Renard ne nous a mis en contact avec lui qu'il y a trois jours. En fait, nous devions opérer demain ou après-demain, mais ce soir, après le coup de folie d'Henry, il nous a fait avancer la chose pour prévenir une descente de police. Millet et moi aurions déménagé les explosifs pendant que l'English se serait occupé de cet outil, rapporté d'Allemagne par Henry... Renard semblait y attacher beaucoup d'importance. Je pense que c'est une sorte d'arme perfectionnée.

— Vous pensez à juste titre, rétorquai-je, il s'agit du fusil à air comprimé fabriqué par l'ingénieur aveugle Von Herder, sur la commande du Pr Moriarty, qui dirigeait cette organisation dont je vous ai parlé. Quant à Parker, le joueur de guimbarde, c'est un étrangleur professionnel pour qui les belles théories politiques sont à peu près aussi intelligibles que de l'hébreu. Je sais que selon Netchaïev, les seuls révolutionnaires authentiques sont les bandits, mais encore y a-t-il bandits et bandits !

Millet se redressait péniblement, d'abord sur un genou, puis debout, adossé à la table et se tenant la mâchoire.

— Où deviez-vous transporter les explosifs ? demanda Matha.

Ortiz ne répondit pas, me dédiant un regard éloquent. Je lui déclarai tranquillement :

— Si c'est à une adresse que vous a donnée Renard, vous feriez mieux d'y renoncer. Matha et moi, nous nous y opposerions.

— Vraiment ? ricana Ortiz.

— Vraiment ! intervint Matha. Tu ne sais pas qu'à sa façon, Renard est une « casserole » ?

— C'est la police qui répand ce bruit ! riposta hargneusement Millet.

Matha reprit, très sombre :

— Écoute, Ortiz, que ce soit vrai ou faux, qu'importe ? Ce qui est certain, c'est que les attentats

comme celui d'Henry, ce soir, ont pour principal effet
de hâter le vote des lois scélérates. Tu as vu ce qui est
arrivé après la bombe de Vaillant ? Ces erreurs font
en fin de compte le jeu du pouvoir.

— Alors, que veux-tu faire ?

— Jeter tout ça à l'eau, et si vous avez vraiment le
souci de servir la cause, vous allez nous y aider tous
les deux...

Avant de partir, je ramassai à terre deux des petits
objets métalliques que Parker avait dû abandonner
dans sa fuite. C'étaient des balles de plomb à pointe
tendre, d'un calibre ressortissant aux armes de poing,
mais que l'engin de Von Herder pouvait, le cas échéant,
utiliser comme projectiles à une distance de fusil...

9

Rue de Belleville, puis rue du Faubourg-du-Tem-
ple... chacun transportant discrètement quelques
boîtes de poudre verte, nous arrivâmes quai de Jem-
mapes, où l'eau glauque du canal Saint-Martin en-
gloutit les explosifs avec des ploufs horriblement
sonores.

Et puis nous nous séparâmes. Je restai quelques minutes de plus en compagnie de Matha, à qui je fis remarquer :

— Votre compagnon, Ortiz, là, il n'a pas du tout
l'accent espagnol.

— Forcément, répondit-il, placide, il est polonais.
Seulement, quand il était gosse, sa mère s'est rema-
riée avec un Mexicain.

Il ajouta, d'un air de défi :

— C'est un cambrioleur, vous savez ?

Je ne pus m'empêcher d'observer :

— Vous en parlez comme s'il s'agissait là d'un métier tout à fait normal ?

— À ses yeux, il l'est ! répondit-il, hargneusement. Il professe, après Proudhon, que la propriété, c'est le vol. Voler des propriétaires lui apparaît donc comme une profession parfaitement honorable. Et, croyez-le, c'est un as dans sa partie ! On le charge des missions réputées les plus difficiles, voire les plus insolites.

— Insolite ? répétai-je, l'incrédulité dans la voix.

Il s'offusqua du ton que j'avais pris, riposta vivement :

— Ce n'est pas le trahir que vous révéler ceci : il doit cambrioler un ministère afin d'y voler un livre, un seul ! Est-ce que ce n'est pas de l'Art pur, ça ?

J'avais banni toute expression de mon visage quand je l'interrogeai :

— Vous en a-t-il fait la confidence ?

— Bien sûr, il a confiance en moi !

— Ce ministère, c'est le ministère des Cultes, n'est-ce pas ? Et le service concerné, celui des Dons et Legs ?

Il recula d'un pas, s'écriant d'un ton proche de l'aigu :

— Ce n'est pas possible, vous êtes le Diable !

— Vous n'êtes pas le premier à le croire, repartis-je légèrement. Ni, je l'espère, le dernier… Maintenant, si vous n'avez pas trop peur du Diable, mon cher Matha, rendez donc service de sa part à votre ami Ortiz : qu'il ne prenne pas de risques inutiles. Ce livre, dédicacé par son auteur, le colonel Moran, et dont le titre est *Trois mois dans la jungle*, ne se trouve plus rue

Vaneau. Je suis passé avant lui et c'est moi qui l'ai. Il pourra en informer ses employeurs.

— Vous, qui ? demanda Matha, d'une voix sourde.

— « Eux » le sauront, répondis-je. Parker, l'étrangleur, n'aura pas manqué de le leur dire.

Je regardai partir Matha avec des sentiments mitigés. Je croyais savoir bien des choses, mais l'ancien coiffeur de Casteljaloux m'en avait beaucoup appris, sur l'âme et le cœur des hommes… Plus, en tout dernier lieu, un élément important concernant mon enquête : la certitude que Moran n'avait toujours pas récupéré son livre. Certes, je ne l'avais pas non plus, mais l'essentiel était que l'on crût le contraire.

10

J'étais à peu près persuadé que, sur le plan de la tactique criminelle, Moran dirigeait les opérations, mais que sur celui de la stratégie générale en France, c'était l'autre lieutenant de Moriarty, le mystérieux numéro 3, qui avait la haute main. Je voulais d'abord celui-là, et c'était le sens de ma manœuvre. Maintenant, Matha allait-il jouer jusqu'au bout le jeu que je lui avais assigné ? Je trouvai des raisons de l'espérer à lire l'article d'Octave Mirbeau — dont Matha m'avait confié qu'il l'admirait profondément — paru le 19 février dans *Le Journal*.

« … Un ennemi mortel de l'Anarchie n'eût pas mieux agi que cet Émile Henry, lorsqu'il lança son inexplicable bombe au milieu de tranquilles et anonymes personnes… Émile Henry dit, affirme, clame qu'il est anarchiste. C'est possible. Mais l'Anarchie a bon dos. Comme le papier, elle souffre tout. C'est une mode, aujourd'hui, chez les criminels, de se réclamer d'elle quand ils ont perpétré un beau coup. Chaque parti a ses criminels et ses fous, puisque chaque parti a ses hommes... »

Mirbeau ne croyait pas si bien dire. Le jour même où paraissaient ces lignes, un nouvel attentat, rue Saint-Jacques, faisait un mort et plusieurs blessés. Le lendemain, des agents du laboratoire municipal enlevaient une autre bombe dans un hôtel de la rue du Faubourg-Saint-Martin, où elle n'avait pas explosé. Était-ce le fait de la bande à Moriarty, ou celui d'exaltés agissant pour leur propre compte ?

En attendant, je m'activais. Pour que mon plan réussît, il me fallait un exemplaire du livre de Moran, et mes chances d'en découvrir un à Paris étaient des plus réduites. Le début du mois de mars me vit donc à Londres, sous l'apparence de vieux bibliophile qu'exigeait la conjoncture. Ce ne fut pas facile. Mon souci de secret absolu à propos de mes recherches m'interdisant de me rendre chez l'éditeur, où d'ailleurs l'ouvrage devait être épuisé, j'écumai les librairies et les boutiques spécialisées dans l'occasion. Assez curieusement, j'y trouvai presque aussitôt le premier livre de Moran, *La chasse aux fauves dans l'Ouest himalayen*, publié en 1881, mais *Trois mois dans la jungle*, de 1884, se révéla beaucoup plus difficile à obtenir. Je finis cependant par en découvrir un exemplaire dans un petit magasin, au coin de Church Street.

Avant de regagner Paris, je me rendis au club Diogène, où je m'entretins avec mon frère Mycroft. Je le tins au courant de mes démarches comme de mes projets, et lui confiai le buste exécuté par Oscar Meunier. Je lui laissai également la charge, quitte à secouer son incoercible paresse, de passer à Baker Street pour préparer Mme Hudson à ma résurrection, et commencer à mettre au point le piège destiné au colonel Moran.

J'étais de retour le 15 mars dans une capitale française en pleine ébullition. Ce jour-là, un anarchiste nommé Pauwels, depuis peu arrivé de Belgique, s'était maladroitement fait sauter avec la bombe qu'il venait de déposer à l'église de la Madeleine : la science d'Émile Henry commençait décidément à faire défaut aux apprentis sorciers ! L'enquête de police établit d'ailleurs que ce même Pauwels était l'auteur des deux derniers attentats, rue Saint-Jacques et rue du Faubourg-Saint-Martin, où, là, son engin n'avait pas fonctionné.

Le lendemain, je faisais paraître dans *Le Temps, Le Journal, L'Ordre* et *L'Écho de Paris*, une petite annonce ainsi rédigée :

« Particulier serait prêt à céder exemplaire rare du livre anglais *Trois mois dans la jungle*, dédicacé par son auteur, le colonel Sébastian Moran. Écrire pour prendre rendez-vous à M. Altamont, poste restante, septième arrondissement. »

C'était un défi d'une rare impudence : le mystérieux lieutenant français de Moriarty saurait fort bien que je ne pouvais songer à me priver d'un tel atout, mais résisterait-il à la tentation de saisir l'occasion pour se débarrasser de moi ? Dans la confrontation qui nous attendait, chacun des adversaires, sans illusions sur le prétexte invoqué, ne penserait qu'à préparer la perte de l'autre.

11

Il me fallut attendre le 30 mars pour retirer, à la poste restante du septième arrondissement, une réponse — une seule — à mes annonces. Elle était ainsi rédigée :

« Cher Monsieur,

« Votre offre intéresse l'un de mes amis qui, désirant conserver l'anonymat, m'a autorisé à traiter avec vous. Je vous propose donc de nous retrouver le 4 avril prochain, à vingt heures trente, au restaurant de l'hôtel Foyot. Si vous ne connaissez pas bien Paris, je précise que cet établissement se trouve face au Sénat, à l'angle des rues de Tournon et de Vaugirard. Je serai assis à la table située contre la première fenêtre, à droite de l'entrée. En espérant que nous pourrons parvenir à un accord, je vous prie de croire, cher Monsieur, à l'assurance de ma considération distinguée. »

C'était signé : Laurent Tailhade, et j'examinai ce paraphe avec la plus grande incrédulité. Certes, je savais Laurent Tailhade sympathisant des théories libertaires, mais j'imaginais mal le délicat traducteur de Plaute et de Pétrone, l'élégant satiriste d'*Au pays du mufle*, compromis avec les malfaiteurs de Moriarty !

Finalement, je me persuadai qu'on projetait de l'utiliser, mettant en avant sa renommée afin d'endormir ma méfiance, bref pour jouer le rôle de la chèvre, selon la tactique préconisée par Moran dans son livre.

Moi, naturellement, je serais le tigre à abattre.

12

La presse parisienne du 1er avril ne parlait que de l'arrivée à Paris du compositeur Verdi, pour lequel, au demeurant, je nourris la plus vive admiration, mais ce que je découvris, dans les rubriques étrangères des dernières pages, m'incita à me rendre, le soir même, à la gare Saint-Lazare, où l'on trouvait les derniers journaux en provenance de Londres.

L'affaire, en vérité, était remarquable. Un jeune aristocrate londonien, Ronald Adair, avait été trouvé mort dans son salon personnel de sa luxueuse résidence de Park Lane : il avait reçu une balle de revolver dans la tête. La porte du salon était fermée à clé, et les premières investigations avaient établi que l'assassin n'avait pu s'enfuir par la fenêtre, haute de sept mètres au-dessus d'un parterre de crocus où aucune trace n'avait été relevée. Par ailleurs, dans une artère aussi fréquentée que Park Lane, personne n'avait entendu de détonation, et il était exclu qu'un coup de revolver eût pu frapper Ronald Adair à travers la fenêtre, à une telle distance et avec une si grande précision. Bref, ce cas présentait toutes les conditions du crime en chambre close, celui que la raison répute impossible, et dont Israël Zangwill avait, le premier, établi les données dans son remarquable ouvrage, *The Big Bow Mystery*.

Bien entendu, il ne m'avait pas échappé que, seule, l'utilisation d'un fusil à air comprimé de type Von Herder répondait à toutes les questions, et durant la nuit la conviction s'ancra en moi que le meurtre de Ronald Adair, quel que fût son mobile apparent, constituait en fait une sorte de répétition générale de mon propre assassinat.

Je repartis pour Londres le lendemain.

13

L'après-midi du 3 avril, je me trouvai mêlé à la foule qui, devant le 427 Park Lane, examinait la maison du crime. Grimpé sur un banc, un détective amateur y exposait une théorie si absurde qu'un de ses auditeurs recula subitement en grommelant et faillit me marcher sur les pieds. Je demeurai sans voix, couvert d'une sueur piquante : c'était Watson.

Il ne me vit pas, son regard traversant une apparence falote de vieux bibliophile aux bras chargés de livres, tandis qu'il s'excusait. Je ne répondis que par un vague grognement, tant j'avais hâte de me soustraire à la confrontation. Et je le regardai s'en aller vers son cabinet de Kensington, alors qu'à mon émotion se mêlait un sentiment de remords absurde. J'avais décidément accordé bien peu de confiance à mon vieux compagnon ! Je me promis de me faire pardonner à la première occasion.

En attendant, je devais hâter les choses. L'après-midi me vit rôder aux alentours de Baker Street. Mes pérégrinations me firent traverser un dédale de ruelles sordides, jusqu'à une voie encaissée, bordée de bâtisses lugubres, qui donnait dans Manchester Street. De là, je gagnai Blandford Street. J'y empruntai une impasse, à l'extrémité de laquelle une petite porte en bois donnait accès à une cour déserte. J'ouvris une autre porte, grâce à la clé que mon frère Mycroft s'était procurée chez le courtier.

La lumière du vasistas éclaira ma marche prudente le long d'un corridor nu, où pendaient toiles d'araignée et lambeaux de papier peint. La maison, qui s'appelait Camden House, était vide, abandonnée depuis deux ans, et elle constituait un affût remarquable. Je l'avais choisie pour cela. Quelques marches m'amenèrent ensuite dans une grande salle aux échos sinistres. La lumière de l'après-midi, tamisée par l'épaisse couche de poussière qui recouvrait les vitres, n'en éclairait que le centre, tous ses angles restant plongés dans l'ombre.

Je me dirigeai vers la fenêtre, m'en tenant tout de même assez loin pour échapper aux regards de la rue. En face, de l'autre côté, les fenêtres du 221b Baker Street étaient fermées. Prévu : Mme Hudson ne devrait les ouvrir que le surlendemain soir pour offrir à Moran l'appât que je lui avais préparé. Si, comme je le pensais, il comptait procéder de la même façon qu'avec Ronald Adair, il devrait opérer à partir de Baker Street où l'attendraient Lestrade et ses hommes, préalablement embusqués.

Mon plan comportait un dernier point, que je mis aussitôt à exécution. Sans rien changer à mon apparence, je m'aventurai à Whitechapel et jusqu'au quartier de Spitalfield, où je passai deux heures à me faire voir de pub en bouge. Je misai sur les bavardages, et effectivement, alors que je revenais vers Baker Street, j'acquis bientôt la conviction que j'étais filé. Je possédais à ce jeu une certaine habileté. Il ne me fut pas difficile de semer mon poursuivant, qui passa en hâte devant l'embrasure où je m'étais dissimulé, l'air affairé et sa guimbarde à la main : Parker allait remplir la mission que je lui avais assignée sans qu'il s'en doutât.

Peu après, je pris le train à Victoria en direction de Douvres. Je devais me trouver à Paris le lendemain soir, mercredi 4 avril, vingt heures trente.

14

Le gérant de mon hôtel tenait à la disposition de ses clients les guides des restaurants les plus cotés de la capitale. Dès mon retour, au début de l'après-midi du 4 avril, je consultai la rubrique concernant l'hôtel Foyot. On considérait que celui-ci offrait la meilleure table de l'arrondissement et l'une des plus soignées de Paris : n'était-il pas l'établissement fréquenté par ces messieurs du Sénat ? Maison sérieuse, paisible, sans terrasse ni dehors aguichants ; cuisine raffinée, dont les prix écartaient d'office le noceur vulgaire, on pouvait lui appliquer le mot qu'un échotier avait lancé à propos d'un autre restaurant du boulevard : « La chère y est chère ! » Le service s'y montrait en outre parfaitement stylé, et par ailleurs les consommateurs pouvaient y disposer d'une cabine particulière où était installé un appareil de téléphone. Cela constituait une marque assez rare de prestige, à huit cents francs-or l'abonnement annuel !

Fidèle à mon habitude de repérer les lieux où me menaient mes enquêtes, je me trouvai donc, ce soir-là, aux approches de huit heures, dans les environs de l'hôtel Foyot. La journée avait été radieuse et le ciel nocturne était si abondamment constellé que la lueur des réverbères allumés le long de la rue de Médicis en paraissait dérisoire. Les premières senteurs du printemps sautaient les grilles fermées du Luxembourg pour parfumer tout le quartier.

Alors que le nez au vent, le regard attentif, j'arrivais à proximité de la rue de Rotrou, je remarquai deux silhouettes immobiles sous les arcades latérales, noyées d'ombre, du théâtre de l'Odéon. À mes yeux, l'immobilité constitue toujours une menace plus redoutable que l'agitation. Je m'arrangeai donc pour utiliser les zones d'obscurité afin d'approcher ces guetteurs. Les deux silhouettes n'avaient pas bougé, et je m'aperçus soudain que l'une d'elles m'était familière : cette voussure robuste, ces cheveux fous, cette barbe drue...

Je progressai encore, prudemment, mais ce fut Matha qui m'interpella le premier :

— Julien !

Il n'avait exigé de moi que mon prénom, et je lui avais donné celui de ma mère — Julienne — comme j'avais précédemment employé son nom de jeune fille, Lecomte, avec d'autres interlocuteurs. Notre rencontre se fit sur le mode de la circonspection, sinon de la méfiance. Matha s'avança, son compagnon demeurant en arrière.

— Que faites-vous par ici ?

— Dois-je vous le dire ?

— Je suis inquiet, murmura sombrement Matha. Des rumeurs ont couru. On prétend qu'un attentat du même style que celui de chez Véry et de la rue Saint-Jacques est prévu pour ce soir.

— Dans ce quartier ?

— Oui...

Il hésita une seconde.

— J'aurais pu ne pas y accorder crédit, mais il s'est produit cet après-midi un incident curieux. L'un de nos jeunes compagnons, qui croisait mon chemin rue de la Procession, s'est détourné à ma vue avant de s'enfuir.

— Ce qui signifie ?

Là encore, Matha marqua une certaine répugnance à poursuivre son discours.

— ... Paul Delessalle est un jeune homme à l'idéal très pur, mais aussi un exalté... et surtout un naïf. J'ai bien peur qu'on ne lui fasse faire une bêtise.

— C'est pour cette raison qu'il souhaitait ne pas vous rencontrer ?

— Eh oui ! On sait, dans notre milieu, que je suis très opposé aux attentats aveugles. On ne me tient pas encore en suspicion, mais c'est tout juste. Je me suis dit que si Delessalle voulait à tout prix m'éviter, c'était pour que je ne l'empêche pas de mettre certain projet à exécution... comme on a chuchoté que j'avais essayé de le faire sans succès avec Henry.

— Et là-dessus, ces rumeurs, conclus-je.

— Vous êtes donc au courant de quelque chose ? me demanda-t-il avidement.

— Je m'attends à quelque chose, rectifiai-je. Cependant, si j'ose dire, l'attentat en question ne sera pas si aveugle qu'on le laisse supposer : j'en serai probablement la cible privilégiée.

— Mais alors, vous...

— Je sais, coupai-je doucement, je me tiens sur mes gardes. Vous, Matha, n'oubliez pas que vous êtes fiché. Si l'attentat se produit et qu'on vous a aperçu dans les environs, vous serez inquiété, soupçonné. Alors, partez maintenant, partez vite d'ici et faites-vous voir ailleurs...

Il resta silencieux, le dos voûté, mains dans les poches, à ruminer une bonne minute. Puis il secoua la tête comme pour en chasser des pensées importunes, avant de lancer à son compagnon, d'une voix un peu sourde :

— Viens, Bornibus, on s'en va !

Bornibus, quel drôle de nom… Il était alors huit heures du soir passées de dix minutes.

15

J'entrai chez Foyot à vingt heures quinze précises. Dans le hall brillamment éclairé, un maître d'hôtel stylé m'aborda. Je lui déclarai que je devais voir M. Laurent Tailhade à l'intérieur du restaurant, mais qu'étant en avance sur l'heure de mon rendez-vous je désirais prendre une consommation au bar. Il m'indiqua le comptoir d'acajou, au bout de la salle.

J'allai m'y accouder et commandai un brandy qu'on me servit sans surprise. Là, devant mon verre, j'examinai les lieux. À droite, s'ouvrait une grande porte, dont les rideaux de velours rouge soulignaient la majesté. Par l'intervalle des festons, j'avais une vue partielle de la salle de restaurant. Sous des éclairages discrets, mais étudiés pour le confort, c'était un salon austère, cossu, un havre distingué pour âge de sagesse. Il y avait là des sénateurs, venus du palais du Luxembourg voisin, et aussi quelques provinciaux, attirés par la réputation de l'endroit… Ambiance feutrée, bruissante de conversations tenues à mi-voix, où les garçons stylés glissaient silencieusement entre les tables, sur lesquelles des bougies dispensaient leur lumière intime.

À vingt heures trente, ayant réglé ma consommation, je m'approchai de l'entrée, obtenant de la salle une perspective complète. La table qu'on m'avait indiquée, disposée contre la première fenêtre à droite de la porte, était vide, mais j'aperçus plus loin, à une autre table en retrait, Laurent Tailhade, assis en compagnie d'une fort jolie femme brune. Ils prenaient des apéritifs. Tailhade ne me vit pas, mais ayant consulté sa montre de gousset, il se leva en prononçant à mi-voix, pour sa voisine, quelques paroles que je supposai être des excuses. Et je lus sur ses lèvres qu'elle s'appelait Julia.

Il vint alors s'installer à l'endroit convenu, dos tourné à la rue. Je notai, de façon instinctive, que l'autre chaise, qui me serait destinée, était placée très exactement dans la ligne de mire d'un tireur qui se serait embusqué derrière les arcades du théâtre de l'Odéon. En outre, le chandelier y avait été orienté de manière que les flammes de ses bougies eussent parfaitement éclairé mon visage. J'ignorais si le fusil à air de la villa Faucheur était le seul exemplaire fabriqué par Von Herder ; si tel était le cas, l'arme devait logiquement se trouver maintenant à Londres, en vue de la tentative préparée contre moi pour le lendemain. Dans l'hypothèse contraire…, eh bien, dans l'hypothèse contraire, il me faudrait faire très attention.

J'entrai, et dès que je me présentai, Laurent Tailhade se leva, affichant une courtoisie sans apprêt… J'acquis instantanément la conviction que s'il y avait piège, il n'en savait rien et était utilisé sans vergogne.

— Asseyez-vous donc, me dit-il cordialement, voulez-vous prendre quelque chose ?

Je déclinai l'invitation, tout en déplaçant mon siège afin que le velours des doubles rideaux m'abritât des regards de la rue. Tailhade ne sembla pas troublé par mon manège.

— Vous m'excuserez de ne vous consacrer qu'un quart d'heure, poursuivit-il sur le ton de la plus parfaite urbanité. Mais je suis en compagnie d'une amie, qui est assise là-bas, au fond de la salle. J'ai profité de l'occasion qui m'était donnée de venir ici ce soir pour l'inviter à dîner.

Je repartis aussitôt :

— Je ne voudrais surtout pas vous importuner ! Et d'ailleurs, peut-être devriez-vous occuper cette table, mieux située, tout près de la fenêtre…

— Pas du tout, pas du tout ! protesta-t-il, la table où je viens d'installer Mme Miailhe est celle qui m'est ordinairement réservée chez Foyot. Et si j'ai aussi retenu celle-ci pour notre rendez-vous, c'est parce qu'elle est beaucoup plus facile à repérer pour quelqu'un d'étranger à l'établissement.

Je demandai d'un air détaché :

— C'est vous-même qui l'avez choisie ?

Il parut très surpris par ma question. Ayant réfléchi une seconde, il répondit enfin, manifestant un amusement discret :

— Non…, maintenant que vous m'y faites penser, c'est mon ami, l'éventuel acquéreur de votre livre, qui me l'a suggérée. Il est, comme moi, un habitué du lieu.

Je n'insistai pas.

— Je l'ai apporté, ce livre. Voulez-vous le voir ?

— Pourquoi pas ? fit-il en souriant. Je ne le connais pas, mais je dois avouer que je suis très intrigué par l'intérêt que mon ami semble y porter.

— Sans doute s'agit-il d'une valeur sentimentale ? murmurai-je d'un air innocent.

— Certainement, dit Tailhade.

J'avais réussi à me procurer au cercle de Tankerville, par l'intermédiaire de Mycroft, un exemplaire de l'écriture du colonel Moran, et j'avais moi-même contrefait cette écriture pour inscrire, en page de garde de l'ouvrage, la dédicace suivante, que les confidences de Chavarax m'avaient inspirée : *À mon ami Georges Renard, mon compagnon dans une jungle urbaine où les pièges mortels de la brousse malaise se retrouvent à une autre échelle...* Je tendis le livre à Tailhade qui l'examina, un peu perplexe.

— Colonel Moran, murmura-t-il. Le texte est anglais, bien sûr, mais la dédicace est rédigée en français, et apparemment destinée à l'un de nos compatriotes.

— Georges Renard, précisai-je placidement. Le connaissez-vous ?

— Pas du tout, répondit-il de la façon la plus spontanée, mais j'imagine que mon ami, lui, le connaît, ou alors qu'il connaît le colonel Moran.

— Ou les deux à la fois ?

Il haussa les épaules.

— C'est possible...

Il joignit ses doigts en un geste onctueux, un peu papelard.

— Passons maintenant aux choses sérieuses, mon cher monsieur. À quelles conditions céderiez-vous cet ouvrage ?

Je déclarai d'une voix neutre :

— Il se trouve que j'y attache, moi aussi, une valeur exclusivement sentimentale, tout comme votre ami. Aussi, la question d'argent n'a-t-elle, dans cette affaire, qu'une importance très relative. Au cas extrême, si votre ami y tient vraiment, je me ferais un plaisir de le lui offrir.

Il parut stupéfait par mes paroles.

— Mais vous y tenez vous-même, non ?

— Assez, oui, admis-je. Cependant, je vous le répète, les arguments de la transaction ne se situent pas au niveau du portefeuille mais à celui du cœur. Je n'ai pas besoin d'argent. Je désirerais seulement être sûr que votre ami attache à ce livre une véritable valeur sentimentale... Au fait, pourquoi tient-il tellement à garder l'anonymat ?

— Je l'ignore, répondit sincèrement Tailhade. Chacun ses secrets, n'est-ce pas ? Peut-être une sorte de pudeur... ou alors, il a des raisons personnelles qu'il ne désire pas dévoiler.

— Un caprice de collectionneur ?

— Non, non, je ne pense pas que ses motivations profondes soient de cet ordre-là.

— Parlez-moi de lui, alors ?

— Je vous l'ai dit ! s'écria-t-il, très embarrassé, il tient absolument à ne pas se faire connaître.

Je souris, expliquant sans impatience :

— Comprenons-nous. Je ne vous demande pas son état civil, mais simplement quel genre d'homme il est, sa personnalité, son caractère, les qualités que vous trouvez chez lui les plus séduisantes... en quelque sorte si le don que je veux lui faire...

Il m'interrompit, d'un geste large, à mi-chemin de la gêne et d'une ironie mordante :

— S'il en est digne, quoi ? Mais, mon cher monsieur, mon ami ne sollicite pas un cadeau, il traite une affaire, comme votre annonce laissait entendre que c'en serait une. Ce point précisé, sachez tout de même que c'est un homme délicieux, délicat, très porté sur les arts et les lettres, à qui rien de ce qui est beau, spirituel, distingué, n'est étranger. Tout cela, je puis, sans faillir à la discrétion, vous le faire savoir... Quant à dire qui il est, non. C'est une question d'honneur, vous comprenez ?

Visiblement irrité, il apportait à ses paroles une hauteur nouvelle, impliquant qu'à ses yeux une telle notion m'était peut-être étrangère. L'impression me saisit soudain, avec une acuité mortelle, que nous jouions un jeu absurde, où chacun croyait connaître les règles, mais pour lequel un troisième partenaire avait établi un itinéraire occulte dont la finalité nous resterait inconnue jusqu'à l'issue de la confrontation... Un garçon s'approchait, se penchait vers mon interlocuteur.

— Monsieur Tailhade, un correspondant demande à vous parler dans notre cabine téléphonique, au fond du couloir.

Il n'avait pas fini sa phrase que je ressentais, au creux de l'estomac, cette sensation familière qui m'étreint quand le danger prend soudain sa dimension immédiate...

— Ah oui ! s'écriait Laurent Tailhade, sortant sa montre de son gousset, ce doit être mon ami qui s'informe à propos de notre marché. Il devait appeler à moins le quart.

Il esquissa le geste de se lever, mais je le retins fermement par le poignet, le visage figé.

— Un instant, monsieur Tailhade, voulez-vous ? Il vaudrait mieux faire patienter votre ami, le temps que nous réglions cette affaire. En fait, elle est déjà quasiment conclue.

— Mais il m'attend ! s'écria-t-il, très offusqué.

— Eh bien, faites-lui dire de patienter encore une minute... Je crois que le jeu en vaut la chandelle et qu'il en est conscient. J'ajoute que si vous deviez passer outre à ma prière, il vous faudrait lui annoncer

que je suis reparti avec le livre à la seconde où vous-
même avez quitté cette table.

Complètement désorienté, Tailhade hésita. Le garçon prit alors l'initiative de proposer :

— Voulez-vous que je demande à votre correspondant d'attendre un peu, monsieur ? Ou alors, vous
pourriez le rappeler d'ici, s'il possède une installation...

Tailhade acquiesça, ostensiblement maussade. Il se
rassit et je lâchai son poignet, qu'il se frictionna en me
jetant un mauvais regard.

— C'est complètement stupide ! me jeta-t-il,
j'aurais aussi bien pu y aller. Pourquoi cette obstination ?

— J'ai aussi mes caprices, répliquai-je. Franchement, monsieur Tailhade, ne vous est-il pas venu à
l'idée que cette procédure qu'on nous impose est suspecte ?

Il leva les bras au ciel.

— Suspecte ! Et pourquoi, grands dieux ?

— Pourquoi votre ami se cache-t-il ? poursuivis-je
d'une voix glacée. Pourquoi vous a-t-il suggéré des
rites si compliqués pour traiter cette affaire ? Ne se
sert-il pas de vous dans un dessein plus qu'étrange ?
Et d'ailleurs, êtes-vous sûr de sa parfaite honorabilité ?

— Mais la question ne se pose pas ! s'exclama-t-il,
excédé. Vous délirez, mon cher, je ne vous permets
pas...

— La question se pose, coupai-je. Aussi m'excuse-
rez-vous si maintenant j'insiste : qui est votre ami ?

— Je n'ai pas à vous le dire ! cria-t-il, si fort que des
têtes se tournèrent dans notre direction. C'est de la
folie, à la fin ! À quoi tout cela rime-t-il ? Vous ne

savez pas de qui vous parlez, monsieur ! Mon ami occupe non seulement une haute position sociale, mais
c'est aussi une personnalité de la meilleure société, un
intellectuel connu de toute l'élite parisienne, un iro-
niste raffiné qui écrit des vaudevilles et des opérettes,
un homme de boulevard...

— Quoi ? soufflai-je d'une voix rauque. Répétez ?

— Pardon ?

— Oui, ce que vous venez de dire là, un homme de
boulevard...

— Eh oui, de boulevard ! Vous savez bien ce que
cela signifie dans le monde des lettres et du spectacle ! C'est dire s'il est aux antipodes de ce Rocambole
ténébreux que vous imaginez !

En un éclair, dix détails sautèrent à ma mémoire,
autant de morceaux d'un puzzle s'assemblant pour
établir la plus mortelle des évidences. Qui, le premier,
avait lu le manuscrit de Lahrier et, s'étant rendu
compte du danger qu'il présentait, avait voulu supprimer l'auteur, avec la science de l'épée acquise à cette
salle d'armes où, selon Chavarax, il avait connu Laurent Tailhade ? Qui avait pu impunément assassiner
de la Hourmerie sans risquer d'être suspecté, ce
même de la Hourmerie porté aux sobriquets de bazar
et cédant à son idée fixe alors même qu'il agonisait :
l'assassin du boulevard, l'assassin du boulevard !...

Le garçon revint.

— Je vous prie de m'excuser, monsieur Tailhade,
mais votre correspondant insiste très vivement pour
que vous alliez lui parler sans perdre une seconde. Il
affirme que c'est une question de vie ou de mort dont
l'urgence ne souffre aucun retard.

— J'y vais, dit Laurent Tailhade, se levant d'un
bond.

Je saisis son bras d'une étreinte de fer.

— Non, vous restez là ! grondai-je. S'il veut absolument vous éloigner, c'est que quelque chose doit se produire...

Il y eut quelques secondes d'une intolérable tension. Je jetai un coup d'œil à la pendule murale, qui marquait neuf heures moins dix, et j'entendis, comme à travers une brume sonore, la voix du maître d'hôtel qui s'approchait de notre groupe statufié pour interpeller le garçon :

— Ah ! Léopold, dès que vous aurez une minute, vous sortirez pour enlever le pot de fleurs qu'on a déposé sur l'appui de cette fenêtre, à l'extérieur. C'est d'un effet déplorable...

Je me retournai d'un seul mouvement vers le miroir sombre de la vitre, où se reflétaient les lustres et les bougies de la salle. Et le cœur me remonta à la gorge.

— Vite ! tonnai-je, éloignez-vous de la fenêtre ! Jetez-vous à terre, c'est une...

Tout explosa. Un souffle gigantesque me plaqua au sol. Je connus une minute de total vertige, les oreilles bouchées, le nez et la gorge brûlés, pendant qu'autour de nous les vitres dégringolaient dans un effroyable fracas. Et puis des cris stridents s'élevèrent de partout.

Je relevai la tête, les yeux douloureux. Une impalpable poussière de plâtre masquait le décor. Juste en face de moi, Laurent Tailhade était tombé à genoux, le visage ruisselant de sang, la bouche ouverte comme pour une clameur muette. Il semblait explorer le monde qui l'entourait de ses deux mains tendues. Le garçon et le gérant, jetés à terre parmi les gravats et les débris de verre, s'efforçaient de se remettre debout, hébétés, hagards, ayant perdu tout style et toute dignité...

Je songeai machinalement que la position que j'avais prise, un peu en retrait derrière l'angle du chambranle, m'avait protégé. Je tentai de me redresser, ignorant encore si j'avais été blessé. Mais non, le choc m'avait seulement infligé d'immédiates contusions dont les douleurs s'irradiaient jusqu'à la nuque. Je m'appuyai d'une main à la table renversée pour me pencher vers Laurent Tailhade. Il avait un côté du visage labouré par des éclats de verre, et l'un de ses yeux pendait hors de son orbite.

Je le relevai, l'assis péniblement sur l'un des sièges laissés à peu près intacts par l'explosion, tandis que sa compagne, affolée, s'écriait, au milieu de sanglots convulsifs :

— Laurent, réponds-moi ! Laurent, tu es vivant ?

— Ce n'est pas grave, madame, lui dis-je, stupidement, on va le soigner, vous verrez, il va s'en tirer...

Dans l'établissement, la panique était indescriptible. Les gens hurlaient. Ceux qui ne hurlaient pas toussaient à perdre haleine. D'autres couraient en tous sens, ou se ruaient vers la sortie pour échapper à cet enfer envahi de fumée, empuanti d'odeurs violentes. Je reculai, puis m'esquivai à mon tour. Je me souciais peu de subir des interrogatoires de police qui m'auraient retenu à Paris plus de temps que je ne l'eusse voulu : il n'était pas question pour moi de manquer mon rendez-vous avec le colonel Moran, le lendemain soir, à Londres...

Ayant fendu la foule qui s'amassait devant l'établissement, je sortis dans une nuit pure dont je humai la fraîcheur à pleins poumons. Par la fenêtre éventrée du restaurant, je vis qu'on se pressait autour de Lau-

rent Tailhade, et, avec une ironique amertume, ma
mémoire me restitua les lignes écrites trois mois plus
tôt par le poète, à l'occasion du geste de Vaillant :
Qu'importent les victimes, si le geste est beau ?

Sans raison valable, je me mis à courir, un peu
comme si je voulais fuir ma conscience. Certes, un
autre de ces anarchistes intellectuels avait proclamé :
il n'y a pas d'innocents ! Il n'empêchait que je ne
m'étais jamais senti en si mauvais termes avec moi-
même que cette nuit-là, dont la paix se déchirait sous
les appels de trompe hurlés par les voitures d'ambulance, musique lugubre, devenue familière aux Parisiens de l'époque...

                              16

Je ne rappellerai ici que pour mémoire comment
Moran fut abusé par l'ombre chinoise de mon buste
disposé devant la fenêtre du 221b Baker Street. Tirant
dessus avec son fusil à air comprimé depuis la maison
Camden, dans Blanford Street, il nous donna l'occasion de le capturer en flagrant délit, avec l'aide de
l'inspecteur Lestrade, de Scotland Yard.

Watson a relaté, mieux que je ne saurais le faire,
cet épisode dit de « la maison vide ». Qu'on sache
maintenant que la nuit même, Moran, sans aucune dignité et avec le seul souci d'obtenir un meilleur sort,
livra tous ses complices de l'ancienne bande de Moriarty. Ceux-ci furent aussitôt appréhendés, ainsi que
les anarchistes français à qui l'organisation criminelle
avait procuré leurs refuges ; parmi ces derniers Théodule Meunier...

Vers la fin du mois d'avril, alors que l'extradition n'avait pas encore été prononcée, je me rendis à Paris, une fois de plus. Le commissaire Dresch m'avait fait obtenir une audience du nouveau préfet de Police, Lépine, dont on disait qu'il était plus ouvert aux idées de clémence que son prédécesseur Lozé. Près de lui, je m'employai à disculper Armand Matha, suspecté d'avoir participé à l'attentat du restaurant Foyot et arrêté pour cela le 24.

Enfin, mes révélations ayant permis de mettre hors d'état de nuire M. Nègre, deuxième lieutenant de Moriarty, mais aussi organisateur clandestin de tous les attentats anarchistes perpétrés en France, le président de la République française lui-même tint absolument à me recevoir, au début du mois de mai. Et il me fit, concernant Théodule Meunier, de qui je plaidai chaleureusement la cause, certaines promesses précises, dont j'obtins qu'il voulût bien les consigner dans une lettre autographe.

Ce qu'il advint ensuite explique pourquoi je persiste à considérer cette affaire comme un échec personnel.

Épilogue

Exégèse de *La maison vide*

« … L'affaire de la fameuse succession Smith-Mortimer
s'inclut aussi dans cette période, ainsi que le dépistage et
l'arrestation de Huret, l'assassin du boulevard (exploit
qui valut à Holmes une lettre autographe du président de
la République française et la croix de chevalier de la Légion d'honneur)… »

SIR ARTHUR CONAN DOYLE, Le pince-nez en or

C'est le 3 avril 1904 — soit dix ans après les faits,
presque jour pour jour — qu'Holmes m'autorisa à relater l'aventure dite de *La maison vide*. Mais il avait
apporté à ses confidences de telles réticences et, par
endroits, une si mauvaise volonté, que mon récit s'en
est ressenti.

On peut donc y regretter des incohérences dues aux
retouches successives et précipitées qu'il me fallut infliger au manuscrit avant de le livrer à l'imprimeur.
Par exemple, je déclare avoir rencontré Holmes sous
l'apparence d'un vieux bibliophile, le soir même où la
presse rapportait l'assassinat de l'honorable Ronald
Adair, le 31 mars 1894. Or, je lui fais dire un peu plus
loin, alors qu'il était censé se trouver encore sur le
continent : « … Je me préparais tranquillement à rentrer quand me parvint la nouvelle du très remarquable mystère de Park Lane. Je me hâtai de boucler mes
valises. » Comment Holmes eût-il pu être revenu à
Londres au soir du 31 mars, ayant lu la presse britannique — qui ne parvient en France que le lendemain —, voyagé, réglé ses affaires avec son frère

Mycroft, réintégré ses pénates à Baker Street, et mis au point contre le colonel Moran ce piège subtil où le buste modelé par Oscar Meunier devait jouer le rôle d'appât ? Invraisemblable, si l'on veut bien y réfléchir un tant soit peu !

Des obscurités aussi : ces plusieurs mois passés à Montpellier pour étudier les résidus du goudron de houille ! J'ai rapporté fidèlement les confidences de Holmes, mais a-t-il vraiment cru m'abuser à ce point ? Quant à ses pérégrinations africano-asiatiques, j'imagine qu'il s'agissait là d'un *private joke*, dû à la fréquentation du malheureux Saint-Bonnard...

Et ces ellipses, ces lacunes ! Holmes me fit d'abord écrire : « ... Le procès de la bande de Moriarty laissa en liberté deux de ses membres les plus dangereux. » Puis, juste quelques lignes plus bas : « ... J'appris que sur mes deux ennemis, il n'en restait plus qu'un en liberté dans Londres. » Qu'était donc devenu l'autre ? Mystère, silence !... jusqu'au jour où je fus enfin autorisé à parler de Huret, l'assassin du boulevard, lors d'un autre récit[1] dans lequel j'évoquais, de façon très brève, les enquêtes de 1894.

Car, bien entendu, le deuxième lieutenant de Moriarty, c'était M. Nègre, poussé dans cette voie néfaste moins par l'appât du gain qu'à cause de cette singulière perversion de l'âme qui veut que les esprits brillants soient attirés par le jeu du crime comme les papillons par la flamme. M. Nègre, cousin du grand journaliste globe-trotter Jules Huret, et qui signait du nom de sa mère, Huret justement, opérettes et vaudevilles, méritait bien, à ce titre, le sobriquet que lui avait attribué de la Hourmerie, soumis à ses obses-

1. *Le pince-nez en or.*

sions jusqu'au seuil de la mort : « L'assassin du boulevard » !

Après les révélations de Holmes, il avait été interpellé dans les formes les plus feutrées. Et tout avait alors été mis en œuvre pour qu'un silence absolu fût observé sur cette affaire. Mais Holmes n'entendait pas que Théodule Meunier fît les frais de cette discrétion. Aussi, lors de son entrevue avec le président de la République, avait-il demandé et obtenu des gages de ce haut personnage. Celui-ci était intervenu auprès des magistrats concernés pour que, préservant l'avenir, la peine de mort ne fût pas requise contre Théodule Meunier, extradé au début du mois de juin. Et il avait promis que le procès serait ultérieurement révisé dans le sens de la plus grande indulgence. J'ai vu sa lettre autographe à ce sujet.

On le sait, les attentats aveugles cessèrent peu après que Nègre et Moran eurent été mis hors d'état de nuire. Pour cela, Holmes reçut la croix de la Légion d'honneur. En ce qui concerne Théodule Meunier, la suite des événements fut, hélas, moins heureuse, puisqu'il est mort l'année dernière à Cayenne. Le président Sadi-Carnot, seul à tout connaître des dessous de l'affaire, n'avait engagé que sa personne, mais il ne put honorer ses promesses : il avait été assassiné le 24 de ce même mois par un jeune anarchiste nommé Caserio.

Janvier 1908
John H. Watson, M. D.

Le bestiaire
de Sherlock Holmes

I. Le cormoran

« ... Toutefois, je désapprouve formellement les récentes tentatives en vue de s'emparer et de détruire ces papiers. Je connais leur origine. Je suis autorisé par M. Holmes à déclarer que si elles se renouvellent, toute l'histoire du politicien, du phare et du cormoran sera livrée à la curiosité du public. À bon entendeur, salut ! »

SIR ARTHUR CONAN DOYLE, *La pensionnaire voilée.*

1

Au début de mai 1916, je reçus de Holmes un télégramme ainsi rédigé : *Soyez demain soir, neuf heures, à King Cross, avec un revolver, toutes précisions concernant le* Phalacrocorax carbo *et des vêtements chauds pour un petit séjour par 59 degrés de latitude nord.*

C'était bien dans la manière de Holmes, cette façon désinvolte de disposer des autres, mais sans doute connaissait-il assez mon goût de l'aventure pour être sûr que je ne résisterais pas à un appel de ce style. Le lendemain soir, je me retrouvai donc sur le quai de la gare, au milieu d'une foule pressée où dominaient les taches blanches des calots marins : nos braves permissionnaires regagnaient leurs bases au nord du territoire, dans le Firth of Forth, le Moray Firth ou à Scapa Flow. Parmi eux, la haute silhouette mince de Holmes suscita en moi un flot de souvenirs dont je réprimai difficilement l'émotion. Au bon vieux temps de notre jeunesse, en avions-nous connu, de ces retrouvailles hâtives sur les quais de gare, Paddington, Victoria, Waterloo, en route pour des expéditions où le mystère nous avait donné rendez-vous !

Je n'avais pas revu Holmes depuis cette mémorable soirée de 1914 où nous avions capturé l'agent allemand Von Bork, près de Harwich. Et dans sa houppelande, avec sa casquette de voyage aux bords rabattus sur ses oreilles, il ne paraissait guère affecté par ces deux ans passés, à un moment de la vie où, pourtant, chaque jour se met à compter double. Nous autres, hommes corpulents, accusons l'âge à travers mille rides intempestives qui soulignent l'excès de nos graisses, tandis que ces gens maigres se durcissent, se granitisent et se figent dans la cinquantaine comme pour l'éternité.

— Vous n'avez pas changé, Watson, me dit Holmes, ce qui, chez lui, était déjà une délicatesse.

Il portait un sac de voyage, qu'il rangea sur le filet du compartiment de première classe qu'il avait retenu, moins par goût du luxe que par celui de la solitude. Nous nous installâmes confortablement. À la façon d'un rite, il bourra sa pipe, tandis que j'allumais une cigarette de chez Bradley, Oxford Street, marque à laquelle je suis demeuré fidèle depuis mes factions à Baskerville Hall.

— Vous avez tout, Watson ? me demanda-t-il d'une voix brève, alors que le train s'ébranlait.

— À peu près, répondis-je. Encore que vous ne m'ayez guère laissé le temps de consulter des ouvrages d'ornithologie.

Il tira de sa pipe une bouffée pensive avant de préciser :

— Je faisais surtout appel à votre expérience personnelle. Le cormoran est un oiseau très répandu en Asie, non ?

— Exact, mais les terrains d'opérations où j'ai eu l'honneur de servir se trouvaient rarement voisins des côtes. L'Afghanistan est continental, vous ne l'ignorez pas. Cela dit, j'ai effectivement eu l'occasion de voir des cormorans pêcher pour le compte d'indigènes. Ils en acceptent fort bien le dressage.

— Et qu'en est-il de ceux d'Europe ?

Je réprimai une légère irritation.

— Comment le saurais-je, Holmes ? Je puis seulement vous confirmer qu'il s'agit de la même race que ceux d'Asie, le *Phalacrocorax carbo*, et qu'ils peuplent, au moins ce qui en reste, les côtes septentrionales de l'Europe. En revanche, je n'ai pas connaissance que les pêcheurs des Orcades aient jamais tenté de les apprivoiser.

Il rendit hommage à ma sagacité d'un léger mouvement des sourcils.

— Bravo, Watson, l'âge vous bonifie ! M'expliquerez-vous au moins votre démarche d'esprit ?

— Elle est certainement moins subtile que les vôtres, répliquai-je, affichant une railleuse modestie. Vous ne m'avez pas demandé de me procurer un passeport, ce qui implique que nous ne quitterons pas le territoire national. Or, la seule région du Royaume qui se situe par 59 degrés de latitude nord est l'archipel des Orcades, où, effectivement, subsistent quelques colonies de cormorans. Qu'allez-vous leur demander de pêcher pour vous, Holmes ?

Il ne répondit pas tout de suite. Je le connaissais assez pour le deviner soucieux, préoccupé par un problème important. Il dit enfin, comme à regret :

— ... De très gros poissons, Watson. Terme à prendre au sens presque littéral.

2

Le train filait à travers une Angleterre crépusculaire, assoupie sous une opiniâtre fin d'hiver, anesthésiée par la guerre. Les fenêtres ne nous livraient du paysage qu'un fugace panorama voilé de crachin, chichement aéré par de lointains et fantomatiques halos bleuâtres, les lumières des agglomérations ayant été occultées en prévision des raids de zeppelins. À la deuxième pipe, Holmes consentit à s'expliquer :

— Cette affaire, Watson, a commencé comme beaucoup de celles que nous avons traitées, par une visite effectuée à mon domicile.

— Quoi, à Baker Street ?

— Non, voyons, aux South Downs !

— Et comment ce client a-t-il pu se procurer votre adresse ?

Holmes hocha la tête.

— C'est la petite-nièce d'un personnage important auquel j'ai rendu service il y a quelques années, et qui pense visiblement que la reconnaissance qu'il me doit lui ouvre quelques droits. Ne faites jamais le bien, Watson ! C'est un engrenage encore plus fatal que le mal.

— Il s'agit donc d'une femme ?

— Une jeune fille, Violet Browne.

— Violet ! m'écriai-je, presque malgré moi, elle s'appelle encore Violet !

Il leva un sourcil.

— Pourquoi encore, Watson ?

— Allons, Holmes, rétorquai-je vivement, vous qui prônez si fort l'esprit d'analyse, vous n'avez pu ne pas noter qu'une fois sur deux, quand une jeune fille nous réclame de l'aide, elle s'appelle Violet ! Coïncidence singulière, admettez-le.

— C'est ma foi vrai, fit-il placidement, mais puis-je vous faire remarquer, mon cher Watson, que le propre des coïncidences, c'est justement leur singularité ?... Quoi qu'il en soit, cette Violet Browne est venue me voir poussée par la crainte.

Ce seul mot suscita en moi le petit frisson des grandes aventures. Je me penchai en avant :

— La crainte de qui, Holmes ?

— La crainte de quoi, rectifia-t-il. Celle d'être emprisonnée pour espionnage au profit des Empires centraux.

Je me trouvai ramené aux sinistres réalités de l'heure. Holmes poursuivait, de sa voix brève aux sonorités coupantes :

— Au départ, rien que de très banal, Watson. Cette jeune fille a un frère, Desmond, enseigne à bord du *Hampshire*, un croiseur de notre flotte. Ces deux jeunes gens, qui sont très attachés l'un à l'autre, s'écrivent régulièrement. Or, ces jours-ci, Violet Browne reçut la visite d'un des employés attachés à notre service de la Censure. Cet homme, John Crawford Silbert, l'avisa que certains renseignements concernant la Défense nationale avaient été relevés dans la correspondance échangée avec son frère, et que cela risquait de leur attirer des ennuis. La pauvre fille en a été terrorisée...

Il fit une pause. Dehors, la nuit était complètement tombée. Un rideau de fumée grise défilait parfois contre les vitres, ses volutes aussitôt escamotées par la vi-

tesse du convoi, mais l'entrée dans les tunnels ne nous
était marquée que par une brusque dépression sur nos
tympans.

— Et elle est venue vous voir ?

Holmes sourit légèrement, du coin des lèvres.

— Je dois vous avouer, Watson, que tout d'abord,
je n'ai guère pris cette histoire très au sérieux,
d'autant qu'à consulter la correspondance incriminée,
je n'y relevai rien qui fût de nature à fouetter un chat,
fût-il à neuf queues… rien, en tout cas, qu'un obser-
vateur attentif n'eût pu noter sur les publications officielles de notre Amirauté. Je m'apprêtai donc aux
paroles rassurantes de rigueur quand ma cliente dit
quelque chose qui me fit dresser l'oreille : cet homme,
ce John Crawford Silbert, lui avait fait promettre, en
échange de sa tranquillité, de lui rapporter tout ce
que son frère pouvait lui confier lors de ses permis-
sions à propos de son navire, le *Hampshire*…

— Un espion, murmurai-je, ils ont un espion chez
nous…

— C'est l'hypothèse que j'envisageai aussi… Cependant, j'y croyais peu : le *Hampshire*, basé à Scapa
Flow, sera sans doute engagé dans ce combat naval
qu'on dit prochain au large du Skaategat, mais selon
l'un de mes amis, attaché au S.R. naval, on ne saurait
le considérer comme une pièce maîtresse dans n'importe quel dispositif de bataille : ce n'est qu'un croiseur léger attaché à la deuxième division. J'aurais
mieux compris s'il s'était agi de l'*Iron Duke*.

— Alors ?

— Alors, je décidai tout de même de m'intéresser à
l'affaire. Silbert ayant averti Violet Browne d'une
prochaine visite, ce jour-là me vit posté aux environs,
surveillant le domicile de la jeune fille. J'avais dans

l'idée de filer Silbert, afin d'approfondir un peu la nature de ses activités. Il vint, et je ressentis l'une des plus grandes surprises de ma vie : cet homme, je le connaissais, je l'avais déjà vu !

Holmes se ménagea un silence, et je me gardai de dire un mot jusqu'à ce qu'il eût repris :

— Vous souvenez-vous de l'affaire Von Bork, Watson ?

— J'y pensais cet après-midi... J'ai encore dans l'oreille le chapelet d'injures en allemand qu'il vous a débité quand il a su la vérité. « Démon de l'enfer », n'est-ce pas ? Étrange comme vos adversaires ont tendance à employer la même formule, Holmes. C'étaient aussi les paroles exactes de Moran, et, si j'ai bonne mémoire, celles de Culverton Smith.

— La fureur les porte au pléonasme, dit Holmes, distraitement. Quoi qu'il en soit, vous vous rappelez comment je me suis fait recruter par Von Bork en Amérique : enrôlé dans une turbulente société secrète d'Irlando-Américains de Buffalo, j'avais causé à la police de Skibbareen des ennuis assez sérieux pour me faire remarquer par les agents de Von Bork aux États-Unis. Toutefois, ceux-ci me surveillèrent un certain temps avant de prendre contact avec moi. Ce qu'ils ignoraient, c'est que, par la suite, les rôles furent inversés : je les filai à mon tour. C'est là que je vis Silbert pour la première fois.

— En Amérique ?

— À Chicago, dans la colonie allemande, où il avait de la famille. Mais, à cette époque, ce n'était qu'un individu parmi les nombreux contacts que Von Bork avait pris, et je ne m'attachai guère à ses pas. J'ignorais d'ailleurs qu'il fût citoyen britannique... car, inutile de dire, Watson, que l'ayant vu chez Violet

Browne, je me procurai aussitôt des renseignements
sur lui.

— Auprès de Mycroft ? demandai-je.

Holmes se rembrunit. Son frère aîné Mycroft occupait à Whitehall un poste occulte, dont l'importance
n'avait d'égale que le caractère mystérieux. Je le savais, et Holmes savait que je le savais.

— Auprès de Mycroft d'abord, acquiesça-t-il à regret, Mycroft qui non seulement demeura fort évasif,
mais me fit comprendre à mots couverts combien le
M.L. 5. apprécierait peu qu'un amateur se mêlât de ce
qu'il considérait comme une chasse privée.

Il ajouta, laissant voir une amertume qui me surprit :

— Apparemment, M. Vernon Kell a oublié que
lord Asquith vint lui-même me solliciter en 1913 et
qu'il me doit, outre la capture de Von Bork, la mise
au jour des activités réelles de Léo Pickard, le mon-
treur de nains, puis de celles de Thimothy Trebistsch-
Lincoln, le peu honorable député de Darlington...
mais ne ressassons pas ces vieilles affaires, Watson.
Sachez seulement que, ne m'avouant pas vaincu, j'allai voir mon ami Nigel de Grey, employé du Chiffre
au 40 O.B. autrement dit la pièce 40 de l'Old Building
à l'Amirauté. Celui-ci me mit en contact avec son supérieur Ewing, bras droit de l'amiral Hall, lui-même
sous les ordres directs du premier lord, le comte Balfour. Là, on voulut bien se montrer un peu plus coo-
pérant, d'autant qu'une rivalité latente existe entre le
S.R naval et les M.L., qu'ils portent le numéro 5 ou 6...,
état d'esprit déplorable, certes, Watson, mais dont je
ne vois pas pourquoi je n'userais pas des avantages
dès lors qu'on en subit les inconvénients.

« Par eux, j'appris que Silbert, citoyen britannique d'origine allemande, avait donné assez de preuves de sa loyauté — notamment une très honorable campagne dans nos rangs pendant la guerre des Boers — pour se voir confier un poste à la Censure en raison de sa science des langues étrangères. Je décidai donc de temporiser et, pendant quelques jours, suivis Silbert comme son ombre. Il nouait de nombreux contacts avec des agents du Sinn Fein irlandais. Ses rencontres, toujours survenues ostensiblement sous le sceau du hasard, avaient lieu dans un hammam d'Aldgate. J'établis ainsi les identités de plusieurs de ceux qui semblaient travailler pour lui. Afin de compléter ma documentation, je m'adressai cette fois à Lestrade.

— Ce vieux Lestrade ! m'écriai-je avec chaleur.

Holmes me considéra d'un air un peu surpris.

— Nos rapports n'ont pas toujours été des plus amicaux, me fit-il remarquer, mais apparemment, l'âge estompe les mauvais souvenirs au profit des bons, car il a eu la même réaction cordiale que vous manifestez, et je lui dois d'avoir obtenu les précisions que j'attendais. Le personnage le plus intéressant contacté par Silbert m'apparut vite comme étant un certain Lewis MacColl.

— Écossais ?

— Irlandais, malgré son nom, et à ce titre, surveillé de près par le Yard. Gardien de phare auxiliaire, il est affecté pour l'heure à celui de Longhope, sur la plus méridionale des petites Orcades. Bien entendu, je fis aussitôt le rapprochement avec le fait que notre base navale de Scapa Flow n'en est guère éloignée. Et c'est la raison pour laquelle, lorsque, à l'issue de son séjour à Londres, MacColl repartit vers le nord, j'étais sur ses talons.

Holmes débourra sa pipe dans le cendrier du compartiment, s'en refit une autre, posément, de ses longs doigts maigres, à la peau rongée par les acides. Il reprit, maussade :

— Vous me connaissez, Watson, je n'ai pas soif d'honneurs, et rien ne m'irrite plus que la publicité exagérée faite parfois autour de mon nom, mais, cette fois, je jugeai bon d'utiliser les appuis que j'étais en droit de solliciter. Je n'entrerai pas dans le détail. Sachez seulement que, grâce à ces relations, je pris contact avec un vieil homme, aussi solide que modeste, un humble pêcheur de Scrabster, nommé Strowe, à qui il me suffit de dire que j'avais en vue l'intérêt national pour qu'il se mît aussitôt à ma disposition, lui, son temps et son petit cotre... Arrivé à Thurso, MacColl avait gagné Scrabster, où il s'était embarqué vers son phare sur la chaloupe à vapeur du service maritime.

« Longhope est un tout petit îlot, seulement peuplé de quelques pêcheurs, sur lequel un étranger se fût aussitôt fait remarquer. Je demandai donc à Strowe de me conduire à l'extrémité méridionale de la grande île de Hoy, juste en face. Hoy, Watson, possède au sud une côte particulièrement déchiquetée, et creusée de nombreuses grottes, que les touristes visitent en temps de paix. En outre, comme détachés par la violence des vagues, plusieurs îlots granitiques s'avancent au large des falaises, dont l'un n'était pas distant de Longhope de plus d'un demi-mile. Strowe m'y installa, au fond d'une petite caverne dont l'entrée s'ouvrait plein est. J'y avais une perspective idéale du phare, à condition de ne pas me montrer ni d'allumer de feu. Je disposais de cinq jours d'eau et de vivres, ainsi que d'une puissante paire de jumelles et d'un fusil dont j'espérais ne pas avoir à me servir... mais on ne sait jamais, n'est-ce pas ?

« Je passai là cinq jours à observer le phare. Il faut que vous ayez une idée des lieux, Watson. Longhope contrôle tout le Pentland Firth, ce chenal qui, entre la côte septentrionale de l'Écosse et les Orcades, joint la mer du Nord à l'océan Atlantique. De son poste d'observation, il était donc loisible à MacColl de noter les mouvements de navires, ceux de nombreux cargos, d'abord, qui empruntent cette voie, mais aussi ceux des vaisseaux de guerre sortant de Scapa Flow pour prendre soit la voie ouest, soit la voie est. S'il signalait ces mouvements à l'ennemi, restait à savoir comment. Des signaux optiques ? Il se fût vite fait repérer, au moins par les quelques habitants de l'île. La radio ? Il l'avait peut-être, sur son phare, mais là aussi, nos services n'eussent pas tardé à capter ses communications. C'est alors que je découvris le point le plus étrange de toute cette affaire : MacColl possédait un cormoran domestique, l'un de ces grands palmipèdes noirs qui nichent sur les arbustes ou parmi les vieilles pierres. On en trouve encore quelques colonies le long des côtes européennes...

« Étrange volatile, en vérité, que celui de MacColl ! Il volait peu, jamais bien au-delà du phare, d'autant qu'une longue cordelette attachée à la patte l'empêchait de s'en éloigner. Quelques évolutions, puis il revenait, et MacColl, au pied du bâtiment, le récupérait. Les deux premiers jours, je crus que l'oiseau ne quittait pas l'îlot, et que son maître le nourrissait en achetant du poisson aux pêcheurs. Et puis, au soir du troisième jour, alors que j'observais plus attentivement le rivage, je le vis voler vers le large, libre de toute entrave. Les cormorans, Watson, ne sont pas de grands voiliers comme les goélands. Ils évoluent au ras des vagues, et c'est la raison pour laquelle je n'avais pas jusqu'alors remarqué ce manège, d'autant qu'il se tenait à la nuit tombante. Car il se reproduisait régulièrement, comme au terme d'un exercice patiemment inculqué ! Les deux jours suivants, le cormoran vola plein sud. Je ne le voyais jamais revenir, car entre-temps la nuit tombait, mais la chance voulut que le dernier soir de mon séjour le temps fût à l'orage, si bien qu'un éclair providentiel me le montra voletant au-dessus des flots écumants. Il revenait... environ une demi-heure après être parti.

Holmes s'interrompit. Les tunnels se succédaient. Nous avions dû entrer sous les Pennines.

— Problème, Watson : l'oiseau se dirigeait vers le sud, donc vers la côte d'Écosse, qui ne se trouve pas à moins de cinq miles. Or, la vitesse de vol du cormoran ne saurait lui permettre d'effectuer un tel aller et retour en une demi-heure. Et d'ailleurs, quel intérêt MacColl aurait-il eu de l'envoyer en Écosse ? Je me suis livré à quelques calculs : son but devait se trouver à plus d'un mile et à moins de deux.

— À condition qu'il ait volé sans s'arrêter, lui fis-je remarquer. Il s'est peut-être posé quelque part avant de revenir... auquel cas ce serait encore plus près.

Holmes acquiesça.

— Bravo, Watson, je me doutais bien que vous envisageriez cette hypothèse. Je l'ai moi-même examinée, mais là je me heurte à un obstacle majeur : il n'y a rien, strictement rien, entre Longhope et le rivage écossais.

— En êtes-vous sûr, Holmes ? Je vous rappelle que les Orcades ne comptent pas moins de quatre-vingt-dix îles !

— Quand Strowe est venu me rechercher, j'obtins que nous croisions toute la journée sur cette portion de mer. Elle est nue. Ni terre ni récif : au sud de Longhope, le chenal est parfaitement dégagé. Vous n'ignorez pas, d'ailleurs, que les plus gros tonnages l'empruntent sans danger.

Je frappai dans mes mains.

— Alors un bateau ? À votre demande, j'ai étudié les mœurs des cormorans. La convoitise est toujours à la base de leur dressage. MacColl ne nourrit pas son oiseau, mais il l'a dressé à aller chercher ses poissons à bord d'un bateau, où, à l'occasion, il porterait donc des messages !

— Un bateau qui viendrait tous les jours, Watson, au risque de se faire repérer ?

Le silence retomba entre nous. Le train poussa un long cri strident, que la vitesse du convoi étouffa aussitôt.

3

Nous arrivâmes à Thurso sous une aube incertaine, parcourue de brumes rapides, poussées par le vent d'est. Il faisait très froid. Près de la gare, une charrette bâchée nous attendait. Strowe la conduisait, un homme d'une soixantaine d'années, à la silhouette sèche, dont l'épiderme gris était cuit et recuit par les embruns. Remarquablement taciturne, il n'échangea avec nous que quelques mots, le temps de notre voyage d'une demi-heure jusqu'à la rade de Scrabster, où était amarré son

cotre. Tout juste apprîmes-nous que le temps n'était
pas si mauvais qu'il n'y paraissait, les brumes étant susceptibles de se lever vers la mi-journée. Nous embarquâmes, et je remarquai aussitôt un petit youyou
solidement arrimé sur le pont arrière du cotre.

— Ce sera notre embarcation, Watson, me dit laconiquement Holmes, tandis que Strowe nous ouvrait la
porte du rouf.

Nous refusâmes d'y descendre, préférant effectuer
la traversée sur le pont. J'émis une réflexion un peu
timide :

— Bien léger, ce youyou, par gros temps, non ?

— Effectivement, monsieur, reconnut Strowe, mais
notre expérience de la région nous permet de penser
que la mer se calmera d'ici demain soir. Vous pourrez
alors vous en servir.

Je garde de ce voyage d'une heure un souvenir un
peu brumeux, surtout celui de l'horizon liquide montant et descendant devant la proue du bateau. Dieu
merci, je n'ai pas le mal de mer, mais je ne pus m'empêcher de penser que notre petit esquif ferait mauvaise figure au milieu de ces lames hargneuses, que la
colère du vent crêtait d'écume glauque.

Nous arrivâmes en vue de Hoy, une longue falaise
alignée à l'horizon septentrional. À notre gauche, très
loin, on devinait un gigantesque rocher, à la base voilée de brume, au sommet perdu dans les nuées. Ce
fantôme tutélaire, haut de 430 pieds, était appelé *the
old man of Hoy* par les indigènes. Strowe effectua un
virage à droite, presque lof pour lof, expliquant brièvement :

— Je n'ai pas voulu prendre plus direct afin de ne
pas attirer l'attention du gardien de phare. De cette
façon, nous restons cachés à sa vue.

Il réduisit la voile, ralentissant notre allure. Nous louvoyâmes un bon quart d'heure avant d'aborder, par l'ouest, un îlot aux côtes abruptes, mais où une petite crique encaissée nous accueillit dans les meilleures conditions de discrétion. Nous débarquâmes. Strowe nous passa les bagages, les vivres, puis fit glisser par-dessus bord le youyou que nous tirâmes sur le sable. Et enfin le cotre repartit, voiles gréées pour le vent contraire.

Suivant Holmes, je gravis les rochers pour gagner le versant est de l'île. Dès le sommet franchi, le vent nous frappa de plein fouet, et nous dûmes maintenir nos coiffures à la main. À nos pieds, les vagues se gonflaient, éclataient contre les rocs d'embruns rageurs dont nous recevions la pluie.

— Expédition exclue pour aujourd'hui, mon cher Watson, dit Holmes. Nous devrons nous consacrer à l'observation. Descendons.

L'un derrière l'autre, nous entamâmes une pente abrupte, jusqu'à une minuscule caverne au sol sablonneux où, d'un geste large de la main, Holmes m'invita à pénétrer, dans une dérisoire affectation des usages mondains :

— Mon pied-à-terre...

La grotte était bien abritée du vent, et j'y notai aussitôt les vestiges du récent séjour effectué par Holmes : un petit réchaud fonctionnant vraisemblablement à l'alcool dénaturé, quelques couvertures roulées dans un coin, une lanterne sourde... Il y avait également deux tonnelets, une bouteille de brandy, et quelques boîtes de conserve, victuailles dont Holmes m'apprit qu'elles avaient été apportées la veille par Strowe.

Nous nous installâmes. Après quoi, je m'assis au bord de la caverne, mains en porte-vue. Le phare était assez proche pour que, même à l'œil nu, m'en apparussent les principaux détails. Je n'y distinguai âme qui vive.

— On ne voit personne, Holmes.

— MacColl doit dormir. N'oubliez pas que, la nuit, il manœuvre sa lanterne.

— Par temps de guerre ?

— Un important tonnage commercial emprunte le Pentland Firth et, justement la nuit, tous feux éteints. Ces navires doivent être guidés. D'ailleurs, nous sommes ici trop loin de l'Allemagne pour craindre les raids des zeppelins.

— Puis-je avoir vos jumelles ?

Il me les passa.

— Juste une minute, alors, Watson, et parce que la brume n'est pas levée. Le moindre reflet sur les verres nous ferait repérer. Il faudra en user de préférence l'après-midi, quand le soleil sera dans notre dos...

J'ajustai les molettes. Le phare sauta à ma vue, quoique sans résultat notable. En fait, le cormoran, je ne devais l'apercevoir que dans le courant de la matinée, voletant au ras des flots jusqu'à tendre à rompre la cordelette qui le maintenait à un pieu, planté entre les rochers du rivage. C'était un grand palmipède noir, de trois pieds d'envergure, dont le vol lourd, presque douloureux, indiquait bien qu'il était un oiseau des côtes plus qu'un voilier de mer. Un peu plus tard, MacColl lui-même apparut à la porte du phare, silhouette anonyme en suroît et capuche cirée, mains dans les poches.

Vers le soir, les brumes étaient levées, de sorte que la visibilité devenait excellente, et comme le crépuscule est interminable sous ces latitudes, il nous fallut attendre longtemps avant de voir MacColl délivrer son messager, qui s'envola aussitôt vers le large. Assis près de moi, une boussole à la main, Holmes scrutait de son œil d'aigle la mer déjà tissée d'ombres, tandis qu'il chuchotait :

— Vous notez, Watson ? Direction sud-sud-est, c'est-à-dire celle où la côte d'Écosse est la plus éloignée. Cela ne peut que renforcer notre thèse...

Le « notre » me flatta. Nous ne vîmes pas revenir le cormoran, la nuit étant venue. Au fond de la caverne, à la lueur de la lanterne sourde, Holmes travaillait sur des cartes...

Le lendemain fut également marqué par l'attente, mais le vent tourna au sud et les vagues parurent se calmer. Le troisième jour, la mer était presque étale. Vers la fin de l'après-midi, Holmes et moi gravîmes la crête de l'îlot pour redescendre de l'autre côté, où nous attendait le petit youyou. Nous le mîmes à l'eau. Holmes emportait la boussole, la carte et la lanterne sourde. Nous prîmes les avirons, tandis qu'il m'expliquait son plan : il fallait aller plein sud, selon une direction parallèle à celle du cormoran, puis, une fois trop loin pour être aperçus de MacColl, revenir vers l'est. La lueur du phare nous guiderait. La mer était encore assez agitée pour que ce ne fût pas une promenade d'agrément, mais après tout, nous servions la vieille Angleterre, et cela valait bien quelques sacrifices. Nous exécutâmes le plan à la lettre : plein sud, puis, alors que la nuit tombait, nous revînmes vers l'est. Holmes arrêta la barque en un point qu'il me parut avoir déterminé d'avance. Le phare était entré en fonction. Son faisceau lumineux, perçant les ténèbres, jouait sur les flots, selon une longue ellipse régulière de laquelle nous nous tenions soigneusement hors de portée.

— Là ! fit soudain Holmes, le cormoran !

Un dernier reste de jour nous montra l'oiseau rasant la crête des flots, loin devant nous.

— Sud-sud-est, murmura Holmes. Ramons, Watson, vite, suivons la direction qu'il nous indique !

Nous appuyâmes sur les avirons, mais un quart d'heure d'efforts se révéla infructueux. Dans la nuit devenue opaque, nous ne vîmes même pas revenir le cormoran.

— Raté pour ce soir, conclut Holmes, mais après tout, Watson, la science ne se nourrit-elle pas d'une longue suite d'expériences ratées ?

Il alluma la lanterne sourde au niveau le plus bas pour consulter sa boussole.

— Demain, légèrement plus au sud. Nous finirons bien par cerner l'endroit.

Il péchait par optimisme. Le lendemain soir, la manœuvre se renouvela sans que le succès vînt la couronner. Toutefois, le hasard voulut que le cormoran, revenant vers le phare, passât dans le faisceau lumineux, qui projeta une seconde son ombre gigantesque sur la surface des flots.

Cela nous permit de mieux circonscrire l'aire de nos recherches futures. Je rentrai transi, moulu, frissonnant...

Le quatrième jour, enfin, récompensa notre persévérance. La journée avait pourtant mal commencé. La mer était redevenue agitée, quoique pas assez pour entamer notre résolution. Holmes avait passé l'après-midi à faire et à refaire le point sur sa carte. À la nuit tombante, nous embarquâmes. Je commençais à prendre l'habitude de cette navigation épuisante à travers l'obscurité. La mer, ce soir-là, s'amusa avec notre petit esquif comme avec un jouet. Nous ramâmes longtemps sud-sud-est, Holmes modifiant notre direction au gré d'impulsions mystérieuses. Il condescendit à m'expliquer qu'écartant le vol de départ du cormoran comme référence, il se fiait à nos échecs précédents pour reconstituer son trajet de retour. Le point de conjonction des deux itinéraires devait, selon lui, se situer à une certaine distance du phare, qu'il avait chiffrée...

— Ah ! Watson, murmura-t-il, que ne possédons-nous ce sens de l'orientation inné dont jouissent certains volatiles !

Nous reposâmes nos avirons au point qu'il avait choisi, et c'est alors que la chose se produisit, juste après le passage de l'ellipse lumineuse.

— Vite, Watson, vite, couchés au fond de la barque !

Nous nous allongeâmes précipitamment. À moins de deux cents yards, les flots s'agitaient, un périscope en émergeait, puis la surface de l'eau se gonflait comme sous la poussée d'une monstrueuse épine dorsale. Holmes souffla, d'une voix courte :

— Bénissons cette houle, Watson, le mouvement des vagues contribue à dissimuler notre esquif à une vue rasante... Et maintenant, voici le cormoran !

Une fantomatique silhouette froissa l'air du battement de ses ailes, juste au-dessus de nous. Plus loin, un kiosque noir, ruisselant d'eau, avait surgi, à peine visible dans l'obscurité. Un mince rai de lumière se découpa bientôt à sa base, jetant sur les flots un reflet glauque : le sas d'accès s'ouvrait. Un homme en sortit, marchant malaisément sur le métal instable et glissant. Il portait un petit sac, qu'il vida sur la partie du pont émergée. Le cormoran décrivait des orbes avides. Il plongea, alors que l'homme réintégrait son sas. Et toute lumière s'éteignit. La scène se déroulait dans un silence oppressant, seulement meublé par le bruit des vagues, qu'une nouvelle fureur du vent heurtait entre elles.

Allongé au fond du canot, secoué, ballotté, j'étais dans une position incommode, qui n'allait pas tarder à m'infliger un solide mal de mer. Holmes, lui, accroupi, l'œil au ras du bordage, suivait le repas du cormoran. Enfin, l'oiseau s'envola, tandis que le kiosque du submersible s'enfonçait dans un bouillonnement d'écume.

— Une chance, Watson, me souffla Holmes. Un peu plus à droite, nous étions soulevés comme une vulgaire coquille de noix.

— Pensez-vous que l'oiseau portait un message ?

— Je n'en ai pas eu l'impression. Et je ne crois pas non plus que ce soit le sens de ce manège quotidien. Un jour, oui, il portera quelque message important, mais pour l'instant, il ne s'agit que de parfaire un dressage...

À travers l'obscurité, je voyais ses yeux briller, son profil était tendu comme celui d'un chien de chasse.

— Rentrons, gronda-t-il. Et quand je dis rentrons, cela signifie Londres, où notre temps sera mieux employé. Désormais, il ne faut plus lâcher Silbert d'une semelle. Soyez sûr que lorsque le moment crucial sera venu, il voudra se trouver sur place. Et c'est alors que nous interviendrons !

Je questionnai, un peu stupidement :

— Il s'agissait d'un U-boat, n'est-ce pas ?

Il acquiesça. Mais je devinai, à sa façon de hocher la tête, qu'un souci l'habitait. Il finit par déclarer, tandis que nous appuyions sur les avirons :

— Je croyais avoir affaire à un torpilleur sous-marin, Watson. Or, la silhouette du casque m'a plutôt fait penser à un U-75 mouilleur de mines... et là, j'avoue que je ne comprends pas bien.

4

— Vous avez raison, Watson, et je crois aussi que nous taillons des bâtons pour nous faire battre.

— Je suis heureux que vous soyez arrivé à la même conclusion que moi, Holmes, répondis-je.

Il eut un sourire franc, presque enfantin.

— Bravo, Watson, je vois que vous ne criez plus à la sorcellerie ! Déplorable habitude, en vérité...

Je répliquai placidement :

— C'est que j'ai passé l'âge des émerveillements. Cela dit, j'ai toujours celui de la curiosité. J'attends donc vos explications, convaincu d'avance qu'elles ne sauraient être qu'élémentaires.

— Effectivement : je vous ai vu lire après moi l'écho du *Daily Chronicle* rapportant que nous allions peut-être prêter Kitchener au tsar, afin de réorganiser son armée à la façon dont il a su refaire la nôtre en 1914. J'ai vu vos sourcils se froncer, vos lèvres remuer, et puis, machinalement, vous avez frotté au genou votre jambe blessée... Or, nous avons tous en mémoire les intrigues nouées par la Russie en Afghanistan où, malgré le traité de 1907, Saint-Pétersbourg n'a certainement pas renoncé à prendre pied...

Je déclarai, avec véhémence :

— L'index, sur la détente de ce fusil qui m'a envoyé une balle « djezaïl », était afghan, Holmes, mais je reste persuadé, et tous mes compagnons d'armes avec moi, que les Russes se trouvent à l'origine de nos maux !

Holmes tirait de sa pipe une bouffée maussade.

— Moi aussi, Watson, je me sens un peu responsable... Le climat humide des Orcades n'a rien fait pour améliorer les choses.

Je saisis l'occasion au vol :

— Au fait, pourquoi êtes-vous surpris que le submersible des Orcades fût un mouilleur de mines ? Une vingtaine de mines bien placées sont plus redoutables que les torpilles, dont une seule sur cinq arrive au but selon nos statistiques.

— Parce que, dans ce contexte particulier, le procédé me semble des plus aléatoires sur le plan de l'efficacité. Réfléchissez, Watson : quelles que soient les précisions que le cormoran apporte à nos ennemis sur le mouvement des navires à partir de Scapa Flow, ces renseignements ne peuvent être exploités valablement par un mouilleur de mines : les dragueurs déblaient chaque jour le chenal, tandis qu'un sous-marin torpilleur, dont l'action n'est pas statique, pourrait immédiatement tirer ses torpilles à l'instant qu'il aura choisi, puis disparaître. De plus, soyez sûr qu'en cas de sortie massive de la deuxième division de croiseurs, la mer aura été soigneusement nettoyée devant nos bâtiments...

— Alors ?

— Alors, dans l'ignorance de ce qu'il trame, il faut que Silbert soit surveillé de jour et de nuit. Heureusement que nous avons nos « irréguliers ».

Je demeurai rêveur. Wiggins, le premier chef de nos petits francs-tireurs, devenu sous-officier, se battait sur la Somme, mais une autre génération de gamins avait succédé à la première, elle aussi fascinée, subjuguée, fanatisée par le magnétisme de Holmes.

Depuis notre retour des Orcades, l'un ou l'autre de ces précieux auxiliaires venait nous rendre compte régulièrement des mouvements de notre gibier dans l'appartement du 221b Baker Street, que Holmes avait racheté à la dévouée Mme Hudson avant sa mort. Nous nous étions installés là un peu comme en campement, allumant le feu nous-mêmes et faisant venir nos repas de chez un traiteur voisin. Malgré sa répugnance pour les innovations techniques, Holmes y avait fait brancher un appareil de téléphone. Lui-même s'était mis en chasse, sous différents déguisements dont, chaque fois, la vue inattendue m'infligeait une émotion. Il s'était réservé la surveillance des Irlandais du Sinn Fein, de qui un hammam d'Aldgate semblait être le quartier général. Plusieurs jours de filature l'avaient ainsi ancré dans sa conviction que la gare de King Cross constituait l'un des nœuds stratégiques de l'affaire en préparation.

— C'est étrange, Watson, me confia-t-il un soir, j'étais persuadé que l'attention de nos adversaires se portait sur les bâtiments de la flotte, et particulièrement sur ce *Hampshire* où sert le frère de Violet Browne, mais je me demande à présent s'ils ne s'attachent pas plutôt aux déplacements de certaines personnalités, dont l'identité reste à déterminer.

— Personnalités ?

— Hommes politiques, hauts fonctionnaires, chefs de la Navy, que sais-je ? Surveillons la presse, Watson, notons les projets qu'on prête à ceux qui nous gouvernent, depuis lord Asquith jusqu'à Jellicoe et Beatty, en passant par Balfour et Hall...

Le plus déluré de nos jeunes « irréguliers » se nommait Bevis. Ce fut lui qui, certain soir, téléphona à Baker Street, alors que Holmes n'était pas encore rentré. Il était si essoufflé que, d'abord, il ne put s'exprimer. Enfin, il bégaya :

— L'homme, là... Crawford Silbert, il a pris un contact !

Je me redressai vivement.

— Où ? Quand ?

— Maintenant ! Maintenant, il est en train de parler avec une femme dans les salons de l'hôtel *Métropole*. Je suis un peu plus loin, dans un pub où on a bien voulu me laisser vous appeler... mais ils m'ont fait payer cher, les voleurs !...

Après un court silence, il poursuivit fébrilement :

— Mais alors, m'sieur, quelle belle dame ! Distinguée, aussi bien habillée qu'à la cour !

— Ne bouge pas, j'arrive !

Je revêtis rapidement un manteau, dégringolai l'escalier, courus à la station de taxis voisine. Les urgences de la guerre promouvant par ricochet les industries de paix, les automobiles remplaçaient peu à peu les fiacres dans notre grande capitale, au bénéfice des clients pressés, mais au détriment de l'atmosphère, que leurs gaz empuantissaient... Je fus rendu à l'hôtel *Métropole* en moins d'un quart d'heure. Je demandai au chauffeur de m'attendre. Bevis, qui faisait les cent pas à quelque distance, m'entraîna aussitôt derrière le bâtiment, le long d'une ruelle latérale. Passant une poterne, nous nous trouvâmes dans les jardins de l'hôtel où donnaient les fenêtres des salons.

Malgré le tulle des rideaux, et grâce aux lumières qui y brillaient en ce début de crépuscule, les silhouettes des occupants étaient parfaitement reconnaissables. Bevis me montra Silbert assis à l'une des tables. C'était la première fois que je le voyais. L'homme était grand, bien bâti, avec un visage intelligent et racé, au demeurant plus latin que germanique, mais à vrai dire, mon attention se porta très vite sur sa compagne, femme ravissante, véritable saxe casqué par une chevelure d'un roux délicat, dont la beauté drainait visiblement tous les regards du salon.

— Viens, dis-je à Bevis.

Nous ressortîmes en hâte. J'allai au taxi, donnai une demi-couronne au chauffeur très étonné :

— Reconduisez ce jeune homme au 221b Baker Street...

Puis, à Bevis, très bas :

— Dès que M. Holmes sera rentré, envoie-le au pub, là, en face. Je l'y attendrai en surveillant notre gibier.

— Bien, patron.

La chance, ce jour-là, était avec nous. Je craignais en effet que nos deux suspects ne prissent congé l'un de l'autre, me forçant à choisir l'une des pistes, mais Holmes, rentré entre-temps à Baker Street, ne tarda pas à me rejoindre au pub en compagnie de Bevis.

— Toujours là, Watson ? demanda-t-il brièvement.

— Personne n'est sorti.

— Personne n'est sorti par la grande porte, fit-il remarquer, d'un ton un peu sec. Enfin, espérons qu'ils ne se méfient pas... Allons, Bevis !

Nous réempruntâmes la petite rue latérale, puis la poterne, à propos de laquelle Holmes questionna :

— Elle était ouverte, cette porte ?

— Fermée à clé, répondit simplement Bevis. C'est moi qui l'ai ouverte...

L'explication parut satisfaire Holmes. Dissimulés derrière les rhododendrons du jardin, nous nous approchâmes prudemment des fenêtres. Silbert et sa compagne étaient toujours attablés, mais elle esquissait le geste de se lever. Je scrutai le profil tendu de Holmes. Son regard ne quittait pas la fine silhouette de la jeune femme. Celle-ci, ayant pris congé de Silbert, se dirigeait, d'une démarche élégante, vers le bureau de l'hôtel, que la perspective nous permettait d'apercevoir, tout au fond de la salle. Après avoir échangé quelques mots avec l'employé de la réception, elle alla prendre l'ascenseur hydraulique menant aux étages.

— Elle loge ici, chuchota Holmes.

Je questionnai timidement :

— Pensez-vous qu'elle soit une espionne, Holmes ?

— Elle est trop belle pour ne pas être une espionne.

L'argument me laissa sans voix. La misogynie de mon compagnon prenait parfois des aspects tout à fait inattendus. Nous ressortîmes précipitamment, regagnant la rue principale, à temps pour voir Silbert quitter l'hôtel à pied. De l'œil, Holmes fit signe à Bevis de le prendre en filature. Dans le taxi qui nous ramena, il demeura muet, préoccupé. La seule réflexion qu'il me livra, fut celle-ci, alors que nous descendions devant le 221b Baker Street :

— Le symptôme ne trompe pas, Watson, quelque chose se prépare. Visiblement, à la façon dont elle parlait à Silbert, cette femme occupe dans leur hiérarchie un poste supérieur au sien.

— Qu'allons-nous faire ?

— Ne pas les lâcher d'une semelle. Je laisse Silbert à Bevis et je m'attache moi-même aux pas de cette personne. Le petit Timothy, qui est rapide, efficace, et remarquablement anonyme, me secondera.

— Il ne la connaît pas.

— Je la lui décrirai.

J'imaginai mal Holmes dans cet exercice de style, mais je m'abstins de tout commentaire. Pendant les jours qui suivirent, je vis peu mon ami. Il était constamment à l'extérieur, sous un aspect ou un autre. Moi, je surveillais la presse, qui s'attendait, à peu près unanimement, à un grand combat naval en mer du Nord.

Un soir, Holmes rentra d'une humeur parfaitement taciturne. Durant tout le dîner, il ne desserra pas les dents, et ce fut au moment où nous nous séparions pour aller dormir, qu'il fit, très brusquement :

— Elle est forte, Watson, elle m'a repéré.

Je sursautai.

— Quoi, vous en êtes sûr ?

— Tout à fait. Elle s'est payé le luxe de me semer, puis de reparaître devant moi, avant de regagner son hôtel.

Je déclarai, sans tact excessif :

— Apparemment, elle est trop intelligente pour ne pas être une espionne...

Holmes me lança un regard glacé avant de s'enfermer dans sa chambre.

5

L'opinion de Holmes était que rien de décisif ne se produirait sur le plan de la guerre navale tant que l'un ou l'autre de nos oiseaux ne se rendrait pas aux Orcades, à l'appel mystérieux du cormoran. Aussi, ce

matin-là, 2 juin, la lecture de la presse me cloua-t-elle
sur ma chaise :

GRAND COMBAT NAVAL PRÈS DES CÔTES DU
DANEMARK
  LA FLOTTE ALLEMANDE CONTRAINTE À LA
FUITE
  LOURDES PERTES DES DEUX CÔTÉS

Les titres étaient plus gros que les informations,
en attendant la publication d'un deuxième communiqué de l'Amirauté. En fait, il apparaissait que la bataille, engagée le soir du 31 mai au large du Jutland,
s'était poursuivie durant la nuit avec des fortunes diverses, après quoi la flotte de Von Scheer avait
rompu le contact, sans doute pour regagner la rade
de Kiel. Nous avions perdu quelques bâtiments, dont
l'*Indefatigable* et le *Queen Mary*, mais les navires allemands *Pommern* et *Dörfflinger* avaient été coulés,
sans préjudice de graves dommages causés aux
autres unités. Il n'était nulle part fait mention du
Hampshire...

— Eh bien, Watson ?

Holmes, qui dormait plus tard que moi, s'était levé.
Il était apparemment de bonne humeur et ce ne fut
pas sans appréhension que je lui désignai les journaux.

— Dieu du ciel ! fit-il sourdement.

— On ne parle pas du *Hampshire*...

Il me jeta un regard distrait avant de dévorer les titres des quotidiens, qu'il rejeta violemment sur la table.

— Nous nous sommes fait rouler, Watson ! gronda-
t-il, ou alors, nous nous trompons depuis le début.

Pourtant, quel rapport pourrait-il y avoir entre cette femme, Silbert, le cormoran des Orcades et le *Hampshire*, sinon une bataille où ce bâtiment eût été engagé ?

— Ce n'est qu'un croiseur léger, Holmes, vous-même me l'avez fait remarquer, et apparemment, son rôle dans le combat — s'il y a participé — n'a pas été déterminant.

— C'est vrai, reconnut-il, les sourcils froncés. Bon, je sors...

Il regagna précipitamment sa chambre. Je lui demandai, au moment où il dévalait l'escalier :

— Où pourrai-je vous joindre, s'il se produit quelque chose ?

— J'en ai pour la matinée. Je vais voir De Grey au 40 O.B.

Mais il revint de l'Amirauté moins d'une heure après. Les informations qu'il avait recueillies ne nous apprenaient rien, sinon que le *Hampshire* avait été engagé dans le combat où il s'était vaillamment comporté. Il était rentré sans avaries à Scapa Flow.

— Demi-victoire, Watson, conclut sombrement Holmes. Certes, nous les avons mis en fuite, et ils ne quitteront plus Kiel de longtemps, mais notre principal objectif, détruire la flotte de Von Scheer, n'a pas été atteint, et il semble même que nos pertes soient supérieures aux leurs. On ne s'explique pas, à l'Amirauté, l'erreur de Jellicoe qui aurait dû leur barrer la route de la retraite.

— Et Silbert ?

— Je ne sais pas, avoua-t-il sans nuances. Dans l'ignorance de ses desseins, il faut continuer à le surveiller, lui et cette femme...

Ce que nous fîmes, durant les deux jours qui suivirent. Le troisième jour, le 5 juin, les choses prirent une tournure décisive.

6

Il n'était pas sept heures quand la sonnerie du téléphone me fit me dresser sur mon lit, le cœur battant, le front couvert de sueur. Je me hâtai de passer une robe de chambre, mais quand j'arrivai dans le salon, Holmes décrochait déjà le combiné. Il avait le visage tendu, le regard brillant d'exaltation contenue. Il raccrocha, se tourna vers moi :

— L'hallali, Watson ! me jeta-t-il. Consultez le Bradshaw, voyez l'heure du prochain train pour Thurso !

Je feuilletai précipitamment l'indicateur.

— 7 h 50, Holmes, pourquoi ?

— Timothy vient d'appeler : cette femme a quitté l'hôtel avec un léger bagage et elle a fait venir un taxi. Timothy s'est assez rapproché pour l'entendre donner sa destination au chauffeur...

— King Cross ?

— Tout juste. Vite, nous avons le temps d'attraper ce train !

Moins d'un quart d'heure après, nous avions la chance d'interpeller un taxi matinal, qui nous lança à tombeau ouvert dans les rues froides d'une ville encore engourdie de sommeil. Sur la banquette arrière, Holmes donnait des instructions de sa voix brève :

— Elle m'a repéré, Watson, mais bien entendu, je vais me grimer. Cependant, nous allons nous ménager une chance supplémentaire en nous séparant. Vous, vous lui êtes parfaitement inconnu.

— Je monterai dans le même compartiment ?

— Certes pas, c'est une trop fine mouche ! J'ignore en quelle classe elle va voyager, mais voici ce qu'il faut faire : Vous monterez dans le wagon qui précède le sien et moi dans celui qui le suit. Auparavant...

Sans cesser de parler, il se transformait en un vieillard dont la sénilité éclatait à l'évidence, sous l'œil ahuri du chauffeur, lequel nous observait dans son rétroviseur intérieur. Nous nous fîmes arrêter un peu avant l'esplanade de la gare, où nous nous séparâmes aussitôt.

Malgré l'heure matinale, la foule était nombreuse aux abords des quais, et j'eus du mal à me frayer un passage. Selon les directives reçues, j'explorai d'abord les wagons de première, avec l'air d'un voyageur épris de solitude qui cherche un compartiment vide. Comme prévu, la jeune femme s'y trouvait. Je murmurai une vague excuse avant de poursuivre mon chemin dans le couloir. Et puis, je redescendis. Holmes se tenait adossé à l'un des piliers de soutènement du bâtiment, près de l'entrée principale. Du menton, je lui désignai le wagon et, juste à ce moment, je fus le témoin d'une scène surprenante : un gamin, qui courait à cloche-pied parmi la foule, dans le vaste hall de la gare, vint se heurter à Holmes, puis fuir à toutes jambes le courroux du vieil homme.

Holmes était resté immobile. De mon côté, je l'observais attentivement. Il parut tout à coup saisi d'une quinte de toux, porta la paume à sa bouche, mais je commençais à être assez averti de ses astuces pour savoir ce que celait ce manège : on lui avait glissé dans la main un billet dont il prenait connaissance. Je lui

vis alors un regard plus âpre, inventoriant les abords
de la gare pour s'arrêter sur une automobile en stationnement un peu plus loin. Quoique les rideaux de
la banquette arrière fussent soigneusement tirés, mon
attention soutenue me fit deviner un léger mouvement de l'étoffe : le passager examinait la gare. Je
manœuvrai pour me rapprocher du véhicule, dont
j'obtins bientôt une vision plus précise. C'était incontestable : quelqu'un, à l'intérieur, surveillait la foule…

Puis, brusquement, l'automobile démarra, passant à
quelques mètres de moi. Le rideau bougea une dernière fois, dévoilant fugacement un visage lunaire,
dont la vue m'emplit de perplexité : il m'avait semblé
reconnaître Mycroft Holmes.

7

Je garde, de tout ce voyage, le souvenir embrumé
d'un cauchemar. La trépidation du convoi, le temps
couvert, très bas, l'inactivité, tout cela contribuait à
me plonger dans une somnolence que je combattais
en fumant cigarette sur cigarette. Finalement, je me
levai, arpentai le couloir latéral. Chacun des arrêts me
trouvait posté à une fenêtre, surveillant les accès du
wagon de première où l'espionne avait pris place. Elle
ne se manifestait pas. Elle ne se rendit même pas au
wagon-restaurant placé à l'avant, ce qui lui eût fait
obligatoirement traverser mon propre wagon. Et moi,
victime du devoir, je dus aussi refréner mon appétit
pour ne pas abandonner ma faction.

Nous arrivâmes à Édimbourg dans le courant de
l'après-midi, mais alors que le haut-parleur avait annoncé dix minutes d'arrêt, le convoi n'avait toujours

pas démarré un quart d'heure plus tard. Nous eûmes l'explication de ce contretemps en voyant apparaître sur le quai, sortant des bâtiments de la gare, un groupe comprenant deux messieurs en civil et deux policemen, suivis d'une escouade de fusiliers marins. Ceux-ci prirent position aux accès de la station tandis que les policemen procédaient à la visite des wagons. Tous les gens étaient aux fenêtres, dans un brouhaha d'interrogations fébriles, que l'excitation portait à l'aigu... On entendit répéter que des espions avaient pris place dans le train et qu'on les traquait de voiture en voiture.

Ces messieurs finirent par passer dans le compartiment que j'occupais, mais sans doute savaient-ils ce qu'ils cherchaient car ils ne m'accordèrent aucune attention, non plus qu'à mes compagnons de voyage. Quelques minutes après, un mouvement se produisit parmi les passagers qui s'étaient massés sur le quai en quête de renseignements. On regardait vers l'arrière du convoi. Je me penchai et ressentis un véritable traumatisme intérieur : les détectives et les bobbies descendaient d'un des wagons, encadrant le dernier homme que je me fusse attendu à voir dans cette position. Mon ami avait d'ailleurs abandonné son déguisement, et sa haute taille se détachait parmi la foule soudain silencieuse, tandis qu'on l'emmenait.

On avait arrêté Sherlock Holmes !

8

Même cela, Holmes avait dû plus ou moins le prévoir quand il m'avait recommandé, le matin même :

— Quoi qu'il arrive, Watson, vous entendez bien, quoi qu'il arrive, vous poursuivez la filature, vous ne lâchez pas cette femme !...

Je me souviendrai toute ma vie d'une telle équipée, menée jusqu'au bout dans une vigilance hébétée qui confinait au somnambulisme. Le sort de Holmes me tourmentait, et aussi l'incertitude où j'étais de pouvoir mener à bien ma mission. Le ciel était à l'image de mon âme : bas, noir, parcouru de nuées chargées d'eau, qu'un vent furieux poussait d'est en ouest. Le train roulait dans un éternel crépuscule, avec sa trépidation monotone que scandait parfois son cri lugubre, à l'approche de gares que nous brûlions à toute vitesse.

L'arrêt d'Inverness me trouva à la fenêtre, guettant les accès du wagon de première qui suivait le mien. L'espionne n'apparut pas, mais je ne m'en alarmai guère, tant j'étais sûr qu'elle se rendait au terminus, à Thurso, puis sans doute de là aux Orcades... mais où exactement ? Nous étions le 5 juin, et malgré les humeurs du temps, au début de l'été. La latitude se conjuguait donc au calendrier pour prolonger la tombée du jour. Cependant, les premières lumières, voilées de bleu, s'allumaient à Thurso quand nous y arrivâmes. La femme descendit, son léger bagage à la main, sans hâte ni méfiance apparente. Et je m'acheminai derrière elle, le cœur lourd. Je m'attendais à ce qu'un moyen de transport particulier la conduisît peut-être au phare de MacColl, et j'envisageais déjà de courir chez Strowe, dont Holmes m'avait communiqué l'adresse, mais non : très sagement, la jeune femme s'embarqua sur l'une des chaloupes pontées à vapeur qui font la correspondance régulière avec Kirkwall, capitale de Pomona, la plus grande des Orcades.

Bien entendu, je l'imitai. Le voyage ne fut pas très long, quoique extrêmement pénible, les passagers contraints de se réfugier sous le rouf pour s'abriter des rafales d'embruns qu'une mer violente jetait à travers le pont. Quelques taxis attendaient au débarcadère, sous une pluie oblique, obstinée. Elle en prit un. Je montai dans le suivant, au chauffeur duquel je dis, classiquement :

— Suivez ce taxi !

— On y va, gentleman, répondit l'homme, goguenard.

Sans doute me prenait-il pour un mari jaloux ou quelque vieux beau espérant retirer une nouvelle jouvence d'amours fugitives. La fiction m'arrangeait, et je me gardai de le détromper. La ville même de Kirkwall se trouvait à environ trois miles du port. Nous croisâmes en route de nombreux véhicules militaires, longeant d'interminables zones interdites, closes de barbelés derrière lesquels des baraques Adrian luisaient de pluie blême : la base de Scapa Flow était toute proche.

Le taxi de la jeune femme s'arrêta bientôt devant un hôtel dont mon chauffeur m'apprit qu'il était le plus luxueux de la ville. Je le réglai, et m'avançai précipitamment sur le perron de l'établissement. Je pus voir la jeune femme s'adresser à la réception où l'employé lui désigna la cabine téléphonique installée dans un coin du hall. Une crainte brusque me fit rebrousser chemin pour récupérer mon taxi en prévision d'une possible filature. Trop tard : il était déjà reparti et je me souvins que le chauffeur m'avait confié sa hâte de rentrer enfin chez lui. Maintenant, il n'en restait plus qu'un devant l'hôtel, dont je craignais que la jeune femme ne l'empruntât, me laissant planté là sans aucun moyen de la suivre. Un seul moyen m'était laissé de prévenir cet inconvénient, retenir moi-même le véhicule. Je donnai donc une couronne au chauffeur, lui demandant de m'attendre quelques minutes pour une course prochaine, ce qu'il accepta sans rechigner. Je me hâtai d'entrer à mon tour dans l'hôtel. À l'intérieur du hall, je fis mine de réfléchir, mon regard fixé sur la porte vitrée de la cabine téléphonique. La femme parlait, elle hochait la tête, et son expression était indéchiffrable, jusqu'au moment où je vis ses traits s'assombrir. J'interprétai cela comme un signe favorable : sans doute les événements ne prenaient-ils pas le tour qu'elle avait espéré...

Elle sortit enfin, donnant toutes les marques d'une morosité sous laquelle je crus discerner, de façon absurde mais irrépressible, un trouble profond. Elle revint au bureau, parla encore, et finalement on lui donna une clé, tandis qu'un chasseur prenait sa mallette. Elle allait donc dormir à l'hôtel. Je décidai d'en faire autant, sortis pour libérer mon taxi. Le chauffeur était en grande discussion avec un homme d'une quarantaine d'années, maigre, au visage creusé, dont les gestes trahissaient une extrême véhémence. Mon apparition parut le soulager, car il s'écria aussitôt :

— Écoutez, sir, je suis retenu, je vous le répète, et justement par ce gentleman qui arrive. Voyez avec lui, moi j'ai engagé ma parole !

L'homme se tourna d'un bloc vers moi pour m'apostropher :

— Je dois prendre ce taxi, monsieur, c'est une question d'une importance essentielle, il le faut !

Bien que revenu pour libérer mon chauffeur, le ton m'avait assez déplu pour que je répliquasse :

— Vous me permettrez d'en juger, monsieur, et je ne saurais en tout cas me laisser impressionner par vos façons de faire !

Il parut tout à coup s'apercevoir de son inconvenance, se mit à fouiller fébrilement dans ses poches, d'où il sortit une carte d'apparence officielle.

— Écoutez, écoutez, bredouilla-t-il, je suis George Thompson, responsable du sauvetage en mer à Stromness, sur la côte ouest. Une tragédie vient de se produire, un bâtiment de la Navy est en perdition... Il y a des centaines de vies à sauver !

— Et que faites-vous là ? m'exclamai-je.

Il leva les bras au ciel.

— Dès que j'ai été averti de la catastrophe, j'ai téléphoné à Scapa Flow pour avertir la base, et annoncer que j'allais organiser le sauvetage. On me l'a strictement interdit : secret militaire ! J'ai réussi à trouver un véhicule qui m'a amené jusqu'ici, où, avec beaucoup de difficultés, j'ai pu rencontrer le commandant de la base, Walker. Celui-ci m'a déclaré sans nuances que le sauvetage était du ressort de la Navy et que les civils n'avaient pas à s'en mêler. Et comme j'insistais, il m'a menacé de me faire jeter en prison.

J'étais abasourdi, stupéfait, bouleversé.

— Mais eux, que comptent-ils faire ?

— Eh ! clama-t-il, ils vont sûrement envoyer des destroyers, mais le temps qu'ils appareillent, sortent de la rade, qu'ils embouquent le Pentland Firth, puis qu'ils longent la côte jusqu'à Marwick Head, il sera trop tard, vous pensez bien ! Alors qu'avec mes chaloupes, j'étais sur place : le navire coule à moins d'un mile de Stromness...

— Ne perdons pas de temps, sir. Je vous laisse le taxi à condition que vous m'emmeniez et me permettiez de vous aider.

— Montez !

Décrire cette course ? Le chauffeur avait été gagné par notre fièvre, et ce fut un bolide grondant, furieux, tous phares allumés que notre angoisse lança sur les routes nocturnes de l'île. D'une voix hachée, Thompson me mettait au courant de la situation. Un soldat de garde sur le littoral avait entendu le bruit d'une explosion, aperçu à un demi-mile de la côte un bâtiment de guerre en flammes. Aussitôt, du hameau le plus proche, Birsay, il avait téléphoné à Stromness, où Thompson avait pris l'affaire en main...

— Peut-être le navire a-t-il lancé un s.o.s. par radio ?

— Je ne le crois pas. Sans doute l'explosion a-t-elle détruit les générateurs dès le début. En tout cas, à Scapa Flow, ils n'étaient pas au courant...

Une demi-heure après, alors même que nous apercevions les premières maisons de Stromness, la nuit se déchira sous le hurlement lugubre des sirènes. Suivant les indications de Thompson, le taxi fonça vers le port, dispersant à grands coups de trompe la foule angoissée qui se pressait dans les rues. Nous arrêtâmes pile devant le bâtiment du sauvetage en mer, où je notai tout de suite que des fusiliers marins avaient pris position. Un homme en surgit, affolé.

— Sir, sir ! cria-t-il à Thompson, je ne sais pas ce qui se passe mais l'armée nous interdit de sortir les chaloupes !

Un lieutenant arrivait derrière lui, dissimulant son désarroi sous une morgue toute militaire.

— Les ordres ! dit-il, la main levée pour couper court à toute protestation, j'ai des ordres ! Ne me demandez pas de les comprendre, encore moins de les enfreindre !

— Mais il y a des hommes qui se noient tout près d'ici ! hurla Thompson. Ce qu'on fait là est insensé, criminel !

L'autre répondit d'une voix blanche, dont il réprimait mal le grelottement :

— La Navy a pris toutes les dispositions nécessaires. Je n'en sais pas plus que vous, monsieur, n'insistez pas.

Thompson se tourna vers nous.

— Vous restez avec moi ?

— On reste, sir.

— Venez.

Nous remontâmes dans le taxi.

— Où allons-nous ? questionna le chauffeur.

— Vers les plages. Au moins pourrons-nous recueillir les rescapés qui auront regagné la côte à la nage.

Nous n'étions pas les seuls à avoir eu cette idée. Un exode tacite vidait la ville de toute sa population active. En voitures automobiles, hippomobiles, à bicyclette, à pied, les gens se hâtaient, sous la pluie et le vent, vers les endroits névralgiques du rivage, en une procession cahotante de phares électriques, de lampes à carbure ou de lanternes sourdes. Très vite, nous éprouvâmes une nouvelle déception. Partout, les accès à la mer étaient barrés par des soldats, baïonnette au canon. George Thompson se tordait les mains.

— Impensable ! Criminel ! criait-il, fou de rage impuissante. C'est une conspiration, un coup monté par des espions !

Il tentait d'entraîner la foule à rompre les barrages, mais les soldats, le visage fermé, se montraient intraitables. Natif de la région, Thompson finit tout de même par découvrir un étroit sentier que les autorités avaient négligé de faire garder. Sous sa conduite, nous fûmes un petit groupe à parvenir dans une crique encaissée, où les lames se brisaient au milieu de jaillissements d'écume. Malgré la nuit opaque, nous aperçûmes quelque chose de blanc qui dansait sur les flots entre les rochers. Thompson et l'un de ses hommes entrèrent à mi-corps dans l'eau glacée pour repêcher l'objet. C'était une bouée réglementaire, sur laquelle était inscrit le nom du bâtiment d'où elle provenait : le *Hampshire.*

9

Ce fut une nuit folle, parcourue de rumeurs extravagantes, émaillée d'incidents grotesques ou navrants, secouée de courses épuisantes. On disait que des fusiliers marins allemands avaient débarqué et contrôlaient Scapa Flow, on prétendait que les militaires avaient pris le pouvoir à Londres, on chuchotait que Lloyd George se trouvait à bord du navire coulé. Plus tard, on vit, sur la mer livide, jouer les projecteurs de plusieurs destroyers, enfin accourus au secours des naufragés.

Alors que pointait une aube incertaine, des automobiles militaires emmenèrent vers une destination inconnue quelques-uns des rares rescapés du *Hampshire,* arrivés au rivage par miracle à travers la tempête. Trempés, grelottants, hagards, ils avaient été aussitôt interceptés par l'armée sans avoir pu échanger un mot avec les riverains.

Mon chauffeur de taxi, qui ne nous avait pas quittés, me ramena à Kirkwall, et je dois porter au crédit de son patriotisme le fait qu'il refusa toute rémunération pour le temps passé à nous transporter. Je me fis donc déposer devant l'hôtel où était descendue la belle inconnue afin de reprendre la filature là où je l'avais laissée, mais il était décidément dit que ma mission échouerait sur toute la ligne : le chauffeur de qui j'avais, la veille, emprunté la voiture au débarcadère, et qui avait repris son stationnement devant l'établissement, me déclara d'un ton ironique dès qu'il m'aperçut :

— Au fait, trop tard pour la dame, gentleman. Je l'ai déjà conduite aux chaloupes pour Thurso. Elle voulait prendre le premier train du matin à destination de Londres.

Sans un mot, je rentrai dans le hall de l'hôtel. J'étais fourbu, brisé, profondément découragé, et surtout assailli par un sommeil féroce : je n'avais pas dormi depuis vingt-quatre heures. Je me fis tout de même servir au salon un copieux petit déjeuner et je m'enquis de l'heure du prochain train pour Londres : pas avant le soir ! Je demandai alors où se trouvait le bureau du télégraphe. J'étais en effet persuadé que Holmes, s'étant fait reconnaître ès qualités, avait dû être relâché, et je voulais qu'il reprît la piste à l'endroit où je l'avais perdue. Dès l'ouverture du bureau, je lui câblai donc le texte suivant :

La dame a pris ce matin le premier train pour Londres. Arrivera à King Cross en fin d'après-midi. Avisez. Ne pourrai être à Londres avant demain matin.

Je ne dis pas un mot du *Hampshire*. Nous étions en guerre et je ne tenais pas à m'attirer les foudres de la censure, j'avais eu assez d'ennuis comme cela. Je louai ensuite une chambre pour la journée à l'hôtel, demandant qu'on me réveillât à temps pour prendre la chaloupe assurant à Thurso la correspondance avec le train du soir. Et je sombrai dans un sommeil épais.

10

Le lendemain matin, mercredi 7 juin, quand j'arrivai à King Cross, les journaux annonçaient la nouvelle : le *Hampshire*, de la 2e division de croiseurs légers basée à Scapa Flow, avait sauté sur une mine près de Marwick Head, sur la côte ouest des Orcades. Il n'y avait que douze survivants.

Je me fis conduire à Baker Street, avec l'angoisse de trouver le logement vide. Mais non, la lumière y brillait et Holmes lui-même m'accueillit en robe de chambre, fumant sa pipe. Très sombre, il me dit avoir été gardé dans une caserne d'Édimbourg l'après-midi et la nuit du lundi 5 juin. La veille, 6 juin au matin, sur un ordre mystérieux, on l'avait relâché, avec des excuses mais sans explications. Il avait aussitôt repris l'un des nombreux trains pour Londres, où il était arrivé dans l'après-midi. Il y avait trouvé mon câble.

— Et la femme ? demandai-je.

— Nos « irréguliers » l'attendaient à King Cross, ainsi que vous l'avez suggéré. Elle a regagné son hôtel sans prendre aucun contact. Elle est actuellement sous surveillance. À vous, Watson, racontez-moi vos aventures...

Il avait fait monter un breakfast substantiel, auquel nous nous attaquâmes tandis que je m'acquittai de ma relation aussi brièvement que possible. Holmes conclut :

— Ne vous faites aucun reproche, Watson, nous n'aurions rien pu empêcher. Il y a, dans cette affaire, des choses qui nous dépassent...

Il hésita, ajoutant comme à regret :

— Autant que vous le sachiez, la presse ne va plus tarder à le révéler : Kitchener est mort.

Je sautai sur mes pieds.

— Quoi ?

— Il avait pris place à bord du *Hampshire* et ne figure pas parmi les rescapés.

Je frappai de la paume le bras de mon fauteuil.

— Vous en souvenez-vous, Holmes, nous en parlions l'autre jour ?

— Eh ! oui, dit-il, maussade. Justement, le *Hampshire* le conduisait en Russie pour la mission qui lui était confiée.

— Croyez-vous que cette entreprise visait lord Kitchener en sa qualité de conseiller militaire ?

Le front perplexe, Holmes tira de sa pipe une bouffée pensive.

— Je ne sais pas, Watson, franchement je ne sais pas. En tout cas, dans l'affirmative, je vois les choses ainsi : dès l'apparition du croiseur à la sortie de la rade, MacColl envoie son cormoran à l'U-75, lui indiquant si le navire prend la sortie est ou la sortie ouest...

— Au cas particulier, la sortie ouest.

— Évidemment. Durant le temps que le *Hampshire* embouque le Pentland Firth, avec les précautions et les lenteurs exigées par cette manœuvre, l'U-75 fonce vers l'ouest, mouillant toutes ses mines sur le trajet que le croiseur va emprunter obligatoirement juste derrière lui. Et là, bien sûr, aucun dragueur ne lui aura préparé la route. Mais ce qui m'intrigue...

Il s'interrompit, les sourcils froncés. J'allais le presser de questions lorsque retentit la sonnerie du téléphone. Il prit le combiné, écouta attentivement son correspondant. Dès qu'il eut raccroché, il se leva, le visage tendu.

— Debout, Watson, l'heure est venue de percer l'abcès. Timothy m'apprend que cette dame effectue une visite matinale. Une chance ! il a pu s'accrocher derrière le taxi sans se faire remarquer.

— Où ?

Ses traits se creusèrent imperceptiblement. Au lieu de répondre, il questionna :

— Dites-moi, Watson, aviez-vous remarqué qu'on nous surveillait, avant-hier matin, à King Cross ?

Je ressentis au fond de moi-même une sorte d'angoisse confuse, mais je ne m'accordai pas le droit de lui cacher la vérité.

— Oui, Holmes, murmurai-je, et il m'a même semblé reconnaître la personne qui nous observait.

— Eh bien, répliqua rudement Holmes, sachez que cette dame s'est fait conduire à Pall Mall...

Et dans le silence très lourd qui suivit, il conclut, de la plus étrange façon :

— Tout de même, quelle inconvenance ! Recevoir une femme à cette heure matinale dans son appartement, ah ! la guerre a bien changé les gens !

Un peu plus tard, dans le taxi qui nous emmenait, il déclara, d'une voix sourde :

— Voilà une affaire dont il ne faudra pas parler, Watson.

J'acquiesçai placidement.

— Comme vous voudrez, Holmes. Je vous ferais seulement remarquer que ce n'est pas la seule qui resterait sous le boisseau. Vous n'avez jamais voulu me confier le secret de certaines de vos enquêtes, et d'ailleurs, très bizarrement, de toutes celles dans lesquelles un animal a joué un rôle essentiel.

Il mit soudain sa main sur mon bras, avec une chaleur qui me surprit.

— C'est vrai, mon ami, et pourtant, ces confidences, je vous les dois... Écoutez, je retourne aux South Downs la semaine prochaine. Voulez-vous venir prendre l'air du Sussex, qu'on dit très vivifiant ? Parmi mes abeilles, je vous raconterai comment j'ai affronté, à plusieurs reprises, un ennemi beaucoup plus subtil et redoutable que Moriarty...

J'eus tout à coup le sentiment aigu qu'il entretenait cette conversation dans le seul souci d'aérer son esprit, de le détendre avant la confrontation qui nous attendait. J'entrai dans le jeu, dis faiblement :

— Vraiment, Holmes ? Si terrible ?

— Vraiment. L'affaire du rat géant de Sumatra, du ver inconnu d'Isadora Persano, de la sangsue pourpre et aussi, d'une certaine façon, celle du chien des Baskerville, à propos de laquelle on ne sait pas tout, cet homme se tenait à la base de ces entreprises criminelles.

Je m'écriai :

— Mais qui, Holmes, qui ?

— Je vous le dirai. Sachez seulement qu'il descendait d'authentiques barons français, dont le premier, un grand savant, a prouvé que la Terre était aplatie aux pôles...

Il ajouta rêveusement :

— Et son nom commençait par un M... comme celui de mes adversaires les plus dangereux, Mathews, Moran, Moriarty...

— Mycroft..., murmurai-je.

Holmes ne parut guère apprécier cette forme d'humour.

11

— Sherlock..., soupira Mycroft, derrière la porte entrebâillée.

— Je sais que tu n'es pas seul, dit rudement Holmes. Peut-être pourrais-tu tout de même nous laisser entrer ?

Mycroft s'effaça. Je ne l'avais pas vu de près depuis des années, et si les cheveux étaient devenus tout blancs, sa graisse compacte l'avait tenu hors d'atteinte des rides. Toujours ce merveilleux teint de bébé ! Nous entrâmes, tandis qu'il déclarait, sur un ton parfaitement désabusé :

— Je pense que cela était inévitable.

Il esquissa un geste large vers la jeune femme qui se tenait debout au centre du salon.

— Voici miss Flora Van Poland, qui allait justement prendre congé. Mon frère, Sherlock, le Dr Watson...

— Tu as des accointances avec la Wilhelmstrasse ? demanda Holmes, très froid.

— Sherlock ! fit doucement Mycroft, de cet air qu'on prend avec les adolescents dont le langage dépasse la pensée. Sache que miss Van Poland est l'un de nos agents les plus efficaces. Nous lui devons de connaître le chiffre secret de la Kriegsmarine, qu'elle s'est procuré au péril de sa vie, d'abord en dupant l'agent allemand Ehrard à Montreux, puis en s'introduisant à bord d'un sous-marin en rade de Kiel...

Il ne dit pas quels moyens avait employés Flora Van Poland pour obtenir de si remarquables résultats, et notre galanterie naturelle nous interdit de solliciter des précisions à ce sujet. Holmes questionna tout de même, âprement :

— Miss Van Poland a-t-elle aussi dupé John Crawford Silbert ?

— Que veux-tu savoir, Sherlock ? demanda Mycroft.

Holmes répondit, d'un ton abrupt :

— Je veux savoir pourquoi le choix du *Hampshire* a été arrêté si longtemps à l'avance, contrairement aux traditions et à toutes les règles de prudence. Je veux savoir pourquoi les espions des Empires centraux connaissaient ce choix. Je veux enfin savoir la part de Whitehall dans cette tragédie. Es-tu à la base de tout cela, mon cher Mycroft ?

Mycroft se laissa tomber lourdement dans un fauteuil. Visiblement, la station debout lui était pénible. Il déclara, sur ce ton calme qu'il semblait avoir décidé d'adopter dès le début de notre entretien :

— Il faut accepter les règles de la guerre secrète, Sherlock. Elles sont parfois incompréhensibles aux profanes. La solution la plus simple serait d'arrêter les espions dès qu'ils nous sont connus. La plus efficace est souvent de les tromper, de les utiliser, quitte à les laisser manœuvrer...

Holmes rétorqua :

— ... au besoin en écartant les innocents comme nous qui seraient tentés de mettre des bâtons dans leurs roues, n'est-ce pas ?

Il s'adressa à moi.

— Vous rappelez-vous notre conversation, Watson, à propos de votre blessure à la jambe ? Il est certain qu'une armée russe forte et convenablement réorganisée ne manquerait pas de nous valoir de futurs déboires en Afghanistan, et que nous n'avons aucun intérêt à aider le tsar…

Puis, se retournant violemment vers son frère :

— Mais en ce cas, pourquoi n'avoir pas tout simplement refusé de mettre Kitchener à leur disposition ?

Mycroft esquissa le geste de hausser les épaules, mais ce simple mouvement parut lui infliger une accablante douleur.

— Nous sommes alliés, Sherlock. Imagine ce qu'une fin de non-recevoir, en pleine guerre, eût provoqué comme remous, comme rancœurs, comme contentieux… peut-être une rupture d'alliance !

— Alors, vous avez sacrifié Kitchener ?

Mycroft ne répondit pas tout de suite. Il déclara enfin, les doigts joints en une attitude étrangement monastique :

— On dit que si l'on veut la paix, il faut préparer la guerre. Mais il est aussi nécessaire de planter en pleine guerre des jalons de la paix future. L'intérêt supérieur de la vieille Angleterre avant tout… D'ailleurs, Kitchener avait fait son temps. Il n'était plus qu'une institution, une gloire nationale à laquelle cette mort tragique apporte le lustre suprême.

— Et les jeunes marins du *Hampshire* ? demandai-je.

Mycroft me lança un regard torve.

— Je reprends la question, dit brutalement Holmes. Et ne me réponds surtout pas que c'est la guerre !

Mycroft s'anima.

— Pourquoi le ferais-je ? Tu l'as dit toi-même. Il y a déjà des centaines de milliers de morts dans ce conflit. Il y en aura des centaines de milliers d'autres, et sans doute des millions avant qu'il ait pris fin.

— Est-ce que Balfour, Premier Lord de l'Amirauté, a été tenu au courant ?

La question parut gêner Mycroft.

— Non... non, ou plus exactement, il a été mis devant le fait accompli. C'est un homme d'État de la vieille école, soumis à certains principes de rigueur morale qui eussent gêné notre action.

Holmes sourit aigrement du coin des lèvres.

— Voilà un reproche qu'on ne saurait faire à celui qui nous gouvernera bientôt, n'est-ce pas ?

— C'est un véritable patriote, lui ! répliqua Mycroft, piqué au vif, il voit plus loin que son petit code personnel de l'honneur, et ne se soucie que de l'intérêt supérieur du pays !... Un homme politique au meilleur sens du terme !

— Je préfère le mot de politicien, dit méchamment Holmes.

Mycroft tourna vers Flora Van Poland un visage mafflu et ennuyé.

— Nous ne vous retiendrons pas plus longtemps, ma chère... Veuillez excuser cette discussion familiale.

Elle acquiesça d'un léger signe de tête, mais parvenue sur le seuil, elle nous fit face, et je reçus le choc de son regard bleu.

— Libre à vous de ne pas me croire, messieurs, mais ce qu'on m'a fait faire là ne m'a pas plu du tout.

Quand elle fut partie, Holmes reprit, sur le ton de l'agressivité obstinée :

— Bon, très bien, admettons. Une autre question que je voulais te poser, Mycroft : selon des renseignements recueillis à une source que je révélerai pas...

— Le 40 O.B. de l'Amirauté, coupa Mycroft, les paupières à demi fermées comme sous une impérieuse somnolence.

— ... selon ces sources, nous aurions pu remporter au Jutland une victoire écrasante, anéantir la flotte de Von Scheer. Or, au moment de la retraite allemande, un télégramme est parti de Whitehall pour enjoindre à Jellicoe de barrer la route du sud alors que Von Sheer fuyait vers le nord. Depuis, personne à Whitehall ne veut plus reconnaître avoir envoyé un tel message...

Mycroft gardant le silence, Holmes poursuivit :

— Je ne pousserai pas l'inconscience jusqu'à crier partout la vérité. Pourtant, elle éclatera tôt ou tard. Jellicoe et Beatty, qui se taisent pour l'instant, refuseront de jouer éternellement les dindons.

Mycroft soupira encore, les mains à demi levées.

— Les canons ne sont pas les seules armes de cette guerre, Sherlock. La psychologie peut aussi jouer un grand rôle... Attends, attends....

Péniblement, douloureusement, il se releva, avec un regard hostile dans notre direction, comme si nous étions responsables de son état physique. Il grommelait :

— ... Soixante-neuf ans... Croyez-vous que je n'aurais pas mérité enfin le repos ?...

Ahanant, il prit, dans la bibliothèque, un livre qu'il brandit :

— Ce recueil de nouvelles d'anticipation est paru il y a quelques années. La première s'appelle « Le Danger ». Elle imagine une guerre entre la Grande-

Bretagne et un petit pays sans force armée capable de s'opposer à la nôtre. Ce pays fictif, qui a tout misé sur l'action de ses sous-marins, impose donc à notre île un blocus féroce, coulant tous les navires marchands, même neutres, qui s'en approchent et, quoique son territoire soit entièrement occupé, poursuit à partir de bases secrètes une guerre sans merci, qui nous réduit finalement à quémander une paix honorable.

— Fiction, jeu de l'esprit…, dit Holmes, maussade.

— C'est ce qu'ont pensé les grands esprits de l'Amirauté à l'époque où a paru l'ouvrage. On a souri, dit que c'était du Jules Verne… et puis, nous nous sommes tout à coup demandé si cela ne risquait pas de devenir une menace, demain… aujourd'hui.

— Alors ? questionna Holmes d'une voix brûlante.

— Alors, nous avons réalisé combien l'Allemagne disposait de moyens industriels autrement plus importants que ce pays imaginaire, et nous avons pris conscience que détruire sa flotte de surface acculerait le Kaiser à écouter Tirpitz, c'est-à-dire à développer une guerre sous-marine absolue, un blocus implacable… Nous sommes une île, Sherlock. Cette situation nous vaut des avantages, mais aussi de graves inconvénients. Peut-être, dans la mesure où le choix lui sera laissé entre l'honneur et l'efficacité, la Kriegsmarine choisira-t-elle la première voie ? C'est ce que nous espérons…

Dans un silence épais, il remit le livre sur son rayon, disant d'un ton très détaché :

— Au fait, l'ouvrage est signé d'un écrivain célèbre, Arthur Conan Doyle. Tu connais, Sherlock ?

— Je ne suis pas sans en avoir entendu parler, répondit Holmes, glacial.

II. Le rat

« ... *Matilda Briggs* n'est pas le nom d'une jolie femme, Watson. C'était le nom d'un navire qui fut mêlé à l'affaire du rat géant de Sumatra, histoire à laquelle le monde n'est pas encore préparé... »

SIR ARTHUR CONAN DOYLE, *Le vampire du Sussex.*

1

Souvenez-vous, mon cher Watson, c'est vous qui avez rappelé à ma mémoire les forfaits de Culverton Smith, le mois dernier. Excellente entrée en matière : je ne pense pas que vous ayez oublié la façon dont cette affaire remarquable s'est nouée puis dénouée. J'avais alors fait appel à vous pour traiter une maladie dont j'étais censé être atteint, mais il s'agissait en fait de tendre un piège au redoutable criminel qu'était Smith. Cette maladie existait, elle existe peut-être encore, quoique la science officielle n'ait jamais réussi à lui accoler la moindre étiquette. Ses symptômes n'étaient guère éloignés de ceux de la rage, à laquelle elle s'apparente par bien des points, épuisement, toux nerveuse, délire, et enfin mort dans des souffrances affreuses...

Lorsque je fus amené à enquêter sur le mystérieux décès de Victor Savage, je retrouvai d'ailleurs les manifestations déjà relevées deux ans plus tôt, en 87 très exactement, aux environs de Rotherhite. À vrai dire, je n'eus d'abord à en connaître qu'indirectement, quelques articles de journaux, des communiqués alarmants du service de Santé, plus une ou deux réflexions que Lestrade me consentit, lors d'une occasion que nous eûmes de collaborer. La plupart des victimes — elles étaient cinq en tout — travaillaient sur les docks, et deux étaient des Chinois. Leur agonie avait été épouvantable, un véritable enfer. Ces hommes, éperdus de terreur, hurlaient dans un délire où ils croyaient voir Dieu sait quoi. L'un d'eux criait : « Le rat, le rat ! » Je dois dire que je n'avais guère attaché d'importance à ces cas, après tout relevant de la simple médecine, jusqu'au jour où je reçus une visite singulière dans l'appartement de Baker Street, que vous aviez alors déserté pour vous rendre à l'un de ces congrès d'hommes de l'art, à Bornemouth...

2

L'automne 1887 fut particulièrement éprouvant. L'été, qui avait été rude pour la latitude, avait laissé en arrière-garde cette moiteur si désagréable à nos épidermes insulaires. Un après-midi de la fin octobre, Mme Hudson m'annonça un visiteur, un monsieur à l'accent étranger. Pour Mme Hudson, solide Écossaise, l'accent étranger commence à Brixton, aussi me réservai-je d'entendre le personnage.

Je vis un homme d'une cinquantaine d'années, corpulent, habillé comme un bourgeois cossu et qui, effectivement, s'exprimait avec un accent prononcé que j'identifiai aussitôt comme étant polonais. Il me donna son nom : Thadée Bobrowski. Je ne renonçai pas alors à exécuter mon numéro habituel grâce aux observations que j'avais pu effectuer, complétées par la connaissance que j'avais des événements contemporains. Je vous en fais grâce, Watson. Vous qui me connaissez bien, savez qu'il s'agit là moins d'un exercice brillant destiné à mettre mes qualités en valeur que d'un habile procédé plaçant mes consultants dans une position psychologique telle qu'ils se dépêchent de tout me confier de peur que je ne le devine. C'était facile, au demeurant : l'insigne de l'université de Cracovie, cette pochette qu'on délivre dans les stations thermales badoises et qu'il tenait serrée sous son coude, les doigts légèrement déformés par la goutte, quelques traces sur ses manches et ses chaussures, autant de détails dont je déduisis que ce malheureux Polonais, dont la nation a été dépecée, puis réduite au joug après la révolution de 1869, s'en venait de Marienbad où il était en cure uniquement pour me consulter.

— Je ne voudrais pas abuser de votre temps, monsieur Holmes, déclara-t-il en préambule. Si je suis là, c'est à la prière instante de mon neveu, Teodor Korzeniowski, à qui sont revenus les échos de votre réputation.

— Pourquoi n'est-il pas venu lui-même ? demandai-je.

— Impossible. Il est second à bord du vapeur *Vidar*, et se trouve quelque part entre Singapour et Bornéo.

Il avait réussi à me surprendre, mais je n'en fis rien voir, murmurant placidement :

— Très bien, je vous écoute.

Bobrowski hésita. Il posa enfin la pochette sur ses genoux, l'ouvrit pour en sortir une liasse de feuillets soigneusement pliés. Il dit, curieusement :

— Mon neveu, monsieur Holmes, n'est pas un mythomane. Il possède le brevet de capitaine au long
cours et vient d'acquérir la nationalité britannique.

— Cet état n'est pas incompatible avec la mytho-
manie, lui fis-je observer, un peu agacé.

Il parut surpris, et presque offusqué, mais poursuivit, d'un ton pincé :

— Croyez-moi, monsieur Holmes, lorsqu'il déclare
qu'un grand danger menace Londres, et l'Angleterre,
il faut donner à ses paroles l'importance qu'elles mé-
ritent.

— Mais j'y suis tout disposé, mon cher monsieur, et
le fait que vous ayez fait le voyage d'Allemagne tout
exprès pour cela ne saurait que m'y inciter.

Il parut soulagé, reprit sur un mode plus détendu :

— Teodor a appris que cet été, à Londres, une mystérieuse maladie a fait son apparition, dont les manifestations se traduisent par un rapide épuisement, des
quintes de toux déchirantes, un délire affreux précédant la mort.

Je dressai l'oreille.

— Exact, fis-je brièvement, on ne l'a pas trompé.

— Il se trouve que Teodor a été mis en contact
avec ce qu'il croit être l'agent provocateur de cette
maladie, qu'il en a été lui-même atteint et qu'il est en
train d'en guérir dans des circonstances tout à fait
particulières.

— Je vous écoute, répétai-je, cette fois très attentif.

Il me tendit la liasse de feuillets.

— Je crois plutôt préférable que vous lisiez cette
longue lettre qu'il m'a adressée, monsieur Holmes.
Vous noterez qu'il l'a rédigée en anglais, dans l'éventualité où vous voudriez bien en prendre connaissance. C'est une langue que lui et moi maîtrisons à

peu près, lui surtout, qui a des dispositions pour la plume. Il saura, mieux que moi, vous informer de ce qu'il est important que vous sachiez.

— Très bien.

Il se levait, lourdement, en soufflant un peu.

— Comme la lecture risque d'en être longue et que ma présence ne s'impose pas, je vous demanderai en attendant la permission de me retirer.

Cette solution me convenait tout à fait. Bobrowski avait loué une chambre pour deux jours dans un hôtel du Strand et devait regagner Douvres le lendemain matin. Nous convînmes donc de nous revoir avant son départ, et dès que je fus seul, ma curiosité aiguillonnée, je me plongeai dans la prose de Teodor Korzeniowski.

3

« Mon cher oncle,

« Tu seras peut-être surpris que je t'écrive en anglais, mais je t'en donne l'explication un peu plus loin. Lors de ma dernière lettre, datée de l'hôpital de Singapour, je t'ai longuement parlé du *Highland Forest*, où je servais comme second sous les ordres de l'excellent MacWhirr, mon capitaine, pour la Compagnie de Hollande et de Sumatra. Je dois maintenant revenir sur les circonstances qui m'ont conduit à cet état où je me trouve depuis le mois de juin. La raison en est certains événements survenus à Londres l'été dernier. Mon imagination, à défaut peut-être de ma lucidité, me les montre comme des corollaires aux aventures — dois-je écrire aux mésaventures ? — que j'ai vécues, et dont je m'étais attaché à ne te présenter que l'apparence la plus banale. Il y avait autre chose, évidemment.

« Je ne reviendrai pas sur la traversée mouvementée du *Highland Forest*, parti d'Amsterdam en mars pour n'arriver en vue de Sumatra qu'à la fin de mai. Notre destination était Samarang, dans l'île de Java. Cependant, en raison de l'état de la mer, MacWhirr avait choisi d'éviter la côte ouest de Sumatra et d'emprunter le détroit de Macassar, afin de longer la côte est, mieux abritée des vents. Nous nous arrêtâmes pour faire de l'eau à Kola Radja, à la pointe septentrionale de l'île, et c'est là que tout commença.

« Il faut te dire qu'une pratique courante, sous ces latitudes, pour les cargos, est de transporter d'un port à l'autre, pour quelques livres ou quelques florins, des passagers fugaces, logés à la diable dans un coin de soute. Celui qui se présenta à la coupée, lors de l'escale de Kola Radja, était un gigantesque nègre, probablement jamaïcain, nommé James Wait. Étrange personnage, en vérité, chez qui s'opposaient les apparences athlétiques de la santé et un air lugubrement hâve, que soulignaient des yeux proéminents, desquels un voile glacé masquait parfois l'éclat. Il toussa plusieurs fois pendant les formalités d'embarquement, quintes explosives dont pantelaient ses côtes, et qui tiraient derrière elles un silence oppressant. Il semblait traqué. Sans doute l'était-il, car accoudé à la rambarde tandis que s'effectuait la manœuvre, il guettait intensément les environs du port, comme s'il craignait d'y voir arriver des ennemis. Il avait pourtant franchi sans encombre le barrage de police, à la vérité fort sommaire. On ne l'y avait pas fouillé. Il portait un sac volumineux, et aussi une manière de coffre métallique sur lequel il veillait avec un soin jaloux, empêchant quiconque d'en approcher. Je pus voir néanmoins que les parois en étaient percées de petits trous.

« On l'emmena dans les soutes où il s'installa à l'écart des autres passagers, dans un coin particulièrement mal aéré, et délaissé pour cela. Intrigué, j'interrogeai l'un des marins avec qui je l'avais vu échanger quelques paroles. James Wait, discret sur l'endroit d'où il venait, l'avait été moins quant à ses projets : il comptait débarquer à Batavia, notre prochaine escale, puis de là s'embarquer, via l'Inde, pour la vieille Angleterre. Et comme il n'avait pas les moyens financiers de s'offrir une si longue traversée en qualité de passager, il tâcherait de s'inscrire sur le rôle d'un navire en partance, car il se targuait de quelque expérience maritime...

« Nous mîmes le cap vers le sud, longeant la côte est de Sumatra, parcours jalonné au fil des jours par des incidents bénins : les passagers se plaignaient de l'odeur dégagée par James Wait, le coq se plaignait de menus larcins constatés dans sa cambuse, où de la viande séchée et des biscuits avaient été dérobés. J'eus, quant à moi, l'occasion de croiser le nègre sur le pont, et je ne remarquai pas qu'il sentît particulièrement mauvais, pas plus en tout cas que la plupart des matelots. Alors, les relents venaient-ils du coffre ? Je ne te le cacherai pas : ce coffre m'intriguait. Et que signifiaient ces petits trous ?

« Évidemment, l'idée a dû te venir, comme à moi, que James Wait transportait un animal, et qu'il chapardait pour le nourrir. Je décidai de le surveiller. Un jour, ayant dépassé Sumatra et arrivant en vue de Java, je le surpris qui sortait de la cambuse, la main serrée sur sa chemise à l'endroit de la ceinture. Il avait choisi le moment où tout le monde avait quitté

la cale afin de regarder s'approcher les côtes, à tri-
bord.

« La mer n'était pas bonne, et le navire, voiles à
demi carguées, tirait des bordées prudentes pour
maintenir sa direction plein est. Chaloupant d'une
cloison à l'autre, nous parvînmes, l'un suivant l'autre,
au coin fétide où il avait élu domicile. Je ne pus m'approcher davantage sans risquer d'être vu, et de loin, je
le devinai se livrant dans une épaisse pénombre à
quelque mystérieux manège. Il repartit. Moi, je restai
dissimulé encore un moment, le temps qu'il fût remonté. Après quoi, je m'aventurai au fond de la
soute. Une forte odeur alcaline m'assaillit, dominant
les remugles de vomissures et de misère humaine
qu'attisait la chaleur. L'obscurité finit par se décanter
à l'habitude de mon regard. Quelque chose bougeait
dans cette ténèbre, il en provenait un frottement furtif, inlassablement répété, de cette obstination animale dont notre raison, qui ne la comprend pas, se
sent si facilement angoissée. Je soulevai le coffre métallique, volumineux, très lourd, et le mouvement que
je lui avais donné suscita aussitôt un écho à l'intérieur, où se produisit une série de couinements aigus.
J'avais commis l'imprudence, en le saisissant, d'enfoncer mon index dans l'un des trous pratiqués à travers
la paroi. J'y ressentis soudain une vive douleur :
j'avais été mordu ! Je n'eus pas le temps d'examiner
ma blessure. Un coup terrible m'atteignit derrière la
tête, qui me fit perdre mes esprits…

« Je revins à la conscience dans ma cabine, à une
heure et un jour que, sur le moment, je déterminai
mal. Et puis, par le hublot, je vis que nous étions dans
un port. D'ailleurs, m'en parvenait le tumulte caractéristique, grincement de grues et de palans, appels des

marins, sur le fond sonore du cri des oiseaux de mer. Batavia, déjà ? Je serais donc resté sans connaissance près de vingt-quatre heures ?

« Le capitaine MacWhirr entra dans la cabine.

« — Eh bien ! s'écria-t-il trop jovialement, vous nous avez fait une belle peur, monsieur Korzeniowski !

« Je voulus me redresser, mais une intolérable faiblesse me rejeta, haletant, sur mes oreillers.

« — Que m'est-il arrivé ? chuchotai-je.

« — Un espar mal arrimé vous a frappé derrière la tête.

« Je protestai aussitôt.

« — Un espar ? Un espar dans la soute ? Impossible, sir !

« — Vous avez bien été découvert dans la soute, acquiesça-t-il placidement, mais au pied d'un escalier d'où vous avez dû dégringoler depuis le pont. Sur le moment, personne ne s'est aperçu de l'incident, tout le monde se pressait sur la lisse.

« Je secouai la tête, envahi par la perplexité. Une étrange pudeur me retenait de rétablir la vérité des faits. Je murmurai :

« — James Wait, où est-il ?

« — Pardon ?

« — Le nègre... le nègre embarqué à Kola Radja. Se trouve-t-il toujours à bord ?

« — Eh ! non, fit MacWhirr, les sourcils froncés. Il a débarqué ce matin, justement, et il est curieux que vous me demandiez cela. Vous doutiez-vous que le bougre était un voleur ?

« — Je l'ai pratiquement surpris à chaparder dans la cambuse.

« — Il ne s'agit pas de cela, répliqua MacWhirr. Ce matin, un gentleman nommé Culverton Smith s'est présenté à la dunette. Ce nègre, qui travaillait dans sa plantation, à Sumatra, se serait enfui en emportant des objets de valeur qui lui appartenaient, ainsi qu'à son locataire, un médecin qui poursuit des recherches sur les animaux de la jungle.

« Mon intérêt s'éveilla faiblement.

« — Wait semblait transporter un animal dans son coffre… C'est pour lui qu'il volait de la nourriture.

« — Il ne s'agit pas de cela, répéta MacWhirr, agacé. Ce Smith ne m'a parlé que d'argent et d'objets précieux… À sa demande, j'ai donc interrogé les hommes. Ils ne savent pas grand-chose, sinon que Wait cherche à regagner l'Angleterre… Ah ! si, tout de même, un point curieux : il aurait prétendu faire bientôt fortune dans un cirque.

« — Un cirque ?

« — Divagation de malandrin… Quoi qu'il en soit, Culverton Smith a paru très préoccupé par ce détail. Étrange personnage, en vérité, monsieur Korzienowski ! Imaginez une espèce de gnome, avec un crâne énorme, et qui semble éprouver la plus grande peine à contenir une irascibilité chronique. Je présume qu'il est allé déposer plainte à la police. Bonne chance ! Le bougre s'est sans doute déjà perdu dans les bas-fonds de Batavia… Mais vous-même, comment vous sentez-vous ?

« — Plutôt mal, répondis-je. Ai-je été sérieusement touché, sir ?

« — Mais non ! C'est un simple accident, comme nous autres marins en subissons régulièrement ! Je vous ai examiné : rien de cassé, juste les effets du choc. Demain, vous serez sur pied.

« Il se trompait. Durant les quelques jours qui suivirent, je ressentis d'étranges malaises, les accès soudains d'une mystérieuse douleur dont je ne pouvais situer le siège, en même temps que me clouait au lit une inexplicable faiblesse. Et j'avais des quintes de toux qui me secouaient atrocement. Tout en ne me ménageant pas les soins, MacWhirr finit par me dire qu'il m'eût plutôt souhaité une bonne jambe cassée. À notre arrivée à Samarang, comme mon état ne s'améliorait pas, il jugea préférable de me faire débarquer afin que je fusse mieux soigné à l'hôpital de la ville. Mais les praticiens du cru y parurent tout à fait déconcertés par mon état, auquel ils ne pouvaient apporter aucun remède.

« Je commençais à désespérer sérieusement quand je reçus la visite d'un médecin extérieur à l'établissement. Il se présentait comme le Dr Voshuis. Cet homme de haute taille portait une corpulente quarantaine, et, dans son visage romain sous des cheveux gris, ses petits yeux noirs juraient par leur dessin quasi asiatique. Il me déclara avoir été mis au courant de ma situation par des rumeurs courant dans le milieu médical. Il se disait Hollandais, mais moi qui ai longtemps vécu à Marseille, je trouvai que son anglais était plutôt entaché d'accent français. Quoi qu'il en fût, il affirma connaître fort bien l'affection dont je souffrais, typique de ces latitudes, et qu'il avait appris à combattre. À ce propos, son attention fut attirée par l'ecchymose que m'avait laissée au doigt la morsure de l'animal mystérieux transporté par Wait, et je dus répondre à maintes de ses questions sur ce point.

« Voshuis me prodigua des paroles rassurantes que démentait son air soucieux. Il me fit deux injections dont il se montra sûr qu'elles m'apporteraient un rapide soulagement. Il ne me cacha pas, toutefois, que ce traitement n'avait pas reçu l'imprimatur de la science officielle et me conseilla d'observer à ce sujet la discrétion la plus totale. "Restez absolument silencieux", fut sa formule.

« Je promis. Que pouvais-je faire d'autre ? Mon impression était étrange. Pourquoi ai-je alors pensé à l'apprenti sorcier de la légende ? J'avais le sentiment confus, mais irrépressible, que sans me porter un intérêt personnel considérable, Voshuis eût beaucoup donné pour que je guérisse vite, et surtout pour que les échos de cette maladie dont je souffrais s'éteignissent au plus tôt. Il fit ce qu'il fallait pour cela, et je dois dire qu'il y réussit. Dans les premiers jours de juillet, je pus quitter Samarang afin de poursuivre ma convalescence à l'hôpital de Singapour, point anglais le plus proche.

« Je ne saurais clore ce chapitre sans te rapporter un épisode que tu pourras juger, au gré de ton humeur, savoureux, étrange ou inquiétant. Durant ma maladie à Samarang, j'avais meublé mes loisirs en lisant beaucoup, et notamment des auteurs français, pour lesquels, tu le sais, j'ai presque autant de goût que pour Fenimore Cooper ou le capitaine Maryatt, qui ont déterminé ma vocation. J'avais dans mes bagages un bon nombre de volumes, et j'avais donc entrepris de redécouvrir Voltaire. Alors que j'allais vers la fin de mes malaises, Voshuis entra dans ma chambre un jour que j'étais plongé dans *Micromégas*. J'aurais voulu que tu le visses : rouge, puis pâle, puis encore rouge, avec des yeux furieux qui roulaient dans ses orbites.

« — Vous lisez cela ! s'écria-t-il, d'une voix blanche de colère mal contenue. Vous lisez ce... ce tissu de méchancetés, cette collection d'inepties et de médisances !

« Sidéré, je reposai mon livre. Voltaire est mort depuis plus d'un siècle ! J'avoue que, sur l'instant, je me trouvai sans voix, peu soucieux par ailleurs d'engager le débat sur un point auquel je n'accordais qu'un intérêt mineur. Chacun ses goûts, n'est-ce pas ? Pourtant, de façon très étrange, et sans doute au terme d'un calcul subconscient dont je ne me rendis compte qu'ensuite, j'armai ma réplique d'un argument tout à fait étranger au sujet :

« — Connaissez-vous Culverton Smith ?

« L'effet de ces paroles fut remarquable. Statufié, Voshuis darda sur moi un regard aigu où tremblait l'inquiétude.

« — Quoi, bredouilla-t-il, quoi ? Qu'est-ce que ce Culverton Smith ?

« — Le planteur dont je vous ai parlé à propos de l'animal de Wait. Il est venu se plaindre au capitaine MacWhirr de certains larcins dont celui-ci se serait rendu coupable, envers lui comme envers son locataire à la plantation, un docteur qui poursuit des expériences sur les animaux... Il n'a pas précisé le nom de ce docteur.

« Voshuis secoua la tête comme un chien qui s'ébroue, les bajoues tremblantes, et, grâce à un violent effort, parut reprendre le contrôle de ses nerfs.

« — Je vous souhaite une bonne soirée, dit-il sourdement.

« Ce fut bien, je crois, sa dernière visite.

« Venons-en, maintenant, à ce qui nous occupe. Des bruits courent, à Singapour, sur une mystérieuse maladie qui frappe sur les docks de Londres. On parle de plusieurs morts et les symptômes décrits rappel-

lent, toutes proportions gardées, ceux que j'ai moi-
même ressentis — mais qu'en eût-il été sans la miraculeuse intervention du Dr Voshuis ? Je me suis mis
dans l'idée que tout venait du mystérieux animal
transporté par James Wait. Ne disait-il pas vouloir se
rendre en Angleterre ? En ce cas, il aurait certainement débarqué à Londres... Je suis peut-être victime
de mes obsessions personnelles, mais rien ne m'ôtera
de l'idée que cet animal, par contact ou par morsure,
est le véhicule du mal. Seulement qui avertir ? Et surtout, qui me croira, c'est tellement invraisemblable !

« Une idée m'est venue, peut-être saugrenue, certainement extravagante. Il existe à Londres un
homme qui est justement attiré par tout ce qui présente des apparences grotesques, bizarres, hors du
commun. Il s'appelle Sherlock Holmes, et sa réputation a franchi les frontières de son pays, voire du continent. Va le trouver, vite, parle-lui, fais-lui lire cette
lettre, écrite en anglais à son intention. Car j'ai peur,
mon oncle. C'est par de petits riens comme celui-ci
que s'effondrent les civilisations. Et si c'était le commencement d'une grande apocalypse ? Une apocalypse sans tonnerre, sans étoile absinthe, sans nuées
de feu, mais une sournoise fin du monde, une inva-
sion feutrée, implacable, celle des microbes et des minuscules agents de Satan, contre laquelle les armées
des nations n'auraient guère de recours valables ! J'ai
le sentiment aigu qu'il faut faire vite, qu'une urgence
mortelle s'attache à prévenir le danger. Va voir ce
Sherlock Holmes, je t'en conjure ! Plus que Scotland
Yard, plus que les services de Santé, je suis sûr que
son imagination, à défaut de trouver une parade médicale à la menace, saura au moins déterminer ce
qu'elle est et, par là, mieux comprendre les moyens

de la combattre, loin des sentiers battus de la Science officielle, qui chérit ses œillères !

« Je te fais confiance, mon oncle. Oublie pour l'instant Bismarck et Klatkorf, rassemble toutes tes forces, toute ta conviction pour convaincre ce Sherlock Holmes, c'est l'humanité que je te donne en garde !

Teodor. »

4

Bobrowski était reparti tranquille : il pourrait rassurer son neveu. Quant à moi, ma religion était faite. La mystérieuse maladie de Rotherhithe dont Lestrade m'avait parlé était en relation avec l'animal de James Wait… un rat, s'il fallait en croire les délires des agonisants. Les dates, d'ailleurs, concordaient. On pouvait raisonnablement situer au milieu de juin le départ du Jamaïcain pour l'Angleterre où, si les vents avaient été favorables, il avait pu arriver vers la fin du mois d'août. Les délais d'incubation de la maladie paraissant très courts, mon hypothèse prenait toute sa vraisemblance.

Les jours qui suivirent me virent rendre un certain nombre de visites : Lestrade, d'abord, qui ne m'apprit rien de nouveau mais m'adressa aux services de Santé de la ville. L'un des médecins me confirma que les symptômes de la redoutable affection ressortissaient à ceux de la rage, quelques nuances exceptées : cette toux rauque, et la brièveté de l'incubation. J'obtins les noms des cinq victimes, tous dockers ou ouvriers occasionnels. Deux d'entre eux étant des Chinois, je négligeai leur piste. Je connaissais assez les vertus de mutisme des races orientales pour savoir que je ne retirerais rien à questionner leur entourage. Mais dois-je avouer que celle des trois autres ne me mena nulle part ? Ces déclassés n'avaient ni toit fixe, ni famille, ni amis, se louant au gré de leurs besoins ou de leurs humeurs parmi les différents docks de Londres, qui sont à eux seuls un univers. Une unique certitude apparaissait : leur maladie, ils pouvaient aussi bien l'avoir contractée à Rotherhithe que n'importe où ailleurs, de Radcliffe-Highway à Blackwall...

Une dernière piste me restait : celle de James Wait. Je me rendis au Board of Trade, le ministère du Commerce et de la Marine marchande, où j'obtins de consulter les rôles de tous les navires entrés à Londres depuis le 15 août. Ce fut un travail long, fastidieux et finalement payant puisque je retrouvai un James Wait. Son navire, le *Matilda Briggs*, avait été désarmé à la fin août. Je recopiai le rôle dans son intégralité.

Les gens du ministère m'envoyèrent alors au bureau de la Marine, chargé de régler leur paie aux matelots dès le débarquement. C'était, à Tower Hill, un petit bâtiment érigé entre les jardins de la Tour et le parvis de la Monnaie. J'entrai dans une grande pièce nue, blanchie à la chaux, séparée en deux par un comptoir surmonté d'un grillage. Un vieil homme en uniforme à boutons de cuivre, portant les initiales B.T. sur sa casquette, m'adressa à l'employé qui trônait derrière un des guichets. Ce jeune scribe, derrière son grillage, avait des yeux vifs d'oiseau en cage. Il m'écouta fort patiemment, après quoi il consulta ses registres, dont il suivit les lignes d'un doigt minutieux. Il déclara enfin :

— Je ne puis plus rien pour vous, monsieur. James Wait est mort.

La nouvelle m'atterra.

— Mort ? Comment ? Où ?

— En mer, durant le voyage de Bombay à Londres. Il a été immergé, ainsi que le veulent les usages.

— Et ses biens ?

— Il n'avait pas de famille. Je vois, sur le registre, que le bureau a gardé sa solde. Quant à ses bagages, le capitaine Allistoun, commandant de ce bâtiment, les a rendus au service des Dépôts du Board of Trade, afin de les faire mettre sous scellés.

C'était idiot, j'en venais ! J'y retournai aussitôt, mais au nouveau département qu'on m'avait indiqué, je me heurtai à de telles difficultés administratives que je recourus, une fois de plus, à la bonne volonté de Lestrade. Celui-ci dut même m'accompagner aux entrepôts, où je réussis enfin à examiner les affaires de James Wait. Son sac, que j'inventoriai par acquit de conscience, ne m'apprit rien. Il ne contenait que des vêtements élimés, pas très propres. Restait le coffret, ce coffret qui avait tant intrigué Teodor Korzeniowski. Une odeur tout à fait particulière s'en dégageait, fétide, âcre, mais comme passée sous la gomme du temps. Très volumineux, son poids indiquait cependant qu'il devait être vide. Nous en avions la clé : nous l'ouvrîmes.

Il n'y avait rien à l'intérieur, sinon des débris d'une matière brune, très sèche, que Lestrade et moi considérâmes avec une certaine perplexité.

— Des crottes, déclara Lestrade, sans nuances.

— Des excréments, acquiesçai-je pensivement, mais provenant de quel animal ? Ni d'un chat ni d'un chien, c'est évident. On penserait plutôt, par leur forme, à ceux de quelque cochon d'Inde... en tout cas d'un rongeur.

Nos regards se croisèrent.

— Un rat, alors…, murmura le policier, sur le ton de l'incrédulité.

— Impossible ! m'écriai-je, avec un peu trop de véhémence. Avez-vous remarqué leur dimension ? Encore ont-elles séché, perdu une grande partie de leur volume ! Il faudrait que ce rat-là soit d'une telle taille que sa place serait dans un cirque !…

La dernière syllabe s'étouffa entre mes lèvres.

— Quoi ? dit Lestrade.

— Rien, rien, fis-je sourdement.

5

J'ai dit plus haut que les docks de Londres constituaient un monde à eux seuls. Il faut prendre cette formule au sens le plus littéral. Non seulement s'y côtoient des gens venus des cinq continents, Américains, Russes, Arabes, Nègres, lascars, Chinois, Portugais et Scandinaves, mais encore ce formidable bazar brasse toutes les classes sociales de notre métropole, le temps d'une heure, d'une formalité administrative, d'une transaction commerciale ou simplement d'une curiosité. Les charretiers croisent les dandies, les commis, plume derrière l'oreille, interpellent les matelots, c'est une faune fiévreuse, frénétique, une houle humaine où surnagent les couvre-chefs les plus variés, du bonnet de laine au chapeau haut de forme, dans une bousculade incessante dont les pickpockets font tout leur profit. Cohue titanesque, vacarme infernal où les chevaux hennissent, où les essieux crient, où les poulies grincent, où les portefaix s'injurient, on se demande si l'on est à terre ou sur l'eau, tant, le long des chenaux, les gréements frôlent les murs, en lisière d'une forêt de mâts et de voiles qui jette son ombre jusqu'à l'intérieur des maisons riveraines. À des miles à la ronde, l'air empeste le sel, les épices, le crottin et la sueur...

J'avais renoncé à me déguiser en marin. Tout averti que je fusse des choses de la mer, je ne l'étais pas assez pour accréditer une telle fiction. J'avais donc adopté l'apparence d'un courtier d'assurances, espèce des plus répandues en ces lieux où le commerce est roi. Le *Matilda Briggs* venant de Bombay, je me rendis tout naturellement à Blackwall, dans les docks des Indes orientales, mais j'y parcourus plusieurs fois le quai de Brunswick jusqu'à la Tamise sans y faire de rencontre intéressante. Je pris finalement conscience de la futilité de ma démarche. Si le navire avait été désarmé, la plupart des membres de son équipage devaient être en quête d'un nouvel embarquement, pour quelque destination que ce fût ; et j'aurais plus de chance aux environs du bureau de la Marine, où se dressent les rôles.

L'inspiration était bonne. Le vieil homme à casquette que j'avais vu la première fois sous une identité différente — et qui ne me reconnut pas — voulut bien m'apprendre qu'un des anciens de l'équipage, trop vieux pour réembarquer, avait trouvé un emploi de vendeur au *Jolly Tar*, magasin spécialisé dans la vente des articles de marine, depuis les vêtements jusqu'aux agrès, en passant par les instruments de haute précision, sextants, astrolabes ou longues-vues. Il s'appelait Singleton, et je le reconnaîtrais à sa grande barbe blanche, ainsi qu'aux ancres tatouées sur ses avant-bras.

Je me retrouvai dans l'une des ruelles les plus encombrées de Sainte-Catherine, à l'ombre d'un bassin où la jungle des cordages et l'arrogance des vergues lançaient à l'assaut du rivage une flore artificielle née de la mer. Les ballots descendus des plates-formes à grand renfort de poulies se balançaient sur les têtes, tandis que, le long du quai, des wagonnets lancés à une allure insensée infligeaient aux imprudents de périlleux écarts. Je fendis la foule interlope où se côtoyaient matelots, portefaix, commis et marchands de tout ce que l'industrie ou la malfaisance des hommes ont pu inventer : habits retournés, ouistitis, boissons, papier tue-mouches, opium… Dans ce pandémonium tonitruant, on ne pouvait se faire entendre qu'en hurlant.

J'examinai l'intérieur du *Jolly Tar*. Pour l'instant, aucun client ne s'y faisait servir. Deux personnages semblaient y attendre le chaland, un monsieur rubicond, dont les vêtements et la montre de gousset attestaient l'état bourgeois, et un homme âgé, de qui le tricot rayé mettait en valeur une surprenante musculature. Ses biceps, découverts, étaient énormes, et je me surpris à penser que je n'aimerais pas me colleter avec ce vieillard. Quant aux avant-bras, taillés à l'avenant, ils étaient bien tatoués d'ancres marines. En revanche, rien de cette barbe patriarcale qu'on m'avait signalée. Blancs, les cheveux l'étaient, certes, mais la mâchoire, fortement prognathe, restait glabre, et des lunettes, serties de noir, se tenaient en équilibre sur le nez camus. Il lisait, tenant à bout de bras un livre dont je pus distinguer le titre, à travers le verre sale des vitrines : c'était *Pelham*, de Bullwer-Lytton. Ses lèvres remuaient, épelant chacune des syllabes, mais le texte paraissait l'avoir plongé dans une attention qui confinait à l'hypnose. Ma perplexité s'accrut. Comment un vieux marin pouvait-il lire du Bullwer-Lytton ? Et d'ailleurs, comment peut-on lire du Bullwer-Lytton ?

Je poussai la porte, faisant tintinnabuler les tubes de verre qui en annonçaient l'ouverture. Je demandai M. Singleton. C'était bien le bonhomme, qui referma soigneusement son livre pour se mettre à ma disposition. Connaissant les mœurs en usage dans ce milieu, je m'adressai alors au patron. Je lui expliquai que ma compagnie me déléguait pour obtenir quelques précisions concernant le fret du *Matilda Briggs*, débarqué à la fin août, mais que ne désirant pas distraire M. Singleton de ses tâches, je sollicitais l'autorisation de l'attendre à l'issue de sa journée de travail. Un bref colloque nous permit alors de nous fixer rendez-vous pour sept heures du soir dans la taverne voisine, modestement appelée *Lord Nelson*.

À l'heure dite, nous nous retrouvâmes sur des banquettes rugueuses, dans le brouhaha et les rires des marins déjà imbibés de mauvaise bière. La fumée du tabac empuantissait l'atmosphère, voilant de brume jaune la flamme des quinquets accrochés aux murs. J'offris les consommations. Singleton prit un gin au citron, qu'il demanda avec beaucoup de gin et peu de citron. Cet homme avait de l'équilibre, du bon sens, un certain esprit d'à-propos, et quoique s'exprimant lentement, sur le ton de la sentence — l'influence néfaste de Bullwer-Lytton ? —, nous nous entendîmes si bien que je crus plus politique de ne rien lui cacher de l'affaire. Il parut m'en être assez obligé pour que ses réticences ne tinssent pas au-delà du deuxième gin...

Durant tout le voyage, il avait personnellement peu frayé avec Wait, toujours alité, à cause d'une maladie que lui-même attribuait surtout à la paresse naturelle des gens de couleur...

— ... mais j'avais tort, déclara-t-il dans une grande simplicité. Ce malheureux en est mort.

Il avait bien entendu remarqué ce coffret que Wait ne quittait jamais des yeux, et dont le possible contenu avait excité curiosités et convoitises. Pensais-je vraiment qu'il y avait dedans un rat portant les germes de la peste ? J'éludai la question, revins aux fréquentations de James Wait. Si celui-ci avait fortement intrigué ses compagnons, par ses attitudes, sa maladie mystérieuse, sa façon de ne pas dire les choses, seuls quelques-uns lui avaient manifesté un véritable intérêt, notamment le petit Belfast et Donkin...

— ... mais celui-là, ajouta Singleton, tout à coup véhément, il n'avait pas que de bonnes intentions... il tournait surtout autour du coffret, croyant peut-être à des pièces d'or ou des bijoux. Wait, d'ailleurs, s'en méfiait, il n'en voulait pas près de lui pendant ses délires.

— Il délirait ?

— Les derniers temps, oui, avant sa mort, et il ne manquait pas de bonnes âmes, monsieur, pour aller écouter à sa porte, vous pouvez m'en croire !

— Ce Belfast, c'est vraiment son nom ?

— Il s'appelle Craik, c'est un Irlandais. Lui, il aimait bien Wait, il s'était pris de compassion pour lui. Encore la semaine dernière, il me disait...

Ma main s'abattit sur celle de Singleton.

— La semaine dernière ? Vous le revoyez donc ?

— De temps en temps, répondit placidement Singleton. Pas comme Donkin. Celui-là, aucune nouvelle, il est sans doute en prison. C'est un mauvais bougre, vous savez, monsieur ! D'une curiosité infatigable, mais avec ça fainéant breveté, tout à fait le genre qui ne sait pas gouverner ni faire une épissure et encore moins monter au gréement, les nuits de tabac...

Singleton revenait maintenant à Belfast. Peut-être le rencontrerais-je au *Cheval-Noir*, près de la Tour, une taverne où les marins se passaient les renseignements sur les embarquements à venir ? Moi, je pensais surtout à Donkin : les indiscrets sont la providence des enquêteurs, et s'il possédait tous les défauts que lui prêtait Singleton, il se montrerait sûrement sensible aux espèces sonnantes...

La soirée était déjà bien avancée quand nous nous levâmes. Je posai une dernière question :

— On m'a dit, au bureau de la Marine, que vous portiez une grande barbe blanche. Vous l'avez rasée ?

— Eh oui, dit-il tristement, le patron l'a exigé... pas qu'il soit contre les barbes, non, mais la mienne n'était pas tout à fait blanche, à cause du jus de tabac, et ça faisait sale...

6

Il ne me fallut pas moins d'une semaine pour rencontrer Belfast, à la taverne du *Cheval-Noir*, comme me l'avait indiqué Singleton. Je m'étais enquis de lui auprès du tenancier qui, un soir, me le montra assis à une table avec deux compagnons. Je patientai une bonne heure avant de l'aborder, attendant qu'il eût quitté ses commensaux pour arpenter, d'un pas un peu vacillant, la ruelle menant à Tower Hill. Alors, je l'abordai. Je lui dis que j'étais délégué par le Board of Trade pour recueillir les éléments d'un dossier concernant un certain Donkin, dont le livret — qu'il n'était d'ailleurs jamais venu rechercher — portait une très mauvaise note du capitaine Allistoun. Belfast ne se fit pas prier pour me suivre dans une autre taverne.

— Vous avez eu de la chance de me voir ce soir, bredouilla-t-il. Demain, c'était trop tard, j'embarque sur un steamer pour l'Amérique du Sud...

Il était dans l'état qu'il fallait pour ne rien me cacher de ce que je voulais savoir. Petit, trapu, avec un visage rond que la mobilité de l'expression modelait comme du caoutchouc, son tempérament irlandais éclatait dans la violence et la diversité de sentiments qu'il exprimait sans aucune réserve. Singleton m'avait averti de me méfier de ses crises de larmes, lesquelles se terminaient généralement à coups de poing, mais il ne me parut pas, ce soir-là, d'une humeur agressive. Il parla de Donkin, puis de James Wait, sur qui j'avais perfidement orienté la conversation. Et là, il se mit à geindre, évoquant la cérémonie d'immersion.

— Ces petits cheveux de laine qu'il avait... Le corps ne voulait pas glisser sur la planche. Je lui ai crié : « Allons, Jimmy, sois un homme ! » Mais je ne l'ai pas poussé, hein, monsieur ? S'il a consenti à s'en aller, je sais que c'était pour me faire plaisir !

J'écoutai en silence. J'appris que, peu après le début de sa maladie, James Wait avait été isolé dans une sorte de réduit, sans doute pour limiter les risques de contagion. Là, les amis — et les autres — venaient le voir, lui apporter parfois de quoi manger...

— Le croirez-vous, il avait toujours faim, monsieur ! Il nous demandait des biscuits, de la viande séchée. Le coq rechignait bien un peu, mais lui aussi, dans le fond, il aimait bien Jimmy, alors, il donnait ce qu'il fallait...

— Wait mangeait beaucoup ?

— Bien plus qu'un homme en bonne santé, monsieur ! À croire qu'il voulait nourrir son mal, le pauvre Jimmy.

— Devant vous ?

— Non, non, il avait de la pudeur tout de même ! Il ne cherchait pas à nous faire envie... Seulement quand il était seul. Enfin, seul... façon de parler ! Combien de fois j'ai vu cette crapule de Donkin l'épier ! Qu'est-ce qu'il croyait, qu'il y avait de l'argent, dans ce coffre ? Ce n'était pas dans la manière de Jimmy ! Si je vous disais que je l'ai surpris en train d'essayer de forcer la serrure, le jour même où Jimmy est mort ?

— Le père Singleton m'a dit que Wait délirait.

— Ça lui arrivait, surtout vers la fin. Il disait des mots sans suite : « ... il a encore grandi » ou alors « ... plus il sera gros, plus il vaudra cher, il ne faut pas se presser ». Il parlait d'un rat, d'un docteur aussi, à qui il aurait volé quelque chose, mais vous savez ce que c'est, la fièvre...

— A-t-il prononcé le nom de ce docteur ? questionnai-je d'une voix brûlante.

— Pas devant moi, en tout cas ! Donkin, qui esquivait toutes les corvées pour venir l'écouter, le saurait peut-être.

— Ce Donkin, vous l'avez revu ?

— Oui, monsieur, la semaine dernière. Il a renoncé à la mer, et il a aussi bien fait, il n'était pas taillé pour ce métier ! Quel sale bougre ! Il voulait nous payer à boire, au bureau de la Marine, mais personne ne tenait à trinquer avec lui... Maintenant, il rôde sur les docks, en quête de mauvaises affaires.

— Quels docks ?

— Tous ceux où il y a quelque chose à glaner, de Sainte-Catherine à Victoria, et jusqu'à Bow Creek, mais on le voit le plus souvent à la Pipe-de-la-Reine. Là, les gardiens ferment un peu les yeux sur les chapardages, puisque, de toute façon, ça doit être détruit, pas vrai ?

Je posai une dernière question :

— Et vous, savez-vous ce qu'il y avait, dans ce coffre ?

— Non, monsieur, répondit farouchement Belfast. Ça, c'était le secret de Jimmy, et chacun a le droit d'avoir ses secrets, n'est-ce pas ? Il paraissait assez lourd, mais au bureau de la Marine, quand j'ai demandé au capitaine Allistoun de me le laisser en souvenir de Jimmy, il m'a répondu que ce n'était pas possible : il l'avait remis, scellé, au Board of Trade...

— Je l'ai vu, moi, ce coffre, dis-je d'un air détaché. Il n'y avait rien à l'intérieur.

Belfast frappa de son poing contre sa paume.

— Ah ! le porc ! C'est Donkin, c'est Donkin, j'en suis sûr ! Il a prétendu être malade pour ne pas assister aux obsèques, où tout l'équipage était réuni, et pendant ce temps, bien tranquille, il l'a ouvert pour voler ce qu'il y avait dedans ! D'ailleurs, au débarquement, il a été le dernier à quitter la chambrée, nous avions tous déjà passé la passerelle. Pardi, il ne voulait pas qu'on le voie emporter son larcin ! Pauvre Jimmy, dévalisé après sa mort, non, il ne méritait pas ça, monsieur !

Je le quittai alors qu'il mêlait ses larmes à sa bière. Dès le lendemain, je repris contact avec Singleton. Je lui demandai de m'accompagner à la Pipe-de-la-Reine afin d'identifier éventuellement Donkin. À raison de deux guinées par soir, c'était assez bien payé pour lever ses hésitations.

7

Les visiteurs accèdent à la Pipe-de-la-Reine en passant par l'entrepôt des Tabacs qu'on appelle aussi l'entrepôt de la Reine. C'est, après le chenal de Shadwell, dans les London Docks, un immense hangar de deux hectares, au bout duquel un écriteau indique : *Route du four.* Ce four, amicalement surnommé par les Londoniens la Pipe-de-la-Reine, est un incendie perpétuel, un gigantesque enfer, illustration quotidienne et fantastique de cette géhenne promise par les Écritures. Entre des piliers cyclopéens, il brûle jour et nuit, dans un ronflement dantesque, et l'on dit que depuis qu'il a été allumé, on ne l'a jamais éteint. C'est là qu'on jette les marchandises avariées ou falsifiées découvertes dans les cargaisons par les services des Douanes ou de la Santé. La chaleur dégagée est telle qu'on ne peut s'en approcher et que d'énormes tuyaux métalliques ont été aménagés pour faire descendre, à partir de passerelles circulaires, les denrées à détruire jusqu'au cœur de la fournaise. Selon les humeurs du vent, ses odeurs empestent l'air jusqu'à la Tour ou Radcliffe-Highway, tandis que, la nuit, des milliers d'étincelles volent au ciel comme autant d'insectes de feu.

J'avais besoin de Singleton pour identifier Donkin, mais inutile de préciser que je guidai notre approche. Les besoins de mes enquêtes m'avaient appris à connaître Londres jusqu'en ses méandres les plus secrets. Alors que tombait le crépuscule, nous arrivâmes par le nord aux environs de la Pipe-de-la-Reine. Nous n'étions pas les seuls. Les lisières de Whitechapel, cette jungle urbaine, vomissaient une faune que le « four », cocagne fétide, attirait comme la charogne attire les mouches. Des venelles obscures, enfumées, où l'on ne voyait jamais les étoiles, sortait le peuple des ténèbres, cohorte déguenillée, sournoise, affamée, de clochards rongés par la misère, la phtisie ou l'alcool, d'enfants venimeux sans innocence, de gouapes redoutables prêtes à l'étripement...

Je réalisai soudain l'imprudence que nous avions commise en nous aventurant là sans avoir observé la règle d'or du mimétisme. Certes, nos vêtements ne venaient pas de Sackville Street, mais à côté de ces hardes innommables, de ces haillons dont on n'eût pas voulu à Houndsditch, mon manteau d'écossais et même le caban de Singleton suscitaient la plus dangereuse des convoitises en suggérant aux malveillances l'attrait de quelque bourse bien garnie. Ainsi que je le craignais, nous fûmes effectivement agressés, au moment où nous arrivions près du nouveau bassin de Shadwell. Quatre voyous, aux physionomies aiguës, blêmes de méchanceté, nous entourèrent sans un mot, dans l'éclat blafard de leurs lames. Durant le tourbillon de violence silencieuse qui s'ensuivit, j'en étendis un à terre d'un direct au menton, et je m'apprêtais à affronter mon deuxième adversaire quand il me montra ses talons pour une fuite précipitée. Autour de nous, trois corps gisaient sur la chaussée boueuse, tandis que Singleton, à peine essoufflé, marmonnait de vagues paroles dans sa mâchoire prognathe.

— Je leur ai cogné la tête l'un contre l'autre, m'expliqua-t-il, d'un ton d'excuse.

Avec un nouveau respect, je jaugeai, sous ses manches, les muscles énormes de ses avant-bras, qui tendaient l'étoffe à la faire craquer.

— C'est à manier les agrès que vous avez acquis cette force, Singleton ? lui demandai-je.

— Ce sont les épinards, répondit-il, crachant au loin une chique vigoureuse. J'en mange beaucoup. Rien de tel, monsieur, je vous assure, vous devriez essayer !

Je me le promis, pendant que nous nous hâtions vers un tunnel de rues escarpées, où les cimes découpaient un ciel déjà enflammé. Le long des quais, un gigantesque terre-plein avait été aménagé pour recevoir les marchandises, et, sur leurs rails, des wagonnets chargés à déborder étaient sans cesse poussés vers les monte-charge menant aux passerelles de déversement par les manutentionnaires des London Docks dans une fumée dont les volutes voilaient la clarté lunaire. Quelques policemen arpentaient les lieux, surveillant sans conviction les montagnes de denrées condamnées élevées aux bords de l'esplanade : viandes avariées, céréales grouillantes de vers, thés éventés, mauvais tabacs de contrebande... Des ombres suspectes apparaissaient tout autour, spectres de la misère ou de la cupidité venus se repaître des déchets des hommes.

J'entraînai Singleton vers les céréales, puis vers les viandes. Leur horrible puanteur couvrait jusqu'aux puissantes odeurs de roussi. J'avais une idée de ce qui pouvait attirer Donkin dans cet enfer, et, effectivement, Singleton dit tout de suite :

— Le voilà, il est là.

Incroyable silhouette, en vérité, que les reflets sanglants de la proche fournaise portaient à une dimension diabolique. Grand, maigre, sans épaules, un visage jaune en lame de couteau où roulaient de petits yeux noirs, il évoquait, avec sa redingote lacérée et maculée, son melon cabossé, ses chaussures éculées, quelque épouvantail échappé de sa campagne pour venir hanter la géhenne des villes. Il tenait en main un sac, qu'il remplissait à sa manière, furtive et insolente à la fois, se glissant par bravade sous l'œil blasé des bobbies jusqu'aux morceaux de viande dégringolés du sommet des tas et les enfouissant au fond de son sac d'un geste rapide, quasi professionnel, trottinant de-çà de-là en quête d'aubaines douteuses, le regard mobile, le pied souple, la main leste… Il avait quelque chose du rat d'égout. Fasciné, je le suivais des yeux, notant incidemment qu'il ne portait pas de chemise sous sa redingote. J'en fis l'observation à Singleton.

— Il n'en a jamais eu, me dit-il, mâchant une nouvelle chique.

Le sac étant plein, Donkin quitta les lieux. Nous lui emboîtâmes le pas à une distance prudente.

— Je n'ai plus besoin de vous, déclarai-je alors à Singleton, et croyez que je vous remercie pour votre aide, qui m'a été précieuse.

Je lui tendis cinq guinées, ce qui suscita chez lui une repartie surprenante :

— Pour ce prix, monsieur, permettez-moi de vous accompagner jusqu'au bout de votre recherche. D'abord je suis curieux de savoir ce que manigance ce mauvais bougre, ensuite, vous avez constaté que les rues sont peu sûres, vous aurez peut-être encore besoin d'aide.

Je n'hésitai pas une seconde. Je voyais mal Donkin habitant Oxford Street ou Picadilly — encore que

Saint-Giles, le quartier le plus misérable de Londres, ne s'y trouve qu'à deux pas — imaginant bien que notre pérégrination nous entraînerait à coup sûr vers les lieux les plus mal famés de la ville... et j'avais négligé de me munir d'une arme.

— Entendu, dis-je brièvement.

Donkin s'engageait sur le London Bridge, se frayant un passage parmi les encombrements gigantesques de cette voie qui, depuis la City, draine la plus grande partie du trafic londonien entre les deux rives de la Tamise. Au-dessus de nous, le ciel était clair. À travers la chape de brume perpétuelle qui couvre notre grande métropole, le fantôme de la pleine lune diffusait une pâle lueur. Arrivé sur la rive droite, Donkin entra dans Bermondsey. Haut lieu de la misère et de la délinquance, les réverbères s'y faisaient plus rares, oasis de lumière maigre dans ce désert de maisons basses, vétustes, de cahutes branlantes, de caisses de fiacre défoncées louées à la nuit pour quelques pièces, de voitures de bohémiens embourbées jusqu'aux essieux. Donkin prit le chemin des quais, longeant la rive méridionale du fleuve à travers les docks, le grand dock du canal de Surrey, puis les Commercial Docks... Nous étions dans Rotherhithe...

Peu habitué aux longues marches, Singleton commençait à souffler, et notre filature se compliquait du fait que Donkin se retournait sans cesse, soit par méfiance naturelle, soit que son expérience personnelle l'incitât à multiplier les précautions. Nous quittâmes la pleine ville pour une banlieue désolée, où l'édilité négligeait totalement l'entretien des voies, abandonnées à cette boue que le fleuve nourrit sur ses berges. Compensation : les fumées de Londres se dissipaient, et une lune plus claire, dans un ciel où l'on commençait à distinguer les étoiles, guidait notre progression, nimbant d'insolite lividité la silhouette noire sautillant devant nous.

Deptford et l'île des Chiens dépassés, les maisons se firent plus rares. Alors qu'au nord du fleuve, la verdure réapparaissait, sur la rive que nous suivions, le marais devenait roi, avec ses pièges obscurs et sa végétation anémique. En face, nous pûmes voir les lumières de l'hôpital militaire de Greenwich, celles du vaisseau hôpital — le *dreadnought* — et enfin Blackwall. Nous marchions maintenant depuis plus d'une heure et demie. Devant nous, la lune éclairait comme un décor de théâtre un paysage sinistre, une étendue de marécages à la surface blême, soulignée d'ajoncs sans couleur. Une faune inquiète y grouillait, grenouilles qui animaient de leurs coassements la nuit menaçante, oiseaux des marais dont le brusque envol nous faisait sursauter, et surtout des rats, d'innombrables rats que notre approche obligeait à des fuites sonores, heureusement fondues dans le grand murmure animal…

— Où sommes-nous ? chuchota Singleton.

— Plumstead, répondis-je laconiquement.

J'avais rarement eu l'occasion de m'y aventurer et je ne me doutais pas alors qu'un an plus tard, presque jour pour jour, la piste de Jonathan Small et de son horrible gnome m'y ramènerait, dans l'affaire du « Signe des quatre ».

8

Notre progression devint difficile. Nous n'étions pas équipés pour cheminer sur un sol si fangeux, et, de plus, il nous fallait éviter les clapotis intempestifs qui eussent pu donner l'éveil à notre gibier. Bientôt, nous le vîmes faire halte. Un peu plus loin, se dessinait de guingois contre le ciel nocturne la forme sombre d'une baraque, dont le toit, sans doute recouvert de plaques de tôle, luisait faiblement. Nous entendîmes grincer une porte.

— Il vaut mieux nous mettre à l'abri, murmurai-je.

Nous choisîmes un coin de terrain un peu plus sec, derrière des touffes de chiendent, pour nous accroupir. De la baraque, nous provenaient des bruits étouffés. Je questionnai Singleton :

— Vous connaissiez bien Donkin ?

Le vieux matelot grommela :

— Je peux dire que j'étais celui qui lui parlait le moins... juste assez pour être sûr qu'on ne pouvait pas compter sur lui.

— À votre avis, il se montrerait insensible aux arguments de la raison, voire de la simple humanité ?

— Pas s'ils sont accompagnés de nombreuses pièces...

Il mit sa main noueuse sur mon avant-bras, déclarant gravement :

— Croyez-moi, monsieur, ce bougre-là sacrifierait bien la moitié de Londres s'il savait en retirer du profit ! Non, non, il faut lui prendre sa bestiole et la supprimer !

Là-bas, une lumière s'était allumée, nimbant de jaune vacillant une minuscule ouverture carrée.

— Approchons-nous.

Nous avançâmes lentement jusqu'à la cahute. Je fis signe à Singleton de se poster près de la porte, et moi-même allai jeter un œil par la petite fenêtre aménagée à hauteur d'homme. À la lueur d'un quinquet anémique, je vis un local sordide, dont les ombres miséricordieuses estompaient à peine la misère. L'ameublement s'en limitait à une paillasse, dans un coin, et à quelques caisses, posées les unes sur les autres. D'autres caisses, alignées le long des cloisons, débordaient d'un invraisemblable bric-à-brac, sans doute la moisson de fouilles et de rapines effectuée par Donkin depuis la fin août. Cela allait de la friperie la plus douteuse au tabouret sans pieds, en passant par l'astrolabe hors d'usage. J'essayai de repérer dans ce fatras ce qui pouvait constituer une cage, ou un refuge quelconque pour un animal, mais je ne vis rien qui s'en approchât.

Donkin, affairé dans un coin à quelque mystérieuse besogne, se retourna brusquement, si brusquement que je n'eus pas le temps de me baisser. Il m'aperçut. Je garde encore l'image de ce long visage blême, pétrifié en profil perdu par-dessus l'épaule de la redingote luisante de crasse. Il secoua brusquement son immobilité pour se ruer vers l'une des caisses, d'où sa main sortit armée d'un gros revolver.

— Canailles ! hurla-t-il d'un ton proche de l'hystérie. Alors vous m'espionnez, hein ? Vous aussi, vous voulez me dépouiller !

Je m'éloignai précipitamment, tandis que la porte battait, découvrant contre la nuit un mince rectangle de pâleur. Mais déjà, Singleton intervenait. Il y eut une lutte brève, acharnée, ponctuée de sourds ahanements. Donkin ne faisait pas le poids : il fut projeté sur le sol, lâchant son revolver qui vint rouler à mes pieds. Je le ramassai. Relevé d'un bond, Donkin se fondit aussitôt dans l'obscurité, en direction du fleuve. On l'entendit qui criait, à la limite de l'aigu :

— Attendez un peu, fripouilles, vous ne perdez rien pour attendre ! Comme les autres, tous les autres !...

Sa voix s'éloigna, pour reprendre peu après, affaiblie par la distance :

— Ah ! vous voulez le voir ? Vous allez le voir !

Son rire de crécelle me fit froid dans le dos. Le silence était retombé sur le marais. J'examinai le revolver. Il était d'un modèle ancien, rouillé, mais il paraissait pouvoir fonctionner. Et il y avait six cartouches dans le barillet.

— Qu'est-ce qu'il veut dire ? questionna Singleton, d'un timbre qu'il semblait avoir peine à contrôler.

— Nous allons le savoir, répondis-je. Une certitude, en tout cas : il ne garde pas le rat dans ce qu'on peut appeler sa maison. Il doit l'avoir enfermé ailleurs... peut-être pour ne pas contracter cette espèce de maladie...

— Ou parce qu'il est devenu trop gros, dit Singleton, sourdement. Rappelez-vous les paroles de Wait, que Belfast vous a rapportées...

L'affût que nous entreprîmes alors devait longtemps rester dans ma mémoire. Nous respirions difficilement, dans un silence que seule meublait la symphonie du monde animal. Après dix minutes de cette attente tendue, nous entendîmes un lointain clapotis : quelqu'un marchait dans les marais. Vint ensuite un feutrement prolongé, le bruit d'un corps lourd qui aurait couché les ajoncs...

— Regardez..., souffla Singleton, les yeux exorbités, regardez là, ça remue, devant nous...

J'observai alors le plus étrange des spectacles. La surface du sol paraissait s'animer, comme tout à coup douée de vie. En fait, il s'agissait de rats, de dizaines et de dizaines de rats pris de folie, trottinant dans toutes les directions.

— Ils ont peur, murmura Singleton, stupéfait. Je n'ai vu ça qu'une fois à bord d'un navire qui sombrait...

Jusqu'à la limite de notre horizon, la lune éclairait maintenant, à la façon d'un tableau fantastique, ce grouillement d'apocalypse. Les rats fuyaient, se bousculant, se grimpant sur le dos, dans une terreur surnaturelle, au milieu d'un concert de couinements affolés. Il n'y manquait que le joueur de flûte...

— Ils ont peur, répéta Singleton. De quoi ont-ils peur ?

Un clapotis plus sonore, devant nous, m'emplit d'une angoisse soudaine, proche de l'épouvante. Un instant, entre les ajoncs, je crus entrevoir une échine noire, luisante, aussi grosse que celle d'un chien de bonne taille.

— Tirez, tirez..., balbutia Singleton.

Nous eûmes la vision fugace d'un projectile informe qui volait au-dessus de nos têtes pour venir heurter, dans un bruit flasque, le mur de la baraque. Avant même que mes yeux m'apprissent ce que c'était, sa puanteur révéla qu'il s'agissait d'un morceau de viande avariée. La voix de Donkin éclata, tout près. Il nous cria, d'un ton de haine tel que j'en eus le frisson :

— À vous, messieurs ! Vous allez le voir, mon phénomène, il va être attiré par l'odeur de la viande, mais ça ne lui suffira pas ! Parce que je vous avertis, il est à jeun depuis deux jours, et il veut déjeuner !

À l'oreille, nous pouvions suivre l'approche impatiente du monstre parmi les ajoncs. La main de Singleton se crispa sur mon bras à m'en faire mal. Je distinguai, dans l'ombre, l'éclat de deux yeux rouges, luisant de férocité et de convoitise, incroyablement méchants.

— Tirez, je vous en supplie, tirez ! murmura Singleton.

J'armai le vieux revolver, priant vaguement pour qu'il ne m'explosât pas à la figure. Les ténèbres, devant nous, s'animaient d'un mouvement redoutable. J'appuyai sur la détente. La détonation éclata comme un tonnerre, éveillant de longs échos jusqu'à l'horizon du paysage désolé. En face, il y eut un couinement effroyable, qui me donna la chair de poule. Je tirai encore, provoquant une reptation frénétique de la créature qui nous attaquait. Troisième détonation...

— Il s'enfuit, bégaya Singleton.

Nous nous redressâmes prudemment. Le silence nocturne résonnait d'un clapotis précipité, scandé d'horribles couinements. Et puis, tout à coup, s'éleva une voix humaine :

— Non ! Non !

C'était Donkin. La seconde d'après, la nuit fut secouée, déchirée, violée, par un hurlement désespéré :

— Au secours !

— *God...*, murmura Singleton, qui se signa furtivement, son âme irlandaise brusquement revenue.

La voix de l'homme retentit encore, sur un registre déjà affaibli, avec une cassure brusque à la fin du cri :

— Au secours, il est devenu carnivore ! À l'aide, au nom de Dieu, venez à mon aide !

Je sautai sur mes pieds.

— Le monstre blessé s'est retourné contre son maître, dis-je brièvement. Il doit être furieux et affamé. Vite, Singleton, ne perdons pas une seconde !

À travers marais, ajoncs, fondrières, ce fut alors une course forcenée, haletante, émaillée de chutes, dans un paysage livide, sans horizon, où le danger prenait les masques du cauchemar. Nous entendîmes Donkin crier encore, de plus en plus faiblement, puis le surnaturel couinement du rat éclata à nos oreilles, tout près, sur notre gauche.

— Par là ! criai-je.

L'animal fuyait en direction de la Tamise, la lune jetant parfois une lumière pâle sur son échine luisante, à quelques yards en avant.

— Et Donkin ? demanda Singleton, le souffle douloureux.

— Plus tard. Il y a urgence. Nous ne pouvons laisser échapper cette créature à aucun prix.

Je tirai encore, deux fois, alors qu'au-delà du rideau d'ajoncs, le fleuve proche barrait notre horizon de son miroir liquide strié de pâles reflets. Nous nous hâtions sur un sol traître, trop meuble, dans une boue tenace qui freinait notre course. Il y eut un « plouf ! » sonore, juste devant. Nous arrivâmes hors d'haleine sur la berge, et j'entrevis dans l'eau une gueule monstrueuse, aux incisives énormes. Il me restait une cartouche. Je la tirai entre les deux yeux rouges, à la férocité fantastique, qui me fixaient. L'animal disparut au milieu d'un remous furieux.

Singleton, soufflant bruyamment, se mit à genoux pour mieux scruter les ondes obscures du fleuve, au-dessous de nous.

— Il a coulé, dit-il.

— Il ne nous reste qu'à l'espérer, murmurai-je sombrement.

9

Nous retrouvâmes Donkin dans un marais, étendu parmi les ajoncs, ses rares cheveux plaqués sur ses yeux, recouvert jusqu'à mi-corps d'une eau croupie rougie de son sang. Le malheureux était dans un état atroce. Des dents implacables lui avaient déchiré la gorge, l'une des cuisses, et ses mains, dont il avait tenté de se protéger, étaient déchiquetées. Il respirait à peine, gémissant sourdement tandis que nous le hissions au sec.

— Il va s'en tirer ? chevrota Singleton.

— Non.

Donkin avait perdu trop de sang et ses blessures étaient sans remède. D'ailleurs, on n'eût su prendre le risque de le transporter, le moindre mouvement pouvant accélérer ses hémorragies. Il ouvrit les yeux alors que, sans grand espoir, je lui passais tout de même, avec ma ceinture, un garrot autour de la cuisse, où l'artère fémorale avait été sectionnée.

— Le rat…, balbutia-t-il.

Ses yeux mobiles se fixèrent sur nous, moi d'abord, qui ne retins pas son attention, puis mon compagnon, et là, ses lèvres remuèrent imperceptiblement.

— Vous ressemblez au père Singleton, hoqueta-t-il.

— Je suis Singleton, mon matelot, dit l'autre, doucement.

Donkin se redressa à demi, brusquement porté hors de lui-même par une fureur absurde.

— C'est faux ! rauqua-t-il, Singleton a une barbe blanche ! Vous essayez de me tromper, vous voulez me prendre mon rat !

— Ce n'est pas ton rat ! répliqua Singleton, saisi par la contagion de la colère. C'était celui de Jimmy Wait, tu le lui as volé !

— Et Wait lui aussi l'avait volé, ajoutai-je. Vous le saviez, Donkin, vous l'avez épié pendant ses délires. Il l'avait volé à ce docteur qui poursuivait des expériences dans le domaine d'un planteur de Sumatra... et c'était Wait qui avait eu l'idée de le vendre à un cirque, n'est-ce pas ?

Donkin parut recouvrer une lucidité éphémère.

— C'est vrai, admit-il faiblement. Mais il est mort, Wait. Est-ce qu'on vole un mort ? Il n'avait plus besoin de rien. Tandis que moi, ils ont tous cherché à me dépouiller... ils ont essayé de s'introduire dans la cage, mais ils en sont morts, les crapules !... C'est le châtiment des voleurs !... Et vous aussi, vous verrez, vous ne l'emporterez pas au Paradis !

Il se redressa, halluciné, les yeux exorbités.

— ... Il grossissait sans cesse. Et je savais que plus il serait gros, plus j'en obtiendrais un bon prix... mais il fallait la nourrir, cette charogne, chaque jour, il avait plus d'appétit, des livres et des livres de viande, que j'allais chercher à la Pipe-de-la-Reine... J'attendais de rencontrer James Anthony Bailey, qui doit bientôt venir à Londres... Barnum achète très cher tous les monstres.

Ce dernier effort parut l'achever. Il se laissa aller en arrière, avec un râle profond qui nous glaça. Je me ressaisis, lui pressai doucement l'épaule.

— Donkin, Donkin... il faut m'écouter.

Il ouvrit des yeux vitreux.

— Vous avez entendu les délires de Wait... Ce docteur, à qui il avait volé le rat, il a dû prononcer son nom. Ce nom, il me le faut. Il est le seul à pouvoir guérir cette maladie du rat, qui risque encore de faire des victimes. Nous devons absolument le retrouver, je fais appel à ce qui vous reste de conscience... Dites-moi son nom, vite, il vous en sera tenu compte au Jugement dernier !

Il passa une langue sèche sur ses lèvres, qu'il arrondit pour parler, tandis que sa pomme d'Adam s'affolait et que son visage se couvrait d'une sueur aigre, dont le relent nous suffoqua. Dans un ultime effort, il prononça un nom, à peine audible :

— Foxhouse...

Ce n'était pas ce que j'attendais. J'en fus si déçu que je n'entendis pas son dernier soupir. Sa tête retomba.

10

La nuit même, je pris contact avec Scotland Yard. J'eusse préféré avoir affaire à Tobias Gregson, mais Lestrade m'ayant facilité les premières démarches de cette enquête, je jugeai plus correct de le mettre dans la confidence. Dois-je dire qu'il eut du mal à me croire ? Le rat avait disparu et nous ne pouvions fournir de son existence que des témoignages fragmentaires, sans aucune preuve directe à l'appui. Cependant, lorsque Singleton et moi eûmes mené policiers et membres du service de Santé auprès du corps de Donkin, leur scepticisme fut fortement ébranlé. Le cadavre transporté aux fins d'autopsie, Lestrade et ses adjoints entreprirent dans la boue les moulages des traces laissées par la créature.

Le lendemain se tint à Whitehall une sorte de conférence à laquelle on me fit l'honneur de m'inviter.

Afin d'éviter une panique dans l'opinion, il y fut décidé de tenir l'affaire secrète, en raison des implications qu'elle soulevait sur le plan de la santé. Il n'y
eut pas de séquelles. Les mois passèrent, puis l'année.
Le rat devait être bien mort et aucune manifestation
inquiétante ne fut relevée parmi la population misérable qui peuplait le sud de la Tamise, de Rotherhithe à
Plumstead.

Au début de l'été 89, passant par Sainte-Catherine, j'entrai au *Jolly Tar* pour revoir Singleton, qui
avait été mon fidèle compagnon le temps d'une dramatique aventure. Singleton était mort, très bête-
ment, très banalement, d'un arrêt du cœur. J'en vins
à me demander si, comme Antée perdant ses forces
à ne plus fouler la terre, le vieux marin n'avait pas
dépéri par manque d'embruns et de vent iodé. De lui
ne restait à la boutique qu'un vieux livre. Le patron
voulut bien me laisser cet exemplaire de *Pelham*.
En mémoire de Singleton, je résolus de le lire. Je
l'avoue, je ne connaissais alors de Bullwer-Lytton
que *Les derniers jours de Pompéi*, ce qui ne m'avait
guère incité à me pencher davantage sur les ouvrages de cet auteur. Or, *Pelham* me surprit agréable-
ment. Il s'agissait des aventures d'un jeune dandy de
la haute société qui, pour innocenter un ami injuste-
ment accusé d'un meurtre, se livrait à une véritable
enquête policière… En somme, l'un de mes prédé-
cesseurs. J'y reconnus même, dans le personnage de
l'assassin Thornton, un certain Thurtell, authentique
criminel dont le procès, dans les années 20, avait dé-
frayé la chronique. Restait que tout cela demeurait
peu crédible. Comment un jeune gentleman, dont la
toilette et les mondanités constituaient les soucis

majeurs, pouvait-il se transformer en détective amateur[1] ?

Le hasard est souvent goguenard, qui ménage des transitions ou des coïncidences que la vraisemblance accepterait difficilement. Je finissais à peine *Pelham* quand je reçus une visite : un homme d'une trentaine d'années, petit, avec des yeux noirs et des cheveux bruns, portant barbe et moustache, apparemment très soucieux de son apparence car sa tenue était des plus soignées : veston noir, gilet clair, melon gris, gants, canne de jonc à pommeau d'or. Son orbite droite gardait la marque du monocle, et pourtant, à sa démarche, j'identifiai aussitôt le marin, habitué à l'instabilité de son assise. Je ne me trompais pas, la carte qu'il me tendit portant cette mention :

Teodor Josef Conrad Korzeniowski
Lieutenant dans la marine marchande

Deux ans auparavant, je lui avais écrit brièvement, par l'intermédiaire de son oncle Thadée Bobrowski, pour le tenir au courant de la façon dont s'était terminée l'affaire du rat de Sumatra, et il venait me remercier de lui avoir fait confiance. C'était un personnage attachant, très cultivé, à l'esprit beaucoup plus ouvert que celui de nombre de ses confrères en navigation. Il se trouvait à Londres en quête d'un commandement et, en attendant, rassemblait des notes sur ses courses à travers l'archipel malais dans l'intention avouée de publier un ouvrage de souvenirs :

---

1. Dorothy Sayers semble avoir été d'un avis différent, même si elle n'a jamais revendiqué Henry Pelham comme modèle de son Peter Wimsey.

cet homme de la mer se croyait promis à une carrière littéraire.

Nous dînâmes ensemble, et je me fis un devoir de lui conter par le détail mon enquête, amorcée sur ses indications. Assez curieusement, il parut moins s'attacher aux aspects extraordinaires de l'affaire qu'aux caractères proprement humains des divers personnages qui y avaient été mêlés. Il me dit brusquement :

— Savez-vous que la traversée Bombay-Londres, je l'ai moi-même effectuée, il y a quatre ans, à bord du *Narcisse*, un voilier de gabarit semblable à celui de la *Matilda Briggs* ? Mais l'équipage était loin de présenter cette couleur, cette truculence ! Comme je regrette que Singleton soit mort ! Que Donkin soit mort ! Et Wait, ce nègre mystérieux que j'ai trop peu connu ! De vrais personnages de roman ! D'ailleurs, tenez, il me vient une idée…

Je crus devoir respecter sa réflexion, pendant que je dégustais mon verre de montrachet. Il secoua enfin la tête, murmura :

— Oh ! ce ne serait pas pour tout de suite, il faut laisser à tout cela le temps de bien mûrir… J'écarterai d'emblée le sujet du rat, à cause justement de son caractère spectaculaire, je crois qu'il faut traiter l'histoire dans la nuance…

Il vida son verre d'un coup, se pencha vers moi, les yeux un peu trop brillants :

— Vous ne savez pas ce que c'est qu'une longue traversée en voilier, monsieur Holmes ? C'est un enfer clos, où les passions s'exacerbent, où les personnalités se révèlent dans ce qu'elles ont de plus extrême, pour le meilleur ou le pire… Je garderai le *Narcisse*, mais son équipage sera celui de la *Matilda*

Briggs et le mystère sera porté à sa dimension méta-physique...

Il tendit vers moi une main frémissante :

— Imaginez cela : ce nègre malade, victime de for-ces obscures qu'on redoute mais qui fascinent, son coffret, avec les convoitises qu'il éveille, les curiosités qu'il excite, boîte de Pandore révélatrice de toutes les tares humaines... bref, à mi-chemin entre la vie réelle et le monde des ténèbres, l'ensorcellement progressif suscité par cette mort dont l'attente va multiplier les antagonismes, jusqu'à... qui sait, peut-être jusqu'à la mutinerie ?

Je le laissai parler. Vers la fin du repas, nous revîn-mes à ce qui m'intéressait personnellement : ce mysté-rieux Dr Voshuis qui l'avait sauvé, lui Korzeniowski, non par bonté d'âme mais, à ce qu'il semblait, pour ne pas ébruiter le secret de ses recherches...

Et de conclure dans le désabusement :

— Je croyais bien que Donkin allait prononcer son nom, mais pas du tout : il a dit Foxhouse.

Korzeniowski s'immobilisa, les sourcils froncés, la fourchette en l'air.

— Sapristi ! s'écria-t-il, sur le moment, je n'ai pas fait le rapprochement, mais savez-vous que c'est très curieux, ce que vous me dites là ?

— Et en quoi ? demandai-je.

— À force de bourlinguer dans les Indes néerlan-daises, j'ai acquis quelques rudiments de hollandais. Or, Voshuis est la traduction littérale de Foxhouse : maison du renard !

Je me penchai en avant, toute mon attention ré-veillée.

— Pensez-vous qu'il s'agisse du même homme ?

— Pourquoi pas ? répliqua-t-il. Il se serait fait appeler Foxhouse chez l'Anglais Culverton Smith, et Voshuis à Java ! Ces scientifiques sont friands des jeux de langage... Quel dommage que les témoins que vous avez interrogés ne l'aient jamais vu, nous aurions pu nous référer à leurs descriptions...

Il esquissa un geste vague de la paume :

— Bah, laissons cela... Il est à peu très certain que nous n'entendrons plus jamais parler de ce personnage.

Sur ce point, Korzeniowski se trompait. Mais il ne se trompait pas quant à son propre avenir. Il publia effectivement en 1895 son premier roman, *La folie Almayer*, et deux ans plus tard *Le nègre du Narcisse* dont il m'avait tant parlé. Cependant, ce fut *Typhon* qui, en 1903, devait le consacrer comme l'un de nos plus grands écrivains de la mer. Entre-temps, il avait abandonné la marine, ainsi que son patronyme encombrant et son premier prénom, qu'il n'aimait pas, pour se faire un nom avec ses deux autres prénoms, Josef et Conrad.

III. Le ver

« ...Une troisième histoire digne d'être citée est celle d'Isadora Persano, le journaliste et duelliste bien connu qui un matin fut trouvé fou devant une boîte d'allumettes contenant un ver mystérieux que la Science ignorait... »

SIR ARTHUR CONAN DOYLE, *Le problème du pont de Thor*

1

En vérité, Watson, j'ai quelques remords à vous avoir caché si longtemps les séquelles d'une affaire pour laquelle vous m'aviez apporté un concours précieux, mais j'avais engagé ma parole. Maintenant que les principaux protagonistes de cette histoire sont décédés, je puis me considérer comme délié de mon serment de discrétion. Il s'agit du cas du « chien des Baskerville », dont je ne vous ferai pas l'injure de vous rappeler les détails. Vous avez raconté en son temps, et fort bien raconté, ce terrible épisode de nos enquêtes. Deux ans après sa conclusion, celui-ci connut un rebondissement indirect, si indirect que, sur le moment, je vis mal le lien qui reliait l'une à l'autre des énigmes dont le seul point commun était qu'elles se rapportaient à deux animaux mystérieux : notre chien des Baskerville, et le ver inconnu de la science qui rendit fou Isadora Persano.

Vous qui avez toujours été attiré par les jolies femmes, Watson, vous devez vous souvenir de Beryl Stapleton, cette fière Espagnole que nous délivrâmes de l'enfer conjugal qu'elle connaissait avec le rejeton inconnu et malfaisant de la lignée des Baskerville. En janvier 1891 — vous m'aviez alors abandonné pour la regrettée Mary Morstan —, je me trouvais dans notre appartement de Baker Street quand je reçus une singulière visite. La dame que Mme Hudson introduisit était grande, mince, et son visage était dissimulé par une épaisse voilette. Cependant, je sus immédiatement qui elle était, à son port altier et aussi au parfum dont elle n'avait pas changé.

— Jasmin blanc, lui dis-je.

Elle ne dissimula pas son étonnement.

— Vous avez identifié mon parfum ?

— Je l'ai reconnu, chère madame. C'est celui qui émanait de cette missive adjurant Henry Baskerville, il y aura bientôt deux ans, de ne pas s'aventurer sur la lande de Dartmoor…, mais asseyez-vous donc, je vous prie… là, près du feu, madame… au fait, comment dois-je vous appeler ?

Elle répondit avec une grande dignité :

— Je suis veuve, mais je n'ai pas gardé le nom de mon mari, qui, d'ailleurs, en avait trois, Baskerville, Vandeleur et Stapleton. J'ai repris mon nom de jeune fille. Ce sera donc Mme Garcia, si vous le voulez bien.

Elle s'installa dans le fauteuil que je lui désignai, soulevant sa voilette d'un geste gracieux. Puis, elle déclara posément :

— Je pense, monsieur Holmes, qu'il en est des détectives consultants comme des médecins ou des prêtres. Devant eux, une femme doit abandonner une partie de ses pudeurs. Lors des entretiens que nous avons eus il y a deux ans, j'ai déjà dû mettre de côté mon amour-propre d'épouse. À présent…

Elle s'interrompit. Ces précautions oratoires n'avaient apparemment pas réussi à réduire sa gêne. Je lui dis doucement :

— J'ai parfaitement conscience, madame Garcia, des efforts que vous avez consentis pour nous aider à éclaircir totalement l'affaire de Baskerville Hall, et je n'ignore rien du martyre que vous avez enduré. Si donc je puis, en quelque façon, vous apporter le moindre secours, je vous serais reconnaissant de faire appel à moi.

Elle respira profondément, tandis que la rougeur qui avait marqué son visage se dissipait.

— Je vous dois d'abord quelques confidences, monsieur Holmes. Je... Hugh Baskerville n'a pas été le premier dans ma vie. Avant de le connaître, j'étais presque fiancée à un jeune homme de la meilleure société de San José, un jeune homme doté de toutes les vertus de l'intelligence et du cœur, mais affligé, hélas, d'un caractère exécrable. Peut-être connaissez-vous son nom, car il s'est taillé dans le journalisme une certaine réputation : Isadora Persano.

— Mais bien sûr que je connais Isadora Persano ! m'écriai-je, à demi dressé dans mon fauteuil. Le meilleur journaliste du *Courrier* de San José, et sans doute de toute l'Amérique latine !... Fameux aussi par ses duels, je crois ?

— ... ce tempérament ombrageux dont je vous ai parlé, acquiesça Beryl Garcia. Je dois préciser, pour la bonne compréhension des choses, que cette irritabilité chronique trouve sa source dans son enfance : il était le dernier de cinq garçons, et ses parents, qui désiraient ardemment une fille, lui ont donné ce prénom d'Isadora, ce qui ne fut pas sans lui attirer les moqueries que vous imaginez.

— C'était effectivement absurde.

— Plus tard, poursuivit Beryl Garcia, lorsqu'il se lança dans la presse polémique, la causticité de ses articles lui attira de nombreuses inimitiés... Vous le savez, monsieur Holmes, nous autres, d'ascendance espagnole, avons le sang chaud, et, très souvent, ces querelles se réglaient à la pointe de l'épée. Isadora est... était un escrimeur redoutable.

— Pourquoi était ? demandai-je, l'attention en alerte.

— Il ne se bat plus, mais j'y viens. Vous excuserez la longueur de ce préambule, il est nécessaire à vous donner une exacte vision de la situation. Sachez seulement que je rencontrai Isadora Persano alors que je poursuivais mes études à l'université de San José. Nous nous plûmes, nous nous fréquentâmes, et tout eût été pour le mieux sans ce trait de caractère que je vous ai souligné : son ombrageuse fierté, compliquée d'une jalousie maladive. Je subis, à plusieurs reprises, sans motif valable, des scènes très pénibles, notamment lorsque je fus élue reine de beauté de mon université, ce qui, à la longue, entraîna, sinon une rupture formelle, du moins, de ma part, une désaffection due à la lassitude. Sur ces entrefaites, je fis la connaissance d'Hugh Baskerville. Il occupait un poste élevé dans un institut scientifique gouvernemental dont il assurait la gestion, et c'était déjà un entomologiste réputé.

— Je le sais, dis-je. Je sais aussi qu'il s'enfuit un jour du Costa Rica en emportant les fonds de l'institut.

Beryl Garcia confirma d'un signe de tête.

— C'était l'opposé d'Isadora, monsieur Holmes. Chez l'un, les graves défauts étaient beaucoup plus apparents que les qualités profondes. Hugh, au contraire, s'il cachait au fond de lui-même des abîmes de noirceur dont, plus que tout autre, vous avez pris la mesure, se présentait comme un homme affable, attentionné, sans humeurs, bref, si agréable à côtoyer qu'il fit ma conquête. Pour mon malheur, j'acceptai de l'épouser, après avoir demandé à Isadora de me rendre ma parole. Nous n'étions pas encore officiellement fiancés, et il ne se crut pas en droit de refuser. La suite, vous la connaissez : notre fuite, d'abord pour l'Amérique du Nord, puis pour l'Angleterre, à propos de laquelle Hugh nourrissait des projets sinistres, dont l'horreur ne m'apparut que graduellement. Vous savez ce qu'il en advint. Mon mari mort dans le bourbier de Grimpen, je retournai, début 90, dans mon pays, le Costa Rica.

— Où, j'imagine, vous avez revu Isadora Persano.

Beryl marqua une légère hésitation.

— Ma famille m'avait recueillie sans me faire de reproches, mais je ne désirais pas revoir Isadora. Cependant, vous l'ignorez peut-être, monsieur Holmes, à San José, l'aristocratie du pays constitue une petite caste refermée sur elle-même et dont, fatalement, les membres sont appelés à se revoir tôt ou tard. Nous fûmes donc remis en présence. Nos relations furent d'abord très froides. J'aurais voulu tout oublier de mon passé. Hélas, Isadora, dont la rancune n'est pas le moindre des défauts, et à qui, naturellement, étaient revenus des échos de l'affaire du chien des Baskerville, avait entrepris une nouvelle enquête à propos de mon mari. Sa haine était décidément trop forte pour ne pas survivre à la mort de son rival. Il rédigeait une série d'articles faisant suite à celui publié au moment de notre fuite du Costa Rica. Il y mettait en cause le petit cénacle d'amis que mon mari s'était faits à San José, des Anglo-Saxons comme lui, et qu'Isadora appelait les trois M. : Malapuerta, Montgomery, Mudget...

— Malapuerta, Anglo-Saxon ?

Beryl Garcia haussa les épaules.

— Sans doute avait-il pris ce nom pour mieux se faire adopter dans le pays, mais il n'était certainement pas espagnol... peut-être français, à en juger par son accent. D'ailleurs, il n'habitait pas le Costa Rica à demeure, il possédait une île, dans le Pacifique Sud, Oufa, je crois, ou Uffa, enfin un nom qui en approche.

— Poursuivez, je vous en prie.

— Entre-temps, Isadora avait eu plusieurs duels...

— Avec ces trois M. ?

— Oh ! non, ceux-là ne se battaient pas et ne cherchaient qu'à se faire oublier, on ne les voyait plus dans les cercles de San José... non, des hidalgos du cru, qu'il avait offensés pour des raisons diverses, étrangères à notre histoire. C'était dans sa nature, que voulez-vous. Et puis...

Elle se tut un instant. De mon côté, je ne dis mot, sachant que le silence de l'auditeur est parfois le meilleur stimulant au discours.

— ... Et puis, il arriva ceci : Isadora tomba subitement dans une profonde prostration. Il cessa d'écrire, condamna sa porte, refusa de voir quiconque. Je fus appelée au secours par Pilar, sa vieille nourrice, qui m'avait gardée en amitié. Je bravai les usages pour aller lui rendre visite, et si curieux que cela paraisse, il accepta ma présence.

Elle ajouta vivement :

— N'en tirez pas de conclusion hâtive, monsieur Holmes. Il tolérait simplement que je me tinsse près de lui, pour évoquer des souvenirs, parler du temps heureux que nous avions connu. Je finis même par le décider à sortir. Un soir funeste, nous nous rendîmes à l'Opéra, et là, pour une question de préséance, il se prit de querelle avec un jeune homme qui le provoqua en duel. Se produisit alors un fait inouï, incroyable : Isadora refusa de se battre. Encouragé par cette dérobade, l'autre insista, allant jusqu'à le gifler. Isadora blêmit mais maintint son refus. Croyez-moi, monsieur Holmes, ce fut aussitôt pour tout San José un véritable événement, ceux qu'Isadora avait précédemment offensés se déchaînant contre lui. Ils poussèrent le jeune homme à renouveler sa proposition, ce qu'il fit peu après dans les termes les plus insultants...

Elle s'arrêta, les mains à son visage, comme saisie de honte.

— Alors ?

— Alors, Isadora commit un acte lâche, odieux, et j'oserais le dire, tout à fait infantile. Il se procura un chien d'attaque qu'il lâcha contre le jeune homme. L'autre en fut assez gravement blessé pour passer un séjour en clinique, sans préjudice du traitement préventif de la rage qu'on dut lui administrer. Isadora lui fit savoir à ce moment qu'il consentirait à le rencontrer sur le pré dès sa sortie de l'établissement, mais le jeune homme lui répondit qu'il avait perdu le droit de croiser le fer avec un gentilhomme et qu'il n'était plus digne que du bâton des laquais. Entre-temps, un tribunal avait condamné Isadora à une peine de prison assortie du sursis et au versement d'une amende considérable. La situation à San José devint pour lui quasiment intolérable. C'est alors que je résolus de venir vous voir...

— C'est lui qu'il faudrait que je voie, lui fis-je observer, avec un rien d'irritation.

Pour la première fois, un sourire chancela au coin de ses lèvres, comme le reflet d'une pudeur coquette qui traduisait son influence recouvrée sur un cœur masculin.

— Ah ! croyez-moi, monsieur Holmes, si je vous dis que je déployai des trésors de patience et d'obstination pour persuader Isadora de m'accompagner à Londres...

— Et vous y avez réussi, dis-je, d'un ton légèrement goguenard.

Elle baissa les paupières.

— Nous avons loué deux suites dans un hôtel de Belgravia. Isadora occupe la sienne avec Pilar, cette nourrice si dévouée...

Elle hésita une seconde avant d'ajouter :

— Je ne lui ai pas parlé de vous ès qualités, monsieur Holmes. Je vous ai présenté comme un spécialiste des maladies nerveuses, dont la thérapeutique toute personnelle avait déjà fait des miracles.

— Flatté, dis-je d'une voix coupante.

Elle plaida, misérablement :

— Il me fallait bien ménager son amour-propre, d'autant que s'il a consenti à quitter San José, je soupçonne que ce fut surtout pour fuir les provocations, lesquelles se multipliaient à son égard depuis qu'on le savait moins résolu..., car c'était évident : il avait décidé de ne plus se battre.

Le silence revint entre nous. Je questionnai, sur le mode prudent :

— De sa part, cela constitue un signe de folie manifeste, n'est-ce pas ?

— Pour ceux qui le connaissent, oui, sans aucun doute ! Et puis, il y a cette apathie, cette espèce de… Écoutez, j'en ai tout de même parlé à un médecin de mes amis. Il a employé le terme de catatonie.

— Sans compter cette lamentable affaire du chien ?

— Oh ! monsieur Holmes, s'écria-t-elle, les mains jointes, si vous saviez comme c'est peu dans son caractère ! Lui si orgueilleux, si imbu de la noblesse des origines et des sentiments ! À penser qu'un autre a pris possession de son âme !

— Je ne suis pas exorciste, lui rétorquai-je placidement. D'ailleurs, je ne crois pas aux possessions, ni à n'importe quelle autre forme d'intervention diabolique. Je professe que tout mystère a son explication, et que celle-ci est rationnelle… À quand remonte le début de cette prostration ?

Elle s'anima, dit vivement, les paupières à nouveau baissées, peut-être pour me dissimuler une secrète satisfaction d'elle-même :

— Là, je crois avoir empiété sur vos prérogatives, monsieur Holmes, je me suis livrée à une petite enquête auprès de Pilar, la nourrice dont je vous ai parlé. Si les effets d'un phénomène mental établissent la folie, on ne peut s'empêcher de la voir aussi dans ce qui paraît en être la cause première… Pilar m'a raconté que tout a commencé le jour où Isadora reçut un paquet par porteur. Dedans se trouvaient une lettre et une boîte d'allumettes.

— Une boîte d'allumettes ? Pleine ?

— Pilar en a vu le contenu : c'était un ver.

Je fus d'abord stupéfait, puis, presque malgré moi, je me frottai les mains de jubilation. Les affaires étranges m'ont toujours été un stimulant parfait aux jeux de l'esprit.

— Un ver ! répétai-je allégrement. Quel ver ? L'a-t-on identifié ? Était-il vivant ? Mort ?

— Mort. Isadora l'avait d'ailleurs mis aussitôt dans un bocal de formol. Depuis, il reste des heures entières à le contempler, sans dire un mot, sans bouger, le visage figé... Il est fou, monsieur Holmes, il est fou !

Sa voix tremblait, mouillée de tous ses sanglots contenus. Je demandai, volontairement froid :

— La lettre, que disait-elle ?

— Personne n'en sait rien, répondit tristement Beryl. Isadora l'a brûlée et il refuse de prononcer le moindre mot à ce sujet. Ce n'est pas faute d'avoir essayé, mais le seul fait d'évoquer le sujet, si cela le sort de son apathie, le plonge dans d'effroyables colères. J'ai dû y renoncer.

— Quel aspect a ce ver ?

— Il est presque aussi large que long, d'une couleur jaunâtre indéterminée. Il semble n'avoir pas d'yeux, ni de bouche.

— A-t-il été soumis à une analyse ?

— Pas officiellement, dit Beryl, réticente. Isadora refuse de s'en dessaisir. Néanmoins, grâce à la complicité de Pilar, j'ai pu en disposer durant une demi-journée. Je l'ai alors montré à d'anciens confrères de mon mari, qu'il avait trompés comme il m'avait trompée moi-même, des zoologistes confirmés. Ils l'ont examiné au microscope. Eh bien, monsieur Holmes, si extraordinaire que cela paraisse, ils se sont avoués incapables de l'identifier. Il ne correspond à aucune classification officielle !

— Excellent ! murmurai-je.

— Vraiment ? dit-elle, d'un ton de reproche feutré.

Je mis ma main sur son avant-bras :

— Ma chère amie, ne me refusez pas ces petites joies inhérentes à une profession qui en compte si peu. Me colleter avec une telle énigme, voilà qui va secouer la grisaille des jours ! Au fait, le ver, où est-il, à présent ?

— Ici, à l'hôtel. Isadora ne s'en sépare jamais. Vous savez, monsieur Holmes, on ne peut que penser à ce vautour rongeant le foie de Prométhée, sans que celui-ci puisse s'en délivrer. Ce ver ronge l'esprit d'Isadora !

— Vous dites que vous résidez à Belgravia ?

— À l'hôtel *Commodore*, dans Eccleston Street.

— Quand pourrai-je voir M. Persano… et son ver ?

Beryl Garcia marqua là une nette réticence.

— Pas tout de suite, monsieur Holmes, il faut que je le prépare à l'entrevue. Il n'est pas encore dans l'état d'esprit approprié. Je reviendrai. Puis-je avoir seulement votre engagement ?

— Vous l'avez…

J'ajoutai vivement, la main levée.

— Et ne me remerciez pas. Cette affaire entre dans la catégorie de celles dont j'aime à m'occuper. J'ajoute qu'en résoudre le mystère ne suffira pas à me satisfaire. Je serais heureux de contribuer aussi à votre apaisement… vous voyez, j'évite le mot de bonheur, si galvaudé, et qui sonne de façon trop emphatique à mes oreilles anglo-saxonnes !

Sur le seuil de la porte, alors que je la raccompagnais, elle se retourna brusquement, les joues enflammées de ce merveilleux incarnat qui vous avait tant frappé à Merripit, Watson. Elle dit, précipitamment, sans me regarder :

— Un détail, avant de prendre congé, monsieur Holmes. J'ai sur la conscience un mensonge que je vous ai fait, il y a deux ans, dans le souci de mieux dégager ma responsabilité du meurtre de sir Charles Baskerville...

— Oui ? dis-je, les sourcils froncés. Et qu'était-ce ?

— Après la mort de Hugh, je vous ai dit qu'il s'était procuré son chien chez Ross et Mangles, de Fulham Road. En fait, j'avais trouvé ce nom dans un annuaire commercial.

— Vraiment ? Et en quoi cela dégageait-il votre responsabilité ?

— Cela tendait à démontrer que j'avais été placée au dernier moment devant un fait accompli. En réalité, mon mari n'a pas acheté l'animal en Angleterre. Nous l'avons emmené, encore chiot, lorsque nous avons quitté San José.

— Sachant qu'il deviendrait ce terrible fauve ?

— On nous l'avait promis, monsieur Holmes... l'un des mauvais anges de mon mari, ce Malapuerta, justement.

— Il possédait un chenil ?

— Non, non, c'était un... disons un naturaliste, une espèce de savant. À ce qu'il prétendait, il avait obtenu cette race de chiens féroces, ni molosses ni dogues, par croisements successifs. Et, toujours à l'en croire, il avait fait subir aux embryons, pendant la période de gestation, un traitement tel que les animaux obtenus pouvaient atteindre, à son gré, une taille gigantesque.

Elle poursuivit, tordant l'un de ses gants.

— Il n'avait pas menti, monsieur Holmes, nous nous en sommes rendu compte tandis que la bête grandissait, dans le bourbier de Grimpen. Et, vous avez pu le constater, les artifices imaginés par mon mari n'ont que peu ajouté à l'horreur inspirée par la vision d'un tel monstre dans le brouillard du Devonshire !

Son départ me laissa pensif. Sur le moment, je n'avais accordé à ses dernières paroles qu'une très relative importance, celle qu'on consent aux choses du passé, et puis, peu à peu, au fur et à mesure que s'écoulaient les minutes, je pris conscience du trouble insidieux, tout à fait étrange, qu'elles avaient suscité au plus profond de moi-même, comme y réveillant quelque obscure réminiscence impossible à déterminer.

2

Le cab de Beryl Garcia n'avait pas dû tourner au coin de la rue que j'ouvrais mon classeur à la lettre B pour en sortir le dossier BASKERVILLE. J'avais reçu de mes correspondants en Amérique latine un certain nombre de coupures de presse relatives à l'affaire. Celles-ci concernaient deux périodes, l'une, en 1885, consécutive à la fuite de Stapleton avec le butin de son escroquerie, l'autre, cinq ans plus tard, provoquée par le retentissement que l'affaire de Baskerville Hall avait suscité jusqu'au Costa Rica. Une sélection avait été opérée par mes correspondants afin de me donner un éventail judicieux des opinions exprimées dans la presse locale, mais deux des articles les plus importants étaient signés d'Isadora Persano.

Je les relus l'un après l'autre. Le premier, daté de février 1885, était intitulé : LA CAMARILLA DE LA CANAILLE, le rédacteur débutant sur une référence historique des plus lapidaires : « Ferdinand VII s'entourait de crapules, mais au moins étaient-elles espagnoles. Nos actuels dirigeants n'ont pas cette circonstance atténuante. Quand on prend un pays en charge, on veille à ne pas céder à la douteuse séduction du cosmopolitisme, fût-il septentrional. La lumière ne vient pas toujours du nord, à preuve les récents événements qui ont secoué notre ville. Car enfin, comment avoir osé confier la gestion d'un organisme aussi important que notre institut scientifique national à un étranger dont les antécédents étaient si peu connus ? Que diable, on ne devient pas escroc — et escroc habile — du jour au lendemain ! Une telle bévue ne fait guère honneur à ceux qui nous gouvernent. Aussi, contribuables, à vos poches, car ceux qui ont cassé les pots ne les paieront pas !

« Voilà pour Baskerville. Restent ses amis. D'où vient le sieur Malapuerta, Espagnol de pacotille, qui se déclare docteur ès sciences et se livre à des expériences pour lesquelles nos finances et nos moyens techniques étaient mis à sa disposition par son ami — et complice — Baskerville ? Qui est Montgomery, son âme damnée, Anglais blême dont l'apparente insignifiance ne rassure que pour mieux tromper ? Et enfin que veut Mudget, ce Yankee inquiétant, aperçu parfois rôdant dans les banlieues pauvres où les disparitions d'enfants sont si fréquentes ? On ne les voit plus guère dans nos cercles mondains, où certain snobisme commandait de les inviter régulièrement. Prudence, ou pressions puissantes leur ayant fait comprendre que les semelles de leur conscience, quand elles pataugent dans la boue, éclaboussent trop loin et trop haut ? On espère en tout cas que la leçon aura servi et que l'élite intellectuelle de ce pays n'ira plus chercher ses maîtres à penser hors de nos frontières et de notre culture... »

Je passai au deuxième article, précédé d'un titre faussement primesautier : COUCOU, LES REVOILÀ !

Le texte : « Baskerville, donc, n'était pas seulement un escroc, c'était aussi un assassin. On a trop peu parlé ici de l'affaire de Dartmoor, dans le Devonshire (Angleterre), où la police a mis au jour un extraordinaire complot criminel. Vandeleur et Stapleton, tels étaient les noms d'emprunt sous lesquels Baskerville avait préparé ses forfaits. Il en a payé le prix de sa vie, mais on peut trouver facile de conclure par le "Paix à son âme" traditionnel. Il est des crimes que même la mort ne saurait absoudre, d'autant que des complices sont, eux, toujours vivants et poursuivent leurs activités néfastes. Dédaignons le plus falot d'entre eux, ce Montgomery, qui se montre peu, et dont on parle encore moins. Mudget offre plus de relief. Il semble que ce dandy — Yankee bon teint —, également docteur en médecine, ait dû quitter son pays après avoir été mêlé à des cas de thérapie très spéciaux que la loi ignore mais que la morale condamne. En fait, il aurait utilisé sa science et sa position afin de satisfaire certains instincts pour lesquels le mot "sadisme" apparaît comme un délicat euphémisme...

« Enfin, voici Malapuerta, *the last but no the least*, personnage mystérieux qu'on dit — ou qui se dit ? — propriétaire d'une île dans le Pacifique Sud, île hautement mythique, son nom d'Uffa n'étant répertorié sur aucune des cartes officielles. Peut-être mythomane, certainement suspect, ses origines restent des plus obscures. D'ascendance française, il posséderait la nationalité britannique. Il aurait effectué des études médicales en Angleterre, mais dans des conditions si ambiguës que notre rédaction s'est fait un devoir d'entrer en contact avec nos confrères londoniens afin d'obtenir des précisions à ce sujet. Et les premiers renseignements qui nous ont été transmis se révèlent assez significatifs pour bien augurer de la suite, que nous ne manquerons pas de révéler au pays dès que ces informations auront été soumises aux vérifications d'usage. Qu'on sache, dès à présent, que s'étant acquis une certaine notoriété par ses travaux sur la transfusion sanguine et les fermentations morbides, Malapuerta orienta ensuite ses recherches vers un domaine interdit. Le secret dont il les entourait ayant suscité les curiosités, on ne tarda pas à former les hypothèses les plus audacieuses, confirmées peu après par un fait dramatique, un chien écorché et abominablement mutilé s'étant échappé de son laboratoire. Ce fut alors, dans l'Angleterre victorienne, un tel scandale que Malapuerta — mais s'appelait-il ainsi à cette époque ? — dut quitter l'Angleterre en toute hâte. Hélas, nous en avons hérité !

« On chuchote maintenant qu'avec Montgomery et Mudget, Malapuerta préparerait une expédition scientifique dans la *tierra caliente*, au sud-est du Chirripó. Peut-être, ces douteux aventuriers de la zoologie comptent-ils y retrouver leurs consœurs les sangsues, faune dominante des marais putrides qui, au-delà de Negrita, s'étendent jusqu'à l'océan ? Cependant, que nos lecteurs se rassurent : les frais de cette opération ne seront plus couverts par nos deniers échaudés mais par un lointain mécène, un certain Crosby, banquier à Chicago. Grand bien lui fasse !

« Je ne saurais terminer sans une dernière mise au point. Voilà cinq ans, quelques-uns de mes confrères bien intentionnés avaient cru devoir mettre en doute l'objectivité de mes articles concernant Baskerville, arguant de certaines raisons personnelles que j'aurais eues de monter en épingle les turpitudes du personnage. La suite de l'histoire a démontré qu'en fait mes accusations se situaient bien au-dessous de la réalité des choses. Elle a aussi démontré que lesdits confrères, en avançant des allégations fondées sur leur seule malveillance — ou bien la simple jalousie professionnelle, n'est-ce pas, messieurs ? —, prenaient leurs lecteurs habituels pour des imbéciles. Oserais-je dire que c'est là l'unique point sur lequel je sois d'accord avec eux ? »

L'article était daté du 4 janvier 1890, et cela me fit penser que je devrais demander à Beryl Garcia une chronologie aussi exacte que possible de tous les éléments de l'affaire. Les documents rangés, je me plongeai dans mes réflexions. La solution de cette énigme me paraissait être de nature essentiellement psychologique. Car s'il s'agissait d'une vengeance, c'était une vengeance raffinée, tendant à châtier Persano dans ce qu'il avait de plus cher, son honneur, auquel il tenait plus qu'à la vie. Toutefois, ce pouvait être aussi le résultat d'un chantage visant à prévenir les révélations promises par le journaliste. Dans le premier cas, il me fallait chercher parmi les ennemis que Persano s'était faits, soit pour les avoir mis en cause dans ses chroniques, soit pour les avoir affrontés en duel. Le second terme de l'alternative me ramenait évidemment aux trois M.

Pour arrêter mon choix, il me manquait certaines précisions que je devais me procurer d'urgence. À cette époque, il n'existait pas encore de câble sous-marin direct entre l'Angleterre et le Costa Rica ; j'ignore d'ailleurs s'il a été installé depuis. Je télégra-

phiai donc à New York, demandant à mon correspondant de prendre contact, par câble terrestre, avec
celui de San José. Renonçant à identifier dans un premier temps les gens mis en cause par les articles de
Persano, qui devaient décidément être trop nombreux, je sollicitai en priorité deux séries de renseignements plus précis, l'une à propos des adversaires
qu'il avait affrontés en duel, leur identité, leur position sociale, ce qu'ils étaient devenus ; l'autre relative
aux trois M. et à leurs actuelles activités.

3

Il se passa plusieurs jours avant que je revisse Beryl
Garcia. Quand elle revint, son embarras était tel
qu'elle n'osait soutenir mon regard.

— Je n'ai pas pu le décider, monsieur Holmes,
m'avoua-t-elle, d'une voix qui tremblait. C'était bien
ce que je pensais, Isadora a pris ce prétexte aux yeux
des autres et peut-être aux siens propres pour quitter le Costa Rica sans avoir l'air de fuir. Maintenant,
il prétend n'avoir pas besoin d'un médecin. Et pas
un mot, pas un mot… des heures sans ouvrir la bouche !

Assise au bord du fauteuil, elle triturait ses gants, le
visage contracté, les larmes sourdant au coin des paupières. Elle ajouta, très difficilement :

— Il affirme trouver un meilleur remède à ses tourments auprès des hommes de Dieu. Il se rend chaque
jour à l'église catholique romaine de Brompton
Road…

— Je connais.

— Il y a là un prêtre espagnol à qui, je pense, il se confesse, il avoue des péchés réels ou imaginaires.

— Se sentirait-il coupable à cause des gens qu'il a tués en duel ?

Elle se récria aussitôt :

— Mais il n'a tué personne, monsieur Holmes, ce n'est pas un assassin ! D'ailleurs, dans ces duels, il y a rarement mort d'homme ! Ils s'arrêtent au premier sang, et le vaincu ne souffre que de blessures bénignes, soit au torse, soit plus souvent au bras ou à la main.

Je demandai, avec une perfidie calculée :

— Dites-moi donc : ce vaincu ne cède-t-il pas quelquefois à la tentation de la vengeance ?

Elle haussa superbement les épaules.

— Chez nous, monsieur Holmes, le duel est plus une tradition d'honneur qu'un règlement de comptes. Chaque hidalgo possède son épée personnelle, étant entendu que la longueur des lames est toujours de la dimension réglementaire.

— Donc une fois le duel terminé, plus de rancœur ?

— Mais ce serait contraire à l'esprit même de la rencontre ! répliqua-t-elle, la mine altière. Quand l'affaire est terminée, l'honneur réciproque des adversaires s'en trouve lavé, et la querelle oubliée. Il faut que vous connaissiez bien mal notre code pour poser de telles questions, je vous assure !

Je n'insistai pas.

— Bien. Si M. Persano ne désire pas me voir, je pense qu'il serait inopportun d'insister. Au fait, qu'en est-il de ce ver ?

— Pilar m'a dit que le bocal était enfermé dans l'un des tiroirs de sa commode, à l'hôtel. Isadora y veille jalousement. Pourquoi ?

— Pour me faire une idée de l'état d'esprit qui doit être le sien. Vous dites qu'il fréquente le Brompton Oratory ? S'y rend-il chaque jour régulièrement ?

— Chaque soir, monsieur Holmes, pour les vêpres. D'ailleurs, Pilar et moi l'y accompagnons.

Je croyais en savoir assez. Je demandai tout de même à Beryl Garcia de m'établir la chronologie exacte de tous les événements marquants qui s'étaient passés à San José depuis son propre retour, en mars 90. Sur cet état devaient, bien entendu, figurer les duels livrés par Isadora Persano, ainsi que, dans la mesure du possible, l'identité de ses adversaires. Vers la fin de notre entretien, Cartwright, le jeune auxiliaire qui nous avait si bien secondés dans l'affaire de Baskerville Hall, arriva à Baker Street, où je l'avais convoqué. Je le présentai à Beryl Garcia, l'informant que l'adolescent passerait ses journées à flâner dans Eccleston Street, aux environs de l'hôtel *Commodore*, pour le cas où elle aurait un message urgent à me faire tenir.

Au moment où elle prenait congé, une question, subitement, me vint aux lèvres, surgie de quelque inconscient sournois qui eût cogité à mon insu :

— Dites-moi, chère madame, ce Malapuerta qui se vantait d'obtenir des chiens géants à volonté, l'avez-vous déjà vu ?

Apparemment très étonnée, elle répondit :

— J'ai eu l'occasion de le rencontrer plusieurs fois, durant les mois qui précédèrent mon mariage avec Hugh Baskerville, et même de lui parler. Il se présentait comme quelqu'un de tout à fait courtois et d'une bonne éducation.

— Quel type physique a-t-il ?

— C'est un bel homme, dans la cinquantaine, de la prestance, un visage régulier, quoiqu'un peu empâté, des cheveux fournis, tout blancs...

— Avez-vous remarqué ses yeux ?

— Effectivement, ils ont une forme particulière, acquiesça-t-elle, surprise. Sans être vraiment bridés, ils évoquent un peu l'Asie... ou plus exactement, si j'en crois des daguerréotypes que j'ai vus, ces Esquimaux qui peuplent l'Arctique ou la Laponie. Vous le connaissez donc ?

— Non, non, murmurai-je, je me référais simplement à certains critères d'anthropologie criminelle...

J'avais ressenti au fond de moi-même cette espèce de choc intime qui constitue toujours le prélude aux découvertes intéressantes. En même temps, j'étais déçu. Car si le signalement concordait, le nom me déroutait. Deux ans auparavant, le lieutenant Korzeniowski m'avait fait remarquer la concordance existant entre Voshuis et Foxhouse. La logique eût voulu que j'eusse affaire, maintenant, à Casadelzorro. Mais Malapuerta, « mauvaise porte » en espagnol, ne trouvait décidément aucune place dans le puzzle que, déjà, j'avais imaginé.

4

L'après-midi même, j'étais posté en observation sous les voûtes du South Kensington Museum, qui n'était pas encore notre célèbre « V. and A.[1] ». De là, j'avais une perspective complète de Cromwell Road et de Brompton Road, les deux artères par où arrive-

1. Familièrement, le Victoria and Albert Museum (depuis 1909).

rait le cab de ceux que j'attendais, selon les caprices de la circulation ou ceux de leur cocher.

Je n'attendis pas longtemps. Du véhicule, l'homme descendit d'abord, qui, galamment, prêta son bras à Beryl Garcia, puis à la vieille dame qui les accompagnait, encore cambrée et fière d'allure sous la mantille qui voilait ses cheveux blancs. Isadora Persano était lui-même un beau spécimen masculin. Grand, mince, brun comme le voulait sa latitude, il avait un visage d'une académie grecque, que soulignait, un peu à la façon d'une croix, la ligne ininterrompue des sourcils barrant un profil à la pureté rectiligne. Ses pommettes, ses mâchoires, jusqu'à la forme arquée de sa bouche, tout, chez lui, marquait l'excès des sentiments, non seulement néfastes comme l'orgueil ou la colère, mais aussi les plus élevés, générosité et noblesse d'âme. Décidément, j'imaginais mal un tel homme déchaînant lâchement un chien féroce contre un adversaire.

Dès qu'ils eurent pénétré dans l'église, je me hâtai de héler un cab pour me faire conduire à Eccleston Street. Je savais disposer d'au moins une heure et demie, d'autant qu'au moment où l'office serait terminé, la circulation se serait considérablement accrue.

Dans le hall de l'hôtel *Commodore*, je me félicitai que deux traditions folkloriquement étrangères l'une à l'autre vinssent en conjonction au moment où je devais opérer : les vêpres romaines et le thé britannique. Il y avait tant de monde dans les salons que j'y passai tout à fait inaperçu. Lorsque j'avais présenté Cartwright à Beryl Garcia, je lui avais demandé le numéro de sa suite, afin qu'en cas d'urgence elle pût être aussitôt prévenue. Par l'occasion, j'avais voulu connaître celui de Persano, qu'elle m'avait donné sans réticence.

Au premier étage, les couloirs étaient déserts, et j'ouvris sans difficulté la porte de Persano, grâce à l'un de mes passe-partout. Je disposais du temps nécessaire avant le retour des occupants, mais il ne s'agissait pas de se faire surprendre par quelque domestique. Je fis très vite. Dans la chambre à coucher de Persano, la commode était fermée à clé. Sa serrure, sommaire, ne résista pas à mes sollicitations. Tout de suite, je trouvai le petit bocal de formol, au fond d'un tiroir. Le couvercle en était soigneusement assujetti, mais par transparence j'aperçus le ver. En vérité, il était très menu, blême, d'une forme telle que je n'en avais jamais vu, grossièrement cylindrique avec une extrémité arrondie convexe et l'autre nettement tranchée. Deux fois plus long que large, il évoquait assez une minuscule balle de revolver. Je glissai le flacon dans l'une des poches intérieures de ma jaquette et refermai soigneusement le tiroir. Au moment où je quittai la chambre, mon regard tomba sur une épée accrochée au mur, une belle arme finement ornée, dont la lame semblait être du meilleur acier. Décidément, même résolu à ne plus s'en servir, Persano ne renonçait pas aux attributs de sa fierté. Je me dis que le remède à ses obsessions se tenait peut-être là.

À Baker Street, un câble m'attendait, venu de San José via New York. Il me faisait connaître la liste des adversaires affrontés sur le pré par Isadora Persano durant les deux dernières années : pas moins de huit rencontres, le personnage était décidément irascible ! Un seul de ces hommes était sorti vainqueur de la confrontation, ayant légèrement blessé Persano au bras gauche. Les sept autres avaient été touchés par lui, mais aucun très gravement. Il n'en restait pas

moins que deux de ceux-là étaient morts pour d'autres
raisons, l'un lors d'une chute au cours d'une ascension
dans la cordillère de Talamanca, le deuxième pour
avoir contracté la rage, maladie sans merci en ces
pays où la thérapeutique de M. Pasteur n'était pas encore bien pratiquée. À l'évidente exception de ces
deux cas, tous continuaient à mener la vie normale
qui était la leur. Pourtant, une précision attira mon attention : l'un des adversaires d'Isadora Persano,
l'avant-dernier, très exactement, n'était pas costari-
cien mais américain du Nord. De passage à San José
où une querelle l'avait opposé au journaliste, ce Brian
Fortescue était reparti peu après pour San Francisco,
sa résidence habituelle.

Ce détail me laissa rêveur. Un Yankee n'étant pas
soumis au même code de l'honneur que ces fiers hidalgos, l'idée d'une vengeance à distance ne devait
pas être écartée, encore que je visse mal laquelle.
J'envoyai un nouveau câble à San Francisco, demandant à mon correspondant local tous les renseignements concernant ce mystérieux Brian Fortescue.

5

Il n'était pas onze heures, le lendemain matin,
quand une Mme Hudson effarée frappa à la porte de
mon appartement.

— C'est cette dame, monsieur Holmes, celle qui
vient régulièrement depuis quelque temps ! À une
heure pareille, quelle inconvenance !

— Faites-la monter, dis-je brièvement.

Mme Hudson me dédia un reniflement de mépris
avant d'aller s'acquitter de ses devoirs d'hôtesse.

Beryl Garcia était visiblement bouleversée, et la porte n'était pas refermée qu'elle s'écriait :

— Ah ! monsieur Holmes, si vous saviez ce qui arrive !

— Asseyez-vous, chère madame, lui dis-je. Avez-vous froid, voulez-vous que je demande à Mme Hudson de rallumer le feu ?

— Ce ne sera pas nécessaire... Il faut que vous sachiez que quelque chose s'est produit hier, et que c'est très grave !

— Je suis habitué à ne m'étonner de rien... mais asseyez-vous donc, je vous en prie, et moi, je vous écoute.

Elle obéit, fit un effort pour récupérer sa respiration, avant de déclarer d'une voix blanche :

— On a cambriolé l'appartement d'Isadora pendant que nous étions aux vêpres, hier après-midi.

Je haussai les sourcils.

— Cambriolé, vraiment ? Et qu'a-t-on volé ?

Elle marqua une hésitation.

— Il... il n'y avait pas trace d'effraction, monsieur Holmes, mais avec de fausses clés, on a dû ouvrir le tiroir de la commode, car le bocal contenant le ver a disparu. N'est-ce pas incroyable ?

— Calmez-vous, lui dis-je placidement. Vous reconnaissez qu'il n'y a pas eu effraction. Êtes-vous sûre qu'on n'a rien volé d'autre ?

— Non, non, seulement cela ! Si vous voyiez Isadora, il est dans un état de fureur indescriptible ! Il a pensé se plaindre à la direction de l'hôtel, mais...

— ... mais il a craint qu'on ne prenne pas au sérieux le vol d'un flacon de formol contenant un ver, n'est-ce pas ?

Elle fit « oui » de la tête, très malheureuse. Je questionnai, avec la plus parfaite hypocrisie :

— Voyons… M. Persano ne l'aurait-il pas changé de place sans se le rappeler ?

— Il affirme que non !

Je tapotai ma pipe contre la grille de l'âtre, avant de poursuivre, tout en bourrant le fourneau :

— Je ne sais qui a fait cela, ni même si on l'a vraiment fait, mais dans une certaine mesure, voilà un bien pour un mal. Ce ver focalisait les obsessions maladives de M. Persano, et peut-être se trouvera-t-il bien de sa disparition.

Elle secoua la tête, en une mimique obstinée :

— Il ne s'agit pas que de cela, monsieur Holmes. Il se trouve en fait que c'est la troisième fois !

— La troisième fois ?

— La troisième fois qu'Isadora est cambriolé !

Elle avait réussi à toucher mon attention. Je me redressai sur mon fauteuil pour demander :

— Expliquez-vous.

Elle se montra subitement volubile :

— Les deux autres fois, c'était l'année dernière. Je n'étais pas encore… je n'avais pas encore renoué avec Isadora, et j'ai su tout cela plus tard, par Pilar. C'est elle qui, la première, a cru s'apercevoir un jour qu'on s'était introduit dans la maison. Elle le reconnaissait à des indices infimes qu'elle était seule à déceler. Isadora s'était alors moqué d'elle, car rien n'avait été volé, et aucune trace probante du passage d'intrus relevée.

— Ensuite ?

— Cela a recommencé un ou deux mois après, toujours selon Pilar, qui a pris sur elle de questionner la domesticité… Après tout, on avait fort bien pu soudoyer un valet ou une femme de chambre pour obtenir des clés, le temps d'en fabriquer des doubles...

— Cela se fait, effectivement... Et cette fois, a-t-on volé ?

— Non, mais...

— Mais ?

— Je ne sais si vous me croirez, monsieur Holmes, poursuivit-elle, timidement. Isadora lui-même était incrédule... il y a eu un petit acte de vandalisme.

— Dans l'appartement ?

— Dans la bibliothèque. Quelques livres ont été déchirés, jetés à terre et pire, semble-t-il, piétinés. On en a même brûlé un sur le tapis, comme pour un auto-dafé.

— Un fou, alors ?

— Certainement. Quelqu'un, qui, la première fois, ne voulait pas laisser de traces de son passage, mais qui, la deuxième fois, a dû perdre la tête à la vue de ces ouvrages !

— Mais enfin, grands dieux, quels ouvrages ? Des livres pieux, ou au contraire des publications licencieuses ? Franchement, je ne vois pas !

— Ni les uns ni les autres, monsieur Holmes, des traductions espagnoles d'un auteur français du XVIIIe siècle, Voltaire. Je ne...

L'expression de mon visage dut la frapper, car elle s'interrompit subitement, la main à sa bouche.

— Qu'ai-je dit ?

— Continuez ! intimai-je d'une voix coupante, vous parliez de Voltaire. On aurait donc détruit ces livres. Lequel a été brûlé ?

— Isadora me l'a dit, un peu plus tard : une brochure, une espèce de pamphlet intitulé *La diatribe du docteur Akakia...* mais en quoi cela vous intéresse-t-il ? Y a-t-il un rapport avec le ver ?

— Je ne sais pas, avouai-je, les sourcils froncés. S'il y en avait un, il est certain que cela donnerait à notre affaire une dimension tout à fait différente...

Le départ de Beryl Garcia m'abandonna au fond d'un abîme de perplexité. Au fil des jours qui suivirent, j'en vins à la conclusion qu'il fallait d'abord mettre de l'ordre dans mes idées. Les renseignements dont je disposais me permettaient d'aligner deux séries d'éléments : les concordances et les discordances. Les concordances d'abord : le rat géant de Sumatra et le chien géant des Baskerville offraient certes à l'esprit une parenté bien séduisante, mais ne trouvait guère sa place dans ce contexte le minuscule vermisseau d'Isadora Persano, un nain, entomologiquement parlant, de son espèce.

Autre rapprochement à opérer : Voshuis et Foxhouse, mais là encore, comment caser Malapuerta ? Enfin, dernier point commun : cette haine absurde, viscérale, de Voltaire. Il était permis d'apprécier diversement Voltaire, l'homme et l'écrivain. Champion de la tolérance, critique souvent hargneux et pas toujours impartial, on pouvait sans doute l'avoir haï de son vivant, mais nourrir une telle aversion plus d'un siècle après sa mort, voilà qui relevait manifestement de la pathologie mentale ! Donc, si Voshuis-Foxhouse était aussi Malapuerta — et ce dernier point tendait justement à le faire croire —, il ressortissait sans conteste à la galerie de savants fous qui, de Victor Frankenstein à Henry Jekyll, ont fait la gloire de notre littérature fantastique...

Les Londoniens ont peut-être oublié cet hiver si capricieux de 91, tantôt froid, tantôt basculant dans une douceur insolite, avec sa rançon de pluies et même d'orages anachroniques. Je me rappelle fort bien, moi, que ce fut, par un jour très sombre, où l'averse tombait à flots, qu'arriva le câble grâce auquel j'allais enfin mettre en place tous les morceaux du puzzle. Ce câble, de San Francisco, était des plus laconiques :

Brian Fortescue décédé d'une crise d'hydrophobie le 30 mai 1890.

Je convoquai Cartwright et lui confiai un message à porter à l'hôtel *Commodore*, le chargeant de le remettre en main propre à Beryl Garcia. Je connaissais assez le phénomène pour savoir que rien ne l'arrêterait. La missive était ainsi rédigée :

Prière de me faire savoir de toute urgence la date des deux cambriolages, vrais ou supposés, subis l'année dernière par Isadora Persano. Cartwright se tient à votre disposition pour me rapporter la réponse.

Cette réponse, je dus l'attendre plus longtemps que je ne l'eusse souhaité, mais, après tout, il fallait le temps à Beryl Garcia de questionner Pilar sans éveiller sa méfiance. Vers le soir, alors que les éclairs nappaient le ciel bas de leur lividité, Cartwright, trempé, les cheveux sur les yeux, se présenta à Baker Street. Je lui fis servir un thé brûlant par Mme Hudson, et tandis qu'il se séchait près du feu, je pris connaissance de la réponse, rédigée dans un style concis qui renforça mon estime pour la jeune femme :

Première visite : 15 février 1890.
Deuxième visite : 20 mars 1890.

Je me reportai aussitôt à la chronologie des duels d'Isadora Persano, telle que l'avait dressée mon correspondant à San José. La première visite avait eu lieu le jour précédant la confrontation avec Brian Fortescue, la deuxième s'était produite la veille de la rencontre avec Santiago Orvaz. Brian Fortescue, blessé le premier, était cependant mort après Orvaz, décédé lui fin avril, mais je relevai, dans le rapport de mon correspondant, deux précisions qui expliquaient cette anomalie : Fortescue avait été blessé au flanc, alors que Persano avait touché Orvaz au cou.

Très troublé, je ressortis le bocal du fatras d'échantillons chimiques où je l'avais rangé, pensant qu'il aurait là toutes les chances de passer inaperçu aux yeux indiscrets. Je le disposai sur mon bureau, m'assis dans le fauteuil, juste en face. Dehors, l'orage avait éclaté, et, derrière les vitres ruisselantes, le tonnerre grondait sourdement. Je demeurai ainsi des heures, contemplant, sans vraiment la voir, cette espèce de larve minuscule, en fait l'un des monstres les plus terrifiants qui aient jamais menacé l'humanité.

6

Peut-être vous souvenez-vous, Watson, de ce câble énigmatique que je vous adressai fin février 91. Il disait à peu près ceci — je cite de mémoire, bien entendu :

Prière me faire connaître nom d'un de vos confrères en recherche, prêt à considérer sans a priori les hypo-

thèses les plus extravagantes, et surtout libéré de tous les carcans intellectuels forgés par la Science officielle.

Vous m'aviez alors répondu, et je cite toujours de mémoire :

Voyez George Édouard Challenger, docteur en médecine, docteur ès sciences. Vingt-huit ans mais en paraît quarante. Barbe assyrienne déjà patriarcale. Plus large que haut. Se tient habituellement au British Museum, ou plus exactement en son annexe, le Natural Sciences Museum, Cromwell Road, sous la baleine. Attention : l'homme est dangereux. Esprit très leste, poings encore plus.

Je n'en avais pas été découragé, et je m'étais retrouvé sous la baleine de cent pieds que les architectes du muséum avaient cru bon de suspendre sous les voûtes, plus par goût du sensationnel que par souci esthétique. Challenger n'y était pas. Je le découvris dans la bibliothèque du musée, compulsant des albums de gravures qui reproduisaient des animaux préhistoriques. Je pus obtenir le pupitre voisin du sien, et, jetant un coup d'œil sous la tablette pour m'installer plus commodément, je notai que ses jambes, très courtes, pendaient de son siège, n'atteignant pas le tuyau d'eau chaude qui courait sous les fauteuils pour réchauffer les pieds des lecteurs. Assis, l'homme apparaissait comme un géant ; debout, il devait m'arriver à l'épaule. Il n'en restait pas moins que son énorme tête taurine et sa poitrine d'ours sous la barbe de jais en imposaient considérablement. Je me penchai vers lui :

— Monsieur Challenger ?

— Oui ! clama-t-il d'une voix rogue, la barbe déjà hérissée. Qu'est-ce que vous me voulez ?

— Je désirerais vous entretenir d'une affaire de la plus haute importance.

— À quel titre ? aboya-t-il, sur un registre tel que toutes les têtes de la rangée se tournèrent vers nous.

Au chuchotis général l'invitant au silence, il répondit par un regard furibond. Je murmurai, très bas :

— Je puis vous assurer que vous serez très intéressé par ce que j'ai à vous dire. Sinon, vous pourrez toujours me boxer. C'est un exercice pour lequel j'ai moi-même assez de goût.

Cet argument parut l'avoir impressionné. Il m'examina soigneusement sous ses sourcils touffus, avant de déclarer, abruptement :

— Bien. Sortons, et priez le Ciel que vous ne m'ayez pas dérangé pour rien, mon petit monsieur.

Le formule était savoureuse, de la part d'un homme sur la tête duquel j'eusse pu boire le thé, mais je n'eus garde de la relever.

— Je vous invite au pub voisin, lui dis-je. Il y en a un très tranquille au coin d'Exhibition Road…

Lui, massif et courtaud, moi grand et maigre, nous fîmes une sortie très remarquée. Nous n'étions pas dans la rue qu'il glapissait :

— Vous savez mon nom. Me direz-vous le vôtre ?

— Sherlock Holmes.

Il s'arrêta net, la barbe au vent.

— Le détective, hein ? Votre réputation ne m'impressionne pas, sachez-le. Et sachez aussi que je n'aime pas votre espèce. J'ai cassé quelques dents à des représentants de l'espèce voisine, celle des journalistes.

Je répliquai placidement :

— Il y a, entre eux et nous, une différence essentielle, mon cher monsieur. Leur credo est l'indiscrétion, le nôtre est la discrétion. Par ailleurs, je fouille, moi, dans la vie de gens vivants, capables de se défendre, et vous dans celle d'animaux morts qui auraient bien mérité le repos. À cette nuance près, vous le voyez, nos activités ne sont pas sans rapport, monsieur... au fait, dois-je vous appeler professeur ?

— Je ne suis qu'assistant ! jeta-t-il d'un ton hargneux. Vous le ferez plus tard, si cela arrive... ce dont je commence à douter, d'ailleurs, à fréquenter les ânes bâtés qui portent ce titre ! Appelez-moi donc Challenger, cela suffit à ma gloire. Pour moi, vous serez Holmes. Et surtout, ne vous perdez pas en circonlocutions. J'ignore si votre temps est précieux ; le mien l'est.

Nous nous étions assis au pub, et avions commandé des bières. Je sortis le bocal de ma poche, le posai sur la table.

— Plus de paroles, donc, Challenger. Regardez seulement ceci et dites-moi ce que vous en pensez.

Le bocal disparut entre ses mains énormes. Il le souleva afin de favoriser la transparence, puis sortit de son gousset des besicles qu'il ajusta sur son nez camus. Il semblait déconcerté.

— Qu'est-ce que c'est que cette bestiole ? grommela-t-il enfin. Je ne suis pas entomologiste, mais j'en connais un brin sur la question... et je n'ai jamais rien vu de pareil.

— Je vous la laisse, vous pourrez l'examiner à loisir et me dire ce que vous en pensez.

Il ôta ses besicles, darda un regard furieux.

— Comme cela ? *Gratis pro deo ?*

Je répondis froidement :

— Contre la révélation d'une vérité qui vous portera hors de vous-même, Challenger, je vous en donne la garantie formelle. Vous n'êtes pas entomologiste ? Tant mieux ! Rien de plus borné que les spécialistes. Et le fait d'être zoologiste ne vous avance guère. En fait, c'est une branche bien particulière de la science que cela concerne...

— Laquelle ?

— Permettez-moi de ne pas influencer votre jugement. Beaucoup de ceux à qui je ferais part de mon sentiment me croiraient mûr pour l'asile.

— Et moi non ?

— Vous non, pour une simple et bonne raison : la plupart de vos confrères pensent déjà cela de vous.

Il éclata d'un rire tonitruant, dont tremblèrent les vitres du pub, tandis que les autres consommateurs, effarés, tournaient la tête vers nous.

— Bien envoyé, Holmes, par Belzébuth ! C'est tout à fait vrai et je m'en flatte. Seulement, monsieur le Détective, je veux maintenant cette vérité, et je ne conclurai rien tant que je n'aurai pas en main tous les éléments du problème.

— Je ne les possède pas tous, répondis-je. Vous devez vous contenter de ceux que je connais moi-même.

Pendant cinq minutes, il consentit à m'écouter, m'interrompant parfois pour quelque question brève et toujours pertinente. J'éludai cependant de mon discours les problèmes proprement personnels d'Isadora Persano, qui ne le concernaient pas et n'eussent en rien contribué à l'éclairer sur le point précis à propos duquel je le sollicitais. Quand j'en eus terminé, il me regarda intensément, un peu comme pour tenter de deviner mes propres pensées. Il murmura enfin :

— Voshuis, Foxhouse, Malapuerta... Savez-vous une chose, Holmes ? Ces croisements opérés en vue d'obtenir une nouvelle race de chiens géants comme celui que vous avez abattu à Dartmoor, cela me rappelle quelque chose... de même que cette haine étrange pour Voltaire.

— Et quoi donc ?

— Justement, je suis incapable d'en cerner le souvenir..., gronda-t-il, claquant des doigts. Mais n'ayez crainte, cela me reviendra. Quant à ce ver nain...

Il s'interrompit en me voyant secouer la tête, et je crois bien qu'il esquissa un demi-sourire.

— Non, n'est-ce pas ? Pas nain ?

— Et pas ver, Challenger.

Il regarda encore le bocal. Il y avait comme de la peur dans la façon dont il le reposa sur la table. Il dit, tout bas :

— Je vois très bien à quelle branche de la science vous vous référez, Holmes... tout de même, quel géant, hein, dans ce petit bocal ?

Nous nous étions compris. Il ne m'accorda que des adieux très secs, mais je le soupçonnai tout de même d'être flatté que je me fusse adressé à lui.

7

La pauvre Mme Hudson connut, le surlendemain, l'une des grandes émotions de sa vie. Mes clients l'avaient pourtant habituée à des façons bien singulières, mais je ne l'avais jamais entendue crier aussi fort dans l'escalier :

— Monsieur ! Monsieur ! Redescendez ! en voilà une façon de se conduire, c'est intolérable ! Où

croyez-vous être ? Nous sommes ici dans un pays civi-
lisé et il n'est que dix heures !

Ma porte battit. Isadora Persano, livide de rage, le
menton encore bleu d'une barbe négligée, s'encadrait
dans le chambranle, l'index tendu.

— Vous êtes Sherlock Holmes ! tonna-t-il, vous
êtes détective, allons, avouez-le !

— Mais je le reconnais, cher monsieur, dis-je, très
froid. Si vous voulez bien vous asseoir...

Il vociféra :

— Je n'ai pas besoin de m'asseoir pour vous dire ce
que je pense de vous, monsieur Sherlock Holmes ! Je
sais qui vous êtes, j'en ai été averti, et bien averti !

— Par un ami qui vous veut du bien, je présume ?
lui demandai-je, d'un ton aussi suave que possible.

— Oui, une lettre anonyme, mais qu'importe ?
C'est la vérité, n'est-ce pas, le niez-vous ?

— C'est effectivement la profession que j'exerce. Je
ne le nie pas.

— Vous seriez malvenu ! clama-t-il. Il m'a suffi
d'une question, d'une seule, à Beryl, pour comprendre que vous l'aviez circonvenue et qu'elle m'avait
ignominieusement trompé ! Elle me parlait d'un médecin et vous n'êtes qu'un alguazil. Oh ! mais je vous
ferai savoir qu'on ne s'introduit pas ainsi, frauduleu-
sement, dans la vie des gens, monsieur l'Inquisiteur, je
vous apprendrai...

— Et comment ? coupai-je, glacial. En m'invitant à
une rencontre matinale sur le pré ?

Il blêmit encore plus, recula d'un pas, tandis que je
poursuivais d'une voix mordante :

— Ma parole, mon cher monsieur, j'ai cru un instant que vous alliez me mordre ! Si vous persistez
dans ce projet, sachez en tout cas que je suis protégé

contre de telles agressions. J'ai subi tout récemment une série d'inoculations préventives selon le système Pasteur afin de m'immuniser contre les morsures des animaux enragés, l'homme étant, bien entendu, compris dans ce lot.

L'effet de ces paroles fut remarquable. Un peu de couleur revint à ses joues, il se redressa, prononçant, d'un ton à peine audible :

— Voulez-vous dire que vous êtes vacciné contre la rage ?

— Exactement.

Il récupérait sa respiration et sa morgue pour questionner :

— Si je comprends bien, vous me proposez un duel ?

— Oui.

— À l'épée ou au pistolet ?

— À l'épée.

Il hésita une seconde, dit d'une voix sourde :

— Je dois vous prévenir que c'est là mon arme favorite et que je me vante d'y exceller.

— Eh bien, répondis-je avec bonne humeur, cela nous fait un point commun. Je pense cependant que vous ne pouvez produire de témoins ?

— Je ne connais personne ici.

— En ce cas, convenons que nos honneurs réciproques en tiendront lieu. Quand ?

— Le plus tôt possible ! s'écria-t-il, farouchement.

— Je vous propose les fourrés de Regent's Park, derrière le zoo, fermé aux heures matinales... Nous y serons parfaitement tranquilles, d'autant que la végétation très fournie nous dissimulera aux regards. Disons demain, six heures, entrée nord-ouest ?

— Entendu, je m'y ferai conduire.

— J'aurai ma propre épée, qui est réglementaire. Prenez la vôtre. Je connais vos usages et ne voudrais pas vous y faire déroger.

Tournant les talons sans un mot, il dévala l'escalier. Par la fenêtre, je le vis s'engouffrer dans un fiacre qu'il avait fait attendre devant le 221B. Un autre fiacre stationnait un peu plus loin, qui s'ébranla doucement tandis que le premier véhicule démarrait. Il vint se ranger au pied du porche, et Beryl Garcia en descendit, donnant tous les signes de la plus grand fébrilité. Elle sonna. Peu après, la voix de Mme Hudson, portée à l'aigu par l'indignation, résonna encore dans l'escalier :

— Madame, Madame, je vous en prie, il est dix heures, M. Holmes est encore en robe de chambre, vous êtes une dame !...

J'ouvris la porte, lançai :

— C'est bien, madame Hudson, je reçois cette dame ! Puis, m'effaçant :

— Je vous en prie, madame Garcia, mais vous, au moins, asseyez-vous, ne faites pas comme votre compatriote.

La pauvre femme était sans couleur. Elle tremblait convulsivement et s'écria aussitôt :

— Ah ! monsieur Holmes, jamais je ne me pardonnerai de vous causer tous ces ennuis. Qu'a-t-il dit, qu'a-t-il fait ?

— Rien d'irréparable, dis-je chaleureusement. Mais avant d'aborder le sujet, une question, une seule : après avoir fait mordre par un chien ce jeune homme de San José, Persano lui a bien proposé ensuite ce duel qu'il avait d'abord refusé, n'est-ce pas ?

— Oui, mais je vous l'ai dit, l'autre...

— À ce moment-là, le jeune homme en question avait été vacciné contre la rage ?

— Oui, à la clinique où on l'a soigné... par précaution, vous comprenez : Vous voyez, monsieur Holmes, la conduite d'Isadora est tout à fait incohérente ! C'est celle d'un fou, et d'un fou incurable, je le crains !

— Pas du tout, répondis-je en souriant. C'est au contraire celle d'un gentleman... mais si vous m'expliquiez ?

— Eh bien, il a reçu ce matin un message par porteur. Presque aussitôt il a quasiment forcé ma porte pour me le montrer. Il était dans une fureur noire ! Il m'a accusée des plus noires manœuvres, il a juré que je l'avais trompé et qu'il ne me ferait plus jamais confiance. Il est ensuite parti en trombe. J'étais sûre qu'il était venu ici, et je m'y suis fait également conduire. Que s'est-il passé, par pitié ?

— Vous l'avez lu, ce message ?

— À peine. Des lettres en caractères d'imprimerie lui révélant que le médecin qu'il devait voir n'était autre que le détective Sherlock Holmes. Et même votre adresse y figurait, monsieur Holmes ! Comme si l'on souhaitait provoquer un grave incident entre vous. Qui peut être responsable d'une telle félonie ? Je vous assure que personne n'était dans la confidence, à part Pilar !

Je déclarai, d'un ton léger :

— Vous savez, chère madame Garcia, nous autres, enquêteurs, avons pour habitude d'examiner toutes les hypothèses, et une fois écartées celles que nous considérons comme impossibles, nous retenons la dernière qui reste, si improbable paraisse-t-elle. Voyons les personnes qui étaient au courant : Pilar...

— Pas Pilar ! s'écria-t-elle spontanément. Jamais, elle n'aurait fait une chose pareille.

— Vous-même.

— Oh ! monsieur Holmes.

— Et enfin une troisième personne.

— Franchement, je ne vois pas...

— Eh bien, moi.

Beryl Garcia secoua la tête, éperdue de perplexité.

— Je ne comprends pas, monsieur Holmes. Quel intérêt aviez-vous à une telle manœuvre ?

Je répondis, brièvement :

— D'abord, acceptez mes excuses, chère madame, pour une chirurgie qui vous a fait si mal. Elle était nécessaire. Pourquoi ? Pour ajuster à la vérité la dernière pièce qui me manquait. Demain, M. Persano et moi nous nous battons en duel.

Elle se dressa d'un bond, toute pâle, les mains crispées sur son réticule.

— Non, monsieur Holmes, ce n'est pas possible ! Dans l'état où il est, il vous tuerait ! Il faut refuser !

— Soyez sans crainte, dis-je tranquillement, je suis un escrimeur plus que passable. Il ne me touchera pas. De mon côté, je vous promets de l'épargner.

Elle répéta, au bord des larmes :

— Mais pourquoi ? Pourquoi ? Je sens, je suis sûre que vous avez provoqué cette rencontre ! Dans quel but ?

— Je pense que c'est bien évident, chère madame : dans celui de remplir la mission que vous m'avez confiée, guérir Isadora Persano. En fait, vous pouvez considérer que cette guérison est acquise. La preuve : il se bat !

8

Ah ! mon cher Watson, que de fois ai-je abusé de votre patience inaltérable, de votre silencieux dévouement ! Mais parmi les remords qui viennent hanter mes vieux jours, figure en meilleure place ce câble par lequel je vous arrachai à la douceur d'un foyer dont Mary Morstan avait su faire un petit paradis, par cette aube froide de mars 1891.

Me bats en duel. Avons besoin médecin sur terrain pour soins éventuels. Prenez cognac afin combattre fraîcheur matinale. Passerai vous chercher demain 5 h 30.

Ce que je fis. Pendant le trajet, vous ne m'avez posé aucune question et si, au jour du Jugement dernier, bonnes et mauvaises actions sont mises en balance, je suis sûr que cette discrétion pèsera lourd en votre faveur. Quant à moi, je crus bon de vous informer que, pour les besoins d'une enquête, je devais jauger la lame d'un témoin essentiel, mais je ne vous en confiai pas plus. Disons que j'avais, par anticipation, engagé ma parole sur ce silence. Le fiacre nous arrêta à l'entrée nord-ouest de Regent's Park. Persano était déjà là, seul, faisant les cent pas dans l'allée centrale, son fourreau sous le bras, et votre vue, vous devez vous le rappeler, le fit assez vivement réagir.

— Je croyais que nous devions nous battre sans témoins ?

Je répondis sèchement :

— Ce monsieur est médecin. Je l'ai emmené pour les besoins éventuels de sa profession et il ne saurait juger notre combat... D'ailleurs, il se tiendra à bonne distance, n'est-ce pas, Watson ?

Vous avez acquiescé un peu tristement, et je n'oublierai jamais de quel regard inquiet vous nous avez suivis tandis que nous nous éloignions sur la pelouse emperlée de rosée vers l'endroit que j'avais choisi pour l'affrontement, en contrebas des terrasses de Nash. Il faisait très frais. Venus de Primrose Hill, les parfums précoces de la végétation embaumaient l'atmosphère, mais la brise du nord nous apportait aussi les relents alcalins du zoo, où s'éveillaient les fauves, un peu plus loin.

Comme prévu, le lieu était désert, entouré de massifs exotiques qui nous dissimuleraient aux yeux des curieux. Nous comparâmes nos épées, dont les lames, identiques, mesuraient un peu moins de trois pieds, soit les quatre-vingt-dix centimètres français fixés par les règlements. Nous ôtâmes ensuite nos jaquettes, que nous déposâmes à terre. En manches de chemise, nous exécutâmes le salut des escrimeurs, sous la longue perspective des statues voilées de brume qui bordaient la Cumberland Terrace.

Depuis les quelques phrases échangées à notre arrivée, nous n'avions plus prononcé un mot.

9

Isadora Persano était gaucher. M'étant déjà exercé en salle contre des tireurs de cette espèce, je connaissais les précautions élémentaires à observer : me méfier des parades en quarte ou contre de quarte, et surtout fermer hermétiquement la ligne de sixte.

— En garde, monsieur !
— Je suis prêt.

Nous échangeâmes quelques battements, dont le bruit argentin résonna dans la sérénité glacée de l'aurore. Dès l'absence de fer, j'avais compris que Persano préférait se fier au coup d'œil plus qu'à la sensibilité tactile, et je le soupçonnai vite de me préparer un « coup des deux veuves » à la française. J'étais handicapé dans la mesure où lui, se battait pour vaincre au premier sang, alors que j'avais surtout pratiqué le fleuret, où seules sont créditées les touches à la poitrine. Or, je ne voulais pas risquer de le blesser sérieusement.

À plusieurs reprises, j'engageai. Chaque fois, il dégageait aussitôt, me laissant dans l'incertitude quant à sa préférence pour la ligne haute ou la ligne basse, mais il exécuta bientôt un coupé, qui m'inclina vers la seconde hypothèse. Je répliquai par un contre-coupé façon Camille Prévost. Nous soufflâmes une minute, les pointes baissées, mais nos regards acérés maintenant la tension du combat.

— Vous n'êtes pas un novice, reconnut-il avec un léger sourire.

Je répondis :

— Vous non plus, si j'en juge par le nombre de vos duels.

— Vous les connaissez ?

— Par le détail, c'est mon métier. Je puis d'ailleurs vous citer les noms de vos derniers adversaires : Orvaz et Fortescue…

Il pâlit sensiblement.

— Pourquoi ceux-là ? fit-il d'une voix sourde.

— Parce qu'ils sont morts.

— En garde, monsieur, en garde !

Il lança une attaque de flèche au corps, assez imprudente, ma foi. Je lui opposai une puissante octave, aussitôt suivie d'une riposte par feinte de dégagement dessus-dégagement dedans. Il en parut légèrement déséquilibré. Allait-il commencer à perdre son sang-froid ? Il se retrouva vite en ligne, déclarant d'un ton rogue :

— Je ne les ai pas tués !

— C'est pourtant ce qu'on vous a fait croire.

— Que voulez-vous dire ?

Nos lames se cherchaient, se tâtaient, se taquinaient, dans l'attente d'une occasion. Je murmurai :

— Je parle de la lettre que vous avez reçue avec ce ver mystérieux. Piège à double détente, mon cher. À mots assez couverts pour que vous soyez seul à les comprendre, elle vous apprenait que la pointe de votre épée avait inoculé la rage à deux de vos partenaires, et que votre probité s'en trouvait irrémédiablement entachée. Voilà pour la vengeance, et le passé. Quant à l'avenir, on vous prévenait, sur le mode charitable, que vous ne pourriez plus livrer le moindre combat sans contaminer votre adversaire. C'était vous acculer à la lâcheté, détruire cet honneur auquel vous tenez plus qu'à la vie. Revanche subtile, accompagnée d'un chantage évident : arrêtez la série de vos révélations, ou la vérité à votre sujet sera divulguée et plus personne ne voudra vous serrer la main. Car vous ne pouvez pas vous permettre de lâcher chaque fois un chien contre votre insulteur pour l'obliger à se faire vacciner, n'est-ce pas ?

Saisi de fureur, Persano amorça une pression, cavant aux avancées puis, devant la façon dont je me dérobai, me servit une prise de fer double. Je ripostai par un coup de temps en demi-fente. Il rompit, la pointe basse, lança hargneusement :

— Beryl n'a pu vous apprendre cela, elle l'ignore !

— Mme Garcia ne m'a rapporté que les événements dans leur cruelle simplicité. J'ai fait les rapprochements qui s'imposaient. Quant à ce qu'on pense être un ver, j'imagine que Malapuerta a cédé, en vous l'envoyant, à une impulsion irrésistible de sa frénétique mégalomanie. Il devait laisser entendre, dans sa lettre, qu'il s'agissait de l'agent microscopique de la rage, grossi des millions de fois par la puissance de ses sortilèges, non ?

Persano acquiesça. Il n'avait pas abandonné sa garde, la pointe basse, mais le jarret tendu et le regard vigilant. Je poursuivis :

— Sans doute, dans sa vanité, espérait-il que vous soumettriez le spécimen à des hommes de science, qui se verraient alors contraints d'avouer leur ignorance. Vous ne l'avez pas fait, mais Beryl Garcia, poussée par le seul souci de vous venir en aide, s'est substituée à vous, sans résultats d'ailleurs. Car comment des zoologistes auraient-ils pu identifier ce qui ressortissait à la bactériologie ?

— Quoi qu'il en soit, gronda Persano, on me l'a volé.

— Oui, c'est moi.

La colère le prit à nouveau.

— De quel droit ?

Il accompagna son apostrophe d'un coup droit, précédé d'un doublement. Je l'arrêtai net par opposition de coquille. Il était peut-être un homme de terrain, mais sa technique restait un peu rudimentaire, même s'il palliait son absence de « sentiment du fer » par une surprenante sûreté du coup d'œil.

— … de celui que je m'arroge de faire passer l'intérêt général avant les obsessions particulières. Vous vous en trouverez mieux et l'humanité aussi. D'ailleurs, puisque nous en sommes aux aveux, en voici un autre : je suis cet ami qui vous veut du bien, même si vous avez du mal à le croire.

— Quoi, la lettre anonyme ? s'écria-t-il complètement désorienté. Mais pourquoi ?

— Pour vérifier une hypothèse. Vous m'autoriserez maintenant une seconde épreuve : je vous ai menti en vous disant que j'étais vacciné contre la rage.

Il baissa son épée, tremblant d'émotion.

— Je ne me battrai plus avec vous ! cria-t-il.

— Je pense que ce n'est plus nécessaire, répondis-je froidement. Au demeurant, dites-vous bien que, touché par vous, j'eusse pris l'élémentaire précaution de me soumettre aussitôt à un traitement sérothérapique… Au fait, ne vous êtes-vous pas étonné que Fortescue, blessé le premier, soit mort le deuxième ?

Il secoua la tête.

— On m'a dit que la maladie ne se déclare qu'après des délais variant avec les individus.

— Et surtout l'endroit où le malade a reçu la blessure. Vous aviez touché Orvaz au cou, où les filets nerveux sont beaucoup plus nombreux qu'à la poitrine, d'où une transmission plus rapide du mal. Comment avez-vous appris la mort de Fortescue ?

— Un article d'un journal de San Francisco était joint à la lettre…

— Et vous souvenez-vous de la date des deux cambriolages « blancs » dont vous avez été victime, l'année dernière ?

Ma question le prit tout à fait au dépourvu.

— Non, j'avoue que non…

— Vous devriez. Le premier a eu lieu la veille de votre duel contre Fortescue et le second le jour précédant celui où vous avez rencontré Orvaz.

Sous son hâle naturel, sa peau prit une teinte grise.

— Voulez-vous dire...

— Eh oui ! Malapuerta avait dû faire subir à sa préparation un traitement destiné à en maintenir la nocivité le plus longtemps possible, mais visiblement, il a préféré, la veille du second duel, recommencer sa manœuvre pour le cas où la virulence se serait affaiblie. C'est ainsi qu'en toute innocence, vous avez expédié deux personnes, mon cher monsieur.

Un silence pesant s'établit. Derrière nous, par-delà les grilles du zoo, monta un long feulement, dont l'air léger du matin amplifia l'écho sinistre : un félin réclamait déjà une nourriture qui ne viendrait que le soir. Persano demanda timidement :

— Comptez-vous faire état de ce que vous savez ?

— La discrétion est la vertu essentielle de notre profession..., répondis-je. Je promets le silence le plus absolu.

— Même envers votre ami, le médecin ?

— Même envers lui. J'avais prévu votre sollicitation.

Il rengainait son épée dans le fourreau sans oser me regarder. Il avoua enfin, très bas :

— Je crains de vous avoir mal jugé, monsieur Sherlock Holmes.

— N'en ayez pas de remords, raillai-je, c'est là une disgrâce qui m'est très familière. Ah ! un conseil pour l'avenir : avant chaque duel, passez donc votre lame à l'éther, à l'alcool, ou faites-en bouillir la pointe pendant un quart d'heure. Vous voyez que les petits moyens peuvent suffire à combattre la gigantesque folie des hommes... À ce propos, avez-vous eu des nouvelles de Malapuerta, depuis votre séjour en Angleterre ?

— Des échos m'en sont revenus. L'entreprise, dans les marais du fleuve Chirripó, aurait tourné court, les sangsues ayant semé la zizanie parmi ces suceurs de sang. Mudget serait rentré aux U.S.A. en même temps que le commanditaire de l'expédition, Crosby. Malapuerta, lui, se serait rendu au Chili avec son âme damnée, Montgomery. De là, il aurait embarqué à Arica pour son île d'Uffa, après avoir fait amener dans les cales une cargaison d'animaux sauvages.

— Dans quel but ?

Persano haussa les épaules.

— Malapuerta n'a jamais été très discret sur son propre génie, mais là, sa folie des grandeurs semble avoir atteint la dimension du délire : il aurait laissé entendre que, de ces animaux, il ferait des hommes !

J'ironisai :

— Il ne se prend donc pas seulement pour Napoléon, comme le fou moyen de nos asiles, mais pour Dieu lui-même.

— *Quos vult Jupiter perdere dementat prius*, conclut Isadora Persano, en bon Latin qu'il était.

Je ne le lui faisais pas dire.

10

Je passai les quelques jours qui suivirent à constituer un dossier visant à établir la mort légale de Hugh Stapleton, englouti deux ans auparavant dans le bourbier de Grimpen. Les conclusions de cette instruction permettraient à Beryl Garcia d'épouser Isadora Persano dès son retour au Costa Rica. J'obtins satisfaction, grâce, je dois le dire, à l'aide diligente de Lestrade.

À la fin du mois suivant, en cet avril 91 qui annonçait un printemps précoce, j'accompagnai à Victoria Beryl Garcia et Isadora Persano, qui repartaient pour leur pays. Persano avait changé du tout au tout. Respirant la joie de vivre, il voulait bien admettre que j'y avais un peu ma part. Et si la fine mouche qui avait pris en main sa destinée n'avait pu lui faire jurer de ne plus se battre, au moins avait-elle obtenu la promesse que lui-même ne susciterait plus les rencontres.

Nos adieux furent remarquablement dignes jusqu'au dernier moment où, dans un mouvement imprévisible, Beryl Garcia m'embrassa sur les deux joues. Vous savez, Watson, combien je redoute et déteste ces effusions, mais je confesse aujourd'hui que la spontanéité du geste m'emplit d'une émotion absurde.

Peu après, je reçus un câble de Challenger :

Passez me voir dès que possible à Enmore Place.

C'était son adresse personnelle. Je ne réponds pas, d'habitude, à ces convocations comminatoires, mais m'étant placé en position de demandeur, je mis mon amour-propre de côté. Sans doute Challenger m'apporterait-il des lumières sur l'étrange créature qui habitait le bocal de formol.

Je me trompais. Sur ce plan, il n'avait encore rien à m'apprendre. Il me dit simplement qu'il avait pensé envoyer le spécimen à l'institut de Pavie, où Negri poursuivait d'intéressantes recherches, mais que la réputation de celui-ci, connu pour conclure trop hâtivement, l'en avait dissuadé. Il s'était donc adressé à Babès, de Bucarest. Toutefois, la minutie comme la conscience scientifique un peu tatillonne de ce dernier risquaient de remettre la solution du problème à un avenir plus lointain.

— C'est à propos d'autre chose que je vous ai appelé, poursuivit-il, le sourcil dominateur. Et si vous m'avez apporté quelque satisfaction sur le plan du sensationnel, j'en ai maintenant autant à votre service... Vous rappelez-vous ma réflexion concernant ces croisements de chiens dont j'avais perdu la référence exacte ? Eh bien, j'ai retrouvé mes sources, en suivant justement la piste de Voltaire !

Il avait ouvert un vieux livre, dont il avait corné sans respect l'une des pages.

— Voici un ouvrage intitulé *Souvenirs d'un citoyen*, écrit par Jean Louis Samuel Formey, un philosophe français du XVIIIe siècle, collaborateur de l'Encyclopédie. Lisez-vous le français ?

— Couramment. Ma mère s'appelait Lecomte. C'était la nièce du peintre Horace Vernet.

— Alors prenez connaissance de cet extrait.

Je lus les lignes suivantes :

« ... la maison de M. de Maupertuis était une véritable ménagerie, remplie d'animaux de toute espèce, qui n'y entretenaient pas la propreté. Dans les appartements, troupes de chiens et de chats, perroquets, perruches, etc., dans la basse-cour, toutes sortes de volailles étrangères. Il fit venir une fois de Hambourg une cargaison de poules rares avec leur coq. Il était dangereux, quelquefois, de passer à travers la plupart de ces animaux, par lesquels on était attaqué. Je craignais surtout beaucoup les chiens islandais. M. de Maupertuis se divertissait surtout à créer de nouvelles espèces par l'accouplement de différentes races ; et il montrait avec complaisance les produits de ces accouplements, qui participaient aux qualités des mâles et des femelles qui les avaient engendrés... »

Je relevai la tête.

— Maupertuis ?

— Pierre-Louis Moreau, baron de Maupertuis, 1698-1759, énonça Challenger, passant ses doigts en fourchette dans sa barbe avec une mimique de prestidigitateur. Géomètre, disciple de Bernouilli, et très renommé en son temps. C'est lui que le roi de France Louis XV chargea d'une expédition au pôle Nord, puis en Laponie pour mesurer l'arc du méridien terrestre. Maupertuis établit alors que la Terre, loin d'être parfaitement ronde, était aplatie aux pôles.

— Mais ces chiens... ?

— Maupertuis était un esprit universel qui cherchait dans toutes les directions. J'ai consulté ses biographies, de Brunet à de Tressan, en passant par du Bois-Reymond et de la Baumelle. Toutes soulignent cet intérêt extraordinaire pour les animaux, et son obsession concernant la création de nouvelles races... pas seulement les chiens, les scorpions et les salamandres aussi... Maupertuis, allons, Holmes, cela ne vous dit rien ?

— À première vue non, répondis-je, un peu vexé.

— Avez-vous lu le *Roman de Renart* ?

— Bien entendu. Il y a très longtemps.

— Le goupil habite une sorte de tanière appelée maupertuis... en vieux français mauvais passage, mauvaise porte.

— Malapuerta, fis-je sourdement.

Il y eut un silence. Challenger m'observait attentivement, sous la jungle de ses sourcils. Le bougre jaugeait mes qualités d'analyse. Je me hâtai de parler :

— Maupertuis, la maison du renard... Donc Fox-house, donc Voshuis. Tout s'emboîte, ou plus exacte-ment, tout s'emboîtait, il y a plus d'un siècle... mais à présent ?

— Nous y venons, dit Challenger, docte. Mauper-tuis épousa en 1745 une Mlle de Borck, fille d'hon-neur de la reine mère de Prusse, mais la postérité ne lui reconnaît pas de descendance. En revanche, toutes ses biographies mentionnent son « attachement pour une Lapone » rencontrée lors de son expédition, qu'il ramena à Paris, et dont il aurait eu un fils. C'est cet épisode de sa vie que Voltaire brocarda dans *Micro-mégas*.

Cette fois, je sursautai.

— Voltaire ! Le revoici...

— Voltaire... qu'une haine profonde opposait à Maupertuis depuis que celui-ci présidait l'Académie de Berlin. Il devait à peu près ruiner la carrière de notre savant en publiant un libelle féroce, *La diatribe du docteur Akakia*, où il le tournait en ridicule avec le talent de pamphlétaire qui était le sien. Ce livre brûlé m'a éclairé...

Je murmurai :

— Maupertuis aurait donc eu une descendance, si illégitime fût-elle, à qui il aurait légué, en même temps que sa haine pathologique pour Voltaire, son goût des expériences insolites...

— Élémentaire, mon cher Holmes. Nous avons af-faire aujourd'hui au dernier rejeton de la lignée... peut-être le plus génial de tous !

Je protestai.

— Ce n'est tout de même qu'une hypothèse !

— Il faudra vous en contenter, répondit Challenger, placide. Aucune preuve ne saurait être établie en pa-

reil domaine. Je dois cependant vous faire observer
que le fils de Maupertuis, dont certaines chroniques
situent la naissance vers 1740, se serait établi en
Auvergne dans un domaine isolé pour pratiquer des
expériences qualifiées alors de diaboliques, et que j'ai
relevé un fait divers de cette époque corroborant la
chose : à la fin du règne de Louis XV, une créature
monstrueuse est effectivement apparue dans le centre
de la France...

Se frottant les mains, il conclut, sur un ton de satisfaction parfaitement odieux :

— Si vous remontez assez loin dans le pedigree de
votre chien des Baskerville, Holmes, peut-être retrou-
verez-vous parmi ses ancêtres le chien géant qui, en
1765, terrorisa toute une partie de l'Auvergne, notamment cette région qu'on appelait à l'époque le Gévaudan...

IV. La sangsue

« ... Feuilletant les pages, je parcours mes notes sur la répugnante histoire de la sangsue rouge et sur la mort terrible de Crosby le banquier... »

SIR ARTHUR CONAN DOYLE, *Le pince-nez en or.*

1

Je vous ai déjà touché quelques mots, Watson, de l'affaire de la sangsue rouge, afin que vous puissiez archiver ce cas, ne fût-ce que pour mémoire, parmi mes enquêtes de l'année 1894. Je vous avais alors demandé de ne pas en tirer un récit, ce que, d'ailleurs, vous eussiez été bien en peine de faire avec les maigres éléments que je vous avais fournis. Je craignais surtout qu'on ne vous accordât aucun crédit, tant cette histoire passait les limites de la vraisemblance. Mais, après tout, nous en avons vu d'autres depuis, et nous ne saurions trancher, en un cas si particulier, du problème éternel de la rivalité entre fiction et réalité. Si, selon Oscar Wilde, l'art invente et la nature copie, l'expérience du quotidien nous prouve que le contraire peut aussi être vrai, n'est-ce pas ?

Voici donc la vérité toute nue, telle que je n'avais pas cru devoir vous la révéler en son temps. Voyez-vous, Watson, ce fut au départ le type même d'affaires dont je n'aime guère me charger : une enquête minutieuse, tatillonne, aux aspects des plus gris, et de laquelle aucun rebondissement spectaculaire ne semble devoir être attendu. Un homme était mort à Chicago, U.S.A., lors d'un accident, après avoir contracté une assurance considérable, dont, maintenant, son associé, bénéficiaire de l'indemnité, réclamait le règlement. Et conformément aux usages, la compagnie — en l'occurrence la Michigan Insurance limited — répugnait à payer. Elle soupçonnait l'associé en question d'avoir camouflé en accident ce qui pouvait bien n'être qu'un suicide, circonstance que les clauses du contrat classaient parmi celles privant les ayants droit du bénéfice de l'indemnité.

Les raisons d'une telle suspicion m'étaient brièvement exposées dans la missive que j'avais reçue. La victime avait trouvé la mort lors de l'explosion d'une cornue contenant des acides, dont son visage avait été ravagé, mais aucune blessure due à des éclats de verre n'avait, comme on eût pu s'y attendre, affecté l'épiderme. Or, l'autopsie, pratiquée à la demande des experts de la compagnie, avait établi que le corps s'était vidé de tout son sang, exactement comme si l'homme s'était ouvert les veines. Cependant, là encore, ni celles de la gorge ni celles du poignet ne portaient la moindre entaille. Alors ? C'était bien là le seul mystère de l'affaire... un mystère remontant à la mi-juillet, ce qui me privait de toute chance d'investigation sérieuse un mois après. Un point : la victime, un banquier, s'appelait Crosby. Je vous vois tressaillir. Prenez en considération, Watson, que je vous ai parlé hier du banquier Crosby en vous relatant l'histoire du ver, alors qu'il s'était écoulé trois années depuis que, moi, j'avais entendu ce nom. Et il y a, en Amérique, tant de banquiers dont quelques-uns peuvent s'appeler Crosby !

Non, ce ne fut pas ce qui, finalement, me décida. Ce qui emporta ma résolution, ce fut le nom de l'associé : il s'appelait Holmes ! À première vue, je trouvai cela amusant, et puis, peu à peu, un étrange travail se fit en moi, une réaction proprement absurde, j'en conviens. Malgré les objections soulevées par ma pudeur intime et ce que vous voulez bien nommer mon esprit d'analyse, je me sentais offensé, agressé et, disons-le tout net, concerné. De quel droit cet individu, qui était peut-être un escroc, portait-il mon nom ? J'ajoute que la lettre de la Michigan Insurance me proposait une rémunération plus que confortable et m'offrait un voyage en première classe sur le paquebot de luxe *Teutonic* qui partait de Liverpool le 20 août...

Si un jour vous écrivez le récit de cette affaire, Watson, permettez-moi de vous suggérer un titre évocateur : Holmes contre Holmes !

2

Sans doute en est-il des cités comme des individus : une fête trop intense leur procure des lendemains moroses. Quand j'arrivai à Chicago, le 9 septembre, sous un ciel dont l'automne précoce avait déjà chassé le soleil, la ville gardait les traces de l'exposition universelle qu'elle avait subie l'année précédente. Perspectives corrompues, paysages éventrés, certains des sites avaient été récupérés, mais d'autres, laissés à l'abandon, étaient devenus des nécropoles lugubres, hantées par les vagabonds et les voyous. Durant tout le trajet que j'accomplis en fiacre de la gare jusqu'au siège de la Michigan Insurance, je fus frappé par les sinistres dépouilles de cette liesse. Burnham, architecte de l'exposition Christophe Colomb, n'était plus là pour contempler les vestiges dégradés de son œuvre, mais les Chicagoans devraient encore longtemps s'habituer aux panoramas désolés qui balafraient la ville.

La Michigan Insurance m'avait fait réserver une chambre à l'hôtel *Continental*, en bordure du lac, résidence somptueuse, éclairée à l'électricité et pourvue d'une installation téléphonique Bell. Je m'y installai, m'accordant un bref délai de réflexion. Chicago mérite bien son surnom de « Cité des vents ». Ce jour-là, particulièrement, la bise d'est creusait le Michigan de vagues blêmes, dont les crêtes, à perte de vue, ourlaient les berges de leur écume rageuse.

Dans l'après-midi, je me rendis au siège de la compagnie, où je demandai à examiner le dossier de l'affaire. Je n'y découvris rien que de très banal. Je me renseignai sur Crosby, au sujet duquel une première approche avait été faite par les inspecteurs de la Michigan Insurance. Le banquier était renommé pour son goût des opérations financières risquées. Naviguant entre le mécénat et l'escroquerie, il avait été à l'origine de quelques affaires retentissantes au parfum de scandale. Lorsque l'accident était arrivé, on lui prêtait l'intention de subventionner un procédé prétendument révolutionnaire de conservation du sang humain, qui aurait permis des transfusions différées. Bien qu'aucun brevet n'eût été déposé, il ne cachait pas que l'entreprise était susceptible de rapporter beaucoup d'argent. Il semblait avoir intéressé à son opération une société à vocation médicale et pharmaceutique dont le siège se situait dans la ville même, très exactement au numéro 701 de la 63e Rue. C'était là, s'aventurant seul et fort imprudemment dans les laboratoires, que Crosby avait trouvé la mort. En quelles circonstances précises, cela restait à déterminer. Personnellement, je n'avais d'autre ressource que de consulter les rapports.

Un homme de peine, donc, employé par la société aux menus travaux quotidiens, avait découvert le corps au matin du 16 juillet. Crosby avait peut-être été asphyxié par les émanations d'acide, peut-être tué par le traumatisme dû à l'explosion. Il avait été identifié par l'un de ses associés, Holmes, celui-là même au nom de qui il avait souscrit son assurance. Comme bien on pense, la Michigan Insurance ne s'était pas contentée de ses affirmations. Elle avait obtenu que le médecin et le dentiste personnels de Crosby vinssent examiner la dépouille, afin qu'aucun doute ne subsistât quant à son identité. C'était d'ailleurs à cette occasion qu'on avait constaté l'état curieusement exsangue du cadavre. En fin de compte, je n'avais guère à regretter d'intervenir si tard, car il ressortait des rapports que, même le jour de l'accident, aucune constatation valable n'avait pu être effectuée : l'homme de peine avait mis de l'ordre ! Il semblait avoir ramassé dans un morceau de la cornue éclatée tous les menus débris de verre provenant de l'explosion, puis il avait balayé le carrelage avant l'arrivée des experts. Je relevai son nom : il s'appelait Henry Owens et, détail dont la nécessité n'apparaissait pas à première vue, le rapport précisait que c'était un Noir.

Je me rendis chez lui dès le lendemain matin. Il logeait au dernier étage d'une maison branlante, puant la graisse et la crasse, au fond de Ravenswood. C'était un individu d'une quarantaine d'années, trapu, un peu

métissé, aux yeux chassieux. Il me reçut sur le pas de
sa porte entrebâillée, affichant une maussaderie aux
lisières de l'hostilité :

— J'ai déjà dit tout ce que je savais, me lança-t-il
dans une haleine stomacale. Qu'est-ce qu'on me veut
encore ? Vous êtes un flic, vous avez une carte ?

— Je ne suis pas un flic... plus exactement, je n'appartiens pas à la police officielle.

Ses yeux s'arrondirent.

— Vous êtes un Pinkerton ?

— Je ne suis pas un Pinkerton.

— Alors quoi ?

— Un détective anglais. C'est la Michigan Insurance qui m'a prié d'enquêter sur l'affaire Crosby.

— Encore ?

— Puis-je entrer ?

— Non, c'est tout sale... mais on pourrait aller au
drug, en bas, si vous m'invitez ?

Nous allâmes au drug. À mes frais, il s'y fit servir
un whisky double.

— Mais c'est exceptionnel, me fit-il remarquer avec
un sourire édenté. Moi, je suis pas toujours imbibé,
comme Chopman ! Celui-là, si vous allez l'interroger,
mon 'ieux, je vous souhaite bien du plaisir !

— Qui est Chopman ?

— Le mécanicien du château.

Je fronçai les sourcils. Je me demandais si Owens
ne se payait pas ma tête. Je questionnai, d'une voix
coupante :

— Si vous vous expliquiez ? Quel château,
d'abord ?

— Eh ! fit-il, dans un large geste de ses paumes
blanches, le château du Dr Holmes, là où il y a la
pharmacie.

— Une pharmacie dans un château ?

— Lui, il appelait ça le château, condescendit-il à m'exposer. C'est une grande maison avec plein de chambres et d'escaliers, et aussi des tourelles, au coin de la 63ᵉ Rue et de Wallace Avenue. Le docteur l'a fait construire à son goût, il y a deux ans. La pharmacie, elle, est au rez-de-chaussée, c'est là qu'il vend ses élixirs pour tout guérir...

— Mais pourquoi un mécanicien ?

— Parce que là-dedans tout est truqué, mon 'ieux ! s'esclaffa-t-il. Les portes s'ouvrent toutes seules, les cloisons glissent, c'est comme dans ces histoires pour enfants où les diables sortent des murs ! Ça aussi, c'était une lubie du Dr Holmes, et il fallait bien un mécanicien pour arranger tout ça, hein ?

— C'est ce Chopman ?

— Voilà.

— Il boit ?

Owens frappa ses deux mains l'une contre l'autre, saisi d'une hilarité suspecte.

— C'est rien de le dire, mon 'ieux ! Il enfourne tellement qu'il sait plus ce qu'il raconte. Il fait même des cauchemars debout, il voit des choses !

— Des araignées vertes et des éléphants roses, je présume ?

Owens secoua la tête.

— Non, non, lui, il a ses animaux personnels : des sangsues, rien que des sangsues !

— Comment, des sangsues ?

— Ben oui, quoi, il voit des sangsues partout, et je vous jure qu'il en a une trouille bleue ! J'ai assisté un jour à une de ses crises, qu'est-ce qu'il pouvait gueuler !

— Avez-vous son adresse ?

— Il a disparu, dit sombrement Owens. Les derniers temps, il s'était mis à boire de plus en plus, il devenait comme fou, et je crois que son logeur l'a mis dehors. Depuis, on sait plus où il est. Il y en a qui racontent l'avoir vu du côté de la rue du Caire... enfin ce qu'on appelait la rue du Caire, l'année dernière, pendant la fête... un quartier abandonné. Ou bien alors, un soir qu'il était trop cuit, il est peut-être tombé dans le lac.

Je notai tout cela mentalement avant de revenir au sujet qui m'intéressait de façon plus immédiate :

— Quand vous avez découvert le corps de Crosby, dans quelle position était-il ?

— Je l'ai déjà dit, maugréa-t-il, affichant une patience douloureuse : étendu sur le dos, les bras en croix.

— Où se trouvait la cornue qui avait explosé ?

— Par terre. Il y en avait un morceau assez grand, et plein de petits éclats.

— Ces éclats étaient-ils disposés en étoile autour du corps, ou bien en flèche, sur une seule direction ?

Il me regarda attentivement.

— Je comprends pas votre question, mon 'ieux.

— Vous les avez rassemblés, ces petits éclats, pour les remettre dans le morceau plus grand. Alors, les avez-vous ramassés aux quatre coins de la pièce, ou bien...

— Mais non, mon 'ieux, mais non ! s'exclama-t-il, les bras en l'air. Les autres, ils m'ont rien demandé, alors forcément, ils ont rien compris... les éclats, il y en avait bien un ou deux, tout autour, mais pas plus. Les autres étaient déjà dans le morceau de cornue. Moi, j'ai seulement balayé un peu devant la porte, pour qu'on puisse entrer...

Cette fois, mon attention s'éveilla.

— Voulez-vous un autre verre ? demandai-je, d'un ton parfaitement neutre.

— Non, ça suffit, répondit Owens, offusqué, j'ai du boulot, moi, je suis un bon travailleur, je vais pas me saouler la gueule !

— Vous disiez donc que la plupart des éclats se trouvaient déjà dans le morceau de cornue quand vous êtes arrivé ? Ce n'est tout de même pas le mort qui les y a mis !

Ma question le fit ricaner. Il se frappa la paume sur le genou.

— Bien sûr que non, mon 'ieux ! Il avait toute la figure emportée, il aurait été bien en peine. C'est que de la façon que ça a éclaté, ça a dû s'arranger comme ça, tout simplement.

— Tout simplement, répétai-je, très pensif. Merci, mon 'ieux...

Ma conviction était faite. Un récipient de verre qui explose projette des éclats dans toutes les directions. Si ceux-ci avaient été trouvés à l'intérieur du morceau de cornue, c'est qu'on les y avait mis entre le moment de l'explosion et celui de la découverte du corps. La théorie apparaissant comme peu vraisemblable, une seule et dernière explication répondait à ce phénomène mystérieux : il n'y avait pas eu explosion. On avait défiguré la victime à l'acide, puis, pour faire croire à l'accident, on avait brisé une cornue, sans prévoir que le fait de trouver des débris à l'intérieur du morceau le plus important infirmait la thèse qu'on voulait accréditer. L'affaire commençait à présenter plus d'ombres qu'un simple suicide maquillé, et si l'on avait tenu à empêcher qu'on reconnût le visage de la victime, c'est que celle-ci n'était pas Crosby. Ce dernier était-il vivant ? On avait déjà vu des cas semblables d'escroquerie aux assurances...

L'après-midi même, je retournai à la Michigan Insurance, où je demandai à revoir le dossier. Ma perplexité s'en accrut. Le témoignage du médecin, celui du dentiste, les traces laissées par une ancienne opération au ménisque, semblaient établir de façon irréfutable que le mort était bien Crosby. Auprès du responsable du service contentieux, je sollicitai les noms des autres membres de la société pharmaceutique. Le conseil d'administration en comptait cinq, dont, malheureusement, aucun ne se trouvait à Chicago le jour de l'accident et que leurs occupations avaient, à cette époque, empêchés de venir confirmer l'identification faite par Holmes du corps de Crosby.

J'en obtins la liste, et la lecture de ce document m'infligea ce traumatisme intérieur si familier qui est pour moi la prescience des grandes affaires. À côté de B. F. Pitezel, de H. S. Campbell, de M. R. Williams, et, bien entendu, de Harry H. Holmes, deux noms arraisonnèrent aussitôt mon attention. Le premier était celui d'Henry Owens, l'homme de peine noir que je venais d'interroger, ce qui, déjà, était fort curieux. Le deuxième était Hermann Webster Mudget, compagnon de Malapuerta au Costa Rica, trois ans auparavant.

3

Dans la soirée, je m'aperçus que ce Mudget, dont j'avais tant entendu parler, m'était finalement demeuré un parfait inconnu, et une mystérieuse impulsion fit qu'aux premières heures du lendemain, j'envoyai un câble à San José, adressé à Isadora Persano, dont j'avais conservé l'adresse. La missive était ainsi rédigée :

Prière me décrire d'urgence l'apparence physique de Herman W. Mudget. Âge, taille, corpulence, complexion, couleur des yeux et des cheveux, moustache ou barbe éventuelles, vêtements habituels et, si possible, signes particuliers. Merci.

Cela fait, je retournai voir Owens. Pas de chance : il travaillait comme laveur de carreaux du côté d'Englewood et ne rentrerait que vers trois heures de l'après-midi. En attendant, je décidai d'aller jeter un coup d'œil au curieux château du Dr Holmes. Curieux, en vérité, il l'était, et son propriétaire avait dû abuser de lectures gothiques pendant son adolescence. À l'angle de la 63e Rue et de Wallace Avenue, c'était une laide bâtisse de deux étages, à laquelle tourelles et machicoulis faussement médiévaux ne parvenaient guère à donner un air d'authenticité. Détail incongru : une pharmacie ultramoderne occupait tout le rez-de-chaussée, avec ses bocaux multicolores et ses installations électriques, pour l'heure en sommeil.

La maison semblait déserte. Les volets étaient clos et le magasin lui-même hermétiquement fermé. Je regardai tout autour. Il n'y avait, dans ce quartier, que des immeubles d'habitation, à l'exception d'une de ces cantines à steaks qui sont la spécialité de Chicago. Je m'y renseignai : on ne connaissait que de vue le Dr Holmes, personnage aimable mais obstinément taciturne, qui, d'ailleurs, n'avait pas reparu sur les lieux depuis l'accident survenu à son associé Crosby.

— Il ne vient personne ? demandai-je à la serveuse. Même pas des gens chargés de l'entretien ?

— Un homme, de temps en temps, qui transporte des sacs sur une charrette à bras. Il doit les déposer à l'intérieur car il repart à vide.

— Il vient souvent ?

— À peu près toutes les semaines. Il a pas de jour fixe.

— C'est un Noir ?

— Non, le nègre vient plus depuis l'accident. Celui-là, il s'appelle Quinlan, il travaille le matin aux Stockyards.

— Quinlan ?

— Patrick Quinlan. C'est un Irlandais comme moi. Il boit un ou deux verres ici, quand il passe... On cause.

La serveuse me considéra tout à coup d'un œil soupçonneux.

— Qu'est-ce que c'est que ces questions ? Vous venez encore pour cet accident, non ? Vous êtes un Pinkerton ?

— Pas du tout, m'empressai-je de répondre, seulement un agent de la compagnie d'assurances. Je procède à l'enquête de routine habituelle. Vous ne savez pas où je peux trouver ce Quinlan ?

La femme secoua la tête.

— ... Pas idée. Mais il va revenir un de ces soirs, c'est sûr... vous aurez qu'à l'attendre.

— Et le Dr Holmes, l'avez-vous déjà aperçu ?

— On le voyait tout le temps, avant cette histoire.

— Quel genre d'homme est-ce ?

— Plutôt petit. Toujours très bien habillé, avec des lunettes, une moustache tombante et des dents de lapin. Pas beau ; pourtant il devait avoir du charme, parce que les femmes, dans son château, pardon !

— Pardon ?

— Ben oui, un véritable défilé ! Remarquez, il savait peut-être séduire, mais retenir, c'était autre chose, parce qu'elles restaient jamais longtemps. Une semaine, deux, au maximum... Enfin, moi, ce que j'en dis, c'est pour causer...

Je remerciai cette brave fille avant de repartir pour Ravenswood. Inénarrable Owens ! Il refusait deux consommations de suite mais un double whisky par jour ne le rebutait pas. Je le lui offris donc cet après-midi, à son retour d'Englewood.

— Vous voulez encore me tirer les vers du nez ! s'écria-t-il, jovial. Pourtant, j'ai tout dit la dernière fois !

— Sauf une chose, répliquai-je sèchement : que vous faisiez partie du conseil d'administration de la société pharmaceutique avec le Dr Holmes.

— Quoi ?

Il roulait des yeux effarés. Très visiblement, il n'avait rien compris à mes paroles. Je lui expliquai alors patiemment ce que j'avais appris à la Michigan Insurance. Il secouait la tête, éperdu de perplexité.

— Logiquement, achevai-je avec un rien de perfidie, vous auriez dû, en votre qualité de membre du conseil d'administration, percevoir une partie des bénéfices de la société.

Cette fois, son œil s'alluma.

— Quoi, de l'argent ?

— De l'argent. Sans rien vous donner, Holmes s'est servi de votre nom pour déposer les statuts de sa société fantôme, et je me demande maintenant si les autres associés ne sont pas aussi des figurants... Sur ce point, vous pouvez m'aider, et rendre à Holmes la monnaie de sa pièce.

Je déposai la liste sur la table. Owens ne savait pas lire, si bien que je dus lui en épeler les noms, dont un seul éveilla un écho dans sa mémoire.

— M. R. Williams, c'est peut-être Minnie.

— Qui est Minnie ?

— Minnie Williams, c'était une des... des fiancées du Dr Holmes. Maintenant, elle est partie. Il avait beaucoup de fiancées, le docteur, mon 'ieux, mais elles restaient jamais bien longtemps.

— Pourquoi ?

— Son caractère, répondit-il. C'est un homme mauvais. Une fois que j'avais ouvert la porte de son bureau pendant qu'il embrassait une fille, il a bien failli m'étrangler !

Il se pencha en avant, roulant des yeux blancs :

— Et puis, il est bizarre. Je crois qu'il aime faire souffrir les gens, d'une façon ou d'une autre.

— C'est-à-dire ?

Il baissa encore la voix.

— Je sais pas si vous allez me croire, mon 'ieux. Il avait inventé une machine à chatouiller, je l'ai vue !

Cette fois, je considérai Owens avec une certaine méfiance. Se moquait-il de moi ou était-il victime de ses propres obsessions ? Une machine à chatouiller, voilà qui ressortissait à la farce de carabin, une élucubration digne de cet Alphonse Allais que j'avais fréquenté un peu l'année précédente, pendant mon enquête sur l'assassin du boulevard.

— À quoi ressemblait cette machine ? questionnai-je, sans grande conviction.

Il répondit précipitamment :

— C'était une table en carrelage, avec des anneaux

de fer, et au bout, du côté des pieds, une sorte de roue garnie de plumes, que Holmes devait faire marcher automatiquement, au courant électrique...

— L'avez-vous vue fonctionner ?

— Jamais. Mais Chopman, lui, il m'a dit qu'un jour, il avait entendu une femme rire et rire, jusqu'au moment où c'est devenu des gémissements, et puis des râles...

Je ne pus réprimer un léger frisson. L'affaire prenait décidément des proportions que je ne lui avais pas soupçonnées. Déjà escroc, peut-être assassin, Holmes était-il aussi un sadique ? Le silence était tombé entre nous. Je m'empressai de le rompre, demandant à Owens s'il connaissait Quinlan. « Très peu », me répondit-il, et je crus comprendre que leurs emplois du temps respectifs au château les mettaient rarement en présence. Il me confirma seulement qu'il travaillait aux abattoirs tous les matins, comme aide-boucher...

— Si vous l'interrogez, mon 'ieux, conclut-il, bouchez-vous le nez. Il a l'odeur du sang attachée à lui comme une tique, et, entre nous, je crois qu'il aime ça.

4

Vous qui me connaissez bien, Watson, vous savez que je déteste cette phase préliminaire de mes enquêtes qui consiste en interrogatoires fastidieux mais nécessaires, et combien j'apprécie plus le moment des traques et des filatures, où, mentalement parlant, je commence à sentir l'odeur du gibier. Odeur : dans le cas de Quinlan, si je devais en croire Owens, le terme serait peut-être à prendre au sens premier.

Je passai la journée du lendemain à inventorier les lieux. L'entrée principale du « château » était hermétiquement fermée, les fenêtres aussi. Derrière le bâtiment courait une ruelle où donnait une porte de service, ainsi que trois fenêtres, dont la position, au rez-de-chaussée, pourrait permettre une facile effraction. Restait à savoir comment Quinlan pénétrait à l'intérieur. S'il arrivait en tirant une charrette à bras, il passerait vraisemblablement par le service. Ce fut donc dans la ruelle obscure que je me postai, le soir venu, à l'abri d'une porte cochère.

Ma faction, ce jour-là, fut infructueuse. Enfin, pas tout à fait, car si Quinlan ne vint pas, je remarquai le manège singulier d'un quidam qui, comme moi, paraissait guetter sa venue. Cet homme d'une trentaine d'années, vêtu très sobrement, à la façon d'un jeune bourgeois de classe moyenne, avec un visage mince sans expression particulière, ne se distinguait que par la couleur carotte de ses cheveux, sagement coiffés en arrière. Lui, avait pris pour affût le porche aveugle de l'ancien drugstore Holden, celui-là même que, selon les rapports, Holmes avait revendu en 92 pour s'installer juste en face, dans le château baroque qu'il venait de faire édifier.

Nous patientâmes ainsi tous deux jusqu'à une heure avancée de la nuit. Il ne m'avait pas vu et repartit le premier, de sorte que je n'eus qu'à le suivre ; sans grandes difficultés d'ailleurs, il ne se méfiait pas. Il finit par entrer dans un modeste hôtel du centre, où, à travers les portes à tambour, je le vis s'adresser au bureau. À la façon dont on lui remit sa clé, je sus qu'il logeait là. Je rentrai à mon tour au *Continental*.

Le soir suivant me retrouva à mon poste, mais il ne me parut pas que fût présent, cette fois, mon compagnon de la veille, et lorsqu'un homme poussant une charrette à bras apparut sous les lampadaires chiches de la ruelle, je rendis hommage au sens olfactif d'Owens. Pas de doute, Quinlan sentait le sang. Il cala son véhicule, chargé de trois sacs rebondis, contre un angle du mur, sortit de sa poche un sonore trousseau de clés, et ouvrit la petite porte. Tâtonnant à l'intérieur du chambranle, il fit fonctionner un commutateur, dont l'insolente lumière électrique projeta un rectangle jaune sur le pavé crasseux de la venelle. Puis il revint sur ses pas, saisit l'un des sacs sur son épaule, s'engouffra dans le bâtiment sans prendre la peine de refermer derrière lui.

L'occasion était trop belle : je la saisis. La seconde d'après, j'entrais à mon tour, silencieusement, et tandis qu'il se dirigeait vers le fond d'un long corridor, je bifurquai dans l'une des pièces dont je pensais que les fenêtres ouvraient sur la ruelle. Profitant d'une pénombre feutrée, je m'accroupis sous l'une d'elles, dont je manœuvrai l'espagnolette et déverrouillai les volets de bois, laissant poussés vitres et battants pour qu'on la crût toujours fermée. J'avais préparé ma voie d'accès pour plus tard. Blotti au fond d'un coin d'ombre, j'entendis revenir Quinlan, son pas traînant éveillant les échos prolongés de la maison vide.

Nouveau voyage : cette fois, j'attendis qu'il eût disparu au fond du corridor pour le suivre. Il avait emprunté un couloir perpendiculaire au premier, était entré dans une sorte de cagibi, dont il avait laissé la porte ouverte. La lumière électrique me dévoila un singulier spectacle. Le cagibi était petit, entièrement nu, mais à mi-hauteur d'une de ses cloisons béait une ouverture métallique, à peu près circulaire, d'un diamètre avoisinant les deux pieds. Maintenant, de son

sac, Quinlan sortait des objets étonnants. Je crus reconnaître des vessies de porc, gonflées à craquer d'un
liquide dont le relent âcre ne trompait pas. Et, très
simplement, Quinlan jetait ces vessies dans l'ouverture. À l'oreille, je suivis leur chute, suivie d'un léger
« plouf ». J'étais submergé de perplexité, mais, en
même temps, je jubilais. Cette affaire commençait à
prendre les aspects bizarres et grotesques qui sont la
nourriture favorite de mon appétit intellectuel.

Une fois terminée la troisième et dernière opération, je laissai repartir Quinlan sans intervenir. Quand
j'eus entendu fonctionner la serrure de la petite porte,
j'entrepris des lieux une exploration minutieuse, mais
si les pièces ouvertes n'offraient rien à ma curiosité,
d'autres, soigneusement fermées, étaient pourvues de
serrures perfectionnées contre lesquelles mon attirail
sommaire de parfait petit cambrioleur se révéla ineffi-
cace. En outre, je devais travailler à tâtons, l'éclat de
la lumière électrique filtrant au-dehors risquant de
dénoncer ma présence. Il me faudrait revenir mieux
outillé...

Avant de repartir, j'allai jeter un coup d'œil au cagibi, où je m'approchai de l'orifice creusé dans le mur
afin de tenter d'apercevoir quelque chose. Sans succès : ce boyau métallique descendait en pente raide
sur d'épaisses ténèbres. Y passant la tête, je fus
frappé par un remugle complexe, fait d'odeur de vase,
de miasmes indéfinissables et de répugnantes émanations organiques, dont la puissance faillit me faire vomir. Pourtant, je ne me retirai pas aussitôt : il y avait
des bruits, au fond, des sons bizarres, visqueux, qui
évoquaient le clapotis et la reptation. Sous mes vêtements, une onde d'aigres frissons me parcourut tout
entier. À l'instant, j'eus la conviction absurde, irrésis-

tible, qu'une vie grouillait là-dessous, vie abjecte, horreur putride, et bien que peu porté au mysticisme, je me dis soudain que le véritable enfer ne serait pas cette dérisoire rôtissoire que nous dépeignent les Écritures. Je l'imaginais à présent comme un cloaque nauséabond et avilissant où, plus que le corps, l'âme perdrait son identité profonde...

5

J'étais sorti par la fenêtre. Ensuite, soigneusement, j'avais disposé les volets en les repoussant de l'extérieur pour faire croire qu'elle était toujours fermée... Je dormis mal, cette nuit-là. Mon sommeil était envahi d'ombres malsaines, de ces entités sans contours que dessine le rêve, et je m'éveillai à plusieurs reprises, en sueur, les narines imprégnées de relents suspects, le cœur serré comme à l'approche d'une peur surnaturelle.

Je n'aime guère ces faux repos, aussi, dès ma première lucidité, décidai-je d'y mettre fin. Debout à l'aube, je parcourus les boulevards bordant le lac, sous l'âpre baiser d'un vent chargé d'eau. Quinlan, ce serait pour plus tard, mais mon inconscient me dirigea peu à peu vers l'hôtel où, l'avant-veille, j'avais vu entrer l'individu aux cheveux carotte. Je pris l'affût dans un bar voisin. Je vis sortir l'homme aux environs de dix heures, et le suivis vers l'ancien parc des expositions qui paraissait être sa destination. Le personnage m'intriguait. Il n'avait rien d'un voyou, mais ce ne pouvait être un policier, puisque la Michigan Insurance n'avait pas voulu alerter les services officiels. Ce n'était pas non plus un Pinkerton : cette célèbre

agence ne loue ses détectives que contre forte rétribu-
tion et je voyais mal la Michigan Insurance investir
des fonds dans deux séries d'investigations dont la
concurrence ne pourrait que nuire à l'efficacité.
Alors ?

Nous étions arrivés dans le Loop, étions passés sous
un pont pour longer une voie ferrée, abordant une
zone déserte. Moins d'un an auparavant, cette allée
abandonnée devait briller de lumières et résonner du
vacarme d'une foule en liesse. Il n'en restait qu'un
quartier fantôme, voué à une ruine immédiate par la
rapidité de sa construction et la vie éphémère qu'on
lui avait fixée. Paysage sinistre, où toutes les architec-
tures du monde s'étaient réunies pour disparaître
dans une agonie commune. Atmosphère oppressante
aussi : dans ce silence où venaient mourir les rumeurs
de la ville, seul le vent poussait ses plaintes, jetant fol-
lement au long des voies papiers et détritus...

Je prenais garde à ne faire aucun bruit, utilisant les
tonnerres réguliers du métro aérien qui enjambait le
site pour bondir d'un pilier à l'autre. Les fausses ruelles arabes que nous empruntâmes ensuite me permi-
rent une progression plus rapide à l'ombre des souks.
Finalement, l'homme s'engouffra dans une espèce de
maison escarpée, façon casbah, dont l'ancienne blancheur était rongée par la lèpre de l'abandon.

L'escalier était raide, sans visibilité, malheureusement très sonore. Je dus prendre une infinité de précautions avant de parvenir au premier palier. Le
second étage me causa moins de problèmes, car du
bruit venait d'en haut. Un homme y parlait, ou plus
exactement, il débitait d'un ton monocorde une suite
de paroles incohérentes dont l'acoustique dévorait les

dernières syllabes. On criait, on râlait, on pleurait, mais sans que le registre changeât...

Celui que je suivais s'était posté derrière une porte entrebâillée. Il écoutait, trop absorbé à épier pour se douter qu'il était lui-même surveillé. Je gravis une marche ou deux pour pouvoir jeter un coup d'œil au ras du plancher. Là, en face, au fond d'une chambre nue aux murs balafrés d'où la chaux tombait par plaques, quelqu'un gisait sur un infâme grabat. Et délirait :

— Pas ça, non, pas ça !

Il se tournait sur un flanc, se retournait sur l'autre, et je reçus soudain la vision angoissante d'un visage hagard, inondé de sueur, aux yeux roulant sans fin au fond des orbites : delirium tremens. L'homme se dressa tout à coup, hurla :

— Non, non ! Arrêtez ces cris ! Arrêtez ces cris !

Puis il se couvrit le visage de ses mains, hoqueta et, s'agitant convulsivement, bégaya quelques paroles, dont les dernières seulement me parvinrent :

— ... pas le droit de faire ça à un être humain, on n'a pas le droit, docteur... et regardez-la, elle est toute rouge, maintenant !...

Il retomba en arrière, terrassé par l'éthylisme, et se mit à ronfler, dans une inconscience secouée de sanglots. Devant moi, l'homme s'impatientait. En quelques pas rapides, il fut à l'intérieur de la chambre, s'agenouilla près du malade, le secoua sans ménagement :

— Chopman, Chopman !

Ainsi que je commençais à m'en douter, il s'agissait bien là de Chopman, le « mécanicien du château ». L'autre, dans ses investigations, avait donc été plus rapide que moi, et j'en conçus pour lui une certaine estime. Chopman ouvrit un œil, murmura d'une voix embarrassée :

— Laissez-moi... laissez-moi dormir, je veux oublier tout ça... je veux dormir longtemps, ou je vais devenir fou.

— Réveillez-vous, Chopman, il faut que je vous parle, c'est très important !

— J'ai bien soif, dit Chopman, d'une voix pâteuse.

L'homme sortit de sa poche-revolver une flasque de whisky, qu'il lui mit sous le nez.

— Tenez, buvez !

Du coup, Chopman se redressa, l'œil rallumé, et sans que son interlocuteur esquissât un geste pour le modérer, il vida le flacon jusqu'à la dernière goutte.

— Maintenant, répondez ! gronda l'autre. Où peut-on rencontrer le Dr Harry Holmes ?

— Sais pas..., bredouilla Chopman, est parti. Et moi, qui vous a dit où me trouver ? Qui c'est, ce fumier ?

— Quinlan.

— Quinlan, murmura amèrement Chopman. Il a pourtant sa part là-dedans ! C'est lui qui a construit la fosse, avec le conduit... mais pas de ciment, hein ? Au fond, de la terre, rien que de la terre... et de l'eau bien sûr, parce qu'il faut de la vase...

Son regard chavira, il se mit à haleter, jeta ses deux mains au collet du rouquin.

— Qu'elle s'en aille ! Qu'elle s'en aille, par pitié ! Et qu'on arrête ces cris ! Les cris des femmes, les cris des hommes...

L'homme se pencha sur lui, fit d'une voix rauque :

— Une seule chose m'intéresse : où trouver Holmes ? Où est-il allé ?

Chopman ouvrit un œil.

— ... Me l'a pas dit, vous pensez bien ! Mais cherchez un Yates, il se fait aussi appeler Yates.

— Yates ?

— Et Campbell, Hiram Campbell... Oh ! il est pas embarrassé...

Campbell, l'un des noms figurant sur la liste des administrateurs de la société ! Fasciné, je gravis encore deux ou trois marches, mais le bois de l'escalier me trahit. L'homme se retourna, le visage tendu. Il m'aperçut, fit le geste de porter la main à son aisselle. Déjà, j'étais sur lui : une feinte du gauche et je lui envoyai à la pointe du menton un direct foudroyant. Il s'effondra doucement à mes pieds. Je m'accordai de souffler une seconde, massant mes phalanges. Je regrettai un peu mon geste, mais je tenais à la discrétion par-dessus tout. Je regardai Chopman, lui aussi totalement inconscient, et je me demandai ce que pourrait penser un témoin inopiné à me voir ainsi, debout, auprès de deux corps allongés.

Je me penchai sur l'homme aux cheveux carotte, entrouvris sa veste. Il portait bien un holster, avec un revolver, un 38 Lightning me sembla-t-il. Je lui pris son portefeuille, l'ouvris. Je reçus un choc : il y avait à l'intérieur une carte de police et un insigne. J'examinai ses papiers, et sus que j'avais affaire à l'inspecteur Franck Geyer, de Philadelphie. Je comprenais de moins en moins. Que venait faire à Chicago un policier de Philadelphie ? Peut-être n'avait-il même pas de mandat légal, et je dois avouer que cette idée me rassura un peu. Mais, aussitôt après, je me dis que s'il avait pu retrouver si vite Quinlan, puis Chopman, c'est qu'il avait pu avoir recours à ses collègues du cru. Quoi qu'il en fût, je jugeai plus prudent de ne pas m'attarder. Je reviendrais...

De retour à l'hôtel *Continental*, je trouvai un message de la Michigan Insurance m'invitant à passer dans ses bureaux afin de prendre connaissance d'un fait nouveau intervenu dans notre affaire. L'après-midi me vit conférant avec Howards, chef du contentieux de la compagnie, bonhomme aimable et disert qui crut devoir m'informer des mœurs en usage dans le milieu des assurances. Ainsi, chaque compagnie américaine communiquait régulièrement à ses homologues tous les éléments susceptibles de favoriser leurs enquêtes respectives. Dans ce cadre, la Fidelity Mutual Life Association, de Philadelphie, signalait le cas d'un décès suspect, pour lequel une assurance considérable lui était réclamée.

— De Philadelphie ?

— Mais oui, répondit Howards, qui répéta, comme si j'avais mal entendu : La Fidelity Mutual Life Association.

— Et que dit le rapport ?

— Qu'un certain Perry est mort le 7 de ce mois au 1316 Callowhill Street, dans des conditions qui rappellent fortement le cas Crosby. Lors d'une expérience, une cornue a éclaté, le tuant et le défigurant complètement. Il faut dire que ce Perry se prétendait inventeur, et que l'accident peut paraître vraisemblable.

— Son corps était-il exsangue ?

— Nous avons posé la question par câble, nous attendons la réponse d'un moment à l'autre. Cependant, rien de semblable n'a été signalé lors de l'autopsie qui a été pratiquée. Elle a seulement déterminé que les poumons de la victime avaient été brûlés par les vapeurs d'acide contenues dans la cornue.

— Qui bénéficie de l'indemnité ?

— Sa famille.

— A-t-on des renseignements sur ce Perry ?

— Justement, dit Howards, c'est là où l'affaire se complique. La Fidelity Mutual a reçu une lettre d'un avoué, Jephta Howes, l'avisant que Perry s'appelait en réalité Pitezel.

Je sursautai.

— B. F. Pitezel ?

Mon interlocuteur me regarda avec un respect ébahi.

— Exactement. Benjamin Franklin Pitezel. Comment le savez-vous ?

— Comme vous auriez pu le savoir vous-même, répliquai-je un peu sèchement. Consultez donc la liste des membres du conseil d'administration de cette société pharmaceutique qui est à la base de notre propre affaire !

Il se précipita sur ses dossiers, en sortit une feuille dont la lecture lui fit ouvrir des yeux ronds. Il murmura :

— C'est ma foi vrai. B. F. Pitezel…

— Et M. R. Williams, ajoutai-je. Peut-être vous intéresse-t-il de savoir que M. R. Williams est sans doute Minnie Williams, cette prétendue « fiancée » de Harry Holmes, que personne n'a plus revue depuis la mort de Crosby ? Au fait, a-t-on pris contact avec l'avoué en question… Jephta Howes ?

— Justement, on n'arrive pas à le joindre, avoua piteusement Howards. Mais le renseignement était bon, car Pitezel a été formellement reconnu par sa fille, Alice, venue l'identifier en compagnie d'un ami de la famille, un nommé Campbell…

Je serrai les dents pour contenir mon exaltation. Selon Chopman, Campbell était l'un des noms de substitution de Holmes. Je dis doucement à Howards :

— Seriez-vous assez bon pour jeter un nouveau coup d'œil à la liste des administrateurs ?

Il obéit, coulant à la dérobée un regard timide dans ma direction. Aussitôt, il s'exclama :

— Il y a un Campbell !

— Hiram Campbell et Harry Holmes sont le même homme, déclarai-je sans ambages. Tout laisse maintenant penser que nous sommes devant une nouvelle escroquerie à l'assurance. D'ailleurs, la Fidelity Mutual semble le soupçonner, puisqu'elle a fait appel à la police de sa ville.

— Mais c'est vrai ! s'écria Howards, à la fois stupéfait et admiratif. Comment avez-vous pu le savoir ? Le rapport vient seulement de nous arriver !

Je songeai qu'il n'était décidément pas difficile d'asseoir une réputation, simplement en recoupant des renseignements en apparence disparates. Je pris congé de Howards, revins lentement à pied à mon hôtel par Prairie Avenue, déjà très encombrée. Insensible au vacarme de la circulation, où berlines, fiacres et victorias se côtoyaient dans un concert de roulements, de sonnailles et d'appels de trompe, je récapitulai en moi-même les diverses identités de mon suspect, ce petit dandy myope, doucereux et dangereux, avec ses dents de lapin et ses obsessions sadiques. Laquelle était la bonne ?

Aucune de celles-là, m'apprit le câble qui me fut remis ce soir-là au *Continental*. Persano avait fait diligence et les précisions qu'il m'apportait me sidérèrent littéralement :

*Mudget petit, mince, toujours très bien habillé, che-
veux noirs, yeux noirs, grosses lunettes de vue, incisives
proéminentes.*

6

Bien évidemment, je n'avais pas emporté mes dossiers aux U.S.A. et je regrettai de ne pouvoir consulter à nouveau les articles écrits quelques années
auparavant sur ceux qu'il appelait les trois M. Je
croyais me souvenir cependant qu'il disait que Mudget — qualifié par ailleurs de dandy — avait dû quitter
les États-Unis après avoir été mêlé à des affaires médicales suspectes fleurant le sadisme, et aussi qu'on le
voyait souvent rôder dans les banlieues pauvres de
San José où disparaissaient de jeunes enfants...
À l'aube du jour suivant, ma décision était prise : je
devais visiter le « château ». Je préparai soigneusement mon expédition, me munissant notamment de
tout ce qu'il fallait pour venir à bout de serrures pas
trop perfectionnées. J'hésitai un moment à acheter
une arme, mais ma position dans ce pays était trop délicate pour que je me permisse de me faire surprendre
en position délictueuse. Au demeurant, le bâtiment
était désert et ma science de la boxe comme du haritsu
devrait suffire à me tirer d'une mauvaise rencontre.
J'attendis que la nuit fût complètement tombée
avant de me mettre en route. J'évitai la 63ᵉ Rue,
beaucoup trop illuminée, et, connaissant maintenant
le quartier, je parvins au croisement de Wallace Avenue en empruntant les ruelles latérales, où les lampadaires étaient plus rares. La nuit était d'encre, animée

par un vent violent que le lac Michigan envoyait ulu-
ler lugubrement le long des rues. Du côté où je l'abordai, le château se présentait comme un immeuble
citadin normal à trois étages, les quatre tourelles et la
décoration gothique étant réservées à la façade principale. La fenêtre que j'avais préparée étant toujours
ouverte, je m'introduisis facilement à l'intérieur. Je ne
refermai pas complètement derrière moi. J'avais emporté une lanterne sourde, afin d'éviter l'usage de la
lumière électrique qui, par les fentes des volets, eût
pu signaler ma présence aux passants.

Lors de ma première incursion, j'avais visité quelques-unes des pièces, toutes aménagées en chambres
à coucher ou en salons d'apparence parfaitement normale. Je n'avais pu pénétrer dans d'autres locaux,
dont les portes étaient fermées à clé. Ce fut donc à
eux que je m'attaquai d'abord, et je dois dire que j'y
fis des découvertes stupéfiantes. Tout, ici, était agencé
comme un décor de théâtre. Les portes s'ouvraient
sur la pression d'un bouton, les murs coulissaient à
volonté, et l'on avait utilisé au maximum les possibili-
tés de cette énergie nouvelle que d'aucuns avaient
déjà baptisée la « fée Électricité ». Les salons cossus,
les chambres capitonnées, étaient conçus pour une totale insonorisation, tandis que les couloirs étaient ta-
pissés de plaques d'amiante revêtues de pimpants
motifs. On m'avait dit, à la Michigan Insurance, que
durant les quatre mois de l'exposition Christophe Colomb, l'année précédente, Holmes avait ramassé
beaucoup d'argent en hébergeant des touristes de
passage, et l'on pouvait comprendre qu'il se fût attaché à assurer le maximum de confort à des hôtes si
fortunés…

Quelques détails, cependant, éveillèrent ma méfiance. Beaucoup de chambres étaient sans fenêtres, quoique pourvues de conduits d'aération fort bien aménagés. En outre, bien que l'éclairage fût assuré à l'électricité, des tuyaux de gaz couraient au plafond tout le long des couloirs, pour je ne voyais pas quel usage. Enfin, si toutes les portes étaient munies de judas optiques, ceux-ci avaient été installés à l'envers, de façon qu'on pût regarder de l'extérieur vers l'intérieur. Il y avait aussi des escaliers curieux, que leur conception amenait parfois à passer abruptement du premier au troisième étage en évitant le deuxième.

La fin de ma quête concernait les sous-sols, auxquels devaient aboutir les voies interdites par des portes fermées, et celles-là, j'eus beaucoup plus de peine à les ouvrir. Dans ces caves, je trouvai des installations inquiétantes. L'une d'elles contenait par exemple une table de chirurgie avec tous les instruments de la dissection. À côté, il y avait deux bonbonnes pleines. Je les débouchai, reculant sous une odeur âcre : de l'acide sulfurique ! Ailleurs, je vis la machine à chatouiller dont m'avait parlé Owens, au milieu d'autres instruments nettement moins folâtres. C'était en fait une véritable chambre de torture pourvue de chevalets, de tenailles, de brodequins, bref du matériel nécessaire à un éventail complet de tous les supplices qu'on puisse infliger au corps humain...

Je me sentis soudain inondé de sueur. Une chose restait à éclaircir. Remontant au rez-de-chaussée, j'ouvris le cagibi de Quinlan. Une fois de plus, je passai la tête dans l'espèce de conduit qui s'ouvrait à mi-cloison, et je fus suffoqué par l'odeur qui en émanait, mais ce que je cherchais surtout à déterminer, c'était la direction de ce boyau. D'après mes calculs, il devait déboucher sur un local voisin de celui d'où je remontais. Je repris le chemin du sous-sol, mais mes efforts pour y déceler son entrée demeurèrent tout à fait infructueux. Je réussis seulement à établir qu'il se trouvait certainement à la verticale d'un des bureaux que je venais de visiter. J'y retournai pour l'examiner plus soigneusement. Son ameublement était des plus curieux. Derrière le bureau lui-même, le fauteuil du titulaire paraissait normal, mais l'autre fauteuil, en face, destiné à accueillir l'interlocuteur, était fixé au sol. Enfin, ce que j'avais cru être un bac à fiches lors de ma première et rapide investigation, se révéla être tout autre chose : cette grande boîte comportait sur sa face supérieure, une fois relevé le couvercle, quatre rangées de petits hublots. Des fils partaient de sa base jusqu'à une installation électrique à prises multiples scellées dans le mur. Pour l'instant, ces hublots étaient aveugles, mais je notai, sur le côté de la boîte, un nombre correspondant de boutons.

À tout hasard, j'appuyai sur l'un d'eux, et un hublot s'éclaira, me montrant l'intérieur d'une chambre à coucher. Les deux suivants m'offrirent un spectacle identique, le quatrième dévoilant une luxueuse salle de bains. Je m'adressai alors au dernier bouton. Cette fois, je vis l'un des locaux que j'avais visités au sous-sol. Déjà, je me disais que j'allais ainsi pouvoir découvrir l'endroit où Quinlan jetait ses vessies pleines de sang, mais je n'eus pas le temps de mener à bien ce projet. Une voix suave retentit derrière moi, tandis que la lumière électrique du plafond s'allumait.

— Puis-je vous aider, monsieur ?

Je me retournai d'un bloc et, tout de suite, j'identifiai l'individu : petit, mince, tiré à quatre épingles, il portait des lunettes et avait des dents proéminentes.

Détail plus inquiétant, il braquait sur moi un revolver Colt d'une main qui ne tremblait pas.

— Docteur Holmes, je présume ? dis-je doucement.

7

— Je passais prendre quelques affaires, me dit l'homme, sans se départir de son calme. Apparemment, j'arrive au moment opportun.

Il me désigna le fauteuil placé en face de son bureau.

— Veuillez vous asseoir.

Et comme je n'obtempérais pas, il ajouta rudement :

— Allons, mon cher, je suis propriétaire de ce château, je surprends un cambrioleur en flagrant délit. Croyez-vous que j'aurais des ennuis si je vous logeais quelques balles dans le corps ?

— Certainement, répliquai-je. Et, entre nous, je ne suis pas du tout convaincu que vous aimeriez voir la police pénétrer ici... Mais puisque, de toute façon, nous devons nous entretenir...

J'allai m'asseoir. Il prit place en face de moi, derrière son bureau, me considérant attentivement.

— Qui êtes-vous ?

— Si je vous dis mon nom, vous ne me croirez pas.

— Voyons toujours.

— Holmes.

— Tiens ! fit-il ironiquement. Comme moi, alors ?

— Comme vous, c'est beaucoup dire. Moi, mon prénom est Sherlock, si cela peut vous éclairer. J'ai sur moi des papiers qui le prouvent.

Ses yeux s'arrondirent derrière ses grosses lunettes, mais il demeurait encore incrédule.

— En ce cas, vous seriez celui qui...

— ... qui a mis hors d'état de nuire votre ami Baskerville, mon cher docteur Mudget.

Le coup porta. Il pâlit, tandis que la main qui tenait le revolver s'agitait un peu.

— Que faites-vous ici ?

— Affaire Crosby, répondis-je laconiquement.

Il se redressa sur son siège, intrigué.

— Ce n'est pas là le genre d'enquêtes que vous menez d'habitude, monsieur Sherlock Holmes !

— C'est vrai. Mais vous avez commis l'impudence de m'emprunter mon nom pour commettre vos escroqueries et, je commence à le soupçonner, vos crimes. Voyez-vous, j'ai pris cela comme une offense personnelle. Moriarty eût mieux convenu, et, au moins, vous vous seriez senti en bonne compagnie...

— Que savez-vous de l'affaire Crosby ? s'écria-t-il avec une violence mal contenue.

Je ne me hâtai pas de répondre, d'abord pour gagner du temps, ensuite pour le placer en position psychologique moins confortable.

— Permettez-moi de reprendre les choses en leur début, déclarai-je, les doigts joints dans une attitude de sérénité calculée. Vous avez connu Crosby au Costa Rica. C'est lui qui a financé votre expédition au sud du rio Chirripó, en compagnie de Malapuerta et de Montgomery. On a dit, à ce moment-là, que vous vous intéressiez beaucoup aux sangsues des marais...

Mudget s'anima.

— Des bêtes extraordinaires, mon cher Holmes ! s'exclama-t-il, la main gauche levée, mais la droite braquant toujours le Colt. Je crains que vous ne les connaissiez qu'à travers le destin tout utilitaire que la médecine leur a fixé. Croyez-moi, elles offrent des perspectives scientifiques autrement plus intéressantes... voire plus rémunératrices.

— J'aimerais en être persuadé, murmurai-je.

Il adopta un ton récitatif qui n'était pas dénué d'ironie.

— La sangsue, annélide sans soies de la classe des hirudinées, est exclusivement hématophage. Par une bouche pourvue de trois mâchoires dentelées, elle peut absorber, en un seul repas, huit fois son poids de sang. De verte, elle devient alors presque rouge, ce qui constitue un spectacle tout à fait fascinant. Cependant, sa caractéristique la plus frappante reste sa salive anticoagulante, dont les propriétés, utilisées à bon escient, seraient susceptibles de rendre les plus grands services dans le domaine de la circulation du sang. C'est sur ce point précis que s'orientaient les recherches de Malapuerta. Il était en correspondance régulière avec le jeune Landsteiner, dont les travaux commencent à faire autorité à l'institut de Vienne. À leur avis commun, si les tentatives de transfusion faites jusqu'à ce jour se sont soldées par beaucoup d'échecs, c'est que chaque individu possède un sang de nature différente, incompatible avec celui des autres sujets...

— Vous m'en direz tant, coupai-je aimablement. Au fait, et votre ami Malapuerta, qu'est-il devenu ?

— Il est mort, répondit Mudget.

— Vraiment ? fis-je, sans prendre la peine de dissimuler mon scepticisme.

— Je le tiens de source sûre...

Mudget ajouta sur le mode sarcastique :

— ... de ses bêtes, il voulait faire des hommes, il se prenait pour Dieu, mais il n'a pas eu la même chance que son modèle. Si Lucifer a été vaincu, lui, ce sont ses créatures qui l'ont massacré... une perte, d'ailleurs, pour la science contemporaine. Il aurait bien fini par utiliser le métabolisme spécifique de la sangsue pour obtenir une sorte de sang universel propre à satisfaire n'importe quel organisme en besoin au moment opportun...

— Il lui aurait fallu pour cela des milliers de sangsues !

— Eh non ! s'écria Mudget, affectant une bonne humeur suspecte, non justement ! Pour une fois, son obsession mégalomaniaque eût pu être employée à des fins réellement scientifiques ! Le gigantisme l'a toujours subjugué... Eh bien, imaginez cette fois une sangsue qui n'aurait pas un ou deux pouces de long, mais plusieurs pieds, et calculez alors le réservoir de sang qu'elle peut représenter.

Je sentais une sourde angoisse me gagner.

— Y a-t-il réussi ? demandai-je d'une voix un peu tendue.

Pour toute réponse, j'eus droit à un sourire où perçait une cruauté feutrée. Je repris, d'un ton que je m'efforçai de mieux contrôler :

— Votre expédition aurait tourné court, a-t-on prétendu.

— Eh oui ! admit-il avec bonhomie. Incompatibilité des caractères, antagonisme des buts poursuivis, nos chemins ont divergé. Malapuerta restait soumis à sa folie des grandeurs, expression à prendre au sens littéral, tandis que Crosby, lui, ne pensait qu'à l'argent... moi aussi d'ailleurs. Il était évident qu'en cas de succès des expériences, le dépôt d'un brevet médical nous eût assuré une fortune considérable. J'ai d'ailleurs emprunté à Malapuerta l'un de ses... sujets d'expérience avant de le quitter. Crosby a bien voulu prêter la main à ce petit larcin...

— Et ensuite ?

Là, l'expression de Mudget se fit ouvertement méprisante.

— Et puis, voilà que Crosby a versé dans la moralité, l'imbécile ! Il trouvait que je... hum !

— Que vous ?

— Bref, il réprouvait quelques-unes de mes activités, et certains de mes goûts en matière de divertissement heurtaient sa délicatesse. En réalité, je crois qu'il craignait surtout d'être compromis... Rien de plus dangereux que les pleutres, mon cher Holmes, ils peuvent facilement devenir dangereux...

— De sorte que vous avez dû le faire taire.

— Il le fallait bien ! s'écria jovialement Mudget.

— Avec cette cornue ?

— Mais non, mais non, grommela-t-il, comme agacé par ma lenteur d'esprit. Mise en scène que cette cornue explosée, destinée à abuser les imbéciles de la compagnie d'assurances. Je suis sûr qu'au fond vous n'y avez jamais cru !

— Comment Crosby est-il mort ?

Mudget baissa les yeux. Son visage avait pris une étrange expression, celle laissée par un souvenir très agréable qu'on n'ose pas évoquer devant des tiers. Il dit, tout doucement :

— Je lui ai fait prendre une drogue... ensuite...

Il me considéra fixement. Son regard était devenu trouble et, malgré moi, je me sentis glacé. Je croyais avoir mené le jeu à prolonger le dialogue, mais je pris tout à coup conscience que c'était devenu pour lui un plaisir, car à se livrer ainsi, il me mettait dans une position psychologique telle que je ne pouvais guère ne pas saisir que, ne redoutant plus mes indiscrétions, une mort certaine m'était réservée. Mentalement, c'était un jeu de chat et de souris, où il puisait une perverse jouissance. Je décidai de brusquer les choses, ne fût-ce que pour le priver de cette satisfaction.

— Il va de soi, lui dis-je rudement, que je n'ai aucune illusion quant au sort qui m'attend. Bien. C'est la règle du jeu. J'aimerais cependant vous écouter encore, pour le simple amour de l'art.

— Votre conscience professionnelle vous honore, fit-il gravement, sans que je pusse déceler dans son timbre la moindre raillerie. Je tiens d'ailleurs à vous exprimer combien je me flatte de tenir à merci un personnage de votre envergure...

— Reste à savoir, poursuivis-je, comment vous comptez me supprimer. Une balle de revolver, cela laisse des traces.

— La chaux vive n'en laisse pas, répliqua-t-il. Ni le vitriol...

— Je vois.

— Quant à la balle de revolver, n'y comptez pas, mon cher monsieur, c'est d'un banal ! Vous méritez mieux. Non, je vous réserve le même sort qu'à Crosby.

— C'est-à-dire ?

Il se frotta les mains, le visage plissé de mille rides mauvaises.

— Si vous aviez eu le temps d'appuyer sur tous les boutons de ma boîte à hublots, vous auriez pu en avoir une idée. Crosby, je l'avais drogué et si j'ai dû, ensuite, le défigurer, ce n'est pas par sadisme gratuit mais pour dissimuler aux enquêteurs que la mort lui était venue par le visage... Oui, c'était le seul endroit de son corps qui fût nu et offert. Je n'allais tout de même pas le déshabiller, puis le rhabiller ensuite !

Il se tut, reprit pensivement :

— Très intéressant, ma drogue, mon cher Holmes. L'homme était conscient mais paralysé, et je dois dire qu'il me fut tout à fait excitant d'imaginer ce que furent ses sensations, tandis que, par le hublot, je contemplais la scène.

— Et moi, comment me droguerez-vous ?

Il se leva d'un seul bond.

— Inutile, inutile ! cria-t-il, avec des gestes de pantin détraqué. Ce sera beaucoup plus amusant si vous vous défendez... sans aucun espoir d'ailleurs, vous le réaliserez très vite. Je me rejouis à l'avance de ce spectacle. De toute façon, pour vous, je n'ai pas d'apparences à préserver, je ne vous ai pas assuré sur la vie.

— Le sadisme n'exclut pas la cupidité, n'est-ce pas ?

— Mais mon cher ! s'écria-t-il, le sommet de l'Art dans le Mal, c'est justement de conjuguer plaisir et profit !

— Le plaisir étant, en ce qui vous concerne, la souffrance des autres ?

Il me regarda, les lèvres tremblantes, fit, d'une voix rauque :

— Je plains ceux qui ignorent ce délice, monsieur Holmes, et je suis sûr qu'ils seraient beaucoup plus nombreux à le goûter si seulement ils l'essayaient une fois...

Il avait soudain subi une étonnante métamorphose. Il tremblait, transpirait, louchait un peu et paraissait en proie à une exaltation presque mystique. Je son-

geai vaguement que les possédés d'autrefois, Gilles de
Rais, les Beane, Erzebet Bathory, devaient, pendant
leurs heures terribles, lui ressembler.

— Pitezel aussi, a souffert ?

Ma question, d'un prosaïsme calculé, le ramena
brutalement à la réalité des choses. Il sursauta, me regarda d'un œil exorbité, dit faiblement :

— Quoi, Pitezel, quoi Pitezel ?

— Benjamin Pitezel.

— Que vient faire ici Pitezel ?

— Prendre sa place parmi la galerie de vos victimes..., dis-je d'un ton glacial. Pourquoi la cornue, en
ce qui le concernait ?

Mudget se laissa retomber sur son siège, comme
épuisé par la violence de son propre délire.

— À l'origine, c'était prévu pour un autre, un corps
anonyme que je devais fournir. Pitezel et moi étions
d'accord... c'est lui qui a installé ici tout le circuit
électrique, vous savez ? Nous ferions croire à sa propre mort afin que sa femme perçoive l'indemnité.

— Et vous auriez partagé ?

— Comme de juste. Mais cet imbécile s'enivrait, il
parlait à tort et à travers, devenait dangereux. Alors,
je me suis dit que, tant qu'à faire, autant fournir à la
compagnie de Philadelphie le véritable cadavre de Pitezel. Vous noterez, monsieur Holmes, que de ce fait,
l'accusation d'escroquerie tombe d'elle-même. Puisque Pitezel est bien mort, il est normal et conforme à
la légalité que sa femme perçoive l'indemnité prévue.

— Exact, répondis-je. Mais a-t-elle partagé ?

Il y eut un silence. Je poursuivis :

— Est-elle toujours vivante ? Et ses enfants, que
sont-ils devenus ? Parlez-moi de la petite Alice, Mudget...

Il esquissa le geste agacé de celui qui chasse une mouche.

— Comment savez-vous tout cela ?

— Il existe un usage dans le milieu des assurances. Les compagnies se communiquent tous leurs renseignements relatifs à des affaires similaires. Donc, Crosby-Pitezel, même problème. J'ajoute une chose, Mudget : je ne suis pas seul sur l'enquête. L'inspecteur Geyer, de Philadelphie, se trouve à Chicago, et n'ignore plus rien de ce que vous faites. Il sait par exemple que vous vous faites parfois appeler Campbell ou Yates...

— Vous mentez ! gronda Mudget, au bord de l'hystérie.

— Facile à vérifier, déclarai-je. Vous allez recevoir sa visite. Au fait, il a questionné Owens, et aussi Quinlan, ce garçon des Stockyards qui nourrit votre petit animal de sang de porc en attendant que vous ayez à lui offrir un nouveau corps humain...

Il déglutit, péniblement. Sa main droite, qui braquait le revolver, commençait à faiblir. Il répéta, tout bas :

— Vous mentez...

C'est alors que se produisit un miracle. Quelque part, dans la maison, il y eut un bruit... choc discret, aussitôt étouffé, peut-être tout simplement une latte de plancher qui craquait, mais cela inonda son visage d'une abondante sueur.

— Je crois que le voici, dis-je tranquillement. Il faut vous dire que nous avions pratiquement pris rendez-vous ici.

Mudget secoua la tête, ses bajoues tremblotantes. Il écoutait intensément. Moi-même, je me gardais de faire le moindre bruit, l'oreille tendue à tous les sons insolites qui pourraient provenir de l'autre côté du corridor, où j'avais laissé une fenêtre ouverte... Je m'aperçus que l'attention de mon adversaire s'était relâchée, et que c'était le moment ou jamais de tenter ma chance, mais il fut le plus rapide. Au moment où je me dressai, il dut manœuvrer quelque levier de son bureau : le sol se déroba sous moi.

8

Je n'ai gardé de cette chute qu'un souvenir embrumé par l'angoisse. Je me rappelle aussi avoir craint d'être assommé par mon propre fauteuil avant de me dire qu'il était resté fixé au plancher de la trappe par où j'avais basculé. Et puis, par-delà l'atroce sensation de l'estomac remonté à la gorge, ce fut l'appréhension du choc à l'arrivée. Mais non, c'était moins une chute qu'une glissade abrupte, encore que les dix derniers pieds en fussent à peu près verticaux...

À l'instant même où j'atterris sur un sol meuble, boueux, je réalisai que Mudget, avec son sadisme pathologique, n'eût pas voulu priver ses victimes de conscience avant la torture. Ensuite, mon premier sujet d'étonnement vint de la lumière ; lumière blafarde, à la source impossible à localiser, mais suffisante pour que, grâce à un jeu probable de lentilles et de miroirs, Mudget pût tout voir sur sa boîte à écrans. Ainsi, alors que je m'étais attendu à une complète obscurité, pouvais-je distinguer un long caveau, bas de plafond, au sol incliné depuis l'extrémité du conduit qui m'avait amené, jusqu'à une sorte de grande mare stagnante où surnageaient des vessies vides. La seconde sensation qui m'assaillit fut l'horrible relent

du lieu. C'était celui qui émanait déjà de l'orifice métallique du rez-de-chaussée, mais ici, l'accumulation
des miasmes et le défaut d'aération portaient cette
puanteur à un degré insupportable.

Je regardai autour de moi. Il était exclu de pouvoir
repartir par où j'étais arrivé : parois lisses, pratiquement à pic. Il y avait l'autre issue, au plafond, à portée immédiate de main, mais son diamètre et ses
reflets métalliques disaient assez qu'il s'agissait là du
conduit où Quinlan jetait ses vessies pleines de sang ;
chemin impossible à emprunter car beaucoup trop
étroit.

Je fus sorti de mes pensées par un léger clapotis. Je
regardai la surface de la mare, où des ondes sombres
se propageaient. Et soudain, je dois l'avouer, mon
poil se hérissa, tandis que mon corps se couvrait de
sueur. Quelque chose nageait, dont la pénombre ne
me montrait à fleur d'eau qu'un tégument verdâtre,
vaguement annelé. J'écarquillai les yeux. Ah ! l'horreur ! C'était une larve, larve énorme, longue de cinq
pieds, large en proportion, qui tendait vers moi une
tête effilée, où s'ouvrait une ventouse répugnante,
armée d'une affreuse mâchoire triangulaire. Je n'avais
jamais entendu dire que les sangsues fussent aveugles,
mais je ne vis pas ses yeux, peut-être cachés sous les
métamères luisants qu'animait une redoutable reptation. La puanteur s'accentua, et, pour la première fois
de ma vie, je faillis m'évanouir.

Glacé jusqu'aux os, j'avais reculé le plus loin possible, vers l'orifice d'où j'étais tombé, mais le monstre était amphibie. Avec terreur, je le vis sortir de
l'eau, se servant de ses ventouses ventrales pour pro-
gresser sur la terre ferme. Fébrilement, je fouillai
dans mes poches, n'y trouvai rien qui pût m'aider,

sauf un petit stylet courbe dont je m'étais servi pour crocheter les serrures. D'un geste désespéré, je me portai en avant, frappai à plusieurs reprises une peau flasque, élastique, qui résorbait aussitôt les plaies que j'y causais, d'où ne suintaient que de minces coulées d'un liquide blême. La sangsue, pourtant, s'était arrêtée, moins blessée que surprise. Un seul élément jouait en ma faveur : la rapidité. Car la créature était lente. Au moment où elle parvenait à mon niveau, je sautai par-dessus, me retrouvai derrière elle, de l'eau jusqu'aux genoux, me demandant si mes forces me permettraient de soutenir longtemps un tel exercice...

À cet instant précis, la lumière s'éteignit, et l'angoisse m'étreignit à la gorge. Quelles chances me resterait-il dans une obscurité complète ? Heureusement, je possédais un briquet. Je l'allumai, jetant sur l'eau de sinistres reflets rougeâtres. Lentement, très lentement, la sangsue se tortillait pour revenir vers moi. C'est alors que je pris conscience d'une chose : ceci ne correspondait en rien à ce que je commençais à connaître du caractère de Mudget. Cet homme était non seulement un sadique, mais il se délectait de la souffrance des autres sur le plan strict de l'observation. La lumière ayant disparu dans le caveau, cela signifiait que lui-même ne voyait rien sur son hublot ; donc, qu'il l'avait éteint, donc qu'il ne voulait pas qu'on le vît allumé ; donc, qu'un événement imprévu était survenu au « château » ...

La sangsue approchait. Arrachant mes chaussures avec un bruit de succion à la vase du fond, j'entraînai la bête jusqu'au mur opposé, d'où je revins à la terre par un brusque crochet. Au passage, je lui décochai quelques coups de stylet, sans autre effet qu'une faible rétractation de ses métamères. Toute cette scène se déroulait dans un silence hallucinant, et ce fut ce silence qui, justement, me permit de surprendre un bruit, rapporté par le tuyau métallique de Quinlan, de nature propre à bien conduire l'acoustique : une course, puis le claquement d'une porte qui s'ouvrait. D'un bond, je fus sous l'orifice, y passai presque la tête pour hurler :

— Holà ! y a-t-il quelqu'un au-dessus ?

Je ne reçus d'abord aucune réponse. Alors, avec la lame d'acier de mon stylet, je frappai à coups redoublés sur le métal du petit boyau, espérant que celui-ci transmettrait mieux ces sons sonores. Je crus défaillir quand, d'en haut, me parvint l'écho fidèle de mes propres signaux. On répondait, et ce ne pouvait être Mudget. Alors, le salut ? Je criai, aussi fort que je pus :

— M'entendez-vous ?

Il y eut quelques secondes d'une inexprimable tension mentale, avant que le tuyau métallique de Quinlan me transmît une voix assourdie par la distance :

— Qui parle ?

Je clamai :

— Je suis enfermé dans une cave dont j'ignore l'issue. Est-ce que Mudget est toujours là-haut ?

— Qui ?

— Le Dr Holmes ! C'est lui qui m'a jeté là-dedans !

— Il n'y a personne ! répondit la voix, étrangement désincarnée par l'acoustique, mais tout laisse penser que Holmes s'est enfui précipitamment ! Moi, que puis-je faire ?

— Donnez-moi une minute !

Je repris ma respiration. La sangsue se rapprochait, ondulant à la surface de l'eau. Le bras levé pour m'éclairer à la flamme vacillante de mon briquet, j'exécutai une nouvelle manœuvre, mais, au dernier moment, sur un brusque mouvement de sa longue tête effilée, j'aperçus, à deux pouces de mon visage, la répugnante menace de sa mâchoire triangulaire. Je faillis en vomir. De retour sur le terrain sec, je criai désespérément :

— Écoutez ! Allez au bureau, le premier après le coude du couloir. Il y a une grande boîte. Soulevez-en le couvercle et vous découvrirez des espèces de hublots !

— Des quoi ? fit l'autre, incrédule.

— Des judas, des écrans, tout ce que vous voudrez ! Sur le côté de cette boîte, vous verrez des boutons de commande. Appuyez dessus... sur tous les boutons ! Les hublots s'éclaireront. Alors, vous pourrez m'apercevoir sur l'un de ces écrans... Ensuite, revenez à l'endroit d'où vous me parlez, mais revenez vite, par Dieu !

La sangsue faisait demi-tour au fond du caveau. Quand la lumière reparut, je crus que l'espoir me ferait défaillir. Le tuyau métallique m'apporta peu après le bruit d'une course précipitée. L'homme hurlait :

— C'est vous que je viens de voir près de cette espèce de mare ?

— Oui, oui, c'est moi !

— Et qu'est-ce que c'est que le gros reptile vert qui rampe sur l'eau, un serpent ou quoi ?

— Une sangsue ! Une sangsue géante !

— Grands dieux ! fit l'homme, d'une voix altérée par l'horreur, ce n'est pas possible ! D'où vient-elle ?

— Les questions, plus tard ! vociférai-je, avant tout, sortez-moi de là, vite !

— Comment ?

Je m'accordai un bref instant de réflexion. J'entrevoyais un moyen mais il prendrait du temps. Pourrais-je tenir ? Brusquement, l'illumination me vint :

— Écoutez, il faut d'abord se débarrasser de ce monstre ! Descendez tout de suite dans les caves. À l'intérieur de l'une d'elles, vous trouverez deux bonbonnes d'acide sulfurique !

— D'acide sulfurique ?

— Oui, de vitriol, si vous préférez ! Remontez-les près de l'ouverture, mais vite, faites vite, par pitié !

— Bon, j'y vais !

J'entendis s'éloigner son pas précipité. Pendant plusieurs minutes, je dus poursuivre mon mortel jeu de cache-cache, avant que la voix se refît entendre :

— C'est fait, elles sont là !

— Posez-les près de l'ouverture, débouchez-les ! Tenez-vous prêt à en verser le contenu dans le conduit !

— Mais vous êtes dessous !

— Je prendrai garde ! Surtout, ne commencez que lorsque je vous le dirai, mais alors, faites-le sans perdre une seconde !

— D'accord !

À ce point de notre dialogue, je me trouvais contre la paroi du caveau, à l'endroit le plus éloigné de la mare. La sangsue, revenue vers moi, rampait déjà sur la boue du bord. J'avais ôté mon manteau, que j'avais roulé sous mon bras.

— Vous êtes prêt ?

— Je suis prêt !

J'attendis que le monstre fût arrivé juste sous l'orifice, avant d'effectuer un bond frénétique, retombant dans la mare au milieu d'une gerbe malodorante. De

l'eau jusqu'à la ceinture, je me couvris du manteau
tout le haut du corps, visage compris, ne me ménageant qu'une mince fente pour glisser le regard. Je
hurlai :

— Allez-y ! Maintenant !

La seconde d'après, une pluie âcre, épaisse, s'abattit sur la sangsue. Épouvantable spectacle !... La bête
s'arc-bouta dans une effrayante convulsion, tandis
que son tégument fumait horriblement.

— L'autre, l'autre !

Nouvelle coulée de vitriol, et cette fois, Dieu me
pardonne, je crus entendre crier, oui, crier cette créature torturée ; ou n'était-ce que la plainte mécanique
des chairs rongées ?... un chuintement à la limite de
l'aigu qui me révulsa jusqu'au plus profond de moi-
même. De violentes nausées me secouèrent, alors que
la voix de mon sauveur me parvenait, un peu étouffée :

— Ça va, vous n'avez rien ?

— Ça va !

Je me souviendrai toute ma vie des moments qui
suivirent. La sangsue s'agitait encore, mais elle n'avait
déjà plus de forme, débris sanglant et fumant. L'atmosphère était devenue irrespirable. Mes yeux pleu-
raient, je suffoquais, la gorge enflammée par les
vapeurs d'acide. Quant à mon manteau, criblé de
trous par les éclaboussures de vitriol, il était désormais hors d'usage. Je m'en servis comme d'un tapis
pour parvenir à la terre plus ferme, jusqu'au boyau
par où Mudget m'avait précipité. Je criai, de loin, vers
l'ouverture métallique :

— Vous m'entendez ?

— Oui !

— C'est terminé, la sangsue !... maintenant, voici ce que vous devrez faire...

Je le lui expliquai. Ensuite, il lui fallut un peu de temps pour découvrir le mécanisme de la trappe et chercher un lien solide dans les différentes pièces... Finalement, j'entendis dévaler quelque chose de lourd dans le conduit.

L'homme avait lesté sa corde avec un presse-papiers métallique, qui vint tomber à mes pieds.

— Vous y êtes ? cria-t-il, cette fois depuis le bureau.

— J'y suis !

J'agrippai la corde, m'aidant de mes jambes, tandis que lui-même me hissait. Je parvins enfin au rez-de-chaussée, où, me saisissant aux aisselles, il m'aida à me mettre debout. Nous nous regardâmes en silence, essoufflés tous deux par notre effort commun.

— Eh bien, déclara l'homme aux cheveux carotte, le moins qu'on puisse dire, c'est que vous ne sentez pas la rose !

9

Geyer me tendit son flasque de whisky, auquel je puisai très largement.

— Ça va mieux ? me demanda-t-il.

— Ça va, dis-je, reposant le flacon sur le bureau

— Vous êtes rétabli ?

— Mais oui, tout à fait en forme, grâce à vous, répondis-je, un peu étonné. Au fait, je vous dois la vie.

— Et moi, je vous dois un direct.

Je ne vis pas venir le coup. Je crois n'en avoir pas reçu de pareil depuis que Matthews (un autre M.,

Watson !) me priva de ma canine gauche en gare de Charing Cross. Je me retrouvai assis à terre, abasourdi, la lucidité et la mâchoire très ébranlées. Geyer me tendit la main pour m'aider à me relever, me repassa le flasque.

— Encore une rasade, ça vous remontera.

J'obtempérai. Décidément, les manières américaines n'avaient pas fini de me désarçonner.

— Maintenant, nous sommes quittes, me dit Geyer.

— Pas tout à fait, répondis-je, d'une voix un peu difficile. Nous sommes quittes sur le plan de la boxe, mais je vous dois toujours la vie et je pense pouvoir m'acquitter de ma dette. Comment êtes-vous entré ?

— Je surveillais le château depuis quelque temps, et ce soir, j'y ai vu de la lumière. J'ai commencé par frapper à la porte. Comme on ne répondait pas, j'ai cherché à y pénétrer par-derrière, où j'ai trouvé une fenêtre ouverte…

— J'y suis pour quelque chose.

— Entre-temps, Holmes avait décampé. J'imagine que cet immeuble possède plusieurs issues.

Je m'étais assis dans le fauteuil de Mudget, derrière le bureau. Je lui demandai doucement :

— Avez-vous eu connaissance de la liste des membres du conseil d'administration de la société pharmaceutique présidée par Holmes ?

— Pas encore. J'arrive de Philadelphie.

— Il y a Owens, que vous connaissez, ce Noir laveur de carreaux, mais il n'y tient que le rôle de troisième hallebardier. Il y a M. R. Williams, qui semble être Minnie Williams, l'une des fiancées du Dr Holmes, mystérieusement disparue depuis. Il y a Campbell, il y a Holmes, qui sont le même homme…

— Cela, je le sais.

— Il y a Hayes, troisième identité d'emprunt de notre suspect... et enfin, il y avait Pitezel, votre Pitezel...

— Ce Pitezel dont la piste m'a amené jusqu'ici, conclut le policier, les yeux brillants.

— Voilà. Quant à moi, j'enquête sur un certain Crosby, mort dans les mêmes conditions que Pitezel.

— Je le sais aussi. La Mutual Life Association a reçu le rapport de routine de la Michigan Insurance... Mais vous m'expliquerez, n'est-ce pas ? Cette sangsue, d'où venait-elle ?

— Dites-moi d'abord ce qu'est devenue Mme Pitezel. Et sa fille, la petite Alice ?

— Mme Pitezel est vivante, répondit Geyer, le front soucieux, mais la petite fille a disparu. Nous la recherchons activement. Je ne vous le cache pas, nous craignons à présent que les deux autres enfants de Pitezel n'aient été assassinés.

— En ce cas, il faut faire très vite, déclarai-je, un peu sèchement. Ne perdez pas de temps à rechercher un Holmes, un Campbell ou un Yates. Trouvez plutôt un Mudget. Hermann Mudget. C'est son vrai nom.

— Je vous remercie, fit-il placidement. Cela va certainement nous aider. Vous êtes un agent de la Michigan Insurance ?

Je souris légèrement, du coin des lèvres.

— Pas attitré. Seulement pour l'affaire Crosby. En fait, je suis britannique.

— Vraiment ? s'écria-t-il, surpris. J'aimerais tout de même connaître votre nom.

— Holmes.

— Non ? dit-il ironiquement.

— Et mon prénom est Sherlock.

— Ah ! bon, répondit-il, très froid. Moi, c'est Carter. Nick Carter.

Mais quand je lui eus montré mes papiers, son sourire disparut.

10

Je rédigeai mon rapport pour la Michigan Insurance dès le lendemain. En ce qui me concernait, l'affaire était terminée. Il n'était plus question, bien entendu, de payer la moindre indemnité au Dr Holmes, non seulement recherché pour deux meurtres probables, celui de Crosby et celui de Pitezel, mais aussi — et je ne l'appris qu'une fois de retour en Angleterre — ceux d'Alice, Howard et Nellie Pitezel, d'Amelia Cigrana, de Julia et Gertie Conner, d'Emmeline Van Tassel, d'Honor et Joanna Williams, de Minnie Williams, d'Ann Holden...

Ni Geyer ni moi ne parlâmes jamais à personne de la sangsue géante, dont il ne restait à peu près rien, et à propos de laquelle personne n'eût voulu nous croire, mais la visite du « château » Holmes réserva d'autres surprises aux enquêteurs. Ils y découvrirent la salle de torture, la boîte à hublots, et une fosse où la chaux vive n'avait pu venir à bout de tous les restes des victimes. On fit alors le compte des visiteurs de l'exposition colombienne de 1893 qui avaient loué des chambres au château, et que personne n'avait revus, après que le gaz les eut supprimés pendant leur sommeil. Les victimes se chiffraient par dizaines. Cependant, la loi américaine est ainsi faite que Hermann Webster Mudget, arrêté par Frank Geyer et ses hommes à Boston, sous le nom de Hayes, le 17 novembre suivant, ne fut jugé que pour le meurtre de Benjamin Pitezel. Condamné à mort, il reconnut tout de même vingt-sept assassinats pour un journal qui lui avait offert une grosse somme d'argent en échange de ses Mémoires.

Mais l'enquête ultérieure menée par les policiers et les journalistes évalua à plus de deux cents victimes le bilan de ce criminel hors série. Encore aujourd'hui, je pense que notre Jack l'Éventreur national n'était finalement qu'un petit artisan, comparé à celui qui fut pendu, le 7 mai 1896, à Philadelphie.

Épilogue

Les singulières aventures
de Grice Pattersons dans l'île d'Uffa

« ...L'affaire de la Compagnie de Hollande et de Sumatra et les projets fantastiques du baron de Maupertuis... »

SIR ARTHUR CONAN DOYLE, *Les propriétaires de Reigate.*

C'est ainsi, Watson, que je ne rencontrai jamais
celui qui eût pu être mon plus redoutable adversaire,
mais dont le sort voulut que je ne l'affrontasse que
par personnages interposés : complices, témoins ou
victimes.

La dernière fois que j'entendis parler du baron Moreau de Maupertuis, ce fut en des circonstances tout à
fait particulières, où sa mort, déjà annoncée par Mudget, me fut confirmée. Vous vous en souvenez,
George Challenger et moi avions collaboré dans l'enquête sur le ver inconnu d'Isadora Persano. Ce fut
sans doute ce qui l'incita, fin 94, à me mettre en contact avec un individu très singulier qui semblait s'être
adressé à lui en désespoir de cause et dernier recours.

Cet individu — il se nommait Grice Pattersons —
se trouvait alors dans un état mental déplorable, après
avoir subi une véritable odyssée sur une île perdue du
Pacifique Sud. Lui-même n'en connaissait pas le nom,
mais après ce qu'il m'eut raconté, je ne doutai pas que
ce fût Uffa. Bref, Pattersons frôlait la folie paranoïaque, croyant déceler, en chaque trait du visage hu-

main, quelque chose qui rappelât un animal à la morphologie voisine. C'est ainsi qu'il ne pouvait s'aventurer en un lieu public sans soupçonner, chez tous ses voisins de foule, une identité animale dissimulée. La faute en revenait à ce qu'il avait vécu, et qui était, en vérité, fort dramatique.

Il ne m'appartient pas ici de rapporter son récit, car je lui conseillai alors, en manière d'exorcisme psychologique, de le relater lui-même — mais, me confia-t-il, il n'avait aucun talent de conteur — ou par l'intermédiaire de quelque auteur en mal de thème. Ce qu'il fit et je pense que vous avez dû lire ce livre, publié en 96 avec succès. Si vous l'avez fait, sans doute aurez-vous relevé, vers la fin de l'ouvrage, un paragraphe dont le sibyllisme n'aura pas manqué de vous frapper : « … mais j'ai confié mon cas à un homme étrangement intelligent, un spécialiste des maladies mentales… »

Ne vous moquez pas, Watson. Ces quelques lignes trop flatteuses constituaient, j'imagine, dans l'esprit de Pattersons, une façon naïve mais touchante, de rendre hommage à ma modeste thérapie. Il m'avait demandé, comme un service, de ne pas situer de façon exacte le lieu et la date de son histoire. C'est pourquoi, lorsque je vous parlai brièvement de lui, la première fois, je la plaçai en 1887, soit quatre ans avant l'année où elle se déroula effectivement. C'est aussi la raison pour laquelle je n'ai jamais donné les coordonnées géographiques de l'île d'Uffa. Je suis sûr que vous me pardonnerez cette petite tromperie. Pattersons, d'ailleurs, s'il se fait figurer lui-même dans le récit sous un pseudonyme, a conservé à notre savant fou sa véritable identité, ou plus précisément la moitié de cette identité qu'il connaissait…

En effet, à cette époque — juste après les scandales de San José —, le Dr Moreau de Maupertuis, sans doute pour éviter la honte à un nom si illustre, ne faisait plus guère usage que de la première partie de son patronyme.

Les passe-temps de Sherlock Holmes

Au maître Arthur Conan Doyle, qui me pardonnera d'avoir accroché quelques wagons supplémentaires à sa locomotive.

I. « La tragédie des Addleton...

... et le compte rendu des singulières découvertes qui furent faites dans le vieux tombeau anglais. »

SIR ARTHUR CONAN DOYLE, *Le pince-nez en or*

À Joséphine Tey

1

J'ai longtemps hésité avant de révéler cette histoire à l'opinion publique. La première raison en est que j'y étais concerné de façon tout à fait personnelle. La seconde répondait à un désir formulé par mon ami, Sherlock Holmes, qui pense que la biographie officielle de nos célébrités nationales ne gagne jamais à être remise en question. Mais les années ont passé et, avec elles, cette rigueur que la pression immédiate des événements impose aux consciences. Et puis, on doit à la vérité — fût-elle historique — un respect qu'aucune considération ne saurait altérer.

J'avais déjà évoqué brièvement cette affaire, parmi celles de 1894, en relatant l'anecdote du « pince-nez en or ». Si l'on s'en souvient bien, au début de cette enquête, Holmes était plongé dans l'étude d'un palimpseste. Ce document était parvenu entre nos mains de la façon la plus curieuse qui fût, et dans ces circonstances bizarres, insolites, un peu fantastiques, si bien faites pour aiguillonner la curiosité de mon ami.

On se le rappelle, je l'ai précisé dans le « pince-nez en or », ce novembre 1894 était particulièrement maussade, mais le soir où débuta notre affaire, les éléments ne s'étaient pas encore déchaînés, encore que de gros nuages fussent apparus dès midi à l'horizon occidental de la ville. Je m'étais absenté de Baker Street afin d'effectuer une démarche dont, aujourd'hui, l'objet ne me revient pas, tandis que, de son côté, Holmes était sorti pour l'une des investigations clandestines dans le quartier de l'East End dont il était coutumier. Lorsque je rentrai, aux environs de six heures, Mme Hudson me dit, de son ton placide habituel :

— Une jeune dame est venue pour vous, docteur.

— Pour M. Holmes, voulez-vous dire ?

— Non, docteur, pour vous. Et pourtant, elle avait l'air terrifié, la pauvre fille !

Je trouvai à cette phrase deux motifs d'étonnement profond, l'un nourrissant l'autre : d'abord, qu'on eût demandé à me voir, moi, ensuite, que cette jeune fille eût l'air terrifié, état d'esprit qui me paraissait ressortir plutôt aux intérêts habituels de Sherlock Holmes. Mme Hudson m'aida à me débarrasser de mon macfarlane, et, sur ces entrefaites, Holmes arriva à son tour. Il ôta son propre manteau, l'accrocha à une patère de l'entrée, puis s'immobilisa, la tête tournée vers nous : « Quelqu'un est venu, madame Hudson ? »

La brave femme, qui avait depuis longtemps résolu de ne plus s'étonner, répondit : « Une jeune fille, monsieur Holmes. Elle désirait parler au Dr Watson. Elle semblait terrorisée. »

Il éleva les sourcils.

— Terrorisée, vraiment ? fit-il d'une voix âpre. Et c'est le Dr Watson qu'elle demandait, vous en êtes sûre ?

— Oui, monsieur Holmes.

Il s'adressa à moi.

— J'ignorais que vous connaissiez des gens en Cornouailles, Watson.

— Je l'ignorais aussi, rétorquai-je, avant de m'exclamer : Décidément, Holmes, j'en suis encore à m'ébahir ! Qu'est-ce qui vous fait croire que cette jeune fille vient de Cornouailles ?

Il avait passé l'index sur l'une des patères du portemanteau, puis s'en était venu procéder à la même manœuvre avec l'accoudoir du fauteuil. Il goûta alors son doigt, mais selon son irritante habitude, ne répondit pas directement à ma question.

— Nos chemins de fer sont vraiment exceptionnels, Watson ! Leur vitesse dépasse maintenant celle du vent...

Il expliqua, d'un ton radouci :

— Allons, vous avez bien vu qu'il ne pleut pas encore, et vous savez que la pluie nous arrive toujours par l'ouest. Or, cette patère était humide, ainsi que l'accoudoir du fauteuil. Notre visiteuse venait, elle, d'une région où la pluie avait déjà commencé en début d'après-midi : elle est arrivée avant les nuages. Je pense d'ailleurs qu'elle portait un manteau non imperméabilisé...

— Une pèlerine de laine noire, précisa Mme Hudson.

— ... donc susceptible de conserver l'humidité plusieurs heures. Voyons, conclut Holmes, livrez-vous à un calcul élémentaire, mon cher Watson. Je vous en fournis les données : les nuages mettent généralement quelques heures pour parcourir le pays, à partir de Land's End jusqu'à Londres. Nos trains vont plus vite. J'ajoute que j'ai reconnu à cette humidité le goût caractéristique du coke de locomotive. La jeune fille devait être assise dans le sens de la marche, le coude à la fenêtre... Et vous dites qu'elle paraissait terrifiée, madame Hudson ?

— Absolument terrifiée, monsieur Holmes. Elle sursautait à chaque bruit inattendu, et elle était si nerveuse qu'elle déchirait un papier en petits morceaux, qu'elle laissait tomber dans son fauteuil, bien qu'elle m'eût paru avoir reçu une excellente éducation.

Holmes tendit une main impérative.

— Qu'avez-vous fait de ces débris, madame Hudson ? Pas au feu, j'espère ?

— Les voici, dit Mme Hudson, montrant du menton un coin de la cheminée. Je me suis dit que vous voudriez les examiner, monsieur Holmes.

— Admirable ! s'exclama Holmes, sans ironie apparente. Non seulement je vous ai, Watson, mais aussi Mme Hudson. Comment veut-on que je ne réussisse pas mes enquêtes ?

Il avait saisi les morceaux de papier, les assemblait fébrilement sur le guéridon pour en reconstituer le puzzle.

— Un billet de chemin de fer délivré en gare de Redruth... Quoi d'autre, madame Hudson ?

— Ceci.

Elle brandissait un rouleau soigneusement enveloppé dans du papier brun.

— ... Laissé aux bons soins du Dr Watson, qui est chargé de veiller dessus. Le contenu aurait de la valeur.

Nous avions bondi, Holmes questionnant sans aménité :

— Pourquoi nous montrer cet objet seulement maintenant, madame Hudson ?

— J'attendais de pouvoir placer un mot, répondit dignement notre logeuse.

Holmes vint à elle, lui prit les deux mains, la força à s'asseoir. Il dit alors, calmement :

— Il serait peut-être temps que nous reprenions les choses à leur début. Nous examinerons le rouleau en-suite. Que s'est-il passé exactement, madame Hudson ?

Mme Hudson s'exécuta. Aux environs de cinq heures trente, donc, une jeune fille très agitée, arrivée en fiacre, avait sonné à la porte. Elle avait demandé à parler au Dr John Watson. « Le docteur n'exerce plus », lui avait fait observer Mme Hudson. La jeune fille, alors, avait frappé du pied, le visage empourpré. « Peu importe ! s'était-elle écriée, je ne viens pas comme patiente. Je désire le rencontrer pour une af-faire qui nous concerne tous les deux à titre person-nel ! » Mon absence l'avait consternée.

« Il faut absolument que je le voie ! avait-elle in-sisté, mais je ne puis attendre. Je dois être rendue chez une tante qui habite dans le Sussex, et je ne sau-rais retarder mon départ. Il y a un train à Waterloo vers six heures. Tenez, tenez... » Elle avait tendu le rouleau à Mme Hudson.

« Qu'il y veille précieusement, on cherche à s'en emparer. À cette affaire, mon grand-père... » Sans achever sa phrase, elle s'était précipitée à la fenêtre, dont elle avait légèrement tiré les rideaux. « Je me de-mande si je n'ai pas été suivie... »

Mme Hudson, alors, s'était mise en quatre. Elle avait proposé à la jeune fille de boire une tasse de thé fort pour se remettre, rassembler ses esprits et dissi-per la fatigue du voyage. Elle l'avait installée dans un fauteuil, près du feu, après lui avoir ôté sa pèlerine, et l'avait persuadée d'attendre quelques minutes mon retour éventuel…

— Mais rien n'y a fait, docteur ! Elle semblait assise sur des épines, se levait, se rasseyait, déchirait son billet…

— Qu'a-t-elle dit ?

— À peu près rien. Ah ! oui, tout de même, une phrase lui a échappé : «… On aurait mieux fait de ne pas ouvrir ce tombeau, il n'est jamais bon de profaner les sépultures. Grand-père ne serait jamais allé au British Museum, et rien de tout cela ne serait arrivé. » Je vous rapporte cela de mémoire, bien entendu…

— Curieux, murmura Holmes, les sourcils froncés, vous êtes sûre du British Museum, madame Hudson ?

— De cela, oui, et aussi du nom qu'elle m'a laissé : Doris Addleton.

— Connaissez-vous ce nom, Watson ?

— Non.

Je me tournai vers Mme Hudson.

— Comment avait-elle obtenu mon adresse ?

— Je n'en sais rien, répondit Mme Hudson, un peu sèchement, et j'avoue que, sur le moment, je n'ai pas pensé à le lui demander. Elle était si bouleversée…

— Elle n'a jamais fait allusion à moi ? demanda encore Holmes.

— Jamais, monsieur Holmes. À croire qu'elle ne vous connaissait pas et ignorait la nature de vos activités.

Mon ami se renfrogna.

— Vous soutenez pourtant qu'elle paraissait terrifiée ?

— Terrifiée, traquée, à bout de nerfs, tout ce que vous voulez. Elle n'est d'ailleurs pas restée ici plus de dix minutes, m'a finalement demandé où se trouvait la plus proche station de fiacres pour se rendre à Waterloo Station ; et lorsqu'elle est partie, je l'ai vue par la fenêtre qui se retournait plusieurs fois, comme pour s'assurer qu'on ne la surveillait pas. Elle m'a simplement avoué, avant de prendre congé, qu'elle ne se sentait pas assez forte pour garder le manuscrit — oui, monsieur Holmes, elle a dit le manuscrit — mais qu'elle reprendrait contact avec le Dr Watson dès qu'elle le pourrait.

Je saisis le rouleau.

— Voyons au moins ce que c'est, Holmes.

— Voyons.

Je déroulai l'objet sous deux paires d'yeux attentifs.

— Un parchemin, Holmes !

— Un palimpseste, rectifia-t-il, passant sur l'écriture le bout de ses doigts rongés par les acides. Le premier texte a été lavé, ou plus vraisemblablement poncé, pour qu'un autre lui soit substitué.

— Pouvez-vous le dater ?

— Il me paraît très vieux, répondit laconiquement Holmes. Le XVIIe siècle... peut-être même le XVIe.

— Mais à cette époque, le papier était déjà très répandu ! Pourquoi utiliser du parchemin ?

— Parce que sa résistance aux injures du temps est incomparablement supérieure. Alors, si l'on veut laisser un message pour l'éternité...

Son œil d'aigle parcourait rapidement les lignes gravées.

— Des comptes, apparemment, beaucoup de chiffres. Je parle bien entendu du texte superposé, mais la valeur qu'on voit à ce manuscrit s'attache peut-être au texte initial.

— Pourriez-vous le reconstituer ?

— Tout dépend du procédé employé à l'origine...
Venez, Watson, nous serons mieux là-haut pour faire
dire à cet objet ce qu'il cache... et merci pour tout ce
que vous avez fait, madame Hudson.

À ce moment précis, les premières gouttes de pluie
se mirent à fouetter les vitres. C'était la tempête qui
arrivait de Cornouailles.

                              2

Holmes avait soigneusement examiné le palimpseste à la loupe.

— Je confirme, dit-il. En apparence, ce sont les
comptes d'une abbaye, à la fin du XV⁰ siècle... mais
cela semble ressortir à un procédé de dissimulation
tout à fait primaire. Le texte originel est certainement
postérieur.

— Vous avez dit postérieur, Holmes ? demandai-je,
très étonné.

— Postérieur. Qui y penserait ? Logiquement, le
premier texte est censé être antérieur. Quel meilleur
subterfuge, n'est-ce pas, Watson, pour dérouter le
profane !

— Et postérieur de combien, à votre avis ?

— Un siècle... sans doute deux.

Il désigna le parchemin.

— Le palimpseste, Watson, est l'archétype des
énigmes criminelles qui nous occupent : on dissimule
une vérité essentielle sous une autre vérité, plus apparente, mais factice. Vous avez là une matérialisation
paléographique de l'allégorie de la caverne, élaborée
par ce cher vieux Platon. On nous fait voir des ombres, alors que la réalité se trouve derrière... à décou-

vrir. Au demeurant, cette pièce a déjà été traitée, par des réactifs chimiques dont je me demande s'ils ont été bien choisis. En ce qui me concerne, j'en tiens plutôt pour la physique, mais apparemment, il est trop tard. Je crains des dégâts irrémédiables.

Il reposa sa loupe.

— Et quelle épreuve pour les yeux !

Ce fut à cet instant que l'inspecteur Stanley Hopkins, de Scotland Yard, vint nous chercher pour l'aider à résoudre l'énigme du « pince-nez en or ». Cette affaire devait nous tenir deux jours occupés dans le Kent.

3

Le surlendemain, à notre retour de l'ambassade de Russie, Holmes demanda à Mme Hudson si notre mystérieuse visiteuse s'était manifestée. La réponse fut négative. Il se replongea aussitôt dans l'étude du palimpseste, et je l'entendis pester abondamment.

— On a donné ceci à un amateur ! Ses réactifs ont dégradé le tissu du parchemin... Croyez-moi, Watson, il ne sera pas aisé de reconstituer le texte initial !

Il alla se planter devant le rayon où étaient rangés les annuaires professionnels. À Truro, il releva deux adresses de restaurateurs d'antiquités.

— ... bien que je doute qu'on les ait sollicités ! On a dû donner le travail à l'un de ces paléographes de pacotille qui pratiquent un dangereux empirisme... Non, c'est cette jeune fille qu'il faut retrouver ! Une jeune fille apparue et aussitôt disparue comme un fantôme, après vous avoir demandé, j'aimerais bien savoir pourquoi !

418   *Histoires secrètes de Sherlock Holmes*

La dernière réflexion reflétait une manière d'acrimonie que je m'abstins de relever. Le lendemain,
Holmes se remit au travail, plongé dans cette humeur
taciturne durant laquelle il ne desserrait pas les dents.
Le soir, il voulut bien jouer au violon un lied de l'inévitable Mendelssohn avant de se remettre à manipuler ses fioles et ses poudres.

— Ah ! Watson ! me dit-il seulement, quand réus-
sira-t-on à mettre au point un procédé qui, en partant
du spectroscope de Franhofer, utiliserait les vapeurs
de mercure ? La paléographie y gagnerait considérablement !

Il veilla tard, cette nuit-là. En fait, il ne dut pas se
coucher car, dès sept heures, il vint me secouer dans
mon lit, le visage pâle, les yeux brillants.

— J'ai trouvé, Watson, j'ai trouvé le procédé !

— Et qu'est-ce que cela dit ? murmurai-je, l'esprit
encore embrumé de sommeil.

— Cela dit déjà que le texte original remonte à la
fin du XVIe siècle, donc un siècle après le siècle apparent. J'avais raison, vous voyez !

— En êtes-vous sûr ? fis-je difficilement.

— Le chiffre de 1564 est apparu ! Debout ! J'ai demandé à Mme Hudson de nous préparer un confortable petit déjeuner.

— Si tôt ?

— Ne m'obligez pas à recourir à cette vieille sagesse des nations, Watson. L'avenir commence à
l'aube, et, après tout, le parchemin ne vous a-t-il pas
été confié ?

Je reconnaissais là cette magnifique hypocrisie dont
il maquillait parfois ses obsessions. J'obtempérai en
grommelant. Tandis que nous déjeunions, Holmes,

apparemment d'excellente humeur, s'expliquait, avec une volubilité inhabituelle.

— Il semble que le manuscrit en notre possession ne soit que le premier folio du texte. Reste à savoir ce qu'est devenu le deuxième, et éventuellement les suivants. Malheureusement les maladresses du restaurateur précédent ont fait que tout le début en reste irrécupérable, la date de la rédaction, notamment, voire le nom du rédacteur. Seul le bas du parchemin, où ce criminel n'a pas eu le temps de sévir, pourra encore être traité... mais mangez, Watson, mangez ! Je prévois que, d'ici peu, nous aurons besoin de toutes nos forces. Direction, le British Museum, sur les traces d'un mystérieux grand-père.

Il se frotta les mains.

— J'ai reporté sur une feuille toutes les indications que j'ai déjà pu recueillir, car il ne faudrait pas multiplier les manipulations, ce malheureux manuscrit en a assez subi... Je pense que vous avez lu *Kenilworth* ?

C'était plus une affirmation qu'une question. Je restai la bouche ouverte, la fourchette encore levée.

— Oui, mais il y a très longtemps. Je suis d'ailleurs surpris que vous-même connaissiez les œuvres de sir Walter Scott, Holmes. Au début de notre collaboration, vous m'avez avoué votre ignorance de toute littérature qui ne soit pas criminelle.

— Mais *Kenilworth* est l'histoire d'un crime parfait, repartit Holmes tranquillement. Vous en rappelez-vous l'argument ?

— À ce que je crois me souvenir, Robert Dudley, comte de Leicester, laisse périr sa femme, la douce Amy Robsart, afin de maintenir son rang de favori auprès de la reine Elizabeth...

— Manœuvre justement déjouée par le Destin, Watson ! Tenez, regardez cela...

Il déployait sur la table une feuille de papier portant, en lignes inégales, lettres majuscules et minuscules.

— J'ai retranscrit là-dessus les éléments que j'ai pu retirer du parchemin. Les lettres majuscules représentent les mots ou fractions de mots réellement apparus, les minuscules, les additions de mon cru destinées à lier la sauce.

Interdit, je lus. Il y avait de nombreuses lignes vides marquant les intervalles lacunaires, mais, vers le bas de la feuille où, probablement, le travail de Holmes n'avait pas été entravé par celui de son prédécesseur, le texte apparaissait clairement :

« ... CES JUMEAUX bâtards, ROBERT DUDLEY, comte de LEICESTER, afin de MIEUX ÉGarer les suspicions, CRUT BON de les placer, dès leur NAISSance, AU SEIN de faMILLES MODestes, l'un DEMEURé OBScur, dans le WARWickshire, l'autre PROMIS À L'EXCEPtionnel desTIN QUI FUT LE SIEN, dans le KENT, à CANterbury, CE, en l'an de grÂCE 1564... »

Je relevai les yeux.

— C'était la fin du manuscrit, Holmes ?

— La fin du premier folio.

— Un exceptionnel destin ?

— J'ai déjà procédé à la recherche, déclara Holmes. Des hommes illustres nés en 1564 à Canterbury, il n'y en a pas trente-six : Christopher Marlowe, ce dramaturge dont on a dit que s'il avait vécu assez longtemps, il eût pu soutenir la comparaison avec le grand Will. Mais voilà, il est mort à vingt-neuf ans, tué dans une rixe sordide.

— Je connais Marlowe, dis-je, un peu sèchement. *Tamerlan, La tragique histoire du docteur Faust, Le Juif de Malte, La Saint-Bartélemy, Édouard II...*

Je pris tout à coup conscience de ce que tout cela signifiait. Je me dressai à demi sur ma chaise.

— Vous rendez-vous compte, Holmes ? Marlowe, fils de Dudley !

— Poussez plus loin la conclusion, Watson.

Je levai des sourcils étonnés. Il avait repris sa pipe de merisier, en bourrait le fourneau d'un pouce agile, sans mouvements superflus.

— Allons, Watson, replongez-vous dans l'époque. Les grands seigneurs semaient leurs bâtards à tous les vents, et il n'était pas dans leurs habitudes de dissimuler leurs frasques, c'était tout naturel à leurs yeux. Alors, là, pourquoi tant de précautions ? Pourquoi avoir séparé les jumeaux ? Pourquoi les placer dans des régions situées aux antipodes l'une de l'autre par rapport à Londres ?

— Pourquoi, Holmes ?

— Parce que, cette fois, c'était la réputation de la mère qui était à préserver. Une grande dame, une très grande dame ! Et même plus que cela !

Le sens profond de ce qu'il suggérait m'apparut soudain avec une telle force que je sentis ma gorge s'assécher.

— Mais, Holmes, fis-je faiblement, c'était la Reine Vierge. Sir Walter Raleigh a baptisé Virginie en son honneur la contrée d'Amérique qu'il a explorée.

— Vierge ? s'écria Holmes, rudement. Comment une vierge peut-elle avoir eu tant de favoris ? J'énumère : Seymour, Roger Bacon, Dudley, Raleigh, Essex, pour ne parler que des plus notoires !

Il tendit vers moi sa pipe malodorante.

— Cela dit, loin de moi l'idée de vouloir diminuer ses mérites, Watson ! Elizabeth était l'un de ces « hommes » d'État dont notre pays manque parfois cruellement.

— Tout de même, protestai-je, Christopher Marlowe, fils d'Elizabeth, voilà qui ferait véritablement l'effet d'une bombe !

— ... et démontrerait la valeur incalculable de ce document, Watson ! Reste à savoir qui l'a écrit, et si ce qu'il dit est exact. Reste aussi à découvrir le deuxième, voire le troisième folio. Reste enfin à retrouver cette mystérieuse jeune fille de Cornouailles...

Il ajouta, l'œil glacé :

— ... et surtout pourquoi c'est à vous qu'elle a voulu confier ce parchemin.

4

Je n'étais pas revenu au British Museum depuis mes premières années de médecine, et je ne pus me défendre d'une certaine nostalgie en passant sous le portique ionique qui surplombait Great Russell Street.

« Eh bien, Watson ? me dit Holmes, alors que je m'attardais dans le vestibule devant la statue de William Shakespeare.

— Y a-t-il longtemps que vous n'êtes pas venu ici, Holmes ? lui demandai-je.

— J'y passe à peu près deux fois par mois, répondit-il.

Et il ajouta aussitôt, comme soucieux de m'ôter toute illusion :

— La presse, Watson, uniquement la presse. De Londres, du pays, et du monde entier. J'y ai bien souvent recours pour mes activités.

En fait, il connaissait parfaitement les lieux et les gens car, par un dédale de couloirs, il m'entraîna dans un bureau, où il me présenta, sous le nom de Gilson, un bibliothécaire encore jeune qui assumait la responsabilité du département des périodiques. Gilson me serra chaleureusement la main.

— Qui ignore le nom du Dr Watson ? dit-il avec simplicité. C'est un honneur pour moi...

— Cette fois, lui déclara Holmes sans nuances, je n'aurai pas recours à vous, mon cher. J'aimerais que vous me mettiez en contact avec votre collègue des ouvrages historiques.

— Il est absent aujourd'hui, mais un jeune stagiaire le remplace, déclara Gilson en souriant. Croyez-moi, il fera son possible pour vous être agréable.

Il nous mena jusqu'à la salle de lecture, immense rotonde surplombée d'une coupole percée de vingt hautes fenêtres sur corniche dorée. Un silence religieux y régnait, à peine troublé par quelques toussotements et le bruit du papier manipulé qui montaient des longues rangées de pupitres.

Gilson nous y guida au bureau de président de salle, placé sur une espèce de chaire surélevée. Le jeune homme à l'air éveillé qu'il nous présenta s'appelait Hartwell. Visiblement impressionné par la personnalité de Holmes, celui-ci se mit volontiers à notre disposition.

— Je viens ici pour le compte d'un ami empêché, expliqua Holmes avec une grande aisance. Il a commencé à entreprendre certaines recherches sur Christopher Marlowe, mais, pour des raisons de santé, il a dû les interrompre et je les poursuis à sa place.

— Avez-vous les références ? demanda le jeune homme.

— Hélas, pas les cotes, seulement les thèmes. Je voudrais prendre la suite des ouvrages consultés.

Hartwell montra un grand embarras.

— C'est que beaucoup de lecteurs empruntent des livres sur Marlowe, monsieur Holmes ! Savez-vous que nous recevons ici non seulement des Anglais, mais aussi des gens du monde entier ? Nous possédons un million et demi de volumes, et la réputation du British Museum surpasse celle de toutes les autres bibliothèques connues, y compris du Vatican !

Ses yeux brillaient, et je trouvai réconfortant qu'un si jeune homme fût à ce point pénétré de sa fonction et qu'il considérât un peu comme son entreprise personnelle l'institution vénérable qui l'employait.

— Tenez, poursuivit-il, voyez-vous le deuxième pupitre de la troisième rangée, là, à gauche ? On ne peut distinguer le lecteur, masqué par l'écran individuel, mais M. Mac Whorster, un Américain, est spécialement venu du Nouveau Monde pour effectuer ses recherches chez nous... dans un domaine voisin du vôtre, d'ailleurs, messieurs, puisque lui, si ce n'est pas Marlowe, ce sont Shakespeare et Bacon qui le fascinent !

Son collègue l'interrompit.

— Serait-il difficile de retrouver les fiches remplies par ce monsieur... Il se tourna vers Holmes... Au fait, comment s'appelle votre ami ?

— Addleton, répondit Holmes, montrant un aplomb infernal.

— Je crains qu'il ne faille plusieurs heures d'investigations, avoua Hartwell. Cela remonte à quand ?

— Un mois, fit Holmes, apparemment au hasard.

— Les ouvrages sur Marlowe sont très consultés. Savez-vous que, s'il avait vécu, il aurait pu faire de l'ombre à William Shakespeare ? En fait, les experts ont vu entre eux de telles analogies qu'ils l'appellent parfois son héraut, voire son saint Jean-Baptiste. Au demeurant, le destin de la vieille Angleterre semble avoir été prévoyant, puisque à peine six mois après la mort tragique de Marlowe, Shakespeare donnait sa première pièce en vers, comme pour ne pas laisser s'éteindre le flambeau de la littérature britannique ! Et le théâtre a suivi, de la même verve, avec le même génie, rendu plus riche de subtilité et de profondeur par la maturité de l'artiste !

— Mon ami Addleton consultait aussi pour son étude des ouvrages sur Robert Dudley... peut-être est-ce moins demandé et par conséquent plus facile à retrouver ?

— Effectivement, admit Hartwell, Robert Dudley, comte de Leicester ?

— Tout juste.

Hartwell se tourna vers Gilson.

— Je vais mener ces messieurs au bureau de Lewis... il a dû finir de classer les fiches de consultation jusqu'à la semaine dernière.

— J'irai seul, coupa Holmes, et s'adressant à moi :
... il est inutile que nous soyons deux. Pendant ce temps, voulez-vous consulter des ouvrages sur Marlowe ?

— Sur sa vie ?

— Sur sa naissance et sa jeunesse, puisque c'est cette période qui nous intéresse au premier chef !

Il suivit Hartwell dans un couloir prenant derrière la chaire, tandis que j'allai m'installer à un pupitre libre. J'accrochai mon macfarlane et mon chapeau à la patère attenante, réglai la crémaillère à bonne hauteur, ouvris le robinet du tuyau d'eau chaude qui courait à ras de terre et ménageai un appel d'air tout à fait modéré : depuis l'Afghanistan, je suis resté friand de chaleur.

Je me rendis ensuite aux fichiers. Effectivement, les livres consacrés à Marlowe étaient très nombreux. Conformément aux instructions de Holmes, je m'attachai d'abord à la première partie de sa vie, objet de plusieurs ouvrages. Je dois dire que je fus déconcerté par ce que je découvris. En fait, plus j'en apprenais sur lui et moins j'avais l'impression d'en savoir. Son existence semblait avoir été reconstituée après coup, pièce à pièce, par des historiens qui, parfois, se contredisaient, à partir de détails certes irréfutables, mais dont l'interprétation d'ensemble pouvait donner lieu à toutes les extrapolations imaginables... un peu à la façon de Cuvier reconstituant son dinosaure sur la base d'une seule vertèbre...

Le baptême était enregistré à l'église St. George de Canterbury en 1564. On prêtait à Marlowe une famille honorable, quoique des plus modestes puisqu'il s'agissait d'un ménage de cordonniers. Or, contrairement aux usages de l'époque, rien n'avait été fait pour qu'il devînt en échoppe le successeur de son père. Au contraire, il avait été envoyé dans des écoles de haut niveau, la King's School, puis le collège de Corpus Christi. Il avait ensuite passé six ans à Cambridge, où l'on notait qu'une influence occulte s'exerçait en sa faveur. Lors de différents litiges — car c'était un étudiant fort turbulent —, le Conseil privé de la reine était ainsi intervenu auprès des autorités universitaires... bref, la Couronne avait étendu sur lui son aile protectrice. Et puis, très vite, sir Francis Walsingham, chef des services secrets de la reine, avait pris en main sa destinée : il en avait fait un parfait agent double, qui manipulait les conjurés de Babington et s'infiltrait au séminaire de Reims, centrale de l'espionnage jésuite en Angleterre. Fulop-Miller et Tauton mentionnaient même, parmi ses relations intimes, le fameux Robert Poley, pistolman du chambellan sir Thomas Heneage, lequel appartenait à la maison de sir Francis Walsingham...

J'en étais là de mes investigations quand Holmes revint dans la salle de lecture.

— Avez-vous pris des notes, Watson ?

— Oui, mais je n'ai pas fini.

— C'est bien normal, il s'agit d'un long travail. En tout cas, cela suffit pour aujourd'hui... Il nous faut à présent aller au plus urgent, qui nous attend.

— Au plus urgent ?

— C'est-à-dire en Cornouailles.

— Vous avez l'adresse ! m'écriai-je, ce qui me valut des « chut ! » indignés de la part de mes voisins.

— Je l'ai, chuchota Holmes. Nous avons retrouvé, parmi les fiches de recherche sur Dudley, l'une d'elles signée Rufus Addleton, où, conformément au règlement, était portée l'adresse du consultant : *Les Ifs*, à Wendron, route d'Helston.

Je me levai, ramassai mes livres, que j'allai rapporter au bureau de la salle de lecture. Un homme s'y trouvait, qui procédait à la même démarche. Hartwell crut bon de jouer les amphitryons.

— Tenez, monsieur Holmes, voici notre lecteur américain dont je vous parlais... M. Mac Whorster, de

Cincinnati, qui poursuit des recherches sur Shake-speare.

— Dites plutôt sur Francis Bacon, mon jeune ami, rectifia sèchement Mac Whorster. J'ai de Shakespeare une vision tout à fait personnelle et qui ne plaît pas à tout le monde.

Un peu décontenancé, l'autre poursuivit :

— Je vous présente Sherlock Holmes, le célèbre détective, qui s'intéresse, lui, à Christopher Marlowe.

— Vraiment ? fit Mac Whorster d'une voix âpre.

Saisi par le ton de sa voix, je le regardai attentivement. C'était un homme d'une cinquantaine d'années, sec, solide, avec un visage anguleux où, derrière des lunettes de myope, brillait un regard ardent, presque maladif. Il questionna, ostensiblement ironique :

— Marlowe a-t-il donc commis un crime ?

— Non, répliqua Holmes, très froid, il en a subi un, vous ne devez pas être sans le savoir.

— ... et voici le Dr Watson, reprit précipitamment Hartwell, soudain très malheureux.

L'autre se tourna vers moi d'un mouvement brusque, si bien que je ne pus réprimer un léger malaise devant la fixité un peu reptilienne de ses prunelles.

« Watson ? fit-il, Watson ? Avez-vous pensé à faire dresser votre arbre généalogique ?

— Non, répondis-je, tout à fait surpris, pourquoi l'aurais-je fait ?

— Ce sont des choses courantes en Amérique, rétorqua-t-il d'un ton léger.

Puis, changement soudain d'attitude :

— Vous me voyez très heureux de notre rencontre, messieurs. Accepteriez-vous que je vous offre un thé ou une consommation de votre choix dans un café des environs ? J'en serais très honoré, croyez-moi !

À ma grande surprise, Holmes donna son accord et nous nous retrouvâmes un peu plus tard dans le box le plus intime d'un pub de Montague Street. Ce Mac Whorster nous déclara aussitôt avoir consacré les vingt dernières années à l'étude des ouvrages de sir Francis Bacon.

— ... Vingt années de travail acharné, messieurs, l'œuvre d'une vie, que j'ai vouée tout entière à la réhabilitation de la vérité concernant le prétendu William Shakespeare.

Je sursautai.

— Le prétendu ?

— Un homme de paille ! trancha péremptoirement Mac Whorster, un prête-nom ! Avez-vous lu le livre remarquable de Delia Bacon, *The Philosophy of the Plays of Shakespeare Unfolded* ?

— Dieu m'en a gardé, repartit Holmes, avec cette discourtoisie tranquille dont il savait faire preuve à l'occasion.

— Je crois en avoir entendu parler, enchaînai-je prudemment. N'est-ce pas ce livre paru il y a une quarantaine d'années sous une élogieuse préface de Nathaniel Hawthorne ?

— En 1857 exactement. Grâce au décryptage politique et ésotérique du texte du folio, l'auteur démontre de façon tout à fait évidente que Shakespeare n'est pas Shakespeare.

— Et que Rome n'est plus dans Rome, dit Holmes.

Mac Whorster crut sans doute déceler dans cette réflexion une raillerie feutrée, car il se hérissa, haussant sa voix au registre supérieur.

— Seuls les gens qui n'ont pas bien lu ses œuvres peuvent penser que le comédien Shakespeare était capable d'écrire les pièces qu'il a signées ! Enfin, messieurs, et vous, surtout, monsieur Holmes, qui passez pourtant pour un champion de l'analyse, réfléchissez un peu : il est établi que Shakespeare n'a fait aucune étude. Or, toutes ses pièces manifestent une étonnante érudition, une connaissance approfondie aussi bien des mœurs de la Rome antique que de celles de l'Italie contemporaine, et des us et coutumes en vigueur dans toutes les cours de l'époque... sans parler de l'histoire de l'Angleterre !

— Si je comprends bien votre pensée, résuma Holmes, c'est un autre que Shakespeare qui aurait écrit ses œuvres, un autre nommé Bacon, bien entendu.

— Francis Bacon, fils de Roger.

— Mais ce livre dont vous parliez, n'a-t-il pas été écrit par une dame Delia Bacon ? Alors, une homonyme ?

— Ou une descendante ! proféra Mac Whorster, la main levée. Peut-être possédait-elle certains éléments qui l'ont amenée à cette conclusion ? Tenez, moi-même, après vingt ans d'études et d'exégèses, je me suis attaché finalement à l'aspect cryptographique des œuvres de Shakespeare. Savez-vous que...

Cet homme, visiblement, était un passionné. Son visage s'enflammait, son regard étincelait derrière ses gros verres, ses mains papillonnaient tandis qu'il s'efforçait de nous convaincre. À son avis, par exemple, l'étude du *Novum Organum* de Francis Bacon, révélait le type parfait du cryptogramme où, dans un texte d'apparence anodine, était introduit un chiffre donnant à ce texte une signification toute différente, grâce à l'utilisation de formes diverses données aux lettres qui le composaient...

Lorsque nous nous séparâmes, je possédais des lumières nouvelles sur la cryptographie et je n'ignorais plus rien des sociétés « baconiennes » qui fleurissaient aussi bien en Angleterre qu'aux États-Unis. Mais l'entrevue ne me laissait pas sans malaise. J'en fis part à Holmes, qui dit négligemment :

— Mac Whorster est la proie d'une passion litté-raire qui ne demande qu'à revêtir des formes patholo-giques. Phénomène très courant chez les érudits, Watson !

— Avez-vous remarqué sa réaction lorsque nous avons parlé de Christopher Marlowe ?

— Je l'ai remarquée. On aurait pu croire que nous marchions sur ses brisées. Or, il n'en est rien, puisqu'il ne s'intéresse qu'à Bacon, via Shakespeare...

— Et pourquoi diable m'a-t-il demandé si j'avais fait établir mon arbre généalogique ?

Holmes mit sur mon épaule une main amicale.

— Sans vouloir vous diminuer, Watson, je suis plus connu que vous. Or, à moi, il ne m'a rien demandé de tel.

— Donc ?

— Donc, cela rejoint dans l'étrange la démarche d'esprit de cette jeune fille, l'autre soir... au point que je me demande s'il n'existe pas un point commun entre elle, vous et ce Mac Whorster.

Je m'exclamai :

— Absurde, Holmes ! Cette jeune fille ne m'a ja-mais vu, et moi, je vois Mac Whorster aujourd'hui pour la première fois ! Que pourrait-il y avoir de com-mun ?

— Eh, votre nom, Watson, votre seul nom !

Je dormis mal, cette nuit-là.

5

Nous avions pris à Paddington le train du matin pour les Cornouailles, mais durant toute la première partie du voyage, nous étions restés très silencieux, plongés que nous étions dans nos pensées. À mi-chemin du trajet, le convoi avait laissé derrière lui les terrains cultivés pour s'engager dans le Devonshire, paysage austère voué au petit élevage, avec ses crêtes couronnées de bruyère grise, frissonnant sous l'assaut des vents. Après Dartmoor, je regardai par la fenêtre du compartiment, tentant d'apercevoir les premiers contreforts de cette lande où nous avions traqué un chien fantôme, cinq ans auparavant. Puis mon regard se reporta sur les arbres qui bordaient la voie, et, enfin, je sortis de ma poche le papier où était inscrite l'adresse des Addleton. Holmes me dit, d'un ton détaché :

— Il est certain, mon cher Watson, que nous aurons des difficultés à localiser cette résidence. Sur des terres aussi ingrates, soumises aux humeurs de la mer d'Irlande, les rangées d'ifs sont encore les meilleurs coupe-vent. Nous en verrons beaucoup.

— Il y en avait à Baskerville Hall.

— Comment l'aurais-je oublié ? C'est dans l'allée des ifs que fut retrouvé le cadavre de sir Charles Baskerville ! Et la demeure des Addleton s'appelle *Les Ifs*, ce qui, pour être pittoresque, ne pèche pas par excès d'originalité.

Exeter. Nous quittâmes le Devonshire. La lande, déjà rude, devenait sauvage, dominée d'escarpements abrupts qui découpaient leur granite contre un ciel parcouru de nuées. Devant nous, les monts de Cor-

nouailles, aux sommets estompés de brume, mar-
quaient l'horizon occidental. Passé Truro, Holmes
déploya sur la banquette une carte de la région.

— Regardez, Watson, l'adresse des Addleton est la
suivante : *Les Ifs*, Wendron, route d'Helston. Voici la
route qui va de Redruth à Helston. Wendron est là,
un peu au nord d'Helston. La demeure se situe donc
au sud de Wendron. Si elle se trouvait au nord,
l'adresse serait : route de Redruth.

— Entre Wendron et Helston.

— ... ce qui réduit d'autant le champ de nos recherches.

Ainsi que nous l'avions décidé, nous louâmes un
cabriolet à l'entreprise de postes établie près de la
gare de Redruth. Il ne pleuvait pas, mais le temps
n'était guère à la clémence. Les nuages, au-dessus de
nous, se chevauchaient vers l'est, tandis que le vent
sifflait entre les buissons et les maigres arbustes de la
lande. Notre véhicule cheminait le long d'une route
que les caprices du relief faisaient sinueuse. Au sommet des collines, la bise nous frappait de plein fouet ;
il nous fallait alors maintenir nos chapeaux pour les
empêcher de s'envoler.

Puis nous redescendions, longeant des tranchées ro-
cheuses qui ne nous abritaient des rigueurs du ciel
que pour mieux plonger le décor dans une ombre sinistre.

Vers trois heures de l'après-midi, nous arrivâmes
en vue d'une rangée de demeures dissimulées derrière
des haies d'épineux, aubépines et prunelliers.

— Là ! s'écria Holmes, montrant de sa badine une
grille qui ouvrait sur une allée bordée d'ifs. Ce doit
être ici.

Nous arrêtâmes notre cabriolet sur le côté de la route, sautâmes à terre. Holmes alla pousser la grille. Entrouverte, elle ne fit aucune difficulté pour nous livrer passage. Nous pouvions distinguer, au bout de l'allée obscure, un bâtiment d'aspect austère, une sorte de vieux manoir aux murs attaqués par la lèpre du temps, sous un toit aigu où manquaient des ardoises.

— Regardez, Watson ! fit Holmes d'une voix sourde, il y a eu un incendie !

Effectivement, des traînées noires maculaient la façade, des fenêtres du rez-de-chaussée au premier étage. Le manoir, d'ailleurs, était incontestablement désert, et il y régnait une atmosphère lugubre, soulignée par les hurlements du vent à travers les ifs et le craquement des branches au-dessus de nous.

— Avançons...

Mais une voix sonore nous cloua sur place.

— Désirez-vous quelque chose, messieurs ?

Nous nous retournâmes. Derrière nous, à droite, une ouverture était ménagée dans la haie de fragon qui séparait *Les Ifs* de la propriété voisine. Un jeune homme se tenait là, grand, maigre, très brun, à qui j'accordai vingt-deux ou vingt-trois ans. Il braquait un fusil à deux canons.

— Puis-je savoir à qui nous avons l'honneur ? demanda Holmes de sa voix coupante.

— Non, répliqua le jeune homme. À vous de dire qui vous êtes et ce que vous faites là où vous n'avez rien à faire !

— Très bien, répondit Holmes, nous venons voir M. Addleton.

— Vraiment ? ricana l'autre.

— C'est sa petite-fille, Doris, qui nous envoie.

En un éclair, l'attitude de notre interlocuteur se modifia. De méfiante, elle devint hostile, tandis que le rouge de la fureur enflammait ses joues.

— Vous êtes de fieffés menteurs ! cria-t-il. Dites plutôt que vous rôdez ici en quête de quelque nouveau mauvais coup !

Il leva son arme et une détonation sonore réveilla des échos sur la lande, tandis que Holmes me tirait violemment en arrière.

— En retraite, Watson !

— Il nous a tiré dessus ! m'exclamai-je, bouillant d'indignation, nous n'allons pas fuir devant ce freluquet !

— Il a tiré en l'air, repartit Holmes, mais si nous insistons, il est fort capable d'abaisser vers nous le canon de son arme. Vous avez vu ? C'est un fusil à sanglier !

— Et Addleton ?

Holmes m'entraînait sur la route, m'incitait à remonter dans le cabriolet, tandis qu'il maintenait le cheval effrayé.

— Nous allons retourner à Wendron et demander à parler au responsable de la police locale. J'ose espérer que ma réputation sera parvenue jusqu'à lui et qu'il consentira à nous apporter sa collaboration.

Nous manœuvrâmes, repartîmes au trot. Au premier coude de la route, je me retournai : le jeune homme surveillait notre départ du seuil de la petite maison jouxtant *Les Ifs*. Il n'avait pas lâché son fusil, braqué à hauteur de la ceinture, mais qu'une femme à cheveux gris, apparue derrière lui, tentait de lui enlever, avec de violentes objurgations que le vent arrachait à ses lèvres sans que nous pussions les entendre.

6

Le sergent Dridge était un solide gaillard d'une trentaine d'années, au regard vif sous des sourcils touffus. Bien entendu, il connaissait Sherlock Holmes et nous manifesta aussitôt la plus grande amabilité. Holmes lui relata succinctement les événements qui étaient à l'origine de notre venue en Cornouailles et l'accueil que nous y avions reçu.

— Il s'agit du jeune Lenyan, déclara Dridge aussitôt, et je dois dire que je m'explique assez sa réaction.

— Pardon ? questionna Holmes, avec quelque hauteur.

— Travestir la vérité, si peu que ce soit, peut présenter des inconvénients, fit tranquillement observer Dridge. Vous disiez que vous veniez voir Addleton de la part de sa petite-fille. Lenyan a su aussitôt que c'était faux… il sourit du coin des lèvres… et cela, pour la meilleure des raisons, messieurs : Doris Addleton ne pouvait vous adresser à un grand-père qu'elle savait mort depuis une semaine.

— Mort ? s'exclama sourdement Holmes. Comment cela, mort ?

— Assassiné. Plus exactement, tué chez lui par un cambrioleur qu'il y avait surpris. On a établi que l'homme s'était introduit dans la maison en forçant la porte extérieure de la cave, située sur la partie latérale du bâtiment…

Dridge ajouta vivement :

— Je ne vous reproche pas, monsieur Holmes, d'avoir ignoré ce point. Il s'agissait d'un crime de rôdeur, et ce n'est pas ce type de forfait banal qui attire d'habitude votre attention. La relation n'en a paru que dans la presse locale.

— Dites-m'en tout de même un peu plus, insista Holmes.

— Oh ! rien que de très banal, je le répète. Une nuit, entendant du bruit dans sa bibliothèque, le vieil Addleton est descendu au rez-de-chaussée. Il semble qu'il y ait surpris un intrus, lequel l'a assommé avec un chandelier de bronze. Dans sa chute, Addleton s'est fendu le crâne contre le tablier de l'âtre. L'homme a alors tenté d'incendier la demeure, sans doute pour effacer toute trace de son passage. Les flammes et la fumée ont réveillé Doris Addleton, qui dormait au premier étage, mais il a fallu l'intervention des voisins, les Lenyan, munis d'une échelle, pour l'aider à sortir du manoir en feu par la fenêtre...

Le sergent nous avait fait asseoir en face de lui, dans son petit bureau à l'ameublement sommaire. Holmes, penché en avant, les paumes sur la table, son profil tendu comme celui d'un chien de chasse, lui dit sans nuances :

— Me permettez-vous de vous poser quelques questions, sergent ?

— Je suis à votre disposition, monsieur Holmes, mais, j'en demeure persuadé, il ne s'agit là que d'un de ces accidents crapuleux, malheureusement courants dans nos contrées isolées.

— Justement, coupa Holmes, les quelques mots échappés à la jeune fille semblent infirmer cette hypothèse. Avez-vous interrogé des suspects ?

Le sergent hocha la tête.

— Nous avons amené ici tous les braconniers du coin, qui n'en manque pas... sans résultats pour l'instant ; et puis, ces gens ne sont pas des criminels. Sans doute un rôdeur de passage ? Les vagabonds ne manquent pas non plus, hélas. Mais pardonnez-moi, je vous écoute.

— A-t-on volé quelque chose ?

— Apparemment non. Il n'y avait d'ailleurs pas grand-chose à prendre. Rufus Addleton est le dernier descendant d'une famille fortunée à qui des spéculations malheureuses ont fait perdre son patrimoine. Il en reste seulement le manoir, que ses moyens ne lui permettaient même plus d'entretenir. Il avait recueilli sa petite-fille à la mort de son fils et de sa bru, et tous deux vivaient très chichement... Non, monsieur Holmes, sûrement pas d'argent ni de bijoux de valeur dans cette vieille bâtisse.

— Et pas de pièces rares ?

— Pas à ma connaissance.

— Doris Addleton a dit quelque chose à propos d'un vieux tombeau, selon notre logeuse.

— Oui, j'ai entendu raconter qu'en défrichant le fond du petit parc, Addleton a mis au jour une vieille crypte effondrée, datant du XVIe ou du XVIIe siècle... Vous pensez sans doute à ce parchemin qu'on a apporté chez vous ?

— Cela paraît évident, n'est-ce pas ?

— Possible, en tout cas, admit le sergent. Mais Addleton n'a fait aucune déclaration officielle à ce sujet.

— Un autre feuillet du manuscrit peut-il être resté dans la maison ?

Dridge répondit spontanément :

— En ce cas, je crains qu'il ne nous faille en faire notre deuil. Tout le rez-de-chaussée a flambé, et notamment la bibliothèque, où le feu avait été mis. Rideaux et tapisseries ont été entièrement brûlés. Quant aux livres, il n'en restait que des cendres...

Dridge braqua vers nous un index péremptoire.

— Il semble d'ailleurs que ce rôdeur ait soigneusement prémédité l'incendie, afin justement de détruire tout indice pouvant nous mener à lui. Il a employé un liquide incendiaire dont il a aspergé les rayons de la bibliothèque et les tapis de sol, retrouvés entièrement calcinés.

— Le cadavre d'Addleton avait-il souffert ?

— Non. Un vrai miracle, ce qui nous a d'ailleurs permis de reconstituer les circonstances de sa mort, telles que je viens de vous les exposer. Quand la voiture-pompe de Wendron est arrivée et a inondé le bâtiment, nous avons retrouvé le corps trempé, mais intact.

— Curieux…, murmura Holmes.

Dridge sourit, avec un rien de condescendance.

— Vous savez, monsieur Holmes, le feu a parfois de ces appétits capricieux… nous le constatons couramment, lors d'enquêtes menées sur des affaires aussi mineures que les incendies accidentels.

— Et la jeune fille ?

— Je vous l'ai dit : réveillée par la fumée, elle a ouvert la fenêtre, crié au secours. Le jeune Lenyan est alors accouru. N'ayant pu pénétrer dans la bibliothèque ni dans l'escalier, où c'était déjà la fournaise, il est reparti chercher une échelle afin de faire descendre la jeune fille par la fenêtre… Heureusement, sa chambre donne de l'autre côté du bâtiment, qui avait été épargné par les flammes, si bien que le sauvetage a pu s'opérer sans difficulté.

— Il y a maintenant un service que je voudrais vous demander, fit Holmes.

— Allons-y, répondit Dridge, en se levant. Je vous emmène aux *Ifs*, je vous présente aux Lenyan, et vous les questionnez.

— Touché ! admit Holmes en souriant.

Nous reprîmes notre cabriolet, qui nous mena en moins d'un quart d'heure devant le manoir des Addleton.

— Attendez-moi une minute, dit le sergent, sautant à terre.

Il entra dans le petit jardin avoisinant le parc des Addleton, et à travers les branchages de la haie, nous le vîmes discuter avec le jeune Lenyan, puis avec celle que nous savions maintenant être sa mère. Finalement, il ressortit, nous fit signe d'approcher. Mme Lenyan, une femme encore très droite, au visage d'une grande noblesse, nous exprima ses excuses pour la façon dont son fils — penaud, les bras ballants, un peu en retrait — nous avait accueillis.

— Nous ne pouvions pas savoir, messieurs, après tout ce qui s'est passé...

Elle nous proposa une tasse de thé, ce que nous acceptâmes de grand cœur. Le jeune Lenyan, le visage fermé, s'assit tout de même près de nous, mais Holmes sut bientôt le mettre assez à l'aise pour qu'il consentît à répondre à ses questions : éveillé par les cris de Doris, à peine avait-il ouvert ses volets qu'il avait vu les lueurs rougeoyantes de l'incendie. Son premier soin avait été de sauver la jeune fille, qui avait alors voulu retourner chercher son grand-père dans sa chambre. Eric, lui, y était allé, toujours grâce à son échelle, pendant que sa mère alertait d'autres voisins afin qu'ils allassent prévenir les pompiers de Wendron. Il avait brisé la vitre d'une fenêtre pour constater que le vieil homme n'était plus dans sa chambre. Il avait fallu se rendre à l'évidence, mais la chaleur était telle qu'on ne pouvait s'approcher de la façade principale du bâtiment. Mme Lenyan avait retenu Doris, sanglotante, tandis que Eric tentait de pénétrer par-derrière, et par la porte de la cuisine. Malheureusement, la cage d'escalier, par où il aurait fallu passer pour atteindre la bibliothèque, était déjà la proie d'une ardente fournaise...

— Et ensuite ?

Ensuite, on avait procédé aux constatations légales en présence de la police du comté... Après autopsie, les obsèques avaient été célébrées. Mme Lenyan avait recueilli la jeune fille jusqu'à la cérémonie ; puis Doris avait exigé de regagner sa maison, dont le premier étage restait intact, l'escalier, où toutes les rampes avaient brûlé, étant encore praticable. De son côté, Eric Lenyan avait installé une chaîne fermée d'un cadenas à la porte de la cave qui avait été forcée par le rôdeur.

— Doris pensait être accueillie par l'une de ses tantes du Sussex, expliqua Mme Lenyan, mais cela ne devait pas se faire tout de suite...

— Comment expliquez-vous son départ précipité ?

Eric prit la parole.

— Je crois qu'elle a pris peur. Deux ou trois nuits après la tragédie, elle a cru entendre quelqu'un rôder dans le parc. Elle m'a appelé par la fenêtre...

Il rougit sensiblement.

— Nous sommes amis d'enfance, messieurs, et cela a créé des liens entre nous. Je suis accouru avec mon fusil et je n'ai rien vu, mais elle n'en démordait pas. Elle était persuadée que le rôdeur allait revenir... il hésita un instant... en fait, je ne suis pas sûr qu'elle craignait une présence matérielle, et qu'elle ne pensait pas à un fantôme... l'âme d'un de ceux dont son grand-père avait violé la sépulture. Elle est assez sensible à ces choses. Et puis, elle parlait d'un parchemin qu'on voulait lui voler...

— Oui, venons-y, coupa Holmes. Que savez-vous à ce propos ?

Mme Lenyan intervint.

— M. Addleton m'en avait entretenue, il y a environ trois mois. Dans une ancienne crypte, découverte au fond de son parc, il avait trouvé quelques objets sans grande valeur, mais, parmi eux, une sorte de manuscrit, deux feuilles en parchemin d'agneau gratté...

— Deux, vous avez dit deux ? insista Holmes.

— Je répète ce qu'il a bien voulu me confier... il a entrepris lui-même de le déchiffrer, et s'est rendu à Truro pour acheter les produits nécessaires...

Holmes et moi échangeâmes un regard.

— Toutefois, cela ne semblait pas l'avoir satisfait. Il en avait, en tout cas, assez appris pour identifier le document, ce qui l'a plongé dans un état d'extrême agitation. Il est alors allé à Londres chez un expert en cette science qui consiste à établir la liste des ancêtres de ceux qui le demandent...

— Un généalogiste.

— Je crois bien. Il a reçu, quelques semaines plus tard, un graphique représentant un arbre, avec de nombreuses branches qui portaient toutes des noms de famille, et parfois des prénoms. Il m'a montré le sien.

— Avez-vous pu lire les autres ?

— Je ne sais pas bien lire, avoua Mme Lenyan avec beaucoup de dignité. De toute façon, il ne m'en aurait guère laissé le temps. Il m'a seulement dit qu'il comptait, parmi ses ancêtres, un grand poète, qui était justement l'auteur de ce document.

Holmes et moi nous redressâmes instinctivement sur nos sièges.

— L'auteur ? répéta Holmes, le regard acéré.

— Ce sont ses propres paroles. À partir de ce moment, il n'a cessé de se rendre à Londres, au moins une fois par semaine. Il y avait rencontré un monsieur, spécialiste de l'époque de ce poète, qui lui a fourni de précieux renseignements. Lui, il travaillait tous les soirs dans sa bibliothèque…

Holmes se tourna vers moi et dit laconiquement :

— Je vois les choses ainsi, Watson : Addleton gardait les documents dans sa chambre, mais lorsqu'il traitait un feuillet, il le laissait dans la bibliothèque. Tout laisse donc penser que le deuxième folio a brûlé, ou, dans le meilleur des cas, a été emporté par l'agresseur. En revanche, le premier a pu être récupéré par la jeune fille.

— Et pourquoi me l'avoir confié ?

— Pour qu'il soit en sûreté. Vous avez entendu ce jeune homme : Doris Addleton croyait qu'on voulait s'en emparer. Cela concorde avec les paroles que nous a rapportées Mme Hudson.

— Mais pourquoi moi, grands dieux ?

— Nous finirons bien par le savoir.

Nos trois commensaux avaient suivi notre dialogue en manifestant un intérêt accru. Holmes s'adressa à Mme Lenyan :

— Il nous faut absolument retrouver Doris Addleton, pour sa propre sauvegarde. Connaissez-vous l'adresse de sa tante dans le Sussex ?

— Malheureusement non, répondit Mme Lenyan, mais Doris a dit qu'elle nous écrirait. Je sais qu'elle le fera. Dans sa réponse, si vous voulez bien, Eric lui de-

mandera d'entrer en contact avec vous. Ce sera à elle
d'en décider.

— C'est bien normal, admit Holmes, faisant contre
mauvaise fortune bon cœur… Puis, à Eric : Je souhaiterais que vous me rendiez un service : garder l'œil
sur le manoir et m'avertir par câble dès que vous
constaterez le moindre fait suspect, même s'il vous
paraît insignifiant… Permettez-moi de vous avancer
les frais de poste…

Mme Lenyan esquissa un geste de dénégation, mais
Holmes expliqua doucement, en posant quelques guinées sur la table :

— J'insiste. C'est une collaboration précieuse que
vous pouvez m'apporter, et si importante que vous
paraisse cette somme, elle suffira peut-être tout juste
à couvrir le prix d'un câble, car j'aimerais que vous ne
ménagiez pas les détails…

Avant de partir, nous sollicitâmes l'autorisation
d'aller voir le vieux tombeau, au fond du parc des Addleton. La présence du sergent Dridge, toujours plein
de bonne volonté, conféra des apparences légales à
cette exploration, menée en l'absence des propriétaires. Nous n'en apprîmes guère. La crypte, déjà à demi
écroulée, se réduisait à une excavation que les travaux
entrepris pour déraciner une vieille souche avaient à
peu près comblée. Il n'en restait que des étais ver-
moulus, contre les parois, et, à terre, quelques dalles
rongées par le temps.

Quand nous rejoignîmes Redruth, le crépuscule de
novembre tombait sur la bourgade. Nous louâmes des
chambres à l'inévitable *Hôtel de la Gare*.

7

Le lendemain, nous prîmes le premier train du matin pour Londres, où nous arrivâmes vers midi. Durant le trajet, Holmes dressa notre plan de travail : il allait lancer ses correspondants dans une recherche générale parmi les généalogistes de Londres. À moi, pendant ce temps-là, de poursuivre l'enquête livresque sur la personnalité de Christopher Marlowe.

Le British Museum me revit donc devant ses fichiers en début d'après-midi. Je ne retrouvai pas le jeune bibliothécaire stagiaire qui nous avait accueillis la première fois, le titulaire du poste ayant repris sa place. Avec la plus grande amabilité, il se mit néanmoins à ma disposition. Malheureusement, l'ouvrage que je désirais consulter, et qui faisait suite à la jeunesse du poète, était en lecture.

— Chez M. Mac Whorster, peut-être ? demandai-je, sur le mode léger. C'est un habitué, je crois ?

— Non, non, répondit le bibliothécaire. Justement, M. Mac Whorster n'est pas venu aujourd'hui. Il s'agit d'un étudiant de Cambridge qui prépare une thèse selon laquelle les mœurs homosexuelles de Marlowe avaient marqué la cadence de ses vers.

— Que va-t-on chercher ! murmurai-je en souriant.

Faute de mieux, je consultai l'ouvrage relatif à la dernière partie de la vie de Marlowe, et notamment sa mort tragique dans un bouge de Deptford. On avait parlé, à ce propos, de crime politique, de règlement de comptes entre agents secrets, et de drame de l'homosexualité. Les faits étaient les suivants, selon les rapports établis par le coroner William Damby. Quatre hommes se trouvaient réunis à la taverne d'Eleanor Bull, Deptford Strand, à dix heures, le 30 mai 1593 ; Marlowe lui-même, un certain Robert Poley, agent de sir Francis Walsingham, puis de Robert Cecil, son successeur à la tête des Services secrets ; Nicholas Skeres, complice de Poley dans l'affaire du complot de Babington, et Ingram Frizer, autre acolyte de Poley, dont certaines sources affirmaient qu'il avait lui-même convié Marlowe à la réunion. En fait, un deuxième Walsingham était impliqué dans l'affaire, Thomas, de Scadbury, petit-cousin du premier, et comme lui, plongé jusqu'au cou dans les eaux troubles de la police politique. On le disait en outre fort lié, et de la manière la plus équivoque possible, à Christopher Marlowe. Il n'était, pour s'en convaincre, qu'à relire la dédicace de *Héro et Léandre*...

Le plus surprenant était que ces quatre hommes ne s'étaient pas rassemblés à Deptford pour discuter des destinées du royaume, mais, selon l'historien William Waugham, pour jouer au backgammon. Le coroner avait d'ailleurs conclu à une querelle de joueurs, Marlowe portant d'abord à Frizer un coup de dague à la tête, avant que Frizer, ayant retourné l'arme contre son agresseur, ne le frappât à l'œil droit, le tuant sur le coup. Thèse officielle, donc : légitime défense. Thèse de plusieurs historiens : complot pour se débarrasser de Marlowe. Mais pourquoi ? En tout cas, ceux qui s'étaient employés à blanchir Frizer n'avaient pas eu à s'en repentir. Skeres avait connu une fortune rapide, et même les membres du jury appelés à juger le meurtre, du 15 au 28 juin, s'étaient fort bien trouvés de leur verdict : Randall, Curry, Barber, Baldwyn, Field, les frères Batt et George Halfpenny, de Limehouse, avaient vu leur situation s'améliorer rapidement. Marlowe, lui, avait été vite et bien enterré dès le 1er juin, selon les registres de l'église St. Nicholas de Deptford. Quant au meurtrier, Ingram Frizer, il était resté plusieurs années encore au service de sir Thomas Walsingham, avant de s'établir à Eltham, près de Chislehurt, domaine appartenant aux Walsingham de Scadbury, grâce à des fonds dont la provenance ne put être expliquée. Il y était mort, en août 1627, dans la peau d'un honnête commerçant.

Restait Robert Poley, le personnage le plus énigmatique du groupe, symbole vivant des versatilités d'un pouvoir qui avait protégé et honoré Marlowe tout le long de sa vie avant de lui préparer le sort funeste qui avait été le sien. Les chroniques le présentaient comme un homme lige de sir Robert Cecil, celui-ci ayant bien pu organiser le guet-apens à l'insu de la reine Elizabeth, amie avérée des poètes et des artistes. Cette interprétation me laissa songeur. J'avais tendance à accorder le plus grand crédit à une telle thèse, qui me paraissait s'appuyer sur une évidence politique éternelle. Et puis, je voyais mal la reine Elizabeth donnant son aval à l'assassinat de son propre fils. J'envisageais fort bien, au contraire, que son entourage eût pris toutes dispositions afin d'empêcher une vérité scandaleuse d'éclater, au besoin en en éliminant la preuve physique. Au terme de ce raisonnement, Robert Poley prenait une importance considérable. C'était, au demeurant, un remarquable personnage d'aventurier, né sous une telle étoile qu'il avait croisé sur sa route des gens comme Blunt, Babington, Marie Stuart et John Dee. La plupart des chroniqueurs soulignaient d'ailleurs son rôle déterminant dans une affaire louche remontant à 1589, où Marlowe, compromis dans un meurtre à Holborn, avait été innocenté grâce aux témoins de complaisance qu'il avait produits, Richard Kitchen et Humphrey Rowlad, agents notoires de sir Walter Raleigh...

Toutes ces recherches m'avaient mené jusqu'au soir. J'en remis la poursuite au lendemain. À Baker Street, je retrouvai Holmes dans sa chambre, entouré d'annuaires professionnels dont il avait coché certaines pages.

— Ah ! Watson ! s'écria-t-il, il est incroyable de penser que tant de gens s'occupent de rechercher les ancêtres de tant d'autres ! J'attends des réponses pour demain. Où en êtes-vous ?

Je lui montrai mes notes, qu'il parcourut rapidement.

— Très intéressant, murmura-t-il, mais le temps commence à presser. Il nous faut retrouver très vite Doris Addleton. J'espère le faire grâce à la piste des généalogistes. Demain matin, nous dresserons donc un quadrillage de la ville afin de nous partager les investigations, mais avant que de les entreprendre, nous irons au British Museum, et vous me montrerez où vous en êtes arrivé de votre reconstitution... Je serais curieux de la terminer.

8

Le lendemain, en début d'après-midi, nous nous rendîmes au British Museum. Novembre, décidément, ne nous gâtait pas. L'ouest nous envoyait de gros nuages aux flancs chargés d'eau, que le vent, dont la force s'était accrue au fil des heures, poussait par-dessus les toits de la ville. Devant le British Museum, je remarquai la silhouette de Mac Whorster, en manteau écossais et chapeau assorti, qui se hâtait vers les marches du grand porche. Au moment où nous arrivions ensemble face à la monumentale porte de chêne sculpté, une rafale subite parcourut Great Russell Street, arrachant le chapeau de la tête chauve de Mac Whorster. Holmes rattrapa le couvre-chef au vol, opinant d'un ton plaisant :

— Bien beau chapeau que vous avez là, monsieur Mac Whorster. Pur shetland, n'est-ce pas ? Fragile, cependant, et sensible à l'humidité, vous devriez porter des vêtements mieux adaptés au climat. Ici, la pluie est souveraine.

L'homme le remercia un peu sèchement avant de s'enfoncer sous les voûtes du vestibule.

— Pour l'instant, il ne pleut pas, Holmes, fis-je remarquer à mon ami.

— Non, répondit-il, distraitement, pas encore.

Je retrouvai, sur sa petite chaire, le bibliothécaire, que je présentai à Holmes. Celui-ci le questionna abruptement, avec cette absence de nuances que je déplorais plus souvent que je ne l'eusse voulu :

— Avez-vous souvenance d'un certain Rufus Addleton, venu consulter des ouvrages sur la période élisabéthaine, le mois dernier ?

L'homme se le rappelait parfaitement.

— C'était un monsieur très bien élevé, mais peu familier des bibliothèques, nous exposa-t-il. C'est ainsi que j'ai eu l'occasion de guider ses recherches d'ouvrages. Je l'ai même mis en rapport avec un autre de nos lecteurs, qui m'a semblé être un spécialiste averti de l'époque.

— M. Mac Whorster, sans doute ? demanda Holmes d'un ton parfaitement détaché.

— Ah ! je vois que vous le connaissez ! s'écria le bibliothécaire. Il vient d'arriver, d'ailleurs. C'est vraiment un érudit, vous savez ? Il connaît parfaitement tous les poètes du siècle d'Elizabeth... Vous pourrez l'entretenir au pupitre 43, dans la dix-neuvième travée.

— Nous irons certainement lui dire bonjour, déclara Holmes. Vous venez, Watson ? J'ai hâte de savoir où vous en êtes...

Je le laissai plongé dans l'ouvrage que je n'avais pu consulter la veille, et me dirigeai vers le quartier de Paddington, alors que les premières gouttes de pluie commençaient à tomber. Mes recherches furent infructueuses. Je revins fort maussade à Baker Street où Holmes, déjà rentré, m'accueillit par l'un des rares sourires qu'il arborait lorsqu'il était d'excellente humeur, ce qui ne lui arrivait pas souvent.

— Ah ! Watson ! me dit-il aussitôt, pourquoi diable n'avez-vous jamais pensé à faire établir votre arbre généalogique ?

9

J'ai écrit quelque part que mon ami ne s'intéressait jamais si bien à une affaire que lorsqu'elle présentait quelque aspect bizarre ou saugrenu. Ce soir-là, il ne me le cacha pas, un tel aspect, dans celle qui nous occupait, était dû au fait que la jeune fille effrayée eût demandé à me voir, moi, plutôt que lui-même.

— J'ai enfin l'explication de cette anomalie, me dit-il sans me faire languir plus longtemps. Je vous la donnerai, mon cher Watson, devant le succulent dîner que j'ai chargé Mme Hudson de nous faire apporter... Vous appréciez comme moi le montrachet, je crois ?

Ce qu'il m'apprit alors me sidéra. Il avait étudié à fond l'affaire de Holborn, de laquelle j'avais trouvé une mention très allusive dans la relation du meurtre de Marlowe. Là aussi, Poley avait joué un rôle primordial. Je résume la chose : William Bradley, fils du tenancier de la *Bishop's Inn*, à Holborn, avait été tué, le 19 septembre 1589, lors d'une querelle avec Marlowe et l'un de ses amis. En fait — selon Ian Chakhill —, c'était l'ami en question qui, prenant la défense de Marlowe, verbalement agressé par cet individu, avait occis ce dernier d'un coup de dague. Les débats établirent ensuite que William Bradley avait apostrophé Marlowe, déclarant détenir le secret de sa naissance et d'autres, relatifs à sa réussite littéraire. C'est alors que les choses s'étaient envenimées et que l'ami de Marlowe avait poignardé le jeune Bradley. Lors de l'enquête qui s'était ensuivie, le témoignage d'un certain Robert Poole — ultérieurement identifié comme étant Poley — avait été capital. Marlowe et son ami, de qui la position de légitime défense avait été démontrée par Robert Poley et les témoins qu'il avait fait citer, Kitchen et Rowlad, déjà vus plus haut, avaient été relâchés après un bref séjour à Newgate.

— Curieux, Holmes ! m'écriai-je, c'est presque une répétition générale de l'assassinat de Marlowe !

— À cette différence, Watson, que, de la place d'accusé, Marlowe passera plus tard à celle de victime. Savez-vous comment s'appelait l'ami de Marlowe, celui qui poignarda froidement le jeune Bradley, afin d'arrêter ses bavardages ?

— Comment le saurais-je, Holmes, je n'ai pas lu cet ouvrage, moi !

— Il s'appelait Watson.

Je sursautai.

— Watson ? Vous avez dit Watson ?

— J'ai dit Watson. Prénom : Thomas, soit l'un de nos plus grands poètes, dont la gloire fut peut-être occultée par ses successeurs, mais à qui nous devons, outre de remarquables traductions de Sophocle et du Tasse, quelques œuvres aussi originales que « Le nid du phénix », « L'hélicon d'Angleterre » et « Les pleurs de l'imagination » … C'est à lui, je pense, qu'Addleton faisait allusion. C'est lui, l'auteur de notre manuscrit.

— Et moi, qui suis-je ?

Holmes répondit nonchalamment :

— Voilà justement l'intérêt qui s'attache à retrouver la généalogie établie à la demande d'Addleton… sans doute l'un de vos cousins éloignés, Watson.

Très pensif, je finis mon verre de vin.

— Au fait, Holmes, n'est-il pas étrange que, le premier jour où nous nous sommes vus, Mac Whorster m'ait posé la même question que vous ? Ne s'intéressant pas à Marlowe, n'ayant pas eu connaissance de l'affaire de Holborn, il n'a pu opérer de rapprochement ?

— C'est là tout le problème, répondit laconiquement Holmes.

10

Tard, dans la soirée, on nous apporta un câble qui venait de Wendron. Holmes le lut attentivement et me le tendit :

— Voyez donc cela, Watson.

Le jeune Eric Lenyan nous apprenait que, la nuit précédente, peu après minuit, il avait été alerté par des bruits suspects provenant du manoir des Addleton. Armé de son fusil, il était passé par la haie de fragon. Il avait alors surpris une forme accroupie près de la porte de la cave, dont elle tentait visiblement de forcer le cadenas. À sa sommation, l'homme s'était enfui. Eric avait tiré en l'air, puis dans sa direction, mais sans grande chance de l'avoir touché : il faisait nuit noire et la pluie tombait à torrents. Il avait tout de même vérifié le cadenas, qui avait résisté. Il attendait des instructions.

11

— Singulier personnage que votre lointain ancêtre, mon cher Watson, me dit le lendemain Holmes, d'un ton enjoué. Agent secret d'Elizabeth lui aussi, homosexuel lui aussi, poète lui aussi, il était à l'origine de la rencontre, puis de l'idylle nouée entre Thomas Walsingham et notre Marlowe. Sans lui, celui-ci ne serait sans doute pas devenu ce qu'il fut, sur tous les plans...

— Croyez bien, Holmes...

— Et encore n'ai-je pas mis au jour l'essentiel ! Tout laisse penser que Watson a longtemps agi comme relais entre la Cour et Marlowe, à l'insu même de ce dernier ! Et que le meurtre du fils Bradley ne fut pas si fortuit que le jury de l'époque voulut bien l'admettre. En fait, le jeune homme se serait livré à quelque chantage concernant l'origine de Marlowe que cela ne me surprendrait guère... Morte la bête, mort le venin, n'est-ce pas ?

Il se frottait les mains par-dessus sa tasse de thé bouillant.

— Mais je suis déterminé à en savoir plus ! Quant à vous, Watson, je vous lâche la bride. Vous allez courir sus aux généalogistes de Londres que mes correspondants n'ont encore pu joindre.

— Pourquoi moi, Holmes ?

— Eh, parce que vous êtes le principal intéressé ! À vous, on acceptera peut-être de donner des renseignements qu'on refuserait à un parfait étranger comme moi ! Tenez...

Il me tendait une liste.

— Voici North Kensington, où vous avez exercé votre coupable industrie durant quelques années. Vous vous y sentirez en terrain familier, n'est-ce pas ?

Je n'en étais guère convaincu, mais comment résister à ce diable d'homme ? Ma première journée d'investigations se révéla infructueuse. Rien à Kensington. J'avais largement amélioré la réalité afin de donner à ma démarche des apparences rassurantes, mais cela ne m'assura pas un succès total. Certains des experts consultés refusèrent purement et simplement de me renseigner, s'abritant derrière le veto du secret professionnel. D'autres se montrèrent plus compréhensifs, mais sans que cette bonne volonté m'apportât le moindre élément positif. Je consacrai ma deuxième journée à terminer mon exploration de Paddington, entamée l'avant-veille, partant du principe qu'Addleton avait peut-être commencé à chercher des généalogistes dans le quartier où aboutissait sa gare de destination. Et puis, j'y avais également exercé quelque temps. La soirée venue, je désespérais de l'entreprise quand enfin la chance me sourit.

À peine avais-je décliné mes nom et qualités à ce petit homme sec et agité nommé Brexter qu'il me demanda à brûle-pourpoint :

— Êtes-vous John H. Watson, fils de James et de Rose Barnell, né en 1852 à Newcastle-upon-Tyne ?

— Comment le savez-vous ? fis-je, stupéfait.

— J'ai effectué des recherches sur votre famille à la demande d'un de vos parents éloignés.

— Rufus Addleton ?

— Ah ! vous voyez que vous le connaissez ! jubila-t-il, Rufus Addleton, de Wendron, Cornwall... Attendez, attendez !

Il sortit d'un de ses classeurs un diagramme représentant un arbre stylisé, dont chacune des branches aboutissait à un nom.

— Je garde toujours un double de mes travaux. M'en a-t-il fallu du temps pour établir cette filiation ! En ai-je consulté, des registres dans les mairies et les églises ! Mais cela en valait la peine ! Thomas Watson n'est-il pas l'un de nos grands poètes ? Vous pouvez être fier de votre ascendance, monsieur !... Tenez, vous êtes là, en haut, tout à droite.

Je regardai. J'étais là, effectivement : nom, prénom, date de naissance. Je feignis de m'extasier tandis que je notai mentalement une autre mention portée à l'une des extrémités de la branche la plus élevée de l'arbre : *Jean Merrindow, épouse Rawlin, née en 1855 à Chichester...* Chichester, Sussex occidental ! Je remarquai également au passage que la grand-mère maternelle de Rufus Addleton s'appelait Watson.

Ayant chaleureusement remercié Brewster, je repris un cab pour Baker Street. Holmes, qui venait de rentrer, s'exclama, à ouïr mon compte rendu.

— Remarquable, Watson ! Je n'eusse pas mieux fait. Je câble immédiatement à mon correspondant de Chichester, et j'espère avoir une réponse demain dans la journée... à condition, bien entendu, qu'il s'agisse bien de la tante du Sussex chez qui s'est réfugiée Doris Addleton.

— C'est un risque à courir.

— Et nous n'avons pas le choix... Savez-vous, Watson, que d'après les chroniques de l'époque, l'aubergiste Bradley, qui tenait la *Bishop's Inn* à Holborn, passait aussi pour un agent secret, ou au moins un indicateur de la Couronne ?

... puis, devant ma mine interrogative :

— Je vois les choses ainsi. L'aubergiste Bradley est l'un des maillons de la chaîne qui va d'Elizabeth à Marlowe, via le premier Walsingham, Francis, puis le second, Thomas, et enfin Thomas Watson, lequel fréquentait régulièrement ladite taverne. Hélas, le fils Bradley, sans doute un chenapan tenté par l'argent facile, surprend des secrets qu'il prétend monnayer... d'où son assassinat par Thomas Watson.

— Hypothèse, Holmes !

— Hypothèse que d'autres éléments recueillis rendent des plus vraisemblables, Watson ! Par exemple, les circonstances ayant accompagné la mort de Marlowe, et qui sont bien troublantes.

— Je vous écoute, dis-je en m'asseyant.

— Voici : les chroniques font état d'une insolence constante chez Marlowe au début de 1593. Il multiplie les provocations, affiche des prétentions exorbitantes, bref se conduit comme s'il se savait fils de la reine et se sentait intouchable.

— Encore une supposition.

— Laissez-moi poursuivre. Fin 1592 : mort de Thomas Watson, l'ami intime de Marlowe. Qu'est-ce qui interdit de penser qu'à son lit de mort il lui a dit la vérité ? Vérité auparavant couchée par écrit ? Je vous le rappelle, Watson, Marlowe n'était pas un individu beaucoup plus recommandable que le jeune Bradley. Peut-être a-t-il vu alors un moyen de s'assurer une vie plus facile, un destin plus éclatant ? Voire des revenus plus considérables ! En tout cas, un fait reste acquis : dans ses chroniques, Richard Baynes, membre du St. John's College, rapporte qu'à une semaine de la Pentecôte de 1593, Marlowe aurait écrit à la reine les plus horribles blasphèmes.

— Mais dans quel but, Holmes ? C'était stupide… et dangereux.

— Justement. Baynes, du Middle Temple, était obsédé par l'athéisme. C'est à ce genre de blasphèmes qu'il pensait, car, bien entendu, il n'était pas dans la confidence.

— Alors ?

— Alors chantage, Watson, c'est évident ! Marlowe faisait connaître à la reine qu'il savait être son fils, et il exigeait… quoi ? Célébrité, honneurs, titres, peut-être ! Quoi qu'il en fût, Marlowe ne survécut pas à cette manœuvre. La Pentecôte de 1593 tombait un 2 juin, mais le 30 mai, lendemain ou surlendemain du jour où Elizabeth avait reçu l'épître de Marlowe, celui-ci trouvait une mort mystérieuse dans l'auberge de Deptford.

— La reine ? m'exclamai-je sourdement.

— Ou simplement Robert Cecil, son chef de la police secrète, à qui elle avait dû faire part de la menace… Hier comme aujourd'hui, et sans doute comme demain, les Services secrets ont coutume d'agir d'abord et d'en référer ensuite… pour le plus grand bien du pays, naturellement.

— Tout de même, Holmes, la reine…, murmurai-je.

— C'est ce qu'on appelle la raison d'État, conclut-il, sans autre commentaire.

12

Les événements se précipitèrent dès le lendemain. Le correspondant d'Holmes à Chichester nous envoya une liste d'adresses, en même temps qu'un câble du jeune Lenyan, décidément garçon d'une grande initiative, nous apprenait que Doris lui avait écrit : l'adresse qu'elle lui communiquait pour la réponse était l'une de celles fournies par le correspondant de Holmes. Celui-ci crut devoir commenter sur le mode désabusé :

— Votre travail était inutile, Watson, mais cela n'enlève rien à sa valeur. L'amour de l'Art est l'un des ressorts de notre profession. Quoi qu'il en soit, demain, à la première heure, nous serons en gare de Waterloo... Voulez-vous consulter le Bradshaw ?

13

Le chemin de fer nous amena à Chichester aux environs de onze heures, et nous nous fîmes conduire à un charmant cottage dans le quartier ouest de la ville. Une femme d'une quarantaine d'années, d'allure effacée, nous reçut dans le vestibule, mais à peine avions-nous décliné nos noms qu'une voix claire, très ferme, se fit entendre de l'escalier.

— Ces messieurs viennent pour moi, ma tante. Si vous le permettez, je les recevrai dans le salon.

— Je vais préparer du thé, dit aussitôt Mme Rawlin, comme soumise à une volonté plus forte que la sienne.

Je fus frappé par l'aspect de la jeune fille. Elle était grande, très mince, mieux que belle, avec un visage mat encadré d'une masse de cheveux noirs retombant en rouleaux sur ses épaules. Ses traits étaient ceux, typiquement celtes, qu'on voit aux femmes des Cornouailles : nez court, pommettes un peu fortes, presque asiatiques, et sous les sourcils bien dessinés, un saisissant regard de jais. Elle ne devait pas avoir plus de vingt ans, mais déjà sa personnalité s'affirmait dans la moindre de ses attitudes.

Assise très droite au bord de sa chaise, elle attendit que nous eussions bu la première gorgée du thé servi par sa tante pour questionner, d'un timbre un peu fragile :

— Possédez-vous toujours le manuscrit, docteur Watson ?

— Il est en sûreté, répondis-je. Toutefois, j'avoue que j'aurais préféré un peu plus d'explications.

— Comment avez-vous eu l'adresse de ma tante ?

Holmes prit la parole.

— Le jeune Eric Lenyan nous l'a communiquée. Nous l'avons convaincu que nous n'agissions que dans votre intérêt.

Une légère rougeur colora les joues de la jeune fille.

— C'est un ami très dévoué, dit-elle sur un ton volontairement neutre. Je crois que je lui dois beaucoup, ainsi qu'à sa mère.

Holmes reprit, sans laisser à la conversation le temps de tomber :

— Vous nous avez demandé comment nous avions obtenu l'adresse de ce cottage. Pouvons-nous, à notre tour, savoir comment vous êtes arrivée au Dr Watson ?

Doris Addleton s'anima.

— J'avais noté, sur l'arbre généalogique commandé par mon grand-père, le nom de John H. Watson. Lorsque… lorsque les circonstances ont exigé que je mette le parchemin à l'abri, j'ai pensé à celui qui me paraissait le plus proche sur le plan de la parenté. Faute de mieux, j'ai alors compulsé les annuaires professionnels. Tous les John H. Watson n'y figurent pas, certes, mais j'espérais pourtant y trouver un semblant de piste. Quelques John Watson étaient répertoriés à Newcastle, puis je me suis tout de même rabattue sur Londres, qui est un peu le creuset de toute la population anglaise. Il y avait là plusieurs John H. Watson. Cependant, je n'en ai découvert qu'un, dans l'annuaire médical, qui fût né en 1852 à Newcastle-upon-Tyne… et se tournant vers moi : Ce ne pouvait être que vous, docteur.

— Remarquable, n'est-ce pas, Watson ? commenta Holmes, sans se départir de son impassibilité. Voilà une jeune fille qui manifeste des dons d'analyse dont nombre de spécialistes de la détection pourraient tirer honneur.

J'élevai une timide objection :

— L'adresse donnée dans cet annuaire médical ne peut être que celle de mon ancien cabinet.

— Exact, admit tranquillement Doris Addleton. Lorsque je m'y suis rendue, j'y ai rencontré votre successeur, le Dr Verner, qui, à ma prière instante, a consenti à m'indiquer votre domicile de Baker Street.

Holmes s'adressa à la jeune fille :

— Si nous reprenions maintenant depuis le début, mademoiselle ?

Elle esquissa de la tête un acquiescement muet, avant de déclarer, d'une voix bien posée :

— Je dois d'abord vous dire, messieurs, que je suis orpheline. Ayant perdu très jeune mes parents, j'ai été élevée par mes grands-parents, puis, ma grand-mère morte à son tour, par mon grand-père. Afin de mettre tout de suite les choses au point, je précise que la famille Addleton, autrefois riche, a connu des revers de fortune, si bien qu'il ne reste à notre patrimoine que le manoir des *Ifs* avec son petit parc, qu'à présent vous devez connaître.

Elle but une gorgée de thé avant de poursuivre.

— Tout a commencé il y a environ deux mois. En déracinant la souche d'un vieil arbre, grand-père a découvert une crypte à demi comblée. À l'intérieur, subsistaient quelques ossements et, dans un coffret de métal, deux feuillets de parchemin...

Elle ajouta, avec un sourire un peu mélancolique :

— Vous le voyez, messieurs, ni pièces d'or, ni bijoux, ni rien qui puisse contribuer à redorer notre blason. Restait ce parchemin. Grand-père, qui s'était toujours intéressé à la paléographie, prit des conseils et entreprit de le déchiffrer. Il s'aperçut vite qu'il s'agissait en fait d'un palimpseste, dont le texte apparent semblait sans grande signification. En revanche, dès le premier traitement qu'il fit subir au document, certains détails le convainquirent que le texte originel pouvait se révéler d'une valeur considérable. La signature, d'abord, qu'il s'attacha à reconstituer en priorité...

Jusqu'alors, elle avait parlé à Holmes. Elle se tourna ensuite vers moi.

— Le rédacteur du manuscrit était Thomas Watson, le poète. Et il avait écrit ce document en 1592, l'année même de sa mort, qu'il sentait peut-être venir... Voyez-vous, docteur, ma trisaïeule maternelle s'appe-

lait Watson, et tout laisse penser que les descendants
du poète s'étaient légué successivement cette espèce
de testament jusqu'au moment où l'un d'eux s'était
fait enterrer avec, sur une terre qui était demeurée
nôtre à travers les siècles.

— Savez-vous ce que disait le manuscrit ? questionna Holmes, d'une voix brûlante.

Elle hésita.

— Je dois vous avouer que je ne me suis guère inté-
ressée à son contenu. Je n'ai jamais éprouvé d'attirance spéciale pour l'histoire ou la littérature. Tout ce
que je sais, et que je viens de vous rapporter, c'est
grâce aux quelques paroles que l'enthousiasme arrachait à mon grand-père.

— Ensuite ?

Elle se couvrit le visage de ses mains.

— Ensuite, vous l'avez appris, messieurs, il y a eu
cette tragédie. On a parlé d'un rôdeur...

Holmes dit doucement :

— Excusez-moi si je réveille des souvenirs douloureux, mademoiselle, mais il nous serait très utile de
savoir comment vous avez vécu le drame. Pourriez-
vous tenter de vous le remémorer ?

— Je vais essayer, fit-elle d'une voix blanche.

Elle se força à boire encore un peu de thé avant de
reprendre.

— À vrai dire, le début de ce cauchemar se perd
pour moi dans les brumes du sommeil. Je me souviens
très vaguement d'une sensation d'étouffement, d'une
odeur âcre, et puis, alors que j'émergeais difficilement
de l'inconscience, d'une série de coups sourds... Lorsque j'ouvris les yeux, je crus encore être endormie,
tant la vision des choses, autour de moi, était floue,

manquait de netteté. Je me mis à tousser éperdument, à cause de la fumée qui montait du rez-de-chaussée...

Holmes questionna, de façon abrupte :

— Quand vous avez entendu ces coups, il y avait donc déjà de la fumée dans la maison ?

— Je l'affirme. Au moment où les bruits m'ont réveillée, l'atmosphère de la chambre était suffocante.

— Alors ?

— Alors, je me suis levée précipitamment. J'ai appelé grand-père, qui n'a pas répondu. Je me suis donc aventurée sur le palier, et j'ai voulu descendre l'escalier. Mais l'air y était si irrespirable que j'ai dû y renoncer. Je me suis résolue à ouvrir la fenêtre pour appeler au secours.

— Nous connaissons la suite, dit Holmes, avec beaucoup de douceur. Il semble donc que votre grand-père, lui-même alerté par l'incendie, ait pu parvenir jusqu'à la bibliothèque, où le rôdeur l'a assailli... Parlez-nous maintenant de ce qui vous a déterminée à quitter la propriété.

— J'ai eu peur, souffla Doris. Je sentais une présence autour de la maison. Ce... ce rôdeur qui revenait, ou bien alors...

Elle hésita un instant, reprit d'une voix mal assurée :

— Je crois que nous n'avons pas bien agi en fouillant dans ce tombeau, messieurs. Il faut laisser les morts en paix, sinon leurs âmes peuvent revenir nous hanter.

Je la regardai mieux. Ses narines frémissaient, ses pommettes étaient devenues pâles : elle était bien la fille de ces générations de Celtes habitués à vivre aux lisières de la réalité, et pour qui gnomes, lutins et farfadets avaient été les premiers habitants de leurs landes...

— Bref, je me suis affolée. J'ai emporté le feuillet resté dans la chambre de grand-père, ce qui lui avait évité de brûler comme l'autre, puis, ayant pris les renseignements nécessaires pour vous retrouver, docteur, j'ai quitté Wendron... Et vous dites que quelqu'un est revenu ?

— Eric Lenyan est formel, mademoiselle. Cela prouve en tout cas que l'assassin de votre grand-père n'est pas un fantôme, mais un individu tout à fait déterminé, résolu à s'emparer coûte que coûte du parchemin qui reste.

— Mais pourquoi, pourquoi ? s'écria-t-elle.

— Pour la plus prosaïque des raisons, repartit Holmes : sa valeur marchande.

— Comment pourrait-il monnayer un tel document ? Il se ferait prendre aussitôt !

— Détrompez-vous, déclara Holmes. Il y a, en Amérique, des collectionneurs prêts à verser des fortunes pour éblouir leurs relations en exhibant des pièces rares originales. La moitié des œuvres d'art dérobées en Europe trouvent leur écoulement parmi ces magnats du Nouveau Monde, Scotland Yard pourrait vous le confirmer. Aussi, n'irai-je pas par quatre chemins : désirez-vous que l'assassin de votre grand-père soit arrêté et châtié ?

— Je ferai ce qu'il faut pour cela ! s'exclama-t-elle farouchement et sans hésiter une seconde.

— Il pourrait y avoir du danger.

— Qu'importe !

— Alors, nous allons collaborer.

14

Dans le train qui nous ramenait vers Londres, j'apostrophai Holmes sans beaucoup d'aménité.

— Était-il nécessaire qu'elle soit présente, Holmes ? Pourquoi l'exposer aux périls ?

— Je n'y crois pas, répondit-il, tirant de sa pipe une bouffée méditative. Je ne l'utilise pas comme appât, Watson, quoi que vous en pensiez, mais uniquement pour la vraisemblance. Comment ce rôdeur croirait-il que le parchemin est revenu tout seul au manoir ? Il faut qu'il la voie !

— Et vous pensez qu'elle ne risque rien ?

— Allons, pourquoi voudrait-il la tuer ? Ce qui l'intéresse, notre homme, c'est le parchemin, pas autre chose. Le meurtre du vieil Addleton n'était sans doute qu'un accident.

— En êtes-vous sûr ?

— Non, reconnut Holmes, spontanément.

— Vous semblez avoir une idée sur l'identité de ce criminel.

— Bien entendu. Et vous, Watson ?

— Je pense aux différents contacts qu'Addleton avait pris... et à certaine réflexion sur la vitesse des trains que vous m'avez faite un jour. En comptant les poteaux télégraphiques qui défilaient au-dehors, vous aviez fixé ce chiffre à quatre-vingt-deux kilomètres à l'heure.

— Oui, et alors ?

— Alors, sauf tempête, le vent n'atteint pas une telle allure. Les nuages de Cornouailles mettent plus longtemps à nous parvenir. C'était déjà votre conclusion au début de notre affaire, lors de la visite de Doris Addleton à Baker Street.

— Oui, oui, mon cher Watson. Poursuivez votre raisonnement, il m'intéresse beaucoup.

— Il y a quatre jours, à midi passé, vous avez ramassé le chapeau de laine de Mac Whorster, en lui conseillant de porter des vêtements de pluie : vous l'aviez vraisemblablement trouvé humide. D'ailleurs, vous avez frotté vos doigts les uns contre les autres pour vous en assurer. Pourtant, à Londres, il ne pleuvait pas encore.

— Bien observé.

Holmes tirait sur sa pipe, un demi-sourire aux lèvres.

— La nuit précédente, Eric Lenyan avait tiré sur un homme qui tentait de s'introduire dans le manoir des Addleton. Selon son câble, il pensait l'avoir manqué, à cause de la nuit, et surtout de la pluie battante.

— Conclusion ?

— Conclusion : Mac Whorster, à qui Addleton s'était sans doute confié, à qui il avait peut-être même montré le manuscrit afin qu'il l'aide à l'identifier, Mac Whorster est notre homme.

— Excellente déduction, Watson, approuva Holmes. Vous souvenez-vous de l'affaire de Baskerville Hall ?

— Comment pouvez-vous poser une telle question, Holmes ?

— Stapleton nous avait été immédiatement antipathique. En outre, sa conduite n'était pas claire, mais nos soupçons n'ont été jusqu'au bout que des soupçons, sans base solide. Ainsi en est-il à présent de Mac Whorster. Le « qui » ne semble faire aucun doute. Reste le « pourquoi », et là, j'avoue que je suis perplexe.

Je protestai.

— Et l'intérêt, Holmes ? Vous avez souligné à Doris Addleton le snobisme fanatique de certains collectionneurs américains !

Il ne répondit pas. De retour à Londres, nous prîmes un léger dîner chez *Frascatti* avant de regagner Baker Street. Un câble y était arrivé en fin d'après-midi. Holmes le parcourut avidement.

— Voilà qui aurait pu répondre à votre question, Watson, mais je crains que cela ne contribue plutôt à obscurcir le problème. C'est la réponse de mon correspondant de Cincinnati au câble que je lui ai adressé l'autre matin.

— L'autre matin ?

— Le lendemain du jour où j'ai ramassé le chapeau de Mac Whorster. En fait, il ne s'appelle pas vraiment Mac Whorster. Il est le fils illégitime de Mlle Delia Bacon, séduite, puis abandonnée comme Clarissa Harlowe par un révérend à la moralité plus que douteuse.

— Connaît-on le nom du Lovelace ?

— Mac Whorster, justement, répondit Holmes. Son fils naturel a repris ce nom dans un souci de respectabilité bien étrange. Quant à la mère, c'est cette Américaine, professeur de musique à Cleveland, qui a publié en 1857 le livre sur Shakespeare que vous avez lu. Sans doute a-t-elle pris son homonymie pour une descendance, sans réaliser que les pays anglo-saxons comptent autant de Bacon que d'œufs. Elle est d'ailleurs morte folle, ce qui, pour peu que la démence soit héréditaire, laisse mal augurer des facultés mentales de son fils.

Il esquissa un geste vague, un peu découragé.

— En vérité, Watson, je suis passablement désorienté. Je voyais en Mac Whorster l'un de ces prospecteurs éclairés que les grosses fortunes américaines délèguent sur notre Vieux Continent afin de s'approprier nos œuvres d'art. Or, d'après mon correspondant, c'est un homme d'études, un véritable rat de bibliothèque, et connu comme tel dans son État de l'Ohio.

— Donc, un passionné de ces choses, Holmes.

— Dites un obsédé ! Obsédé par l'idée qui a conduit sa mère à l'asile, et qui, lui-même, ne pense qu'à démasquer l'imposture du mythe de Shakespeare au profit de son ancêtre hypothétique Francis Bacon ! D'ailleurs, il ne nous l'a pas caché, plus de vingt ans de sa vie ont été consacrés à cette recherche. Ce que je comprends moins, c'est pourquoi un manuscrit concernant Marlowe l'intéresse.

Je répliquai :

— Rappelez-vous les paroles du jeune bibliothécaire, Holmes. Marlowe fut le précurseur de Shakespeare, et le destin de la vieille Angleterre a voulu que, dès sa mort dramatique, un autre auteur eût pris le relais, comme pour poursuivre sa mission... Et puis, n'oubliez pas que Bacon se prétendait aussi le fils d'Elizabeth ! Pourquoi ne serait-il pas ce jumeau resté obscur dont parle le manuscrit de Thomas Watson ?

— Non, Watson, non. En 1592, Bacon était déjà illustre. Député, ami d'Essex, il avait commencé de révolutionner la philosophie du siècle avec *Controverse de l'Église, Observations sur un pamphlet, Temporis portus maximus*... D'ailleurs, il est né en 1561 à Londres, et non pas en 1564 dans le Warwick...

Il s'interrompit net. Ses traits s'étaient durcis, comme pétrifiés par un effort de réflexion trop intense. Il s'exclama, d'une voix sourde :

— Quand je le disais, que vous étiez conducteur de lumière ! Merci, merci, Watson ! Si nous menons cette affaire à bien, ce sera grâce à vous !

Soudain fébrile, il s'était levé, avait sorti sa montre de son gousset.

— Bien entendu, à cette heure-ci, le British Museum est fermé ! Le Ciel en soit loué, je possède une petite documentation personnelle... Je vous abandonne, Watson, n'y voyez pas d'ingratitude, mais tout cela est encore informulé, et très confus dans ma tête, j'ai besoin de laisser décanter les idées...

Il échangea sa pipe de merisier contre celle en terre, plus propice à la réflexion, et disparut dans sa chambre. Il dut y fumer jusque très tard dans la nuit, car, malgré les portes fermées, l'odeur du tabac empesta le logement jusqu'au matin.

15

Retrouvant Holmes devant le petit déjeuner, je m'abstins de solliciter des précisions, mais lui-même me dit, d'un air détaché :

— Vous connaissez ma théorie, Watson : une hypothèse ne prend de valeur qu'autant qu'on la vérifie sur le terrain. C'est ainsi que nous avons procédé avec Stapleton sur la lande de Dartmoor. C'est ainsi qu'il nous faudra procéder avec Mac Whorster.

— Donc vendredi, à Wendron, comme prévu ?

— Vendredi à Wendron, aux *Ifs*, mais auparavant sur le terrain de l'esprit, au British Museum. Je compte soumettre le manuscrit à Mac Whorster.

— Vraiment, Holmes ? m'écriai-je, stupéfait.

— Et pourquoi pas ? C'est un expert. En outre, afin de le mettre dans les meilleures dispositions possibles, j'envisage de l'inviter à un lunch chez *Marcini*. Affûtez votre sourire, Watson, lissez votre moustache, nous allons faire assaut d'amabilité !...

Je le considérai attentivement. Il n'avait sans doute pas dormi mais j'attribuai ses yeux brillants et la légère rougeur de ses pommettes à l'abus du tabac plus qu'à celui de la cocaïne ; il n'usait de cette drogue qu'en période d'oisiveté intellectuelle.

Vers onze heures trente, nous entrâmes au British Museum, où, à voix basse, Holmes s'enquit de Mac Whorster. Le bibliothécaire nous indiqua sa place. L'homme ne nous accueillit pas sans une certaine méfiance. Il tenta même de dissimuler le titre des deux livres posés sur son écritoire, comme s'il craignait que nous ne pillions ses idées. Nous eûmes cependant le temps de voir que l'un d'eux était la biographie de lord Darnley, second époux de Marie Stuart, et que l'autre était consacré à la conspiration de Guy Fawkes. L'intérêt s'éveilla cependant chez Mac Whorster quand mon ami lui eut avoué qu'il désirait le solliciter en sa qualité d'expert élisabéthain.

— Bien entendu, mon cher, enchaîna chaleureusement Holmes, je n'aurai pas la grossièreté de prétendre vous rémunérer pour ces quelques conseils, mais je serais très honoré si vous acceptiez de partager avec nous un lunch chez *Marcini*, qui est l'un de nos meilleurs traiteurs...

Mac Whorster daigna se montrer sensible à l'attention. Une fois assis dans l'un des petits salons intimes de l'établissement, Holmes appela le maître d'hôtel. Notre invité consentit de bonne grâce à suivre nos recommandations quant aux plats à déguster ; et, un peu rétif au montrachet ou aux autres crus de Beaune, il accepta volontiers, comme tout bon Américain, le champagne que Holmes commanda pour lui au sommelier.

Le repas se déroula le mieux du monde, dans une ambiance que la générosité des vins portait à la cordialité. Holmes attendit le dessert pour en venir au sujet de notre rencontre. Il dit alors en souriant à Mac Whorster :

— Vous nous avez soutenu, l'autre matin, que Shakespeare n'était pas Shakespeare.

— Je le soutiens toujours ! rétorqua Mac Whorster avec véhémence, et j'oserais prétendre que je puis en faire la preuve.

— Je connais les arguments avancés par les sociétés antistratfordiennes, déclara aimablement Holmes, et j'avoue qu'ils me paraissent tout à fait fondés. Il est de fait que jusqu'à l'âge de trente ans, Shakespeare n'a rien produit, et soudain le voilà qui inonde le petit monde de l'art anglais d'une floraison d'œuvres, toutes plus géniales les unes que les autres, toutes plus documentées les unes que les autres sur la Rome antique, l'Italie de la Renaissance ou les cours d'Europe. Érudition plus qu'étonnante ! Comment ce fils d'artisan sans formation intellectuelle aurait-il acquis tant de connaissances ?

— N'est-ce pas ? jubila âprement Mac Whorster.

— Bien sûr, il peut avoir beaucoup lu.

Mac Whorster balaya l'objection d'un geste large.

— Tous les historiens sérieux réfutent la thèse de l'autodidactisme, monsieur Holmes ! D'ailleurs, j'ai mieux à vous proposer : le testament de Shakespeare lui-même, retrouvé, authentifié, et classé… ici, au British Museum. Non seulement aucun mot sur ses œuvres, mais, dans ce document, Shakespeare dresse un inventaire détaillé de ses biens, jusqu'au moindre bol, à la moindre assiette. Or, il n'y figure aucun livre, objet, à l'époque, rare et des plus précieux. Aucun, vous entendez ? Pas un seul ! Je vous rappelle au passage que bibliothèques et cabinets de lecture n'existaient pas. Les gens qui lisaient devaient acheter leurs ouvrages... Alors, que seraient devenus ces livres, pouvez-vous me le dire ?

— Donc, répéta Holmes, placide, à votre sens, Shakespeare n'est pas Shakespeare.

— Évident !

— Et c'était Bacon.

— Je suis sur le point de le démontrer, répliqua Mac Whorster.

Là-dessus, il entreprit de nous expliquer qu'en déchiffrant le *Novum Organum* sur la base des formes différentes données aux lettres dans le manuscrit originel, on pouvait arriver à de surprenantes découvertes. Ce procédé, appliqué notamment au *Ressuscitatio* de Rawley, paru en 1657, permettait de conclure que certains textes inconnus de Francis Bacon se trouvaient encore à Cannonbury Tower. Il suffisait, pour les mettre au jour, de faire glisser, dans la grande salle de la tour, le panneau 5 sous le panneau 50...

— Très intéressant, coupa Holmes, un peu brusquement. Je dois dire que vous m'avez à peu près convaincu : Shakespeare n'a pas écrit ses pièces. Là où j'ai une opinion différente, c'est quant à l'auteur présumé des œuvres qu'il a signées.

— En vérité ? fit Mac Whorster, soudain hérissé.

— Oui. D'abord, un point : Marlowe écrit ses pièces qui le font découvrir comme un génie universel. Toute l'Angleterre l'accepte en tant que tel. Il ne lui manque qu'un peu de maturité. Hélas, il n'aura pas le temps d'en acquérir. Il meurt à vingt-neuf ans, dans une rixe sordide. Nous sommes en 1593. Voilà l'Angleterre privée d'une lumière. Heureusement, le destin y pourvoit. Moins de six mois après sa mort, comme par hasard, paraît la première pièce en vers d'un inconnu nommé Shakespeare, un acteur obscur, fils d'artisan gantier ou cordonnier, on ne sait trop, où, déjà, l'on décèle les prémices d'un nouveau génie. Pourtant, l'homme n'est pas jeune, il a trente ans, étant né la même année que Marlowe : 1564. Pourquoi alors a-t-il tant attendu, à une époque où le talent, pour être reconnu, devait être précoce ? Pourquoi, si la fièvre de création l'habitait, n'a-t-il encore jamais rien écrit ?

Mac Whorster ne dit rien. Je notai que sa circulation sanguine s'était accélérée, et que des taches de lividité couraient sous la peau de son visage anguleux, marquant son émotion.

— Curieux, n'est-ce pas ? poursuivit calmement Holmes. Après Marlowe, Shakespeare, exactement comme si l'Angleterre ne pouvait être privée de phare littéraire. Un Shakespeare qui ressemble d'ailleurs à Marlowe comme un frère — passez-moi l'expression — dont l'inspiration est semblable à la sienne, de qui le lyrisme le rappelle, et qui, miracle ! a soudain acquis la culture et l'érudition de son prédécesseur, alors que rien ne l'y préparait !... Jusqu'à certains passages de leurs œuvres qui offrent une troublante similitude, par exemple l'invocation de Phoebe dans *Comme il vous plaira*, à rapprocher des vers de *Héro et Léandre* :

> *Jamais n'aima celui*
> *Qui n'aima au premier regard...*

— Cela ne prouve rien ! fit violemment Mac Whorster.

— ... au point qu'un sujet déjà traité, souffrant des excès et de l'emphase propres à la jeunesse, soit repris plus tard pour une nouvelle mouture, plus subtile, plus profonde... *Le Juif de Malte* devient alors *Le marchand de Venise*.

— Votre conclusion ? questionna Mac Whorster, le regard torve.

— Elle paraît couler de source, répondit suavement Holmes. Qui a pu écrire successivement les œuvres signées Marlowe, puis Shakespeare ? Qui a pu leur assurer, à l'un puis à l'autre, la protection et la célébrité dont ils avaient besoin ?

— Qui ? gronda Mac Whorster.

— Quelqu'un qui a veillé aux conditions de leur naissance et — du moins en ce qui concerne le premier choisi pour ce destin — de leur éducation. Quelqu'un qui disposait du pouvoir nécessaire pour cela. Quelqu'un à qui son rang interdisait de signer ses œuvres, mais restait soumis à cet obscur instinct qui veut qu'à travers ses enfants on essaie de faire reconnaître son propre génie...

Holmes tendit l'index vers son interlocuteur.

— Je vous le rappelle, Mac Whorster, Elizabeth, fille d'Ann Boleyn, exilée durant toute sa jeunesse après l'exécution de sa mère, n'a trouvé de refuge que dans l'étude. Elle savait le latin, le grec, l'histoire ancienne et moderne, elle connaissait tous les usages des cours... et elle raffolait de théâtre.

— Hypothèses ! jeta Mac Whorster, la voix rauque. Fumées !

Holmes, impavide, poursuivit :

— Au demeurant, ce dédoublement d'identité, ne l'a-t-elle pas suggéré ? *To be or not to be*, voilà la question. Mais être qui ? Être quoi ?

— Vous ne pourriez le prouver, chuchota Mac Whorster, livide, les mains crispées sur le bord de la table.

Holmes lui servit d'autorité une autre coupe de champagne.

— Oh que oui ! dit-il, regardez...

Il posa le parchemin sur la nappe. La sueur se mit à sourdre brusquement sur le visage de notre commensal. Ses doigts tremblaient tandis qu'il les allongeait pour saisir le document.

— Qu'est-ce que c'est ? articula-t-il difficilement.

— Un palimpseste établissant que deux jumeaux, nés au début de 1564, ont été placés dans des familles modestes pour préserver l'honneur de leur mère. L'un, Christopher Marlowe, l'autre demeuré obscur, tout au moins lors de la rédaction de ce manuscrit, daté de 1592.

— Est-il complet ?

On l'entendait à peine.

— Hélas non, répondit Holmes, il y avait un deuxième feuillet, qui a disparu... peut-être détruit dans un incendie, mais les recherches se poursuivent. D'ailleurs celui-ci peut suffire à indiquer les recoupements nécessaires à la reconstitution de la vérité.

— Comment vous l'êtes-vous procuré ? demanda alors Mac Whorster.

— On nous l'a confié... ou, plus exactement, on l'a confié au Dr Watson, ici présent, qui se trouve être l'un des lointains descendants du rédacteur de ce texte, le poète Thomas Watson.

Holmes prit soudain un ton très enjoué.

— Mais c'est très amusant, savez-vous ? Il me revient à présent que, lors de notre première rencontre, vous avez demandé au Dr Watson s'il avait fait établir son arbre généalogique ! Vous devanciez l'événement, mon cher ! Ce doit être la fameuse intuition des artistes... Quoi qu'il en soit, nous allons rendre ce document à sa propriétaire, qui réside en Cornouailles.

Mac Whorster releva la tête, le regard fixe derrière ses grosses lunettes.

— Oui, dit Holmes, d'un air détaché, figurez-vous que M. Addleton, qui a découvert le parchemin... mais, au fait, vous le connaissiez ? Le bibliothécaire de la salle de lecture, au British Museum, nous a dit qu'il vous avait présentés l'un à l'autre.

— En effet, murmura Mac Whorster. Je dois avouer que je m'en souviens peu... beaucoup de gens me sollicitent pour des précisions concernant cette époque.

— En ce cas, il me faut vous apprendre une triste nouvelle... Tenez, prenez donc un peu de champagne, cela atténuera l'effet de choc : ce pauvre M. Addleton a été tué par un rôdeur qu'il avait surpris dans sa bibliothèque. Le criminel a ensuite tenté d'incendier la maison, afin d'effacer toute trace risquant de mener à lui. Doris Addleton, la petite-fille du vieux monsieur, a alors quitté le domaine en emportant ce premier feuillet, miraculeusement échappé au feu. Mais elle s'apprête à y revenir. Elle s'arrêtera vendredi matin chez nous pour le récupérer avant de regagner Wendron.

Mac Whorster passa sa langue sur ses lèvres sèches.

— Est-ce bien prudent ? fit-il, tout bas.

— C'est ce que nous lui avons exposé, déclara Holmes, haussant les épaules. D'autant que la demeure est isolée et que ses voisins immédiats, les Lenyan, s'absenteront ce soir-là pour le week-end. J'ai seulement obtenu qu'elle enferme ce document dans un coffre solide, à l'intérieur de son petit salon épargné par l'incendie : il se situe à l'arrière du bâtiment... Que voulez-vous, cette Doris Addleton est obstinée comme une vraie Celte ! Au fait, savez-vous, mon cher, que l'ancien dialecte celte me fascine ? Je lui soupçonne des racines chaldéennes !

Mac Whorster se resservit du champagne.

16

— Dites-moi, Holmes, ne risquons-nous pas d'être vus par Mac Whorster ? Il est peut-être déjà là-bas !

Holmes regardait par la fenêtre du compartiment, son profil accusé tendu vers le décor de landes qui défilait à l'extérieur. Il ôta sa pipe de la bouche.

— Aucune chance, Watson. Vous pensez bien que lui-même ne veut surtout pas se faire voir. Il viendra de nuit, repartira de nuit, restant dans la région le moins longtemps possible. D'ailleurs, nos « irréguliers » le surveillent en permanence et nous serons avisés de tous ses déplacements... Tenez, examinez ce schéma...

Il sortit une feuille de sa poche, me la tendit. Je notai que le petit salon du rez-de-chaussée où le manuscrit était censé avoir été déposé, occupait l'angle arrière gauche du bâtiment. Il ouvrait sur le fond du vestibule, à côté de la porte intérieure où aboutissait l'escalier de la cave. Holmes dit brièvement :

— Doris Addleton se tiendra dans sa chambre, au premier étage. Nous allons, nous, nous installer dans le petit salon, en lui conservant les apparences d'une pièce condamnée. Donc, obscurité, silence, volets soigneusement clos. Mac Whorster tentera certainement de forcer la porte extérieure de la cave, assuré qu'il ne sera pas interrompu par le jeune Lenyan. Il prendra ensuite l'escalier intérieur menant au vestibule, et pénétrera dans le petit salon pour s'emparer du manuscrit. Nous n'aurons alors qu'à le cueillir…

Il montra le ciel de sa pipe.

— Le vent change : nord-est. Les dieux sont avec nous et nous aurons peut-être la surprise d'une belle lune pour faciliter notre action.

Il retomba dans son mutisme, dont il ne sortit pas avant Truro. Je lui dis alors, presque malgré moi :

— Vous paraissez préoccupé, Holmes.

— Oui, admit-il à contrecœur. Je sens que, d'une certaine façon, quelque chose m'échappe.

— Douteriez-vous de la culpabilité de Mac Whorster ?

— Non, de cela je suis persuadé. Ce sont ses motifs qui ne me paraissent pas évidents, et l'impression que j'en retire pour notre équipée de ce soir ne laisse pas d'être déplaisante. Je déteste ne pas tenir tous les atouts en main.

— Pensez-vous qu'il a dérobé le second feuillet ?

— Possible. Ce n'est pas certain, car sa question à propos de votre arbre généalogique ne prouve rien, Watson : Addleton lui avait montré le parchemin intégral, avec le nom de l'auteur. En tout état de cause, s'il l'a fait, il doit vouloir absolument récupérer le premier feuillet, afin de compléter la valeur inestimable de ce document. C'est là-dessus que j'ai misé, mais, sur ce point, je m'interroge encore sans pouvoir formuler mon incertitude…

En gare de Redruth, nous prîmes un cab qui nous conduisit à vive allure vers notre destination, sous un ciel qui se dépouillait de ses nuages. Arrivés en vue des *Ifs*, je notai que les volets du premier étage étaient ouverts. Comme convenu, Doris était arrivée la veille.

— Regardez, Watson, fit Holmes, me désignant la propriété voisine, les Lenyan sont bien partis.

Mais, sur ce point, il se trompait. Doris, qui nous accueillit sur le seuil du manoir, nous en prévint aussitôt :

— Eric a envoyé sa mère chez une cousine, à Wendron. Lui, est resté secrètement dans la maison. Il ne se montrera pas.

— J'en accepte l'augure, dit Holmes, maussade.

Doris nous fit entrer dans le petit salon où nous devions prendre le guet. Elle nous y avait préparé une solide collation, à laquelle nous fîmes le plus grand honneur. Après quoi, Holmes demanda :

— Pourrions-nous visiter la maison ?

— Je suis à votre disposition.

Elle gardait toujours fière allure, avec son visage lisse à la sereine austérité, et ses gestes empreints d'une grande mesure. Holmes s'attarda dans la bibliothèque, où il n'hésita pas à se mettre à genoux pour mieux examiner le tapis calciné, devant la cheminée.

— Oui, fit Doris, sans que nous lui eussions rien demandé. C'est là qu'on a retrouvé le corps de mon grand-père.

Sa voix tremblait. Holmes hocha la tête en signe de remerciement. Nous retournâmes ensuite au salon, où Holmes étudia les meilleurs emplacements pour notre affût de la nuit.

— La cave, fit-il ensuite.

Doris alluma une lanterne sourde. Elle nous précéda sur un escalier raide, qui s'enfonçait dans des ténèbres aux âcres relents. La lueur jaune éclaira un vaste local, auquel deux soupiraux, ménagés au ras du sol, dispensaient une lumière chiche, laissant dans l'ombre les recoins les plus éloignés. Cette cave servait en fait de débarras. De vieux meubles, des caisses, étaient entassés le long des murs, en équilibre instable. Une forte odeur de poussière prenait à la gorge. Au fond, un autre escalier menait à une porte étroite qui ouvrait vraisemblablement sur l'extérieur. Holmes décréta :

— Mac Whorster passera par là. Il prendra ensuite l'escalier menant à l'intérieur de la maison. Remontons.

Il demanda à visiter les chambres. Doris nous conduisit au premier étage, où Holmes se livra à son habituel manège d'investigations taciturnes. Dans la chambre qui avait été celle de Rufus Addleton, il tomba en arrêt devant une robe de chambre pliée sur le lit. Il interrogea du regard Doris Addleton, qui fit, d'une voix sourde :

— Mon grand-père portait cette robe de chambre. Je ne l'ai pas encore rangée, car la police a dit qu'elle en aurait besoin si l'enquête prenait un nouveau cours.

Holmes saisit le vêtement, le tourna, le retourna, et moi qui le connais si bien, je le devinai soudain préoccupé. Il remit les choses en l'état avant de se tourner vers Doris.

— Votre grand-père était allongé sur le dos, quand on a retrouvé son corps ?

— Oui, je crois bien. Pourquoi ?

Mais, comme à son habitude, il répondit à la question par une autre question :

— Y a-t-il un grenier ?

— Oui. Il est vide.

— Possède-t-il une fenêtre donnant sur la route ?

— Deux.

Holmes s'adressa à moi.

— Excellent, Watson, nous pourrons le voir arriver. Allons…

Nous grimpâmes un escalier en colimaçon qui nous mena au grenier, effectivement vide, mais tapissé de toiles d'araignées. L'éclairaient deux fenêtres, qu'on avait ménagées sous le toit mansardé. De cet endroit, le point de vue était remarquable. Sous le ciel clair, la route de Redruth allongeait son ruban à travers un panorama escarpé de landes grises, où les rocs saillaient comme des os parmi genêts et arbustes. On pouvait distinguer, tout au loin, quelques bosquets d'ifs, aux sommets courbés sous le vent.

— Excellent, Watson, répéta Holmes. Nous nous relaierons ici. Pourrons-nous disposer d'une des chaises du rez-de-chaussée, mademoiselle ?

— Bien entendu.

— J'aimerais à présent m'entretenir avec Eric Lenyan.

- Suivez-moi.

Nous sortîmes. Elle nous précéda, à travers le trou de la haie, jusqu'au jardinet voisin, où, d'une voix claire, elle appela : « Eric, Eric ! »

Le jeune Lenyan devait surveiller nos allées et venues, car, tout de suite, il passa par la porte entrebâillée, sa physionomie rude, couronnée par une forêt de cheveux noirs.

— Entrez, dit-il sans autre commentaire.

À l'intérieur de la maison, nous tînmes un bref conciliabule, dans une pénombre ménagée par les fentes des volets. Eric Lenyan s'engagea à ne pas se montrer et à conserver à sa demeure l'aspect désert qui était nécessaire à nos plans. Il se réservait toutefois de guetter la suite des événements, prêt à nous apporter son aide en cas de besoin.

— Mais pas de fusil, dit Holmes.

— Pas de fusil, sauf s'il est lui-même armé…

Holmes précisa sèchement :

— Pas de fusil de toute façon, mon jeune ami. C'est moi qui ai préparé cette affaire et je ne tiens pas qu'elle se solde par un drame. Ma responsabilité personnelle est engagée. Ai-je votre parole ?

Eric Lenyan hésita un instant avant de répondre sur un ton maussade d'enfant gâté :

— Bon, bon, vous l'avez.

À quatre heures de l'après-midi, alors que, déjà, le soleil déclinait à l'horizon occidental, un employé des postes, à bicyclette, apporta un câble adressé à Mlle Doris Addleton. En fait, il nous revenait. Nos « irréguliers » de Baker Street nous prévenaient que Mac Whorster avait pris le train de 15 heures en gare de Paddington.

17

La nuit tomba. Par les fenêtres du grenier, nous vîmes le soleil s'engloutir, à notre gauche, dans une brume rose, où se découpait le granit des contreforts. Le soir tissa d'ombres violettes le décor tourmenté de la lande, dont les escarpements, au sommet encore éclairé, dominaient des mares d'ombre épaisse où fré

missaient les broussailles. Je me décidai à poser la
question qui me brûlait les lèvres.

— Qu'est-ce qui vous intriguait, dans cette robe de
chambre, Holmes ?

— Son aspect, répondit-il. Le dessus était légèrement brûlé... je veux parler de la poitrine. Mais le dos
était intact.

— Et alors ?

Il répliqua, non sans impatience :

— Réfléchissez, Watson. Le tapis, sous le corps,
était calciné. Or, le dos de la robe de chambre n'avait
pas brûlé le moins du monde, alors que c'était justement la partie du vêtement qui touchait ce tapis.

— Oui...

— Ajoutez à cela que Doris Addleton a cru entendre des bruits de lutte, alors que, visiblement, l'incendie en était à son point culminant.

— Oui. Cela signifie que Rufus Addleton est descendu après que le feu eut été mis... Nous étions déjà
arrivés à cette conclusion. Elle explique en tout cas
l'anomalie concernant l'état de la robe de chambre.

— Mais elle n'explique pas la façon dont les choses
se sont passées, Watson ! Non, décidément, je n'aime
pas cela...

Il tourna vers moi son visage maigre, frémissant
d'une inquiétude comme je lui en avais rarement vu.

— Quelque chose m'échappe, Watson ! Il y a, dans
cette affaire, un aspect que je ne comprends pas, et
qui me fait peur !

J'observai :

— Pourquoi ne pas supposer que Mac Whorster,
ayant volé le manuscrit, a ensuite mis le feu à la maison précisément pour que ce petit larcin passe inaperçu ? Pour qu'on attribue le délit à la cupidité la

plus sordide ? En fait, il a réussi : on a pensé à un rôdeur attiré par l'argent.

— Vous avez sans doute raison, admit Holmes de
bonne grâce. Reste à savoir s'il a vraiment volé le manuscrit.

Doris Addleton nous avait préparé un dîner léger,
que nous absorbâmes rapidement dans le petit salon.
Holmes donna ses instructions : après que Doris
aurait éteint la lampe de sa chambre, il ne devait plus
y avoir ni bruit ni lumière, afin que Mac Whorster pût
se croire le champ libre. Holmes, qui avait sorti le palimpseste de son sac de voyage, le tendit à la jeune
fille.

— Tenez, ceci vous appartient, gardez-le précieusement.

— Qu'allez-vous faire ? demanda-t-elle d'une voix
fragile.

— Nous allons surveiller l'entrée de notre gibier à
partir du grenier. L'un de nous s'y tiendra en permanence. L'autre restera dans le petit salon, pour le cas
où Mac Whorster éviterait la route. Ne vous étonnez
donc pas d'entendre des pas dans l'escalier... Avez-
vous peur ?

— Non, répondit calmement Doris. Mais je ne crois
pas que, pour autant, je puisse trouver le sommeil
avant que l'affaire soit dénouée. Je vous souhaite
bonne chasse, messieurs.

18

Holmes prit la première garde au grenier, tandis
que je m'installais au petit salon. J'avais demandé à
Doris de me préparer du café dans une bouteille

Dewar et j'en fis largement usage. Nous avions calculé que le train de 15 heures arriverait à Redruth aux environs de 20 h 30, mais il était vraisemblable que Mac Whorster attendrait que la nuit fût avancée avant de se manifester.

Les heures coulèrent. Par la fente des volets, j'avais vu s'éteindre, sur le gravier de l'allée, le trapèze de lumière jaune projeté par la fenêtre de Doris. Ensuite, le silence et l'ombre avaient repris possession de la nuit. À minuit, j'entendis le pas léger de Holmes dans l'escalier, puis sa voix feutrée me parvint du seuil du salon.

— À vous, Watson, si vous voulez monter.

La relève s'effectua à tâtons. Je grimpai les marches avec précaution, mais j'y vis plus clair dans le grenier où les fenêtres jetaient une poussière lumineuse sur le parquet. Je m'assis sur la chaise, pris à terre les jumelles déposées par Holmes, et les réglai à ma vue. De cette hauteur, le spectacle nocturne était saisissant : un océan figé de collines grises qui s'étendait sous un ciel noir à peine voilé de quelques brumes. Une lune entamée descendait vers l'horizon, nimbant d'or pâle le versant des pics escarpés qui cernaient le panorama. De très loin, au niveau des bouquets d'ifs, me parvenait régulièrement le cri d'un oiseau de nuit, dont les sonorités rauques se prolongeaient dans le grand silence.

Vers deux heures du matin, alors que je commençais à m'assoupir, je sursautai. Il me semblait avoir entendu un léger grincement, au-dehors. Je portai fébrilement les jumelles à mes yeux, et une onde de sueur piquante m'envahit : une forme noire progressait sur le ruban gris de la route, quelqu'un à bicyclette. Sans doute, l'homme avait-il loué sa machine à

Redruth. Je me félicitai qu'elle n'eût pas été convenablement graissée. Arrivé au coude du chemin, le cycliste mit pied à terre, coucha la bicyclette dans le fossé. Comme prévu, c'était Mac Whorster, en manteau et chapeau de shetland. Il tenait à la main quelque chose qui me parut être un gros sac de voyage, probablement le matériel nécessaire à l'effraction...

Je me précipitai dans l'escalier, laissant glisser ma main sur la rampe pour me guider dans l'obscurité. J'ouvris la porte du petit salon, chuchotai d'une voix étouffée :

— Le voici, Holmes ! Il est venu à bicyclette.

— Asseyez-vous, Watson, fit-il brièvement.

Je m'accroupis près de lui. L'oreille tendue, nous pûmes suivre l'écho des pas de Mac Whorster sur le gravier, puis le crissement de ses premières manipulations contre la porte. Une série de craquements s'ensuivit : l'homme forçait le cadenas. Sur un bruit plus fort, cependant, le silence s'installa. Mac Whorster devait attendre pour s'assurer qu'il n'avait éveillé personne. Au bout de deux minutes, il reprit son travail, qu'il dut mener à bien, car nous entendîmes grincer les gonds du battant. Ensuite, ce fut le calme, un calme pesant, à peine meublé par des sons feutrés en provenance de la cave, sous nos pieds.

— Tenez-vous prêt, Watson.

Quelques minutes s'écoulèrent encore, lourdes de tension accumulée. Soudain, la porte extérieure de la cave grinça à nouveau.

— Il repart, Holmes, il repart sans être venu ! fis-je, incrédule.

— Impossible ! coupa Holmes, il n'a pu éventer le piège.

— Pourtant, écoutez...

Le crissement d'un pas pressé s'éloignait sur le gravier.

— Courons, Holmes ! m'exclamai-je en me levant, rattrapons-le !

Mais il me retint fermement.

— Et que pourrions-nous lui reprocher ? L'effraction d'une porte de cave ? Non, Watson, je vous le dis, quelque chose m'échappe, dans cette affaire ! J'ignore ce qui motive Mac Whorster, sûrement moins l'intérêt financier que l'amour de l'érudition… d'ailleurs, rappelez-vous ce qu'il lisait, au British Museum… Darnley, Guy Fawkes…

Brusquement, son étreinte sur mon poignet se fit si forte que je réprimai un juron de douleur.

— Grands dieux, Watson, Darnley !

— Quoi, Darnley ?

— Darnley ! cria-t-il d'une voix altérée, la mort de Darnley, le livre sur la conspiration des poudres ! Vite, à la cave, pas une seconde à perdre, pour l'amour du Ciel, venez !

— La lumière, Holmes…

— Pas le temps, vite !

Dans une obscurité compacte, nous dégringolâmes tant bien que mal les marches menant à la cave. Et là, au seuil d'une pénombre épaisse, nous nous arrêtâmes.

— Que cherchons-nous, Holmes ?

— Une mèche, une mèche allumée ! Vous par là, moi par ici !

Dans l'instant qui suivit, je l'entendis crier :

— Là, Watson, là ! La voyez-vous ? Oh ! le démon, il a placé la charge au plus près du plafond !

Je n'oublierai jamais ce que je vis cette nuit-là : une étincelle rougeoyante qui courait verticalement, remontant une sorte de cordon Bickford, et Holmes effectuant un bond fantastique vers le soupirail voisin, où il s'agrippait de la main droite aux barreaux, tandis qu'il écrasait frénétiquement la flamme sous sa paume gauche comme un insecte malfaisant. Il se laissa enfin retomber. Durant une bonne minute, le silence ne fut plus troublé que par nos respirations haletantes. Holmes gronda :

— Ah ! Watson ! chaque fois que vous me verrez ne pas douter de mon raisonnement, chaque fois que je vous paraîtrai manquer d'humilité, n'hésitez pas à me rappeler l'affaire Addleton, vous me ramènerez à une plus saine conception des choses ! Mon erreur fondamentale a été de croire que Mac Whorster voulait s'emparer du manuscrit, alors qu'il ne rêvait que de le détruire !

— Mais, Holmes…

— Taisez-vous ! Restons sans bouger. Mac Whorster voudra peut-être savoir pourquoi son piège n'a pas fonctionné. Ce fut la réaction de Bothwell quand l'explosion qu'il avait préparée pour Darnley tardait à se produire. Sans un serviteur qui l'empêcha de retourner à Kirk O'Field, il sautait avec sa victime !… Seulement, aujourd'hui, nous avons affaire à de la dynamite moderne, auprès de laquelle la poudre à canon de Bothwell passerait pour un pétard du 4-Novembre ! Mais silence, silence, je suis sûr qu'il va revenir, il ne pourra pas y résister !

Holmes ne se trompait pas. Nous perçûmes le feutrement d'un pas prudent, au-dehors, puis, à nouveau, ce fut le grincement de la porte. Nous entendîmes l'homme descendre doucement l'escalier, s'approcher entre deux rangées de casiers…

— Maintenant, Watson !

Nous bondîmes sur Mac Whorster, mais il réagit avec une surprenante vigueur. Je fus repoussé contre le mur de la cave, tandis que Holmes recevait en pleine poitrine un maître coup de poing. Dans la seconde qui suivit, une langue de feu jaillit devant nous, avec une détonation sonore.

— À terre, Watson !

Mac Whorster se ruait vers l'escalier, renversant caisses et meubles sur sa course. La porte, en haut des marches, battit, découvrant un rectangle de lumière pâle. Nous nous ruâmes à la suite du fuyard. Mais déjà, dehors, les événements se précipitaient. Alors que Mac Whorster courait le long de la haie, une forme agile déboula dans ses jambes. Il y eut une empoignade, brève, frénétique. Holmes cria :

— Attention, Lenyan, il est armé !

Une nouvelle détonation secoua la nuit. Eric Lenyan s'effondra, mais nous étions déjà sur Mac Whorster. Je lui décochai un violent crochet à la mâchoire, pendant que Holmes, d'une clé de haritsu, lui tordait le bras dans le dos, avant de le jeter à terre et de s'affaler sur lui de tout son poids.

— Je le tiens, Watson, souffla-t-il d'une voix courte. Voyez le jeune homme !

Je me tournai vers Eric Lenyan. Il n'avait pas perdu connaissance. Le bras serré contre son flanc droit, il arqua ses lèvres pour un faible sourire.

— Promis juré, monsieur. Je ne me suis pas servi de mon fusil.

— Ne bougez pas, laissez-moi voir cela.

À la lueur de la lune, je pus, écartant sa veste, examiner la blessure. Visiblement, la balle n'avait pas pénétré dans les chairs. Elle avait déchiré la chemise et tracé le long des côtes une sanglante estafilade. Derrière nous, la porte principale du bâtiment battit. En robe de chambre, une lanterne à la main, Doris Addleton courut vers nous. À la vue du spectacle, elle poussa un cri :

— Eric !

Elle tomba à genoux près du blessé, le visage ruisselant de larmes, murmurant de façon convulsive :

— Eric, Eric, dis-moi que tu n'es pas mort !

— Mais non, il n'est pas mort, mademoiselle, déclarai-je un peu sèchement. La balle ne l'a qu'éraflé. Il n'aura même pas besoin d'entrer à l'hôpital, et à son domicile, je suis sûr qu'il ne manquera pas des soins nécessaires... Dans l'immédiat, peut-être pourriez-vous approcher la lanterne ?

— Toute une vie !

Le cri avait éclaté avec une telle force que Holmes faillit relâcher son étreinte.

— C'est l'œuvre de toute une vie que vous allez ruiner !

Le visage couvert de sueur, les yeux exorbités derrière ses verres, Mac Whorster se débattait frénétiquement, proférant un flot de paroles véhémentes, dans une élocution hachée par son délire.

— Ma mère a voué toute sa vie à Bacon ! Moi-même, il y a vingt ans et plus que j'étudie, que j'écume les bibliothèques, que je passe mes jours et mes nuits sur ce sujet, et vous voudriez réduire tout cela à néant, barbares, béotiens ! Mais je vous en empêcherai ! Je détruirai tout ce qui peut contribuer à entraver la vérité, ma vérité, la seule ! Bacon était Shakespeare, Bacon et personne d'autre !...

— Une corde ! coupa Holmes, allez chercher une corde ! Venez, Watson, aidez-moi !

Doris courut vers la maison, tandis que nous nous efforcions de maintenir le forcené. Quand, enfin, il fut étroitement ligoté, Holmes déclara, d'une voix un peu courte :

— Rentrons, à présent. Pouvez-vous marcher, Lenyan ?

— Je le peux.

J'aidai tout de même Eric à se mettre debout, et nous réintégrâmes le manoir. Le jeune homme fut installé dans l'un des fauteuils du petit salon. L'autre fut pour Mac Whorster, toujours écumant.

— Je file à Wendron chercher le sergent Dridge, dit Holmes, je prendrai la bicyclette de Mac Whorster. Watson, je vous fais confiance pour veiller sur notre captif.

Doris Addleton revenait de sa chambre avec des pansements et de la teinture d'iode. Nous entreprîmes de nettoyer la plaie, puis de bander étroitement le torse d'Eric Lenyan, tandis que, dans notre dos, Mac Whorster continuait à délirer, les yeux fous, la bave coulant au coin des lèvres...

Plus tard, quand Holmes fut revenu en voiture fermée avec le sergent Dridge, quand Mac Whorster eut été hissé dans le cabriolet et que celui-ci fut reparti, je m'avisai que Doris Addleton avait quitté la pièce depuis bien longtemps.

— Allons voir ce qu'elle fait, dit Holmes, soudain préoccupé.

Nous la trouvâmes dans sa chambre. À terre, le parchemin achevait de se consumer. Elle tourna vers nous un visage farouche, encore raviné par la trace des larmes, où ses yeux noirs brillaient comme des escarboucles.

— Vous me pardonnerez, docteur Watson, me dit-elle, ce manuscrit vous appartenait aussi un peu, mais il a déjà fait suffisamment de mal... mon grand-père, d'abord, et ce soir Eric, qui a failli mourir... Puis, à Holmes : Voyez-vous, monsieur Holmes, je crois, moi, à la malédiction des choses. Je pense aussi qu'il faut laisser les morts reposer en paix, les anciens, et ceux de maintenant...

— Venez, Watson, fit Holmes sans autre commentaire.

Nous redescendîmes. En bas, Eric reprenait des couleurs, et il manifestait le désir de rentrer chez lui. Holmes me consulta du regard.

— Aucun inconvénient, déclarai-je, la blessure est tout à fait bénigne. C'est égal, vous avez eu de la chance.

— Plus que vous ne pensez, dit Holmes en exhibant le petit pistolet pris à Mac Whorster, un Derringer à deux coups... S'il en avait eu plus, les choses auraient pu tourner autrement.

Eric parti, le silence revint entre nous. Holmes esquissa un demi-sourire, puis, comme au terme de réflexions intimes, haussa les épaules.

— Pauvre Mac Whorster, murmura-t-il, il n'aura jamais l'occasion de se rendre à Cannonbury Tower pour voir si le panneau 5 glisse bien sous le panneau 50 ou 60. Au lieu de cela, ce sera la prison, ou, dans le meilleur des cas, l'asile. Tant de mal, alors qu'il lui aurait suffi de demander à Doris Addleton de détruire le parchemin... Ah ! les femmes, Watson, les femmes toujours soumises aux élans du cœur !

Ce fut la seule manifestation de misogynie que je lui vis à cette occasion.

19

Le premier train pour Londres nous emmena le lendemain matin. Holmes était silencieux. Au moment où nous quittions le Devon, il me consentit tout de même quelques confidences :

— ... Il y a fort à parier que, dès qu'il a vu ce document, Mac Whorster n'a eu qu'une idée en tête : le détruire. Ne sachant où Addleton le rangeait, il a donc incendié la bibliothèque, mais, surpris par le vieillard, s'est trouvé acculé au meurtre. Il a tenté ensuite d'aller vérifier que le document avait bien été brûlé. Plus tard, quand je lui ai montré le premier feuillet, son obsession a repris toute sa force. Cette fois, il a dû décider de mettre le plus d'atouts possible dans son jeu. Ainsi, a-t-il pu se procurer la dynamite dans quelque chantier de travaux... Vous rappelez-vous la topographie des lieux, Watson ? Il avait placé la charge exactement sous le petit salon que je lui avais indiqué, et où le manuscrit était censé avoir été déposé : la technique de Bothwell avec Darnley et celle des complices de Guy Fawkes lors de la conspiration des poudres contre le Parlement.

— À votre avis, Holmes, était-il fou ?

Mon ami haussa les épaules.

— Fou, fou... Qui pourrait dire où commence la folie ? Voilà un homme dont la mère est effectivement morte folle après avoir consacré toute sa vie à un seul livre. Lui-même a passé la sienne à étayer la thèse dans le culte de laquelle il avait été élevé, et puis tout à coup, la réfutation cruelle, irrémédiable : deux existences ruinées, réduites à néant dans le seul domaine où elles s'étaient épanouies. Ah ! Watson ! parmi les causes du crime, on oublie trop souvent les excès de la culture... Rappelez-vous Eugène Aram ! C'est une passion qui, mal comprise, peut parfois provoquer des effets aussi nocifs que le mal de Naples !

Il secoua sa pipe dans le cendrier du compartiment, avant de reprendre, d'un ton plus léger :

— Nellie Melba fait sa rentrée demain à Covent Garden. Aimez-vous Donizetti, Watson ?

— Bien sûr !

— On donne *Elizabeth à Kenilworth*. Cet opéra nous permettra de retrouver Robert Dudley, comte de Leicester, et père présumé de nos deux jumeaux prodiges... Ainsi ne quitterons-nous pas trop brutalement le siècle rutilant d'Elizabeth pour celui, plus banal, de Victoria.

II. « La mort subite du cardinal Tosca... »

SIR ARTHUR CONAN DOYLE, *Peter le Noir*

À John Dickson Carr

1

À l'automne 94, qui avait été détestable, succéda un hiver sec, mais beaucoup plus froid. Mme Hudson ne laissait jamais mourir le feu dans les cheminées, et je me souviens encore de cet après-midi de février 1895, où je me trouvais seul devant l'âtre flamboyant, Holmes étant sorti pour effectuer des recherches concernant une monographie qu'il préparait sur les poisons. Il pensait être de retour aux environs de six heures, mais, vers cinq heures trente, Mme Hudson introduisit un visiteur qui demandait à le rencontrer.

— Qu'il monte, madame Hudson, lui dis-je, je le ferai patienter.

L'homme qu'elle amena dans notre petit salon accusait la soixantaine. Il était de haute taille, un peu voûté. Sous un lourd manteau de laine grise, il portait des vêtements très stricts, soigneusement anonymes, et, quand il eut ôté son chapeau, je lui vis un visage aux rides marquées sous des sourcils déjà blancs.

— Je désirerais parler à M. Sherlock Holmes, me dit-il, d'une voix basse où chantait un fort accent italien.

Je sortis ma montre de mon gousset.

— Il ne va pas tarder à rentrer. Désirez-vous l'attendre ?

— Ma mission est un peu particulière, murmura-t-il. Je présume que vous êtes son collaborateur, le Dr Watson ?

— Pour vous servir. Mais débarrassez-vous donc...

Je l'aidai à ôter son manteau, que j'accrochai à une patère, ainsi que son chapeau, et ce mouvement me dévoila une tonsure régulière sur le sommet de son crâne. Je lui montrai un fauteuil, où il prit place, en déclarant :

— Je vais attendre un petit peu... Au demeurant, M. Holmes me connaît. Il y a quelques années, j'avais déjà sollicité son concours...

Je notai le mouvement de ses mains, qu'il passait alternativement l'une sur l'autre. Je remarquai également l'anneau porté à l'annulaire gauche, et rapprochant ces faits de la tonsure, je me crus autorisé à lui demander :

— Seriez-vous Son Excellence Giuseppe Sarto, patriarche de Venise ?

Il rendit hommage à ma sagacité d'un léger hochement de tête.

— Je vois, mon fils, que vous avez été à bonne école, dit-il avec bonne humeur. On ne se débarrasse pas facilement de certaines habitudes monacales, n'est-ce pas ? Cela dit, le titre d'Excellence ne me convient plus. Je suis cardinal depuis deux ans.

— Je vous prie de m'excuser, Votre Éminence.

Il eut un geste exprimant le peu d'importance qu'il attachait aux formes, tandis que, de mon côté, je croyais devoir expliquer :

— Mon ami Holmes a eu l'occasion de me parler de la petite affaire des camées, pour laquelle le Saint-Siège vous avait délégué près de lui...

L'arrivée du même Holmes mit fin à notre dialogue. Il baisa l'anneau du cardinal, qu'il félicita pour sa nouvelle dignité dont, bien entendu, il avait été tenu informé.

— Vous pouvez parler devant le Dr Watson, fit-il en s'asseyant en face de lui. Il partage tous mes secrets... Permettez-vous que je fume ?

— Je vous en prie, mon fils.

Dans le salon, tomba un silence que seuls meublaient les ronflements de l'âtre, les craquements des bûches et, bientôt, le bruit étouffé des premières bouffées tirées par Holmes.

— L'affaire est très inhabituelle, dit enfin le prélat d'un ton retenu.

— Mais je l'espère, Votre Éminence ! s'écria chaleureusement Holmes. Ce sont les seules qui m'intéressent. J'ajoute que vous pouvez compter sur ma discrétion la plus totale, ainsi que sur celle du Dr Watson, dont je réponds.

Le cardinal Sarto parut rassembler son courage pour questionner :

— Avez-vous entendu parler de la mort du cardinal Tosca, au début de la semaine dernière ?

— Si fait, dit Holmes, les sourcils froncés. La presse l'a brièvement évoquée. Je crois qu'on l'a trouvé inanimé dans une bibliothèque, à Londres, frappé d'une crise cardiaque. Circonstances tout à fait banales à première vue.

— À première vue seulement, dit le cardinal, d'une voix sourde.

Holmes se pencha en avant, la pipe à la main. Je notai, aux commissures de ses lèvres minces, le léger frémissement qui trahissait chez lui un intérêt soutenu. Le prélat reprit :

— La presse n'a pas tout dit. Nous sommes intervenus pour que la relation des faits soit réduite à son strict nécessaire. Elle n'a pas précisé, notamment, que cette bibliothèque était ce que les Juifs appellent une « genizah », la réserve de livres attenant à une synagogue.

— Où est le problème ? demanda Holmes, surpris.

— Je vais vous l'exposer. Vous me voyez devant vous en habits séculiers, mon fils. Je les ai revêtus avec la permission du Saint-Siège, afin de ne pas attirer l'attention. Le cardinal Tosca, portait, lui aussi, des vêtements laïques, mais il n'en avait pas sollicité l'autorisation.

— Détail bénin, Votre Éminence. Et puis, il est assez courant que des dignitaires de l'Église effectuent des recherches dans les bibliothèques des synagogues, les deux religions étant sœurs. D'habitude, cela ne soulève aucune difficulté.

Le cardinal Sarto hocha douloureusement la tête.

— Les choses, hélas, sont tout à fait particulières, je l'ai déjà souligné à votre collaborateur. D'abord, le cardinal Tosca n'était nullement mandaté par le Saint-Siège pour effectuer ces recherches. Ensuite, il n'a pas fait état de sa qualité auprès des responsables de cette bibliothèque, située à Bell Lane, dans l'East End. On peut même dire qu'il la leur a délibérément cachée. Enfin...

— Enfin... ?

— Enfin, il y a les circonstances qui ont accompagné son décès. Il avait sollicité dans les formes régulières l'autorisation de consulter ces ouvrages, mais, le soir venu, il semble s'être dissimulé au fond de la salle de lecture afin d'y rester seul pour poursuivre ses recherches.

— Curieux…, murmura Holmes.

— On l'y a retrouvé le lendemain matin, gisant à terre au milieu d'ouvrages divers. Le médecin, appelé aussitôt, a diagnostiqué une rupture d'anévrisme. Seulement…

Le cardinal Sarto hésita un instant avant de reprendre :

— Nous entrons ici dans un domaine tout à fait subjectif, mon fils, et c'est la raison pour laquelle nous faisons appel à vous. On a d'abord constaté que le cardinal Tosca s'était enfermé de l'intérieur, sans doute pour ne pas être surpris ou dérangé pendant ses travaux. Il a donc fallu aux responsables de cette bibliothèque enfoncer la porte pour pouvoir pénétrer dans leur propre local. Et puis, lorsque nos dignitaires ont été appelés, ils ont été frappés par l'expression relevée sur le visage du cardinal : une expression d'horreur absolue…

Un silence très lourd revint entre nous. Dans l'âtre, une bûche consumée s'effondra, au milieu d'une gerbe d'étincelles. Holmes questionna, d'une voix brève :

— L'avez-vous vu, vous, son visage ?

— Oui, mon fils, répondit le cardinal Sarto, et je puis vous assurer, sans tomber dans le gothique, que ce visage était très loin d'exprimer la paix de l'éternité… Horreur peut paraître un mot trop fort, mais il est certain, à mon sens, que la mort a été provoquée par une émotion violente, une peur terrible, ou, à tout le moins, un choc mental considérable.

Holmes se leva. Le front soucieux, il alla tisonner les braises du foyer.

— Le cardinal Tosca était-il sujet aux malaises cardiaques ? s'enquit-il enfin.

— Il avait effectivement eu quelques petites alertes, mais, à aucun moment, les praticiens ne lui avaient fait redouter une issue fatale.

Holmes se retourna vers lui.

— Que désirez-vous que je fasse ? demanda-t-il abruptement. Il n'y a pas ici d'autre mystère que la cause d'un malaise dont seul un médecin peut diagnostiquer l'effet… En fait, Votre Éminence, je doute que l'émotion soulevée par ce drame au Saint-Siège soit entièrement justifiée. Je suis certain que les autorités rabbiniques n'iront pas faire état des petites fraudes dont le cardinal Tosca s'est rendu coupable…

Le cardinal Sarto se malaxait les phalanges de plus belle.

— Le problème n'est pas là, mon fils, chuchota-t-il. Il n'est plus là. Il est ailleurs, dans les cœurs et dans les esprits. Malgré toutes nos précautions, la rumeur a filtré, elle s'est répétée, parfois amplifiée et déformée, si bien qu'on commence à broder…

— A-t-on mis en cause les conclusions des médecins ?

— Celles, en tout cas, de celui que vous appelez le coroner. Dans certains milieux, le mot d'assassinat a été prononcé.

— Diable…, murmura Holmes, qui se reprit aussitôt : Oh ! Votre Éminence, je vous prie de m'excuser !

— Allons, allons, fit le cardinal Sarto, bonhomme, il en est du siècle comme de Rome. Quand on y est, on en accepte les coutumes... et le langage, si peu chrétien soit-il.

Il reprit un ton plus grave pour poursuivre :

— Afin que vous puissiez bien saisir tous les aspects du problème, mon fils, je me vois contraint d'évoquer brièvement la personnalité du cardinal Tosca...

Le sujet, visiblement, l'embarrassait, car il s'interrompit encore un instant.

— ... Le cardinal Tosca était non seulement un esprit brillant, mais aussi un cœur ardent, tout entier voué à la cause de la religion. On parlait de lui comme d'un *papabile* possible, dans le cas où — à Dieu ne plaise — Notre Très Saint-Père Léon XIII aurait été rappelé au Ciel avant la fin normale de son existence. Le cardinal, d'ailleurs, était conscient de sa valeur et de la destinée brillante qui peut-être l'attendait, car, avec une certaine immodestie, il n'avait pas caché à ses intimes qu'il adopterait, en cette hypothèse, le nom de Sylvestre V, en hommage à Sylvestre II.

Holmes repartit, non sans impatience :

— Excusez-moi, Votre Éminence, mais est-ce important ?

— En un sens, oui, mon fils. Sylvestre II, c'était le pape Gerbert, dont l'intelligence et la foi illuminèrent la fin du premier millénaire. Le cardinal Tosca le revendiquait comme sa lumière intérieure, son maître à penser, son guide spirituel, et il avait passé les dix dernières années de sa vie à faire justice des légendes abusives répandues sur son compte par des chroniqueurs tels que Bennon, Platine et Guillaume de Malmesbury. Sylvestre II, surtout, c'était le pontife qui, dans sa fameuse lettre à Jérusalem, avait, le premier, lancé l'idée de croisades destinées à délivrer le tombeau de Notre-Seigneur et à en chasser les infidèles. Certes, les Croisades n'ont commencé qu'un siècle après, mais elles furent alors accompagnées d'exactions et parfois de massacres dont, sur le passage des pèlerins, ce furent surtout les Juifs d'Europe qui firent les frais...

— Je ne saisis pas, dit Holmes, les sourcils froncés.

Une fois de plus, le cardinal Sarto hésita. Il dit lentement :

— La foi de Tosca était brûlante, exclusive, passionnelle, au sens originel du mot. Cela l'avait parfois mené à certains excès. Vous le savez, notre Église connaît plusieurs tendances. Outre les conservateurs, dont je suis, et les réformistes, nous comptons un courant d'idées qui n'est pas sans apporter la gêne et parfois le trouble dans les esprits. Le cardinal Tosca était l'un des plus zélés propagateurs de ces idées.

— Qui consistent en quoi ?

Le cardinal Sarto éleva des mains timides.

— La cible en est le peuple juif, à qui l'on dénie le titre de peuple élu et de créateur du monothéisme, thèses d'ailleurs soutenues et répandues par l'un de vos écrivains, Houston Chamberlain.

— Je ne le connais pas, dit Holmes.

— Moi oui, intervins-je, à la grande surprise de mes interlocuteurs.

— Houston Steward Chamberlain, de Plymouth, a écrit plusieurs articles tendant à démontrer, arguments historiques à l'appui, que le Christ n'était pas sémite, mais de souche indo-européenne, aryenne comme disent les ethnologues. J'ai été amené à m'y intéresser à cause des implications de caractère scientifique qu'ils soulevaient... pseudo-science, d'ailleurs, entachée de nombreuses erreurs et de faux grossiers.

— Il publie à Londres ? demanda Holmes.

— Non. Il s'est établi à Vienne depuis quelques années. Il y préparerait un livre sur Wagner, et — me suis-je laissé dire — un grand ouvrage doctrinal embrassant l'histoire du XIXe siècle. Je dois à la vérité de préciser qu'il a reçu des encouragements de personnalités aussi diverses que Theodore Roosevelt, Léon Tolstoï et George Bernard Shaw.

— Bref, reprit le cardinal Sarto, il existe en Europe une sorte de confrérie tacite, dont la bible est le *Juif du Talmud* du chanoine August Rohling, communauté de sentiments qui va de ce Chamberlain au père jésuite Stojalovski, organisateur de pogroms en Galicie, et de laquelle, hélas, certaines idées se retrouvent jusque dans notre *Civilitta Catolica...*

— Journal officieux du Vatican, fit observer Holmes d'un ton neutre.

— Nous ne pouvons pas tout contrôler, mon fils, dit placidement le cardinal Sarto.

— Mais quel rapport avec le cardinal Tosca ?

— Eh, fit le cardinal Sarto avec vivacité, vous vous doutez bien, mon fils, de l'effet produit par une mort si étrange chez les amis du défunt ?

— Ce sont eux qui parlent d'assassinat ?

— Ils parlent même de sorcellerie ! Les Juifs auraient mis à mort leur ennemi juré, le cardinal Tosca, grâce à leurs maléfices bien connus. Et l'époque, malheureusement, ne se prête pas à la sérénité. Les procès pour meurtres rituels se multiplient, de la Hongrie, en 1882, à Xanten, en Allemagne, il n'y a pas trois ans, la plupart terminés, le Ciel en soit loué, par des acquittements. Enfin, il y a la campagne déchaînée en France par le journal *La Libre Parole*, à la suite de cette malheureuse affaire de l'année dernière, où le capitaine juif, Dreyfus, a été convaincu de haute trahison.

— Pas convaincu, Votre Éminence, dit Holmes, seulement accusé. J'ai un peu étudié le dossier. Je vous assure qu'il est léger, et que Bertillon s'est montré bien aventureux dans ses conclusions graphologiques.

— C'est possible, admit le cardinal Sarto. Je ne connais guère le fond des choses en la matière. Quoi qu'il en soit, le décès du cardinal Tosca est de nature à susciter des réactions dont les conséquences risquent d'être redoutables. Croyez-moi, mon fils, la Chrétienté ne gagne rien à de telles turbulences.

— Les Juifs non plus, fit remarquer Holmes, légèrement goguenard.

— L'Église s'est toujours élevée contre ces excès, répliqua le cardinal Sarto. Et là se situe d'ailleurs l'esprit de ma démarche.

Le silence retomba. Dehors, le vent sifflait dans la rue et sur les toits, entre les cheminées. Holmes déclara posément :

— En somme, ma tâche revient à prouver que les Juifs n'ont pas assassiné le cardinal Tosca dans leur synagogue, donc, en fait, d'établir les causes naturelles de sa mort.

— C'est à peu près cela, mon fils.

Holmes repartit, de sa voix coupante :

— Reste tout de même à savoir pourquoi son visage portait une telle expression de... d'horreur, de terreur, d'effroi ? Quel nom choisir, Votre Éminence ?

— À votre enquête de le déterminer, mon fils, répondit le cardinal Sarto, avec beaucoup de dignité. Si vous acceptez la mission, bien entendu.

— Je l'accepte, dit laconiquement Holmes.

— Naturellement, en ce qui concerne votre rémunération, vos conditions seront celles du Saint-Siège.

— Détail, fit Holmes. En revanche, et à défaut de solliciter une faveur, j'aimerais, Votre Éminence, que vous vous fassiez l'écho d'un souhait personnel auprès de celui qui vous envoie.

Le cardinal Sarto releva vivement la tête, un sourire mince au coin des lèvres.

— Est-ce celui que vous avez déjà exprimé il y a six ans, mon fils ?

— Le même.

— Je ne puis rien vous promettre, dit franchement le cardinal Sarto. Cependant, sachez que je partage avec vous l'amour du chant grégorien et que je m'emploie de toutes mes forces auprès du Saint-Père afin qu'il soit remis à l'honneur.

— Soyez-en remercié, Votre Éminence, conclut Holmes, s'inclinant pour baiser son anneau.

2

Quand Lestrade nous reçut, le lendemain matin, à New Scotland Yard, je discernai, sur son visage chafouin, une sorte de sournoise satisfaction. Il s'était si souvent présenté à Baker Street en quémandeur qu'il devait trouver à notre visite une obscure saveur de revanche. Cette disposition d'esprit le porta pourtant à la bienveillance, et il ne nous cela rien de ce qu'il savait.

— Les gens du cru ont aussitôt appelé un médecin, déclara-t-il, mais en même temps, eu égard aux circonstances étranges du décès, ils ont jugé préférable de nous avertir, afin qu'aucune équivoque ne soit entretenue... c'est que l'affaire était délicate. Et, de fait, le Superintendant a reçu des instructions pour que la chose fasse le moins de bruit possible.

Il se ménagea une pause avant de reprendre.

— Ces ecclésiastiques ne voient midi qu'à leur porte. Ou le cardinal Sarto s'est abusé, ou il ne maîtrise pas suffisamment son anglais. Car le cardinal Tosca n'a pas été trouvé mort dans la synagogue elle-même, mais juste à côté, la bibliothèque étant commune au temple et à l'école attenante.

— L'école ?

— La Jewish Free School est l'établissement le plus important du pays dans le cadre qui nous intéresse. Il ne compte pas moins de deux mille huit cents élèves pour quatre-vingts enseignants. Il anglicise les nouveaux immigrants et prépare leurs enfants aux grandes écoles, voire à nos universités les plus cotées, Oxford et Cambridge compris...

— À quelles constatations avez-vous procédé ? coupa Holmes, d'un ton impatient.

Lestrade prit un dossier dans un placard, derrière lui, et l'ouvrit sur son bureau.

— Le corps a été découvert à six heures du matin. Il était allongé à terre, au milieu d'un certain nombre d'ouvrages... des auteurs juifs traduits en anglais. La mort était incontestablement récente, le cadavre ne présentait encore aucune raideur.

— Y a-t-il eu lutte ?

— Avec qui ? rétorqua Lestrade. Comme vous le savez, le cardinal s'était laissé enfermer toute la nuit dans la bibliothèque, et la clé était restée dans la serrure de la porte, à l'intérieur. Allons, monsieur Holmes, tout laisse penser que, durant les quelques minutes précédant sa mort, la victime a plutôt été la proie d'un délire subit, d'une incontrôlable exaltation, qui lui a fait sortir les livres des rayons et les jeter à terre.

— Nicotine pure, diagnostiqua Holmes, ou un alcaloïde apparenté. Le symptôme est flagrant.

— Sauf que l'autopsie n'a révélé aucune trace de poison, répliqua Lestrade. Et l'examen légal a été effectué le plus soigneusement du monde.

— Il existe encore des poisons inconnus. Des substances exotiques qui ne laissent pas de traces dans l'organisme.

— Et pourquoi pas un envoûtement ? ricana Lestrade.

— On commence à le chuchoter, fit tranquillement observer Holmes. En ce qui me concerne, je pencherais pour le poison.

J'intervins.

— Permettez-moi d'émettre un avis médical, Holmes. Il existe des poisons narcotiques dont l'effet se fait sentir insensiblement, et qui entraînent la mort après somnolence, et d'autres toxiques, dont le délire est justement l'un des symptômes. Mais ceux-ci produisent leur effet immédiatement après l'absorption. La question préalable est donc celle-ci : le cardinal n'avait-il rien bu, rien mangé avant de s'enfermer ?

— Si fait, répondit Lestrade. Il a accepté une tasse de thé au foyer de la bibliothèque, en début de soirée, lorsqu'il s'y est présenté... sous un faux nom, d'ailleurs.

— A-t-il été le seul à en boire ? questionna Holmes.

— Que non ! Il y avait un samovar sur le poêle, et tout le monde se servait. Il faisait très froid, ce soir-là, encore plus qu'aujourd'hui, paraît-il.

— N'a-t-on pas signalé d'autres intoxications ?

Lestrade haussa les épaules.

— Alors peut-être aura-t-on versé du poison dans sa seule tasse ?

— En ce cas, il s'agirait d'un poison narcotique à effet retardé, fis-je remarquer à Holmes. Et il resterait à expliquer le désordre du local.

— Et s'il avait lui-même avalé cet hypothétique poison vers six heures du matin ? suggéra Lestrade sans conviction.

— Impossible ! trancha Holmes. La thèse du suicide, dans le cas d'un catholique aussi fervent que le cardinal Tosca, est proprement absurde. À écarter.

Quand nous quittâmes Scotland Yard, nous n'étions guère plus avancés.

— Nous allons nous partager le travail, déclara Holmes. Je vais, pour ma part, essayer de reconstituer l'itinéraire du cardinal Tosca dans Londres, déterminer s'il y a pris des contacts, et avec qui. Vous, Watson, qui avez dû conserver des souvenirs du temps de votre exercice de la médecine, je vous délègue sur place... Peut-être qu'une interrogation plus serrée à propos des symptômes et des circonstances exactes de la mort nous apporterait quelques lumières...

Il me considéra, les sourcils froncés.

— Pourquoi cet air méfiant, Watson ? Me prêteriez-vous quelque noir dessein ?

— Je n'en suis pas loin, répondis-je sans ambages. Je me souviens de certaines affaires, et notamment de Baskerville Hall : vous meniez votre enquête parallèlement à la mienne, sur les lieux mêmes que, selon vos instructions, je passais au crible... En tout cas, Holmes, si par hasard, du côté de Whitechapel, j'aperçois un vieux rabbin en caftan et papillotes, qui psal-

modie des versets de la Bible en mangeant du bacon,
je saurai que c'est vous !

3

Le marché de Petticoat Lane est l'un des endroits
les plus pittoresques de Londres. Situé dans Middle-
sex Street, en plein centre de Whitechapel, il est le
creuset où les nouveaux immigrants, ceux que les anciens appellent des *greeners*, viennent se mêler aux
vétérans pour fournir le ferment d'une nouvelle race
de Juifs, attirés par l'Occident comme les papillons
par la lumière. Sous le soleil chiche de ce matin de février, les couleurs de la foule bigarrée chatoyaient
contre les murs lépreux, attisées par les notes sombres
des toques et des caftans, dans un carambolage de cris
et d'odeurs antagonistes. Boutiques, échoppes, éven-
taires, se succédaient le long des rues étroites, au caniveau central luisant de boue gelée.

Je me frayai un chemin à travers la foule des col-
porteurs et des chalands, je passai devant des bouche-
ries en plein air qui exhalaient l'âcre relent du sang, je
zigzaguai entre des tréteaux débordant de mille choses, qui allaient des fanons de baleine aux peausseries
mitées, des roues de charrette aux boucles de chaussures, du vin chaud débité au verre au pied de mouton grillé, avant d'arriver finalement à Bell Lane, où
s'élevait la Jewish Free School.

Au milieu d'un grand mur de briques rouges
s'ouvrait une grille en fer forgé. Je la poussai, me
trouvant sur une allée de gravillons qui menait à un
petit pavillon précédant le corps des bâtiments principaux. Je m'adressai au concierge, assis derrière un

guichet, typique figure de Juif, avec ses boucles de
cheveux sur les tempes, sa barbe frisottante et sa calotte posée sur le sommet du crâne.

— M. le Directeur est très occupé, me répondit-il,
d'un air de soucieuse amabilité. Je vais tout de même
lui faire part de votre demande...

Il se tourna pour saisir un cornet acoustique, où il
siffla. Je l'entendis vaguement exposer ma démarche,
puis il me déclara d'un ton contraint :

— M. le Directeur s'est déjà entretenu avec plusieurs personnes au sujet de cette affaire délicate. Il
veut bien vous recevoir, mais il vous demande d'être
bref.

Je m'y engageai, le suivis jusqu'au local de l'administration, où un homme d'une cinquantaine d'années, trapu et grisonnant, m'accueillit derrière un
bureau modeste. Il essuyait ses lunettes d'un geste
machinal, la mine visiblement excédée.

— Je ne vous cache pas, me dit-il d'entrée, que je
souhaiterais ne plus avoir à parler de tout cela. Ce
prélat est venu ici sous une identité fallacieuse. Nous
lui avons donné accès à notre bibliothèque, et puis il
y a eu le drame. Le médecin, appelé aussitôt, a conclu
à un arrêt du cœur. La police a procédé à une exper-
tise médicale dans les formes légales, qui a confirmé
ce diagnostic. Que nous veut-on, à présent ?

Je lui dis, très franchement :

— Le seul but de ma démarche, effectuée à la demande instante du Saint-Siège, est justement de dégager toute responsabilité de vous-même ou des vôtres,
monsieur, et, dans le climat actuel, nous avons intérêt
à faire vite, je pense que vous serez d'accord sur ce
point.

— À qui le dites-vous ? murmura-t-il amèrement, avec un mouvement du menton vers un petit meuble où s'entassait son courrier. Nous ne cessons de recevoir des lettres de menaces, anonymes ou non. On veut nous imputer cette mort. L'accusation de crime rituel n'est plus très loin.

— Pourrais-je interroger ceux qui ont découvert le corps ?

— Non, répondit-il sans nuances. Nous sommes tous las de ces interrogatoires, et j'ai bien l'impression qu'à les poursuivre on finira par donner à l'affaire une dimension qu'elle n'a pas. Non seulement la police de la ville, mais aussi des gens de Scotland Yard, ont procédé à une enquête. Leur conclusion reste identique : arrêt du cœur. C'est une affaire sur laquelle il n'y a plus à revenir et croyez que je ferai tout pour qu'on cesse d'en parler.

Le congé était poli, mais ferme. Je me levai.

— En ce cas, je n'aurais garde d'insister, monsieur.

— Sachez que je le regrette, fit-il, l'air malheureux, mais il arrive un moment où les choses doivent connaître leur terme.

En sortant de l'école, je fus poliment abordé par un homme bien vêtu, qui, le chapeau à la main, me dit d'un ton décidé :

— Excusez la liberté que je prends, mon cher monsieur, mais j'ai déjà pris celle d'interroger le concierge, qui m'a dit que vous étiez le Dr Watson.

— Vous me connaissez ? demandai-je, non sans quelque hauteur.

— Qui ne connaît le Dr Watson ? repartit-il en souriant. Votre nom est indissociable de celui de Sherlock Holmes, le grand détective. Mais souffrez que je me présente : Israel Zangwill, écrivain, journaliste, ancien élève puis ancien instituteur de cette vénérable institution, et, à ce titre, très intéressant à fréquenter pour l'affaire qui vous occupe.

Le nom éveillait en moi un vague souvenir. Je regardai mieux cet interlocuteur inopiné. Mince, de taille moyenne, il paraissait à peine trente ans. Dans son visage sensible, aux traits mobiles, les yeux brillaient de vivacité sous des sourcils touffus.

— Puis-je me permettre de vous inviter à prendre le thé chez *Bergmann* ? enchaîna-t-il. On y sert les meilleurs « charouzeths » de Kichinev à Bethnal Green. Je serais heureux que nous échangions quelques idées, et je ne vous cache pas que je suis ici un peu avec le même esprit que vous, sauf que je situe mon enquête dans le cadre des mystères de l'âme humaine plutôt que dans celui des indices matériels...

Devant mon hésitation manifeste, il insista :

— Encore que je ne professe aucun mépris pour les investigations policières. Je suis un grand lecteur de Wilkie Collins et d'Arthur Conan Doyle, sans oublier Dickens... mais foin de généralités ! Non seulement je possède des renseignements inédits, mais encore je puis vous mettre en contact avec les personnes le mieux placées pour répondre à votre curiosité.

— Quel intérêt y trouverez-vous ?

Il éclata franchement de rire.

— Seulement le plaisir de m'entretenir avec le Dr Watson, compagnon de Sherlock Holmes, je vous assure ! Nous autres, Juifs, ne sommes pas mercantiles au point que vous le supposez.

Un peu confus, je me hâtai de déclarer :

— En ce cas, je serais ravi d'accepter votre invitation.

Zangwill parlait beaucoup, et tandis que nous nous installions dans un coin retiré du restaurant *Bergmann*, il me tint au courant de l'état de ses propres recherches.

— J'y vois la matière d'une nouvelle tout à fait insolite, m'exposa-t-il. Pourquoi un cardinal est-il venu mourir dans un établissement juif, alors qu'il est justement réputé pour nourrir un profond antisémitisme ? Quel magnifique champ d'introspection, passant de la psychologie à la métaphysique, n'est-ce pas ?

— Comment savez-vous que le cardinal Tosca était antisémite ?

— J'ai pris mes renseignements. Et puis, c'est notoire, il n'est qu'à lire ses écrits. Mais je ne vous ennuierai plus avec mes états d'âme. Sachez seulement que je puis vous faire rencontrer le vieux Shlymelé, l'un de ceux qui ont découvert le corps.

— C'est l'intendant ?

— Que non ! C'est le balayeur. L'intendant ne me porte pas dans son cœur, pas plus que le censeur des études ou le directeur... Il est très dur d'écrire sur nous-mêmes, mon cher docteur. La moitié d'entre nous vous reprocheront de trop prôner l'assimilation et l'autre moitié de ne pas lui faire la part assez belle. Je m'en suis aperçu quand j'ai publié mon article sur le judaïsme anglais, dans la *Jewish Quarterly Review*. J'ai dû d'ailleurs quitter la Jewish Free School, où j'étais encore en poste, dans des conditions un peu rapides. Par chance, j'y ai conservé des amitiés, notamment le vieux Shlymelé...

Il sortit sa montre de son gousset.

— Trop tard pour aujourd'hui, mais si vous le désirez, nous irons le voir demain, en dehors des murs de l'institution. Il vous confirmera qu'effectivement le visage du cardinal portait l'empreinte d'une sorte de stupéfaction horrifiée.

— Stupéfaction horrifiée ?

— Il me paraît que c'est la meilleure formule pour traduire ce que Shlymelé a tenté de me rapporter en yiddish.

— Peut-être a-t-il vu quelque chose d'effrayant ? suggérai-je, sans grande conviction.

— Peut-être, mais Whitechapel, ce n'est pas le ghetto de Prague, et le Golem ne s'y promène pas en liberté. D'ailleurs, le désordre de la chambre...

— Quelques poisons provoquent, chez le sujet, avant de le tuer, une exaltation fébrile... Je pense à la nicotine pure et à certains alcaloïdes...

J'ajoutai vivement :

— Bien entendu, je ne vois pas comment on le lui aurait fait prendre, et, de toute façon, les témoignages en infirment l'éventualité.

Zangwill haussa les épaules.

— Les témoignages, les témoignages... bien fragiles, les témoignages, mon cher docteur ! Voulez-vous me permettre une théorie ?

— Je vous en prie, fis-je, surpris.

— D'après ce qu'on raconte, le cardinal Tosca aurait accepté une tasse de thé au foyer, avant de se rendre dans la bibliothèque. On aurait pu y verser...

— Impossible ! coupai-je. Aucun poison de nature soporifique ne produit un tel effet avant la mort.

— Laissez-moi donc terminer, dit-il en souriant. On a donc versé dans sa tasse de thé, voire dans le samovar lui-même, un soporifique. Pas un poison, un simple soporifique. Tous ceux qui en ont bu sont allés se coucher un peu plus tard. Ils ont eu beaucoup de mal à se réveiller le lendemain, mais chacun a pu mettre cela sur le compte de la fatigue...

— Oui, objectai-je, les sourcils froncés. Mais lui...

— Lui était également plongé dans un profond sommeil au moment où l'on a frappé à la porte, aux premières lueurs de l'aube... il était encore endormi quand on l'a enfoncée. Il a suffi alors à l'un de ceux qui se sont penchés vers lui, de lui glisser entre les lèvres un poison foudroyant en profitant de l'affolement de ses compagnons. Ainsi aurait-il réalisé un crime impossible à élucider, simplement parce qu'on s'abuse sur les conditions exactes dans lesquelles il a été commis.

— Très intéressant ! dis-je sincèrement. Je suis persuadé que mon ami Holmes jugerait le procédé astucieux... et redouterait peut-être de vous voir exercer vos talents de l'autre côté de la barricade.

Zangwill sourit, avant de poursuivre :

— En ce cas, nous aurions trois suspects : l'intendant, le vieux Shlymelé qui, ayant trouvé la porte fermée, est allé le réveiller, et le concierge, également présent sur les lieux.

— Je vois que vous avez déjà mené fort loin votre enquête. Mais comment expliquez-vous l'expression sur la physionomie et le désordre qui régnait dans la pièce ?

— J'y viens. Le cardinal Tosca s'enferme donc pour pouvoir travailler tranquillement. Il prend dans les rayons les ouvrages qui l'intéressent. Il les entasse entre ses bras pour les porter jusqu'à sa table de travail. C'est alors qu'il ressent l'effet brutal du soporifique. Il se dit peut-être qu'il a été empoisonné, ce qui explique son expression de terreur, puis il lâche les livres, qui se répandent à terre, lui-même s'effondrant au milieu.

— Reste que l'autopsie n'a révélé aucun poison.

— Ah ! docteur ! s'exclama Zangwill, vous savez bien qu'il existe des toxiques indécelables à l'analyse, surtout ceux produits à partir de certaines substances exotiques mal connues !

— Mais qui l'aurait empoisonné ?

— L'expliquer n'est pas mon propos, répondit Zangwill, je me borne à une analyse clinique des faits. Au demeurant, tout cela reste une hypothèse d'école, et la question qui se pose vraiment est celle-ci : est-ce la conscience d'une mort proche qui a provoqué cet étonnement horrifié sur le visage de la victime, ou bien est-ce cet effarement horrifié, reflet d'un choc mental considérable infligé au sujet, qui est à l'origine de la mort ?

Sherlock Holmes n'eût pas mieux dit.

4

— Eh bien, Watson, me dit mon ami avec bonne humeur lorsque je rentrai à Baker Street, m'apportez-vous la vérité sur la mort du cardinal Tosca ?

— Je vous apporte au moins une théorie, répondis-je. Elle m'a été exposée par un personnage singulier rencontré à Bell Lane, un ancien élève et ancien instituteur de la Jewish Free School. Voulez-vous la connaître ?

— Mais je vous en prie, Watson !

Je m'exécutai. Holmes m'écoutait attentivement, entouré de livres et de brochures dont je pus voir qu'ils traitaient tous du premier millénaire, et de son pape le plus illustre, Sylvestre II. Quand j'en eus terminé, Holmes demeura silencieux une bonne minute, tirant sur sa pipe. Il dit enfin :

— C'est Israel Zangwill que vous avez rencontré ?

J'en demeurai sidéré.

— Vraiment, Holmes ! m'écriai-je, si je parle de sorcellerie, vous allez encore me prouver que je manque d'esprit d'analyse, mais j'aimerais comprendre !

— C'est tout simple, Watson, expliqua-t-il. Cette théorie du meurtre en chambre close s'inspire, à quelques détails techniques près, de l'intrigue développée par Zangwill lui-même dans son remarquable ouvrage *The Big Bow Mystery*, paru il y a trois ans : le premier cas de l'espèce évoqué en littérature. Ne vous a-t-il pas dit qu'il était écrivain ?

— Si fait. Et journaliste.

— Journaliste au *Idler* de Jerome K. Jerome. Plus, auteur déjà renommé des *Enfants du Ghetto*, de *Mary-Ann*, et tout récemment du *Roi des Schnorrers...* On commence à l'appeler le Dickens juif.

— Avez-vous lu tous ces livres, Holmes ?

— Aucun, déclara-t-il plaisamment. Seulement *The Big Bow Mystery*, mais convenez que c'est la moindre des choses.

Il prit un ton différent pour poursuivre :

— En ce qui me concerne, j'ai eu, avant son départ, une dernière entrevue avec le cardinal Sarto, à l'hôtel où il est descendu. J'ai pu obtenir de lui un état des déplacements effectués récemment par le cardinal Tosca, dont, au terme de son statut, celui-ci était tenu d'aviser le Saint-Siège. Ainsi s'est-il rendu à Cracovie, à Berlin, mais surtout à Vienne, sans compter Londres, qui fut son ultime destination. J'ai adressé des câbles à mes correspondants dans les pays concernés et j'espère en recevoir bientôt les réponses. Pour l'heure...

Il désigna les livres empilés sur son bureau.

— ... J'ai cru tout de même devoir entamer une enquête sommaire sur Sylvestre II, ce maître à penser de notre victime. C'était vraiment un personnage exceptionnel.

— Vraiment, Holmes ?

— Un homme en avance de plusieurs siècles sur son temps, inventeur de l'orgue à vapeur, auteur d'un traité de géométrie révolutionnaire, philosophe éclairé, joueur d'échecs sans rival, bref une intelligence comme on n'en rencontre qu'une fois par grande époque historique. Bien entendu, les mœurs étant celles qu'elles étaient, les accusations de sorcellerie n'ont pas manqué. On a raconté qu'il avait passé une partie de sa jeunesse à Cordoue, chez les Maures, d'où il aurait rapporté, en même temps que sa science des échecs, certains secrets de nécromancie grâce auxquels il se serait hissé au trône de Saint-Pierre. Il aurait également possédé une tête d'airain sculpté qui répondait à toutes ses questions concernant son avenir, lequel lui aurait été prédit en ces termes : Gerbert ira de R. en R. avant d'arriver en R. Traduisez : de Reims à Ravenne, deux villes dont il fut successivement l'archevêque pour aboutir à Rome, où il devait coiffer la tiare.

— Gerbert ?

— Gerbert d'Aurillac, en France : un enfant de berger, aux origines si obscures, au propre comme au figuré, que certains historiens lui en prêtent d'autres, dont la moindre n'est pas d'être fils de prince. Naissance mystérieuse, Watson, mais aussi, selon quelques chroniqueurs — les cardinaux Bennon et Platine,

Jean de Beauvais, Guillaume de Malmesbury, pour ne citer que les principaux — mort encore plus mystérieuse. Pendant qu'il disait la messe à Notre-Dame-de-Jérusalem, dans le Latran, il aurait soudain été pris de folie. Il aurait alors demandé, pour la rémission de ses péchés, qu'on lui brise les os, si bien qu'une rumeur a longtemps prétendu qu'en passant près de sa tombe, on pouvait y entendre un bruit de « froissis d'os ».

— Curieux.

— N'est-ce pas ? Autre élément marquant de cette légende : la tombe en question suinterait de l'eau pure chaque fois qu'un pape meurt. En fait, on avait dû creuser la sépulture à l'emplacement d'une source, car toutes ces choses merveilleuses ont généralement dans la réalité un fondement plus prosaïque.

— Et quel est celui de la tête d'airain, à votre avis ?

Holmes haussa les épaules.

— Sans doute jouait-elle pour lui le rôle de l'objet focal sur lequel se concentrerait sa volonté afin de permettre à ses dons de prémonition de se manifester.

— Parlez-vous sérieusement, Holmes ?

Il me répondit par une citation :

— « Il y a plus de choses sur la terre et au ciel, Horatio, que n'en peut concevoir toute ta philosophie... »

Je repartis, non sans impatience :

— En quoi des détails si lointains peuvent-ils faire avancer notre enquête, Holmes ?

Il déclara gravement :

— Dans tout drame humain, Watson, il est bon de déterminer quels sont les ressorts de l'âme chez les protagonistes. On y fait parfois de surprenantes découvertes sur leurs mobiles les plus secrets. En ce qui concerne notre affaire, voici donc la fameuse lettre à Jérusalem dont nous parlait le cardinal Sarto.

Il me tendit un feuillet sur lequel on avait copié le texte ci-après :

— « À l'Église universelle, au nom de Jérusalem dévastée... Tandis que tu es florissante, épouse immaculée du Seigneur, dont je suis, moi, l'un des membres... »

— Sautez à la conclusion, Watson, le dernier paragraphe.

J'obtempérai.

— « ... Mais voici que les païens, bouleversant tout dans les Saints Lieux, ce sépulcre est privé de gloire par une tentative du démon. Levez-vous donc, soldats du Christ, prenez vos enseignes, marchez au combat ! Et ce que les armes ne pourront accomplir, faites-le du conseil ou par des offrandes... »

— Évident, n'est-ce pas ? conclut Holmes, se frottant les mains. Gerbert, devenu Sylvestre II, peut être considéré comme l'inventeur des Croisades, ce retour aux sources de la Chrétienté. Convenez qu'une figure si hautement originale avait de quoi inspirer tous les fanatismes...

Il avait la formule subtile. Déjà, il reprenait vivement :

— Poursuivez vos recherches, Watson, je suis sûr que nos chemins vont bientôt converger. Et puis, vous qui avez la nostalgie de l'exotisme, en voici un que vous connaissez peu, et qui ne vous donnera d'autre peine, pour l'explorer, qu'un petit voyage en cab.

Il y a des moments où je déteste son ironie.

5

Je retrouvai Zangwill à l'endroit convenu. Sans perdre de temps, il m'entraîna vers la tortueuse Wentworth Street, où logeait le vieux Shlymelé, balayeur des locaux de la Jewish Free School. Je passai à sa suite sous une série de porches obscurs avant de traverser, sans gêne, la boutique tout en longueur d'un prêteur sur gages, reconnaissable aux trois boules d'airain de son enseigne. Zangwill me dit sombrement :

— Vous trouverez là une accumulation de malheurs comme nulle part ailleurs dans toute l'Angleterre, docteur Watson. Ces gens arrivent de Pologne, de Russie, et maintenant d'Allemagne, sans un sou vaillant, sans autre capital que leur volonté de survivre. Aussi, ne vous offusquez pas. La vue comme l'odorat sont constamment assaillis par la promiscuité, la misère, et leur inévitable corollaire, la prostitution.

Il avait bien fait de m'avertir. Pourtant, les venelles elles-mêmes restaient étonnamment propres, entretenues par les associations de commerçants résolues à pallier les carences d'une édilité défaillante. Nous trouvâmes Shlymelé au fond d'un réduit enténébré, où il se livrait à l'un des menus travaux qui lui assuraient le pain quotidien : assis sur une chaise branlante, il tirait l'aiguille, son visage plissé de mille rides sous une barbe blanche hérissée en blaireau. Il s'interrompit pour nous considérer d'un regard bleu acéré derrière des verres fêlés. Zangwill l'interrogea en yiddish. S'ensuivit un dialogue auquel je ne compris goutte. Finalement, Zangwill lui glissa discrètement une guinée, avant de m'entraîner au-dehors.

— Une piste, docteur ! me confia-t-il. C'est lui qui a ramassé les ouvrages trouvés autour du cardinal Tosca. Parmi ces livres, il y avait une feuille de papier couverte d'une écriture manuscrite. Les mots y avaient été tracés par un crayon appartenant vraisemblablement au cardinal, puisque Shlymelé l'a également récupéré sur le plancher. Peut-être Tosca écrivait-il quand il a été frappé par la mort ?

— Qu'a fait Shlymelé de ce papier ?

— Il a tout remis au bibliothécaire qui prenait son service ce jour-là... Il leva la main pour prévenir ma question : Je connais ce bibliothécaire, qui exerçait déjà son activité du temps que, moi-même, j'étais instituteur à l'école ; un homme très affable, dont l'interrogation pourrait nous éclairer sur un autre point : c'est lui qui, d'après les usages que je connais de l'établissement, a dû offrir au cardinal une tasse de thé servie du samovar maintenu en permanence sur le poêle du foyer.

Je m'écriai cordialement :

— Vraiment, je ne puis que me féliciter de vous avoir rencontré, mon cher ! Vous êtes un collaborateur précieux.

— Mais je n'aspire qu'à être votre propre Watson ! répliqua-t-il avec bonne humeur.

— Et où peut-on trouver ce monsieur ?

— Sur place. Direction Bell Lane.

L'homme qui nous reçut s'appelait Blemberg. Il portait une quarantaine cossue et souriante. Conformément à la doctrine de la Jewish Free School, qui prônait une anglicisation accélérée, il avait rasé sa barbe. À nos demandes, il répondit sans aucun embarras : le soir en question, qui était glacial, la bibliothèque était déserte. Un peu avant six heures, il était donc descendu au foyer pour se réchauffer. C'est là que s'était présenté le cardinal Tosca, sous une identité laïque. Blemberg et l'un des instituteurs qui se trouvait sur place, buvaient du thé. Ils en avaient proposé au visiteur, qui avait accepté. Ensuite, Blemberg l'avait mené à la salle de lecture, lui avait montré les fiches, les rayons, l'avait installé à une table de travail, le prévenant que l'établissement fermait à neuf heures. Après quoi, il était parti dans la réserve pour poursuivre ses inventaires d'ouvrages. Quand il en était revenu, vers huit heures trente, la salle de lecture était déserte. Il avait tout de même appelé, pour s'assurer que personne ne s'y attardait...

À cet endroit du récit, je l'interrompis pour demander :

— Avez-vous alors fermé la porte de la bibliothèque ?

— Pas du tout, répondit-il spontanément, pour quoi faire ? Nous verrouillons la porte principale, en bas, cela suffit. Les livres attirent peu les rôdeurs, vous savez.

— La clé reste donc toujours sur la serrure ?

— Toujours. À l'intérieur. Ce qui explique que le cardinal Tosca ait pu s'enfermer. J'imagine qu'il avait dû se dissimuler dans un recoin de la salle de lecture, et qu'ensuite il n'a eu qu'à tourner la clé. Mais comment aurais-je pu m'en douter ? Cet homme était discret, plutôt affable, et peu susceptible d'éveiller les méfiances.

— Qu'avez-vous fait de ce qu'on a trouvé à terre ?

— Eh bien, Shlymelé m'a rendu les livres, que j'ai rangés.

— Et les affaires personnelles ?

— La police les a reprises, sans doute pour les remettre au service consulaire du Saint-Siège.

— Shlymelé nous a parlé d'une feuille manuscrite, probablement remplie par le cardinal.

— Je m'en souviens, admit Blemberg en souriant. J'ai joint cette pièce aux autres. J'avoue y avoir jeté un coup d'œil. C'était une liste bien curieuse : des noms juifs, et sans doute d'enfants, avec des lieux et des dates. Les dates : la fin du Xe siècle. Les lieux, des villes d'Allemagne... Je me souviens notamment de Ratisbonne et de Mayence.

— Pourquoi des enfants ? questionnai-je innocemment.

— Eh, quand on trouve la mention : Salomon, fils de Moïse ben Betsallel, par exemple ? c'est assez explicite, sinon le mot hébreu « ben » aurait été repris. Or, le cardinal Tosca a bien employé le mot « fils » en italien.

Zangwill se pencha en avant.

— N'avez-vous pas gardé souvenir des noms inscrits ?

Blemberg réfléchit un instant.

— Il devait y en avoir une dizaine... Attendez !

Il fit claquer ses doigts.

— L'un d'eux, en tout cas, me revient : Adam, fils de Guershom ben Yehuda... Puis, se tournant vers moi : Guershom, l'un de nos grands sages du Moyen Âge, et l'initiateur du fameux Rashi. Je pense que vous connaissez Rashi, docteur ?

— J'avoue que non, déclarai-je sans honte.

Zangwill avait tout noté. Nous prîmes congé de Blemberg, et, une fois en bas, mon compagnon me dit :

— Je vais entreprendre des recherches sur ce Guershom, dont, effectivement, le nom est familier à mes oreilles. Décidément, l'affaire devient passionnante. Quand nous revoyons-nous ?

Nous prîmes rendez-vous pour le surlendemain. J'en profitai pour rendre sa politesse à Zangwill, le conviant à dîner dans un petit restaurant français du quartier de la Tour. Je quittai Bell Lane très pensif. Le temps était glacial, sec, sous un ciel délicatement pommelé. Je décidai de rentrer à pied à Baker Street.

Au coin de Leaddenhall Street et de Bishopsgate se produisit un fait curieux. Un jeu de miroirs disposé dans la vitrine d'un commerçant me montra une silhouette qui s'effaçait soudain, alors que je m'étais machinalement retourné pour me situer dans ce carrefour. Intrigué, je rebroussai chemin, mais je ne vis personne de qui l'aspect correspondît à celui dont ma rétine gardait le très bref souvenir : un homme jeune, mince, en manteau de laine, coiffé d'un chapeau melon gris, avec, à l'œil droit, l'éclat fugace d'un monocle sous le pâle soleil d'hiver.

Je haussai les épaules et décidai de mettre l'incident au compte de mon imagination.

6

J'en parlai tout de même à Holmes, qui me dit, sur le ton de la légèreté :

— Le plus grand danger qui menace notre lucidité, Watson, est bien celui de l'imagination. Qui pourrait vouloir vous suivre ?

Tout de même un peu vexé, je répliquai :

— Un autre grand danger, Holmes, est de tenir pour certain ce qui n'a pas été démontré. Il n'est pas prouvé que j'étais suivi. Il ne l'est pas non plus que je ne l'aie pas été.

— Bien raisonné, Watson, admit Holmes, avec un demi-sourire. Pour nous autres, détectives, le doute est le meilleur aiguillon de la pensée. Mais revoyez donc Zangwill. Je suis sûr que, grâce à lui, nous arriverons à quelque chose de positif.

Ce que je fis. Une fois de plus, Holmes avait raison. Dans le restaurant où je l'avais invité à dîner, Zangwill me tint au courant, entre le fromage et l'entremets, de l'état des recherches qu'il avait entreprises à partir des souvenirs de Blemberg. Rabbi Guershom ben Yehuda, surnommé « la lumière de l'exil », avait été un maître de l'enseignement juif à Mayence. Il s'était particulièrement distingué par ses sermons, notamment celui dans lequel il prônait, à l'égard des Juifs convertis de force, la plus grande mansuétude s'ils renonçaient à leur apostasie. Il avait des raisons à cela : son propre fils, Adam, avait opté pour le christianisme — de gré ou de force ? — lors des émeutes antijuives de Mayence en 1012.

— Le dernier de la liste, conclut Zangwill.

— De quelle liste ?

— De celle-ci, fit-il, poussant un papier vers moi. Adam, fils de Guershom, a été enlevé, puis converti de force. Or, il figurait sur la liste du cardinal Tosca. Je me suis dit alors que, pour les autres enfants, il en était de même et que la clé était peut-être là. J'ai donc recensé les enfants juifs convertis après avoir été enlevés. J'ai consulté Blumenkrantz, Neubauer-

Stern, et surtout Gudemann, spécialiste de la question...

Perplexe, je parcourus le papier. Il y figurait plusieurs noms, accompagnés de dates et de lieux :

938 — Vitalis, fils de Haïm, Mayence.

940 — Jacob, fils de Nathan ben Moshe, Worms.

942 — Eliahou, fils de Gad ben Shlomo, Ratisbonne.

945 — Elhanan, fils de Simeon ben Isaac ben Abun, Mayence.

963 — Avram, fils de Iossef ben Geoula, Spire.

1012 — Adam, fils de Guershom ben Yehuda, Mayence.

— Il y en a beaucoup à Mayence, fis-je, impressionné.

— Normal, repartit Zangwill. Mayence était le siège de l'archevêché, et Frédéric, l'archevêque de cette ville, était un homme de la trempe du cardinal Tosca : il voulait absolument arracher les enfants juifs à leur destin pervers, éviter à ces créatures de Dieu de vivre dans l'erreur et le péché. Reste à savoir s'il était sincère ou s'il faisait de la foi un cheval de bataille contre l'empereur Othon le Grand avec qui il se trouvait en conflit permanent.

— Il aurait organisé l'enlèvement d'enfants juifs afin d'en faire des chrétiens ?

— Sans aucune pensée mauvaise, mon cher, dit tristement Zangwill. Ce qui rend les hommes intolérants, c'est moins leurs idées, que la certitude qu'ils ont que ce sont les seules vraies.

Je murmurai, un peu gêné :

— Et ce fameux Guershom ?

— Un sage, comme on dit chez nous... Un sage à qui sa sagesse n'a pas évité de connaître le malheur : son fils enlevé, converti de force... Ah ! mon cher docteur ! plus l'on étudie l'histoire du peuple juif, et plus l'on s'aperçoit que les coutelas kasher de nos bouchers ont toujours été plus efficaces contre les persécutions que la somme de nos saints livres.

Très surpris, je regardai Zangwill. Je lui vis une nouvelle figure, un air de froide sérénité pour tout dire assez inquiétant.

— Je vous choque ? demanda-t-il.

— Pas du tout, répondis-je avec franchise. Mais vous usez d'un langage qu'on n'a guère l'habitude d'entendre chez vos coreligionnaires.

— L'évolution des esprits se fait à coups de pied au derrière, expliqua-t-il avec un sourire glacé. Pendant des siècles, nous avons essayé de nous mêler aux autres peuples en nous glissant sous la barrière qu'ils nous opposaient. Peut-être maintenant allons-nous sauter par-dessus.

— Bravo ! m'écriai-je spontanément, voilà qui est sportif !

Il me considéra de façon appuyée, la tête à demi penchée.

— Je vous aime bien, docteur Watson, dit-il sans détour. Vous êtes de ceux qui donnent envie d'être anglais.

— Je prends cela comme un compliment, répondis-je. Et vous, prendrez-vous des liqueurs ?

— Non merci, vos vins français m'ont déjà suffisamment porté hors de moi-même. Allons plutôt prendre l'air.

Sortis du restaurant, nous empruntâmes l'une des rues qui menaient à la Tamise. Au-dessus de nous, le ciel apparaissait d'un noir absolu, à la profondeur glacée, où les rares étoiles scintillaient de tout leur métal. Il faisait très froid, et nos respirations se condensaient en une buée opaque. On ne voyait âme qui vive.

— J'ai fait tout récemment la connaissance d'un homme remarquable, reprit Zangwill. Theodor Herzl, vous connaissez ?

— Pas du tout.

— C'est un journaliste viennois, tout à fait agnostique et assimilé au point d'avoir à peu près perdu le souvenir de son identité judaïque. Et puis, son journal l'a envoyé comme correspondant au procès du capitaine Dreyfus, ce qui lui a donné l'occasion d'assister aux manifestations antisémites de Paris, l'année dernière. Il en a été bouleversé.

— Et alors ?

— Alors, il s'est mis en tête de donner une terre au peuple juif, afin qu'il y ait un endroit dans le monde où l'on ne puisse plus le traiter d'étranger.

— En Palestine ?

— En Palestine si c'est possible. Sinon ailleurs, en Argentine, dans n'importe quelle région inexploitée. Herzl n'a pas la mystique des lieux saints. Face aux pogroms de Russie, il cherche d'abord, comme il dit, un asile pour la nuit. Il prépare d'ailleurs un grand ouvrage d'anticipation, une espèce de peinture visionnaire de cet État idéal...

Il s'interrompit brusquement :

— Vous entendez ?

— Non, fis-je un peu surpris, quoi ?

— Il m'a semblé surprendre des pas étouffés derrière nous.

Je regardai tout autour. La nuit était calme. Nous avions quitté Mark Lane et nous arrivions en vue du fleuve, dont le miroitement se laissait deviner au bout d'une longue perspective de réverbères. Le silence était à peu près total. Du terminus de Shoreditch, nous parvenaient seulement, assourdis par la distance, les vacarmes de l'Eastern Countries Railway, sifflets de locomotive et wagons entrechoqués. J'allais me remettre en marche quand Zangwill me retint par le bras. Il tendit l'index vers le coin de la rue. Je n'y vis d'abord personne, mais il insista, agitant le doigt pour me convaincre. Finalement, je distinguai, à hauteur d'homme, la buée d'une respiration qui trahissait une présence cachée, derrière l'angle du mur.

— On nous attend, chuchota Zangwill.

Bien entendu, je n'avais pas pris mon revolver. Heureusement, je possédais une canne. Zangwill, lui, n'avait rien, et je ne lui prêtais pas une grande expérience pugilistique.

— Tenons-nous prêts, dis-je sans beaucoup de conviction.

Mais le danger ne vint pas du côté où nous l'attendions.

— Derrière nous ! cria Zangwill.

La rue s'animait de feutrements furtifs. Ils étaient quatre à s'avancer, silhouettes loqueteuses qui utilisaient les pans d'ombre. Deux portaient de vieux hauts-de-forme dont les lambeaux de soie accrochaient la lueur des réverbères. Les deux autres étaient coiffés de casquettes enfoncées jusqu'aux yeux. Dans une sorte de brume, j'identifiai leurs armes, ces *neddies* propres à la corporation des *rampsmen* : une matraque métallique, une boule de fer au bout d'une chaîne, et deux bourrelets de soie emplis de sable, des « peaux d'anguille » dans leur jargon. Mais alors même que je comprenais combien la situation était désespérée, un maudit sentiment de dignité m'empêchait d'appeler au secours. Finalement, ma pudeur dut prendre un biais, car je m'entendis crier d'une voix de tonnerre, tremblant aux fins de consonnes :

— Holà, vous autres, passez au large !

Comme en réponse, l'un des malandrins gronda :

— On va vous apprendre comment on traite les Juifs !

Les jambes molles, j'avais reculé contre un mur. Près de moi, Zangwill souffla, d'un ton très raide :

— Partez, docteur, ils n'en veulent qu'à moi !

L'eussé-je voulu que je n'en aurais pas eu le temps. Ils se ruaient sur nous. Ce fut aussitôt un tourbillon de violence. Une boule de métal me frappa sur le côté de la tête, mais le choc fut amorti par mon chapeau, qui roula à dix pas. En même temps, avec la brumeuse précision des cauchemars, je vis Zangwill esquiver un coup de matraque et jeter l'un des voyous à terre d'un magistral direct en pleine figure. J'exécutai avec ma canne des moulinets frénétiques, qui firent reculer les assaillants, mais, dans la seconde qui suivit, la situation se modifia.

Surgi de la pénombre, un nouveau combattant se jetait dans la bataille, une longue silhouette mince qui se démenait diaboliquement, utilisant comme une épée sa canne à bout plombé, au milieu de ahanements et de jurons forcenés. Très vite, deux des agresseurs s'enfuirent avec des cris sourds, les mains à la tête. Celui que Zangwill avait jeté à terre se redressa, crut parer un coup à la tempe avec sa matraque, mais reçut le bout plombé à la cheville gauche. Il partit aussitôt à cloche-pied. Le quatrième ne demanda pas son reste et battit en retraite à son tour.

Se produisit alors une pause inexprimable, un oppressant abîme de silence. Nous étions seuls dans la ruelle obscure, jonchée de quelques chapeaux, seuls souvenirs de l'algarade. Notre sauveur, lui aussi, avait disparu. Zangwill, qui respirait difficilement, se tenait le bras gauche, où l'avait frappé une « peau d'anguille ». Il demanda, à voix basse :

— Qui était-ce ? Je veux parler de celui qui nous a secourus.

— Je n'en sais rien, répondis-je brièvement. Pensez-vous que ces crapules nous avaient suivis ?

— Il y a toutes les chances, mon cher docteur.

— Et pourquoi nous ont-ils agressés, à votre avis ?

Il m'adressa un sourire cynique.

— Un Juif ne se demande jamais pourquoi on l'agresse, docteur, mais toujours pourquoi on ne l'agresse pas. Rappelez-vous les émeutes antisémites de Whitechapel, il y a sept ans, à propos de Jack l'Éventreur. Nous étions tous des « Tabliers de cuir ».

— En tout cas, repris-je chaleureusement, j'ai pu voir que vous aviez une excellente droite. Pratiquez-vous la boxe ?

— J'appartiens aux Maccabis, anciennement les Wanderers.

— Un cercle de sport ?

— Non, répliqua-t-il, un cercle d'études, mais les temps étant ce qu'ils sont, parmi les auteurs au programme figurent John Graham Chambers et le marquis de Queensbury.

7

Nous avions récupéré un cab aux lisières de Sainte-Catherine. Le cocher avait d'abord déposé Zangwill à Aldgate, où il habitait, puis m'avait amené jusqu'à Baker Street. Je trouvai le logis désert. Installé dans le salon, je fumai cigarette sur cigarette en attendant le retour d'Holmes, qui ne rentra que vers minuit. Je ne lui vis aucune expression particulière tandis qu'il accrochait son manteau, demandant de sa voix froide :

— Pas trop secoué, mon cher ?

— Vous connaissez le principal, répondis-je aigrement. À savoir que Zangwill et moi avons été attaqués par des antisémites.

— Mais non, Watson, dit-il tranquillement, sortant une pipe de sa poche. Ces gens répétaient une leçon apprise.

— Alors pourquoi voulaient-ils nous supprimer ?

— Pas vous supprimer, Watson, seulement vous effrayer, vous abîmer un peu afin de vous convaincre de cesser vos investigations, vous et Zangwill. Si l'on avait voulu vous tuer, on n'aurait pas engagé des *rampsmen*, mais des *garroters*.

— Mais qui, Holmes ? Qui, par le Ciel ?

— C'est précisément ce qu'il nous faut découvrir. Comment Zangwill a-t-il pris la chose ?

Je réagis avec irritation.

— Il fallait le lui demander ! Dites, Holmes, pourquoi êtes-vous parti ? J'ai feint de ne pas vous avoir reconnu, j'étais horriblement gêné par votre dérobade. Enfin, merci tout de même !

Il tira une bouffée de sa pipe, qu'il savoura lentement, son mince profil rejeté en arrière, ses longues jambes étendues vers l'âtre. Il fit, du bout des lèvres :

— Comprenez, Watson, je ne pouvais pas m'attarder, si je ne voulais pas perdre ma piste. J'ai suivi l'un de ces voyous, celui qui boitait, jusqu'à son domicile, en fait le plus sinistre *nethersken* de tout Carrier Street. Nous irons l'y retrouver demain, dans la soirée. Tenez pour acquis que sa cheville hors d'usage l'aura cloué à son garni.

— Pourrez-vous le reconnaître ? Vous ne l'avez vu que brièvement.

— Je l'ai très bien vu. Une fois hors du lieu de ses exploits, cette crapule, qui marchait difficilement, s'est autorisée à prendre moins de précautions. Et puis, vous le savez, je me suis ménagé dans la pègre de fructueux contacts, de sorte que je connais d'ores et déjà son nom : Howell.

— Bien joué, Holmes, dis-je sincèrement, et puisque nous sommes sur le terrain des filatures, permettez-moi un humble conseil : quand, par une froide nuit d'hiver, vous vous dissimulez derrière l'angle d'un mur pour ne pas être vu, veillez à ce que la buée de votre respiration ne vous trahisse pas. Zangwill vous avait repéré.

— Un point partout, conclut Holmes avec bonne humeur. Mais conseil pour conseil, suivez le mien en ce qui concerne notre expédition de demain soir : emportez votre fidèle revolver.

8

Le lendemain, nous fîmes le point sur nos recherches. Je montrai à Holmes la liste reconstituée par Zangwill.

— Donc, un point commun, conclus-je. Tous ces enfants ont été enlevés et convertis de force au christianisme. Je n'ose penser que le cardinal Tosca, si fanatique fût-il, ait pu envisager de redonner cours à ces pratiques.

— Certainement pas, déclara catégoriquement Holmes. D'abord parce que notre siècle ne les admettrait plus. Ensuite à cause de l'optique nouvelle qui prévaut dans ces milieux fanatiques. Aujourd'hui les gens comme Tosca ne sauraient, en aucun cas, vouloir transformer des Juifs en chrétiens. Leur hostilité concerne maintenant la race, alors qu'au Moyen Âge, elle ne visait que la religion. Tenez, Sylvestre II lui-même, cet inventeur des Croisades, ce guide spirituel du cardinal Tosca, n'a-t-il pas reçu au Latran une délégation des Juifs d'Europe, venue lui demander d'intervenir pour faire cesser les persécutions ? Et n'a-t-il pas promis de s'y employer, à condition qu'eux-mêmes tentent de rejeter leurs erreurs et de venir à la vraie foi ?

— Où est la différence ?

— Eh bien, ces barbares médiévaux ignoraient la haine raciale, Watson ! Dès qu'un Juif se convertissait, il était admis sans restriction parmi eux, dans la mesure de sa sincérité. Ainsi a-t-on pu compter au moins deux papes de sang juif, Anaclet II — antipape, il est vrai — et Calixte III, sans oublier Alexandre IV Borgia, dont les historiens font remonter les origines aux Borja, des marranes espagnols.

— Excellente culture ecclésiastique, Holmes, appréciai-je un peu ironiquement, mais vous en omettez un.

— Et qui, s'il vous plaît ?

— Saint Pierre, le premier de tous !

9

J'étais d'une humeur massacrante en suivant Holmes, ce soir-là. Je lui pardonnais difficilement de m'avoir fait jouer le rôle de la chèvre dans la chasse au tigre, avec, il est vrai, l'efficacité souhaitée, puisqu'il me devait la piste que nous avions.

La tombée de la nuit nous vit donc au seuil d'un *nethersken*, entendez l'un de ces garnis surpeuplés considérés par la police comme autant de pépinières de la pègre urbaine. La porte était étroite, entrouverte sur un abîme de pénombre.

— C'est là ?

— C'est là.

Holmes entra le premier, et derrière lui, je reçus de plein fouet l'haleine suffocante du lieu. À la lueur chiche de deux quinquets à gaz, je finis par distinguer une salle tout en longueur, où grouillait une humanité de cauchemar. La puanteur y était intolérable, relents de crasse, de sueur, d'urine et de toutes les misères que peut engendrer la déchéance des hommes. Dans un deuxième temps, presque onirique, où tout s'immobilisa, je m'imaginai être tombé au milieu d'une assemblée d'épouvantails, figée en une parade goguenarde et lugubre d'habits dépenaillés, de robes en lambeaux, de hauts-de-forme défoncés et de casquettes crasseuses. Épaves sans espoir, hommes d'affaires véreux dégringolés de leur ancienne opulence, ouvriers en mal d'embauche, mendiants professionnels, voyous endurcis, toutes les classes sociales étaient ici réduites à une commune géhenne. Tous les âges aussi. Les enfants, en nombre incroyable, étaient agglutinés dans les coins où l'obscurité faisait briller leurs yeux voraces, garçons efflanqués aux dents de loup, fillettes farouches au regard effronté, supputant, sous l'opulence de nos vêtements, le bénéfice d'un commerce sordide qui avait dévoré leur innocence dès avant la puberté. Des grabats étaient alignés le long des murs où, entassés les uns sur les autres, des déchets humains retournaient insensiblement à l'animalité.

Notre arrivée avait fait tomber un silence très lourd, que bientôt rompirent les sifflements moqueurs, les rires obscènes et les apostrophes canailles. Une silhouette s'avança du fond de la salle, une virago corpulente et crasseuse, au visage mafflu marbré de couperose.

— Désirez-vous quelque chose, gentlemen ?

— Lui, fit Holmes d'une voix tranchante, montrant une forme accroupie dans le recoin le plus obscur du lieu. Howell, celui qui essaie de se cacher.

La mégère, qu'on appelait la « mot » (de *mother*, mère, par dérision, comme dans tous les *netherskens*), fit un autre pas en avant, mais Holmes la maintint à distance du bout de sa canne.

— Nous n'avons pas besoin de vous... Howell !

Le nom résonna comme un coup de tonnerre. Il eut un effet saisissant. Ceux qui nous entouraient d'un air menaçant reculèrent et j'accentuai le mouvement en exhibant mon revolver.

— Howell ! reprit Holmes, vous n'irez pas loin avec votre cheville en morceaux. Vous avez tout à gagner si nous parlons.

Holmes s'adressa à la « mot » :

— Où peut-on discuter tranquillement ?

— À la cuisine, fit celle-ci, domptée.

— Tenez, les amis !

Une pluie de pièces s'abattit sur le plancher, provoquant la ruée féroce de tous les assistants. Nous laissâmes ces gens à leur curée sordide pour suivre la « mot » jusqu'à ce qu'elle appelait la cuisine, une pièce enfumée sans autre meuble qu'un gigantesque fourneau où, dans un chaudron, bouillait une mixture à soulever le cœur. Contre la grille des braises, deux mendiants faisaient rôtir des harengs, empestant l'atmosphère.

— Dehors ! commanda la « mot ».

Ils ramassèrent le poisson brûlant, et la tête dans les épaules, le dos courbé, trottinèrent vers la salle commune, tout en enfournant hâtivement la nourriture dans leur bouche.

— Asseyez-vous, dit Holmes à Howell, lui désignant l'unique tabouret du lieu.

L'autre obéit. Il avait un visage aigu, famélique, où les yeux brillaient d'un éclat fiévreux.

— Attrapez ! fit encore Holmes, lançant un souverain à la « mot », et veillez à ce que personne ne nous dérange.

— Compris, mon prince, grasseya la mégère dans un hideux sourire.

Holmes posa le bout de son index sur la poitrine de Howell.

— Conditions de logement déplorables, appréciat-il d'une voix glacée. Vous seriez mieux à Pentonville, Howell : plus d'hygiène et moins de promiscuité, ou à Bridewell, une ex-résidence royale. Évidemment, vous y passeriez vos journées à faire tourner la roue du *treadmill*. Il y a encore Newgate, ce n'est pas aussi luxueux, mais c'est central...

Le ton se durcit.

— Trêve de banalités, je vous offre un choix : ou je vous fais enfermer pour quelques années, et vous me connaissez assez de réputation pour savoir que j'y parviendrai facilement, ou vous parlez. Quand je dis parler, cela signifie vite et bien. Un homme vous a payés, vous et vos compagnons, pour agresser deux citoyens anglais. Vous ne m'intéressez pas, ni vous ni vos complices. Aussi, ne tardez pas. Si, pour quelque raison que ce soit, je ne retrouve pas cet homme, vous paierez pour lui. Il me faut des coupables.

Howell n'hésita qu'une minute. La tête baissée, évitant nos regards, il murmura :

— Mon ami a rendez-vous avec lui pour être payé.

— Où ?

— Au pub *Le Lièvre et la Meute*, à St. Giles.

— Quand ?

L'autre releva un visage blême, où l'expression balançait entre la peur et la hargne.

— Ce soir... peut-être en ce moment. Il faudrait faire vite...

Holmes se leva.

— Allons, Watson !

Il jeta une guinée au voyou, dit brièvement :

— Vous l'avez vu, vous, ce commanditaire ?

— J'étais présent au premier entretien... trente ans, grand, mince, un accent allemand, je crois.

— Et un monocle ? demandai-je.

Il m'adressa un regard effaré.

— Oui... mais alors, vous le connaissez ?

Nous sortîmes.

10

— Cet homme a bien dit St. Giles, Holmes ?

— St. Giles, oui.

— Mais c'est le *black settlement* le plus malfamé de toute notre jungle londonienne ! Jamais cet Allemand n'osera s'y aventurer !

Holmes parcourait ces ruelles en pays de connaissance, choisissant même les passages les plus obscurs, le mieux abrités des regards. Il me répondit du bout des lèvres :

— St. Giles fait partie de ce que la police appelle « la Terre sainte », considérée comme un inviolable sanctuaire de brigands, mais au sein même de ce sanctuaire, en existent d'autres, où ce sont les honnêtes gens qui peuvent impunément se montrer, au terme d'un *gentleman's agreement* — passez-moi le terme — alimenté par les cotisations que les commerçants intéressés versent à la pègre. *Le Lièvre et la Meute* en est un. La jeunesse du West End ne dédaigne pas venir y vider quelques pintes.

Un mince croissant de lune nimbait d'or pâle le clocher baroque de St. Giles in the Fields quand nous dépassâmes le vieux Palace Theatre. Nous pénétrâmes dans la fameuse « Terre sainte » par l'intersection de High Holborn et de Shaftesbury Avenue. L'itinéraire était judicieux : nous arrivâmes presque aussitôt devant un pub tout à fait pittoresque. Son enseigne, *Le Lièvre et la Meute*, était agrémentée d'une paire de gants de boxe, en souvenir — m'apprit Holmes — de son illustre fondateur, Stunning Joe Banks, qui, au demi-siècle dernier, avait réussi à attirer dans sa taverne les dandies du West End, friands de pugilat et d'encanaillement.

Le seuil franchi, nous nous arrêtâmes une minute, suffoqués, tant les vapeurs de tabac empuantissaient l'atmosphère. On n'y voyait qu'à travers un brouillard, où les flammes du gaz, cernées de halos bleuâtres, dispensaient une lumière irréelle. Holmes devait être connu ici, car le patron vint immédiatement à notre rencontre, pour nous conduire, sur quelques mots soufflés à son oreille, dans un petit box en surplomb, d'où nous avions de la salle une vue plongeante. Le bruit était infernal : chopes frappées sur les tables, interjections, sifflets, rires gras d'ivrognes. Des serveuses au visage fatigué circulaient entre les consommateurs, portant des plateaux chargés et esquivant d'une torsion de hanche les mains insolentes qui guettaient leur passage.

Nous commandâmes des bières qu'on nous apporta sans tarder. Du menton, Holmes me désigna une petite table en retrait, où un homme seul attendait, taciturne, devant sa consommation.

— Reconnaissez-vous l'un des quatre gredins d'hier ?

— J'aimerais lui dire deux mots, grondai-je.

Holmes posa sa main sur mon bras.

— Pas d'amour-propre intempestif, Watson. Et puis, ce n'est qu'un acolyte. Celui qui l'a payé est autrement plus intéressant.

Dix minutes d'une attente fiévreuse trouvèrent enfin leur récompense quand la porte livra passage à une silhouette hésitante. L'individu paraissait avoir une trentaine d'années. Il était bien vêtu, quoique sans recherche excessive, et, n'eût été son monocle, rien ne le distinguait d'un de ces jeunes Anglais en quête de plaisirs frelatés, tels qu'on en voyait déjà quelques-uns dans la salle. Il vint s'asseoir à la table où l'autre l'attendait. Une conversation animée s'engagea entre eux. Le nouveau venu semblait apporter quelque réticence, soit à accorder créance à ce qu'on lui disait, soit à remplir sa part du marché en payant l'homme de main. Finalement, il se résigna à sortir quelques billets, que le voyou fit aussitôt disparaître dans ses poches. Encore quelques phrases animées, puis l'individu se leva.

— Allons, Watson, dit Holmes, jetant des pièces sur la table.

Nous sortîmes sur les talons de l'Allemand.

— Vite, murmura Holmes, New Oxford Street n'est qu'à deux pas, et dans une minute, il sera trop tard.

Nous abordâmes notre inconnu en un coin particulièrement sombre de la ruelle qu'il avait empruntée. À notre vue, il recula d'un pas. Je ne pouvais voir son expression, mais je l'entendais qui respirait fortement.

— Holà ! cria-t-il avec un accent guttural, que me voulez-vous ?

— Parler.

La réponse, ainsi que le ton employé par Holmes, étonnèrent l'homme, qui inclina la tête pour mieux nous examiner.

— Montrez-vous, Watson ! me dit Holmes.

Je me plaçai sous la lumière oblique du réverbère le plus proche. L'autre eut un mouvement de recul, esquissa une fuite que Holmes arrêta net, le saisissant au poignet d'une étreinte implacable.

— Laissez-moi tranquille ! jeta notre interlocuteur sur le mode arrogant, ou je vous apprendrai ce qu'il en coûte, à vous et à vos amis les Juifs, de s'en prendre à un citoyen autrichien !

Je ruminais depuis deux jours une colère rentrée, et ces paroles en furent le détonateur. Je crois bien, Dieu me pardonne, que mon poing partit tout seul. Cueilli à la pointe de la mâchoire, l'Autrichien s'affala lourdement en arrière. Holmes se pencha sur lui, releva vers moi un visage un peu narquois.

— Diable, mon cher Watson, quand vous vous y mettez, vous n'y allez pas de main morte ! Knock-out.

— Je suis désolé, fis-je, penaud, il aurait pu parler...

— Il ne l'aurait pas fait. Et nous ne l'aurions pas torturé. Je voulais surtout m'assurer de son identité... Voyons toujours ce qu'il a sur lui.

Il fouilla le corps d'une main experte. D'une poche intérieure, il retira un laissez-passer diplomatique, qu'il examina à la lueur de son briquet.

— Joachim Rühle, attaché à l'ambassade d'Autriche. Vous allez créer un incident international, mon cher Watson ! Ils n'ont pas encore digéré Sadowa que vous abîmez l'un de leurs diplomates ! Notez que je m'y attendais. Mes recherches m'ont appris que le cardinal Tosca se rendait régulièrement à l'ambassade d'Autriche durant le temps de son séjour à Londres...

Il poursuivait fébrilement son exploration.

— ... Ah ! voici autre chose : un câble de Vienne, rédigé en allemand. Heureusement, je pratique un peu cette langue.

Après quelques secondes d'examen, il me traduisit :

— *Impératif porter coup d'arrêt aux recherches entreprises par Tosca et reprises par d'autres. Tous les moyens sont bons.* C'est signé : H.C. ... Chamberlain se prénomme Houston, avez-vous dit ?

D'une poche de gousset, il extrayait maintenant un morceau de papier froissé, sur lequel étaient inscrits deux noms et deux adresses à Vienne.

— Gudemann, Jellinek… cela ne me dit rien.

— Gudemann me rappelle quelque chose, déclarai-je prudemment. Il me semble que Zangwill a cité ce nom parmi les quelques historiens juifs qu'il a consultés.

Holmes empocha le papier et le câble.

— Je ne crois pas qu'il aurait pu nous en apprendre plus, Watson. Rühle n'est apparemment qu'un sympathisant servant de relais à leur confrérie grâce à sa position privilégiée dans notre capitale. On lui a dit de faire arrêter les recherches, et il s'est acquitté de cette tâche… aidez-moi.

Nous traînâmes le corps jusqu'à un recoin d'ombre épaisse.

— Laissons-le ici, conclut Holmes, en espérant pour lui qu'un escarpe quelconque ne passera pas à proximité… mais après tout, il l'aura cherché, n'est-ce pas ?

— Ne va-t-il pas porter plainte ?

— Certainement pas. Si les choses allaient trop loin, il lui faudrait expliquer pourquoi il a loué les services de *rampsmen* pour agresser de paisibles citoyens britanniques. Croyez-moi, son statut n'y résisterait pas !

11

Zangwill et moi avions pris rendez-vous à la bibliothèque de la Jewish Free School. Blemberg était présent. Zangwill, apparemment, l'avait converti à nos activités policières, car tous deux me montrèrent une liste d'ouvrages que le bibliothécaire avait dressée à mon intention.

— ... de mémoire, précisa-t-il, donc sans garantie d'exactitude, ni, bien sûr, d'exhaustivité. Ce sont les livres que Shlymelé aurait ramassés auprès du cardinal Tosca.

J'y jetai un œil, enregistrai quelques titres, *Shemha-guedolim, Vitry-ha-Mahzor, Beit-ha-Midrash, Ta'-am Zekinim*, des noms, aussi, avant que mon attention ne se fixât brusquement.

— Là ! m'écriai-je, Gudemann et Jellinek !

Les têtes de mes deux interlocuteurs se penchèrent sur le papier que je brandissais.

— Oui, dit Blemberg, ce sont deux chercheurs spécialisés dans l'histoire du judaïsme médiéval et des légendes qui s'y rattachent.

— Habitent-ils Vienne ?

— Ils publient en tout cas chez des éditeurs viennois. Mais vous-même, comment le savez-vous ?

Je les mis brièvement au courant des résultats obtenus lors de notre expédition de la veille, avant de conclure :

— Il serait intéressant de savoir pourquoi les travaux de ces deux érudits intéressent particulièrement les antisémites européens.

Zangwill interrogea du regard Blemberg, qui déclara avec prudence :

— Il semblerait qu'ils se soient tous les deux consacrés aux légendes merveilleuses du Moyen Âge, plus précisément celles ayant trait à Simeon ben Isaac ben Abun.

— Justement l'un des hommes figurant sur la liste que je vous ai donnée l'autre jour, me rappela Zangwill. Il compte parmi les plus remarquables figures du folklore médiéval.

— Vous m'aviez déjà dit cela de Guershom ben Yehuda.

Zangwill sourit.

— Cela prouve que ces siècles obscurs ne manquaient pas de lumières, docteur ! Et les chrétiens s'en rendaient compte, qui enlevaient les fils de ces gens pour leur faire embrasser leur foi... un malheur que, précisément, Simeon a partagé avec Guershom.

— Qui était-il, ce Simeon ?

Ce fut Blemberg qui répondit :

— Un maître de la Torah. Et une personnalité si marquante qu'il a inspiré la légende. Ainsi, sa sagesse était telle qu'on lui prêtait des pouvoirs magiques. Il aurait possédé trois miroirs qui lui dévoilaient le passé, le présent et l'avenir... bien entendu, il faut faire ici la part de l'affabulation.

Je m'entendis déclarer avec autorité :

— À la base de toute légende, il y a un fait réel. Ces miroirs lui servaient peut-être de support mental pour cristalliser les dons de voyance qu'il avait en lui. La légende ne dit rien d'autre ?

— Si, répondit Blemberg un peu surpris, elle prétend que, dans la lignée de Simeon, lignée qu'elle fait remonter au roi David, une source jaillirait près de la tombe de chaque premier-né. Il en aurait été ainsi de Simeon lui-même, mais aussi, auparavant, de son père Isaac et de son grand-père Abun.

— Et son fils premier-né ?

— Comment le saurions-nous ? C'est justement ce fils-là qui a été enlevé par les chrétiens et dont on ne sait ce qu'il est devenu !

Je me tus, ma sérénité soudain altérée de façon inexplicable. Une sorte d'angoisse diffuse m'avait saisi, dont je ne pouvais déterminer les causes.

— Dites-m'en un peu plus sur ce Simeon, murmurai-je.

— Eh bien, fit Blemberg, fronçant les sourcils dans un effort de réflexion, son érudition biblique n'aurait eu d'égale que sa science aux échecs.

— Aux échecs…, répétai-je. À quelle époque vivait-il ?

— Naissance supposée dans les années 920, mort peu après l'an mille, donc, vous le voyez, assez vieux. La sagesse conserve.

— Et son fils, celui qui a été enlevé ?

— D'après Jellinek, né vers 940. Mais pourquoi toutes ces questions ? D'ailleurs, ce fils lui-même est le personnage d'une légende que la plupart des livres juifs ont reprise, du *Ma'asebuch*, le *Livre de la geste*, jusqu'aux modernes, entre autres Gudemann et Jellinek.

— Contez-moi cette légende, fis-je d'une voix courte.

— Tenez-vous bien ! dit Zangwill, le regard pétillant d'amusement sous ses sourcils : Élevé dans la foi chrétienne, l'enfant en question serait devenu pape !

Je sursautai.

— Pape ? Quel pape ?

Blemberg prit le relais.

— La légende mentionne le pape André, dont l'histoire officielle n'a pas cru devoir retenir le nom. Drame savoureux, d'ailleurs, auquel les pièces de Covent Garden ou de Drury Lane n'ont rien à envier. Devenu pape, Elhanan — c'est le nom de l'enfant —

se serait signalé par sa ferveur chrétienne et surtout son animosité contre les Juifs, jusqu'au jour où une délégation de ceux-ci est venue le trouver pour lui demander de faire cesser les persécutions. Lors de l'entrevue, André, qui avait la passion des échecs, aurait alors demandé au vieux Simeon, renommé pour sa science à ce jeu, de faire une partie contre lui. Et Simeon l'aurait reconnu pour son fils grâce à une tactique secrète qu'il lui aurait lui-même enseignée dans sa petite enfance.

— Et alors ? demandai-je, captivé.

— Alors, prenant conscience du mal qu'il avait fait à son peuple, Elhanan-André se serait jeté du haut d'une tour et rompu les os.

— … rompu les os, repris-je sourdement.

Zangwill me considéra d'un œil étonné.

— Mais oui. C'est généralement ce qui arrive quand on a l'idée saugrenue de sauter d'une tour sans s'être muni du parachute Garnerin. Mais que vous arrive-t-il, docteur ? Vous semblez surexcité !

Je tendis une main frémissante.

— Passez-moi ces documents, tous ces documents ! Il faut que je prenne des notes… Vite, vite, pour l'amour du Ciel, avant que l'idée ne s'évapore !

12

Je garde, de ce mois de mars 1895, un souvenir des plus déplaisants. Je n'avais jamais vu Holmes dans un tel état de préoccupation. Il fumait sans discontinuer toutes les nuits, au point que l'atmosphère de notre logement devenait irrespirable. Je crois bien, Dieu me pardonne, qu'une fois ou deux, il succomba à ses vieux démons, car dans la bouteille posée sur la cheminée, le niveau de la solution de cocaïne baissa de façon notable. Il passait d'ailleurs toutes ses journées au-dehors, et je crus comprendre, à le voir compulser fiévreusement ses notes dès son retour, qu'il fréquentait assidûment les diverses bibliothèques de la ville.

Un matin, alors que nous prenions un hâtif petit déjeuner, il me consentit une confidence sibylline :

— Ah ! Watson ! que n'avons-nous affaire à quelque assassin bien noir que nous pourrions pousser d'un cœur léger sous les fourches Caudines de la Justice !

Je me gardai de le questionner. Je le connaissais assez pour savoir qu'il ne dirait rien de plus tant que l'affaire ne serait pas arrivée au point de mûrissement qu'il lui avait fixé.

Enfin, un soir, je lui vis un visage plus serein, même si la fatigue avait creusé ses joues et souligné ses rides. Il semblait comme lavé d'une obsession, délivré d'un cancer qui eût rongé ses pensées. Il me dit, d'un ton badin :

— Ah ! au fait, Watson ! hier, j'ai rencontré par hasard votre Zangwill.

Je reçus le « votre » avec un certain agacement. Holmes me montrait un livre, sur le coin de son bureau.

— Il a bien voulu m'offrir un exemplaire numéroté de son *Big Bow Mystery*... Dédicace des plus flatteuses, au demeurant.

Je demandai, non sans un brin de raillerie :

— L'avez-vous vraiment rencontré par hasard ?

— Je vous l'assure, Watson. Je me trouvais à la bibliothèque de la Jewish Free School quand il est passé lui-même pour consulter quelques ouvrages.

— J'en déduis que vous êtes allé voir « mon »
Blemberg.

— Touché, Watson ! s'écria-t-il, souriant franchement. J'avais en effet besoin de reconstituer une bi-
bliographie très complète concernant l'affaire du
cardinal Tosca…

Il posa devant moi quelques feuillets couverts de
son écriture précise et serrée.

— Voici la lettre que j'adresse au cardinal Sarto. Il
est juste que vous en preniez connaissance, puisque je
vous dois la plupart de mes lumières sur cette enquête…

Et comme je commençais la lecture de la première
page, il fit, frappant impatiemment le papier d'un
index péremptoire :

— Sautez, Watson, sautez les circonlocutions. Le
véritable cœur de l'affaire commence là…

J'obtempérai et lus :

« … La criminologie, Votre Éminence, n'est
toujours pas une science exacte, malgré mes efforts en Angleterre et ceux de Bertillon en France.
La médecine l'est-elle ? La psychologie l'est-
elle ? L'histoire l'est-elle ? Et au cas particulier,
si j'écris "histoire", je pense "légende". C'est dire
qu'il faut considérer les conclusions que je vous
soumets avec la plus grande des prudences. J'espère seulement que vous me pardonnerez l'impud-
eur que j'ai de me substituer à Dieu pour sonder
les reins et les cœurs, dans cette tentative de
mettre à nu l'âme d'un homme.

« Vous m'avez dressé, du cardinal Tosca, un
portrait empreint d'une grande indulgence chrétienne. Vous lui pardonniez d'avance ses erre-

ments. Il faut tout de même le voir tel qu'il était : un fanatique, non seulement de la religion, mais aussi de ces nouvelles théories qui font de la race le critère absolu des vertus humaines. Il avait pris pour guide suprême le pape Sylvestre II, personnage exceptionnel, pontife le plus intelligent de son siècle. Sylvestre II était pour lui un maître à penser, un phare de la foi, un exemple éternel. Il lui avait voué sa vie. Il voyait en lui — ce qui est historiquement exact — le véritable promoteur des Croisades, et dans son ardeur à se placer sous son patronage spirituel, il avait entrepris d'en reconstituer la biographie, pour ne pas dire l'hagiographie, en faisant justice des légendes répandues un siècle après sa mort par des chroniqueurs malveillants. Vous m'avez vous-même cité Bennon, Platine et Guillaume de Malmesbury. Ajoutez-y Jean de Beauvais et Albéric des Trois-Fontaines.

« Durant cette recherche, le cardinal Tosca avait longtemps négligé de se référer aux chroniques du judaïsme, mais il a dû y venir par le biais d'un épisode bien particulier du pontificat de Sylvestre II. Cet épisode, à peine évoqué par les textes chrétiens, est beaucoup plus développé dans les écrits juifs. L'an mille, je vous le rappelle, avait vu les persécutions atteindre leur point culminant. On rendait les Juifs responsables de toutes les catastrophes qui avaient accompagné la fin du millénaire : mort d'Hugues Capet, mal des Ardents, comète de 999, incendie à l'église du Mont-Saint-Michel, tremblements de terre, hérésie diabolique de Lieutard, révoltes de Rome, mort de l'empereur Othon III...

552   *Histoires secrètes de Sherlock Holmes*

« Face à ces malheurs, la communauté juive d'Europe avait décidé d'envoyer une délégation à Rome pour implorer du Saint-Père qu'il prêchât la modération et mît fin aux massacres. Cette délégation était conduite par un notable de Rouen, Yaacob Bar Yakutiel, et elle comprenait deux rabbis dont la réputation était très grande, tous deux venus de Mayence : Guershom ben Yehuda, dit la Lumière de l'Exil et Simeon ben Isaac ben Abun, dit l'Ancien, un sage octogénaire de qui l'existence avait été marquée par un drame plus d'un demi-siècle auparavant : son fils avait été enlevé et converti de force à la foi chrétienne. La délégation était donc arrivée à Rome en 1002 et le pape avait promis de s'employer à réduire les excès, ce qu'il fit l'année suivante, juste avant sa mort, survenue durant les Pâques de 1003.

« Tout laisse penser, Votre Éminence, que le cardinal Tosca, afin d'aiguiser son étude, s'intéressa alors, quoique de façon tout accessoire, aux interlocuteurs de Sylvestre II, et notamment à Simeon. De nombreux historiens juifs se sont penchés sur cette figure pittoresque du Moyen Âge ; parmi eux, des chercheurs modernes, Gudemann et Jellinek, tous deux Viennois. Pourquoi le cardinal Tosca a-t-il porté à leurs écrits une attention particulière ? Pourquoi a-t-il chargé Houston Chamberlain, établi à Vienne, d'aller les trouver, sous un prétexte certainement fallacieux, afin de déterminer quelles étaient les sources de leur documentation ? Et pourquoi, de passage à Londres, poursuivait-il ses investigations dans les bibliothèques juives, à partir des renseignements qui lui étaient envoyés de Vienne par Chamberlain, via l'ambassade d'Autriche ?

« Je crois pouvoir l'affirmer : quelque chose, dans les textes de ces deux chercheurs viennois, avait suscité, chez le cardinal, un grand trouble, puis de l'inquiétude, et peut-être, finalement, de l'angoisse. La preuve ? Selon mes correspondants, il s'était ainsi rendu à Francfort-sur-le-Main pour consulter la bibliothèque d'Eliezer Ashkenazi, éditeur de *Ta'am Zekinim*, puis, sur les traces de Gratz, de Steinschneider et d'Horowitz, à Berlin, où — m'a-t-on rapporté — il a même tenté de rencontrer Vogelstein et Rieger, lesquels préparent un ouvrage sur le sujet. Quel sujet ? Simeon ben Isaac ben Abun.

« Le moment est venu, Votre Éminence, de vous présenter ce singulier personnage, rabbi d'une très grande sagesse, et, selon Steinschneider, exceptionnel joueur d'échecs. Simeon était considéré comme un thaumaturge par les légendes juives de l'époque. Il aurait possédé un jeu de trois miroirs qui lui dévoilaient le passé, le présent et l'avenir, et, lors de sa mort, une source aurait jailli près de sa tombe, ainsi qu'il en était pour les premiers-nés de toute sa lignée, remontant au roi David. Ce miracle des générations devait cependant être interrompu par l'enlèvement de son fils aîné, dont on n'a jamais su si une source a jailli près de sa tombe...

« Examinons, après le cardinal Tosca, toutes ces légendes, qui nous conduisent à celle d'Elhanan, l'enfant enlevé. La légende juive est reprise dans les textes suivants : *Hamaggid, Kobak's Jeshurun*, le *Beit-ha-Midrash*, le *Vitry-ha-Mahzor* et

le *Ma'asebuch*, le *Livre de la geste*. J'en tiens à
votre disposition les références exactes. La légende, donc, conte l'histoire suivante. L'enfant
juif Elhanan, enlevé à l'âge de cinq ou six ans,
grâce à la complicité, peut-être forcée, d'une servante chrétienne, est placé dans un couvent éloigné, sans doute en Francie, comme il était alors
d'usage. Ses brillantes qualités morales le pous-
sent bientôt très haut dans la hiérarchie ecclésiastique. Ayant perdu le souvenir de ses origines, il
est finalement le pape André, qualifié de "merveille du monde" par la légende. Mais alors qu'il
occupe le trône de Saint-Pierre, une délégation
de Juifs vient le trouver pour l'implorer de faire
cesser les exactions. Dans cette délégation, figure
Simeon, devenu très vieux. André a entendu parler de lui comme d'un sage et d'un redoutable
joueur d'échecs, jeu dont il a lui-même la passion. Il propose une partie à Simeon, et c'est au
cours de cette partie que celui-ci l'identifie
comme son fils disparu, grâce à une tactique secrète qu'il lui avait enseignée dans sa petite enfance. La délégation repart, laissant le pape
déchiré de doutes et de remords : n'a-t-il pas, au
début de son pontificat, excité le peuple contre
les Juifs ? Finalement, il se jette du haut d'une
tour après avoir abjuré la foi chrétienne.

« Ah ! Votre Éminence, comme il est difficile
d'interpréter les légendes ! Dépoussiérées, débar-
rassées de leurs dorures, réduites à leur nudité
première, qu'en reste-t-il ? Tout de même quelque chose : un événement rare, un fait insolite,
que les mentalités, les traditions et les folklores
ont transformé, embelli, magnifié, transcendé, au

cours des siècles qui se sont succédé. Je vais peut-être vous choquer, mais je parlerai ici de ghetto culturel — après tout, le mot est, comme vous, d'origine vénitienne. Les Juifs et leur synagogue ne connaissent rien de la légende de Gerbert-Sylvestre II. Les chrétiens et leur Église ignorent tout de celle d'Elhanan, le pape mythique. Et il aura fallu un cardinal Tosca, mû par un esprit rien moins que œcuménique, pour trouver le dénominateur commun entre des parallèles si aveuglants ! Je résume : Gerbert a des origines obscures, on ne sait vraiment d'où il vient. Elhanan est enlevé à son milieu naturel, brutalement transplanté au point de perdre très vite la mémoire de ses premières années. Gerbert et Elhanan ont tous deux la passion des échecs. Elhanan devient "la merveille du monde". C'est le terme par lequel les chrétiens de l'an mille appelaient Sylvestre II. Elhanan se jette du haut d'une tour. Sylvestre II demande qu'on lui rompe les os. Près de la sépulture d'Elhanan, premier-né de sa génération, doit jaillir une source. La tombe de Sylvestre II suinte de l'eau pure. Enfin, les dates concordent de façon plus qu'évidente.

« Je le souligne, ce travail d'analyse, puis de synthèse, a été mené à bien par mon collaborateur, le Dr Watson, que vous connaissez... »

Très surpris, je relevai la tête.

— Merci, Holmes !

— Mais ce n'est que l'expression de la vérité, répondit-il sombrement. On peut dire que cette affaire-là, c'est vous qui en avez démonté les ressorts.

— Et le cardinal Tosca ?...

— Sa mort ressortit au domaine des supputations, coupa Holmes. Le moyen de faire autrement ? C'est ce que j'expose au cardinal Sarto. Mais poursuivez, Watson, poursuivez...

Je me replongeai dans la lettre.

« ... Un point, avant de clore le chapitre des énigmes : ce nom d'André. Il semble que la légende d'Elhanan se soit étoffée d'un événement survenu le siècle suivant : la conversion subite au judaïsme de l'archevêque de Bari, André, qui abandonna tous ses biens pour s'exiler et vivre dans la misère. André était-il lui-même un enfant enlevé ? Son histoire, rapportée par un autre relaps du christianisme, le Normand Jean Dreu, dit Obadiah le Prosélyte, reste muette... Mais tout le laisse supposer. Il y aurait donc eu, au cas particulier, synthèse de deux personnages...

« Venons-en maintenant au cardinal Tosca. Vous savez ce que Sylvestre II représentait pour lui. Vous savez aussi qu'il avait, sur la race juive, des idées très tranchées. Imaginez alors l'étendue de son désarroi ! Jusqu'à son arrivée à la bibliothèque de la Jewish Free School, il voulait douter encore, et puis, au fur et à mesure qu'il recherche dans ces textes la preuve que ses angoisses sont sans objet, voilà qu'il en découvre au contraire la confirmation. Sylvestre II d'origine juive, c'est tout le sens de sa vie réduit à néant, son idéal de foi détruit ! Il se retrouve spirituellement orphelin. On peut se représenter cet homme passionné, intellectuellement et affectivement, ouvrant l'un après l'autre les ouvrages, recevant à chaque rubrique un nouveau coup au cœur, jetant les livres à terre, étouffant sous l'excès d'un désespoir irrémédiable. Il avait eu des alertes cardiaques, m'avez-vous confié ? Ce dernier choc dut lui être fatal. À propos de sa mort, on a évoqué l'hypothèse d'un poison inconnu, mais s'il y eut poison, ce fut seulement celui qu'il portait en lui-même.

« À présent, quelle suite donner à ce drame ? Mettre officiellement au jour nos découvertes ne contribuerait sûrement pas à apaiser les passions. Aussi, me permettrez-vous une suggestion : faire savoir aux affidés du cardinal Tosca, peut-être par l'intermédiaire de la rédaction de votre journal *Civilitta Catolica*, où ils semblent être nombreux, que toute exploitation abusive de cette affaire vous contraindrait à faire état de ce que vous savez. Ces gens ne le souhaitent certainement pas... »

Je passai les formules de politesse.

— Je ne vois guère ce qu'on pourrait ajouter, Holmes.

Il était en train de relire le livre de Zangwill, dont, à sa déplorable habitude, il annotait soigneusement les pages. Il releva la tête, l'esprit déjà ailleurs.

— Je dois dire que ce procédé de meurtre est très ingénieux, murmura-t-il. Il pourrait inspirer plus d'un assassin. Dommage que Zangwill ait maintenant abandonné la littérature criminelle, il était doué... mais, à ce qu'il m'a confié, il milite désormais au côté d'un journaliste autrichien, un certain Theodor Herzl.

— Oui, il m'en avait touché un mot.

— Ils envisagent de s'adresser aux Juifs les plus riches, Rothschild, Montefiore, et de solliciter des

audiences auprès des chefs d'État pour tenter de
créer une patrie juive en Palestine…

Holmes secoua la tête, tout en bourrant sa pipe.

— Ah ! Watson ! les écrivains sont vraiment des rê-
veurs !… Croyez-moi, on aura depuis longtemps
oublié cette utopie d'un État juif qu'on continuera encore à se passionner pour l'énigme des meurtres en
chambre close !

III. « La persécution spéciale...

... dont était victime John Vincent Harden, le millionnaire du tabac. »

SIR ARTHUR CONAN DOYLE, *La cycliste solitaire*

À Thomas De Quincey

1

— N'est-ce pas, Watson ? En tout cas, cela fait
moins de mal !

J'étais assez blasé pour ne plus m'émerveiller. Je
dis seulement à mon ami :

— Expliquez-vous, Holmes, pour l'amour de l'Art.

Il déclara, avec bonne humeur, sortant de sa babou-
che persane une pincée de tabac qu'il tassa du pouce
dans sa pipe :

— Vous avez une physionomie fort expressive, mon
cher. Il m'a suffi de suivre vos regards. Vous avez
d'abord observé la pile de livres qui se trouve sur mon
bureau, puis les journaux du jour, que j'ai jetés à
terre, au prochain grand dam de Mme Hudson, cette
ménagère accomplie. Vous avez dû alors vous remémorer ma réflexion sur la platitude de l'activité criminelle dont souffre notre actualité (je parle de crimes
de haut niveau, bien entendu) et...

— Et ?...

— Et vous avez finalement haussé les épaules en jetant un coup d'œil furtif vers la commode où je range mes seringues. Il n'en fallait pas plus pour reconstituer la marche de votre raisonnement. Même le chevalier Dupin y aurait réussi ! L'oisiveté où me plonge le marasme de la grande criminalité me pousse souvent vers la cocaïne, mais, cette fois, j'ai choisi de disséquer des énigmes qui ne sont plus de notre époque. Vous devez juger ce passe-temps — littéralement parlant — tout à fait inutile et sans intérêt immédiat. Il n'empêche qu'il accapare assez mon esprit pour lui éviter de donner libre cours à ce que vous appelez mon funeste penchant.

— Et cette fois, Holmes, il s'agit d'un mystère français, à en juger par les ouvrages que je vois là.

Il tira de sa pipe une longue bouffée méditative.

— Un mystère singulier, Watson. Que pensez-vous d'un suicidé qu'on retrouve pendu à une grille de soupirail, au ras du sol, avec son chapeau sur la tête ?

— Invraisemblable, Holmes !

— N'est-ce pas ? Ce fut pourtant le cas de Gérard de Nerval, le poète français.

— Quand était-ce ?

— Paris. 26 janvier 1855. Napoléon III.

Je déclarai sans ambages :

— Un meurtre, Holmes, aucun doute ! Ce poète avait-il des ennemis ?

— Non, répondit Holmes, et si vous voulez bien examiner les trois mobiles qui apparaissent le plus souvent dans le crime, c'est-à-dire l'amour, la vengeance et l'argent, aucun ne convient. Gérard de Nerval était un homme délicieux, le cœur sur la main, une hirondelle sans un brin de méchanceté. *Exit* la vengeance. L'argent ? Il ne possédait pas un sou. Quant à l'amour il brûlait pour une actrice, Jenny Colon, d'une passion dont on ne sut jamais si elle avait été couronnée, comme disent les bons ouvrages. Au demeurant, il préférait sans doute les créatures de ses rêves, Aurélia, Sylvie, les Filles du feu…

— Qu'a conclu le jury ?

— Pas de jury, Watson, dit brièvement Holmes. Ni de coroner. À ce stade de l'enquête, la Justice française est très différente de la nôtre. Ce sont les autorités policières, à la rigueur le seul juge d'instruction, qui déterminent s'il y a eu meurtre, suicide ou accident.

— Et au cas particulier ?

— Au cas particulier, le procès-verbal, signé par un certain Roy, fonctionnaire agissant au nom du préfet de police, à la suite des constatations effectuées par les Drs Berthault et Chayet, a conclu au suicide par strangulation, ce qui n'a convaincu personne.

— À quelle heure était-ce ?

— Gérard de Nerval est mort durant la nuit. On l'a trouvé au petit matin, par un froid polaire, sur les marches de la rue de la Vieille-Lanterne.

— Avait-il déjà manifesté quelque penchant pour le suicide ?

— Le médecin qui parle…, ironisa gentiment Holmes. Oui. Il avait notamment écrit dans *Aurélia* : « … arrivé place de la Concorde, ma pensée était de me détruire. »

— C'est tout ?

— À ma connaissance.

— Cela ne prouve rien, Holmes, fis-je remarquer. Quel est l'homme, et surtout l'homme de lettres, qui n'ait été tenté par le recours ultime à l'absolu ? Savez-vous ce que Goethe, par exemple, raconte dans ses

Mémoires ? Chaque soir, il disposait un poignard près de son lit et tentait de se l'enfoncer dans le cœur, mais le goût de vivre était le plus fort.

— Son héros, Werther, a été plus radical.

— C'était un personnage de roman. Pour en revenir à Gérard de Nerval, tout indique qu'il s'agit d'un crime. Vous savez, Holmes, les voyous ne cultivent pas la nuance. Ils tuent d'abord. Ensuite, ils fouillent les cadavres.

— Et leur remettent le chapeau sur la tête ?

— Il faisait très froid, vous l'avez dit.

— Voilà effectivement une bonne raison pour recoiffer un mort, dit Holmes, sarcastique.

Mortifié, je me tus. Il reprit, au bout d'un moment, sur un ton radouci :

— Ce pourrait être le cas, Watson, il y a, chez les crapules, des réactions parfois curieuses, mais ce qui a attiré mon attention, c'est surtout la conduite des amis de Nerval après le drame... Ses amis, c'est-à-dire des gens aussi renommés que Théophile Gautier, Roger de Beauvoir ou Alexandre Dumas.

— Ah bon ? fis-je, très étonné. Et qu'ont-ils fait, ses amis ?

Holmes se pencha pour manipuler quelques-uns des ouvrages posés sur son bureau.

— Ayant d'abord adopté la thèse du suicide, ils ont ensuite exécuté une volte-face pour soutenir celle de l'assassinat. Théophile Gautier par exemple : le surlendemain de la mort du poète, rencontrant dans la rue Drouot Georges Bell et Philibert Audebrand, il leur déclare sans nuances : « Il faut qu'il n'y ait pas de méprise là-dessus : Gérard n'a pu être assassiné. Pour vous autres, qui le connaissiez intimement, vous comprenez qu'il s'agit d'un suicide et pas d'autre chose. Dans un moment où sa raison s'est voilée, il s'est pendu lui-même de ses mains. » ... Or, selon Arsène Houssaye, quelque temps plus tard, ce même Gautier réfutait l'hypothèse du suicide. Je vous cite Houssaye...

Il prit l'un des livres, me traduisit :

— « ... Mais Théo combattait toujours le suicide. Vois-tu, disait-il à l'un ou à l'autre, Gérard aimait trop la comédie humaine pour s'en aller ainsi avant l'heure... » Et Alexandre Dumas de lui emboîter aussitôt le pas.

— Qu'en déduisez-vous ?

— Que d'impérieuses raisons ont fait dire ensuite à Théophile Gautier le contraire de ce qu'il pensait.

— D'autres éléments ?

— Au moins celui-ci : il s'agit de Joseph Méry, ami lui aussi de Gérard de Nerval. Dans *L'Univers illustré*, il a raconté que son domestique Émile Moiron lui avait dit, un soir qu'il rentrait chez lui, rue Lamartine...

Holmes lut encore :

— « ... Monsieur Gérard de Nerval m'a chargé de remettre ce sou à Monsieur, ajoutant que vous devineriez ce que cela veut dire... » C'était un sou sur lequel Nerval avait tracé une croix avec un canif. Joseph Méry poursuit ainsi : « ... Le lendemain — le lendemain, Watson ! — Georges Bell entra chez moi, pâle comme un agonisant, pour m'annoncer qu'on avait trouvé Gérard de Nerval pendu dans l'une des rues les plus hideuses de Paris. »

— Et alors ?

— Alors, cela n'empêcha pas le même Joseph Méry de soutenir ensuite à Philibert Audebrand et Georges Bell que le sou lui avait été remis l'avant-veille... Les dates discordent.

— Pour quelle raison, à votre avis ?

— Je pencherais assez pour un alibi.

Je me redressai sur mon fauteuil.

— Un alibi, Holmes, y pensez-vous ? Ce Méry serait donc pour quelque chose dans la mort de son ami ?

— Je n'ai pas dit cela, répondit Holmes placidement. Je le soupçonne seulement de vouloir brouiller les pistes. Le souci des assassins est généralement de faire passer un crime pour un suicide, pas le contraire... et là, j'avoue que je ne comprends pas. Et puis, Méry a toujours déclaré n'avoir pas saisi le sens du message. Les paroles de Gérard de Nerval étaient pourtant claires : lui seul était à même de le deviner, lui seul devait pouvoir le faire. Deuxième contradiction, et de taille, non ?

— Mais vous, Holmes, quel est votre avis sur la signification de ce message ?

— Je n'en ai pas. C'est sans doute tout simple, Watson, mais peut-être qu'à force d'élucider des énigmes compliquées, avons-nous perdu de vue la réalité la plus concrète des choses...

Il s'interrompit. Mme Hudson entrait dans le salon pour débarrasser les reliefs du petit déjeuner. Holmes s'adressa abruptement à elle.

— Nous faisons appel à votre solide bon sens, madame Hudson. Un homme, qui veut se suicider, laisse un sou à l'un de ses amis en guise d'ultime message... À votre avis, qu'est-ce que cela signifie ?

Très intriguée, et assez flattée, Mme Hudson ne réfléchit qu'une seconde avant de répondre.

— Un sou, c'est de l'argent. Cet homme était-il pauvre ?

— Dans la misère.

— Alors peut-être était-ce un appel à l'aide, mon-

sieur Holmes ? Le sou représentait l'argent qui manquait à ce malheureux.

— C'est une explication, admit mon ami.

— Pas complète, Holmes, rétorquai-je. Il y avait
aussi la croix tracée sur le sou avec un canif. Pourquoi
une croix ?

Mme Hudson nous regarda à tour de rôle, avant de
questionner timidement :

— Vous dites que cet homme s'est suicidé ?

— Oui. C'était un grand poète.

— Et il se prétendait chrétien ? fit-elle, indignée.

Holmes n'eut pas le loisir de répondre. La sonnette
carillonnait au rez-de-chaussée.

— Ce doit être une visite pour vous, monsieur Holmes, opina Mme Hudson. C'est égal, il est bien tôt.
Ou l'affaire est urgente, ou ce client n'a reçu aucune
éducation.

Sur cette déduction bien sentie, la brave femme
quitta le salon. Le temps qu'elle descendît l'escalier,
Holmes se posta à la fenêtre, où je le rejoignis. Une
voiture de maître attelée de quatre superbes alezans
était rangée le long du trottoir. Sur les portières
étaient peintes des armoiries que Holmes examina de
son œil d'aigle. Sans un mot, il se tourna alors vers
l'amoncellement de livres qu'il appelait sa bibliothèque, où il se mit à fouiller fébrilement, à la recherche
d'un volume abondamment illustré.

— Voici...

Quelques secondes d'examen le conduisirent bientôt à ouvrir un fascicule beaucoup plus mince.

— Voyons plutôt le supplément...

Il tomba en arrêt, l'index pointé comme un pistolet
sur l'une des pages, tandis qu'en bas la sonnerie insistait rageusement.

— ... À nouveaux riches, armoiries de fantaisie, et du meilleur goût, Watson, jugez plutôt : deux cigares brun clair entrecroisés sur fond de gueules... autrement dit John Vincent Harden, le millionnaire du tabac...

Un brouhaha s'enfla dans l'escalier, où l'organe aigu de Mme Hudson jouait les contrepoints à une basse profonde.

— Mais, Monsieur, je dois vous annoncer ! Je vous en prie, Monsieur, ne montez pas !

Les marches craquèrent sous un pas pesant et hâtif, la porte battit. L'homme qui apparut dans le chambranle mesurait plus de six pieds, et il était large en proportion. Il avait un visage plein, encadré d'une épaisse barbe noire, mais l'on ne pouvait voir ses cheveux, car il avait négligé d'ôter son chapeau. Sa livrée était somptueuse, d'un noir moiré rehaussé par l'écusson porté sur le côté gauche de la jaquette, où l'on retrouvait les armes du carrosse.

— Monsieur Sherlock Holmes ?

Il ne s'était pas trompé dans son appréciation, et je m'en sentis un peu vexé. Mon ami répondit d'un ton sec :

— Les gentlemen qui viennent me voir ont pour habitude de se découvrir, monsieur. J'en déduis que vous n'êtes pas un gentleman.

L'ironie s'émoussa sur la parfaite indifférence du personnage, qui déclara, sans autre préambule :

— Je viens de la part de M. John Vincent Harden. Il voudrait vous parler. Sa voiture vous attend en bas.

Holmes s'assit, la pipe placide, l'œil glacé.

— J'ose espérer que les manières du serviteur ne sont pas à l'image de celles du maître. Si tel est le cas, allez dire à votre patron que j'ai pour habitude de choisir ma clientèle, et que je ne veux pas de la sienne. Considérez que l'entretien est terminé, je vous prie.

Un flux pourpre marbra les joues de l'individu. Il fit un pas en avant, gronda :

— M. Harden m'a dit de vous ramener.

Holmes leva un sourcil.

— Il faudrait, pour cela, que vous employiez la force, mon petit. Mais, tout à fait entre nous, je ne vous le conseillerais pas.

Quelque chose, dans le timbre de sa voix, figea l'autre. Il répéta, plus bas, la tête baissée comme un taureau qui se contient :

— M. Harden m'a dit de vous ramener.

— Eh bien, rapportez-lui que je consentirais à le recevoir chez moi à condition qu'il essuie d'abord ses semelles sur le paillasson. Cela dit, je ne promets pas pour autant de m'occuper de son problème. Qu'il le sache.

Les poings serrés, l'autre marmonnait dans sa barbe des paroles indistinctes. Finalement, il tourna les talons, redescendit l'escalier en hâte, sous le regard furieux de Mme Hudson, plantée au bas des marches. La porte d'entrée claqua, et Holmes me dit, du ton le plus naturel :

— On peut, à la rigueur, apprécier le dévouement ancillaire, Watson, mais comme disent les paysans gallois, la figure du maître se voit à travers la gueule du chien. Ce millionnaire du tabac est certainement très antipathique, et je n'accepterai son affaire que si elle est exceptionnelle... Voulez-vous me passer le Debrett, s'il vous plaît ? Il est de votre côté.

Je lui tendis l'annuaire nobiliaire, qu'il feuilleta rapidement, un œil dessus, l'autre surveillant la rue par la fenêtre. À nouveau, en bas, la sonnerie de la porte retentit.

— Ah ! Watson ! murmura Holmes, non seulement les mœurs se relâchent mais les traditions se dégradent. Autrefois, les jeunes aristocrates couverts de titres épousaient des roturières recrues de millions. Et voici qu'on assiste à un phénomène inverse. Harden, millionnaire du tabac, s'est offert pour épouse une aristocrate authentique, du moins si l'on en croit le Debrett... mais nous n'allons pas tarder à nous en rendre compte.

Mme Hudson, effarée, apparut à la porte.

— C'est la journée, monsieur Holmes ! Il y a, en bas, une dame qui veut vous voir et refuse de donner son nom.

— Faites-la monter, madame Hudson.

Mme Hudson sortit en secouant la tête, et, deux minutes plus tard, introduisit dans le salon une femme de haute taille, très mince, élégamment vêtue, dont le visage était dissimulé par une voilette.

— Entrez, madame Harden, lui dit gentiment Holmes, je suis prêt à vous accorder toute mon attention.

Une seconde interdite, la dame souleva sa voilette.

— De toute façon, je vous eusse dit mon nom, monsieur Holmes, déclara-t-elle, mais je préfère que ma visite reste secrète le plus longtemps possible.

Dois-je l'avouer ? Je fus frappé par l'apparence remarquable de cette personne. Elle devait avoir mon âge, sans doute au-delà de quarante ans, mais alors qu'on s'imagine parfois difficilement ce que certaines femmes peuvent avoir été vingt ans auparavant, elle, je me la représentai sans peine adolescente, avec son profil de camée sous une stricte chevelure auburn, ses yeux d'un gris profond, et les touchants restes de jeunesse qui adoucissaient les commissures de ses lèvres. Surprenant le regard ironique de Holmes fixé sur moi, je me ressaisis.

— Ne soyez pas déconcertée, chère madame, poursuivit mon ami. J'ai vu votre fiacre qui attendait le départ du carrosse avant de venir se ranger en bas de la maison. Qui d'autre que l'épouse d'un personnage aussi irascible que John Vincent Harden pouvait agir ainsi ?

— Connaissez-vous mon mari ?

— Seulement de réputation... mais, je vous en prie, asseyez-vous. Et donnez-moi donc votre manteau.

J'avançai un fauteuil à Mme Harden, tandis que Holmes accrochait son vêtement. Elle se tint au bord du siège, avec la dignité prudente des grands qui sollicitent.

Ses lèvres tremblaient si fort que je craignis un instant de voir craquer, sous l'assaut des larmes, cette arrogance fragile dont elle avait armé son désarroi.

— Voulez-vous boire un verre d'eau ? demanda Holmes.

— Oui, je vous remercie.

Holmes sonna Mme Hudson. Notre cliente reprenait ses esprits, et aussi un peu de couleurs. Elle dit enfin :

— Il va de soi, monsieur Holmes, que vos conditions seront les miennes.

Holmes répondit un peu sèchement :

— Cela est un point de détail, chère madame. Il faut au préalable que j'accepte de me charger de votre affaire, ce qui reste à décider.

— J'y viens, monsieur, fit-elle d'un ton froid.

Son aristocratie naturelle se révélait dans ses gestes, ses paroles, et jusque dans ses silences. Elle reprit, d'une voix plus affermie :

— Sans doute Burking vous aura-t-il déjà mis au courant ?

— Pas du tout. J'imagine que vous parlez de ce pithécanthrope habillé en majordome qui devait m'emmener voir votre mari.

— Vous avez refusé ?

— Bien entendu, mais poursuivez, je vous prie.

— Je suppose que mon mari désirait vous solliciter sur le même sujet, mais je suis là à son insu. Voici donc les faits, monsieur Holmes : depuis trois ans, chaque année, le 1er mai, mon mari reçoit un pistolet.

— Expliquez-vous, dit Holmes, les sourcils froncés.

— Rien de plus, monsieur Holmes. À trois reprises, le 1er mai de chaque année, mon mari a reçu un paquet anonyme qui contenait un pistolet. Je précise qu'il s'agit d'un pistolet de modèle tout à fait ordinaire... ni une pièce de collection, ni une arme de duel... de ceux qu'on possède chez soi pour se protéger des cambrioleurs éventuels.

— Le 1er mai ?

— Trois fois depuis 1892.

— Et naturellement, vous pensez que le 1er mai prochain, l'événement se reproduira.

Mme Harden murmura, la tête baissée :

— C'est la raison pour laquelle je m'y prends dès maintenant. Votre enquête peut vous être facilitée si l'on en pose d'ores et déjà les jalons.

— Judicieusement pensé, chère madame. À présent, dites-moi : que craignez-vous ?

— Le sais-je ? fit-elle d'une voix tremblante. La première fois, nous avons été intrigués, la deuxième, j'ai été inquiète. La troisième, une angoisse m'a saisie, et cette année, alors qu'approche le 1ᵉʳ mai, je crois bien que j'ai peur... Un pistolet, c'est une arme de mort, monsieur Holmes, et, symboliquement, cela peut représenter une menace fatale.

— Une menace qui tarde à se réaliser, fit observer Holmes.

— C'est vrai. Mais qui peut dire si... si l'expéditeur de ces envois ne s'est pas fixé un délai avant de passer aux actes... Ne me demandez-vous pas pourquoi je n'alerte pas la police, monsieur Holmes ?

— Non. Je conçois combien cette démarche paraîtrait ridicule auprès de fonctionnaires si fermés aux beautés de l'insolite, et je comprends parfaitement la crainte que vous avez eue d'affronter leurs sarcasmes, chère madame. Ce qui m'échappe, en revanche, c'est que M. Harden ait reculé devant l'épreuve, lui qui passe pour ne reculer devant rien ni personne, et que, finalement, il se soit infligé l'humiliation de me solliciter.

— J'en suis moi-même très étonnée, reconnut Mme Harden. Et si je me suis décidée à suivre Burking lorsque je l'ai entendu lui donner votre adresse, c'est que je n'étais pas sûre qu'il vous présenterait les choses comme elles apparaissent vraiment. Jusqu'à présent, mon mari a semblé considérer tout cela comme une plaisanterie et n'y attacher aucune importance.

Elle marqua une hésitation avant de reprendre, d'un ton presque timide :

— Ne désirez-vous pas savoir si mon mari a des ennemis ?

Holmes sourit, du coin de ses lèvres minces.

— On n'arrive pas où il est arrivé sans s'en faire. D'autre part, les échos de son caractère entier nourrissent les potins du Tout-West End. Je ne vous demanderais pas leurs noms, chère madame, ils doivent être trop nombreux... Au demeurant, les pires sont ceux qui ne se font pas connaître.

Elle se leva.

— Puis-je compter sur vous, monsieur Holmes ?

— Vous pouvez, répondit-il. J'aimerais toutefois que vous me parliez succinctement de ceux qui vivent avec vous.

— Mon mari.

— Naturellement. Des enfants, je crois ?

— Ma fille a épousé un industriel d'Édimbourg et n'habite plus chez nous depuis quelques années. Notre fils, Vincent, occupe un appartement dans notre résidence et possède un équipage dans nos écuries.

— Le personnel ?

— Burking, majordome, factotum, homme de confiance, garde du corps et, le cas échéant, conseiller pour les affaires domestiques. Trois femmes de chambre, deux valets, une cuisinière, son aide, un cocher, plus quelques extras pour les obligations mondaines que nous devons assumer.

Holmes garda le silence un instant.

— Le 1er mai, dites-vous ?

— Oui.

— Votre mari possède-t-il des usines de tabac ?

— Cela va de soi.

— Et une entreprise d'importation ?

— Bien entendu. Ses entrepôts sont situés, ainsi qu'il est d'usage, sur les West Indian Docks.

— Et j'imagine qu'il emploie beaucoup d'ouvriers.

— À ma connaissance, plusieurs centaines, mais la plupart dans le sud des États-Unis... ceux-là, il ne les voit jamais. Ses contremaîtres assurent la marche de l'exploitation.

Holmes sortit sa montre de son gousset.

— Votre Burking est reparti depuis près d'une demi-heure, madame. Si M. Harden se décide à revenir lui-même, il ne saurait tarder. Je ne vous chasse pas, mais je suppose que vous ne désirez pas le rencontrer ici.

La pensée de cette éventualité amena une brusque lividité aux pommettes de Mme Harden. Elle se leva d'un jet, les mains serrées sur son réticule.

— Oh ! mon Dieu, monsieur Holmes, je ne saurais jamais assez vous remercier d'y avoir pensé !

Une panique l'avait saisie, qu'elle contrôlait à grand-peine. Holmes lui tendit son manteau, qu'elle enfila précipitamment. Je l'accompagnai jusqu'au bas de l'escalier, et par la porte entrouverte, je la vis s'engouffrer dans le fiacre qui l'avait attendue. De retour au salon, je trouvai un Holmes très pensif.

— Un pistolet anonyme tous les ans, voilà une persécution bien singulière, Watson ! Et, à mon avis, hautement symbolique. Le 1er mai est la date célébrée depuis six ans par les syndicats en mémoire des six martyrs de la grève de Chicago.

— Ces ouvriers-là ne travaillaient pas dans le tabac.

— Ils travaillaient. Et Harden, à ce qu'on en sait, serait un patron des plus tyranniques... Peut-être faudrait-il chercher dans cette direction...

Il s'interrompit avec une exclamation sourde, tandis qu'il se rapprochait de la vitre pour mieux regarder la rue.

574 *Histoires secrètes de Sherlock Holmes*

— De justesse, Watson ! À quelques minutes près, les deux époux se croisaient sur le seuil de Mme Hudson.

Le carrosse armorié de John Vincent Harden, mené à vive allure, se rangeait dans un grincement de freins brutalisés devant le 221b. Par la portière de droite sortit Burking, qui fit le tour du véhicule pour aller ouvrir celle de gauche. L'homme qui descendit me parut de taille moyenne, plutôt mince. Ses vêtements, très bien coupés, restaient cependant d'une grande sobriété. Il échangea quelques mots avec Burking avant de s'engouffrer dans la maison. Mme Hudson ouvrit dès que la sonnerie eut retenti, et moins d'une minute après, elle annonçait :

— Monsieur John Vincent Harden !

— Faites entrer.

L'homme qui pénétra dans le salon portait la cinquantaine. Il avait pris son haut-de-forme à la main gauche, la droite tenant un stick. Sa physionomie était acérée, dense, comme granitique, et la remarquable rigidité d'expression de ses traits était compensée par la mobilité bleue du regard. Il nous jaugea, l'un après l'autre, juste une seconde, avant de s'adresser à mon ami.

— Monsieur Holmes ?

— Pour vous servir. Asseyez-vous, je vous prie.

— Inutile, répondit Harden, posant son chapeau sur le bureau pour sortir de sa poche un carnet de lettres de change, je ne resterai pas longtemps. Vous m'avez demandé de venir et j'ai reconnu en vous un homme de caractère. J'aime autant cela, qui renforce ma décision de faire appel à vous. Quels sont vos honoraires ?

Holmes répliqua froidement :

— Je les détermine en fonction de la situation financière de mes clients. Pour vous, ils seront élevés, mais il n'est pas sûr que j'accepte de me charger de votre affaire. De quoi s'agit-il ?

— De qui, rectifia Harden. De mon fils, Vincent.

Holmes et moi échangeâmes un regard. Nous étions aussi surpris l'un que l'autre, mais nous le cachions soigneusement.

— Parlez-moi de lui, fit Holmes.

Harden déclara sans nuances :

— Il n'est pas très malin, mais c'est mon fils, et comme il a vingt ans, je ne puis me permettre de le maintenir sous une férule trop stricte. Il habite notre maison, possède son équipage, et il fait partie du club des Voyageurs. En attendant de reprendre mes affaires, perspective que je n'envisage pas sans appréhension, il pratique une mondanité quotidienne.

— C'est le cas de beaucoup de fils de famille, fit remarquer Holmes. Club des Voyageurs, dites-vous ? N'exigent-ils pas de tout adhérent qu'il se soit éloigné au moins de mille miles des côtes d'Angleterre ?

— Trois mille maintenant, mais mon fils a voyagé.

— Où ?

— L'Europe, l'Europe d'abord... La Grèce, surtout, à cause de ce lord Byron. Et, récemment, l'Allemagne, Weimar.

— À cause de Goethe ?

— Sans doute, dit Harden, haussant les épaules.

— Je ne vois pas où est le problème ?

Harden frappa impatiemment de son stick le bord de son chapeau.

— Le problème, monsieur Holmes, ce sont ses fréquentations. Il a rencontré l'un de ces dandies, de ceux qu'on appelait des *crags* de mon temps, un homme de

quinze ans plus âgé que lui, qui l'a converti à ce romantisme exacerbé dont la mode fait des ravages
parmi notre jeunesse. J'ajoute que ce parasite semble
afficher des opinions radicales, ou, au moins, irrespec-
tueuses de l'ordre établi.

— Que puis-je faire contre cela ?

— Rien encore. Les mesures à prendre sont de mon
ressort. Ce que je crains le plus, en ce qui le concerne,
c'est qu'une aventurière ne mette le grappin sur ce
benêt. Notre fortune, qu'on considère comme considérable, attise toutes les convoitises, monsieur Holmes. Vincent est déjà sous l'influence d'un homme à
la moralité douteuse. Que serait-ce avec une femme ?
Je ne me soucie pas d'avoir des ennuis à cause de
celui-là...

Étrange façon de parler de son fils..., ne pus-je
m'empêcher de penser,... celui-là !

Holmes reprenait froidement :

— Je crois comprendre que l'aventurière en question n'est déjà plus une vue de l'esprit. Mais si tel est
le cas, quel sera mon rôle ?

Harden répliqua :

— Je ne vous demande rien qui ne ressortisse à vos
activités habituelles, monsieur Holmes : des renseignements. J'ai su que mon fils pense à une certaine
Emilia. Il y pense si fort qu'il lui arrive parfois de prononcer son nom durant son sommeil...

Holmes l'interrompit :

— Il habite chez vous, m'avez-vous dit ?

— Il possède un appartement dans notre résidence
de Mayfair.

— A-t-il un valet de chambre ?

Une ombre de sourire distendit les lèvres minces de
Harden.

— Non. Depuis son enfance, sa vieille nourrice occupe la chambre voisine et assure son service. Je crois vous l'avoir dit, c'est un oison qui n'a pas encore déployé ses ailes. Il est resté très attaché à ses valeurs d'enfance.

— À vingt ans ?

— C'est justement ce qui constitue l'un de mes sujets de préoccupation.

— J'imagine, dit tranquillement Holmes, que cette nourrice vous est toute dévouée.

— Elle est dévouée à toute la famille, monsieur Holmes, repartit Harden, glacial.

— Encore une question, peut-être indiscrète, mais nécessaire : de quelle nature sont vos relations avec votre fils ?

— Mauvaises...

Harden ajouta âprement :

— ... Pour autant qu'elles existent encore en dehors des obligations quotidiennes de courtoisie.

— Et avec sa mère ?

— Ah ! mon cher ! s'écria Harden, très amer, parlons-en ! Jusqu'à l'année dernière, il était toujours fourré dans...

— Épargnez-moi la parabole des jupons maternels, coupa Holmes.

Un peu décontenancé, Harden reprit :

— De toute façon, depuis un an, c'est fini, il a trouvé cet autre confident dont je vous ai parlé. Que dis-je, un confident ? Un maître à penser ! Bref, voici en deux mots ce que j'attends de vous : découvrez qui est cette Emilia, faites une enquête à son sujet et apprenez-moi ce que vous aurez pu recueillir. Le reste me regarde.

Holmes bourrait sa pipe, le front soucieux. Je m'attendais à un refus sans nuances, et je fus stupéfait de l'entendre déclarer :

— C'est entendu, monsieur Harden, je vais entreprendre cette enquête. Mais j'aimerais que vous me présentiez à votre fils, soit ès qualités, soit sous une identité qui reste à déterminer.

— Ès qualités, trancha Harden. Il m'est déjà arrivé de faire appel à des enquêteurs pour des motifs d'ordre commercial. Mon fils ne sera pas surpris de nos relations et nous éviterons ainsi tout hasard contraire. Pratiquez-vous l'équitation ?

— À l'occasion. Pourquoi ?

— Mon fils monte à cheval à Hyde Park tous les matins. Moi aussi. Nous pourrions arranger une rencontre imprévue.

— Jolie formulation, reconnut Holmes. Convenons que je m'offrirai une promenade hygiénique à pied dans les allées du parc et que nous nous croiserons.

— Demain matin, au pied de la statue d'Achille ?

— Trop tôt, répliqua Holmes. J'ai moi aussi un emploi du temps, mon cher monsieur. Disons jeudi prochain. Cependant, un autre point, avant de conclure. Cela ne vous plaira sûrement pas : il faut que Mme Harden soit tenue au courant de votre démarche.

— Et pourquoi ? s'exclama Harden, la voix tremblante d'irritation.

— Pour la meilleure des raisons. Quoi que vous en pensiez, vous n'êtes sûrement pas seul à détenir des informations, même si la nourrice de votre fils reste à votre dévotion. Mme Harden, en sa qualité de mère, connaît sans doute des choses qui vous sont cachées. Si vous voulez que mon enquête aille à son terme, je dois l'interroger... et, pour cela, qu'elle soit d'abord tenue au courant de l'affaire. J'aimerais autant que ce soit par vous, ce serait plus convenable.

Harden fit quelques pas dans la chambre, frottant nerveusement sa cheville de son stick. Il semblait au bord de l'explosion.

— D'accord, murmura-t-il enfin d'une voix rauque.

— Veuillez, en ce cas, prévenir votre cerbère, afin qu'il ne s'oppose pas à notre entrée chez vous.

— Entendu. Est-ce tout ?

— C'est tout.

— Je vous salue, messieurs.

Il se recoiffa, sortit de la chambre. Je murmurai, presque timidement :

— Pas un mot sur ces pistolets, Holmes !

— Non, et c'est bien la raison pour laquelle j'ai accepté son offre. Les arbres vont cacher la forêt... Avez-vous toujours vos papiers militaires, Watson ?

C'était bien dans sa manière, de sauter ainsi du coq à l'âne. Réprimant un étonnement maussade, je répondis :

— Naturellement. Que faut-il en faire ?

— Avez-vous entendu ? Le jeune Harden fait partie du club des Voyageurs. J'envisage que nous allions nous y inscrire afin d'approfondir, sur le compte du hasard, nos relations avec ce jeune benêt.

— En ce cas, nul besoin des Indes, Holmes ! Nous nous sommes suffisamment déplacés en Europe depuis quelques années. Cela couvre la distance imposée par le règlement du club, même si elle a été portée à trois mille miles afin de décourager les petits amateurs. Et, en ce qui vous concerne, Odessa fera l'affaire. La France est trop près. La Suisse aussi...

— Encore que ce soit le pays le plus dangereux du monde.

Je m'exclamai :

— La Suisse, un pays dangereux ? Vous plaisantez, Holmes ?

— Pas du tout, répondit-il calmement. J'y ai goûté l'eau de Reichenbach et Moriarty n'en est jamais revenu.

2

Hyde Park offre, aux amoureux de beauté pure, trois représentations quotidiennes. La première se tient le matin, aux heures fraîches. Là, dans les allées majestueuses au gazon emperlé de rosée, sous l'ombrage des arbres centenaires, de fins cavaliers se livrent au suprême plaisir du galop. On peut y contempler de magnifiques pur-sang, à la robe lustrée, aux jambes déliées, à la tête fière. Plus tard, à une heure de l'après-midi, ce sont les mondains qui prennent possession des jardins. Les montures sont toujours aussi belles, mais elles servent alors d'écrins aux toilettes, masculines ou féminines, qu'on arbore, au petit trot, rose à la boutonnière et cambrure élégante. Enfin, la soirée naissante voit le défilé des équipages, carrosses armoriés, berlines somptueuses, cochers poudrés tenant d'une main ferme leur *four-in-hand* de quatre chevaux ; étalage de goût et de luxe qui constitue pour l'amateur le plus superbe spectacle de la capitale.

Holmes et moi, en tenue de promenade, étions entrés dans Hyde Park par Apsley House. De là, nous parvînmes rapidement à l'endroit du rendez-vous, cette esplanade où le mauvais goût britannique, qui se manifeste rarement mais avec détermination, avait érigé une statue d'Achille en l'honneur de Wellington, l'immortel « duc de fer ». Depuis quelques années, la nudité originale de l'œuvre avait cependant été ornée d'une surprenante feuille de vigne en bronze, sur les instances pressantes de notre pudeur nationale.

Dès que la perspective nous l'eut permis, nous découvrîmes, au bout de Rottenrow, un groupe animé. John Vincent Harden, accompagné de son inséparable Burking, adressait à un jeune homme, habillé selon les canons de la mode la plus récente, ce qu'il nous sembla être de vives objurgations.

— Approchons-nous, murmura Holmes. Un pas de promenade, Watson, n'oublions pas que nous sommes convenus d'une rencontre de hasard.

Ce que nous fîmes. Arrivés à proximité, je regardai mieux le jeune homme. Incontestablement, il était le fils de John Harden, mais moins qu'une ressemblance, il y avait surtout entre eux un air de famille. Car rien dans la physionomie de cet adolescent prolongé ne rappelait les qualités incontestables, si portées à l'excès fussent-elles, de son père : le regard était trop mobile, la bouche trop molle, et une certaine veulerie dans l'expression disait l'âme faible, soumise à toutes les influences qui pouvaient s'y exercer.

Entre eux et nous, un homme d'une bonne trentaine d'années, grand, très mince, vêtu avec recherche, maintenait deux beaux alezans, pleins d'allure et de feu, aux naseaux encore fumants. La scène se modifia au moment où nous approchâmes. Burking, ayant échangé avec le dandy quelques sèches paroles, lui retirait des mains les brides qu'il avait saisies, et menait l'un des chevaux à l'écart de l'allée.

— Un colosse, ce Burking, commenta tranquillement Holmes, et la somptuosité de sa livrée avantage encore sa carrure.

Le dandy se tourna vers nous, ôtant son chapeau.

— Les princes, dit-il, habillent leurs valets comme des princes afin que leur propre simplicité apparaisse aux simples comme la marque d'une suprême sagesse.

Il avait une longue physionomie, qui ne manquait pas de séduction, mais la fixité de ses prunelles et la minceur de ses lèvres inspiraient, à l'examen, un indéfinissable malaise. Sa pâleur était distinguée, encore qu'elle me parût révéler plus un manque de chaleur intime qu'une véritable aristocratie.

— Monsieur ? fit Holmes, du bout des lèvres.

— Anthony Smith… Vous excuserez la banalité du nom.

— Sherlock Holmes. Et voici le Dr Watson.

Smith s'inclina.

— Sherlock Holmes, apprécia-t-il ironiquement. Le roi des détectives, et, dit-on, le détective des rois… fût-il celui du tabac.

— Il est exact que M. Harden et moi nous connaissons, admit Holmes, encore que ce soit par le biais des nécessités professionnelles, ce qui me paraît constituer à vos yeux une manière de circonstance atténuante. En revanche, et là, j'en suis surpris, il ne semble pas que ce soit votre cas.

— Ce l'est le moins possible, déclara Smith. M. Harden se pose facilement en mécène, mais comme tous les mécènes, il accepte qu'on mange son pain à condition de boire ses paroles. La fréquentation est rude…

— Apparemment, fit observer Holmes, vous ne considérez pas que son fils souffre des mêmes travers. Il est vrai qu'il n'a que vingt ans.

— Une âme à sauver, ricana Smith. Sur le plan intellectuel, s'entend. Ce jouvenceau est guetté par toutes les maladies de son milieu : la stérilité de l'imagination, la sécheresse du cœur, l'arrivisme érigé en règle de vie...

— Vous savez, dit Holmes, l'arrivisme, c'est surtout l'ambition des autres. Et puis, cela peut revêtir tant de formes, emprunter tant de chemins, s'affubler de tous les oripeaux possibles, y compris ceux de l'amitié !

Il y eut un silence. Je ressentis, d'une façon aiguë, l'hostilité quasi magnétique qui se dégageait entre ces deux personnages. Je songeai que Holmes, avec son intuition des choses et des gens, avait décelé, chez son interlocuteur, une dangereuse disposition de l'esprit, et qu'à son habitude il le lui faisait savoir.

Smith répondit négligemment :

— Je vois que votre réputation d'analyste n'est pas usurpée, monsieur Holmes. Les imbéciles prennent généralement cette dextérité de pensée pour de l'intelligence. Après tout, c'est déjà un commencement.

— Il en est chez qui la dextérité du verbe n'est jamais qu'une fin, répliqua Holmes. À vous entendre, mon cher monsieur, vous n'accorderiez à notre gentry aucune des qualités qui font l'homme.

Smith se récria :

— Harden, de la gentry ? Vous le flattez, ce n'est qu'un parvenu ! Cela dit, monsieur Holmes, pas d'ostracisme de classe ! Les ouvriers ont les mêmes défauts que les bourgeois, plus l'envie, les libéraux les mêmes vices que les conservateurs, plus l'hypocrisie.

Autant dire que la lucidité sociale engendre fatalement la misanthropie.

— Alors, que reste-t-il, à votre sens, comme étalon
des valeurs ?

— Peut-être la haine, dit sourdement Smith. Voici
la seule vertu noble, monsieur Holmes, un moteur de
vie qui fonctionne sans faiblesse, préservé de cette
mièvrerie dont se nourrit l'amour. Elle conduit à la
grandeur, tandis que les petites âmes n'aspirent qu'au
bonheur… relisez donc Shakespeare !

Sa physionomie s'était transformée, sa lividité encore accrue, soulignée par deux petites taches rouges
aux pommettes. Mais Harden arrivait vers nous, les
joues encore enflammées de colère. Lui et Smith se
saluèrent très froidement, ce dernier s'éloignant aussitôt d'un pas nonchalant. Harden s'adressa à nous
d'une voix brève :

— Je vois que vous avez fait la connaissance de
Smith. C'est ce personnage qui exerce sur l'esprit de
mon fils une influence si détestable… au point que
Vincent n'a pas hésité à lui prêter l'un de mes propres
chevaux pour l'accompagner dans sa séance d'équitation.

— Vous y avez mis bon ordre, fit observer Holmes.

— Il a bien fallu, non ?

— Où irions-nous ? conclut Holmes, glacial. Mais
nous ferez-vous connaître votre héritier ?

D'un geste comminatoire de la main, Harden invita
Vincent à s'approcher. Les présentations se firent
dans la maussaderie la plus absolue, et, très vite, le
jeune homme nous tourna le dos, lançant la bride de
son propre cheval à Burking d'un air de défi. Après
quoi, il partit à pied, accompagné de Smith.

Nous reprîmes nous-mêmes, d'un pas rapide, le chemin de Baker Street.

— Singulier individu, ce Smith, n'est-ce pas, Holmes ?

— Inquiétant, répondit mon ami. Il hait Harden, cela se voit comme le nez au milieu de la figure.

— Dans sa façon d'être, ne vous fait-il pas penser à Oscar Wilde ?

— Pas du tout, dit Holmes, il est trop maigre.

3

Nous rendîmes visite à Mme Harden l'après-midi suivant, après un échange de câbles. Fut-ce hasard ou délicatesse de la part de notre hôte, Burking était absent lorsque nous nous présentâmes à l'entrée de la luxueuse résidence habitée par les Harden, au cœur de Mayfair.

Une soubrette nous introduisit au salon, où nous attendait Mme Harden. Elle avait gardé une silhouette dont la juvénilité ne devait rien aux artifices de la mode, et je ne pus m'empêcher d'admirer, une fois de plus, l'aristocratique finesse de son visage. Nous lui baisâmes la main et elle nous demanda, de sa voix un peu étouffée :

— Boirez-vous du thé, messieurs, ou préférez-vous un peu de xérès ?

— Du xérès, chère madame, répondit Holmes, après m'avoir consulté du regard.

Nous nous assîmes. Elle s'installa en face de nous, après avoir sonné un domestique. Elle dit, d'un ton prudent :

— Mon mari m'a mise au courant. Qu'est-ce que tout cela signifie, monsieur Holmes ?

Holmes répondit brièvement :

— Je ne puis vous offrir que des suppositions, ma chère madame. Ou votre époux n'attache aucune importance à cette affaire de pistolets anonymes, ou sa pudeur masculine lui interdit de m'en parler et il me charge d'une enquête fictive, dont il espère peut-être que les rebondissements me mettront sur la piste de son mystérieux persécuteur.

Mme Harden paraissait tourmentée. Elle avait plusieurs fois ouvert la bouche pour parler, puis s'était ravisée. Elle murmura enfin, visiblement à contrecœur :

— Vous-même, avez-vous parlé à mon mari de ces pistolets et de ma démarche auprès de vous ?

— Non, fit Holmes, d'un ton un peu sec. Ce n'est pas dans mon éthique. Et je vous ferai remarquer que si vous connaissez maintenant l'objet de l'enquête que je mène pour son compte, ce n'est pas moi qui vous en ai tenue informée...

Il ajouta, dans un demi-sourire :

— Il est vrai que je l'ai à peu près contraint à s'en charger personnellement. Ce point posé, peut-être faudrait-il faire place nette : Connaissez-vous cette Emilia ? Connaissez-vous une Emilia ? Au moins, en avez-vous entendu parler ?

— Jamais ! s'écria spontanément Mme Harden.

— Votre fils se confie-t-il parfois à vous ?

Elle baissa la tête. Ses lèvres tremblaient imperceptiblement.

— Il fut un temps où il n'y manquait pas, chuchota-t-elle avec mélancolie, mais, vous le savez, il a maintenant un autre confident. L'influence prise sur son esprit par son nouvel ami, Anthony Smith, est considérable.

— Justement : parlez-moi de lui.

Mme Harden hésita, mais l'arrivée du valet chargé d'un plateau lui ménagea une pause. Nous nous tûmes, le temps que nos verres fussent remplis. Elle reprit alors, d'une voix mieux posée :

— Je n'aime pas ce Smith, sans raison bien valable. Il me fait peur... une sorte d'instinct. Cela dit, messieurs, je lui reconnais d'évidentes qualités sur le plan de l'intelligence et des connaissances. J'ai cru comprendre qu'il était érudit en langue et littérature allemandes. En fait, il a à peu près converti Vincent aux lettres et à la musique, disciplines auxquelles il était jusqu'alors rétif. C'est un point positif, et je devrais m'en réjouir, mais l'excès n'a jamais été un élément d'équilibre... Si je vous disais qu'entraîné par son ami, Vincent est allé voir cinq ou six fois de suite la même pièce à Covent Garden, l'année dernière, pendant la semaine de Noël ?

— Curieux, murmura Holmes.

— Pendant la semaine de Noël, dites-vous ?

La question m'avait échappé, et tous deux me regardèrent avec surprise. Je m'expliquai :

— Eh oui, Holmes, nous avons peut-être rencontré le jeune Vincent, à Noël dernier. Nous-mêmes n'étions-nous pas allés à Covent Garden cette semaine-là, pendant les fêtes ?

— Effectivement, reconnut Holmes. Ce n'était d'ailleurs pas une pièce de théâtre, mais un opéra. *Werther*, non ?

— De Massenet.

— Et de Goethe, précisa Holmes, dans un sourire mince. Au fait, où Vincent a-t-il rencontré ce Smith, madame Harden ?

Mme Harden réfléchit un instant.

— Je crois qu'ils ont fait connaissance au club des Voyageurs. Vincent y était déjà inscrit quand Smith a demandé son adhésion, l'année dernière.

— Et depuis, ils ne se quittent plus ?

Mme Harden hésita encore.

— Je ne me fais guère d'illusions sur les qualités intellectuelles de mon fils, monsieur Holmes. Je déplore cet état de fait, mais suis bien obligée de le constater. Aussi a-t-il été subjugué par la conversation brillante de M. Smith, et lui qui a été élevé dans le culte de valeurs solides, mais bien ternes aux yeux de la jeunesse, il n'a pu être que séduit par les paradoxes verbaux, comme par le mode de penser original de ce personnage.

— D'autant qu'il trouvait peut-être, par ce biais, l'occasion d'échapper à une tutelle morale trop rigoureuse ?

— C'est possible.

— Pourquoi votre mari craint-il tellement cette Emilia ? Après tout, Vincent est à l'âge où l'on rêve d'amours.

— John redoute surtout les aventurières, expliqua notre interlocutrice, avec quelque réticence. Le manque évident de... de jugement de notre fils le laisse désarmé devant les entreprises sans scrupule.

— Justement, fit Holmes d'un ton léger, j'ai remarqué chez M. Harden une expression curieuse à propos de Vincent : il a dit « celui-là » ... exactement comme s'il s'était produit un précédent. Vous avez une fille, n'est-ce pas ?

Mme Harden avait pâli. Elle dit, d'une voix blanche :

— Décidément, monsieur Holmes, il est difficile de vous cacher les choses. Oui, il s'agit de ma fille, Sybil...

Et comme elle ne semblait guère décidée à poursuivre, Holmes précisa rudement :

— Oublions cette mystérieuse Emilia, madame, et revenons aux choses concrètes : que s'est-il passé avec votre fille ?

Mme Harden parla, évitant nos regards.

— Elle est... elle s'était éprise d'un garçon honnête, intelligent, mais sans fortune, et, selon mon mari, sans avenir. Il a donc mis le holà à cette idylle, puis s'est employé à marier Sybil à James Brysen, le fameux armateur d'Édimbourg, dont il pensait qu'il était plus à même d'assurer son bonheur matériel.

— Contre son gré ?

Mme Harden redressa fièrement la tête.

— On ne marie plus les filles contre leur gré, monsieur Holmes. Disons que mon mari a usé de toute son autorité, de tous ses dons de persuasion, et il n'en manque pas... Bref, le jeune homme, désespéré, s'est finalement expatrié. Quant à ma fille... Eh bien, le mot de lassitude me paraît le plus approprié pour définir le mariage qu'elle a accepté. Peut-être aussi y a-t-elle vu le seul moyen d'acquérir enfin son indépendance vis-à-vis de John.

— Ce jeune homme a quitté le pays, dites-vous ?

— Oui. Il est parti pour l'une de nos possessions d'outremer, où il avait de la famille.

— Laquelle ?

— Franchement, je n'en sais rien.

— A-t-il encore des parents en Angleterre ?

— Oui, sa mère, qui habite, je crois, un logement modeste à Hoxton... ou Haggerstone ? En tout cas, près de Kingsland Road.

— Je veux des dates, repartit impatiemment Holmes. Quand votre fille a-t-elle définitivement cessé de voir son soupirant ?

— Cela doit faire six ans. Elle a maintenant vingt-six ans. Elle en avait vingt.

— Quand le jeune homme est-il parti d'Angleterre ?

— À ce que je crois, dans l'année qui a suivi.

— À quelle date votre fille s'est-elle mariée ?

— Il y a quatre ans.

— Était-ce un 1er mai ?

Mme Harden déclara nettement :

— Non, monsieur Holmes, c'était au début janvier 91, et je devine à quoi vous pensez. Ce jeune homme est un être délicat, sensible, tout à fait incapable de nourrir le projet terrible qui est peut-être en train de se tramer... Les pistolets, ce n'est pas lui, j'en mettrais ma main au feu.

Elle ajouta sourdement :

— C'est d'ailleurs le mari que, moi, j'aurais souhaité à ma fille. La noblesse du cœur, la richesse du sentiment, cela vaut bien le reste.

— Son nom ?

— Lionel Schmidt.

— Schmidt ?

— Oui. Sa famille est de lointaine origine allemande, comme notre si regretté prince consort.

Le visage impénétrable, Holmes reprit :

— Revenons à cet Anthony Smith... Accompagnet-il votre fils dans les réunions mondaines auxquelles il assiste ?

— Oui, répondit Mme Harden, la plupart du temps. Vincent a toujours besoin d'un tuteur, fût-ce dans un domaine aussi futile. Il a ainsi obtenu de faire inviter son ami un peu partout... par exemple, le 23 prochain, ils seront à l'après-midi, suivi d'un souper, donné par lady Windermere.

À ma grande surprise, Holmes demanda :

— Pourrions-nous y assister ?

Mme Harden esquissa pour la première fois un léger sourire.

— Certainement, monsieur Holmes. Lady Windermere est une amie, et je n'aurai aucune peine à obtenir qu'elle vous inscrive, ainsi que le Dr Watson, sur la liste de ses invités. Elle en sera d'ailleurs ravie, elle aime à voir défiler dans ses salons toutes les célébrités de l'heure.

— Dites plutôt les curiosités, chère madame, conclut Holmes, sans aucune ironie.

4

J'enviais la façon dont Holmes portait l'habit. Il fallait convenir que sa silhouette s'y prêtait. Je me trouvais, moi, engoncé et plutôt maladroit. Ce fut ventre rentré et épaules rétrécies que je me présentai derrière lui à l'entrée des salons de Bentink House.

Un majordome solennel nous annonça. J'enregistrai la vision panoramique, un peu floue, de salons en enfilade où le luxe des meubles, l'apparat des brocarts, la profusion des lumières reflétées en une multitude d'étincelles cristallines par les pendeloques des lustres, agressaient la vue et, dois-je le dire ? le bon goût. À cause, sans doute, de mon passé militaire, la sobriété, dans son dépouillement, m'a toujours paru plus séduisante qu'une somptuosité recherchée. Et quel monde ! De tous horizons, de tous âges, de toutes classes, de toutes professions. La jaquette dominait, mais il y avait des robes ecclésiastiques, des défroques d'artistes, des uniformes chamarrés, sans préjudice, bien sûr, de toilettes éclatantes et de coiffures savamment étudiées. Un tumulte sourd montait de cette foule, au milieu d'harmonies suaves dispensées par un petit quatuor à cordes posté sur une estrade, tout au fond des salons, et dont les valses viennoises semblaient constituer le credo musical. Des garçons stylés circulaient entre les groupes, proposant toutes les boissons possibles.

Mme Harden était aussitôt venue à notre rencontre, accompagnée de l'hôtesse, lady Windermere, femme superbe à la chevelure de miel, à la gorge opulente, de qui la quarantaine avait mené la beauté jusqu'à sa plus grande plénitude. Elle avait eu trois maris, mais on ne lui concédait qu'un seul amant, ce qui n'avait pas peu contribué à sa réputation d'éclectique originalité.

— Ah ! monsieur Holmes ! minauda-t-elle, tendant sa main à baiser, quel grand honneur pour moi de vous compter parmi mes invités ! Si je vous avais connu plus tôt, je suis sûre que vous auriez récupéré à temps mon éventail !

— Et c'eût été dommage, chère madame, répondit galamment Holmes, car alors M. Wilde ne nous aurait pas donné cette pièce si remarquable ! Puis-je vous présenter le Dr Watson ?

Je baisai la main de lady Windermere avec toute l'aisance dont je pus disposer.

— C'est à lui que vous devez notre visite, déclarait Holmes, avec aplomb. Il ne désespère pas de retrouver dans vos salons une amie depuis longtemps perdue de vue, Emilia Donehue.

— Mais, Holmes...

Son coup de coude me coupa la respiration.

— Donehue, dites-vous ? répétait lady Windermere, les sourcils froncés. Ce nom n'éveille en moi aucun souvenir.

— Elle s'est peut-être mariée, suggéra Holmes. Elle aurait alors, bien sûr, changé de patronyme. N'y a-t-il pas une Emilia parmi vos invitées ?

— Je vous demande une minute.

Elle fit signe à un jeune homme filiforme, à qui elle chuchota quelques mots. Il acquiesça, se dirigea vers une porte latérale derrière laquelle il disparut.

— Mon secrétaire va nous dire cela. En attendant, permettez-moi de vous présenter à mes hôtes.

Je garde un souvenir brumeux de la formalité qui suivit. Nous eûmes droit à la curiosité habituelle, aux félicitations obligées et aux questions idiotes de rigueur.

Après quoi, le secrétaire revint filtrer des confidences à l'oreille de lady Windermere.

— Désolée, docteur Watson, déclara celle-ci. Nous ne comptons ici aucune dame ou demoiselle qui réponde au prénom d'Emilia, mais soyez sûr que si j'en rencontre une, je ne manquerai pas de vous en tenir avisé. En attendant...

Nouvelles présentations à travers les salons, où les conversations se nouaient puis se défaisaient au gré des hasards et des affinités, rythmées par le cliquetis des verres présentés par les extras. Très habilement, Holmes se fit guider vers un groupe qu'il avait repéré, où Anthony Smith, flanqué du jeune Harden, paraissait avoir monopolisé l'intérêt des auditeurs. Une fois de plus, lady Windermere joua son rôle d'hôtesse, tandis qu'une de ses invitées, connue pour être le plus redoutable bas-bleu de la capitale, nous exposait d'un ton enthousiaste :

— Nous parlions du *Sturm und Drang*. M. Smith, spécialiste averti de cette école de pensée, nous expliquait comment, inspirée à l'origine, de Shakespeare, elle avait finalement ramené la jeunesse, par le biais de Lessing et de Goethe, à cette shakespearomanie effrénée qu'a connue l'Allemagne à la fin du XVIIIe siècle. La boucle était littéralement bouclée.

— En vérité ? dit poliment Holmes.

— Mme de Staël elle-même, dans ses *Réflexions sur le suicide*, démontre que, n'ayant plus de vie politique depuis 1763, les jeunes Allemands n'étaient formés que par leurs livres, où, à puiser des habitudes d'analyse et de sophisme, ils se retrouvaient soumis à une sentimentalité maladive.

— N'est-ce pas ? enchaîna Smith, tourné vers nous avec son habituel sourire ironique. Quinze ans plus tôt, ces jeunes gens se fussent passionnés pour la guerre de Sept Ans. Quinze ans plus tard, ils eussent élevé des barricades républicaines.

— Et Shakespeare, là-dedans ? demandai-je, sans beaucoup de ménagement.

— Hamlet est l'ancêtre direct de Werther, mon cher monsieur, répliqua Smith, très condescendant. Goethe reconnaît lui-même avoir été très influencé par la littérature anglaise. La mélancolie viscérale d'Hamlet, sa fascination morbide pour le néant…

— Hamlet ne s'est pas suicidé, fit observer Holmes.

Vincent Harden intervint fougueusement :

— Seulement parce que le Destin lui assignait une mission ! Mais ceux qui n'ont pas de père à venger, pas de mère coupable à punir ?

— Exact, Vincent, appuya Smith, « ... en ce cas, les mortels généreux disposent de leur sort, un affront leur suffit pour sortir de la vie... » Je cite Voltaire, ladies and gentlemen, *L'orphelin de Chine*. Je suis d'ailleurs étonné qu'un homme d'ordre comme vous, monsieur Holmes, ne soit pas un passionné de Goethe, à qui nous devons cette immortelle sentence : « J'aime mieux une injustice qu'un désordre. »

Holmes rétorqua d'une voix coupante :

— Il se trouve qu'à mon sens, il n'est pas de plus grand désordre qu'une injustice. C'est la raison de ce que vous appelleriez ma quête et que, moi, je qualifie plus prosaïquement de « chasse au crime ». Car je ressens comme une injustice le fait qu'un criminel échappe au châtiment.

Smith réagit de façon surprenante.

— Tout à fait d'accord avec vous, mon cher, le criminel doit être châtié. Cela dit, votre chasse est sans gloire. J'ai lu la plupart des enquêtes rapportées par le Dr Watson. Vous n'avez eu affaire qu'à des acéphales grossiers qui semaient leurs traces à tous les vents. Une exception, évidemment : Moriarty.

— Eh bien ?

— Eh bien, dans ce cas particulier, on a plutôt l'impression que Moriarty fut le chasseur, vous le gibier, et que vous êtes sorti vainqueur de ce duel grâce au hasard. En fait, de vrais crimes, de beaux crimes, commis par des criminels de génie, combien en avez-vous connu ?

— Qu'appelez-vous un beau crime ? demanda Holmes, sans se départir de son sang-froid.

Smith rétorqua avec une insolence étudiée :

— Référez-vous à Thomas De Quincey. Il donne la recette.

596   Histoires secrètes de Sherlock Holmes

— Bravo, Anthony ! s'écria Vincent. Vous en re-
montrez aux spécialistes !

L'autre lui glissa un regard où, à ma grande surprise, il y avait plus de mépris agacé que d'amitié.

— J'ai lu De Quincey, dit Holmes d'un ton neutre.
Son ouvrage, *De l'assassinat considéré comme un des
beaux-arts*, fait partie de la bibliothèque idéale de tout
criminologue. Mais je ne partage guère son admiration pour John Williams, « artiste solitaire se nourrissant de sa propre grandeur et assumant sa suprématie
sur tous les fils de Caïn... » Ce n'était finalement
qu'un pâle voyou, un égorgeur de familles sans autre
talent que son manque total de scrupule. Il s'est bête-
ment fait pincer.

— Je soupçonne De Quincey de l'avoir utilisé en
contrepoint, admit Smith d'assez bonne grâce. À mon
avis, les forfaits les plus raffinés sont ceux qu'il expose
dans son prologue : le meurtre particulier de Gustave-
Adolphe au milieu du carnage collectif de Lutzen, la
mort de Spinoza, obtenue par le mystérieux L. M., qui
lui avait offert un coq trop vieux pour être mangé, la
syncope infligée au sanguin Malebranche par le futur
évêque Berkeley, exacerbant volontairement une discussion académique jusqu'à en arriver à l'apoplexie
recherchée... bref, des assassinats par la bande, impliquant tous la collaboration, naturellement involontaire, des victimes, dont l'esprit fut manipulé dans le
sens souhaité...

Je pris conscience du silence absolu qui était tombé
sur notre petit groupe, par contraste avec le brouhaha
qui provenait des salons en enfilade. Ces gens, soumis
à tous les vents de la mode intellectuelle, étaient sub-
jugués par la jonglerie des mots, le duel des paradoxes, l'ajustage en puzzle inattendu d'arguments

réputés contradictoires. L'expression de Vincent Harden me frappa : littéralement fasciné, il avait le regard fixe de l'oiseau tombé sous l'emprise du serpent, et il approuvait de la tête d'un mouvement instinctif, presque mécanique. Je dois le dire, j'étais très surpris que Holmes, de son côté, se prêtât à ce jeu, affichant un intérêt amusé sous lequel, moi qui le connais si bien, je discernai quelque subtile investigation. Il questionnait d'ailleurs :

— Mais vous, monsieur Smith, comment voyez-vous le crime idéal ?

Smith leva au ciel des poignets à la dentelle irréprochable.

— Ah ! le crime idéal, monsieur Holmes. Comment pourrais-je assez vous remercier de me poser la question ! Et quelle gratitude je vous ai, vous, un expert, de bien vouloir en débattre avec moi ! Le crime idéal dites-vous ? Eh bien, il répond à trois conditions essentielles. D'abord, il ne doit jamais apparaître comme tel aux yeux du profane. À ceux de l'expert, au contraire, il faut qu'il se révèle dans toute sa perfection, afin d'être apprécié pour ce qu'il vaut. Enfin, et surtout, l'assassin est tenu de faire savoir à l'enquêteur qu'il a commis ce crime...

— Ou qu'il va le commettre ? coupa doucement Holmes.

— Vous m'enlevez les paroles de la bouche, mon cher !... Ou qu'il va le commettre. Il doit donc l'annoncer, le décrire, s'en faire gloire, sans que celui qu'on a chargé de l'en empêcher puisse y parvenir, que ce soit pour des raisons matérielles, ou — et là se place, à mon sens, le *nec plus ultra* de la chose — pour des raisons intellectuelles. Bref, l'éthique et l'esthétique se marient afin d'enfanter le plus beau des assassinats.

— J'en prends note, dit Holmes, souriant, et je dois avouer que mon souhait le plus vif est de rencontrer un assassin de cette qualité.

— Quant à moi, répondit galamment Smith, je ne doute pas que ledit assassin se ferait une joie de croiser le fer avec l'esthète du crime que vous passez pour être.

Il y avait, dans la formulation, une perfidie feutrée, dont Holmes feignit de ne pas s'apercevoir. Là-dessus, on annonça le souper, mais Holmes et moi nous excusâmes auprès de l'hôtesse, prétextant des obligations antérieures.

Dans le cab qui nous ramenait à Baker Street, Holmes demeura longtemps silencieux. Je lui dis enfin :

— Étranges, ces deux personnages, n'est-ce pas ? Dans leurs rapports, ne vous rappellent-ils pas certains protagonistes d'un roman à succès paru il y a cinq ans ?

Holmes répondit distraitement :

— À la rigueur, Anthony Smith pourrait rappeler lord Henry, mais ce pauvre Vincent n'a aucune des qualités physiques, ni même intellectuelles d'un Dorian Gray. Quant à leurs relations, je les trouve fondamentalement différentes, et, j'ose le dire, à sens unique. Il est clair que Smith n'éprouve guère d'estime pour le jeune Vincent. Son mépris est évident, et si je devais qualifier de tels rapports, j'utiliserais la formule maître-esclave.

— Ou prêtre-zélote.

— Bravo, Watson, c'est encore plus vrai, la religion ressortissant alors au dogme de l'esprit, et plus particulièrement à cette littérature allemande fin de siècle, représentée par Goethe, et l'autre... comment s'appelle-t-il, déjà ?

— Lessing.

Notre dialogue s'arrêta là. Je m'appliquai à respecter le mutisme de Holmes, apparemment très préoccupé, mais d'autres n'eurent pas les mêmes scrupules. À peine étions-nous rentrés que Mme Hudson, effarée, nous annonçait une visite : une jeune fille désirait absolument voir M. Sherlock Holmes. Celui-ci, agacé, consentit à la recevoir, malgré l'heure tardive. Elle s'appelait Violet Smith.

5

Le nom de Smith, je m'empresse de le préciser, relevait d'une homonymie de hasard, quoique savoureuse. Cette affaire, que j'ai appelée dans mes Mémoires « l'affaire de la cycliste solitaire », nous tint quelques jours en haleine, apportant un hiatus dans notre enquête sur les Harden. Sa conclusion fut loin de satisfaire mon ami, ne lui inspirant que cette réflexion désabusée :

— Avez-vous remarqué, Watson, que beaucoup des énigmes que nous avons résolues s'étaient nouées ailleurs que dans la vieille Angleterre ? Le cas de Jefferson Hope trouvait son origine en Amérique, l'histoire du colonel Morstan a débuté aux îles Andaman, le problème de Violet Smith avait sa source en Afrique du Sud, et...

— Et ?

— Et je crois, par conséquent, qu'il est temps de solliciter notre adhésion au club des Voyageurs, ainsi que nous l'avions projeté.

Nous nous y rendîmes le jour même.

6

Je connaissais assez les mœurs rigoureuses des clubs anglais pour redouter qu'on ne mît quelque obstacle à notre inscription. Je me souvenais qu'il ne nous avait pas fallu moins de deux parrains chacun, quelques années auparavant, pour être agréés au club de l'Athénée.

Mes craintes étaient vaines. Un parrainage était bien exigé, comme dans tous les cercles, mais le secrétaire qui nous reçut nous exposa que la réputation universelle de M. Sherlock Holmes en tenait largement lieu : l'honneur était pour l'institution… Endroit sélect, au demeurant, avec ses salons feutrés, ses box intimes, et, sous la lumière tamisée, ses garçons discrets évoluant comme des fantômes pour porter consommations, et parfois repas, aux adhérents.

Holmes, qui savait parfois être urbain, engagea la conversation avec le secrétaire, tandis que nous montrions nos passeports et emplissions nos fiches : il expliqua qu'un de ses amis était déjà adhérent du club, et qu'il se réjouissait de l'y retrouver.

— Son nom semble ressortir à la plaisanterie, enchaîna-t-il sur le mode badin. Smith ! Cela correspond à bon nombre de vos membres, j'imagine ?

— Effectivement, répondit le secrétaire, exhibant une dizaine de fiches. Le prénom nous guiderait, peut-être… à condition que ce ne soit ni George ni Charles, nous en avons trois de chaque.

— Nous nous appelions surtout par nos patronymes, murmura Holmes, les sourcils froncés dans un feint effort de mémoire. Je crois pourtant me souvenir que c'était Anthony.

— Mais nous en comptons un ! s'écria triomphalement le secrétaire, extrayant du paquet l'une des fiches.

Holmes y jeta son œil d'aigle, enregistrant les renseignements inscrits, avant de déclarer d'un ton léger :

— Le mien, je l'ai connu à Blackhurst, en Australie.

— C'est bien lui, dit le secrétaire, désignant une mention sur le carton. Il a bien séjourné en Australie, et plus particulièrement à Sydney. Il sera sûrement très heureux de vous retrouver.

Holmes cligna de l'œil, pour une mimique d'amicale complicité.

— Je vous serais reconnaissant de ne pas lui en dire un mot, mon cher monsieur… J'aimerais assez lui faire la surprise. Quel soir peut-on le voir ?

— Il ne vient pas à jour fixe, mais il lui arrive de dîner ici, de loin en loin… généralement le mardi, en compagnie de son jeune ami, le fils de M. Harden, l'industriel du tabac.

Cet aimable amphitryon eut droit à tous nos remerciements.

— Une pierre de plus à notre édifice, Watson, commenta sobrement Holmes quand nous fûmes sortis, après l'Amérique, les Andaman, l'Afrique du Sud, c'est l'Australie, l'Australie où, justement, s'est expatrié le jeune Lionel Schmidt, il y a cinq ans.

— Et d'où nous vient maintenant ce Smith.

— Version anglaise bien commode du même patronyme. Vous rappelez-vous notre échange de propos chez lady Windermere ? Smith m'a implicitement lancé son gant. Il va commettre un meurtre, m'en avise, me défie de l'en empêcher. Duel engagé, Watson, et très franchement, je préfère, comme terrain, celui de la lande où nous avons affronté Stapleton, en 89.

— La cible serait John Vincent Harden ?

— Sans aucun doute. Les trois pistolets sont une menace symbolique bien dans la manière de Smith. Nous connaissons le « qui ». Le « pourquoi » commence à se dessiner. Reste à découvrir le « comment ». Je n'écarte pas la complicité inconsciente — ou consciente, qui sait ? — du jeune Vincent. Conclusion : une visite s'impose à Mme Schmidt, dont mes agents dans Londres s'emploient à retrouver la trace. Mais le temps presse….

7

Nos « irréguliers » eurent vite découvert l'adresse d'une Mme Laura Schmidt, dans l'une des rues adjacentes à Kingsland Road, côté Hoxton. Je connaissais un peu ce quartier, situé au nord-est de la capitale. La plupart de ses habitants appartenaient à la classe ouvrière ou à la petite bourgeoisie, et je m'étonnai qu'un mondain, tel qu'Anthony Smith acceptât de laisser vivre sa mère dans un milieu si populaire. Lorsque nous décidâmes d'aller interroger Mme Schmidt, la question se posa de savoir quelle identité nous adopterions. Holmes trancha pour celle d'agents délégués par le gouvernement pour recenser les Anglais résidant à l'étranger, en vue des prochaines élections à la Chambre des communes.

Le jour choisi — nous étions le 28 avril — était magnifique. Pas un nuage ne passait dans le ciel, où le soleil, encore un peu pâle, luisait sans voile. Nous nous fîmes conduire en cab jusqu'au carrefour de

Hackney Road. Ensuite, nous poursuivîmes notre route à pied. La rue où habitait Mme Schmidt était bordée de très vieux immeubles, dont certains, en restauration, voyaient leurs façades jalonnées d'échafaudages jusqu'au toit.

Mme Schmidt nous reçut sans difficulté, et ce qu'elle nous apprit n'était déjà plus une surprise. Oui, son fils Anthony était parti pour l'Australie plus de dix ans auparavant. C'était un garçon brillant, sorti dans un très bon rang de l'Université. Il y avait effectué ses études grâce à une bourse que le gouvernement de Sa Majesté lui avait octroyée en raison de ses origines sociales modestes et des dons pour l'étude qu'il avait manifestés à la High School. S'il s'était ensuite expatrié, c'était parce qu'il espérait trouver, sur ce terrain neuf qu'était l'Australie, où les gens n'étaient pas seulement avides d'or, mais aussi de savoir, les meilleures conditions possibles pour faire valoir ses qualités.

Mme Schmidt ajouta fièrement :

— Il y a parfaitement réussi. Il a fondé une école dont les élèves viennent des meilleures familles de Sydney. Il dispose maintenant de revenus considérables.

— Avez-vous des nouvelles de lui ?

— Mais il se trouve actuellement à Londres ! s'écria Mme Schmidt d'une voix vibrante d'orgueil. Il a laissé provisoirement la direction de l'école australienne à l'un de ses collaborateurs, et depuis l'année dernière, il étudie ici la possibilité de fonder un autre établissement. C'est un garçon très capable, très entreprenant !

— Pourrions-nous le rencontrer ?

— Bien sûr ! Vous l'avez peut-être croisé dans l'escalier. Il était ici il n'y a pas dix minutes, et puis il s'est souvenu d'un rendez-vous et il est parti précipitamment juste avant votre arrivée !

Holmes et moi échangeâmes un regard.

— Pourrions-nous le rencontrer ? répéta mon ami.

— Il possède un petit appartement à Beauvoir Town, mais il ne porte plus le nom de Schmidt. Il a pensé, en effet, qu'angliciser son nom serait plus favorable à son entreprise. Il compte d'ailleurs acheter bientôt un logement plus grand où nous habiterions ensemble... Il faut le temps.

Holmes fit mine de consulter ses notes.

— Nous avons ici le nom d'un autre Schmidt, qui est parti pour l'Australie il y a cinq ans. Il se prénomme Lionel.

L'effet de ces paroles fut saisissant. Le visage de la vieille femme se creusa, son regard se voila, et malgré elle, des larmes sourdaient au coin de ses paupières.

— Hélas, messieurs, murmura-t-elle, d'une voix tremblante, vous rouvrez une plaie encore bien vive. Mon Lionel est mort.

Je ne pus retenir une exclamation sourde. Holmes, qui contrôlait mieux ses réactions, déclara :

— Je vous prie d'accepter toutes nos excuses, madame. C'est un point que nous ignorions. À quand remonte le décès ?

Elle sortit de la poche de sa jupe un mouchoir fripé dont elle se tamponna les yeux.

— 1891, messieurs.

— Pourrions-nous en avoir la date exacte pour nos statistiques ?

Holmes évitait mon regard scandalisé. Je trouvais que nous nous conduisions de façon tout à fait indécente envers cette pauvre femme, mais j'étais sûr que, lorsque j'en aurais fait l'observation à mon ami, il trouverait la meilleure des raisons pour justifier son attitude.

— Le 1er mai.

La voix était devenue imperceptible. Holmes prit note de la précision sans aucun commentaire.

— Un accident ? demanda-t-il sur le ton de la compassion.

Elle secoua la tête, les muscles de sa gorge affreusement noués. Mais curieusement, elle ne retint pas ses confidences, peut-être parce qu'elle trouvait, à évoquer son drame, le soulagement de partager un secret trop lourdement et trop longtemps porté seule.

— Je ne puis vous le cacher, messieurs, mon Lionel s'est donné la mort à la suite d'un chagrin d'amour. Il aimait une jeune fille qui n'était pas de sa condition et les parents se sont opposés à leur mariage. Ce fut la raison de son départ pour l'Australie, où il est allé rejoindre son frère aîné...

Elle hésita, acheva pitoyablement :

— Quand cette jeune fille a épousé un autre homme, j'ai cru qu'il valait mieux l'avertir, car l'espoir mal fondé est parfois un dangereux poison, mais...

Sa voix se brisa. Elle put encore murmurer : « ... une balle dans la tête... » avant de fondre en larmes, à gros sanglots silencieux, le nez dans son mouchoir. J'étais horriblement gêné. Holmes se leva, alla mettre ses mains sur ses épaules. Il lui chuchota quelques mots que je n'entendis pas, sur un ton dont la douceur ne lui était pas coutumière. Cela parut la consoler un peu. Séchant ses yeux en reniflant, elle

nous reconduisit jusqu'à sa porte, où nous lui renou-
velâmes nos condoléances.

Dans l'escalier, Holmes dit simplement :

— Cette pauvre femme a déjà perdu un garçon des
plus estimables. Il serait navrant que son autre fils devînt criminel. Elle n'y survivrait pas, et notre devoir
est de lui éviter ce destin.

— Vous avez l'hypocrisie subtile, ne pus-je m'empêcher de lui faire remarquer.

Il se contenta d'esquisser un demi-sourire, tandis
que j'enchaînai :

— En tout cas, les dates coïncident : mariage en
janvier. Mme Schmidt écrit. Le temps de l'achemine-
ment du courrier, le jeune Lionel apprend la chose en
avril, et il n'y survit pas. Cette date du 1er mai est
commémorée à sa façon par Anthony Smith. Mais
comment faisait-il parvenir ses envois lorsqu'il se
trouvait de l'autre côté du monde ?

— Il a dû avoir recours à une compagnie de messageries possédant un correspondant en Australie et
bien leur préciser que les expéditions devaient rester
anonymes.

Nous sortîmes, longeâmes le trottoir en direction
du carrefour de Hackney Road, où stationnaient des
fiacres. Holmes murmura pensivement :

— Anthony est bien différent de son cadet, tel que
nous l'a dépeint Mme Harden. Voilà un homme qui
doit boire de l'eau, manger froid et se nourrir de rancunes mal digérées. Ce qu'il projette ressortit moins au
sens de la justice qu'à certaine idée que son orgueil
personnel se fait de l'équilibre des choses... Cela dit, je
n'ai guère plus d'estime pour John Vincent Harden...

— Attention, monsieur Holmes ! cria une voix
aiguë d'enfant. En haut !

Nous levâmes la tête, recevant, dans l'éblouissement du soleil, la vision d'un énorme objet qui tombait vers nous à une vitesse effrayante. D'un bond, nous nous plaquâmes contre le mur, tandis que le madrier, dans un bruit terrible, rebondissait sur la chaussée, épouvantant l'attelage d'un fiacre, dont les montures se cabrèrent. Il y eut des cris, dans la rue. À travers une brume de sueur, je vis des gens qui couraient, d'autres qui montraient un échafaudage situé au sommet de l'immeuble.

— Courons, Holmes ! m'écriai-je, saisissant le bras de mon compagnon. Par l'escalier, nous pourrons...

— Inutile, coupa Holmes, je commence à connaître cet Anthony Smith. Avant de faire basculer le madrier, il a dû s'assurer les meilleures voies de retraite. Voici en tout cas la preuve, Watson, que nous sommes sur la bonne piste. Sans notre « irrégulier » que j'avais chargé de surveiller les lieux, nous serions, sinon morts, du moins hors d'état pour un moment de nous opposer aux projets de M. Smith.

Le gamin avait déjà disparu, selon une tactique sans doute élaborée depuis longtemps entre Holmes et ses petits auxiliaires.

— Cyrano de Bergerac, murmura-t-il, tandis que je hélais un fiacre qui passait.

— Je vous demande pardon ? fis-je, interloqué.

— Cyrano de Bergerac, le poète et bretteur français, a été tué par un pavé de bois lancé d'un toit. Lui non plus n'avait pas que des amis... Voilà une affaire criminelle qu'il faudra un jour élucider, Watson.

Je haussai les épaules. Il était décidément incorrigible.

8

Holmes me parut le lendemain d'excellente humeur. Tandis qu'il dévorait à belles dents son petit déjeuner, il me dit soudain :

— C'est vous, Watson, qui, à propos des amours de Gérard de Nerval, prétendiez qu'il rêvait surtout de créatures imaginaires ?

— Si fait.

— Eh bien, ne cherchez plus qui est Emilia. Elle en fait partie.

Je faillis avaler mon thé de travers.

— Grands dieux, Holmes, comment le savez-vous ?

— Par le plus simple des moyens. Je ne connaissais pas ce Lessing dont nous parlions l'autre jour. Je me suis donc renseigné en compulsant une encyclopédie littéraire. Gotthold Lessing, l'un des chefs de file de l'école allemande de pensée dans la deuxième moitié du XVIIIᵉ siècle, est notamment connu comme l'auteur d'*Emilia Galotti*, sœur cadette de notre Clarissa Harlowe.

— Un roman ?

— Une pièce qui a fortement marqué tous les écrivains de l'époque, jusqu'à Goethe lui-même. Dans son roman, *Werther*, quand le héros se suicide, on trouve près de lui un exemplaire d'*Emilia Galotti* ! Par conséquent, mon suspect suivant se nomme Johann Wolfgang von Goethe et je vais me plonger sans tarder dans la lecture de *Werther*.

Je haussai les épaules.

— Tout de même, Holmes, on peut trouver séduisante une créature romanesque... de là à en rêver !

Holmes se resservait du bacon.

— De quoi rêvait-il ? répliqua-t-il. Du personnage d'Emilia ou de son influence sur celui de Werther ? Il a vu cinq fois l'opéra, Watson, souvenez-vous-en ! Et d'ailleurs, vous avez pu juger Vincent Harden : un être vulnérable, sans grande personnalité, et soumis à toutes les influences plus fortes que la sienne, pourvu qu'elles soient à la mode ! Alors, si le personnage d'Emilia a pu si bien marquer Goethe, ce phare de l'esprit, comment s'étonner qu'il ait impressionné à ce point une petite chandelle comme Vincent !

Holmes savait à l'occasion se montrer cruel dans ses jugements.

9

Je croyais que Holmes plaisantait en classant Goethe au premier rang des suspects, aussi fus-je très surpris de le trouver peu après plongé dans plusieurs ouvrages, *Werther*, naturellement, plus les Mémoires de Goethe, et ceux d'un autre auteur qui m'était inconnu.

— Qui est Christian Kestner ? lui demandai-je.

— C'est Albert, répondit-il, sur le ton de la plus stricte évidence.

— Mais encore ?

Holmes, qui fumait sa pipe de merisier, condescendit à abandonner ses recherches pour m'expliquer, très brièvement :

— Il faut que vous sachiez, Watson, que l'histoire de Werther n'a pas été imaginée. C'est un épisode authentique de la vie de Goethe, alors qu'il avait vingt-quatre ans. Il se trouvait à Wetzlar, où il était attaché à la légation de Saxe. Il y fit la connaissance

610 Histoires secrètes de Sherlock Holmes

de Charlotte Buff, dite Lotte, et s'en éprit violemment. Hélas, la jeune demoiselle était déjà fiancée à l'un de ses meilleurs amis, Kristian Kestner... d'où conflit à la fois sentimental et amical, chacun des deux soupirants faisant assaut de courtoisie et d'abnégation en faveur de l'autre. La correspondance de Kestner laisse même entendre que celui-ci était prêt à s'effacer pour faire le bonheur de Lotte, si elle préférait Goethe... Ce que voyant, notre poète s'est aussitôt éloigné, le cœur déchiré... c'est bien la formule ?

— Belle attitude, en tout cas, Holmes !

— Âme noble, Watson !

Il y avait, dans les rides autour de sa bouche, une expression subtile qui fit qu'en cet instant je le détestai.

— Vous avez une arrière-pensée ! m'écriai-je.

— Oui, Watson, admit-il, elle me vient de Napoléon. Il prétendait qu'en amour, la seule victoire, c'était la fuite... Tant que Lotte demeurait inaccessible, Goethe brûlait d'amour pour elle, mais le désistement de Kestner le plaçant devant le piège du mariage, qui sait s'il n'a pas pris peur ?

— Vous êtes un cynique impénitent, Holmes !

— Pas du tout. Je me dis seulement que Werther voulait bien mourir pour Charlotte, mais que Goethe n'était pas prêt à vivre avec elle.

— Ce Kestner, c'est l'Albert du roman ?

— ... Et de l'opéra.

Il se replongea dans ses livres. Je ne le revis pas de l'après-midi, mais l'intensité de la fumée qui filtrait sous le battant refermé me prouva que ses cogitations avaient atteint leur point de saturation. Vers six heures, la porte s'ouvrit brusquement. Holmes, encore en robe de chambre, m'apparut comme un fantôme surgi de limbes opaques.

— Remarquable, Watson ! s'écria-t-il, une tentative de meurtre au second degré passée inaperçue de tout le monde, y compris de la victime visée, Goethe lui-même !

— Allons donc, Holmes !

— Un miracle que ce crime n'ait pas abouti, d'autant qu'il avait été précédé d'une répétition générale ayant, elle, bel et bien entraîné mort d'homme !

— Vous dites que nul ne s'en est douté ?

— Sauf moi et...

Il hésita une seconde avant d'ajouter :

— ... et sans doute Anthony Smith. Au fait, ne sommes-nous pas mardi ?

— Oui.

— C'est bien le jour où Smith et le jeune Harden soupent généralement au club des Voyageurs ?

— À ce que dit le secrétaire.

— En ce cas, allons les rejoindre, Watson, il n'y a plus une heure à perdre. Tel que je le vois venir, le drame peut se produire à tout moment...

Il s'enfonça dans les vapeurs de tabac à la recherche de ses vêtements.

10

Nous arrivâmes au club des Voyageurs en fin de soirée, et, tout de suite, Holmes nous fit conduire à la table d'Anthony Smith. Lorsque nous apparûmes à l'entrée du box, la conversation qu'il tenait avec Vincent Harden s'interrompit net. Je lui vis une physio-

nomie soudain figée d'inquiétude, comme rétrécie par
la pâleur qui l'avait envahie jusqu'aux oreilles.

Holmes déclara, du ton le plus courtois du monde.

— L'heure du dîner étant passée, celle du souper
n'ayant pas encore sonné, et dès lors que nous appar-
tenons au même club, monsieur Smith, je me suis permis de venir vous trouver pour terminer l'entretien
que nous avions commencé chez lady Windermere.

— L'entretien ? répéta Smith sourdement.

— Oui, à propos de crimes parfaits, d'assassinats
subtils, de meurtres raffinés... pouvons-nous prendre
place ?

— Je vous en prie, fit Smith d'un ton raide.

Vincent Harden assistait à la scène sans dissimuler
la perplexité qu'elle lui apportait, et que trahissait le
froncement de ses sourcils. Nous nous assîmes, commandâmes du brandy au garçon qui se présentait.
Holmes reprit :

— Vous nous avez cité Thomas De Quincey et les
assassinats occultes qu'il soupçonnait dans l'histoire,
de Gustave-Adolphe à Leibniz, en passant par Malebranche et Spinoza... tous forfaits exquisement étudiés sur la base d'une manipulation mentale de la
victime, d'un itinéraire fatal imposé à son esprit...
Rien de sordide, donc, ni de trivial comme un coup de
poignard, une balle de pistolet, une fiole de poison,
ou, par exemple, la chute d'un corps lourd sur la tête
du sujet...

— Je ne vois pas à quoi vous faites allusion, répondit Smith.

J'intervins sur le mode innocent :

— À Cyrano de Bergerac, voyons ! Mon ami ne
pouvait penser à autre chose ! Vous oui, monsieur
Smith ?

— Mais nous nous écartons du sujet, enchaîna Holmes, impassible. Il est un meurtre contre lequel la police est généralement impuissante, c'est celui perpétré par le biais du suicide, et il semble bien que De Quincey ne l'ait pas cité. Pourtant, son essai est postérieur à l'histoire de *Werther*.

— Quel rapport y voyez-vous ? fit Smith, d'un ton rogue.

— Mais c'est évident, voyons ! s'écria Holmes. Je ne vous ferai pas l'injure, mon cher monsieur, de vous rappeler l'anecdote authentique qui inspira à Goethe son roman *Werther*. Ce sur quoi je me permets d'insister, c'est sur les rapports réels existant entre Goethe-Werther et Kestner-Albert.

— C'étaient deux grands amis.

— Version officielle, ricana Holmes, mais disséquez un peu la façon dont Werther parle d'Albert. Selon lui, Albert était un homme droit, austère, et d'une grande rigueur morale, mais...

— Mais ?

— Toutes ces épithètes étaient justement assorties d'un « mais ». J'ai assez approfondi le sujet pour me permettre de vous en restituer de mémoire certains passages. Je cite Werther : « ... Tu sais que j'aime beaucoup Albert, mais je n'aime pas ses "cependant". Car n'est-il pas évident que toute règle générale a ses exceptions ? Mais telle est la scrupuleuse équité de cet excellent homme — que de termes laudatifs, n'est-ce pas, monsieur Smith ? — que quand il croit avoir avancé quelque chose d'exagéré, de trop général, ou de douteux, il ne cesse de modifier, d'ajouter, de retrancher ou de limiter jusqu'à ce qu'il ne reste rien de sa proposition... »

— Je n'ignore pas ce que Goethe a écrit, monsieur Holmes, coupa Smith, ostensiblement agacé.

— Permettez-moi pourtant quelques autres citations :

« ... Pourquoi ne le dirais-je pas ? Wilhelm, elle eût été plus heureuse avec moi qu'avec lui (...) ce n'est point là l'homme capable de remplir tous les vœux de son cœur. Un certain défaut de sensibilité... » Plus loin, Werther parle d'une acrimonie qualifiée de totalement étrangère au caractère d'Albert, mais qu'il ne manque pas de souligner chaque fois que l'occasion s'en présente. C'est net, le bon, l'honnête, le scrupuleux Albert, était, aux yeux de Werther, un être borné, terne, un « Philistin ». Il souligne en outre ce défaut de sensibilité mis en évidence dans la lettre concernant le commis du bailli devenu fou à la suite de sa malheureuse passion conçue pour cette même Lotte, fille de son employeur : « Sens, si tu peux, sens, par ces mots pleins de sécheresse comme cette histoire m'a bouleversé, lorsque Albert me l'a contée, aussi froidement que tu la liras peut-être... »

Smith haussa les épaules.

— Exégèse toute personnelle, monsieur Holmes. Où se situe le crime, là-dedans ?

— Ni ouvert ni tolérant, donc, Albert. Obtus même, mais assez lucide pourtant pour s'apercevoir que Goethe s'appliquait à mettre en valeur, aux yeux de Charlotte, les facettes brillantes de sa personnalité, au détriment de la sienne, plus terne, plus fade, et passablement ennuyeuse au cœur d'une jeune fille romantique. Je cite encore...

— Raisonnement parfaitement spécieux, coupa Smith. Et puis-je vous faire remarquer, mon cher Holmes, que vous avez dit Goethe au lieu de Werther ?

— On finit par confondre, dit Holmes, imperturbable. « Il (Albert à Charlotte) lui dit quelques mots que Werther trouva bien froids, et même durs. Charlotte sentait confusément combien pesait alors sur elle la mésintelligence qui avait grandi entre Albert et Werther. Des hommes si bons, si raisonnables, avaient commencé, par de secrètes différences de sentiments, à se renfermer tous deux dans un mutuel silence, chacun pensant à son bon droit et au tort de l'autre... »

— J'attends le crime, rappela Smith, mordant. C'est que je veux mon crime, moi ! Vous m'avez promis un crime, monsieur Holmes, et je ne le vois pas venir !

— Nous y arrivons. Albert et Werther avaient assez longuement discuté du suicide pour qu'Albert sût son ami tenté par cette extrémité. Il le voit désespéré, mais quand Werther vient lui emprunter ses pistolets, comment réagit-il ? Comme ceci : « ... l'apparition du domestique de Werther jeta Charlotte dans un grand désarroi. Il remit le petit billet à Albert, qui se retourna froidement (froidement) vers sa femme et lui dit : "Donne-lui les pistolets, je lui souhaite bon voyage." » Adieu en bonne et due forme.

— Albert était un homme calme. Il disait tout froidement. De là à penser qu'il aidait Werther à se suicider... car c'est là le fond de votre pensée, n'est-ce pas, monsieur Holmes ? Je vous rappelle cependant que vous évoquez là des personnages de pure fiction, même s'ils ont été inspirés par des individus réels !

— Fiction, vraiment ? riposta Holmes d'une voix âpre. Pas en ce qui concerne la première partie du livre, laquelle connaît dans la réalité une fin très peu romantique : Goethe part, alors que Werther, lui,

meurt : une balle dans la tête. Je pense que vous
voyez à qui je fais allusion.

Smith esquissa le geste de chasser une mouche importune.

— Oui, oui, l'histoire de Karl Wilhelm Jerusalem. Il
est exact que Goethe l'a utilisée pour donner une fin
à son ouvrage.

Holmes se tourna vers Vincent Harden.

— Peut-être faut-il vous résumer l'anecdote, mon
cher Vincent. En même temps que Goethe, à Wetzlar,
se trouvait alors un jeune conseiller de l'ambassade
de Brunswick, Karl Wilhelm Jerusalem. Éperdument
épris de la femme d'un autre diplomate nommé Herd,
il s'est donné la mort.

— Dans quelles conditions ? demanda Vincent.

— D'un coup de pistolet dans la tête. Et pistolet
emprunté à qui ? Je vous le laisse deviner.

— Pas à Kestner, tout de même ! fit Vincent, d'une
voix incrédule.

— À Kestner, parfaitement !

Holmes pointa son index vers Smith.

— Kestner qui savait fort bien que la situation sentimentale de ce malheureux était identique à celle de
Goethe, la chose était notoire à Wetzlar ! Or, quand
Jerusalem vient emprunter ses pistolets à Kestner,
celui-ci ne connaît aucun problème de conscience, il
ne se pose pas de question : il prête ses armes !

— Selon vous, rétorqua Smith, il aurait donc favorisé son suicide. Mais pourquoi ? Jerusalem n'était
pas amoureux de Charlotte !

— Le moment est venu, poursuivit Holmes, impassible, de démonter le mécanisme mental de ce singulier personnage. S'il s'agit d'une incitation au suicide,

permettez-moi l'expression, elle est ici à double détente.

— Vraiment ? ricana Smith, donnant toutes les apparences d'une lassitude distinguée.

— ... D'une part, on pouvait comprendre que Kestner en eût par-dessus la tête de ces coucous romantiques qui prétendent nicher dans le cœur des fiancées et des épouses, et que le sort de Jerusalem lui importât peu. Mais la vérité est beaucoup plus complexe : en fait, la mort de Jerusalem lui paraissait nécessaire pour jouer le rôle de la mèche dans l'explosif psychologique qu'il préparait. Car Jerusalem ne s'est pas sitôt suicidé que Kestner se dépêche d'en informer Goethe par une lettre qu'il lui écrit tout exprès. Message implicite : Jerusalem, lui, aimait vraiment Mme Herd, ce n'était pas de la littérature. La preuve : sans grandes phrases, il s'est proprement supprimé. Comparé à lui, Goethe apparaissait désormais comme un timoré, un velléitaire, voire un comédien de l'amour ! Qui sait si Charlotte n'a pas été déçue ?

Smith commenta ironiquement :

— À votre sens, donc, Kestner espérait qu'à chatouiller l'amour-propre de son rival, il le pousserait au suicide ? Analyse de bazar, monsieur Holmes, vous me décevez !

— Étant donné l'image que Goethe s'attachait à donner de lui-même, un être romantique, épris d'absolu, il eût été dans la bonne logique des choses qu'il résolût de quitter la vie. D'ailleurs, lui apprendre ce suicide, lui relater la façon dont il s'était produit, c'était un peu, à un autre niveau, lui prêter aussi ses pistolets !

Smith continuait d'affecter une patience goguenarde.

— Comment Kestner pouvait-il être convaincu que son piège fonctionnerait ? Ah ! c'est bien dans votre méthode, monsieur Holmes, de remplacer des faits inexistants par des suppositions gratuites ! Je plains les suspects que vous poursuivez de votre imagination !

— Suppositions ? répliqua Holmes. Dans la mesure où Werther, c'est Goethe lui-même, permettez-moi de vous rappeler certain dialogue sur le suicide entre le héros et Albert : « La nature humaine a ses bornes. Elle peut, jusqu'à un certain point, supporter la joie, la peine, la douleur. Ce point passé, elle succombe. La question n'est pas de savoir si un homme est faible ou s'il est fort, mais s'il peut soutenir le poids de ses souffrances, et je trouve étonnant qu'on nomme lâche le malheureux qui se prive de la vie, comme si l'on donnait ce nom au malade succombant à la fièvre maligne... »

Il se tourna vers Vincent :

— N'est-ce pas votre avis, mon jeune ami ?

— Pourquoi maintenant vous adressez-vous à lui ? demanda Smith d'un ton agressif.

— Parce que je me souviens de l'enthousiasme avec lequel il a applaudi votre citation de Voltaire, chez lady Windermere. Visiblement, vous l'avez convaincu que le suicide est un geste sublime, une preuve de grandeur vis-à-vis du Créateur, la seule façon noble de refuser le monde sot et laid qu'on veut lui imposer. D'ailleurs, puis-je vous rappeler que c'est l'acte qui suscite le plus d'émulation, surtout lorsqu'il est inspiré par la littérature ?

Encore une fois, Holmes se tourna vers Vincent :

— Quand Jerusalem s'est suicidé, on a trouvé près de lui un exemplaire d'*Emilia Galotti*, dont M. Smith, je pense, n'a pas manqué de vous souligner l'exaltant lyrisme.

— C'est vrai, dit Vincent d'un air de défi enfantin. C'est un livre admirable !

Holmes déclara rudement :

— Si admirable que Goethe prête à Werther le même geste que Jerusalem ; si admirable que le livre de Goethe lui succède dans le symbole et la nocivité... Voulez-vous des exemples, Vincent ? À Halle un cordonnier se précipite du haut de sa mansarde. On trouve sur son cadavre un exemplaire de *Werther*. À Weimar, une demoiselle Lasberg, abandonnée par son fiancé, se jette dans la rivière. Elle portait sur elle un exemplaire de *Werther*. Le fils d'une des consœurs de Goethe, Mme von Hohenhausen, se tue à Bonn d'un coup de pistolet, après avoir lu *Werther*, dont il a souligné des passages. En fait, on a évalué à une cinquantaine le nombre de jeunes gens en frac bleu et culotte jaune, qui se sont envoyés *ad patres* dans les années qui ont suivi, au point que Charles Nodier a proclamé : « Le pistolet de Werther et la hache des bourreaux nous ont décimés. » Au point qu'un pasteur a écrit à Goethe pour le traiter d'assassin... d'assassin, monsieur Smith, car oserez-vous prétendre que le goût du suicide ne peut s'instiller à la façon d'un poison lent ?

Smith ouvrit la bouche, mais Holmes le prévint :

— Une dernière citation, si vous le permettez : « ... l'écrivain ne saurait être rendu responsable parce qu'un de ses ouvrages, mal entendu par des intelligences bornées, a tout au plus purgé le monde d'une douzaine de sots et de vauriens, incapables de rien faire mieux que d'éteindre complètement le faible reste de leur pauvre lumière... »

Il se tourna vers Vincent :

— Vous reconnaissez-vous dans ce portrait, mon jeune ami ? La phrase est de Goethe lui-même.

— Je ne vous permets pas..., commença faiblement Vincent, mais Smith lui coupa la parole, les yeux brûlants :

— Décidément, monsieur Holmes, vous joignez la goujaterie à l'incompétence !

Holmes sourit, du coin des lèvres.

— Là, vous m'insultez, monsieur Smith, et vous illustrez parfaitement l'une des sentences de votre auteur favori, De Quincey : « ... Car celui qui se laisse aller au meurtre s'enhardira bientôt jusqu'à commettre quelque vol ; du vol, il glissera à la boisson, et de là, il enfreindra les règles du sabbat, pour tomber finalement dans l'incivilité et la paresse... »

Smith se pencha en avant, ses mains frémissantes étendues sur le marbre de la table.

— Vous m'accusez implicitement d'avoir projeté un assassinat. Qui est l'insulté, je vous le demande ?

— Vous, si vous le désirez, répondit froidement Holmes, et permettez-moi, puisque nous sommes dans le propos, une insulte supplémentaire : je ne trouve rien de plus lâche qu'un individu qui essaie d'atteindre son ennemi à travers sa famille. Le choix des armes vous revient donc. Quand voulez-vous que nous nous rencontrions ?

Il y eut un silence très lourd. La stupéfaction m'écrasait. La conduite de Holmes était si peu dans ses habitudes que je me demandais s'il possédait tous ses esprits. Quant à Smith, il était devenu livide. Ses lèvres tremblaient.

— Parlez-vous sérieusement ?

Le ton était si bas qu'on l'entendait à peine.

— On ne peut plus, répliqua Holmes. Je considère que nous nous sommes mutuellement insultés, mais je vous le répète, je vous laisse le choix des armes.

Encore un silence, puis Smith fit, d'une voix rauque :

— Le pistolet.

— Le pistolet, acquiesça Holmes. Le Dr Watson sera mon témoin. Nous en trouverons un second. Et vous ?

— Moi ! cria Vincent Harden, les joues enflammées de colère, et il y aura bien quelque gentleman de mes amis pour nous assister dans cette mauvaise querelle !

— Je n'en doute pas, dit Holmes, versant dans la politesse glaciale. Vous ne comprendrez décidément jamais rien à rien, mon pauvre Vincent. Nos témoins prendront langue pour la rencontre, messieurs. Je vous salue.

Il se leva. Je le suivis, jetant un coup d'œil en arrière. Smith était décomposé. Sa lèvre inférieure tombait, et il n'osait regarder Vincent qui lui parlait avec véhémence. Et le ton des voix avait dû se hausser à un registre élevé sans que nous en eussions conscience, car, dans la salle, tout le monde se taisait. Nous passâmes la porte sous le poids d'une vingtaine de regards consternés. À peine dehors, j'éclatai :

— En vérité, Holmes, vous avez perdu la raison ! À quoi rime cette comédie ?

— Mot juste, Watson, répondit-il, très calme. Cet esclandre public était effectivement une manière de comédie. Je n'avais pas d'autre moyen d'exorciser le mal.

— Mais pourquoi un duel ? Si vous êtes excellent à l'épée, c'est toujours moi que vous chargez d'emporter un revolver quand nous partons en expédition. Vous tirez comme une grenouille et vous le savez !

— Smith ne le sait pas, répliqua Holmes.

Et tandis que nous attendions le passage d'un fiacre il daigna m'expliquer :

— Voyez-vous, Watson, Smith a une conception toute particulière de la justice. John Vincent Harden est jugé par lui responsable du suicide de son jeune frère. Aussi, a-t-il entrepris de le punir en infligeant le même sort à son fils... Rien de plus facile : esprit faible, volonté défaillante, Vincent n'est pas un aigle.

— Mais c'est son ami !

— Amitié froidement calculée. Au demeurant, Vincent n'a rien pour inspirer l'estime ou l'affection à qui que ce soit. Il est sot, égoïste, et ce serait un scélérat s'il en avait les moyens intellectuels. Avec l'ascendant que Smith a pris sur lui, il l'aurait immanquablement conduit au suicide. Vincent ne se sent guère à l'aise dans son milieu familial. Ajoutez la menace du redoutable destin de principes et de chiffres qu'on lui a tracé, la rigueur de son père, la faiblesse de sa mère, l'avenir n'a rien pour le séduire. Et puis, la mort paraît si belle à ceux qui n'ont pas à lutter pour la vie ! Quel adolescent n'a rêvé de disparaître de façon sublime et violente, dans la pleine fleur de la jeunesse ? C'est la vieillesse qui épouvante les romantiques, Watson !

— C'est vrai, murmurai-je, Werther est mort à vingt ans.

— Mais Goethe à quatre-vingt-trois ans, conclut cruellement Holmes. Et croyez-moi, Smith est beaucoup plus Goethe que Werther...

11

J'admirais mon ami. Il n'avait jamais été aussi calme que ce matin-là, alors que l'heure qui viendrait serait peut-être celle de sa mort. Notre deuxième témoin était l'un de mes anciens compagnons d'armes en Afghanistan, Stamford, celui-là même grâce à qui, des années plus tôt, j'avais rencontré Sherlock Holmes. De son côté, Vincent Harden était assisté par le dernier fils de lord Bradlaw, qui avait mis à notre disposition, pour la rencontre, une clairière éloignée, dans le grand parc que possédait sa famille au nord-ouest de Londres.

Nous étions arrivés en fiacre à la première lueur de l'aube. Le temps était clair, très froid, et nous nous réchauffions en foulant le gazon brillant d'humidité. Vincent Harden, venu dans son cabriolet personnel, nous fit savoir qu'il n'avait pas revu Smith depuis l'altercation au club des Voyageurs, mais que celui-ci lui avait envoyé un câble, l'avant-veille. Il se présenterait seul.

Cependant, l'heure convenue était passée depuis vingt bonnes minutes, et aucune voiture ne s'était arrêtée devant la grille laissée ouverte. Je marchais de long en large, discutant avec Stamford, tandis que Holmes, les mains dans les poches de son manteau, examinait la boîte de pistolets de duel que le jeune Bradlaw avait mise à notre disposition, et qu'on avait posée sur le bord en marbre d'un cadran solaire.

— Smith se fait attendre, dis-je enfin à Holmes.

— Le 1er mai est passé, Watson, répondit-il, et cette année, John Harden n'aura pas eu son petit cadeau.

— Notre homme aurait-il renoncé à cet apparat ?

Holmes sortit sa montre de son gousset.

— L'apparat est devenu sans objet : une demi-heure de retard. Comme tous les assassins calculateurs à sang froid, Smith évite de voir la mort en face, surtout la sienne. Croyez-moi, il ne serait pas allé tirer sur John Harden lui-même, au risque de se faire pendre... Non, si je l'ai poussé à ce duel, Watson, ce n'est pas pour le tuer mais bien pour l'acculer à la fuite. En fait, mes « irréguliers » m'ont appris hier soir qu'il avait définitivement quitté Beauvoir Town. Il se trouve sans doute déjà à bord d'un bateau en route pour le Continent, sinon pour l'Australie.

Je le regardai avec des yeux effarés.

— C'est trop fort, Holmes ! Si vous connaissiez ce fait, à quoi rime notre réunion de ce matin ?

— À faire publiquement éclater la forfaiture de Smith, à mettre au jour sa propre faiblesse, à le discréditer suffisamment aux yeux de Vincent Harden pour désamorcer les idées malsaines qu'il lui inculquait. J'ajoute qu'une heure d'attente dans cet air glacé se révélera excellente pour rafraîchir les humeurs romantiques de notre oison... Allons, Watson, un peu de patience.

Une heure après celle fixée pour le duel, Holmes déclara aux témoins :

— Messieurs, je vous prie de prendre acte que M. Anthony Smith a déclaré forfait. Il justifie ainsi l'accusation de lâcheté que j'avais portée contre lui et que je maintiens. Je crois qu'à présent nous pouvons rentrer.

Le jeune Bradlaw entraîna vers son château Vincent Harden, pâle de fureur rentrée, tandis que nous repartions vers notre cab, au cocher duquel nous avions demandé d'attendre à quelque distance.

— Et maintenant ? demandai-je à Holmes, une fois que nous eûmes déposé Stamford.

— Maintenant, aux Harden de reprendre les choses en main, mais nous devrons leur fournir tous les éléments nécessaires à cette thérapeutique. Il faut, pour adopter l'image des Français, que M. Harden mette de l'eau dans son vin, et si possible, que Mme Harden mette un peu de vin dans son eau.

— Difficile de le leur faire admettre !

— Je me charge de John Harden, que je vais aller trouver à ses bureaux des West Indian Docks. Vous, vous voudrez bien envisager un entretien avec Mme Harden.

— Pourquoi moi ?

— Allons, Watson, fit cordialement Holmes, vous me connaissez, je ne suis à l'aise que dans la sécheresse des raisonnements, alors qu'avec Mme Harden il sera judicieux de jongler avec les nuances, d'évoluer dans la demi-teinte, de manipuler l'ellipse, de transcender les sentiments… Pour cela, je vous fais confiance.

— Je trouve votre ironie déplacée, dis-je sèchement.

— Mais je parle de votre expérience de médecin ! répliqua-t-il d'un air innocent, de l'expérience que vous avez acquise à conseiller et à soigner vos patients ! Où voyez-vous de l'ironie ?

12

Mme Harden avait pleuré en apprenant le suicide de Lionel Schmidt. Je m'étais efforcé de la convaincre qu'elle n'avait aucune part dans ce malheur. Je lui

avais ensuite conseillé de se montrer, pour son fils
Vincent, autant une amie qu'une mère : il aurait besoin d'une affection sans mièvrerie, d'une confidente
libérée des préjugés étriqués de sa classe, car il allait
maintenant se retrouver seul, livré à toutes les tentations de l'oisiveté sentimentale.

Elle m'écouta attentivement, me demanda quelques conseils, dont elle ne me cacha pas qu'ils étaient
de ceux qu'elle n'eût pas osé solliciter de son mari. Je
découvris en elle une âme délicate, où la subtilité du
sentiment le disputait à la finesse de l'intuition, et
sans doute décela-t-elle chez moi l'écho informulé à
certains de ses élans secrets. Nous parlâmes ainsi plus
d'une heure, de plus en plus chaleureusement, aux lisières d'une amitié hésitante, peinte aux timides couleurs de la pudeur et de la bienséance. Je retirai de
notre connivence feutrée une sourde nostalgie, cette
espèce de tristesse exaltée que je n'avais plus connue
depuis la disparition de ma pauvre Mary.

À Baker Street, Holmes m'attendait dans le salon,
où une table raffinée avait été dressée.

— Oui, dit-il froidement, j'ai prié Mme Hudson de
nous faire envoyer par un traiteur ce qu'il faut pour
conclure dignement notre enquête...

Il me considéra attentivement et ajouta :

— Au demeurant, je m'attendais à vous voir revenir très pensif de votre visite chez Mme Harden. J'ai
donc prévu du montrachet 92, qui me paraît être le
remède le plus approprié à la mélancolie.

Décidément, cet homme était le diable, mais je me
gardai bien de le lui dire, car il eût pris cela pour un
compliment. Je dois l'avouer, les vins de Beaune cau-
térisèrent si bien mes états d'âme qu'au café nous
évoquions librement les rebondissements de notre af-

faire. En fait, le déclic était venu d'un tout menu détail : cet opéra de Massenet que, sur les instances de l'inquiétant Smith, Vincent Harden était allé voir plusieurs fois de suite pendant les fêtes de Noël, et à la représentation duquel nous-mêmes avions eu l'occasion d'assister. Nous nous efforçâmes de nous le rappeler. Holmes, qui avait une mémoire infernale, réussit même à retrouver le nom des interprètes :

— Emma Eames était Charlotte, Sigrid Arnoldson sa sœur Sophie, et il y avait Jean de Rezke, celui-là même que nous avions entendu avec son frère Édouard dans *Les Huguenots*, en 89... À beaucoup plus de quarante ans, il incarnait encore superbement le jeune Werther !

— C'est vrai, dis-je, rêveur, et quel chanteur ! J'ai encore dans l'oreille cet air magnifique : *Là-bas, au fond du cimetière...* où, dans un dernier souffle, Werther, quoique s'étant suicidé, implore une sépulture chrétienne...

— Tiens, dit Mme Hudson, qui desservait, c'est comme l'autre.

Très étonnés, nous la regardâmes.

— Je vous demande pardon ? fit Holmes, les sourcils froncés.

Elle expliqua, sur le ton de l'évidence :

— Oui, ce poète français dont vous parliez, le mois dernier. Le suicide est un péché mortel qui interdit la terre chrétienne à ceux qui s'en rendent coupables. Ce malheureux était dans la misère, il ne pouvait plus supporter la vie. Alors, il a pris un sou, sans doute le dernier qui lui restait, et qui symbolisait sa dernière volonté : être enterré chrétiennement malgré la mort qu'il s'était donnée. Sinon, pourquoi aurait-il tracé une croix dessus ?

Elle sortit avec ses assiettes, nous laissant écrasés de stupeur. Holmes se leva, se précipita vers les livres français rangés en pile sur un coin de la commode. Sa voix me parvint étouffée, comme oppressée par la vérité qu'elle véhiculait :

— Elle a raison, Watson, tout s'adapte ! C'est bien le soir même précédant son suicide que Nerval est passé chez Joseph Méry. Son message était clair : je me suicide, mais ne me refusez pas la terre chrétienne. Et sans doute, dès qu'il fut rentré, cette nuit-là, Joseph Méry a-t-il battu le rappel de ses amis pour courir à la rescousse du poète, empêcher l'acte fatal qu'il s'apprêtait à commettre !

— Quels amis ?

— Ceux qui l'avaient vu les derniers, ceux qui pouvaient guider les recherches, Paul Chenavard, Michel Lévy, Charles Monselet, Charles Asselineau…

— Mais comment auraient-ils su où le trouver ?

— Il l'avait annoncé, Watson ! Il l'avait dit à Edmond Texier, redit à Charles Monselet, lors d'une promenade nocturne rue de la Vieille-Lanterne : « Si jamais on voulait se pendre, c'est ici qu'il faudrait venir la nuit. On serait sûr de n'être décroché que le lendemain matin ! »

— Ils seraient donc arrivés trop tard ?

Il ne répondit pas tout de suite, occupé qu'il était à brasser fiévreusement brochures et journaux. Il murmura enfin, tout bas, suivant sa pensée :

— C'est confirmé par la dissonance dans les rapports qui ont été établis. Selon Aristide Marie, Nerval s'est pendu à la grille de l'escalier menant de la rue de la Vieille-Lanterne à la rue Basse-de-la-Vieille-Lanterne. Or, l'analyse du procès-verbal dressé le 26 janvier 1855 par le préfet de police atteste que le corps a été découvert accroché aux barreaux de la boutique d'un serrurier, le sieur Boudet, au numéro 4 de la rue... Oui, Watson, trop tard pour le sauver, mais pas trop tard pour maquiller le suicide en meurtre ! Ses amis ont dépendu Nerval mort afin de simuler une pendaison différente laissant croire que le suicide était impossible ! Ils lui ont même remis son chapeau sur la tête pour mieux étayer la thèse du crime !

— Si bien que Nerval a été enterré en terre chrétienne !

— Comme il le voulait. Maxime Du Camp rapporte dans ses *Souvenirs littéraires* que certains détails donnés au vicaire de la sacristie de Notre-Dame avaient amené celui-ci à poser la question : « Quelqu'un a-t-il vu ce malheureux se pendre ? — Non, personne. — Alors, notre devoir est de supposer qu'il a été victime d'un crime. » Là-dessus, Arsène Houssaye alla voir l'archevêque de Paris, et un service solennel fut célébré à Notre-Dame.

— Mais vous, Holmes, votre sentiment ?

Holmes me montra une feuille couverte d'une écriture serrée, qu'il avait sortie de sous les livres.

— Voici ce que l'un de mes correspondants à Paris m'a adressé. C'est, extraite du fonds Nadar de la Bibliothèque nationale, la copie d'une lettre envoyée par Georges Bell, l'un des meilleurs amis de Gérard de Nerval, à Félix Nadar, en 1881... Tenez, voyez ces deux lignes où Bell admet enfin la thèse du suicide après avoir longtemps soutenu celle de l'assassinat. En fait, c'est presque un aveu, mais jusqu'à présent je n'avais pas vu ce texte à la lumière adéquate. Il a fallu Mme Hudson.

Je lus : « ... Si nous avons dit autre chose, jadis, nous avions des motifs sérieux pour agir comme nous le fîmes. Mais aujourd'hui, plus que jamais, nous devons repousser toutes les légendes. Elles sont inutiles et nuisent au bien général... »

Holmes remit le feuillet entre les livres.

— Voilà une affaire éclaircie, murmura-t-il. Reste maintenant à ranger tout cela.

— C'est égal, lui fis-je observer. La passion criminaliste devient peu à peu chez vous une source d'érudition, Holmes ! Quand je vous ai rencontré, vous ignoriez qui était Carlyle, vous en souvenez-vous ?

— Y avez-vous cru ?

— Je n'ai pas exclu un brin de provocation.

— Eh bien, répliqua-t-il avec bonne humeur, cela prouve au moins une chose, mon cher Watson : si la culture peut conduire au crime, comme nous l'avons vu l'année passée avec l'affaire Addleton, le crime peut aussi conduire à la culture.

Le drame ténébreux qui se déroula
entre les frères Atkinson
de Trincomalee*

* Nouvelle parue dans *Le nouveau musée de l'Holmes*, Néo, novembre 1989.

1

On m'a souvent reproché le désordre chronologique avec lequel j'ai livré au public la plupart des
aventures de mon ami Sherlock Holmes. Il en est responsable au premier chef, tant il a apporté de répugnance à autoriser certaines de ces divulgations.
Encore ne s'agit-il là que des enquêtes auxquelles j'ai
moi-même participé, mais que dire de celles qu'il a
menées seul !

On s'en souvient, je l'ai précisé dans *Un scandale en
Bohême*, durant le temps que je n'habitais plus Baker
Street, je n'étais tenu au courant des activités de Holmes que par ce que je pouvais en lire dans la presse.
Parmi les affaires qu'il avait alors traitées, les journaux avaient cité ce qu'ils appelaient « Le drame ténébreux des frères Atkinson, de Trincomalee ».
Drame ténébreux, certes, mais encore plus dans la
réalité que dans la version officielle qui en fut donnée. Je précise, pour ceux qui ne sont pas familiarisés
avec nos possessions de l'Empire, que Trincomalee

est une ville située sur la côte nord-est de Ceylan. Cette agglomération, peuplée essentiellement de Tamouls, descendants d'anciens envahisseurs hindous, est loin d'égaler Colombo en importance, mais constitue néanmoins le centre industriel et commercial d'une région vouée à l'exploitation intensive du café, du thé et des épices.

Il va sans dire que Holmes ne mena pas l'enquête sur place, mais à Londres, où le protagoniste de cette tragique histoire s'était réfugié après le drame. Je lui laisse la parole :

Cela s'est passé peu de temps après votre mariage, Watson, pendant l'été 87. Je me trouvais alors seul à Baker Street, en une période où, mis à part le meurtre des Trepoff, la grande activité criminelle connaissait une pause regrettable. L'affaire me fut soumise par Mme Hudson, requérant mon intervention comme un service personnel. Vous connaissez Mme Hudson, Watson, et avez apprécié avec moi son inaltérable dévouement. Pouvais-je lui refuser mon assistance ? Il s'agissait d'une de ses cousines, écossaise également, mais établie dans le Suffolk. Cette Agatha Peweepeller, d'abord gouvernante dans une modeste demeure de la région, s'était retrouvée, par la force des choses, après la mort de ses employeurs, les Farfield, seul soutien de leur fillette Ellen. Elle l'avait courageusement élevée, grâce aux subsides étriqués laissés par les époux disparus au notaire de la famille. Et voici qu'Ellen, arrivée à l'âge déjà avancé de vingt-six ans sans jamais s'être totalement libérée de sa tutelle, devait faire face à un très grave problème.

Mme Hudson s'était refusée à m'en dire plus, ajoutant qu'Agatha Peweepeller, de qui elle répondait comme d'elle-même, saurait m'expliquer la chose.

Certain après-midi de juin, donc, arriva à Baker Street un couple très singulier. Agatha Peweepeller était une grande femme tout en os, avec un cou décharné surmonté d'une tête d'oiseau, au nez aigu pointant entre deux yeux ronds d'une extrême mobilité sous le chapeau fatigué qu'elle arborait.

Ellen, elle, n'accusait pas son âge. Je lui vis une physionomie bénigne, non sans charme sous le lourd chignon romantique. Son expression me frappa : elle balançait entre la résignation et une espèce d'effarement chronique, dû sans doute à la forte influence quotidienne de sa gouvernante. D'ailleurs, Mme Hudson m'avait prévenu :

— N'accablez pas Agatha sous vos déductions imprévues, monsieur Holmes. Elle pourrait s'en effaroucher et crier à la sorcellerie !

— Je m'en garderai bien, madame Hudson, avais-je placidement répondu. Au demeurant, après tout ce que vous m'avez appris, je doute d'avoir encore quelque chose à découvrir concernant votre cousine...

Les deux femmes introduites dans le salon, Mme Hudson se retira aussitôt, dans le souci de ménager nos pudeurs respectives. Je les invitai à s'asseoir. Agatha s'enfonça dans son siège avec assurance, tandis qu'Ellen se maintenait au bord de sa chaise. Cela fait, Agatha Peweepeller prit la parole sur un ton haut perché :

— Je n'irai pas par quatre chemins, monsieur Holmes. Vous savez qui je suis, mais vous ignorez encore pourquoi je suis là. Il s'agit de ma protégée, Ellen, qui se débat dans les affres d'un problème dont vous serez sans doute seul à pouvoir démêler les fils.

— Je vous écoute, madame Peweepeller.

— Voici. Dans la région que nous habitons, sur la côte est du Suffolk, nous avions autrefois des voisins, les Atkinson, famille modeste mais honorable, un couple avec deux jumeaux. L'un d'eux, James, se montrait obéissant, travailleur et ambitieux, du moins jusqu'au moment où la famille quitta l'Angleterre, en 1874. Son frère Abel, compagnon de jeux d'Ellen, était un garnement, mais un gentil garnement… n'est-ce pas, Ellen ?

— Oui, Pewee, chuchota Ellen, les yeux baissés.

Agatha Peweepeller hésita une seconde, avant de préciser :

— En d'autres termes, si Abel avait des défauts, et il n'en manquait pas, c'était un gamin sans calcul et d'une grande spontanéité. Lui et Ellen passaient leurs journées ensemble. Ces deux enfants, monsieur Holmes, s'aimaient comme durent s'aimer Paul et Virginie…

Elle s'interrompit, faillit sans doute répéter « N'est-ce pas, Ellen ? » mais mon froncement de sourcils l'en dissuada. Elle reprit :

— Abel, en fait, ne montrait aucun goût pour l'étude et, de façon générale, pour tout ce qui ressemblait à une contrainte, ce qui n'était pas sans causer du souci à ses parents. Cela dura jusqu'à cette année 1874, où, à l'invitation d'un frère de Mme Atkinson, qui avait fait fortune à Ceylan, toute la famille prit la mer afin de s'y établir.

— Au fait, madame Peweepeller…

— J'y arrive, monsieur Holmes. Sachez d'abord que M. et Mme Atkinson ne survécurent pas au climat et aux maladies tropicales. Les deux adolescents se retrouvèrent bientôt orphelins. Naturellement, M. William Bryce, le frère de Mme Atkinson, les prit en charge, d'autant qu'il jouissait d'une fortune considérable. Il devait plus tard s'en féliciter, du moins en ce qui concernait James, dont, durant les années qui suivirent, le goût du travail et l'aptitude au commandement donnèrent toute leur mesure dans les exploitations de café et de thé de son oncle. Abel, c'était autre chose : on nous a dit qu'il était plutôt porté vers la vie facile, les amusements frelatés, et qu'il fréquentait volontiers ces gens douteux qu'on rencontre dans les bouges de Colombo...

— Pewee..., tenta faiblement Ellen.

— Tu ne vas tout de même pas le défendre ! tonna Agatha Peweepeller. Je sais bien que ces jeunes gens bohèmes et fantaisistes suscitent toutes les indulgences, à commencer, au cas particulier, celle de M. Bryce, mais justement, sans cette regrettable faiblesse, rien ne serait arrivé !

Elle récupéra sa respiration.

— Bref, monsieur Holmes, Abel Atkinson est rentré le mois dernier. Il est revenu dans la région pour vendre la demeure de ses parents, et à cette occasion Ellen l'a revu. Eh bien, le croiriez-vous ? Il s'est montré avec elle distant, presque froid, et n'a pas semblé désireux de renouer les liens d'autrefois. On croirait qu'il l'évite...

— J'en suis navré, madame Peweepeller, répondis-je de façon un peu sèche, mais les gens changent. Entre un enfant de treize ans et un adulte de plus du double...

Elle m'interrompit, le chapeau en bataille.

— Tout de même, monsieur Holmes, il y a des choses de la vie qu'on ne renie pas ! Et tenez, lors de notre dernière entrevue, il a suffi qu'Ellen lui rappelle une équipée malheureuse qu'ils avaient faite ensem-

ble pour qu'il manifeste une irritation des plus déso-
bligeantes. Il lui a même conseillé ironiquement de
sortir de l'enfance une fois pour toutes. N'est-ce pas,
Ellen ?

La jeune fille, enfin, s'anima. Elle parla, de sa voix
prudente, un peu étouffée, tandis que des larmes
sourdaient au coin de ses paupières.

— C'était pourtant l'un de nos souvenirs les plus
émouvants, monsieur Holmes. Nous avions construit
une sorte de radeau, dont Abel avait relevé les plans
sur un livre d'aventures, et nous nous étions risqués
dans la crique, mais les vagues nous ont violemment
rejetés contre le rivage, où j'ai failli me noyer. Abel
m'a sauvée, au prix d'une profonde déchirure au flanc
contre une arête du rocher, sans préjudice d'une mémorable correction administrée par son père.

Je considérai avec attention cette jeune fille, qui
sans aucun doute avait du mal à assumer sa condition
d'adulte. Elle entretenait visiblement une nostalgie
maladive pour ce que le poète français Baudelaire a si
joliment appelé « le vert paradis des amours enfantines »...

Je me tournai vers Mme Peweepeller.

— Ma chère madame, nous nous trouvons là assu-
rément devant une situation des plus dramatiques,
mais la presse peut vous être un recours. Dans certaines de ses rubriques, des dames au grand cœur donnent de meilleurs conseils que tous ceux que vous
pourrez obtenir de moi.

Agatha Peweepeller répliqua, avec une grande dignité :

— Si nous nous sommes permis de faire appel à
vous, monsieur Holmes, c'est que notre problème dé-

passe le cadre sentimental. À la base de tout cela, il y a un meurtre.

— Ah, tout de même ! fis-je sèchement.

Agatha Peweepeller redressa son chapeau d'une paume vigoureuse.

— En fait, l'attitude d'Abel ne trouve pas son origine dans une simple désaffection. Ce jeune homme, monsieur Holmes, n'est plus lui-même. Il est bourrelé de remords, harcelé par le souvenir de son acte, poursuivi par le fantôme de son frère.

— Le fantôme ?

— Abel a tué son frère, monsieur Holmes.

Vous l'avouerai-je, Watson, la première réflexion qui me vint alors à l'esprit fut proprement stupide, à peu près du genre : « Ce devrait être le contraire », mais bien entendu, je me gardai d'en faire part à mon interlocutrice. Je répétai seulement :

— Je vous écoute.

Agatha Peweepeller sortit de son réticule un petit mouchoir dont elle épongea des paupières parfaitement sèches, alors qu'Ellen, elle, étouffait un sanglot sourd dans ses mains.

— Les journaux ont relaté l'affaire en son temps, dans les nouvelles de l'Empire. Un drame navrant, un accident des plus malheureux. Je vous ai déjà dit d'Abel, monsieur Holmes, que c'était un garçon superficiel, porté à la facilité, et d'une solidité morale contestable...

Elle jeta un regard foudroyant à Ellen, qui avait ouvert la bouche pour protester.

— ... mais tout de même dénué de méchanceté, sans aucune hypocrisie, et qui, de ce fait, suscitait toutes les sympathies. À Ceylan, il était notoire que son oncle Bryce le préférait à James, lequel, pourtant, se

montrait beaucoup plus utile à la prospérité du patrimoine.

— Parlez-moi de James, madame Peweepeller.

— Un garçon ambitieux, monsieur Holmes, très ambitieux, trop ambitieux peut-être. À Ceylan, et plus
exactement à Trincomalee, où son oncle exploitait un
gigantesque domaine, il s'était taillé une place enviable, remplaçant au pied levé le vieil administrateur
terrassé par une crise cardiaque, et donnant un nouvel
essor à l'exploitation. Quand l'oncle Bryce mourut,
tout le monde s'attendait que James en devînt le légataire universel. Eh bien non ! La sympathie ayant pris
le pas sur la raison, et disons-le sur la justice, James
n'eut droit qu'au domaine lui-même, ce domaine qu'il
avait si bien su mettre en valeur.

Le legs n'était certes pas négligeable, mais la ma-
jeure partie de la fortune de M. Bryce, titres, actions,
terres, propriétés diverses, la plupart situées en Angleterre, revenait à Abel, ce « vaurien d'Abel » comme
l'appelait affectueusement l'oncle Bryce, à qui il rappelait sa jeunesse dissolue... Sans doute le vieillard a-
t-il pensé que James était tout à fait capable de réussir
dans la vie, ce qui n'était pas le cas d'Abel ?

— Situation très intéressante, opinai-je.

— D'après les échos qui nous en sont revenus, ce
ne fut pas l'avis de James, monsieur Holmes. Il demanda à Abel de passer chez lui, et entre eux éclata
une violente querelle qui prit des proportions dramatiques. Plus tard, Abel déclara que son frère, devenu
comme fou, avait tenté de l'étrangler. C'est en le repoussant qu'il envoya James contre un coin de meuble où il se fendit la tête...

La petite voix étouffée d'Ellen se fit entendre :

— Mais le coroner a mis Abel hors de cause, monsieur Holmes. Il a conclu à la légitime défense.

Agatha Peweepeller enchaîna :

— Si la justice officielle a effectivement blanchi Abel de ce meurtre sur le plan légal, monsieur Holmes, lui-même ne s'en tient pas quitte.

« Le choc qu'il a subi a transformé le joyeux garçon qu'il était en un homme tourmenté, taciturne, irritable. Dès après le drame, il a chargé le notaire de M. Bryce, à Colombo, de liquider tout le patrimoine, et il s'est embarqué pour l'Angleterre. Encore n'a-t-il pas choisi un rapide paquebot de ligne, mais un cargo de la compagnie de son oncle, qui lui assurait une solitude de plusieurs semaines en pleine mer.

Elle se tut. Je ressentais la nécessité d'une bonne pipe, mais vous connaissez mon tabac, Watson, et la courtoisie m'interdisait d'en imposer l'odeur à mes visiteuses. Je demandai, par acquit de conscience :

— Je connais à présent parfaitement le problème, madame Peweepeller, mais vous-même, comment en avez obtenu les éléments ?

Agatha Peweepeller hésita un instant.

— Eh bien, monsieur Holmes, j'étais en correspondance suivie avec Patsy O'Brian, la vieille bonne des Atkinson, que M. Bryce avait gardée, et qui est décédée en février dernier...

— Mais en ce qui concerne le drame lui-même, survenu... au fait quand exactement, madame Peweepeller ?

— Il y a trois mois, début avril. Le drame, monsieur Holmes ? Eh, vous pensez bien que dès que les journaux métropolitains en eurent fait état dans leurs échos d'outremer, je m'empressai de me procurer la presse locale chez les dépositaires spécialisés de Londres. L'affaire y était abondamment détaillée, tant la bonne société cinghalaise en avait été secouée...

J'appréciai d'un signe de tête, avant de déclarer prudemment :

— Le problème est certes intéressant sur le plan humain, madame Peweepeller, mais quel que soit mon désir sincère de vous aider, je ne puis m'empêcher de penser qu'une autre corporation ferait ici mieux que moi. Abel Atkinson pourrait peut-être consulter un médecin, voire un prêtre s'il est croyant. Il en recevrait un secours plus efficace que celui que je saurais lui apporter.

— Mais, d'une certaine façon, n'êtes-vous pas l'un et l'autre, monsieur Holmes ? répliqua très habilement Mme Peweepeller.

2

Mes visiteuses parties, j'allumai enfin une pipe et me plongeai dans mes réflexions. Sur le plan de la recherche criminelle, il était évident que cette affaire n'offrait guère d'attrait. Abel, déjà légataire privilégié de son oncle, n'avait aucun intérêt à tuer un frère dont la mort ne lui rapporterait que des ennuis. À mon sens, l'accident était incontestable. Restait l'aspect moral. Que pouvais-je faire ? Il s'agissait d'un conflit entre Abel et sa conscience, et l'infortuné ne devrait trouver qu'en lui-même la force de surmonter ses remords.

Mais je suis ainsi fait que je n'aime pas abandonner une affaire que j'ai commencé d'examiner. Aussi télégraphiai-je à mon correspondant de Colombo pour lui demander de me fournir tous les renseignements possibles.

Et, dès le lendemain, je me rendis au British Museum afin d'y consulter les journaux du lieu et de l'époque. Je n'en appris rien de nouveau. La presse de Ceylan avait abondamment commenté ce drame pour ce qu'il était, un fait divers navrant comme on en voit tant, un meurtre sans mystère ressortissant à l'accident malheureux, et dont l'auteur avait d'ailleurs lui-même avisé la police.

Je me dis qu'Ellen aurait à prendre patience, à attendre que le temps eût guéri les plaies de l'âme chez son petit camarade d'enfance. Encore que cela ne signifiât pas pour autant que l'adulte blasé et meurtri eût gardé de ses amours juvéniles un souvenir aussi attendri. La pauvre fille risquait d'aller au-devant d'une cruelle déception...

3

Je reçus quelques jours plus tard un câble copieux de Colombo. Mon correspondant me communiquait les éléments suivants : si James et Abel Atkinson se ressemblaient physiquement comme les jumeaux se ressemblent d'habitude, ils étaient, dans la vie quotidienne, aussi différents que possible. James, glabre, le cheveu coupé court, tiré à quatre épingles, très anglais dans son comportement, était connu pour son autorité, son efficacité professionnelle, sa maîtrise de soi. Après qu'il eut gravi tous les échelons de la hiérarchie dans l'entreprise de son oncle, celui-ci l'avait finalement placé en stage auprès de l'administrateur en titre, Houxton, un vieil homme malade, qui soutenait son cœur affaibli en absorbant régulièrement des toni-cardiaques. À ce propos, d'ailleurs, de déplaisantes rumeurs avaient couru à Trincomalee. On disait que, lors de la crise qui avait terrassé Houxton, l'on avait vainement cherché sur lui la boîte de médicaments qui eût pu le sauver et dont, notoirement, il ne se séparait jamais. De là à accuser l'arriviste James Atkinson, alors seul à ses côtés, de l'avoir subtilisée, il n'y avait eu qu'un pas, vite franchi par le personnel de l'entreprise, chez qui l'arrogance et la sévérité du jeune homme avaient suscité toutes les inimitiés. Quoi qu'il en fût, celui-ci avait si bien assimilé en deux mois la marche des affaires qu'il avait pu, à la surprise de son oncle, redresser la barre et assurer la gestion de l'exploitation. D'une grande audace commerciale, il avait même envisagé de substituer aux plantations de café, atteintes par l'épidémie de rouille, de robustes hévéas, dont le caoutchouc était de plus en plus recherché par une industrie en plein essor. Pour cela, un investissement considérable était nécessaire, auquel M. Bryce avait consenti la veille même de sa mort survenue inopinément. On pouvait dès lors comprendre la fureur noire qui avait saisi James à la lecture du testament. Et lui, si renommé pour son self-control et la maîtrise de ses nerfs, on lui avait entendu proférer des menaces de mort explicites contre son frère. Le drame, dans ces conditions, n'avait surpris personne.

Mon correspondant évoquait ensuite la personnalité d'Abel. Celui-ci, éprouvant pour tout travail une grande répugnance, ne faisait à Trincomalee que de très rares apparitions, passant son temps dans les lieux de débauche et de jeu de Colombo, où l'indulgence financière de son oncle lui donnait largement accès. Il fréquentait les milieux bohèmes de Ceylan, portait volontiers la tunique cinghalaise, avait laissé pousser chevelure, moustache et barbe à l'indigène. Plus grave : son caractère emporté, ses rixes, lui avaient valu des ennuis avec les autorités locales, auprès desquelles M. Bryce était intervenu à plusieurs reprises pour le tirer d'affaire.

Après la lecture du testament, son frère l'avait prié de passer le voir dans le bungalow qu'il possédait au nord de Trincomalee. Il avait été établi qu'en prévision d'une explication sans doute orageuse, James avait éloigné ses domestiques. Les voisins les plus proches, des Tamouls, avaient entendu, ce soir-là, des éclats de voix, le bruit d'une violente altercation, mais, bien entendu, ils s'étaient gardés d'intervenir. Et c'était Abel qui était venu frapper à leur porte, hagard, hérissé, la chemise déchirée jusqu'à la ceinture, déclarant d'une voix brisée :

— Appelez un médecin, vite, je crois que je viens de tuer mon frère ! J'ai essayé de le ranimer, mais il ne bouge plus...

La police avait constaté que James s'était fendu le crâne sur l'angle d'une lourde table en teck, contre laquelle Abel disait l'avoir repoussé, alors que, fou de rage, il tentait de l'étrangler. Le coroner ayant conclu à l'accident malheureux dans une circonstance de légitime défense, Abel avait été laissé libre. Pendant le mois qui avait suivi, il s'était cloîtré, avait refusé de voir quiconque, puis, la succession liquidée, s'était embarqué pour l'Angleterre à bord d'un cargo qui lui avait assuré plusieurs semaines d'isolement.

4

Le vendredi matin suivant, très tôt, Agatha Peweepeller me rendit une seconde visite. Elle semblait très
agitée et triturait un petit mouchoir entre ses mains
osseuses.

— Ah, monsieur Holmes, me dit-elle tout de suite,
je pressens un malheur, il faut que vous fassiez quelque chose !

— Reprenez vos esprits, lui dis-je. Asseyez-vous, et
Mme Hudson va nous préparer un thé.

Pendant que Mme Hudson s'acquittait de cette
tâche avec un soin tout particulier, j'écoutai le récit de
Mme Peweepeller.

— Tous les vendredis, monsieur Holmes, j'ai l'habitude d'aller passer le week-end avec ma vieille mère,
qui habite Londres — oui, j'ai encore ma mère. D'habitude, j'emmène Ellen, afin de ne pas la laisser seule
dans cette demeure un peu isolée au bord de la mer.
Mais aujourd'hui elle n'a pas voulu venir. C'est la première fois !

— Je ne vois rien là d'alarmant.

— Attendez, attendez ! s'écria-t-elle, la main tendue. Figurez-vous que mardi, elle a reçu un câble, à
propos duquel elle a gardé un silence obstiné. Et
maintenant, la voilà qui veut rester là-bas.

Je rétorquai, avec un léger sourire :

— Mais de quoi vous plaignez-vous, madame
Peweepeller ? Il me semble, moi, que les choses s'ar-
rangent au mieux. Ellen a reçu un télégramme
d'Abel, qui lui demande de le recevoir, tout laissant
penser qu'il lui suggère d'être seule ce jour-là, ce qui
est bien compréhensible. Elle a dû lui câbler aussitôt

une réponse favorable, misant sur votre propre départ. Les deux tourtereaux vont donc se revoir et renouer leur amitié d'autrefois. N'est-ce pas ce que vous souhaitiez ?

Elle secoua convulsivement la tête, les lèvres serrées.

— Il y a autre chose, monsieur Holmes, il y a autre chose, je le sens ! Abel n'est plus le petit garçon d'autrefois, pas seulement parce qu'il a laissé pousser sa barbe et sa moustache, mais il est... il me fait peur. Après tout, il a bien tué son frère !

— En état de légitime défense, vous l'avez vous-même souligné ! Et puis, si coléreux soit-il, je le vois mal s'emportant contre Ellen au point de la rudoyer. Pourquoi le ferait-il ?

— Vraiment, je ne sais pas.

Sa voix était imperceptible. Pour la première fois, son assurance se lézardait, et quelque chose, dans l'expression de son visage, me toucha au plus profond de moi-même. Souvent, dans ma carrière, j'ai entendu cet appel silencieux, Watson, et je n'ai jamais regretté d'y avoir obéi.

— Je me demande si je ne vais pas y retourner, chuchotait Mme Peweepeller, d'un ton honteux. Mais Ellen ne me le pardonnerait pas. Ah, je ne suis pas tranquille, monsieur Holmes, non, décidément, je ne suis pas tranquille du tout !

Après son départ, je me sentis absurdement coupable. Je fumai une pipe, puis deux, et relus le câble de mon correspondant. Quelque chose, dans toute cette affaire, m'intriguait : comment un homme réputé aussi froid et maître de ses nerfs que James Atkinson avait-il pu s'emporter au point d'agresser physiquement son frère à proximité de voisins attentifs ?

Durant toute la matinée, mon trouble augmenta, et à midi ma décision était prise. J'appelai Mme Hudson.

— Connaissez-vous l'adresse de votre cousine, madame Hudson ?

— Dans le Suffolk ? fit-elle, stupéfaite.

— Bien sûr, dans le Suffolk !

— Je vais vous l'inscrire.

Elle s'exécuta, ajoutant timidement :

— La maison est à deux kilomètres de la gare de Brondell, au bord d'une crique. Là-bas, on vous indiquera le chemin.

Déjà, je consultais le Bradshaw : il y avait un train à trois heures à Liverpool Street. Mme Hudson écarquilla les yeux en me voyant enfouir un revolver dans l'une de mes poches.

5

Au fur et à mesure que le jour déclinait, le temps devenait menaçant. Un sourd tonnerre grondait sans discontinuer au-dessus du convoi, qui filait vers le nord-est. L'angoisse pesait dans mon estomac tandis que les choses se mettaient peu à peu en place dans ma tête. Il ne vous échappera pas, Watson, que j'avais été privé là de mes moyens d'investigation ordinaires et que le puzzle ne se composait que de pièces rapportées. Donc, pas d'indices matériels, pas d'interrogatoire des témoins directs, pour ce meurtre qui s'était commis de l'autre côté de la Terre : seulement l'hypothétique reconstitution d'un itinéraire mental, dont la vérification matérielle risquait de déboucher sur le drame.

Je débarquai dans la petite gare de Brondell au moment où quelques gouttes commençaient à tomber. L'un des employés m'indiqua mon chemin, que j'entamai d'un pas rapide. Une hâte impérieuse me poussait aux reins, comme si, par une sorte de phénomène épidémique, le pressentiment sinistre de Mme Peweepeller m'avait gagné. Suivant les instructions qui m'avaient été données, je me dirigeai, au pas de course, vers les deux maisons qui se détachaient au bout d'une route raide, bordée de murettes. La première demeure était déserte, et, cela se voyait, depuis très longtemps.

Ce devait être celle des Atkinson. L'autre avait ses fenêtres allumées au rez-de-chaussée. Je franchis l'allée en deux enjambées et frappai vigoureusement à l'huis. Le bruit résonna à l'intérieur du bâtiment, où il n'éveilla que des échos anonymes. Aucune réponse. Je manœuvrai le loquet. La porte était ouverte. J'entrai sans hésiter.

— Il y a quelqu'un ?

Le silence retomba avec une densité dramatique. Il ne me fallut qu'une minute pour parcourir l'intérieur de la maison : personne. Je ressortis. Au moment où je descendais le perron, il me sembla entendre crier, quelque part du côté de la mer. Je me précipitai le long d'un sentier rocailleux, grimpant vers le sommet d'une petite falaise que découpait le ciel crépusculaire. Les éclairs me guidaient, dont les fulgurances blafardes se succédaient sur le paysage. Encore un cri aigu, vibrant de terreur. Arrivé au sommet du sentier, je distinguai, en contrebas, un couple qui se débattait au bas des rochers, où la mer, furieuse, éclatait en gerbes d'écume.

— Atkinson ! criai-je d'une voix tonnante.

Il relâcha son étreinte, tournant vers moi une face convulsée, dont la barbe et la chevelure très fournie soulignaient la lividité. J'avais sorti mon revolver. Je tirai en l'air, puis braquai l'arme dans sa direction. Il rejeta la jeune femme en arrière, si violemment qu'elle faillit dégringoler l'escarpement. Lui-même tenta de prendre la fuite, mais il glissa sur du varech mouillé, et la seconde d'après j'étais sur lui. Ce fut un affrontement sauvage, désespéré, sans autre bruit que les soupirs rauques de nos haleines mêlées. Je lui décochai finalement un violent coup de crosse sur le sommet du crâne. Il s'affala pour le compte.

Je m'agenouillai près de lui, ouvris sa veste, entrepris de déboutonner sa chemise. Je pris soudain conscience d'une présence, derrière moi.

Ellen s'était approchée silencieusement. Les cheveux dénoués tombant sur ses épaules, elle était blême, ses lèvres tremblaient, et des larmes coulaient le long de ses joues.

— Abel a voulu me tuer, murmura-t-elle, d'une voix de petite fille.

— Pourquoi ici ?

— Il m'a demandé de revoir la crique où nous avions failli nous noyer, il y a des années. J'ai cru à... à une sorte de pèlerinage, mais arrivé là, il est devenu comme fou, il a voulu me jeter à l'eau...

Le tonnerre éclata, lui arrachant un cri plaintif. Je questionnai, brièvement :

— Dites-moi, lorsque Abel s'est blessé contre les rochers, en avait-il gardé la cicatrice ?

— Certainement, répondit-elle. On lui a même dit qu'il l'aurait toute la vie.

Sous la pluie qui précipitait ses gouttes, je déchirai la chemise de mon adversaire.

— Regardez : pas l'ombre d'une cicatrice. Il faut voir les choses en face, Ellen, Abel est mort. Celui-là, c'est James, et vous étiez la seule à pouvoir deviner qu'il n'était pas Abel.

6

Eh oui, Watson, crime presque parfait, froidement conçu, délibérément exécuté. Quand il vit que la fortune de son oncle, longtemps convoitée, lui échappait, James Atkinson mit au point un plan diabolique. Lui, l'homme froid, sans nerfs, dépourvu d'émotions, manifesta ostensiblement une grande colère, et les apparences d'une violence dont il n'était pas coutumier. C'est qu'il lui fallait accréditer par avance la thèse de la légitime défense, au détriment de celui qu'il ne serait plus, pour le profit de celui qu'il deviendrait, c'est-à-dire son propre frère Abel. Bien entendu, il avait, en temps utile, fait l'acquisition de postiches appropriés. Et quand, à son invitation, Abel vint le voir, il l'assomma par surprise. Ensuite, il le rasa, lui tailla les cheveux — il avait tout préparé dans ce but — puis l'habilla de ses propres vêtements, tandis que lui-même endossait les siens. Il se colla alors les postiches, organisa la mise en scène sonore et matérielle de l'altercation, avant de se présenter aux voisins sous l'apparence d'Abel.

Grand criminel, en vérité, Watson, et digne de figurer dans notre galerie de portraits. Fallait-il être dépourvu de sensibilité, et j'oserai dire d'âme, pour avoir ainsi procédé avec le corps d'un jumeau, même détesté, même devenu étranger ! Il paraît certain que James avait décidé de vivre désormais sous l'identité de son frère, puisque c'était la seule façon d'entrer impunément en possession de la fortune de M. Bryce. Ce lui fut relativement facile. Les gens de Trincomalee, en effet, connaissaient très peu Abel, qui passait tout son temps à Colombo. De plus, James jouait les reclus volontaires, refusant tout contact, mettant son humeur taciturne au compte des remords. J'imagine qu'il se laissa pousser cheveux, barbe et moustache le temps de son long voyage solitaire en bateau, tout en continuant à arborer les postiches chaque fois que cela devenait nécessaire.

Cependant, arrivé en Angleterre, il fut confronté à un problème imprévu : Ellen. Ellen, qui ressassait des souvenirs dans lesquels il n'avait aucune part. À cause d'elle, à cause de son attachement infantile à un passé dont il ignorait les détails, il pouvait se trahir à tout moment. En outre, il y avait cette vieille cicatrice qu'Abel portait au flanc et dont l'absence constituait une preuve ineffaçable de son imposture. S'il voulait continuer à vivre dans la peau de son frère et jouir de la fortune héritée, il lui fallait absolument se débarrasser d'un témoin si gênant. Tel que je vois, il n'a pas dû hésiter une minute à organiser le traquenard. Personne ne savait sa présence à Brondell. Dans son câble, il avait recommandé à Ellen de garder le silence à ce sujet, surtout vis-à-vis de Mme Peweepeller, et il avait obtenu qu'elle le lui rende avant de vouloir la jeter à l'eau. Quant à Ellen, on aurait simplement pensé qu'elle avait été emportée par une vague alors qu'elle rêvait sur les rochers à ses amours d'enfance. Sans les prémonitions de Mme Peweepeller, tout aurait été consommé, et James eût impunément fait fructifier la fortune de son oncle, sans doute en Amérique ou en Australie…

Par la suite, Ellen m'écrivit une gentille lettre de remerciements où elle me demandait de comprendre pourquoi elle ne tenait pas à me revoir. À deux reprises, l'encre s'était diluée dans sa missive : elle n'avait pas épongé ses yeux à temps. Je n'ai pas revu non plus Mme Peweepeller, mais j'ai appris qu'elle disait beaucoup de bien de moi. James Atkinson, lui, fait tourner, à Bridewell, la roue du *treadmill* pour un temps dont le terme n'a pas été fixé.

Histoires secrètes de 1887*

« L'année 1887 nous gratifia de cas d'un intérêt variable. Je cite au hasard le cabinet Paradol, la société des mendiants amateurs (qui possédait un club luxueux dans la cave d'un garde-meubles), la perte de la barque anglaise *Sophie Anderson*... »

SIR ARTHUR CONAN DOYLE, *Les cinq pépins d'orange*

* Nouvelle parue dans *Enigmatika* n° 40, mai 1992.

1

Holmes m'a toujours soutenu que le destin est un maître joueur d'échecs, et qu'il s'amuse à annoncer ses coups avec une perfide délectation, sinon avec humour. C'est ainsi que, dans « l'affaire de l'homme à la lèvre tordue », nous avions pu trouver tous les éléments déjà en germe lors d'une enquête menée deux ans auparavant, mais de laquelle j'ai dû reporter la relation, à cause de ses implications juridiques.

Sur le plan du ciel, 1887 avait été particulièrement néfaste : un printemps glacial, un été pourri d'humidité, puis, avec l'équinoxe, une succession de tempêtes telles que peu osaient s'aventurer loin de chez eux s'ils n'y étaient contraints par leurs obligations professionnelles. Tout cela n'était pas fait pour améliorer la santé des vieilles gens, si bien qu'à plusieurs reprises ma femme avait dû se rendre chez sa tante du Suffolk, afin de lui prodiguer ses soins et son réconfort.

On s'en souvient, ce fut à l'une de ces occasions que je menai avec Holmes les investigations relatives à l'affaire dite des « cinq pépins d'orange ». Peu après, fin octobre, ma femme dut une nouvelle fois faire le voyage d'Ipswitch, où sa tante payait son tribut à l'âge et à la maladie. Moi-même, à qui ma clientèle laissait alors quelques loisirs, envisageai alors de réintégrer pour quelques jours mes anciens quartiers de Baker Street, où j'avais laissé en dépôt plusieurs de mes ouvrages maritimes favoris.

Dès mon arrivée, je vis Holmes d'excellente humeur. Je flairai aussitôt quelqu'une de ces affaires inhabituelles, grotesques, fantastiques, bref situées aux antipodes de la banalité, telles qu'il les aimait.

— Voyez-vous, mon cher Watson, déclara-t-il, frottant l'une contre l'autre ses longues mains osseuses, je crois bien que le dieu des détectives est avec nous, puisqu'il vous délègue ici à l'instant même où je m'apprêtais à vous appeler.

— Une expédition ? demandai-je, sans pouvoir réprimer mon excitation.

— Comme au bon vieux temps ! Prenez votre revolver, mon cher Watson !… Façon de parler, bien entendu, puisque nous ne partirons que le moment venu.

— Je vous écoute.

— Voici. Cette affaire n'a pas commencé, comme d'habitude, par l'irruption d'un visiteur, homme ou femme, jeune ou vieux, en proie au trouble et poussé au comble de l'angoisse. Elle m'a été quasiment offerte sur un plateau par Wiggins.

— Wiggins, votre petit franc-tireur ?

— Le chef de mes « irréguliers », Watson. Il habite, comme vous le savez, les quartiers populeux de l'East End, où il côtoie chaque jour des cohortes de ces mendiants, qui sont un chancre ouvert au flanc de notre société industrielle...

J'acquiesçai.

— Londres est à la fois la ville la plus riche et la plus pauvre d'Europe, Holmes, et je crains que le remède à ce paradoxe ne soit pas près d'être trouvé.

— ... parmi eux, un certain Joshua Atwood, qui lui a parlé d'une étrange confrérie, association, société secrète, tout ce que vous voudrez !

— ... dont les buts sont ?

— Ostensiblement philanthropiques. Ah, méfiez-vous de ces deux termes, Watson ! Séparés, ils ne sont qu'agaçants. Réunis, comme le nitrate et la glycérine de Sobrero, ils peuvent se révéler redoutables. Bref, Atwood se plaint amèrement auprès de Wiggins d'une espèce d'injustice dont il serait la victime. Selon lui, cette association, prétendument composée d'anciens mendiants enrichis par leur... disons négoce, viendrait en aide à ceux qu'elle aurait choisis pour les sortir, à leur tour, de leur condition misérable.

— Sur quelles bases ?

Il me lança un regard pénétrant.

— Excellente question, Watson. C'est là que se tient la pierre d'achoppement. D'après les dires d'Atwood, il n'y en a pas. Pas d'autre critère que le caprice de ces bienfaiteurs anonymes, qui s'appellent eux-mêmes la Société des mendiants amateurs. Ils fixent leur choix, prennent en charge le lauréat, et...

Holmes tira une longue bouffée de sa pipe, la tête en arrière, les paupières à demi fermées.

— ... et on ne le revoit plus.

Dans le silence revenu, nous entendîmes le vent se plaindre longuement à travers les conduits de la che-

minée, tandis que le foyer de l'âtre rougeoyait sous
l'haleine de la tempête. Je questionnai :

— Atwood envie-t-il le sort de ces disparus ?

Holmes esquissa un léger rictus.

— Je pense qu'il les imagine, comme le veut la tradition, se dorant au soleil sous les palmiers de la Bar-
bade.

— Et vous ?

— Je n'ai aucune opinion, dit mon ami. Aucune
tant que je ne posséderai pas d'autres éléments d'informations. Je compte sur Atwood pour me les apporter.

— Avez-vous sollicité sa collaboration ? demandai-
je, très surpris.

— À peine. L'envie est un vilain défaut, Watson.
La rancœur suffit à pousser Atwood aux reins pour
qu'il fouille les poubelles et les âmes. Il m'a fait savoir
ce matin par Wiggins qu'il avait recueilli des informations intéressantes. Il désire les monnayer, bien sûr,
mais je suis certain qu'au besoin il me les fournirait
pour rien.

Holmes ajouta, d'un ton détaché :

— Nous devons le rencontrer ce soir dans l'une de
ces tavernes de Whitechapel que vous me faites le reproche de trop fréquenter. Viendrez-vous avec moi ?

— Déguisé en arsouille ?

— Nous n'allons pas à St. Giles, répliqua-t-il d'une
voix coupante. Il existe encore, à Whitechapel, des
populations laborieuses, dont l'honnêteté reste fla-
grante. Vêtements très ordinaires, sans plus.

Là-dessus, il retomba dans l'une de ses périodes
méditatives d'où je me gardais toujours de le tirer.
Quant à moi, je pensais à l'affaire Burke et Hare, ces
« résurrectionnistes » d'Édimbourg qui, au début du

siècle, approvisionnaient en cadavres frais les laboratoires du Pr Knox. Le procès avait été retentissant. Je
n'en dis mot, mais alors que la nuit tombait, sous un
frimas glacial, j'entendis Holmes qui murmurait en
bourrant une dernière pipe avant l'expédition :

— Mendiants amateurs ou amateurs de mendiants ?

2

Nous avions pris un fiacre jusqu'aux limites d'Aldgate. Ensuite, Holmes avait décidé que nous conti-
nuerions à pied afin de sauver les apparences. Dans
les rues désertées par leur population, l'escarpement
des façades lépreuses renvoya l'écho de nos pas,
amplifié par cette résonance particulière que le froid
donne à tous les sons. La brume était telle que la
lueur des réverbères ne s'étendait pas au-delà de son
propre reflet sur les pavés luisants de crasse. Pourtant, dans les embrasures, brillaient des yeux attentifs
à notre marche, prostituées hâves, mais aussi des enfants, graine impatiente de voyous ou fillettes précoces, prêtes à la débauche en échange de quelques
pièces.

Empruntant la rue des bouchers, nous traversâmes
l'emplacement vide, encombré de détritus, de la foire
aux chiffons, pour arriver près des George Yard Buildings. Holmes se dirigeait sans hésiter, comme à
l'odorat, dans cette jungle de briques et d'asphalte.
Nous laissâmes l'église, à gauche, avant d'apercevoir
enfin la porte de l'*Angel and Crown*, signalée par le
halo rougeâtre de son enseigne.

Dès l'entrée, je fus suffoqué par l'haleine empuan-
tie d'une foule grouillante de fantômes engloutie sous

un épais nuage de fumée, où les flammes des lampes à gaz se détachaient à peine. Le bruit était infernal. Tous les noctambules s'étaient réfugiés là pour fuir l'atmosphère glaciale de la rue. On avait du mal à retrouver sa respiration, parmi ces relents de sueur, de tabac et de mauvaise bière.

Atwood nous attendait dans l'un des recoins les plus obscurs de la taverne. Malgré l'effort qu'il avait apporté à soigner sa tenue, il émanait de lui quelque chose de sordide, de répugnant, comme un remugle de perfidie. Il ne me plut pas, avec sa physionomie chafouine, creusée par les vices, et ses yeux fuyants sous l'ombre de la casquette. Holmes commanda des chopes de bière pour tous, et sans plus attendre, lui tendit les quelques guinées promises. L'argent disparut dans ses poches à la façon d'un tour de magicien. Atwood parla alors, d'une voix rauque, un peu sifflante.

— C'est pas pour dire, m'sieur Holmes, mais moi, l'injustice, je supporte pas. Pourquoi que j'aurais pas droit à une réhabilitation, hein ? Je suis pas pire que les autres. Pas pire que Stephens, en tout cas, le dernier qu'ils ont choisi !

— Vous disiez avoir une information à me communiquer, coupa Holmes.

— J'en ai, m'sieur Holmes ! Et comment ! À cause de Stephens, justement. La première fois que je l'ai vu avec ce bourgeois…

— Décrivez-le.

— Qui, Stephens ?

— Le bourgeois d'abord.

— Un grand type, d'allure un peu guindée, avec un air autoritaire… mais bien de sa personne, habillé très comme il faut, beaucoup plus Sackville Street que Houndsditch, si vous voyez ce que je veux dire.

Il eut un rire gras.

— Avez-vous pu distinguer son visage ?

— Bien sûr, pendant que je les suivais. Rien de particulier... Ah oui, il avait le teint hâlé, ça se remarquait à cause de ses yeux clairs... bleus, je crois.

— Vous les avez suivis jusqu'où ?

Atwood se pencha en avant, tandis que je reculais instinctivement sous son haleine fétide.

— Jusqu'à Sainte-Catherine, m'sieur Holmes, dans Pickle Herring Street, là où il y a tous ces entrepôts. Mais ils y sont pas allés dans la journée, pendant qu'il y a du monde. Non, le soir, quand il n'y a plus personne dans le coin.

— Et alors ?

— Alors, ils sont entrés dans un bâtiment où ce qu'y avait marqué : Cabinet Paradol, entrepôt, *warrants*, garde-meubles, opérations en douane.

— Avez-vous attendu leur sortie ?

— Je pense bien ! Mais j'ai eu beau rester jusqu'au petit matin, j'ai vu personne repartir. Il doit y avoir une autre porte, par-derrière.

— Et Stephens ? gronda Holmes.

— Plus revu.

Le silence retomba à notre table. Holmes but un peu de bière, les sourcils froncés dans un effort d'intense méditation.

— N'avez-vous pas suivi ce bourgeois, par la suite ? demanda-t-il.

Atwood haussa les épaules.

— Je n'ai plus eu l'occasion de le rencontrer. Moi, ce qui m'intéressait, c'était surtout Stephens.

— Et vous ne connaissez pas d'autres mendiants qui auraient bénéficié de la même... hum, promotion ?

— Sûr ! Plusieurs !

Atwood s'anima, sa main crasseuse plaquée sur sa poitrine en signe de douloureuse protestation.

— Je vous assure, m'sieur Holmes, qu'ils avaient rien de mieux que moi, ni plus propre ni plus instruit ! Il y en avait même un qui était manchot ! Richwell, le mendiant de Hanbury Street, dans Bethnal Green. Si c'est la pitié, ils ont qu'à le dire !

— Manchot ? répéta Holmes.

— Le bras gauche en moins. Il l'a perdu dans un accident, à Ratcliffe Highway, du temps qu'il était docker.

— Et celui-là, Richwell, depuis quand ne l'avez-vous plus vu ?

— Un mois, à peu près un mois.

— Soyez plus précis.

— Disons fin septembre ? Début octobre ?

Holmes ne notait rien. Il avait certes une excellente mémoire, mais je voyais surtout, dans cette attitude, le souci de ne pas éveiller la méfiance et la crainte de freiner l'élocution de son interlocuteur. De fait, Atwood se montrait intarissable. Le sentiment paradoxal d'injustice qu'il ressentait, le poussait à des confidences dont l'aigreur se parait de tous les oripeaux de la vertu bafouée.

— Et même une femme, m'sieur Holmes ! Tenez, je crois bien que c'est par elle que ça a commencé ! Dotty la Bêcheuse qu'on l'appelait, parce qu'elle buvait que du thé, jamais de gin ! Elle fréquentait le quartier de la Tour, pour lever des soldats de la garnison, mais à son âge, elle avait du mal...

Holmes ne semblait plus l'écouter que d'une oreille distraite, et moi qui le connaissais bien, je le sentais tout à coup préoccupé, à moins qu'il ne fût simplement plongé dans une intense réflexion. Il ne demanda plus rien à Atwood, mais alors que nous arpentions les rues glacées en quête d'une voiture libre, il me dit :

— Eh bien, Watson, je crois que je vais vous laisser pendant quelques jours à vos lectures maritimes. Moi, je m'attacherai aux pas de ces bons Samaritains qui, apparemment, promettent aux malheureux un monde meilleur sur cette terre, sans attendre l'autre.

— Déguisé en mendiant ?

Il me jeta un regard acéré.

— Pas encore, répondit-il.

3

— Prenez votre manteau, Watson ! cria Holmes, pénétrant en trombe dans la chambre. Vous m'avez bien dit un jour être membre du Club anglo-indien ?

— Certes, fis-je, très étonné en m'extirpant de mon fauteuil. Comme beaucoup d'anciens officiers de l'armée des Indes. Mais je n'y mets les pieds qu'en de rares occasions.

— On peut dîner là-bas, non ?

— Bien entendu.

— Et vous avez droit à un invité ?

— Cela va de soi.

— Alors, vous m'y emmenez tout de suite.

Laissant Mme Hudson effarée sur le seuil de sa porte, nous sortîmes dans les rues à la recherche d'un

cab. Le soir était très froid et je remontai mon col.
Dans la voiture, Holmes s'expliquait brièvement :

— Notre homme, appelons-le Paradol pour l'instant, a pour habitude de dîner chaque jour à l'Anglo-
Indien. Comment l'ai-je su ? De la façon la plus
simple possible, mon cher Watson. Une surveillance
attentive du cabinet Paradol, où il se rend régulièrement, une discrète filature, et la constatation d'habitudes régulières, du moins quant aux repas...

Parvenus au club, dont la décoration ne pouvait paraître exotique qu'à ceux qui n'avaient pas fait les
campagnes d'Afghanistan, Holmes s'arrangea pour
que nous fussions installés dans le coin le plus retiré
de la grande salle, et, de là, me désigna une petite
table disposée contre la baie, à l'abri d'une colon-
nade.

— Sa place habituelle ? questionnai-je.

— À ce que j'ai observé à travers les vitres. En fait,
il semble ne manger qu'ici. Mais j'ai pu voir qu'il fréquentait d'autres clubs, aux heures plus tardives. Ce
monsieur sort beaucoup.

— Quels autres clubs ?

— Le Tankerville, le Cercle de Bagatelle...

— Est-ce un Français ?

Holmes répondit, du bout des lèvres :

— J'ignore s'il s'appelle lui-même Paradol, ou s'il
n'est qu'une manière de fondé de pouvoir pour une
entreprise qui constituerait surtout une couverture
honorable à d'autres activités, mais en tout état de
cause, il peut être aussi anglais que vous et moi. Les
noms à consonance française ne manquent pas chez
nous, soit du fait de l'ascendance normande, soit à
cause de l'immigration protestante que nous avons
connue à la fin du XVIIᵉ siècle, après l'abrogation de

l'édit de Nantes. Notre histoire elle-même en porte témoignage, les Villiers, les Devereux, sans oublier les Plantagenêts...

Sa voix s'étouffa. Je suivis son regard, fixé sur l'entrée. L'homme qui pénétrait dans l'établissement portait une quarantaine bien entamée. Grand, robuste sans pour autant paraître corpulent, ses vêtements de bon faiseur dissimulaient mal une carrure d'athlète, dont la souplesse se nuançait d'une étrange raideur. Son chapeau et son manteau remis au vestiaire, je lui vis un visage rude, au nez agressif, au front large, à la mâchoire massive, aux paupières tombantes sur un regard dont la clarté prenait sa lumière par contraste avec le teint bronzé de sa peau.

— Alors, Watson ? murmura Holmes, après que l'homme se fut assis.

Je répondis :

— Avez-vous noté la façon dont il a fait demi-tour lors de son passage à la réception, Holmes ? Ce genou un peu trop levé, ce talon péremptoire... Un ancien militaire. Certains comportements sont assez gravés dans l'instinct pour ne plus s'effacer.

— Bravo, Watson. Quoi d'autre ?

— Son teint hâlé, son goût pour les plats au cari qu'il a commandés... Armée des Indes, sans aucun doute.

— Et le grade ?

— Élevé, j'en mettrais ma main au feu. Il a un air de commandement qui ne trompe pas. Au moins major...

Holmes acquiesça, ajoutant d'un ton négligent :

— D'autant que la hauteur de son front et la forme de son crâne indiquent une intelligence certaine. Quant à la dextérité avec laquelle il a extrait sa carte de membre du club au milieu d'autres documents, elle atteste un joueur expérimenté... d'où son affiliation au Cercle de Bagatelle.

Je m'écriai impulsivement :

— Je pourrais avoir accès aux archives de l'armée, Holmes. J'y ai conservé quelques amitiés dans l'administration militaire. Voulez-vous que je m'enquière de ce Paradol ?

Holmes esquissa un geste vague de la main.

— Si c'est nécessaire, nous y viendrons. Gardons-nous, en tout cas, de lui donner l'éveil. Le plus urgent, pour l'instant, est de découvrir ce qui se cache sous tout cela. Êtes-vous libre toute cette semaine ?

— Vous le savez bien, répliquai-je vivement. Pourquoi ce préambule inutile ?

— Pour vous demander de m'accompagner, bien sûr : une petite expédition tout à fait illégale dans les locaux de ce fameux cabinet Paradol.

Il ne s'était pas départi de sa placidité.

4

Durant les jours qui suivirent, je vis peu Holmes. Il devait hanter les plus mauvais lieux de Londres. À deux reprises, je l'aperçus qui quittait la maison à l'aube sous des apparences différentes, une fois déguisé en marin de la flotte de commerce, une autre fois vêtu comme un ouvrier, accoutrement complété par une boîte à outils portée en bandoulière. Enfin, un soir, alors que j'achevais la lecture d'un des meilleurs livres de William Clark Russell, *Le naufrage du « Grosvenor »*, il me dit, tout à trac :

— Nous allons partir, Watson. J'ai maintenant rassemblé assez d'éléments pour savoir ce que je cherche. Prenez une lanterne sourde... et votre revolver, bien entendu, mais je ne pense pas que vous aurez à vous en servir.

J'avais suffisamment pesté contre les humeurs du ciel pour le remercier, cette nuit-là, de sa rigueur : personne dans les rues. Le col relevé, les mains dans les poches, nous nous acheminâmes silencieusement vers les bords de la Tamise, soufflant devant nous une buée glacée. Holmes avait dû procéder à un minutieux repérage des lieux, car il n'hésitait pas sur le chemin à prendre. Il évita les grandes voies qui menaient au Stock Exchange pour emprunter les venelles les plus obscures. Me référant aux confidences d'Atwood, j'avais cru deviner que nous irions droit au cabinet Paradol, dans Pickle Herring Street, mais Holmes nous imposa un long détour dans Duck's Foot Lane, afin d'arriver au but par la rue de derrière. Ce diable d'homme avait tout prévu. Parvenus devant une porte étroite, sous l'entablement des treuils qui hissaient les marchandises jusqu'aux ouvertures supérieures des magasins, il sortit de sa poche un petit trousseau de clés. Il devait avoir pris à la cire l'empreinte de la serrure, car le battant pivota sans difficulté.

— Entrez, souffla-t-il.

À l'intérieur, dans un couloir obscur, où la poussière attisait des relents d'encaustique, j'allumai la lanterne, qui jeta des reflets vacillants sur la misère des murs.

— Sordide, murmurai-je.

Il ne répondit pas. Je le suivis le long d'un escalier aux marches usées par des années de passage. Nous empruntâmes un nouveau corridor où, cette fois, des lampes à gaz étaient disposées contre les cloisons. Parfaitement tranquille, Holmes en alluma une, à l'entrée d'une salle dont la vue me coupa le souffle.

— N'est-ce pas ? commenta ironiquement Holmes.

L'endroit était luxueux : grande cheminée, canapé, fauteuils de cuir, table en noyer, meubles de style. Holmes fit fonctionner d'autres lampes, ôtant à l'ombre des espaces somptueux, à la discrétion rehaussée de petits bibelots ou de bibliothèques d'angle.

— On dirait une salle de club, Holmes ! Et l'on y est venu récemment, il y a encore des cendres dans l'âtre !

— Le club des mendiants amateurs, Watson, apparemment.

Le sarcasme armait sa voix d'inflexions métalliques.

Il inventoriait les lieux, rapidement, du bout des yeux et des doigts. Il ouvrit un meuble bas, duquel il sortit quelques bouteilles dont il examina le contenu par transparence : brandy, sherry, alcools français… Il se mit à genoux pour saisir, au fond d'une étagère, un flacon sans étiquette. Il le déboucha, le huma, puis me le tendit.

— Votre idée, Watson ?

J'approchai le goulot de mes narines pour en apprécier l'odeur fortement opiacée.

— Laudanum, diagnostiquai-je sans hésiter, laudanum de Rousseau, un puissant somnifère.

— Voyons par là…

Il remit tout en place, referma le petit bar, me précéda dans la pièce suivante, où il alluma le gaz. Nous étions dans un local froid, impersonnel, meublé d'un grand bureau, d'un coffre de rangement, d'un fauteuil et de deux chaises. Holmes, déjà, s'activait à forcer la serrure du coffre.

— Voulez-vous explorer les tiroirs du bureau, Watson ?

— Avec plaisir s'ils sont ouverts, Holmes. Je n'ai pas votre science.

Ils étaient ouverts mais vides. Je n'y trouvai qu'une liste de raisons sociales qui paraissaient concerner des compagnies d'assurances. Notre Lloyd nationale elle-même n'en était pas absente. Je la montrai à mon compagnon qui, les sourcils froncés, compulsait le seul dossier découvert dans le coffre.

— Maigre butin, Watson, murmura-t-il, et qui nous éclaire peu. Quelques fiches relatives à un certain Edward Eselby, banquier, marié sans enfants, habitant Richmond. Grande fortune, semble-t-il... Ah !

Il tomba en arrêt devant un feuillet cartonné, et je crus voir frémir son nez comme celui d'un pointer.

— Voilà, qui est plus significatif : la copie d'un contrat d'assurance sur la vie pour une somme plus que considérable, souscrit auprès de la British Insurance Limited... prime doublée en cas de décès par accident, comme c'est souvent l'usage.

Il parcourut fiévreusement d'autres papiers.

— Fiche médicale complète. Vous voudrez bien y jeter un coup d'œil, mon cher docteur.

Il me tendit la feuille, avant de se précipiter dans la salle du club, comme pris d'une idée subite. Je pris connaissance du document, qui avait été établi selon les normes habituelles. Âgé de trente-cinq ans, taille : six pieds, poids : cent soixante livres, Edward Eselby semblait jouir d'une santé robuste, sans aucun symptôme de maladie chronique. Seul handicap : sa jambe gauche, un peu plus courte que l'autre, infirmité remontant à la naissance, qui lui infligeait une légère boiterie.

Holmes reparut à la porte.

— Je m'en doutais, Watson ! s'écria-t-il, ils ne conservent rien, ils brûlent tout !

De ses doigts maculés par la cendre, il posa sur le bureau, avec d'infinies précautions, quelques bribes de papier roussi.

— Voyez, là, ce reste de carton, de la même couleur que la couverture de votre dossier Eselby. Et ceci...

Je me penchai, tandis qu'il montait la flamme du gaz. Il ne demeurait du papier qu'un petit morceau racorni, aux bords prêts à s'effriter. C'était le début d'une missive. Je lus difficilement :

« De M. à M. Il devient urgent... » Le début de la deuxième ligne ne nous concédait que trois lettres, qui me parurent être les premières du nom d'Eselby.

— Il devient urgent de régler le cas d'Eselby, prononça Holmes, lentement.

— Croyez-vous que ce soit le sens du message ?

— C'est au moins une éventualité.

— Et ce dossier-là, pourquoi ne l'ont-ils pas brûlé ?

— Évident, Watson ! Justement parce qu'il n'est pas encore réglé. Bon, je crois que nous ne trouverons plus rien. Et puis peut-être est-il prudent de ne pas trop s'attarder... Venez.

Il remettait tout en place, méticuleusement, afin que notre passage demeurât inaperçu, et il poussa le souci du détail jusqu'à replacer dans l'âtre les débris de papier qu'il y avait ramassés.

Notre retour se fit sans encombre.

5

Les nouvelles d'Ipswitch n'étaient pas bonnes, et ma chère Mary voyait son séjour s'y prolonger au-delà de ses prévisions. J'avais terminé *Le naufrage du « Grosvenor »* et j'entamais *Le pirate glacé*. Holmes, lui, courait l'East End, en compagnie de ses « irréguliers ». Il rentrait à des heures variables, parfois fort tard dans la nuit. Un matin, au petit déjeuner, il posa devant moi, en l'un de ces gestes amples, théâtraux, dont il était coutumier, un papier griffonné de son écriture serrée. J'y vis une liste de six noms, chacun portant une date en regard. J'en reconnus trois. Stephens, le dernier, début octobre, Richwell, début février, et une certaine Dorothy McBrown, répertoriée, elle, en été 1886, sans doute cette Dotty la Bêcheuse qui, au dire d'Atwood, ne buvait que du thé. Je relevai les yeux. Mon ami, le front plissé, tirait de sa pipe des bouffées méditatives.

— Les mendiants disparus, Holmes ?

— Je crois que la liste est complète, Watson, du moins selon l'écho des rues.

— Ces gens avaient-ils un point commun ?

— À part celui d'être parvenus au plus bas de l'échelle sociale, aucun. Ah si, tout de même : on ne leur connaît pas de famille.

— Vos conclusions ?

— Je n'en ai pas tiré. Il y a cette liste de compagnies d'assurances, il y a le dossier Eselby, mais quel rapport ?

Je suggérai timidement :

— Et si ce cabinet Paradol faisait souscrire aux mendiants des assurances vie qu'il toucherait à leur place ?

— Non, Watson ! Pour percevoir la prime d'une assurance vie, il faut produire un cadavre ! On ne saurait duper si aisément les compagnies anglaises. N'oubliez pas que notre pays a été le pionnier dans ce domaine, le premier contrat du genre remonte à 1583, même si la pratique n'en est devenue courante que depuis un siècle. D'ailleurs, ce ne serait pas vraisemblable. Comment des entreprises solides, ayant pignon sur rue, renommées pour le sérieux de leurs enquêtes, accepteraient-elles d'assurer sur la vie des gens dont la solvabilité est notoirement nulle ? Il leur faut des garanties, une position sociale, des revenus déclarés, un capital…

Il s'interrompit, les sourcils levés, avant de s'exclamer d'une voix sourde :

— Ah, Watson, que ferais-je sans vous ? Au risque de vous agacer, je répéterai que vous êtes un excellent conducteur de lumière !

— Mais…

Il se levait, fébrile, allait prendre son manteau.

— Où allez-vous, Holmes ? Dois-je venir ?

— Inutile, Watson. Là où je vais, on n'emporte pas son revolver : le British Museum, département de la presse !

Dans sa hâte à dégringoler l'escalier, il faillit bousculer Mme Hudson qui, croyant la discussion partie pour durer, nous apportait une nouvelle théière et d'autres muffins.

6

Holmes cultivait le goût du mystère, ce qui n'était pas son côté le moins irritant. Il aimait, au dernier moment, abattre des cartes inattendues, et je n'étais pas sûr qu'il ne trouvât quelque jouissance perverse à contempler l'ébahissement de ses interlocuteurs. Cette fois encore, je ne sus rien de la marche de son enquête. Il passait des journées au British Museum et dans différents organes de presse. Je le vis envoyer des câbles vers des destinations lointaines, Amérique, Canada, Australie, Afrique du Sud, messages dont il attendait impatiemment les réponses.

Une fois, son désordre habituel fut cause qu'une de ses notes me tomba sous les yeux. Le feuillet avait été partagé en deux. D'un côté figuraient les noms des six mendiants disparus. De l'autre, en regard, il avait inscrit d'autres noms, qui m'étaient inconnus. Celui qui concernait Dotty la Bêcheuse était une Mme Steward, de Lauder, au-dessous duquel Holmes avait griffonné, de façon presque illisible, la mention suivante : perte de la barque *Sophie Anderson*. Enfin, la colonne de droite se terminait par Edward Eselby, celle de gauche, consacrée aux mendiants, ne comportant en face qu'un point d'interrogation.

7

Mary rentra d'Ipswitch début novembre, et je réintégrai mes pénates après des adieux rapides à un Holmes ostensiblement distrait. Je n'eus plus de nouvelles de lui jusqu'au jour où je reçus un câble laconique : « Soyez à l'*Angel and Crown* ce soir, neuf heures. Vêtements modestes. Revolver inutile. »

Ma femme n'apprécia que modérément cette convocation, mais elle avait pris son parti des manières fantasques de Holmes, et, après tout, c'était grâce à lui que nous nous étions connus. Le moment venu, je me fis donc conduire en cab jusqu'au croisement de Shoreditch et de Bethnal Green Road. Ensuite, j'allai à pied à l'*Angel and Crown*, cette taverne où nous avions déjà rencontré Atwood. Je subis dès l'entrée l'assaut étouffant de relents et de fumée qui m'avait suffoqué la première fois, mais je n'eus pas le temps de déceler la silhouette de mon ami dans cette brume malodorante : le patron de l'établissement m'avait abordé.

— Par ici, docteur Watson.

J'obtempérai. Il me conduisit vers l'un des coins de la salle le mieux abrités des regards. Je n'y vis pas Holmes, mais je n'étais pas installé depuis deux minutes qu'un mendiant loqueteux, à la barbe en broussaille, se frayait en boitant un passage dans ma direction.

— Cette place est prise, déclarai-je d'un ton rogue, alors qu'il s'asseyait près de moi.

— Je le sais, Watson.

Sa voix coupante me fit sursauter.

— Holmes ! m'écriai-je, d'un ton irrité, ne pouvez-vous, pour une fois, abandonner votre goût du théâtre et opter pour la simplicité ?

— Nécessité oblige, cher ami. Faites-vous donc apporter une bière. Je vous assure que, malgré les apparences, elle sera buvable.

Maussade, je m'exécutai et le regardai mieux. Il avait soigné son apparence miséreuse, quoique, contrairement à l'habitude, il se fût épargné la voussure et ne perdît pas un pouce de ses six pieds.

— Je boite, Watson, m'annonça-t-il placidement.

— Merci, j'avais remarqué.

— Eselby aussi.

Je sursautai.

— Dieu du ciel, Holmes, expliquez-vous !

Il le fit à mi-voix :

— Escroquerie à l'assurance, mon cher. Des gens qui ont perdu leur fortune à la suite de circonstances diverses, spéculations malheureuses en Bourse, imprudences financières, faillites, pertes au jeu, se font assurer sur la vie au nom d'une épouse, d'un fils ou d'un parent quelconque, puis meurent peu après dans un sinistre : l'eau et le feu de préférence.

— Pensez-vous à des suicides ?

— Mais non, Watson. Le suicide est une clause d'annulation. L'accident seul, l'accident fortuit.

— Ces gens se sacrifieraient ?

— Allons, Watson, un peu moins de noblesse d'âme et un peu plus de cynisme : à quoi serviraient les mendiants ? L'eau et le feu, vous ai-je précisé.

La vérité m'éclaira subitement. Je questionnai :

— Voulez-vous dire que les corps de ces malheureux ont servi de caution à la prétendue mort des bénéficiaires ?

— ... lesquels, munis d'excellents faux papiers, vont se faire un nom et une vie en Amérique ou dans les plus lointaines possessions de l'Empire, en compagnie de leur complice familial. Comprenez-vous, Watson ? Il n'y avait de critère commun entre ces mendiants, que celui de correspondre, cas par cas, à l'apparence physique des présumées victimes.

— J'ai peine à le croire, dis-je sourdement.

— Atwood nous avait parlé d'un mendiant manchot, n'est-ce pas ? Peu après sa disparition, un de vos anciens compagnons d'armes, le lieutenant-colonel Burgoyne, du 4ᵉ lanciers, héros de Maiwand, où il avait perdu un bras, a péri dans l'incendie de sa maison du Surrey.

— Avez-vous trouvé ces informations dans la presse ?

— Je n'y ai guère eu de peine. Partant de la date de disparition des mendiants, je n'ai eu qu'à consulter les journaux parus dans les deux ou trois jours qui ont suivi, et à effectuer le rapprochement.

— Les cadavres devaient être méconnaissables ?

— Cela va de soi. Le feu ne livrait que des dépouilles calcinées, mais cependant identifiables, grâce aux vêtements, bijoux, bref tous les indices nécessaires. Même la denture devait être maquillée sommairement, si besoin était.

Je demeurai abasourdi par ces révélations.

— Et l'eau, Holmes ? demandai-je enfin.

— L'eau n'a été utilisée qu'une seule fois, la première, et je ne jurerais pas que ce ne fût pas cette affaire qui a donné à Paradol, ou quel que soit son nom, l'idée de monter son entreprise. Vous souvenez-vous du naufrage de la barque *Sophie Anderson* ?

— Mais non, Holmes. L'ai-je d'ailleurs su ?

— Un jour d'été 1886, un M. George Steward, de Lauder, s'embarque avec sa femme sur un navire de plaisance appelée *Sophie Anderson*. Là-dessus, gros temps, courants contraires, erreur de navigation, que sais-je ? La *Sophie Anderson* sombre, corps et biens. M. Steward parvient seul à regagner la côte à la nage, après, déclare-t-il, plusieurs heures d'efforts. Sa femme a moins de chance : elle a coulé à pic.

— Et elle était assurée sur la vie ?

— Il y avait une assurance mutuelle pour les deux conjoints. Toutefois, M. George Steward se trouva confronté avec un problème qu'il n'avait pas prévu : pas de corps, pas de mort, donc pas d'argent, au moins avant un certain temps.

— La mer n'a jamais rejeté le cadavre ?

— Que si ! Plus d'un mois après ; boursouflé, tout à fait méconnaissable, mais dont les vêtements, les bagues, les bracelets, ont été formellement reconnus par George Steward comme ayant appartenu à sa femme... Pauvre Dotty la Bêcheuse, elle qui n'avait jamais porté de bijoux !

Holmes but une gorgée de bière, ajouta du coin des lèvres, avec un humour tout à fait particulier :

— Ce qui serait savoureux, Watson, c'est que les courants s'amusent maintenant à rendre le vrai cadavre, portant, j'imagine, au crâne, la trace d'un instrument dûment contondant. Bien entendu, j'ai voulu rendre visite à cet intéressant M. Steward. Trop tard : il a vendu tous ses biens en Angleterre pour s'expatrier en Nouvelle-Zélande, afin de mieux oublier son drame... Et puis n'était-ce pas plus prudent ?

Holmes précisa :

— Je pense que les difficultés de Steward étaient venues aux oreilles de Paradol, qui lui a alors suggéré le moyen de les contourner. Par la suite, l'homme a sans doute vu le bénéfice qu'il pourrait tirer d'opérations similaires, et monté l'entreprise que vous savez. Il se tient informé de la situation financière de certaines personnalités — par exemple, il joue au Bagatelle, vous vous le rappelez ? —, puis, lorsqu'il les voit au bout du rouleau, voire au bord du suicide, il leur propose son aide, moyennant un partage équitable de la prime.

— Et Eselby ?

Holmes déclara, sans qu'un de ses traits bougeât :

— Paradol n'avait pas trouvé de corps correspondant : grand, maigre, une jambe déficiente... Son problème est désormais résolu.

— Folie, Holmes ! protestai-je un peu trop fort. Vous risquez votre peau à ce petit jeu ! Aux Indes, dans la chasse au tigre...

— Je sais : la chèvre. Mais il y a des chèvres qui mordent, mon cher. D'ailleurs, cela n'a pas traîné. Depuis deux jours, j'entretiens des relations amicales avec Paradol. Je n'ai pas manqué de lui confier à quel point j'avais souffert de ma jambe trop courte qui m'interdisait toute ascension sociale, et combien j'attendais de la vie qu'elle m'offre enfin une compensation...

Il ajouta négligemment :

— Il m'a proposé de m'emmener demain soir au siège de la société pour me présenter à ses compagnons. Et c'est là que vous intervenez, Watson.

8

J'eus du mal à faire accepter à Mary l'idée d'une nouvelle expédition nocturne, d'autant que, cette fois, Holmes m'avait incité à m'armer. En outre, j'étais inquiet sur le sort de mon ami. La veille, à la sortie de la taverne, il m'avait quitté brusquement, et je l'avais vu prendre la direction des docks de Sainte-Catherine, dans la probable intention de se livrer à une nouvelle visite des locaux du cabinet Paradol. Mais je reléguai aux instances mes états d'âme pour m'en tenir aux consignes strictes qui m'avaient été données.

Dans l'après-midi, j'allai voir Lestrade à Scotland Yard. Je lui exposai les données du problème. Il en fut assez stupéfait pour se réfugier dans cette incrédulité qu'il affichait toujours comme un masque à ses perplexités. Pourtant, pas une seconde je ne le sentis prêt à me refuser son aide : il commençait à connaître Holmes.

— Richmond ? demanda-t-il seulement, les sourcils froncés.

— C'est le domicile des Eselby. Tout devrait se jouer là.

J'ajoutai sombrement :

— Holmes espère y arriver vivant. Mais il conviendrait qu'avant la tombée de la nuit vos hommes soient postés tout autour de la maison... discrètement, pour ne pas donner l'éveil.

— Et vous, docteur ?

Je répondis, affichant une bonne humeur forcée :

— Moi, je prendrai la piste à son départ, au cabinet Paradol.

9

Le ciel était avec nous. La nuit, exceptionnellement claire grâce à un fort vent d'est, favorisait l'affût. Aux premières étoiles, un « irrégulier » s'était présenté à Baker Street pour m'informer que le moment était venu. Cela signifiait que Paradol venait d'emmener Holmes sous son identité usurpée jusqu'au club des mendiants amateurs.

Je me hâtai. Dans le cab que j'avais retenu pour la soirée, je me fis conduire jusqu'à la place du Stock Exchange, déjà déserte, où je demandai au cocher de m'attendre. Deux minutes de marche rapide m'amenèrent alors dans la ruelle parallèle à Pickle Herring

Street, où s'ouvrait la porte annexe du cabinet Paradol. Cette fois, la brume n'étendait pas sa miséricorde
sur les façades lépreuses, et, si possible, le décor n'en
apparaissait que plus sinistre sous la lune livide.

La veille commença. Je m'étais abrité du vent dans
une embrasure voisine, mais, malgré les gants, mes
doigts commençaient à s'engourdir. À deux reprises,
je tirai ma montre du gousset pour regarder l'heure,
tant le temps me paraissait long. Il était pourtant à
peine plus de onze heures quand j'entendis grincer la
porte de l'immeuble. Un homme en sortit, que je
n'avais jamais vu : petit, malingre, un peu déjeté. Il
s'immobilisa sur le porche, où bientôt résonna une
musique aigrelette. Je fus sidéré une seconde avant de
m'apercevoir qu'il s'agissait d'un signal. Un bruit de
sabots et de roues résonna dans le silence nocturne,
avant que n'apparût un fiacre, aux lanternes dûment
allumées. Celui qui le conduisait n'était sans doute
pas un cocher professionnel, car arrivé à mon niveau
il abandonna son siège pour rejoindre le joueur de
guimbarde. Fondu dans la pénombre de mon embrasure, je vis les deux hommes disparaître à l'intérieur
du bâtiment. Ils en ressortirent au bout de quelques
minutes, portant par les épaules un corps inanimé,
comme on soutient un pochard ivre.

Mon sang se glaça. J'avais reconnu Holmes. Je dé-
gageai mon revolver de ma poche, mais les paroles de
mon ami me revinrent en mémoire avec une impérieuse acuité : « Ne bougez pas, Watson, n'intervenez
pas, même si je vous parais hors de combat. Attendez
mon coup de sifflet... »

Le cœur serré, je rengainai donc mon arme. Derrière le groupe, apparaissait maintenant un quatrième
homme, à la stature arrogante, en qui je reconnus

sans hésiter celui que, par commodité de parole et de pensée, nous appelions Paradol. Holmes avait été hissé à l'intérieur de la voiture. Paradol prit place près de lui. Le cocher regrimpa sur son siège, tandis que le joueur de guimbarde, lui, réintégrait l'immeuble. Il y eut un claquement de langue, et le véhicule s'ébranla, sans précipitation. Je le suivis prudemment à pied. Je savais qu'il ne pourrait, en sortant de la ruelle, que déboucher vers la place du Stock Exchange, où m'attendait mon propre cab. J'attendis que l'autre eût pris la direction des quais pour y monter.

— Suivez ce fiacre, dis-je, très classiquement, au cocher.

J'ajoutai :

— De loin, s'il vous plaît, qu'on ne nous remarque pas.

Mes alarmes étaient vaines. Sans doute mû par un souci proche du mien, Paradol avait choisi la voie la plus fréquentée, celle qui ramenait vers Richmond, Hampton Court ou Twickenham les habitants de cette riche banlieue qui avaient passé la soirée à Londres. Nombreux étaient les équipages qui prenaient le chemin du sud-ouest, le petit trot étant l'allure généralement adoptée.

Nous longions parfois la Tamise, libérée de ses murs de pierre, où la lune jetait des flaques de moire argentée, à travers la voûte bruissante de grands arbres, dont les frondaisons se noyaient de ténèbres. Nous arrivâmes en vue de l'ancien *sheen* d'avant Henry VII, traversâmes le vieux village de Richmond, que je connaissais un peu depuis qu'amateur impénitent de littérature j'y avais visité les maisons habitées autrefois par Charles Dickens et George Eliot.

La circulation s'étant raréfiée, je demandai au cocher d'agrandir la distance de filature. D'ailleurs, notre destination était proche, et vint le moment où je commandai à mon conducteur d'accélérer l'allure afin de dépasser le fiacre que nous suivions. Par la lucarne arrière, je vis celui-ci tourner à gauche dans l'allée qui menait à la maison des Eselby.

— Là, arrêtez, dis-je enfin.

Le cab s'arrêta. Je tendis trois guinées au cocher, qui objecta :

— Comment allez-vous rentrer ?

— On me raccompagnera.

Il n'insista pas. Tandis qu'il effectuait son demi-tour, je m'enfonçai dans l'obscurité d'un sous-bois, me guidant sur les taches de lune qui, çà et là, parsemaient le sol. Je parvins rapidement au niveau de la haie qui marquait la limite du domaine Eselby. Je me disais que les hommes postés par Lestrade m'avaient sans doute vu passer, mais qu'ils respectaient la consigne impérieuse qui leur avait été donnée : ne pas intervenir avant le coup de sifflet de Holmes.

Je franchis la haie, non sans peine, arrivai en vue d'une grande maison à pignons, dont deux des fenêtres du rez-de-chaussée étaient éclairées. Le fiacre, à présent vide, mais ses lanternes toujours allumées, était immobilisé sur le gravier, devant le porche. Je franchis rapidement l'esplanade découverte pour m'accroupir sous l'une des fenêtres. Le tulle des rideaux me montrait des ombres qui s'agitaient, mais je n'entendais aucun bruit significatif. J'hésitai sur la conduite à tenir quand, à l'intérieur, les choses se précipitèrent. Un bruit de lutte forcenée résonnait, puis la nuit se déchira sous des coups de sifflet stridents, auxquels firent écho aussitôt d'autres coups de sifflet émanant du parc environnant. J'eus à peine conscience que l'obscurité s'animait derrière moi, tandis que, d'un coup de crosse de revolver, je faisais voler en éclats la vitre de la fenêtre.

— Je suis là, Holmes, tenez bon ! criai-je, en tâtonnant par l'ouverture pour manœuvrer l'espagnolette.

Je poussai les battants, sautai à l'intérieur de la chambre. Holmes s'y débattait contre deux hommes, Paradol, et celui qui lui avait servi de cocher. Mon irruption inattendue statufia une seconde les protagonistes de la scène. Holmes en profita pour étendre le cocher d'un fulgurant direct à la mâchoire, mais Paradol ne réagit pas comme on s'y attendait. En un éclair, il était sur moi, me renversant à terre d'une violente bourrade avant de plonger par la fenêtre ouverte.

— Tirez, Watson, tirez ! cria Holmes.

Je me précipitai au-dehors, où Paradol avait déjà disparu à l'angle de la bâtisse. Je n'y étais pas moi-même parvenu que des hennissements sonores retentirent, sur une frénésie de coups de sabots labourant le sol. L'éclat rouge des fanaux secoués m'offrit la vision fantastique du fiacre lancé à un train d'enfer à travers la nuit, dans le grincement des essieux et les cris stridents du conducteur dont le fouet claquait sur les croupes. Deux *bobbies* qui prétendaient s'interposer n'eurent que le temps de se jeter en arrière. La voix de Lestrade hurla des ordres, au milieu des détonations et des coups de sifflet. Les policiers, en civil et en uniforme, investissaient la demeure…

— Eh bien, Watson, nous avons joué de malchance, je crois, fit derrière moi la voix de Holmes.

Je me retournai. Il ne portait plus qu'une chemise lacérée, sous laquelle haletait son torse maigre et musculeux. Il déclara, d'un ton tranquille :

— J'aurais bien voulu laisser aller les choses à leur terme afin que le délit soit flagrant, mais quand ils ont entrepris de me déshabiller pour me passer les luxueux vêtements d'Edward Eselby, je me suis trouvé contraint d'agir avant qu'ils ne trouvent mon sifflet.

— N'étiez-vous pas inanimé, Holmes ? questionnai-je aigrement.

— Simulation. J'espère que vous n'en avez pas été abusé. Paradol m'a offert un dîner très agréable, conclu par un cigare et le verre du condamné, en l'occurrence du cognac français, dont il s'est servi lui-même mais auquel il avait ajouté, dans mon seul verre, une versée de laudanum, pendant que je feignais l'inattention.

— Mais ce laudanum, Holmes...

— J'étais passé la veille au cabinet Paradol, Watson, vous vous en souvenez ? J'y avais remplacé la drogue dans le flacon par un liquide opiacé de ma composition : même couleur, même odeur, tout à fait inoffensif.

— Paradol nous a tout de même échappé.

— Apparemment. Mais nous tenons ses complices, qui vont parler.

Lestrade s'approcha, le visage renfrogné.

— J'ai donné des ordres pour qu'on organise des battues dans toute la région, déclara-t-il. Une estafette vient de m'apprendre que nous avons arrêté, Pickle Herring Street, le comparse qui y était resté pour brûler les documents : un bon client à nous, nommé Parker, petit esprit mais redoutable *garro-ter*...

Et comme pour compenser l'échec de ses hommes, il ajouta :

— Conformément à vos suggestions, monsieur Holmes, des mandats sont partis dans toutes les colonies de l'Empire pour appréhender les escrocs qui s'y sont établis sous une fausse identité.

— Eh bien, il ne nous reste plus qu'à rentrer, conclut Holmes. Vous voudrez bien nous faire raccompagner, Lestrade ?

10

Je ne revis Holmes de toute la semaine. J'avais appris par la presse que le couple Eselby avait été arrêté dans un hôtel de Douvres, alors qu'il s'apprêtait à embarquer pour le Continent. Il avait rejoint sous les verrous les complices de Paradol, qui, lui-même, demeurait introuvable.

Un après-midi que j'étais appelé en consultation auprès d'un de mes patients qui habitait à proximité, je passai, à tout hasard, au 221b Baker Street. Par chance, Holmes s'y trouvait. Pipe à la bouche, il lisait attentivement un livre, qu'il me tendit dès mon entrée. Ce volume, intitulé *La chasse aux fauves dans l'Ouest himalayen*, avait été publié six ans auparavant.

— J'en ai un autre, là, plus récent, dit Holmes, avec un geste du menton vers ses étagères. *Trois mois dans la jungle.*

Je regardai le nom de l'auteur.

— Qui est ce colonel Sebastien Moran ? demandai-je.

— Un vétéran de l'armée des Indes, comme vous. Campagnes de Charasiah et du Sherpour. Fils de notre ancien ministre en Perse, sir Augustus Moran, il s'est, après sa retraite anticipée, reconverti dans le meurtre, l'escroquerie aux assurances et la malfaisance sous tous ses aspects.

Sans daigner remarquer mon air effaré, Holmes ajouta :

— C'est le résultat de l'enquête que j'ai effectuée à l'Anglo-Indien et au Bagatelle, où il s'était inscrit sous son vrai nom. Aujourd'hui, il a disparu, et personne n'en a plus aucune nouvelle, même à son domicile habituel de Conduit Street. Au fait, Watson, je ne crois pas à Paradol, ce n'est qu'une identité fictive. Rappelez-vous le débris de papier que nous avons trouvé : M. à M. … Je suis sûr que Moran est le deuxième M.

— Et le premier ?

— Je donnerais cher pour le savoir, fit Holmes, les paupières mi-closes. Celui-là doit avoir été le véritable cerveau de l'affaire.

Mais il devait s'écouler six ans avant que son souhait ne fût exaucé.

DEUXIÈME PARTIE

*Celles que Watson n'a jamais
osé évoquer*

Élémentaire,
mon cher Holmes

« Élémentaire, mon cher Watson... »

(Apocryphe)

Prologue (1885)

1

Fanny se redressa sur son lit, le cœur battant violemment, le corps couvert de transpiration. Elle avait
encore dans l'oreille la stridence du cri affreux qui
avait déchiré la nuit de novembre.

« Mon Dieu, c'est Robert », se dit-elle.

Elle se ressaisit vite. C'était une forte femme, à qui
sa rude enfance, passée dans les forêts de l'Indiana,
avait forgé un caractère volontaire, aussi peu vulnérable aux misères matérielles qu'à l'angoisse métaphysique. En un instant, elle eut chaussé des mules et jeté
un châle sur sa chemise de nuit. Elle courut vers la
chambre voisine, où, depuis sa maladie, son mari préférait dormir seul. Il était assis au milieu de ses oreillers,
hagard, éperdu. La lueur vacillante de la veilleuse faisait luire son maigre visage d'une sueur aigre, aux relents de fièvre et de peur. Son poing gauche, crispé sur
les couvertures, tremblait convulsivement.

— Là ! balbutia-t-il d'une voix rauque, l'index droit
tendu, là, regardez ma main, Fanny !

Elle se précipita, le força à se recoucher, tendre, maternelle, autoritaire. Elle murmurait :

— Ce sont les fièvres, Robert, ces maudites fièvres qui vous poursuivent depuis Hyères, elles vous ont donné un cauchemar.

— Un cauchemar, répéta-t-il faiblement.

Il eut un sourire un peu honteux, tandis qu'il se laissait aller en arrière sur ses oreillers. Il dit, à voix basse :

— C'était affreux, Fanny, ma main était noueuse, avec des veines comme des cordes, et de gros poils noirs qui exprimaient la bestialité...

— Vous avez rêvé, Robert, oubliez cela. Il faut vous reposer, rappelez-vous ce qu'a dit le médecin.

Or, voici qu'il se redressait, l'œil soudain acéré, le corps tendu d'excitation fébrile.

— Mais aussi, quel sujet de roman, Fanny, songez-y ! Quelle histoire cela pourrait faire !

— Nous y penserons demain.

— Non, non, protesta-t-il, je veux noter l'argument tout de suite... Donnez-moi une plume, un peu de papier...

— Vous vous en souviendrez...

Il secoua la tête. Il grelottait, déchiré de fièvre et de volubilité, fouillait fébrilement à la recherche d'un crayon sur sa table de nuit, encombrée de fioles.

— D'ailleurs, à la lumière du jour, les choses de la nuit perdent toutes leurs couleurs, vous le savez bien, Fanny ! Je veux tout garder de cette magie avant qu'elle ne s'évapore...

Il agita un index impérieux à l'appui de ses affirmations.

— ... D'ailleurs, rappelez-vous Mary Shelley, n'a-t-elle pas vécu la même aventure ? Et son Frankenstein est devenu un chef-d'œuvre immortel !

2

Il écrivit pendant trois jours, tantôt couché, tantôt assis. De sa fenêtre, il apercevait la mer grise, moutonnant aux premiers vents de l'hiver. Parfois, quand le pâle soleil de Bornemouth perçait les brumes, il descendait au jardin, et sous son ombrelle rouge, installé à une petite table métallique, il noircissait des rames de papier.

La fièvre l'habitait. Pas seulement celle de la phtisie, mais aussi celle de la création, et Fanny s'inquiétait devant la familiarité de ces symptômes. À plusieurs reprises, elle ébaucha des tentatives d'approche, mais, chaque fois, Robert se rétractait, se hérissait. Elle le connaissait : il ne lui montrerait son texte qu'après qu'il serait terminé.

Enfin, au matin du quatrième jour, il consentit à lui remettre une liasse abondamment griffonnée et raturée. Il le fit à contrecœur, si bien qu'elle crut devoir lui dire, d'une voix âpre :

— Je vous la rendrai, votre prose, n'ayez crainte. Et, comme d'habitude, je vous dirai franchement ce que j'en pense.

— Oh, de cela, je suis sûr, répondit-il, avec une sorte d'ironie douloureuse.

Elle lui lança un regard noir avant d'aller s'enfermer dans sa chambre. Elle n'en sortit pas de la journée. Elle avait donné toutes instructions à Valentine, la jeune Française qu'ils avaient ramenée d'Hyères,

pour assumer les devoirs de la maison, et, allongé sur
une chaise longue du jardin, face à la lande de bruyè-
res qui descendait doucement vers un vallon frissonnant de rhododendrons, Robert regardait s'activer la
jeune silhouette, non sans une confuse nostalgie : il
avait été un temps où Valentine Roch était pour lui
un peu plus qu'une servante.

Ne sit ancillae tibi amor pudori...

Fanny avait admis le fait, elle avait même consenti
à garder la jeune fille, dont la douceur et le dévouement aidaient Robert à supporter les cruautés de la
maladie, mais cette situation ambiguë était l'un des
écueils feutrés auxquels se heurtait parfois l'harmonie
de leur union.

Le soir venu, quand les lampes eurent habillé de
douceur jaune la pénombre intime des couloirs de
Skerryvore, Robert se décida. Il entra dans la chambre de Fanny. Celle-ci était assise près de son écritoire, dans l'obscurité. Par la fenêtre, le crépuscule
mourant accusait l'énergie de ses méplats, la densité
presque masculine de son visage celte, et l'éclat de ses
yeux noirs. Encore une fois, Robert réalisa qu'elle
avait dix ans de plus que lui, quoique ses trente-cinq
années, accusées et soulignées par la maladie, le fis-
sent paraître plus âgé qu'elle.

— J'ai lu votre manuscrit, dit-elle d'une voix neutre.

— Et... ?

— Et j'ai peur.

Très las, Robert s'assit au bord du lit, ses mains
maigres posées sur ses cuisses, agitées d'ondes nerveuses.

— Je m'y attendais.

Il y eut un silence très lourd.

— Et bien entendu, reprit-elle, vous comptez faire publier cela ?

— Oui !

C'était presque un hurlement. Il s'était levé, dépliant sa longue silhouette voûtée, son visage sensible frémissant d'exaltation contenue.

— Oui, Fanny, je compte le faire publier, parce que c'est là un vrai livre ! Qu'attendez-vous de moi, enfin ? Que je continue à bâtir ma réputation sur des feuilletons destinés aux collégiens ? J'ai besoin de m'exprimer, moi ! J'ai besoin de peindre des sentiments et des passions adultes !

— Adultes ! coupa-t-elle, amèrement. Parce que, pour vous, les passions adultes, ce sont celles qui s'expriment par le stupre et la cruauté ! Parce que, pour vous, la littérature, cela consiste à glorifier la débauche ! À évoquer ces créatures qui peuplent les bouges, et dont votre jeunesse agitée vous a laissé la mélancolie ! Ah, vous le regrettez bien, le temps où l'on vous appelait Louis, et « Veste-de-velours »... !

Elle tendit une main tremblante vers le manuscrit, posé sur l'écritoire.

— Voici une œuvre diabolique, Robert ! Votre personnage est l'incarnation du Mal absolu, et le plaisir que vous avez pris à décrire ses turpitudes m'épouvante !

— Est-ce mal rendu ? gronda-t-il.

— Eh non ! s'écria-t-elle d'une voix tremblante, mouillée par l'approche des larmes, non, justement ! Le Seigneur vous a fait un don, Robert, mais ce don est comme une boîte de Pandore ! Savez-vous ce que j'ai discerné, sous toutes ces horreurs ?

— Je vous écoute, ricana-t-il. De toute façon, il faudra bien que vous me le disiez, n'est-ce pas ?

— J'y ai vu une nostalgie honteuse, mais puissante. Car vous êtes votre propre personnage, Robert ! La jouissance que celui-ci puise à faire le mal, vous l'exprimez de façon si frappante qu'elle ne saurait vous être tout à fait étrangère. Pis : vous amenez le lecteur à partager ses extases les plus troubles, ses instincts les plus pervers. Les mots viennent du plus profond de vous-même, osez le nier !...

Elle parlait, mais Robert n'écoutait plus. Il ramassait le manuscrit, le rangeait, en tassait la tranche entre ses paumes, l'expression fermée, la bouche amère.

— Je vais prendre d'autres avis, murmura-t-il.

— C'est cela ! explosa-t-elle, ceux que vous appelez vos amis, et qui ne sont que vos thuriféraires, Baxter, Colvin, Henley, qui n'est jamais rassasié de whisky...

— Il n'y a pas qu'eux.

— Alors, Marcel Schwob, ce Français délirant ? Le Dr Bell, qui ne croit pas mieux prouver son génie qu'en battant les cadavres dans ses amphithéâtres ? Ou encore le cher Henry James, que sa prétendue amitié n'a pas empêché d'exploiter nos querelles pour son *Auteur de Beltraffio* !

— Vous y avez votre part de responsabilité, rétorqua-t-il. Si vous ne m'aviez pas poussé à détruire mon manuscrit...

Elle éclata d'un rire aigre, grelottant de rancune rentrée.

— Revoilà donc sur le tapis l'inoubliée Claire, la fille galante dont vous n'aurez pas écrit l'histoire ! Décidément, mon cher Robert, les prostituées vous obsèdent, et votre personnage semble y être aussi porté que vous-même !

— Je n'y suis pas porté ! protesta-t-il. Je considère simplement que ce sont des créatures humaines, qu'elles pensent, qu'elles aiment, qu'elles souffrent ! Quant à mon personnage, reconnaissez qu'il ne leur fait pas un sort enviable, surtout lorsqu'il se trouve soumis aux pires impulsions de sa seconde nature !

Elle répliqua d'un ton âpre :

— Oui, mais seulement après en avoir tiré toutes les jouissances d'usage, Robert. Et, au fond, cela révèle bien le cancer qui ronge votre âme, cette fascination équivoque, faite tout à la fois d'attirance et de répulsion, que, dans votre manuscrit, vous croyez exorciser par le sang ! D'ailleurs, n'avez-vous pas toujours été séduit par les personnages les plus ambigus ? Ce diacre Brodie, que vous avez porté au théâtre, sans grand succès soit dit en passant, n'avait-il pas aussi une double personnalité ?...

Ils se séparèrent dans l'aigreur et la colère.

3

Cette nuit-là, Fanny pleura longtemps. Elle aimait son mari d'un amour profond, total, auquel l'échec de son union précédente avec le falot Samuel Osbourne avait donné tout son sens. Quand elle était intervenue dans ses travaux, elle l'avait fait sans arrière-pensée, ni autre souci que l'intérêt qu'elle y voyait pour sa carrière, et souvent en contradiction avec ses propres sentiments. Mais chaque nouvelle querelle lui faisait prendre conscience de la rancune sourde que Robert lui gardait, depuis qu'elle l'avait persuadé de détruire son manuscrit consacré à Claire, la fille galante d'Édimbourg. Et pourtant, une fois encore, elle était sûre de ne pas se tromper. Comment, après l'élégan̨te fantaisie, la poésie délicate du *Prince Othon*, le lecteur accueillerait-il cette fresque sordide, violente, horrible, tout habillée de fantastique qu'elle fût ! Ce ne serait certes pas une telle prose qui ferait veiller M. Gladstone jusqu'à deux heures du matin, comme *L'île au trésor* ! On n'y verrait que la dépravation intime de l'auteur, la révélation d'une nature sulfureuse, portée aux pires excès de la nature humaine !

Au petit matin, elle se leva. À la lueur de la veilleuse, elle consigna brièvement ses observations sur une feuille de papier. Elle en espérait de Robert une vue plus sereine des choses, qui, en tout cas, éviterait la confrontation de leurs deux caractères, décidément trop opposés. Ce fut cependant avec, au cœur, une angoisse pesante, qu'un peu plus tard elle alla le trouver dans sa chambre. Il avait les joues hâves, la moustache plus tombante que jamais, l'œil fiévreux. Elle l'embrassa passionnément, avant de lui murmurer à l'oreille :

— Excusez-moi pour hier, Robert, je n'avais en vue que votre réputation… Elle rassembla son courage pour lui tendre son papier, d'une main un peu tremblante… Tenez, voici quelques notes, vous en ferez ce que vous voudrez, mais au nom de tout ce qui nous unit, je vous en conjure, ne les jetez pas sans les avoir lues…

Il hocha la tête, posa la feuille sur la table de nuit, puis, la poitrine brûlante, les paupières closes, il se laissa aller sur ses oreillers. Elle hésita, faillit ajouter quelque chose, mais rebutée par son mutisme obstiné, elle se résigna à se retirer. Dès qu'elle fut sortie, Robert saisit hâtivement le papier pour le lire.

4

Pendant quelques jours, les relations entre Robert et Fanny connurent un climat ambigu. Ils affectèrent de ne plus vouloir reparler du manuscrit et s'obligèrent à une désinvolture de ton comme d'allure qui ne trompait ni l'un ni l'autre, mais leur assurait un minimum de sérénité quotidienne.

Robert se consacra durant toute une semaine à la correspondance. Il envoyait Valentine porter son courrier à Bornemouth, mais Fanny n'aperçut qu'un seul de ces envois, un colis que la jeune Provençale avait déposé sur le guéridon du vestibule, le temps de coiffer sa capeline. Encore n'eut-elle que le temps d'en déchiffrer la dernière ligne de l'adresse : il s'agissait d'Édimbourg, la ville natale de Robert.

Un matin, son attention fut attirée par une forte odeur de papier brûlé qui venait de la chambre de son mari. Elle alla timidement frapper à sa porte. Il n'était pas couché, et, une main dans la poche de sa robe de chambre, il lui ouvrit lui-même. Il évitait son regard.

— Voyez, dit-il d'une voix imperceptible, avec un geste vers la cheminée, c'était mon manuscrit.

Dans l'âtre, les derniers débris de papier calciné se tordaient au milieu des flammes. Saisie, Fanny le regarda. Il avait un air vaincu qui lui serra le cœur.

— Robert, murmura-t-elle, s'agrippant à son bras, je ne vous avais pas demandé cela, je ne pensais qu'à des modifications...

Il répondit, d'un air las :

— Je sais. Et, vous voyez, je me suis rendu à vos raisons. J'ai préféré le détruire pour mieux le récrire.

Même le titre en sera changé. Il confirmera le caractère exclusivement scientifique de l'expérience.

— Et ?... demanda-t-elle, presque honteusement.

— Il s'appellera : *Le cas étrange du Dr Jekyll et de M. Hyde*.

5

Robert ne mit que trois jours pour récrire son histoire. Le livre parut en janvier 1886 et connut un succès d'autant plus considérable qu'il n'était pas dans la manière précédente de l'auteur. Quelle différence d'avec *L'île au trésor* ! Et aussi d'avec *Le jardin poétique d'un enfant*, tout empreint de fraîcheur et de délicat lyrisme !

La mode s'en saisit. À l'heure du thé, des ladies papotantes commentèrent, entre deux ragots mondains et le dernier mot d'esprit d'Oscar Wilde, l'enseignement délivré : l'homme était-il décidément si mauvais que ses instincts pussent prendre sur lui une telle domination ? On criait d'horreur à l'anecdote de l'enfant piétinée, à celle du vieillard assommé, on se posait des questions pleines d'angoisses délicieuses au sujet des nombreux forfaits que Hyde aurait commis, mais dont l'auteur taisait, hélas, le nombre comme la nature : « ... Il n'entre pas dans mes intentions de vous décrire par le détail tous les crimes honteux dont Hyde fut l'unique auteur... »

Le prédicateur de Saint-Paul s'empara du thème, pour un sermon dont les éclats firent résonner les voûtes de l'austère cathédrale, et, la nuit venue, les jeunes constables qui arpentaient les ruelles fétides de Soho ou de Whitechapel sous la lividité des réverbères écarquillèrent les yeux, dans la crainte de surprendre une silhouette furtive, aux mains couvertes de poils, puant le péché et la mort.

Délivré de ses transes, l'auteur écrivit sur sa lancée deux ouvrages d'inspiration différente, *La vie de Fleeming Jenkin* et un roman écossais, vaste tableau de mœurs parcouru d'un souffle épique : *Enlevé.* David Balfour rejoignit Jim Hopkins dans la notoriété, tandis que Robert Louis Stevenson passait l'été à Londres, puis à Paris, où il retrouva ses vieux complices, le sculpteur Rodin, et surtout Will Low, l'ami américain de Barbizon. En leur compagnie, il effectua les pèlerinages d'usage sur les lieux de sa jeunesse bohème, le restaurant de la veuve Poncelet, le café de Cluny, les ateliers de Montparnasse et, bien entendu, le musée du Louvre.

Cette plongée dans le passé ne l'empêchait pas de se tenir au courant des événements qui secouaient la vieille Angleterre, les ennuis du troisième gouvernement Gladstone, l'affaire Parnell, l'ouverture tant attendue des tunnels de Severn et de Liverpool-Birkenhead. Fanny lui écrivait régulièrement.

Certain soir de septembre, Will lui trouva une physionomie sombre, contractée, comme assaillie d'angoisses.

— Quelque chose ne va pas ?

— Je dois rentrer tout de suite, dit Robert, d'une voix brève.

— Quoi ? insista Will, Fanny est souffrante ?... Votre père ?

— Non, non, répondit Robert, détournant le regard, ce n'est pas cela. Simplement, je n'ai plus un sou.

— Mais je peux...

— N'insistez pas, Will, il faut absolument que je rentre, c'est sans appel.

Un peu plus tard, Will Low évoqua avec Rodin les causes probables d'une attitude si singulière.

— Que diable, on ne s'aperçoit pas, du jour au lendemain, qu'on a épuisé ses fonds… il doit y avoir une chose qu'il ne veut pas nous avouer…

— Son père, peut-être ? Il est d'une santé chancelante.

— Il dit que non… D'ailleurs, pourquoi nous le cacherait-il ?

Low hésita imperceptiblement avant d'ajouter :

— C'est curieux, il y avait un journal déplié sur son secrétaire, un numéro du *Times*… il le reçoit régulièrement. Sur le moment, j'ai eu l'impression fugace, mais impérieuse, que ce journal était à l'origine de sa décision, et j'en ai machinalement noté la date…

Très intrigués, les deux amis se rendirent à l'ambassade britannique, où ils demandèrent à prendre connaissance de l'exemplaire en cause. Ils n'y trouvèrent rien qui leur parût susceptible d'avoir provoqué le changement d'attitude de Stevenson. Dans la rubrique des informations régionales, un seul écho concernait la ville d'Édimbourg : le meurtre sauvage d'une prostituée dans Leith Street, à la limite du quartier des Archives. Ils n'y prêtèrent aucune attention.

6

Dès le retour inattendu de Robert à Skerryvore, Fanny s'était écriée :

— Mais enfin, Robert, vous aviez assez d'argent !
Ce chèque, que votre père vous a donné avant votre
départ, vous ne l'avez même pas encaissé !

— Le chèque ? répéta-t-il, l'expression absente.

— Vous l'aviez mis dans la poche de votre gilet
gris... Attendez, vous devez l'avoir encore.

L'œil vague, Robert la laissa fouiller dans ses vêtements. Elle brandit un chèque, qu'elle venait de retrouver dans un gousset.

— Décidément, pouvez-vous être distrait ! Vous
avez écourté vos vacances pour rien !

Il grimaça un sourire contraint. Elle lui vit un air
traqué, dont la préoccupation confinait à une angoisse
confuse, mais elle s'avoua incapable d'en déterminer
les causes. Pourtant, tout allait à merveille, sur le plan
littéraire comme sur le plan financier...

L'hiver fut morose. Redevenu très déprimé, Robert
ne quittait pas sa chambre. Une curiosité avide l'avait
saisi pour toutes les nouvelles apportées par les journaux, qu'il lisait sans exception, quelle que fût leur
tendance. Il paraissait attendre, avec une fébrile impatience, une correspondance d'Édimbourg qui ne venait jamais. Et lui qui, d'ordinaire, ne manquait pas
de prendre connaissance des œuvres publiées par ses
confrères, s'en désintéressait totalement.

Une seule fois, pourtant, Fanny le vit se passionner.
C'était pour une longue nouvelle, publiée par un
jeune auteur de ses amis, comme lui natif d'Édimbourg, Arthur Conan Doyle. Le titre en était *Une
étude en rouge*. Curieusement, cette lecture ne le dé-
rida pas. Fanny, qui l'avait parcourue derrière lui, crut
en voir la cause dans le fait que l'auteur s'y était inspiré, sans vergogne excessive, d'une de ses propres
histoires, une anecdote mormone parue deux ans

auparavant dans le recueil que Robert avait publié sous le titre général de *Le dynamiteur.* Il affirma qu'il n'en était rien, et que ces coïncidences étaient courantes en littérature.

En février, la santé de Thomas Stevenson, le père de Robert, s'altéra gravement. On lui loua une villa proche, sous les pins de Bornemouth, mais son état ne s'améliora pas. L'humeur de Robert s'en ressentit. Fanny, elle, passait ses nerfs sur la pauvre Valentine, dont, heureusement, la souriante placidité était à toute épreuve. Bientôt, devant l'imminence d'une issue fatale, décision fut prise de ramener Thomas Stevenson à Édimbourg, afin qu'il pût s'éteindre dans la maison familiale. Mais Robert, victime d'un nouveau refroidissement, ne put accompagner la voiture d'ambulance. Fanny constatait d'ailleurs chez lui une étrange apathie, comme alimentée par une crainte sourde, à l'idée de revoir Édimbourg et ses vents aigres. Il dut pourtant s'y résoudre au début du mois de mai. Il n'arriva dans la maison d'Heriot Row que deux jours avant que son père y eût rendu l'âme.

Thomas Stevenson, constructeur des grands phares d'Écosse, parmi lesquels le fameux Skerryvore, dont Robert avait donné le nom à sa maison de Bornemouth, était une personnalité de premier plan et ses obsèques rassemblèrent toutes les notabilités de la région. La plupart des amis de Robert étaient présents, mais non le Dr Bell, lequel s'était fait excuser. Robert en fut affecté, ce qui n'échappa pas à la vigilante Fanny.

— Ce monsieur est devenu très important, opinat-elle aigrement. Il est bien trop occupé à jouer Dieu le Père auprès des naïfs pour apporter aux amis dans la peine le réconfort dont ils ont besoin...

Elle savait, par divers recoupements, que Robert avait, dès son arrivée, tenté de le joindre, et que, d'une façon ou d'une autre, Bell semblait avoir éludé l'entrevue. Fanny ne l'avait jamais aimé, antipathie réciproque remontant à leur première rencontre dans la maison d'Heriot Row, sept ans auparavant. Le fameux chirurgien avait alors, à son habitude, mis en lumière certains points la concernant, éléments déduits à partir de ses seuls dons d'observation, qui étaient remarquables. Si Robert s'en était amusé, Fanny, elle, avait mal pris le jeu, non qu'elle eût quoi que ce fût à cacher, mais le fait qu'on eût ainsi disposé d'elle comme d'un objet d'expérience, l'avait humiliée et irritée. Plus tard, elle n'avait pas manqué de critiquer âprement certaines pratiques du professeur Bell, dont on chuchotait qu'il battait parfois à coups de canne les cadavres de ses amphithéâtres, afin de déterminer, d'après l'aspect des ecchymoses, l'heure approximative du décès. Elle y voyait le signe d'un sadisme refoulé beaucoup plus que la manifestation de son goût affiché pour la médecine légale...

Robert, d'ailleurs, avait vite renoncé à reprendre contact avec lui, de même qu'il ne cherchait plus à revoir ses autres amis. Enfermé dans sa chambre, il paraissait n'avoir plus qu'une hâte, quitter cette métropole grise, couverte de fumées, balayée par les vents glacés du Nord. Ses médecins l'y encourageaient. Il lui fallait un climat tiède, ensoleillé, et Fanny, qui avait gardé la nostalgie de la Californie, vint à la rescousse.

En quelques jours, Robert se décida. Sa mère également convertie, il vendit la maison d'Heriot Row, loua Skerryvore... Maintenant, une fièvre l'avait saisi. Il fuyait la vieille Angleterre comme on fuit une ma-

lédiction. Le 27 mai 1887, il parcourut Princes Street
en cab découvert. C'était son adieu à sa ville natale.

7

Le 21 août, sur le pont du *Ludgate Hill*, qui s'éloignait des côtes, toutes voiles dehors, Robert saisit
Fanny aux épaules, la serra contre lui.

— Merci, lui dit-il fiévreusement, merci, Fanny !

— Et pourquoi, grands dieux ? s'écria-t-elle, alar-
mée.

Il fit un violent effort sur lui-même. Ses rides s'effa-
cèrent, mais il ne sourit pas.

— Mon manuscrit, dit-il brièvement. Je crois que
vos conseils ont été salutaires, vous m'avez évité une
terrible erreur.

Elle eût dû être heureuse. Elle ne le fut pas. La
physionomie de Robert était creusée, et l'expression,
au fil de ses pensées secrètes, n'était pas loin d'exprimer une terreur dont Fanny ne pouvait s'expliquer la
cause. Cette Américaine, descendante de Scandinaves
et de Flamands, fille de pionniers, était superstitieuse,
inquiète, habitée de prémonitions, portée par sa nature profonde vers le monde secret des fantômes et
des choses informulées. Son magnétisme naturel, ses
intuitions quasi magiques, devaient, un peu plus tard,
lui attirer auprès des indigènes de Samoa, une réputation de sorcière bienveillante.

Robert examina à la dérobée son profil dru, tandis
qu'elle contemplait avidement les dernières falaises,
déjà estompées sous le brouillard. Avait-elle eu raison, encore une fois ? Son premier texte eût-il vraiment poussé les hommes vers la damnation ?

— ... Votre Dr Jekyll a recours à l'alchimie, mais le véritable maléfice, le voilà : ce manuscrit, plus pernicieux que toutes les drogues, parce que, grâce à votre talent, il révèle et flatte les pires perversions... Lautréamont lui-même en aurait été horrifié ! Les âmes inquiètes, déjà tentées par le Mal, y trouveront un chant de l'abjection, un appel à la dépravation la plus totale, la plus débridée... L'hymne du Diable, Robert ! Je vous en supplie, je vous en conjure, prenez garde aux démons que vous allez réveiller !...

Robert Louis Stevenson secoua la tête comme pour la dégager de ses brumes et de ses peurs.

— Au commencement était le verbe..., murmura-t-il sourdement.

I. L'enquête de M. Symeson
(1892)

1

— ... Au commencement était le verbe...

Les paroles de l'Évangile selon Jean avaient la turbulence et la vie courte des phalènes. La nuit les cueillait sur les lèvres du prédicateur pour les dépouiller jusqu'à la désincarnation avant de les rejeter au brouillard, dont les volutes silencieuses remontaient le cours du fleuve, avec des odeurs d'eau et de vase.

Le couple s'était arrêté à l'entrée du pont, face au Victoria Embankment.

— Il est saoul, murmura Louisa Harris à son compagnon.

Celui-ci ne répondit pas tout de suite. De haute taille, vêtu à la façon des gentlemen en cape et chapeau huit-reflets, il s'appuyait sur une canne à lourd pommeau.

— Allons plus loin, dit-il enfin, d'une voix impatiente.

— Non, une minute, ce vieux bonhomme est drôle... Et puis, en restant sur le pont, nous trouverons plus facilement un fiacre.

Le prédicateur portait une courte barbe grise, et ses vêtements étaient fripés. Il avait ingurgité de la bière tiède jusqu'à plus soif dans les pubs du bas Lambeth avant d'entreprendre une périlleuse pérégrination vers Hyde Park, lieu d'exercice privilégié des prophètes. Mais la perspective d'une si longue marche avait épuisé ses jambes comme son imagination. Alors, il s'était résigné à tenir son discours sur place, agrippé au parapet du pont.

— Au commencement était le verbe, répéta-t-il, avec l'obstination des ivrognes. Toutes choses n'arrivent que par lui...

Il avait oublié la suite de son texte. Le long du pont, les globes pâles des réverbères s'étaient allumés. Une lumière transie jetait son or blême parmi les reflets glauques de l'eau, en contrebas, épandait des taches de lividité régulière sur le pavé luisant de crasse et d'humidité. Plus loin, vers le nord, se détachait contre le ciel crépusculaire l'arche gigantesque, voilée de brume, du pont ferroviaire qui amenait les trains en gare de Charing Cross. Selon ses humeurs, le vent en apportait parfois de sourds grondements scandés par la stridence des sifflets de locomotive.

Louisa resserra son boa autour de son cou. Elle était habillée avec un luxe ostensible, et coiffée d'un grand chapeau de velours noir paré de plumes d'autruche. Visiblement, elle n'appartenait pas à la faune galante de Lambeth, qui tapinait dans les venelles sordides entourant le palais épiscopal, et son client lui témoignait des attentions à la mesure du quartier hautement bourgeois de Leicester Square, où il l'avait rencontrée la veille, devant l'Alhambra.

— Justement, ma chère, lui dit-il soudain d'un ton étouffé, il s'est produit un contretemps... Je ne pourrai me rendre avec vous à l'*Oxford*, comme prévu.

Elle tapa du pied sur le sol, réaction faussement enfantine dont elle avait fait l'une des armes de sa séduction professionnelle.

— Vous m'aviez promis le music-hall !

— Je suis navré, croyez-le. Je dois me rendre d'urgence à St. Thomas. Mais tenez, voici cinq shillings pour un fiacre et votre entrée. Je vous rejoindrai à la sortie de l'*Oxford* aux environs de onze heures.

En même temps que de l'argent, le gentleman avait sorti d'une des poches de sa cape un papier de soie plié, qu'il présenta ouvert à sa compagne.

— Au fait, je vous avais promis un remède pour faire passer ces taches que vous avez au front... Avalez deux de ces pastilles.

Elle recula instinctivement comme devant un souffle de fournaise, la respiration suspendue, l'œil fixé sur les deux longues pilules reposant au creux de la paume.

— Quoi, quoi, fit-elle d'une voix fragile, qu'est-ce que c'est ?

— Je vous l'ai dit : pour vos taches au visage... Allons, mon enfant, pas de caprice, avalez-les d'un coup, sans les sucer...

Elle feignit d'obéir, saisit les deux pastilles de sa main droite, mais, misant sur la forte myopie de son compagnon, réussit à les glisser dans sa main gauche, tandis qu'elle simulait le geste d'avaler. Elle le regarda attentivement, pendant que, derrière son dos, elle laissait tomber les pilules à terre. Le gentleman était placé à contre-jour par rapport aux réverbères, de sorte qu'elle voyait mal, sous l'ombre dense du chapeau, son visage encadré de favoris fournis. Mais, comme la nuit précédente, à l'hôtel de Berwick Street,

lorsque la transe sexuelle l'avait enfin saisi, elle remarqua qu'il s'était mis à loucher.

— Faites voir vos mains, intima-t-il d'une voix rauque.

Elle les lui montra, paumes largement ouvertes.

— Voilà, dit-elle, maussade. Bon, maintenant,
qu'est-ce que je deviens, moi ?

— Vous allez à l'*Oxford*, vous regardez le spectacle, et vous m'y attendez à la sortie, où je viendrai
vous prendre.

Le visage boudeur, elle tourna les talons, alors que
lui-même partait de son côté, vers Westminster
Bridge Road. Un appel de sirène, lugubre, obsédant,
descendait la Tamise, annonçant l'approche prudente
d'une péniche. Le vieux prédicateur était resté agrippé
au parapet du pont, bredouillant des paroles informes. Mais, tout à coup, il se tut, son regard aiguisé
suivant la silhouette du gentleman qui s'éloignait. Son
allure était devenue étrange, sa démarche sautillante,
avec des impulsions brusques, à la limite de la gam-
bade. Les pans de sa cape noire s'écartaient comme
des ailes, tandis qu'il faisait tournoyer sa canne et que
les becs de gaz allumaient des reflets fugaces sur la
soie de son chapeau.

Le vieillard sentit un frisson aigre lui parcourir
l'échine : là-bas, le gentleman riait, d'un rire bas, monocorde, dont les façades de briques lépreuses qui
bordaient l'embankment lui renvoyaient encore les
échos affaiblis alors que la silhouette s'était déjà effacée dans la brume.

2

À vingt-six ans, Alfred Wood paraissait plus que la trentaine. La faute en était aux années passées sur le Zambèze à maintenir la présence britannique, face aux intrigues du Portugais Pinto, parmi fièvres, moustiques et serpents. Il était revenu d'Afrique avec le cuir tanné, une moustache déjà striée de blanc, une jambe beaucoup moins valide que l'autre, et la conviction que les brumes d'Albion contribuent à créer le climat le plus sain du monde.

Les quatre cinquièmes des troupes tenant garnison par roulement aux colonies, et les places étant trop chères aux régiments de Gardes affectés en permanence dans la Métropole, Wood n'avait eu d'autre ressource, pour éviter le retour aux enfers tropicaux, que d'employer le procédé habituel : il s'était fait placer en demi-solde. Il complétait son misérable revenu par des travaux de secrétariat que lui procurait, de loin en loin, l'Amicale des officiers du 5ᵉ Sussex Territorials, à laquelle il était rattaché. C'était également par cette organisation que, en été 91, il avait obtenu une chambre dans la pension que miss Sleaper tenait au 103 Lambeth Palace Road, sur la rive droite de la Tamise, au sud immédiat du pont de Westminster.

Miss Sleaper, qui assurait fort correctement à ses clients le logement et le breakfast, avait été très impressionnée par le titre de capitaine d'Alfred Wood, auquel la gloire de sa jambe blessée conférait un lustre supplémentaire. Elle lui avait alloué une belle pièce, certes située au second étage, mais dont la fenêtre ouvrait une vue magnifique, par-dessus les jardins de l'hôpital St. Thomas, sur la Tamise et le palais du Parlement. La plupart des autres pensionnaires de miss Sleaper étaient étudiants. Ils suivaient leurs cours et effectuaient leurs travaux pratiques à l'école de médecine attenant à l'hôpital. Wood entretenait d'excellentes relations avec eux, qui, après tout, n'avaient guère moins que son âge.

Miss Sleaper, l'une de ces vieilles filles dont Arthur Conan Doyle devait écrire qu'elles sont la providence du célibataire esseulé, exerçait sur ce monde juvénile une autorité britanniquement nuancée de libéralisme. Ainsi exigeait-elle que le petit déjeuner se prît avant neuf heures, mais n'apportait-elle d'autre réserve que celle de la discrétion et du silence aux emplois du temps de ses locataires, lesquels, possédant tous leur clé personnelle, entraient et sortaient à leur guise de la maison. Quoiqu'elle s'attachât à ne montrer aucune préférence pour l'un quelconque d'entre eux, Wood lui soupçonnait néanmoins une secrète sollicitude pour Walter J. Harper, un grand jeune homme, pâle et distingué, à la fine moustache brune, qui préparait, avec une conscience sans faille, ses examens d'avril en vue du diplôme de M. D. Il en avait deviné la manifestation, quelques mois auparavant, lorsque le petit appartement de deux pièces du premier étage s'était libéré et qu'elle l'avait attribué à Harper plutôt qu'à l'autre postulant, le Dr Neill, occupant la chambre voisine de celle de Wood ; un homme, pourtant, d'âge et de revenus plus respectables...

— Mon cher, je reste donc votre voisin : illustration parfaite du dicton qui veut qu'à quelque chose malheur soit bon, avait philosophiquement dit à Wood ce médecin quadragénaire, venu spécialement du Canada pour parfaire ses connaissances médicales au célèbre hôpital St. Thomas.

Miss Sleaper, d'ailleurs, s'était employée à atténuer la déconvenue du médecin en assouplissant à son intention la règle sacro-sainte du breakfast. Ses habitudes noctambules le menant à se lever tard, elle avait condescendu à lui faire servir le petit déjeuner à l'heure de son choix, bien que la salle à manger fût généralement déjà luisante de propreté. Au demeurant, Neill n'en abusait pas. À son modeste appétit du réveil, suffisaient un verre de lait chaud et quelques toasts. En outre, comme son emploi du temps lui laissait de nombreux loisirs, et que tel était aussi, hélas, le cas de Wood, les deux hommes avaient souvent l'occasion de converser, dans le salon cossu de la pension.

Amusant personnage que le Dr Neill, et qui n'était pas sans exercer sur Wood une sournoise fascination. Grand, habillé avec une recherche qui escamotait sa corpulence, il portait une moustache rousse et des lunettes cerclées d'or. Crâne déjà dégarni, œil malin, pommette narquoise, narine palpitante, il affectait de balancer entre l'aristocratie et une désinvolture un peu canaille. Magicien du geste, il usait et abusait de ses belles mains blanches, palpitant de vie baroque, pour exprimer une emphase portée jusqu'à la dérision, d'où il extrayait subitement, en fin de discours, une conclusion drolatique tenue par les oreilles. Aspect surprenant de cet homme cultivé, qui citait Carlyle, Thackeray et l'inévitable Shakespeare : un goût démesuré pour le fait divers. Il dévorait les journaux, les commentait, appelait volontiers à la discussion ses commensaux et ses voisins.

— Regardez ! s'écria-t-il, un matin de la fin octobre, en passant à Wood le numéro du jour du *Morning Post*. On a encore assassiné une prostituée !

— Encore ? questionna Wood, le sourcil levé. Pourquoi encore ?

— Ellen Donworth : empoisonnement à la strychnine. On soupçonne un certain Fred. En avez-vous entendu parler, Harper ?

À la table voisine, le jeune étudiant, qui parcourait le *Punch*, tourna la tête vers eux.

— Pourquoi en aurais-je entendu parler, docteur ?

— Eh, fit Neill, soulignant l'hypothèse d'un ample geste de la paume, l'enquête a été menée à St. Thomas. C'est un établissement que vous êtes censé fréquenter, non ?

— Exact, dit Harper, placide, mais je dois avouer que les activités du coroner ne sont pas de celles auxquelles je m'intéresse.

— Surtout si la victime est une prostituée, n'est-ce pas ?

— Pour moi, une malade est une malade, répondit Harper, haussant les épaules. Celle-là n'était pas la mienne.

— Ce n'était celle de personne, rétorqua sarcastiquement le Dr Neill. Ces filles meurent comme des bêtes, et on les enterre en même temps que les conditions de leur fin sordide. Les ânes diplômés qui délivrent les permis d'inhumer établissent un diagnostic qui leur permet de classer l'affaire aussitôt, sans troubler la paix des hypocrisies : phtisies, syncopes, voire delirium tremens...

Cette fois, Harper sourit franchement.

— Mais, mon cher, fit-il remarquer à Neill, il semble que vous attaquiez un corps auquel vous appartenez ?

— Et puis, intervint miss Sleaper, qui circulait parmi les guéridons, ce ne sont après tout que des créatures.

Cela constituait, dans son esprit, une conclusion définitive. Quand elle fut passée, Neill se pencha pour chuchoter à l'oreille de Wood :

— Avez-vous noté cette tendance qu'on a généralement à paraître mépriser les activités pour lesquelles la nature ne vous a accordé aucun don ?

Wood faillit pouffer.

— Quoi, miss Sleaper ?

— Avouez, mon cher, ricana Neill, qu'elle n'aurait aucune chance sur les trottoirs de Piccadilly, ni même à Spitalfields !

Wood secoua la tête.

— Il n'en reste pas moins que le cas de cette... euh...

— Ellen Donworth.

— ... est parfaitement isolé. On n'a pas entendu parler de meurtres de prostituées, ces temps-ci ?

— Parce qu'on ne prend pas la peine d'examiner les corps des victimes ! Avant 88, aussi, les prostituées mouraient par dizaines, sans que l'on s'en préoccupât. Mais, et permettez-moi de paraphraser le poète français Boileau, enfin Jack l'Éventreur vint...

— Enfin ?

— Enfin. Ses meurtres spectaculaires, où l'horreur prenait valeur de symbole, ont réussi à ouvrir les yeux de l'opinion publique sur l'indicible misère de ces créatures. C'est là son mérite essentiel.

— Allons, dit Wood, bonhomme, convenez qu'il s'agit là d'une de ces acrobaties intellectuelles à la Wilde, dont vous êtes friand !

— Pas du tout ! se récria vivement Neill. La lumière vient souvent d'en bas : le brigand Dick Turpin cristallise la révolte des paysans exploités, le pirate Laffite subventionne Marx pour son *Capital* et l'Éven-

treur fait prendre conscience à la bourgeoisie repue
de l'enfer qui bouillonne à sa porte ! Car enfin, admettez-le, nos grands écrivains se sont surtout distingués dans ce domaine par une curieuse pudeur. Même
Dickens, le généreux Dickens, dénonciateur patenté
des tares de notre époque, n'en souffle mot, sinon
pour faire dire à sa petite Doritt qu'un esprit raffiné
doit ignorer l'existence de tout ce qui n'est pas convenable ! Quant à Conan Doyle, qui possédait pourtant
là un sujet en or, il s'est bien gardé d'imaginer une
rencontre entre son super-détective et ce super-crimi-
nel qu'était l'Éventreur. Parbleu ! Il a craint que sa
clientèle ne s'en offusque : il aurait bien fallu évoquer
le monde de la prostitution !

Cette fois, Wood réagit vivement :

— Pas un mot sur Arthur Conan Doyle ! s'écria-t-il.
Je le connais un peu et je puis vous assurer que c'est
un homme généreux, toujours prêt à se battre pour de
grandes idées !

Cette véhémence amusa Neill.

— Diable, mon cher, il fait bon être de vos amis !
Vous dites que vous le connaissez ?

— Oh, un peu seulement, répondit Wood, qui avait
légèrement rougi. J'ai été son patient, et nous avons
sympathisé, mais je ne l'ai guère revu depuis.

— Depuis ?

— Depuis que je l'ai consulté… Wood s'anima… À
mon retour d'Afrique, débarquant à Portsmouth dans
un état sanitaire lamentable, j'ai subi un accès de fièvre. On m'a indiqué alors le cabinet du jeune Doyle,
établi à Southsea, dans la banlieue…

Il remarqua l'attention soutenue que portait Neill à
ses paroles.

— Cela vous surprend ?

— Pas du tout, répondit Neill. C'était quand ?

— Il y a environ deux ans... Automne 89. Pourquoi ?

— Curieux, très curieux, murmura seulement Neill.

— Mettriez-vous mes dires en doute ? s'écria Wood, piqué au vif.

— Au contraire, mon cher, affirma Neill. Vous venez d'expliquer une anomalie que j'avais relevée chez cet auteur. L'une des théories paradoxales d'Oscar Wilde, c'est que l'art imagine, et que la nature copie. Vous en êtes la vivante illustration.

— Comment cela ?

— Eh, vous écoutez bien, vous revenez des colonies, vous êtes le type même de l'Anglais moyen, solide, loyal, sportif, intelligent sans être brillant...

— Merci tout de même.

— Bref, Watson, de pied en cap.

— Que voulez-vous dire, enfin ? s'exclama Wood, impatienté.

— Que, pour son *Étude en rouge*, Doyle avait créé un Watson falot, ectoplasmique, juste bon à jouer les faire-valoir. Là-dessus, vous arrivez, comme lui, des colonies, vous lui donnez une épaisseur que Doyle s'empresse de rajuster comme un vêtement, à son personnage. Et 1890 vous voit apparaître dans *Le signe des quatre*, où, enfin, vous jouez un rôle actif !

— Allons donc !

— La preuve ? Dans *Une étude en rouge*, écrite en 86, Watson dit avoir reçu une balle jezaïl dans l'épaule. Or, dans le deuxième livre consacré à Sherlock Holmes, *Le signe des quatre*, plus de blessure au bras ! La balle, Watson l'a reçue à la jambe, tout comme vous. C'est évident : Doyle a, si j'ose dire, rectifié le tir, quitte à être taxé d'étourderie...

Wood se retira de cet entretien très rêveur, et sur le fil de ses idées, se divertit un instant à récapituler les auteurs cloués au pilori par l'étonnant docteur. Il réalisa qu'il y manquait Robert Louis Stevenson. Durant sa convalescence, Wood avait eu l'occasion de lire *Le cas étrange du Dr Jekyll et de M. Hyde*. Comme tant d'autres, le paradoxe développé par le romancier l'avait fasciné. Et il restait certes étonnant que M. Hyde, porté vers toutes les formes du mal et du péché, n'eût pas, très logiquement, introduit le lecteur dans le monde pervers de la prostitution où l'entraînaient ses instincts. Wood en arriva à la conclusion qu'à l'instar de la plupart de ses contemporains, Stevenson avait craint de heurter l'opinion en évoquant un aspect interdit de la société victorienne. Mais comment se faisait-il que Neill, fort cultivé et très au courant de son sujet, eût omis de le citer ?...

3

L'hiver 1891 fut particulièrement humide. Une bise aigre, venue de l'ouest, chassait dans le ciel des nuages déchiquetés, qui jetaient sur Londres des ombres rapides, parfois soulignées de violentes averses. À la fin décembre, le Dr Neill fit à Wood une confidence : il devrait bientôt se rendre au Canada pour ses affaires.

— Je pars le 7 janvier sur le *Sarnia* à destination de Québec, annonça-t-il à miss Sleaper. Je compte revenir au plus tard début avril. Je serai alors heureux de reprendre pension chez vous, si vous disposez d'une vacance à ce moment.

Miss Sleaper lui promit de s'y employer. Elle était souvent déroutée par son allure et ses extravagances verbales, mais c'était par ailleurs un excellent client, peu exigeant quant au service et qui payait régulièrement sa pension. Wood l'avait déjà constaté, la personnalité de Neill avait ceci de remarquable que si elle suscitait chez ceux qui l'approchaient des réactions différentes, voire antagonistes, elle ne laissait personne indifférent.

Il en acquit une nouvelle preuve dans les semaines qui suivirent le départ du docteur. Neill était absent, mais restait l'un des sujets de conversation favoris des pensionnaires. Ces jeunes gens, absorbés par leurs études et aux moyens financiers modestes, lui prêtaient volontiers des frasques somptueuses et d'innombrables bonnes fortunes. L'un d'eux l'avait aperçu à Paddington en compagnie d'une jolie femme, trop luxueusement habillée pour être honnête. Un autre affirmait qu'il hantait régulièrement les endroits de plaisir, de l'Alhambra aux music-halls encanaillés du Londres méridional...

En une occurrence, Harper prit sa défense, ce qui lui attira les quolibets. Comment pouvait-il en juger, lui qui menait une vie de moine ?

Harper montra de l'enjouement :

— Attendez que j'aie obtenu mon diplôme de M. D., messieurs, et vous verrez le moine se déchaîner !

— Allons, Harper, avouez tout ! s'exclama l'un de ces bruyants jeunes gens. Vous menez une double vie, vous fréquentez le *Canterbury* ou le *Gatti*, vous hantez les bas-fonds de Whitechapel !

— C'est vrai, c'est vrai ! assura un autre des assistants, j'ai aperçu une fois dans votre garde-robe une belle cape et un huit-reflets que n'auraient pas reniés feu le comte d'Orsay ou le capitaine Gronow, niez-le !

Harper haussa des épaules légèrement irritées.

— Bien sûr, que je m'habille, pour aller aux concerts, à Piccadilly. Vous le savez, la musique est mon violon d'Ingres...

La plaisanterie souleva des applaudissements, tandis que miss Sleaper murmurait timidement :

— Messieurs, allons, messieurs...

Le Dr Neill ne revint à la pension que le 7 avril, au seuil d'un printemps très froid, mais qui promettait d'être beau. Wood en ressentit une secrète satisfaction. Certes, quelques aspects du personnage lui déplaisaient, notamment cette morgue feutrée qu'il apportait à la discussion, le caractère souvent ironique de ses commentaires, ainsi que l'ostensible mépris dans lequel il tenait les opinions d'autrui, mais au moins ajouterait-il un peu de couleur et de relief à la vie décidément bien terne de la pension, et sa présence relèverait-elle le niveau des plaisanteries de carabin qui faisaient l'ordinaire de la conversation.

Wood s'enquit aussitôt si le petit appartement du premier étage s'était libéré. Miss Sleaper lui apprit qu'il serait sans doute vacant au mois de mai. Il était en effet dans les intentions de Walter Harper de quitter Londres dès son diplôme obtenu, afin d'ouvrir un cabinet dans la région de Barnstable, où son père exerçait déjà la noble profession de médecin.

— Il me reste donc à souhaiter que ce jeune dindon obtienne bien vite ses lauriers, conclut gaiement le Dr Neill.

Wood avait déjà la bouche ouverte pour lui apprendre que le jeune dindon en question avait pris sa défense quelque temps auparavant, mais à la réflexion, il se tut. Il lui eût fallu avouer qu'il avait participé à une discussion le concernant en son absence, et sa pudeur naturelle s'en trouvait gênée.

Neill ne récupéra pas sa chambre, occupée dès son départ par un assistant de l'hôpital St. Thomas, mais un autre local venait de se libérer, juste en face de chez Wood, et il accepta d'y loger provisoirement. Il ne revint toutefois que le surlendemain, à bord d'une voiture de louage chargée de ses bagages, qu'il fit monter au second étage. Disponible ce matin-là, Wood offrit à Neill de l'aider à ranger ses affaires. Ce faisant, il tomba sur un livre qui lui fit hausser les sourcils.

— Comme c'est curieux ! s'écria-t-il impulsivement, je comptais vous parler de cet ouvrage !

Neill se retourna pour jeter un regard sur le titre.

— Ah ! oui, dit-il. Remarquable, n'est-ce pas ? Mais pourquoi vouliez-vous m'en parler ?

Wood lui rappela la conversation qu'ils avaient eue au salon quelque temps avant son départ pour le Canada, et l'indignation qu'il avait manifestée à propos du silence complice de certains écrivains, tels que Dickens ou Conan Doyle...

— Et je n'ai pas cité Stevenson.

— Voilà.

— Ce n'était pas une omission, reconnut Neill. Stevenson n'est pas responsable de la dérobade. J'ai eu l'occasion de lire quelques analyses de William Henley... Vous connaissez Henley ?

— Le journaliste ?

— Poète, journaliste, mais aussi ami intime de Stevenson, chez qui il souligne l'obsession du double : *Entre l'ange et la bête*, *Vie du diacre Brodie* et autres... Or, j'ai cru comprendre que Mme Stevenson avait fait pression sur lui pour qu'il supprime certains passages du livre, trop réalistes à son gré... Ah, mon ami, rappelez-vous les lignes de Wilde : « L'hostilité du XIXe siècle envers le réalisme, c'est la fureur de Caliban se reconnaissant dans un miroir... »

Il agita vers Wood un index sentencieux.

— Mais si vous avez lu attentivement le roman, vous aurez remarqué la façon judicieuse dont Stevenson utilise l'ellipse...

Là-dessus, il cita, apparemment sans effort de mémoire :

— « ... Les voluptés que je me hâtais de poursuivre sous mon déguisement de Hyde étaient dignes du ruisseau. Et dès que Edward Hyde prit de l'assurance, ses plaisirs inclinèrent rapidement au sadisme. Il s'enivrait de la volupté que lui procuraient les tourments des autres... »

— Vous savez cela par cœur ? s'écria Wood, saisi.

— Presque.

Le silence retomba entre eux, pendant que Neill rangeait sur une étagère du placard un coffre fermé au cadenas, qui devait contenir son argent et ses papiers personnels. Et ce fut Wood qui conclut, non sans une certaine timidité littéraire :

— Au fond, vous aviez raison, avec Wilde : l'art précède la nature. En 1886, Stevenson invente Hyde, et 1888 sécrète Jack l'Éventreur...

4

Ce matin du mercredi 13 avril s'annonçait froid et sec. Miss Sleaper avait fait un bon feu dans la cheminée du salon et les quelques pensionnaires que leurs affaires n'appelaient pas au-dehors s'étaient groupés dans des fauteuils autour de l'âtre rougeoyant. Outre Wood et Neill, étaient présents trois des étudiants à qui leurs horaires permettaient de flâner un peu ; parmi eux Walter Harper. Neill, grand lecteur de presse, s'était fait apporter le *Times*, et il montra à Wood un article publié en quatrième page de cet austère quotidien.

— Vous rappelez-vous notre conversation d'octobre dernier, Wood ? Lisez ceci et dites-moi si je n'avais pas raison.

Wood obtempéra. La manchette s'interrogeait :

Une nouvelle affaire de Duke Street ?

Quant à l'article, il était rédigé sur le mode prudent :

« Nous apprenons que deux décès suspects auraient été enregistrés hier à l'hôpital St. Thomas. Il s'agit de deux jeunes femmes domiciliées au 118 Stamford Street, à Southbank, qui étaient réputées pour faire commerce de leurs charmes, Alice Marsh, dix-huit ans, et Emma Shrivel, vingt et un ans, toutes deux originaires de Brighton.

« Prises de malaises violents dans la nuit du 11 au 12 avril, elles avaient été transportées, par les soins de policemen de la division Lambeth, à l'hôpital St. Thomas. L'une d'elles était morte en y arrivant. La seconde, malgré les soins énergiques qui lui ont été aussitôt prodigués, devait décéder au matin. Un suspect ayant été aperçu sur les lieux par l'un des policemen, Scotland Yard a fait saisir les restes des repas des deux malheureuses aux fins d'analyse.

« Le Dr Wyman, interne de service cette nuit-là aux Urgences de St. Thomas, s'est refusé à tout commentaire, mais selon certaines déclarations recueillies auprès du personnel hospitalier, les deux jeunes prostituées auraient avalé des pilules, à elles données par un mystérieux M. Fred. C'est également ce nom, rappelons-le, qui aurait été prononcé voici quelques mois lors du décès criminel, survenu à Duke Street, d'Ellen Donworth, une autre prostituée.

« Une enquête est en cours. »

Wood releva la tête.

— Effectivement, Neill, cela semble aller tout à fait dans le sens de vos paroles...

Neill fumait de petits cigares qu'il allumait à la flamme du foyer. Il expira une longue bouffée bleue avant de déclarer :

— Voyez-vous, je suis persuadé que ces trois cas homologués ne constituent que la partie émergée de l'iceberg. D'autant que la police s'emploie à minimiser les choses. Elle s'est montrée lamentable lors de l'affaire de l'Éventreur et se soucie peu de créer les conditions d'un nouvel échec.

Harper se tourna vers eux.

— Vous semblez penser que nous avons là un seul criminel, docteur ?

— Évidemment, ce Fred dont on parle chaque fois !

— Un empoisonneur ?

— Un empoisonneur, ce qui restreint considérablement le champ des recherches.

— En quoi ? demanda Wood, naïvement.

— Avez-vous lu la dernière histoire d'Arthur Conan Doyle, parue en février dans le *Strand Magazine* ?

Wood avoua ne pas suivre ce périodique. Les étudiants se trouvaient dans la même ignorance.

— Cela s'appelle donc *La bande mouchetée*, poursuivit Neill, essuyant méticuleusement ses verres cerclés d'or. Doyle y dit à peu près ceci : naturellement, je cite de mémoire : « Quand un médecin s'y met, il est le pire des criminels. Il possède un sang-froid et une science incontestables. »

Dans le silence, Neill précisa d'une voix glacée :

— Bien entendu, les mêmes qualités peuvent s'appliquer à n'importe quel étudiant en médecine. Les gens de notre corporation sont bien placés pour disposer à leur gré de la matière première indispensable : caféine, strychnine, antimoine, pour ne pas parler du trivial arsenic.

— Allons donc ! protesta l'un des assistants.

— Mais mon cher, moi-même, pour calmer mes maux de tête persistants, je me procure régulièrement à la pharmacie Priest, Parliament Street, les éléments de base du remède que je m'administre : strychnine, cocaïne et morphine.

— Allons, vous extrapolez, docteur, intervint Harper à son tour. Et Conan Doyle, lui, se laisse entraîner par sa plume.

Neill répliqua âprement :

— Si j'extrapole, vous, comme beaucoup d'autres, pratiquez la politique de l'autruche. Comptez : rien que pour la vieille Angleterre, nous avons eu, en un demi-siècle, Palmer, Lampson, Smethurst, Pritchard, Cross, sans oublier un génial précurseur dans l'utilisation du masque de poix, le Pr Knox, d'Édimbourg, que son amour de la médecine poussa à faire assassiner des passants dont ses complices lui rapportaient les cadavres pour ses travaux ! Quant à Jack l'Éventreur, dois-je vous rappeler que sa science de chirurgien a été à peu près établie ?

— Vous placez-vous donc vous-même parmi les suspects ? contre-attaqua Harper, railleur.

— Mais oui. D'autant que durant la nuit de lundi à mardi, je me trouvais dehors et je suis hors d'état de produire un alibi.

— N'est-ce pas dans vos habitudes ?

— Ce n'est pas dans les vôtres, reconnut Neill. Il m'a pourtant semblé que, cette nuit-là, vous êtes rentré après moi : logeant au-dessus de chez vous, j'ai bien cru entendre fonctionner votre serrure.

Harper ne se troubla pas.

— Exact... J'étais moi-même effectivement sorti avec des amis de Bromley, qui étaient de passage à Londres. Nous sommes allés écouter un concert à St. James Hall.

— Je ne vous savais pas amateur de musique, dit Neill, les paupières mi-closes. Qu'y avait-il au programme ?

— Les *Gymnopédies* d'Erik Satie, en première audition à Londres, je ne me souciais pas de rater cela. C'était d'ailleurs interprété de façon remarquable.

L'atmosphère se détendit sensiblement.

— Comment vous est venu votre goût pour la musique ? demanda Neill, d'un ton presque amical.

— Comme la médecine, sourit Harper, par mes parents. Ce sont de grands mélomanes devant l'Éternel.

Sur ce, Neill sauta du coq à l'âne, avec sa désinvolture coutumière.

— Alors pourquoi vous avoir prénommé Walter ? Il n'y a pas de Walter musicien ! Que diable, Wolfgang, Ludwig, Hector, voire Henry, comme notre Purcell,

voilà qui serait mieux allé à votre tempérament !...
Votre deuxième prénom, le J, c'est quoi ? Jack ? John ?

— J'en ai un troisième, dit placidement Harper.
Frédéric. Pas Fredric, Frédéric, à la française, en
hommage à Chopin, justement.

— Eh bien voilà ! s'écria Neill, ravi, que demander
de plus ? Frédéric, quel prénom romantique ! Sans
compter que dans Frédéric, il y a Éric, le prénom de
Satie !

Il papillonna des deux mains, dans l'un de ces gestes d'illusionniste qu'il affectionnait.

— Deux prénoms en un, deux génies en un ! Frédéric et Éric ! Évidemment, Éric ôté de Frédéric, reste
Fred, ce qui ne signifie rien, mais on ne saurait tout
avoir ! Au fait, Wood, quel est donc le vôtre, de prénom ?

— Alfred, répondit Wood, pourquoi ?

5

Les deux jours des Pâques virent la pension de miss
Sleaper à peu près déserte. La plupart des locataires
étaient en effet originaires de provinces parfois lointaines, et ils étaient partis passer les fêtes en famille.
Miss Sleaper en profitait pour effectuer un nettoyage
approfondi des chambres vides. Avec son aplomb habituel, Neill, lui, en profita pour jeter un œil de propriétaire sur le logement de Harper, lequel était censé
lui revenir après le départ du jeune médecin. Pour
cette opération, il s'adjoignit sans pudeur le malheureux Wood, censé lui tenir lieu de caution honorable.

Au premier étage de la maison, la porte du petit
appartement de Harper était grande ouverte. Par les

fenêtres à châssis, la Tamise lointaine, miroitant au soleil, leur envoyait ses reflets. On pouvait voir les tapis roulés sur des parquets soigneusement astiqués. Le gros œuvre achevé par la bonne, miss Sleaper ôtait la poussière des meubles et des bibelots.

— Je vous présente mes hommages, ma chère, dit Neill, planté sur le seuil, les talons joints dans une attitude de respect militaire. Je vous rapporte le *Lloyd Weekly* que vous avez bien voulu me prêter pour satisfaire mon goût pervers du fait divers. Voilà l'une de ces feuilles qu'on dévore en privé, tandis qu'on feint de lire le *Times* en public. Mariages royaux, agonies somptueuses, potins mondains, elles consolent les petites gens de n'avoir point de grandeur et rappellent aux grands combien leur destin est petit... Mais je vois que notre jeune Esculape est absent...! Permettez, en ce cas...

Entrant d'autorité dans la chambre, sous l'œil offusqué de miss Sleaper, Neill entreprit d'examiner, de fureter, d'inventorier dans le détail aîtres et meubles, tout en faisant de l'ironie sur un portrait de Harper — qu'il s'obstinait à appeler Frédéric — en canotier et veste à écusson...

— Docteur Neill, voulez-vous laisser ce cadre? Vraiment, ce n'est pas convenable...

Très gêné, Wood attendait dans le couloir la fin de cette confrontation. Il se dit qu'il était décidément de ceux dont on recherche la compagnie parce qu'ils savent écouter, mais que cela ne lui plaisait pas toujours.

À la fin du mois d'avril, le brouillard revint sur Londres.

6

Wood avait rencontré par hasard un vieux camarade de campagne, comme lui placé en demi-solde. Ils
avaient fêté ces retrouvailles dans un restaurant du
Strand, puis au *Canterbury*, où ils avaient regardé des
numéros de music-hall en buvant du gin. Décor de
cuivre et de miroirs où se reflétaient les globes de
grands becs de gaz, havre de liesse équivoque sur lequel veillait tutélairement un portrait doré de Chau-
cer, oasis de chaleur bruyante dans le Londres glacé
de la nuit, des jeunes femmes, à la taille serrée dans
des jaquettes à manches gigot, coiffées de larges chapeaux emplumés, y susurraient des paroles mystérieuses à des gentlemen esseulés en redingote, tandis que
sur une scène étriquée, des artistes, aux silhouettes
voilées par la fumée des cigares, criaient pour se faire
entendre par-dessus le brouhaha des rires, des conversations et des appels.

Wood et son ami Gillard ressortirent de ce paradis
factice avec les jambes molles et la tête bourdon-
nante. À peine eurent-ils franchi le seuil illuminé de
l'établissement que la nuit les saisit de son étreinte
humide. Une brume opaque, que trouaient à peine les
halos des premiers réverbères, avait dévoré le décor
nocturne, aéré de loin en loin par des flaques de lumière diffuse. Quelques formes fantomatiques les
croisèrent, alors qu'ils se dirigeaient vers une station
de fiacres où Gillard, qui habitait le Herefordshire,
espérait trouver une voiture pour le conduire à la
gare de Paddington. Les bruits eux-mêmes s'étouf-
faient, s'engloutissaient dans ce néant sans horizon,

et, instinctivement, les deux hommes réduisirent leur conversation au registre du chuchotement.

Gillard eut finalement la chance de trouver un fiacre et Wood rentra seul, à pied, vers Lambeth Palace Road, qui n'était qu'à dix minutes. Il adopta un rythme rapide, dont la résonance se répercuta le long des façades englouties, meublant le désert nocturne, tout autour de lui. Un peu après avoir dépassé Royal Street, il s'arrêta un moment pour allumer une pipe. Il actionnait son briquet, sa canne serrée sous son coude, quand il crut entendre une sorte de glissement furtif derrière lui. Il se retourna, en proie à une angoisse confuse, dont il se dit aussitôt qu'elle était sans cause. On n'y voyait pas à dix mètres.

Ses vieux instincts de combattant lui revinrent. Il souffla son briquet, remit sa pipe éteinte dans sa poche, et reprit un pas moins sonore, l'œil aux aguets, les mains crispées sur la poignée de sa canne. Malgré l'obscurité, il situait l'endroit. À sa gauche, courait le haut mur qui entourait les jardins de l'archevêché. À sa droite, s'ouvrait le lacis de ruelles donnant plus loin sur Centaur Street. Devant, c'était Lambeth Palace Road, plus large, mieux éclairée, et le salut...

« Pourquoi ai-je pensé salut ? » se dit-il avec irritation, je ne suis pas menacé !

Il l'était. Deux formes se décantaient dans le brouillard, deux hommes qui avançaient vers lui, ramassés dans une voussure menaçante, un bras légèrement tendu. Si denses fussent les ténèbres, Wood y surprit l'éclat laiteux des lames. Derrière lui, un autre pas se fit entendre, dont le feutrement sournois ne laissait aucun doute à l'imagination. En dépit du froid, Wood sentit une sueur insidieuse couler le long de son échine. Militaire, il avait parfois vu le trépas de près, mais moins que la mort elle-même, le terrifiaient les apparences sordides qu'elle prenait ce soir-là.

— Holà, place ! cria-t-il, d'une voix dont la fragilité l'effraya.

Les autres étaient tout près. Wood se rua vers le mur de l'archevêché. Il s'y adossa sous un réverbère, tandis qu'il raffermissait son timbre pour un nouvel appel.

— À moi ! cria-t-il, du plus fort qu'il put. À moi, par Dieu !

Les trois hommes s'étaient rapprochés à distance de combat. Deux portaient des couteaux, le troisième tenait un solide gourdin. Wood leur vit des physionomies aiguës, crapuleuses, où la veulerie le disputait à la plus primaire des cruautés. Des voyous sans merci... La canne haute, Wood attaqua le premier, sur une vieille feinte de sabre, simulation de taille à la tête avant un moulinet latéral terminé par un coup d'estoc à l'estomac. Le choc fut tel que son poignet en resta douloureux. Mais il entendit le bruit sourd de l'air brutalement expiré, tandis que l'agresseur du milieu tombait assis à terre, hors de souffle. Aussitôt, l'homme au gourdin se porta en avant. Wood exécuta des moulinets furieux jusqu'à ce qu'un seul coup du gourdin eût brisé net sa canne par le milieu. Haletant, il regagna d'un saut le mur de l'archevêché, sa moitié de canne à la main, priant confusément pour qu'un policeman passât à proximité.

— À moi ! cria-t-il encore sur le ton du désespoir.

Et tout à coup, alors qu'il se jugeait perdu, un cri sonore éclata à quelques mètres.

— Tenez bon, on arrive !

Dans une sorte de rêve éveillé, il vit la pénombre enfanter une forme rapide, un homme grand, en casquette et manteau de tweed, qui brandissait une canne à lourd pommeau. Il enregistra la vision brève, fulgurante, d'un fantastique ballet de violence que le brouillard estompait de son irréalité. L'homme au gourdin poussa un juron sourd, les mains à sa tête, et lâcha son arme. Les deux autres hésitèrent, jugèrent leurs chances trop réduites, puis, comme à un signal, ils rompirent ensemble le contact, s'engloutirent dans l'obscurité tissée de brume, qui résonna de leur course précipitée.

La nuit ne vécut plus que par les respirations haletantes des deux hommes restés en présence. Wood put détailler son sauveur, haute silhouette maigre et profil aquilin mangé par l'ombre d'une large visière.

— Je vous dois des remerciements, lui dit-il d'une voix blanche. Vous m'avez sauvé la vie.

— Ils se seraient peut-être contentés de vous assommer, répondit l'autre, d'une voix froide. Avez-vous du mal ?

— Non, grâce à vous. Je me présente : Alfred Wood.

— Symeson, fit l'autre, brièvement. Je vous propose d'aller nous réconforter dans un pub. Il y en a un, dans Hercules Road, qui reste ouvert jusqu'au matin.

— Ma foi, je veux bien, mais vous me permettrez de vous y inviter, je vous dois bien cela.

L'*Imperial Wines Stores* ouvrait une porte étroite, nimbée d'intime lumière, à l'angle d'Hercules Road et de Lambeth Road. L'intérieur en était tiède, enfumé, et pour tout dire, un peu louche. Les filles y souriaient trop, les hommes pas assez, mais au sortir d'une si rude confrontation, Wood ne fut pas loin de leur prêter des physionomies avenantes, sinon distinguées. Le patron, un colosse somnolent qui paraissait connaître Symeson, les installa à une table en retrait. Symeson s'y fit servir un whisky, tandis que Wood, fidèle au mythe qui veut que les mélanges d'alcools nuisent à la lucidité, restait attaché au gin. Au demeurant, la peur et l'air nocturne l'avaient convenablement dégrisé. Ils allumèrent leurs pipes dans un silence religieux, après quoi, Wood se crut obligé d'opiner, levant son verre :

— À la Providence !

— Si vous voulez, répondit l'autre d'une voix basse, un peu rauque, qui donnait à ses paroles une manière de portée ironiquement sentencieuse.

Il ajouta :

— La Providence n'est le plus souvent qu'une heureuse conjonction de hasard et de préméditation. En réalité, je surveillais le quartier.

— Quoi, ces hommes ?...

— Pas cela, dit Symeson, haussant des épaules méprisantes. Il s'agissait là de voyous sans envergure ni intérêt. Je ne me serais pas dérangé pour cela, c'est l'affaire de nos braves policemen.

— Qui êtes-vous ? demanda timidement Wood.

— Symeson, répéta l'autre. Détective consultant.

Wood regarda mieux son interlocuteur, avec ses yeux d'aigle, ses longues joues creuses, et l'agressive énergie de son profil.

— Voulez-vous dire que vous êtes l'un de ces détectives privés qui mènent des enquêtes parallèles à celles du Yard, comme le Sherlock Holmes de Conan Doyle ?

Symeson rétorqua, d'un ton légèrement agacé :

— S'il vous faut absolument une référence, je préférerais Challoner ou Somerset, les gentlemen-enquêteurs de Stevenson...

Il posa sur la poitrine de Wood le bout d'un long index osseux.

— Mais au fait, vous-même devez habiter non loin d'ici, puisque vous alliez à pied.

— Effectivement, je suis en pension chez miss Sleaper, au 103 Lambeth Palace Road. Aussi, dans la mesure où je puis vous être utile de quelque façon, n'hésitez pas à user de moi.

— Très intéressant, murmura Symeson, pensif.

Il parut subitement prendre un parti, et se pencha en avant pour chuchoter :

— Je vous dois, en ce cas, la vérité sur mes recherches : il s'agit de ces prostituées qu'on découvre empoisonnées dans le Lambeth.

Wood sursauta.

— Quoi, celles de Stamford Street ?

— Je vois que vous possédez déjà quelques lumières sur le problème, murmura Symeson, satisfait. La presse, effectivement, en a fait état. Mais elle a omis, dans la plupart des cas, de rappeler des précédents qui font de ces morts une véritable chaîne criminelle.

— Savez-vous, dit Wood, amusé, que c'est là l'un des sujets dont nous débattons parfois à la pension ? L'un de mes compagnons prétend que plusieurs de ces décès ont dû être attribués à des causes naturelles alors qu'il s'agit bel et bien de véritables meurtres !

— Voilà un homme bien perspicace, dit Symeson, sans que Wood pût discerner si le commentaire s'assortissait d'ironie ou non. Je dois cependant vous faire remarquer qu'il s'agit là d'un fait dont l'évidence n'a pu échapper qu'aux cerveaux obtus de notre Yard.

— Ce n'est donc pas à l'instigation de Scotland Yard que vous opérez ?

Pour toute réponse, Symeson haussa les épaules.

— Je suis mandaté et rémunéré par un client.

Il baissa encore la voix.

— Vous semblez intéressé par la chose, mon cher. Alors, un marché : j'éclaire votre lanterne, et en échange, vous m'apportez l'aide que votre situation privilégiée de résident du Lambeth vous met à même de me fournir.

— Pourrais-je, en ce cas, vous proposer une collaboration plus active ? demanda Wood, l'œil brillant.

— Si cela vous tente, mais l'affaire risque de vous paraître absurde...

— Absurde ?

— Jugez-en : on menace de chantage une personnalité connue à propos d'un crime qui n'a pas été commis.

Wood secoua la tête, submergé de perplexité.

— Voulez-vous dire que ce crime reste à commettre ?

— Que non ! répondit vigoureusement Symeson. Il y a bien eu mort, mais voilà : la victime en question, une certaine Matilda Clover, serait décédée d'un arrêt respiratoire consécutif à une crise de delirium tremens... certificat signé par le Dr Graham, le 21 octobre dernier.

— Bien entendu, enchaîna Wood, cette femme était une prostituée ?

— Bien entendu. Et de plus, une prostituée habitant au 27 Lambeth Road, à quelques pas d'ici...

Symeson finit d'une lampée son verre de whisky, et se renversa contre son dossier, ses longues jambes étendues sous la table, soufflant au plafond la fumée de sa pipe.

— Voyez-vous, à l'origine de cette affaire, il pourrait y avoir un plaisantin ou un fou, mais ce qui me trouble, c'est que ce meurtre, si meurtre il y a eu, se serait produit dans la partie de Londres délimitée à l'ouest et au nord par la boucle de la Tamise : Southbank, Southwark, Lambeth et Newington... comme tous les autres.

— De quoi menace-t-on votre client ?

— De révéler qu'il a tué cette Matilda Clover s'il ne verse pas une somme de deux mille cinq cents livres. La lettre est signée Malone mais il ne peut s'agir que d'un faux nom. J'ajoute que le Dr Broadbent est naturellement au-dessus de tout soupçon.

Ce nom fit ouvrir de grands yeux à Wood :

— Par le Diable, serait-ce la Couronne qui vous a chargé...

— Ne romancez pas, coupa Symeson, le Dr Broadbent est notoirement attaché à la famille du prince de Galles, mais là, c'est à titre personnel qu'il est mis en cause, et non ès qualités.

Wood vida son verre, le temps de rassembler ses esprits. Symeson vidait sa pipe, qui était longue, recourbée, en solide bruyère d'Écosse.

— Et cette Matilda Clover ?

Symeson avait interrogé la logeuse de la victime. Selon cette Mme Philipps, heureusement portée aux confidences, la malheureuse avait un ami. Elle-même, malheureusement, ne l'avait aperçu que de dos et eût été bien empêchée de lui donner un âge. Mais c'était un homme grand, en cape et chapeau haut de forme, qui arborait de gros favoris roux...

— Il s'appellerait Fred, conclut Symeson. Et justement, d'après Mme Philipps, les dernières paroles de

Matilda ont été les suivantes : « Ce misérable Fred m'a donné des pilules... »

Wood s'écria :

— Il apparaîtrait donc qu'il s'agisse réellement d'un meurtre ?

— Seule l'exhumation nous l'apprendra, répondit placidement Symeson. Je suis déjà intervenu à ce sujet auprès des autorités compétentes et les formalités sont en cours. En attendant, j'en suis venu à me demander ce qui, dans cette affaire, est la cause, et ce qui est l'effet : le crime ou le chantage ? Il est bien évident que mettre la main sur l'assassin répondrait à toutes ces questions... un assassin qui, je le jurerais, habite le district.

— Alors, c'est peut-être moi ? suggéra Wood, que la débauche des émotions subies, conjuguée à l'alcool absorbé, portait aux jeux extrêmes du paradoxe.

Symeson l'évalua d'un regard aigu.

— Voilà qui m'étonnerait. Vous n'avez pas le profil mental que je lui prête. Je le vois paranoïaque, avec des airs d'équilibre, versé en toxicologie, et d'allure parfaitement honorable... pour en résumer, plutôt un médecin qu'un capitaine du génie placé en demi-solde, qui arrondit ses fins de mois par des travaux de secrétariat.

Le coup abasourdit Wood, qui ouvrit des yeux effarés.

— Quoi, vous me connaissez donc ?

— Depuis une demi-heure, répondit nonchalamment Symeson. Certains détails m'ont plus appris sur vous que ne l'aurait fait la lecture de votre passeport.

— J'aimerais bien savoir lesquels, par exemple !

Symeson, la tête penchée, rallumait sa pipe, avec des gestes lents, mesurés, d'une inquiétante précision.

— Voyons, lorsque vous avez été agressé, vous avez crié : « À moi ! » Cet appel est typiquement militaire. Un civil aurait crié : « Au secours ! », ou encore « À la garde ! », s'il appartient à l'ancienne génération. Par ailleurs, il est notoire que nous recrutons nos soldats pour trois quarts dans les campagnes, et pour un quart parmi la classe la plus pauvre de nos villes. Vous ne parlez ni comme un paysan ni comme un cockney. Au contraire, à vous entendre, on sent chez vous une certaine éducation et une instruction certaine. Vous êtes sans conteste un ancien officier. Ayant servi outre-mer — et là-dessus votre hâle est assez loquace — vous ne pouvez être resté simple lieutenant, car les promotions sont plus rapides dans l'armée coloniale qu'en métropole, mais trop jeune pour avoir déjà le grade de commandant, vous ne sauriez être que capitaine, d'accord ?

— Et le génie ?

— Là encore, rien de plus simple. Malgré les leçons de la malheureuse guerre de Crimée, les charges d'officier sont demeurées vénales, à l'exception, justement, du génie, tenu comme le parent pauvre d'une armée glorieuse. Or, vous habitez une pension de famille dans le modeste Lambeth, et si vos vêtements sont décents, ils paraissent fatigués : on vous imagine mal ayant acheté un grade d'officier dans l'un de ces fringants régiments de la garde où le souci de paraître coûte à nos jeunes héros les yeux de la tête. De plus, vous êtes en habits civils et votre manche droite est lustrée par-dessous jusqu'au coude, ce qui prouve que vous écrivez beaucoup. Militaire en bourgeois, plus travaux d'écriture, voilà qui sent le demi-solde d'une lieue, n'est-ce pas ?

— Bravo ! dit sincèrement Wood. J'avoue que jusqu'à présent, j'avais rangé ce genre de déductions parmi les jeux les plus artificiels de l'esprit, tels ceux imaginés par votre illustre concitoyen, Arthur Conan Doyle…

Ce fut au tour de Symeson de sursauter.

— Comment diable avez-vous deviné ?

Wood désigna le journal plié qui dépassait de la poche extérieure du manteau de Symeson, et dont on pouvait aisément déchiffrer le titre.

— La plupart des Britanniques lisent le *Times*, mais à Londres, seuls les Écossais, et surtout ceux d'Édimbourg, achètent le *Scotsman* pour avoir des nouvelles du pays.

Symeson lui rendit hommage d'un demi-sourire.

7

Ils se revirent le surlendemain, et Symeson résuma pour Wood tout ce qu'il savait sur le maniaque du Lambeth. À son goût du meurtre, ce dernier joignait celui de l'anonymographie. Une autre de ses cibles avait notamment été l'hôtel *Métropole*, l'un des établissements les plus luxueux de la capitale, à propos duquel il avait fait distribuer des dizaines de prospectus. On y avertissait la clientèle qu'elle n'y était pas en sécurité, le meurtrier de la prostituée Ellen Donworth y occupant un poste de responsabilité dans les cuisines…

— Mais pourquoi ? s'écria Wood, stupéfait.

— J'ai enquêté, répondit laconiquement Symeson. Il y a quelque temps, un homme a fait un scandale au restaurant parce qu'on avait attribué une table à un couple qui y était arrivé après lui. Passe-droit.

— Et vous pensez que cela suffit pour...

— La preuve ; j'ai retrouvé ce couple, lord et lady Russel. Dans la semaine qui a suivi l'incident, lady Russel a reçu une lettre où l'on accusait lord Russel d'avoir assassiné Matilda Clover. Double vengeance, par conséquent, et même moyen... Comprenez-vous, Wood, pourquoi les morceaux d'un puzzle qui ont l'air de ne s'adapter à rien aujourd'hui peuvent fort bien demain trouver leur place dans l'éventail des mobiles de M. Fred ? Jalousie, rancune et *vice versa* ! D'ailleurs qui parlerait de Matilda Clover, dont le meurtre n'est pas officiel ?

Wood considéra pensivement son interlocuteur.

— Vous semblez décidément tenir pour assuré que nous avons bien affaire à un aliéné ?

— Aliéné ? ricana Symeson, la bouche plus mince que jamais ; mais, mon cher Wood, la frontière entre l'aliénation et la raison n'est pas mieux définie que celles tracées outre-mer par les puissances européennes entre leurs territoires conquis... Certes, il est fou, mais d'une folie qui lui est bien particulière, comme tous ses congénères. Chez lui, le délire de persécution s'accompagne d'un besoin forcené de revanche. Il veut donc se venger de Broadbent, pour une raison que celui-ci ignore lui-même, sans doute quelque vétille enfouie dans la nuit des temps. Il veut se venger de l'hôtel *Métropole*, il veut se venger de lord Russel, et peut-être aussi d'autres personnes que nous ne connaissons pas et qui lui auraient causé des torts réels ou imaginaires.

— Et l'empoisonnement de ces prostituées ?

— Autre aspect de sa démence, qu'avec la logique propre aux fous il utilise justement pour satisfaire sa première obsession. Savez-vous une chose, Wood ? J'ai reconstitué son emploi du temps d'octobre dernier. S'il a tué Matilda Clover le 21 octobre, donc après Ellen Donworth, morte le 13, il avait fait sa connaissance un peu avant, le 9, très exactement. Tout laisse penser que c'est ce jour-là qu'il a adopté, comme couverture à ses forfaits, le prénom du petit garçon de Matilda : Fred... celui-là même qu'il allait rendre orphelin.

— Mais c'est horrible ! s'écria Wood.

— Horrible est un mot bien trop subjectif pour convenir à une enquête policière, fit remarquer Symeson. Disons que la folie peut parfois s'accommoder d'un certain humour noir.

8

La nuit était claire et glacée. À chacune de ses expirations, le constable George Comley voyait la buée se condenser sous ses yeux, tandis que son pas sonore se répercutait le long des façades aveugles, avec cette résonance particulière que le froid donne aux bruits nocturnes. Devant lui, les halos des réverbères traçaient une voie blême, trouée de ténèbres régulières. Affecté à la Division L, son itinéraire lui faisait parcourir la partie de Waterloo Road menant au pont, revenir le long des docks jusqu'à Blackfriars Bridge, et boucler le circuit par Stamford Street.

Jamais, depuis le 12 avril, Comley n'empruntait plus cette rue sans un frisson. Il eût voulu enfouir au plus profond de sa mémoire le souvenir de cette nuit horrible, où, dans l'enfer de hurlements montant jusqu'au ciel, il avait réquisitionné un fiacre avec son collègue Eversfield pour transporter à tombeau ouvert jusqu'à St. Thomas les deux malheureuses prostituées qui agonisaient... Et l'image ne le quittait plus, de l'homme mystérieux, en cape et haut-de-forme, qu'il avait vu sortir une demi-heure avant le drame de la maison tragique, lors de sa ronde. Un gentleman cossu, qui avançait d'un pas dansant sur le pavé, en faisant tournoyer sa canne...

Au coin de Waterloo Road, il rencontra son supérieur, le brigadier Ward, qui lui parut anormalement soucieux.

— ... Froid, hein ? lui dit-il, soufflant un nuage de buée.

Ward se frottait les mains en silence. Des bruits lointains peuplaient la nuit, sur le fond d'une rumeur sourde provenant de Waterloo Station, et le vent leur apporta la voix puissante de Big Ben, qui sonnait onze heures.

— Je viens de croiser un drôle de type, murmura enfin Ward... Oh, un vrai gentleman, très convenable, cape, haut-de-forme, canne, et de solennels favoris roux... mais croyez-le si vous voulez, Comley, il riait tout seul, il faisait des gambades comme un gamin, c'était sinistre !... Étrange époque, les gens deviennent fous.

Surpris par le silence de son subordonné, il le regarda. Comley était pâle, et respirait difficilement.

— Qu'y a-t-il, Comley ?

— Ce type, murmura Comley, le type que vous avez vu... son comportement correspond tout à fait à celui de l'homme que j'ai vu sortir de la maison de Stamford Street, la nuit où les deux filles ont été assassinées... Je ne suis pas près de l'oublier. Où allait-il ?

— Il entrait dans une maison malfamée d'Eliott Row...

Brusquement saisi de fièvre, Ward prit le bras de Comley.

— Vite, Comley, notre chance est peut-être venue, suivez-moi !

Ils hâtèrent le pas, marquant une brève pause à l'angle d'Eliott Row et de St. George Road. À l'autre bout de l'avenue, le grand pub *Elephant and Castle* brillait de tous ses feux.

— Où est-ce ? chuchota Comley.

— Au 24, un peu plus loin, mais dissimulons-nous.

Les deux policemen se faufilèrent derrière une palissade vermoulue qui fermait l'un des côtés de la venelle. Là, blottis dans une obscurité compacte, les orteils gourds de froid, la respiration oppressée, ils entamèrent une veille interminable. Les ténèbres régnaient sur le terrain vague, autour d'eux, dans un silence que les rats meublaient de leurs trottinements, mais très loin, sur leur gauche, St. George Road exhalait des bouffées de lumière et de bruit. De lourdes minutes passèrent...

Finalement, il n'était pas loin de minuit quand la porte du 24 s'ouvrit. Sur le rectangle pâle du chambranle, se découpa la forme d'un homme en cape et haut chapeau, qui portait une canne à pommeau.

— C'est lui, j'en suis sûr..., souffla Comley, d'une voix rauque.

Ward lui pressa doucement l'épaule pour l'inciter au silence. À distance respectueuse, ils entreprirent de filer le suspect, silhouette caractéristique, avec ses gros favoris et la canne qu'il faisait parfois tournoyer.

Par St. George Road, ils arrivèrent à Lambeth Road, longèrent les murs de l'archevêché, puis les quais de la Tamise, au bas desquels clapotait une eau noire. En face de l'hôpital St. Thomas, l'individu marqua un arrêt. La faible lueur des réverbères leur permit de distinguer ses gestes : la main à ses tempes, il retirait ses favoris, les enfouissait dans une poche de sa cape.

— Des postiches, murmura Ward, fasciné.

— *God...*, dit seulement Comley.

Encore une centaine de mètres, puis le gentleman s'arrêta devant une coquette maison à terrasse. Il sortit une clé de son gousset, gravit les quelques marches du porche et ouvrit la porte, qu'il referma sans bruit derrière lui.

Les deux policemen accordèrent à la prudence quelques minutes d'attente avant de se rapprocher. Le seuil de la maison était plongé dans l'obscurité, mais Ward alluma la lanterne sourde qu'il portait accrochée à la ceinture. Il la leva à bout de bras pour éclairer les lettres de cuivre fixées sur la porte. Ils lurent :

Miss HONOR SLEAPER
Pension de famille
103, Lambeth Palace Road

9

Symeson et Wood étaient convenus de se retrouver régulièrement dans un pub du quartier de Waterloo. Et ce jour-là, Wood mit aussitôt Symeson au courant des derniers événements : les choses bougeaient à la pension Sleaper, le jeune Harper ayant précipitamment avancé son départ pour Barnstable, et plus exactement pour Braunton, ville voisine de Devonshire, où son père lui avait obtenu la succession d'un vieux médecin désireux de se retirer.

— Quoi, fit Symeson, comme cela, subitement ?

— Une occasion à saisir, paraît-il. Cabinet et clientèle ; et juste de l'autre côté de la Taw.

— Il est donc parti, Harper ? demanda Symeson, curieusement préoccupé.

— Aujourd'hui. Cet après-midi, miss Sleaper a commencé à nettoyer son appartement. Neill est dans tous ses états : pensez donc, il guignait ces deux pièces depuis des mois !... Et attendez, ce n'est pas tout. Il semble que vous ne soyez pas seul à surveiller le quartier. Depuis quelques jours, des gentlemen d'apparence soigneusement anonyme rôdent autour de la pension.

— Vraiment, Wood, s'écria Symeson d'une voix coupante, je vous félicite de votre célérité ! Vous me dites cela maintenant ?

— Nous ne nous en sommes aperçus qu'avant-hier, répliqua Wood, mortifié. Je ne pensais pas que cela présentât un tel caractère d'urgence !

— Bien sûr, bien sûr, je vous prie de m'excuser, murmura Symeson, soucieux, tapotant de l'index le marbre de la table.

— Était-ce vraiment si important ?

Symeson répondit vivement :

— Eh, je ne tiens pas à ce que ces lourdauds du Yard piétinent mes plates-bandes ! « L'autre » aura commis quelque imprudence. Ah, mon cher Wood, on prétend que Jupiter rend fous ceux qu'il veut perdre, mais quand on a déjà affaire à un fou, comment s'étonner si celui-ci devance la pensée des dieux ?

Wood songea vaguement que la jalousie professionnelle prenait parfois d'étranges chemins, tandis que
Symeson se penchait vers lui pour chuchoter :

— Écoutez, Wood, je crois que les événements se
précipitent. J'occupe une chambre à l'hôtel *Lawry*,
dans Kennington Lane. Si quelque chose se produit
dans votre entourage qui vous paraisse tant soit peu
intéressant, envoyez-moi un télégramme, ou mieux :
sautez dans un fiacre et venez me voir.

— Je tâcherai de trouver le temps nécessaire, répondit Wood, un peu sèchement.

10

Wood ne devait pas attendre longtemps pour manifester son initiative. Dès le lendemain matin, il se produisit à la pension un fait significatif. Neill
emménageait dans l'ancien logement de Harper, et il
avait sollicité l'aide de Wood, toujours disponible et
complaisant, pour déplacer une commode dont il souhaitait modifier l'emplacement.

En poussant le meuble, ils découvrirent, contre le
mur, une feuille de papier pliée en deux, qui avait dû
y glisser sans qu'on s'en fût aperçu. Wood la ramassa,
y jeta un coup d'œil. C'était un papier à lettres dont
la titulature était imprimée au nom du Dr Joseph
Harper, Bear Street, Barnstable, Devonshire. Trois
noms, suivis d'adresses et de dates, y avaient été inscrits en gros caractères d'imprimerie. Ces trois noms,
d'ailleurs, étaient barrés. Wood tendit la feuille à
Neill :

— Je pense que ceci vous revient, docteur. Vous
héritez du logement et de ce qui s'y trouve.

Neill parcourut rapidement le papier.

— Le jeune Harper a dû l'oublier. Il a utilisé pour ses notes une lettre à en-tête du cabinet de son père. Je…

Il parut soudain concentrer son attention, releva vers Wood des yeux brillants derrière ses verres cerclés d'or.

— Dites, Wood, avez-vous lu ?

— Je vous demande pardon ?

Il souligna de l'index les deux derniers noms.

— … Emma Shrivel, Alice Marsh, 118 Stamford Street, cela ne vous rappelle-t-il rien ?

— Si, murmura Wood, d'une voix sourde. Ces deux prostituées assassinées, n'est-ce pas ?

— Exactement. Tous deux suivis de la date du 12 avril 1892, le jour où, précisément, elles ont trouvé la mort.

— Mais l'autre, le premier ? questionna Wood, bredouillant d'excitation contenue.

Neill, perplexe, épela lentement :

— Lou Harvey, Townshend Road, St. John's Wood, le 22 octobre 1891, ma foi, cela ne me dit rien. Et vous ?

Wood secoua la tête.

— Qu'est-ce que cela signifie, docteur ? demanda-t-il d'un ton fragile. Croyez-vous…

— C'est une liste, expliqua Neill, une liste chronologique de trois noms, suivis chacun d'une adresse, d'une date, et barrés. Si vous êtes porté sur la symbolique, vous pouvez considérer que les intéressés ont été rayés de la liste des vivants, aux dates, justement, qui y sont indiquées. Ce qui ne manque pas de soulever un certain nombre de questions relativement au jeune Harper, dont le départ précipité en entraîne d'autres.

Le silence s'installa entre eux. Ils se regardaient, hésitant sur la conduite à tenir.

— Qu'allons-nous faire de ce document ? demanda enfin Wood. Faut-il...

— Je vais le remettre à miss Sleaper, dit Neill, brièvement. Après tout, elle est propriétaire des lieux, et tout ce qu'y abandonnent les anciens locataires lui revient de droit. J'aimerais toutefois que vous soyez témoin de notre entrevue.

— Si vous le désirez.

Ils se rendirent au bureau de miss Sleaper, attenant au vestibule du rez-de-chaussée. La vieille demoiselle, qui rangeait ses reçus, se montra fort surprise du motif de leur visite.

— Je n'ai pas jugé utile de déplacer les meubles lors du départ du Dr Harper, précisa-t-elle, un peu confuse. Je l'avais déjà fait pour les Pâques... Vous en souvenez-vous, docteur Neill ? Vous étiez alors entré pour examiner le logement.

— Effectivement.

Miss Sleaper redressait ses lorgnons sur son nez pour lire le document. Elle conclut :

— En sa qualité d'interne, le Dr Harper donnait parfois des soins ; ceci doit être une liste de patients.

— En ce cas, fit remarquer Neill, cela ne saurait constituer une bonne publicité pour notre jeune ami. Deux de ces personnes sont mortes à la date indiquée. Nous en avions d'ailleurs parlé dans votre salon, miss Sleaper, rappelez-vous : il s'agissait de ces deux filles de joie, à Stamford Street...

— Oh ! s'écria miss Sleaper, la main à son cœur.

— ... Quant au premier nom mentionné, il ne m'étonnerait guère qu'il désignât une autre prostituée, de celles dont on ne prend guère la peine d'autopsier les cadavres après leur mort.

— Oh ! répéta miss Sleaper, la rougeur de l'indignation aux joues.

— Ce que je trouve étrange, conclut Neill, d'une voix glacée, c'est que le jeune Harper ait porté sur sa liste ce nom de Lou Harvey, dont la presse n'a jamais fait état. D'autant qu'il a précipitamment quitté la pension peu après qu'on se fut aperçu qu'elle était surveillée par la police. Auriez-vous réchauffé un serpent dans votre sein, miss Sleaper ?

Wood se précipita : miss Sleaper défaillait. Il tourna vers Neill un visage à l'expression scandalisée, tout en éventant la vieille demoiselle avec un dossier de carton pris sur le bureau.

— Décidément, docteur, je vous soupçonne une tendance au sadisme. Pourquoi faites-vous cela ?

— Petit divertissement, répondit légèrement Neill. Toutes les vertus portent en elles leur châtiment... Je dois vous dire, Wood, que le goût forcené de miss Sleaper pour la respectabilité m'a toujours paru ressortir à la pathologie.

Miss Sleaper reprenait ses esprits. Elle lui lança un regard furibond :

— Très bien, docteur Neill, je ferai parvenir ce document au Dr Harper, à qui il appartient.

— Je ne saurais trop vous le déconseiller, fit observer Neill, sur le ton de la badinerie. La police pourrait vous en demander raison : c'est ce qu'en jargon technique, on appelle une pièce à conviction. Gardez-le plutôt dans votre coffre, en attendant de voir venir...

Muette, les paupières baissées, miss Sleaper s'exécuta, tandis que Wood s'efforçait d'enregistrer dans sa mémoire l'adresse et la date portées au regard du nom inconnu de Lou Harvey.

11

— Lou Harvey, murmura Symeson, le lendemain soir, Lou Harvey... J'avoue, Wood, que me voilà complètement dérouté. Je me suis procuré toute la presse parue après cette date du 22 octobre 91, et nulle part je n'ai découvert mention d'un ou d'une Lou Harvey.

— Les journaux ne mentionnent pas les décès présumés naturels.

— Exact. Aussi porterai-je mon attention sur cette adresse de St. John's Wood, que Harper a été assez bon pour nous indiquer...

Il considéra Wood, pensivement.

— Ce Dr Neill me paraît posséder des dons d'observation assez remarquables. Le connaissez-vous depuis longtemps ?

Wood le mit au courant des conditions dans lesquelles il s'était lié avec Neill. Il ajouta qu'il leur arrivait, deux ou trois fois par semaine, de meubler leurs soirées en allant boire de la bière dans un pub discret d'Air Street, près de Piccadilly Circus.

— J'aimerais assez entrer en contact avec lui, opina Symeson, soufflant la fumée de sa pipe au plafond, mais je souhaiterais que les circonstances lui en paraissent fortuites, afin de ne pas l'indisposer : les gens n'apprécient pas toujours ma profession comme il le faudrait. Verriez-vous un inconvénient à mettre notre rencontre sur le compte du hasard, si je viens à passer un soir par votre pub ?

Wood n'en voyait aucun, et il fut tout surpris, l'entretien terminé, que Symeson l'eût finalement amené à lui fixer une manière de rendez-vous pour un jour de la semaine suivante.

12

C'était un soir exceptionnel. La lune brillait sur Londres, signant le velours d'un ciel profond où scintillaient les étoiles. Brumes et froids devenus souvenirs, le printemps avait pris possession de la ville, où l'arrogante douceur d'un juin proche caressait les épidermes et flattait les imaginations. Une sourde fièvre poussait, sous les lampadaires, une foule aux humeurs nocturnes, secouée d'allégresses inattendues, portée vers les lieux de plaisir dans l'ivresse d'un air neuf au parfum d'aventure. Une file ininterrompue d'équipages encombrait les avenues. Les appels, les grincements des essieux, les cahots des roues sur la chaussée, les sonnailles des équipages, conspiraient pour un immense brouhaha, éclatant parfois en rumeurs sonores dont les façades illuminées se renvoyaient les échos.

Wood et Neill étaient arrivés à leur pub aux environs de huit heures. C'était un établissement tranquille, à la clientèle d'habitués qui prenait des allures de cercle. Les deux hommes s'étaient installés à leur place favorite, sous une lampe à verre bleu, en retrait des mouvements du seuil. Leur seul voisin immédiat était un vieillard chenu, qui buvait un whisky solitaire, perdu dans des pensées apparemment extérieures au monde.

Symeson avait annoncé son arrivée pour les environs de huit heures du soir, mais à huit heures quinze, il n'était toujours pas venu. Installé en face de la porte, Wood sursautait chaque fois qu'en tournait le tambour, tout en enrageant intérieurement de la désinvolture manifestée par son compagnon d'investigations.

À huit heures trente, quelqu'un pénétra dans le pub, mais ce n'était toujours pas Symeson. Wood inventoria discrètement la jeune femme qui s'avançait dans la salle, une délicate petite créature, vêtue avec une recherche un peu voyante : large jupe à volants, jaquette étroitement serrée, toque de loutre à aigrette, et, malgré la tiédeur de l'air, manchon de fourrure. Elle semblait en quête de quelque chose ou de quelqu'un, mais son ostensible assurance d'allure, comme l'acuité de son expression, ne laissaient guère longtemps d'illusion sur la nature de ses activités habituelles. Pourtant, dans le joli visage dru, au regard direct, à la bouche ferme, Wood ne retrouva pas cet air d'insolente soumission qui est le signe de la profession. Il eut l'audacieuse pensée que la jeune femme, faisant litière d'une morale jugée par elle périmée, avait choisi en toute connaissance de cause un métier dont les avantages lui étaient apparus assez considérables pour pallier les inconvénients qui en constituaient le quotidien. Et, tout compte fait, elle restait bien séduisante... Ou peut-être était-ce un effet du printemps ?

Intrigué par le mutisme de Wood, Neill tourna la tête. Aussitôt, Wood enregistra le choc quasi magnétique des deux regards confrontés. Déjà, la jeune femme regagnait la porte, d'une allure ondulante. Wood considéra Neill. Celui-ci avait baissé les yeux, il tirait de son cigare des bouffées appliquées, dont le rythme semblait tenir moins à son goût pour le tabac qu'au souci de se ménager une contenance. Wood nota que ses tempes dégarnies luisaient légèrement. Derrière eux, la porte pivota, grinçant légèrement. La dame était repartie. Entre les deux hommes s'établit alors un silence d'une qualité très particulière, que Neill rompit d'une voix rauque :

— Un imprévu, mon cher. Cela m'était complètement sorti de l'esprit, je dois vous quitter...

Tout à coup, une hâte impérieuse, féroce, le poussait aux reins. Il déposa un demi-souverain sur la table, se leva en soufflant lourdement, adressa à Wood une mimique imprécise, avant de courir vers la sortie. Wood réprima un juron.

Décidément, ce soir, tout le monde conspirait pour le mettre de mauvaise humeur : Symeson qui n'arrivait pas, et Neill qui le plantait là, avec une discourtoisie dont il n'était pas coutumier. Il jeta autour de lui un regard furieux, qu'il braqua, en fin de course, sur le petit vieillard, dont la physionomie, mangée de barbe grise, lui paraissait couver un amusement discret. Il se dit, pour se consoler, que la conjonction des désinvoltures dont il était la victime portait sa revanche en elle-même : Symeson ne pourrait imputer qu'à son propre retard l'échec de sa manœuvre...

Finalement, excédé, il se leva, boutonna sa veste, se dirigea d'un pas rapide vers la sortie. Au moment où, ayant franchi la porte à tambour, il hésitait sur le trottoir, au milieu des badauds qui le bousculaient, il sentit une main sur son épaule. C'était le petit vieillard, qui lui dit, d'une voix coupante devenue familière :

— Eh bien, mon cher Wood, je pense que vous voilà dans une excellente disposition d'esprit pour m'accompagner dans une petite expédition !

13

Il était arrivé à Wood de lire quelques-unes des aventures de Sherlock Holmes parues dans le *Strand Magazine*. Il n'avait pas, alors, appliqué ses facultés d'analyse à la critique rationnelle des méthodes utilisées par le fameux détective, et hors du contexte littéraire, des subterfuges du genre de celui auquel il venait d'assister n'eussent pas manqué de lui paraître ridicules. Mais le sentiment d'avoir été joué provoqua chez lui une colère un peu puérile.

— Vraiment, Symeson ! s'écria-t-il âprement, vous auriez pu m'épargner cette mascarade, et vous faire reconnaître !

— Surtout pas, Wood, surtout pas ! sourit Symeson, qui se débarrassait de ses postiches, en même temps que sa taille se redressait. Tout cela faisait partie de mon plan. Venez !

— Où ?

— J'ai commandé un fiacre, qui doit m'attendre au coin de Sackville Street. Je crois que je vous dois des explications, mon cher Wood.

— Je suis heureux de vous l'entendre dire ! rétorqua Wood. Enfin, Symeson, à quoi cela rime-t-il ? Vous vouliez voir Neill ? Il était là, à côté de moi !

— Je l'ai remarqué, dit Symeson. Personnage bien intéressant. Avez-vous une idée de ses lectures favorites ?

La question semblait aussi bénigne que hors de propos, mais Wood, dont le premier mouvement avait été de hausser les épaules, discerna dans l'intonation de son interlocuteur une manière d'attente sourde, impatiente.

— Ses lectures ? répondit-il, maussade. Eh, que sais-je ? Il lit un peu de tout, il lit beaucoup, en tout cas ; il cite Carlyle, Thackeray, Dickens...

— Non, non, les contemporains immédiats !

— Barrie, Collins, Wilde... Kipling, il n'en est pas friand... Ah, et aussi Stevenson, naturellement.

Symeson s'arrêta tout à coup, ce qui provoqua un remous dans la foule pressée des noctambules, autour d'eux.

— Pourquoi naturellement ?

— Il m'a cité par cœur des passages entiers de son livre, *Le cas étrange du Dr Jekyll et de M. Hyde*. Et même...

— Oui, Wood, oui ?

Une soif étrange, presque une angoisse, précipitait la question de Symeson. Il insista :

— Quoi d'autre, à propos de Stevenson ?

— Nous discutions un jour du mythe du double chez les écrivains. Nous avions ainsi évoqué *Le portrait de Dorian Gray*, vous savez, l'histoire de ce dandy qui se débauche sans dommage apparent, tandis que son double, le portrait enfermé, se marque de toutes les rides et de tous les stigmates du vice...

— Je sais, je sais...

— Neill a alors dressé un tableau comparatif des deux œuvres, après quoi, revenant au Dr Jekyll, il m'a déclaré à peu près : « Et encore tout n'est-il pas dit dans la version livrée au public. Moi, je sais des choses... »

— Il a dit : je sais des choses ?

La voix était brûlante, si bien que Wood, perplexe, crut devoir apaiser la fièvre de son compagnon.

— Il n'a pas voulu s'expliquer plus avant, mais je crois savoir de quoi il parlait. Selon lui, et selon Henley, le poète…

— William Henley, je connais.

— … Mme Stevenson aurait fait brûler à son mari la première mouture de son roman. Sans doute, Neill faisait-il allusion à cette anecdote…

— Sans doute, coupa brusquement Symeson. En route, Wood, nous avons le temps, mais les choses peuvent se précipiter !

Éperdu d'incompréhension, Wood le suivit jusqu'à Sackville Street, où, comme prévu, un fiacre aux lanternes allumées les attendait. Ils y prirent place après que Symeson eut jeté l'adresse au cocher :

— Pont de Vauxhall, extrémité est, je vous arrêterai !

La voiture s'ébranla lentement, se frayant un passage difficile dans le flot de la circulation.

— Pourquoi Vauxhall, rive droite ? questionna Wood, c'est l'endroit le plus désert des quais !

— Et encore, mon cher, descendrons-nous ensuite plus au sud, jusque vers Nine Lane.

— Mais enfin, pourquoi, Symeson ?

— On nous y attend.

— Qui ?

— M. Fred.

Wood le considéra d'un œil incrédule.

— Vous plaisantez ?

— Pas du tout.

— Nous avons rendez-vous avec M. Fred ?

— Exactement… à cette nuance près que lui-même l'ignore… Ah, une chose : j'ai retrouvé Lou Harvey.

Wood sursauta.

— Vraiment, Symeson ! Qui est-ce ?

— Une jeune femme fort attrayante, laquelle exerce la même profession que toutes ces malheureuses récemment empoisonnées.

— Vous en parlez au présent, remarqua Wood.

— Bien déduit : elle est aussi vivante que vous et moi. En fait, M. Fred était le seul à la croire morte.

Le fiacre marqua un arrêt subit. Symeson abaissa la glace latérale pour regarder devant eux.

— Un encombrement. À cette heure, c'est peu courant, et j'espère qu'il ne nous retiendra pas longtemps. Il a toujours été admis qu'on allait plus vite en voiture qu'à pied.

— Si vous m'expliquiez ?

— J'y viens. Vous vous en souvenez, nous avions une adresse, à Townshend Street, mais malheureusement pas de numéro. La rue n'est guère longue, mais il ne m'a pas fallu moins de deux jours pour y retrouver trace de Lou Harvey.

— Vous y êtes parvenu ?

— J'ai d'abord rencontré un certain Charly Harvey, peintre en bâtiment par nécessité et proxénète par vocation. Après que j'eus aligné devant lui un certain nombre de souverains, il n'a fait aucune difficulté pour me présenter à sa protégée, Louisa Harris. Cette jeune femme se fait appeler Harvey pour se procurer la douce illusion d'être une dame mariée. Où la nostalgie de respectabilité va-t-elle se nicher ?

— Et pourquoi M. Fred la croit-il morte ? questionna Wood.

— ... La croyait, Wood. Il est à présent revenu de cette erreur... eh, tout simplement parce qu'il lui avait offert, comme aux autres, deux pilules de strych-

nine. Elle a feint de les avaler, et si elle n'en a rien
fait, ce n'est pas parce qu'elle leur prêtait les vertus
létales que vous savez, mais à cause de son bon sens
populaire, qui lui inspire une instinctive méfiance
pour tout ce qui ressemble à un médicament... Dites-
moi, quelqu'un porte-t-il des favoris, à la pension de
miss Sleaper ?

Wood s'absorba dans la réflexion.

— Attendez... Doolins, un assistant de St. Thomas,
et aussi Lewis, qui vient de recevoir son diplôme de
M. D... Mais ce ne sont pas ces gros favoris roux que
les témoignages prêtent à M. Fred.

— Ces gens sont-il roux ?

— Non, plutôt bruns. Mais Harper est brun, également.

— Tenez...

Symeson tendit à Wood une lettre couverte d'une
grosse écriture aux jambages appuyés. Wood lut avidement.

Docteur Joseph Harper, Barnstable, Devonshire.

*Cher Monsieur, je vous informe qu'un de mes agents
possède la preuve indiscutable que votre fils, Walter,
étudiant en médecine à l'hôpital St. Thomas, a empoisonné deux prostituées, Alice Marsh et Emma Shrivel,
le 12 de ce mois. Je tiens cette preuve à votre disposition contre la somme de mille cinq cents livres. Vous
pourrez ainsi la détruire et éviter la honte et la corde à
votre fils. Répondez par l'annonce suivante dans le*
Daily Chronicle, *de Londres : « W.H.M., je suis prêt à
payer. » Dans l'hypothèse où vous ne tiendriez aucun
compte de ma lettre, je ferai parvenir la preuve en
question à Scotland Yard.*

W. H. MURRAY.

— Incroyable ! s'écria Wood, relevant la tête. Comment vous êtes-vous procuré cette missive, Symeson ?

— On me l'a confiée.

— Quand ?

— Un peu avant fin avril. Bien entendu, Harper senior n'a pas inséré d'annonce dans le *Daily Chronicle…*

L'attelage ralentit encore, tandis que Wood s'absorbait dans une intense méditation. Symeson ouvrit le guichet pour apostropher le conducteur.

— Que se passe-t-il, cocher ?

La réponse leur parvint assourdie, couverte par le vacarme de la rue.

— Eh, la circulation, gentlemen ! Tout le monde se promène, les Londoniens sont en goguette !

Wood regardait attentivement Symeson.

— Dites, Symeson, quand nous nous sommes rencontrés, vous connaissiez donc déjà la pension de miss Sleaper ? Ce n'était pas le quartier que vous teniez sous surveillance, comme vous me l'avez dit, mais bien la maison elle-même !

Symeson répondit d'un ton bref :

— La pension depuis cette lettre, effectivement, mais le quartier durant les trois mois qui ont précédé, à la diligence du Dr Broadbent, que j'avais rencontré au congrès annuel des M.R.C.S.

— Pardon ?

— Les membres de la Faculté royale de médecine, précisa Symeson, comme à regret.

Wood se demanda vaguement ce que Symeson pouvait faire dans un congrès médical, tandis que l'autre poursuivait :

— Plus tard, le Dr Harper a parlé de cette lettre, qu'il venait de recevoir, au Dr Broadbent, dont il sa-

vait qu'il avait subi une mésaventure identique. Broadbent lui a conseillé de me la confier.

— Mais elle accable son fils !

— Non, dit Symeson. En fait, à la lumière de ce que
je sais, elle le mettrait même hors de cause, en même
temps qu'elle désigne clairement le coupable.

— Qui ? demanda Wood d'une voix sourde.

— Un fou, dit Symeson, laconique. Exactement le
genre de fou que j'imaginais : mégalomane, paranoïaque. J'ignore ce qu'il reproche à Broadbent, mais
nous savons maintenant quels griefs il nourrit contre
lord Russel, l'hôtel *Métropole* et le jeune Harper.

— Harper ? Là, j'avoue...

— Allons, Wood, coupa impatiemment Symeson,
cessez de refuser de voir la vérité ! Pourquoi Harper ?
Parce que Harper a obtenu un logement qu'il pensait
devoir lui revenir, au terme d'une inclination jugée
par M. Fred injuste, scandaleuse, de miss Sleaper...
Harper plus jeune, plus séduisant, plus respectueux
des usages, Harper dont il était férocement jaloux...
Symeson s'interrompit pour s'écrier : Mais cette voiture va comme une tortue, ma parole !

Il baissa fiévreusement la glace pour examiner les
alentours. La chaussée était envahie par les badauds,
et aussi loin qu'on pût voir, les équipages étaient arrêtés. Ils entendirent résonner la cloche frénétique
d'une voiture d'ambulance, quelque part derrière eux.

— Voyez-vous ce qui se passe, cocher ?

— Je crois qu'une voiture a versé à l'entrée de
Westminster Bridge, gentlemen !

— En ce cas, n'attendez pas ! Essayez de rebrousser chemin par la première transversale, afin d'emprunter le Millbank. Nous traverserons plus haut, au
pont de Lambeth !

Symeson se retourna vers Wood, écrasé de stupeur.

— Réfléchissez, Wood : la première fois, ce lundi de Pâques, quand Neill s'introduit chez Harper, il y dérobe, à l'insu de miss Sleaper, une lettre à en-tête du cabinet de son père. Plus tard, il y note ce que vous avez lu, et, la deuxième fois, emménageant en votre présence, il feint de découvrir derrière cette commode le document compromettant. D'ailleurs, Neill n'a-t-il pas la moustache rousse ?

— Quel rapport ?

— Eh, des favoris roux ne sauraient aller qu'avec une moustache rousse, Wood ! À défaut de sens esthétique, faites au moins preuve d'un peu de logique !

Là-dessus, Symeson ajouta, sur le mode négligent :

— Au fait, Neill n'est que son deuxième prénom. En réalité, notre homme s'appelle Cream.

— Et il n'est pas docteur, je parie ?

— Que oui ! grinça Symeson. Diplômé de Mac Gill, à Montréal, en 76, et d'Édimbourg en 78…

Il cogna rageusement du poing contre la paroi.

— Grands dieux, vous allez voir qu'à force d'être en avance, nous finirons par arriver en retard !

— En retard où ?

— En retard dans cet endroit désert où Neill pensera pouvoir faire disparaître impunément le seul témoin de ses crimes : Lou Harvey.

— Cette jeune femme ! cria Wood, frappant dans ses mains, la jeune femme du pub ! Il avait l'air d'avoir vu un fantôme !

— Pour lui, c'en était bien un, répondit Symeson. Lou Harvey, il faut que vous le sachiez, se trouvait là à mon instigation. Comprenez, Wood, pour lui, elle est un danger permanent. Et non seulement un danger, mais aussi une blessure cuisante infligée à son or-

gueil de malade. Pensez donc : elle s'est jouée de lui
en lui faisant croire qu'elle avalait ses pilules ! Aux
termes de son délire mégalomaniaque, elle doit être
châtiée. Aussi, va-t-il la suivre patiemment jusqu'à
l'endroit isolé où elle l'entraîne, et où, d'après mes
calculs, nous devrions déjà être embusqués afin de le
prendre sur le fait...

À nouveau, il se pencha pour regarder devant eux.
Pour la première fois, Wood vit sa physionomie s'altérer sous l'effet de l'inquiétude. Ils étaient bloqués
dans Great Peter Street, et malgré les efforts du cocher, la voie, devant, paraissait impraticable. Symeson
murmura, comme pour lui-même :

— J'avais calculé qu'il leur fallait une heure environ pour y arriver à pied. Nous, en fiacre, nous étions
censés y être en moins d'une demi-heure. Ah, Wood,
les dieux sont contre nous ! On croit avoir tout prévu
et l'on néglige la fièvre d'une première soirée de printemps à Londres ! Le délai de grâce expire...

Il cria, frappant du poing contre la vitre du guichet.

— Plus vite, cocher, plus vite ! C'est une question
de vie ou de mort !

— Eh, gentleman, je fais ce que je peux ! vociféra
l'autre.

La voiture avait enfin franchi Lambeth Bridge. Elle
tourna à droite, prit un trot intermittent.

— J'ose espérer, dit sèchement Wood, que vous
avez tenu cette femme au courant des risques qu'elle
prenait.

— Je l'ai fait, Wood, et je dois dire qu'elle n'a pas
marchandé son accord, même si elle appelle désir de
vengeance ce sentiment de dignité intime qu'elle ne
se reconnaît pas... Croyez-moi, peu de nos grandes
bourgeoises ou de nos aristocrates décadentes auraient

consenti à un jeu si dangereux ! Si, un jour, la vieille Angleterre doit chercher son salut, c'est chez le cockney qu'elle le trouvera !... Bon, qu'y a-t-il encore ?

Le fiacre s'était immobilisé au niveau de Bridgefoot de Vauxhall, où plusieurs véhicules s'étaient imbriqués, dont les conducteurs s'injuriaient copieusement. Symeson tira sa montre de son gousset, y jeta un coup d'œil avant d'émettre un bref grondement. Du pommeau de sa canne, il frappa contre le guichet :

— Arrêtez, cocher, tenez, gardez tout !

Il lui tendit un souverain, se retourna vers son compagnon, le visage blême.

— À terre, Wood, nous continuons à pied ! Et fasse le ciel que nous soyons là-bas à temps !... Si un malheur arrive, je ne me le pardonnerai jamais !

Ils sautèrent du fiacre, se mirent à courir le long de l'Albert Embankment, où les lampadaires de bronze sculpté, aux triples globes de lumière, multiplièrent leurs ombres le long du parapet.

— Par ici !

Un petit escalier latéral menait aux quais endormis, dont la pierre résonna bientôt au bruit précipité de leurs pas. L'endroit devenait lugubre, dans le sommeil redoutable des entrepôts déserts, à peine troublé par le clapotis de la Tamise, qui roulait, à leur droite, des eaux noires aux reflets mordorés. Ils longèrent une maigre forêt de mâts oscillant doucement sous la lune au gré des remous, avant d'arriver à une esplanade mieux éclairée, mais cernée d'une épaisse zone d'obscurité.

— Par là, Wood !

Symeson courait en avant. Wood, handicapé par sa jambe faible, avait peine à le suivre. Un cri sourd leur

parvint, tandis qu'ils distinguaient à la lisière des ténèbres deux ombres enlacées qui luttaient farouchement. Les chapeaux avaient roulé à terre, celui de
l'homme jusque sous le fanal arrière d'une embarcation amarrée, dont la lueur l'habillait d'oscillantes pâleurs.

Neill avait poussé la jeune femme contre un mur,
lui pinçait les narines de la main gauche pour l'obliger
à ouvrir la bouche, en même temps que, de la droite,
il s'efforçait d'y glisser quelque chose.

— Docteur Cream ! cria Symeson, d'une voix de
tonnerre, dont les échos secouèrent la nuit jusqu'au
ciel.

Il y eut quelques secondes d'un silence absolu, fantastique. Lou et Neill avaient arrêté leur danse maca-
bre, figés dans d'incroyables postures, le visage crayeux.
De façon absurde, mais irrésistible, Wood pensa à ces
opéras qu'il avait vus à Covent Garden, où, à la fin de
certains actes, les acteurs, sacrifiant à la mode de
l'époque, s'immobilisaient dans un clair-obscur artistique pour donner l'impression d'un tableau. Il regarda
Neill, au long visage luisant de sueur, entre ses ridicules favoris roux. Et il vit qu'il louchait affreusement.

— Docteur Thomas Neill Cream, reprit Symeson
d'une voix tranchante, sa canne pointée vers le couple, pouvez-vous m'accorder la faveur d'un entretien
privé ?

14

Lou Harvey échappa à l'étreinte de Neill, courut
vers eux, marquant un bref arrêt pour récupérer sa

toque de fourrure, ce qui indiquait, pour le moins, un remarquable sang-froid.

— Eh bien ! fit-elle observer d'un ton aigre à Symeson, vous avez pris votre temps ! J'ai failli y passer, moi ! À quoi diable jouez-vous ?

— Les embarras de Londres, ma chère, répondit Symeson. Fort heureusement, les dommages ne sont pas grands. Mon compagnon va se faire un plaisir de vous raccompagner à St. John's Wood.

Wood réprima une protestation véhémente : Symeson disposait décidément de lui avec bien peu de ménagements ! Mais comme lisant dans ses pensées, l'autre lui chuchota très vite :

— Je vous tiendrai au courant. Soyez gentil, Wood, j'ai absolument besoin de parler à Cream en particulier.

— Quoi ! s'écria Lou Harvey, furieuse. Vous n'allez pas l'embarquer ?

— C'est une question d'heures, ma chère, répondit Symeson. La police officielle est déjà sur ses traces, n'ayez crainte, il n'échappera pas au châtiment... Allez, Wood, je vous en prie.

Wood offrit son bras à la jeune femme que l'attention parut flatter et surprendre, tandis que Symeson marchait vers Neill, obstinément immobile, les bras pendant le long du corps. Une dernière fois, Wood se retourna avant de quitter l'esplanade. Là-bas, Neill ne louchait déjà plus. Le regard halluciné, il inventoriait avidement le visage de Symeson, et Wood crut lui entendre proférer une sourde exclamation :

— Vous !

15

Wood n'avait pas que des principes. Il avait aussi des scrupules. L'ivresse légère de cette nuit de printemps, l'exaltation qui l'habitait depuis son intervention aux allures héroïques, la séduction de la jolie victime qu'il avait contribué à sauver, tout cela l'eût peut-être poussé à finir la soirée avec elle, mais le fait même qu'elle était censée lui devoir un peu la vie le gênait aux entournures de sa conscience. Il craignait surtout qu'on ne lui consentît si gracieuse compagnie qu'à titre non moins gracieux, à cause de la gratitude qu'on croyait lui devoir, et sa pudeur d'homme s'en alarmait.

Il quitta donc Louisa comme un gentleman en bas de son domicile, ce dont elle parut surprise et choquée. Wood se souvenait que Neill l'avait une fois comparé au Watson de Conan Doyle, et il avait lu, dans *Le signe des quatre*, que celui-ci se targuait d'une expérience des femmes étendue à trois continents. La sienne n'en dépassait pas deux, car il ne connaissait pas l'Asie. Encore, dans ce cadre, se bornait-elle à des catégories sociales bien déterminées, et si familière que lui fût la profession de Louisa, il savait qu'elle comportait, comme toutes les autres, une hiérarchie d'argent dont il n'avait jamais approché les échelons les plus élevés.

Il rentra donc très mélancolique à la pension, où il dormit peu. Le sommeil ne lui vint qu'à l'aube, alors qu'il se débattait en de brumeuses conjectures quant au sort et au comportement probables de Neill et de Symeson. Un peu plus tard, il crut entendre, en même temps que le roulement de la voiture du laitier, le bruit d'une clé dans la serrure de l'appartement de Neill, au-dessous, mais une telle hypothèse était si peu vraisemblable qu'il mit cette impression sur le compte du rêve. Il descendit déjeuner vers dix heures, sous l'œil réprobateur de miss Sleaper, qui lui dit aigrement :

— Eh bien, monsieur Wood, pour une fois que le retardataire attitré de l'établissement fait un effort pour paraître aux heures chrétiennes, il faut que vous preniez le relais !

— Quoi ! s'exclama Wood, stupéfait, parlez-vous de Neill ?

— Du Dr Neill, évidemment. Et qui n'en a que plus de mérite, car lui est rentré ce matin à la petite aurore, c'est-à-dire encore plus tard que vous ! J'entends tout, vous savez ?

— Il... Il est là ?

— Que non ! renifla miss Sleaper, indignée. À peine m'a-t-il saluée ! Son verre de lait englouti, il a couru comme un dératé à la recherche d'un fiacre pour se faire conduire en gare d'Euston. Et il m'a avertie : il ne rentrera que demain.

Abasourdi, Wood déjeuna rapidement. Après quoi, il se dépêcha de sortir. Il désirait obtenir une explication de Symeson, et se souvenant de l'adresse que celui-ci lui avait donnée, il se dirigea au pas de charge vers Kennington Lane.

Le temps était toujours magnifique. Dans le ciel de Londres, d'un bleu pastel, couraient de légers nuages blancs, et les rues grouillaient d'une foule amène, flâneuse, qui respirait le printemps comme un nouvel oxygène. Une surprise de taille attendait Wood à l'hôtel *Lawry*. On y connaissait bien un M. Symeson, qui y avait logé plusieurs semaines, mais celui-ci avait

donné congé le jour même, de très bonne heure. Il
était parti, de façon apparemment définitive, dans une
voiture qu'il s'était fait amener.

Stupéfait, consterné, indigné, Wood sauta dans un
fiacre qui le déposa devant le pub du quartier de
Waterloo, où Symeson et lui avaient installé leur
quartier général : on n'y avait pas vu le détective depuis plusieurs jours. Wood repartit, plus furieux que
jamais. Revenu à proximité de la pension, il nota la
présence dans la rue de deux promeneurs trop ostensiblement désœuvrés pour ne pas nourrir quelque
dessein précis. Un bref instant, il envisagea d'aborder l'un de ces gentlemen, sans doute délégués par
Scotland Yard, et de le mettre au courant des événements de la nuit. C'eût été une belle revanche,
moins contre Neill, envers qui, au fond, il n'avait
guère de motif de rancœur personnelle, que contre
Symeson, lequel l'avait joué, utilisé, avait exploité sa
candeur, et dont l'une des préoccupations paraissait
être de tenir la police écartée de l'affaire. Il y re-
nonça finalement, car il avait peu de goût pour la
délation.

Son humeur n'en fut que plus noire durant toute la
journée. Dans la soirée, il crut se changer les idées en
s'attablant au *Gatti*. Il y passa une heure très ennuyeuse, les artistes y étant exécrables, et il rentra à la
pension assez tôt pour ne pas se trouver exposé à ces
mauvaises rencontres qui lui avaient valu de connaître
Symeson. De toute façon, il avait pas mal de sommeil
en retard, et avait assez bu pour ne pas devoir le chercher longtemps après qu'il se fut couché.

16

Wood avait quelque peu négligé ses travaux de secrétariat. Il y consacra la matinée du lendemain. Il alla ensuite prendre un lunch dans un petit restaurant de Ludgate Circus, qui procurait des repas convenables, à des prix qui l'étaient autant, aux fonctionnaires des différents ministères. Il repassa dans l'après-midi au *Lawry*, où on lui confirma le départ définitif de Symeson, puis au pub du quartier de Waterloo, où, bien entendu, il n'avait toujours pas reparu. Il s'acheta alors une bouteille de gin, dans l'intention, qu'il ne se celait pas, d'y puiser une vue plus sereine des choses.

Revenu dans sa chambre, il s'allongea sur son lit, plongé dans la lecture des *Hêtres rouges*, qu'Arthur Conan Doyle venait juste de faire paraître dans le numéro de juin du *Strand Magazine*. Il n'y découvrit qu'un piètre remède à ses frustrations, et, son verre de gin à la main, il ricana doucement à certain passage de la nouvelle où Sherlock Holmes expliquait à son compagnon :

« — Mon sentiment, Watson, fondé sur l'expérience, est que les ruelles les plus sordides de Londres enrichissent beaucoup moins les annales du crime que cette campagne souriante et verdoyante... »

À ce moment précis, on frappa à la porte. L'état d'esprit de Wood était tel qu'il se trouvait presque disposé à bien accueillir l'intrus, tant il aspirait à une autre compagnie que la sienne. Mais celle qui se présentait à la porte faillit lui faire avaler son gin de travers.

— Du calme, Wood, du calme, lui dit aussitôt Neill, en cape et chapeau, qui tenait sous le bras sa petite cassette à cadenas. Vous pouvez tranquillement finir votre verre. Je n'y ai pas mis de strychnine.

Neill — ou Cream — n'était certes pas aussi frais et dispos qu'à l'ordinaire, il avait le visage gris et creusé, mais tout de même, gardait à l'œil cette lueur perpétuelle qui lui était comme un fanal d'ironie. Il vint s'asseoir sans façon sur le lit, près de Wood, en ajoutant *mezza voce* :

— De toute manière, vous le savez bien, je ne tue que les prostituées, non pas que je cultive le moindre ostracisme social, mais c'est tellement plus facile…

Il avait posé sa cassette sur la commode, allumait l'un de ses affreux petits cigares.

— … Notez que j'avais de plus grandes ambitions. Je me fusse ensuite attaqué à la bourgeoisie, puis à l'aristocratie, et, pourquoi pas ? à la Couronne !… Hélas, manque de temps, manque de moyens, n'en parlons plus.

— Que faites-vous ici ? coupa Wood, stupidement.

— Eh, vous le voyez, mon cher, je jouis de mes derniers instants de liberté. Les limiers de Scotland Yard m'aboient aux trousses.

— Mais Symeson…

L'autre le regarda, très étonné.

— J'ai bien entendu, vous avez dit Symeson ?

— Symeson, l'homme qui m'accompagnait avant-hier soir… Vous le connaissez, vous semblez même l'avoir reconnu !

— Il a donc repris le nom de Symeson ? fit Neill, un sourcil levé. Très bien trouvé, vraiment, très amusant, quoique guère nouveau…

Wood ne voyait pas en quoi, et il s'appliquait à répliquer vertement quand Neill lui dit, d'un ton posé :

— Votre Symeson et moi avons passé un marché, Wood. Il m'a laissé deux jours, avec d'autant plus de générosité que, de toute façon, la police me talonne.

Wood questionna, sur un ton qu'il voulait ironique :

— Et en échange de ce délai, qu'avez-vous donné à Symeson ?

— Deux assurances, répondit Neill. Je vous parlerai plus tard de la première. La deuxième, c'est que je ne tuerai plus personne.

— Il vous a cru ? railla Wood.

— Un mégalomane n'a qu'une parole, Wood... parce que Symeson a dû vous le dire, je suis mégalomane.

Neill accompagnait sa déclaration de ce geste d'ostensible modestie par lequel on souligne généralement un mérite reconnu comme éclatant.

— Symeson m'a promis qu'il m'expliquerait.

— Il ne vous expliquera rien du tout, rétorqua Neill, tirant une bouffée nauséabonde de son petit cigare, il est déjà reparti pour Édimbourg et vous ne lui servez plus à rien... Ah, Wood, Wood, méfiez-vous des honnêtes gens, ils ont encore moins de conscience que les criminels, l'honorabilité leur en tient lieu !

Il se leva, alla à la fenêtre, dont il écarta discrètement les rideaux.

— Les voici, ils sont en bas, Wood, ils s'apprêtent à monter me chercher... Il se retourna brusquement... J'ai confiance en vous, mon cher, je vous laisse donc en dépôt ce que j'ai de plus précieux...

Il leva la main pour prévenir une éventuelle protestation.

— Je vous assure qu'il ne se trouve dans cette cassette aucune pièce compromettante que je veuille dissimuler à la loi... je l'eusse aussi bien détruite, vous pensez !

Perplexe, Wood secoua la tête.

— Qu'attendez-vous de moi, Neill ?

— Que vous conserviez simplement cette cassette à l'abri des curiosités policières. On va perquisitionner chez moi.

Il retira de son gousset une petite clé qu'il lui tendit.

— Voici la preuve de la confiance que je vous porte. Je vous prie de ne pas ouvrir le cadenas... à aucun prix, Wood, sauf, bien sûr, si je vous le demande un jour. Et surtout, ne révélez à personne notre secret... Je pense notamment à Symeson, comme vous l'appelez, si le hasard veut que vous le revoyiez...

En d'autres circonstances, Wood eût peut-être refusé sa collaboration à un criminel traqué, mais sa rancœur contre Symeson était telle qu'il trouvait à cette nouvelle complicité une âpre saveur de revanche. Il prit donc la cassette, et alla la ranger sans un mot au fond de sa cantine militaire. Neill, à la fenêtre, annonçait calmement :

— Les voici qui entrent dans la pension.

Un sourd brouhaha leur parvint de l'escalier, l'écho d'un dialogue vivement étouffé, puis on frappa vigoureusement à l'une des portes du premier étage. Neill sortit sur le palier, se pencha par-dessus la rampe. Les deux hommes qui attendaient devant son appartement levèrent vers lui des visages effarés.

— Me voici, Messieurs, leur dit Neill. Au nom de la loi, visez au cœur, feu !

Il avait levé les bras, dans l'une de ces attitudes provocantes dont il avait le secret, pendant qu'il descendait tranquillement l'escalier.

— Docteur Neill, déclara aussitôt le plus âgé des policiers, je vous arrête sous l'inculpation de…

— Non, Messieurs, inutile, coupa Neill, je connais la formule. Vous me la réciterez dans vos murs. Et je n'ignore pas qu'à partir de cet instant, tout ce que je dirai pourra se retourner contre moi.

Il leur tendit ses poignets.

— … Mais tant qu'à subir l'opprobre, j'en exige l'apparat. Tant pis pour la réputation du quartier et le sommeil de miss Sleaper ! Donc, les menottes, je vous prie ! Si l'un de vous le veut bien, il soulèvera mon chapeau lorsque nous croiserons miss Sleaper, mes bras entravés m'interdisant cette ultime politesse. En avant, marche !

Par la fenêtre, Wood, ahuri, les vit sortir de la maison. Un fiacre attendait en bas. Neill y pénétra le premier, la tête haute, tel le Crime guidant la Justice.

17

Le caractère hautement spectaculaire de cette arrestation, les attitudes poussées à la limite de l'extravagance, évoquant pour miss Sleaper ces anciennes parodies judiciaires données au *Garrick's Head*, dont ses parents lui avaient parlé en sa prime enfance, firent que, jusqu'à l'ouverture du procès, la vieille demoiselle demeura persuadée que Neill lui avait joué, avec la complicité d'amis déguisés, l'une de ces farces de carabin dont il était friand. Et même alors, si elle n'apporta aucune réticence formelle à son témoignage devant Old Bailey, quelque chose, dans son comportement, suggéra aux jurés combien la culpabilité de Thomas Neill Cream dans des crimes aussi odieux lui paraissait peu vraisemblable. N'était-il pas médecin ?

La première enquête judiciaire, ouverte sur la mort de Matilda Clover, eut lieu au Vestry Hall. Après audition des témoins, notamment le Dr Broadbent, lady Russel, Lucy Rose, la petite bonne de Matilda, Coppin, son logeur, et quelques-unes de ses consœurs, dont Lou Harvey ; après déposition du médecin légiste qui avait procédé à l'autopsie, le Dr Thomas Stevenson, le verdict fut rendu : Matilda Clover était morte des suites d'un empoisonnement à la strychnine provoqué par le Dr Thomas Neill Cream, dans l'intention de donner la mort.

Cream fut reconduit à la prison d'Holloway, en attendant son procès qui devait s'ouvrir à Old Bailey le 17 octobre. L'été 92 fut accablant. Les charges réunies contre Cream ne le furent pas moins : quand le procès commença, Scotland Yard avait constitué un dossier suffisant pour qu'il fût accusé de quatre meurtres avec préméditation : ceux d'Ellen Donworth, de Matilda Clover, d'Alice Marsh et d'Emma Shrivel.

Wood assista au procès dans la haute galerie réservée au public, au-dessus des boiseries vénérables, chichement aérées par de minces fenêtres à guillotine. Il vit défiler les nombreux témoins, après quoi, réquisitoire et plaidoiries entendues, le juge Hawkins résuma, pour les jurés, les questions auxquelles ils auraient à répondre. Il ne leur fallut que dix minutes pour prendre leur décision : coupable. Cream, toujours impassible, fut reconduit en prison, mais cette fois à celle de Newgate.

Durant le mois qui suivit, Wood tenta vainement de revoir Symeson : celui-ci avait bien quitté Londres sans un mot d'explication. Plusieurs fois, Wood avait ouvert sa cantine, pour regarder la cassette que Cream lui avait confiée. Et il s'était perdu en d'angoissantes méditations à ce sujet. Que devrait-il en faire ?

Le 13 novembre, avant-veille de la date fixée pour l'exécution, une missive surprenante lui parvint de la prison de Newgate : Cream avait obtenu de la justice l'autorisation de s'entretenir en tête à tête avec lui. Il le priait donc de bien vouloir passer à Newgate dans l'après-midi du 14.

18

Wood ne manqua pas d'être très impressionné quand, après l'avoir soigneusement fouillé, on l'introduisit dans la cellule des condamnés à mort, où l'attendait Cream. Le gardien les laissa seuls, mais durant tout leur entretien, ils purent voir son ombre occulter le judas de la porte à intervalles réguliers.

Cream avait maigri. Il s'était laissé pousser une barbe qui lui mangeait les joues, mais sous les verres cerclés d'or, les yeux restaient vifs et ironiques. Il serra Wood dans ses bras, l'appela « mon cher ami », et lui fit comprendre à mots couverts qu'il avait pu obtenir un entretien dans de telles conditions de discrétion grâce aux hautes protections dont il jouissait. Wood ne put s'empêcher de penser que lesdites protections eussent pu mieux jouer pour épargner la corde à celui qui en était l'objet.

Il le regarda, comme on regarde un homme qui doit mourir le lendemain et qui le sait. Lui-même avait, plus d'une fois, risqué sa vie. Il se souvenait de certaines veilles d'expédition, dont lui et ses compagnons se doutaient bien qu'ils n'en reviendraient pas tous, mais au moins l'espoir restait-il à chacun de compter parmi les survivants. Pourtant, l'irrémédiabilité même de son sort conférait à Cream une sérénité à la mesure de l'éternité qui l'attendait.

— Félicitations, lui dit Wood, très spontanément, vous avez beaucoup de courage.

— Disons de la dignité, ricana Cream. Avouez qu'il y aurait quelque indécence à se montrer avare de sa propre vie alors qu'on a été si prodigue de celle des autres... Mais ne gaspillons pas notre temps... Vous souvenez-vous de notre entrevue, juste avant mon arrestation ?

— Comment pourrais-je jamais l'oublier ?

— Je vous parlais d'un marché passé avec Symeson. Je lui avais donné deux assurances. Vous connaissez l'une d'elles. L'autre concerne ce qui se trouve dans la cassette que je vous ai confiée... Vous la possédez toujours ?

Une angoisse sourde faisait vibrer sa voix.

— Bien entendu, répondit Wood, vous aviez ma parole.

— Elle ne contient qu'un manuscrit, déclara Cream, brièvement. Un manuscrit dont j'ai affirmé à celui que vous appelez Symeson que je l'avais détruit...

Wood eut une mimique exprimant qu'il avait du mal à bien suivre la pensée de son interlocuteur. Celui-ci hésita. Pour la première fois, Wood le vit embarrassé quant au choix du vocabulaire qu'il aurait à utiliser. Cream reprenait, difficilement :

— Voyez-vous, ce... Symeson se moquait bien du sort des prostituées que j'assassinais, mais il avait été attiré par le caractère particulier, très sélectif, de ces meurtres. Il croyait y déceler l'influence d'un texte...

— Celui dont le manuscrit est dans la cassette ?

— Oui.

— Pourquoi lui avez-vous dit qu'il était détruit ?

— Pour qu'il cesse de le rechercher, répondit Cream, à contrecœur. En fait, je ne lui ai menti qu'à moitié. L'important, c'est que plus personne ne le lise... et je compte sur vous pour cela, Wood. Enfouissez-le au fond de vos affaires, enterrez-le au fond de votre mémoire, mais que personne, vous entendez bien, personne !... ne le voie jamais ! Et vous-même, Wood, vous allez me jurer, comme on jure à un homme qui va mourir, de n'y jamais jeter un œil ! Pour votre salut !...

Sa voix tremblait.

— Je veux bien vous le jurer, dit Wood, mais pourquoi, en ce cas, ne pas le détruire réellement ?

Cream respira profondément.

— Ah, Wood, voilà la question que je redoutais ! Je la redoutais parce que je ne suis pas du tout sûr que vous allez me croire... Voyez-vous, ce manuscrit, je l'ai obtenu au terme d'une véritable enquête que j'ai menée, il y a deux ans, en Amérique, sur celui qu'on appelait là-bas le monstre de Jersey City... Je doute que vous en ayez entendu parler, sa réputation n'a pas franchi l'Atlantique, d'autant qu'il n'a jamais été capturé...

— Une enquête ? s'écria Wood, mais vous êtes médecin !

Cream sourit faiblement.

— J'ai mené ces recherches pour des motifs strictement personnels, Wood, mais au seuil de la mort, je
ne compte rien vous en cacher... Ce que vous allez
entendre maintenant, c'est non seulement ma confession, mais aussi celle que j'ai reçue du monstre de Jersey City, qui lui-même avait volé le manuscrit à un
autre monstre... Nous y reviendrons en temps utile.

Wood n'insista pas. Il commençait à s'y perdre. Et
puis, une gêne subsistait dans son esprit, qu'il ne put
s'empêcher d'exprimer :

— Attendez, Cream, il y a tout de même quelque
chose qu'il faut que vous m'expliquiez auparavant...
Quel rapport y a-t-il entre le manuscrit et ces assassins ?

Cream le regarda pensivement.

— Très simple, Wood : l'un a fait les autres.

— C'est-à-dire ?

— C'est-à-dire que sa lecture a rendu à ces hommes
leur véritable nature, que les contraintes sociales et
les tabous de tous ordres avaient jusqu'alors emprisonnée au fond de leur âme.

— Sa lecture ?

— Sa lecture.

— Impossible ! décréta Wood, haussant les épaules.
Nous sommes à la fin du XIXe siècle, Cream ! Le
temps des grimoires et des sorciers n'est plus. À qui
voulez-vous faire croire cela ?

Cream répondit gravement :

— À tous ceux qui connaissent la véritable puissance
de l'écriture. À tous ceux qui savent que le talent d'exprimer les choses peut être plus dangereux que toutes
les drogues, plus pernicieux que toutes les incantations,
lorsque l'écrivain est habité par l'esprit du verbe, par
l'esprit de Dieu... ou du Diable, au choix ! L'auteur de

notre texte est de ceux-là. Certes, dans ce missel·démoniaque, les prostituées ont une place de choix, puisque c'était son chancre personnel, mais chacun peut y trouver la réponse à ses angoisses intimes, un écho à ses cris les plus secrets, l'explosion de ses élans les mieux refrénés ! Il exalte toutes les perversions, en même temps qu'il apporte la justification esthétique, sinon éthique, de leur total accomplissement...

Cream s'était levé. Un feu intérieur l'habitait, qui précipitait son élocution, faisait briller ses yeux, le portait hors de lui-même. Il tendit vers Wood un index fébrile.

— Un catalogue du mal, Wood, à l'usage de ceux qui sont prêts à répondre à ses appels ! Le mal, avec tous ses ressorts, l'amour, la haine, la vengeance, la puissance, et les trois « Z » éternels selon les Hindous, Zan, Zar, Zamin, le sexe, l'argent, la terre ! Et pour celui qui l'a dressé, ce fut, sous l'alibi littéraire qu'il se donnait, une véritable libération de ses instincts, un rejet frénétique des principes étriqués qu'on lui avait imposés, une réaction violente à l'éducation trop puritaine qu'il avait reçue !

Cream s'arrêta. Il paraissait épuisé, et il dut s'asseoir une minute sur le bord de son lit.

— Est-ce Stevenson ? demanda Wood, d'une voix timide.

Cream leva vers lui des yeux effarés. Puis il battit des mains, un peu puérilement.

— Bravo, Wood ! Je vois que Watson se hausse au niveau de son maître Holmes ! Comment êtes-vous parvenu à cette conclusion ?

— Quelques réflexions de Symeson... et vous-même m'avez souvent parlé du Dr Jekyll et de M. Hyde...

notamment à propos de ce manuscrit que Mme Stevenson aurait fait brûler...

— Il aurait dû le faire, Wood, dit sombrement Cream, il aurait bien dû le faire !

— Il est toujours temps, répéta Wood.

— Non, dit Cream, je m'y refuse. Ce serait un crime contre l'intelligence, un autodafé pire que ceux du Moyen Âge. Ce texte est un monument, c'est un chef-d'œuvre de l'esprit et du cœur, car le cœur est partout. Il ne faut pas qu'il disparaisse. Cachez-le ! Cachez-le bien, mais conservez-le. Un temps viendra où, peut-être, les hommes pourront le lire, où il aura perdu toute nocivité, parce que justement les entraves aux instincts seront tombées. Le mal, Wood, ne prend force que par les obstacles qu'on lui oppose !

— Mais enfin, Cream ! éclata Wood, ne croyez-vous pas que vous vous égarez ? Le sexe, la débauche, l'opium, tout ce que vous voudrez, mais le crime, enfin ! Pourquoi le crime ?

Cream répondit violemment :

— Vous avez été militaire, Wood. Vous avez peut-être tué des gens, mais vous l'avez fait aux termes d'un processus de pensée d'une affligeante hypocrisie. Exécutant des ordres, vous n'avez été que la main. Ceux qui vous donnaient ces ordres, au nom de la Patrie, de la Religion ou du Progrès, n'ont pas sali la leur, de sorte que vous voilà tous lavés du péché de mort. C'est la division du travail appliquée à la Morale, la purification selon Ponce Pilate ! Piètres assassins, médiocres tueurs ! Excusez-moi si je me réclame d'une autre éthique ! Excusez aussi Stevenson d'avoir vu les choses d'un peu plus haut !

Il s'interrompit, regarda Wood d'un œil un peu trop fixe. Une ironie tremblait légèrement au coin de sa lèvre.

— Avez-vous jamais pensé qu'on est toujours à la merci d'un fou, Wood ? Vous vous promenez dans la rue. L'homme — ou la femme, pourquoi pas ? — vous trouve un air revêche, une physionomie antipathique, voire inquiétante, ou encore vous lui rappelez son beau-frère, son concierge, est-ce que je sais ? Bref, il ne vous juge pas digne de vivre. Il porte une arme : il tire sur vous. Et voilà que cet acte dément, apparemment sans cause, le hausse à l'égal de Dieu. Car si Dieu vous a donné la vie, lui a eu le pouvoir de vous la retirer. Avez-vous réfléchi à l'exaltant sentiment de puissance que cela peut procurer ? En comparaison, que valent les plaisirs de la table, les jeux du sexe, les ivresses de la drogue, l'extase artistique ?...

Il s'était mis à marcher de long en large, comme pour épuiser dans la dépense physique le trop-plein d'émotions dont, peut-être, sa pudeur lui interdisait l'épanchement. Il reprit, d'une voix sourde :

— La première fois que j'ai lu ce manuscrit, c'était dans la boutique d'un barbier de Jersey City, au fond d'un entresol sordide... Trois heures de vertige et de passion qui m'ont rendu à la torride nuit de septembre fiévreux, brisé, hors de moi-même ! Oui, ce texte avait mis au jour les exigences les plus obscures de ma nature, mais le croirez-vous, Wood ? Sa puissance d'évocation était telle que si mon premier mouvement avait été de libérer mes pulsions immédiatement, sur place, je compris vite qu'elles ne trouveraient leur plein épanouissement que dans le décor brossé par Stevenson : Londres, avec ses brumes et ses ténèbres ponctuées par les halos des réverbères, ville secrète et

blême dont je gardais le souvenir depuis près de
quinze ans !... Durant les quelques jours qui suivirent,
je ne pensai plus qu'à cela. J'oubliai mes rancunes,
j'abandonnai mes recherches, je quittai sans explications les amis qui m'y avaient aidé, et j'embarquai sur
le premier navire en partance, le *Teutonic*...

— Cream, écoutez...

— Non, attendez, laissez-moi finir. C'est ma confession, Wood, enregistrez-la, vous devrez la rapporter
un jour... Oui, comme le Hyde de Stevenson, je pense
que détruire, c'est une forme différente, inversée, de
la création, mais moi, j'ai mal vu Dieu dans cette boucherie, au milieu de cet étalage de viscères... Je faisais
mon choix, je distribuais mes pilules, avant de m'es-
tomper sur mon Olympe. Et ma foudre frappait les
créatures élues avec cet anonymat et cette distance
qui sont la marque indiscutable de la Divinité...

Il eut un geste vague, comme pour s'inviter lui-
même à modérer son exaltation. Il sourit à Wood
d'un air un peu gêné.

— Cela vous a une autre classe que Jack l'Éventreur, n'est-ce pas ? Pourtant, vous verrez que le caractère spectaculaire de ses forfaits va le promouvoir
à la célébrité, et que du siècle de Victoria, c'est lui
qu'on se rappellera ! Moi, je parie qu'on va me noir-
cir, et qualifier de jouissances triviales mes extases
métaphysiques... Ah, Wood, Wood, constatation
amère au seuil de l'éternité : la vertu est toujours mal
récompensée !

Il fut pendu le lendemain, et ainsi qu'il l'avait
prévu, on l'oublia vite.

II. L'enquête du Dr Cream
(1891)

1

Je suis une victime. Les femmes ne m'ont jamais réussi, à commencer par Madame ma mère. Je lui dois ce strabisme par lequel, chez moi, se manifeste l'émotion, mais qui lui était une marque de sérénité intérieure, dont mon père ne semble pas avoir été rebuté. Enfant d'un mariage de raison, c'est sans doute pourquoi j'en ai tellement manqué durant toute ma vie.

Je vins au monde en 1850, la même année que Stevenson, et non loin de lui, puisque je suis natif de Glasgow. Son père bâtissait des phares, le mien construisait des bateaux, ce qui ne manque pas d'éclairer mon naufrage personnel d'une lumière très symbolique. J'avais trois ans quand mes parents quittèrent la brumeuse Écosse pour un Canada guère plus tiède, mais aux horizons plus dégagés. J'avais des frères et sœurs d'une intelligence moyenne. Mon cas était différent, ce qui m'autorisa à poursuivre des études secondaires, puis supérieures. Aux sports et aux jeux bruyants, je préférais l'étude solitaire. Au collège, on m'appelait « Monsieur Encyclopédie », mais à l'université Mac Gill, où mon strabisme avait pris des proportions à la mesure d'émois devenus adolescents, mes condisciples dévoyèrent le terme en « Monsieur Cyclope », ce qui faisait plus honneur à leur érudition mythologique qu'à leur charité chrétienne. Je dois dire que la jalousie couvait sous cette ironie : j'avais des moyens financiers dont ils manquaient cruellement, et les généreuses mensualités versées par mon père me permettaient d'entretenir une somptueuse garde-robe, que j'affichais à bord d'un équipage de deux chevaux.

Mes études furent brillantes, encore qu'on s'étonnât parfois d'un intérêt pour les sciences toxicologiques que d'aucuns qualifièrent de démesuré. Mais on ne contrarie pas une vocation. J'obtins mon diplôme en 1876. Mes malheurs commencèrent peu après. D'abord, juste avant mon départ de l'université, la chambre que j'y occupais brûla avec mes meubles. Je les avais assurés pour mille dollars auprès d'une compagnie qui rechigna à tenir ses engagements. Elle prétendit que les dommages étaient en réalité fort minimes et trouva à l'incendie un caractère suspect. Mon horreur des procès fit que je transigeai à trois cent cinquante dollars, d'autant qu'à l'époque, d'autres ennuis m'accablaient. J'avais connu à Waterloo, dans la province du Québec, une jeune fille au père irascible. Celui-ci menaça de me revolvériser quand sa progéniture tomba malade, à la suite — prétendit-il — de manœuvres abortives dont j'eusse été l'auteur. Ce fut ainsi que je me mariai, quasiment le canon sur la tempe.

Comment s'étonner si je trouvai moral de quitter mon foyer dès le lendemain des noces, afin d'aller parfaire ma formation médicale à l'hôpital St. Thomas, lequel, outre une réputation hors pair, offrait l'avantage considérable de se situer à plusieurs milliers de kilomètres à l'est de mon beau-père ? Ce ne fut pas un franc succès. J'y ratai mon examen de spécialisation à cause du président du jury, le Dr Broadbent, l'un de ces ânes solennels auxquels notre société se plaît à rendre des honneurs à la mesure de sa médiocrité. Il est, depuis, devenu le médecin attitré du prince de Galles, héritier du trône : *God save the King !*

Me souvenant de mes origines écossaises, je gagnai alors Édimbourg pour tâcher d'y obtenir les titres que Londres me refusait. L'université d'Édimbourg était déjà l'une des plus célèbres du monde. Elle comptait, parmi ses notoriétés, des noms aussi fameux que celui du Dr Syme, dont la méthode de diagnostic a longtemps fait école, de l'anatomiste Rutherford et du chirurgien Bell. Je n'aurais garde d'oublier mon préféré, le vétéran, le Dr Robert Knox, qui faisait étouffer les passants attardés par ses aides, Burke et Hare, afin d'alimenter ses salles de dissection. Utilisant cet illustre personnage pour son « Déterreur de cadavres », Stevenson n'a cependant pas osé tout montrer de ses activités, de crainte que la réalité parût moins vraisemblable que la fiction ! Knox est mort en 1862, après avoir légué à la postérité un manuel d'anatomie tout à fait quelconque et un livre remarquable sur la pêche en rivière...

J'obtins en 1878 mes diplômes de médecine et de chirurgie. J'avais appris, l'année précédente, la mort de ma femme, ce qui faisait de moi un veuf, position sociale à laquelle on ne marchande ni le respect ni la compassion. Je jugeai le moment venu de regagner le Canada, mais ma pudeur naturelle me poussa à m'installer loin des lieux de mes premières amours : à London, dans la province de l'Ontario. Las, le Destin m'y poursuivit. On découvrit, dans la cour attenant à mon cabinet, le cadavre d'une jeune fille qui avait abusé du chloroforme. L'enquête établit qu'elle avait été ma cliente, ce qui était exact, et aussi qu'elle venait de se faire avorter, mais sans pouvoir établir le moindre lien de cause à effet entre les deux faits. Il n'empêche que ma réputation s'en trouva ternie, et que je dus quitter le Canada pour les États-Unis.

Je m'installai à Chicago, d'abord parce que c'était tout proche, ensuite parce que la renommée de l'ancien « bourbier des prairies » sur le plan de la malfaisance était telle que mon passé n'y risquait guère d'hypothéquer mon avenir. J'y subis pourtant quelques mécomptes. Une jeune fille, Julia Faulkner, mourut en 1880 des suites d'un avortement et les jalousies firent qu'on m'en rendit responsable. Heureusement, faute de preuves, l'inculpation fut abandonnée et, pour une fois, la justice triompha.

Peu après, je rencontrai Mabel Scott, une très jolie blonde que j'appellerais mon mauvais ange si mon sens inné de l'analyse ne me préservait des tentations mystiques. Elle habitait Garden Prairie, un faubourg de la Cité des vents, avec son mari Daniel, sexagénaire podagre, dont au surplus les mains tremblaient obstinément. Cette affection n'était pas sans lui apporter quelque gêne durant l'exercice de sa profession — il était manipulateur-télégraphiste à la compagnie des chemins de fer de Chicago et du Nord-Ouest ! — comme dans d'autres domaines, que j'aurai le bon goût de ne pas nommer. J'entrepris de le guérir, avec une science si évidente qu'elle me valut la reconnaissance quasi hebdomadaire de sa belle épouse. Ce fut elle qui, au bout de quelque temps, me suggéra d'insister auprès de lui pour qu'il souscrivît une assurance-vie. Je m'y employai. Le brave homme n'y mit aucune mauvaise volonté, mais toutes les compagnies d'assurances auxquelles nous nous adressâmes le jugèrent trop délabré pour retenir son dossier. L'avenir immédiat devait confirmer ce pessimisme. Daniel Scott trépassa de façon si cavalière que les bonnes âmes de son entourage s'en émurent. J'avais signé le permis d'inhumer, mais non sans prendre des précautions élémentaires, comme de signaler au coroner du comté de Boone que le pharmacien auquel j'avais commandé mes préparations, y avait certainement outrepassé les doses de strychnine prescrites. Cela devait permettre à Mabel Scott de lui réclamer en justice la somme de deux cent mille dollars à titre de dommages et intérêts...

Que se passa-t-il alors ? Une cabale fut-elle montée ? Toujours est-il qu'aux termes de l'enquête, c'est moi qui me retrouvai au banc d'infamie, Mabel tirant son épingle du jeu en témoignant à charge avec une duplicité bien féminine ! Reconnu coupable de meurtre — sans préméditation, je me plais à le souligner — je n'en fus pas moins condamné à la réclusion perpétuelle. Comment s'étonner si je garde aux femmes une rancune à la mesure des avanies qu'elles m'ont apportées ?

Cinq ans plus tard, mon père mourut. Je n'ose croire que ce fut du chagrin dû à mon inconduite, mais, après tout, cela se voit dans les meilleurs mélodrames. Ma propre douleur fut tempérée par les seize mille livres qu'il me laissait, grâce auxquelles je pus susciter dans une opinion publique aussi versatile qu'il se doit une campagne en ma faveur qui porta ses fruits au bout de quelque temps. En juillet 1891, je fus relâché sur parole du pénitencier de Joliet (Illinois). J'étais libre, je jouissais d'une confortable indépendance financière, mais j'avais perdu la paix de l'âme : je ne pourrais la retrouver qu'après avoir puni Mabel Scott, coupable de félonie caractérisée à mon égard. Je puis dire que pendant dix ans, cette obsession avait joué chez moi le rôle stimulant de l'espoir.

Ma première destination fut donc Garden Prairie. La traîtresse avait quitté ce faubourg depuis plusieurs années, et l'on avait perdu sa trace. Je m'abouchai donc avec l'agence de détectives Pinkerton, qui fait n'importe quoi pour de l'argent. Quinze ans plus tôt, ses hommes n'avaient-ils pas tué le petit frère de Jesse James, âgé de neuf ans, faute d'avoir pu abattre le grand ?

2

Ainsi que l'exigeaient les lois de la morale universelle et la fatalité de ses instincts, Mabel Scott avait mal tourné. Peu après mon incarcération, elle s'était placée sous l'influence d'un escroc dont le nom, ici, importe peu. Cet aventurier des mœurs l'avait entraînée à Boston, ville essentiellement puritaine où, grâce à sa collaboration, il avait monté une entreprise de chantage à l'honorabilité qui avait connu un certain succès ; jusqu'au jour où le couple avait rencontré l'un de ces clients récalcitrants qui tiennent plus à leur propre estime qu'à celle de leurs contemporains. L'affaire s'était soldée par un scandale dont la victime s'était mieux tirée que ses persécuteurs, jetés sur la paille présumée humide des cachots. L'homme en avait pris pour huit ans, la femme pour six.

À sa sortie de prison, Mabel Scott avait aussitôt rencontré un autre mauvais génie, lequel l'avait emmenée à New York. Cette fois, dans une cité où le vice était érigé en institution, il l'avait livrée à une prostitution sans nuances. Déchéance ? Voire ! Je connaissais assez Mabel et son goût pour les jeux du sexe, et j'étais sûr qu'elle avait su joindre, si j'ose reprendre une expression galvaudée, l'utile à l'agréable, sans grand dommage pour sa dignité intime. Il est notoire, au demeurant, que les tourments de l'âme chez les filles de joie sont un artifice inventé par les écrivains pour mieux vendre leur littérature...

Le dernier renseignement fourni par l'agence Pinkerton me faisait enfin savoir que Mabel Scott et son protecteur, Julius Crainbee, résidaient dans une petite rue sise au nord du pont de Williamsbourg, dans Brooklyn. Je pris donc le train pour la capitale de la côte est. Je le répète, j'étais libre de mon temps, riche, et l'obsession de punir m'avait assez habité pendant dix ans pour en faire la quête principale de ma nouvelle oisiveté. Je meublai mon voyage de lectures diverses. *Le cas étrange du Dr Jekyll et de M. Hyde*, paru durant ma détention, me fascina, mais je fus également frappé par l'étude, toute récente, que Jacob Riis avait publiée, à l'initiative de Theodore Roosevelt, sur ce qu'on appelle « l'autre moitié » de la population dans les villes américaines.

J'arrivai dans la ville à la fin du mois d'août, par une chaleur étouffante, et la première impression que j'en reçus fut celle d'un coup de poing dans la figure.

Suivant les conseils reçus auprès des services administratifs compétents de Chicago, j'avais décidé de louer
un petit appartement dans la 60ᵉ Rue Est, un quartier
de Manhattan encore épargné par le flux d'immigrants déferlant de tous les coins du monde vers la
nouvelle terre promise. Après une visite de reconnaissance de trois jours à travers la ville, je ne pus que
m'en féliciter. Car s'il existait à New York quelques
quartiers résidentiels, la plus grande partie de la cité
connaissait une telle concentration humaine qu'elle
paraissait sortir d'un délire d'entomologiste.

Entre les piliers du métro aérien, dont le grondement ébranlait les immeubles riverains jusqu'à leurs
fondations, se pressait une foule compacte, aux humeurs souvent agressives. Elle se battait pour grimper
dans les tramways à chevaux qui menaient aux gares
ou aux embarcadères, elle tourbillonnait autour de
véhicules effrénés, dans le cahot de roues cruelles, le
hurlement des voitures-pompes ou la cloche frénétique des pompiers, parmi les gerbes d'étincelles que
les sabots des bêtes fouaillées arrachaient aux pavés.
Des bagarres éclataient, auxquelles nul ne se souciait
de mettre fin. On s'en écartait simplement. Des groupes féroces montaient parfois à l'assaut de camions
immobilisés pour les piller sans vergogne, sous les
coups de convoyeurs appointés. Et il arrivait que les
policiers en casque de cuir se frayassent un chemin à
la matraque parmi les attroupements, avant de sauter
aux naseaux meurtris des chevaux dont les conducteurs, piégés dans de monstrueux encombrements, refusaient de céder le passage.

Le tumulte n'était pas limité aux artères à grande
circulation. Ses vagues venaient battre les ruelles les
plus obscures de la périphérie, auxquelles l'architec-

ture nouvelle, réputée utilitaire, avait donné une véritable dimension de cauchemar. On avait érigé des immeubles à cinq niveaux, bâtiments dits « en haltère », dont les premiers murs se lézardaient alors même que le toit n'était pas posé. En peu de temps, ces constructions avaient pris l'aspect paradoxal de souterrains en étages, appartements imbriqués de façon à utiliser le moindre espace, chambres fermées au jour, hygiène inexistante, au point que mon ancienne cellule de Joliet m'apparaissait du coup comme un paradis de salubrité perdue... D'innombrables familles s'entassaient le long de ces couloirs lugubres, dans ces dédales d'obscurité fétide, peuplés de Thésée crapuleux et d'Ariane phtisiques, dont les Minotaures s'appelaient alcool, prostitution ou vérole. Certains de ces enfers avaient été baptisés « bloc de poumons », ou encore « allée de la misère » et « impasse du crime ». Et, de fait, si les rues, le jour, y étaient peu sûres, elles devenaient, dès le crépuscule, quasiment mortelles.

Chaque nuit grouillait de voyous, de chiens et de rats. Des cours des miracles prospéraient dans les ténèbres d'anciennes brasseries aux caves désaffectées ou le long des égouts de Gotham Court. Alors, surgissait des entrailles de la ville un peuple blême aux yeux éteints, venu réclamer à ceux du soleil sa part de chair, comme au terme d'un rite sacrificiel absurde et gigantesque. Malheur au marin naïf ou au pauvre touriste égarés dans les venelles du bas port, que chaque marée montante transformait en bourbier ! D'un entresol réputé désert, un seau de cendres brûlantes s'abattait sur sa tête, l'aveuglant, l'asphyxiant, étouffant ses cris, tandis qu'une faune d'adolescents sauvages le jetait, par un soupirail, au fond d'une cave obscure où, dans le dernier rauquement de sa vie, on le dépouillait de son argent et de ses vêtements.

Ces bandes fauves ne se contentaient pas, d'ailleurs, d'immoler des innocents, elles se battaient aussi entre elles, elles se livraient de véritables combats de rues, pour un territoire, un butin, ou tout simplement pour l'honneur du quartier. Ce fut au cours d'une de ces guerres incertaines, alors que je cherchais dans les rues de Williamsbourg la trace soudain perdue de Julius Crainbee, que je rencontrai Edward Osterman.

3

Crainbee et Mabel avaient quitté Williamsbourg le mois précédent. On répondit à mes questions avec beaucoup de répugnance, et je pris enfin conscience d'un fait qui eût dû me frapper dès mon arrivée. J'étais trop bien habillé : mes vêtements décents soulevaient une légitime méfiance. Il me fallut quelques visites à des fripiers soigneusement choisis avant de pouvoir circuler sans hostilité dans certains quartiers.

Crainbee ? Sans doute parti pour le dixième Ward, où fleurissaient maintenant les lupanars, depuis que Hewitt, maire réformateur qui avait trahi ses protecteurs de Tammany Hall en devenant honnête, avait nettoyé la Sixième Avenue. Peut-être aussi à Water Street, du côté de l'East River. Je m'y rendis. Sans succès. Du dancing interlope de Theodore Allen, on m'envoya à Lower East Side, dont les lanternes rouges, allumées à l'intention des marins allemands ou hollandais, constituaient l'essentiel de l'éclairage. J'y fréquentai, pour les besoins de la cause, le saloon de

Gallus Mag, forte femme, qui usait comme père et mère de la matraque ou du revolver. Elle traitait par la chirurgie ses clients récalcitrants, auxquels, d'un seul coup de dents, elle tranchait une oreille, conservée ensuite, en matière de trophée, dans un bocal d'alcool. Ma docilité m'épargna un sort si cruel, mais ne m'apprit rien. Tout juste m'y indiqua-t-on la cuisine de l'Enfer, dernier cercle du même nom selon Dante, zone fort étroitement délimitée par la 37e Rue, la Huitième et la Neuvième Avenue. Les gangs de Blancs et de Noirs s'y disputaient la suprématie, le temps d'une union sacrée contre les charges des casques de cuir — ainsi appellent-ils leurs policiers...

Je m'étais attribué la qualité d'historien, qui avait ouvert tant de portes à Jacob Riis, malgré le handicap de son accent danois, mais, pris aux sortilèges de mon propre masque, j'en venais à douter de mon identité. Je glissai ainsi peu à peu vers une sorte d'univers en marge, un microcosme parallèle, soumis à des lois différentes, baignant dans un onirisme crapuleux. Sous Gotham Court, dans les cloaques du Collect Pond mal asséché, au long des venelles de l'Old Brewery, s'élaborait une nouvelle histoire du monde, qui avait ses guerres, ses empires, ses héros, et déjà, l'embryon d'une cosmogonie.

Des vieillards infantiles y racontaient à des enfants vieillis les débuts du port de New York, lorsque les pirates aux rames graissées s'approchaient la nuit de cargos cossus, à bord de barques peintes en noir, pour un abordage furtif et violent. Ils évoquaient les émeutes de marins de 1808, la mutinerie des conscrits pendant la guerre de Sécession, et aussi la révolte générale de la pègre, qui, en 1863, alluma cent incendies pour s'emparer de la ville. Des figures secrètes et désespérées peuplaient ces sagas antagonistes, que chaque clan réclamait pour sa gloire : Johnny Dolan, le dandy aux boucles sages et aux cruautés folles, qui portait au doigt, en guise de bague, le délicat instrument de cuivre avec lequel il vidait les orbites de ses adversaires ; Jim-gras-du-bide, célèbre pour ses meurtrières bottes ferrées ; Jack-le-rat, qui moyennant vingt-cinq cents, vous décapitait un rat vivant d'un seul coup de dents ; Blind Danny Lyons, le bel aveugle blond, souteneur raffiné pour l'amour de qui Gentle Maggie avait égorgé Lizzie the Dove ; George Leese Snatchem, du gang des abatteurs, qui suçait le sang des boxeurs blessés dans la salle de sport de Kit Burn ; Yoske Nigger, l'empoisonneur de chevaux...

De taudis en saloon, de bordel en gymnase, de quais en dancing, je revins finalement à Brooklyn. C'est là que, certain soir torride, je venais de héler un fiacre quand mon véhicule fut littéralement arraisonné par un petit homme au chapeau rond et à la barbe rabbinique. Une telle audace collait si peu au personnage que je n'y pùs voir que l'effet d'un dérangement de l'esprit ou l'ardeur d'une cause désespérée. Et de fait, son attitude participait des deux. Le visage blême du petit homme apparaissant à la fenêtre du fiacre, m'implorait avec un fort accent germanique :

— Monsieur, mon cher monsieur, je vous en supplie, pour l'amour du Seigneur, laissez-moi votre fiacre, à cette heure, je n'en trouverais pas d'autre ! Je vous jure que c'est vital !

— Et en quoi ? demandai-je, non sans quelque hauteur.

— Mon fils... On m'a ramené mon fils dans un état critique ! Cette manie qu'il a, de se battre ! Il faut absolument que je ramène un docteur à la maison !

Mon attention s'éveilla. L'insuccès de mes recherches était peut-être dû au fait que je me présentais partout en étranger, et me ménager des amitiés pourrait, à longue échéance, se révéler précieux.

— Je suis moi-même médecin, répondis-je, avec cet air d'apostolat forcené que les meilleurs auteurs prêtent à ceux de leurs personnages qui exercent ma profession, je vous suis...

Ayant dédommagé le cocher, je courus derrière le petit homme éperdu de reconnaissance. Il me guida, à travers un dédale de ruelles jusqu'à un établissement que, malgré la pénombre, j'identifiai comme l'un de ces restaurants signalés à l'attention des passants par une étoile à six branches surmontant des lettres hébraïques. Une porte lourdement ferrée se referma sur nous. Dans un couloir enténébré, une âcre odeur de sang me saisit à la gorge, et, instinctivement, je reculai, à l'idée d'un guet-apens. En même temps, un chat noir fila entre mes jambes, me faisant sursauter.

— Ce n'est rien, ce n'est rien, affirma précipitamment le petit homme, ça vient de la cuisine, la viande dégorge... Venez !

Je me remémorai alors les rites fades de la gastronomie mosaïque, et je supposai que, sans l'obscurité, j'aurais pu lire dehors, sous l'enseigne, la mention habituelle : *Cuisine kasher, prix raisonnables*. Nous grimpions un escalier tortueux, manquant de trébucher sur d'autres chats, qui en occupaient les marches avec une arrogance toute féline. Alors que j'arrivai sur le palier, me parvint l'écho de lamentations aiguës, provenant d'une chambre fortement éclairée par une nouvelle lampe électrique à incandescence.

D'un coup d'œil, j'embrassai le spectacle : un corps allongé sur un lit et, assises sur des chaises au chevet du malade, deux femmes âgées qui se griffaient les joues pour mieux exprimer leur douleur. Mais, ce qui me frappa surtout, ce fut le nombre de cages à perruches disposées un peu partout.

D'une voix aigre, dans un dialecte que je supposais être du yiddish, mon guide barbu mit fin au concert de plaintes.

Je m'approchai du lit. Y était allongé un jeune homme inanimé, au visage tuméfié, aux vêtements en lambeaux, dont la bouche entrouverte exhalait une respiration difficile. Sur le moment, je ne pus réprimer un mouvement de surprise. De son père, cet adolescent n'avait hérité que les jambes courtes. Par contre, son torse était puissant, ses bras musculeux. Quant à sa physionomie, où ne subsistaient que de rares indices de morphologie sémitique, les ecchymoses et les hématomes en accentuaient le caractère délibérément simiesque.

Les femmes reprirent leurs lamentations, sur un registre plus discret. Un prénom revenait dans leurs litanies : Iosselé… Iosselé… Je palpai le corps du blessé. On ne l'avait guère épargné. Plusieurs côtes devaient être fêlées, la marque de coups de bottes marbrait ses reins, mais finalement, le diagnostic ne se révélait pas alarmant, sa rate, miraculeusement intacte, ne laissant pas craindre d'hémorragie interne. Quand j'en fus au visage, il ouvrit les yeux. Je reçus le choc d'un regard clair, instantanément lucide. Sans tourner la tête, d'une voix rendue sifflante par les meurtrissures de sa bouche, il dit tranquillement aux deux femmes :

— Ne m'appelez pas Iosselé, mon nom est Edward.

Il s'adressa à moi sans aucune trace d'accent :

— Edward Osterman… vous êtes médecin ?

— Oui.

— C'est grave, ce que j'ai ? Je pourrai bientôt me lever ?

— Il faudra faire attention à vos côtes, mais je pense que d'ici deux semaines...

— Je n'attendrai pas autant.

Il ajouta, sur un curieux ton d'excuse :

— Ils me sont tombés à cinq ou six dessus...

Cette fois, ce fut son père qui sombra dans les lamentations.

— Mais qui, Iosselé, et pourquoi ? Pourquoi fréquentes-tu les voyous ? Tu es la honte de la famille, le chagrin de mes vieux jours ! Pourquoi faut-il que tu te battes dans les rues ?

— Arrête ces jérémiades, coupa Edward, elles me fatiguent plus que les coups... Puis, me regardant tandis qu'il passait un index prudent sous ses lèvres tuméfiées pour contrôler l'état de ses dents : ... Ils ont profité que j'étais seul, et si quelqu'un n'avait pas tiré un coup de feu en l'air par une fenêtre, ils m'auraient bien achevé, les charognes ! Je les ai reconnus, c'étaient des Swamp Angels...

— Pardon ?

Il me jeta un coup d'œil incrédule.

— Vous ne connaissez pas les Swamp Angels ?

— Je l'avoue.

— Vous n'êtes donc pas new-yorkais ?

— J'arrive du Canada.

J'avais sorti de ma poche un crayon et une feuille de carnet sur laquelle je griffonnai quelques lignes. Je tendis le papier à M. Osterman.

— Voici. De l'arnica, des bandages, un peu d'alcool... Vous trouverez une pharmacie pour vous donner cela ?

Il fit de la tête un « oui » frénétique.

— Mon ami Steiner va m'ouvrir sa porte, il ne pourra pas me refuser ce service... combien vous dois-je, docteur ?

— Rien, répondis-je aussi noblement que je pus. Je vis de mes rentes et n'exerce plus officiellement. Je ne saurais accepter d'argent.

Cette générosité les écrasa. Je sortis dans un silence seulement meublé par les pépiements des perruches, sur le fond de grésillement obstiné provenant de la lampe à incandescence. Alors que je franchissais le seuil, Edward me rappela doucement :

— Docteur, s'il vous plaît...

Je me retournai.

— J'aimerais connaître votre nom et votre adresse.

— Mais je reviendrai ! m'écriai-je, dans une cordiale perfidie, je passerai voir comment vous allez !... Je n'aime pas faire les choses à moitié.

— Voilà au moins quelque chose que nous avons en commun, murmura-t-il sourdement.

4

Durant les jours qui suivirent, je ne manquai pas de me renseigner sur certains points que mon dialogue avec Edward Osterman avait laissés obscurs. L'agence Pinkerton, avec laquelle j'étais resté en contact, et qui possédait bien entendu une annexe à New York, me fournit, moyennant finances, toutes précisions utiles concernant le folklore criminel de la ville.

J'appris notamment qu'aux gangs d'adultes s'ajoutaient des hordes d'enfants sauvages, tels les Daybreak boys, et des bandes d'adolescents dont la plus fameuse, établie parmi les cloaques du Collect Pond et les caves de Rynders Street, était justement ces Swamp Angels dont Edward m'avait parlé. Depuis dix ans, d'ailleurs, ces Anges de la Fange se faisaient plus volontiers appeler le gang des Gauchers, en mémoire du plus distingué de leurs membres, le petit rouquin William Bonney, parti avec ses parents à l'appel d'Horace Greeley vers un Ouest aux fabuleuses longitudes. Là, sans esprit de lucre, par amitié ou goût du sang, ce bâtard désespéré de l'honneur et de la paranoïa avait tué vingt et une personnes, sans compter les Mexicains, si bien qu'en 1880, la ville de Fort Summer avait exposé à la contemplation des foules son cadavre maquillé de vingt-deux ans, sous le fastueux sobriquet de Billy-le-Kid. Depuis, les petits fauves blafards qui égorgeaient au tesson de bouteille, rêvaient à des horizons infinis, secoués par l'éclat métaphysique des coups de revolver. Et ils s'entassaient dans les théâtres de tôle de Bowery, où aux cris de « Levez le chiffon ! » on donnait des mélodrames de cow-boys...

J'étais beaucoup moins innocent la deuxième fois que je revis Edward Osterman.

5

Le restaurant du père Osterman était plus propre que l'obscurité ne me l'avait laissé croire, mais il y régnait toujours cette fade odeur de sang refroidi qui mettait le cœur au bord des lèvres.

Osterman m'accueillit à bras ouverts.

— Edward est en haut, sur la terrasse, me dit-il, glissant son bras sous le mien, il s'occupe de ses pigeons... il adore les oiseaux. Voulez-vous manger quelque chose ?

— Non merci, dis-je vivement.

— Je ne vous propose pas de notre viande, sourit l'homme, indulgent. Vous ne l'apprécieriez pas, mais peut-être aimerez-vous notre carpe farcie... il faut l'avoir goûtée !

J'hésitai. J'avais besoin de ces gens et je ne me souciais guère de me les aliéner pour une basse question d'intendance.

— Je veux bien, répondis-je enfin, je vous en remercie. Mais puis-je d'abord voir mon malade ?

— Je vais vous conduire... le temps de donner des ordres à la cuisine pour votre carpe... elle est toute fraîche, vous savez ? Arrivée ce matin par le train du Connecticut...

L'immeuble comptait six étages, au bout desquels un escalier extérieur en métal menait aux terrasses. Nous y débouchâmes sous un ciel d'un bleu intense, où, tout de suite, le vent d'est nous assaillit. Le père Osterman maintint la calotte sur sa tête, tandis qu'il me guidait, le long de précaires garde-fous, par un interminable panorama de terrasses jusqu'à une succession de baraques en tôle érigées sur le plus haut de ces plans.

L'exposition du bâtiment était telle qu'elle ouvrait une perspective vertigineuse sur le sud de Manhattan et l'entrée du port. L'immense métropole étalait à perte de vue sa lèpre grise le long de l'East River, dont les eaux huileuses coulaient lentement entre ses quais. Plus loin, au niveau de Coney Island, le courant s'irisait d'arcs-en-ciel suspects, déchets des premiers pétroles, tandis qu'au large, la mer, soumise à la moire du vent, devenait de mercure. Et tout au fond, à notre droite, dominant l'Hudson et l'horizon occidental, on distinguait la gigantesque silhouette de cette statue de la Liberté dont l'inauguration, cinq ans plus tôt, avait fait assez de bruit pour que les échos m'en parvinssent au fond de ma prison.

On nous héla. De derrière les alignements de tôle surgirent deux silhouettes, l'une à la carrure imposante et à la voussure simiesque, soulignée par un petit chapeau melon planté drôlement sur une chevelure ébouriffée, l'autre, celle d'un gamin très brun, d'allure et de mine plus délurée.

— Je vous laisse, docteur, me dit Osterman, Edward vous raccompagnera en bas. Je vous prépare cette carpe, hein ?

— Ah, docteur, vous voilà, enchaînait Edward, un large sourire sur son visage déjà moins marqué, votre traitement m'a remis sur pied ! Voulez-vous voir mes pigeons ?

— Je veux bien, répondis-je prudemment, vous aimez les oiseaux, Edward, on dirait ?

— Appelez-moi Monk, comme tous mes amis.

— Pourquoi Monk ?

— De monkey, singe, expliqua-t-il laconiquement. Vous avez vu ma gueule ?... Tenez, je vous présente mon petit copain, Arnold Rothstein.

Le gamin me tendit gravement sa main que je serrai. Ils m'amenèrent devant une sorte de gigantesque case à treillis de bois, où s'agitaient une vingtaine de volatiles, dont les roucoulements mélancoliques scandaient l'appel des sirènes, porté par le vent à intervalles irréguliers depuis le port. Monk reprenait :

— Oui, les oiseaux sont chez moi une sorte de passion. D'ailleurs, j'économise de l'argent pour acheter une oisellerie.

— Vous travaillez ?

Il répondit tranquillement :

— Je suis videur, le soir, dans un dancing de Lower East Side.

Incrédule, je contemplai ce garçon de dix-huit ans au regard clair et aux épaules impressionnantes.

— On vous a vraiment engagé comme videur ?

— Il fallait bien, dit-il avec simplicité, j'avais commencé par vider le videur.

Je notai l'expression du gamin, reflet fidèle de l'admiration qu'il portait à Monk. Je lui dis, d'un ton neutre.

— Permettez-vous que je vous examine ?

Il permit. Cela nous ménagea une pause pendant laquelle, habilement et sur le ton de la conversation quotidienne, j'amenai mon propos. Aux termes de celui-ci, Mabel Scott devenait une lointaine cousine que sa famille éplorée m'avait chargé de retrouver lors d'un voyage que j'effectuais pour affaires à New York. Elle lui craignait un sort funeste, l'innocente ayant suivi dans la grande métropole une espèce de crapule nommée Julius Crainbee.

— En fait, conclus-je de façon plus abrupte, ils ont peur que ce Crainbee ne l'ait livrée à la prostitution...

Je les mis au courant de l'état négatif de mes recherches. Un silence s'établit entre nous. Les sourcils froncés, Monk m'examinait attentivement.

— Et vous tenez à la récupérer ?

— Ma foi, j'aimerais autant, répondis-je d'un ton que je m'attachai à rendre désinvolte.

— Alors, il faut chercher dans le Tenderloin, déclara Monk. C'est le quartier des bordels.

J'avais déjà relevé ce nom de Tenderloin dans les rapports de la Pinkerton, mais son origine m'intriguait, et je fis l'innocent, si bien que Monk ne se priva pas de m'éclairer narquoisement. Le Tenderloin désignait la zone délimitée à l'origine par la 40ᵉ Rue, la Cinquième et la Septième Avenue, qu'on appelait, avant la guerre de Sécession, le Cirque de Satan. Spécialisé dans la prostitution et les jeux, le quartier était renommé pour la générosité avec laquelle les divers tenanciers savaient acheter l'indulgence de la police, et l'on racontait qu'un jeune flic ambitieux, nouvellement nommé dans le secteur, s'était un jour écrié :

— Enfin, je vais pouvoir manger du filet de bœuf[1] !

L'anecdote était peut-être apocryphe, mais le surnom était resté et le Tenderloin avait gagné comme une gangrène vers le nord de Manhattan, où il s'étendait à présent jusqu'à la 47ᵉ Rue.

— L'endroit est contrôlé par le gang des Five Points, murmura Monk, soucieux. Je n'entretiens pas de bonnes relations avec eux, d'autant qu'ils patronnent plus ou moins les Swamp Angels... Je peux quand même essayer de...

— Une minute, Monk, coupa le petit Rothstein, montrant une surprenante autorité, il vaut mieux d'abord...

Il se tourna vers moi :

— Quel âge a votre cousine ?

La question était si surprenante qu'il me fallut une minute pour rassembler mes esprits : voyons, Mabel, que j'avais connue à trente ans dans la plénitude de sa beauté, devait maintenant approcher de la quarantaine... Ma réponse fit hausser des sourcils navrés à Arnold.

1. *Tenderloin* signifie filet de bœuf.

— Aucune chance dans le Tenderloin, décréta-t-il. On n'y trouve plus de putains de plus de trente ans. Je ne parle pas du Mabille, de Richard ou Theodore Allen, mais même les établissements les plus minables de l'allée des Sept-Sœurs, après trente ans, ils revendent les pensionnaires.

— Ils revendent ? m'écriai-je, interloqué.

— Parfois aux enchères.

— Mais à qui ?

— Aux petits maquereaux de la rive ouest de l'Hudson, ceux de Hoboken et de Jersey City. Là, les gens sont moins difficiles. Il y a beaucoup de dockers ou de marins qui n'y regardent pas de près.

J'étais sidéré, moins par ce que j'entendais que par la jeunesse de celui qui m'entretenait de sujets si scabreux, et Monk dut se rendre compte de ma stupéfaction, car il s'exclama bruyamment :

— Pas bête, hein, le petit ? Et vous savez, il a des roulettes au bout des doigts, il faut le voir battre les cartes ! Il deviendra un grand joueur !

— J'en accepte l'augure, répondis-je poliment.

— Pour en revenir à notre affaire, conclut Monk, la chose apparaît déjà plus facile. Jersey City est aux mains des Plug Uglies, que je ne fréquente pas, mais je connais des gars des Dead Rabbits, qui ont des contacts avec eux… Ce sont des gangs, précisa-t-il, dans sa redoutable innocence… Je vous demande deux semaines, docteur, et je pense pouvoir vous remercier de ce que vous avez fait…

Quand je redescendis, quelque chose en moi me dit que j'approchais du but. J'exultais intérieurement. Je pense personnellement que la vengeance est un plat digne des dieux, même s'il se mange froid. En tout cas, la carpe farcie du père Osterman était chaude. Et tout à fait délectable.

6

Pendant les jours qui suivirent, je revis Monk très souvent. Je ne me cachais pas que, sous l'obsession de punir Mabel, me poussait une sournoise fascination vers cet adolescent aux vertus dévoyées, qui pensait comme un pirate et dirigeait une bande, véritables fanatiques de la fidélité et de la violence. Ces jeunes gens s'appelaient Rothstein, Goldman, Steiner ou Arnsberg, ils avaient pour l'argent le même culte que beaucoup de leurs coreligionnaires et que la plupart des nôtres, mais ils appartenaient à cette nouvelle race de juifs fondue dans le creuset américain, plus Shylock qu'Harpagon, pour qui le dollar est avant tout une unité de puissance. Au demeurant, Monk lui-même se faisait appeler Eastman...

— Non que je veuille cacher mon origine, m'expliqua-t-il tranquillement, mais dans les activités que nous avons, il vaut mieux porter un nom qui n'accroche pas l'oreille... De toute façon, avoir honte ou être fier de ce qu'on est, rien de plus imbécile. C'est ce qu'on fait qui compte.

J'appréciai à la fois la pudeur des termes et l'élégance de la philosophie. Il ne tarda pas à m'entraîner dans une sorte de rallye à travers l'univers simpliste et compliqué de la pègre, peuplé d'étranges tribus, imprégné de magie sordide, soumis à ces rites dérisoires et grandioses dont Fenimore Cooper dit qu'ils régissent les rapports entre les Peaux-Rouges du Grand Ouest. Le crime new-yorkais avait, il est vrai, connu des heures d'une densité si vertigineuse que le passé se promouvait à la légende sans s'attarder à l'histoire, de sorte que nous évoluions au milieu de mythes et de masques où la réalité prenait facilement des allures de rêve.

Nous engageâmes des conciliabules feutrés et violents avec des émissaires aussitôt engloutis dans la nuit de l'onirisme. Sous les pontons verdâtres du West Side, à deux pas d'une eau dont la crasse moussait sur des abîmes glauques, cernés par des rats géants qui nous couinaient des menaces, nous palabrâmes en compagnie des Dead Rabbits, précédés de leur porte-étendard qui brandissait un lapin mort au bout d'un bâton. Nous nous risquâmes dans les zones dangereuses des Five Points où, sans rien nous apprendre à propos de Mabel, des vieux de la vieille évoquèrent pour nous les temps enfuis où les bouchers du quartier organisaient des combats homériques entre un taureau enchaîné et des chiens déchaînés... Heures glorieuses aujourd'hui oubliées, spectacles barbares dont la grandeur s'était dégradée. Maintenant, dans les caves de brasseries désaffectées, on ne faisait plus s'affronter que des chiens et des rats affamés, sous la fumée des cigares et le hurlement des supporters. Ce fut là, au sein d'une de ces assemblées en proie aux fièvres conjuguées de l'alcool, du sang et du jeu, que je rencontrai un envoyé des Plug Uglies, le jeune Goo Goo Knox. Et que, pour la première fois, je croisai la piste de Mabel Scott. On l'avait bien vue à Jersey City, mais il serait difficile de la retrouver. Depuis quelques mois, en effet, les prostituées s'y montraient d'une prudence extrême : plusieurs d'entre elles avaient été sauvagement assassinées dans les ruelles avoisinant le port.

— Des règlements de comptes ? demandai-je.

Goo Goo Knox n'en savait rien. Quant à Monk, cette série de crimes n'était pas arrivée à ses oreilles.

— Mais, commenta-t-il sur le ton de l'excuse quotidienne, il y a tellement de meurtres à New York, Jersey City, Newark et même Atlantic City qu'on ne peut pas se tenir au courant de tout...

— Et vous, vous n'avez pas d'avis ? insistai-je, auprès de Goo Goo Knox.

— Ce n'est pas l'argent, répondit-il laconiquement, on ne les vole pas. Alors un fou, un détraqué, est-ce que je sais ? Il les égorge...

Avec l'index, il esquissa un geste significatif d'une oreille à l'autre, tout en concluant, sans émotion excessive :

— Elles en ont une peur épouvantable... C'est bien simple, d'ailleurs, elles l'appellent le Monstre.

7

Invraisemblables Plug Uglies ! Eux ne constituaient pas un gang au sens courant du terme. Solitaires, farouches, affublés d'ahurissants hauts-de-forme et de redingotes flottant au vent, ils ne se reconnaissaient d'autre maître que la nécessité de s'unir contre les gangs organisés qui convoitaient leur fief, c'est-à-dire la rive droite de l'Hudson, de Hoboken à Atlantic City, en passant bien entendu par Jersey City. Ces anarchistes solennels avaient leurs règles de vie, leur moralité intime, voire une manière d'honneur professionnel. Ils refusaient notamment de s'intéresser à la prostitution, et sous leur bienveillante tutelle, fleuris-

saient en ce domaine la petite entreprise, sinon l'arti-
sanat pur et simple.

La forme même de leur malfaisance leur évitait de
recourir aux procédés habituels de corruption, de
sorte qu'ils n'avaient, au sein de la police de Jersey
City aucun contact susceptible de me valoir les précisions désirées. Plusieurs journées d'exploration dans
cette hallucinante symétrie, miroir étriqué du New
York géant qui avait dévoré le paysage sur l'autre
rive du fleuve s'étant révélées infructueuses, Monk
eut une autre idée. Cette idée, c'était son oncle ma-
ternel Anouel qui, lieutenant de police dans le dix-
neuvième district, n'avait certes aucun pouvoir à Jersey City, mais devait entretenir des contacts quotidiens avec ses collègues de la cité jumelle.

Je me récriai hypocritement que je n'entendais pas
réquisitionner à mes humeurs la bonne volonté de
toute la famille, mais Monk s'obstina. Il était de ceux
qui n'aiment pas couver leurs dettes ; non plus que
leurs rancunes, d'ailleurs, et je me surpris plus d'une
fois à penser qu'il valait mieux le compter parmi ses
amis que ses ennemis. Il entreprit donc de me ménager une entrevue avec son oncle, non sans m'avoir
averti, de façon fort curieuse :

— Faites attention, hein ? Il n'est pas… il n'est pas
du tout comme moi. Lui, la police, il y croit, et il refuse les pots-de-vin. C'est à cause de ça qu'il est mal
vu par son chef, Big Bill Devery…

Il ajouta, d'un air embarrassé :

— Qu'est-ce que vous voulez, il est un peu bizarre.
Il paraît qu'il y a des gens comme lui dans toutes les
familles.

Perplexe, je promis tout ce qu'il voulut. L'entretien
eut lieu un soir dans le dancing dont il était le videur

attitré. Imaginez, au bord de l'East River, dont les flots noirs reflétaient la lueur des lampions, une salle au parquet usé, sous une immense bâche garnie de guirlandes multicolores. De petites tables longeaient les balustrades tandis qu'au centre on avait érigé une estrade où se tenait l'orchestre, composé pour moitié d'hommes et de femmes. La clientèle comptait des ouvriers du Bowery, des petits commerçants accompagnés de leurs épouses, allemands pour la plupart, et beaucoup de marins, descendus des bâtiments de guerre ancrés dans la rade. Les garçons se faufilaient adroitement parmi les couples de danseurs soumis au rythme des valses, brandissaient à bout de bras des plateaux chargés de chopes de bière, pendant que des gamins, en habit de cuisinier, proposaient des corbeilles de gâteaux. Des nuages de fumée bleue, émanant des pipes et des cigares, entouraient d'arabesques capricieuses la lumière des lampes à incandescence.

Monk m'avait installé un peu en retrait, en attendant l'arrivée de son oncle. Mon ennui fut meublé par les numéros qui se succédaient au pied de l'estrade, en interlude aux danses. Une femme en costume de girl de music-hall chanta des chansons incertaines d'une voix qui l'était autant, un ventriloque exhiba des poupées qui célébraient l'Irlande sans aucune conviction, et un vague jongleur perdit quelques-uns de ses anneaux parmi les consommateurs, qui refusèrent de les lui rendre.

— Le voilà, chuchota enfin Monk, posté derrière moi. Rappelez-vous ce que je vous ai dit : pas d'argent, il n'aime pas ça...

Un homme d'une quarantaine d'années s'avançait vers nous, hésitant et, pour tout dire, l'air assez ennuyé. Quoiqu'il ne fût que de taille moyenne, je compris, à détailler sa silhouette, que Monk tenait de sa mère sa robuste morphologie. Déjà, l'adolescent se précipitait, nous présentait l'un à l'autre. Nous nous serrâmes la main. La poignée de mon interlocuteur était ferme sans excès, mais je fus saisi par son aspect : sous une crinière châtain-gris, un masque puissant, léonin, avec un fort nez droit, des pommettes slaves, une mâchoire sculpturale. Cependant, ce qu'on notait encore chez lui de plus remarquable, c'était son regard : enfoncé, brûlant d'un feu qui me mit aussitôt mal à l'aise, et je compris vite pourquoi. C'était le feu de l'honnêteté. En même temps, je réalisai, en une secrète épouvante, que la vertu pouvait, elle aussi, attirer et fasciner. Heureusement, ces porteurs de lumière sont beaucoup plus rares que leurs homologues du vice, sans quoi où irait le crime ?

J'exposai mon propos. Anouel écoutait beaucoup, parlait peu, mais toujours efficacement. Il me demanda des détails sur Mabel, me promit de prendre des contacts avec ses collègues de Jersey City, à qui il suggérerait d'effectuer une enquête discrète dans les milieux de la prostitution. Je vis bien que l'affaire ne l'enthousiasmait guère, et qu'il nourrissait des doutes certains, quoique imprécis, sur le véritable mobile de mes recherches, mais — m'apprit-il sans ambages — il devait bien cela à son neveu Monk. Ce petit bougre ne l'avait-il pas un soir tiré, avec sa bande, des mains d'un groupe des Éboueurs qui voulait lui faire passer le goût du pain azyme ?

L'accord fut scellé sans aucune illusion de part et d'autre : Anouel payait sa dette à Monk comme Monk croyait me payer la sienne. À toutes ses qualités de cœur, l'homme, c'était incontestable, ajoutait l'intelligence, ce qui me procura le sentiment d'une injustice aiguë, tant le bien m'avait paru toujours porté à se nourrir de ses propres vertus...

Heureusement, je ne devais plus revoir ce personnage, dont la densité me gênait.

8

— À quoi pensez-vous ? me demanda Monk, un matin qu'à Hoboken nous regardions rouler les eaux de l'Hudson au pied de tonnelles d'une auberge maintenant abandonnée.

Je lui répondis :

— Au meurtre de Mary Rogers.

— Une autre cousine à vous ?

Je ne pus m'empêcher de rire.

— Oh ! non. Celle-ci, lorsqu'elle a été tuée et jetée au fleuve, précisément à l'endroit où nous sommes, je n'étais pas encore né. En fait, le mystère de sa mort n'a jamais été éclairci, sinon par un écrivain de Philadelphie qui a su l'expliquer uniquement en comparant des coupures de journaux. Cet homme, Edgar Poe, en a tiré un livre où il transposait le drame d'Hoboken à Paris.

— À Paris, au Kentucky ?

— Non, Paris, France.

Monk hocha la tête d'un air pénétré. Il me vouait un respect confus, dû, certes, à la science qu'il me prêtait, mais aussi au fait que, grâce à moi, s'établissait un nouvel équilibre de la pègre. Par le biais des services qui m'étaient rendus, j'avais en effet favorisé un rapprochement entre les gangs de Brooklyn, à l'est, et ceux de Jersey City, à l'ouest. Ainsi élaborait-on peu

816 Histoires secrètes de Sherlock Holmes

à peu, presque sans l'avoir voulu, une stratégie d'encerclement de Manhattan, dont le maître en titre, le gang des Five Points, ferait les frais à plus ou moins longue échéance. N'était-il pas déjà menacé, sur son propre territoire, par de nouveaux seigneurs, voyous aux dents longues, qui baptisaient leurs troupes Whyos, Dead Rabbits ou encore ces « rongeurs de la cuisine de l'enfer » dont l'un des membres les plus éminents, Curran Trompe-la-mort, se trouvait être le cousin de Goo Goo Knox ?...

C'était précisément à Goo Goo Knox que nous devions le contact de ce jour, une fille appelée Sarah Downs, qui avait peut-être connu Mabel Scott. Sarah était une grande femme osseuse et brune, aux traits accusés, aux yeux vigilants, qui, comme beaucoup de ses sœurs de trottoir, avait déserté la périlleuse Jersey City pour les faubourgs voisins de Newark et Hoboken. Robe moulée, chapeau emplumé, parfum agressif, nous la vîmes descendre d'un fiacre dont elle nous apprit sans ambages qu'il nous appartenait d'en régler la course.

Je m'exécutai. L'endroit était désert, c'était la raison de son choix, et un demi-siècle plus tôt, Mary Cecilia Rogers avait payé assez cher pour le savoir. Sarah se méfiait un peu de la police, beaucoup des souteneurs et tout à fait du Monstre, de qui elle ne doutait pas, en sa mythologie naïve et tranchée, qu'il se fût attaché à ses pas pour l'ajouter à son tableau de chasse.

— Mabel Scott, je l'ai pas connue, nous dit-elle tout de suite. On était nombreuses, à Jersey City, mais j'ai connu une fille qui l'a connue. Elle était de Chicago, non ?

J'acquiesçai, tout en me demandant si cette fille n'inventait pas pour me soutirer de l'argent.

— … Daphné m'en parlait parce que Mabel lui cassait les pieds avec son Julius, qui avait disparu depuis un mois…

Je dressai l'oreille.

— Julius, Julius Crainbee ?

— Est-ce que je sais ? rétorqua-t-elle, les mains sur les hanches. Elle, elle disait Julius, tout court. Julius, il voulait pas la céder, alors, un jour… pfffuit ! Sûr qu'on lui a offert des brodequins de ciment avant de l'envoyer voir au fond de l'Hudson s'il y était.

Je questionnai, brûlant d'impatience :

— Mais elle, qu'est-elle devenue ?

— Ça !…

Elle haussa des épaules philosophiques avant d'ajouter :

— Daphné pourrait vous le dire, c'était sa copine. À cause du Monstre, elle est retournée à New York avec son type. Je crois qu'elle turbine dans le dixième Ward…

Elle s'anima.

— Notez, peut-être aussi qu'elle est morte, votre Mabel ! Parce que le Monstre, il en a coupé, des gargamelles ! Huit, que dit la police, mais va te faire foutre !… Avec les charognards qui passent derrière, détroussent les cadavres et les fichent à l'eau, comment voulez-vous faire un compte ? D'autant que nous, on se balade toujours sans nos papiers, à cause des cops…

Monk et moi échangeâmes un regard. Nous nous étions compris. La question serait à poser aux flics de Jersey City avec qui Anouel devait prendre contact. En attendant, je payai Sarah Downs, qu'à sa demande nous raccompagnâmes jusqu'à l'entrée d'Hoboken : elle voyait le Monstre partout.

9

De mémoire de New-Yorkais, on n'avait jamais connu un mois de septembre aussi torride. La chaleur était telle que le bitume fondait sur la chaussée et qu'il devenait impossible d'y marcher pieds nus. Ceux à qui leurs moyens le leur permettaient avaient émigré vers le Connecticut et les premières hauteurs du New Jersey, mais la plupart des citadins avaient dû demeurer au fond de leurs logements étouffants, baignant dans l'ombre, la sueur et la somnolence. Les enfants, eux, avaient pris quartier dans la rue où, selon une coutume qui commençait à s'institutionnaliser, ils avaient ouvert les bouches d'incendie, aussitôt refermées par la police, matraque haute. Beaucoup se baignaient dans les eaux douteuses de l'Hudson ou de l'East River, têtards obstinés barbotant parmi les immondices et les déchets chimiques vomis par les usines installées le long des quais.

Bien entendu, les nerfs étaient à vif, et le moindre incident dégénérait en bagarre. J'assistai un jour à une bataille de rues entre gangs d'adolescents, et c'est un spectacle dont on n'a pas idée en Europe. Tout était bon à l'affrontement, tessons de bouteille, vieilles battes de base-ball, briques, boîtes de conserve pillées dans les épiceries du quartier. Au milieu d'un enfer de clameurs, on se poursuivait le long des ruelles et au fond des cours, on se battait avec une violence frénétique sur les escaliers d'incendie, tandis que, des toits, dégringolaient les projectiles, les vitres se brisaient un peu partout... Bref, l'ambiance n'était guère favorable à mon enquête, surtout dans les milieux vers lesquels elle s'orientait : le dixième Ward, l'une des circonscriptions les plus chaudes de New York, au propre comme au figuré.

En attendant qu'Anouel eût obtenu les précisions souhaitées de ses collègues de Jersey City, je passai deux jours terré au fond de mon petit appartement de la 60e Rue, à boire de la bière glacée achetée au bar le plus voisin, et à lire abondamment. En prison, ma culture m'avait valu le poste de bibliothécaire, selon un usage bien établi dans l'univers pénitentiaire, et j'avais déjà eu l'occasion de lire *Une étude en rouge*, où Arthur Conan Doyle imaginait un détective aux méthodes particulièrement originales. Le personnage m'avait assez séduit pour que je me fusse procuré, dès mon arrivée à New York, la suite des aventures de ce Sherlock Holmes, parue en février dans le *Lippincott's Magazine* de Philadelphie, sous le titre de *Le signe des quatre*. Mais plus que l'anecdote elle-même, ce fut la présentation du texte par la rédaction du périodique qui retint mon intérêt. Il y était dit que le personnage de Sherlock Holmes avait été inspiré à Doyle par son propre professeur de chirurgie, du temps qu'il était étudiant, Joseph Bell. Or, ce Bell, moi, je l'avais connu, j'avais suivi ses cours à l'université d'Édimbourg où j'avais obtenu mon diplôme en 1878, donc bien avant Doyle lui-même !...

Monk vint me voir au matin du troisième jour. Anouel, décidément, avait fait diligence. L'un de ses confrères de Jersey City, Sean Learily, spécialiste d'une technique d'investigations scientifiques encore balbutiante, lui avait communiqué des informations fort intéressantes. Si rien ne figurait au fichier de son quartier général concernant Mabel Scott elle-même, l'examen au microscope des indices recueillis sur le corps des victimes avait abouti à d'étranges conclusions : on avait trouvé sur leurs vêtements des traces de poils.

— De poils ? répétai-je, les sourcils froncés.

Monk expliqua patiemment :

— Pas des poils entiers. Des petits bouts de poil coupés, tranchés net, et de teintes différentes. Des noirs, des blonds, des roux, des châtains, et même des blancs.

— … qui provenaient de leur propre chevelure ?

— Non, justement ! Je ne sais pas comment ils ont pu le savoir, mais leurs appareils et leurs drogues leur auraient prouvé que c'étaient des poils de barbe ou de moustache !

Le détail me sidéra.

— Rien d'autre ?

— Si. Selon Learily, le Monstre manie le rasoir comme un chef. Ils ont examiné la peau des filles : il porte un seul coup, net, sans bavure, tiré comme un trait sur du papier.

— Tous les hommes habitués à se raser ont une grande sûreté de main, lui fis-je observer, légèrement agacé.

Il répliqua placidement :

— Je me rase moi-même depuis deux ans, et je me sens très à l'aise sur ma propre barbe. Mais essayez donc de promener un rasoir sur la figure de quelqu'un d'autre, vous verrez si c'est commode ! Quand on n'est pas du métier…

Je murmurai, très pensif :

— C'est sans doute vrai.

Monk hésita, comme pris d'une curieuse pudeur.

— Il y a autre chose...

— Oui, je vous écoute.

— C'est difficile à croire, mais... voilà : Learily n'écarte pas la possibilité qu'il y ait deux monstres.

Cette fois, je me redressai sur mon lit, éberlué.

— Comment ça, deux monstres ?

Monk eut un geste vague des bras impliquant qu'il dégageait sa responsabilité quant aux conclusions qu'il était amené à me soumettre.

— C'est la façon dont on a tué les filles. Ils ont examiné huit corps. Avec leurs appareils et leurs drogues...

— Oui, vous me l'avez déjà dit.

— Sur ces huit, c'était le même savoir-faire : un seul coup, sans dérapage. Mais pour cinq des victimes, le coup était porté de droite à gauche, et pour les trois autres de gauche à droite.

— Ce qui signifie ?

— Eh, c'est clair, répondit-il, non sans quelque impatience. Il y a un égorgeur droitier, et un autre égorgeur qui est gaucher. Pas la peine d'être Nat Pinkerton pour le deviner !

10

Le gang des Five Points tenait tout le dixième Ward, c'est dire si nous eûmes du mal à retrouver, dans la jungle urbaine, cette Daphné Mac Gillis dont Sarah Downs nous avait parlé. Il fallut non seulement la collaboration des Dead Rabbits, mais aussi celle des Rongeurs de la Cuisine de l'Enfer, que nous assura Curran, le cousin de Goo Goo Knox.

L'entrevue, quasiment clandestine, se tint dans un saloon situé à l'angle des Grand Street et Chrystie Street, point névralgique qui marquait la frontière, toute provisoire, du territoire des Five Points. Établissement bien représentatif du mauvais goût du lieu et de l'époque : façade de verre et portes de bambou, murs tendus de papier olive et bronze qui prétendait imiter le cuir, comptoirs de faux acajou derrière lesquels des étagères surchargées de verres étincelants, plus destinés à la décoration qu'à l'usage, montaient jusqu'au plafond. Au milieu du plus grand de ces comptoirs, trônait la caisse enregistreuse, somptueusement nickelée, alors qu'en face le plus petit supportait des assiettes garnies d'amuse-gueule racornis par le temps et la chaleur. Comme de juste, le barman arborait une veste blanche.

Nous étions quatre à cet entretien, qui se tint aux premières heures de la nuit : Monk, moi-même, Daphné Mac Gillis, blonde du genre rubicond, et son protecteur, si proche de l'archétype, avec son visage en lame de troisième couteau, qu'il ressemblait plus à un acteur qu'à un véritable proxénète... Hélas, Daphné n'avait pas revu Mabel Scott depuis son propre départ de Jersey City, et elle ignorait totalement où l'on pouvait la trouver. Sans doute à Atlantic City ? Elle avait toujours eu des goûts de luxe...

— Peut-être aussi que..., dit l'homme, sans achever sa phrase autrement que par un geste significatif d'une oreille à l'autre.

Là-dessus, sa compagne prit feu et flammes. Elle, Daphné Mac Gillis, connaissait une fille qui avait vu le Monstre ! Ce Monstre, décidément, commençait à m'agacer. Et puis, ce monstre ou ces monstres ?... J'en venais à me demander s'il n'était pas souhaitable que je pusse le rencontrer, afin de savoir au moins si mes recherches n'étaient pas devenues sans objet. J'écoutai Daphné d'une oreille distraite :

— Lucy Ann m'a raconté : elle était assise dans le saloon. Et juste à la table voisine, il y avait cette pauvre Madge Piggins, en compagnie d'un homme. Lucy Ann l'a bien vu, ce type, c'est avec lui que Madge devait passer la nuit. Résultat : on l'a retrouvée égorgée quelques heures plus tard !

Mon attention s'éveilla faiblement.

— L'homme, elle vous l'a décrit ?

— Et comment ! Elle en a parlé pendant des jours ! Bien sûr, si elle avait su, elle l'aurait mieux regardé, mais on ignore les choses, pas vrai.

— Était-il gaucher ?

Elle braqua sur moi ses yeux bleus tout ronds de poupée de porcelaine.

— Gaucher ? Ça, je sais pas, elle l'a pas remarqué. En tout cas, c'était un type plutôt jeune... même pas la trentaine.

— Rasé de près ? demandai-je, me souvenant des conclusions techniques tirées par la police.

— Elle a pas dit qu'il portait la barbe. Seulement une moustache brune relevée en crocs.

— Rappelez-moi le nom de votre amie... Lucy Ann ?

— Bryan... Lucy Ann Bryan. Vous la trouverez facilement, elle bosse à Newark, une grande bringue rousse toujours dans la lune, elle se tord une cheville chaque fois qu'elle descend du trottoir...

Je payai mes informateurs. Après quoi, nous sortîmes, Monk et moi, sous une nuit lourde, abondamment constellée. Dans les rues, régnait un étrange silence, plus proche de la tension que de la sérénité.

J'en fus saisi, et Monk, en habitué de ces ambiances, ne s'y trompa pas.

— Les gens attendent quelque chose, fit-il sourdement.

Je regardai les volets clos, le long de la voie déserte que nous avions empruntée, où résonnait durement le bruit de nos semelles sur le sol. Par les fentes, et j'en eus l'immédiate conviction, des yeux vigilants nous observaient.

— Soyez sur vos gardes, dit encore Monk, qui marchait le premier, ses mains enfouies au fond des poches de sa redingote.

Nous avançâmes, l'oreille aux aguets. Et je ne tardai pas à surprendre comme un écho tardif, feutré, à nos propres pas : on nous suivait. Nous arrivâmes ainsi à un petit carrefour chichement éclairé. Là, deux formes se dessinèrent à contre-jour, dans l'intention enfin avouée de nous interdire le passage. Monk les regarda peu. Il scrutait l'obscurité, derrière nous.

— Continuez à avancer, me souffla-t-il... au milieu de la rue, qu'on vous voie bien.

La sueur coulait sous ma chemise tandis que j'obtempérais. Monk avait disparu, mais je le devinai qui, d'encoignure en encoignure, m'escortait anonymement, le long de judicieuses ténèbres. J'entendis soudain un tumulte sourd, dans mon dos, une succession de coups mats, scandés d'ahanements forcenés. Et puis, il y eut le bruit d'un corps qui tombe...

Devant, les autres se portaient à ma rencontre, le dos courbe, l'allure féline. Je vis luire la lame blême d'un rasoir. L'air vibra d'une brève stridence, avant que l'un des hommes mît les mains à sa tête. Il s'écroula. Le deuxième marqua un temps d'arrêt, et cette hésitation lui fut fatale. À nouveau, ce léger sifflement... il bascula en arrière avec un cri étouffé. Monk surgit comme un diable à mon côté.

— Vite, courons ! Il y en a peut-être d'autres.

Je m'élançai, le ventre lourd, dans un galop poussif de quadragénaire mal entraîné. Il me laissa prendre du champ, s'attardant pour examiner les deux corps étendus, avant de me rejoindre, sans peine ni essoufflement. Ce fut seulement une fois sortis de la zone dangereuse que j'avisai l'étrange instrument qu'il portait à la main droite, un semi-gant métallique hérissé de pointes. Il surprit mon regard, sourit :

— C'est un knuckle-duster. Le type en a tâté, il n'est pas près de s'en remettre...

Il ajouta, manifestant un orgueil puéril, comme s'il était lui-même l'inventeur de l'instrument :

— Il paraît qu'en Europe, ils appellent ça un « coup de poing américain ».

— Et les autres, devant ?

— Lance-pierres, dit-il laconiquement. Je l'ai toujours sur moi, avec des boulons...

— Il y en a un qui avait un rasoir, n'est-ce pas ?

Il acquiesça placidement :

— Johnny le Fil, un ancien des Swamp Angels récupéré par les Five Points. Un artiste, dans son genre ! Le rasoir, il connaît, il a été apprenti barbier. Autant vous dire que lui, il vaut mieux le frapper de loin.

Nous nous séparâmes à l'entrée du pont de Williamsburg. L'épisode m'avait laissé un arrière-goût d'angoisse qui me poursuivit jusque dans mon appartement de la 60ᵉ Rue, où je soignai mon trouble au rye. Mon sommeil s'en ressentit, brumeux, peuplé de fantômes goguenards ou sinistres, qui n'empruntaient à la mémoire les attributs de la réalité que pour mieux m'en apparaître irréels. Monk était là, ainsi qu'Anouel le léonin, et même le nocturne anonyme dont je ne connaissais que le surnom et le rasoir, Johnny le Fil. Durant mes brèves périodes de lucidité, j'éprouvais l'irritant sentiment d'une certitude imminente, l'impression obstinée qu'il ne manquait qu'un tout petit morceau au puzzle dont je cherchais la solution.

Celle-ci finit par éclater au petit matin, dans l'aveuglante clarté d'une raison brusquement triomphante. Je m'en assis sur mon lit. Monk ! Monk, qui, avec la redoutable intuition des naïfs, m'avait dit : « Si vous étiez du métier… » J'avais alors pensé au métier d'assassin, prêtant à mon interlocuteur plus d'aptitude à l'humour noir qu'il n'en avait peut-être. En fait, il songeait à un barbier, et la réflexion de Monk, la nuit précédente, à propos de Johnny le Fil, arrivait en contrepoint de cette vérité. Qui, mieux qu'un barbier, pouvait manier le rasoir ? Qui, plus qu'un barbier, pouvait avoir gardé sur ses vêtements, même brossés, assez de débris de poils pour, lors de l'étreinte mortelle qu'il infligeait à ses victimes, en laisser peu ou prou sur leurs cadavres ?

Un barbier, donc, droitier ou gaucher, mais un barbier de moins de trente ans, au menton probablement rasé, à la moustache cirée relevée en crocs. Cela restreignait considérablement le champ des recherches, car si nombre d'hommes portaient la moustache, plus rares étaient ceux qui s'attachaient à lui donner une forme si caractéristique. Et alors même qu'inconsciemment je dressais un plan, une étrange interrogation s'imposa à moi, me proposant deux attitudes psychologiques antagonistes : devrais-je éprouver de la gratitude envers celui qui aurait puni Mabel à ma place, ou lui garder rancune pour s'être attribué un privilège que je me réservais ?

Je m'avouai incapable d'en décider tant que je ne serais pas directement mis en face du problème. Dès lors, ce fut une curiosité brûlante, impérieuse, qui s'empara de moi. Je me levai, décidé à la chasse. Je ne me rasai pas. Désormais, chaque matin, un barbier différent de Jersey City recevrait ma visite, au terme, naturellement, d'un examen préalable visant à m'assurer qu'il avait moins de trente ans et portait la moustache relevée en crocs...

11

Nous nous partageâmes la tâche. Je comptais peu sur Monk et Arnold pour évaluer l'âge des suspects : aux yeux cruels de la jeunesse, la vieillesse commence à vingt-cinq ans. Par contre, grâce aux intelligences qu'ils entretenaient chez les Plug Uglies, ils pourraient sans peine retrouver, à Newark, la trace de cette Lucy Ann Bryan, censée avoir vu le Monstre. Je me réservai personnellement les barbiers.

Pendant deux jours, mes recherches furent stériles. Je scrutai la pénombre des boutiques à travers des vitres souvent sales et constellées de chiures de mouches. Il m'arrivait d'en pousser la porte pour quelque anodine question qui me permettait d'en examiner plus à loisir les occupants. Les patrons étaient trop vieux, les apprentis trop jeunes. Au demeurant, les moustaches en crocs étaient plus que rares. Une fois, je crus entrevoir une piste. L'homme portait la moustache relevée d'arrogante façon, il faisait trente ans, mais à peine eût-il commencé de me raser, à peine eûmes-nous entamé la conversation — de sa part avec un accent italien prononcé et des gestes d'une dange-

reuse exubérance — qu'une marmaille piaillante envahit le lieu, réclamant des cents au papa pour s'acheter
des friandises.

J'en fus découragé. Je voyais mal un Latin dans la
peau d'un assassin sexuel et, de fait, l'histoire prouve
que ce type de criminel se recrute généralement au
nord d'une certaine latitude. Et puis, père de famille
nombreuse ! Non, décidément, le profil psychologique que je prêtais au Monstre était bien différent :
je l'imaginais solitaire et glacé, peut-être impuissant,
sans doute frustré, mais surtout célibataire, moins par
goût que par nécessité d'une certaine indépendance
quotidienne, dans la difficulté où il eût été de rendre
des comptes à quelqu'un qui l'eût intimement
connu...

Le troisième jour, je repérai, tout au nord de Jersey
City, une boutique de barbier située dans un entresol
crasseux, en contrebas du trottoir. On y accédait par
quelques marches latérales. À l'intérieur, un seul
client, et aussi un seul ouvrier, qui était peut-être le
patron. Avant même que j'eusse pu inventorier son
profil, quelque obscure prémonition, au fond de moi-
même, m'avertit que je touchais au but.

J'attendis que le client fût sorti, puis j'entrai à mon
tour, aussitôt assailli par une odeur complexe de
sueur et de parfums à bon marché. Le salon était sordide, mais il avait dû connaître de meilleurs jours, car
les glaces étaient biseautées et le comptoir de travail
en vrai marbre. De l'eau bouillait dans une espèce de
samovar, posé sur un grand poêle, contre le mur opposé à la porte. La lumière venait de lampes électriques à incandescence, disposées au-dessus des miroirs.

L'homme me salua. Revêtu d'une blouse blanche,
de taille moyenne, il portait la trentaine, mais l'exa-

men de son visage lisse, de type latéralement rétracté, lui enlevait quatre ou cinq années. Le front était haut, sans rides, la moustache se relevait en crocs, mais ce qui me frappa surtout, pendant qu'il m'installait, me nouait une serviette autour du cou, et versait de l'eau chaude dans l'une des vasques aménagées le long du comptoir, ce fut la redoutable mesure de ses gestes, cet air de distance qu'il accordait aux choses. Je l'observai : il était droitier.

— Chaud, hein ? lui dis-je.

Il répondit, avec un incontestable accent slave :

— Je n'ai pas l'habitude de ces climats.

Le silence revint entre nous. Il me badigeonnait le visage de savon, saisissait son rasoir et commençait à me raser au-dessous des tempes. Je cherchai désespérément un moyen de renouer le dialogue quand la porte donnant sur l'arrière-boutique pivota. Une jeune femme apparut, dont les pommettes hautes et les yeux clairs disaient assez l'origine. Elle interpella mon barbier dans un dialecte véhément. Il répondait sur le mode glacé, sans s'émouvoir, affichant à son endroit un mépris qui ne laissait pas d'être gênant pour le témoin que j'étais. Bien entendu, je ne saisis rien du dialogue, sauf que la jeune femme s'appelait Lucy.

Finalement, elle repartit, claquant violemment la porte derrière elle. Le barbier revint vers moi. Je lui devinai une fureur sourde, difficilement contenue, dont cependant la sûreté de ses gestes ne s'altérait pas. Je commentai, d'une voix prudente :

— Ah ! les femmes.

Il parut se dégeler un peu.

— Êtes-vous marié, monsieur ?

— Je l'ai été.

— C'est mon épouse.

Il énonça cette phrase sur un ton d'évident regret, ce qui n'atténua guère ma déception : encore une fausse piste, donc. Je murmurai :

— Vous êtes jeune... Avez-vous des enfants ?

— Non, monsieur, non, dit-il farouchement. Croyez-vous qu'un tel caractère m'y encourage ? Bon Dieu, je travaille toute la journée, moi ! Alors, le soir, j'ai besoin de me détendre, je m'attarde dans les bars, et si je bois un peu, peut-on me le reprocher ? Chez nous, on aime l'alcool, qu'est-ce que vous voulez, on est comme ça !

— Vous êtes russe ?

— Polonais.

Le martèlement d'un pas léger sur les marches de l'entresol nous fit tourner la tête. Arnold Rothstein apparut derrière la porte vitrée, qu'il poussa de tout son poids.

— Ah ! vous voilà, s'écria-t-il, essoufflé, j'ai fait la moitié de Jersey City ! Monk vous attend dans Lyons Street, au bar de Hollande. Il a retrouvé Lucy Ann Bryan, elle a parlé...

Je l'interrompis précipitamment :

— C'est bon, Arnold, file, je te suis...

Mais le maudit gamin insistait :

— Oui, elle a bien vu le Monstre et pourrait le reconnaître, elle était assise à la table à côté, vous pensez ! Elle a même remarqué ce qu'ils consommaient, avec Madge Piggins. Elle, elle buvait du bourbon, mais lui, il s'est envoyé plusieurs verres de vodka ! Elle a dit que si vous la payez, elle veut bien aller regarder sous le nez tous les hommes de la ville !

Un silence d'une qualité toute particulière tomba dans le salon. Le barbier s'était immobilisé en une attitude pétrifiée, à la limite du comique. Quant à moi, la révélation me glaçait. La vodka ! Parbleu, la boisson nationale des Slaves !

— Je viens, dis-je faiblement, tentant de me lever.

L'homme s'anima de façon imperceptible, sa main gauche exerçant une pression sur mon épaule, la lame de son rasoir posée au bas de ma joue, juste sous le maxillaire.

— Vous n'êtes pas à la minute, murmura-t-il. Laissez-moi finir de vous raser. Votre ami attendra bien un peu.

Nos regards se croisèrent à l'intérieur du miroir. Je lus dans ses yeux une détermination sans nuances : un mot de trop, un geste imprudent, et il me tranchait la gorge. Je m'éclaircis la voix.

— Dis à Monk que j'arrive, tout de suite…

Arnold marqua une brève hésitation avant de tourner les talons. J'ouvris la bouche pour ajouter quelque chose, mais la pression de la lame sur ma chair s'accentua, et je dus me taire. Arnold disparu, nous nous dévisageâmes par le biais des reflets. Alors qu'il passait de l'autre côté de mon fauteuil pour mieux assurer sa menace, je pris soudain conscience d'une anomalie : il tenait toujours son rasoir à la main droite, mais c'était dans la glace : il avait donc changé son arme de main. Pourtant, en entrant, je l'avais bien vu droitier.

— Êtes-vous gaucher ? chuchotai-je d'une voix fragile.

— Ambidextre, pourquoi ?

Les jambes molles, le ventre pesant, je me sentis cloué par la peur au fond de mon siège.

— Tiens, vous louchez ? remarqua-t-il aimablement.

12

J'avais découvert la boutique vers la fin de l'après-midi, et le soir s'annonçait torride. Dans cet entresol, la température devenait celle d'un four. Sous mes vêtements, j'étais inondé de sueur : la chaleur, la peur, et maintenant l'effarement. Un ambidextre ! Ainsi n'y avait-il pas deux monstres, comme le supposait la police, mais bien un seul. Et qui me tenait à sa merci. La panique me paralysait, en même temps que j'éprouvais le sentiment absurde d'une injustice : n'ayant pas fait brûler Jeanne d'Arc, il était inique que je dusse finir à la façon de l'évêque Cauchon. Un seul espoir me soutenait encore : que, las de m'attendre, Monk s'en vînt aux nouvelles…

— Vous êtes de la police ? demandait-il.

— Non, oh ! non.

— Agence Pinkerton, alors ?

— Non, non, je vous assure, dis-je faiblement. D'ailleurs, vous n'avez qu'à vérifier, j'ai mes papiers en poche… Tenez, je vais vous les montrer…

— Ne bougez pas !

La menace aiguisée s'accentua sur la plus tendre peau de ma gorge. De sa main droite libre, il fouilla dans mes poches, en sortit mon passeport, qu'il étala sur le marbre du comptoir. À la rubrique « Profession », j'y avais fait porter « Médecin », bien que l'autorisation d'exercer m'eût été légalement retirée. L'homme me regarda d'un air méfiant.

— Médecin… Pourquoi un médecin s'intéresserait-il à l'égorgeur ?

J'expliquai précipitamment :

— Je suis historien à mes moments perdus.

— Et alors ?

Il me fallait, à tout prix, gagner du temps. Je me lançai dans une longue analyse de mes mobiles : mon propos n'était pas de découvrir ni surtout de punir, mais de comprendre et peut-être de guérir. À cet effet, je préparais pour l'académie de Médecine un mémoire consacré à la pathologie criminelle. Ainsi avais-je étudié tous les cas célèbres, Remrick Williams, Andreas Bichel, l'éventreur bavarois, en inventant au passage quelques autres pour les besoins de la cause, et terminant — noblesse oblige — par Jack l'Éventreur, au sujet duquel j'avais lu, en prison, tout ce qui avait été publié.

— … C'était en 88, à Londres, mais j'ignore si vous le connaissez, de ce côté de l'Atlantique…

Il m'interrompit, d'une voix morne, parfaitement terrifiante :

— De toute façon, moi, monsieur, en 88, j'étais aussi à Londres, plus particulièrement à Whitechapel.

Une onde glacée parcourut mon dos.

— Vous… vous vous trouviez à Londres ? Pourquoi ?

— J'y avais émigré en 87, et comme tous ceux qui débarquent sans le sou, je m'étais fixé dans l'East End. J'étais apprenti barbier… tenez, justement dans les George Yard Buildings, là où a été tuée Martha Turner, l'une des premières victimes de l'Éventreur.

Il s'anima tout à coup de façon imprévue.

— Au fait, vous qui avez étudié l'affaire, qu'est-ce qu'on en a dit, hein ? Qui a-t-on cru que c'était ?

J'étais sidéré. Je n'avais parlé de l'Éventreur que pour gagner du temps, et voici que mon interlocuteur se révélait un passionné du sujet, voici qu'il me pressait de questions. Je me dis qu'il fallait utiliser cet intérêt au maximum, m'efforçai de dresser un inventaire de toutes les hypothèses qui avaient été émises. Pendant que je parlais, un mouvement, dans le miroir en face de moi, capta mon regard. Assis comme je l'étais, le jeu des reflets me permettait d'apercevoir, à travers le haut de la vitrine, le morceau de trottoir qui surplombait l'entresol. Et deux paires de pieds agités s'y montraient ; l'une, celle d'un homme, l'autre appartenant à un enfant qu'à la couleur de ses chaussettes, j'identifiai comme étant Arnold Rothstein... Je m'évertuai à retenir l'attention de l'individu, pendant que Monk descendait en douceur l'escalier pour jeter un coup d'œil à travers la vitrine. Il dut aussitôt se rendre compte de la situation, car il remonta précipitamment, et, la seconde d'après, les pieds disparurent. Mon angoisse s'accrut : allaient-ils m'abandonner ?

De la main droite, l'autre me secouait rudement.

— Eh, vous m'entendez ?

— Oui, oui, chevrotai-je, on a donc soupçonné un cordonnier juif, on a parlé d'un soldat, d'un peintre, d'un avocat... On a même mis en cause un membre de la famille royale, et puis, bien entendu, on a pensé à un médecin.

— Un médecin comme vous ? ricana-t-il.

— Un chirurgien, plutôt.

— Pourquoi ? Pourquoi spécialement un chirurgien ?

Il devenait agressif, sans raison explicable. Je répondis, d'un ton que je fis le plus pondéré possible :

— À cause du caractère de ces meurtres. Un médecin aurait eu tendance à administrer du poison, mais un chirurgien est porté à utiliser son bistouri...

— ... et un barbier son rasoir, acheva-t-il, dans un accès de froide gaieté qui m'épouvanta. Bien déduit, ma foi ! C'est vrai qu'à la guerre, selon qu'un soldat meurt d'un coup de sabre ou d'un coup de baïonnette, on peut savoir si c'est un cavalier ou un fantassin qui l'a frappé.

Je ne discernai pas l'intérêt de la comparaison, ce qui ne m'empêcha pas d'enchaîner sans pudeur pour faire durer le dialogue :

— Pourquoi cette référence militaire ? Je ne comprends pas.

— Eh, répondit-il rudement, c'est que j'en ai vu des blessures, moi ! J'ai servi dans l'armée russe, où j'étais « feldscher ».

— Ce qui signifie ?

— Assistant du médecin-major.

Il s'établit un silence, au bout duquel je ne pus me retenir de questionner :

— Vous avez donc des notions d'anatomie ?

— Oui, admit-il placidement, mais Jack l'Éventreur, ce n'est pas moi, si c'est ce à quoi vous avez pensé...

Il n'avait pas fini de parler qu'une tempête balaya la boutique : Monk, Monk qui avait fait le tour de l'immeuble, découvert la porte de service, et emprunté le couloir pour mieux surprendre l'égorgeur. Celui-ci ne le vit pas arriver. En une seconde, son bras était replié derrière son dos, le rasoir tomba à terre avec un choc clair, tandis que Monk lui portait au ventre un coup d'une violence inouïe. L'homme exhala un cri sourd, au milieu des hurlements d'allégresse d'Arnold, surgi sur les talons de Monk. Je les aurais volontiers embrassés !

Déjà, Monk prenait la direction des opérations :

— Baissez le rideau ! m'intima-t-il.

Je n'avais jamais baissé un rideau métallique. Mon embarras l'éclaira aussitôt, et saisissant le deuxième bras de l'égorgeur, il lui infligea une autre torsion, de façon que les deux poignets fussent ramenés dans son dos au niveau des omoplates.

— Voilà, me dit-il brièvement, vous n'avez qu'à le maintenir comme ça, c'est facile. À la moindre tentative de sa part, tordez ! Arnold, regarde s'il ne vient pas quelqu'un par-derrière, pendant que je baisse le rideau...

Il devait avoir souvent pratiqué cette opération dans le restaurant « kasher » de son père, et s'en acquitta avec autant d'efficacité que de discrétion.

— Personne ! annonça Arnold, revenant de l'arrière-boutique, mais j'ai repéré une trappe qui doit mener à une cave...

J'intervins :

— Attention, sa femme est déjà venue par où vous-mêmes êtes passés ! Elle risque de revenir !

Monk avait récupéré les poignets du captif. Pour le principe, il leur imprima une nouvelle brimade, qui lui arracha une sourde imprécation.

— Réponds : elle risque de revenir ?

Il y eut un silence. Visiblement, l'homme devait peser les avantages et les inconvénients de chacune des réponses qu'il pouvait nous fournir.

— Que voulez-vous de moi ? demanda-t-il enfin, sourdement.

— Réponds ! répéta Monk, accompagnant son injonction d'une torsion plus rude des poignets.

L'autre émit un rauquement étouffé, participant autant de la protestation que de la douleur.

— Je... je ne sais pas, bégaya-t-il, avec elle, tout est possible ! Si elle voit le rideau fermé, elle peut penser que je suis parti, comme chaque soir, et vouloir passer par-derrière…

— J'ai fermé la porte à clé ! triompha Arnold.

— En ce cas, elle n'insistera pas, mais… écoutez, ne me faites pas de mal, je vous en supplie, je ne suis pas vraiment responsable, c'est ce maudit manuscrit…

— À la cave ! coupa Monk. Nous pourrons le faire parler à loisir !

— Attendez, attendez, dis-je, il a parlé d'un manuscrit…

Ma réflexion surprit tout le monde. L'égorgeur releva la tête, une lueur significative dans l'œil : l'obscure télépathie des crapules lui avait fait déceler, dans le ton de ma voix, une nuance subtile, dont il se permettait un espoir.

— Oui, reprit-il, d'une voix brûlante, un manuscrit, une histoire écrite à la plume sur du papier, quoi ! Mais alors quelque chose de diabolique… Je l'ai lu, et tout de suite, je n'ai plus su ce que je faisais… des plaisirs que je ne soupçonnais pas, des vertiges à perdre la tête, des horreurs auxquelles je n'avais jamais pensé, mais qui me fascinaient comme la flamme attire le papillon… Je vous le jure, monsieur, il faudrait être un ange pour y résister !

— Où est-il, ce manuscrit ?

Monk intervint, d'un ton rude qui s'altérait déjà de méfiance.

— Et Mabel Scott, on n'en parle plus ?

— On en parle, acquiesçai-je, nous reviendrons ensuite à ce manuscrit. Allons à la cave.

Ce fut une étrange procession. Arnold nous précéda sur un raide escalier de bois qui s'enfonçait dans un abîme d'obscurité. Nous l'entendîmes un moment tâtonner, puis la lumière se fit. Il venait de tourner une manette fixée à la douille de lampe à incandescence, laquelle pendait du plafond au bout d'un fil torsadé.

Nous nous trouvions dans un réduit poussiéreux, où des tabourets paraissaient nous attendre. Seul mobilier : une rangée d'étagères contre le mur du fond, où s'alignaient des bocaux équivoques, vides pour la plupart ; et aussi un coffre métallique, dans le coin le plus obscur. Notre prisonnier gardait un silence surprenant, sans doute ne tenait-il pas plus que nous-mêmes à alerter le voisinage. Pour plus de tranquillité, j'avais refermé la trappe au-dessus de nous. Monk le fit asseoir sur l'un des tabourets, les mains toujours dans le dos. Je sortis de ma poche un daguerréotype de Mabel, que je lui montrai.

— La reconnaissez-vous ?

Il fronça les sourcils, dans une concentration de la mémoire apparemment sincère.

— Non, dit-il, qui est-ce ?

— Peut-être l'une de celles que vous avez égorgées, répondis-je tout doucement.

Son regard se fit hagard. Il venait enfin de comprendre le mobile précis de notre expédition.

— Vous… vous pensez que…

— Oui.

Il passa sa langue sur ses lèvres desséchées.

— Laissez-moi la revoir, souffla-t-il.

Je lui remis le cliché sous le nez, précisant :

— Ce daguerréotype date de dix ans. La femme doit maintenant atteindre la quarantaine.

— Alors, ce n'est pas moi ! s'exclama-t-il aussitôt, dans un soulagement dont la spontanéité éclatait à l'évidence, ce n'est pas moi, je vous le jure par la Vierge Noire !… Moi, je n'ai jamais eu affaire qu'à

des jeunes femmes... C'est... c'est mon goût, qu'est-
ce que vous voulez, pas comme l'autre, qui préférait
les vieilles !...

— L'autre ?

Il me fixa d'un œil vide.

— Jack l'Éventreur, vous savez bien... C'étaient
toujours des vieilles femmes, des épaves... la police
l'avait bien remarqué ! Je vais vous dire, monsieur,
chacun trouve dans le manuscrit ce qui correspond à
ses vices... lui, c'était la déchéance qui l'excitait.

Je fus saisi d'un vertige. Les implications de ces
dernières paroles m'ouvraient des abîmes de perplexité. Je m'efforçai de calmer ma passion pour
questionner :

— Si j'ai bien compris, il aurait lui-même lu le manuscrit ?

Il me jeta un regard sournois mais ne desserra pas
les lèvres. J'insistai, rudement :

— Nous reviendrons là-dessus. Pour l'instant, dites-
moi où se trouve ce manuscrit ?

Il murmura, la tête baissée :

— Je l'ai caché. C'est que j'y tiens, moi ! C'est
comme une drogue...

— Bon, on va pas passer la nuit ici ! coupa Monk,
excédé, qu'est-ce qu'on en fait, docteur ?

Je questionnai, tranquillement :

— Vous le livreriez à la police, Monk ?

Et Monk, Monk le voyou, Monk le chef de bande,
de détourner les yeux, avec une étrange pudeur.

— Ce n'est pas mon genre, reconnut-il, ça m'en-
nuierait plutôt, mais une bonne dérouillée, hein ? On
pourrait par exemple lui casser les doigts pour l'empêcher de recommencer... à Williamsburg, on fait ça
aux boxeurs qui ne sont pas réguliers.

L'égorgeur poussa un cri sourd, tenta d'échapper à l'étreinte, sans autre résultat qu'une douleur fulgurante, qui amena une onde de sueur sur son visage. Il nous jeta un regard sanglant, et je compris qu'il était, comme moi, un homme de haine. Jamais il ne nous pardonnerait ce que nous lui faisions subir. Je revins à la charge :

— Allons, répondez, de quoi s'agit-il ? D'un essai, d'un roman, d'une thèse sur les plaisirs maudits ?

Il secoua la tête, soudain vidé de tout ressort.

— Non, non, une histoire, une simple histoire, quoi, comme dans les livres, comme au théâtre ! Il y a un docteur qui s'appelle Jekyll. Il invente une potion qui fait de lui un autre homme...

— Hyde ? l'interrompis-je, incrédule, voulez-vous dire que l'autre homme, son double, s'appelle Edward Hyde ?

Si j'avais pu douter de sa sincérité, son expression, à cette seconde, m'en eût aussitôt convaincu. Il me contemplait avec des yeux exorbités.

— Quoi, fit-il, vous aussi, vous avez lu ce manuscrit ?

Je tendis les deux mains en avant, les paumes exprimant une fébrile attente.

— Une minute, une minute, comprenons-nous bien. J'imagine que vous avez entendu parler du livre de Stevenson, *Le cas étrange du Dr Jekyll et de M. Hyde* ?

Il secoua la tête, visiblement accablé d'incompréhension.

— Non, non, où en aurais-je entendu parler, je vous le demande ?

— Enfin, vous n'avez pas lu ce livre ?

Il avait fermé les yeux, comme épuisé par l'intense effort de pensée que la situation lui imposait.

— Écoutez, dit-il enfin, sourdement, moi, je ne lis pas, juste un peu les journaux. Ma langue, c'est le polonais, et en anglais, ça m'est difficile... Ce... ce Stevenson, je ne le connais pas, et votre livre, là, j'ignorais qu'il existait. D'ailleurs, mon manuscrit, il s'appelle *La soif du mal*. En plus, il n'est pas signé. Ce que je peux seulement vous dire, c'est qu'il raconte l'histoire d'un docteur, nommé Jekyll, qui se transforme en un M. Hyde pour faire tout le mal possible et en retirer du plaisir... Par exemple, quand il tue les prostituées, il jouit de la peur qu'elles ont au moment de mourir...

— Il tue les prostituées ? répétai-je âprement.

— Eh, bien sûr ! s'exclama-t-il... Pourquoi croyez-vous que j'en sois arrivé là, moi ? J'ai subi le sortilège...

— Ça, c'est peut-être vrai, opina Monk, contre toute vraisemblance.

Je questionnai d'une voix fragile, que l'avidité contenue faisait trembler :

— Vous posséderiez donc un manuscrit où les crimes et les forfaits de Hyde seraient énumérés, décrits dans le détail, chantés, magnifiés, portés à une dimension lyrique ?

Il me regarda d'un air inquiet, parut chercher son vocabulaire.

— Je ne saisis pas bien ce que vous voulez dire, mais le type, Hyde, là-dedans, il ne se prive pas ! Tout est raconté, et je vous le répète, on ne peut plus s'empêcher d'en faire autant, d'en faire plus, si c'est dans son caractère. C'est comme une force mauvaise qui viendrait du fond de l'âme, des cauchemars devenus vivants, un besoin terrible des instincts...

Un lourd silence pesa alors dans la cave. J'avais oublié Mabel Scott, ma dette de haine, et les rêves de vengeance poursuivis au fond de ma prison. Je repris, d'un ton rauque :

— Un marché : vous me cédez ce manuscrit et on vous laisse vous en aller.

— Quoi ! protesta Monk, tout ça pour rien ?

J'expliquai impatiemment :

— Pour Mabel, ce n'est pas lui, maintenant, j'en suis persuadé. Et puis, qu'elle aille au diable ! Quant à vous, Monk, vous l'avez dit, vous n'êtes pas chargé de faire la police à Jersey City.

Il haussa ses énormes épaules.

— Après tout, c'est vous le patron... Alors, qu'est-ce qu'on fait ?

— Eh, c'est à lui de le dire ! Ou il donne le manuscrit, ou nous lui brisons carpe et métacarpe...

L'ancien infirmier militaire fut sans doute le seul, avec moi, à apprécier la subtilité de la formule. Menace effrayante, pourtant il ne se décidait pas, les lèvres serrées, le front ruisselant de sueur, la respiration haletante. Je lui demandai encore :

— Au fait, comment est-il venu entre vos mains ?

— Oh, murmura-t-il, c'est une très longue histoire, qui a commencé à Londres en 1888...

— Il faudra me la raconter.

Il s'écria, dans un éclat de sincérité qui nous stupéfia :

— Oh ! alors là, je veux bien. Je suis bon catholique, monsieur, et croyez-le si vous voulez, je n'ai jamais osé me confier à un prêtre ! Je vis en état de péché mortel. Pourtant, je suis sûr que ça me soulage-

rait, de raconter toutes ces choses. Seulement à qui,
hein ? À qui ?

— Eh bien, à moi, répondis-je benoîtement.

Dans mon hypocrisie naturelle, je faillis ajouter
« mon fils », mais un reste de pudeur m'épargna cette
navrante boutade. Maintenant, le captif remuait la
tête de droite à gauche, un peu comme pour mieux
balancer les impulsions antagonistes qui devaient s'affronter dans son esprit. Monk crut devoir abréger le
débat en resserrant son étreinte. L'homme cria, d'une
voix étranglée qu'étouffa aussitôt la paume féroce de
mon jeune compagnon. Dès qu'il put parler, il se dépêcha d'implorer :

— Bon, d'accord, d'accord, tout ce que vous voudrez ! Mais ensuite, vous me laisserez tranquille, c'est
promis ?

— Où est-il ?

Il tourna frénétiquement la tête vers le fond de la
cave.

— Là, là, dans ce coffre, je ne voulais pas que ma
femme le voie... sous les Évangiles en polonais...

Par-delà mon trouble et la dévorante curiosité qui,
désormais, m'étreignait, je ne pus m'empêcher d'admirer le cynisme de cet éclectisme. Je questionnai :

— La clé ?

— Dans la poche de mon gousset, sous ma blouse.

À un signe que je fis, Arnold le fouilla, puis il alla
ouvrir le coffre métallique. Je me précipitai alors,
bouleversant, sans aucune dignité, Évangiles et bouteilles de vodka, avant d'exhumer un manuscrit épais,
beaucoup plus épais que celui qui eût correspondu au
livre publié. Le document était recouvert d'une chemise en carton gaufré, qui l'avait mal protégé du
temps et de l'usage. Je le feuilletai avidement. Je ne

connaissais pas Stevenson, je n'avais jamais vu de fac-similé de son écriture, ici fine et échevelée ; cependant, j'acquis la conviction immédiate, absolue, que ces lignes étaient de sa main. J'avais dévoré le volume, je pouvais en citer des passages par cœur, mais très vite, au premier coup d'œil jeté sur le texte, j'y vis des choses qui ne figuraient pas dans l'édition officielle, et je me promis vaguement de ne plus rien ignorer de toutes les analyses et exégèses qui avaient pu être publiées sur le sujet...

— Vous louchez ? me demanda Monk, très étonné.

C'était l'émotion. Avec le goût du crime, celui de la littérature est en effet l'un de mes vices préférés. Je ne lui répondis pas.

— Je le prends, dis-je sans nuances à l'égorgeur. De toute façon, il ne vous appartient pas. Où l'avez-vous obtenu ?

— Je l'ai volé, souffla-t-il, après une brève hésitation.

— À qui ?

— À...

Il y eut un silence d'une intolérable densité, au terme duquel il émit une expiration rauque, lourde de tout son désespoir. Sa voix se fit imperceptible :

— Vous me promettez de me laisser en paix !

— Formellement. À la seule condition que vous nous racontiez comment le manuscrit est entré en votre possession.

Et, cette nuit-là, j'eus droit à une étrange, à une terrible confession. Cette nuit-là, aussi, je renonçai à punir Mabel Scott, je renonçai même à savoir ce qu'elle était devenue...

III. L'enquête de Séverin Klosowski
(1888)

1

Pendant la nuit du lundi de Pâques, Emma Smith avait été poignardée dans Osborn Street, alors qu'elle rentrait chez elle, au petit matin. Elle avait été dévalisée et l'on racontait, dans tout Spitalfields, que c'était un coup de l'Old Nichol gang, ces voyous qui tenaient le quartier sous leur coupe. Séverin n'en était pas convaincu. Il en connaissait un ou deux, de la bande, qui venaient au salon se faire raser ou couper les cheveux, et il savait qu'en général ils ne tuaient pas, mais, comme on dit, un accident est vite arrivé...

Au demeurant, le meurtre n'avait guère soulevé d'émotion. Ici, les prostituées assassinées par un client sans le sou, un marin déboussolé, un Chinois fou ou un nègre nostalgique, cela se voyait tous les jours. Ce fut un peu plus tard, avec Martha Turner, que les choses prirent une tournure différente. Martha Turner avait été trouvée égorgée et mutilée sur un palier du premier étage, dans les George Yard Buildings, l'immeuble, justement, au bas duquel travaillait Séverin.

C'était aussi un lendemain de fête, le mardi qui suivait l'August Bank Holiday, le 7 août 1888, très exactement.

Séverin avait passé la soirée au pub *Angel and Crown*, tout près de l'église. L'ambiance y était bruyante, joyeuse, pleine de bruit et de fumée. Whitechapel n'était pas ce qu'on en disait dans les beaux quartiers, un mauvais lieu seulement peuplé de voyous et de prostituées. Y vivaient aussi des gens qui travaillaient assez dur pour avoir besoin de se distraire, le soir venu, et c'étaient surtout ceux-là qui emplissaient le pub, cette nuit-là, avec, bien entendu, le contingent habituel de marins en bordée et de soldats de la « Tower » qui avaient la permission de minuit.

Séverin avait salué les époux Mahoney, qui habitaient les George Yard, et qui buvaient de la bière en croquant des chips. Il était en quête d'une fille, car il avait bien gagné sa journée, et Lucy Baderski, qu'il fréquentait alors, ne voulait rien lui accorder avant de passer devant le maire et le curé. Des filles, il y en avait, au pub, dont quelques-unes le tentaient assez, mais à trop s'attarder sur la boisson, il avait laissé passer les occasions, et, comme chaque nuit, après une ou deux heures du matin, elles avaient toutes été embarquées. Ne restaient plus, dans les rues, que les laissées-pour-compte, les vieilles épaves du trottoir, qui travaillaient pour une assiette de poisson ou le prix d'une nuit à l'asile. C'était aussi l'heure des gamines, douze, treize ans, que les pervers, disait-on, appréciaient particulièrement.

Finalement, Séverin était revenu seul chez lui. Il habitait alors une chambre indépendante au 29 Hanbury Street, au-dessus de l'échoppe où une Mme Hardmann vendait de la nourriture pour chats. C'était loin d'être luxueux, et l'arrière-cour avait plutôt mauvaise réputation, mais enfin, il y était tranquille, et pouvait rentrer à l'heure qu'il voulait.

Ce fut le lendemain, quand il se présenta au salon, que son patron lui apprit la nouvelle. Séverin connaissait Martha Turner de vue : une putain grasse comme une truie, qui avait trente-cinq ans mais en paraissait quinze de plus. À ce qu'on en savait, le meurtre avait été commis après deux heures du matin, car à ce moment-là, Mme Mahoney était sortie par l'escalier extérieur pour aller racheter des chips et n'avait rien remarqué de suspect. À trois heures et demie, Albert Crow, un cocher de fiacre qui habitait également l'immeuble, avait bien vu, en rentrant chez lui, une forme inanimée couchée sur le palier, mais il n'y avait pas prêté attention, croyant avoir affaire à un clochard. Un peu plus tard, vers le matin, un autre locataire, qui partait travailler, avait, lui, pataugé dans une mare de sang, et aussitôt alerté la police. La fille avait reçu une quarantaine de coups de couteau, ou d'un instrument similaire... on parlait d'une baïonnette, d'un bistouri, mais ce jour-là encore, personne ne s'était beaucoup ému...

Le soir suivant, Séverin emmena Lucy Baderski à Chelsea, aux jardins de Cremorne. Ils mangèrent, burent, regardèrent le cirque, écoutèrent de la musique. Ensuite, il la raccompagna en fiacre jusque chez elle. Elle avait quitté ses parents depuis un an, pour vivre seule dans une chambre de Swanfield Street, à Bethnal Green, mais elle ne consentit pas à le laisser monter à son logis, bien qu'ils se connussent depuis maintenant six mois. Séverin se demandait parfois s'il ne lui faisait pas peur, à cause de son caractère emporté. Il n'insista pas. À vingt-deux ans, il se souciait peu d'être contraint au mariage.

2

Le troisième meurtre fut commis pendant la nuit du 31 août. Il s'agissait d'une nommée Polly Nichols, habitant Thrawl Street, qui se prostituait depuis son veuvage. Séverin ne la connaissait pas, même de vue. Les journaux lui apprirent qu'elle avait quarante-deux ans, et que l'affaire s'était passée dans Buck's Row, une petite rue derrière Whitechapel Road, à une centaine de yards seulement d'Osborn Street, où l'on avait trouvé le cadavre d'Emma Smith.

Cette fois, dans tout le quartier, les gens commencèrent à s'inquiéter. Non seulement c'était la troisième fille qu'on tuait en quelques semaines, mais les circonstances du meurtre étaient tout à fait horribles : on l'avait égorgée, puis éventrée de bas en haut avec un long couteau. La presse entama une campagne, ce qui obligea la police à prendre sérieusement l'affaire en main. Elle interrogea tous les locataires de Buck's Row, à commencer par les deux ouvriers qui avaient découvert le corps, vers trois heures du matin. La population en fut si traumatisée qu'elle pétitionna pour débaptiser la rue, qui devait devenir Durward Street.

De folles rumeurs circulèrent durant la semaine qui suivit. On aurait aperçu, sur les lieux du crime, un homme revêtu d'un tablier de cuir, et le surnom de « Leather Apron » se répandit aussitôt. C'étaient les cordonniers qui portaient des tabliers de cuir, et comme ils disposaient en outre, pour leur activité, d'alênes tranchantes, ils faisaient autant d'excellents suspects. Tous ceux de Whitechapel et de Spitalfields furent donc convoqués au commissariat de police de Commercial Road. L'un d'entre eux y ayant été retenu plus d'une journée, le bruit courut vite que « Leather Apron » avait été arrêté.

Le soir du 6 septembre, après son travail, Séverin se rendit aux nouvelles, comme tout le monde, dans Commercial Road. Une petite foule se massait devant le poste de police. Séverin demanda aux assistants si, cette fois, on tenait bien l'assassin. On le regarda d'un air méfiant, et l'un des badauds le questionna, non sans agressivité :

— Qu'est-ce que c'est que cet accent que vous avez ?

Séverin lui répondit sèchement qu'il était un Polonais immigré, comme beaucoup d'autres habitants du quartier.

— Eh bien, lui rétorqua l'homme, ironique, puisque Polonais il y a, ils en tiennent un, justement, à l'intérieur !

Peu après, des policemen apparurent à l'entrée du commissariat, escortant un homme barbu qu'ils semblaient vouloir remettre en liberté. Ce fut aussitôt une bordée de sifflets et d'injures. Des pierres volèrent, l'une des vitres éclata, tandis qu'on criait :

— À mort, les étrangers !

Les policemen durent faire rentrer le suspect, de peur qu'on ne le lynchât. Séverin se tint tranquille, mais ouvrit tout de même les oreilles, pendant que l'émeute grondait le long de Commercial Road. L'homme qu'on avait arrêté s'appelait John Pizer. C'était un Juif polonais, un cordonnier, et la police voulait maintenant faire croire qu'il possédait un alibi : toujours ces protections !

Les gens jetaient des immondices contre la façade du commissariat, ils conspuaient les Juifs et les étrangers. Séverin fut outré qu'on les mît ainsi tous dans le même panier. Après tout, il était bon chrétien, catholique romain, et à ses yeux, cela constituait une garantie d'honorabilité.

3

L'East End n'était pas sans rappeler à Séverin la vieille Cracovie de son enfance : un dédale de ruelles sinueuses coupées d'escaliers abrupts, entre des immeubles lépreux, pas très hauts, mais assez escarpés pour que le soleil, même à midi, ne pût éclairer la chaussée. Et des porches étroits, des arrière-cours profondes comme des puits, des impasses lugubres, des voûtes encaissées où s'accumulait l'obscurité, un pavé gras, luisant de crasse, grouillant de rats faméliques qu'au matin, dispersaient les sabots des premiers chevaux. Certaines maisons étaient sans aération, sans lumière ni chauffage, et dans ce monde de misère et de désespoir, la moindre rumeur prenait des proportions infernales.

Depuis quelque temps, Whitechapel était en ébullition. Plusieurs artisans confiseurs vendaient un nouveau caramel baptisé « Leather Apron toffee », des bandes de gamins aux yeux fous couraient après tous les cordonniers en criant « Assassin ! » et la police avait dû intervenir dans le secteur juif du quartier, rue de la Perle, rue de la Rose, rue de l'Agneau, allée de l'Ange, où des émeutiers avaient commencé à briser les vitrines des commerçants pour les piller. Des étrangers avaient été pris à partie, non seulement des

Juifs, mais aussi des Polonais, dont l'accent sonnait de façon tout aussi suspecte aux oreilles xénophobes.

Séverin en parla longuement, durant la nuit du 7 au 8 novembre, avec Lucy et quelques autres compatriotes, réunis dans un pub d'Aldgate. C'était lui, surtout, qu'on écoutait, d'abord parce qu'un barbier recueille généralement les confidences des clients, et ensuite à cause de son expérience de « feldsher », qui l'autorisait à porter des jugements. Si ce que racontaient les journaux était exact, l'assassin devait appartenir au milieu médical ou, au moins, le fréquenter assidûment. Lors du dernier meurtre, notamment, la façon dont il avait « découpé » Polly Nichols prouvait qu'il possédait de solides notions d'anatomie…

Séverin rentra chez lui au petit matin, un peu saoul après toute cette vodka avalée pour apaiser la soif de la discussion. Il trouva sa rue en pleine révolution. Un groupe de gens se pressait devant son immeuble où, à ce qu'on lui apprit, John Davis, le locataire du dernier étage, venait de découvrir, en se rendant au travail, le corps d'une femme, blotti contre un des murs de l'arrière-cour. L'inspecteur Chandler, de Commercial Road, était déjà sur place, escorté de deux de ses policemen.

Séverin ne vit du cadavre, recouvert d'une bâche, que les pieds qui dépassaient, portant des chaussettes rouge et blanc, mais il remarqua, dans un coin, un grand tablier de cuir posé sur un tonneau. L'inspecteur, un homme corpulent, au visage orné de moustaches descendant jusqu'au cou, l'interpella sans nuances :

— Votre nom ?

— Séverin Klosowski.

— Vous habitez la maison ?

— Oui.

— Où étiez-vous, cette nuit ?

— Dans un pub, à Aldgate, en compagnie de quelques amis.

— Il faudra me dire leurs noms.

Séverin répondit qu'aucun d'entre eux, polonais mais bons chrétiens, n'avait quoi que ce fût à se reprocher. Le ton qu'il avait pris déplut vraisemblablement à l'inspecteur, qui se tourna vers les policemen de son escorte.

— Tenez, celui-là aussi, vous me l'embarquerez quand le fourgon arrivera...

Malgré ses protestations, on le poussa donc, en compagnie d'une douzaine d'autres suspects, à l'intérieur d'une voiture de police où des bancs avaient été emménagés. L'un de ses voisins, John Richardson, se lamentait sans retenue : le tablier de cuir lui appartenait, il l'avait oublié la veille dans l'arrière-cour, et voilà qu'on allait peut-être lui coller le meurtre sur le dos ! Pendant que la voiture cahotait au trot poussif des chevaux, et que le paysage sordide défilait derrière le grillage de minuscules fenêtres, Séverin s'efforça sans conviction de le rassurer. Son cas était décidément mauvais : il possédait un long couteau de tanneur que les policiers saisiraient chez lui dès qu'ils auraient découvert qu'il était propriétaire du tablier.

Ils se retrouvèrent dans un local puant du commissariat, derrière de solides grilles d'acier. Il y avait, parmi eux, un clochard un peu fou, arrêté couvert de sang du côté de Gravesend, lequel racontait qu'une femme l'avait agressé à Whitechapel. William Piggot était l'un de ces « mudlarks », qui ramassaient des crottes de chien pour les tanneries, ou glanaient, dans les boues de la Tamise, des débris de toutes sortes pour les revendre à plus misérables qu'eux-mêmes. On sut plus tard que la police l'avait dirigé vers la section psychiatrique de l'hôpital de St. Saviour... Il se trouvait aussi, dans la geôle, un grand diable brun nommé Jacobs, un Juif à qui personne n'adressait la parole, et qui restait prostré dans un coin à marmonner d'obscures prières sous sa calotte.

Séverin se faisait grand souci pour le salon de coiffure, et appréhendait les probables réactions de son patron, mais ce point ne préoccupait guère les enquêteurs, qui ne l'interrogèrent qu'en fin de matinée. Cette fois, il n'eut pas affaire à l'inspecteur Chandler, mais à l'inspecteur-chef Abberline, homme froid, distingué, à qui n'échappait jamais un mouvement d'humeur. Il posa à Séverin une série de questions auxquelles Séverin s'efforça de répondre du mieux qu'il put. Abberline, plus intelligent que Chandler, savait mettre en confiance ceux qui comparaissaient devant lui. Il voulut bien informer Séverin que son voisin, Richardson, avait été mis hors de cause. Le couteau qu'on avait trouvé chez lui ne correspondait pas aux blessures infligées, et, d'autre part, aucune trace de sang n'avait été relevée sur son tablier de cuir. Pour sa part, Séverin dut donner les adresses de Lucy Baderski et des amis avec lesquels il avait passé une partie de la nuit. Abberline dépêcha des policemen pour procéder aux vérifications nécessaires.

Séverin ne fut finalement relâché qu'en fin de journée. Deux constables le raccompagnèrent jusqu'à l'entrée, mais à peine la porte fut-elle poussée sur le soir qu'il recula, comme au bord d'un gouffre subitement ouvert. Une foule attendait dans la rue, une mer compacte de visages mornes, mauvais, tendus de haine vigilante. Séverin ressentit, à la façon d'une odeur, la menace qui s'en exprimait. À son apparition, une vague de murmures avait agité les têtes. Des cris montèrent :

— En voilà encore un qu'ils libèrent !

— Filez, lui dit l'un des policemen, ne répondez pas, ne vous retournez pas... Ne les provoquez pas et ils vous laisseront passer.

Tremblant intérieurement, Séverin s'efforça à l'impassibilité. Il descendit les marches du perron, suivit le trottoir le long du mur. Des remous se produisirent autour de lui. Il s'interdisait de dévisager ceux qui se pressaient dans la rue, mais, malgré lui, il remarqua des physionomies inconnues au quartier. L'affaire avait dû drainer vers Whitechapel tous les voyous des faubourgs, en quête de violences et de pillage...

Un homme l'agrippa soudain au bras. Il se dégagea d'une bourrade. L'autre revint à la charge, et avec lui plusieurs de ses compagnons.

— Attends, gronda-t-il, ne te sauve pas comme ça, montre-nous d'abord qui tu es !

Séverin répliqua, d'un ton faussement ferme :

— Laissez-moi passer, la police a reconnu que j'étais innocent !

Il avait oublié son accent. À peine avait-il fini de parler qu'un silence pesant tomba sur les groupes qui l'entouraient, un silence plus effrayant que le tumulte précédent.

— Eh, les gars ! clama quelqu'un, vous avez entendu comment il parle ?

— Encore un juif ! lança une voix anonyme.

Séverin cria, d'un ton un peu trop aigu :

— Je ne suis pas juif, je suis bon catholique !

— Prouve-le, alors, répliqua l'homme, le saisissant au collet.

Séverin sentit un flot de sang lui monter au visage. Il frappa l'agresseur à la figure, si violemment que son nez s'ensanglanta aussitôt. Dans la seconde qui suivit, sa tête fut cognée contre le mur. Il y eut un vertigineux échange de coups. On hurlait :

— À mort, les juifs ! Dehors, les étrangers !

Séverin protestait :

— Je ne suis pas juif, je ne suis pas juif !

— Ouais, on dit ça !

Et soudain, parmi ceux qui lui barraient le passage, une rumeur courut, qui souleva des exclamations, puis des rires.

— Il n'y a qu'à vérifier !

— Tout nu ! Tout nu ! Ils sont tous circoncis, on verra bien si celui-là en est un !

Une bouffée de rage et de honte lui enflamma les joues. Pendant un instant, il frappa comme un sourd, sans même s'apercevoir des coups qui pleuvaient sur lui. Finalement, à trois ou quatre, ils réussirent à l'immobiliser, dégrafèrent ses bretelles. Son pantalon tomba sur ses chevilles, tandis qu'il tentait des efforts surhumains pour se dégager.

Ensuite, ce fut au tour du caleçon. Toute sa vie, Séverin se rappellerait le contact froid des briques contre ses fesses, alors qu'on le maintenait brutalement collé au mur. Des larmes brûlantes coulaient le long de ses joues, et il était si plongé dans son humiliation que, tout d'abord, il ne réalisa pas que le calme était revenu. On le lâcha. On eût dit que ces gens avaient épuisé en une seconde toute leur frénésie de violence. Les visages, autour de lui, lui apparurent étrangement honteux, tandis qu'il remontait son caleçon, puis son pantalon, auquel il rattachait ses bretelles d'une main tremblante. Il n'osait regarder personne en face.

— En voilà un autre !

Malgré lui, Séverin tourna la tête vers le commissariat. Cette fois, c'était Jacobs qu'on relâchait. Aussitôt, la tension qui était tombée remonta. La foule, décidément, voulait sa victime. Alors, elle se rua. Et avec lui, dont l'apparence ne trompait pas, elle ne fit guère le détail. Il fut frappé aussitôt, à tour de bras, puis à coups de pied, dès qu'il fut tombé…

Séverin en profita pour s'enfuir, tandis que les façades se renvoyaient l'écho strident des sifflets de police. Séverin crut voir les « bobbies » charger à la matraque pour dégager l'homme, mais il y avait un tel tumulte et un tel mouvement dans la rue qu'on n'y pouvait rien distinguer au milieu de cette marée convulsive de têtes agitées et de bras levés.

4

Pendant plusieurs nuits, Séverin ne dormit pas. L'humiliation le rongeait comme un cancer, détruisait son sommeil, oblitérait la moindre de ses pensées. Comme tous les orgueilleux, il était porté sur la paranoïa, et l'incident avait pris très vite chez lui des proportions pathologiques. Paradoxalement, il s'était mis à haïr les juifs, cause indirecte de ses avanies, encore plus que ses propres persécuteurs ou que l'assassin lui-même. Il les abhorrait tous, sans distinction ni mesure, du fond des tripes…

Le lendemain matin, il déclara seulement à son patron que la police l'avait retenu toute la journée, en même temps que les autres locataires du 29 Hanbury Street. Il s'était juré de ne souffler mot à personne de sa mésaventure. On achetait les journaux, au salon, pour faire patienter la clientèle. Séverin les parcourut avidement, pendant les pauses que lui ménageait le travail. L'identité de la victime n'était toujours pas établie. Si le *Times* restait très discret sur les conditions du meurtre, le *Lancet*, par contre, ne cachait rien des mutilations subies par la malheureuse fille. L'abdomen avait été ouvert, les intestins retirés du corps, la matrice, le vagin et la vessie entièrement sortis du bassin, et une incision avait même été pratiquée pour prélever un rein. Selon le *Lancet*, le coroner avait laissé entendre qu'aucune personne inexpérimentée n'eût pu accomplir une opération pareille, surtout dans les délais relativement courts dont elle avait dû disposer. Autre mystère : deux bagues en laiton avaient été ôtées des doigts de la morte et disposées à ses pieds, en même temps que les deux pièces de cuivre et les quelques pennies qu'elle possédait. « On ne peut que penser à quelque meurtre rituel », concluait le *Lancet*.

Cet article renforça Séverin dans ses convictions. Les juifs n'étaient-ils pas coutumiers de ces meurtres rituels ? Durant son service militaire dans l'armée russe, on lui avait raconté qu'en Ukraine, ils sacrifiaient parfois des enfants chrétiens pour fabriquer, avec leur sang innocent, ces galettes plates qu'ils mangent pour leur Pâque…

5

Le jeudi, la presse faisait toujours ses choux gras de l'affaire. L'identité de la victime était enfin connue, grâce au propriétaire de la pension, 35 Dorset Street, d'où elle avait été chassée, la nuit du drame, vers deux heures du matin, parce qu'elle n'avait plus d'argent pour le payer... la même navrante histoire que celle de Polly Nichols.

Il s'agissait d'une certaine Annie Chapman, surnommée Annie la Brune, dont on savait maintenant qu'elle avait quarante-sept ans, qu'elle était tuberculeuse, alcoolique, et que veuve d'un médecin militaire, elle avait très vite dégringolé tous les degrés de la prostitution. L'un des journaux, le *Star*, reproduisait les lettres de ses lecteurs à ce propos. Parmi eux, quelqu'un que Séverin ne connaissait pas, mais que la rédaction présentait comme un écrivain célèbre, un nommé George Bernard Shaw. Celui-ci prétendait que l'assassin avait agi par philanthropie : en tuant quelques-unes des prostituées les plus misérables du quartier, il attirait l'attention du monde bourgeois sur les affreuses conditions sociales des habitants de l'East End. Séverin se dit qu'il fallait être écrivain pour oser énoncer de pareilles inepties. D'autre part, les critiques n'étaient guère ménagées à la police, surtout depuis que son chef, sir Charles Warren, un ancien militaire, avait eu l'idée saugrenue d'utiliser des chiens dans un quartier renommé pour ses odeurs nauséabondes, où chaque pâté de maisons abritait soit un abattoir, soit une boucherie. Parties de Hyde Park et de Tooting Common, les pauvres bêtes, le nez perdu, avaient répandu la panique parmi les passants, avant de se mettre à courir en rond, en poussant des hurlements lugubres.

Pendant ce temps, l'impuissance des représentants de la loi devenue évidente, un comité de vigilance s'était formé à Whitechapel. Les commerçants avaient organisé des patrouilles et une récompense avait été offerte à qui apporterait des informations sur le dangereux maniaque qui éventrait des prostituées... des prostituées d'abord, mais ensuite ? Les journaux du vendredi reparlèrent de Jacobs, ce juif arrêté en même temps que Séverin, puis relâché. La police l'avait arraché au lynchage, mais il en avait été si traumatisé qu'il avait fallu l'enfermer chez les fous. Et les lecteurs continuaient à écrire. L'un d'entre eux, un autre écrivain, Arthur Conan Doyle — celui-là dont Séverin avait déjà entendu parler, à cause de son détective de feuilleton, Sherlock Holmes — se demandait sans ambages si l'assassin n'était pas une femme, ce qui lui eût permis de s'enfuir sans éveiller l'attention des policemen. Séverin repensa alors à William Piggot, maintenant interné à St. Saviour. Peut-être ne délirait-il pas autant qu'on avait alors voulu le croire ?...

Ce tumulte ne lui apportait aucune paix. Il s'était mis dans la tête qu'il découvrirait le détraqué ; qu'il lui ferait payer cher les offenses subies par sa faute, et cela tournait à l'obsession. Ainsi, peu à peu, en vint-il à délaisser la compagnie de Lucy. Il errait la nuit par les rues, rasant les murs, choisissant les voies les plus obscures pour ne pas attirer l'attention. Il n'avait établi aucun plan, se contentait de suivre ses impulsions, au gré des hasards ou de ses humeurs. Au demeurant, persuadé que l'assassin était un juif, son intérêt se portait vers cette catégorie de citoyens. Il apprit un jour qu'ils se réunissaient régulièrement dans une salle du 40 Berners Street, au fond d'une cour. L'endroit s'appelait l'« International Worker's Education Club », et il était surtout fréquenté par des Juifs russes ou polonais. Séverin finit par y passer la plupart de ses nuits, blotti dans une encoignure de porte, vacillant de fatigue et de sommeil, mais tenu éveillé par la haine vigilante qui le rongeait. Il surveillait avidement leurs allées et venues, écoutait leurs palabres ou leurs chants, dont certains, lui rappelant la Pologne, lui amenaient parfois les larmes aux yeux, ce qui le rendait furieux contre lui-même.

Un peu avant la fin septembre, un coup de tonnerre éclata dans les journaux, lesquels reproduisaient une lettre envoyée d'East Central à une agence de presse, quelques jours plus tôt. Le texte en était approximativement celui-ci :

Cher Patron,

On entend dire partout que la police m'a attrapé, alors que je cours toujours. Je me suis bien amusé, d'abord parce qu'ils se croient très forts et ensuite parce qu'ils ont pris la mauvaise piste. Ce tablier de cuir, je n'arrête pas d'en rire ! J'ai choisi les prostituées comme victimes et je ne cesserai de les éventrer que si l'on m'arrête. J'ai fait dernièrement du beau travail, hein ? La lady n'a même pas eu le temps de crier. J'adore mon boulot et je compte m'y remettre. Vous allez bientôt entendre parler de mes joyeux petits jeux. Je voulais vous écrire avec le sang de mon dernier gibier, mais il s'est coagulé si vite dans la bouteille de gin où je l'avais mis que je n'ai pas pu m'en servir. Aussi, j'ai dû employer de l'encre rouge, ça ne fait pas si mal, n'est-ce pas ?

Je couperai les oreilles de la prochaine pour les envoyer aux officiers de police, car j'adore plaisanter. Mon couteau est bien affûté et il me donne toute satisfaction. Bonne chance et bien à vous...

C'était signé : *Jack l'Éventreur*. À défaut d'un véritable état civil, l'assassin possédait donc désormais une identité.

6

Ce soir-là, Séverin s'était disputé avec Lucy. Elle qui feignait de s'effaroucher chaque fois que ses caresses prenaient un tour trop précis, la voilà qui, maintenant, lui reprochait de la négliger. Soumis à ses humeurs brusques, Séverin l'avait donc plantée là pour aller à l'*Angel and Crown* noyer sa colère dans la vodka. Il but beaucoup, si bien qu'il était légèrement exalté en quittant la taverne. Le soir, en outre, était lourd, rouge avant d'être devenu noir, et un reste d'été oppressant, sournois, pesait sur ce samedi d'automne. Dans les franges de ciel découpées par les toits, brillaient des étoiles chaudes, parfois estompées par des voiles de brume. Des myriades d'insectes dansaient autour des réverbères.

Séverin parvint à son lieu d'affût favori aux environs de minuit. Il ne s'était pas hâté : il était sans exemple que l'Éventreur eût frappé si tôt. Au 40 Berners Street, sous une porte étroite en forme de voûte, une borne avait dû être cavalière, au temps jadis. La porte était condamnée, à en croire les toiles d'araignées poussiéreuses qui recouvraient ses charnières, et la borne ne servait plus à personne, sauf à Séverin, qui avait pris l'habitude de s'y asseoir, plongé dans une ombre épaisse.

Ce fut encore ce qu'il fit, cette nuit-là. Il y avait beaucoup de monde à l'International Worker's Education Club. Un orateur était sans doute venu y faire

une conférence. Séverin entendait sa voix résonner
sur un rythme monocorde, dans un silence parfois interrompu de murmures ou souligné d'applaudissements. La vodka aidant, il s'assoupit légèrement.
Certains sommeils portent à la mélancolie en éveillant
les fantômes du passé. Séverin se retrouva dans la Pologne de son enfance, avec ses plaines austères à perte
de vue et ses arbres noirs frissonnant sous un ciel de
neige. Quand il ouvrit les yeux, la nostalgie serrait sa
gorge. Il comprit pourquoi : là, dans la salle voisine,
on chantait : de ces chants âpres et doux, authentique-
ment polonais, mais que les juifs ont parfois faits
leurs... la conférence devait être terminée. Séverin
était engourdi, mais il n'avait pas froid, tant la nuit
était restée tiède.

Ce fut alors qu'il entendit un rire perlé, qui lui
parut provenir d'un des coins les plus sombres de
cette cour encaissée. Un chuchotement prolongé suivit. Séverin se secoua. Le temps de mieux s'habituer
à l'obscurité, il vit un couple, pressé contre un des
murs du fond. L'homme était grand, apparemment
bien vêtu, et un moment, Séverin aperçut, contre
une des vitres de la salle éclairée, le coin d'une
moustache. De la femme, il ne distinguait rien, sinon
les reflets roux allumés dans ses cheveux par la lumière tamisée du club. Elle paraissait, elle aussi,
grande, mince, peut-être maigre. Ce qui frappa
surtout Séverin, ce fut la grappe de raisin qu'elle
portait à sa bouche, en gloussant d'un air canaille.
La gorge sèche, le cœur battant, les oreilles tendues
à s'en faire mal au crâne, Séverin finit par surprendre quelques bribes de la conversation qu'ils échan-
geaient :

L'HOMME, d'une voix basse, rauque, grelottant d'une sorte d'attente forcenée — Comment t'appelles-tu, déjà ?

ELLE — Elizabeth... mes amies m'appellent Long Liz, parce que je suis grande, tu vois...

LUI — Tu as un accent, tu n'es pas anglaise ?

ELLE — Je suis née en Suède.

LUI, d'une voix qui parut à Séverin curieusement affamée, gourmande. — Tu es très malheureuse, n'est-ce pas ? Tu es au bout du rouleau, au bord de...

Le reste de la conversation se perdit dans un murmure indistinct. Tout à coup, monta un soupir rauque, prolongé. Le couple s'enlaça plus étroitement, puis se pencha en arrière. L'homme soutenait la femme, afin de l'allonger sur le sol. Séverin vit qu'elle était inanimée, ses bras retombant flasques, de chaque côté, à la manière d'une poupée de son. Sa vue se brouilla, une nausée d'émotion secoua son estomac. Ses oreilles bourdonnaient, mais c'était peut-être à cause du chant qui, lentement, s'élevait vers l'allegro, à l'intérieur du club... La luisance d'une lame sur le fond sombre du groupe accroupi fouetta soudain ses instincts. Et il comprit. C'était lui. L'Éventreur avait recommencé ses crimes, pour mieux se fondre ensuite parmi les siens, dans la salle toute proche...

Séverin vit rouge. Une haine torrentielle emporta sa raison, abolissant en lui toute prudence. Il surgit devant eux, paralysé une seconde par l'horreur du spectacle : cette femme allongée, pas encore éventrée, mais déjà égorgée d'une oreille à l'autre, les yeux fixés sur la nuit éternelle, le corsage imbibé d'un sang noir ; lui, grand, mince, penché sur elle comme un aigle vorace, son long profil découpé sous le feutre aux bords rabaissés. L'homme se releva d'un bond, poussant un sourd juron. Pendant un inexprimable instant, leurs regards s'affrontèrent. Séverin le détailla avidement : la cinquantaine acérée, le visage osseux souligné par une moustache brune, dont il enregistra machinalement qu'un des coins se décollait... un postiche. Et puis, la violence se déchaîna, dans cette cour déserte, au milieu des chants. Ils entamèrent une danse de mort. Séverin avait saisi dans sa main gauche la main droite de l'Éventreur, armée d'une lame aiguë, en laquelle il avait reconnu un bistouri de chirurgien ; de l'autre, il lui serrait la gorge. Il recevait en pleine figure son haleine alcaline, puant la peur et la rage. Robuste, exaspéré, décidé à tout, l'homme réussit finalement à dégager son poignet, esquissant aussitôt un large geste de sabreur. Séverin dut reculer, tandis que l'autre sautait en arrière. Quelque chose tomba, qui tinta clair sur le pavé de la cour. Séverin pensa d'abord au bistouri, mais non : à peine eut-il esquissé un pas en avant que l'homme traça, à quelques pouces de ses yeux, un nouvel éclair livide, qui abandonna aux ténèbres une onde de lumière palpitante...

Et ce fut la fuite, le bruit précipité des pas frappant la chaussée, un reste d'image englouti dans la nuit compacte, épaisse, anonyme. Le temps de réaliser la chose, Séverin se retrouva seul, stupide, les bras ballants. Les chants, dans le club, continuaient, dont la nuit tiède amplifiait l'écho vibrant à travers les vitres de la salle illuminée. Quelque chose brillait par terre. Hébété, hors de lui-même, Séverin ramassa machinalement l'objet. C'était une clé, une clé de chambre d'hôtel ou de pension, à en juger par le panneton rudimentaire et la tête plate, où était marquée une inscription. Séverin la mit dans sa poche.

Un brouhaha subitement plus sonore, à l'intérieur du club, alerta son attention. On s'interpellait, on bougeait des chaises. Il se dit qu'une foule allait sortir, le découvrir là, en compagnie de ce cadavre sanglant... Il prit la fuite, la raison en déroute, toutes les sensations lui parvenant comme à travers une brume. Il songeait vaguement que son intervention avait dû empêcher l'Éventreur de regagner l'intérieur de la salle, et son idée fixe était encore si impérieuse qu'il se refusait à imaginer l'assassin entraînant sa victime dans cette cour par hasard, ou simplement pour que les chants pussent couvrir ses cris...

Séverin courut pendant dix minutes vers l'ouest de la ville, au long de ruelles désertes, dans une déambulation inconsciente et confuse. Il se retrouva finalement aux abords d'une petite place qu'il reconnut : Mitre Square, fréquenté d'habitude par les enfants de l'école voisine de Goulston Street. Ceux-ci avaient tracé à terre une série de carrés, pour l'un de ces jeux de palet, où ils sautaient à cloche-pied en chantant les comptines. Le pied de Séverin heurta un morceau de craie brute qu'ils y avaient abandonné. Pris d'une impulsion subite, il ramassa la craie, et un peu plus loin, sur l'un des murs lisses de l'école, il écrivit, en lettres majuscules :

LES JUIFS NE SONT PAS HOMMES À ÊTRE BLÂMÉS POUR RIEN.

Curieusement, cette inscription lui remit en mémoire celle gravée sur la clé qu'il avait ramassée dans la cour de l'International Worker's Education Club... la clé perdue par l'assassin. Il la sortit de sa poche, s'immobilisa sous un réverbère, où il déchiffra les lettres portées sur le métal de la large tête plate :

Pension HASTINGS
157 Minories
Chambre 211

L'endroit était tout proche. Dans la Minories,
grande rue située en lisière des quartiers populaires,
étaient installées de nombreuses pensions bourgeoises. Comme toujours, quand plusieurs tentations contraires le sollicitaient, Séverin réagit par un coup de
tête. Le quart d'une heure sonnait à l'église de Bishopsgate quand il s'arrêta dans la Minories, très
précisément devant le numéro 157. La maison était
respectable, presque cossue. C'était une de ces pensions comme il y en avait tant dans la capitale, où les
célibataires, les solitaires et les touristes pouvaient
obtenir le gîte, et sinon le couvert, du moins le petit
déjeuner du matin.

Ainsi, l'assassin habitait là ; sans doute au deuxième
étage, ainsi que le voulait la tradition dans le numéro-
tage des chambres d'hôtel. Séverin était porté par une
sourde exaltation. Son cœur battait contre ses côtes,
et la peur pesait dans son ventre. Il tâta, au fond de sa
poche, la forme trapue d'un rasoir fermé, choisi parce
que le plus effilé des instruments du salon. Il se rendait compte, brusquement, de l'imprudence qu'il avait
commise en attaquant l'Éventreur à mains nues : ses
colères soudaines lui avaient souvent joué de mauvais
tours en lui ôtant son sang-froid. Il se promit de contrôler désormais ses nerfs, tout en poussant la porte
de la pension, restée ouverte, sans doute à cause des
habitudes noctambules de la plupart des locataires.

Un abîme d'ombre et de silence l'accueillit sous de
hauts lambris, et il bénit le tapis qui étouffait, sur les
marches de bois, l'écho de ses pas furtifs. Il sentait la

sueur couler le long de son dos, tandis qu'il franchissait le palier pour entamer le deuxième étage. Tout au long de l'escalier, des veilleuses à gaz maintenaient une lumière intime, juste suffisante pour qu'on y vît devant soi. Parvenu dans le corridor du deuxième étage, il arpenta prudemment une pénombre douce, aérée de loin en loin par des lanternes murales tamisées.

Il s'arrêta devant le numéro 211. La respiration suspendue, il colla son oreille contre le bois. Un silence absolu régnait à l'intérieur de la chambre. L'assassin n'était sûrement pas rentré : il devait encore rechercher sa clé. Le reste se déroula dans une sorte de rêve. Séverin se vit introduisant la clé dans la serrure, la faisant fonctionner avec une douceur irréelle, poussant le battant... La chambre lui parut d'abord plongée dans une complète obscurité, puis il vit une lueur infime qui palpitait dans une lampe à gaz, contre un des murs latéraux. Il referma la porte à clé derrière lui, fit quelques pas rapides pour remonter la mèche de la lampe. Le décor émergea de l'ombre : pièce confortable sans excès, lit à deux places, une commode, un fauteuil, une chaise. L'un des murs était occupé par une grande penderie, dont Séverin manœuvra doucement, l'une après l'autre, les portes à glissière. Il fut déçu. Il n'y avait à l'intérieur qu'une paire de bottines de voyage et un costume de cheviotte — aux poches vides — pendu à un portemanteau. Il eût dû trouver au moins une valise sur l'étagère du haut, mais non. Visiblement, le gîte était plus que provisoire et constituait surtout une base de départ à l'Éventreur pour ses expéditions. Son véritable domicile se situait ailleurs.

Séverin avisa la commode. Le tiroir du haut était fermé à clé. Les deux autres contenaient un peu de linge, caleçons, tricots, chemises, chaussettes, tout cela d'excellente qualité. Il semblait même qu'y eussent été cousues des étiquettes au nom du propriétaire, mais qu'on les avait enlevées. L'anonymat, décidément, était de règle. Si Séverin désirait obtenir des renseignements sur l'identité du criminel, il lui faudrait se résoudre à forcer le premier tiroir. Seulement il ne possédait pas d'outil adéquat, et la lame de son rasoir s'y briserait immanquablement...

Sa haine première se troublait maintenant d'un sentiment moins noble. L'idée d'étrangler cet éventreur s'était un peu affaiblie en lui. C'était que, la veille, la City Police, peu soucieuse de se laisser damer le pion par le comité de vigilance de Whitechapel, avait, par la voix du major Henry Smith, offert une récompense de cinq cents livres pour la capture de l'assassin. Or, la rivalité qui opposait cette force municipale à la Metropolitan Police était telle qu'il n'était guère douteux que sir Charles Warren renchérît bientôt au nom du gouvernement de Sa Majesté. Alors, faire punir l'homme qui lui avait valu ses déboires, mais en même temps empocher une petite fortune, voilà qui se fût appelé, pour Séverin, joindre l'utile à l'agréable !

Il en était là de ses pensées mercantiles quand un bruit attira son attention. On marchait, dans le couloir, où des voix chuchotaient. Très vite, il baissa la mèche de la lampe et s'introduisit dans la penderie, du côté opposé au portemanteau. Lentement, sans bruit, il actionna la glissière pour se dissimuler. Il était temps : la serrure fonctionnait, tandis qu'une voix grave, bien timbrée, déclarait :

— Est-ce assez stupide ! J'ai fait tomber ma clé chez des amis et il est trop tard pour les réveiller... Croyez bien que je suis désolé d'avoir dû vous déranger...

On ne lui répondit que par un grognement... probablement le concierge de la pension, encore endormi. La lumière s'accrut soudain dans la chambre.

— Je dois ressortir, poursuivait le locataire, et je serais heureux que vous puissiez me confier votre double pour cette nuit. Je vous promets d'y veiller et de vous le rendre demain sans faute.

Encore un conciliabule étouffé avant que Séverin n'entendît le battant se refermer. Il avait pris soin de ne pas pousser à fond la porte de la penderie, de sorte qu'il put jeter un coup d'œil par l'étroite fente ainsi ménagée. Il se sentit inondé de sueur, et, dans sa bouche, la salive prit ce goût prononcé que lui donne la peur. Il était là, l'assassin, à moins de trois yards, grand, mince, dans son manteau en tissu d'Écosse. Sous le feutre, la cinquantaine avait creusé ses traits, et ses yeux étaient profondément enfoncés. Pâle, le front haut, la mine sévère, il eût fait penser à un savant ou à un professeur si l'acuité de son nez et la forme de sa mâchoire n'avaient révélé un caractère obstiné, violent, celui d'un homme décidé à tout.

Il venait d'arracher sa fausse moustache, accrochait son chapeau à une patère, mais il n'avait pas ôté son manteau, et il marchait de long en large, visiblement sous l'emprise d'un âpre tourment. Frappant de son poing droit sur sa paume gauche, il murmurait des paroles dont les syllabes demeuraient indistinctes.

— Ils ne m'ont pas laissé finir, je n'ai pas pu... il va falloir...

Il s'assit brusquement dans le fauteuil, la tête entre ses mains, et il dit sourdement, plusieurs fois :

— Mon Dieu... Mon Dieu...

Sa jambe gauche, dont le talon était mal posé à terre, tremblait convulsivement. Il marmonnait des choses, que, sur le moment, Séverin ne comprit pas.

— ... Vieilles, laides, malades, humiliées. Ruinées par la vie mais n'ayant plus que la vie... le dernier lien, le dernier bien. Et le leur arracher, par la peur, par la violence, signer enfin le tableau du Destin, sur fond de malheur et de désespoir, avec les couleurs du sang !... Beauté métaphysique de l'absolu, dans le bien comme dans le mal, c'est vrai, la condition humaine ne s'accomplit dans sa plénitude que par là... Mon Dieu, oh ! Mon Dieu, pourquoi m'imposer cela ?

Il se leva d'un bond, esquissant des gestes désordonnés.

— Il faut pourtant que je m'en libère ! Ils m'en ont empêché, ces... ces... mais qui était-il, celui-là, en civil ? C'est le hasard qui a dû l'amener, seulement le hasard, parce que, décidément, ils sont trop bêtes ! Il n'a même pas pensé à se servir de son sifflet, l'imbécile ! Il doit au moins s'appeler Lestrade !

Séverin n'y comprenait rien. Il connaissait Chandler et Abberline mais qui était ce Lestrade ? Il respirait mal, il avait à la fois chaud et froid, et transpirait jusque dans ses souliers. Cependant, l'homme semblait avoir pris une décision, se dirigeait vers la penderie. Séverin saisit fiévreusement son rasoir, le dos collé contre la paroi la plus reculée, la respiration suspendue. Heureusement, l'Éventreur n'avait pas complètement repoussé la porte, juste assez pour y passer la main, que Séverin vit tâtonner sur l'étagère du dessus, y prendre une petite clé. Ensuite, il courut — lit-téralement courut — vers la commode.

Il en ouvrit le premier tiroir, difficilement, à cause de la trop grande hâte de ses gestes, en sortit un sac de toile cirée noire qu'il posa sur le meuble, afin de mieux dénouer les lacets qui le fermaient. Il y prit une sorte de gros cahier de papier gaufré, le feuilleta avi-dement, pendant deux ou trois minutes, en poussant des soupirs rauques, des murmures violents. Finale-ment, il le remit dans le sac noir, qu'il rangea au fond du tiroir. Encore la clé, encore la main qui tâtonnait sur l'étagère supérieure de la penderie, à quelques pouces des yeux de Séverin... L'homme grognait, grondait, délirait...

— Ils n'avaient pas le droit, non ! Maintenant, moi, il faut que je recommence, je ne peux pas rester comme je suis... Je ne peux pas ! cria-t-il sauvage-ment.

Puis, il ajouta, cette fois d'une voix imperceptible :

— Une autre va payer... tant pis, tant pis...

Il entama une espèce de pas de danse vers la porte, se frottant les mains l'une contre l'autre comme pour se les réchauffer.

— N'importe qui... la première venue, mais vieille aussi, et malade, et dégradée, et épouvantée, encore plus que l'autre...

Il émit un rire aigre, malheureux, qui donna le fris-son à Séverin. La lumière faiblit, dans l'interstice de la penderie, la serrure fonctionna, la porte d'entrée se referma. Séverin attendit que l'écho des pas se fût éteint dans le couloir avant de sortir de sa cachette. Juste à ce moment, dehors, une horloge lointaine sonna la demie d'une heure. Séverin n'avait donc pas passé là beaucoup plus de dix minutes, mais il lui semblait qu'une éternité se fût écoulée. Il fit très vite : la clé du tiroir récupérée sur l'étagère, quelques enjambées le menèrent à la commode. Il ouvrit le premier tiroir. Rien, dedans, que le sac de toile cirée. Il s'en saisit, puis, négligeant de tout remettre en ordre, sans même baisser la lumière de la lampe, il se rua vers la porte. Maintenant, une peur féroce le poussait aux reins. Il soufflait, transpirait, ses mouvements devenaient maladroits. Une seule idée l'habitait : fuir, quitter ce lieu qu'il devinait chargé de malédiction.

Il referma la porte derrière lui, en glissa machinalement la clé dans la poche de son gousset... Il ne devait garder de cette affreuse nuit qu'un souvenir brumeux, d'où émergeraient parfois quelques images, une marée de sons dont sa mémoire ne recevrait plus que de lointains échos... Les trois quarts d'une heure, sonnant à un clocher anonyme, tandis qu'il arpentait Goulston Street d'un pas rapide, le sac à la main, un coup d'œil au passage à l'inscription qu'il y avait tracée...

Au bas du mur de l'école, traînait maintenant un morceau d'étoffe que, sans bien en avoir conscience, il ramassa. Il le rejeta aussitôt comme s'il lui eût brûlé les doigts : ce tissu était imbibé de sang. Pourquoi ? Comment ? Il ne chercha pas à le savoir. Après Goulston Street, Mitre Street, et là lui parvint un murmure sourd, une sorte de houle sonore qu'eût contenue la pudeur de la nuit. Il ralentit instinctivement l'allure afin de ne pas attirer l'attention.

Mitre Square n'était plus aussi désert qu'une demi-heure auparavant. Des groupes silencieux s'étaient massés aux alentours, horrifiés, contenus par quelques policemen. Très prudemment, Séverin s'enquit. Les réponses affluèrent : apprendre aux autres le sensationnel qu'on connaît est sans doute le plaisir le mieux goûté du commun. Une femme, donc, avait été découverte dans Mitre Square, l'une de ces prostituées misérables, à bout d'âge, de désespoir, et d'alcool. Son cadavre avait été abominablement mutilé : la trachée artère sectionnée, le ventre ouvert, une oreille tranchée, les intestins retirés de l'abdomen pour être posés sur l'épaule. Un rein, enfin, avait disparu...

On accablait Séverin de détails horribles, mais cette épouvante connut un nouveau paroxysme lorsqu'une autre rumeur courut parmi la petite foule : une deuxième prostituée avait été tuée cette nuit-là, moins d'une heure auparavant. On avait retrouvé son corps dans une cour de Berners Street, à dix minutes de marche vers l'est. Mais s'agissait-il du même assassin ? La première dépouille, en effet, n'avait pratiquement pas été outragée. La malheureuse était seulement — seulement — égorgée... ou alors, concluaient les bonnes âmes, le fou avait dû être dérangé la première fois et s'était vengé sur sa seconde victime.

7

Séverin courait. Le sac en toile cirée lui brûlait les mains. Il pensait à ces nihilistes russes dont on commençait à beaucoup parler en Europe, et comprenait à présent ce qu'ils pouvaient ressentir en se promenant dans la foule avec une bombe prête à exploser. Peut-être sous l'effet de cette comparaison, alors qu'il s'éloignait de Mitre Square bourdonnant de rumeurs, il avait l'impression d'être examiné, pesé, soupçonné par les rares passants qu'il croisait, se hâtant vers le lieu du crime. Cependant, tout cela restait diffus, sans relief… ce qui le poussait surtout, c'était une curiosité forcenée, haletante, impérieuse l'attirant vers la solitude de son domicile, où il pourrait enfin inventorier son butin.

Il y parvint aux environs de deux heures du matin. Il fit le moins de bruit possible. Déjà suspect, déjà étranger, il se souciait peu d'éveiller l'attention du voisinage. Dans la petite chambre, il alluma sa lampe, avec des mains qui tremblaient. Puis il tira sur les cordons du sac, l'ouvrant largement. Il en retira d'abord l'espèce de cahier que l'Éventreur avait si fiévreusement compulsé. Il le posa sur son lit pour mieux poursuivre sa fouille. Et il en eut le souffle coupé : au fond du sac, dans un vieux portefeuille, était rangée une liasse de banknotes ! Il ferma les yeux, saisi d'un vertige. Tout cet argent !… Il n'en avait jamais tant vu à la fois. Deux, peut-être trois mille livres !

Il sonda fébrilement le portefeuille. Il ne contenait rien d'autre, aucun papier, aucun indice. Seulement l'argent. Il devait en convenir plus tard : pas une seconde, ne lui vint l'idée de le restituer. Il avait été jusqu'alors un honnête homme, jamais condamné, n'ayant guère eu autre chose à se reprocher que ces peccadilles dont la conscience quotidienne s'accommode si bien. Mais tant d'argent !… Tant d'argent ! Et puis, le rendre à qui ? À la police, à laquelle il devrait alors expliquer sa provenance, donner des comptes qui ne manqueraient pas de lui attirer des ennuis considérables ? À l'assassin, qui l'avait peut-être lui-même volé, et s'en servait probablement pour satisfaire ses instincts criminels ? Deux solutions aussi stupides que dangereuses !

Séverin finit par passer avec lui-même un hypocrite marché : il cacherait cet argent, n'y toucherait pas, le temps de voir venir les choses… Et pour mieux distraire ses scrupules, il entreprit alors d'examiner le cahier. C'était une grosse liasse de feuilles rédigées d'une plume un peu irrégulière, mais lisible. Séverin ne se trouvait en Angleterre que depuis un an et demi, il parlait et comprenait couramment l'anglais, et s'il éprouvait encore quelques difficultés à en déchiffrer l'écriture, il faisait chaque jour de gros progrès… Les Slaves, c'est connu, ont le don des langues.

Tout d'abord, il ne comprit pas grand-chose au texte, mais il s'obstina, d'autant qu'il n'avait pas sommeil. Et puis, il ne voulait pas laisser son esprit revenir à ce paquet d'argent, caché maintenant sous le pied arrière de son armoire bancale, où il l'avait glissé à la place de la cale de liège qui maintenait le meuble d'aplomb… Il finit par comprendre qu'il s'agissait d'une sorte de roman, intitulé *La soif du mal*. Ce n'était pas signé, et longtemps, Séverin devait croire que l'œuvre était due à l'Éventreur lui-même. Il s'agissait d'un docteur londonien que ses recherches amenaient à séparer l'âme en deux, grâce à une drogue de sa composition. Ainsi, tantôt était-il habité par la notion du bien, tantôt le mal le possédait-il. Il donnait alors libre cours à ses pires instincts.

Quand l'aube arriva, Séverin n'avait pas fermé l'œil. Il avala un frugal déjeuner, avant de descendre acheter un journal. Celui-ci ne mentionnait aucun des deux crimes : il faudrait attendre les éditions de l'après-midi. Un peu plus tard, au salon de coiffure, Séverin constata que si la presse ignorait encore les derniers exploits de l'Éventreur, la rumeur publique, elle, s'en était emparée. Il écouta attentivement les

bavardages des clients. Ceux-ci colportaient avec
complaisance les détails les plus horribles, et Séverin
entendit bien dix fois l'expression : « Les entrailles
encore fumantes. » Par exemple, en ce qui concernait
la première victime, on racontait volontiers des choses que lui-même savait parfaitement fausses. Les
journaux du soir, apportés au salon par le coursier habituel, rectifiaient l'information. Ils ne ménageaient
pas le sensationnel pour autant :

« Jack l'Éventreur récidive ! »
« Le double meurtre de Whitechapel »
« Encore deux prostituées assassinées ! »
« Horreur dans l'East End... »

Marquant la différence entre les deux meurtres, tous
tombaient d'accord sur la probabilité d'un premier
crime interrompu par une circonstance fortuite, l'assassin assouvissant alors ses instincts refoulés sur la seconde victime. L'identité des deux prostituées avait été
établie. La première, Elizabeth Stride, connue parfois
sous le nom d'Elizabeth Fitzgerald, s'appelait en réalité
Gotsdotter. Surnommée « Long Liz » par les habitants
de son quartier, elle était âgée de quarante-cinq ans.
L'autre, Katherine Eddowes, était une alcoolique notoire. Âgée de quarante-trois ans mais en paraissant
vingt de plus, elle appartenait à cette faune de prostituées indigentes où l'Éventreur choisissait ses cibles de
prédilection. Et de fait, contrairement à Long Liz, il ne
l'avait guère épargnée : visage et abdomen mutilés,
éventration géante, foie retiré et découpé en tran-
ches... En outre, l'un des reins avait disparu.
    Les indices étaient rares, les témoignages contradic-
toires. Il semblait que l'assassin, son forfait accompli,

se fût rincé les mains à une fontaine de Dorset Street, après se les être essuyées à un lambeau du tablier de Katherine Eddowes, retrouvé sanglant dans Goulston Street. L'un des journaux, un seul, mentionnait certaines déclarations selon lesquelles une inscription avait été vue, tracée à la craie sur l'un des murs de l'école : *Les Juifs ne sont pas hommes à être blâmés pour rien.* Mais, ajoutait le rédacteur, sir Charles Warren, soucieux d'éviter de nouvelles émeutes xénophobes, l'aurait aussitôt fait effacer. D'autre part, on avait aperçu un suspect, aux environs de Mitre Square, un homme jeune, moustachu, plutôt grand, qui portait un sac de toile cirée noire...

Séverin travailla très machinalement toute la journée, sans avoir une exacte conscience de ce qu'il faisait. La boutique fermée, il rentra à pas lents vers Hanbury Street, et là, se retrouva lisant le cahier de l'Éventreur. Pendant les jours qui suivirent, il se rendit de moins en moins à l'*Angel and Crown*, où l'attendaient peut-être des amis polonais. Il préférait maintenant acheter une bouteille de vodka dans un débit de boissons pour la boire seul à l'intérieur de sa chambre. Peu à peu se produisait en lui un curieux phénomène : voilà qu'il découvrait au silence et à la solitude des charmes qu'il leur avait toujours ignorés...

La semaine suivante, les journaux reproduisirent une lettre, postée le premier octobre et signée de Jack l'Éventreur :

Cher Patron,
Je ne plaisantais pas, mon vieux, quand je vous ai refilé ce tuyau. Vous allez entendre parler du travail de Jack l'insolent. Coup double, cette fois : le numéro Un

*n'a poussé qu'un petit cri, mais je n'ai pas pu finir le
boulot, ni prélever les oreilles pour les envoyer à la police. Un flic qui passait par là m'a dérangé.*

Bien à vous

Dans ses numéros ultérieurs, la presse devait faire
état d'autres lettres qui lui arrivaient en grand nombre. Beaucoup émanaient de plaisantins ou de détra-
qués, mais celle qu'avait reçue George Lusk, l'un des
notables les plus influents du quartier de Whitechapel, ne laissait aucun doute quant à son authenticité.
Elle accompagnait un colis contenant un morceau de
rein humain. Les experts avaient établi qu'il provenait
d'une femme d'environ quarante-cinq ans, était imbibé de gin, et présentait les symptômes du mal de
Bright, néphrite dont souffrait précisément Katherine
Eddowes...

De l'Enfer.

Cher Monsieur Lusk,
*Je vous adresse la moitié du rein que j'ai pris d'une
femme, et que j'ai gardé à votre intention. J'ai fait frire
l'autre morceau, il était délicieux. Je pourrai vous envoyer le couteau sanglant qui m'a servi à le prélever, si
vous êtes assez patient pour l'attendre. Attrapez-moi si
vous en êtes capable !*

Votre Jack.

Pendant tout le mois d'octobre, la presse publia
ainsi des lettres, dont certaines, d'ailleurs, citaient le
quartier de la Minories. La plupart étaient jugées apocryphes par les spécialistes, lesquels, par contre, re-

connurent comme authentiques deux cartes, l'une envoyée de Liverpool, l'autre de Glasgow. Dans cette dernière, l'Éventreur déclarait :

Je pense que je vais renoncer à mon couteau pointu. Il est trop bon pour des prostituées. Je suis venu ici acheter un poignard écossais. Ah ! ah ! ça va leur chatouiller les ovaires !

Votre Jack.

Enfin, ultime message, adressé aux agences de presse vers la fin octobre, et rédigé en vers :

Je ne suis pas un boucher
Je ne suis pas un Juif
Ni un capitaine étranger
Mais je suis votre ami gai et joyeux
Je n'ai pas le temps de vous dire comment
Je suis devenu un meurtrier
Mais vous devriez savoir, ainsi
Que vous le montrera l'avenir
Que je suis un pilier de la Société.

Cette dernière phrase laissa Séverin très rêveur. Un pilier de la Société ! Eh, il le savait bien, lui, que l'homme qu'il avait surpris appartenait à une classe sociale élevée ! Non seulement le prouvait sa façon de s'habiller, mais aussi le langage qu'il avait tenu en se croyant seul, et même l'expression de ses délires. D'ailleurs, les conclusions tirées par les experts de tout poil allaient dans un sens identique : ce ton désinvolte, ces fautes de syntaxe, ces tournures cockney, n'étaient pas naturels. Il s'agissait d'un camouflage destiné à masquer les origines de leur auteur. Ce n'était pas un homme du peuple. Était-ce même un Londonien ?

Séverin se mit à rêver, à élaborer des déductions à la manière de ce fameux Sherlock Holmes, dont parlaient ses clients qui avaient lu le dernier *Beeton's Christmas Annual*. Jack l'Éventreur, vraiment ! Pourquoi Jack ? Eh, parce qu'en Angleterre, c'était le nom qu'on donnait au bourreau en exercice, quel que fût son véritable prénom ! On avait un jour expliqué à Séverin que c'était à cause de Jack Ketch, le plus fameux représentant de cette digne corporation, qui avait exercé ses talents il y avait bien longtemps. Et puis, ces lettres, celle de Glasgow, surtout, ce soin que le criminel avait apporté à préciser qu'il ne se trouvait en Écosse que pour acheter un poignard écossais... Or, des poignards écossais, on pouvait s'en procurer partout à Londres ! Alors ?...

Et Séverin d'imaginer les choses sous un jour un peu différent : l'homme, pris de peur, avait bien quitté Londres. Il était retourné chez lui, en Écosse, mais là, n'avait pu s'empêcher d'écrire ; c'était peut-être l'un des symptômes de sa maladie. Seulement, il avait posté ses lettres d'une autre ville que la sienne, afin de ne pas dévoiler sa retraite. Il indiquait Glasgow, il fallait comprendre Aberdeen ou Édimbourg... Édimbourg, deuxième centre médical du Royaume-Uni. C'est que Séverin n'était pas près d'oublier l'éclat de ce bistouri agité devant ses yeux !

Il se dit une nuit que le secret de tout ce drame se cachait peut-être dans le manuscrit qu'il avait dérobé, et qu'une lecture attentive de son texte lui en apprendrait plus sur l'assassin. Il y revint donc. Il pleuvait à torrents sur Londres depuis le matin, et les rues de Spitalfields roulaient des ruisseaux d'eau noire entre leurs murs lépreux. Seul dans sa chambre, à la lueur de la lampe, bercé par le crépitement monotone des gouttes contre les volets, Séverin essayait de comprendre ce qu'il lisait, par-delà les mots et les phrases. Ce n'était guère facile et l'effort le laissa rêveur, maussade, perplexe. S'il n'avait pas saisi toutes les nuances de l'histoire, le thème l'en avait tout de même fasciné.

Le lendemain soir, il revint à la charge, puis chacun des soirs suivants. Les lacunes du texte lui devenaient rares, mais plus elles diminuaient, plus celles qui restaient l'exaspéraient. Ce fut, pendant des nuits, une sorte d'âpre combat mené contre l'obscurité d'une langue étrangère, une escalade pénible, opiniâtre, des signes et des symboles. Les caractères de l'écriture avaient fini par lui devenir aussi familiers que des images, et dès lors que le relais de la lecture n'entravait plus son imagination, voici que ces images en faisaient lever d'autres, puissantes, suggestives. C'était enivrant, c'était envoûtant, c'était horrible. Chaque nouvelle plongée dans cet univers le mettait en symbiose frénétique avec le personnage qu'on appelait Hyde. Séverin vivait ses affres, il souffrait de ses cauchemars, il jouissait de ses extases, le long d'une initiation douloureuse et superbe à la religion du mal...

Et il rêvait. Il voyait chaque nuit des corps dénudés, fustigés, torturés, déchirés. Il éprouvait des épouvantes délicieuses et morbides, de ces vertiges divins qu'on ressent à infliger aux autres sa domination, à travers une souffrance sans frein, sans morale ni remords. De ces sommeils fulgurants, il émergeait hébété, halluciné, trempé de sueur, et il lui arriva plus d'une fois de contempler ses mains qui tremblaient, dans la crainte affreuse de les voir couvertes de ces poils noirs qui annonçaient la bête.

Naturellement, il subit le contrecoup de ses veilles pendant la journée. Il apporta moins de soin à ses tâches. Des clients se plaignirent et son patron l'avertit que si son travail ne s'améliorait pas, il se verrait contraint de se passer de lui. Un soir de novembre, Lucy Baderski vint l'attendre devant le salon. Et seulement alors, il se rendit compte que, depuis deux mois, il n'avait pas une seule fois pensé à elle : elle était sortie de sa vie sans qu'il s'en fût aperçu. Il la vit avec des yeux nouveaux, effacée, timide, presque craintive. Elle lui dit, d'une voix fragile :

— Il y a quelque temps que tu as disparu. Qu'est-ce qu'il y a ? Tu as des ennuis, tu étais malade ?

— Pourquoi serais-je malade ? lui répondit-il rudement, j'ai eu des occupations, voilà tout !

— Tu aurais quand même pu donner signe de vie !

— Et où ? Tu ne me laisses jamais monter chez toi ! D'ailleurs, je ne suis pas un homme à fréquenter, souviens-toi : la police m'a gardé enfermé toute une journée.

Exaspérée, elle frappa du pied par terre.

— Oui, et c'est même grâce à moi et aux amis qu'on t'a relâché, tu devrais te le rappeler !

— Et alors, ce n'était pas vrai, qu'on était ensemble, cette nuit-là ? Oui, c'était vrai, seulement... et Séverin de ricaner méchamment : Seulement, tu as lu ce que les journaux racontent ? La nuit du double crime, on a remarqué un suspect dont le signalement correspond exactement au mien... Ce n'est peut-être pas le moment de t'afficher en ma compagnie ?

Elle haussa des épaules furieuses, tandis qu'il ajoutait, d'un air faussement détaché :

— De toute façon, ne nous disputons pas, je suis heureux que tu sois passée, je cherchais à te joindre pour te faire mes adieux... Oui, je quitte Whitechapel.

— Quoi, souffla-t-elle, les yeux écarquillés, tu comptes retourner en Pologne, Séverin ?

— Pas du tout. Simplement, j'ai des économies et je veux m'installer à mon compte. Mais je change de quartier. J'en ai assez, des tignasses pouilleuses, figure-toi, je vais dans le centre.

Elle le regarda, ostensiblement incrédule.

— De l'argent ? Toi, tu as de l'argent ? Et au point de pouvoir t'installer à ton compte ?

— Pourquoi pas ? Je travaille dur et j'ai peu de besoins. Quand la vodka est trop chère, je bois du gin. Aussi, j'ai ramassé un petit magot... De toute façon, avant de partir, je te le ferai savoir, ne t'inquiète pas.

Elle répliqua, secouant la tête.

— Non, inutile... garde pour toi tes projets et ton argent... et ta nouvelle adresse, je ne suis pas à ta disposition. Adieu.

Elle lui tourna le dos. Elle n'avait même pas l'air en colère. Seulement triste. Séverin en demeura désemparé, moins par son départ, en réalité, que par ce qu'il venait de s'entendre dire : étrange sorcellerie que le langage ! On garde une idée enfouie au plus profond de soi-même, on s'empêche d'y penser, et voilà qu'à la chaleur d'une querelle, cette idée prend forme et se manifeste à haute voix, vous laissant aussi surpris que ceux qui vous écoutent... Séverin était indécis, amer, tourmenté de nostalgies qu'il n'identifiait pas, tandis qu'il regagnait son domicile. Il se disait vaguement que Lucy, c'était tout de même quelque chose pour lui... tout ce qui avait été, tout ce qui aurait pu être...

Un peu plus tard, il retourna au manuscrit comme un papillon se jette sur la lumière. Il frissonnait. Il buvait de la vodka. Il revenait parfois en arrière pour retrouver dans le texte certains détails qui l'avaient subjugué. Il était littéralement envoûté. Un peu plus tard encore, il se vit, sous l'effet d'une sorte de magnétisme, enfilant un manteau, coiffant un chapeau, sortant dans la rue. Tout à coup, Lucy lui manquait de façon intolérable, et il lui cherchait une remplaçante. Mais il en désirait une avec laquelle il s'accorderait des choses qu'on ne se permet jamais la première fois qu'on couche avec une femme... une honnête femme, s'entend. Alors, tout naturellement, il se dirigea vers les rues à putains.

La pluie avait cessé depuis la veille. Il courait un vent aigre entre les façades, et par-dessus les halos des réverbères, le ciel était d'encre. D'Aldgate, Séverin emprunta Commercial Street, qu'il remonta vers le nord, en direction de Shoreditch. Il finit par trouver ce qu'il voulait : au coin de Flower and Dean Street, une femme un peu ivre, un peu folle, également en quête d'aventure.

Elle l'emmena derrière Dorset Street, jusqu'à son logis, auquel on accédait par une impasse appelée Miller's Court. Elle était rousse et jolie, comme beaucoup d'Irlandaises. Elle était jeune et encore très fraîche. Elle s'appelait Mary Jeannette Kelly.

8

Tout ce sang, mon Dieu, tout ce sang ! Et cette gorge ouverte, qui faisait comme une deuxième bouche, effroyable, béante, sous le menton ! Séverin délirait, perdu dans un rêve interminable et ténébreux. Qui le croirait, alors qu'il avait peine à se croire lui-même capable de pareille horreur ? Mais c'était l'autre, oui, l'autre, Hyde, qui s'était emparé de son corps pour satisfaire ses instincts, c'était lui qui l'avait animé de cette frénésie diabolique. Lui, n'était qu'un instrument, il n'avait pas vraiment tué Mary Jeannette Kelly !

Séverin s'était éveillé de ce drame comme d'une longue nuit, hagard, fou, inondé de sueur ; avec, à la main, un rasoir dont la lame pourpre gouttait encore. D'où venait-il ? Séverin ne s'en souvint que long-temps après : il était dans les affaires qu'un précédent compagnon en titre de Mary Kelly avait laissées là en dépôt. Son reflet blafard avait capturé son regard quand elle avait ouvert le tiroir pour... pourquoi ? Pourquoi avait-il fallu qu'elle ouvrît ce tiroir ? Il ne se le rappelait plus, il avait un tambour dans la tête, qui tapait, qui tapait... Un écho visuel, très vaguement, revenait à sa mémoire, celui d'un geste fulgurant, d'un seul. Elle avait eu le temps de pousser un cri. Tout de suite après, la panique l'avait pris aux tripes, il avait failli vomir... il avait voulu fuir, immédiate-ment, mais près de la porte, il s'était ressaisi. Non, non, il fallait maquiller ce crime, il fallait qu'on en ac-cusât l'autre, l'Éventreur... après tout, c'était lui, le coupable, avec son cahier ensorcelé !

Sa lucidité revenue, par vagues successives, écœu-rantes, nauséeuses, il avait mieux regardé la chambre. Il y avait un lit, une petite table supportant une lampe à pétrole, une chaise et, malgré tout, des rideaux de mousseline presque propres. Dans un coin, une bouilloire était posée sur un fourneau allumé... une pauvre chambre de putain des bas quartiers, un décor de misère et de tristesse, où Mary Jeannette lui avait chanté, tandis qu'elle se déshabillait :

> *Je n'ai cueilli qu'une violette*
> *Pour la tombe de ma mère...*

Donc, habiller le crime, le calquer sur l'autre, celui dont Katherine Eddowes avait été la victime, et au sujet duquel il possédait à présent tous les détails. Sa raison était de retour, douloureusement. Il se garda d'allumer la lampe, pour ne pas projeter d'ombre sur les rideaux de mousseline. Il alimenta seulement le feu du fourneau afin d'y voir un peu plus clair. Il avait les mains rouge et noir. Il fit appel à ses souvenirs de « feldsher », rameuta son courage. Et il se mit au travail, avec un couteau pointu trouvé dans le tiroir de la table. Cela lui prit du temps, cela le rendit malade à mourir... ces viscères sanguinolents dispersés aux coins de la pièce ! L'abdomen ouvert, les seins coupés, les reins enlevés... Mon Dieu, mon Dieu, c'était l'Enfer !

Le pire, ce fut la figure. Séverin voulut la balafrer comme l'autre l'avait fait à Katherine Eddowes, mais là, ivre de sang et d'épouvante, il perdit le contrôle de ses nerfs. Il s'acharna et finalement, ce fut une vraie boucherie. Le visage de Mary Jeannette, cette jolie frimousse d'Irlandaise rousse, il le détruisit, le saccagea, l'effaça sous une bouillie sanglante.

Quand enfin il quitta le logis, le petit matin se levait. Il emportait, enveloppés dans un chiffon, le rasoir et le couteau, pour les soustraire à l'examen de la police scientifique. Il jeta le tout dans un dépôt d'immondices, voisin de Spitalfields Market, dont son expérience du quartier lui assurait qu'on n'y fouillerait pas de sitôt. Ensuite, d'un pas lourd, un pas de somnambule, il redescendit vers les George Yard Buildings. Il possédait une clé du salon, car il lui arrivait d'en faire l'ouverture. Il y rentra par-derrière, s'y lava longuement la figure, les mains et les bras jusqu'au coude. Dans son esprit, c'était un peu un rite de purification...

Il ressortit pour s'obliger à déjeuner, mais à l'*Angel and Crown*, l'odeur de la nourriture lui souleva le cœur, et il fallut qu'il avalât un verre de vodka pour se sentir un peu mieux. Il regagna le salon à jeun. Son patron l'y trouva un peu plus tard en train d'accueillir et d'installer un client matinal. Son visage était impénétrable, mais il avait la tête pleine de bruits confus, de bourdonnements incessants, où les paroles qu'on lui adressait lui parvenaient à travers une brume.

9

Séverin vécut cette semaine en étranger au monde, en étranger à lui-même. Il lut tous les journaux, bien entendu, alors qu'il s'était juré de ne pas y jeter un œil. Ceux du lendemain ne parlaient pas du crime. Ceux du surlendemain en étaient remplis, mais pour la plus simple des raisons : la police, croyant aux lois de la stratégie criminelle, avait retardé ses révélations de vingt-quatre heures. La presse relatait avec force détails les circonstances de l'assassinat : le dernier témoin à avoir vu Mary Kelly vivante était un manœuvre en chômage, George Hutchinson. Il l'avait croisée à l'entrée de Miller's Court en compagnie d'un homme grand et moustachu. On parlait aussi du précédent compagnon de Mary Kelly, un certain

Joseph Barnett, lequel logeait épisodiquement dans la chambre de Miller's Court. Hutchinson et Barnett mis hors de cause, l'attention se reportait maintenant sur l'inconnu à moustaches, dont le signalement correspondait effectivement à celui de Jack l'Éventreur.

Pourtant, deux journaux soulignaient à quel point ce meurtre-ci était différent des autres. Cette fois, la victime était jeune — vingt-cinq ans — et, disait-on, assez fraîche et jolie pour avoir suscité l'envie, voire la rancune, de beaucoup de ses compagnes de trottoir. Cependant, le fait qu'elle ne répondait pas au type des proies choisies d'habitude par l'Éventreur suffisait-il à ne pas lui imputer le crime ? La technique, en tout cas, paraissait bien être la sienne…

Les retards de l'enquête mis au compte de sir Charles Warren, le chef de la Metropolitan Police fut contraint de démissionner, tandis qu'une terreur hystérique s'emparait de Whitechapel. On ne voyait plus personne, la nuit, dans les rues. Les commerces périclitèrent. La presse à sensation rapporta alors que l'une des dernières instructions de Sir Charles Warren avait été de faire photographier en gros plan les yeux de Mary Kelly ; c'était en effet la croyance de l'époque que la victime garde, imprimée dans la rétine, la dernière image perçue avant de mourir. Séverin en ressentit une peur panique : et si c'était vrai ? Il s'attendait, chaque soir, chaque matin, à ce qu'on frappât à sa porte, et la seule vue d'un policeman le glaçait. Mais non : sans doute s'agissait-il là d'une autre invention de journalistes.

Il connut ainsi un état étrange de dédoublement, à la fois acteur et spectateur. Et puis, peu à peu, les jours passant, ses terreurs décrurent, pâlirent, mais sans jamais s'éteindre complètement. Le 22 novembre, elles se réveillèrent brusquement : à la suite d'une tentative d'assassinat contre une prostituée, Annie Falmer, des inspecteurs vinrent au salon pour lui demander son emploi du temps de cette nuit-là. Il le prit de haut, leur rappela qu'une fois déjà, en septembre, on l'avait retenu toute une journée au commissariat pour finalement reconnaître son innocence ! Les deux policiers se défendirent de le mettre en cause. Ils effectuaient une simple enquête de routine, tous les gens précédemment interrogés devant l'être à nouveau. Séverin se demanda pourquoi, le lendemain du meurtre de Mary Kelly, il n'avait pas eu droit à leurs questions, mais, bien entendu, il évita de leur en faire la remarque.

Cette fois, ce fut sa logeuse, Mme Hardmann, qui le tira d'affaire. Elle n'avait pas beaucoup dormi, cette nuit-là, et à l'heure de l'agression, elle avait vu l'ombre de Séverin arpenter la chambre devant sa fenêtre allumée. Cela n'empêcha pas son patron de lui faire grise mine : tout ce remue-ménage était mauvais pour la réputation du salon, et un jour que Séverin fit une petite estafilade à un client, il l'accabla de violents reproches. En s'excusant, Séverin passa de la pierre d'alun sur le visage du client jusqu'à ce que le sang cessât de couler. Le client, responsable en partie de l'incident à cause de sa nervosité, ne disait trop rien, mais le patron, lui, ne cessait de récriminer. Alors, Séverin regarda son rasoir. Il se dit qu'un barbier était un peu l'égal d'un Dieu, parce qu'il tenait à merci la vie de ces gens assis, plus ou moins ligotés dans la blouse qu'on leur passait, et offrant leur gorge à la lame luisante...

Il murmura encore quelques excuses à l'adresse du client avant de reposer son instrument sur le bord de la cuvette. Il déclara :

— J'ai fait une erreur, sir, d'accord, mais reconnaissez que ce n'est pas dans mes habitudes. Et puisque vous le prenez comme ça, cherchez donc un autre ouvrier.

Le patron ricana, tout à coup décontenancé :

— Et de quoi vivrez-vous, Klosowski ?

Séverin ne devait pas se souvenir de ce qu'il lui répondit, sans doute la même chose qu'à Lucy, trois semaines auparavant : qu'il avait des économies et allait s'installer à son compte. Naturellement, l'homme n'en crut rien. Cette fois, c'était décidé, Séverin se jetait à l'eau. Il s'agissait moins d'une ambition que d'une fuite. Il abandonnait pour toujours le quartier, ses habitudes et ses sortilèges… Il avait pris l'argent de l'Éventreur, sous l'armoire, il s'était mis en quête. Cette activité différente lui fit le plus grand bien en l'éloignant de lui-même. Bien sûr, il n'était pas entièrement guéri. Bien sûr, chaque nuit, un mouvement diabolique le portait vers l'étagère où il avait rangé le sac de toile cirée, mais il résistait à cette impulsion, s'étourdissait d'alcool jusqu'à ne plus tenir debout, il s'interdisait de sortir…

Le temps passa, meublé par ce combat incertain, perpétuel ; les semaines, et puis les mois. Vers la fin janvier, Séverin découvrit en location, dans le quartier de Tottenham, un local où il serait possible d'installer un salon de coiffure. En même temps que le fonds, il pourrait disposer d'un petit appartement de deux pièces situé dans l'arrière-cour. Il traita aussitôt, se dépêchant de donner congé à Mme Hardmann. Il lui semblait qu'en quittant l'East End et ses rues sordides, il échappait en même temps à la malédiction qui pesait sur lui. Il se trompait. La malédiction, il allait l'emporter à Tottenham, dans un sac de toile cirée noire.

10

La pluie fouettait Londres, pénible, monotone, sempiternelle. Séverin s'agitait, palabrait, marchandait, emménageait. Tout l'argent de l'Éventreur y passa, mais, sans être luxueux, le salon de coiffure devint coquet, et comme il était installé dans un coin de Tottenham qui en comptait peu, Séverin ne tarda pas à voir ses premiers clients.

Les mois passèrent. Il se crut délivré du maléfice. Le travail, l'ivresse de l'argent vite et bien gagné, l'ivresse aussi de la vodka qui, après avoir aiguisé sa lucidité, endormait ses instincts, tout cela le maintenait dans un état de torpeur euphorique. C'était d'ailleurs un excellent barbier et, pendant le printemps, sa réputation s'était rapidement étendue ; assez en tout cas pour que, dans son ancien quartier, on eût parlé de sa nouvelle situation...

Un soir de juillet 89, à l'heure de la fermeture, Lucy vint le voir, toute frileuse et timide dans son manteau râpé, sous son petit chapeau aux fleurs défraîchies. Séverin se dit que, tout de même, les femmes étaient bizarres : tant qu'on s'attachait à elles, elles vous tenaient la dragée haute, mais qu'on eût l'air de les négliger, et les voilà qui vous retrouvaient de l'intérêt. Il lui fit visiter les lieux. Après le salon, elle demanda à voir l'appartement. Elle eut l'air très impressionnée par son aspect cossu. Ils ne parlèrent pas beaucoup.

Une étrange pudeur freinait tous leurs élans, mais cette réserve même fit réaliser à Séverin qu'il ne tenait qu'à lui que Lucy ne repartît pas cette nuit-là. Hélas, le démon de l'orgueil fut le plus fort. Il feignit de ne pas comprendre, il joua les gentlemen. La raccompagnant dans la rue, il lui paya même un fiacre pour rentrer. Elle était déçue, vexée, au bord des larmes...

Que se passa-t-il alors ? Séverin ne put jamais se l'expliquer. Une rage folle, désordonnée, le prit contre lui-même. Il cassa des meubles, il brisa des bibelots, dans le salon comme dans l'appartement, avant de se retrouver bouleversant son bahut pour y récupérer le manuscrit. Il s'y plongea avidement, éperdument, désespérément... Plus tard, beaucoup plus tard, il courait par les rues, un rasoir serré dans sa main, au fond de sa poche. Le sortilège l'avait repris.

Ce fut cette nuit-là que, dans une encoignure de Castle Alley, à Aldgate, il tua Alice Mac Kenzie.

11

Les journaux, les journaux qu'il brûlait dans le poêle pour les faire disparaître, car cela aussi, cette soif de sensationnel, pouvait sembler suspect... les journaux, la vodka, et l'accablante humidité de ce juillet 89. La presse faisait des réserves : était-ce bien Jack l'Éventreur ? Alice Mac Kenzie avait été égorgée, puis éventrée, mais les mutilations, cette fois, s'arrêtaient là.

C'était exact. Si Séverin s'était obligé à l'éventrement pour que Jack fût encore accusé, il s'y était borné. Ainsi qu'il devait le constater plus tard, le premier sang le dégrisait, mais ce qui l'épouvanta surtout, cette nuit-là, ce fut le calme relatif de ses réflexes. À peine délivré de sa hantise, il avait réagi avec un sang-froid stupéfiant. Prend-on donc si facilement l'habitude du crime ? Il se revoyait, accomplissant sa sinistre besogne, les mains rouges de sang, tandis que d'absurdes pensées se chevauchaient dans sa tête. Par exemple, il se disait que le manuscrit devait réveiller chez chacun son démon particulier. Le sien était le démon des barbiers : il égorgeait. Le démon de Jack l'Éventreur devait être celui des chirurgiens : il éventrait, il disséquait. Un médecin eût utilisé le poison, un boucher le hachoir, un cordonnier son alêne, un soldat sa baïonnette, un artificier l'explosif, un dentiste... Séverin songea qu'il commençait à devenir fou. Et puis, la pensée de se retrouver soir après soir avec lui-même lui faisait chavirer l'esprit, comme celle de ces centaines de putains arpentant les trottoirs de la ville. Il le savait, à présent, les démons naissent dans la solitude...

Pendant une semaine, il s'astreignit à prier, d'une façon désordonnée, agressive, forcenée, sans espoir... sa foi n'avait jamais été bien forte. Un après-midi, une impulsion irrésistible le saisit. Il ferma le salon, héla un fiacre. Il n'allait pas vers Whitechapel, mais à St. Giles où travaillait Lucy... Lucy, son seul salut possible. Il l'attendit des heures à la sortie de son atelier. À la vue de Séverin, les yeux de la jeune fille s'écarquillèrent. Elle s'écria, spontanément :

— Mon Dieu, Séverin, comme tu es pâle ! Tu es malade, tu as quelque chose, non ?

Il demeura d'abord silencieux une lourde seconde, les yeux baissés, le visage comme fossilisé, avant de murmurer d'une voix sourde :

— Lucy, serais-tu prête à me suivre en Amérique ?

Elle en fut littéralement suffoquée, et sur le moment, elle dut le croire fou.

— En Amérique, Séverin, pourquoi ?

Il se garda de lui avouer que sa fuite continuait. Tottenham était encore trop proche de ses malédictions. Il voulait mettre l'Océan entre l'Éventreur et lui, entre son passé et lui, entre son avenir et lui...

— Parce que c'est un pays neuf ! Parce qu'on s'y fait des fortunes ! Qu'est-ce qui t'attache à l'Europe, Lucy ? Ton salaire de misère ? Tu n'espères pas retourner un jour en Pologne, n'est-ce pas ? Et l'Angleterre, de toute façon, pour nous, c'est l'Étranger !

— Mais l'Amérique, Séverin, l'Amérique !

Il répondit âprement :

— L'Amérique, justement, elle est faite pour nous, Lucy. C'est une terre promise. Et nous n'y débarquerons pas comme de misérables émigrants. Je peux céder mon salon de Tottenham pour deux fois ce que je l'ai acheté. Là-bas, c'est le pays de la fortune, nous recommencerons de zéro !

— Nos habitudes...

— Quoi, nos habitudes ? Il y a plus de Polonais à New York ou Chicago que dans toute l'Angleterre. Nos habitudes, nous les retrouverons crois-moi !

Elle le regarda attentivement, les paupières méfiantes :

— Mais enfin, Séverin, qu'est-ce que tu me proposes ? Que sommes-nous l'un pour l'autre ? Des amis qui se voient et puis qui ne se voient plus ? Qu'est-ce qui nous attache, peux-tu me le dire ?

C'était donc cela qui la tracassait. Séverin fit tout bas, d'un ton presque honteux :

— Bien sûr, on se marierait d'abord ici…

Cette fois, elle dit oui tout de suite.

12

Le lendemain, un inspecteur de police se présenta au salon de Séverin, dont il avait eu l'adresse par son ancien patron. C'était, lui apprit-il, une simple formalité, mais il devrait tout de même aller, en fin de soirée, après le travail, voir son supérieur, l'inspecteur-chef Abberline, au commissariat de Commercial Street. Réprimant un incoercible tremblement intérieur, Séverin se rendit à la convocation. Abberline était toujours cet homme distingué, à l'allure nonchalante, au regard froid sous de lourdes paupières. Il demanda :

— Nous nous sommes déjà rencontrés, je crois ?

Séverin répondit, plus agressif qu'il ne l'eût voulu :

— Vous m'avez retenu toute une journée, en septembre dernier, lors du meurtre d'Annie Chapman. Vous avez fait enquêter sur moi quand on a essayé de tuer Annie Falmer à la suite de quoi j'ai perdu ma place…

Un sentiment d'absurde défi le poussa à ajouter :

— Par contre, j'ai été très surpris de votre indifférence à propos des meurtres d'Elizabeth Stride, de Katherine Eddowes, et, plus récemment, de Mary Kelly. Pourquoi ?

Abberline esquissa un demi-sourire, les paupières presque entièrement baissées pour cacher son regard. Il murmura, tout doucement :

— Mais dites donc, Klosowski, on dirait que vous suivez ces affaires-là de très près, non ?

Séverin fit un violent effort pour contenir sa panique, tandis qu'il écartait les bras en signe d'impuissance dérisoire.

— Eh, figurez-vous, monsieur l'Inspecteur, que j'ai un motif pour ça ! Savez-vous qu'en septembre, on m'a déculotté à la sortie de votre commissariat pour vérifier si j'étais circoncis ?

L'aveu lui avait beaucoup coûté, mais il était nécessaire. Abberline sourit encore, du coin des lèvres.

— Oui, j'ai appris cela. Le mal n'est pas grand.

— On dit que Jacobs, le suspect arrêté en même temps que moi, est toujours enfermé chez les fous.

Le policier le dévisagea, mi-amusé, mi-irrité.

— Ma parole, j'ai l'impression de me trouver devant le procureur de la Reine ! C'est vous qui posez les questions, alors ?

Séverin baissa la tête, brusquement épuisé.

— Non, c'est vous, monsieur l'Inspecteur. Je vous écoute.

— Question de routine : avez-vous un alibi pour la nuit du 17 au 18 juillet dernier ?

— Non, monsieur l'Inspecteur, répondit-il humblement. Les innocents en ont rarement, surtout quand ils vivent seuls. Je me permets de vous rappeler que je croyais ne pas en avoir non plus le 21 novembre de l'année dernière, et qu'heureusement ma logeuse, Mme Hardmann, m'en avait fourni un. Suis-je suspecté ?

Abberline secoua la tête. Séverin remarqua alors les rides, autour de la bouche, et aussi combien il avait l'air fatigué.

— Des coups de sonde, murmura-t-il, presque pour lui-même, de simples coups de sonde, lancés ici et là... tantôt les uns, tantôt les autres, au hasard, et sans doute dans la mauvaise direction.

La réflexion échappa à Séverin :

— Pourquoi dans la mauvaise direction ?

L'autre lui jeta un regard vide.

— Peut-être parce que quand nous nous égarerons dans la bonne, des ordres viendront d'en haut pour tempérer notre ardeur.

Séverin comprit ce qu'il voulait dire : si Jack l'Éventreur était vraiment, comme il le prétendait, « un pilier de la Société », ce n'était pas un obscur inspecteur de la Metropolitan Police qui obtiendrait les moyens de l'inquiéter sérieusement.

Quand il autorisa Séverin à repartir, Abberline évita de le regarder. Avait-il honte de son impuissance ou regrettait-il ce moment d'abandon qu'il s'était permis en sa présence ? Séverin ne devait jamais le savoir. Il quitta le commissariat dans un état voisin de l'euphorie. La police ne le soupçonnait plus. Il allait épouser Lucy et s'embarquer pour l'Amérique avec assez d'argent pour se bâtir la meilleure des nouvelles vies. Il se dit que tous ses ennuis étaient finis.

Ils ne l'étaient pas. À sa sortie du bâtiment, il vit l'homme, sur le trottoir d'en face. L'homme qui devait surveiller depuis un an les interrogatoires de tous les suspects, dans l'espoir de retrouver enfin celui qui l'avait affronté, une nuit, au fond d'une cour de Berners Street, et qui, ayant sans doute ramassé sa clé, l'avait dépouillé de son argent et du manuscrit. Il n'avait plus sa fausse moustache, mais

Séverin le reconnut parfaitement. L'autre le reconnut aussi.

13

Leurs regards se croisèrent, un peu comme deux épées. Séverin hésita un instant sur la conduite à tenir. Mais quoi, dénoncer l'Éventreur, c'était aussi se dénoncer soi-même, c'eût été vraiment trop stupide ! Il se mit à marcher rapidement, le surveillant du coin de l'œil dans le reflet des vitrines. L'individu le suivait. Il ne portait plus le manteau en tissu d'Écosse ni le feutre, mais avait revêtu une manière de raglan par-dessus la redingote, et il était maintenant coiffé d'un chapeau rigide de forme gibus.

Séverin pressa le pas. L'autre hâta le sien, et, brusquement, Séverin prit peur : cet homme, au fond, était fou. Il pouvait, à tout moment, réagir de façon imprévisible, dangereuse. Séverin changea de direction. S'il ne voulait pas lui indiquer le chemin de son domicile, il lui fallait absolument le semer avant de quitter Whitechapel. Il se dit, avec une fureur froide où la terreur avait sa part :

« Attends, mon bonhomme, je vais te faire courir… »

Il le fit courir. Il descendit Commercial Street jusqu'à Aldgate. Là, il tourna dans Commercial Road, qu'il suivit tout au long. Il ne voulait pas perdre l'individu. Pas encore, car au milieu de cette foule il était peu vraisemblable que celui-ci tentât quelque chose. Ensuite, quand les rues deviendraient plus étroites, quand la nuit serait complètement tombée et que l'obscurité aurait pris possession de la ville, il serait trop tard : Séverin serait arrivé dans un endroit de Londres qui lui était plus que familier, le labyrinthe de Limehouse, où il avait passé sa première année d'exil, et qu'il connaissait comme le fond de sa poche.

Il observait son suiveur dans le miroir sombre des devantures où il s'arrêtait : grand, mince, de ces nerveux qui se contrôlent jusqu'à l'explosion, son long profil aigu se découpait sous la masse grise du chapeau et une question saugrenue vint à l'esprit de Séverin : l'homme ne portait-il feutre et fausse moustache que durant ses activités criminelles ? C'était bien possible, et en un sens, c'était déjà d'une plus grande recherche que dans le manuscrit où M. Hyde ne s'accoutrait jamais autrement que le Dr Jekyll...

Commercial Road East : Séverin entrait dans Limehouse. Au niveau du Regent's Canal, il obliqua à droite, vers le bassin, puis à gauche, comme s'il voulait rattraper la West Indian Docks Road, et enfin encore à droite, dans Oak Lane. La perspective changeait, les rues devenaient plus étroites, plus sinueuses, les immeubles plus escarpés, et déjà, avec la fin du jour, l'ombre envahissait les cours et les venelles. Alors qu'il s'engloutissait dans le Poplar, les premières gouttes de pluie commencèrent à tomber. Des quais proches, le vent amenait des odeurs fétides, des relents complexes de pétrole et de poisson pourrissant, sur de lointains parfums d'opium.

Séverin dépassa des allumeurs de réverbères, le dos plié sous le poids de leur attirail, qui s'arrêtaient à chaque coin de rue pour y déposer leur petit halo blême, mangé de brume, menacé de ténèbres... Et l'autre qui n'abandonnait pas ! Séverin entendait son pas résonner sur le pavé, tandis qu'ils s'enfonçaient dans un paysage d'entrepôts et de chantiers de radoub, où la nuit dévorait la vue, seulement marquée par les reflets liquides que les bassins renvoyaient à un ciel d'encre. On ne rencontrait plus âme qui vive. Très loin, pleurait un banjo solitaire...

Séverin s'immobilisa un instant, haletant, le ventre alourdi d'angoisse. Il avait cru connaître assez bien les lieux pour y perdre son suiveur, mais il n'y réussissait pas autant qu'il l'avait escompté. Il examina les alentours. Devant lui, s'allongeait un immense hangar vide, dont les volets délabrés, restés ouverts, révélaient qu'il ne servait plus à rien depuis longtemps. L'une de ses petites portes latérales battait, sous la poussée du vent nocturne qui remontait la Tamise. Séverin y entra, avec la vague idée de voir venir les choses. Il fut aussitôt pris à la gorge par une âcre odeur de poussière et d'épices moisies. Il faillit tousser. Le dallage résonnait sous ses pas, mais il avait assez d'avance pour ne pas craindre qu'il pût guider l'Éventreur. Il se blottit finalement dans un coin obscur, en bas d'un escalier dont la rampe pendait misérablement au bout de ses barreaux brisés.

Il l'entendit arriver... À l'intérieur, il faisait noir comme dans un four, mais il put voir l'homme coller son long visage blême contre les vitres battues par la pluie, l'une après l'autre. La petite porte grinça. Le cœur de Séverin s'était arrêté. L'Éventreur fit quelques pas, dont l'écho se répercuta jusqu'au lointain toit de tôle, au-dessus d'eux. Il lança, d'un ton fragile qui tremblait aux consonnes :

— Je sais que vous êtes là !

Séverin ne broncha pas. Il était glacé jusqu'aux orteils et n'osait plus respirer. Par contre, l'haleine de l'autre, lourde, sifflante, haletante, résonnait sourdement au fond du hangar. La lueur frêle d'un briquet vacilla sous les courants d'air, mais elle s'éteignit aussitôt. À nouveau, la voix de l'homme grelotta :

— Je sais que vous êtes là, il y a vos pas, dans la poussière !

Silence. Dehors, sur le fond sonore du crépitement de la pluie, une corne de brume mugissait, le long du fleuve. Il cria encore, d'un timbre rauque dont les éclats montaient à l'aigu, tandis que Séverin se forçait à une immobilité minérale, le souffle devenu imperceptible :

— Rendez-moi le manuscrit ! Gardez l'argent mais rendez-moi le manuscrit, il est à moi !

Les murs aveugles se renvoyèrent l'écho de cette plainte. Séverin tourna la tête de tous côtés, convulsivement. Peut-être s'était-il accoutumé à l'obscurité, mais il lui sembla distinguer une mince faille de lumière, au bout d'un étroit couloir qui partait de dessous l'escalier. Lentement, très lentement, il se déplaça dans cette direction. C'était bien une ouverture, une porte qui donnait sur un quai de la Tamise, paysage sans relief souligné par l'obscur, interminable miroitement des eaux. Au moment où il sortait, il entendit l'homme qui hurlait tout à coup.

— Alors, au moins, détruisez-le ! Pour l'amour du ciel, brûlez-le !

Sa voix se cassa sur la dernière syllabe. Séverin se mit à courir, le cœur aux lèvres, la poitrine brûlante, les mains moites. Il croisa des ombres qui se guidaient sur ce bruit insolite, sur ces imprécations qui sanglotaient dans un hangar lugubre : Chinois louches, marins titubants en rupture de bord, putains au corps délabré, autant de larves enfantées par la misère et l'exil, autant d'épaves de la vie qui se hâtaient vers ce spectacle rare, ce délice incongru que leur était la vue d'un plus malheureux qu'elles-mêmes.

14

Terrifié, Séverin précipita les choses. Lui et Lucy se marièrent en août, cérémonie simple, intime, couronnée tout de même par un dîner raffiné offert par Séverin à ses amis sur le Strand.

Sa nuit de noces, Séverin la vécut dans une espèce d'attentif cauchemar. Il s'attendait à tout instant à perdre l'esprit, à sombrer dans un sanglant délire, à provoquer quelque effroyable malheur. Et malgré tous les griefs qu'il nourrirait plus tard envers Lucy, il devait lui garder une reconnaissance éperdue pour la tendresse qu'elle sut lui prodiguer cette nuit-là, pour les pures extases qu'elle lui procura, pour la sécurité, aussi, qu'elle lui donna. Il comprit qu'elle l'aimait depuis toujours, et longtemps il se crut définitivement guéri de ses hantises.

15

Alors qu'ils bouclaient leurs bagages pour le grand départ, le moment arriva tout de même où le sac de toile cirée revint entre les mains de Séverin.

— Qu'est-ce que c'est ? demanda Lucy, aussitôt.

Il s'empressa de lui montrer le cahier ouvert : elle lisait l'anglais beaucoup plus mal que lui, et c'était finalement le meilleur moyen de désarmer sa curiosité. Elle répéta, les sourcils froncés :

— Mais qu'est-ce que c'est ?

— Ça appartient à un ami qui me l'a confié, il y a
un bout de temps, pour le remettre à un autre ami...
tu ne les connais pas. Je n'ai pas pu le retrouver.

— Alors, jette-le, on ne va pas s'encombrer de ça !

Depuis longtemps, l'idée de détruire le cahier rô-
dait au fond de lui-même, mais il ne se l'était jamais
clairement formulée. Et maintenant que la magie du
langage donnait à cette possibilité tout son relief, il se
sentait subitement trempé de sueur, il avait la gorge
serrée, son cœur battait sourdement... Jamais ! Jamais... c'était au-dessus de ses forces...

— Oui, mais entre-temps, j'ai appris qu'il était en
Amérique, figure-toi ! Alors, tant qu'à faire, je l'emporte. Peut-être que là-bas, si je le rencontre...

Un vertige l'avait saisi. Il parlait et s'écoutait parler. Il se voyait pliant le sac, le glissant dans une valise, sans cesser de donner des explications que,
d'ailleurs, Lucy n'écoutait pas... Et voici que, ran-
geant ses derniers vêtements, il palpa quelque chose
de dur, dans une poche de gousset. Il en ressentit une
sorte de traumatisme intérieur. La clé ! La clé de la
chambre de l'Éventreur, dans cette pension de la Minories ! Les événements qui s'étaient succédé, le
temps qui s'était écoulé, lui avaient ôté l'incident de
la mémoire. Et il n'avait jamais remis ce gilet...

Ce fut alors qu'une idée folle, extravagante, s'empara de lui, une idée où entrait autant de défi que de
curiosité, une idée à la mesure des frayeurs qu'il avait
connues. Il lança à Lucy, dans la chambre voisine :

— J'ai oublié une démarche importante, Lucy ! Je
pars, je n'en ai que pour une heure !

— Qu'est-ce que c'est ? cria-t-elle, attends !

Mais déjà, le temps qu'elle fût sortie, il traversait la
cour. Il l'entendit qui ajoutait vivement :

— Ne t'attarde pas, surtout, nous avons juste le temps !

Elle semblait craindre qu'il ne s'arrêtât dans un pub. Il héla un fiacre qui passait. L'heure était creuse, les rues dégagées, et cette promenade tranquille prit pour lui l'aspect d'un adieu à Londres. En arrivant devant la pension de la Minories, son ventre s'alourdit, tandis que ses mains se mettaient à trembler. Il ne put s'empêcher de jeter un long regard autour de lui. L'Éventreur n'était-il pas caché dans quelque recoin, à l'épier ? Il secoua ses craintes, ressaisit ses nerfs, entra d'un pas vif.

Le hall de la pension, il l'avait vu obscur, immense. Il lui apparut au jour beaucoup plus petit. Pension modeste, mais bourgeoise : des plantes vertes ornaient les angles, et à un petit bureau trônait un jeune homme appliqué, auquel il s'adressa, d'une voix un peu rauque :

— Êtes-vous le patron ?

— Non, sir, mais je peux…

— J'ai un objet à remettre en main propre au patron. Voulez-vous l'appeler ?

— Bien, sir. Si vous consentez à patienter…

Il emprunta l'escalier, d'où il redescendit bientôt en compagnie d'un homme à la corpulence placide.

— Sir ?

Séverin déclara, du ton le plus neutre possible :

— J'ai quelque chose à vous remettre, de la part d'un ami qui l'a trouvé dans le train d'Édimbourg…

Il scrutait attentivement sa physionomie, pendant qu'il lui tendait la clé. Mais l'homme sourit sans contrainte

— Eh, mais cela ne date pas d'hier ! C'est la clé de M. Symeson ! L'année passée, en prenant congé, il

m'avait promis de la renvoyer, mais il a dû la perdre… Merci, sir, merci beaucoup !

Séverin resta sur sa faim. Symeson, cela ne lui rappelait rien, mais ce n'était sans doute qu'un nom
d'emprunt.

L'enquête d'Alfred Wood
(1911)

1

Les rapports entre Wood et Jules, le nouveau chauffeur de sir Arthur, étaient très amicaux, quoique ambigus. Jules, au demeurant, n'était guère porté à la confidence et Wood ignorait tout de son passé. En outre, ils avaient fait connaissance dans des conditions particulières, lesquelles leur avaient créé des liens qui ne l'étaient pas moins. Durant l'été 1911, sir Arthur participait, sur le continent, au grand rallye anglo-allemand organisé par le prince Henri de Prusse. Pour la nouvelle qu'il préparait, il avait donc chargé son secrétaire, Wood, de recueillir une documentation sur Brixton, qu'il connaissait peu. Et Wood était parti de Crowborough dans l'automobile conduite par le vieux chauffeur, Albert, non sans avoir recommandé aux domestiques de veiller sur la boîte aux lettres : depuis la prise de position de sir Arthur sur le vote des femmes, des suffragettes enragées y jetaient régulièrement du vitriol...

Le soir venu, Wood, arrêté aux alentours de Poultney Square, avait pris les notes qu'il fallait pour en restituer l'atmosphère nocturne. Les choses s'étaient gâtées au moment où il allait remonter en voiture. Deux escarpes avaient alors surgi de l'obscurité, attirés par cette automobile dont la somptuosité laissait supposer toutes les richesses. Les événements étaient allés très vite. Albert, qui avait voulu s'interposer, s'était écroulé en gémissant, les mains à son flanc ensanglanté. Wood, lui, s'était vigoureusement défendu à coups de canne, soudain replongé de près de vingt ans dans le passé, mais sachant, cette fois, que les choses seraient plus sérieuses... Et puis, alors que tout semblait perdu, le miracle s'était reproduit. Un homme était intervenu, jeune, alerte, et qui se servait de ses pieds comme un dieu. En quelques coups de savate bien distribués, il avait découragé les malfaiteurs qui s'étaient enfuis précipitamment. Wood l'avait remercié avec chaleur, mais l'autre avait ricané :

— Inutile, vous n'étiez qu'un prétexte. Je voulais surtout vérifier la supériorité de la boxe française sur la boxe anglaise.

Il avait effectivement un accent français très prononcé. Interloqué, Wood avait tout de même sollicité son aide : il fallait transporter à l'hôpital le chauffeur dont la blessure paraissait sérieuse. Et l'homme avait consenti à prendre le volant, tandis que Wood montait à l'arrière pour soutenir le malheureux Albert, allongé sur la banquette.

Au service des urgences, l'état du blessé avait été jugé grave : le poumon gauche était perforé, la lame ayant passé tout près du cœur. Il avait aussitôt été dirigé vers la chirurgie. Mais un nouveau problème s'était alors posé. Wood conduisait rarement, et en tout cas, trop mal pour regagner seul le Sussex en pleine nuit. Pris dans l'engrenage du bien, l'inconnu avait finalement ramené Wood jusqu'à Crowborough. Là, tout de même, Wood n'avait pas estimé bienséant de le laisser repartir par le train. Il lui avait fait aménager une chambre dans la vaste demeure et avait partagé avec lui un souper frugal. À cette occasion, il n'avait pas manqué de le questionner. L'homme n'avait pas fait mystère de sa situation : il se trouvait en Angleterre pour quelques mois et cherchait un travail provisoire. Poussé par un de ces élans du cœur auxquels il ne résistait pas, Wood lui avait aussitôt proposé de remplacer Albert durant le temps de son hospitalisation et de sa convalescence. Les gages étant plus que confortables, l'autre avait accepté. Le lendemain, Wood avait câblé à sir Arthur pour obtenir son accord et procédé au recrutement du nouveau chauffeur. Il ne l'avait pas regretté. Si Jules se montrait avare de formes extérieures de respect, il évitait toute insolence caractérisée et possédait du moteur automobile une science étonnante. Non seulement il maniait remarquablement le volant, mais encore il s'avérait capable de pallier toutes sortes de pannes mécaniques. À son retour, sir Arthur lui-même avait bien voulu apprécier les compétences de la nouvelle recrue, et une amitié étrange, un peu méfiante, s'était établie entre Wood et le jeune continental...

C'est ainsi que certain soir de la fin octobre 1911, alors qu'ils traversaient le quartier de l'Épiscopat, dans le Lambeth, Wood avait confié à Jules :

— Savez-vous qu'à cet endroit précis, en 1892, j'ai déjà été attaqué par des voleurs ?

— Vraiment ? fit Jules, marquant un intérêt poli.

Et Wood de préciser :

— En fait, il s'agissait d'une fausse agression, montée de toutes pièces...

Là, Jules parut enfin étonné, si bien que Wood se sentit un peu obligé de lui raconter ses aventures du siècle passé. Il lui parla de Symeson, de Cream et de Klosowski. Et il lui rapporta la scène étrange qu'il avait vécue, alors qu'ayant recueilli les confessions de Cream, en octobre 92, il quittait la prison de Newgate...

La narration, commencée en automobile, s'acheva dans la chaleur du brandy et de la confidence, à l'intérieur du bureau personnel de Wood, où Jules avait bien voulu l'accompagner.

— ... Au moment où je passais près du parloir de la prison, j'ai été hélé : « Gentleman ! Gentleman ! » C'était un prévenu, menottes aux mains, qui m'appelait. On le conduisait en geôle en attendant son jugement...

Wood, alors, n'avait pas reconnu celui qui l'interpellait, mais ce dernier s'était lui-même identifié :

— Rappelez-vous, gentleman, une nuit, dans le Lambeth, vous avez été attaqué par trois rôdeurs...

Les deux gardiens, indécis, impressionnés par la bonne tenue de Wood et la décoration arborée à sa boutonnière, n'osaient trop pousser cet interlocuteur imprévu.

— Je me rappelle, effectivement, avait murmuré Wood.

— J'en étais, affirma l'autre, en souriant comme d'un titre de gloire. Souvenez-vous, vous m'avez flanqué un de ces coups de canne dans le ventre !...

— Oui, ça me revient, avait convenu Wood, interloqué.

Là-dessus, l'homme avait repris précipitamment :

— Écoutez, gentleman, je ne sais pas ce qu'on va essayer de me mettre sur le dos, mais avant d'être

jugé, j'aimerais bien que les choses soient dites...
cette agression-là, elle ne compte pas, c'était du spectacle, elle avait été arrangée par le gentleman qui
est soi-disant accouru vous défendre. Il nous avait
payés...

Littéralement abasourdi, Wood avait secoué la tête
comme pour dégager son entendement. Malgré lui,
malgré la méfiance que lui inspirait l'individu, il avait
questionné :

— Mais... pourquoi ? Quel intérêt ?...

— Eh, est-ce que je sais ? avait répliqué le malfaiteur. En tout cas, il nous avait bien payés. Il ne fallait
pas vous abîmer... seulement vous faire peur et lui
donner l'occasion d'intervenir. Il faut croire qu'il voulait faire votre connaissance, ou qu'il tenait à vous
créer une dette... aussi, si par hasard on doit en parler
au procès, vous seriez bien aimable...

Wood avait mal retenu la fin de la requête. Il avait
mollement acquiescé, tandis qu'on emmenait le prisonnier. Ce soir-là, il avait perdu sur l'humanité les
quelques illusions qui lui restaient encore.

— Et vous n'avez jamais su le fin mot de l'histoire ?
questionna Jules, au terme d'un silence pensif.

— Je n'ai jamais revu Symeson.

Jules insista :

— S'il s'agit du même Symeson rencontré quatre
ans plus tôt par Klosowski, on peut penser qu'il avait
imaginé ce moyen pour mieux surveiller la pension de
miss Sleaper... toujours dans le but de retrouver enfin
le manuscrit...

Wood rembourrait sa pipe, comme chaque fois
qu'il se trouvait embarrassé. Et il se dépêcha d'enchaîner sur le mode jovial, afin de donner un tour différent à l'entretien.

— Ah ! oui, au fait, Klosowski ! Savez-vous ce qu'il est devenu ?

— Comment le saurais-je ? sourit Jules.

— Sa femme, peut-être prise de soupçons, l'avait quitté en 92 pour retourner en Angleterre. Lui-même, ses affaires ayant périclité à Jersey City, vint la rejoindre à Londres en 93. Ils eurent deux enfants, mais très vite, Lucy, lasse de ses infidélités répétées, le quitta. Klosowski vécut alors avec une jeune femme nommée Annie Chapman.

— Annie Chapman ? répéta Jules, les sourcils froncés.

— Le nom vous dit quelque chose, n'est-ce pas ? C'était aussi celui de la victime de l'Éventreur trouvée dans Hanbury Street, la propre rue de Klosowski. Le destin s'offre parfois de ces coïncidences savoureuses. Quoi qu'il en soit, selon un usage courant dans l'Angleterre de cette époque, Klosowski devait adopter le nom de sa concubine, un peu avant de se séparer d'elle : il devint George Chapman... rien à voir, naturellement, avec notre célèbre traducteur d'Homère en vers anglais...

La précision ne parut que médiocrement intéresser Jules.

— Ensuite ?

— Ensuite, s'il ne possédait plus le manuscrit, Klosowski avait gardé le virus du crime. Entre 1895 et 1903, il empoisonna à l'antimoine trois de ses concubines. Convaincu d'assassinat, il devait être pendu à la prison de Woodsworth...

Jules l'interrompit, avec cette brusquerie verbale qui lui était coutumière et dénotait une éducation déplorable, bien continentale :

— Votre Klosowski, monsieur Wood, je vais vous dire : il me laisse indifférent. Moi, un personnage de votre histoire qui m'a beaucoup plus intéressé, c'est ce jeune Monk Osterman... enfin, jeune à l'époque. Il m'a semblé être un gars plein d'envergure.

Wood le considéra en souriant.

— Envergure, vous ne savez pas si bien dire... Tenez, je vais vous montrer un article de presse que j'ai pris soin de conserver. Il date d'août 1903.

Il pivota sur son fauteuil pour se trouver face à un classeur, dont il manœuvra le deuxième casier. Il en sortit une coupure de journal qu'il tendit à Jules. Celui-ci lut attentivement :

LA GUERRE EN AUTOMOBILE

Hier, New York City a été le théâtre d'un événement extraordinaire. Des dizaines d'automobiles, bourrées de tueurs armés, se sont affrontées dans Rivington Street, sous les arches du métro aérien de la Deuxième Avenue. Il s'agissait, pour les chefs des deux gangs principaux, d'affirmer leur suprématie occulte sur la ville. L'un de ceux-ci, Paul Kelly, dirige le gang dit les Five Points, qui contrôle le territoire limité par la Quatorzième Rue, City Hall Park, le Bowery et Broadway. L'autre, soutenu par le Tammany Hall, le bureau du Parti démocrate, s'appelle Monk Eastman, ou encore Osterman, et l'on aura une juste idée de son importance quand on saura que son gang ne compte pas moins de mille deux cents affidés... Il contrôle notamment Brooklyn et le Lower East Side.

La bataille a duré plusieurs heures, après que des gangs mineurs, comme ceux des Rongeurs, s'y sont trouvés mêlés. Assez curieusement, d'ailleurs, le nom-

*bre des victimes de ce gigantesque affrontement est peu
élevé : quatre morts et vingt blessés. Le maire de la ville
a pris contact avec le Gouverneur de l'État pour mettre
au point les mesures nécessaires à...*

Jules avait rendu la coupure de presse à Wood. Il
était rêveur, presque absent.

— La guerre en automobile..., répéta-t-il doucement.

Puis il regarda son interlocuteur, une malice au coin
des yeux.

— Pour en revenir à ce Symeson, vous ne m'avez
toujours pas répondu. Celui de Klosowski était-il le
même que celui que vous avez connu ?

Wood capitula.

— Tout le laisse croire : cette recherche acharnée
du manuscrit, les descriptions physiques qui concordent. Et le nom, bien sûr...

— Ou le pseudonyme, dit Jules.

Les regards des deux hommes se croisèrent. Celui
du jeune Français était vigilant, un tantinet ironique.
Wood détourna les yeux, tandis que Jules reprenait,
lissant machinalement sa casquette de chauffeur :

— Cream n'avait-il pas identifié cet homme, monsieur Wood ?

Wood haussa les épaules sans sincérité.

— C'est possible. Il ne m'en a rien dit.

— C'est certain, répliqua Jules. Quand Symeson l'a
surpris en train de secouer Lou Harvey, Cream lui a
crié : « Vous ! » C'est donc qu'ils se connaissaient.
D'ailleurs, cela explique pourquoi Symeson, au lieu
de prendre simplement pension chez miss Sleaper,
vous a choisi comme son « mouton ».

— Pardon ? s'écria Wood.

— Un terme d'argot, précisa Jules, négligemment. Disons qu'il souhaitait avoir une intelligence dans la place.

Wood se maudit. Depuis qu'il était le secrétaire de sir Arthur, le goût du détail et de la chose racontée avait pris chez lui des proportions telles qu'il l'avait parfois conduit à des impairs.

— ... Conclusion, achevait Jules, placide, Cream avait déjà rencontré Symeson, soit à Londres, soit ailleurs... par exemple à Édimbourg, où il avait suivi des cours de médecine et de chirurgie avant d'obtenir son diplôme... Je penche personnellement pour Édimbourg, à cause des observations de Klosowski...

Très gêné, Wood éluda sa réponse.

2

Wood couvait son secret en silence depuis douze ou treize ans, et il supportait mal que Jules eût paru s'en approcher. Plus d'une fois, il avait voulu mettre les choses au point avec sir Arthur, mais toujours sa maudite pudeur l'en avait empêché.

Le destin est parfois ironique, qui combine ses coups comme dans le plus subtil des jeux d'échecs. Car, précisément le lendemain de son entretien avec Jules, un certain 5 novembre 1911, sir Arthur convoqua Wood dans son bureau. Comme chaque fois qu'il se trouvait en face de ce colosse de deux cent quarante livres, Wood se sentit tout petit. Sir Arthur le fit asseoir et lui proposa un whisky d'une bouteille posée sur le bureau, dont apparemment il avait déjà usé lui-même. Wood ne l'avait jamais vu aussi sombre depuis les mauvais jours d'Hindhead qui, en 1906, avaient précédé la mort de sa première femme, Louise.

— Avez-vous lu la presse, Wood ? demanda-t-il brusquement.

— Je suis au courant, sir, dit Wood, saisissant sur le bureau un journal ouvert à la page des informations régionales.

À la rubrique « Écosse », un titre occupait trois colonnes :

MORT D'UN ÉMINENT CHIRURGIEN

Un chapeau en caractères gras précédait l'article lui-même :

Hier est mort à Édimbourg le Dr Joseph Bell, titulaire honoraire de la chaire de chirurgie à la faculté d'Édimbourg. Joseph Bell, M.D., F.R.C.S., s'était acquis, dans sa spécialité, une grande renommée. Il a été l'un des plus brillants professeurs de l'université d'Édimbourg, et on lui doit de nombreuses contributions à la littérature chirurgicale, notamment deux ouvrages de vulgarisation tout à fait remarquables : Manuel des opérations en chirurgie *(Oliver 1892) et* Notes sur la chirurgie à l'intention des Infirmières *(-d-1906). Il dirigeait en outre depuis vingt ans l'*Edinburgh Medical Journal.

Le Dr Bell pouvait ajouter un titre de gloire très particulier à ceux, nombreux, qu'il possédait déjà. C'est lui, qui, dit-on, avait inspiré le personnage de Sherlock Holmes à l'illustre écrivain sir Arthur Conan Doyle.

Né en 1837, Joseph Bell...

Wood interrompit sa lecture, reposa le journal pour mieux regarder sir Arthur, dont les paupières baissées dissimulaient l'expression. Sir Arthur dit, lentement, avec une sorte de prudence :

— Dites-moi, Wood, vous souvenez-vous des circonstances dans lesquelles vous êtes entré à mon service ?

Wood s'éclaircit la voix :

— Très exactement, sir. Je venais d'effectuer une période de réserve dans l'armée afin d'obtenir le grade de major et d'arrondir ainsi ma pension de retraite. À mon retour des colonies, j'ai trouvé une lettre où vous me demandiez de passer vous voir. C'était en fin 96, ou au début de 97.

Sir Arthur hésita imperceptiblement avant de questionner :

— Et vous ne vous êtes pas étonné alors que je sois si bien au courant de votre situation personnelle ?

— Un peu, sir, avoua Wood... tout au moins au début. Mais j'ai tout compris par la suite.

Sir Arthur parut s'animer. Ses yeux brillèrent, et il tendit un index inquisiteur vers son secrétaire. Il retrouvait là l'un de leurs jeux quotidiens, qu'il utilisait souvent pour ses propres récits.

— Voyons vos déductions, Wood.

— Très simple, sir. À la suite de ma rencontre avec le Dr Cream, j'avais écrit à Robert Louis Stevenson pour lui dire que j'avais récupéré son manuscrit. Je lui ai donné, à cette occasion, toutes les indications me concernant. Il a dû différer sa réponse, que, finalement, il ne m'a pas donnée, la mort l'ayant surpris en 94. Par contre, j'imagine qu'alarmé par ce que je lui apprenais, il vous aura écrit tout de suite pour vous

demander conseil, en votre qualité d'ami, de concitoyen, et aussi de relation commune avec...

— Vous imaginez, Wood, vraiment ? coupa sir Arthur d'un ton âpre.

— J'ai fait mieux qu'imaginer, sir, répliqua Wood,
s'efforçant d'éliminer de sa voix toute nuance de
triomphe. Lorsque j'ai été amené à classer vos dossiers, j'ai remarqué qu'une lettre de Stevenson manquait à vos archives. Elle était enregistrée à l'arrivée
de Samoa en juillet 1893... Là, j'imagine encore —
pardonnez-moi, sir, d'empiéter sur vos prérogatives
— que vous avez voulu vous assurer de tout cela...
Ainsi, sans avoir l'air de rien, m'avez-vous beaucoup
questionné, les premiers temps de notre collaboration. Reconnaissez que je ne vous ai rien caché... Et
puis, il s'est trouvé par ailleurs que vous m'avez jugé
digne d'assurer votre secrétariat. Nous avons donc
passé accord.

Sir Arthur baissa encore les paupières, le regard
fixé sur ses deux fortes mains enlacées.

— Vous n'avez jamais voulu me laisser lire ce manuscrit, soupira-t-il enfin. Et moi, je ne me suis pas reconnu le droit d'insister. Après tout, il est votre
propriété.

Wood répondit, très nettement :

— Je l'ai rangé au fond de ma vieille cantine militaire, sir. Il n'en sortira pas. Je considère que j'en suis
le gardien pour la postérité. Je ne l'ai pas lu moi-
même et je ne le laisserai lire à personne... Maintenant, appelez cela superstition si vous voulez, mais j'ai
les meilleures raisons du monde d'être superstitieux.

— Craignez-vous que j'aille tuer des prostituées,
Wood ? ironisa sir Arthur.

Wood hésita imperceptiblement.

— La question n'est pas là, sir. J'ai parfaitement compris ce que m'ont expliqué Cream et, à sa façon plus fruste, Klosowski. Ce texte réveille les mauvais instincts particuliers à chacun. Certes, il concerne plus spécialement les prostituées, puisque c'était l'obsession personnelle de Stevenson depuis son malheureux amour de jeunesse avec cette Kate Drummond dont il avait fait Claire, mais sa magie peut aussi fort bien susciter d'autres démons. Nous en avons tous quelques-uns tapis au fond de l'âme. Ne vaut-il pas mieux les laisser dormir ?

Sir Arthur demeura silencieux. Wood le devina qui remuait des pensées obscures avant de reprendre le dialogue, très abruptement :

— Que pensez-vous de Jack l'Éventreur, Wood ?

— Il est mort, sir, répondit Wood, d'une voix tendue. Vous et moi le savons maintenant.

Sir Arthur se leva d'un seul élan. Ses mains tremblaient. Il fit, d'un timbre devenu rauque :

— Allons, Wood, que voulez-vous insinuer ?

— Exactement ce que vous savez, sir, rétorqua Wood, sans faiblir. Exactement ce que vous vous apprêtiez à m'apprendre. À présent qu'il a disparu, il est évident que vous ne vous sentez plus tenu au secret… du moins avec moi, qui l'ai également connu.

Sir Arthur se rassit. Il s'appliqua à respirer fortement, plusieurs fois, afin de mieux maîtriser son émotion. Il murmura enfin :

— Ne croyez-vous pas que vous déraisonnez, Wood ?

— Permettez-moi de m'expliquer, sir, demanda Wood, très calme.

— Je voudrais bien, répondit sèchement sir Arthur.

— Voici. Bien entendu, je résume. Après *Une étude en rouge* et *Le signe des quatre*, vous avez fait paraître, dans le *Strand Magazine*, *Les aventures de Sherlock Holmes*, dont vous avez ensuite dédié le recueil, édité en août 92 chez George Newnes, au Pr Joseph Bell, qui vous avait inspiré votre personnage. Par un article paru peu après dans *The Bookman*, Bell vous en a remercié, mais il a lui-même revendiqué pour son maître dans la voie des déductions le Dr Syme, dont la méthode de diagnostic est restée une tradition de l'école d'Édimbourg...

— Je vois que vous connaissez cela très bien, Wood, admit sir Arthur. Et cela nous mène où ?

— Vous l'avez fort bien compris, sir. Dans *The Bookman*, Bell se revendiquait comme l'héritier de Syme, son fils spirituel.

— Symeson, n'est-ce pas ? grimaça Sir Arthur. Ensuite ?

— Ensuite, sir, pendant que paraissent dans le *Strand Les souvenirs de Sherlock Holmes*, de novembre 92 à septembre 93, vous recevez la lettre de Stevenson, dont le contenu vous bouleverse. Il y a du moraliste en vous. Vous ne pourriez dénoncer le criminel, mais vous jugez indécent de continuer à glorifier son personnage, fût-ce sous un aspect littéraire. Alors, en septembre 93, vous écrivez *Le dernier problème*, qui paraît dans le *Strand* en octobre. Vous y faites périr Sherlock Holmes au fond des chutes de Reichenbach...

— Imagination, Wood, coupa sir Arthur, le visage empourpré, vous arrangez les choses pour qu'elles s'adaptent à votre théorie...

Cela aussi faisait partie du jeu et Wood ne s'en formalisa guère.

— À défaut de preuves, sir, les présomptions ne manquent pas. Énumérons-les. D'abord, vous n'avez jamais imaginé une rencontre entre Sherlock Holmes et Jack l'Éventreur. C'était pourtant un thème en or, bien fait pour tenter votre plume. Ensuite, toute votre correspondance avec Bell a été détruite... lors d'un accident (Wood avait délibérément insisté sur les derniers mots). Il y a enfin le fait que pour tuer Holmes, vous avez inventé le personnage de Moriarty, complètement inconnu jusqu'alors. Vous le faites littéralement surgir des ténèbres, déjà tout armé d'un grand passé criminel. Or, qui est Moriarty ? Justement une intelligence prodigieuse vouée au mal comme celle d'Holmes est vouée au bien ; un double noir d'Holmes, sa caricature inversée, sa face cachée. Ainsi que Jekyll et Hyde, Holmes et Moriarty sont le même homme vu sous des éclairages différents, ce qui, par parenthèse, est tout à fait conforme à l'esprit du livre de Stevenson. D'ailleurs, comme Jekyll et Hyde, ne meurent-ils pas ensemble, de façon plus que symbolique ?

Sir Arthur fit observer, sans beaucoup de conviction :

— Tous les éléments ne ressortissent qu'à la psychologie, Wood. Scotland Yard les récuserait.

— Peut-être, sir, mais Scotland Yard comparerait au moins les fiches signalétiques des deux suspects. Vous décrivez Holmes ainsi...

Wood s'interrompit pour préciser, sur le ton de l'excuse :

— Je connais la plupart de vos textes par cœur, c'est indispensable pour mon travail... Donc, voici Holmes : « Il mesurait environ six pieds, mais il était si excessivement mince qu'il paraissait beaucoup plus

grand. Ses yeux étaient vifs et perçants. Son nez aquilin et fin donnait à sa physionomie un air attentif et
décidé... »

— Vous ne m'apprenez rien, Wood ! s'écria sir Arthur, agacé.

— Et maintenant le Pr — le professeur — Moriarty : « Il est extrêmement grand et mince. Il a les
yeux profondément enfoncés, il est imberbe, pâle, as-
cétique de visage. Son front s'élance en une courbe
blanche... » ce qui ne laisse pas de supposer chez lui
la même dolichocéphalie que vous prêtez ailleurs à
Sherlock Holmes ! Deux signalements, donc, qui présentent plus qu'un point commun, et qui évoquent
également celui...

— Allons, Wood, coupa sir Arthur, votre raisonnement ne tient pas ! De toute façon, je l'ai ressuscité,
Holmes, non ?

— Bien sûr, admit Wood, mais après sept ans de
purgatoire. C'est long, pour un caprice d'auteur, vous
avouerez ! Et puis, il y a eu les pressions des éditeurs,
les lettres des lecteurs, les exhortations répétées de
Madame votre mère...

— Et aussi le goût d'une certaine facilité, reconnut
sir Arthur, très las. Je vais vous dire, Wood, j'avais effectivement l'intention de vous avouer la vérité, mais
voyez comme je suis mesquin, je n'ai pas aimé que
vous l'ayez devinée !

Sir Arthur s'était levé, marchait de long en large.
Finalement, il partit d'un long rire sans joie en secouant la tête. Wood crut avoir compris.

« J'ai bouleversé la hiérarchie de ses personnages,
songea-t-il amèrement. Sherlock Holmes démasqué
par Watson, voilà qui est contraire à l'esprit des cho-

ses et constitue une manière de sacrilège littéraire ! Il est fort possible qu'il m'en garde rancune... »

Mais sur ce point, Wood se trompait. Déjà, depuis son entrée au service de sir Arthur, et notamment avec sa réapparition dans *Le chien des Baskerville*, Watson avait dépassé le niveau du faire-valoir. Et le personnage allait acquérir encore plus de relief et de subtilité au cours des ouvrages qui suivraient...

3

Revenant dans son appartement, Wood fut surpris d'y entendre du bruit. Il y trouva Jules, debout au milieu de son bureau, qui lui souriait gauchement.

— Oui, Jules ? dit-il les sourcils froncés, désirez-vous quelque chose ?

— Oh ! rien, répondit Jules, haussant les épaules. J'étais simplement venu vous prévenir que j'étais obligé de rentrer en France plus tôt que convenu...

— Ah ! bah, s'exclama Wood.

— Un imprévu, monsieur, mais j'espère que le mal n'est pas grand. Albert est disponible la semaine prochaine, n'est-ce pas ?

— Bien sûr, murmura Wood. Ainsi, vous nous quittez ?

Il se sentait absurdement ému.

— Mes affaires m'appellent, expliqua vaguement Jules. Je voulais vous remercier. Vous m'avez rendu service...

— Je vais en aviser sir Arthur.

Il s'établit entre eux un silence gêné, au terme duquel Jules reprit, apparemment hors de propos :

— Entre nous, vous y croyez ?

— À quoi ?

— À ce manuscrit... celui de Cream, de Klosowski, de Symeson...

Wood répondit, avec un humour sombre :

— Pour vraiment y croire, faudrait-il que je l'aie lu et en aie constaté les effets sur moi-même. Je ne suis pas prêt à prendre ce risque, croyez-moi !

— Mais vous le gardez.

— Il est là, dit Wood, montrant son placard d'un geste du menton. Au fond de ma vieille cantine. Personne ne le lira, j'y veille. C'est de la dynamite, Jules.

Jules secoua la tête.

— Ces superstitions sont vraiment d'un autre âge, monsieur Wood. À qui voudriez-vous faire croire que la simple lecture d'un texte peut transformer la personnalité d'un homme ?

— Oh ! moi, à personne, s'écria Wood, la main sur le cœur. D'ailleurs, je vous le répète, Jules, il ne s'agit pas de transformer, mais bien plutôt de révéler, et j'espère que nous n'aurons plus jamais à en vérifier l'effet...

Il était tout de même un peu vexé : douter des vertus maléfiques du manuscrit, c'était presque mettre sa bonne foi en cause. Il reprit, sur un ton soigneusement ironique :

— Vous n'y croyez pas, mais cela vous a tout de même travaillé, Jules, reconnaissez-le !

— Très volontiers, dit Jules, plaisamment, une main sur le bouton de la porte... une sorte de curiosité malsaine, si vous voulez, un peu celle qu'on a pour les horoscopes ou les études de caractère. Moi, par exemple, les prostituées, ça ne m'intéresse pas plus que ça ; ce qui m'attire, c'est la mécanique, et le pouvoir que donne l'argent. Je me demande donc quel

Jules inconnu pourrait me révéler votre manuscrit...
en somme, grâce à lui, je pourrais savoir ce qui bout
dans ma marmite ?

Wood ne connaissait pas cette expression, qui devait être traduite littéralement du français, peuple
porté, comme chacun sait, à la gastronomie, mais il en
saisit parfaitement le sens, et tandis que Jules se retirait, il sourit avec indulgence.

4

Il ne souriait plus le lendemain, en constatant
qu'avant de partir, Jules avait fracturé le cadenas de
sa cantine et volé le manuscrit.

5

— Eh bien, voyez-vous, déclara sir Arthur, sans
ambages, quand il eut été mis au courant, je préfère
encore cela.

— Mais, sir, notre responsabilité...

— Notre responsabilité cesse avec cette disparition,
Wood. Le responsable, maintenant, c'est lui, Jules. Et
puis, que voulez-vous faire ? Porter plainte ? Nous
n'avons aucun titre légal à la possession de ce cahier.
Quant à Jules, il est déjà de l'autre côté du Channel...
et, entre nous, Wood, je ne suis pas trop surpris. J'ai
toujours pensé qu'un homme capable de se battre si
bien avec ses pieds n'était pas tout à fait un gentleman !

— Tout de même, sir, maugréa Wood, quand on
pense à tout ce que nous avons fait pour lui !...

— Il en a fait autant pour vous, rappela sir Arthur. L'agression d'août dernier, ce n'était pas du factice, Albert pourrait vous en parler. Et, ma foi, si cela pouvait l'aider à se trouver, je serais curieux de voir ce que cela donnera, intellectuellement parlant. Croyez-vous qu'il va se mettre à tuer des prostituées, Wood ?

Wood secoua tristement la tête.

— Ce ne semble pas être son problème, sir... enfin, pas exactement.

Sir Arthur le considéra attentivement.

— Que signifie ce « pas exactement », Wood ? Vous, vous avez une idée derrière la tête.

Wood esquissa un geste de pudeur contenue.

— Je pensais à la parabole de la Bible, sir. Dans la bouche des prophètes de l'Ancien Testament, la grande prostituée, c'était Babylone. Dans celle des nouveaux prophètes qui se réclament de Proudhon et de Bakounine, la prostituée, c'est notre société bourgeoise.

— Voulez-vous dire que Jules professait de ces opinions délirantes ?

— Il est toujours resté très discret sur ses croyances personnelles, sir. Je sais seulement qu'il éprouvait un certain mépris pour les valeurs que nous respectons, et qu'il s'est intéressé à la documentation que j'ai réunie sur l'affaire Iaslev-Bernowski, documentation que vous n'avez d'ailleurs pas encore utilisée.

— Ces anarchistes qui prétendaient dévaliser la firme Shumann, il y a deux ans ?

Wood acquiesça.

— Notez, sir, que pour qualifier ce braquage crapuleux, Jules employait l'expression curieuse de « reprise individuelle ».

— Étrange reprise, en vérité, Wood ! Il y a eu cinq morts et dix blessés parmi les passants ou les policiers. Et ces deux enragés se sont laissé tuer sur place plutôt que de se rendre ! Si Jules en a fait ses inspirateurs, avec le manuscrit par là-dessus, on peut tout craindre !

— On peut, sir.

Sir Arthur conclut, affichant une bonne humeur factice :

— Il va donc falloir surveiller les journaux du continent, Wood, pour savoir s'ils parlent d'un certain Jules... Jules... au fait, comment s'appelle-t-il, déjà ? Moi, sorti des généraux de l'Empire, les noms français, je ne m'en souviens jamais...

— Bonnot, Sir, répondit Wood.

Postface

Ce roman, tout à fait imaginaire, s'inspire néanmoins de quelques faits authentiques, à savoir :

1. D'après Sidney Colvin, George Hellman et Edmund Gosse, Mme Stevenson avait obtenu de son mari qu'il détruisît la première version de son roman *Le Dr Jekyll et M. Hyde*. Mais l'a-t-il fait ?

2. Alfred Wood était bien le secrétaire d'Arthur Conan Doyle, et selon Adrian Conan Doyle, son fils, c'est lui qui aurait inspiré à l'écrivain le personnage de Watson. (Lettre à P. Nordon du 15 février 1957.)

3. Le Dr Cream et Séverin Klosowski, dit Georges Chapman, ont réellement existé. On peut trouver les minutes de leurs procès dans les annales judiciaires britanniques. De même Monk Eastman, dont la truculence a séduit notamment l'historien Herbert Asbury (*Les gangs de New York*) et l'écrivain Jorge Luis Borges (*Histoire de l'infamie*).

4. On sait que Conan Doyle, après avoir fait périr Sherlock Holmes (*Le dernier problème*), refusa obstinément de lui redonner vie pendant sept ans, malgré les lettres des lecteurs, les pressions des éditeurs et les

930 *Histoires secrètes de Sherlock Holmes*

sollicitations de sa propre mère. Ce qu'on sait moins, c'est qu'il a détruit toute sa correspondance avec le Dr Joseph Bell.

5. Enfin, on se rappelle l'histoire rapportée par le Dr Edmond Locard, le célèbre criminologiste lyonnais : un jour qu'il faisait visiter son musée du crime à l'un des amis d'Arthur Conan Doyle, celui-ci tomba en arrêt devant l'une des photos de la collection, s'écriant :

— Mais je connais cet homme. Il était le chauffeur de sir Arthur en 1911 !

Il s'agissait de Jules Bonnot, dont aucune des biographies ne manque de rapporter l'anecdote.

Le détective volé

Edgar Poe est mort en 1849, Sherlock Holmes est né en 1854, mais un détail si infime ne saurait empêcher deux personnages aussi remarquables de se rencontrer.

En manière de prologue

— En vérité, Holmes, je me demande bien ce que nous faisons ici !

J'étais de mauvaise humeur. Malgré mon goût de l'aventure, je n'aime guère me trouver éloigné des brouillards londoniens, et je m'accommodais mal de l'âpre hiver parisien. Holmes ne répondit pas tout de suite. Posté près de la fenêtre, il regardait la rue, dont le pavé luisait doucement. De légers flocons de neige voltigeaient sous la lueur jaune des réverbères.

— Remarquable, Watson, dit-il enfin de sa voix froide. Pour leur éclairage public, les Français ont déjà de ces crémaillères en boîte close qui préviennent le vandalisme. Nous les avons rattrapés mais on peut considérer que, en 1834, ils nous devancent dans ce domaine.

Je réprimai un mouvement d'impatience.

— Je répète, Holmes : que faisons-nous ici ?

— Ce pourquoi nous existons, vous et moi, Watson : une enquête… une espèce d'enquête.

Il alluma sa pipe, posément, en tirant quelques bouffées pensives avant de poursuivre :

— Il nous faut bien admettre un postulat, mon cher. Nous autres, personnages littéraires, sommes soumis à la volonté de notre créateur. Or, sir Arthur avait besoin de notre concours, précisément dans les années 30. Il disposait pour cela d'une collaboration précieuse : son confrère, Herbert George Wells, avait mis au point une machine à voyager dans le temps.

— Fiction, Holmes !

— Ou réalité à laquelle le monde n'est pas préparé. En tout état de cause, elle semble avoir fonctionné.

Je gardai un silence maussade. Holmes reprit, de sa voix coupante :

— Paris 1834. Date un peu arbitraire, Watson, que j'ai moi-même déterminée à la demande de sir Arthur.

— Sur quelles bases ?

— Je vous expose l'affaire. Vous savez combien les exégètes de la fin du XIXe et du début du XXe siècle ont souligné l'inspiration que sir Arthur aurait puisée chez Poe. D'abord, rencontre du détective et du narrateur qui décident de louer un logement ensemble. Ensuite, enquête commune, rapportée par ledit narrateur.

— Ce n'est pas tout à fait faux, Holmes.

— Pour le chevalier Dupin et son ami anonyme, ce logement serait situé au troisième étage du numéro 33 rue Dunot, dans le faubourg Saint-Germain.

— C'est donc là où nous sommes ?

— Nous sommes au 33 de la Petite-Rue-du-Bac, Watson. La rue Dunot n'existe pas plus que Dupin lui-même.

Je sursautai.

— Quoi ? Le chevalier Dupin n'existe pas ?

— Il n'existe pas. D'abord, le titre de chevalier est déjà obsolète en 1834. Et puis, relisez Edgar Poe. Voyez-vous quelque part la moindre indication sur l'apparence physique de Dupin ? On peut lui prêter la jaquette, le haut-de-forme, le gilet et les bottes — peut-être des Sikorski, puisque Poe le suppose dandy — mais c'est tout. Non, il n'est dans l'œuvre qu'une image sans contours, une machine à raisonner parfaitement abstraite. Je suis persuadé que si Poe s'est inspiré d'un personnage réel, il s'est bien gardé de lui donner le moindre relief, afin d'écarter toute chance d'identification.

— Pour quelle raison ?

— C'est ce que nous sommes chargés de découvrir.

Il s'était installé dans un fauteuil, l'air tout à fait serein et détendu, tandis que je continuais de faire les cent pas dans le petit logis. Il reprit la parole :

— Je ne vous cache pas que sir Arthur commence à être irrité par ces incessantes références à son prédécesseur. Il entend démontrer que nous sommes des personnages originaux, lesquels n'ont rien à voir avec Dupin.

Je levai un index péremptoire :

— D'ailleurs, Holmes, la rue Dunot n'existe pas, alors que Baker Street, elle, existe !

— Mais pas le 221b, Watson !

— Enfin, Holmes, oui ou non, possédez-vous un dossier ?

— Très incomplet, reconnut-il, sir Arthur tient essentiellement à ce que nous menions cette enquête avec l'esprit parfaitement libre. En fait, je n'ai eu droit qu'à la relecture des œuvres complètes d'Edgar Poe.

Cette fois, je vins m'asseoir en face de lui.

— Allons-nous refaire l'enquête sur les assassinats de la rue Morgue, Holmes ?

— Non, Watson. Cette nouvelle semble avoir été conçue par Poe en dehors de toute réalité et de toute vraisemblance, uniquement pour mettre au point la technique d'analyse de son personnage. Il en va autrement des deux autres aventures du chevalier Dupin.

— Parlons-en ! m'écriai-je. Si vous faites allusion au « Mystère de Marie Roget », le fondement en est notoirement réel, puisqu'il s'agit du meurtre à New York de cette malheureuse Mary Cecilia Rogers, mais la transposition parisienne, elle, laisse à désirer ! Poe voit des sassafras sur les bords de la Seine, et il y fait naviguer des ferry-boats !

— J'évoquais surtout *La lettre volée*, publiée en 1841.

— Dans sept ans, Holmes !

— … Mais sans doute conçue bien avant.

— Pourquoi *La lettre volée* ?

— Parce que le texte semble se référer à des événements précis que l'Histoire — la grande, Watson, pas la petite, pas la nôtre — aurait enregistrés.

Il frotta l'une contre l'autre ses mains fortes et maigres avant de conclure :

— J'ose espérer que cette affaire-là nous conduira au vrai Dupin, Watson. Je vous l'avoue, j'ai hâte de le démasquer.

— Et puis, raillai-je, cela fera tellement plaisir à sir Arthur !

I. La lettre volée

1

La neige avait cessé, mais une bise aigre remontait la Seine, faisant claquer les voiles des esquifs amarrés au long des quais. Holmes et moi, qui avions passé la soirée précédente à consulter la presse, prenions un peu l'air de Paris. Devant le palais des Tuileries, nous assistâmes ainsi à la sortie du roi Louis-Philippe et de la reine Marie-Amélie. J'en fus fort déçu. Le roi portait un habit marron sans décoration, un gilet des plus sobres, un pantalon noir et des escarpins. Il tenait lui-même son parapluie, dont la mode, d'ailleurs, venait de chez nous. Sous le haut-de-forme, son toupet grisonnant et frisotté me parut proprement ridicule. N'eussent été les livrées tricolores des laquais, j'aurais pris ces souverains pour des bourgeois.

Holmes condescendit à m'expliquer que cette simplicité ressortissait à l'attitude, Louis-Philippe arborant volontiers des manières populaires et se voulant beaucoup plus roi des Français que roi de France. Le couple royal avait pris place, sous les maigres applau-

dissements des badauds, dans un carrosse, dont je notai, avec une vanité un peu puérile, qu'il venait de
chez Farry, Breilmann and Co. Une troisième personne se tenait à côté du roi, une grande femme laide,
d'allure masculine. Je fus frappé par son air de résolution.

— Madame Adélaïde, sœur du roi, murmura Holmes. Les échotiers prétendent que c'est elle qui porte
la culotte dans la famille d'Orléans.

— À propos de culotte, fis-je remarquer, le roi
aurait peut-être intérêt à s'adresser à l'un de nos
tailleurs. Sa silhouette y gagnerait en élégance.

— Allons, Watson, me répondit Holmes avec bonne
humeur, vous savez bien que les meilleurs tailleurs
anglais sont allemands !

Le carrosse s'ébranla en direction de Neuilly, tandis
que nous revenions vers la Cité en empruntant les
chemins de halage boueux. Nous évitions ainsi les
rues encombrées de landaus, berlines, victorias, qui se
pressaient dans un vacarme incessant de sonnailles,
de grincements d'essieux et d'appels.

— Votre conclusion, Holmes ? demandai-je, alors
que nous entrions dans la rue Pavée.

— Je dois encore revoir la presse, répondit brièvement mon ami. Il faut mettre moins nos pas dans ceux
d'Edgar Poe que notre esprit dans le sien. C'est à partir des journaux qu'il a reconstitué le meurtre de
Mary Rogers. C'est à partir des journaux que nous
pourrons démonter les mécanismes de *La lettre volée*.

— Nous les avons consultés hier.

— Certes, ceux d'à présent, mais relisez *La lettre
volée*, Watson : il y est question d'un chantage exercé
par un ministre sur une personne très proche du roi,
un chantage dont l'objet peut être très antérieur...

— Sur la reine, Holmes ?

— Probablement, car je vois mal Madame Adélaïde acceptant sans ruer une situation de tutelle. La reine, elle, est connue pour sa piété familiale et pour être ennemie de toute aventure... Prête, par conséquent, à payer pour éviter le scandale.

— Pourtant, Holmes, c'est bien elle qu'on fait chanter ! Alors quoi, adultère ?

À cette occasion, je vis chez Holmes l'un des rares sourires de notre collaboration.

— Qu'est-ce qui a pu vous mettre une idée pareille en tête, mon cher Watson ?

— Mais nous sommes en France !

Il secoua la tête, comme anéanti par ma réflexion.

— Allons, Watson, vous venez de voir la reine Marie-Amélie. Admettez que son apparence physique ôte toute vraisemblance à votre hypothèse ! Pour commettre un adultère, il faut être deux.

— Trois, Holmes. Cela dit, j'admets que ma supposition était proprement absurde. Alors ?

— Alors le pouvoir pour l'argent, ou l'argent pour le pouvoir, l'un n'allant pas sans l'autre... Vous avez lu avec moi tous les journaux de ces derniers jours, Watson, non seulement *Le Moniteur, Le Conservateur* ou *Le Journal des débats*, mais aussi les feuilles d'opposition, *Le National, Le Globe, Le Constitutionnel*, et surtout cette presse acide qui se fait l'écho des potins parisiens, *Le Voleur, La Silhouette, La Caricature*... Puis-je vous citer quelques lignes de Louis Desnoyers dans *Le Sylphe* ? « Le roi est dit avare, mais à côté de la reine Marie-Amélie, il pourrait jouer les saint Martin... »

— C'est-à-dire ?

— C'est-à-dire, Watson, que toute l'opposition se gausse des vertus d'économie du roi — traduisez avarice et cupidité — mais admet que, comparé à sa femme, ce ladre prendrait facilement des allures de grand seigneur...

— C'est-à-dire ? répétai-je, sans me soucier de dissimuler mon impatience.

— Vous allez le savoir. Nous sommes arrivés.

Nous étions au bout de la rue Pavée. Il s'ouvrait là une manière d'officine, surmontée d'une enseigne fort explicite :

Agence de renseignements — Police privée — Enquêtes — Recouvrement de créances impayées.

Directeur : François Eugène Vidocq.

2

Je sursautai.

— Vidocq ? Le Vidocq dont les Mémoires ont été traduits en anglais il y a cinq ans ? Un ancien bagnard devenu chef de la Sûreté, n'est-ce pas ?

Holmes acquiesça :

— Et licencié ensuite sans remerciements. Avez-vous lu M. de Balzac, Watson ?

Je repartis, non sans irritation :

— Je connais le nom de Balzac, bien que ses œuvres n'eussent jamais été traduites en anglais.

— Elles le seront, sans nul doute. L'année dernière, donc, Balzac a publié un roman, *Le Père Goriot*, où apparaît un individu singulier nommé Vautrin. Ce personnage lui aurait été inspiré à la fois par le colonel Coignard, Anthelme Collet et Vidocq lui-même.

— Ce Vidocq-là ?

— Je vous en résume la carrière : forçat plusieurs fois évadé, il réussit à persuader le préfet d'alors, le baron Pasquier, de l'employer comme « mouton » auprès des détenus, puis agent double dans le milieu des malfaiteurs. Il finit par créer une brigade spéciale de Sûreté dont il prit la direction. En disgrâce avec son nouveau chef, Duplessis, il démissionna en 1827 pour monter une fabrique de papier, mais ce fut un échec commercial. Heureusement, l'année suivante, la publication de ses Mémoires le renfloua. Il y a deux ans, il fut rappelé dans la police où il reprit ses fonctions. Pourtant, malgré les services rendus lors des émeutes consécutives aux obsèques du général Lamarque, il fut remercié sans gloire. C'est alors qu'il décida de créer une agence de police privée. Une innovation, Watson : c'était la première du genre. Allons…

Il poussa la porte. Un seul homme se tenait à l'intérieur, assis derrière un bureau de style Empire. Il portait une robuste soixantaine d'années. Son visage plein était encadré de ces favoris fournis qu'imposait la mode française. Il se leva avec empressement à notre entrée.

— Messieurs ? fit-il d'une voix de basse.

Holmes et moi avions ôté nos chapeaux.

— Monsieur Vidocq ?

— À votre service, messieurs. Si vous avez eu affaire à des « faiseurs », vous ne sauriez trouver meilleure adresse pour recouvrer vos créances.

Holmes sourit du coin des lèvres.

— Il ne s'agit pas de cela, monsieur Vidocq, mais souffrez que nous nous présentions. Voici le Dr Watson, et moi, je m'appelle Sherlock Holmes.

— Vous êtes anglais ? questionna Vidocq, très intrigué.

— Historiens anglais.

— Vous n'avez aucun accent.

— Ma mère était française, dit Holmes, le français est donc un peu ma langue maternelle. Mon ami, le Dr Watson, le comprend également, mais par pudeur insulaire se refuse à le parler.

C'était exact. En revanche, je m'exprimais à la perfection en plusieurs dialectes hindous, mais je ne jugeai pas opportun d'en faire la remarque. Vidocq, lui, s'étonnait :

— Pensez-vous réellement que je pourrais vous rendre des services dans le domaine de l'histoire ?

— Il s'agit d'un domaine très particulier, répondit Holmes, celui de l'anecdote.

— En ce cas, asseyez-vous.

Nous prîmes place sur les deux autres chaises du local.

— Nos recherches, reprit Holmes, portent sur la petite histoire, et notamment sur certains scandales dont les autorités au pouvoir pourraient redouter le retentissement.

— Je vois, dit Vidocq.

Sa physionomie s'était transformée, durcie. Il avait baissé les paupières, comme pour nous dissimuler l'intérêt trahi par son regard.

— S'agit-il de police politique ?

— Mon cher, fit Holmes chaleureusement, ce n'est pas à moi de vous apprendre à quel point politique et droit commun peuvent parfois s'interpénétrer.

— Je vous écoute, dit Vidocq. Vos études concernent-elles un point délicat des événements contemporains ?

— Plus que délicat.

Holmes se releva, fit quelques pas pour examiner la rue à travers la vitre, puis, brusquement, nous fit face.

— Pensez-vous, monsieur Vidocq, qu'on puisse trouver, dans les dernières années qui viennent de s'écouler, un fait qui donnerait motif à chantage contre la Cour ?

Vidocq sourit imperceptiblement.

— La monarchie de Juillet n'est pas irréprochable, monsieur Holmes, mais je suis sûr que vous avez une idée très précise à ce sujet. Gagnons du temps, voulez-vous ?

Holmes frappa sa paume gauche du pommeau de sa canne.

— Vous avez raison. Je pense à une énigme criminelle demeurée inexpliquée, mais dont la maison d'Orléans a retiré un bénéfice des plus considérables.

— 27 août 1830, répliqua Vidocq sans hésiter. Il y a un peu plus de quatre ans, et Louis-Philippe n'était roi des Français que depuis un mois.

Je demeurai sidéré, et pour tout dire un peu mortifié. Holmes eût pu tout de même me tenir au courant ! Décidément, son goût du mystère et des coups de théâtre était parfois rude à supporter pour un compagnon fidèle. Je ravalai cependant ma rancœur pour mieux écouter.

— Que pensez-vous du suicide du prince de Condé, monsieur Vidocq ? questionnait Holmes sans ambages.

Vidocq haussa les épaules.

— Ce qu'en a pensé tout le monde à cette époque, y compris le baron Pasquier et le colonel de Rumigny, pourtant dépêchés sur les lieux par le roi lui-même : que ce n'était pas un suicide.

— Cependant, l'enquête menée par les inspecteurs du préfet Girod de l'Ain a écarté la thèse du crime, et après les conclusions du procureur général Persil, la Chambre des pairs a elle-même entériné celle du suicide.

— Ben voyons ! dit Vidocq, goguenard.

Ne pouvant réprimer plus longtemps mon impatience, j'apostrophai mes compagnons :

— Soyez un peu plus clair, Holmes ! S'il y a chantage, c'est qu'on a la preuve d'un crime. Et je me demande bien qui pourrait l'avoir ?

— Ceux qui y ont prêté la main, Watson, répliqua Holmes sur le ton de l'évidence, ou ceux que le hasard aurait mis en position de connaître la vérité...

Un silence s'installa entre nous.

— Ma mission, dans tout cela ? demanda Vidocq. Voulez-vous établir la preuve formelle du crime, messieurs ?

— Nous sommes anglais, lui rappela sobrement Holmes. Il ne nous appartient pas d'intervenir dans les affaires intérieures de la cour de France. Je désirerais seulement savoir, si, à partir de ce scandale, un chantage a pu être monté...

S'asseyant à califourchon sur sa chaise, il leva la main afin de prévenir une question de notre interlocuteur.

— Laissez-moi préciser ma pensée, monsieur Vidocq. Selon les renseignements que je possède, quelqu'un ferait chanter la reine Marie-Amélie, laquelle, afin d'éviter le scandale qui aurait éclaboussé la maison d'Orléans, se serait soumise.

Vidocq éclata de rire.

— La reine Marie-Amélie, messieurs, cette harpagonne ! On dit que chaque pièce sortie de son escarcelle lui déchire le cœur ! En vérité, la chose serait savoureuse, mais voyez-vous, à mon sens, on se serait plutôt adressé à Madame Adélaïde, tant il est notoire qu'elle mène les affaires du royaume.

Holmes repartit sur un ton de patience lassée :

— Vous devez le savoir, monsieur Vidocq, dans ce genre de situation, il s'établit toujours un rapport de force. Peut-être s'agit-il ici de petits escrocs qui craignent de se heurter à une si forte femme... La théorie du maillon le plus faible, n'est-ce pas ?

— Ce maillon, ce serait la reine Marie-Amélie ?

— La reine Marie-Amélie, effacée, craintive, qui nourrit une sainte horreur du scandale.

— Et comment expliquerait-elle ces dépenses à son royal époux ?

— De la façon dont les femmes des grands justifient leurs excès, mon cher : les bonnes œuvres.

Vidocq, sceptique, secoua la tête.

— Allons, monsieur Holmes, pourquoi n'en aurait-elle pas parlé au roi ?

— Cela m'étonnerait, dit tranquillement Holmes. En parler au roi, c'était mettre au courant Madame Adélaïde, pour laquelle il n'a pas de secrets, donc provoquer l'épreuve de force. Or le scandale, c'est ce que redoute par-dessus tout Marie-Amélie... Et puis, peut-être les sommes exigées ne sont-elles pas exorbitantes ? Peut-être s'est-il établi une manière de consensus entre la reine et ses tourmenteurs ?

— Vous imaginez donc de petits escrocs à l'honorabilité ? questionna Vidocq.

Holmes mit les choses au point :

— Je n'en sais rien, Vidocq, je le suppose. Je suppose aussi que, de votre passage à la police de Sûreté,

vous avez gardé certains liens avec le milieu des malfaiteurs..., des liens et sans doute des intelligences.

— Intelligences..., là, vous les flattez, monsieur
Holmes, murmura Vidocq, ironique.

Il joignit ses deux mains, doigts contre doigts, en
une attitude un peu papelarde.

— Vous désirez donc que je découvre si des individus à l'honorabilité douteuse ont reçu, sous une
forme quelconque, des subsides provenant de la reine
Marie-Amélie ou d'un de ses proches.

— Vous avez parfaitement compris... Au fait, voulez-vous que je verse des arrhes ?

— Bien entendu, dit cordialement Vidocq. C'est
l'usage.

3

Nous étions convenus de revoir Vidocq la semaine
suivante. En attendant, Holmes fit le nécessaire pour
que nous pussions approcher les personnages en cour.
Nos démarches furent facilitées par l'anglomanie ga-
lopante qui régnait sur la France à cette époque. Des
sels anglais aux tilburys, la mode venait d'outre-Man-
che. Dans la bonne société, il fallait exhiber son
« groom », on portait des pantalons couleur « fumée
de Londres » et, pour avoir l'air « fashionable », on lisait en public la *Quarterly Review*, quitte à se replon-
ger chez soi dans *La Quotidienne* ou *Le Conservateur*.

Je ne sais comment Holmes s'y était pris, mais nous
possédions des lettres de recommandation signées du
comte d'Orsay, ce Français très en vue de Hyde Park,
qui se faisait remarquer à Sitlingburn ou aux combats
de coqs d'Epping. Un humoriste a pu dire de ce

temps que Paris était la ville la plus anglaise d'Europe...

En compagnie de nombre de nos compatriotes, nous assistâmes aux concerts, où triomphait la *Symphonie fantastique* d'Hector Berlioz, et nous eûmes le plaisir rare d'entendre Georgina Smolen chanter le grand air de *La Cenerentola*. Plus tard, nous fûmes conviés à une réception chez le préfet de police Gisquet, dont la fille exécuta au pianoforte, très brillamment, la *Dernière pensée*, de Weber. Je remarquai là une manière de dandy largement quadragénaire, venu dans ce salon feutré avec tige d'acier et éperons à molettes. Je le montrai à Holmes, qui me dit vivement :

— N'en racontez pas du mal, mon cher Watson, c'est mon grand-oncle Horace Vernet.

— En vérité, Holmes ?

— Petit-fils de Joseph, fils de Carle, peintre de batailles et colonel de la garde nationale à cheval.

Je songeai que ce n'était pas là une excuse à un tel manque de goût, mais je m'abstins de commentaires superflus. D'ailleurs, Holmes me désignait notre hôte du menton.

— Regardez plutôt ce monsieur, Watson.

— M. Henri Gisquet ?

— C'est lui, le préfet G... dont Edgar Poe a fait l'un de ses personnages dans *La lettre volée*.

4

La lettre volée d'Edgar Poe conte, à la vérité, une histoire fort simple : une personne très proche du roi — probablement la reine — se trouve dans le boudoir royal en train de lire une correspondance compromettante quand entre un ministre désigné par sa seule initiale D... Ce ministre, homme sans scrupule, s'empare de la lettre sous les yeux de la reine qui, par crainte du scandale, est obligée de se taire. Cette lettre, D... va désormais s'en servir pour exercer sur la Cour une pression quotidienne au mieux de ses intérêts. Désespérée, la reine se confie finalement au préfet de police G... Celui-ci met tout en œuvre pour récupérer le document, avec les précautions que cela implique lorsqu'il s'agit d'un ministre en exercice : perquisitions minutieuses, mais clandestines, fouille du ministre par des policiers déguisés en voleurs... le tout sans succès. G... demande donc conseil au chevalier Dupin, lequel, sur la seule force de son raisonnement, récupère la lettre : elle se trouvait en fait dans le porte-cartes du ministre D... si bien en vue de tout le monde que les argousins n'avaient jamais pensé qu'elle pût être le document tant recherché.

Selon ce que nous en savions, par conséquent, la reine Marie-Amélie serait victime d'un chantage, et c'était probablement de la lettre du maître chanteur que se serait emparé le ministre. Quant au chantage lui-même, il porterait sur la mort suspecte du prince de Condé. Un matin que Holmes était sorti en quête de quelque piste, je me rendis, moi, à la Bibliothèque royale de la rue de Richelieu, où ma qualité d'Anglais m'ouvrit toutes les portes. J'avais assez étudié le français pour lire à peu près tous les journaux que je pus y consulter. À la lumière des diverses interprétations qui lui étaient données, le drame de Saint-Leu pouvait se reconstituer de la façon suivante : le vieux prince de Condé, possesseur d'une fabuleuse fortune, était soumis à l'influence néfaste d'une ancienne prostituée anglaise, Sophie Dawes, à qui, pour des raisons de commodité morale, il avait fait épouser un mari de complaisance, le baron de Feuchères. Il n'avait plus d'enfant, son fils unique, le duc d'Enghien, ayant été fusillé par Napoléon. La branche cadette de la dynastie royale, la famille d'Orléans, guignait sa fortune, soit quatre-vingts millions de francs-or. Elle avait circonvenu à cet effet la baronne de Feuchères, sa maîtresse — maîtresse à tous les sens du terme : cette aventurière tenait littéralement le malheureux vieillard en esclavage. Dans un premier temps, elle avait obtenu de lui qu'il devînt le parrain du quatrième fils de Louis, duc d'Orléans. Deuxième temps : le prince devait adopter cet enfant, le petit duc d'Aumale. Mais là, Condé avait regimbé : il détestait ces Orléans intrigants, n'ayant jamais pardonné au père de Louis, Philippe-Égalité, d'avoir voté la mort de son cousin, le roi Louis XVI. Pourtant, de guerre lasse devant le harcèlement quotidien de Mme de Feuchères, il avait rédigé en 1829 un testament faisant du duc d'Aumale son légataire universel...

Là-dessus avait éclaté la révolution de 1830. Charles X, renversé, s'était enfui en Angleterre et Louis d'Orléans était devenu Louis-Philippe, roi des Français. Cela changeait tout pour le légitimiste qu'était Condé. Son devoir était de rejoindre à Londres celui qu'il considérait comme le seul souverain valable. Tout laissait penser qu'il avait alors rédigé un nouveau testament par lequel il aurait légué tous ses biens au dernier-né de la branche aînée des Bourbons, le duc de Bordeaux, fils à ce point inespéré de la duchesse de Berry qu'on l'avait appelé « l'enfant du miracle ». Pour Louis-Philippe, dont les finances se trouvaient alors au plus bas, c'était la catastrophe...

Et les journaux d'opposition d'imaginer la machination suivante : le prince de Condé avait été cloîtré, puis, comme il fallait faire vite, on l'avait « suicidé ». Étaient mis en cause dans ce crime maquillé Mme de Feuchères et l'amant qu'on lui prêtait à l'époque, un sous-officier de la brigade de gendarmerie de Saint-Leu, lequel s'était vraisemblablement fait assister par l'une des crapules trouvées en ses geôles contre la promesse de certaines indulgences. Quoi qu'il en fût, cette pendaison à une espagnolette, dans des conditions telles que le suicide paraissait totalement invraisemblable, avait donné lieu aux interprétations les plus malveillantes, Nestor Roqueplan écrivant dans *Le Figaro* : « Mme de Feuchères est une petite baronne anglaise qui ressemble beaucoup à une espagnolette. » En tout cas, l'on n'avait jamais retrouvé l'hypothétique deuxième testament du prince de Condé.

5

Dans les jours qui suivirent, Holmes confirma la thèse du crime. Il avait pu obtenir une entrevue avec le conseiller de La Hurproie, mis à la retraite d'office parce qu'il approchait trop de la vérité, et avec l'abbé Pelier de Lacroix, aumônier du prince, destitué pour avoir fait publier en 1832 une brochure intitulée : *L'assassinat du dernier des Condé démontré contre la baronne de Feuchères, suivi d'observations sur les procès-verbaux.*

Holmes m'avait rapporté un exemplaire de cette brochure, sur lequel il frappait de son index dur et maigre :

— Ces arguments sont convaincants, mon cher Watson : corps non pas suspendu mais accroché, pieds touchant le tapis... et un mouchoir pour se pendre, avouez qu'il fallait de la bonne volonté ! Ajoutez à cela que pour Condé, qui était très croyant, le suicide constituait un péché mortel.

— Mais quel rapport avec *La lettre volée*, Holmes ?

Il répondit, très songeur :

— Aucun rapport direct, j'en ai peur. Poe a sans doute imaginé qu'un des complices de l'assassinat menaçait la famille royale de dévoiler la vérité et que le ministre D..., entré en possession de cette lettre de chantage, s'en servait à son tour pour mieux asseoir sa position.

Une idée me vint brusquement.

— Mais si cette lettre était justement le deuxième testament du prince, Holmes ?

Il secoua la tête.

— Si ce deuxième testament a existé, Watson, vous pouvez être sûr que le maître chanteur ne s'en est jamais dessaisi. D'autre part, si c'est la famille régnante qui a mis la main dessus, elle s'est hâtée de le détruire... ce qui s'est peut-être produit lors de l'enquête menée par les hommes de Girod de l'Ain.

— Que nous reste-t-il à faire, Holmes ?

— Aller plus loin que Poe, répondit-il brièvement. Savoir si ce chantage a bien eu lieu... ce dont je commence à douter.

Mais sur ce point, il se trompait.

6

Le lendemain, très tôt, alors que je regardais la rue par la fenêtre, se présenta à la porte de notre immeuble un personnage singulier, vêtu d'un habit à pans et coiffé d'un chapeau de cuir bouilli à la Werther. D'une boîte vernie portée au côté, il sortit une lettre, pour laquelle notre portière lui donna quelques pièces. Un peu plus tard, nous entendîmes cette dame monter l'escalier. Elle cogna à notre porte.

— Une lettre pour vous, monsieur, dit-elle à Holmes. J'ai dû débourser dix sous.

Holmes la remboursa, avant de se tourner vers moi, un léger sourire aux lèvres.

— Étrange façon d'acheminer le courrier, Watson. C'est le destinataire qui doit en payer l'affranchissement avant de savoir ce qu'il contient.

Au cas particulier, il s'agissait d'une missive de Vidocq. Celui-ci nous priait de passer le voir à son officine, ce qu'il avait à nous communiquer ne pouvant être confié à la poste. Nous nous y rendîmes l'après-midi même, empruntant l'une de ces voitures de transport en commun mises à la mode depuis quatre ans par le sieur Omnès. Notre « Diligente » nous amena sans retard rue Pavée, où Vidocq nous reçut cordialement. Il nous présenta l'un de ses collaborateurs, Coco-Latour, sexagénaire chauve tout en muscles, dont il précisa, non sans complaisance, qu'il avait été son adjoint, puis son successeur à la tête de la brigade de Sûreté, avant d'être remercié ignominieusement par M. Gisquet, sur les représentations de M. Allard, directeur des services de police de Paris.

Le deuxième homme qui attendait là portait la quarantaine. Planté debout, se dandinant d'un pied sur l'autre, il avait le teint hâlé, des favoris grisonnants, et sous un caban de toile, une vieille chemise d'allure stricte. Lui, Vidocq ne nous le présenta pas, d'autant qu'il arborait à notre endroit la plus ostensible des méfiances.

Nous en vînmes aussitôt au sujet qui nous occupait. Plusieurs des informations recueillies par Vidocq se recoupaient autour d'un personnage singulier, nommé Chardon, mais que ses compagnons de prison avaient rebaptisé « Tante Madeleine », en raison de ses mœurs « antiphysitiques ».

— Antiphysitiques ? demandai-je, les sourcils froncés.

— Oui, intervint rudement le troisième homme, une corvette, quoi !

Je m'y retrouvais de moins en moins.

— Wilde, Watson, me dit Holmes, sans autre commentaire.

Cette fois, j'avais compris.

— Nous les appelons aussi « tapettes » ou « rivettes », précisa jovialement Vidocq. J'imagine que vous en avez aussi de l'autre côté de la Manche...

Et s'adressant à l'homme :

— Allez, on t'écoute...

Tourné vers nous, il expliqua :

— Je ne vous ai pas nommé ce monsieur parce que, pour des raisons personnelles, il a le goût de l'anonymat.

— Qu'il se rassure, fit Holmes de sa voix froide. Nous ne nous intéressons guère aux déserteurs de la Royale, fussent-ils des vétérans de Navarin.

Vidocq se dressa sur ses pieds, stupéfait, tandis que l'individu esquissait un mouvement vers la porte. Coco-Latour l'arrêta d'une paume péremptoire, tournant vers son patron un regard interrogatif.

— Du calme, mes amis, dit Holmes, sans se lever. Si cela peut vous rassurer, je m'explique. Le teint recuit de ce monsieur, sa façon de se tenir debout, sont caractéristiques de tous les marins du monde. D'ailleurs, sa chemise est visiblement une ancienne chemise réglementaire de la Marine, et les petits trous qu'on remarque sur son côté gauche prouvent à l'évidence qu'il a dû en retirer les décorations. Par ailleurs, on distingue sur son poignet droit un tatouage propre aux artisans de Pilos, ce port où vos marins et les nôtres relâchaient après notre commune victoire sur la flotte turco-égyptienne : nos vétérans de la campagne de Grèce en arborent d'identiques...

Un silence s'était établi entre nous. Holmes reprit, toujours très calmement :

— Belle victoire navale, messieurs, que celle de Navarin. Ses héros portent avec fierté les décorations qu'elle leur a values, sauf, bien entendu, lorsqu'une circonstance malheureuse les force à les ôter. Personnellement, je n'en imagine qu'une : la désertion.

La tension se relâcha sensiblement. Si Vidocq manifestait un très vif intérêt pour les méthodes d'analyse de mon ami, son acolyte, lui, se cantonnait dans la plus hostile des incrédulités. Holmes s'adressa à lui :

— Autre chose : vous avez employé le mot « corvette ». C'est celui par lequel les gens de mer désignent les invertis, pour la raison qu'ayant une seule batterie, la corvette « rôde de la poupe » plus qu'un vaisseau ordinaire.

Il conclut, cette fois à l'intention de Vidocq :

— Ne soyez pas surpris, mon cher, j'ai ajouté, à ma science du français littéraire, celle de la bigorne. Je jaspine le jar comme un affranchi.

Vidocq hocha la tête.

— Allez, l'homme, remets-toi ! fit-il jovialement à son indicateur. Tu vois bien que personne, ici, ne te veut de mal. Parle.

L'autre s'exécuta, visiblement à contrecœur. À ce qu'il nous apprit, Tante Madeleine avait été condamné à deux ans de prison pour vol et attentat aux mœurs, délits commis aux environs de l'établissement de bains Péligot, sur les bords du lac d'Enghien, où se soignaient les riches malades.

— ... Et en attendant le jugement, il a été emprisonné à la cognade du canton, déclara l'homme.

— C'est-à-dire ? demanda Holmes.

— La gendarmerie de Saint-Leu, précisa Vidocq, avec un regard significatif.

— Quoi d'autre ?

— Il a ensuite été transféré à Poissy pour y purger sa peine... peine plus que légère par comparaison avec celles qui frappent les délits de cette espèce.

— La date ? fit Holmes, d'une voix âpre.

— Deuxième quinzaine d'août 1830.

Le silence qui tomba dans l'officine marqua, comme un gong silencieux, le nouveau relief pris par l'affaire.

— Quoi d'autre ? répéta Holmes.

Vidocq reprit son attitude papelarde, main contre main, doigts contre doigts.

— Après sa libération, Chardon s'est lancé dans ce qu'on appelle « le vol à la simone », c'est-à-dire l'es-

croquerie pieuse. Il a fait ainsi un certain nombre de
victimes et recueilli des sommes d'importance diverse.

— Venons-en à la reine Marie-Amélie, monsieur
Vidocq, voulez-vous ? dit doucement Holmes.

— La reine est très pieuse, déclara Vidocq, les paupières baissées. Cependant, si grande soit sa piété, son
avarice est encore plus grande — il éleva une paume
hypocrite — du moins si l'on en croit la rumeur publique.

— Pourtant ?

— Pourtant, elle a versé plusieurs fois son obole à
Chardon, qui se présentait comme « frère de la Charité de Sainte-Camille »... et la dernière...

— Oui ?

Vidocq esquissa un geste du menton vers son informateur.

— Dix mille francs pour l'ouverture d'une maison
hospitalière à l'intention des anciens soldats, dit
l'homme.

— Est-ce vraisemblable, monsieur Vidocq ? questionna Holmes, très placidement.

— Non, répondit Vidocq. On ne saurait imaginer
pareille chose. Si Molière avait connu la reine Marie-
Amélie, il aurait écrit son *Avare* au féminin.

— Donc ?

— Donc ce que vous supposiez : chantage. Mais
chantage pour quoi, chantage pour qui, c'est ce qui
reste à découvrir.

Holmes s'était levé, arpentait le local d'un pas rapide, nerveux. Il se retourna brusquement, le doigt
tendu.

— Facile, non ? Il suffit d'interroger ce Chardon.
Possédez-vous son adresse ?

— Je l'ai. Je vous la donnerai. Mais moi, je sais parler à ces gens. Voulez-vous que je le questionne ?

— Je ne crois pas que ce soit indiqué, murmura Holmes. Ne prenez pas ce que je vous dis en mauvaise part, monsieur Vidocq. Ce que je cherche, moi, c'est beaucoup plus une information qu'un quelconque coupable… Il y a façon et façon de susciter un témoignage. Chardon se montrera peut-être plus sensible à certaines nuances de la transaction. Je suis prêt à payer.

— Pas autant que la Couronne, ricana Vidocq. D'ailleurs, jamais Chardon n'ira tuer la poule aux œufs d'or en vous confiant son secret.

— Eh bien, conclut Holmes, avec bonne humeur, disons que j'apprendrai ce que je cherche, rien qu'à la façon dont il ne voudra pas me le dire.

7

Holmes et moi nous rendîmes chez Chardon le lendemain, vers une heure de l'après-midi, sous un ciel noir qui annonçait la neige. Selon Vidocq, il habitait avec sa mère passage du Cheval-Rouge, à l'angle du 271 rue Saint-Martin et de la rue Ponceau, qui menait vers la rue Saint-Denis.

La rue Ponceau s'appelait ainsi en souvenir du petit pont qui la traversait lorsqu'elle n'était qu'un égout à ciel ouvert. Elle en avait gardé les relents. L'endroit, d'ailleurs, était sinistre. Le Paris de Louis-Philippe rappelait en beaucoup de points celui de l'Ancien Régime, où l'absence de plan urbain avait multiplié impasses, culs-de-sac et pans coupés. Nous trébuchions sur les monceaux d'immondices accumulés dans les

recoins, le couinement des rats accompagnant notre
marche prudente à travers cette venelle escarpée, aux
surplombs couvant une pénombre hivernale. À Londres, même dans les quartiers les plus misérables,
Whitechapel et Lambeth, la Tamise, au moins, apportait des odeurs de marée. Paris ne sentait que l'or-
dure.

— C'est là, Watson.

Contre la maison, assis sur une borne cavalière, se
tenait l'un de ces innombrables vagabonds urbains qui
pullulaient à Paris. Mi-mendiants, mi-colporteurs, voleurs à l'occasion, ces gens, qu'on appelait des « goué-
peurs », hantaient les rues malfamées, en attente
d'une hypothétique opportunité de survivre. Holmes
l'apostropha :

— M. Chardon habite bien ici, brave homme ?

Il accompagnait sa question de quelques pièces qui
lui valurent le salut d'un haut-de-forme crasseux.

— Au deuxième, mon prince, répondit l'autre.
Vous demanderez « Tante Madeleine »...

Il ajouta confidentiellement :

— C'est un emproseur, plus porté sur le canapé que
sur le bouis. D'ailleurs, je crois qu'il a deux clients là-
haut, depuis une demi-heure... Va falloir que vous at-
tendiez.

— Allons, Watson, murmura Holmes, sans daigner
traduire.

L'escalier n'était pas accueillant : raide, tortueux,
luisant de crasse, il empestait l'urine et le graillon. Au
moment où nous nous y engagions, un coup de sifflet
strident nous parvint de la rue.

— Un signal, dit Holmes, l'œil aux aguets.

Des bruits de pas qui descendaient nous immobili-
sèrent à mi-palier. Deux hommes apparurent en haut

de la rampe, dont la tenue, au moins pour le premier
d'entre eux, jurait singulièrement dans ce décor sordide : c'était un dandy d'une trentaine d'années, vêtu
d'une redingote bleue, au visage aigu sous le chapeau
haut de forme. Je lui vis un regard fixe et des lèvres
minces, cruelles, soulignées par une fine moustache
rousse. Derrière lui, son compagnon paraissait plus
jeune. Vêtu comme un ouvrier, il avait le teint frais,
l'œil bleu, le cheveu plutôt blond. Nous nous effaçâ-
mes pour laisser le passage, mais le dandy s'adressa à
nous :

— Vous cherchez quelqu'un, messieurs ?

— Nous voudrions voir M. Chardon.

Il esquissa un geste évanescent de la main.

— Pas de chance, en ce cas, messieurs, nous venons
de chez lui. Il est absent, vous devrez revenir.

Il avait la parole ironique, le port de tête arrogant,
si bien que je crus devoir l'apostropher, dans un français douteux :

— Et il vous a fallu une demi-heure pour vous aviser de cette absence, monsieur ?

Le dandy me considéra d'un œil méprisant.

— Tiens, un Rosbif ! Je ne me suis jamais battu
avec un Rosbif. Je serais curieux de savoir ce qu'ils
valent un pistolet au poing !

— Il ne tient qu'à vous de vous en rendre compte,
mon jeune coq ! m'écriai-je impulsivement.

La main de Holmes exerça sur mon avant-bras une
pression significative. Il prit la parole :

— Mon ami maîtrise mal le français, cher monsieur.
Il n'apporte pas à cette langue les nuances qui font sa
richesse... Aussi veuillez l'excuser.

— Mais, Holmes !...

— Allons, Watson, calmez-vous.

L'autre nous lança un regard reptilien.

— Bon conseil, my lord. Vous auriez pu en prendre un autre auprès de l'illustre Benjamin Constant. Il aurait eu toutes les raisons de vous recommander la même prudence...

La dernière syllabe s'étouffa dans sa bouche, tandis que son compagnon lui envoyait un coup de coude. Haussant les épaules, il descendit les marches en sifflotant, feignant de n'accorder aucune importance aux paroles irritées qui lui étaient chuchotées. Lorsque la porte de l'immeuble eut claqué, je me tournai, furieux, vers mon ami :

— Enfin, quoi, Holmes, pourquoi ne m'avez-vous pas laissé lui rabattre son caquet ?

— Parce que nous ne sommes pas là pour figurer à la rubrique des faits divers, Watson, me répondit-il d'un ton froid. Regardez plutôt, tout le long des marches...

Il me montrait des traces sur l'escalier, des gouttes sombres que, malgré l'obscurité, j'identifiai aussitôt.

— Du sang...

— Montons, vite ! coupa Holmes.

Nous arrivâmes au palier, poussâmes une porte lépreuse, reculant comme devant un souffle de fournaise. Le spectacle était horrible. Un homme gisait à plat ventre sur le plancher, abominablement mutilé et couvert de sang. Une hache, souillée, reposait à côté. L'odeur, âcre, nous prit à la gorge.

— Holmes, ce sont eux ! soufflai-je, ce sont les assassins ! Il faut courir après eux, les rattraper !

— Et pourquoi, Watson ? Ce n'est pas notre affaire !

Il s'était penché sur le cadavre, en soulevait la tête, qu'un coup de hache avait presque fendue en deux. Il

regarda autour de lui. Je fis de même. Le petit logement avait été mis au pillage. Tout y avait été bous-
culé, mis sens dessus dessous. Une porte bâillait
derrière nous, que Holmes alla pousser.

— Watson !

Sur un lit, une forme était étendue, dont on ne
voyait que les pieds crasseux, le corps étant dissimulé
par un matelas qu'on avait jeté dessus. Quelques pas
rapides amenèrent Holmes à en soulever l'un des
coins. Je vis un visage de vieille femme, déchu, creusé,
rongé par la misère et le vice, figé dans une expression d'horreur absolue.

— Elle n'a pas eu le temps de crier, dit Holmes,
nous l'aurions entendue. On l'a d'abord lardée avec
un instrument pointu.

— Un couteau ?

— Non, les plaies sont petites et triangulaires, je pa-
rierais pour un tire-point de cordonnier... L'autre,
d'ailleurs, avant de l'achever à la hache, on l'a frappé
avec la même arme, dans le dos...

Cette chambre aussi avait été complètement retournée.

— Ces gens cherchaient quelque chose.

— La preuve du chantage, Holmes ?

— Sans doute... ou simplement l'argent qu'il avait
rapporté à Chardon. Il faut partir, Watson. Cela n'arrangerait pas nos affaires qu'on nous trouve ici...

Nous repassâmes par la première chambre, où le
sang avait giclé jusque sur les murs. Une minute plus
tard, nous étions en bas et j'avoue que je ne quittai
pas sans soulagement le passage du Cheval-Rouge. Le
« gouépeur » qui nous avait renseignés n'était plus là.
J'en fus absurdement rassuré.

— J'aimerais retrouver ce gandin, murmurai-je, tandis que nous redescendions la rue Saint-Martin vers la Cité.

— Oh ! nous le retrouverons, Watson ! dit Holmes. C'est visiblement un individu maladivement orgueilleux, si imbu de lui-même qu'il se laisse facilement aller à l'imprudence. Nous devons une piste à ce trait de caractère.

— Laquelle ?

— Voyons, Watson, mais celle de Benjamin Constant, répondit Holmes sur le ton de l'évidence.

8

Je connaissais de réputation Benjamin Constant, auteur du fameux *Adolphe* et chef du Parti libéral français, mais je me tenais assez peu au courant de l'actualité intellectuelle pour m'attirer cette réplique glacée de Holmes lorsque je lui demandai où il comptait rencontrer Benjamin Constant :

— Au cimetière, Watson.

Puis, comme pour adoucir la sévérité de sa réponse, il mit sa main sur mon épaule.

— Mon cher Watson, votre relative connaissance du français a fait que vous n'avez pu noter que ce dandy parlait de l'illustre Benjamin Constant au conditionnel passé.

— Est-il mort il y a longtemps ? questionnai-je, tout de même un peu vexé.

— Quatre ans, je crois, mais qu'à cela ne tienne. Vous m'avez dit être déjà allé à la Bibliothèque royale. Vous qui en connaissez les us et les lieux me servirez de guide.

— Pensez-vous que les journaux nous apprendront quelque chose sur le sujet qui nous occupe ?

— C'est fou, ce qu'on peut découvrir dans les rubriques nécrologiques, repartit simplement Holmes.

Pour nous rendre rue de Richelieu, nous empruntâmes un cabriolet. Durant le trajet, Holmes dit, pensivement :

— Étrange, Watson, ne trouvez-vous pas ?

— Qu'est-ce qui est étrange ?

— Vidocq nous offre une piste et celle-ci s'éteint d'elle-même, comme si l'on voulait nous empêcher d'arriver à la vérité.

— Croyez-vous donc que Vidocq joue un double jeu, Holmes ? Quel serait son intérêt ?

— Je n'en sais rien, dit Holmes, bourrant sa pipe, j'ai remarqué un bac à archives dans un coin de son bureau. Je ne doute pas que nous en retirerions beaucoup d'informations.

— Il n'acceptera jamais de nous laisser y fouiller.

— Certes ! C'est la raison pour laquelle il faudra peut-être nous passer de son autorisation.

Après quoi, il retomba dans son mutisme familier.

À la Bibliothèque royale, nous nous plongeâmes dans la presse de 1830, date de la mort de Benjamin Constant. Tous les journaux lui consacraient d'importants articles. On se plaisait à saluer son intelligence, sa lucidité et ses dons de plume, mais on soulignait aussi — surtout chez les royalistes et les libéraux extrémistes — sa versatilité politique comme son manque de rigueur morale, et sa liaison scandaleuse avec Mme de Staël n'était pas passée sous silence. La plus importante de ces rubriques se trouvait dans *Le Courrier français*, ce qui était bien normal puisque Benjamin Constant en avait été le directeur. Là, Holmes poussa une sourde exclamation, soulignant un passage de l'ongle :

— Regardez, Watson, cette ligne !

Je lus : *Affaibli, malade, très éprouvé par la mort de son neveu, tué en duel l'année dernière, Benjamin Constant s'est éteint...*

— L'année dernière, donc 1829, dit Holmes. Sautons une année en arrière, Watson...

Nous nous partageâmes la tâche, et j'eus l'honneur de découvrir le premier ce qui nous intéressait, justement dans *Le Courrier français* :

LE NEVEU DE BENJAMIN CONSTANT
TUÉ EN DUEL

Nous en relevâmes la date afin de consulter toute la presse parue ce jour-là. L'importance donnée à ce fait divers variait selon les sympathies politiques et la nature des journaux. Du *Journal des débats* au *Constitutionnel*, en passant par *Le Charivari* qui traitait à l'ironie l'usage obsolète du duel, nous pûmes effectuer une synthèse de l'affaire.

Le neveu de Benjamin Constant, donc, s'était pris de querelle dans un tripot du Palais-Royal avec un joueur qui gagnait un peu trop régulièrement, et qui s'y faisait appeler M. Georges. Le jeune homme lui avait lancé : « Je porte un nom qui est garant de mon honorabilité, le vôtre sert visiblement à dissimuler une identité qui n'en a guère ! » Son partenaire avait répliqué : « Si je suis ici sous un nom d'emprunt, c'est pour éviter à mon père, un malheureux failli de bonne foi, une honte supplémentaire. Quant au nom que vous arborez là comme un drapeau, il rappelle surtout le saut de carpe effectué par votre oncle au moment des Cent-Jours ! » L'injure, cinglante, évoquait le retournement d'opinion de Benjamin Constant, auteur, en 1813, d'un ouvrage publié à Hanovre contre Napoléon, mais qui avait brusquement rallié celui-ci lors de son retour de l'île d'Elbe, palinodie qui lui avait valu d'être nommé conseiller d'État...

Les deux hommes avaient donc décidé d'un duel au pistolet qui s'était tenu dans les fossés du Champ-de-Mars. Le neveu de Benjamin Constant, en sa qualité d'offensé, avait tiré le premier, manquant son adversaire. Celui-ci avait alors pris tout le temps de l'ajuster, le tuant net d'une balle au sein droit. Depuis, ce Georges avait été interdit de tripot et l'on avait complètement perdu sa trace...

— C'est notre homme, Watson, conclut Holmes. D'ailleurs, avez-vous remarqué comme son complice lui reprochait son imprudence ? Ce sont ses paroles qui nous ont offert cette piste.

— Piste perdue dans les sables, Holmes, répondis-je... Car vous avez vu : on ne sait pas ce que Georges est devenu. Et si Vidocq ne peut nous aider...

— Mais Vidocq nous aidera, déclara Holmes. Simplement, il ne sera pas tenu au courant.

9

Nous ne perdîmes pas de temps. La nuit suivante nous vit partir en expédition. Le temps s'y prêtait : âpre, glacial, secoué d'un vent qui fustigeait les rues de ses rafales neigeuses. La rue Pavée, qui n'était pas située dans les quartiers douteux de la capitale, avait eu droit aux soins de l'édilité : des lanternes à huile pendaient de chaînes tendues de loin en loin entre les

maisons riveraines. Fort heureusement, le bureau de
Vidocq, situé à mi-distance de deux de ces réverbères,
baignait dans une ombre propice.

Holmes pratiquait la science des serrures, et, en vérité, c'eût été un spectacle fort curieux pour quelque
badaud importun que celui de ces deux bourgeois, en
manteau cossu et chapeau haut de forme, accroupis
devant un rideau de fer dont ils forçaient l'ouverture.
Nous connûmes cependant des difficultés que l'ingéniosité de Holmes finit par surmonter. Le rideau,
nous ne le relevâmes que ce qu'il fallait pour pouvoir
nous glisser à l'intérieur du local. Après quoi, Holmes
le rabaissa afin de nous permettre d'allumer une lanterne sourde sans éveiller l'attention.

Le bac à archives était fermé, mais Holmes en vint
facilement à bout. Tandis que je me tenais près de la
porte, surveillant les alentours, il s'affairait, posant les
dossiers sur la table dans l'ordre où il les retirait.

— Une chance, Watson, marmotta-t-il, classement
alphabétique... Vidocq est un homme bien organisé.

— Que cherchez-vous ?

— Je cherche ce fameux Georges, mais je crains
qu'il ne figure pas dans ces documents...

Je l'entendis remuer fébrilement des papiers
jusqu'à ce qu'il poussât enfin une sourde exclamation.

— Venez voir, Watson !

Je me précipitai. Il tenait en main un dossier intitulé simplement GERMAIN.

— C'est celui qui eût été placé après GEORGES, et
j'y ai machinalement jeté un coup d'œil avant de le
passer, mais lisez, Watson, lisez...

Le dossier était maigre. Il ne contenait qu'une note
à propos d'un certain Germain, dont on rapportait
que, lors de son incarcération à Poissy, il avait fré-

quenté des détenus invertis, parmi lesquels Leblond, dit « Tante Rasoir », et Chardon, dit « Tante Madeleine », avec lequel, d'ailleurs, il s'était pris de querelle juste avant sa libération.

— Tante Madeleine, Holmes, c'est notre homme !

— Je vous laisse l'entière responsabilité de l'affirmation, mon cher Watson.

Germain avait été relâché avant l'expiration de sa peine, et Vidocq, rédacteur de la note, en concluait qu'il avait peut-être été récupéré par Allard et son adjoint Canler, parmi ceux qu'ils appelaient leurs « cosaques irréguliers », afin de jouer les « moutons », c'est-à-dire les indicateurs, dans le milieu des gredins. Il y avait aussi, bien entendu, un dossier CHARDON, où étaient cités plusieurs de ses codétenus à Poissy, noms qui ne nous évoquaient rien : Bâton, Fréchard, dit « Brutus », Avril, François, Gaillard, et d'autres...

Holmes décida de tout remettre dans le bac, mais un dossier le fit tomber en arrêt alors qu'il allait le ranger.

— Grands dieux, Watson, regardez celui-ci !

Il me montrait le nom écrit sur le dossier :

EDGAR ALLAN POE

10

Dans la seconde qui suivit, un bruyant roulement métallique nous figea sur place. Nous nous retournâmes : le rideau relevé de l'extérieur par une main brutale découpait, dans le chambranle de la porte, une redoutable silhouette. Vidocq nous déclara d'une voix froide :

968 Histoires secrètes de Sherlock Holmes

— Excusez-moi de garder mon chapeau sur la tête, gentlemen, mais, comme vous le voyez, mes deux mains sont occupées à tenir des pistolets.

— Vous n'en avez pas besoin, Vidocq, repartit Holmes. Nous ne sommes pas armés.

— Plus qu'imprudent de votre part, rétorqua l'autre, les rues parisiennes sont mal fréquentées, pleines de bonjouriers, de roulottiers, de tireurs, de coqueurs, de caroubleurs, de venterniers, tous en quête de bourgeois à plumer...

Holmes le coupa d'une voix sèche :

— Vous oubliez les riffaudeurs, mon cher ! Vous avez pourtant eu avec Salembier des démêlés restés célèbres.

Non sans un certain panache, Vidocq déposa ses pistolets sur la table, pour allumer l'un des quinquets disposés de chaque côté de la porte.

— Il faut que vous sachiez une chose, messieurs. En France, les gens qui tiennent boutique logent généralement au-dessus de leur fonds. N'est-ce pas la coutume en Angleterre ?

— Que si ! répondit Holmes, mais nous comptions sur ce bon sommeil que donne une conscience juste.

Vidocq éclata de rire :

— Vous êtes bien anglais, l'homme, et par les baloches du dabot[1] vous me plaisez !

Je jetai un coup d'œil vers Holmes, qui dit sobrement :

— La bienséance m'interdit de traduire, Watson.

Vidocq avait repassé ses pistolets à sa ceinture.

— Bref, j'ai entendu du bruit, regardé par ma fenêtre, j'ai vu deux personnages vêtus comme des bour-

---

1. Par les testicules du préfet.

geois qui se livraient à un travail de boucarniers. Je suis donc venu m'assurer de la bonne marche de mes affaires... Allons, messieurs, si vous me disiez ce que vous cherchez et pourquoi vous le cherchez sans moi ?

— Pouvons-nous nous asseoir ?

— Je vous en prie.

— Et fumer ?

— Si cela vous chante... Pour ma part, permettez-moi seulement de priser.

Il sortit de son habit une blague à tabac, tandis que Holmes et moi bourrions nos pipes.

— Je vous écoute, à présent.

Holmes dit, d'un ton neutre.

— L'autre jour, vous nous avez donné un nom et une adresse.

— Oui, répondit Vidocq, Chardon, dit « Tante Madeleine », passage du Cheval-Rouge. Y êtes-vous allés ?

— Nous y avions été précédés, répliqua Holmes, sèchement. Chardon et sa mère venaient d'être assassinés...

— Quand ? s'écria Vidocq d'une voix rauque.

— Dans l'après-midi d'hier. C'était une carte biseautée que vous nous aviez donnée là, monsieur Vidocq. Cela nous mettait en droit de nourrir une certaine méfiance à votre égard.

— Chardon assassiné ! répétait Vidocq, les sourcils froncés, et manifestant l'étonnement le plus sincère. Diable ! On peut s'attendre que la Rousse écume tous les canapés de la ville dans les jours qui viennent...

— Les quoi ? fis-je, exaspéré.

Il me jeta un coup d'œil distrait.

— Les endroits où se réunissent les pédérastes, mon cher monsieur. Avez-vous fait état de votre découverte à qui de droit ?

— Nous nous en sommes bien gardés, déclara Holmes. Nous ne tenons pas à être mêlés à cette affaire… d'autant que nous avons vu les assassins.

— Ah ! vraiment, sursauta Vidocq, de plus en plus intéressé. Ils étaient plusieurs ? Combien ? De quoi avaient-ils l'air ?

— Ils étaient deux… peut-être trois en comptant le guetteur.

Holmes les lui décrivit dans le détail.

— Un dandy ? questionna Vidocq, perplexe.

— Tout ce qu'il y a de plus dandy. Redingote bleue, moustache soignée, chapeau de chez Gibus, si je ne me trompe pas.

— Rien d'autre ? Comment était vêtu son compagnon ?

— Blouse, casquette, vêtements d'ouvrier…

— De charpentier, rectifia Vidocq de façon surprenante, ou de menuisier… Avril, je pense. Ont-ils échangé quelques propos entre eux ?

— Nous ne les avons pas bien entendus. En revanche, nous avons frôlé la querelle dans l'escalier des Chardon, et je puis vous assurer que ce dandy se fait parfois appeler Georges.

— Georges ?

— Oui, il a laissé échapper quelques paroles relatives à Benjamin Constant, l'écrivain. Cela nous a permis, après quelques recherches à la Bibliothèque royale, de déterminer qu'il s'agit probablement de l'individu par qui fut tué en duel le neveu de Benjamin Constant, voilà cinq ans. Georges.

— Remarquable ! s'écria Vidocq, sans prendre la peine de dissimuler son enthousiasme. Je me flatte d'avoir fondé la première agence de police privée au monde, mais vous devriez bien en faire autant, messieurs, vous avez les dons qu'il faut pour cela... une fois rentrés dans votre pays, bien entendu, car je me soucie peu d'affronter votre concurrence...

Il se leva, se dirigea vers le bac à archives, se tournant vers nous pour demander, avec un demi-sourire :

— J'ose espérer que vous avez remis ces dossiers dans l'ordre alphabétique où ils se trouvaient ?

— Nous ne sommes pas des vandales, répondit gravement Holmes. Le travail bien fait est notre credo.

Vidocq sortit l'un des dossiers, d'une épaisseur déjà considérable.

— Pas Georges, gentlemen, ni d'ailleurs Gaillard, ni Mahossier, autant d'identités fantaisistes. Ce monsieur est un fils de famille lyonnais qui est entré en malfaisance comme d'autres entrent en religion.

— Son nom ?

— Pierre-François Lacenaire. Naissance à Francheville dans une famille des plus honorables. Études chez les jésuites, bref tout ce qu'il faut pour gagner sa place dans la bonne bourgeoisie. Seulement voilà : Lacenaire n'aime pas la bourgeoisie. Savez-vous ce qu'on raconte, ou plus exactement ce qu'il se plaît à raconter lui-même ?

— J'aimerais l'entendre, dit Holmes.

— C'était un enfant mal aimé, donc rétif. Croyant impressionner ce caractère difficile, son père l'amena un jour place des Terreaux, à Lyon, où l'on dressait pour le lendemain l'abbaye du Monte-à-regrets...

Il marqua une hésitation imperceptible avant d'ajouter :

— Excusez-moi, gentlemen, c'est l'habitude. Chez nous, on appelle ainsi la guillotine. Lui montrant les bois de justice, son père lui dit : « Tu vois, c'est là-dessus que tu finiras… » Et Pierre-François aurait répondu : « Chiche ! »

— Chiche ?

— Une expression française signifiant qu'on relève un défi… défi aux individus, aux autorités ou au Destin. Et le plus surprenant, c'est qu'il semble maintenant rechercher l'exécution publique à la façon dont les premiers saints recherchaient le martyre !

— Curieux.

— N'est-ce pas ? Autre exemple : désirant entrer en contact avec le milieu des gredins, qui n'est pas le sien, il vole un fiacre, puis l'abandonne. Mais dès qu'on l'a retrouvé, le propriétaire retire sa plainte. Aussitôt, Lacenaire tempête, se fait connaître, exige d'être inculpé. Qu'est-ce que c'est que cette société qui accepte qu'on la vole et ne poursuit pas les voleurs ? Et l'on s'étonne après cela que tout aille à vau-l'eau, que les bonnes mœurs fichent le camp !

— Conclusion ?

— Conclusion : treize mois à Poissy, où il lie ses premiers contacts avec la pègre et perfectionne son étude du jar. Il fera encore treize mois un peu plus tard, pour vol de couverts dans un restaurant, mais apparemment il s'agit une fois de plus de rencontrer des gens dont il apprendrait certaines choses…

— Y croyez-vous ?

— Il devait avoir un objectif précis, concéda Vidocq. Sans doute ne pouvait-il recueillir les informations qu'il désirait qu'auprès des détenus de Poissy. Et vous dites qu'hier il a tué ?

— Il avait déjà tué le neveu de Benjamin Constant.

— Un duel...

— Un duel, peut-être, intervins-je, mais, le premier coup tiré, Lacenaire n'avait plus devant lui qu'un homme désarmé, et il l'a ajusté comme au stand de tir ! Pour moi, il s'agit d'un meurtre pur et simple.

— Le code l'admet, Watson, dit Holmes.

— D'ailleurs, repartit Vidocq, si l'on en croit Lacenaire lui-même, il avait déjà du beurre sur la tête... (et traduisant précipitamment :)... je veux dire qu'il était couvert de crimes : un commerçant genevois à Vérone, un bourgeois assommé et jeté dans le Rhône à Lyon.

— N'a-t-il pas été poursuivi pour ces crimes-là ?

— Eh non, justement ! s'exclama Vidocq. Car non seulement on n'a jamais retrouvé les cadavres, mais encore personne ne se souvenait des victimes !

— Des crimes parfaits, somme toute, Watson, me fit ironiquement remarquer Holmes.

Vidocq enchaîna :

— Si parfaits qu'on doute de leur réalité et qu'on soupçonne Lacenaire d'embellir son palmarès.

— Est-ce crédible ?

— Ah ! mon cher, s'écria Vidocq, si vous connaissiez mieux le milieu de la pègre, vous sauriez qu'il compte beaucoup de petits criminels qui se voudraient plus grands ! Le phénomène n'est pas d'aujourd'hui et il ne cessera pas de sitôt... Pourtant, les meurtres, dans le cas qui nous occupe, sont bien réels. Lacenaire pourra s'en enorgueillir.

— Mais le mobile ?

Vidocq haussa les épaules.

— Le vol, sans doute, ou bien le moyen de mettre le pied sur la première marche de l'échafaud. Savez-

vous ce qu'il a fait graver sur ses cartes de visite ?
Pierre-François Lacenaire, le fiancé de la guillotine.

— Romantique, apprécia Holmes d'une voix coupante. Pourtant, n'y aurait-il pas à ces meurtres un
autre motif, moins... métaphysique ? Je doute que
son complice... Avril, vous avez dit ? partage son obsession.

— Mais lequel ?

— Par exemple la récupération de pièces compro-
mettantes concernant le suicide du prince de Condé.

— Possible, admit Vidocq, possible. Le sac du logis
peut s'expliquer par les deux hypothèses. Au fait,
comptez-vous garder le silence, messieurs ?

Holmes déclara, très froidement :

— Nous ne sommes pas à Paris pour jouer les pourvoyeurs de M. Gisquet. Et vous ?

— Je n'en vois pas l'affure, dit Vidocq, sans ambages. Qu'Allard se débrouille ! De toute façon, connaissant Lacenaire comme je le connais, il va bien
s'arranger pour se faire prendre. Il n'a qu'un rêve, cet
homme : être raccourci !

— En attendant, reprit Holmes, j'aimerais assez lui
dire deux mots. Où peut-on avoir des chances raisonnables de le rencontrer ?

Vidocq le considéra attentivement :

— Eh, *beware*, my lord, le bougre est dangereux !
Pour lui, le meurtre n'est pas un pis-aller, c'est une espèce de sacerdoce. Et il manie la canne comme un
Dieu : un élève du père Soubise. Entre de bonnes
mains, c'est beaucoup plus efficace qu'un lingre, fût-il
signé Eustache Dubois.

— N'ayez crainte, dit tranquillement Holmes, j'ai
moi-même de solides notions d'escrime.

— Très bien, fit Vidocq, dans une mimique exprimant qu'il dégageait toute responsabilité. Sa dernière adresse officielle connue est l'*Hôtel de Picardie*, 8 faubourg Saint-Martin, mais il en change souvent.

— Et quels endroits fréquente-t-il de préférence ?

— Le restaurant du *Grand Sept* (parce que le vin y coûte sept sous la bouteille), le boulevard du Crime, surtout les Variétés, car il est fou de théâtre et d'opéra-comique, les tapis-francs, naturellement, *L'Épi scié*, boulevard du Temple, *L'Homme buté, La Belle Olympe*, rue Jeannisson, *Les Deux Sergents*, parfois *Le Lapin blanc*, à la Cité, mais il finit généralement la nuit dans la maison sans enseigne du père Soubise, dont je viens de vous parler, un Gascon, ancien de la retraite de Russie, fripier, receleur, usurier, tenancier de jeux clandestins et professeur de bâton renommé.

— Cela fait beaucoup de professions.

— Ajoutez proxénète : il utilise ses cinq filles. Oh ! c'est un personnage haut en couleur[1] !

Nous nous levâmes.

— Un dernier point, reprit Holmes. Vous possédez un dossier au nom d'Edgar Poe. Pourquoi ?

— Eh, fit Vidocq, souriant, parce que je ne prends pas la peine de classer à part correspondance professionnelle et correspondance privée... M. Poe, qui est écrivain et directeur du *Southern Literary Messenger*, m'a fait l'honneur de lire la traduction anglaise de mes Mémoires. Il a bien voulu m'écrire pour m'en féliciter.

---

1. Vidocq ne croit pas si bien dire. Il paraît évident que Victor Hugo s'en inspirera plus tard pour son Thénardier, Lacenaire devenant lui-même le « Montparnasse » des *Misérables*.

Le dossier ne contenait qu'une lettre. Vidocq la tendit spontanément à Holmes :

— Tenez, mon cher, prenez-en connaissance, puisque cela vous intrigue : il n'y a là rien de secret.

Holmes lut la missive, me la passa, et je la rendis à Vidocq tandis que mon ami demandait :

— Ainsi, il sollicite de vous des renseignements sur la vie quotidienne à Paris et son milieu des malfaiteurs ?

— Vous l'avez lu, dit Vidocq, il nourrit le projet encore lointain d'écrire des histoires criminelles qui se passeraient dans notre capitale. Apparemment, le contraste qu'on peut exploiter entre la poésie vénéneuse des bas-fonds parisiens et la forme toute cartésienne de l'esprit français lui semble de nature à séduire le lecteur moyen américain...

Il ajouta aimablement :

— Mais de ce que j'ai appris à votre contact, il est évident, messieurs les Anglais, que pour la rigueur du raisonnement, vous avez tiré les premiers !

11

Holmes n'avait pas parlé de Germain à Vidocq. J'en conclus qu'il se réservait cette piste. À ma question, il avait très simplement répondu :

— Toute cette pègre, Watson, doit fréquenter les mêmes endroits. Si Lacenaire hante tel ou tel tapis-franc, il y a fort à parier que Germain le fait aussi. À tout le moins, nous pourrons peut-être y trouver quelqu'un qui mangerait sur l'orgue.

— Holmes !

Il arbora aussitôt un faux air contrit.

— Je vous prie de m'excuser, Watson. Manger sur l'orgue signifie en jar dénoncer quelqu'un... Je me laisse pénétrer par mon sujet, voyez-vous.

Je me réfugiai dans un silence maussade. Je commençais à trouver tout à fait détestable cette nouvelle manie qu'il avait prise de s'exprimer en argot, quoique, la plupart du temps, le contexte de la phrase fût suffisant pour m'éclairer.

Pendant les deux semaines qui suivirent, Holmes se lança dans une série d'investigations à travers les tapis-francs de Paris. Il s'habillait en homme du petit peuple, se grimait d'un soir sur l'autre, afin qu'on ne s'habituât pas à voir le même visage dans des lieux différents qui n'avaient pour point commun que d'être incontestablement louches. Il m'avait exposé, sur un ton des plus aimables :

— Ne vous formalisez pas, Watson, mais je n'ai aucun accent et je passe tout à fait inaperçu. Comprenez que vous ne sauriez jouer les muets dans tous ces salons interlopes où l'on cause tant, sans y éveiller les méfiances.

Nous possédions des pistolets, mais il préférait les laisser au logis, se contentant d'une canne solide, dont il pratiquait parfaitement l'escrime. Une nuit, il rentra de fort bonne humeur : il avait établi un contact avec quelqu'un qui pouvait nous mener à Lacenaire.

— Et qui est ce quelqu'un, Holmes ?

— L'ancienne maîtresse de Lacenaire, une certaine Javotte, marchande au marché Saint-Jacques, accessoirement receleuse et dossière, c'est-à-dire prostituée de bas étage.

— Pensez-vous qu'une telle personne consentira à nous apprendre quelque chose ?

— Elle s'en fera un plaisir, Watson, plaisir accru par quelques pièces dont je jalonnerai le fil de ses confidences, et encore multiplié par le mal qu'elle veut à son ancien ami...

Il poursuivit, d'un ton léger :

— Étant ivre, elle a eu l'imprudence de proclamer un peu partout qu'elle en savait assez sur lui pour l'envoyer aux galères, sur quoi, très logiquement, il a essayé de la tuer.

— Non !

— ... Elle nous contera cela par le détail. Cependant, comme elle garde quelques raisons de se méfier — mettez-vous à sa place —, elle se fera accompagner par son nouveau barbillon, un certain Baptiste. Nous avons rendez-vous à midi, devant la Samaritaine, l'une des deux pompes à eau de Paris.

12

À midi, le lendemain, nous nous trouvions sous la grande machine érigée au bord de la Seine, sur le fronton de laquelle était sculptée la femme de Samarie versant l'eau de sa cruche à Jésus-Christ ; symbole évident et désuet, mais tout à fait dans le goût de l'époque.

Javotte et son ami Baptiste furent exacts au rendez-vous. Je vis une femme aux traits aigus, aux yeux mobiles sous la coiffe douteuse, et dont corsage et jupe étaient assortis pour attirer le regard. Quant à Baptiste, n'eût été sa casquette à pont, il eût pu passer pour un honnête ouvrier, ce qu'évidemment il n'était pas. Nous allâmes nous asseoir dans un estaminet, où

Holmes commanda à boire. Il déclara tout de go à ce couple pittoresque :

— Nous ne sommes pas de la Rousse, nous ne recherchons pas de coupable, seulement des renseignements... et je paie...

Il aligna sur la table un nombre respectable de pièces, que Javotte fit disparaître avec une remarquable dextérité.

— On le voit tout de suite, que vous n'êtes pas de la Rousse, mon prince, fit-elle d'une voix rauque. Je vous écoute.

— C'est nous qui vous écoutons.

Elle ne se fit pas prier. Un mois auparavant, donc, Lacenaire l'avait attirée dans sa chambre de l'*Hôtel de Picardie*, sous prétexte de lui vendre des marchandises volées. Il avait ouvert un tiroir de sa commode, et pendant qu'elle se penchait pour évaluer le butin il avait voulu la frapper avec son arme favorite, un tire-point. Sans la breloque de sa chaîne (elle exhiba une espèce de petit barillet en écorce de noix de coco) elle y passait ! Mais elle s'était défendue, elle n'était pas une mauviette ! Elle avait hurlé, elle avait griffé, si bien que le maudit pante s'en était sauvé piteusement.

— Et vous n'êtes pas allée porter plainte à la police ?

— Moi ? rien à voir avec les railleux, surtout que le quart-d'ail du quartier, le commissaire, quoi, il m'a pas tellement à la bonne, allez savoir pourquoi !

— Et où peut-on trouver Lacenaire, maintenant ?

— Ça !

Elle esquissa un geste embrassant l'univers.

— Ses dernières affaires, ses bénéfices, si vous voulez, il les tirait auprès des brodeurs, ces gens qui écrivent des livres ou dans les journaux, des confrères, qu'il disait ! Je me souviens qu'il a vu comme ça un M. Scribe... et puis un autre aussi, Jules Génin... Janin. Ils lui ouvraient leur bourse... Ils faisaient aussi bien, d'ailleurs, sans quoi, c'était le tire-point ! Il épongeait aussi sa vieille tante.

— La tante Madeleine ? questionnai-je innocemment.

Elle en hennit de rire.

— Mais non, eh, c'est pas le même genre de tantes ! Celle-là, c'est une vraie, une sœur à sa mère... Gaillard, qu'elle s'appelle, c'est une rentière, alors vous parlez !

— Connaissez-vous son adresse ?

— J'ai oublié, répondit Javotte, avec le plus laid des sourires. Et pourtant, je l'ai su, mon prince...

Holmes remit des pièces sur la table.

— Les dernières, chère madame... à condition, bien entendu, que la mémoire vous revienne.

Elle lui revint.

13

Nous ne perdîmes pas de temps. Rue Bar-du-Bec, au-dessus de la boutique d'un emballeur, nous gravîmes deux étages d'une maison lépreuse. Dans la seule porte qui s'ouvrait sur le palier, on avait aménagé un guichet étroitement grillagé. Holmes agita plusieurs fois la sonnette avant qu'un visage fripé ne se laissât deviner derrière le treillis métallique.

— Qu'est-ce que c'est ?

— Madame Gaillard ?

— C'est moi.

— Nous voudrions nous entretenir avec vous, madame.

— À quel sujet ?

— À propos de votre neveu, Pierre-François Lacenaire.

La voix tremblante se cassa brusquement.

— Quoi, vous êtes de ses amis ? Que me voulez-vous ? C'est lui qui vous envoie, hein ? Partez ou j'appelle !

Holmes insista :

— Nous ne voulons aucun mal, madame, je vous assure ! Nous cherchons seulement à le voir. Nous ne sommes pas des gens de police !

— Il n'est pas là ! cria farouchement la vieille dame, et soyez sûr que s'il vient, je ne lui ouvrirai pas ! C'est un mauvais sujet, il est capable de m'assassiner pour me voler. D'ailleurs, c'est à cause de lui que j'ai fait mettre ce guichet, comme ça, je vois à qui j'ai affaire. Si vous le voyez, dites-lui bien qu'il est inutile de venir, je ne lui donnerai plus rien !

Holmes hésita un instant.

— Très bien, madame, dit-il enfin, nous repartons, soyez tranquille. Venez, Watson.

Le guichet claqua, tandis que nous redescendions les marches. Dans la rue, je questionnai Holmes.

— Qu'allons-nous faire ?

Il répondit d'une voix brève :

— Il y a un garni, en face, Watson... Lacenaire reviendra sûrement voir sa tante, il doit avoir besoin d'argent. Je vais prendre l'affût.

— Nous allons prendre l'affût, Holmes !

— Je ne voulais pas vous imposer cette corvée, déclara-t-il avec un demi-sourire, mais puisque vous insistez si gentiment...

14

Notre faction dura trois jours et trois nuits. Nous nous relayions près de la fenêtre du garni que nous avions loué au premier étage, de l'autre côté de la rue. Cela nous permit de noter quelques mouvements suspects, le long de la rue Bar-du-Bec. Apparemment, nous n'étions pas les seuls à exercer une surveillance.

Certain soir, à l'heure où l'hiver commençait à noyer les rues de ses ténèbres, je vis une ombre s'aventurer prudemment le long des murs, à l'abri des bornes cavalières. L'homme portait un haut-de-forme et une redingote. Je crus reconnaître le dandy que nous avions croisé dans l'escalier de Chardon.

— Holmes !

Dans la minute qui suivit, il se trouvait près de moi, le visage tendu dans cette expression de chien de chasse qu'il prenait en ces circonstances. En bas, l'homme, comme prévu, avait pénétré dans la maison de l'emballeur.

— C'est lui, dit Holmes.

Il endossa sa jaquette, mais tandis qu'il enfilait ses bottes je remarquai de subtils mouvements de l'obscurité, dans la rue : des ombres se déplaçaient de porte en porte.

— Il y a des gens, Holmes.

— Je descends. Vous attendez là.

— Mais, Holmes…

— Vous attendez. Si j'ai besoin de vous, je vous appellerai, vous le savez !

Il était déjà dans l'escalier. De ma fenêtre, je ne le vis pas sortir, mais sa science de la nuit était telle que je ne doutai pas qu'il se fût déjà posté au meilleur endroit d'observation sans attirer l'attention de quiconque. Quelques instants s'écoulèrent, lourds d'angoisse latente. Enfin, l'obscurité s'anima, en face : l'homme ressortait. Ou bien il avait parlementé sans succès à travers le guichet, ou sa tante lui avait ouvert tout de suite, et peut-être alors l'avait-il assassinée... en tout cas, l'hypothèse d'un entretien chaleureux et fructueux était exclue : il ne fût pas resté si peu de temps dans l'appartement.

J'en étais là de mes déductions quand me parvint, d'en bas, un son caractéristique : on amorçait un pistolet. Lacenaire aussi avait entendu le bruit. Il tourna la tête de ce côté, et presque en même temps je vis bondir Holmes de derrière la borne où il s'était accroupi. Il releva d'un coup sec le bras de l'homme qui allait tirer sur Lacenaire, le tonnerre du coup de feu faisant rouler ses échos d'un mur à l'autre de la venelle. Aussitôt, les événements se précipitèrent. Lacenaire avait disparu, tandis qu'un autre assaillant se ruait sur Holmes, en un corps à corps qui les fit rouler tous trois jusqu'au caniveau central...

Il ne me fallut qu'une minute pour débouler dans la rue et me jeter dans la bataille, mais d'autres agresseurs sortaient de tous les coins d'ombre, au milieu de coups de sifflet stridents. Très vite, nous fûmes submergés.

— Embarquez-les, ne les laissez pas s'échapper ! cria quelqu'un d'un ton de commandement.

Ceinturés, immobilisés, roués de horions, on nous passa les poucettes, le pavé résonnant de la course forcenée d'une voiture qui arrivait à toute vitesse. Nous y fûmes poussés sans ménagement entre deux individus d'allure patibulaire. La voix cria encore :

— Qu'on monte voir ce qui s'est passé chez la mère Gaillard ! Et ceux-là, tout de suite rue de Jérusalem !

La voiture s'ébranla.

15

Nous nous retrouvâmes peu après dans un local étriqué, où, nos poucettes enlevées, une manière de vieux secrétaire hargneux, installé derrière une table couverte de crasse, exigea de voir nos papiers. Nous lui montrâmes nos passeports, qui parurent assez l'impressionner.

— Pas un mot, Watson, m'avait soufflé Holmes. Laissez-moi parler pour nous deux.

Une heure plus tard, un fonctionnaire en bourgeois, accompagné de deux sergents de ville, pénétra dans la cellule exiguë où l'on nous tenait enfermés. Il portait environ trente-cinq ans. Je lui vis une physionomie aiguë, mobile, où je décelai tous les stigmates d'une ambition obstinée. Il s'adressa à nous sur le ton de l'arrogance :

— Je suis surpris, messieurs, de trouver ici deux citoyens apparemment respectables. Je pense que vous n'ignorez pas vous être mis dans un très mauvais cas ?

— Question d'appréciation, répondit sèchement Holmes, mais si vous le permettez, nous cesserons cet entretien. Nous exigeons de comparaître devant un magistrat dans les formes légales. Jusque-là, mon ami et moi resterons muets. J'ajoute qu'un autre de nos compagnons a déjà tenu notre consulat au courant de cette arrestation arbitraire. Enfin, peut-être l'ignorez-vous, mais M. Gisquet nous fait parfois l'honneur de nous convier à ses réceptions. Il sera également informé des méthodes de sa police.

L'homme pâlit un peu, les dents serrées. Il faillit répliquer puis se ravisa et sortit sans un mot de plus de la cellule. On nous y maintint au secret toute la nuit. Au matin, l'on nous fit remonter dans une voiture de police, qui nous mena jusqu'au Palais de justice. Nous comparûmes là devant un juge d'instruction, qui nous déclara se nommer M. Jourdain.

— Et je vous prie, messieurs, de m'épargner toute référence à Molière, commenta-t-il sévèrement.

En fait, son attitude était très embarrassée. Nous avions exhibé nos passeports de citoyens britanniques et il se souciait peu d'être à l'origine d'un incident diplomatique. Mon attention fut attirée par son greffier, un jeune homme à la mine éveillée qui semblait accorder à l'entretien un intérêt dépassant le cadre de la profession. Pour se donner une contenance, M. Jourdain, lui, faisait mine de consulter ses dossiers. Finalement, il déclara, d'un ton aussi neutre que possible :

— Selon les rapports de la police de Sûreté, messieurs, vous vous êtes opposés cette nuit, par la force, à l'arrestation d'un dangereux malfaiteur.

Holmes prit la parole :

— Vous me permettrez de parler également au nom de mon compagnon, monsieur le Juge : il maîtrise assez mal son français. Opposés à une arrestation ? Comment l'aurions-nous su ? Nous sommes citoyens anglais et nous effectuons une étude pour un ouvrage historique sur les rues de Paris. À cet effet, nous avions loué un garni, il y a trois jours, rue de Bar-du-Bec…

— Notez, monsieur Claude[1], coupa M. Jourdain, sur le ton de la formalité administrative.

---

1. Antoine Claude, alors simple greffier de police, devait devenir chef de la Sûreté du Second Empire.

Holmes poursuivit, en affichant l'aisance de la plus entière bonne foi :

— Hier soir, alors que je rentrais au garni où m'attendait mon confrère, je fus témoin d'une scène singulière : un individu, dissimulé dans une porte cochère, amorçait un pistolet et le braquait sur un autre homme, qui sortait d'une maison voisine, avec l'évidente intention de l'abattre. Je me suis alors conduit comme tout honnête homme l'aurait fait : j'ai détourné le coup.

— Et vous avez permis à un criminel d'échapper à la justice, fit sévèrement remarquer M. Jourdain.

Holmes se pencha en avant au-dessus de son bureau. Les yeux dans les yeux, il déclara d'une voix très sèche :

— Vous voudrez bien m'excuser, monsieur le Juge, mais je n'ai entendu aucune sommation légale. Mettez-vous à ma place. Je vois un homme qui, apparemment, ne se livrait à aucune activité répréhensible. J'en vois un autre qui va tirer sur lui. Comment pouvais-je deviner que celui qui se conduisait comme un assassin était un policier et que le premier quidam était, lui, le criminel si recherché ?

Un coup frappé à la porte évita à M. Jourdain une trop grande confusion. Un huissier se présenta :

— M. Allard, chef de la police de Sûreté, attend dans l'antichambre, monsieur le Juge.

— Je serais heureux de rencontrer ce monsieur, dit aussitôt Holmes. Entre-temps, vous seriez aimable de bien vouloir prévenir notre consulat que nous sommes dans votre cabinet. Au demeurant, il aura déjà été tenu au courant des faits.

— Plus tard, plus tard, fit précipitamment M. Jourdain.

Puis, à l'huissier :

— Allez vite dire à M. Allard que je le recevrai dans le bureau voisin... Donnez-moi donc tout ce que vous avez noté, monsieur Claude !

Ayant saisi les feuillets, il s'adressa enfin à nous :

— Je vous prie de bien vouloir attendre quelques instants ici, messieurs, je reviens.

Ces instants nous parurent longs avant que M. Jourdain ne reparût, l'air passablement ennuyé.

— M. Allard affirme que les sommations avaient bien été faites, nous dit-il.

Holmes sourit du coin des lèvres :

— Je doute que M. Allard ait personnellement assisté à la scène, répliqua-t-il. En revanche, la rue tout entière a été réveillée par l'altercation. Procédez plutôt à quelques interrogatoires, monsieur le Juge, vous verrez où se situe la vérité. En attendant, je le répète, pouvez-vous avertir les services de notre consulat ?

M. Jourdain passa sa langue sur ses lèvres sèches.

— Les gens n'aiment pas la police, expliqua-t-il sur un curieux ton d'excuse. Nous n'en trouverons pas qui acceptent de répondre. Ils prétendront tous n'avoir rien entendu.

— Comme c'est curieux ! s'écria Holmes, très ostensiblement surpris. Chez nous, les citoyens ont le sens civique beaucoup plus développé.

— Aussi, poursuivit M. Jourdain, l'œil malheureux, le plus judicieux serait-il que nous oubliions ce malheureux incident d'un commun accord. Nous allons vous rendre vos passeports, messieurs, et nous vous prions d'accepter nos excuses.

— Nous les acceptons volontiers, mon cher monsieur, rétorqua froidement Holmes.

16

— Retour à zéro, Watson, me dit mon ami, devant
un confortable petit déjeuner. Il nous faut maintenant
retrouver Lacenaire avant la police, car j'ai dans
l'idée qu'il sera abattu lors de son arrestation. C'est
qu'il est bien capable de vouloir résister, le bougre !

— Pourtant, ce qu'il recherche surtout, c'est la
guillotine, fis-je naïvement observer.

Holmes rétorqua :

— Aura-t-il seulement le temps d'y arriver ? Car
that is the question, mon cher Watson !

Il reprit le soir même sa campagne des bouges et,
moins de trois jours après, m'annonça avoir renoué
les fils de la piste. Il précisa :

— Un nommé Leblond, dit « Tante Rasoir », autre
ancien camarade de collège de Lacenaire à Poissy,
m'a parlé d'un certain Bâton, lequel connaîtrait et Lacenaire et Germain. Ce Bâton fréquenterait assidûment l'estaminet des *Quatre Billards*. Nous avons pris
rendez-vous pour ce soir.

— Cette fois, puis-je venir avec vous ? Je commence à m'ennuyer ferme, Holmes !

— Si vous voulez, murmura-t-il, un peu à contrecœur. Toutefois, je vous recommande le plus grand
silence.

Le conseil était superflu. Je m'habillai comme mon
ami et, la nuit venue, nous empruntâmes la rue de
Bondy, dans le quartier du Temple. En face du Châ-
teau-d'Eau s'ouvrait une salle enfumée, dont les quinquets anémiques ménageaient des coins d'ombre
propice à tous les amoureux de la discrétion. Holmes
avait sa canne, et moi, je dissimulais un pistolet sous

le gilet de fripe que j'avais endossé pour l'occasion. Je m'attendais à rencontrer un personnage pittoresque, une illustration vivante de cette débauche « antiphysitique » dont on dit que les prisons favorisent l'épanouissement. Il n'en était rien. Tante Rasoir présentait toutes les apparences de la virilité. Il était — m'apprit Holmes un peu plus tard — de ceux qu'on appelle des « rivettes », c'est-à-dire des invertis s'appliquant à bannir de leur aspect extérieur tout ce qui peut les faire reconnaître pour ce qu'ils sont à des yeux non exercés…

Contre force rasades de vin, Tante Rasoir répéta que Bâton venait à peu près régulièrement aux *Quatre Billards*. Il suffisait de l'y attendre.

— Et où peut-on rencontrer Avril ? demanda Holmes.

Cette question fit s'esclaffer Leblond.

— Trop tard ! Il est à Larcefée, la prison de la Force, quoi, depuis le 27 décembre. Il s'est battu avec les roussins des mœurs qui voulaient embarquer sa dossière. D'ailleurs, il a mangé sur ses complices dans l'affaire Genevay.

— Genevay ?

— Oui, ce garçon de recettes qu'on a voulu assassiner le jour de la Saint-Sylvestre ! Avril devait en être, mais il a pas pu, bien sûr…

Il leva les yeux :

— Voici Bâton.

Bâton, un homme encore jeune, avait les traits marqués par l'usage des fards, non qu'il appartînt à la catégorie des « rivettes », mais ce voleur professionnel améliorait son ordinaire en jouant les figurants à l'Ambigu. Comme il se montrait rétif, Holmes lui distribua quelques pièces qu'il empocha sans vergogne, ses réticences disparaissant en même temps que ses scrupules. Il accepta de nous ménager une entrevue avec Germain. Toutefois, il demandait un délai : l'homme était méfiant, il fallait le convaincre.

Quant au lieu, Vidocq nous en avait déjà parlé, c'était la maison du père Soubise, derrière les jardins du Luxembourg.

— Celle fréquentée par Gaillard ? questionna Holmes sur le ton de l'indifférence.

— Oui, mais vous risquez pas de le rencontrer, ricana Bâton. Il vient de se faire épingler.

Holmes et moi, sidérés, nous regardâmes.

— Il n'y a rien dans la presse, fit remarquer Holmes.

— La Cigogne a gardé la chose secrète, dit Bâton, profondément désabusé… Question de tactique.

— La Cigogne ?

— La préfecture de police. Elle ne veut pas que les complices de l'affaire Genevay en réchappent. Ils tiennent déjà Avril et François, il peut y en avoir d'autres… mais les nouvelles vont plus vite chez nous qu'à la raille.

Il tendit un index comminatoire :

— Allard n'est pas un manchot, c'est sûr. Pourtant, moi, je me méfierais plutôt de son adjoint Canler, lui, c'est un vicieux.

Holmes était perplexe lorsque nous quittâmes l'estaminet des *Quatre Billards*.

— Je ne comprends pas, avoua-t-il. J'étais sûr que Canler s'arrangerait pour que Lacenaire fût tué lors de son arrestation. Que s'est-il passé ?

Nous l'apprîmes le lendemain.

17

La presse annonçait en manchette l'arrestation des agresseurs du garçon de recettes Genevay, et promettait des rebondissements. Il y en eut effectivement durant les jours qui suivirent. Lacenaire avait été appréhendé à Beaune alors qu'il cherchait à y négocier une fausse traite de quatre mille francs sous le nom de Jacob Lévy. Identifié comme non-juif par un commerçant lyonnais de passage, il avait été retenu à la gendarmerie sous le nom de Gaillard. Ramené ensuite rue de Jérusalem, il y avait été confondu : ses complices, Avril et François, avaient parlé. Alors, il était « monté sur la table », expression argotique signifiant qu'il vengeait cette délation dont il était l'objet en s'accusant lui-même avec ses compagnons d'un autre crime pour lequel on ne le soupçonnait pas encore : l'assassinat de l'inverti Chardon et de sa mère, le 14 décembre précédent.

— Voilà pourquoi Lacenaire est toujours vivant ! conclut ironiquement Holmes. Ce n'est pas la police qui l'a arrêté, c'est la gendarmerie. Canler a eu l'herbe coupée sous le pied.

— Croyez-vous qu'il ne va plus rien tenter ?

— Ce serait difficile ! Lacenaire, qui tient enfin son destin de guillotiné, ne voudra pas s'évader, même si on lui facilite les choses. Il ne sera donc pas abattu au cours de sa tentative. De plus, son étrange ambition est assez connue de tous pour qu'on n'accorde aucun crédit à quelque suicide providentiel dans la manière du prince de Condé.

— Germain parlera-t-il, maintenant ?

— J'en suis sûr, dit Holmes. En fait, il n'a plus grand-chose à nous apprendre, et le peu qu'il lui reste à monnayer, il voudra en tirer le meilleur parti. En attendant notre rendez-vous, je vais explorer ces bas-fonds parisiens, si pittoresques qu'ils excitent l'imagination d'Edgar Poe. Ah ! Watson, chaque pègre a son univers, qu'il faut connaître !

Je ne partageais pas ses curiosités. Aussi, pendant qu'il parcourait les rues de Paris à la recherche de personnages truculents, moi, qui lisais mieux le français que je ne le parlais, je passai quelques jours à la Bibliothèque royale. J'y consultai de préférence les journaux d'opposition, dont je pensais qu'ils m'en apprendraient plus que l'information officielle. Certains détails curieux furent ainsi portés à ma connaissance. Lacenaire avait bien été arrêté à Beaune, puis transféré à Paris. Mais à la prison de la Force il avait été agressé par ses codétenus, qui ne lui pardonnaient pas d'être « monté sur la table ». On l'avait envoyé à l'infirmerie, puis, de là, à la prison de la Conciergerie où, semblait-il, le meilleur traitement lui avait été réservé. Allard lui-même s'était plusieurs fois dérangé pour l'interroger, assisté de son adjoint Canler. Le résultat de ces entrevues avait été que les conditions de détention de Lacenaire s'étaient encore améliorées, au point que *Le Charivari* se demandait si ce prisonnier privilégié n'avait pas rendu à la préfecture de police un autre service que celui de passer complaisamment des aveux si complets qu'en toute logique ils devraient lui valoir la guillotine...

« ... Il est vrai, ajoutait le journal, que M. Allard se pique de belles-lettres, et que Pierre-François Lacenaire, lui, se prétend poète. Nous reproduisons ci-après l'une de ses œuvres, qu'il avait confiée à Vigouroux en 1830, Vigouroux connu à la prison de Poissy où il avait été enfermé pour délit d'opinion. Vigouroux devait la publier dans *La Tribune des prolétaires*, supplément artistique et littéraire de son journal *Le Bon Sens...* »

L'auteur de l'article, Altaroche, ajoutait : « Reconnaissons-le, nous n'eussions pas eu à rougir de ces vers s'ils avaient été dus à la plume d'un de nos collaborateurs, tant ils reflètent, ou plutôt reflétaient lors de leur rédaction, des idées qui sont proches des nôtres... »

Intrigué, je pris la peine de lire le poème en question, intitulé :

PÉTITION D'UN VOLEUR AU ROI, SON VOISIN

> *Sire, de grâce, écoutez-moi*
> *Je viens de sortir des galères.*
> *Je suis voleur, vous êtes roi,*
> *Agissons ensemble en bons frères.*
> *Les gens de bien me font horreur*
> *J'ai le cœur dur et l'âme vile,*
> *Je suis sans pitié, sans honneur :*
> *Ah, faites-moi sergent de ville !*
>
> *Bon ! Je me vois déjà sergent !*
> *C'est une maigre récompense,*
> *Mais l'appétit vient en mangeant ;*
> *Allons, Sire, un peu d'indulgence.*
> *Je suis hargneux comme un roquet.*
> *D'un vieux singe, j'ai la malice.*
> *En France, je vaudrai Gisquet :*
> *Faites-moi préfet de police !*

Je suis, j'espère, un bon préfet ;
Toute prison est trop petite.
Ce métier, pourtant, n'est parfait,
Je le sens bien, pour mon mérite.
Je sais dévorer un budget,
Je sais embrouiller un registre.
Je signerai : « Votre sujet »,
Ah, Sire, faites-moi ministre !

Sire, oserai-je réclamer ?
Mais écoutez-moi sans colère :
Le vœu que je vais exprimer
Pourrait bien, ma foi, vous déplaire.
Je suis fourbe, avare et méchant,
Ladre, impitoyable, rapace.
J'ai fait se pendre mon parent.
Sire, cédez-moi votre place !

Le dernier paragraphe m'avait fait sursauter : « J'ai fait se pendre mon parent. » Cela prenait la forme d'un avertissement sans frais à la Couronne, de ceux que les maîtres chanteurs délivrent aux victimes qu'ils ont choisies afin de mieux les préparer à leur commerce…

— Excellent, Watson ! commenta Holmes, ce soir-là, quand je lui eus fait part de mes conclusions. Personnellement, je vois les choses ainsi : Lacenaire noue des contacts lors de son premier séjour à Poissy. Certains détails concernant le suicide de Saint-Leu lui paraissent intéressants. Lors de son deuxième séjour en prison, il fait la connaissance de Vigouroux, directeur de *La Tribune des prolétaires*, et lui donne son texte, sachant qu'il viendra sous les yeux du roi, qui lit tout ce qui le concerne…

Il se frotta les mains :

— Oui, Watson, tout à fait de votre avis : sommation en vue d'un chantage ultérieur, dont il espère trouver l'instrument chez Chardon. L'a-t-il récupéré ? La façon royale dont on le traite pourrait le laisser supposer... Espérons que Germain nous en dira plus à ce sujet, puisque, selon Leblond, c'est lui qui aurait renseigné Lacenaire sur le « coup ».

18

Le facteur nous apporta bientôt la confirmation de notre rendez-vous. Il se tiendrait à dix heures du soir au lieu déjà fixé : la maison du père Soubise.

La nuit convenue, nous nous vêtîmes donc en conséquence : blouses d'ouvrier et casquettes sans pont. Sous la blouse, dans la large ceinture de flanelle de mon pantalon, j'avais glissé deux pistolets. Holmes, lui, avait échangé sa canne habituelle contre un solide bâton de chêne. Nous n'étions pas très éloignés du lieu du rendez-vous par la rue d'Enfer, mais très vite, après les jardins du Luxembourg et l'Observatoire, le décor urbain avait disparu, et les boulevards du Midi franchis, le paysage était devenu anonyme, lugubre, noyé d'épaisses ténèbres. Seule oasis de lumière à l'horizon méridional, les éclairages de *La Grande Chaumière*, d'où nous parvenait l'écho des liesses organisées par les fêtards de la bonne société.

Bâton nous avait donné des précisions suffisantes pour que nous pussions trouver notre chemin dans ce désert nocturne. Nous arrivâmes bientôt en vue d'une haute masure, dont la silhouette se détachait de guingois contre les rares étoiles que nous livrait le ciel. Heureusement, les pâles lueurs de fenêtres allumées, au premier étage, nous guidèrent à travers une cour encombrée d'objets hétéroclites, jusqu'à une porte où nous cognâmes selon le rite indiqué par Bâton.

Celui qui vint nous ouvrir ne portait pas d'âge précis. Il était petit, maigre, et de son visage grêlé jaillissait, à la base d'épais sourcils, un grand nez gascon.

— Bâton nous envoie, lui dit Holmes. Nous sommes venus pour rencontrer Germain.

L'autre ne bougeait pas, et malgré la pénombre nous décelions sur ses traits ingrats l'expression de la méfiance la plus absolue.

— Germain ? fit-il enfin, d'une voix rauque. Bâton aurait bien dû m'en parler !

Holmes eut un geste exprimant son ignorance quant à cette regrettable omission. Le père Soubise s'effaça.

— Bon, entrez, murmura-t-il d'un ton maussade. Nous allons voir, et quoi qu'il arrive, pas d'esclandre, je ne veux pas de ça chez moi, compris ?

— Compris.

Il nous guida, sur un escalier raide, jusqu'à une grande salle où, à la lueur du feu de cheminée entretenu sans avarice, des hommes et des femmes, installés à des tables rugueuses sous des quinquets d'appoint, buvaient petit verre sur petit verre. Je regardai autour de nous. Tous les visages étaient gommés d'ombre, mais je remarquai néanmoins deux individus, assis à gauche de l'âtre. Ils avaient des physionomies acérées, creusées par le vice et la haine ; et ils ne nous quittaient pas des yeux.

Des filles circulaient entre les tables, proposant à boire dès que les verres se vidaient. Elles étaient très jeunes, leurs opulences rousses mises en valeur par les lueurs dansantes du foyer.

— Père Soubise, de la musique ! cria soudain quelqu'un.

Et le père Soubise ne se fit pas prier. Il entama, sur un violon vétuste, une série d'airs entraînants, dont l'exécution arracha une grimace à Holmes : contredanse d'abord, puis deux vieilles « galopes » et, pour finir, une polka qui souleva les acclamations de l'assistance, l'un de ces voyous sans foi ni loi s'exclamant très curieusement :

— Vive la Pologne !

Quelques consommateurs s'étaient levés. Ils avaient invité les filles, dont les allures chaloupées en disaient long sur la fiction de leur danse. S'étant arrêté de jouer, le père Soubise vint s'asseoir à notre table.

— Je paie la première tournée, dit-il. Qu'est-ce que vous lui voulez, à Germain ?

— Il vous le dira, s'il le juge bon, répondit Holmes, un peu sèchement... En réalité, j'étais aussi curieux de vous connaître. On m'a beaucoup parlé de vous.

Le regard aiguisé de Soubise nous jaugea, passant de l'un à l'autre.

— Vous êtes des bourgeois, diagnostiqua-t-il. Peut-être même des cabestans[1].

— Absolument pas, affirma Holmes, mais vous n'êtes pas obligé de nous croire. Pour tout dire, nous voulons interroger Germain au sujet de ce Lacenaire qu'on vient d'emprisonner... C'est un personnage qui nous

---

1. Officiers de police.

intéresse, un poète sans doute méconnu, et que nous voulons révéler au monde... Voyez-vous, je suis directeur d'une revue poétique.

— Vraiment ? ricana Soubise. Et ce bâton, c'est votre plume ?

Holmes repartit placidement :

— Je fais du bâton comme vous et M. Ingres jouez du violon : à mes moments perdus. Je me suis d'ailleurs laissé dire que vous en pratiquez fort bien l'escrime ?

Il avait touché au point sensible : le petit homme se redressa, bombant le torse :

— Savez-vous, messieurs, que pendant la campagne de Russie, j'ai arrêté dix cosaques, rien qu'avec une canne ferrée ?

— On m'a cité l'anecdote.

Soubise leva le bras :

— Éponine[1] !

L'une des filles rousses s'approcha, la gorge pigeonnante, pour nous verser un épais vin noir dont je me demandai comment je pourrais l'avaler.

— Aux brodeurs ! dit Soubise, levant son verre.

— Aux fourgats ! répondit Holmes, avec un clin d'œil[2].

Soubise ne s'en montra pas vexé. Il se pencha en avant, pour chuchoter, presque imperceptiblement :

— Écoutez, messieurs, j'ai de la sympathie pour vous, et il faut que je vous dise ceci : ce Germain n'est pas franc du collier. C'est lui qui avait mis Lacenaire sur le coup de Chardon, qui lui avait raconté que la

---

1. Éponine n'a donc pas été tuée lors des émeutes qui suivirent les obsèques du général Lamarque, contrairement aux allégations de Victor Hugo.

2. *Brodeurs :* écrivains ; *fourgats :* receleurs.

tante gardait dans une armoire, près du lit, les dix mille francs de la reine, mais il s'est bien gardé de se mouiller dans cette affaire !

— Lacenaire n'a pas fadé ?

— Fadé quoi ? Il n'y avait pas plus de dix mille francs que de tante au bocard[1] ! Ils n'ont déplanqué que cinq cents francs et quelques broutilles ! Un attrape-gogo, quoi !

— Voulez-vous dire que Germain aurait trompé Lacenaire de façon délibérée ?

— Plutôt ! Depuis Poissy, Germain ne pouvait plus sentir cette loche de Chardon. Il espérait bien que Lacenaire allait l'esbasir[2], ce qu'il a fait d'ailleurs !... Et puis, autre chose : on commence à murmurer aussi que Germain serait des « cosaques »... De là à ce que tout le coup ait été monté par Allard ?

— Mais pourquoi ?

— Ça !

Soubise leva deux paumes perplexes. Là-dessus, une petite porte, au fond de la salle, s'ouvrit, laissant passer un gamin qui s'adossa au chambranle, le regard appuyé sur notre groupe. Soubise se leva précipitamment. Il alla chuchoter quelques mots aux deux voyous que j'avais remarqués. Ceux-ci disparurent aussitôt par la petite porte. Soubise revint vers nous, le front ridé par la préoccupation.

— Vite, messieurs, dit-il d'une voix courte, il faut partir. Je crois que des gens vous attendent pour vous faire un mauvais sort. Suivez-moi !

— Allons, Watson, dit Holmes, sans hésiter.

1. *Bocard* ou *bonis* : bordel ; *fader* : partager un butin.
2. *Esbasir* : assassiner.

Nous dévalâmes un escalier plus rude que celui par lequel nous étions montés, arrivant dans une manière de cul-de-sac noyé d'obscurité.

— Là, droit devant vous, souffla Soubise. Il y a une petite palissade, à cinquante mètres, il faudra l'escalader... vite !

Nous prîmes la course, mais nous n'étions pas arrivés à mi-chemin qu'une étincelle rouge fleurissait dans la nuit, avec une détonation sonore. Holmes poussa un cri sourd.

— Touché ! À terre, Watson !

Je plongeai près de lui, la main étendue pour garder le contact. Je l'entendais respirer fortement.

— Où, Holmes ?

— À l'avant-bras gauche, mais l'os n'est pas atteint.

Il y eut un silence très lourd. Nous devinions des chuchotements un peu plus loin, sur fond de prudentes reptations.

— Ils approchent...

— Qu'ils viennent ! murmurai-je farouchement, j'ai mes soufflants !

Holmes ricana faiblement.

— La colère vous porte à l'argot, Watson. Qu'elle n'affaiblisse surtout pas votre coup d'œil. Vous tirez deux fois et nous fonçons. Je dispose encore de mon bras droit et de deux jambes en excellent état...

— Prêt, Holmes ?

— Prêt.

J'amorçai, puis fis feu des deux mains, dans un tonnerre dont la nuit se renvoya longuement les échos. Nous étions à la palissade. J'aidai Holmes à la franchir et sautai derrière lui, mais tout de suite nous comprîmes que l'affaire était mal engagée. Plusieurs formes menaçantes nous encerclaient, qui se ruèrent sur nous. J'empoignai l'un des agresseurs dont je reçus en pleine figure l'haleine alcaline. J'évitai un genou sournois, répliquai par un uppercut où je mis toute ma force. L'homme s'effondra. Je subis aussitôt le choc d'un deuxième adversaire. Celui-là, je lui assenai à la volée un tel coup de crosse qu'il recula en titubant, les mains à son visage, mais j'étais déjà ceinturé par-derrière. Durant le corps à corps tourbillonnant qui s'ensuivit, j'avais conscience d'un frénétique affrontement au bâton à quelques mètres. Holmes avait étendu l'un des individus, brisait comme verre la canne d'un autre, mais nous faiblissions.

Soudain, il y eut retournement de situation. De nouveaux combattants intervenaient, dont nous vîmes briller les lames. Des ahanements féroces ponctuaient la lutte qui rebondissait. Un cri étouffé fusa :

— La Flotte, c'est la Flotte, en retraite !

Le bruit d'une fuite précipitée résonna dans les ténèbres, sans que nous pussions savoir qui venait et qui partait. Brusquement, le père Soubise parut près de nous, le bâton à la main.

— Tavacoli ! appela-t-il, apporte ton briquet !

Une faible lueur vacilla sous le vent nocturne, tandis qu'il examinait le bras de Holmes.

— Léger, grommela-t-il, vous vous en tirez à bon compte, messieurs. Si la Flotte n'était pas intervenue...

— La Flotte ?

— L'ancienne bande de votre ami le poète, justement. Je les ai fait prévenir dès qu'on m'a averti que des mouches s'approchaient.

Holmes sursauta.

— Des mouches ? C'étaient donc des policiers qui nous agressaient ?

— Ben oui…

— Mais ils ont délibérément cherché à nous tuer !

— Croyez-vous que les roussins soient peu délicats ! ricana Soubise. Il faudra vous tenir un peu
mieux au courant de nos us et coutumes, messieurs.
Vous constaterez qu'entre eux et nous, la seule différence, c'est qu'ils ont pour leurs crimes la bénédiction
du grand Dabot[1].

Désignant ceux qui faisaient cercle autour de nous,
Soubise procéda à de goguenardes présentations, sous
la lueur du briquet qui éclairait d'inquiétantes physionomies.

— Voici Mimi, le borgne, le pistolet, Tavacoli l'Italien, et nos deux surineurs d'élite, Cancan et Pisse-vi-
naigre.

— Pourquoi la Flotte nous a-t-elle porté secours ?
questionna Holmes.

— Parce que l'occasion de tailler des croupières à la
raille est toujours un bonheur, répliqua Soubise. Et
puis, Germain a déjà emblémé[2] Lacenaire. Nous ne
voulons pas que le crime paie deux fois.

— Germain ? N'était-il pas de ses amis ?

— Germain est un « cosaque », repartit rudement
Soubise. C'est Allard qui l'a utilisé pour manœuvrer
Lacenaire… autant vous dire, messieurs, que vous ne
le verrez pas de sitôt alentour, il tient à sa peau, le
bougre ! On lui aura déjà fait quitter Paris.

— Il nous reste à vous remercier, fit Holmes.

Soubise esquissa un geste de dénégation.

— Nous autres, de la pègre à marteau, avons notre
code ! Nous n'aimons guère qu'on se serve de nous

1. Le préfet de police.
2. Trompé, attiré dans un piège.

pour de sales combines, mais vous, méfiez-vous, messieurs, la Cigogne a la dent dure !

Nous nous séparâmes sur ces fortes paroles.

19

— Il est certain, dit Vidocq, les mains jointes dans son geste favori, que cette affaire est le reflet de rivalités et de querelles qui nous dépassent, messieurs…

— Mais encore ? questionna rudement Holmes.

— Mais encore la Cour. Vous le savez ou vous ne le savez pas, deux influences se disputent l'oreille du roi. D'abord, Madame Adélaïde, sa sœur, dont on a pu dire qu'elle est le seul homme de la famille d'Orléans, quoiqu'elle n'eût pas combattu à Valmy comme son frère. Elle a le sens politique et le manque de scrupules qui font les grands capitaines de la vie publique. Louis-Philippe lui-même la redoute.

— Et l'autre camp ?

— Les proches du roi, notamment son ami et homme de confiance depuis toujours, l'actuel ministre de la Marine.

— Je ne me tiens pas au courant de la composition des ministères, dit Holmes, un peu agacé. Comment s'appelle ce ministre ?

— Dupin.

— Quoi !

Nous nous étions levés d'un bond tous les deux. Vidocq nous regarda avec stupéfaction.

— Qu'est-ce que j'ai dit ?

— Vous avez dit Dupin ?

— Eh oui, le baron Charles Dupin… Ils sont deux, d'ailleurs. L'aîné, André-Marie, est président de la

Chambre des députés. Charles, le cadet, est ministre
de la Marine depuis l'année dernière. On chuchote
qu'Adélaïde ne l'aime pas, qu'elle s'est longtemps op-
posée à sa nomination à un poste important et que si
elle a cédé, c'est bien parce qu'elle n'a pas pu faire
autrement.

— La lettre, souffla Holmes d'une voix brûlante, la
lettre de Chardon que Dupin a dû récupérer...

— Pardon ? fit Vidocq, un sourcil levé.

— Une question, au préalable, coupa Holmes. Si
quelqu'un a tiré les ficelles dans la pendaison du
prince de Condé...

— Formule délicieuse, interrompit Vidocq, à son
tour. *Le Charivari* ne la désavouerait pas.

— ... Pensez-vous que ce soit le clan Dupin ou le
clan de Mme Adélaïde ?

— Adélaïde, répondit Vidocq, sans hésiter. Elle
seule possède les qualités nécessaires — si vous me
passez l'expression — à un si noir forfait.

— Et pas les Dupin ?

— Ils n'en ont pas l'étoffe. Dupin, l'aîné, occupe, au
titre de président de la Chambre, une partie des appartements du prince de Condé, au Palais-Bourbon.
Eh bien, jamais la baronne de Feuchères, sa voisine
immédiate, pourtant reçue à la Cour avec éclat par le
roi Louis-Philippe et sa sœur Adélaïde, n'a été admise
aux bals de la Présidence. On aurait prêté à ce Dupin-
là les propos suivants : « Le roi a le droit de faire
grâce, moi pas. » On ne pouvait dire plus clairement,
dans le cadre strict de l'étiquette, ce qu'on pensait des
choses.

— Et l'autre Dupin ?

— L'autre Dupin est aussi un homme politique, par
conséquent un arriviste affirmé, mais sincèrement, je

le vois mal montant une affaire criminelle de cette envergure. D'ailleurs, il a d'autres centres d'intérêt. C'est un mathématicien célèbre et aussi un poète... Oui, les deux frères taquinent la muse. Ils se sont fait un petit nom dans les lettres.

Holmes se leva brusquement.

— Merci, Vidocq, je crois que j'en sais assez.

— Moi aussi, fit Vidocq, les yeux à demi fermés.

— Pouvez-vous me donner l'adresse de Canler ?

Cette question suscita chez Vidocq une recrudescence notable d'intérêt.

— Canler, vraiment ? Pas Allard ?

— Non, non, Canler. Il vaut mieux s'adresser parfois aux saints qu'au Bon Dieu.

— Ma foi, c'est tout simple, déclara Vidocq avec un bon sourire. Vous allez rue de Jérusalem, dans l'île de la Cité, là où moi-même j'avais mon bureau, au temps de ma splendeur.

20

Avant de rentrer Petite-Rue-du-Bac, Holmes et moi passâmes au siège du *Journal des débats*, dont mon ami se procura un certain nombre de vieux numéros. Il consacra à leur lecture son après-midi, et j'eus toutes les peines du monde à l'entraîner pour dîner dans notre petit restaurant habituel, rue de la Chaise. Il demeura plongé dans ses pensées durant tout le repas, si bien qu'au dessert je crus bon de l'apostropher :

— Vous rendez-vous compte, Holmes ? Poe a dû être tenu au courant de toute cette affaire ! Mais par qui ? D'ailleurs, comment peut-on être sûr que son

ministre, ce fameux D..., soit réellement l'un des
Dupin ?

Holmes bourrait sa pipe, méthodiquement.

— Relisez *La lettre volée*, Watson. Voilà un texte
que j'ai fini par connaître sur le bout des doigts.

Quelque part, vous trouverez les propos suivants :
« Mais est-ce vraiment le poète ? demande le narrateur. Je sais qu'ils sont deux frères... » Deux frères,
Watson ! « ... et ils se sont fait tous les deux une réputation dans les lettres. Le ministre, je crois, a écrit un
livre fort remarquable sur le calcul différentiel et intégral. Il est le mathématicien et non le poète... —
Vous vous trompez », répond Dupin, Dupin le détective, « je le connais fort bien. D... est poète et mathématicien... »

Je protestai :

— Mais enfin, Holmes, le baron Charles Dupin est-
il vraiment un mathématicien ? A-t-il réellement écrit
un livre sur le calcul différentiel et intégral ?

— Licence de créateur, Watson : dans tout roman à
clés, on gauchit un peu la vérité pour désarmer les
susceptibilités. Je viens d'en trouver confirmation
dans *Le Journal des débats* : Dupin cadet est incontestablement un mathématicien de valeur, mais ce qu'il a
écrit, et qui l'a rendu célèbre, c'est un traité sur certaines notions fondamentales, telles que tangentes conjuguées, lignes asymptotiques, et surtout son fameux
théorème concernant les intersections de surfaces
courbes. J'ajoute qu'il met actuellement sur pied le
Service français de statistiques... mais parlons plutôt
de Lacenaire. Avez-vous lu comme moi la presse
d'aujourd'hui, mon cher Watson ?

— J'ai tout lu, Holmes. Les journaux sont pleins
des états d'âme et de service de cette crapule. Il est

plus que jamais l'hôte privilégié de la Conciergerie. Je le vois mal montant à la guillotine après un tel traitement de faveur.

— C'est que tous les ressorts cachés de cette affaire vous échappent, Watson, répliqua Holmes. Je pense au contraire qu'une telle fin s'inscrit dans le droit-fil de toute l'affaire. Je suis sûr que Vidocq, lui aussi, a tout compris...

Un peu vexé, j'optai pour le mutisme, tandis que Holmes poursuivait :

— Lacenaire a droit à des repas plus que confortables, on lui sert ses huit bouteilles de vin quotidiennes, il a licence de recevoir dans sa cellule tout ce que la capitale compte de beaux esprits. Il est devenu un grand mythe, ce petit voyou ! Alexandre Dumas, Maxime Du Camp, Raspail, Arago, le peintre Demoutier... même les phrénologues qui se disputent son crâne par avance ! Belle absence de pudeur, en vérité... et quel auteur n'a rêvé cela, Watson ? Parmi les journaux, c'est auquel publiera ses poèmes, sa *Pétition au roi*, bien sûr, qui n'est pas sans valeur, mais aussi des odes bien fades, lyrisme à foison sur lequel se pâment les belles dames. Et l'on dit que le crime ne paie pas. Jusqu'à Théophile Gautier qui lui a inventé un surnom romantique, le « Manfred du ruisseau », *alas poor* Byron !

Sans transition, il se leva. En deux grandes enjambées, il se trouva posté derrière l'une des fenêtres du restaurant.

— Ah ! Watson, s'écria-t-il, si mon frère Mycroft était là, nous pourrions nous livrer au petit jeu des déductions quant à l'homme qui, depuis notre sortie de chez Vidocq, ne nous a pas lâchés d'une semelle, mais

1008   *Histoires secrètes de Sherlock Holmes*

où en serait le mérite ? Il porte la marque du policier
jusqu'à son haut-de-forme.

Je vins le rejoindre.

— Un perdreau qui fait le pet ?

— Je n'eusse pas mieux dit, mon cher Watson.

Il appela le garçon et, retourné à table, griffonna un
mot rapide sur une feuille de son calepin. Il le tendit
à l'homme, avec une pièce d'argent :

— Voulez-vous être assez aimable pour remettre ce
message au monsieur qui se tient au coin de la rue de
Grenelle, au point d'arrêt de la Compagnie « Les Ci-
tadines », dont il ne prend jamais les omnibus ?... Là-
bas, juste sous le réverbère : il lit un journal...

Un peu interloqué, le garçon s'exécuta. Par la fenêtre, nous le vîmes donner le billet à l'argousin, avec
qui il échangea quelques paroles dont la mimique
soulignait son ignorance complète des raisons de sa
démarche. Le policier lut la missive, tourna les yeux
vers la fenêtre, parut hésiter sur la conduite à tenir,
puis, finalement, s'en alla à grandes enjambées.

— Étrange, déclarai-je à Holmes. La physionomie
de ce personnage me rappelle quelqu'un. L'aurions-
nous déjà rencontré ?

— Mais oui, Watson, répondit tranquillement Holmes. Il se tenait en bas de l'immeuble des Chardon,
sous l'apparence bonasse d'un « gouépeur ». En fait, il
s'assurait que le sale travail allait bien être fait par
Lacenaire.

— Qu'avez-vous écrit sur ce billet ?

— J'ai exposé à Canler qu'il était inutile de nous
faire suivre puisque nous comptions lui rendre visite
demain matin rue de Jérusalem.

21

Vue de jour, la rue de Jérusalem me parut encore plus étroite et tortueuse, à l'image des intrigues qui se tramaient dans son ombre. Comme l'avait prévu Holmes, Canler, qui nous y attendait, était ce policier qui nous avait interrogés, la nuit de l'affaire de la rue Bar-du-Bec.

— Nous nous connaissons, messieurs, je crois ?

— Vous nous avez déjà fait l'honneur d'une visite touristique dans vos locaux, repartit Holmes. Soyez sûr que nous en garderons le meilleur souvenir.

Mais Canler conserva son calme. Ayant apparemment décidé de jouer les hommes du monde, il nous fit asseoir, avec les signes extérieurs de la plus grande courtoisie.

— Vous êtes anglais, messieurs, si je me souviens bien ?

— Vous avez déjà vu nos passeports, monsieur Canler, répondit Holmes. Anglais, mais n'en déduisez pas pour autant que nous sommes agents des Bourbons légitimistes. Les affaires intérieures françaises ne nous préoccupent guère.

— Vraiment ? s'étonna Canler, sur le ton de la politesse la plus ironique.

— J'ajoute que la petite histoire nous paraît plus amusante que la grande, et les protagonistes de la première, dont vous êtes, mon cher, au moins aussi intéressants que les personnages de la seconde, fussent-ils coulés dans le bronze par la postérité immédiate.

— Flatté, dit sèchement Canler.

— Un point, d'abord, à préciser : tout ce que je vais vous dire a été mis par écrit, déposé en lieu sûr chez un ami qui ne l'est pas moins.

— Vidocq ? ricana Canler.

— Pas Vidocq. Il n'a pas eu besoin de mes lumières, et quoiqu'il ne m'en eût rien dit, je ne doute pas qu'il soit parvenu à la même conclusion que moi. Il s'agit en fait d'un écrivain américain nommé Edgar Poe, directeur d'une revue new-yorkaise, et sur lequel vous n'avez ni moyen de pression ni moyen d'action. J'ajoute que le courrier rédigé à son intention est déjà parti pour l'Amérique.

J'ignorais si Holmes disait la vérité à Canler ou si cette tactique ressortissait au bluff, mais je ne l'en admirai pas moins.

— Je vous écoute, disait Canler, légèrement congestionné.

Sans lui demander d'autorisation, Holmes avait sorti sa pipe de son gousset et la bourrait méticuleusement. Il l'alluma, soufflant la fumée devant lui. Il n'y avait, dans cette attitude très naturelle, ni provocation ni souci de ménager l'interlocuteur. Il reprit, tranquillement :

— Il s'agit du traitement de faveur réservé à Pierre-François Lacenaire, et de la facilité qu'on lui a donnée de se tailler une célébrité de mauvais aloi.

— Et vous voudriez savoir le pourquoi de la chose ? railla Canler.

— Je le sais, dit Holmes sur le ton de la nonchalance... Je sais aussi que vous auriez préféré le faire taire à jamais, mais que les circonstances de son arrestation vous ont privé de ce plaisir. Une chance pour vous, cependant : la personnalité pathologique de Lacenaire. Vous êtes sûr que ce criminel ne parlera pas.

— Fumées ! railla Canler. Vous vous dites historien ? Vous devriez plutôt écrire des feuilletons à la façon de M. de Balzac.

Holmes fit placidement observer :

— Admettez que vous n'avez jamais eu de prévenu aussi prévenant et que la Couronne n'aura pas besoin de son écorneur officiel pour le faire condamner. Il assumera lui-même le rôle d'avocat de l'accusation pendant le Promont... excusez-moi, le procès, mais je pense que vous aurez traduit. Cela peut lui valoir quelques ménagements, n'est-ce pas ?

— Votre conclusion ?

— Ma conclusion, c'est qu'il y a autre chose...

Holmes souffla une fumée méditative avant de reprendre :

— Je n'ignore rien de l'obsession morbide de Lacenaire : il veut se faire reconnaître comme poète : ambition louable, mais il rêve aussi d'une exécution publique, certain que la guillotine lui assurera une certaine immortalité, ce que les qualités littéraires n'apportent pas toujours et les vertus bourgeoises jamais... Que voulez-vous, mon cher Canler, nous avons tous nos rêves d'enfant !

— La suite ? gronda Canler.

— Ah ! la suite, soupira Holmes, elle n'est pas belle, la suite ! Mais peut-être, avant la suite, faut-il parler du commencement ? C'est-à-dire de ce pseudo-suicide dont est mort le prince de Condé, il y a quatre ans.

— Je ne vous permets pas d'en douter ! s'écria violemment Canler. L'instruction a établi de façon formelle que ce malheureux vieillard s'est pendu lui-même !

— Personne n'y croit, rétorqua Holmes, glacial. Toutefois, nous allons feindre d'adopter cette thèse comme une hypothèse de travail. À défaut de vous procurer une conscience, cela vous donnera peut-être une contenance.

— Monsieur ! tonna Canler, frappant du poing sur la table.

— Du calme, fit Holmes, sans se départir de son sang-froid. Et dites-vous que notre ambassade, qui est au courant de la visite que nous vous rendons ici, disposera de mes conclusions dans l'heure qui suivra tous les ennuis qui pourraient nous advenir... dans le genre de ceux qui nous attendaient chez le père Soubise, par exemple...

Il tendit vers Canler un index péremptoire.

— D'ailleurs, puisque nous abordons le problème, vous seriez sage d'en aviser M. Allard, le préfet Gisquet et Madame Adélaïde, dans l'ordre de vos préférences hiérarchiques.

Canler se rassit, tremblant de colère mal contenue.

— Alors voici, reprit Holmes d'un ton coupant. On supprime Condé, après avoir fait vraisemblablement disparaître son deuxième testament. Mais il reste un témoin, ou le confident d'un témoin. Il pourrait devenir un dangereux parrain-fargueur devant le Léon, comme on dit en votre jar. On doit lui clore la bouche, d'autant que ce malfaisant individu se sert de la vérité qu'il connaît pour faire chanter la reine. Par chance, on a le dossier d'une espèce de mythomane, un poète sanglant qui ne rêve que de s'accomplir dans le crime. Vous chargez votre « cosaque » Germain de le manœuvrer...

— À prouver ! siffla Canler, congestionné.

— Ce n'est pas mon propos. Germain parle donc à Lacenaire des dix mille francs, réels ou supposés, que la reine aurait versés à Chardon. Il en indique la cachette : dans une armoire, près du lit. Et Lacenaire fait ce pourquoi on l'a préparé. Il assassine Chardon et sa mère, sans trouver d'ailleurs ce pactole mythique...

Canler étendit vers nous une main mal assurée.

— Lacenaire est loin d'être un imbécile, objecta-t-il. Cela, tous les journalistes l'ont reconnu. Croyez-vous qu'il n'aurait pas éventé un tel piège ?

— Oh ! mais il a compris, dit doucement Holmes. Seulement, il a compris une minute trop tard, quand le crime était perpétré et qu'il n'a rien découvert dans le logis de Chardon. Autre aspect de sa personnalité : c'est un monstre d'orgueil. Jamais il n'admettra avoir été joué... j'allais dire comme un enfant, mais le sujet ne s'y prête pas. C'est alors que se passe entre vous une sorte de marché feutré... chez nous, on dit : gentleman's agreement, pour autant que le mot « gentleman » puisse s'appliquer à un policier et à un assassin.

— Mesurez vos paroles ! s'exclama Canler, empourpré.

— Vous êtes sanguin, monsieur Canler, intervins-je. Je vous invite à modérer votre tempérament, qui vous expose à des accidents coronariens...

J'ajoutai benoîtement :

— Ne prenez pas en mauvaise part ce que je vous dis. Je suis aussi médecin.

L'homme s'efforçait au calme, à grandes goulées d'air qui amenaient de la sueur sur ses tempes.

— Je reprends, dit Holmes, suave. Lacenaire accepte donc implicitement d'assumer sur le plan du droit commun un crime qui ressortit à la haute politique. En échange, il aura droit à cette notoriété dont il rêve depuis toujours : il est actuellement reconnu comme le type parfait du poète maudit et il va monter dans la gloire les marches de l'échafaud... Un petit détail ennuyeux : il reste peut-être une ou deux lettres par lesquelles Chardon menaçait la reine de ses révélations, mais *bast !*... vous finirez bien par les récupérer un jour ou l'autre, pour peu que le clan Dupin relâche sa vigilance.

Canler se dressa, le doigt tendu :

— Je le répète, messieurs, prenez garde à vos paroles !

— Et vous, prenez garde à vos artères, monsieur Canler, répondit Holmes, se levant pour signifier que l'entretien était terminé. Je crois qu'il est plus sage que nous partions, nous ne voulons pas avoir votre mort sur la conscience, ce sont des choses que nous, nous ne supportons pas.

Canler nous rappela d'une voix rauque, alors que nous allions franchir le seuil de sa porte :

— Un avertissement gratuit, messieurs. Ne vous mettez jamais en situation d'être à ma merci. Je ne vous aime pas.

— C'est bien naturel, répondit cordialement Holmes. Il est des gens chez qui il est plus flatteur de susciter l'animosité que l'estime.

J'avoue que je poussai un soupir de soulagement lorsque nous quittâmes la rue de Jérusalem. Holmes était très gai. Il déclara, d'un ton léger :

— Canler est sûr que Vidocq a des documents. Vidocq croit que nous les avons. Dupin craint que Canler ne les détienne et Canler redoute qu'ils ne se trouvent chez Dupin... parfait exemple de cercle vicieux, Watson. D'autre part, Lacenaire écrit ses Mémoires en prison, et je me suis laissé dire que Canler prend des notes afin de rédiger les siens pour la postérité, c'est la maladie du siècle. Il est évident que ce digne argousin ne pourra pas ne pas parler de Lacenaire et de ses complices, mais parions qu'on ne trouvera pas dans son texte la moindre mention du nom de Germain ?

— Possible, admis-je.

— Ni même la relation de l'algarade à laquelle nous avons été mêlés dans la rue Bar-du-Bec ?

— Certain !

— Ni non plus, Watson, la plus petite allusion à la mort suspecte du prince de Condé, l'une des énigmes criminelles les plus retentissantes du siècle, alors qu'il évoquera toutes les autres affaires les plus bénignes dont la police aura eu à connaître durant le temps de son activité ?

— Sans doute, fis-je, agacé, mais Poe, là-dedans, Holmes, Poe ! Pourquoi a-t-il appelé Dupin son détective, alors que l'adversaire déclaré de ce même détective, le fameux ministre D... s'appelle, lui, réellement Dupin ?

Holmes exécuta un moulinet allègre avec sa canne.

— C'est là l'un de ces jeux d'esprit dont sont friands les auteurs, Watson, et surtout Poe, porté par son tempérament vers l'étrange, le fantastique. C'est lui, l'ange du Bizarre ! Et savez-vous ce qu'il écrit dans *Le double assassinat de la rue Morgue* ? « Je rêvais souvent à la vieille philosophie de l'âme double... Je m'amusais à l'idée d'un Dupin double... » Je vous le dis, Watson, le thème du double est dans l'air, le bien et le mal dans chaque individu, deux notions que la religion, la métaphysique, et demain la science, s'emploient à séparer.

— Thème bien incrédible, Holmes !

— Allons donc ! Pourquoi Dupin ne pourrait-il être à la fois le gendarme et le voleur ? Nous en avons connu un autre !

— Qui ?

— Vidocq, bien sûr !

Sidéré, je me tus. Holmes redevint silencieux, tandis que nous franchissions le pont qui menait de la Cité à la rive gauche. Sur le chemin de halage, je revins à la charge :

— Mais Poe, Holmes, j'insiste. Poe, comment a-t-il su ?

— Il faudrait peut-être aller le lui demander, Watson, répondit-il sur le mode rêveur. Ce que sir Arthur a fait une fois, il peut le refaire... Après tout, l'Amérique des années 40, ce serait sûrement aussi intéressant que la France des années 30... mais j'ai d'ores et déjà mon idée.

Je faillis demander laquelle. L'amour-propre m'en empêcha, et ce fut Holmes qui reprit, un peu plus tard, comme suivant le cours de ses pensées :

— Si vous avez lu les Mémoires de Vidocq, rappelez-vous ce qu'il écrit à son chapitre 46 (alors qu'il cite le ministre Dupin, comme par hasard, au chapitre 45) : « Si vous êtes obligé d'être quelque temps hors de chez vous, imaginez une cachette où vous déposerez ce que vous avez de plus précieux ; l'endroit le plus en vue est souvent celui où l'on ne s'avise pas de chercher. » C'est le ressort même de *La lettre volée*, mon cher Watson !

II. Le mystère de Marie Roget

1

« ... Car qui sait ce qui est bon pour l'homme dans la vie, pendant le nombre de jours de sa vie de vanité, qu'il passe comme une ombre ? Et qui peut dire à l'homme ce qui sera après lui, sous le soleil ?... »

Le vent nous apporta une nouvelle rafale de la glaciale pluie d'octobre, agitant comme une houle le moutonnement noir des parapluies groupés devant la fosse. Tout autour, les monuments funéraires luisant d'humidité se dressaient lugubrement sur un paysage noyé, prisonnier des murs d'enceinte et du ciel bas.

Le révérend Clemm avait achevé son sermon. Piétinant dans la boue, nous allâmes présenter nos condoléances aux deux cousins du défunt et à leurs épouses, puis, tandis que retentissait le bruit sinistre des pelletées de terre sur le bois du cercueil, une partie du petit cortège se dispersa. Holmes et moi nous retrouvâmes seuls à la porte de l'église. Personne n'avait proposé de nous raccompagner et c'était aussi bien.

— N'était-il pas de rite épiscopal ? demandai-je.

— Ses cousins sont presbytériens, expliqua Holmes.
Ce sont eux qui ont pris les obsèques en charge.

Il héla l'un des fiacres stationnant devant le cimetière ; nous nous y installâmes frileusement.

— À l'hôtel *Arlington* !

Le véhicule démarra, et je murmurai d'un ton
maussade :

— Sale temps, en plus ! Enfin, Holmes, que s'est-il
passé ? Sir Arthur s'est-il trompé dans les dates ?

Il répondit, d'un air un peu distrait, tout en sortant
de sa poche pipe et blague à tabac :

— Ne voyez pas d'erreur là où il n'y a que du ma-
chiavélisme, Watson. En fait, peu importait à sir Arthur que nous vissions Poe à propos de *La lettre
volée*... Je le soupçonne plutôt d'une arrière-pensée
bien précise.

— Et c'est... ?

— Éclaircir les circonstances de la mort de Poe.

— Delirium tremens, déclarai-je sèchement.

— Bien sûr, bien sûr, concéda-t-il. Pourtant, Watson, vous, médecin, savez bien que le delirium tremens, moins qu'une cause directe de la mort, est une
affection qui ruine assez l'organisme pour le laisser
désarmé et vulnérable à tous les facteurs létaux qui
peuvent l'assaillir.

Je répliquai vivement :

— Et quand cela serait, Holmes ? Nous ne sommes
pas ici en qualité de praticiens, mais d'enquêteurs. Et
que découvrirons-nous qui ne figure déjà sur les rapports du Dr Moran ?

Holmes, le front soucieux, allumait sa pipe, dont il
tirait les premières bouffées. Il dit enfin :

— Il y a quelques semaines, le *Richmond Whig* annonçait, comme une importante nouvelle, l'adhésion

d'Edgar Poe aux Fils de la tempérance, foyer auquel il avait prêté serment de ne plus boire que de l'eau. Il semble que, depuis, il ait, tant bien que mal, respecté cet engagement.

— Pourtant, le Dr Moran...

Il me coupa la parole.

— Nous sommes le lundi 8 octobre. Poe est mort durant la nuit de samedi à dimanche, après qu'on l'eut retrouvé mercredi dans un état pitoyable... mercredi 3 octobre. Entre le moment où il a quitté Richmond, c'est-à-dire le 27 septembre à quatre heures du matin et cette date, que s'est-il passé ?

— Il y a eu le voyage, Holmes.

— Près de quarante-huit heures, admit-il. Le steamer Richmond-Baltimore s'est arrêté à toutes les escales. Cela nous mène au 29 septembre. Or, du 29 septembre au 3 octobre, on perd complètement la trace de Poe : celle d'un homme parti à peu près en bonne santé pour être finalement recueilli au fond d'une misérable taverne du port, à l'état d'épave, apparemment imbibé d'alcool, dépouillé de son argent, de ses vêtements, et sans connaissance. Je pose la question : Comment ? Pourquoi ?

— Et peut-être qui ? raillai-je.

— Peut-être qui, parfaitement, répéta-t-il. Car, pendant ces cinq jours, c'est le mystère complet.

— Enfin, Holmes ! m'écriai-je, exaspéré, qui aurait pu vouloir la mort d'Edgar Poe ?

— Par exemple, les maris de toutes les femmes pour lesquelles il se consumait, répondit placidement Holmes. Amours entièrement platoniques, je vous l'accorde. Poétiques même, mais enfin, Poe avait pris Byron pour modèle, à cette différence que Byron aimait à se faire aimer, alors que lui-même n'aimait

qu'aimer. Cela peut néanmoins suffire à susciter des
jalousies.

Je haussai les épaules, repartis aigrement :

— Puisque vous prononcez ce mot, laissez-moi
donc vous proposer un suspect.

— Qui, Watson ?

— Charles Dickens.

Holmes prit la peine de retirer la pipe de sa bouche
pour me considérer d'un œil rond.

— Diable, Watson, comme vous y allez ! Et de quel
genre de jalousie s'agirait-il ?

— Jalousie d'auteur, Holmes. Dans le *Saturday Evening Post*, Poe n'avait pas hésité à déflorer la fin du
roman de Dickens, *Barnaby Rudge*, en dévoilant le
nom du coupable alors que la publication du feuilleton n'en était encore qu'à sa moitié... Il voulait ainsi
prouver sa science de la déduction, mais sur le plan de
la confraternité littéraire, avouez que c'était plutôt
malvenu ! Dickens en a été furieux. Il a déclaré plus
tard qu'il tenait Poe pour une misérable créature, un
homme déconsidéré, vivant dans la plus grande pauvreté.

— Remarquable, Watson, dit sincèrement Holmes.
Je n'y eusse pas pensé. Mais Dickens se trouvait-il en
Amérique, ces jours derniers ?

Je fus sidéré ; moins par la question elle-même que
par ce qu'elle impliquait : Holmes était-il à ce point
obsédé par son activité professionnelle qu'il pût considérer comme envisageable n'importe quelle hypothèse d'école ? Je répondis, faiblement :

— Dickens était bien en Amérique quand Poe a révélé le secret de *Barnaby Rudge*. On lui aurait même
prêté la réflexion suivante : « Mais cet homme est le

diable ! » Toutefois, je ne sache pas qu'il s'y trouve en ce moment.

— Donc, ce n'est pas Dickens, conclut impavidement Holmes. Il faut chercher ailleurs, Watson.

— Est-ce ce que sir Arthur attend de nous ?

— J'en ai peur, dit sobrement Holmes.

2

De la terrasse du Washington Hospital, la vue était remarquable. Au long des pentes qui dévalaient vers la baie de Chesapeake, Baltimore étageait son immense forêt de toits, où la pluie de la veille avait laissé des reflets ardoisés. Tout en bas, parmi les entrepôts du port, miroitaient les eaux du Patapsco, et, loin vers le sud-est, se détachaient contre l'horizon vert de l'océan les fumées grises des aciéries de Sparrows Point. Un fort vent de mer portait jusqu'à nous, par bouffées de sons, les vacarmes des quais, haleine laborieuse scandée d'appels de sirènes...

— Le Dr Moran vous reçoit, messieurs.

Nous quittâmes la terrasse pour suivre l'infirmière le long d'un corridor dallé, jusqu'à un bureau à porte vitrée, où était peinte l'inscription suivante : *J. J. Moran M. D.* Holmes s'assit ostensiblement sur l'une des banquettes du couloir en disant :

— Je vous attends ici, Watson.

C'était la fiction dont nous étions convenus pour contourner l'obstacle du redoutable secret professionnel. L'infirmière me fit entrer en annonçant très officiellement :

— Le Dr Watson, de l'hôpital St. Thomas, de Londres.

Le praticien se leva pour m'accueillir. C'était encore un très jeune homme que, visiblement, le nom de St. Thomas avait impressionné. Il me fit asseoir, et après avoir toussoté pour s'éclaircir la voix, demanda presque timidement :

— Venez-vous me voir au nom de la famille de ce malheureux Edgar Poe ?

J'affectai la plus grande aisance.

— Je suis, en fait, un ami de sa belle-mère, Maria Clemm, et comme je dois prochainement retourner à New York, je m'attends qu'elle me pose un certain nombre de questions. Vous savez comme elle et son gendre s'aimaient, surtout depuis le décès de sa fille, la pauvre Virginia.

Il parut touché. J'ajoutai vivement :

— Bien entendu, mon cher confrère, vous ne me confierez que ce que vous jugerez bon pour adoucir le chagrin et le désespoir de cette femme, maintenant bien seule…

— Oh ! mais je ne vous cacherai rien ! protesta Moran. Je vous fais confiance pour rapporter à Mme Clemm seulement ce qui vous paraîtra judicieux…

Il hésita une minute avant de reprendre, d'une voix un peu sourde :

— À vrai dire, les causes de la mort sont multiples, la principale étant le délabrement de cet organisme sous l'influence des drogues et de l'alcool… Il est mort d'épuisement, en quelque sorte.

— Vous avez dit : multiples ?

— Oui… Je dois d'abord vous rapporter les circonstances dans lesquelles j'ai été amené à l'examiner. Mercredi, vers cinq heures de l'après-midi, on l'a transporté ici en voiture, à peu près inconscient…

— Qui ?

Ma question parut le surprendre, comme sans intérêt professionnel évident.

— Mon confrère, le Dr Snodgrass, qui était son ami, et aussi son cousin, Henry Herring. Ils avaient été avertis qu'Edgar Poe se trouvait dans une taverne des bas quartiers, en un état des plus alarmants...

— Par qui ?

Il haussa des sourcils perplexes.

— Je vous l'avoue, je l'ignore, mais vous pourrez le leur demander. Bref, lorsque je l'ai examiné, l'issue fatale ne faisait déjà plus de doute. Le delirium tremens était très avancé, les organes considérablement affaiblis. En outre...

— En outre ?

Il poursuivit, manifestant une certaine gêne :

— Eh bien, j'ai relevé plusieurs hématomes sur le visage et le corps... peut-être les suites d'une agression. En tout cas, incontestablement, il avait été dépouillé de ses vêtements pour être revêtu de hardes innommables... Les malandrins ont parfois de curieuses pudeurs. Pourquoi prendre la peine de le rhabiller ?

— Bizarre, en effet. Et pas d'argent sur lui ?

— Pas le moindre, vous pensez bien ! Seulement une canne qu'il serrait convulsivement contre lui, et qu'ils ont sans doute renoncé à lui arracher.

— L'avez-vous gardée ?

Il me lança un regard très étonné. Je devais commencer à lui paraître bien étrange.

— Non, bien sûr, je l'ai remise à son cousin, M. Herring.

— Ensuite ?

— Eh bien, la maladie a évolué de la façon suivante : jusqu'à trois heures, jeudi matin, il est resté à peu près inconscient. Puis, il s'est mis à délirer, mais sans agitation excessive, une sorte de bavardage monocorde avec des êtres imaginaires...

— Les créatures de ses œuvres, murmurai-je.

— Certainement. Il a d'ailleurs prononcé des noms, Spencer, Mary Rogers...

— ... Cette jeune femme dont le meurtre lui a inspiré son fameux *Mystère de Marie Roget*. Spencer, je ne vois pas. Et après ?

— Il était très pâle et avait le corps couvert de sueur. Je tentai de le questionner, mais il semblait avoir totalement perdu le souvenir des faits les plus récents, notamment ceux qui avaient précédé son hospitalisation. Il m'a seulement parlé d'une malle contenant des effets et des manuscrits, qu'il avait dû abandonner à l'hôtel lorsqu'il avait quitté précipitamment Richmond.

Je notai en moi-même le mot « précipitamment » mais me gardai d'attirer l'attention du Dr Moran sur ce point. Il poursuivait son récit :

— Il était dans un grand désespoir, affirmant que la meilleure chose qu'un ami puisse lui faire était de lui brûler la cervelle d'un coup de pistolet. Il souhaitait rentrer sous terre...

— Remords ? suggérai-je.

Mais Moran secoua la tête.

— Plutôt de la détresse à constater sa propre dégradation. Après cet accès, il s'assoupit, mais à la somnolence succéda bientôt un délire assez violent pour que je dusse faire appel à deux gardes-malades afin de le maintenir sur son lit. Cet état dura jusqu'à samedi soir. De ce moment, il se mit à appeler un certain Reynolds.

— Vous dites Reynolds ?

— Oui.

— Quelle forme donnait-il à cet appel ?

— Je ne comprends pas, dit le Dr Moran. Il appelait Reynolds, voilà tout.

— Il appelait fort ?

— Oh oui ! un véritable cri de détresse !

— Un appel à l'aide ?

— C'est possible. Il s'apaisa peu avant trois heures du matin, puis expira, après avoir murmuré : « Le Seigneur vienne en aide à ma pauvre âme… » Je fis alors appeler ses cousins de Baltimore, MM. Henry Herring et Nielson Poe, qui prirent en charge l'organisation des obsèques.

Je me levai.

— Eh bien, je vous remercie pour tous ces détails, mon cher confrère. Soyez sûr que nous vous sommes tous très reconnaissants de la façon dont vous avez contribué à adoucir les derniers instants de ce malheureux… J'en ferai part à Mme Clemm. Un dernier point : où pourrais-je rencontrer le Dr Snodgrass ?

Moran ne fit aucune difficulté pour me communiquer l'adresse de son cabinet. Il me raccompagna personnellement dans le couloir où je retrouvai Holmes. Tandis que nous redescendions en fiacre vers le centre de la ville, je lui rapportai notre entretien. Il parut intrigué par les manières de remords exprimés par Poe, et aussi — tout comme Moran et moi l'avions été — par le fait que les rôdeurs, après l'avoir dépouillé de ses vêtements confortables, eussent pris la peine de le revêtir de loques au lieu de l'abandonner en l'état. Enfin, si le nom de Spencer ne lui évoquait rien, celui de Reynolds éveilla un écho dans sa mémoire. Il ne chercha qu'une minute avant de claquer des doigts :

— Arthur Gordon Pym, Watson ! Dans ses *Aventures d'Arthur Gordon Pym*, Poe cite les explorateurs qui ont contribué à une meilleure connaissance des mers australes. Parmi eux, Reynolds, à qui il fait la part belle.

— Mais pourquoi l'appeler à l'aide ?

— À l'aide, à l'aide... Ne concluez pas trop vite, murmura-t-il, nous n'en sommes qu'au début de notre investigation.

— Et maintenant ?

— Maintenant, au tour d'un autre de vos confrères, le Dr Snodgrass. Cette fois encore, mon cher Watson, je vous délègue le soin de mener l'enquête.

3

Je savais que Snodgrass était un ami de Poe, et ne pris pas le risque, comme avec Moran, de prétendre connaître sa belle-mère. Je préférai lui déclarer que, médecin anglais et grand admirateur du poète, je passais par hasard à Baltimore le jour de sa mort. J'avais été consterné par la nouvelle et bouleversé par cette fin misérable d'un si grand génie. Je me permettais de venir m'assurer auprès de lui que les choses étaient exactes, sans autre titre que ma dévotion à ses œuvres...

Snodgrass, dont le domicile se trouvait au centre de la ville, pas très loin du port, était un homme d'une bonne quarantaine d'années, aux cheveux déjà gris. Il ne fit aucune difficulté à accepter mes explications.

— D'ailleurs, vous étiez aux obsèques, si je me le rappelle bien ? questionna-t-il.

— Oui.

— Ainsi qu'un de vos amis ?

— Oui... un journaliste, grand admirateur également de ce poète trop méconnu.

Snodgrass déclara sans ambages :

— Eh bien, mon cher confrère, si vous espérez apprendre ici quelque chose qui relevât la dignité de la fin de mon malheureux ami, vous serez déçu. Tout fut encore plus noir que vous ne le pensez.

— En vérité ?

— Personnellement, déclara-t-il, je ne fus averti que dans le courant de l'après-midi de mercredi : un petit mot apporté par un jeune coursier du *Baltimore Sun*... Attendez, je dois l'avoir par là, dans mes poches.

Il fouilla son gilet, puis, se souvenant sans doute qu'il avait dû en changer depuis, me demanda de l'excuser, le temps de se rendre à sa garde-robe, dans la pièce voisine. Il en revint avec un billet froissé qu'il me tendit.

— Tenez... J'ai su par la suite que ce pauvre Edgar, dans son inconscience, avait prononcé mon nom.

Je lus :

Baltimore, le 3 octobre 1849

Cher Monsieur ;

Il y a là un monsieur en assez piteux état à la salle de vote de Ryan, dans le quatrième arrondissement (Ryan's 4th Ward Polls), qui répond au nom d'Edgar A. Poe et qui paraît être en grande détresse ; il dit qu'il vous connaît et je vous assure qu'il a besoin d'aide immédiate.

Vôtre, en hâte :
Jos. W. Walker.

— Salle de vote ?

Il parut surpris par ma question.

— L'ignoriez-vous ? Il y avait le 3 octobre une élection de membres du Congrès et de la Législature d'État, à Baltimore... Il est vrai que vous n'êtes pas américain.

— Ce Walker, est-ce l'un de vos amis ?

— Non, pas du tout. Je l'ai vu une ou deux fois et traité contre le saturnisme.

— Il est typographe ?

— Au *Baltimore Sun*. J'ai en effet la clientèle de ce journal, dont le siège est tout proche. Bref, je me suis précipité sur les lieux, mais déjà Walker avait fait transporter Edgar dans une taverne voisine, la *Cooth and Sargeant's Tavern*, bouge assez malfamé, pour tout dire. Il l'avait installé dans un fauteuil. L'état de mon ami était déplorable. Souillé de boue jusqu'au visage, il respirait à peine. Il était vêtu d'un paletot d'alpaga élimé jusqu'à la corde, qui bâillait aux coutures, d'une vieille chemise chiffonnée et d'un pantalon en « cassinette » mal ajusté... Ni veste ni foulard, malgré le temps, mais un chapeau de palme sans bord d'où le ruban avait disparu.

— Ce n'étaient pas ses vêtements ?

— Certainement pas. On avait dû l'en dépouiller.

— Mais alors pourquoi l'avoir rhabillé de ces loques ?

Snodgrass ouvrit la bouche, puis, très curieusement, parut se raviser.

— Je n'en sais rien, répondit-il, sur un ton un peu trop bref.

J'eus le sentiment absurde, mais irrépressible, que j'avais touché, sans le vouloir, un sujet qu'il ne tenait pas à aborder. Je me gardai d'insister, demandai d'un air détaché :

— Ce Walker… comment se trouvait-il sur place ?

— Il est typographe, nous l'avons dit. L'immeuble du *Baltimore Sun*, également situé dans le quatrième district, est tout proche de l'endroit en question.

— Croyez-vous que je pourrais lui parler ?

Snodgrass répondit du bout des lèvres :

— Vous le trouverez à son journal. Renseignez-vous là-bas.

Incontestablement, il s'était rembruni. Pour une raison qui m'échappait, il semblait maintenant pressé de clore l'entretien. Je me dépêchai d'ajouter :

— Mon ami, le journaliste, qui souhaite rédiger un grand article pour un journal de Londres, désirerait s'entretenir avec l'un ou l'autre de ses cousins de Baltimore… MM. Herring et Poe, je crois ?

— Qu'il voie plutôt Herring, répondit Snodgrass… Henry Herring se trouvait à la taverne, et d'ailleurs Nielson Poe est d'un caractère assez taciturne… Comment se nomme votre ami ?

Je fus pris de court.

— Smith, dis-je, absurdement.

J'ajoutai aussitôt :

— Edmund Smith. Il est attaché au *Star* et au *Daily Telegraph*…

Par pudeur naturelle, j'avais évité le *Times*, afin que l'affabulation parût plus crédible, et je crus bon de préciser qu'il m'arrivait de collaborer moi-même au *Lancet*. Mais bien qu'ayant obtenu l'adresse de Henry Herring, je me retirai de cette entrevue avec un irritant sentiment de frustration.

4

— Smith, en vérité ? Vous avez accompli là un remarquable effort d'originalité, Watson !

— Mais le prénom est Edmund, fis-je remarquer.

— Ah ! tout de même ! apprécia Holmes, glacial.

Dans l'humeur où il était, je me gardai de lui faire
part de mon sentiment profond concernant l'attitude
de Snodgrass. Ce génial analyste des faits n'accordait
d'importance aux états d'âme que dans la mesure où
ils s'étayaient de solides indices matériels. Je craignais
que nous ne nous heurtions, chez Henry Herring, à
une réserve identique, mais, à ma grande surprise, il
se montra des plus aimables. Il nous reconnut
d'ailleurs comme deux des rares personnes qui
avaient assisté aux obsèques de son cousin. Il affichait
à son égard une curieuse affectation, où entraient, par
parts égales, la gêne et la fierté, mais le fait d'être interrogé par des représentants de la presse britannique
donna l'avantage au second de ces éléments. Au demeurant, il ne nous apprit rien de plus que Snodgrass,
lequel l'avait lui-même fait prévenir après qu'il eut retrouvé Poe dans la taverne…

— M. Poe comptait-il beaucoup d'amis à Baltimore ? lui demanda Holmes.

— À Baltimore et ailleurs !

— Mais qui d'autre ici, à part vous-même, votre
cousin et le Dr Snodgrass ? Voyez-vous, j'aimerais établir une manière de panorama de ses amitiés, afin de
bien montrer combien ce génie universel s'accommodait de tout ce qui est humain.

Herring réfléchit un instant.

— Il connaissait bien le Dr Nathan Brooks, qui habite dans le quartier Guilford, pas très loin d'ici. Je vous communiquerai son adresse, si vous le désirez.

J'intervins :

— Le Dr Moran m'a dit que vous aviez conservé sa canne ?

— Effectivement, reconnut Herring. Je la ferai parvenir à qui de droit lorsque nous connaîtrons ses dernières volontés. Voulez-vous la voir ?

Il revint avec une canne en bois de Malacca, assez belle, mais peut-être trop identifiable pour tenter des voleurs prudents. Holmes la saisit, l'examina attentivement, puis, tout à coup, poussa une sourde exclamation :

— Regardez, Watson !

Il avait dévissé le pommeau, le tirait à lui pour dégager une fine lame brillante.

— Une canne-épée ! Le saviez-vous, monsieur Herring ?

— Pas du tout ! s'écria l'autre. Je lui ai toujours connu des cannes comme à peu près à tous les gens d'un certain niveau social, mais une canne-épée, j'en suis stupéfait, je vous l'avoue !

— Peut-être se sentait-il menacé ? suggéra doucement Holmes.

— Qui aurait pu lui vouloir du mal ?

— Eh bien, ces rôdeurs, par exemple !

— Un hasard funeste ! Il sera tombé sur une bande d'écumeurs des quais... Vous savez, les politiciens en recrutent beaucoup comme agents électoraux, en ces temps troubles d'élections. Ils profitent alors d'une relative impunité pour donner libre cours à leurs instincts crapuleux...

Nous repartîmes avec l'adresse du Dr Brooks. Aucune précision d'ordre médical n'étant à solliciter, Holmes garderait son identité de journaliste pour mener l'interrogatoire.

5

Nous nous rendîmes chez le Dr Nathan Brooks le lendemain après-midi : sans succès, il était sorti faire ses visites. Son valet, un grand Nègre à cheveux blancs, nous apprit qu'il ne rentrerait sans doute pas avant la fin de la soirée.

— Très bien, dit Holmes, nous reviendrons demain.

Cependant, avant de partir, je crus devoir interroger le vieux domestique :

— N'avez-vous pas reçu, durant l'après-midi du 29 septembre, un monsieur qui désirait voir le Dr Brooks ?

— Oui, monsieur, répondit l'homme sans hésitation. Mais il n'a pu voir le Dr Brooks, qui était absent.

— Vous a-t-il donné son nom ?

— Non, monsieur, c'était inutile, je le connaissais, ce monsieur, il venait parfois discuter avec le docteur. C'est ce pauvre monsieur qui est mort dimanche au Washington Hospital... Mon maître en était tout bouleversé. M. Poe...

— Comment était-il habillé ?

Ma question le surprit autant que Holmes lui-même. Il déclara, après un instant de réflexion :

— Je n'ai rien remarqué, monsieur. Il devait avoir des vêtements tout à fait normaux. Une veste, noire je crois, et un chapeau...

— Haut de forme ?

— Oui, en soie, comme ceux de ces messieurs.

— Et propres ?

— Oh ! monsieur ! Tout à fait corrects, je vous assure ! M. Poe était un monsieur bien élevé.

— Merci.

Un peu plus tard, Holmes commenta brièvement :

— Bonne question, Watson. Cependant, cela ne nous apprend rien de nouveau. Il est notoire que Poe a été dépouillé de ses propres vêtements.

Je m'abstins de répliquer, demandant seulement :

— Et maintenant, Holmes ?

— Maintenant, allons donc voir ce Walker.

L'immeuble du *Baltimore Sun* se trouvait en plein centre de la basse ville, tout près du port. Il présentait au visiteur cet aspect caractéristique des journaux américains, où les gens travaillent derrière des cloisons de verre, dans une fiévreuse atmosphère de ruche, au milieu d'un vacarme fait d'appels, de courses, de portes claquées, rythmé par l'incessant cliquetis du télégraphe.

Nous eûmes du mal à obtenir notre renseignement, et finalement l'on nous dirigea vers le sous-sol où l'atelier de typographie fonctionnait à la lumière de grands soupiraux percés le long des cloisons. Un contremaître nous désigna Walker, petit homme à la mine émaciée, que notre arrivée ne sembla guère réjouir.

— J'ai déjà tout dit à la police et aux journalistes, fit-il aigrement. Je ne vois pas, messieurs, ce que j'aurais de plus à vous apprendre.

— Nous sommes anglais, lui expliquai-je. Mon ami est attaché au *Daily Telegraph* et moi-même, en qualité de médecin, je collabore au *Lancet* de Londres.

Nous aimerions savoir comment vous avez été amené à vous occuper de M. Poe.

— Certes, enchaîna Holmes, vous n'avez pu le sauver, mais au moins avez-vous essayé !

— Je me demande si c'est ce que j'ai fait de mieux, murmura curieusement Walker. Cette affaire-là m'a attiré plus d'ennuis que de louanges. Maintenant, on me rendrait presque responsable de ce qui s'est passé !

— Absurde ! m'écriai-je, chaleureusement.

Il nous considéra avec un peu plus de sympathie.

— Écoutez, messieurs, c'est tout simple. J'étais allé boire un verre à la *Cooth and Sargeant's Tavern*. Là, j'ai entendu parler d'un malheureux qui se trouvait au bureau du quatrième district en piteux état. La charité chrétienne m'a commandé d'aller le voir. Très visiblement, il venait d'être agressé par les voyous du port et, encore sous le coup de l'émotion, bredouillait des paroles informes. Le nom du Dr Snodgrass, qu'il a prononcé, m'a décidé à faire avertir ce médecin, que je connais un peu. Rien de plus.

— C'est donc à la taverne qu'on vous a d'abord parlé de M. Poe ? demanda Holmes.

Walker marqua une hésitation imperceptible. Je pris le relais de mon ami :

— Comment expliquez-vous que les rôdeurs, après l'avoir dépouillé de ses vêtements, se soient donné la peine de le rhabiller avec ces vieilles hardes ?

Là, très nettement, Walker se troubla, au point que je vis le visage de Holmes prendre son expression tendue de pointer à l'arrêt. Walker s'exclamait, sans se soucier de dissimuler son irritation :

— Est-ce que je sais, moi ? Allez donc le leur demander !... Maintenant, je vous prie de me laisser en paix, j'ai du travail !

Il tourna les talons, après avoir ajouté d'un ton âpre :

— Si vous cherchez des détails, messieurs les Journalistes, consultez donc les derniers numéros du *Baltimore Sun*. Vous trouverez normal que j'aie réservé la priorité de mes informations aux reporters de mon journal !

Il disparut au fond de l'atelier. Nous rebroussâmes chemin vers la sortie où, passant par le bureau affecté à la vente au numéro, Holmes se procura quelques exemplaires du *Baltimore Sun*, qu'il plia sous son bras.

— Qu'est-ce qui vous a poussé à poser cette question à Walker ? me demanda-t-il brusquement.

— Cette question ?

— À propos des loques dont les voyous ont pris la peine de revêtir Poe. Walker a semblé s'en inquiéter.

— Oui, comme Snodgrass.

Il s'arrêta net pour me jauger attentivement :

— Me cacheriez-vous quelque chose, Watson ?

— Ce n'était qu'une impression, avouai-je, un peu confus. Un sentiment si subjectif que je n'ai pas osé vous en parler. En fait, lorsque j'ai interrogé Snodgrass sur ce point précis, ma demande a paru l'embarrasser autant que Walker.

— Intéressant, conclut Holmes... Venez, Watson.

— Où allons-nous ?

— À la *Cooth and Sargeant's Tavern*.

Mais soudain, alors que nous tournions au coin de l'avenue pour descendre vers le port, il se ravisa.

— Walker, Watson, dit-il d'une voix brève. Il vient de sortir de l'immeuble, il a l'air pressé. Je vais le suivre. Vous-même, cherchez cette taverne et tâchez d'y faire parler les chalands...

Il me fourrait sous le bras les quelques exemplaires du *Baltimore Sun* qu'il venait d'acheter :

— Tenez, vous allez m'extraire de tout cela la substantifique moelle... et puis, cela vous donnera une contenance.

Je n'osai protester, tandis qu'il adoptait un pas rapide pour ne pas perdre Walker. Je continuai ma route. Baltimore ressemble à tous les ports de l'Atlantique, avec ses esplanades sillonnées de rails où roulent de bruyants wagonnets, et les innombrables navires amarrés au long des quais, sur lesquels ils projettent les ombres géantes de leurs gréements. Des passerelles montaient à l'assaut des soutes ou des ponts. S'y pressaient hommes et marchandises, dans un incessant vacarme d'appels, de sonnailles, de coups de sifflet. Très loin vers le sud, par-delà la forêt des mâtures et les toits des hangars, on distinguait les silhouettes agressivement modernes de quelques steamers, dont les grandes roues à aubes se reflétaient dans l'eau huileuse des bassins. Une puissante odeur de marée prenait aux narines, mêlée aux relents complexes des épices et de ce tanin qui imprégnait les cargaisons de peaux venues de l'Ouest.

Je me renseignai. La *Cooth and Sargeant's Tavern* se trouvait dans l'une des ruelles qui s'ouvraient derrière les entrepôts de la Bethleem Stell Company. J'entrai finalement dans une salle sombre, à peine éclairée par des lanternes de marine accrochées à chacun de ses coins. Des bouées et des cordages décoraient les murs de rondins, percés de maigres fenêtres à vitres de couleur. Je pris place à l'une des tables de bois rugueux, juste sous l'une des lanternes. J'y déposai mes journaux.

— Monsieur ?

Un gros homme à la complexion apoplectique s'était approché en traînant les pieds. Je lui commandai une bière irlandaise, puis, pour ménager les apparences, je commençai à parcourir les exemplaires du *Baltimore Sun*. Celui du lundi mentionnait justement la *Cooth and Sargeant's Tavern*. Cela me fournirait une entrée en matière tout à fait plausible, et, ayant bu ma bière en quelques lampées, je fis signe au patron de m'en apporter une autre. Tandis qu'il déposait la chope sur la table, je lui dis, d'un air d'étonnement admiratif :

— Vous avez vu ? Votre établissement est cité dans le journal !

Il se rengorgea, comme si ce fait lui apportait quelque gloire personnelle.

— Effectivement, monsieur, c'est ici qu'on a transporté le grand poète Edgar Poe pour lui donner les premiers soins, avant de l'emmener à l'hôpital.

— Était-il vraiment dans l'état qu'on a dit ?

— Plutôt plus que moins, monsieur ! Ils ne l'avaient pas ménagé, les crapules ! Le visage tuméfié, des bleus sur la poitrine, que c'en était pitié !

— Pensez-vous que ces coups aient entraîné la mort ?

— Je n'ai pas dit cela, déclara-t-il prudemment, et les médecins non plus...

J'insistai :

— Selon Walker, le typographe qui l'a fait transporter chez vous, c'est ici même qu'il aurait entendu

dire que M. Poe se trouvait au bureau de vote voisin.
Vos clients en parlaient-ils ?

— Je ne m'en souviens pas, répondit spontanément
le tavernier. Et puis, cela m'étonnerait. Je n'ai vu
Walker, ce jour-là, qu'au moment où il est arrivé avec
un de ses collègues, soutenant M. Poe sous les épaules...

Cette précision me fit dresser l'oreille, et je décidai
de battre le fer tant qu'il était chaud.

— À votre avis, pourquoi les rôdeurs ont-ils pris la
peine de le rhabiller avec de vieilles hardes, après lui
avoir volé ses propres vêtements ?

Le tenancier hésita, le front ridé de perplexité, mais
un appel venu du seuil de la salle lui évita de répondre. Un homme était entré, grand et fort, vêtu comme
un bourgeois aisé. Il arborait une chaîne de montre au
travers de son gilet, et avait posé sur l'une des tables
sa canne au pommeau travaillé.

— J'arrive, monsieur Croston !... (puis, à moi :) ...
Je vous prie de m'excuser, monsieur.

Il s'éloigna lourdement. Dépité, mais me réservant
d'y revenir, je me replongeai dans la lecture des journaux. C'est alors que, sur le numéro du jour, un article attira particulièrement mon attention. C'était la
reproduction d'une interview parue dans le *Richmond
Whig*, où un ami de Poe résidant dans cette ville, un
certain Dr Carter, répondait aux questions d'un reporter de ce journal. Il déclarait notamment :

« "... Nous savons tous qu'Edgar Poe était un esprit
si brillant qu'il n'avait pas toujours les deux pieds sur
terre, mais enfin, je dois dire que, ce jour-là, sa conduite m'a surpris. J'étais absent de mon cabinet, et il
le savait fort bien. Alors pourquoi est-il venu ?"

« Je fis alors observer au Dr Carter qu'Edgar Poe avait décidé de quitter Richmond la nuit même par le steamer, et qu'il devait être pressé, ce qui m'attira cette réplique : "Mais Edgar n'avait rien décidé, justement ! Et ce départ précipité a surpris tout le monde, y compris sa fiancée, Elmira Shelton, qui ne s'attendait nullement qu'il prît le steamer de quatre heures du matin. D'ailleurs, n'a-t-il pas abandonné à l'hôtel sa malle, avec ses manuscrits si précieux ?

« — En ce cas, comment expliquez-vous son attitude ?

« — Je ne me l'explique pas, a avoué le Dr Carter. Selon ma secrétaire, il se serait impatienté de mon absence alors que, en étant parfaitement informé, il n'avait pas lieu d'être surpris. Et puis, ce n'est pas tout. Il devait avoir l'esprit tellement troublé qu'en repartant il a laissé sa canne dans le porte-cannes et emporté la mienne.

« — Ces deux cannes se ressemblaient-elles, docteur ?

« — Absolument pas ! Ma canne était en bois de Malacca, d'autant plus reconnaissable que c'était une canne-épée.

« — Edgar Poe la connaissait-il ?

« — Que si ! Il m'avait même un jour plaisanté à ce sujet, suggérant que je l'avais achetée en prévision de quelques voies de fait dont j'aurais été l'objet de la part de malades insatisfaits... Je ne comprends donc pas sa méprise.

« — À croire, docteur, qu'il avait prévu l'agression dont il a été victime ?

« — Nous entrons là dans le domaine des extrapolations tout à fait fantaisistes", m'a répondu le

Dr Carter, sans autre commentaire, et sur un ton me notifiant que l'entretien était clos. »

Je reposai le journal. Je l'avoue, mes idées étaient un peu confuses. Ainsi, cette canne-épée était celle du Dr Carter ! Je me demandais vaguement si Poe n'avait pas justement choisi le moment où il le savait absent pour lui emprunter sa canne sans avoir d'explications à lui donner...

Je pris soudain conscience d'un silence épais dans la taverne. J'examinai les lieux autour de moi. Il y avait peu de monde : trois matelots abrutis dans leur ivresse, et le nouveau venu qui, ayant congédié le tenancier, me regardait. Finalement, il se leva, s'approcha de moi en souriant très aimablement. Il avait pris sa chope à la main.

— Je me présente, monsieur, Elmo Croston, habitant et notable de cette ville. M'autorisez-vous à prendre place près de vous ?

— Je vous en prie, répondis-je, très intrigué.

Il s'assit, se donnant l'air de la plus grande aisance.

— Je viens d'apprendre que vous vous intéressiez à la mort de notre grand poète ?

— Effectivement, dis-je. Je suis le Dr Watson, médecin anglais et collaborateur occasionnel de notre organe professionnel londonien, le *Lancet*. J'ajoute que j'ai tout lu d'Edgar Poe, et que mon admiration pour lui n'a d'égale que ma consternation à avoir appris sa mort.

Il approuva, comme s'il n'en attendait pas moins de quiconque. Et puis il déclara abruptement :

— Je suis en mesure de vous apporter tous les renseignements que vous pourriez souhaiter... Voyezvous, j'étais là, ce funeste après-midi de mercredi.

— À la taverne ?

— Pas ici, au bureau de vote. Je suis responsable de l'organisation de la campagne électorale pour le Parti whig, dans le quatrième district, qui est celui-ci.

— C'est donc à votre bureau de vote que se trouvait Edgar Poe, le 3 octobre ? m'écriai-je.

— Voilà. Plus exactement, c'est là qu'on l'a transporté après qu'on l'eut découvert inanimé derrière les entrepôts de la Bethleem Steel Company. Il devait y être depuis la nuit précédente.

Je m'étonnai :

— Allons donc ! Pendant toute la matinée et le début de l'après-midi, personne ne l'y aurait aperçu ? Peu vraisemblable, avec le monde qui passe par là ! J'en viens moi-même, j'ai croisé beaucoup de gens, je vous assure !

Il secoua la tête, comme agacé par le ton élevé que j'avais pris pour parler :

— Peut-être alors venait-il seulement d'être agressé ?

— En plein jour ?

Il esquissa un geste navré.

— Oh ! dans notre pays, mon cher monsieur, les malfaiteurs n'ont plus peur de rien ! Qui oserait s'opposer à leurs entreprises, au risque de recevoir un mauvais coup ?

— Et ces gens sans foi ni loi auraient pris la peine de le rhabiller avec de vieilles hardes ?

Il fit, d'un ton doucereux :

— Qui vous dit que ces vêtements n'étaient pas à lui ?

Son attitude commençait à m'échauffer les oreilles. Je jugeai bon de rabattre un peu sa superbe.

— J'ai mené une enquête, mon cher monsieur : il est parfaitement établi qu'Edgar Poe portait des vêtements corrects lorsqu'il est arrivé à Baltimore. Le comportement de ces rôdeurs n'en apparaît que plus étrange.

— Vous savez, murmura Croston, sans se soucier de dissimuler son ironie, chaque pègre a ses mœurs. Peut-être la nôtre cultive-t-elle la pudeur ? Je vous conseille de ne pas vous attacher à des détails si insignifiants.

— Je regrette, répliquai-je sèchement, je compte au contraire élucider celui-ci, qui me paraît propre à éclairer l'affaire d'une lumière tout à fait différente de celle qu'on veut donner.

Il haussa les épaules, se leva, me tendant une large main trop franche, que je ne serrai pas sans répugnance.

— Je vous souhaite donc bonne chance pour vos recherches, mon cher monsieur. J'admire la conscience professionnelle chez tout un chacun, y compris les journalistes... fussent-ils occasionnels.

Son départ me laissa en proie à un malaise confus. Je finis ma chope, repris mes journaux et, ayant laissé un billet sur la table, m'en fus rôder derrière les hangars de la Bethleem Steel Company. Non, décidément, il était invraisemblable que Poe fût resté là inanimé, sans attirer l'attention pendant toute une partie de la journée. Il y passait par dizaines des marins, des dockers, des hommes de peine, et même des commis employés aux diverses entreprises du port...

Rentré à l'hôtel, j'y retrouvai Holmes, à qui je rapportai mon enquête par le détail. Il fut très intéressé par l'article du *Richmond Whig* que je lui montrai, mais quand j'en vins à Croston, il posa sur mon poignet une main impérieuse :

— Répétez, Watson, fit-il d'une voix brûlante. Vous avez bien dit : responsable de la campagne électorale du Parti whig pour le quatrième district ?

— C'est ce qu'il a prétendu.

Holmes se frotta le menton.

— Voilà donc pourquoi Walker ne l'a pas trouvé, murmura-t-il.

— Je vous demande pardon ?

— Je vous explique, Watson : j'ai suivi Walker jusqu'à un bureau du quartier, dont l'enseigne annonçait que c'était là la permanence du Parti whig pour le quatrième district. Walker y a attendu une bonne heure en donnant tous les signes de la plus grande impatience, et puis il est reparti. Sans doute désirait-il rencontrer cet Elmo Croston ?

J'objectai :

— Peut-être, mais n'oublions pas que Walker s'est placé hors de soupçons puisque c'est lui qui a averti Snodgrass.

— Mais je ne le soupçonne pas ! s'écria Holmes, agacé. Vous concluez toujours trop vite, Watson. Je pense qu'il a réagi cet après-midi-là au nom de Poe, car on n'est pas typographe dans un grand journal sans être tant soit peu familiarisé avec les grands noms de la vie contemporaine...

— Pourtant, son attitude équivoque, ses contradictions...

— Vraisemblablement quelque crainte devant la notoriété de la victime, ou tout simplement a-t-il été mêlé à cette affaire de façon fortuite, involontaire, et cela ne lui plaît-il pas ?

Il conclut, apparemment hors de propos :

— Peut-être conviendrait-il de rendre une nouvelle visite au Dr Snodgrass, Watson...

6

Cependant, cette démarche, Holmes la remit à plus tard. Le lendemain, il résolut d'aller voir si le Dr Brooks pourrait nous recevoir. Cette fois, nous eûmes plus de chance. Le domestique noir qui nous avait déjà reçus nous pria d'attendre un instant, mais presque aussitôt Nathan C. Brooks apparut. Quinquagénaire d'apparence affable, il nous fit asseoir et nous offrit des cigares.

— Jehoshua m'a tenu au courant de votre précédente visite, messieurs. Pouvez-vous m'en préciser l'objet ?

Holmes, imperturbable, procéda aux présentations.

— Voici le Dr Watson, l'un de vos confrères attaché au *Lancet*. Moi-même, Edmund Smith, suis journaliste au *Daily Telegraph*. Nous entendons donner à la mort de ce grand poète qu'était Edgar Poe une importance qu'on n'a pas su lui reconnaître de son vivant. C'est la raison de notre démarche.

Mais Brooks eut un grand geste d'impuissance.

— Que vous dirai-je ? Je ne l'ai pas vu !... Jehoshua !

Le domestique apparut à la porte.

— Veuillez répéter pour ces messieurs ce que vous m'avez dit de M. Poe, samedi dernier ?

— Il est venu dans l'après-midi...

— J'étais parti depuis midi, coupa le docteur. On m'avait appelé d'urgence auprès d'un patient. Il faut dire qu'Edgar n'avertissait jamais personne de ses déplacements, et qu'il avait la manie ambulatoire... Continuez, Jehoshua.

— Eh bien, poursuivit l'homme, se dandinant d'un pied sur l'autre, je lui ai dit que vous n'alliez pas tarder à revenir, qu'il s'assoie... mais il n'est pas resté dix minutes sur sa chaise. Il était tout le temps à la fenêtre, en train de regarder dehors...

— Voir si le docteur arrivait ? suggéra Holmes.

— Je ne sais pas, monsieur, répondit Jehoshua, mais je... je n'ai pas eu l'impression. Je crois qu'il était très inquiet. Il avait l'air de guetter.

— Il guettait qui ?

Jehoshua leva deux paumes blanches d'innocence devant son visage d'ébène.

— Il guettait. Et puis, tout d'un coup, il s'est levé, il m'a dit : « Dites à votre maître que je ne puis l'attendre. Des affaires m'appellent au-dehors. » Là-dessus, il est parti comme une flèche.

— Et vous, questionna Holmes, sur un ton parfaitement détaché, vous n'avez pas regardé dans la rue, par une autre fenêtre ?

L'embarras se manifesta sur le visage de Jehoshua.

— Oui, je... j'avais fini par être aussi inquiet. Je voulais savoir ce qu'il craignait, ce pauvre monsieur.

— Et vous avez vu quelqu'un ?

— J'ai vu un marin.

Holmes se redressa, et Brooks, lui, fronça les sourcils.

— Vous ne m'en aviez pas parlé, Jehoshua !

— Oh non ! c'était sans importance, répondit Jehoshua sans s'émouvoir. C'est parce qu'on m'y fait penser maintenant que j'en parle. Il est parti tout de suite, ce marin. C'est alors que M. Poe s'en est allé à son tour, en serrant sa canne contre lui.

— Comment était ce marin ? demanda Holmes, jeune, vieux... Était-ce un matelot en uniforme ?

Jehoshua secoua la tête, exhibant toute la blancheur de sa denture en un sourire forcé.

— Pas jeune, pas vieux, entre les deux. Plutôt un peu vieux, cinquante ans peut-être, je ne saurais dire... mais grand, fort, et ce n'était pas un matelot, il portait une casquette, et sur ses manches il y avait des sortes de galons.

— Un officier ?

— Je crois, monsieur, mais vous savez, il n'était là que par hasard, j'en suis sûr, et puis il n'est pas resté... il devait seulement passer dans la rue.

Holmes se leva.

— Je vous remercie, docteur, et je vous prie d'excuser l'aspect anecdotique que, par la force des choses, nous avons donné à cet entretien, mais vous le savez, nous autres, journalistes, avons le culte du détail.

— Je vous en prie, je vous en prie, fit Brooks, souriant. Sans doute ne s'agit-il là que de coïncidences.

Il nous raccompagna jusqu'au seuil de son cabinet.

— Coïncidences, je veux bien, me confia Holmes, une fois dehors, mais tout de même, ces remords étranges, cette attitude de fuite, la canne-épée empruntée, sans compter ce mystérieux officier de marine, et...

— Et... ?

— Et le personnage qui nous suit depuis hier, dit pensivement Holmes... Ne vous retournez pas, Watson. Suiveur pour suiveur, autant que nous le connaissions.

— Dommage, grondai-je, il m'aurait plu d'aller lui frotter les oreilles. Nous suit-il depuis notre visite au *Baltimore Sun*, Holmes ?

— Non, Watson, c'est vous qu'il suit depuis la *Cooth and Sargeant's Tavern*. J'étais à la fenêtre quand vous êtes arrivé à l'hôtel, hier. L'homme marchait sur vos talons. Je vous le montrerai derrière nos rideaux quand nous serons rentrés.

— Et en attendant ?

— En attendant, une priorité : Walker.

7

Nous en fûmes pour nos frais. Au *Baltimore Sun*, on nous apprit que Walker ne s'était pas présenté à son travail. Nous ne pûmes d'abord obtenir son adresse personnelle, mais Holmes réussit à circonvenir l'un des coursiers qui, moyennant deux dollars, nous confia que le domicile de Walker se trouvait dans les faubourgs sud-est de la ville, juste à la limite entre Highland Town et Dundelick.

— Se cache-t-il ? demandai-je à Holmes.

— Je l'espère pour lui, me répondit-il, d'un ton lourd de sous-entendus.

Pas de chance non plus auprès du Dr Snodgrass : il était parti par le train de neuf heures pour Philadelphie, où se tenait un congrès d'hommes de l'art. Il ne reviendrait pas avant deux jours. Nous nous rendîmes alors à l'adresse indiquée par le coursier. Walker y habitait une modeste maisonnette entourée d'un jardinet. La demeure était déserte. Nous interrogeâmes des voisins, notamment une vieille dame friande de conversations, par laquelle nous sûmes que Walker, au demeurant vieux garçon taciturne et à peine poli, n'avait pas reparu dans le quartier depuis maintenant deux jours pleins.

— Il va nous falloir reprendre l'affût comme au bon vieux temps, conclut Holmes. Que choisissez-vous, Watson, le domicile ou bien le journal ?

Lui-même, visiblement, préférait le journal, plus propice à son sens aux hasards heureux qui font les bons détectives. Je louai donc une chambre à la journée dans une auberge voisine, d'où ma fenêtre, au premier étage, assurait une vue parfaite sur la maison de Walker.

— Le premier qui a du nouveau avertit l'autre, conclut Holmes. J'ai vu un bureau de messageries à moins d'un mile, sur la route de Dundelick, vous ne serez pas en peine...

Il repartit. De ma fenêtre, j'assistai aux hésitations comiques de notre suiveur, que Holmes m'avait désigné l'avant-veille. Finalement, l'homme repartit pour Baltimore : mon ami devait lui paraître une proie plus intéressante.

8

Le surlendemain, vers midi, au terme d'un affût infructueux, un coursier m'apporta un message de Holmes : *Quittez votre auberge et revenez à l'hôtel.*

C'était laconique, inexplicite, et bien dans sa manière. Je payai ma note, saisis mon petit sac et hélai un fiacre. Une heure plus tard, j'arrivai à l'hôtel *Arlington.* Aussitôt Holmes me montra un papier :

— Inutile de chercher Walker, Watson, c'est lui qui veut nous voir, ou plus exactement vous, ce billet vous est adressé, je l'ai reçu ce matin.

Je lus :

Je voudrais vous parler d'Edgar Poe. Rendez-vous ce soir, lundi 15 octobre, neuf heures, à l'extrémité du quai numéro 4 ; au deuxième bassin de radoub, derrière la coque de la Dorothy-Stone.

Walker.

Je relevai la tête.

— Il faudra absolument nous débarrasser de notre suiveur avant d'y aller, Holmes.

— Inutile, répondit-il, il a renoncé à sa filature. Je ne le vois plus depuis hier.

— Peut-être a-t-il été remplacé par un comparse.

— Non.

J'étais intrigué, un peu inquiet.

— Au demeurant, reprit mon ami, il serait plus judicieux de nous rendre séparément à ce rendez-vous. Je compte y être une heure avant, dissimulé. Arrivez vous-même pour neuf heures. J'aurai eu le temps d'évaluer les lieux et les choses.

— Donc, inutile cet après-midi de surveiller l'immeuble du *Baltimore Sun ?*

— Tout à fait inutile, Walker n'y a plus reparu. Et puis, vous aurez mieux à faire, Watson... Si je m'en souviens bien, c'est ce matin que Snodgrass est rentré de Philadelphie. Retournez donc le taquiner un peu au sujet de ces guenilles dont le pauvre Poe était revêtu... Tenez.

Il me tendait le billet de Walker.

— Pourquoi, Holmes ?

— Montrez-le-lui et notez soigneusement ses réactions.

J'empochai le papier. J'étais renfrogné, trouvais que Holmes, à son habitude, en prenait à l'aise avec mon temps et mon amour-propre.

— Croyez-vous que Walker puisse vraiment nous apprendre quelque chose ? maugréai-je.

— Vraiment, je ne sais pas, murmura Holmes. De toute façon, Watson, nous irons à ce rendez-vous par amour de l'art et goût de l'énigme, car il paraît clair que ce qui s'est passé à Baltimore ne constitue qu'une péripétie annexe au véritable drame. C'est ailleurs qu'il nous faut découvrir la cause première de la mort d'Edgar Poe.

— Où ?

— À Richmond.

— Auriez-vous la bonté de m'expliquer comment vous êtes arrivé à cette conclusion, Holmes ? demandai-je âprement.

— Mais voyons, Watson, me répondit-il sur le ton de la plus grande évidence, c'est vous qui m'y avez amené.

9

Quand je me présentai au domicile du Dr Snodgrass, son valet m'apprit qu'il venait de ressortir précipitamment à la suite d'un appel urgent. Il ne rentrerait pas avant la soirée. Excédé, je payai d'audace, déclarant à l'homme interloqué que je l'attendrais sans bouger du vestibule.

À sept heures du soir, alors que la nuit était tombée depuis longtemps et que je sortais pour la dixième fois ma montre de mon gousset, Snodgrass, effectivement, rentra. Il parut surpris de me voir, mais, à première vue, moins réticent que je ne l'avais craint. En revanche, je lui vis une mine sombre, un air préoccupé.

— Docteur Watson, n'est-ce pas ? dit-il en me serrant la main. Y a-t-il quelque chose que je puisse faire pour vous, mon cher confrère ?

— Effectivement, répondis-je.

— Passons dans mon bureau, je vous prie.

Il m'offrit un siège, puis me regarda avec une sorte de curiosité mi-amusée, mi-agacée.

— Je vous écoute. Il s'agit toujours de ce pauvre Eddy, j'imagine ?

J'abattis mes cartes.

— Toujours, et un point me tracasse, Snodgrass : ces loques dont les rôdeurs présumés ont revêtu Poe après l'avoir dépouillé de ses vêtements. Lorsque nous avons abordé le sujet, l'autre jour, vous avez semblé en être embarrassé.

— Oui...

Il demeura un instant silencieux, plongé dans ses pensées, avant d'avouer, souriant d'un air gêné :

— Attitude absurde de ma part, Watson, je veux bien l'admettre... Voyez-vous, je cultive une manière de fierté nationale qui ne laisse pas d'être un peu puérile, et cette affaire m'a amené à des conclusions déplaisantes pour mon amour-propre américain... Vous le savez, nous avions des élections importantes le 3 octobre.

— Oui, j'en ai même discuté avec un certain Elmo Croston, responsable de la campagne électorale du Parti whig pour le quatrième district...

Il haussa les sourcils, soudain très intéressé.

— Ah ! vraiment ?

— ... et lorsque j'ai évoqué cette question des vieilles hardes dans lesquelles on avait retrouvé Poe, il m'a semblé aussi gêné que vous-même l'aviez été.

— Vraiment ? répéta Snodgrass, d'une voix sourde.

— ... au point qu'il a versé dans l'ironie et presque l'agressivité pour me dissuader de m'attacher à ce détail.

— Bien sûr, dit laconiquement Snodgrass.

Il se leva, fit quelques pas, les mains derrière le dos, avant de se retourner brusquement pour me faire face.

— Autant vous le dire sans fard, Watson, nos mœurs électorales ne sont pas les vôtres, et nous n'avons aucune raison d'en être particulièrement fiers.

— C'est-à-dire ?

— C'est-à-dire que ce ne sont probablement pas les voyous qui ont fait endosser à Edgar les guenilles qu'il portait. Vous pensez bien qu'ils l'auront laissé sur le pavé à peu près nu après l'avoir détroussé et dépouillé.

— Alors ?

Il répondit à ma question par une autre question :

— Savez-vous comment on vote en Amérique, Watson ?

— Eh bien, comme ailleurs, j'imagine.

— Non, justement, pas comme ailleurs, et les étrangers peuvent être scandalisés à juste titre par ce qui se passe ici. Voyez-vous, les cartes d'électeur n'existent pas. Les électeurs se présentent à n'importe quel bureau, prêtent serment et votent.

— Sans contrôle ?

— Le serment en tient lieu. Ce n'est pas tout. Les partis — tous les partis sans exception — entretiennent, pendant cette période, des bandes de racoleurs chargés de leur assurer un maximum de bulletins favorables, sans aucune exclusive quant au choix des moyens à employer pour cela...

Et je l'écoutai, sidéré, tandis qu'il faisait revivre pour moi l'atmosphère trouble de Baltimore pendant la semaine qui avait précédé les élections. Je vis les hordes de racoleurs parcourant les rues des quartiers pauvres à la lueur sinistre des torches, y raflant tous les vagabonds et miséreux qu'ils rencontraient, entassant puis séquestrant ce gibier humain dans ce qu'ils appelaient des *coops*, ou cages à poulets. Là, ils les faisaient boire jusqu'à l'ivresse, et, le jour du scrutin venu, les menaient de bureau de vote en bureau de vote, où ils votaient plusieurs fois...

Snodgrass conclut d'une voix lasse :

— L'une de ces « cages à poulets » est justement le Ryan's 4th Ward Polls. On raconte que, la semaine dernière, on y avait entassé jusqu'à cent trente ou cent quarante de ces malheureux.

— Mais Poe ?

— Eh bien, comme je vous l'ai dit, Edgar avait dû être agressé et dépouillé par des malandrins, puis ramassé par l'une de ces bandes qui l'a fait boire pendant quatre jours de séquestration. Et c'est alors qu'on lui a mis sur le dos ces vieux vêtements afin qu'il pût être présenté de façon plus ou moins décente dans les différents bureaux de vote où on l'a traîné...

— Une question, pourtant, Snodgrass : vous me montrez ces usages comme courants et moralement admis...

— Pas admis, Watson, fit-il observer dans un sourire amer. Tolérés. On ferme les yeux, c'est tout.

— Mais alors pourquoi cet Elmo Croston s'est-il tellement alarmé de mes questions ?

— Eh, justement parce que c'était Poe ! s'exclama Snodgrass, frappant du poing sur son bureau. Qu'un vagabond anonyme ne survive pas à un séjour de qua-

tre jours dans une « cage à poulets », qui s'en soucie ?
Mais lorsqu'il s'agit d'un personnage dont la notoriété
— je dirais même la célébrité — est considérable,
voilà un accident propre à donner aux irrégularités du
scrutin une résonance à l'échelle de la nation... Qui
sait ? Le parti adverse pourrait exploiter le scandale
pour demander à la Cour suprême l'annulation des
élections ! Et cela, Croston n'en veut à aucun prix.
Vous savez, sous ses allures de grand bourgeois, il est
loin d'être un personnage recommandable. Quand on
dit que la politique pourrit tout ce qu'elle touche, il
en est l'illustration vivante : arriviste, sans scrupule,
notoirement lié à la pègre du port, plusieurs fois inquiété par la police à propos d'affaires douteuses...

— Mais Walker ? l'interrompis-je, Walker, lui, m'a
paru un homme honnête. Pourquoi ces réticences
chez lui aussi ?

Snodgrass cessa de faire les cent pas pour me regarder.

— Étrange que vous me parliez de Walker aujour-
d'hui, murmura-t-il. Disons qu'identifiant Edgar pour
ce qu'il était, Walker a été effrayé par les proportions
que pourrait prendre le drame. Il aurait alors essayé,
comme on dit, de limiter les dégâts en me faisant prévenir, dans l'espoir que je sauverais mon malheureux
ami.

— Pourquoi se sentait-il impliqué ?

— Walker était un militant whig, m'expliqua Snodgrass à contrecœur, mais un militant honnête, et je
crois que plus d'une fois il s'était posé des questions
sur l'éthique politique.

Quelque chose, dans sa phrase, me gênait, éveillait
en moi une sorte d'angoisse confuse que je n'arrivais

pas à cerner. Et quand j'en eus identifié la cause, ce fut une question brûlante qui m'échappa :

— Pourquoi parlez-vous de Walker au passé ?

— Oui, dit Snodgrass, se rasseyant, c'est là où j'étais, cet après-midi, au port. On y avait repêché son corps, et comme on me savait lié au *Baltimore Sun*, on m'a fait appeler.

— Vous n'avez pas réussi à le ranimer ?

Il émit un ricanement douloureux.

— Le ranimer, Watson ? La science médicale britannique doit être très en avance sur la nôtre si elle se montre capable de ranimer un cadavre qui vient de séjourner deux jours dans l'eau... Encore est-ce tout à fait par hasard qu'on l'a retrouvé. Une cargaison de peaux avait versé du quai et il a fallu faire venir la drague pour les récupérer. Normalement, il aurait pu s'écouler une ou deux semaines avant qu'on ne repêche le corps...

J'étais anéanti. Je me secouai pour fouiller dans ma poche, tout en demandant :

— Bien entendu, vous êtes sûr qu'il s'agit de Walker ?

— Bien entendu. Malgré le séjour dans l'eau de mer, le visage était tout à fait reconnaissable.

Je lui tendis le billet reçu par Holmes :

— Tenez, lisez ceci.

Je vis ses yeux s'arrondir. Il questionna, d'une voix blanche :

— De quand date ce message ?

— Remis ce matin. Écrit aussi ce matin puisqu'il précise : *Ce soir, lundi 15 octobre...* Nous sommes bien lundi 15 octobre ?

— Vous permettez ? fit brusquement Snodgrass.

Il avait ouvert un tiroir de son bureau, y bouleversait ses papiers d'une main fébrile. Il finit par en sortir un feuillet qu'il me montra :

— Regardez, Watson, voici le premier mot que m'a adressé Walker, le 3 octobre. Comparez les écritures.

— Elles ne se ressemblent pas, m'écriai-je. Il n'y a même pas eu effort d'imitation !...

— Vous n'étiez pas censé pouvoir faire la comparaison. La seconde missive n'est évidemment pas de Walker. D'ailleurs, le style est différent, ainsi que la signature, dans le graphisme comme dans la formulation. Walker signait de ses deux prénoms, Joseph et W. pour Wilson... ici, pas de prénoms. Où allez-vous ?

Je m'étais levé d'un bond.

— Quelle heure est-il ?

— À peu près huit heures, mais...

— Mon ami va donner tête baissée dans un piège, fis-je d'une voix courte. J'ai juste le temps, peut-on trouver un fiacre, dans les environs ?

— Au coin de la rue à gauche.

— Merci, Snodgrass, excusez-moi !

Je le laissai assis et stupéfait.

10

J'étais hors de souffle en arrivant à la station de fiacres. Je craignais de n'en pas trouver à cette heure tardive, mais il y en avait un, dans lequel je m'engouffrai, criant au cocher :

— Au port, vite ! Il y aura deux dollars de pourboire !

Ce fut une course folle, cahotante, à travers les rues du bas Baltimore, que la glaciale nuit d'octobre avait vidées de leurs passants. Les lanternes du fiacre jetaient sur le pavé luisant des reflets vacillant au gré de la course. Au moment où nous débouchions sur l'esplanade principale du port, je pris conscience que je n'étais pas armé et maudis mon imprévoyance, mais il était trop tard pour la pallier, et après tout je disposais de deux poings solides.

— Au bout du quai numéro 4 ! criai-je au cocher, au niveau du deuxième bassin de radoub !

Mais il ne répondit qu'en serrant ses freins, dans le hennissement aigu du cheval à la mâchoire malmenée.

— Pas plus loin, monsieur, je regrette ! lança-t-il. Vous m'avez dit : le port, c'est le port. Je ne me soucie pas de me faire égorger par les écumeurs !

Je n'insistai pas, sautai à bas du fiacre et le payai.

— Pourriez-vous me dire au moins où se trouve le deuxième bassin de radoub ?

— Longez le quai principal, et ensuite prenez à gauche, le quai numéro 4. C'est tout droit, à dix minutes. Mais soyez prudent, monsieur, à cette heure-ci, l'endroit est mal fréquenté…

J'entamai la course, malgré ma jambe raide, tandis que je l'entendais derrière moi qui faisait en hâte repartir son véhicule, dans le grincement des essieux et le choc métallique des sabots sur les dalles de ciment. La nuit restait très froide, mais le ciel était clair, lavé par les pluies des derniers jours, et je pus voir à ma montre qu'il n'était pas encore neuf heures. J'arrivais donc à l'heure convenue, espérant seulement que le piège ne s'était pas encore refermé…

Quelques minutes haletantes m'amenèrent au bout du quai numéro 4. À partir de là, les bassins de radoub s'étendaient vers le sud-est, immenses surfaces d'encre où se reflétaient les étoiles. Les ombres gigantesques des bateaux en cale sèche abritèrent ma prudente progression vers le lieu du rendez-vous. Je finis par repérer une coque en réfection, bardée de la quille au vaigrage d'échafaudages sous la pénombre desquels je me glissai. Un coup d'œil vers la proue, où le nom du navire était gravé en lettres blanches, m'apprit, en dépit de l'obscurité, qu'il s'agissait bien de la *Dorothy Stone*. Je m'accordai un répit pour reprendre mon souffle : je risquais d'en avoir besoin.

Le silence, ici, était total, seulement animé par le faible clapotis du jusant contre la pierre des quais. De très loin me parvenaient, par bouffées, des airs de musique, ponctués d'appels, sur le fond sonore du brouhaha de la ville. Les odeurs de marée et de varech, comme attisées par la nuit, imprégnaient l'atmosphère. Mais où était Holmes ?

Au moment où je me posais la question, un léger bruit, devant moi, amena une sueur piquante à mes aisselles. J'écarquillai les yeux. Mais rien ne se détachait de ce désert d'ombres, où la nuit accumulée s'amusait à susciter des formes fugaces, suggérées à l'imagination pour aussitôt disparaître. Les bruits, pourtant, étaient réels. On chuchotait, quelque part sous la ténèbre des coques, et je finis par déceler quelques mots :

— ... il est arrivé.

Parlait-on de moi ? Ensuite, il y eut des feutrements furtifs, une approche prudente qui se manifestait à droite et à gauche de mon abri. On chuchota encore, avec moins de précautions :

— Toi par là... moi, de ce côté.

Je regardai désespérément tout autour. Il n'y avait rien qui pût me servir d'arme. Pas de pavé, ni le moindre petit espar. Alors même que je m'apprêtais à vendre chèrement ma vie, alors que des formes menaçantes se dessinaient, une voix de tonnerre éclata à dix mètres :

— Allons, messieurs, c'est par ici qu'il faut regarder !

Dans la seconde, l'étincelle rouge d'un coup de pistolet me montra la haute silhouette arrogante de Holmes, tandis que le silence était brisé par une détonation sonore. Les nouveaux venus s'étaient statufiés.

— Coup en l'air, messieurs ! cingla la voix de Holmes. Le prochain sera au but. Nous possédons chacun deux pistolets à deux coups, soit sept balles encore pour les trois cibles que vous êtes... Aussi, veuillez lever les mains très haut.

Mais déjà, c'était la fuite. Comptant sur l'épaisseur de l'obscurité, les malandrins se dispersaient. Un second coup de feu dut faire mouche car me parvint un juron sonore par-dessus le bruit des courses précipitées. L'un de nos agresseurs, plus lent ou moins chanceux, se heurta à Holmes, qui lui décocha un terrible direct, mais l'homme, esquivant à moitié le coup, boula en arrière pour se ruer dans ma direction.

— À vous, Watson !

J'oubliai ma jambe raide, tandis que me revenaient en un éclair mes vieux réflexes de Blackheath, et j'effectuai un plaquage impeccable dans les jambes du gredin. Déjà, Holmes était sur nous. D'une féroce prise de haritsu, il immobilisa le bras de notre adversaire, qui en cria de douleur. Il se produisit alors une courte pause, un silence presque intolérable, rythmé

par nos trois respirations haletantes. Les autres sacri-
pants avaient disparu, engloutis par les ténèbres.

— Avez-vous votre briquet, Watson ?

Ma flamme éclaira le visage couvert de sueur d'un
homme encore très jeune, à peine vingt ans, où la
haine et la peur se disputaient l'expression, tandis que
ses yeux traqués allaient de l'un à l'autre. Holmes dit
calmement :

— Laissez le briquet allumé, Watson, que nous exa-
minions cette intéressante physionomie... Belle prise
pour la police, en vérité ! Depuis le temps qu'elle veut
mettre la main sur un écumeur...

— Je ne dirai rien ! cria l'individu, farouche.

— Inutile, répondit rudement Holmes, nous savons
déjà tout. Vous avez cru nous faire tomber dans votre
piège, l'ami, mais le piège, c'est à vous que Croston
l'a tendu... Sans doute deveniez-vous tous un peu
compromettants pour cet homme si respectable ? En
fait, c'est votre mort qu'il souhaitait.

La pomme d'Adam du malfaiteur s'affola, mais il
garda le silence, les traits figés dans une sauvage expression de refus. Holmes s'adressa à moi, pour un
discours dont je ne saisis pas l'utilité immédiate.

— Voyez-vous, Watson, de toute façon, cette lettre
sent déjà le traquenard à plein nez. Quand quelqu'un
a peur, il ne donne pas ses rendez-vous dans un endroit isolé... Relisez *L'homme des foules*, d'Edgar
Poe. Et cela, Croston le savait. En nous avertissant, il
espérait bien que nous le débarrasserions de ses complices sans qu'il eût besoin de se salir les mains.

— Je n'ai rien fait ! cria le forban.

— Sauf avoir contribué à noyer Walker, répliquai-je.

J'appréciai ironiquement la surprise qu'exprima le visage de Holmes durant une fraction de seconde. L'autre, tout à coup, se débattait frénétiquement.

— Qu'est-ce que c'est que cette histoire ? gronda-t-il, qu'est-ce qu'on veut encore nous mettre sur le dos ? Je ne connais pas de Walker !

— Walker, le typographe du *Baltimore Sun*.

— Je ne le connais pas !

Incontestablement, cette jeune fripouille était sincère, mais je lui déclarai de façon tout à fait hypocrite :

— En tout cas, Croston nous a laissé entendre que c'est votre bande qui l'a noyé avant-hier, parce qu'il pouvait témoigner contre vous pour l'agression de ce poète, samedi soir.

Notre prisonnier tenta encore une fois de se dégager, sans autre résultat qu'un râle de douleur.

— Croston nous le paiera ! siffla-t-il. Ce Walker, on n'y est pour rien. Quant à l'autre, le poète qui est mort, nous, on l'a seulement dévalisé pendant qu'il était évanoui. On ne l'a pas touché. Celui qui l'a frappé, c'est l'autre !

Mon regard croisa celui de Holmes.

— Un marché, dit celui-ci, brièvement. Nous ne sommes pas ici pour jouer les pourvoyeurs de prison, mon ami, et à nos yeux, Croston ne vaut guère mieux que vous. Alors voici : vous nous dites tout ce que vous savez à propos de ce poète, et nous vous laissons filer. Rien d'autre ne nous intéresse.

Les yeux de l'homme exprimèrent un espoir incrédule, tandis qu'il semblait jauger ce que valait notre parole.

— C'est vrai ?

— Nous y engageons notre honneur de gentlemen.

— Eh bien, c'est tout simple, dit l'écumeur. Nous étions là à guetter pour... enfin pour trouver quelqu'un à qui prendre son argent, quand on a entendu le bruit d'une dispute.

— Une dispute ?

— Oui, deux hommes qui se querellaient, quoi ! Il y a eu des cris, le bruit des coups et celui d'une chute. Nous nous sommes approchés. Il y avait quelqu'un, par terre, ce poète dont les journaux ont parlé. L'autre, celui qui l'avait rossé, l'a regardé une minute, après quoi il est parti. Nous... lui, on n'a pas osé l'attaquer, il avait l'air grand et très fort. D'ailleurs, son adversaire, qui avait pourtant une bonne canne, n'a même pas eu le courage de s'en servir !

— Et cet agresseur, demanda Holmes, il est parti comme cela, sans rien faire d'autre ?

— Rien, il a juste ramassé par terre sa casquette, qui avait roulé dans la bagarre.

— Une casquette ! s'écria Holmes, fébrile, quelle genre de casquette, précisez !

— Plate, fit le jeune homme, sans hésitation, comme celle des officiers de la marine.

— Et ensuite ?

— Eh bien ensuite, une fois que cette espèce de marin a quitté les lieux, nous avons pris à l'autre, qui ne bougeait pas, tout ce qu'il avait, son argent, bien sûr, ses papiers, qu'on a jetés à l'eau, et aussi ses habits, qui avaient de la valeur... On allait même lui enlever sa canne, qu'il tenait serrée contre lui, quand est arrivée la bande des agents électoraux, qui ramassait tous les vagabonds du port. Ils étaient nombreux, nous nous sommes enfuis.

— Un dernier point, reprit Holmes. Vous dites que ces deux hommes se querellaient. Avez-vous entendu ce qu'ils disaient ?

Le voyou hésita.

— Rien de spécial... « Vous allez me le payer... » ou quelque chose dans ce genre. C'était surtout le grand, le marin, qui criait. Il a aussi parlé d'un certain Philip...

— Philip, vous êtes sûr ?

— Je n'irais pas inventer une chose pareille !

Holmes le secoua :

— Cherchez bien. Rien d'autre ?

— Rien, messieurs, je vous assure. Et je vous jure aussi que ce poète, on ne l'a pas touché, nous ne sommes pour rien dans sa mort, ni dans celle de ce type du journal... Walker ?

Holmes relâcha son étreinte.

— Bon, dit-il, filez.

L'écumeur, d'abord, ne bougea pas. Sa chance lui paraissait sans doute trop belle. Enfin, il se leva, tout doucement, comme craignant d'effaroucher notre mansuétude par un mouvement trop brusque.

— C'est vrai ? fit-il sourdement, je peux m'en aller ?

— Vous avez eu notre parole.

Il recula, pas à pas, jusqu'à se fondre dans l'obscurité. À présent qu'il se savait tiré d'affaire, sa crapulerie naturelle reprenait le dessus, et il nous lança hargneusement :

— Croston ne l'emportera pas au paradis, messieurs, faites-moi confiance ! Et tenez, puisque vous avez joué franc-jeu avec moi, je vais vous dire ce que je pense de toute cette affaire : c'est une histoire de fille !

— Allons donc ! dit Holmes, incrédule.

— La preuve, rétorqua la voix anonyme, déjà perdue dans les ténèbres, ils ont prononcé son nom : Mary Rogers !

11

Holmes relisait très attentivement *Le mystère de Marie Roget* sur le steamer qui nous amenait de Baltimore à Richmond, selon l'itinéraire inverse de celui emprunté par Poe le 27 septembre.

— Comprenez, Watson, avait-il daigné m'expliquer, vous m'avez montré cet article du *Richmond Whig* et tout est devenu clair : Poe avait peur. Il fuyait quelqu'un, sans doute ce marin, ou officier de marine, qui a fini par le rejoindre sur les quais de Baltimore. Mais il fuyait depuis Richmond, Watson, c'est clair ! Je vois les choses ainsi : Poe se rend compte qu'on est à ses trousses. Sans doute surveille-t-on son hôtel. Aussi renonce-t-il à récupérer sa malle, pourtant si précieuse à ses yeux. Et il a peur. Il va donc chez le Dr Carter, dont il sait qu'il possède une canne-épée avec laquelle, peut-être, il pourra se défendre. Ensuite, il prend à quatre heures du matin le steamer pour Baltimore, alors que son départ n'était pas encore arrêté. En vain. Son poursuivant le rattrape sur les quais et le roue de coups...

Nous nous trouvions sur le pont avant, allongés dans des chaises longues, une couverture sur les jambes. Derrière nous, le clapotis continu des roues à aubes rythmait la marche du bateau à travers la baie de Chesapeake, dont les eaux calmes nous assuraient la plus agréable des traversées. Il faisait froid, mais très beau.

— Écoutez, Holmes, déclarai-je, je n'ignore rien de la nouvelle de Poe : il s'agit d'une jeune fille dont on repêche le cadavre ligoté dans la Seine après qu'elle eut été violée et étranglée. Je sais que Poe s'est inspiré d'un fait divers authentique, qui secoua New York en 1842 : l'assassinat de Mary Cecilia Rogers, la jolie vendeuse de tabacs, retrouvée, elle, dans l'Hudson. Enfin, je me rappelle que, résidant alors à Philadelphie, Edgar Poe, rien qu'en compilant la presse, a prétendu avoir découvert le coupable. Il se fondait notamment sur le temps écoulé entre les deux fugues de Mary Rogers, dont la dernière lui fut fatale, temps correspondant à une croisière en mer...

Holmes répondit négligemment :

— Il y eut aussi le témoignage de Mme Loss et du conducteur d'omnibus Adam, relatif à un homme au teint hâlé, l'affaire du bateau abandonné sur l'Hudson, et la façon caractéristique dont avaient été noués les liens...

J'enchaînai :

— ... tout cela contribuant à étayer la thèse d'un assassinat commis par un marin.

— Nous y voilà. Mais pas un matelot, Watson, un officier. Poe nous explique assez savoureusement que, quoique de mœurs légères, Mary Rogers était de bonne condition sociale. Or, à son sens, les jeunes filles de bonne condition, même légères, ne sauraient fréquenter de simples marins... seulement des officiers.

— Alors, est-ce celui qui nous occupe ?

— Conclusion simpliste, Watson, répliqua sèchement Holmes. Quel motif aurait eu cet officier d'agir comme il l'a fait ?

— Empêcher Poe de dévoiler son nom.

— En ce cas, il l'aurait tué. Le rosser n'aurait eu au contraire pour effet que l'inciter à révéler ce même nom. Notre homme, à mon avis, a plutôt voulu punir Poe pour quelque obscure raison remontant à l'affaire Rogers, il y a sept ans.

— Peut-être à propos de ce mystérieux Philip, dont le nom a été prononcé pendant l'algarade ?

— Peut-être, oui… ou alors aurait-il prétendu venger sa corporation calomniée ?

— Allons donc, Holmes !

— Vous savez, dit-il tranquillement, dans le domaine du fait divers on a déjà vu des choses plus étonnantes…

Il conclut, de façon très curieuse :

— Mais quel dommage, tout de même, que ce ne soit pas Dickens !

12

Durant le reste du voyage, je me plongeai non seulement dans la lecture du *Mystère de Marie Roget*, mais aussi des notes et commentaires dont les exégètes de tout poil commençaient à en orner le récit. Poe, incontestablement, avait transposé le drame de New York à Paris. Ainsi Mary Rogers devenait-elle Marie Roget et Hoboken, sur l'Hudson, la barrière du Roule, au bord de la Seine. Quant à Poe lui-même, il endossait la défroque de son héros, le chevalier Dupin, pour éclaircir le mystère, en comparant les articles de *L'Étoile*, c'est-à-dire du *New York Brother Jonathan*, du *Commercial*, alias le *New York Journal of Commerce*, du *Soleil*, autrement dit le *Philadelphia*

Saturday Evening Post, du *Journal du soir*, homologue supposé du *New York Express*, du *Mercure*, soit le *New York Herald*, du *Journal du Matin*, masque du *New York Courier and Inquirer*, de *La Diligence*, fac-similé du *New York Standard*, et il attribuait au *New York Commercial Advertiser* les galons du très officiel *Moniteur*.

Parmi les acteurs secondaires du drame, le fiancé de Mary Rogers, Daniel Payne, qui s'était suicidé sous le poids des suspicions et du désespoir, devenait Jacques Saint-Eustache — même destin chez Poe — et son patron, le marchand de tabacs Anderson, le parfumeur Leblanc... Des témoins essentiels, Mme Loss, tenancière de l'auberge malfamée non loin de laquelle on avait découvert le cadavre, se transformait en Mme Deluc, alors que l'ami de la famille, Crommelin, et le conducteur d'omnibus Adam se trouvaient affublés des noms bien français de Beauvais et Valence...

— Gauchissement arbitraire des faits, Watson ! jeta Holmes lorsque j'évoquai le sujet, un peu plus tard. Poe était incontestablement un écrivain exceptionnel, mais comme tous les gens exceptionnels, il manquait de rigueur et parfois d'honnêteté. Passe pour les sassafras et les ferry-boats de la Seine ; passe aussi pour cet ahurissant 31 juin, mais il y a autre chose : afin de mieux étayer sa thèse du crime solitaire, il n'hésite pas à transformer en petits garçons les deux robustes adolescents de Mme Loss, soupçonnés d'avoir participé au viol et au meurtre de la malheureuse jeune fille ! En outre, il modifie sans vergogne le troisième épisode de sa nouvelle, paru en février 43 — après une interruption significative en janvier —, afin de l'adapter aux faits nouveaux intervenus entre-temps

dans le cours de l'enquête. Enfin, il y a ce passage...
Avez-vous le texte ?

Il tendait vers moi une main impérieuse, dont les
doigts s'agitaient d'impatience. Je lui remis le volume.
Il lut : « ... La toilette était déchirée, et d'ailleurs en
grand désordre. Dans le vêtement extérieur, une
bande, large d'environ un pied, avait été déchirée de
bas en haut, depuis l'ourlet jusqu'à la taille, mais non
pas arrachée. Elle était roulée trois fois autour de la
taille et assujettie dans le dos par une sorte de nœud
très solidement fait... »

Il s'interrompit pour me regarder comme s'il attendait quelque géniale réflexion de ma part.

— Et alors, Holmes ? demandai-je timidement.

— Et alors, donnez-vous la peine de calculer, Watson ! Même si Mary Rogers avait eu une taille de
guêpe, soit deux pieds, avec les trois tours, cela donne
déjà six pieds. Ajoutez ce nœud très solidement fait :
au moins un pied. Nous arrivons donc à sept pieds de
la taille au sol. À ce compte, Mary Rogers devait mesurer au total douze pieds... quelle géante, n'est-ce
pas ?

— Impossible, en effet, murmurai-je, confus.

— Je soupçonne d'ailleurs Poe de s'être livré à
d'autres jongleries afin d'adapter les faits à sa théorie.
Et c'est ce même faiseur — comme aurait dit M. de
Balzac — qui, proposant sa nouvelle au rédacteur en
chef du journal de Boston, *The Nation*, a pu écrire
sans faiblir... je cite un extrait de la préface : « Sous
prétexte de montrer comment Dupin résout le mystère de l'assassinat de Marie, j'entre en réalité dans
une très rigoureuse analyse de la tragédie de New
York. Aucun détail n'est oublié... »

Holmes s'interrompit pour commenter narquoisement :

— En fait, il en aurait plutôt rajouté, Watson, mais je poursuis : « J'examine les opinions et arguments émis par la presse, et je prouve que le sujet n'a pas été suffisamment approfondi. Je crois que j'ai non seulement démontré le caractère fallacieux de l'idée généralement admise selon laquelle la jeune fille a été victime d'une bande de rôdeurs, mais que j'ai aussi *désigné* l'assassin », *désigné* souligné, Watson ! « de telle façon que cela donne un élément nouveau à l'enquête... »

Holmes reposa le livre. Chez lui, la perplexité paraissait le disputer à une manière d'indignation professionnelle tout à fait savoureuse.

— Voyez-vous, Watson, murmura-t-il avec un peu de lassitude, il en est de Poe comme de tous les génies. Il ne faut pas gratter pour trouver l'homme qui est dessous : on est souvent déçu. Et cette tendance exaspérante à poser comme vérité absolue la moindre de leurs pensées ! Aucun doute moral, pas le moindre scrupule d'ordre intellectuel ! Ils se placent hors du commun, mais comme les poissons, c'est toujours par la tête qu'ils commencent à pourrir !

13

La violente acrimonie de Holmes m'avait surpris, et je me demandai si elle n'était pas due aux difficultés qu'il rencontrait pour conclure cette affaire. Après notre conversation, il demeura taciturne jusqu'à la fin du voyage et ce fut seulement lors du débarquement à

Richmond qu'il me déclara, d'un ton dont l'aigreur n'était pas absente :

— Puisque vous avez jugé primesautier de me baptiser Smith, Watson, je serai bien obligé, par prudence, de porter ce nom durant toute la durée de l'enquête... Vous-même, veuillez ne pas l'oublier.

— J'y penserai, Holmes.

Nous choisîmes un hôtel dans le centre de la ville. Peut-être dois-je ici exposer la situation sentimentale tout à fait particulière d'Edgar Poe. Ce grand amoureux était certes un aventurier du cœur, mais s'il avait aimé beaucoup et un peu partout, on ne lui eût jamais infligé l'auréole douteuse du don Juan, tant il s'était attaché à ne mener que des conquêtes platoniques, embellies des lauriers de sa poésie. Ainsi avait-il aimé Jane Stanard, la mère d'un de ses condisciples, Elizabeth Poitiaux, une amie d'enfance, Elmira Royster, retrouvée des années plus tard sous le nom d'Elmira Shelton, sa cousine Virginia Clemm, la petite Sissy, qu'il devait épouser en 1835 (elle avait quatorze ans !) après que, gamine, elle eut porté ses lettres d'amour à sa jolie voisine Mary Devereaux, et Eliza White, et la poétesse Frances Osgood... La petite Mme Poe, Sissy, s'étant alors éteinte de misère et de phtisie en 1847, ce veuf romantique, tout hanté qu'il fût du souvenir lancinant de la jeune morte, n'en avait pas moins poursuivi sa bataille des cœurs : Sarah Whitman, Nancy Richmond, et enfin Elmira Royster, amour d'adolescence, retrouvée veuve mais toujours jolie sous le nom d'Elmira Shelton. À ce panorama sentimental, il convenait d'ajouter, en tout bien tout honneur, Maria Clemm, tante et belle-mère d'Edgar Poe, dont l'adoration pour son génie de gendre, encore sublimée par la mort de sa fille, n'avait d'égale que la profonde tendresse filiale que lui vouait celui-ci ; elle avait même encouragé les récentes fiançailles d'Edgar Poe avec Elmira Shelton, dans l'espoir qu'un nouveau bonheur contribuerait à apaiser son chagrin et à l'éloigner des excès néfastes où le plongeait l'alcool... Autant de Morella, de Ligeia, d'Eleonora, de Bérénice, d'Annie, de Leonor, fresque délicate et passionnée de tous ces jolis fantômes suscités par un cœur innombrable...

— Autant de témoins qui pourront apporter des morceaux à notre puzzle, Watson, conclut Holmes, de sa voix coupante, lorsque j'eus commis l'imprudence de lui exposer mon lyrisme.

Nous allâmes d'abord voir Elmira Shelton, la fiancée de Poe, sous la fiction de deux journalistes anglais, chargés d'un reportage sur la mort du grand poète. Holmes, avec l'infernale hypocrisie dont il savait faire preuve quand la circonstance l'exigeait, lui expliqua dès l'abord que nous avions tenu à apaiser sa douleur en réduisant à néant les ragots qui avaient couru à propos de cette mort. Non, Edgar Poe n'était pas retombé dans le piège de l'alcool ! Oui, il avait tenu sa promesse de ne plus boire ! Hélas, agressé par des voyous, tombé entre les mains d'agents électoraux dépourvus de scrupules, on l'avait enivré malgré lui — ce qui, au demeurant, était exact —, et il en était mort. C'était ce que nous, nous écririons.

Mme Elmira Shelton avait trente-huit ans. C'était une femme ravissante, aux yeux noisette, et qui avait gardé de l'adolescence un front pur, encadré de longues boucles brunes. Elle pleura un peu, se tamponna le nez d'un mouchoir de batiste, et nous offrit du thé parfumé. Holmes, qui savait jouer les hommes du monde, la questionna très délicatement. Nous apprîmes ainsi que Poe avait passé sa dernière soirée à Richmond avec elle, et qu'il lui avait fait cadeau d'un camée monté en broche. À cette occasion, il lui avait proposé de fixer leur mariage au 17 octobre.

— Était-il d'humeur sereine ? questionna Holmes.

Là, Elmira Shelton hésita.

— Il était... il avait l'humeur changeante, messieurs. Il avait été plutôt gai jusqu'à ces derniers jours, mais ce soir-là, je l'ai trouvé inquiet, agité. Il allait et venait dans la pièce, tirait sans cesse les rideaux de la fenêtre pour regarder au-dehors...

— Sans cesse ? répéta Holmes, un peu brusquement.

Elle le considéra non sans quelque surprise.

— Oui, mais ce n'était là qu'une façon de tromper son anxiété naturelle, ses doutes... Il devait se rendre à Philadelphie, où il aurait à réviser les poèmes d'une certaine Mme Saint Leon Loud. La rémunération était intéressante : cent dollars.

— Et ensuite ?

— Eh bien, il paraissait si fiévreux que je tâtai son pouls et lui demandai de retarder son voyage, fixé pour le lendemain, dans la journée... J'avoue que je ne m'attendais pas qu'il prît au contraire le steamer de quatre heures du matin pour Baltimore !

— Est-il retourné à son hôtel entre-temps, chère madame ?

— Il semble bien que non, répondit sans hésiter Elmira Shelton. En tout cas, on nous a fait savoir qu'il y avait laissé sa malle contenant ses manuscrits. Or, Dieu sait s'il y tenait ! Vraiment, messieurs, je ne m'explique pas sa conduite...

Elle hésita une seconde avant d'ajouter, un peu gênée :

— Pourtant, il n'avait pas bu. Cela, je serais prête à le jurer !

— Pouvez-vous nous indiquer l'adresse de cet hôtel ?

Elmira Shelton, alias Leonor, nous la donna sans difficulté.

14

L'hôtel de Poe reçut notre visite le lendemain. Nous n'eûmes pas grand effort à fournir pour nous faire admettre ès qualités : depuis quelques jours, les journalistes défilaient à la réception. Cependant, le fait d'être étrangers et notamment britanniques nous valut d'être reçus par le directeur, que la gloire subite de son établissement portait à la plus grande urbanité.

Holmes lui posa les questions rituelles, auxquelles il répondit avec la meilleure grâce, puis on en vint à d'autres : la malle oubliée ? Sur les instructions de Mme Shelton, fiancée du défunt, elle avait été expédiée deux jours auparavant au plus proche parent de celui-ci, M. Nielson Poe, résidant à Baltimore, à charge pour lui d'en disposer selon des résolutions testamentaires encore à connaître... Holmes poursuivit, sur le ton parfaitement anodin qu'il savait donner à ses interrogations les plus insidieuses :

— On nous a appris qu'Edgar Poe avait brusquement quitté la ville à quatre heures du matin, pendant la nuit du 26 au 27 septembre. Il n'est pas repassé ici. Lui restait-il quelque chose à vous devoir au titre de son séjour ?

— Pas du tout ! s'écria spontanément l'homme. De toute façon, son départ était prévu pour le 27 septembre dans la journée. Il ne l'a avancé que de quelques heures.

— Il vous avait donc réglé avant ?

— Dans la journée du 26 septembre, répondit l'autre, un peu étonné. Plus exactement… mais veuillez prendre patience…

Il appela, la tête tournée vers l'entrée du salon :

— Harry !

L'employé de la réception se présenta.

— Qui était ici quand M. Poe a réglé sa note, le 26 septembre dernier ?

— Jay, monsieur le Directeur. Faut-il l'appeler ? Il est encore à l'office.

— S'il vous plaît.

Un jeune homme ne tarda pas à pénétrer dans la pièce, et le directeur lui demanda aussitôt :

— En quelles circonstances M. Poe a-t-il tenu à s'acquitter de sa note avant son départ ?

— Oh ! je m'en souviens parfaitement, monsieur le Directeur… C'était juste après cette querelle qu'il a eue dans la rue, devant l'hôtel.

— Ah ! tiens, s'exclama le directeur, apparemment surpris. Quelle querelle ? Je n'étais pas au courant.

— Oh ! juste des mots, monsieur le Directeur, encore que l'autre l'avait saisi au collet, mais quand nous sommes sortis, il s'est aussitôt éloigné. C'est alors que M. Poe, qui avait l'air très ému, m'a demandé de lui faire préparer sa note, en disant qu'il pourrait être amené à quitter l'hôtel à tout moment.

— Avez-vous vu l'autre homme ? questionna Holmes.

— Oui, au travers des vitres. C'était un marin, un officier, à en juger par les galons. Nous l'avons entendu crier…

— Avez-vous saisi ses paroles ?

— Non, monsieur, fit Jay, les sourcils froncés dans un effort de réflexion, les portes étaient fermées, et il y avait le bruit de la rue. Il m'a vaguement semblé reconnaître deux mots, parmi ses vociférations : « ... mon neveu... »

— Mon neveu ? répéta Holmes, étonné.

— Je n'en suis pas sûr, messieurs, avec le fracas de toutes ces voitures sur le pavé...

— Bien, Jay, merci, fit le directeur qui, se tournant vers nous, ajouta comme en conclusion :

— Simple incident, messieurs, à mon avis, et qui ne saurait en aucune façon concerner la mort de notre malheureux poète... Que voulez-vous, nous avons tous nos ennemis, que parfois nous ignorons.

— Je connais les miens, fit Holmes, souriant. Soyez remercié, monsieur, vous nous avez été très utile.

Une fois dehors, je lui vis une physionomie pensive, voire renfrognée, tandis que nous reprenions le chemin de notre hôtel.

— Une affaire de famille, Holmes ? tentai-je.

Holmes répliqua, montrant une curieuse irritation :

— J'aurais préféré que ce marin ait crié : « ma nièce ! » Cela nous eût offert plusieurs issues possibles.

— « Cherchez la femme », n'est-ce pas ?

— Cela va de soi, alors que « mon neveu » ! Pourquoi diable un neveu ? Comment peut-on crier « mon neveu » ?...

Pendant le reste de la semaine, nous interrogeâmes le petit cercle des amis que Poe comptait à Richmond, chacun d'eux nous adressant à l'autre selon le canevas habituel de nos enquêtes. Nous n'en apprîmes rien de nouveau. Même le Dr Carter fut incapable de nous

éclairer mieux que ne l'avait fait l'article reproduit
dans le *Baltimore Sun*, Holmes se gardant bien, par
ailleurs, de lui exposer sa théorie concernant l'emprunt prétendument involontaire de sa canne-épée.
On nous parla surtout de Sarah Whitman, cette « Hélène » avec qui, avant de rencontrer Elmira Shelton,
Poe avait voulu se fiancer l'année précédente, mais
dont on chuchotait qu'elle l'avait finalement éconduit
à cause d'une intempérance qui l'effrayait... Sarah
Whitman, veuve elle aussi, habitait Providence.

Ce fut évidemment notre destination suivante.

15

Je l'ai dit par ailleurs, Holmes ne s'intéressait à la
littérature et aux écrivains que dans la mesure où le
crime y tenait sa part. Il ne connaissait donc à peu
près rien des amours tumultueuses d'Edgar Poe, et
dans le train qui nous amenait vers Rhode Island je
me fis un devoir de lui rapporter brièvement les circonstances de sa rencontre avec Sarah Whitman.

Celle-ci, poétesse convaincue, avait composé et fait
publier, le 14 février 1848 — jour de la Saint-Valentin
dans lequel il s'était dépêché de voir un symbole —,
un poème à sa gloire dans un journal de Providence.
Touché par cette admiration, Poe lui avait écrit et
s'était ensuivie une correspondance amicale, devenue
vite passionnée. Finalement, cette Sarah Whitman,
veuve de quarante-cinq ans très fortunée, avait organisé à Providence une soirée de gala, afin de permettre à son platonique amant de scander les vers
impérissables du *Corbeau* devant le gratin de la ville.
À l'issue de la manifestation littéraire, des manières

de fiançailles feutrées avaient été conclues. Mais la mère de Sarah — devenue Hélène sous la plume du poète — avait mis le holà à une telle idylle, qu'elle soupçonnait motivée par l'intérêt, à une époque où, notoirement, le promis cherchait des fonds à cor et à cri pour lancer sa revue, *Le Stylus*. À la rescousse de sa malveillance était venue l'imprudence sentimentale de Poe qui, dans le même temps qu'il jurait passion éternelle à Sarah-Hélène, entretenait avec Nancy-Annie Richmond, jeune femme nantie d'époux du Massachusetts, une correspondance tout aussi enflammée, dont les échos lui étaient revenus... Si bien que Sarah-Hélène avait fait savoir sa décision de rompre leurs relations à ce soupirant impénitent qui avait une muse dans chaque poème et un cœur dans chaque ville...

— J'en conclus, dit froidement Holmes, qu'on ne s'apprête pas à nous réserver le meilleur des accueils.

— Poe est mort, lui fis-je remarquer. C'est la plus grande des qualités pour un gêneur, et Sarah Whitman, qui converse depuis déjà quinze ans avec son défunt mari par l'intermédiaire des guéridons, y aura gagné un interlocuteur astral supplémentaire, inoffensif aux yeux de sa mère, Mme Power : les fantômes ne courent pas la dot.

— Parce que Sarah Whitman est spirite ?

— Par-dessus le marché, Holmes. Comme quoi la poésie mène à tout, y compris à l'Au-Delà...

Mon optimisme était injustifié. Mme Power, qui nous reçut en premier lieu, méritait bien le surnom de « vieux démon » que lui avait attribué Poe. Plus que froide, délibérément hostile, elle nous fit savoir que sa fille avait été suffisamment importunée par cet histrion d'Edgar durant le vivant de celui-ci, et qu'elle entendait bien que sa mort mît fin une fois pour toutes à ces tracas.

— Ma chère madame, lui répliqua Holmes sur un ton aussi glacial que le sien, Edgar Poe était un poète de génie, qui a fait et qui fera l'honneur de l'Amérique. Vous confirmez pour nous l'adage qui veut que les médiocres s'offusquent de l'ombre que leur font les grands. Soyez sûre que notre article analysera ce phénomène, et que nous saurons y faire mention de ceux qui en sont la plus navrante illustration.

La vieille dame blêmit, mais l'arrivée de sa fille Sarah dans le salon lui évita de répondre.

— On m'a dit que deux messieurs avaient demandé à me voir, dit-elle placidement à Mme Power. Je vous serais reconnaissante de ne plus recevoir à ma place les visites qui me sont destinées, mère. Je suis en âge de le faire moi-même.

— Mais, Sarah…

— Je vous en prie, mère.

Je regardai avec respect cette petite femme faite au tour entourée de voiles romantiques et d'écharpes transparentes Elle avait quarante-cinq ans mais en paraissait dix de moins et le ruban de velours noir qui enserrait son cou accentuait encore la gracilité de son allure. Comme Elmira Shelton elle portait sans cesse à ses narines un fin mouchoir, lequel au lieu d'embaumer le parfum, sentait l'éther à plein nez… drogue moins nocive que le laudanum de Poe, mais drogue tout de même.

Nous eûmes avec elle une conversation agréable, parfois brillante. Malgré ses déboires, elle avait gardé d'Edgar Poe un souvenir attendri et préparait, à sa mémoire, une petite brochure intitulée : *Edgar Poe et ses critiques*, où elle rendait justice à l'homme et au poète. Les généralités épuisées, nous en vînmes aux détails plus concrets. Sarah n'avait pas revu Poe depuis l'année précédente, mais à sa dernière visite, il lui avait paru tourmenté, anxieux et d'étranges paroles lui avaient échappé : « Je me demande si je me suis bien conduit dans cette affaire de Mary Rogers, lui avait-il confié. Il est des moments où le pire ennemi de l'homme, c'est lui-même. Voyez-vous, c'est comme ce paysan de la fable chinoise, qui avait construit sa maison autour de lui en oubliant d'y ménager une porte. Il n'a jamais pu en sortir. »

— Étrange, en effet, fit Holmes, pensif. Rien d'autre ?

— Non... Si.

Elle porta le mouchoir à son nez, qu'elle tamponna délicatement.

— Il a eu une réflexion curieuse, il a dit à peu près : « ... Tout de même, pauvre Spencer, peut-être ai-je conclu trop vite. »

— Spencer ?

— Oui, Spencer, j'en suis sûre, mais je n'ai pas osé le questionner à ce sujet.

Nous remerciâmes cette charmante interlocutrice, Holmes poussant la conscience professionnelle jusqu'à lui baiser la main, exercice périlleux que je lui avais rarement vu exécuter...

— Spencer ! m'écriai-je, une fois dehors. Encore un nouveau nom ! Qui est-il, celui-là ?

— Allons, Watson, fit vivement Holmes, un petit effort. Ne vous souvenez-vous pas des paroles du Dr Moran, que vous m'avez fidèlement rapportées ? Sur son lit de mort, Poe a prononcé trois noms, Mary Rogers, Reynolds...

— Et Spencer, c'est vrai ! Vous avez une mémoire réellement exceptionnelle, Holmes !

— Mais je l'entretiens, Watson, je la cultive, répliqua-t-il avec bonne humeur. Une mémoire sans failles est une arme d'autant plus efficace que les imbéciles la prennent pour de l'intelligence.

— Prochaine étape ?

— Spencer, répondit-il laconiquement.

— Il doit bien y en avoir quelques milliers !

— Et que faites-vous du mystérieux Philip, Watson ? Nous pourrions essayer Philip Spencer, sans aucune garantie que cela nous mène à quelque chose, évidemment. Mais enfin, nous avons un nom, nous avons un prénom, peut-être une profession : officier de marine...

— Et pratiquement ?

— Pratiquement, nous pourrions alors consulter les rôles des équipages en 1841, au bureau de la Marine de New York.

— Pourquoi 1841, Holmes ? Pourquoi New York, alors qu'il y a tant d'autres ports ?

— Parce que Mary Rogers, répondit-il. C'est évident.

16

Évident, ce ne l'était pas tellement. Sur le chemin du retour, je fis remarquer à Holmes que le bureau de la Marine ne devait tenir les rôles que pour les équipages de commerce. Restait à savoir si notre mystérieux officier n'appartenait pas à la marine de guerre. Holmes se rendit à mes raisons.

— Et aucun de ces maudits témoins qui n'a pensé à noter la mention portée sur sa casquette ! s'écria-t-il, dans une irritation tout à fait injuste.

— C'est le destin de tous les témoignages, Holmes, lui rappelai-je. On assiste à un incident anodin, tel que la vie en connaît tant, et l'on apprend par la suite que cet incident pouvait présenter une importance considérable. C'est alors qu'on se dit : « Si j'avais su ! » Mais personne, ni vous ni moi, n'est à l'abri de cette ironie du sort.

Nous passâmes quelques jours à Richmond avant de repartir pour New York. On nous avait dûment avertis : la moitié de la ville était une jungle, dont la faune, sans cesse renouvelée par l'apport quotidien de nouveaux immigrants complètement dépourvus, se montrait plus féroce que partout ailleurs. On nous avait recommandé notamment d'éviter comme la peste le quartier dit des Five Points, délimité par les rues Mulberry, Little Water, Cross et Antony Orange. De même le Bowery, haut lieu de la pègre urbaine. Quant aux venelles du bas port, transformées en bourbier à chaque marée montante, il ne fallait à aucun prix y poser le pied. Là, par les fenêtres d'entresol, des femmes gorgones vous versaient sur la tête plusieurs seaux de cendres brûlantes. Aveuglé, asphyxié, vous étiez alors traîné le long de marches gluantes jusqu'à une cave inondée, où de jeunes voyous vous égorgeaient avec des tessons de bouteille pour vous dévaliser à loisir…

Et de la part du directeur de notre hôtel, qui avait vécu dans la grande métropole, nous eûmes droit aux anecdotes que quelques années avaient suffi pour promouvoir à la légende. Avec une complaisance qui n'était pas dépourvue d'un certain sadisme, le digne homme évoqua pour nous le temps des pirates du fleuve, descendant l'Hudson dans les barques noires aux rames graissées pour aborder des cargos pansus, où ils volaient tout, assommant et tuant ceux qui prétendaient s'opposer à leurs entreprises. Il nous expliqua comment l'on avait mal asséché le *Collect Pond*, cet étang insalubre, où maintenant, dans des taudis puants, s'entassaient tous les nouveaux immigrants, Irlandais miséreux, Italiens faméliques, Nègres farouches échappés au Sud, dans une promiscuité dont l'alcool était roi et la violence loi. Il nous parla de la grande révolte des marins de 1808, de la sanglante panique de 1819, de la visite de La Fayette en l'honneur de qui la ville de New York avait, en 1825, pendu vingt brigands aux branches du grand orme de Washington Square... Et de nous peindre la guerre de tribus menée par les bandes de criminels organisées en petites armées : les Dead Rabbits (Lapins morts) les Plug Uglies (Affreux galurins) ou les Roach Guards (Gardes cafards) sans compter les redoutables Bowery Boys, qui tenaient sous leur coupe tout le quartier au nord des Five Points jusqu'à la limite du sixième Ward...

Nous en retirions l'impression d'un univers ressortissant à un genre différent de l'espèce humaine, d'un microcosme décadent et barbare, gouverné par une jurisprudence sardonique, d'un monde parallèle avec ses empires baroques, ses épopées absurdes, et déjà une mythologie d'où surgissaient des héros oniriques et malfaisants : Moses, chef des Bowery Boys, deux mètres cinquante, déracinant un chêne, tel Samson, pour en assommer les hordes de Dead Rabbits ; Gallus Mag, dite « Mag les Bretelles », tenancière du bar *Le Trou dans le mur*, qui rentrait sa jupe dans ses jar-

retières pour affronter les clients récalcitrants, auxquels, à l'occasion, elle tranchait l'oreille d'un seul
coup de dents ; George Leese « Snatchem », du gang
des Abattoirs, qui suçait le sang des boxeurs après les
combats à poings nus, alors que Jack le Rat, pour un
quart de dollar, mangeait la tête d'un rat vivant, aux
applaudissements de la foule misérable et bigarrée
qui hantait ces bas-fonds...

— Intéressant, Watson, conclut Holmes de sa voix
froide. J'en déduis que nous devrons être armés.

— Mais là-bas, tout le monde l'est, messieurs !
s'écria le directeur avec une inquiétante jovialité.

Il nous indiqua l'adresse d'un bon armurier à New
York.

17

Suivant les conseils qui nous avaient été donnés de
ne pas dépasser la 60ᵉ Rue, nous avions pris pension
dans un hôtel du Nord-Manhattan, quartier considéré
comme résidentiel. Cela ne nous empêcha pas de
pousser des pointes vers le sud.

Je dois le dire, nous y fûmes littéralement suffoqués. C'était une ville folle, un cauchemar d'entomologiste, où tous les sens étaient agressés. Les rues
étaient pleines d'une foule vociférante, animée des
mouvements les plus imprévisibles, en proie à des pa-
niques brutales, qui se battait pour grimper sur les
tramways hippomobiles, pour accéder aux trottoirs,
pour se frayer un passage à travers des véhicules aux
roues aveugles, dont les chevaux aux naseaux fumants
faisaient jaillir des étincelles sous leurs sabots. Des
bagarres éclataient à chaque carrefour, tandis que des

pillards blêmes et faméliques, surgis des égouts de Gotham Court, prenaient d'assaut les camions de livraison sous le fouet féroce de convoyeurs appointés. Le vacarme était infernal : hurlements, sonnailles, hennissements, cahots, grincements d'essieux, avec, par-dessus cette cacophonie, le mugissement incessant des voitures-pompes et la cloche frénétique des ambulances. Cette cité fantastique avait son haleine, faite de mille relents antagonistes qui prenaient à la gorge pour altérer la respiration comme la lucidité.

Les policiers étaient partout, casqués de cuir, armés de matraques sans merci. Depuis quatre ans, en effet, à l'initiative des démocrates jacksoniens, la police avait été réformée sur le modèle de l'organisation britannique des *constables*. Huit cents agents assermentés avaient ainsi remplacé des services d'ordre anarchiques et corrompus, veilleurs de nuit et *marshalls* en armes, dont l'incurie avait été telle que les échevins s'en étaient plaints par voie de presse, précisant que « ... l'homme d'affaires allant le plus légitimement à ses rendez-vous se faisait massacrer au soleil, que son cadavre était emballé et disparaissait, et que la beauté sans défense était ravie en plein jour sans qu'on retrouvât trace du criminel... » (Allusion transparente à l'assassinat de Mary Rogers.) Il ne semblait pas, cependant, que les choses se fussent améliorées pour autant.

Holmes et moi nous étions partagé le travail. Il allait, par acquit de conscience, compulser les rôles d'équipages au bureau de la Marine, tandis que je fouillerais les archives des journaux à la recherche d'hypothétiques Spencer. Je précise sans fausse modestie que je gagnai cette course. Holmes rapportait chaque jour de son lieu d'enquête une liste plus ou moins longue de Spencer anonymes, et moi j'allais du *New York Mercury* au *New York Journal of Commerce*, en passant par le *New York Brother Jonathan* et le *New York Commercial Advertiser*. Mais ce fut dans le *New York Horn* que je découvris ma première piste.

Ce petit journal, spécialisé dans les échos scandaleux ou sensationnels, tenait plusieurs fichiers thématiques. Je commençai par celui consacré à la justice. Mary Rogers y figurait, mais je n'y trouvai rien qui ressemblât à Spencer. Ensuite, par acquit de conscience, je feuilletai le fichier politique, et là, je notai un J. C. Spencer, ministre de la Guerre. Il avait démissionné de son poste au début de l'année 43 pour des raisons d'ordre personnel. J'y relevai les références à la presse où je me reportai. Je mis là au jour une mention qui déclencha une manière de sonnette d'alarme dans mon esprit : « ... La démission de M. Spencer est notoirement due à des raisons familiales. Il semble difficile, en effet, pour un ministre en exercice, de se maintenir à un poste de haute responsabilité alors que son propre fils, aspirant dans la marine de guerre, a été pendu pour mutinerie... »

Je me précipitai aussitôt sur le fichier « Marine », et là, j'eus un éblouissement : il y avait une fiche concernant Philip Spencer, aspirant de marine, *midship* comme on dit, pendu le 1er décembre 1842. La référence me permit d'identifier le numéro du *New York Horn* qui avait traité de l'affaire. C'était celui du 16 décembre 1842 : « Avant-hier, 14 décembre, le brick *Somers* a relâché dans notre port, et l'émotion y a été considérable lorsqu'on a appris la tragédie qui s'est déroulée à bord de ce vaisseau pendant sa traversée. En effet, l'un des aspirants de l'équipage, Philip Spencer, qui avait frappé son capitaine, a été jugé pour mutinerie et, conformément aux usages, pendu à une vergue du navire. Ce ne serait là qu'un des accidents navrants, mais courants, dus à la rigoureuse discipline imposée à toutes les marines du monde, si Philip Spencer n'était le propre fils de l'actuel ministre de la Guerre, dont, évidemment, la position au sein du gouvernement risque désormais d'être remise en question. Philip Spencer, né en 1823, avait effectué ses études au Genova College de Schenectady (N.Y.). Son affectation à bord du *Somers* était son premier poste après qu'il eut reçu son grade d'aspirant, le 21 novembre 1841. Il n'avait donc que dix-neuf ans... »

Je passai une heure à recopier tous ces textes, jubilant d'avance aux réactions de mon ami à leur lecture.

18

— Très intéressant, effectivement, consentit à admettre Holmes, mais cet aspirant ne saurait être notre homme.

— Il pourrait avoir été celui de Mary Rogers.

Holmes mit sa main sur mon épaule, comme chaque fois qu'il devait me faire toucher du doigt la légèreté de mes conclusions.

— Allons, Watson, rappelez-vous que toute l'argumentation d'Edgar Poe repose sur le fait qu'il s'est écoulé trois ans, soit la durée d'une croisière autour du monde, entre les deux fugues de Mary Rogers. Si l'on admet ce postulat et qu'on se rappelle la date de la première fugue, 1838...

— Oui ?

— Eh bien, à cette époque, Philip Spencer avait quinze ans, il poursuivait ses études au Genova College.

— Exact, reconnus-je.

— ... Ce qui exclut qu'il ait pu être mis en cause par Poe dans l'affaire Mary Rogers. Ce qui exclut également qu'on ait voulu venger sa mémoire en rossant Poe...

Je protestai :

— Pourtant, Holmes, de ce qu'on nous rapporte, tout le laisse penser ! Et qui sait si ce prétendu marin n'est pas Spencer, l'ancien ministre ?

— Voyons, Watson, en ce cas, il n'aurait pas crié « Mon neveu ! » mais « Mon fils ! ».

— Alors ?

— Alors, peut-être ce ministre a-t-il un frère, qui aurait été l'oncle de Philip... et marin.

— Mais puisque vous dites que Philip n'a pas été mis en cause ?

— Lui non, fit pensivement Holmes. Cependant, cette tragédie à bord du *Somers* est peut-être une conséquence indirecte des allégations de Poe. Il nous faudrait savoir s'il n'existe pas un officier de marine, nommé Spencer, lequel serait l'oncle de Philip.

— Comment pourrions-nous le découvrir ?

— Par exemple en allant à Washington consulter les listes d'officiers en service au ministère de la Guerre. Ou alors...

Holmes resta silencieux un instant avant de reprendre :

— Ou alors, Watson, se souvenir de ce que Poe criait pendant son délire : trois noms, Mary Rogers, Spencer...

— Et Reynolds ?

— Reynolds ?

— Reynolds, le géographe. Je vous avoue que je me suis déjà renseigné à son sujet. Il habite New York, ou plus exactement High Bridge, depuis qu'il a été écarté pour de mauvaises raisons de l'expédition Wilkes vers le pôle Sud, il y a dix ans…

Il ajouta, non sans cynisme :

— Je ne doute pas qu'il consente à parler. Il doit être très amer, et cela soulage les gens amers d'évoquer leurs problèmes.

19

Reynolds n'était plus amer, mais résigné, et il nous reçut avec beaucoup de courtoisie dans sa modeste maisonnette des hauteurs du Bronx. De sa fenêtre, il nous montra Fordham, où avait habité Edgar Poe, en contrebas des prairies et des bois qui dévalaient vers l'est. De l'autre côté, les fumées de New York voilaient l'horizon occidental.

— Connaissiez-vous bien Edgar Poe ? demanda Holmes.

— Pas tant que cela, répondit Reynolds, un homme au visage marqué par la soixantaine proche. Nous avions surtout beaucoup correspondu et je n'oublie pas le soutien qu'il a apporté à mes efforts pour monter une expédition au pôle Sud. Aussi, lorsqu'il m'a demandé d'effectuer pour lui certaines recherches, ne lui ai-je pas marchandé mon aide, puisque je me trouvais sur place.

Moi qui connaissais bien Holmes, je l'avais vu imperceptiblement tressaillir, et je ne m'abusai pas sur la légèreté du ton qu'il prit pour déclarer :

— J'ai effectivement lu ces articles, fort enthousiastes, et qui auraient bien dû influencer les sphères maritimes. Ils appuyaient sans réserve vos observations contestant les conclusions de la Société royale de géographie de Londres à la suite du voyage de Briscoé dans les mers australes.

— C'est cela ! s'écria Reynolds, les yeux brillants, vous connaissez la question, monsieur !

— C'était dans le *Messenger*, n'est-ce pas ? Août 36, puis janvier 37... et vous dites que, par la suite, il a eu recours à vous pour obtenir certains renseignements ?

Reynolds s'anima :

— Oui, c'était pendant l'été 41. Edgar Poe, résidant alors à Philadelphie, avait pu établir par recoupements que Mary Rogers, cette malheureuse marchande de tabacs de Broadway, avait dû être assassinée par un officier de marine. Il en a d'ailleurs tiré une nouvelle plus d'un an après... L'avez-vous lue ?

— Bien entendu.

— Ensuite, alors même que l'idée de sa nouvelle mûrissait en lui, il s'est avisé d'approfondir ses recherches et, qui sait ? peut-être de découvrir l'identité précise du coupable. Ce dernier devait être un officier de marine dont les dates d'absence et de présence à New York coïncidaient avec celles des deux fugues de Mary Rogers. Mes activités de géographe m'avaient permis de nouer des liens avec les gens de mer, et, réduit à l'inactivité par l'ingratitude des gouvernements, je pus volontiers consacrer mon temps à ces investigations.

— Et alors, monsieur Reynolds ? questionna Holmes, brièvement.

— Alors, naturellement, il y avait beaucoup d'officiers dont les noms pouvaient être retenus, mais soit pour des raisons géographiques, soit pour des raisons techniques, soit même pour des raisons morales, ils n'entraient pas dans le cadre que m'avait fixé Edgar Poe. Un seul y satisfaisait, un officier d'environ quarante-huit ans à l'époque. Les dates coïncidaient de façon troublante.

— Son nom ? fit Holmes d'une voix brûlante.

— William Spencer, le propre frère du ministre de la Guerre. Bien entendu, il ne s'agissait là que d'une hypothèse d'école. À la demande d'Edgar Poe, je me renseignai néanmoins auprès de ceux qui l'avaient connu ou avaient servi sous ses ordres. J'appris qu'il était célibataire et très porté sur le jupon, sans pour autant avoir jamais eu affaire à la justice… très bon officier, par ailleurs, et bien noté, quoique d'une extrême rigueur avec son équipage.

— Et Philip Spencer ? intervins-je abruptement.

Reynolds ne lança un regard étonné.

— Ce malheureux jeune homme ? Quel destin tragique, n'est-ce pas ! J'ai su que c'était sur la recommandation expresse de son père, le ministre, qu'il avait été affecté sur le *Somers*, contre le gré de son capitaine, qui l'a aussitôt pris en aversion et ne lui a épargné aucune brimade durant la traversée. Comment s'étonner qu'il se soit laissé aller à un malheureux excès, pour peu que son caractère l'y ait porté !… Tout cela sans aucun rapport avec l'affaire Mary Rogers, bien entendu.

Holmes reprit la parole.

— Revenons à vos recherches concernant William Spencer. Vous avez donc interrogé certains de ceux qui l'avaient connu…

— Oui, dit Reynolds, sans hésiter, et notamment quelques membres de son équipage, qui, tous, se plaignaient de son excessive sévérité, de son irascibilité, quand ce n'était pas de sa brutalité. L'un d'entre eux, nommé Swannon, a même quitté la marine à l'issue de son engagement pour ne plus avoir à servir sous ses ordres. Et il ne m'a pas caché qu'il aurait bien fini par le jeter à la baille par une nuit de tabac, pour reprendre sa pittoresque expression.

— Quand ce Swannon a-t-il résilié son engagement ?

— Oh ! je m'en souviens, et j'ai des raisons pour cela : c'était à la fin de la croisière qui avait ramené William Spencer à New York, fin 40, justement l'une des dates retenues par ce pauvre Edgar Poe pour bâtir sa théorie.

— Expliquez-vous, insista Holmes, penché en avant.

— C'est tout simple. La première fugue de Mary Rogers a eu lieu en 38, alors que William Spencer se trouvait à New York. Il a rembarqué en 39 pour n'y revenir que fin 40. Il était à New York en position de disponibilité pendant l'année 41, date de la mort de la jeune fille, et il a réembarqué en décembre...

— Dites-moi, monsieur Reynolds, en procédant à ces investigations, avez-vous fait état du but de vos recherches ?

— Mais oui, dit Reynolds, sans aucune gêne, pourquoi l'aurais-je caché ? Il fallait bien mettre mes interlocuteurs en confiance, sans quoi ils n'auraient pas parlé... Il faut dire que la police, ici, on s'en méfie, on ne l'aime pas. La plupart n'ont d'ailleurs vu là qu'un jeu de l'esprit, élaboré entre un poète lunaire et le vieil original que je suis.

— C'était aussi le point de vue de Swannon ?

Reynolds hésita légèrement.

— Oui… à cette nuance près que lui semblait prendre un plaisir particulier à envisager cette hypothèse. Il nourrissait pour William Spencer une grande aversion.

— Ce Swannon, où peut-on le rencontrer ?

Reynolds éleva des paumes impuissantes.

— Je l'ai complètement perdu de vue… il y a sept ans, messieurs ! Il habitait alors dans l'un de ces immeubles dits en « haltères » de l'East Side… de véritables souterrains en étage, sans air, sans lumière, sans hygiène, aux logements étroitement imbriqués pour gagner de la place, une aberration architecturale conçue pour parer au plus pressé. Mais on le trouvait le plus souvent aux spectacles donnés à l'Old Brewery ou à Water Street…

— Spectacles ?

— Si l'on peut dire… des combats organisés entre un taureau enchaîné et une meute de chiens. On y pariait ferme sur le nombre de chiens encornés, et Swannon était un fervent adepte de ces jeux barbares. Si ceux-ci se tiennent toujours, vous l'y rencontrerez sans doute…

Nous le remerciâmes chaleureusement et prîmes congé. Durant tout le temps que nous mîmes à trouver un fiacre, Holmes garda le silence. Il paraissait troublé.

— Étrange ville, fit-il enfin. Un taureau, des chiens… et étranges mœurs, Watson. Notre pègre nationale me semble soudain bien mièvre.

Je ne le lui faisais pas dire.

20

— C'est lui, Holmes, déclarai-je sans nuances lorsque nous fûmes rentrés. C'est William Spencer, plus aucun doute !

— Il faut voir, Watson, murmura Holmes, plus que sceptique. Les déductions ne sont jamais valables qu'après vérification sur le terrain. Ce peut être Spencer, ce peut être aussi un autre officier... à supposer qu'il s'agisse vraiment d'un marin. Lors de ses deux fugues, Mary Rogers peut fort bien avoir eu deux compagnons différents, et, moi-même, je suis capable de confectionner des nœuds à la façon des matelots.

J'étais consterné. En quelques mots, il venait de réduire à néant mes certitudes. Il enfonça le clou :

— D'ailleurs, si c'était le cas, que viendrait faire Philip Spencer dans l'histoire ? Évidemment, l'idéal serait de questionner Swannon nous-mêmes... s'il est toujours vivant, s'il est toujours à New York, s'il est toujours bavard.

Dans cette éventualité, il s'en alla dès le lendemain visiter la boutique de l'armurier qu'on nous avait indiquée. Moi, pour tromper mon impatience, je me plongeai dans la lecture des quotidiens, dont l'un des articles retint particulièrement mon attention :

MEURTRE MYSTÉRIEUX À BALTIMORE.

... Avant-hier, dans la nuit, a été découvert aux environs du port le corps de M. Elmo Croston, notable de la ville. Il avait été poignardé. M. Elmo Croston, l'un des responsables du Parti whig, avait fait une carrière politique aussi fructueuse que contestée. Encore jeune,

il avait participé, au côté de Leon Dyer, aux « émeutes de la banque », qui, en 1835, avaient secoué la ville, puis à celles dites « du pain » de 1837. Il avait également contribué à organiser ces « associations de pompiers volontaires » qui étaient autant d'agents électoraux à sa dévotion, et suscité, aussi bien à l'extérieur qu'à l'intérieur de son propre parti, des rancunes tenaces. Ses adversaires lui reprochaient notamment ses liens avec la pègre du port, laquelle n'est peut-être pas étrangère à sa mort. L'enquête menée par le coroner se poursuit.

Je montrai l'article à Holmes lorsqu'il revint. Il commenta, d'un ton égal :

— J'imagine que voilà l'œuvre de notre jeune ami, l'écumeur.

— Nous en sommes un peu responsables, Holmes, fis-je observer.

Il repartit froidement :

— Croyez bien que je n'en perdrai pas le sommeil… moins à cause de la mort de Poe, qui constituait un accident crapuleux, qu'à cause de celle de Walker, lui, délibérément assassiné… sans compter sa propre tentative contre nous.

Il posa sur la table les deux pistolets qu'il rapportait.

— La dernière merveille de chez Colt, Watson, mise au point cette année, l'arme idéale compte tenu de l'époque : le pocket pistol, encore appelé *Little Dragoon* : six coups avec un levier de chargement. Calibre 31.

J'examinai les armes. Elles avaient un canon octogonal long de trois pouces seulement, et un pontet de forme droite derrière la détente : format adapté aux poches de redingote.

— Quand ? demandai-je.

— Pourquoi pas ce soir, Watson ? Le temps est doux pour novembre, et la nuit claire.

Ces raisons ne me parurent pas des meilleures, mais j'y obtempérai, et le soir venu nous partîmes vers le sud de New York, comme Arthur Gordon Pym était parti vers le pôle austral. Holmes avait pris ses renseignements. Il m'emmena d'abord dans un bar situé au coin de Grant Street et de Christie Street, non pas à cause de sa porte de bambou et de sa façade vitrée qui lui donnaient de faux airs de salon anglais, mais parce que sa situation, au point névralgique des territoires des « Rongeurs de la Cuisine de l'Enfer » et des « Whyos », l'avait promu au statut rassurant de *no man's land* de la pègre.

Nous étions censés n'y courir aucun danger. Toutefois, je gardais toujours l'une de mes mains dans la poche. Nous y bûmes un mauvais whisky, servi par un garçon à la veste prétendument blanche, mais dont l'oreille était réputée être compréhensive. Grâce à lui, nous pûmes obtenir une adresse dans le Tenderloin où se donnaient, dans les caves de brasseries désaffectées, les spectacles que nous recherchions, avec l'aimable tolérance de la police locale.

— Tenderloin ? questionna Holmes, surpris.

— On l'appelle aussi le « cirque de Satan », répondit laconiquement le garçon. C'est le triangle délimité par la 40e Rue, la Cinquième et la Septième Avenue…

Là-dessus, il daigna nous expliquer l'origine de l'expression : le quartier était si gangrené et la police si corrompue qu'un nouvel agent, apprenant son affectation dans le secteur, se serait un jour écrié : « Enfin, je vais pouvoir manger du filet de bœuf[1] ! »

---

1. *Tenderloin* signifie filet de bœuf.

Il n'était pas trop tard, précisa-t-il, les combats ne commençant généralement pas avant minuit. Nous nous hâtâmes donc, suivant notre chemin nocturne d'après le dessin que notre complaisant mentor avait tracé sur l'une de ses nappes en papier gaufré, moyennant quelques judicieux dollars…

Je gardai obstinément la main au fond de ma poche, scrutant les fenêtres sous lesquelles nous passions, quoique la tactique du seau de cendres brûlantes n'eût jamais été attribuée qu'aux femmes du bas port. Très allégrement, le garçon de bar avait ponctué son schéma de croix rouges, représentant les lanternes des maisons closes qui jalonneraient notre circuit. C'était mieux que le fil d'Ariane, car au moins y voyions-nous clair dans ce labyrinthe dont les Minotaures s'appelaient vérole, alcool ou prostitution.

Je ne tardai pas à remarquer que nous n'étions pas les seuls à emprunter cet itinéraire. D'autres curieux s'y engageaient, qui, tous, ne ressortissaient pas à ces catégories sociales dont Wilde dirait plus tard que le travail est la malédiction des classes qui boivent. Des bourgeois, de gros bourgeois, se mettaient sur les rangs. Pas seuls, bien entendu. Des silhouettes massives, de qui les reflets pourpres des lanternes soulignaient les allures de primates à peine pensants, les escortaient.

— Emboîtons-leur le pas, Watson, me souffla Holmes. Si des gredins sont à l'affût, ils ne sauront pas à qui sont affectés ces anges gardiens aux épaules aussi grosses que leur tête est petite.

Au demeurant, notre propre aspect devait se révéler assez rassurant pour ne pas éveiller la suspicion chez nos compagnons de route. Nous arrivâmes ensemble jusqu'à un escalier tortueux, dont l'accès était gardé par des cerbères qui nous prirent chacun cinq dollars. Contre ce droit d'entrée, nous débouchâmes enfin dans une immense cave voûtée, aux odeurs fétides, où traînaient encore, après plusieurs années, des relents de bière aigre. Nous prîmes place sur des bancs de bois, le long de murs noirs luisant de salpêtre. Dans des niches, creusées à cet effet, brûlaient des chandelles fumantes, en assez grand nombre pour que rien ne nous échappât de l'espèce d'amphithéâtre aménagé au centre : sur un sol recouvert de sciure, une double rangée de lourdes barriques préservait les spectateurs des humeurs mauvaises que pourraient leur manifester les acteurs du spectacle.

D'acteur, il y en avait déjà un : le taureau, à l'ombre trapue démultipliée par les flammes. Petit, massif, au poil noir et brillant, les naseaux soufflant de la vapeur, il avait les pattes postérieures enchaînées à un solide piquet, de façon assez large pour lui assurer une relative liberté de mouvements. Il en usait, dans sa fureur aveugle, pour soulever des nuages de sciure, qui nous firent tous âcrement tousser.

— Les chiens, les chiens ! criait-on déjà sans retenue dans les premiers rangs.

Fasciné, je ne quittais pas la bête des yeux, mais je notai que Holmes, lui, dévisageait de préférence les spectateurs. Ce fut ainsi que je remarquai, dans l'un des coins les moins éclairés de la salle, une rangée de personnages très singuliers, jeunes gens vêtus de redingotes élimées, aux poches gonflées de ce que je supposais être des *knuckle-dusters*, si justement appelés en Europe des « coups-de-poing américains ». Ils étaient coiffés d'invraisemblables hauts-de-forme, aux parois latérales rebondies, bourrés de laine qu'ils étaient pour amortir les coups de matraque éventuels.

— Ces gens, Holmes...

— Les Plug Uglies, répondit-il laconiquement.

— Mais ce sont des bandits ! Il faut nous tenir sur nos gardes !

— Inutile, lâcha-t-il du bout des lèvres, je me suis renseigné sur les mœurs de cette peuplade : ils sont ici au spectacle et ne mélangent jamais le plaisir et le travail.

Il avait déjà le regard ailleurs. Je suivis son attention : un homme était assis à quelques places de nous, dont les bras tatoués d'ancres marines disaient assez qu'il s'agissait d'un ancien matelot. Je fus littéralement expulsé de mes pensées par un énorme soupir de la foule rassemblée : une petite porte s'était ouverte au fond de la cave, d'où surgissaient, sous le fouet de belluaires sordides, une vingtaine de chiens jaunes faméliques, aux flancs creux, mais aux yeux rougeoyants et à la gueule ouverte, bavant de méchanceté. Je craignis un instant qu'ils ne sautassent par-dessus les barriques pour s'en prendre aux spectateurs, mais non, sans doute avaient-ils subi un dressage sommaire, car ils se ruèrent d'un seul élan sur le taureau. Celui-ci avait poussé un mugissement formidable qui ébranla l'écho des voûtes, et, arc-bouté, il reçut le choc sans faiblir.

L'affrontement fut terrible. Tout de suite, l'un des chiens, éventré, alla rouler jusqu'aux barriques, répandant ses entrailles sur la sciure, qui en but aussitôt le sang. Ce fut alors un concert de mugissements, d'abois râlant de haine délirante, avec, en contrepoint, le hurlement des spectateurs, levés d'un trait pour mieux voir. Abasourdi, écœuré, porté hors de moi-même, au bord de la nausée, je voulus parler à Holmes. Mais il avait quitté sa place pour s'installer près du marin. Ils discutaient. L'autre secouait la tête obstinément, puis, au fur et à mesure que des dollars changeaient de main, avec de la mollesse.

Finalement, mon ami revint s'asseoir à mes côtés.

— Eh bien, Holmes ?

Il n'eut pas le temps de me répondre. La foule poussait une énorme clameur dont les voûtes nous renvoyèrent l'écho sinistre. Le taureau, coiffé par la meute, s'était affaissé sur ses pattes antérieures, mais même ainsi accroupi il secouait rageusement le mufle, arrosant la sciure d'une pluie de sang, dont les gouttes les plus violemment projetées vinrent arroser les spectateurs. Il y eut des cris, des sifflets, une feinte panique, liesse lugubre qui connut un nouveau tumulte avec un regain subit de vigueur chez le bovin soudain redressé. On hurla des encouragements, on vociféra des injures et quelques projectiles commencèrent à s'abattre sur le groupe animal agité d'une fureur démente.

— Tenez-vous absolument à voir la fin, Watson ? me demanda Holmes de sa voix neutre.

— Certainement pas, mais si Swannon arrive...

— Plus maintenant, c'est trop tard... Venez.

Nous nous levâmes, gagnâmes hâtivement la sortie. Une fois dehors, je respirai à pleins poumons un air nocturne chargé de senteurs fétides, mais d'où au moins celle du sang était absente.

— J'espère que nous n'aurons pas à revenir, murmurai-je, l'œil aux aguets, tandis que nos pas éveillaient d'inquiétantes résonances le long des façades lépreuses.

— Oh ! que si, Watson, rétorqua Holmes. Il nous faudra subir tout cela tant que Swannon n'aura pas reparu. J'ai parlé avec ce matelot. Certaine solidarité des gens de mer veut qu'ils ne se perdent jamais complètement de vue... et Swannon se trouve bien à New York. Simplement, ses moyens financiers ne lui permettent pas d'aller au spectacle tous les soirs. On ne l'y voit que lorsqu'il a eu le temps de ramasser cinq dollars superflus...

Il ajouta narquoisement :

— À propos, n'usez pas vos nerfs, mon cher ami, nous ne serons pas agressés. J'ai cru comprendre que les patrons de ces caricaturaux jeux du cirque payaient une manière de prime de protection aux Day-break Boys, qui tiennent le quartier aux premières heures de l'aube... Même les Plug Uglies, leurs ennemis jurés, sont respectés par cette trêve.

Je gardai le silence, un peu vexé. C'était tout de même là une jungle étrange, avec ses tribus, ses rites barbares, et un exotisme urbain dont la sauvagerie n'avait rien à envier à celle des lieux les plus reculés du globe...

21

Qu'on n'attende pas de moi que je relate par le détail les soirées lugubres que nous passâmes dans cette Rome étriquée, caricaturale et crapuleuse. Nous partions le plus souvent avant la fin des réjouissances, lorsqu'il s'avérait que, décidément, cette fois encore, Swannon ne viendrait pas. Il arrivait que le taureau sortît vainqueur de la joute. On le ramenait alors à sa tanière, couvert de sang glorieux, entre des chiens à demi gisant parmi des monceaux d'entrailles, qui hurlaient leur mort à la lune. Parfois, au contraire, le taureau succombait. Et se déchaînait l'innommable curée des fauves, qui, pendus à sa gorge, le déchiraient, le dépeçaient, le dévoraient vivant, dans les spasmes et les mugissements rauques d'une horrible agonie. La foule, plus cruelle que les combattants, hurlait, trépignait, s'affrontait pour des paris contestés, jusqu'à ce que les matraques d'un service d'ordre dévoyé eussent ramené à la raison la canaille récalcitrante.

Vint le soir où nous vîmes Swannon. Holmes se l'était fait décrire avec assez de soin pour identifier cet individu maigre et chafouin, sur le visage de qui la veulerie le disputait à l'insolence. Mais le pauvre bougre, privé de spectacles sanglants, voulait en avoir pour ses cinq dollars. Il ne se décidait pas à quitter les lieux, alors que, la plupart des spectateurs partis, quelques garçons d'arène tiraient par les cornes le taureau écorché, avant de ramasser à pleins seaux la sciure rouge.

Nous sortîmes derrière Swannon, qui, d'abord, ne se méfia pas : Nous avions l'air très respectable. Sur un signal de Holmes, nous l'encadrâmes au coin d'une rue particulièrement obscure, et il blêmit à voir l'éclat bleuté des *little dragoons* que nous braquions sur lui.

— Que voulez-vous ? bégaya-t-il, je n'ai pas d'argent. Vous pouvez me fouiller !

— Il ne s'agit pas de cela, dit Holmes.

Swannon devint encore plus livide. Il tenta de reculer, mais je l'empoignai sans ménagement.

— Quoi, murmura-t-il, c'est encore lui ? Et maintenant, il m'envoie des gens ! Mais il y a des années, bon Dieu, et je ne pouvais pas prévoir ce qui arriverait...

— Spencer n'envoie personne, coupa Holmes. Au contraire, c'est nous qui le cherchons. Et nous n'attendons de vous que des renseignements.

— Qui me le garantit ? demanda Swannon d'une voix blanche.

— Ces pistolets. Rien ne nous empêche de tirer. Nous vous proposons donc de poursuivre l'entretien dans un bar encore ouvert que vous choisirez vous-même. Si vous parlez, nous vous donnerons de quoi satisfaire votre goût pour les carnages d'animaux... Allons, l'ami, qu'avez-vous à perdre ?

Swannon parut se rendre à ces raisons. Encore très inquiet, la respiration courte, l'œil traqué, il nous mena dans un établissement situé au surplomb de l'East River : fenêtres garnies de rideaux rouges, plancher recouvert de sable, et, au plafond, d'énormes roues de charrette suspendues, où l'on avait planté, en manière de lustre, des cercles de bougies. À travers les barreaux de bois verni de la balustrade, l'eau nous livrait ses reflets glauques et nous envoyait ses odeurs de vase.

Swannon commanda du gin, et, ma foi, nous en fîmes autant, le whisky étant décidément inconsommable dans la ville. Après avoir repoussé les sollicitations d'une vieille femme noire qui prétendait nous vendre des patates douces, nous en vînmes au vif du sujet. Holmes commença par aligner vingt dollars sur la table.

— Autant après, dit-il laconiquement.

Swannon cessa de se faire prier ; il avait repris vie et couleurs. L'histoire qu'il nous raconta alors était, en vérité, d'une sinistre simplicité, tableau navrant des faiblesses du caractère humain et de toutes les veuleries de l'âme. Elle illustrait l'enchaînement fatal des mesquineries absurdes et des petites rancunes qui avaient mené au drame...

Quand Swannon avait été interrogé par Reynolds, durant l'été 41, celui-ci ne lui avait rien caché des motifs de son enquête. Swannon en avait déduit que cet écrivain, Edgar Poe, avait, au terme de raisonnements dont la marche lui échappait, mis au jour la responsabilité de William Spencer dans la mort de Mary Rogers, qui avait soulevé, à travers la ville et le pays, une émotion considérable. Il n'en avait pas été surpris, tant l'homme était violent et porté aux excès.

Un peu plus tard, l'un de ses amis de bordée, un certain Lockert, de l'équipage du *Somers*, s'était plaint à lui de l'attitude hautaine et cassante du nouveau midship récemment affecté au brick. Ce jeune blanc-bec, imbu de sa personne et de son grade, croyait pallier son inexpérience des choses de la mer par la protection dont il jouissait en haut lieu. Philip Spencer, en effet, n'était autre que le fils du ministre de la Guerre, filiation qui lui avait d'ailleurs valu d'être nommé sur le *Somers* à la place d'autres aspirants plus méritants et surtout mieux prisés du commandant du navire. Dès lors, celui-ci avait voué au jeune Philip une hargne qu'il manifestait à chaque occasion donnée par le service ; occasions nombreuses, Philip Spencer n'étant pas un fameux marin et s'étant rapidement fait détester de l'équipage. Lockert lui-même avait eu à souffrir de sa morgue et n'avait rien trouvé de mieux pour se venger que de révéler les soupçons qui pesaient sur l'oncle du midship, le capitaine William Spencer, réputé pour la façon draconienne dont il menait ses hommes...

À cet endroit du récit, Holmes l'interrompit :

— Mais ce que Lockert savait, c'est bien vous qui le lui aviez appris, n'est-ce pas ?

— Croyez-moi, messieurs, s'écria Swannon, ce William Spencer est un mauvais bougre, très dur pour ceux qui servaient sous ses ordres et qui ne voulait jamais rien connaître de leurs problèmes... Aussi, quand Lockert m'a parlé de ce Philip, je lui ai fait observer que cette arrogance-là devait tenir de famille, parce que son oncle était pareil... J'étais payé pour le savoir, tiens !

— Poursuivez.

— Eh bien, à la fin, le capitaine du *Somers* a fini par apprendre la chose. Il paraît qu'alors, il ne s'est pas privé de piquer Philip à ce sujet. Il ne lui épargnait aucune allusion et prenait plaisir à opposer la protection dont il se flattait à la réputation douteuse qui était venue entacher son nom et l'honorabilité des siens... Un jour, Philip a perdu la tête. Il l'a frappé...

— Nous savons la suite, coupa Holmes. Passons maintenant à William Spencer. Quand a-t-il appris le drame ?

Swannon réfléchit un instant.

— Il avait embarqué fin 41, dit-il enfin. Il n'a dû revenir à New York que fin 43 ou début 44. Son frère, le ministre, avait démissionné, et on raconte qu'il noie son chagrin dans l'alcool. Lui, il a choisi la vengeance. C'était déjà un homme terrible, messieurs. Il est alors devenu un véritable fou, complètement soumis à l'idée de faire payer la mort de son neveu à tous ceux qui en étaient responsables...

— À commencer par le capitaine du *Somers*, j'imagine.

— Là non, répondit spontanément Swannon. Pas parce qu'il était du même grade, mais William Spencer était un marin, un vrai, et il admettait que frapper son capitaine ne méritait qu'un châtiment : la mort... Que voulez-vous, la discipline, il l'avait dans le sang. Seulement, il a voulu savoir comment s'était déroulé tout le drame. Pendant son escale à New York, il a recherché les membres de l'équipage du *Somers*. Il a soudoyé les uns, effrayé les autres, et il en est arrivé à Lockert...

Là encore, Swannon s'interrompit.

— Il avait bien fini par découvrir son rôle dans l'histoire, reprit-il d'une voix blanche. Le jour où il l'a trouvé, il l'a presque tué... et Lockert, absolument terrorisé, a parlé...

— De vous, enchaîna Holmes.

— Il s'est mis alors à me chercher, mais les bruits vont vite dans les ports, et je me suis caché... longtemps, jusqu'à ce qu'il ait été obligé d'abandonner sa chasse. Il devait rembarquer en 45, pour sa dernière traversée avant la retraite... il est très fort, mais il se fait vieux, il a plus de cinquante-cinq ans. Je me suis dit que si je gagnais du temps, il se lasserait, ou son service terminé, il quitterait New York. Il a une maison dans le Connecticut.

— Où ? questionna rudement Holmes.

— Quelque part du côté de Danbury. Ce sont des choses qu'on finit par savoir à force de vivre des mois ensemble sur le même navire... pas qu'il me l'ait dit personnellement bien sûr, mais de l'un à l'autre...

— Et ensuite ?

— Ensuite, il est revenu à la fin de l'année dernière. Sa folie ne l'avait pas quitté. Il est célibataire, sans famille, ni rien qui puisse le distraire de son idée fixe. C'était devenu chez lui une sorte de raison de vivre. Il s'est remis en chasse. Il savait maintenant qu'à l'ori-

gine de l'histoire se trouvait cet écrivain, et il s'était
mis en tête de lui faire payer la mort de son neveu...
Moi, je me suis encore caché, mais l'autre, Edgar Poe,
j'ai appris qu'il était mort, il y a deux mois, trouvé
sans connaissance dans la rue. Je suis sûr que c'est lui,
il a dû tellement le frapper... si vous aviez vu Lockert... Ô mon Dieu !

Swannon mit son visage dans ses mains.

— Pourvu que maintenant il abandonne, pourvu
que le fantôme de son neveu lui laisse enfin la paix !
Je ne serai donc jamais tranquille !

— Vous allez l'être, lui dit Holmes, avec une douceur surprenante. Nous irons l'exorciser, ce fantôme... mais pour cela, il nous faut l'adresse de
Spencer.

22

Nous avions loué, en gare de Stamford, un cabriolet
qui nous menait vers Danbury. Durant le trajet à travers la campagne encore verte du Connecticut, Holmes me consentit quelques confidences.

— Voyez-vous, Watson, cette enquête est différente de toutes celles que nous avons conduites. Les
lieux du crime ne sont autres que les mystères de
l'âme, et il s'agit moins de découvrir un coupable à
l'apparence corporelle précise que de démonter les
ressorts secrets ayant porté chacun des responsables à
élaborer leur part de cette tragédie. Un coupable,
Watson ? La fatalité, seulement la fatalité, de sorte
que nous pouvons considérer l'affaire comme classée.

— Alors pourquoi aller chez Spencer ?

— Curiosité professionnelle, murmura Holmes ; peut-être aussi devoir moral : faire cesser cette chasse désespérée, cette quête absurde et dangereuse.

Nous nous renseignâmes dans l'une des auberges de Danbury. On connaissait William Spencer, mais le jour sous lequel on nous le présenta n'était guère rassurant : le « vieil ours de la colline » était réputé pour la brutalité de ses manières et l'humeur taciturne devenue la sienne depuis qu'il avait pris sa retraite, l'année précédente. En fait, il se croyait toujours un peu capitaine, maître après Dieu partout où il se trouvait, et s'il avait quitté son commandement, il avait gardé son uniforme. De plus, il ne dessoûlait pas… En possession de ces précieux éléments, nous nous engageâmes sur la route de la colline en question, située à deux ou trois miles vers l'ouest.

— J'ai pris mon pistolet, dis-je à Holmes.

— Je ne crois pas que ce soit nécessaire, répondit-il.

— Eh ! Holmes ! repartis-je, à ce que j'ai cru comprendre, Spencer serait fort capable de nous accueillir à coups de fusil !

— Non, déclara Holmes, je le vois mal recourant aux armes à feu. C'est peut-être une brute, mais pas un assassin… et sans doute un homme très malheureux. Il n'aura pas été sans prendre conscience que, dans une certaine mesure, la tragédie de son neveu est le fruit des haines qu'il a soulevées ici et là.

La route grimpait, entre deux rangées d'érables dont les branches commençaient à se dénuder. La brise d'est faisait voltiger leurs feuilles rouges. Nous arrivâmes en vue d'une petite maison entourée d'un jardinet, à la façon de nos cottages anglais. J'arrêtai notre véhicule sur le côté de la route, juste en face de la grille qui était ouverte. Un homme, debout dans l'allée, nous regardait. Il portait une cinquantaine fatiguée, mais encore très robuste, avec un corps massif, un visage large, sanguin, encadré de favoris blancs, et, dans la forme du cou, une sorte de redoutable force bovine. Il était vêtu d'un pantalon de marin et d'un chandail de grosse laine. Nous descendîmes, nous nous approchâmes et, du seuil, Holmes l'interpella :

— Monsieur Spencer ?

— Oui, fit l'homme, d'une voix de basse, c'est à quel sujet ?

— Edgar Allan Poe.

Spencer blêmit jusqu'aux oreilles. Il recula d'un pas.

— La police ? souffla-t-il.

— Non, rassurez-vous, nous ne sommes que des journalistes.

La couleur revint immédiatement à ses joues, mais en un tel flux qu'un instant je craignis l'apoplexie. Il ouvrit la bouche, parut éprouver quelques difficultés à articuler ses mots, puis jeta quelque chose comme :

— Attendez, je vais vous apprendre...

Il se rua sur nous.

— Ne vous en mêlez pas, Watson, dit rapidement Holmes, exécutant une feinte de côté.

L'autre eut du mal à arrêter son élan, faillit trébucher. Il se retourna d'un bloc, les yeux injectés de sang, la tête rentrée dans les épaules. Nouvelle charge vers Holmes, qui l'évita d'une simple esquive du tronc. Spencer ahanait, le visage pourpre, les jambes mal assurées.

Absurdement, je me rappelai les combats auxquels nous avions assisté dans les caves de Water Street. Spencer était un peu le taureau, mais Holmes évoquait plutôt quelque lévrier de race que les bêtes bâtardes ramassées dans les égouts de Collect Pond pour ces sordides holocaustes. Spencer fonça de nouveau. Il était d'une vigueur considérable, cependant sa technique du pugilat restait rudimentaire. D'ailleurs, cette fois, Holmes ne rompit pas. Il l'arrêta net, d'un fulgurant direct à la mâchoire. Le choc fut tel qu'une fraction de seconde les deux hommes me semblèrent statufiés, totalement immobiles devant le portail ouvert, dans la poussière de la route soulevée par leurs piétinements. Presque immédiatement, Holmes exploita son avantage. Un court crochet du gauche au foie suivi d'un uppercut implacable jetèrent Spencer à terre, assis, à demi assommé, hors d'haleine. Derrière nous, le cheval du cabriolet, effrayé, s'agita en hennissant entre ses brancards.

Il y eut alors un instant de silence inexprimable, seulement rythmé par la respiration haletante des antagonistes, et puis Holmes déclara, de sa voix froide :

— Vous n'avez pas tué Edgar Poe, Spencer.

Les paroles parurent frapper Spencer encore plus rudement que les coups reçus. Il secoua la tête, comme pour dégager son esprit des brumes qui y régnaient.

— Quoi ? fit-il d'une voix rauque.

— Edgar Poe n'est pas mort de la rossée que vous lui avez infligée, reprit Holmes. Il était atteint du delirium tremens, et après que vous l'avez laissé inanimé, il a été récupéré par des agents électoraux, enfermé dans une « cage à poulets », puis contraint de boire une quantité considérable d'alcool… C'est surtout de ce traitement qu'il est mort.

— Alors, je n'ai pas tué ? gronda l'autre, sourdement.

Holmes nuança ses propos :

— Disons que vous portez dans sa mort une part de responsabilité, mais pas plus grande que celle qui lui revenait dans la mort de votre neveu. Vous et lui étiez aveuglés par une obsession personnelle et vous avez été dépassés tous les deux par les conséquences de vos actes...

— Je ne l'ai pas tué ? répéta Spencer, incrédule.

— Vous avez seulement avancé sa mort inévitable... d'une semaine, ou d'un mois. Relevez-vous.

— Oh ! mon Dieu ! fit Spencer, couvrant son visage de ses mains tremblantes.

Il accepta la main de Holmes, se remit debout, vacillant, le regard vide.

— Il faut que je boive quelque chose, bredouilla-t-il. Venez, j'ai du whisky d'Irlande.

Nous le suivîmes à l'intérieur. Ce furent en vérité d'étranges et muettes agapes, autour d'une table de marine, tandis que, dehors, le vent de l'automne murmurait parmi les arbres du jardin.

— Une question, dit enfin Holmes, la seconde fois que Spencer eut rempli nos verres : Bien entendu, vous n'êtes pour rien dans le meurtre de Mary Cecilia Rogers ?

Spencer haussa les épaules, très amer.

— Je ne connaissais pas cette jeune fille, je ne l'avais jamais vue. Ce que je sais d'elle, je l'ai lu dans la presse. J'ai aussi lu, ensuite, la nouvelle d'Edgar Poe. Naturellement, que le coupable pouvait être un marin, mais ce pouvait aussi être un autre homme ! D'ailleurs, pourquoi moi ? Nous étions tant dans le même cas, à répondre aux mêmes conditions ! Je vous signale en passant que la police, elle, ne m'a jamais inquiété à ce sujet...

Il releva la tête.

— Me croyez-vous, messieurs ?

— Je ne vous ai jamais tenu pour un coupable plausible, répondit Holmes. Je soutiens quant à moi qu'un raisonnement n'a de valeur qu'après vérification sur le terrain, ce que Poe ne faisait pas...

Il saisit le poignet de Spencer, presque amicalement.

— Nous n'étions venus que pour cela. Car le temps est arrivé pour vous d'oublier vos fantômes, Spencer.

Spencer regardait ses mains posées à plat sur la table et qui frissonnaient d'ondes nerveuses. Il dit, curieusement :

— L'odeur de la mer n'arrive jamais jusqu'ici, savez-vous ?

Nous repartîmes. Dans le cabriolet, au bout d'un quart d'heure de sombre méditation, Holmes déclara abruptement :

— Spencer était prisonnier de son arrogance de caractère, mais Poe, lui, l'était de son arrogance d'esprit. Il refusait le doute, s'enfermait dans ses certitudes. Tous les hommes de génie sont sujets à la mégalomanie...

Il s'interrompit :

— Pourquoi me regardez-vous ainsi, Watson ?

— Pour rien, fis-je, un peu confus. J'avais les yeux dans le vague.

En manière d'épilogue

Dernière étape de notre quête, nous allâmes voir la maison d'Edgar Poe à Fordham, petit hameau créé en 1676 autour d'un manoir. Fordham, dans cette banlieue du nord-est de New York qu'on appelait le Bronx, était un coin verdoyant, au bas d'une longue perspective de prairies parsemées de bouquets d'érables et de pins. La maison, blanche, bâtie à la vieille mode hollandaise, rappelait ce « cottage Landor » si bien décrit par Poe, avec sa forme trapue, son toit de bardeaux et ses couleurs patinées. Le chèvrefeuille qui recouvrait ses murs commençait à jaunir, mais des buissons de lilas encore vivaces recouvraient le jardin. Une légère fumée montait de la cheminée, soulignant la grisaille d'un matin qui, déjà, sentait la neige d'un décembre proche.

Maria Clemm, la belle-mère d'Edgar Poe, nous reçut. Admirable femme, en vérité, d'une grande noblesse d'allure, qui portait sur son visage la dignité douloureuse d'une âme frappée dans ce qu'elle a de plus cher. Maria Clemm avait perdu sa fille, la petite Virginia morte de phtisie, puis, trois ans après, le gendre qu'elle chérissait comme un fils. Elle nous invita à entrer sans poser beaucoup de questions. Elle devait trouver naturel que des journalistes étrangers vinssent tourner autour du génie de Poe comme des papillons autour d'une lumière.

— Je n'ai que du thé à vous offrir, dit-elle.

Effectivement, la maison sentait la pauvreté, voire la misère ; misère digne, austère, et sans aucun de ces attributs qui peuvent susciter la pitié.

— J'étais en train de brûler des correspondances d'Eddy, déclara-t-elle encore avec une grande simplicité.

— Voilà un dommage considérable pour la postérité ! s'écria Holmes, sincèrement affecté.

Maria Clemm eut un geste du menton vers la cheminée où se consumaient les cendres.

— C'était la volonté d'Eddy, de faire disparaître toutes les lettres de femmes qu'il avait reçues dans sa vie. Les autres sont là.

Elle nous montrait un panier d'osier où étaient rangées des piles d'enveloppes.

— Celles-là, je dois les envoyer à M. Griswold, qui les fera publier. Il est l'exécuteur testamentaire d'Eddy... (elle essuya une larme discrète)... Je me demande d'ailleurs la raison d'un tel choix, après toutes les injures que le révérend lui a infligées !

— Je souhaite faire état des correspondants illustres qui ont reconnu son génie, déclara Holmes, sans pudeur excessive. Me permettez-vous de les compulser ?

— Je vous en prie, répondit Mme Clemm, je les ai moi-même toutes relues, afin de bien brûler celles qu'il fallait. Il n'y reste plus rien de confidentiel, seulement des notes relatives à ses œuvres.

Holmes enchaîna :

— Nous aimerions visiter également la maison, afin de mieux décrire les lieux où Edgar Poe a puisé l'inspiration pour écrire ses plus beaux poèmes, *Ulalume, Annabel Lee, Les cloches...*

Comme en contrepoint, nous entendîmes les sonorités argentines venues du collège St. John voisin. Maria Clemm avait écouté en silence, le visage tendu. Elle dit, presque pour elle-même :

— Le supérieur du collège, le père Edward Poucet, a beaucoup fait pour apporter un peu de sérénité à Eddy...

Puis, elle se leva.

— Venez donc, messieurs...

— Voulez-vous avancer, Watson ? demanda Holmes, d'un ton très naturel... je vais prendre quelques notes.

Un peu surpris, j'emboîtai le pas à Maria Clemm. Elle me montra les aîtres, et notamment la chambre où était morte sa fille Virginia, la petite Sissy, femme d'Edgar Poe ; chambre si mansardée qu'on avait dû scier deux des boules d'ornement du lit pour en appuyer le chevet contre le mur. Je vis aussi, devant la fenêtre, la table de travail d'Edgar Poe, son écritoire, son fauteuil à bascule et les étagères où il disposait ses livres. Dans une cage d'osier, un oiseau empaillé montait déjà la garde des souvenirs...

— Vivez-vous seule ici, madame ?

— Avec Catelina, répondit Maria Clemm. C'est tout ce qui me reste d'un bonheur disparu.

Catelina était une chatte infirme, qui vieillissait tout doucement sur·le lit de Virginia.

— Maintenant, je la laisse là, me dit Maria Clemm. Je n'oublie pas que, les jours de grand froid, quand

Sissy toussait si fort et que nous n'avions pas de quoi nous chauffer, Catelina venait se blottir contre elle pour lui communiquer sa chaleur...

Un peu honteux de notre conduite, je redescendis l'escalier à sa suite. Holmes, debout, en avait apparemment terminé. Il tenait une enveloppe qu'il tendit à Maria Clemm.

— Voici, madame, le résultat d'une collecte à laquelle la colonie anglaise de New York a procédé afin de rendre hommage à ce grand poète qu'était votre gendre. Vous voudrez bien l'utiliser au mieux pour servir sa mémoire.

Maria Clemm eut du mal à retenir ses sanglots. Elle prit l'enveloppe d'une main tremblante.

— Vous remercierez vos amis, messieurs, fit-elle, la voix réduite à un murmure imperceptible.

J'étais confondu par la générosité de Holmes, et aussi par sa délicatesse. Il était notoire que Maria Clemm se trouvait dans une misère noire : Poe, qui toute sa vie avait tiré le diable par la queue, n'avait rien laissé aux siens.

Nous prîmes congé. Dehors, alors que nous gravissions la longue prairie qui menait à Kingsbridge Road, je dis à mon ami :

— Voilà un joli geste de votre part, Holmes.

— Pas du tout, déclara-t-il tranquillement. J'ai payé Mme Clemm pour une correspondance que je lui ai subtilisée.

— Vous avez fait cela ! m'écriai-je, scandalisé.

Il expliqua, d'un ton léger :

— Soyez tranquille, Watson, cela n'affaiblira en rien la gloire de notre poète. Et puis, en quelque sorte, cette lettre nous revenait de droit. Elle parle de nous.

— De nous ! répétai-je, absolument stupéfait.

— Vous allez le vérifier. Malheureusement, dans tout ce désordre, il en manquait un morceau, le début, que je n'ai pu retrouver, mais le reste est explicite.

Nous nous arrêtâmes au sommet de la colline qui nous découvrait la perspective de Long Island. Je saisis les deux feuillets que me tendait Holmes.

— Lisez la fin, Watson, date et signature.

J'obtempérai, poussant une sourde exclamation. La lettre, datée du 1er mars 1838, était signée : François Eugène Vidocq. J'en entrepris la lecture au milieu d'une phrase :

… mon cher Monsieur Poe, je vous ai exposé tous les éléments que j'ai pu recueillir concernant l'affaire Condé. Je crois qu'ils ne manquent pas de poids. La meilleure preuve, c'est que, dès que Gisquet a été remplacé à la préfecture de police, son successeur, Delessert, a fait procéder, sur les instances d'Allard et de Canler, à une fouille en règle de mon local. On a emporté les trois mille cinq cents dossiers qui s'y trouvaient, sans doute dans l'espoir d'y découvrir des documents compromettants que je ne possédais pas, et pour cause ! On m'a gardé moi-même à Sainte-Pélagie près de trois mois, mais, faute de preuves, on a dû me relâcher, et j'ai pu reprendre la direction de mon agence…

Plus de traces concrètes, donc, de cette intrigue dans l'Histoire officielle, mais si vous la transposez dans le domaine du roman, qui osera vous en faire grief ? À vous, donc, de jouer avec les situations, à vous de distribuer les rôles à votre convenance. À ce propos, si vous acceptez le conseil d'un profane, pensez donc à ces deux gentlemen anglais dont je vous parle au début

de cette lettre. L'un est le type parfait de l'analyste car-
tésien selon votre cœur, qui remonte de faits apparem-
ment disparates jusqu'à une réalité cohérente. Ce que je
viens de vous rapporter par le détail a dû vous en con-
vaincre. L'autre, plus discret, m'a donné l'impression
de garder en mémoire les méthodes et les événements
pour mieux les relater ensuite. Selon ce que j'en sais, à
cette époque, ils habitaient et travaillaient ensemble, si-
tuation romanesque bien commode pour le genre
d'histoire que vous envisagez. Couple curieux, vrai-
ment, que vous pourriez utiliser dans votre œuvre,
quitte à faire du premier ce Français raisonneur auquel
vous paraissez tant tenir.

… Recevez, cher monsieur…

J'explosai :

— Mais c'est nous, Holmes, il s'agit là de nous, sans
aucun doute !

— Quand je vous le disais, répondit Holmes. Vous
aurez d'ailleurs noté le clin d'œil de Poe dans *Le mys-*
tère de Marie Roget : la grisette habite rue Pavée-
Saint-André, qui n'existe pas, alors que Vidocq tenait
son agence rue Pavée tout court, laquelle existe bel et
bien.

Je protestai :

— Mais est-ce possible ? On a soutenu que sir Arthur s'est inspiré de Dupin et de son compagnon pour
imaginer nos personnages ! Comment aurions-nous
pu, nous, inspirer Poe pour les siens ? Paradoxal !

— Le type même du paradoxe littéraire, Watson,
reconnut Holmes sans aucune émotion. Il repose
l'éternel problème de l'antériorité de l'œuf ou de la
poule… Tout de même, pauvre Poe, quel destin !

Oui, pauvre Poe. Je regardai une dernière fois la maison, tout en bas, derrière le bois d'érables. Maria Clemm devait y passer des nuits secrètes, l'oreille tendue aux chuchotements des ténèbres. Peut-être attendait-elle ses fantômes, la touchante petite Sissy, et avec elle, son gendre, l'ange du Bizarre, qui traînait ses ailes mutilées, brûlées au feu de son propre génie.

Au-dessus de nous, un vol d'oiseaux noirs se déployait contre le ciel gris comme une écharpe de deuil, dans un lointain concert de croassements. Les goélands blêmes du pôle Sud criaient : « Tikeli-li » pour Arthur Gordon Pym. Pour Edgar Poe, les corbeaux de New York ne criaient plus que *Nevermore...*

La plus grande
machination du siècle*

* Nouvelle parue dans *Histoires de machinations*, Presses Pocket, juin 1990.

1

Londres, le 18 septembre 1893

Le colonel James Moriarty
à
Monsieur le rédacteur en chef du *Strand Magazine*

Monsieur le rédacteur en chef

Je vous avais écrit il y a peu pour protester contre la version de la mort de Sherlock Holmes donnée par le Dr Watson. Vous avez, alors, négligé de me répondre.

Le Dr Watson ayant cru bon de réitérer ses accusations calomnieuses dans sa nouvelle « Le dernier problème », je me vois donc obligé de vous solliciter à nouveau. J'ose espérer que cette fois, vous vous ferez une obligation morale de publier ma correspondance. C'est le plus élémentaire des devoirs qu'un organe de

presse tel que le vôtre doive à un homme contraint de
défendre son nom et son honneur mis en cause par un
tiers, dont je veux bien, jusqu'à preuve du contraire,
considérer que la bonne foi a été surprise. Comme on
dit : *Errare humanum est, perseverare diabolicum !*

Permettez-moi d'abord de résumer les faits qui sont
à la base de ce que j'appellerai la plus grande machination du siècle. Les voici, tels que le Dr Watson les a
relatés : Au soir du 24 avril 1891, Sherlock Holmes se
présente chez le Dr Watson, en l'absence de son
épouse, Mary. Il a la mine défaite, le teint livide. Il
semble traqué et, d'ailleurs, reconnaît l'être. Il vérifie
la fermeture des fenêtres, prend des mesures de
prudence tout à fait surprenantes et, finalement, se
confie : quelqu'un veut le tuer. Qui ? Un assassin exceptionnel, son double noir dans le mal dont, à regret,
il finit par dévoiler l'identité : il s'agit du Pr Moriarty,
connu pour avoir écrit, à vingt et un ans, un traité sur
le binôme de Newton appelé à un retentissement
européen, suivi d'autres travaux qui avaient contribué
à asseoir sa renommée...

Watson, bien entendu, tombe des nues, et Holmes
de s'écrier aussitôt : « Voilà bien le côté génial, mira-
culeux, de l'affaire ! Cet homme règne sur Londres, et
personne n'a entendu parler de lui ! » N'est-ce pas un
peu facile, comme postulat, monsieur le rédacteur en
chef ? Les gens de bonne foi apprécieront. Bref, selon
Holmes, le Pr Moriarty est le Napoléon du crime, le
chef occulte de toute la pègre britannique. Invisible,
omnipotent, il tire toutes les ficelles de la délinquance, grande, moyenne, petite. Il en récolte, bien
entendu, tous les bénéfices. Il était donc fatal qu'une
confrontation survînt avec le Wellington de la justice :
j'ai nommé Sherlock Holmes. Exaspéré par les obsta-

cles mis sur sa route par ce dernier, le Pr Moriarty décide de le supprimer. Il le fait par des procédés artisanaux, voire primaires, qu'on a du mal à croire sortis d'un si brillant cerveau : un fiacre prétendument emballé, une brique lancée d'un toit, l'attaque d'un spadassin isolé armé d'un casse-tête… Autant d'attentats infructueux, et pour cause ! Là encore, les gens de bonne foi apprécieront.

Nous assistons alors à une fuite précipitée, dégradante, indigne du grand Sherlock Holmes. Je vous en passe les détails : train, bateau, train, voiture, jusqu'à ce Reichenbach dont les Suisses, conformément à leur tradition, ont fait un fromage. Sherlock Holmes y évite de justesse la chute d'un gros rocher poussé par une main malveillante — celle de Moriarty, cela va de soi — mais ne soupçonne pas le piège plus subtil destiné à l'attirer vers le précipice. Là s'engage un duel à mort entre ces deux géants, le Pr Moriarty ayant eu la courtoisie préalable d'autoriser son adversaire à rédiger une manière de testament à l'intention du Dr Watson. Fin de Sherlock Holmes et aussi du Pr Moriarty.

Maintenant, pourquoi Moriarty ? Je crois savoir qui est à l'origine de cette infamie. J'ai connu, dans l'armée des Indes, un individu totalement dénué de scrupules que j'ai, en son temps, contribué à démasquer, une véritable crapule, à qui son grade — il était colonel, comme moi — n'a jamais servi qu'à commettre d'ignobles escroqueries, et qui, j'en suis sûr, serait capable d'aller jusqu'au crime. Il n'a même pas, comme excuse, cette vision obtuse des choses dont on nous fait le procès, à nous autres, militaires. Car le gredin est intelligent, il a de l'imagination, et aussi de la plume, puisqu'on lui doit deux ouvrages assez remarquables, *La chasse aux fauves dans l'Ouest himalayen* et *Trois mois dans la jungle*. Il n'a pas eu besoin, lui, des artifices littéraires du Dr Watson pour atteindre à la notoriété dans le domaine du crime. Et je ne serais pas surpris qu'il fût à la base — avec la complicité peut-être inconsciente de Sherlock Holmes — de cette machination visant à salir mon nom. Car je l'affirme ici de façon solennelle, non seulement mon frère n'est pas un criminel, mais il serait empêché de l'être, attendu que je n'ai pas de frère. Je suis fils unique et le Pr Moriarty n'existe pas. Il a fallu la naïveté foncière du Dr Watson pour admettre l'existence de cette créature fictive, inventée pour me nuire par l'abominable colonel Sebastian Moran.

2

Prison de Newgate, le 5 juillet 1894

Le colonel en disponibilité forcée Sebastian Moran
à
Monsieur le rédacteur en chef du *Strand Magazine*

Monsieur le rédacteur en chef

J'ai lu, avec beaucoup d'intérêt, la correspondance du colonel James Moriarty, parue l'an dernier dans vos colonnes. Dois-je préciser que j'y ai trouvé une certaine saveur, à défaut de saveur certaine ? J'avoue, monsieur le rédacteur en chef, j'avoue tout ! Pauvre Moriarty, je lui ai vraiment joué un vilain tour ! Mais aussi, pourquoi est-il si antipathique et si confit en hypocrisie victorienne ? Bien fait pour lui, aucun remords ! Un détail, cependant, à mettre au point : si j'ai inventé le frère criminel, c'est Sherlock Holmes qui a tenu à en faire un professeur. Question de panache : un tel génie ne pouvait que se colleter avec un adversaire dont le niveau intellectuel fût proche du sien ! Contrairement à ce pauvre James Moriarty, sachez maintenant que je ne vous demande pas de publier ma prose ; seulement de la conserver pour le cas où la circonstance exigerait qu'elle soit portée à la connaissance de l'opinion. C'est que je me méfie, moi ! Un accord passé avec des honnêtes gens est toujours un marché de dupes. Ils n'ont aucune parole, et Sherlock Holmes, qui s'en veut le parangon, moins que quiconque, je suis payé pour le savoir !

Voici donc les faits, tels qu'ils se sont déroulés dans la réalité. Fin mars 1891, je reçois un câble de Sherlock Holmes qui me propose une rencontre en terrain neutre. Terrain choisi, je dois le reconnaître, en toute objectivité : le pub *Le Lièvre et la Meute*, considéré comme un sanctuaire d'honorables bourgeois en plein quartier criminel, j'ai nommé St. Giles, lui-même notoirement sanctuaire du crime dans le Londres policé. Je pense, monsieur le rédacteur en chef, que comme toute élite qui se respecte, vous avez dû, au moins une fois, vous encanailler dans ce bouge à la mode, dont les tenanciers paient à qui de droit la prime de protection pour leurs clients. Tout le monde y trouve son compte. Ce n'est pas pour rien que les Anglais ont inventé le terme si commode de gentleman's agreement.

Je dois dire que notre entrevue est de celles qui marquent l'époque. Moi-même en garderais un souvenir ému si j'étais capable de la moindre émotion. Bref, Sherlock Holmes s'est confié à moi comme il ne s'est confié à personne, surtout pas au bon Dr Watson. Et tenez, parlons-en, du bon Dr Watson ! Il a contracté le virus de l'écriture, il souffre du prurit de la plume, il succombe à la lèpre de la narration. Et Sherlock Holmes en est la malheureuse victime, lui que Watson s'est plu à décrire comme un être quasiment inhumain, une manière de Frankenstein de la matière grise ! Il faut se méfier des historiographes, monsieur le rédacteur en chef, ce sont les sangsues de la notoriété, les vampires de la gloire ! Ainsi, depuis leur première affaire menée en commun *(Une étude en rouge)*, Watson n'a-t-il eu de cesse que de lancer son ami au feu des investigations, afin que lui-même pût les livrer toutes chaudes à la gourmandise des lecteurs. Car si Sherlock Holmes se drogue à la cocaïne dans des proportions modestes — sept pour cent, dit-on, réduite à cinq pour cent derrière son dos par le Dr Watson —, ce dernier ne rejoint le nirvana des écrivains que grâce à une autre solution, celle des enquêtes holmesiennes, dosée au taux que les éditeurs lui consentent pour ses droits d'auteur...

Une fois déjà Holmes a tenté de s'en débarrasser en le poussant dans les bras de Mary Morstan *(Le signe des quatre)*. Hélas ! Watson n'a pas hésité à délaisser son ménage pour venir traquer son ami jusqu'à Baker Street, afin de l'aiguiller sur la voie de ces mystères dont il fait ses délices. Et Holmes en a plein la casquette à double visière, des empreintes de pas dans la boue, des cendres de « trichinopoly », des affûts interminables par les nuits glacées. Il n'en veut plus, il n'en peut plus ! Je vous l'ai dit, ce n'est pas l'homme-machine que Watson nous a dépeint par goût du pittoresque littéraire. Le cerveau n'est pas son seul viscère. Pour lui, d'autres comptent, dont certains que la décence m'interdit de nommer ! Mais que je vous conte la suite à la façon de ces pièces données à Drury Lane :

MOI — Que me donnerez-vous en échange ?

HOLMES — La paix.

MOI — La paix, je l'aurai de toute façon, puisque vous avez résolu de ne plus mener d'enquêtes.

HOLMES — Si vous ne m'aidez pas, je serai obligé de continuer, et vos entreprises criminelles s'en ressentiront, cela je puis vous le garantir, ne serait-ce qu'au titre de la rancune personnelle.

MOI — Enfin, pourquoi cette affabulation ?

HOLMES — Je veux être sûr qu'on me croie — que Watson me croie définitivement mort.

MOI — Pléonasme, mon cher.

HOLMES — Pas en matière littéraire, colonel. Les mythes y sont les phénix de service : ils renaissent toujours de leurs cendres.

MOI — Pourquoi précisément la Suisse ?

HOLMES — Pourquoi pas ?

MOI, ricanant bassement — J'ai ma petite idée là-dessus : Irene Adler, que vous avez connue lors de l'affaire du *Scandale en Bohême*, s'est retirée à Lucerne après la mort de son mari, Godfrey Norton, dans un très fâcheux accident.

HOLMES, très sec — Et alors ?

MOI, impavide — ... accident survenu à Nîmes, en France, il y a six mois, dans des circonstances qui ne furent jamais éclaircies.

HOLMES, du bout des lèvres — Vraiment ?

MOI — Or, connaissant vos qualités de cœur comme je les connais, je ne doute pas que vous vous fassiez un devoir d'aller consoler cette veuve éplorée.

Silence.

MOI — ... d'autant qu'à ce qu'on susurre, vous vous trouviez vous-même à Nîmes lors de cette funeste occurrence.

HOLMES, glacial — C'est là l'une de ces coïncidences dont s'alimentent les ragots.

MOI, affichant une pudeur toute gladstonienne — Passons... Avez-vous arrêté la date de votre disparition ?

HOLMES — Disons le 3 mai. Rendez-vous au hameau de Rosenlaui. Watson et moi logerons à Meiringen, non loin des chutes de Reichenbach... *Hôtel des Anglais*.

MOI, me levant — Voilà qui coule de source.

Nous nous quittâmes sans nous serrer la main. Il y a des choses qui, même dans notre milieu, ne se font pas. Vous savez le reste, fidèlement relaté par Watson, encore que ce benêt n'eût pas eu accès à l'épilogue de l'affaire.

Le 3 mai, donc, je suivis à la jumelle le retour de Watson vers Meiringen, sous les yeux de Sherlock Holmes, lui-même adossé à un rocher, les bras croisés. Quand il eut disparu, notre éminent détective donna congé au jeune Suisse qui avait transmis le message final. Le gamin cligna de l'œil, assez vulgairement, avant de s'en aller à son tour, en faisant sauter dans sa paume la guinée qui lui avait été allouée.

Je déambulai alors tranquillement vers le site choisi. Nous y procédâmes ensemble à la mise en scène que nous avions montée. Pendant que Holmes écrivait son message d'adieu à Watson sur trois feuilles de son carnet, moi-même, au surplomb des chutes où il était censé s'abîmer, arrachai les fougères et les ronces qui bordaient le précipice. Comme Holmes l'avait déjà fait, j'eus soin de bien marquer les

empreintes de mes chaussures sur le sol boueux, toutes ces traces se chevauchant afin que ce piétinement
donnât l'illusion d'une lutte acharnée. Beaucoup plus
bas, à mes pieds, montait le grondement des eaux furieuses. Je me retournai brusquement, craignant que
Holmes, me voyant ainsi penché sur l'écume bouillon-
nante, ne succombât à quelque funeste tentation. Je
vous l'ai dit, je me méfie des honnêtes gens comme de
la peste. Mais non, Holmes se tenait immobile, plus
loin, hautain, taciturne. Sans doute la fréquentation
quotidienne de la pègre lui avait-elle peu ou prou
donné le sens de l'honneur.

— Toujours d'accord pour Moriarty ? lui demandai-je.

Il haussa les épaules.

— Ce sont les termes de notre marché. Mais j'en ai
fait un professeur, aucune objection ?

— Chacun ses goûts. Et moi, j'ai votre parole de ne
plus jamais revenir à Londres ?

— Allons, Moran, repartit Holmes, de sa voix coupante, vous ne sauriez attendre de moi aucun engagement éternel. Vous m'aidez à disparaître, soit, mais en
compensation, vous gardez les coudées franches dans
vos activités criminelles. Ce n'est pas Lestrade qui
vous causera beaucoup d'ennuis.

— Tout de même, grondai-je, j'aimerais savoir s'il
s'agit d'une trêve ou d'une paix définitive.

— Rien n'est jamais définitif en ce bas monde, répondit-il d'un ton sibyllin.

Il avait déposé son alpenstock contre un rocher. Au
sommet de ce même rocher, il cala les trois feuilles de
carnet sous sa tabatière en or, afin que le vent humide
de la chute ne les emportât pas. Ensuite, sans un mot
de plus, il descendit la montagne du côté opposé à

celui emprunté par Watson. Je lui lançai, d'un ton hargneux :

— En tout cas, Holmes, soyez certain que si vous revenez à Londres, je considérerai cela comme une rupture de notre marché, et j'agirai en conséquence !

Il se retourna pour me considérer, l'expression impénétrable.

— C'est-à-dire ?

— C'est-à-dire que ce fameux fusil à vent de von Helder perfidement évoqué pour effrayer ce pauvre Watson, vous en tâterez !

— Je prends note de l'avertissement, répliqua-t-il, un léger sourire au coin des lèvres.

J'attendis quelques minutes puis, au lieu d'emprunter l'itinéraire primitivement prévu, je dévalai la montagne à la suite de Holmes, prenant les précautions nécessaires pour ne pas être repéré. Je suis très fort à ce jeu, possédant de la progression dans la jungle une expérience poussée. Mais rassurez-vous, monsieur le rédacteur en chef, je n'avais aucune mauvaise intention et, si j'ose dire, je n'agissais que par curiosité intellectuelle : je voulais voir comment, sans brouillard, sans crimes et sans Watson, se conduirait ce grand cerveau. Je ne fus pas frustré. À peine se crut-il hors de ma vue que Sherlock Holmes exécuta parmi les fougères suisses quelques gambades parfaitement indécentes. Puis il cria, d'une voix tonnante dont les sommets lui renvoyèrent l'écho :

— Vivent les vacances !

Hélas, il n'en avait que pour trois ans.

Préface   9

CELLES QUE WATSON A ÉVOQUÉES
    SANS LES RACONTER   25

    L'assassin du boulevard   27
    Le bestiaire de Sherlock Holmes   197
    Les passe-temps de Sherlock Holmes   407
    Le drame ténébreux qui se déroula
        entre les frères Atkinson de Trincomalee   631
    Histoires secrètes de 1887   655

CELLES QUE WATSON N'A JAMAIS
    OSÉ ÉVOQUER   689

    Élémentaire, mon cher Holmes   691
    Le détective volé   931
    La plus grande machination du siècle   1121